STEMVORKEN

De tandeloze tijd 8

De romancyclus ‘De tandeloze tijd’ is samengesteld uit de volgende delen

De slag om de Blauwbrug (De tandeloze tijd Proloog)
Vallende ouders (De tandeloze tijd 1)
De gevarendriehoek (De tandeloze tijd 2)
Weerborstels (De tandeloze tijd Een intermezzo)
Het Hof van Barmhartigheid (De tandeloze tijd 3 Eerste boek)
Onder het plaveisel het moeras (De tandeloze tijd 3 Tweede boek)
Advocaat van de hanen (De tandeloze tijd 4)
De helleveeg (De tandeloze tijd 5)
Kwaadschiks (De tandeloze tijd 6)
Kastanje a/d Zee (De tandeloze tijd 7, bibliofiele uitgave)
Stemvorken (De tandeloze tijd 8)

In voorbereiding

Nijdas Minnenijd (De tandeloze tijd 9)
Het Narrenschip (De tandeloze tijd 10)
Venus van Mierlo (De tandeloze tijd 11)
De IJzeren Man (De tandeloze tijd 12)
De grafdelver of Schwantje’s Fijne Vleeschwaren (De tandeloze tijd 13)

A.F.Th. van der Heijden

Stemvorken

Amsterdam · Antwerpen
Em. Querido's Uitgeverij BV
2021

Het schrijven van *Stemvorken* werd mogelijk gemaakt door een werkbeurs van het Nederlands Letterenfonds.

Nederlands letterenfonds
dutch foundation
for literature

FSC
www.fsc.org
MIX
Papier van verantwoorde herkomst
FSC® C004472

Voor overname kunt u zich wenden tot Em. Querido's Uitgeverij BV, Weteringschans 259, 1017 XJ Amsterdam.
Omslag Brigitte Slangen
Omslagbeeld © Carla van de Puttelaar
Foto auteur © Mark Kohn
Binnenwerk Yvonne Reijsoo, Nyvonco

ISBN 978 90 214 2229 9 / NUR 301

www.querido.nl

Inhoud

De Retiefstraat

1

Achter in de schemerige gang lag een dode man, bewaakt door een naakte vrouw, die op knieën en ellebogen razendsnel heen en weer kroop. Grommend met ontblote tanden – alsof ze het lijk wilde beschermen tegen onverwachte indringers. Haar rechtmatige prooi. De voordeur was tegen de muur geslagen, en voor mijn voeten lag nu een rechthoek van zonlicht waarbinnen zich mijn schaduw aftekende. De vrouw knipperde met haar ogen, wat in tegenspraak leek met haar verder zo vervaarlijke aanblik. Ze deed met geheven hand een uitval in mijn richting tot ongeveer halverwege de ganglopen, en maakte toen, misschien verdreven door het felle licht, rechtsomkeert – op het lijk af, nog steeds kruipend, waarbij ze over haar schouder naar me bleef kijken. Slijmdraden lekten uit haar mondhoeken en trilden aan haar kin.

'Rustig maar,' riep ik. 'We zijn hier om je te helpen.'

Ik zette een stap over de drempel en de kokosmat, waarna de vrouw een soort luchtsprongetje van schrik maakte en een golf urine verloor, die half tegen de muur en voor de andere helft in het stof naast de loper terechtkwam. Ze nam haar positie pal voor de dode weer in, gezicht naar mij toe, halsspieren gespannen, zwaaiend met haar bovenlijf. De handen maakten pas op de plaats, bonzend op de planken vloer. Ik deed een paar stappen dieper de gang in.

'Voorzichtig aan, Zwanet,' klonk achter me de stem van mijn collega, die op het trottoir stond. 'Laat mij anders even.'

'Ze is banger voor mij dan ik voor haar, Ron.'

'Maar toch,' zei Ron. Hij stapte het granieten stoepje op, waarvan de plaat los lag, zodat het dreunende geluid de vrouw nog meer deed terugdeinzen. Achterwaarts kruipend stootte ze tegen het lichaam. Het lag op z'n rug, geheel gekleed, behalve dat de pantalon samen met de onderbroek tot halverwege de bovenbenen omlaag was geschoven. Ook toen mijn ogen nog aan het halfduister moesten wennen, had ik meteen al gezien dat de man was overleden. Mijn collega's van de GG&GD hadden het altijd over 'een bepaalde grijsheid van het gezicht' waaruit ze de dood afleidden. Deze gestorvene had eerder een stoffige beige teint. En trouwens, al bedroog mijn zicht me misschien in het halfdonker, mijn reuk was er ook nog. Niet voor niets hadden de buren in de Retiefstraat geklaagd over 'lijkenlucht'. 'Op z'n minst een kapotte rioolpijp.'

'Vertel me dan in ieder geval,' zei Ron, 'wat je daar aantreft. Ik kan niks zien... je staat als een blok voor me.'

'Een dode man en een volgens mij hevig verwarde vrouw.'

Plotseling vloog ze weer op me af, de rechthoek van zonlicht in. Ik zag nu pas hoe smerig ze was, als een kind dat een hele middag door het grijze zand van een dennenbos gekropen heeft. De van angst vergoten urine had verticale strepen in het vuil van haar dijen getrokken. Het enige kledingstuk dat ze nog droeg, was een bh die losjes om haar middel hing, met ingedeukte cups, net zo groezelig als haar vel. Het hoofd schoot met opengesperde mond naar voren, en als ik niet snel een stap achteruit had gedaan, waren haar tanden in mijn scheenbeen gedrongen. Vanwege het zomerse lenteweer droeg ik een jurk. Haar hand had meer succes: die sloeg ze met de lange nagels, waarop schilfers turquoise lak, zijdelings in mijn kuit. Ik voelde even later het warme bloed in mijn schoen lopen, met iets kriebeligs. Ik haalde met mijn voet uit naar de vrouw, die met de schuldige hand nogmaals naar me sloeg, waarna ze naar haar prooi terugkeerde. In haar ogen waren wij mogelijk gieren of hyena's die het op aas voorzien hadden.

'Zwanet, je bloedt... laat me erlangs.'

'Ik krijg haar wel klein.'

'Jij gaat praten... dat werkt averechts.'

Ik liep dieper de gang in, tot voorbij de projectie van de deuropening. De geur van ontbinding deed me kokhalzen, en bijna moest ik overgeven. Stom, ik had me weer eens niet gehouden aan mijn voornemen om een tube tandpasta bij me te steken en er een sliertje van op mijn bovenlip te doen, al dan niet in combinatie met het chirurgenkapje dat we regelmatig op de afdeling Ongediertebestrijding uitgereikt kregen.

De vrouw bleef volharden in haar houding op knieën en ellebogen. Het drong tot me door dat ik, rechtopstaand, een extra bedreiging voor haar vormde. Ik nam de hurkpositie in, en bewoog me zo met kleine stapjes op haar af, waarbij ik mijn handen met de binnenkant naar haar toekeerde, als vredelievend gebaar. Ze kroop tegen het lijk aan. De stank leek haar niet te deren. Haar borsten schommelden als de opgezette melkklieren rond de spenen van een drachtig wijfjesdier. Maar ze was nog altijd een mens, en haar naaktheid had op deze manier niets natuurlijks. Het bloot kreeg eerder iets obsceens door het ontbreken van elke elegantie of koketterie of zelfs uitdagendheid. Toen ik vlak bij haar was, liet ik me voorover op mijn knieën vallen. Ze kon niet verder naar achteren: dan had ze over het lichaam heen moeten klimmen, dat dwars over de gangloper lag… om vervolgens op een dichte deur te stuiten, vermoedelijk die van de keuken. Haar gezicht was vertrokken van angst, maar deze vrees had dan weer niets menselijks. Ze beefde over haar hele lijf.

'Niet bang zijn,' probeerde ik. 'Wij zijn van de GG&GD… niemand van ons heeft kwaad in de zin.'

Het stelde haar niet zichtbaar gerust. Ik vroeg haar hoe ze heette, en of ze hier op deze benedenverdieping woonde. Het verbaasde me niet dat ik geen ander antwoord kreeg dan een langgerekt gegrom dat van diep uit haar keel kwam.

'Zwanet, haar uithoren is toch echt een zaak voor de politie, hoor,' zei Ron, die nog in de deuropening stond. 'Er ligt hier een dooie… dat is onze verantwoordelijkheid niet.'

'Ik wilde alleen even testen of ze überhaupt aanspreekbaar is,' zei ik. 'Bel jij intussen de kit.'

'Dan ook meteen maar De Brouwerij,' zei Ron. 'Voor de Spanlakense Dienst.'

Bij de GG&GD hadden we ons eigen *slang*. De Brouwerij, dat sloeg op Nieuwe Achtergracht nummer 100, waar vroeger een bierbrouwerij had gezeten. En de Spanlakense Dienst, dat was natuurlijk de ambulante psychiatrische afdeling. Terwijl Ron op het trottoir in de volle zon stond te telefoneren, stelde ik de vrouw nog wat vragen, hopend haar zo een beetje op haar gemak te stellen, want haar aan de praat krijgen had ik al opgegeven. Dat moesten de psychiaters van De Brouwerij maar op zich nemen – ik *had* mezelf al overtroffen door me zo diep in deze dodengang te begeven. De ontbindingsgeur van het lijk, was dat niet zoiets als een laatste, postume groet van een mens aan de wereld? De ultieme walm. Er was geen aan etiquette onderworpen levende persoon meer om zich te schamen voor deze 'scheet van alle organen', deze ongebottelde (of beter, ongekiste) putlucht. Het was aan de nabestaanden, in samenspraak met de begrafenisonderneming, om ervoor te zorgen dat het rottingsproces de spuigaten niet uit liep – door het stoffelijk overschot te balsemen, op zoemend ijs te leggen of meteen maar tussen zes planken te klemmen. Hier, in de benedenwoning aan de Retiefstraat, was nog niets ondernomen tegen de stankoverlast. Werd de man door zijn familie gemist? Misschien was het wel zijn wettige echtgenote die grommend naast hem zat, in psychische nood geraakt door zijn plotselinge verscheiden. De dode had zijn handen plat op de grond naast zich liggen. Hij droeg geen trouwring. De vrouw had aan haar pink een dunne meisjesring met speldenknopgrote briljantjes, zo een die je op je Eerste Communie van een tante cadeau krijgt, en die je blijft dragen tot hij niet meer om een van de andere vingers past.

'Hij kan hier zo niet blijven liggen,' zei ik tegen de vrouw. Ik had nog hoop dat ik de ban van haar zwijgen zou kunnen breken. 'Hij moet naar het ziekenhuis vervoerd worden… en u ook. Voor onderzoek. Het Onze Lieve Vrouwe Gasthuis is niet ver weg. Er komt zo een ambulance.'

Het had geen zin. Ze keek niet volledig langs me heen, maar naar een gezicht dat net buiten de lijntjes van het mijne getekend leek. Het gutturale gegrom werd zacht als kattengespin, maar bleef kwaadaardig klinken. Haar hoofd kon elk moment weer naar voren schieten... om me te bijten, en ditmaal raak, want ik bevond me nu met meer kwetsbare delen op het niveau van haar mond.

2

Sinds Henk met pensioen was, fungeerde ik als interim-chef over onze kleine eenheid. Bij zelfs maar het *vermoeden* dat we een lijk zouden aantreffen, al was het dat van een hond, had ik Henk, een oudgediende, altijd vooruitgestuurd. Meestal had de gore lucht een andere bron, maar alleen al de gedachte dat ik met een overledene kon worden geconfronteerd, liet me dralen op het trottoir voor het verdachte huis. ('Kom maar, Zwanet, de boa ligt als een pier in z'n kooi... met ernaast een hoopje dooie witte muizen.')

Ik werkte parttime voor de afdeling Ongediertebestrijding van de GG&GD: de eerste drie dagen van de week. Die woensdag bleef Henk, na zijn afscheidsborrel op dinsdag, voor het eerst thuis en stond ik er alleen voor.

'In de Retiefstraat, in Oost, klagen buren al dagen over stank uit een benedenwoning,' zei onze werkverdeler die ochtend in De Brouwerij. 'De meeste omwonenden gokken op een kapot riool, maar er is ook een buurman die vroeger met reddingshonden heeft gewerkt, en die houdt vol dat het om een lijkenlucht gaat. Ja, ik weet het, Zwanet, ik mis Henk ook... maar stel *dat* het om een dooie gaat, kun jij dat aan?'

'Ik zie ze het liefst helemaal ingepakt het huis uit gedragen worden, met alleen zo'n toefje haar dat boven het dek uit piept… maar vooruit, één keer moet de eerste zijn.'

'Eropaf dan. De Retiefstraat, dat is daar onder het spoorviaduct door… je weet wel.'

Het was een zeldzaam mooie, vroegzomerse dag midden mei van dat vervloekte jaar 1997. Tweede helft van de ochtend: de schaduwen tekenden zich nog scherp af, en voelden bij doorkruising koel aan je blote onderbenen. Helaas, en bijna als een belediging voor het schitterende lenteweer, lag er ook een schaduw over mijn gemoed. Ik zag op tegen het bezoek dat ik 's avonds zou moeten ontvangen, en dat ik me door mijn eigen godsonmogelijke vent had laten opdringen.

'Wat zit je nee te schudden?' wilde Ron weten. Hij bestuurde het busje en reed juist onder het viaduct door. 'Wat we misschien aantreffen, zie je daartegen op?'

Het spoor boven ons liet balken zonlicht door, die het plaveisel arceerden en over de motorkap en de voorruit joegen.

'O, niks, gewoon een gedachte die ik kwijt wil.'

'Voor mij hoef je van je hart geen moordkuil te maken, dat weet je.'

De anders zo sombere Retiefstraat, waar ik wel vaker de flitspuit had moeten hanteren, knapte geweldig op van de strakblauwe lucht en het vonkende zonlicht. De schortjesgevels van de negentiende-eeuwse stapelwoningen kregen er een aangenaam doorleefd patina van. We stopten voor het opgegeven adres, en belden aan bij de linkerdeur, die van de benedenetage. Een kleine roestige rechthoek gaf aan waar het naambordje van de bewoner had gezeten. Ik dacht dat ik het geluid eerst boven een voorbijdenderende trein uit niet gehoord had, maar bij een volgende poging bleek de bel niet eens over te gaan. Ron was al aan het proberen contact te krijgen met de bovenburen op een- en tweehoog. Die van eenhoog nodigden hem uit om 'zelf te komen ruiken', waarna hij de steile trap op stiefelde.

'Het is officieel een leegstaande woning,' maakte ik op uit het kijvende relaas van een vrouw. 'Een volslagen onbekende maakt er gebruik van... zo illegaal als de kolere. Geen kraker of zulk soort tuig van de richel, nee, hij slaapt er als het hem zo uitkomt. Zo asociaal als de neten.'

'Soms neemt hij een sloerie mee uit de kroeg,' klonk nu een mannenstem. 'Een week geleden nog... ik heb haar gezien. Volslagen toeter. Hij kreeg de deur niet open... en zij maar krijsen en brullen. Beestachtig, gewoon niet mooi meer.'

'En daarna,' vroeg Ron, 'hebben jullie die twee de afgelopen dagen nog gezien?'

'Nee,' zei de man, 'ook in de Ape-Retief niet... dat is het café hier op de hoek.'

'Haar, dat wijf, heb ik vannacht en vanmorgen nog horen loeien,' zei de vrouw. 'Het is dat ik van mijn man hier weet dat het om een menselijk wezen gaat... anders zou ik zeggen een wild dier is er niks bij. Je zou ze met fakkels verjagen.'

'En de stank?' wilde Ron weten.

Staande voor de dichte deur werd ik nu een zoetige lucht van bederf gewaar, zoals wanneer er in huis ergens een dooie muis ligt te rotten, maar dan honderdvoudig versterkt. Ik dacht aan de avond die voor me lag, en zei zacht voor me heen: '*I can smell a rat.*'

'Sinds een paar dagen,' zei de man op eenhoog. 'Iedereen hier in huis heeft het over een gebarsten rioolpijp, maar ik herken een lijkenlucht uit duizenden.'

Hij was waarschijnlijk de voormalige begeleider van reddingshonden. Ingestort flatgebouw te Ankara. Duitse herder Donnerwetter met boerenzakdoek om de hals geknoopt, blaffend naar een spleet in het puin... afgericht baasje kan precies horen of hij blaft naar dood of leven.

'We gaan eens kijken,' zei Ron, die de trap weer af stommelde. En tegen mij: 'Het zijn geen erg stevige deuren... deze wint het niet van mijn schouder.'

Hij rukte aan de knop, en bemerkte enige speling.

'Daar zijn we niet toe bevoegd, Ron. We kunnen beter bij de eigenaar de sleutel opvragen.'

'Dat kost ons een halve dag,' zei Ron. 'Huisjesmelkers zijn moeilijk op te sporen.'

Ik liet hem zijn gang gaan. Bij de tweede keer beuken vloog de deur open, die met een harde klap tegen de muur sloeg, begeleid door het kleppergeluid van de brievenbus.

3

Bijna had de vrouw me in mijn neus gebeten: ik trok mijn hoofd nog net op tijd weg, waarna ik me uit de geknielde houding oprichtte – te snel, wat maakte dat er rouwfloersen als zwarte mantilla's over mijn netvlies gleden. Tijdens de duizeling die volgde, bedacht ik dat het me niet slecht was uitgekomen als ze daadwerkelijk haar tanden in me gezet had. Het zou me een excuus hebben bezorgd om het bezoek voor die avond door Albert af te laten zeggen. ('Nee, echt, Alp... ik kan haar zo, met die geschonden neus, niet onder ogen komen. Ik schaam me dood.')

Ondertussen was *hij* degene die zich dood diende te schamen. Mij zo voor het blok te zetten, wat dacht hij wel. Ik hoorde de klik van het gebit nog in mijn oren – een helder geluid van glazuur op glazuur, dat je eigenlijk zelden hoort. Het klonk naar misrekening: bijten, zelfs door de pees heen, leverde een gedemptere klank op.

Ik had natuurlijk mijn bekraste kuit nog, waarvan de prikkende pijn zich nu hinderlijk begon op te dringen. Ik voelde het bloed op mijn enkel opdrogen – het trok in de haartjes van de huid, die ik nodig eens moest scheren. Maar zeg eerlijk, Zwanet... zijn vier door hoektanden toegebrachte wondjes in de kuit smoes genoeg om een belangrijke visite tegen te houden? (Er was natuurlijk altijd nog de buitenkans op een ontsteking, als het even meezat.) Ik kan er reepjes hansaplast overheen plakken, en die onzichtbaar maken met zo'n wonderdoener als een zomerpanty.

'Spanlakenbrigade onderweg,' riep Ron de gang in. 'De kit ook. Je kunt beter naar buiten komen, voordat er toch nog ongelukken gebeuren.'

Ik liep achterwaarts het zonlicht weer in, zonder de vrouw uit het oog te verliezen. Ze lag nu uitgestrekt over de volle breedte van de gang, met haar hoofd, een beetje schuins naar mij toegekeerd, op haar vooruitgestoken, heel secuur naast elkaar neergevlijde onderarmen – blijkbaar nog steeds met de bedoeling de indringers bij haar prooi of geliefde dode weg te houden. Ze lag met haar billen enigszins omhoog, en liet ze wiegelen, als een zwarte danseres in een videoclip.

4

Naarmate we langer in het volle zonlicht op het trottoir stonden, Ron en ik, werd de gang steeds meer een donkere spelonk, waarvan alleen het begin verlicht was – over een afstand die kromp met het stijgen van de zon. Ik kon niet goed zien wat zich daarbinnen afspeelde. Het leek wel alsof de vrouw een schutkleur had aangenomen, als een soldaat op nachtelijke missie. Achter de dode man bevond zich een dichte deur: als de vrouw die als ontsnappingsroute wenste te gebruiken, zou het ons waarschijnlijk door binnenvallend licht opvallen. Ik wenkte een van de buren die op afstand verdere gebeurtenissen afwachtten. Een nog jonge man kwam naar me toe. Ik wees de gang in.

'Waar geeft die tussendeur op uit?'

'Net als bij ons... op de keuken. Daarachter is nog de bijkeuken, en dan sta je in de tuin... een soort binnenplaats.'

'Is dat een vluchtroute?'

'Geheid niet... je zit opgesloten tussen de huizen en de troep.'

Eindelijk arriveerde de Spanlakense Dienst, vrijwel onmiddellijk gevolgd door een politieauto. De sirene klonk me altijd als kinderspeelgoed in de oren, een basloos blaasinstrument, niet opgewassen tegen het voldragen rumoer van de stad. De agenten lieten zich de situatie uitleggen, en gaven toestemming om de 'verwarde vrouw', zoals ze nu algemeen genoemd werd, af te voeren, 'als de rest maar intact blijft'. Meestal werden verwarde personen door de politie ondergebracht bij een ggz, maar misschien hadden ze er vandaag niet zo'n zin in.

'Opgepast,' zei ik tegen de medewerkers van de Spanlakense, 'ze krabt en ze bijt.'

'Ach wat, Zwanet,' zei er een, 'met al die drank of drugs... ze kan niet eens op haar benen staan.'

Twee mannen namen haar onder de oksels, en tilden haar zo de drempel over, het zonlicht in, waartegen ze haar ogen zo stijf dichtkneep dat het niet eens spleetjes meer leken. Nu ze buiten was, zag ik haar vele littekens pas: een wemeling van verticale en horizontale striemen die zich over haar hele lijf uitstrekten, voor en achter, tot in haar nek en gezicht. Ze hadden zich, als bij een nog af te drukken ets, gevuld met het vuil dat ze ook elders op de huid droeg, als om ze op de manier van primitieve volkeren kunstzinnig te accentueren. Een verpleegkundige wierp een paardendeken over haar schouders, om haar naaktheid te bedekken. Teneinde haar goed in te kunnen laten stoppen, lieten de mannen hun greep enigszins verslappen. De vrouw liet zich onmiddellijk, terwijl de deken van haar afgleed, op handen en knieën op het trottoir vallen, en probeerde zo te vluchten – in tegenovergestelde richting, weg van het Spanlakense busje, waarbij de soepele behendigheid opviel waarmee ze zich verplaatste.

'Hola,' riep een van de verplegers, 'dat gaat zomaar niet.'

Ze hadden haar spoedig weer gevangen.

'Zullen we haar niet toch maar de boeien omdoen?' suggereerde een van de agenten. 'Ze mag dan ernstig in verwarring zijn, ze is nog altijd aangetroffen op een plaats delict... daar gaat niets van af.'

De halve cirkel van belangstellenden reikte inmiddels tot het midden van de straat, en was groeiende. De vrouw, nu zonder deken, maar met nog altijd die beschamende bh rustend op haar heupen, werd rechtstandig naar het busje gedragen, waarvan de schuifdeur openstond. Ze liet haar voeten slepen, en haar lange teennagels krasten over de tegels. Ze gromde, en spuwde overvloedig om zich heen. Zo werd ze met de grootste moeite in de laadruimte gepropt.

'Breng 'r maar naar de Ape,' riep een van de omstanders. 'Ze weten daar zo ook wel wat ze graag zuipt.'

'Het stinkt hier nog steeds als een oordeel,' zei een buurvrouw. 'Ze bestrijden zogenaamd het ongedierte, maar niet de bijbehorende luchies.'

'Kom, mensen... allemaal een neus vol, dan zijn we d'r zo doorheen.'

Er was voor het huis nauwelijks meer plaats voor de ambulance die nu arriveerde. De agenten, die al hadden geconcludeerd dat binnen een niet te redden persoon lag, lieten de broeders hun werk doen. Hun fosforescerende kielen lichtten op achter in de duistere gang – totdat ze een noodlamp geïnstalleerd hadden. Ze zagen (en roken) natuurlijk meteen dat ze met een sterfgeval te maken hadden, maar ik kreeg door iets in hun gebogen ruggen toch de idiote indruk dat ze aan het reanimeren sloegen. Ze waren nou eenmaal opgeleid om het laatste zuchtje leven niet te laten ontsnappen, en het desnoods uit de lucht te plukken en terug het lichaam in te stoppen. Als God ooit Adam begeesterd had, dan *zo*, met hemelsblauwe latex handschoenen aan, pompend met Zijn volle gewicht.

Wat later verscheen een van de ambulancebroeders in de deuropening. Hij trok zijn maskertje naar beneden: 'Zeker al een week terug overleden. Bestel de lijkwagen maar.'

'Jullie vervoeren ze toch ook wel in de ambulance,' zei een politieman.

'Als ze koud dood zijn, ja,' antwoordde de broeder. 'Een lijk van een week oud, die lucht blijft in de wagen hangen… dat doe je een zieke niet aan.'

'En de doodsoorzaak?' vroeg de andere agent.

'Een natuurlijke, als je 't mij vraagt. Ik heb daar uiteraard niet het laatste woord in.'

'We halen er zo een schouwarts bij,' zei de agent.

Ik wendde me tot de ambulanceman: 'Geen tekenen van geweld… bijtsporen bijvoorbeeld?'

'Zover ik weet, mevrouw, maakt u geen deel uit van de technische recherche,' zei de politieman. 'Veel dank voor uw opmerkzame reukzin, maar laten we ons vooral allemaal bij de eigen leest houden.'

'De verwarde vrouw viel me aan, en probeerde me te bijten. Ze is aangetroffen bij het dode lichaam van een man… dat maakt mijn vraag toch niet zo vreemd.'

'Alleen wat bloeduitstortingen op het sleutelbeen,' zei de broeder kalm. 'Te laag om aan verwurging te denken. Zuigzoenen misschien… veel wijst erop dat het een stel was.'

5

Natuurlijke dood of niet, de forensische recherche maakte er een plaats delict van, afgezet met rood-wit lint, dat glansde in de zon en in heel z'n roerloosheid ook nog eens liet zien dat het een windstille dag was. De vrouw hadden ze toen al afgevoerd naar de Verlengde Achtergracht voor een wasbeurt en een eerste psychiatrisch onderzoek – overigens onder protest van de achterblijvende politiemensen, die haar het liefst ter plekke aan een verhoor hadden onderworpen.

'Ziet u dan niet,' zei ik, 'dat ze totaal niet aanspreekbaar is? Als ik zeg dat je een grauw en een snauw van haar kunt krijgen, duidt dat nog op enige... hoe zal ik het zeggen... verbale kwaliteit, die ze in feite niet kan opbrengen.'

'Begrepen... zet u maar niet zo'n hoge borst, mevrouwtje. Het is al goed.'

Ik had even in tweestrijd verkeerd. Met haar mee naar De Brouwerij gaan om haar tijdens het onderzoek bij te staan, of in de Retiefstraat achterblijven en proberen nog wat gegevens over haar en die dode man te achterhalen?

'Jij maakt er altijd je eigen detective van,' zei Albert wel eens. 'Eigenlijk ben jij een klein baasje dat niet kan delegeren... met als gevolg dat je alle andere diensten voor de voeten loopt, en je nog gehaat maakt ook.'

Hij kon wel eens gelijk hebben. In de tijd dat mijn vader bij de Ongediertebestrijding zat, en ik nog op het gym, maakte ik al aantekeningen van de avonturen waar hij 's avonds mee thuiskwam, met de bedoeling ze uit te werken tot een pocketreeks die *De stad en de holen* moest gaan heten. Verhalen over sociaal en maatschappelijk afgegleden mensen die zich ergens driehoog in hun eigen rotzooi en vuil verschanst hadden en van wie ik dan de voorgeschiedenis zou opschrijven: hoe het zover gekomen was. Alleen... behalve wat opzetjes kreeg ik er nooit iets van op papier. Sinds ik zelf in De Brouwerij een baan had, *leefde* ik die geschiedenissen. Ik ging als het ware mijn boekje te buiten, en startte mijn eigen onderzoek.

'Als ze merken hoe ver je daarin gaat,' zei Albert, 'kan het je je contract kosten. Niet dat ik het erg zou vinden... ik heb je net zo lief thuis.'

Er scheen nu een feller licht aan het eind van de gang: het lichaam werd gefotografeerd. De man was in ieder geval niet doodgeschoten, zoveel had ik er wel van gezien. Hoewel er dus geen kogelhulzen in zijn directe nabijheid konden liggen, verschenen er wel van die gele, genummerde minisandwichbordjes om hem heen. Geen idee wat die aan moesten geven.

Bloedvlekken die ik over het hoofd had gezien? Spermasporen? Ik had de mannen in hun witte overalls met een *blacklight* over de vloer en de muren zien schijnen.

De lijkwagen stond al een poos te wachten. Nadat alle relevante gegevens verzameld waren, werd het lichaam in een soort slede van nogal groezelig plastic gelegd, en achter in de wagen geschoven. Bestemming: het mortuarium van het Onze Lieve Vrouwe Gasthuis, waar autopsie verricht zou worden.

Nu de duivelin was afgevoerd, en ongetwijfeld in een isoleercel haar eigen stront lag te vreten, en het lijk in de Retiefstraat zelfs geen kwalijk luchtje meer uit kon stoten, viel de menigte nieuwsgierigen langzaam uiteen. De rechercheurs kwamen op het trottoir met naar achteren geslagen capuchon een frisse neus halen en zich even koesteren in de zon.

'Ik hoef geen naam,' zei ik, 'alleen te weten of hij geïdentificeerd is.'

'Vergeet het maar,' zei de aangesprokene. 'In zijn portemonnee zaten een paar bankbiljetten… geen enkel identiteitsbewijs.'

'We komen er wel uit,' zei zijn collega. 'We troffen een gave vingerafdruk aan op de drukknop van de beurs. DNA is er ook… onder meer in het nagelvuil van de vrouw. Ze heeft hem gekrabd. We moeten een *match* zien te vinden.'

'In een zijkamer lagen de gescheurde kleren van de vrouw… ook zonder identiteitsbewijs. Een merklabeltje, daar moeten we het mee doen.'

'Foto's in de krant… op internet,' zei ik. 'De wereld is zo klein geworden.'

'Ja, dat zeggen wij ook geregeld tegen elkaar,' zei een van de witte overalls. 'Maar de wereld is nog altijd een hooiberg… niet elke speld is op te sporen.'

De twee agenten in uniform kwamen melden dat ze in het café aan het eind van de straat gingen informeren. 'Volgens de buurt zijn die twee daar een paar avonden achter elkaar samen geweest… dat was nogal een vertoning, schijnt het.'

Het werd Ron en mij toegestaan om mee te gaan. 'En dan verteren op rekening van de GG&GD,' zei een van de politiemannen. 'Trek ik eerst mijn uniform uit.'

6

Amsterdamse middenstanders geven hun nering vaak een megalomane naam. De Matrassenkoning. Het Uitdeukpaleis. Café De Eeuwige Eendracht. Buurtkroeg Ape-Retief vormde een twijfelgeval. Heel begrijpelijk dat de uitbater een woordspeling op de straatnaam wilde, dat schiep saamhorigheid in de wijk, en taxichauffeurs zouden zich minder gauw vergissen als de klant met een behulpzaam binnenrijm kwam: 'Ape-Retief in de Retiefstraat.'

De betekenis van de naam zelf kon tot misverstanden leiden. Hè, een café waar alleen geaperitiefd wordt... wat is dat voor benepen bedoening? Of juist: hier mag u iedere genoten consumptie als aperitief beschouwen... kan niet bommen hoeveel het er zijn. Het dempte het schuldgevoel.

Amsterdamse cafés zijn eigenlijk net als vaderlandse dagbladen: ze proberen zich van de concurrent te onderscheiden door hem tot in detail angstvallig na te bootsen. Boven de bar een klimrek voor plastic wingerdranken, en imitatiedruiventrossen, niet van echt te onderscheiden, behalve dat niemand ooit in de verleiding komt ervan te plukken. Hoge barkrukken die de neiging hebben in de loop van de avond te gaan groeien, zodat de vloer steeds meer in de diepte verdwijnt, zonder dat de drinker zijn hoofd stoot of een aanval van hoogtevrees krijgt te verduren. Bij Ape-Retief was het niet anders.

De violette straling van de Wurlitzerjukebox leek speciaal aangebracht om de jackets in het gebit van de gasten te ontmaskeren, en sommige pluisjes op de angoratruitjes van de dames te laten opgloeien, zodat ze er de hele avond aan bleven plukken… alleen om te ontdekken dat hun parelmoer gelakte nagels ook licht gaven.

Op de tafels de gebruikelijke namaakpersjes, maar van de stoelen eromheen was een flink aantal kapot, met half afgebroken rugleuningen en versplinterde zittingen – wat me des te meer opviel omdat de gelagkamer verder zo'n propere indruk maakte, zelfs nu het daglicht er binnenviel. Er waren op dit uur maar drie of vier klanten, die zwijgend zaten te drinken. Een van de agenten ondervroeg de kastelein. Hij liet foto's zien van de man en de vrouw, genomen voordat ze een voor een werden afgevoerd.

'Zo'n dooie was het niet als hij zich hier kwam volgieten,' zei de uitbater na een blik op het cameraschermpje. 'Sterker, het was een behoorlijk levendig type… met goeie humor op z'n tijd. Het spijt me te horen dat hij het loodje heeft gelegd.'

'Hoe heet hij? We kunnen geen naam vinden.'

'Al slaat u me op mijn beurt dood, agent. Als hier een wildvreemde in de zaak komt, en hij betaalt niet meteen zijn vertering, dan verzin ik gelijk een bijnaam voor 'm… en die komt op de rekening te staan. Ik vind het zo ongezellig om van nieuwe gasten meteen het putdeksel van de doopceel te lichten. Hemmes daar, op die foto, noemde ik Haas… vanwege zijn hazenlip. Het eerste wat me aan hem opviel. Keurig gerepareerd, maar je bleef het toch zien. Hij was goed voor z'n geld, elke keer weer, dus ik vond het niet nodig om z'n rijbewijs in te nemen.'

'Op zekere avond,' zei de agent, de andere foto omhoog houdend, 'verscheen uw Haas hier met deze vrouw…'

'Het klopt niet helemaal wat u nu zegt,' zei de kastelein, die op een stille wenk van een van de gasten een glas bier tapte. 'Op die zekere avond van u zat onze Haas hier net als altijd alleen aan de bar, en toen kwam die dame binnen. Voor haar hoefde ik niet eens een naam te bedenken, want zij dronk op zijn kosten. Al die keren dat ze hier is geweest, heeft ze geen enkel rondje gegeven. Haas betaalde alles. Zij klom gelijk op de kruk naast 'm… ze schenen mekaar te kennen. Ze voerden een serieus gesprek… heel zachtjes, ik verstond er niks van. Niet dat er gevoosd werd, want dat mot ik hier aan de bar niet hebben, maar ze haalde hem wel af en toe stevig aan. Het viel me op dat de vrouw, en daardoor zag ze er misschien ouder uit dan ze was… dat ze een paar flinke japen van littekens in d'r gezicht had.'

De uitbater veegde met zijn spatel het overtollige schuim van het bier, peinzend, en bleef dat doen, alsof hij steeds maar niet tevreden was over het resultaat, dan wel allerlei details aangaande het koppel zag opdoemen uit de sneeuwwitte kraag. Ik probeerde me de zich dierlijk gedragende vrouw voor te stellen als iemand die teder en belangstellend met een man aan een bar zat te keuvelen.

'Hoe vaak zijn ze hier samen geweest?' wilde de agent weten.

De caféhouder, ontwakend, zette het bier voor de klant neer.

'Bijna een week lang elke avond. Ze kwamen rond borreltijd, en gingen pas tegen sluitingstijd weg, zoals het hoort. Het achterlijke is, agent, als u me toestaat… *hem* niet, maar die vrouw heb ik in de loop van die krappe week totaal zien veranderen. Maar dan ook *totaal.* Haar gedrag, bedoel ik… en ja, in wezen ook haar uiterlijk.'

'Kunt u een voorbeeld geven?' De agent keek even opzij of zijn collega alles wel opschreef. Dat deed hij, snel als een stenograaf.

'Nou, op een keer… na die eerste avond… komt ze binnen. Hij, Haas, zit al hoog op z'n kruk, en zij… klein wijffie, nietwaar… klimt vliegensvlug tegen hem op. Ze gaf hem kopjes in zijn hals… niet spinnend als een kat, maar zacht grommend… ja, verdomd. Later begon ze hem ook te bijten… in zijn oren, zijn kin, zijn neus. Niet dat er bloed kwam, maar gewoon, speels. En hij, Haas, scheen dat nogal lekker te vinden.'

'Ach, schei toch uit, Cor,' kwam een stamgast ertussen. 'Lekker? Hij werd er zo geil als boter van. Als hij hitsig genoeg was, kietelde hij haar voor zich uit naar huis... nou ja, huis, dat valt nog te bezien... het was niet eens zijn eigen woninkie. Ik heb goed op die vent gelet. Als hij achter die vrouw aan liep, was het net of er een bezemsteel in z'n kloffie stak. Leer mij een bronstig hert kennen.'

Een andere drinker aan de bar zei, met een vaag gebaar naar het meubilair: 'En die avond dat ze stoelen kapot begon te slaan... hij vond het prachtig. Ook op zijn rug. Wat een kracht in dat iele wijffie, zeg.'

'Ik heb ze voor de nieuwwaarde op de rekening gezet,' zei de kroegbaas. 'Hij heeft zonder morren betaald. Die avond was ze zo starnakel dat ze op handen en voeten de uitgang zocht.'

En de stamgast: 'Eerder een soort sluipgang, als je 't mij vraagt. Helemaal het kippige kruidenvrouwtje dat eetbare paddenstoelen zoekt...'

'...en dan toch met de giftigste thuiskomt,' vulde de kastelein aan. 'Het was hun laatste keer hier... zowat een week geleden nu. Dat het wijffie volkomen mataglap is afgevoerd, verbaast me niks... maar hij, Haas, hoe is die aan z'n eind gekomen?'

'Dat wordt nog uitgezocht,' zei de agent.

'Kom kom, jullie herkennen een moordslachtoffer toch ook wel zonder nader onderzoek... daar ben je voor opgeleid.'

'Het kan net zo goed een natuurlijke dood zijn geweest,' zei de politieman met het opschrijfboekje. 'Er wordt momenteel sectie verricht.'

'Niet om het een of ander,' zei de kastelein, 'maar geldt jezelf de vernieling in rampetampen ook als natuurlijke dood... of is het dan zelfmoord?'

Eerste deel

Verliefd

Age cannot wither her, nor custom stale
Her infinite variety: other women cloy
The appetites they feed: but she makes hungry
Where most she satisfies; for vilest things
Become themselves in her: that the holy priests
Bless her when she is riggish.

Shakespeare, *Antony and Cleopatra*

Hoofdstuk I *Catafalque Walk*

1

Oude sleutelgaten doen het glurende oog tranen – van de tocht of van wat het te zien krijgt, al naargelang.

Ons huis in Amsterdam-Zuid stamt uit 1906, en heeft hier en daar nog de oorspronkelijke binnendeuren, al zijn op een enkele afgebroken baard na de sloten leeg. Albert, die mij als ik eens met een feitje of weetje kom, graag voor 'beladderde blauwkous' uitmaakt, voegt er altijd waanwijs aan toe: 'Het jaar van de grote aardbeving in San Francisco.'

Het heeft misschien te maken met zijn verzameling schellakplaten van Caruso: de tenor had aan de vooravond van de ramp in het plaatselijke operagebouw opgetreden, en zat de volgende ochtend ontredderd naast zijn koffer op de stoep van zijn hotel, zwerend bij alle heiligen dat hij nooit meer een noot zou zingen in die gedoemde stad. Caruso dankte zijn monumentale stem aan de bijzondere structuur van zijn kakement, zodat in 1906 tussen de puinhopen van San Francisco algauw het gerucht de ronde deed dat de zanger met een lang aangehouden hoge c de eerste scheur veroorzaakt had.

Volgens Albert, die alles weet van belcanto, ging het om een aria uit *La Bohème* van Puccini: '*Che gelida manina, se la lasci riscaldar... notte di luna...*' Hij heeft ooit geliefhebberd in het Italiaans, en kon de woorden voor me vertalen: 'Wat een koud handje/ Laat mij het verwarmen/ Zoek je de sleutel?/ In het donker zul je 'm niet vinden/ Gelukkig is het volle maan...'

Op die aria heeft die sentimentele kwast me midden jaren tachtig ten huwelijk gevraagd. Ik was nog getrouwd met zijn vriend, advocaat Ernst Quispel, en Albert zat het staartje van zijn straf uit voor het neerschieten van de neonazi Baartscheer. Hij had het zo geregeld met de gevangenisdirecteur dat zijn cassettedeck voor een uur in de bezoekersruimte mocht staan, zolang ik er was. Hij ging voor me op zijn knieën, nou ja, zijn ene knie, dat stond een stuk eleganter. In de opera op het bandje werd nog ach en wee geroepen omdat de kaars is uitgewaaid en de sleutel ergens op de grond ligt. Ik had al kouwe handen van buiten, dus ik hoefde niets te veinzen, en Albert evenmin. '*Che gelida manina.*' Pas nadat Rodolfo zich aan Mimi had voorgesteld met heel zijn dichtershart, kwam Albert met zijn aanzoek. Tekenend misschien, en een waarschuwing voor later, dat hij zo door de kennismakingsaria van Mimi heen praatte. '*Si, mi chiamano Mimi... La storia mia è breve.*'

Nee, Albert had geen parelmoeren doosje met ring in de aanbieding. Hij had in de kleine bajessuper een sleutelring gekocht en die net zo lang verbogen tot hij om mijn vinger paste. Het ding bleek nog steeds te groot, en ik schudde het terug in zijn handpalm. 'Aardig geprobeerd, Albert, maar ik ben al getrouwd. Ik kom je niet opzoeken met de bede mijn gezin te liquideren.'

Dat vond hij een rotopmerking, en ik bij nader inzien ook. Rodolfo werd door zijn vrienden in het trapportaal gemaand naar beneden te komen, en een bewaker kwam Albert erop wijzen dat het ingelaste bezoekuur voorbij was. '*O soave fanciulla...*' Rodolfo en Mimi vertrekken, elkaar in duet hun liefde verklarend. Uitgewaaide kaars en gevallen sleutel: snelste versiertruc uit de geschiedenis van de opera.

Ons buurtje in Zuid is altijd van een gelukzalige saaiheid geweest. Het laatste opstootje, schat ik, was in het provojaar 1966, toen de kapper hier schuin aan de overkant, tegenwoordig met BARRY BARBER op de ruit, weigerde nog langer 'jongens met een Beatleskapsel' te knippen. Er volgde een *sit-in*-demonstratie op het trottoir voor de zaak, met op een protestbord de klassiek geworden slogan: BETER LANGHARIG DAN KORTZICHTIG. (Albert herinnert zich buttons met die tekst op het plein van zijn middelbare school in Eindhoven.) Een maatschappelijk probleem was er ondertussen helemaal niet, want de jeugd wenste z'n haar te laten groeien, niet te laten fatsoeneren door een salon voor de kakkers van Oud-Zuid. De voorbije halve eeuw is de 'iconisch' genoemde foto van de sit-in nog vaak in de kranten verschenen, als voorbeeld van hoe *gepolariseerd* onze samenleving destijds was.

Terwijl ik dit schrijf, naderen we het jaar 2019, en wonen we hier inmiddels ruim een kwart eeuw, maar incidenten van vergelijkbare explosiviteit hebben zich sinds 1966 bij mijn weten in de Cornelis Andriessenstraat niet meer voorgedaan – ja, bij ons op nummer 75, akkoord, maar dat speelde zich strikt binnenshuis af, en daar hoefden we niet voor over straat te rollen, al zullen de buren er allicht iets van meegekregen hebben. Mensen houden nu eenmaal van het duiden van ruzieflarden en het schervengericht van versplinterend vaatwerk. Een uit het duister van de nacht opstijgende smartenkreet, wie wordt daar niet blij van?

Toen er later incidenteel iets van naar buiten kwam, hield de pers zich keurig aan de initialen. Zwarte balkjes waren niet nodig, want er stonden nooit foto's van ons bij. Zelfs geen rechtbanktekening: tot een zaak is het nooit gekomen.

'*Beter langharig dan kortzichtig*.' De kapsalon was sinds die demonstratie alleen maar exclusiever geworden. Opvolger Barry had het aantal stoelen teruggebracht tot één heel chique, op alle mogelijke manieren verstelbaar. Wie vanaf het trottoir deze zetel voor de met gloeilampen en lichtguirlandes omkranste spiegel zag staan, kon niet anders dan aan de pauwentroon van de voormalige sjah van Perzië denken. Er nam ook wel eens een kaalkop uit de buurt in plaats, die dan een scheerbeurt onderging, met ouderwets opengeklapt mes, dat eerst langs de riem was gehaald. De nieuwe barbier verwende de klant met warme, vochtige doeken, een behandeling als Al Capone krijgt in *The Untouchables*, het hoofd soms stomend ingezwachteld – maar op zulke overeenkomsten zinspeelde BARRY BARBER nooit.

2

Bij de oplevering van het pand hadden alle deuren, mag ik aannemen, tenminste die van de persoonlijke ruimtes zoals slaap- en studeervertrekken, nog een af te grendelen slot, aan buiten- en binnenkant. Dit verhaal speelt, althans begint, in 1997. Onze twee kinderen, Cynthia en Thjummi, hadden ieder hun eigen kamer in het huis. Beschaamd geef ik toe dat ik wel eens door hun sleutelgat heb geloerd, niet met slechte bedoelingen, maar vooral om onbespied, via een gaatje in de kijkdoos, een blik te werpen op mijn eigen geluk. Ze hebben me geen van tweeën ooit betrapt, bijvoorbeeld door onverhoeds de deur open te rukken: 'Mam, laat dat... dit is mijn kamer.' En Thjum kennende zou hij er pedant aan hebben toegevoegd: 'Tjee, doe normaal, moes... dit is privaat.'

Nee, ze hebben me er nooit op aangesproken, en toch was op een dag Thjums sleutelgat volgestouwd met fijngekauwd papier, en dat van Cyn met roze kauwgom, alles zo vers dat ik het gebruikte speeksel na het stoten van mijn neus kon ruiken. Ja, zeg, ik zal na al het gekwijl en gebellenblaas het spuug van mijn eigen kinderen niet herkennen.

Onze echtelijke slaapkamer had ook zo'n wijd, uitnodigend kijkgat, zonder sleutel, zelfs zonder afgebroken baard, om het zicht weg te nemen. Al dan niet door mij op een idee gebracht konden de kinderen natuurlijk ook bij ons naar binnen gluren. Op een dag, niemand thuis (dacht ik), knielde ik op de overloop voor onze eigen deur neer. Ik kneep mijn ene oog dicht en bracht het andere naar de opening. Het eerste wat me opviel, was een zo krachtige tocht dat die het oog uit de kas leek te willen zuigen. Het begon te tranen, en pas na eindeloos knipperen kon ik er weer mee zien, maar alleen dingen van dichtbij. Die ouderwetse sleutelgaten hebben vaak de vorm van een poppetje, een pion, een schetsmatig mensje: een rond koppie met uitlopend onderlijf, dat van elk geslacht kan zijn. Een damesrok tot op de grond of het gewaad van een mandarijn.

Eigenlijk waren er twee van die figuurtjes tegenover elkaar, want de zoekgeraakte sleutel had aan twee kanten in het slot gepast, dat overeenkomstig de dikte van de deur tamelijk diep was. Als mijn oog niet te erg traande, kon ik het tweede poppetje zien, haarscherp uitgeknipt in het licht. Beide sjablonen optisch samengevoegd vormden een vizier voor de bespieder, niet al te wendbaar, maar dat was hier ook niet vereist, want het stond op het echtelijke bed gericht.

Ik had Albert uithuizig gewaand, maar daar lag hij, achterover in de kussens, een boek te lezen. Hij had het opengeslagen op zijn zacht deinende borst staan, en hield het met de muis van zijn rechterhand op z'n plaats, een beetje wiebelend. Zijn vrije hand dwaalde af en toe als verstrooid af naar zijn geslacht, vaag te onderscheiden als verheffing in het laken, om er terloops in te kneden. Dan ging de arm weer de hoogte in omdat hij een vinger nodig had om de bladzij om te slaan. Als hij nog niet zover was met lezen, plukte hij hoorbaar aan de papieren hoek, net zo lang tot er een ezelsoor dreigde te ontstaan. Albert was opvallend trouw aan zijn tics en gewoontes, ook de allerkleinste.

Toen ik lang geleden colleges filosofie volgde, stuitte ik bij Wittgenstein op een passage die ik niet letterlijk onthouden heb, maar die erop neerkomt dat er nauwelijks iets absurders bestaat dan het observeren van een man alleen in een kamer. Ik heb tot nu toe niet kunnen doorgronden wat de filosoof met die uitspraak precies bedoelde, maar voilà, daar was hij: de man die zich onbespied in zijn kamer waande. Mijn echtgenoot nog wel. Albert *fucking* Egberts, om het een beetje modieus uit te drukken.

Toen het boek dreigde om te vallen, en hij het steviger in zijn grijzende borsthaar plantte, kon ik de titel lezen: *Dode zielen* – een boek dat hij in die jaren regelmatig herlas, terwijl hij verder niet zo'n herlezer is. Het staat vol eigladde meisjesgezichten en mannen in zwarte frak, die op de aanwezige baljurken afstuiven als vliegen op een suikerbrood. Ik kon me niet voorstellen dat zulke scènes hem voldoende prikkelden om die steelse knedingen te rechtvaardigen. Het was me al eerder opgevallen, ook bij andere mannen, voordat deze ene in mijn leven kwam: hun handen stonden er nou eenmaal naar. Zonder dat erbij nagedacht werd, controleerden hun vingers bijna onafgebroken of er nog leven zat in het orgaan dat de mensheid moest voortzetten en in stand houden. Als er op De Brouwerij aan de Verlengde Achtergracht een vergadering was geweest, en iedereen opstond om terug naar zijn afdeling te gaan, dan moest je maar eens opletten: hoe de mannen hun broek ophesen, hun overhemd onder de riem propten met een arm die er bijna tot aan de elleboog in verzonk, en naar het lipje van de rits zochten om te controleren of hun gulp wel dichtzat. Wat je daar zag, was niet minder dan een afgeleide, wapperende zorg om de voortplanting.

Alle beloerde details bij elkaar gaven me een intens gevoel van macht over Albert, misschien des te meer omdat hij van zichzelf toegaf dat er een rasechte voyeur in hem school. Meer nog raakte ik ten prooi aan de lust om *zelf* begluurd te worden… niet noodzakelijk door mijn eigen man, al zou dat onder de gegeven omstandigheden een schappelijke uitruil zijn geweest. Een vraag die nooit eerder bij me opgekomen was: hoe vaak zou hij *mij* in het geniep bespied hebben? Sleutelgaten vormen een hechte schakel tussen voyeurisme en exhibitionisme. Misschien controleerde ik op dat moment wel of het vizier van mijn persoonlijke voyeur goed gericht stond, en niet vertroebeld werd door een flard spinrag of het basiskamp van een stel kakkerlakken… een kwestie van goed doorblazen.

Het is inmiddels ruim twintig jaar geleden, maar mijn geheugen werkt beter dan me lief is. Ik sluit niet uit dat zo'n vernauwde kijk, door een sleutelgat, de herinnering juist scherpt. Ik weet nog dat ik me inspande om mild te oordelen over mijn man, zoals hij daar lag te lezen, eenarmig wakend over zijn mannelijkheid. Hij was juist, op 30 april of 1 mei '97 (dat was nog altijd een twistpunt), zevenenveertig geworden, en nog in de kracht van zijn leven, net als ik op mijn vijfenveertigste. Het was kort voor de gebeurtenissen in de Retiefstraat, dus ook niet lang voordat we bezoek kregen van Corinne Suwijn, dat het leven van Albert en mij (en dat van de bezoekster zelf) ingrijpend en voorgoed zou veranderen. Mogelijk lag het aan de schitterende meimaand van dat jaar, die zich van geen meteorologie iets aantrok en alles en iedereen onherstelbaar betoverde – niet uitsluitend in gunstige zin.

3

Het geeft geen pas je echtgenoot voor hypocriet uit te maken waar de kinderen bij zijn, dus gooi ik het bij gelegenheid maar over de boeg van zijn roomse jeugd, dat houdt altijd steek. Zijn hele leven al smeekt Albert de zegen af: van vrouwen *over* vrouwen. Het begon met zijn vroegste vriendinnetjes, wanneer hij ze aan zijn lieve moesje voorstelde, of liever: onthulde, zoals je een beeld onthult – door het wegtrekken van een lap.

'Kijk, mam... Ellis.'

'Dag, Ellis, ik geef je geen hand, want ik zit onder het sop.'

Als hij er nu op terugkijkt, meent Albert dat hij zijn moeders goedkeuring wilde afdwingen, haar toestemming om met het meisje 'te gaan', maar dat het voorstellen niet zonder opschepperij was. Zie nou toch 's, mam, wat ik aan de haak heb geslagen... geen rattenkop, wel?

Heel wat vreemder was zijn latere neiging, in de puberteit en daarna, om zijn verschillende schoolliefjes met elkaar in contact te brengen – in de idiote verwachting dat onmiddellijk een verwantschap zou blijken, waarbij niet uit te sluiten viel dat ze de beste vriendinnen zouden worden. De meisjes hadden immers 'allebei iets met *mij*', wat bij voorbaat al een band schiep, logisch. Ze stonden echt niet meteen als blazende katten tegenover elkaar, maar de kennismaking liep zelden goed af, en meestal draaide het erop uit dat Albert na afloop er weer alleen voor stond, met nog een hoop geklets achter zijn kont op de koop toe.

Trouw aan zichzelf was Albert hardleers gebleven: hij ging er als jongvolwassene, toen serieuzere relaties zich aandienden, gewoon mee door. Een memorabel dieptepunt, zo vertelde hij me bijna trots, vormden 'de twee in het zwart'. Hij kende hun beperkte studentengarderobe, en vond van allebei dat 'zwart en lang' ze het mooist stond. Onvermijdelijk kwam het feest waarop ze alledrie aanwezig waren. Toen de meisjes kort na elkaar verschenen, besefte Albert de fout in zijn smaak: ze droegen allebei een lange zwarte rok met een zwarte blouse erop – de onderlinge verschillen vielen weg tegen het opzichtig uniforme van de dracht. Hij kreeg niet eens de *kans* om ze verzusterend aan elkaar voor te stellen. De twee stonden al met van elektriciteit knetterende hoge rug en uitgestoken nagels tegenover elkaar.

'Albert, ga je nu al weg... je bent net binnen,' riep de zojuist afgestudeerde gastheer hem na.

Hij had zijn leergeld betaald, en nam zich voor in het vervolg meer rekening te houden met de klaarblijkelijke verschillen tussen zijn vriendinnen dan met hun ogenschijnlijke overeenkomsten. Als ze van elkaar merkten hoe geheel *anders* ze onderling waren, zou er ongetwijfeld wederzijds begrip ontstaan – ook van de dames voor hem en zijn ruimhartigheid. Het werd dan ook aannemelijker dat de voorkeuren van een man niet in een en dezelfde vrouw verenigd konden zijn. Het was alsof hij de opdracht uit het *Groot Vakantieboek voor de*

Jeugd tot imperatief van zijn liefdesleven had verheven: 'Zoek en vind de verschillen.'

Albert was dus nog steeds het moederskindje dat zijn mama de zegen afsmeekte, desnoods via een arm vol zeepsop. 'Kijk, mam, dit is Ellis... en dit Coby.'

In de eerste jaren van ons huwelijk, eind jaren tachtig en begin negentig, merkte ik helemaal niets van dergelijk doortrapt gedrag bij mijn echtgenoot. We waren ongezegend gelukkig, eerst met Cynthia en later met de kleine Thjum erbij. Over Alberts eindeloze pogingen om toenadering tussen zijn verschillende vriendinnen te bewerkstelligen, in de tijd daarvoor, hoorde ik van mijn ex, met wie Albert toen zijn wilde jaren en haren gemeen had.

'Geen kwaad woord over mijn goede vriend,' zei Ernst, 'maar hij heeft nou eenmaal de manische neiging tot het stichten van vrede en verzoening... en dat kan nogal eens onhandig uitpakken. Het is goeiigheid.'

'Dus om die voorkeur te bevredigen,' zei ik, 'ga je dan maar vreemd. Nieuwe bondgenootschappen, die tot nog meer oorlogsgeweld leiden.'

Ik herinnerde me de première van een toneelstuk van Albert, met een diner vooraf. Allemaal visschotels, en als nagerecht had de kok een doorzichtig blauwe drilpudding in de vorm van een grote, klokvormige kwal bereid. In het diepst van de gelei zweefde zoiets als een geraamte, een duidelijk te onderscheiden wervelkolom met ribbenkast.

'Het is een kwal met graat,' lachte Albert naast me.

De gasten konden in de lillende massa met hun lepel spitten wat ze wilden, nergens stuitten ze op de hardheid die bij een beendergestel hoort. Het geraamte, of de graat, was niet meer dan een door de kok zorgvuldig met uitgelopen kleur aangebracht gezichtsbedrog.

'Ik krijg 'm niet te pakken,' riep Albert, gravend met zijn dessertlepel.

Ik was weer eens ten prooi aan gedachten die ik helemaal niet wilde hebben: dat ben jij, Egberts… een kwal met niet meer dan de illusie van een ruggengraat.

4

Een gezonde dosis naïviteit, ik kan het iedereen aanraden. Ik doel niet op aangeboren onnozelheid, en niet op het geluk van de simpelen der geest, maar op naïviteit als bewuste keuze, als aangeleerde tweede natuur. Een argeloosheid uit zelfbescherming, als schild tegen de botheid van de mensen om je heen, die zich zo graag als superieur aan jou beschouwen. Het zijn de lui die denken dat je stront in je ogen hebt, en sowieso te achterlijk bent om de waarheid te zien, al is die nog zo opzichtig naakt.

Ik was dus zo *naïef* om te denken, en nog hardop ook, dat Albert mij bij wijze van geschenk voor ons tienjarig huwelijk opening van zaken wilde geven. Hij zou onze trouwdag nooit vergeten (eens per jaar lichtte op zijn Zwitserse horloge in alarmerend rode digitale cijfers het telefoonnummer van de bloemist op), maar ik wist wel zeker dat hij niet de moeite nam om in halve jaren te gaan rekenen, dus de viering van een koperen bruiloft straks zat er niet in. Daar voorzag zijn horloge trouwens ook niet in. Zo Zwitsers als het was.

Op een vrijdagmiddag, de kinderen waren naar school, kwam Albert me beneden in mijn werkkamer opzoeken, wat hij anders nooit deed. Ik vertrouwde zijn grijns meteen al niet. Ik zat achter mijn oude cilinderbureau, waarvan het hout extra donker afstak rond mijn nieuwe lichtbeige computer. Ik zette het scherm op zwart. Ik droeg mijn haar opgestoken, en Albert drukte een kus in mijn hals, onder mijn oor, waarbij hij de handen op mijn schouders legde en met zijn duimen de huid van mijn nek masseerde.

'Laat dat, Alp. Ik weet niet wat je van plan bent, maar herdersuurtjes, daar zouden we niet meer aan doen. Ik moet Thjummi van school halen, en probeer eerst dat rapport over de Kolenkit nog af te krijgen.'

'Ik weet dat zo'n afwijzing jouw speciale manier is om me te verleiden, Zwan, maar ik kom toch echt voor iets anders.'

Ik reed mijn stoel naar achteren, en liet hem een kwartslag draaien. 'Je zit vast met je nieuwe stuk,' raadde ik, maar zonder meewarigheid.

'Nee, dat zit wel goed,' zei hij. 'Alleen... de intrige wil me hardnekkig iets duidelijk maken. Gebeurt soms, dat het stuk het van je overneemt.'

'Het onderbewustzijn,' zei ik zonder geestdrift. 'Niet voor het eerst.'

'Zonder lijk in de kast geen drama, Zwan. Alleen hoeft het werkelijke leven daar nog geen boodschap aan te hebben.'

'Je spreekt weer eens in raadselen. Nou, kom op met je lijk.'

Ik keek op mijn horloge. Nee, dat rapport over de spekkeverplaag in de Kolenkitbuurt kreeg ik niet meer op tijd klaar. Vanavond na het eten dan maar.

'Jij hebt hem nooit ontmoet, maar ik heb je wel eens verteld over die problematische jeugdvriend van me... Hans Krop. Een *vriend* zou ik hem niet meer willen noemen, maar hij is op de een of andere manier al die jaren wel aan me blijven kleven.'

'Onheuglijk lang geleden ging je met zijn moeder naar bed om wraak te nemen op *hem*. Een twijfelachtige vriendschap inderdaad.' En zonder enthousiasme: 'Ik word steeds nieuwsgieriger naar de intrige van je stuk.'

'Hans Krop is al bijna een kwart eeuw getrouwd met dezelfde vrouw, en...'

'...ze liggen nu in scheiding.'

'Je kent die mensen helemaal niet.'

'Vijfentwintig jaar huwelijk, dat is bijna vier keer een *seven year itch*... dan kan een echtscheiding niet ver meer zijn. Wij hebben de eerste keer overgeslagen, omdat we niet goed op de kalender letten. Aan de tweede keer, die snel dichterbij komt, ontsnappen we niet. Een van de voortekenen is dat je hier nu staat te draaikonten als een gek. Ik begin je al een beetje te leren kennen.'

Als ik hem van zijn stuk had gebracht, liet hij dat nauwelijks merken. 'De vrouw van Hans Krop ken ik ook al sinds mijn tiende, elfde... langer zelfs dan ik hem ken. Ze was een kalverliefdetje, afwisselend van Hans en van mij. Hij is jong met haar getrouwd, en voor mij is ze altijd een goede vriendin gebleven.'

'Kennelijk tot op de dag van vandaag,' zei ik. 'Dat is toch de kern van wat je me komt vertellen... helemaal drie trappen af?'

'Het gesprek dat we nu voeren, lijkt exact op een stuk dialoog dat ik vanmorgen schreef. Ik kreeg opeens de pest in dat ik haar nooit aan je heb voorgesteld.'

'Welkom, gewetenswroeging.'

'Het was net alsof ik opzettelijk iets voor je had achtergehouden.'

'Anders gezegd, je hebt haar vrijwillig voor me verzwegen.' Een blik op mijn klokje. 'Shit, ik moet naar de Cornelis Schuyt.'

'Ik wilde niet dat je verkeerd over me dacht... dat het tot misverstanden tussen ons zou leiden. Het was fout van me om nooit over haar te beginnen. Ik had haar destijds op onze trouwerij kunnen vragen... niet gedaan... fout als de ziekte.'

Ik stond op, en pakte mijn tas. 'Ik ga. Thjummi wacht op me.'

'Zwanet, trek niet zo'n gezicht. Ik kom er *nu* toch mee.'

Mijn wettige echtgenoot. Ik keek hem recht in de ogen, pinde hem vast met mijn blik, liet hem spartelen.

'Laat me raden,' zei ik. 'Corinne Suwijn.'

Ze beweren wel eens van iemand dat hij 'geen krimp gaf', nou Albert kromp ter plekke in elkaar, misschien wel een decimeter, maar dat kon aan zijn knikkende knieën liggen. Hij werd asgrauw tot achter zijn wenkbrauwen, maar zag nog kans om bête te grijnzen: 'Meteen goed.'

Hij kwam me achterna tot in de gang.

'Albert, doe me 'n lol. De halve stad weet er zo langzamerhand van, en dan zou ik, uitgerekend *ik*, tot mijn tiende trouwdag moeten wachten om er ook kennis van te mogen nemen... bij de gratie van God en mijn gecontracteerde heer des huizes? Laat je nakijken, Albert. Ik ken haar trouwens al sinds mijn schooltijd... van de modereportages in de glossy's. Ze hing al in '71 op een cover van de *Vogue* aan de muur van mijn kamer, naast de alpinopet van Che Guevara.'

'Dat heb je me nooit verteld.'

Ik trok een van de glazen tussendeuren open, en schopte een kat opzij die mee naar buiten wilde glippen. 'Je hoefde toch niet te weten dat ik jouw maîtresse eerder bewonderde dan dat je daar zelf aan toekwam.'

'Foei, Zwanet, dat lelijke woord *maîtresse* uit jouw mond te horen, dat doet pijn. Zo'n benaming verdient ze niet, en het is ook niet fair tegenover mij. Onze relatie ging niet verder dan dat ik haar altijd in bescherming heb genomen... tegen die ellendeling van een echtgenoot van haar.'

Ik probeerde de zware voordeur tussen hem en mij dicht te trekken, maar hij hield de knop stevig vast en stapte achter me aan het stoepje op, en daarna het trottoir, waar ik mijn fiets van het slot haalde.

'Je bent al je hele leven lang laf bezig allerhande vrouwen met elkaar te confronteren... te verzoenen zogenaamd. Ik wist ervan, maar ik bleef ervoor gespaard. Omdat ik voor jou de *ware* was, dacht ik met mijn naïeve harses. We hadden het zo goed met elkaar... zulke gearrangeerde ontmoetingen en verzoeningsfestijnen waren helemaal niet nodig.'

Ik wilde wegfietsen, maar Albert hield heel klassiek mijn bagagedrager vast. 'Geloof me, Zwanet, er was tot nu toe geen vrouw belangrijk genoeg om haar met jou kennis te laten maken... in verzoenende zin of niet.'

'Draai er niet omheen, man,' zei ik. 'Je vreesde mijn reactie...

of ik was simpelweg niet interessant genoeg om me aan zo'n hoogstaande vrouw voor te stellen. Misschien was je wel bang dat ik die paspop met mijn nagels zou beschadigen... ach, nee, haar lijf is natuurlijk astronomisch verzekerd, als dat van een voetballer.'

Albert gooide het nog een keer over de boeg van 'hechte vriendschap'.

'Zo hecht,' riep ik over mijn schouder, 'dat ik er niet meer tussen kom.' Ik ging op de trappers staan, en Albert liep nog een paar meter mee. 'Je hebt haar, hoop ik, toch wel aan je moeder getoond... ter goedkeuring? Of zat die lieve mammie van je weer van top tot teen onder het sop? Jij slappe lamlul.'

Albert rende om de fiets heen, en greep het stuur vast, het voorwiel tussen zijn benen klemmend. 'Ik wil het goedmaken. Laten we haar binnenkort uitnodigen, dan praten we alles uit. Je zult zien...'

'Ja, dat ze geweldig meevalt, en niets met mij gemeen heeft... behalve dat we allebei *fantastische* vrouwen zijn, die uitstekend vriendinnen zouden kunnen worden.'

Ik liet mijn fiets onverhoeds steigeren, zodat het wiel hard tegen zijn kruis op stuiterde. De buitenband was net nieuw en had een nog tastbaar profiel. Met een pijnkreet sprong hij achteruit, de goot in, en verzwikte misschien wel zijn enkel.

'Stuur haar gerust een uitnodiging, Alp. Kledingvoorschrift: scheurbaar. Ik garandeer je dat ik haar de waarheid niet bespaar. En nu opzij, want we hebben ook nog een zoon, en die snapt er toch al niks van dat zijn moeder hem op het schoolplein laat wachten.' Ik riep nog over mijn schouder: 'Ik mag lijen dat zij en ik mekaar de ogen uitkrabben.'

'Dan mogen jullie een blindengeleidehond delen... op mijn kosten.'

5

Aan het eind van mijn derde en laatste werkdag van de week kwam ik altijd doodmoe thuis, maar deze woensdag voelde ik me na de vondst van de gestoorde vrouw en haar hoogstpersoonlijke dode extra gesloopt – en dan was er nog de weerzin tegen het bezoek dat zich 's avonds zou aandienen. Het werd me te veel. Ik zon op een excuus om de afspraak uitgesteld te krijgen… liever nog afgesteld. Wat voor zin had het om kennis te maken met een 'oude jeugdliefde' van je man, met wie hij 'goed bevriend' was gebleven, als haar huidige status in zijn leven (en daarmee in het mijne) volstrekt in het ongewisse bleef? Ik wist niet eens of ik er beter aan deed me afstandelijk dan wel toeschietelijk te gedragen. Vijandig of juist 'ik laat me niet kennen'? Vals vriendschappelijk? Hoe dan ook zou ik op eieren moeten lopen, en dat alles omdat mijn teerbeminde echtgenoot besloten had open kaart te spelen. Transparant… betekende dat niet ook in een ongunstiger zin doorzichtig?

6

In de brievenbus stak *Het Devies* van die middag. Nog voor ik de deur opende, trok ik de krant eruit, en sloeg hem op bij het stadsnieuws. Ruggelings geleund tegen de muur van het portiek las ik het bericht:

Dode man bij verwarde vrouw in Oost

Er stond een grote foto bij afgedrukt van het huis in de zonovergoten Retiefstraat. Het politielint, de ambulance, de broeders… en daar werd ik ook mezelf gewaar, op de rug gezien. Mijn blik was op de deuropening van de benedenwoning gericht. Ron stond naast me, handen in de zij. Van wat zich in de gang afspeelde, was op het beeld niets te zien.

Van onze stadsverslaggever

'*...werd na klachten door omwonenden over stankoverlast op een benedenetage het dode lichaam van een plusminus veertigjarige man gevonden. Een eerste onderzoek wees uit dat hij ongeveer een week geleden moet zijn overleden. Bij het lijk werd een ernstig verwarde vrouw van een jaar of vijfendertig aangetroffen, in ontklede staat. Zij viel hulpverleners van de* GG&GD *aan en liet zich niet dan met de grootste moeite meevoeren voor onderzoek en behandeling. Of de verwardheid van de vrouw het gevolg is van het overlijden van de man of dat zijn dood iets te maken heeft met haar psychische staat wordt nog uitgezocht, aldus een woordvoerder van de politie ter plekke.*

*De verwarde vrouw zelf heeft er geen mededelingen over gedaan. "Ze was niet aanspreekbaar," aldus een medewerkster van de afdeling Ongediertebestrijding (*GG&GD*) die op de klachten van de buurtbewoners af was gekomen. "Ze gedroeg zich extreem agressief en bracht alleen een soort dierlijk gegrom voort. Ze weigerde uit zichzelf rechtop te lopen en probeerde voortdurend op handen en voeten te vluchten. Ze is naar de psychiatrische unit van de* GG&GD *vervoerd. Misschien dat ze na toediening van medicijnen haar spraak terugkrijgt, zodat de politie haar kan verhoren. Een kwestie van afwachten."*

Over de identiteit van de man en de vrouw is vooralsnog niets bekendgemaakt. Het stoffelijk overschot is overgebracht naar het OLVG, *waar de autopsie zal plaatsvinden. Morgen zal* Het Devies...'

Waarom, als je in de directe rede geciteerd werd, lieten ze je toch altijd een allegaartje van krantentaal bezigen dat je in werkelijkheid nooit in de mond genomen had? Ik opende de voordeur met mijn lipssleutel, en weer overviel me de totale aversie jegens het te verwachten bezoek. De katten kwamen me vanuit de tuin door de lange gang tegemoet gerend... dat was tenminste iets. Al werd de vreugde over mijn thuiskomst op hun snoeten overschaduwd door het stille verwijt over mijn urenlange afwezigheid. Ik hurkte krauwelend bij ze neer. De grote rooie had in de loop der jaren zoveel kussen op zijn neus te verduren gekregen dat hij inmiddels verdomd goed wist hoe het vrouwtje te vleien: door haar een heleboel namaakzoentjes te bezorgen, en daarbij zijn weerzin tegen het ritueel te verbijten ten gunste van een volle voederbak.

Terwijl de katten in de keuken hun blikvoer oplebberden, ging ik naar de veranda om die te inspecteren op geschiktheid voor de ontvangst van het hoge bezoek. De goudenregen was bijna geheel ontloken, en overhuifde met luchtige gele kolven de kleine tuin, die anderhalve meter beneden het niveau van de veranda ligt. De magnolia bij de buren stond zich ook al te barsten te bloeien.

Of Corinne Suwijn 's avonds met haar man zou verschijnen... geen idee. Albert had er niets over gezegd, en ik had verzuimd ernaar te informeren. Misschien een kwestie van verdringing, want ik verfoeide deze Hans Krop, met zijn hooghartige houding en zijn arrogante krullip. De vrouw kende ik, zoals gezegd, van oude glamourfoto's op de covers van glossy's die nog steeds in de mode waren: *Elle, Harper's Bazaar, Vanity Fair, Vogue*. Ik had haar nooit in levenden lijve ontmoet, toen niet en in later jaren evenmin. Met haar echtgenoot, een problematische jeugdvriend van Albert, had ik een paar keer 'de eer gehad', maar niet het genoegen. Wat schoot zo'n mannetjesputter op met zijn atletische gestalte als het verder zo'n blaaskaak was?

Ik had geen zin om naar boven te bellen om Albert te vragen of Hans Krop straks ook van de partij zou zijn. Er stonden vier tuinstoelen rond de tafel op de veranda, en er hoefde niet gedineerd te worden, alleen gedronken, met wat klein eetbaars erbij, dus… laat maar komen die mevrouw Suwijn, met of zonder echtgenoot. Ik lustte haar rauw. En dat niet alleen… ik voelde een geweldige zin in me opkomen om een nooit eerder vertoonde scène te schoppen, en zowel Albert als zijn eeuwige jeugdliefde beschaamd te maken… en die Krophans van haar erbij. Verdomd als ik het niet gewoon deed. Kennismaking? Ze zouden me *leren* kennen. Ze hoefden mij hun transparantie niet te bewijzen… *ik* zou ze doorzichtig maken, en wel zo dat er dwars door ze heen te blazen was, als door een velletje vloeipapier. Ik zou hun gevilde huid om een kam wikkelen en die laten trillen op de tanden, en aan ieder vel een eigen mondharpmelodie ontlokken… net zo lang tot alles snerpend in elkaar greep en het zelfverraad zich aandiende.

Goed, nu eerst groot toilet gemaakt. Als ik in mijn eentje een tribunaal moest vormen, dan wel in vol ornaat. Een vrouwelijke beul draagt haar voorschoot niet alleen in het huishouden.

7

De namiddag vorderde, en ik had nog steeds geen pest zin in het gedoe van die avond. Toilet maken… ik stelde het voor de zoveelste keer uit. Liever zou ik teruggaan naar De Brouwerij om te overleggen wat er met de verwarde vrouw uit de Retiefstraat moest gebeuren. Ik was er niet gerust op. Ik kon aan het eind van de dag mijn werk toch al moeilijk loslaten, ook wanneer het alleen maar een verwaarloosde etage betrof met een hologige bewoner, laat staan dus bij een geval als vandaag, met een gestoord persoon en een lijk in ontbinding.

Geluk bij een ongeluk: wat vanmorgen begonnen was als een zomerse lentedag had doorgezet, zodat we met het bezoek in de tuin konden gaan zitten. In de huiskamer, waar het naar gezinsleven rook, zou ik het met die vreemde dame niet uitgehouden hebben. Als de nood aan de man kwam, kon ik me op de veranda gemakkelijker excuseren om naar boven te gaan. Ook wel eens lekker cynisch: migraine voorwenden tegenover de 'beste vriendin' van de man die dat koppijndeuntje uit en te na kende.

Ik liep al de godganse dag Albert te vervloeken, die helemaal niet op gezelligheid uit was, maar op het punt stond twee vrouwen te gebruiken om de ramen van zijn geweten tegen elkaar open te zetten. Alsof wroeging een te verdrijven etensluchtje was, van lang doorgekookte bloemkool of zo. Mijn eigen schuldgevoel betrof uitsluitend mezelf... ja, mocht het eens een keertje? Ik verwaarloosde mijn bestaan, zoals een ander zijn of haar gezondheid. Stel, *ik* was degene geweest die vandaag diep door het stof moest, tegenover Albert, dan wilde dat tenminste zeggen dat ik iets *doorleefd* had, verdomme, hoe slecht ook. Mij overkwamen nooit anders dan incidentele ranzige gedachten en fantasieën om me voor te verontschuldigen... en waarom zou ik? Trouwens, hoe maak je excuses voor visioenen, hoe bar en boos ook, die nooit woord zijn geworden, laat staan vlees? Een ander snapt toch nooit ergens een bal van... hardleers tot op het bot.

Misschien moest ik maar eens een douche nemen: ik rook voortdurend aan mijn kleren, en dan vooral onder de oksels en tussen mijn borsten, waartoe ik het bovenstuk van mijn jurk over mijn gezicht diende te trekken. Ik legde mijn hand als een chirurgenkapje over mijn neus en mond, om aldus gemaskerd een slechte adem te ontmaskeren. Maar... als ik onaangenaam riekte... wat dan nog? Een laag stank om me heen, dat was zoiets als mijn werkkledij. Vandaag had ik een opdracht alleen kunnen uitvoeren door me in een ruimte met een rottende dode te begeven, die ook nog eens vol menselijke uitwerpselen lag. Wat belette mij die 'heel erg goede vriendin' van mijn man te ontvangen met een lijkenlucht om me heen? Ze zou misschien iets beginnen te begrijpen... dat door haar kunnen mijn huwelijk in ontbinding raakte bijvoorbeeld. Een mens is nooit te oud om te leren, al is het via haar neus.

Wanneer de heer Egberts in vroeger dagen zijn oog welgevallig op een andere vrouw liet rusten, en ik dat merkte, was ik natuurlijk jaloers op het object van zijn belangstelling. Later wekte zijn geheime liefdesleven, ook voor zover het alleen in mijn verbeelding bestond, mijn diepste afgunst. Ik wilde ook een dwaaltuin voor mezelf. De aanleg kwam er niet van: misschien streefde ik er te gretig en te wanhopig naar. Het kon ook zijn dat ik een hoek van mijn leven voor mezelf wilde inrichten eerst en vooral om *hem* de ogen uit te steken. Het was de wraakgierige opzettelijkheid van mijn doel die me in de weg stond. De heggen van mijn doolhof bleven dor en doorzichtig, en dat betekent op den duur het failliet voor elk labyrint.

Ik wilde zo graag iets wat helemaal *van mij* was, zoals Albert zijn toneelwerk had en de (naar schatting) twee vrouwen die hem overeind hielden.

'Ik heb niets, Alp... jij hebt alles.'

'Nou sla je een toon aan alsof ik je belet een eigen leven te leiden. Je eist je rechten op, maar benoemt ze niet... ik mag ernaar raden.'

'Ik heb een halve baan... *ruim* een halve baan... en jij vindt het heel vanzelfsprekend dat ik daarnaast voor de kinderen en het huishouden opdraai. Ik kruip in de holen van de stad, en heb dan nauwelijks de tijd om het spinrag uit mijn haar te wassen. Ik lijk wel een alleenstaande moeder die de eindjes aan mekaar moet knopen. En jij... jij hebt zo ongeveer twee gezinnen, net als Charles Dickens, maar ze verplichten je tot niets... zelfs niet om er eerlijk over te zijn.'

'Ik ben er *nu* toch eerlijk over.'

'Uit eigenbelang, ja. Ik weet niet eens wat je ermee van plan bent, met die plotselinge openhartigheid. Die Suwijnvrouw en mij... ik vermoed dat je ons op dezelfde plek wilt hebben. Spaart reiskosten en smoezen.'

‘Corinne woont op een steenworp hiervandaan.’

‘Goed, dan spaart het stenen uit... misschien niet de kosten van de glazenier, als je mij m’n gang laat gaan.’

‘Jouw argwaan, Zwanet, kent werkelijk geen grenzen. Luister, als die halve baan je te veel wordt, dan ga ik wel voor de helft het huishouden doen. Vergeet niet dat ik een minstens tachtigurige werkweek heb, met al dat gecast en gerepeteer erbij. Onze hypotheek kan jouw spinrag niet missen, Zwan. Waarom ga je niet al die verhalen van *De stad en de holen* eindelijk ’s afmaken? Dan verzilver je al dat gesloof in de oude wijken achteraf nog ’s. Ik wil best je eerste redacteur zijn... ik zou een uitgever voor je kunnen zoeken.’

‘Zie je, dan trek je het toch weer allemaal naar jou toe.’

8

Het zou, God voor de Dommen, de laatste keer zijn dat ik me door mijn eigen zak van een vent in zo’n kutterige situatie liet brengen. Ik wist ook nog eens niet wat ik aan moest trekken. Eerst maar eens mijn werkkloffie uit: ik liep nog steeds als een dwaas aan mezelf te snuffelen. De badkamer grenst aan onze slaapkamer. Boven op driehoog is nog een kleinere, half en half bijkeuken, waar de wasmachine en de droger toen stonden, maar in die laatste trap had ik geen zin: ik moest dan voorbij Alberts werkkamer, en met een beetje pech kwam hij op de overloop klagen dat hij zich ‘met al dat gestamp voor mijn deur’ niet kon concentreren.

Ik liet de besmette jurk op de tegelvloer van me afglijden, en liep toen in mijn ondergoed de slaapkamer in, waar de garderobekasten zijn. Ik bleef onveranderlijk naar de Retiefstraat ruiken, en nadat ik me in de badkamer van mijn slip en bh had ontdaan, maakte dat geen verschil. Ik schopte het vuile goed in een hoek, draaide de kranen van de douche open, en even later ook weer dicht. Waarom me niet gewoon met die lijkenlucht om me heen aan Albert z'n 'beste vriendin' blootgesteld? Ik werkte voor mijn gezin in de krochten van de stad, aan de rafelranden van de negentiende-eeuwse wijken, en dat mocht die geparfumeerde paspop best ruiken. Ik begon mijn in doodsgeur gedrenkte kleding weer aan te trekken.

Wacht even, Zwanet... je hebt ook nog kinderen, die hun moeder bij thuiskomst van haar werk soms vinden stinken, en haar graag omgeven door de damp van badolie aan tafel hebben. Ik nam die douche bij nader inzien toch maar, onwillig. Ik stond daar roerloos, en liet het warme water over me heen stromen. Ik had zelfs geen douchekapje opgezet. Toen kwam de vrouw uit de Retiefstraat me weer voor de geest, in heel haar dierlijke naaktheid. Hoe ze op knieën en ellebogen op me af gevlogen kwam... hoe ze niet zozeer tegen de gangmuur geürineerd had, als wel bijna achteloos een korte straal *uitgeworpen* had, goudgeel oplichtend in de halfdonkere ruimte. Jongens in hun korte broek plasten altijd slordig, en kregen dan lichte banen in het vuil op hun benen. Meisjes soms ook, als ze in hun ongeduld te snel uit hun hurkhouding waren opgesprongen om zich weer in het spel te voegen. In die zin zag de vrouw in de Retiefstraat eruit als een slonzig wicht op een zomerdag. Verspreid door de gang lagen haar uitwerpselen. Haar lijf stonk ongetwijfeld ook, maar die geur ging verloren in de lijkenlucht.

Als vanzelf begon ik me intensief te wassen met een spons verzadigd van badschuim. Gezeten op de rand van de kuip föhnde ik daarna mijn haar, en liet de hete lucht diep tussen mijn lokken dringen tot die bijna mijn hoofdhuid schroeide. Er mocht geen spoortje van de verloedering en de ontbinding beklijven.

Naakt stond ik voor de open garderobekast. Ik hakte woedend met mijn hand door de jurken – eerst verticaal om ze te scheiden, dan horizontaal om meer ruimte te maken. Het schuren van de haken over de koperen draagstang bezorgde me kippenvel tussen mijn schouderbladen, en misschien ook op mijn ziel: hoe had ik in godsnaam al dat wansmakelijks ooit met overtuiging kunnen aanschaffen, om er nog belachelijk veel geld voor neer te tellen ook?

'Goh, mam, wat ben jij woest bezig.' Het was de twaalfjarige Cynthia, die in de deuropening stond. 'Moet dat allemaal naar het Rode Kruis?'

Ze wees op een stapel jurken op het parket, met de knaapjes er nog in.

'Nee, naar het Leger des Heils, nou goed? Voor de travestieten onder de Torontobrug.'

Cynthia schrok niet van mijn naaktheid – we gingen ook wel samen in bad, al werd dat minder de laatste tijd. 'Je hebt zeker weer niks om aan te trekken? Ik wou dat *ik* zo weinig had om aan te trekken.'

'Cyn, kun je me alsjeblieft, *alsjeblieft* even alleen laten in mijn ellende?'

'Waar moet je heen vanavond?'

'Nergens. We krijgen bezoek. Een oude vriendin van papa.'

'O, die Corinne...'

'Hoe weet je dat? Ken je haar?'

'Alleen van de *Elle* en de *Vogue* en de *Marie Claire*... oude nummers uit het souterrain. Ze schijnt heel wat te zijn geweest in die tijd. Hier, probeer deze.'

Om mijn dochter een plezier te doen trad ik met de aangereikte jurk voor me op de passpiegel toe, die de hele binnenkant van de kastdeur besloeg. Cynthia liet behulpzaam de klokrok open waaieren. De haak van de kleerhanger vormde een vraagteken voor mijn hals.

'Hè, gats nee, Cyn... met dit melaatse vel sta ik voor schut. Jij wilt je moeder voor gek laten lopen.'

'Deze dan.'

'Weet je, ik trek gewoon een joggingpak aan, en doe dan net of ik recht van de sportschool kom.'

'Zoek het lekker uit, mam. Veel plezier vanavond.'

Ik riep haar terug. Uit een soort preutsheid, vermoed ik, hield ik de laatste door Cynthia aanbevolen jurk tegen mijn blote voorkant gedrukt, terwijl de kleerhanger, de curven van mijn lichaam volgend, hortend en stotend door de stof naar beneden zakte... tot hij op het parket kletterde. Een hard knaapje dat door een lege jurk langs je lijf glijdt... het moest iets betekenen. Onthouden, niet laten vervluchtigen.

'Mam, ik moet nog huiswerk.' Ze stampvoette. 'Tjie-ie...'

'Heeft papa... Albert, bedoel ik... jou ooit mee naar Corinne Suwijn genomen?'

Cynthia keek me boos aan. 'Niet dat ik weet.'

'Zo'n fotomodel... je zou het je moeten herinneren.'

'Van toen ik heel klein was, weet ik niets meer.'

'Denk eens goed na.'

'Tjiezes, mam... die jaloezie, is dat nou wat de overgang met je doet? Ik dacht dat de menopauze een kwestie van opvliegers was.'

'Ga nou maar aan je huiswerk, anders geef ik een opvlieger op je oor.'

9

Ik hoefde niet het souterrain in om de oude glamourfoto's van La Suwijn terug te zien. Ze maakten zich van mijn netvlies los als afdrukken in een badje met fixeer onder de rode lamp van een doka. Haarscherp opdoemend uit de rimpelingen van de vloeistof keek het model me strak en zelfverzekerd aan, ook met een soort bedroefde arrogantie, die zich in haar ogen en mondhoeken verried. Ze was daar ergens tussen negentien en vierentwintig. Tegenwoordig bestonden er computerprogramma's die iemands gezicht dertig, veertig jaar konden laten verouderen. Ik probeerde haar portret, zoals ik dat samengesteld uit vele foto's in mijn hoofd had, aan een kwart eeuw milde aftakeling te onderwerpen. Telkens schoot mijn verbeelding door naar een afzichtelijk gekrompen koppie, witharig en gerimpeld als het appeltje dat na een lange vakantie in de fruitschaal wordt aangetroffen. Het kostte me dan de grootste moeite om haar gezicht weer terug te boetseren naar dat van een goed geconserveerde vrouw. Ik was van ongeveer dezelfde leeftijd, net vijfenveertig geworden, een kroonjaar dat ik uit protest geweigerd had te vieren (behalve aan het ontbijt even, met de kinderen). Als je ervan uitgaat dat voetballers na hun vierendertigste het veld niet meer op mogen, dan geldt dat voor modellen tien jaar eerder. De benen scoren niet meer. Toch zou ik aan de huidige Corinne niet kunnen tippen, zelfs niet als ze, door de naweeën van de roem bijvoorbeeld, wat meer afgetakeld was geraakt dan mijn voorstellingsvermogen aangaf. Met mijn toestemming voor haar bezoek had ik me door Albert in de val laten lokken – niet een waarbij een berenklem om mijn enkel dicht zou klappen, maar een waaruit ik *gestript* tevoorschijn zou komen, met blootliggend minderwaardigheidscomplex. O, God voor de Dommen, ik was erin geluisd. Zoiets *zeg* je natuurlijk niet tegen je moeder, maar vrijwel zeker had Cynthia gelijk en zat ik midden in de overgang. Dan mevrouw Suwijn ook... met dit verschil dat het op haar uiteraard geen vat kreeg. De biologische klok tikte anders voor vedetten, ook wat dat betreft was het op de wereld oneerlijk verdeeld. Ik moest iets gemist hebben in de ontwikkeling van de cosmetische chirurgie. Als een gezicht tot rimpelloosheid strakgetrokken kon worden, dan wisten ze heus ook wel een stokje te steken voor de menopauze... gewoon een kwestie van de behandelstoel wat verder omhoog draaien, als bij de gynaecoloog.

Opeens wist ik het: Albert wilde mij, in heel mijn middelbare onttakeling, aan Corinne Suwijn tentoonstellen... om haar een gerust gevoel te geven. Kijk, schat, dit is nou mijn echtgenote, voor wie je aldoor zo beducht bent geweest... gewoon een aardige, ongevaarlijke huissloof, de moeder van onze kinderen... de muze die weet wanneer ze voor mijn inspiratie de stofzuiger in de kast moet laten. Niets van haar te vrezen, zie je wel? Een huisgenote aan wie ik uiteraard tedere herinneringen koester... maar dat je haar met mij zou moeten delen is te mal voor woorden. Ik hoop dat jullie vanavond een beetje met mekaar overweg kunnen.

Krijg allemaal het schompes. Uiteindelijk koos ik voor het simpelste jurkje dat in de kast hing: het laatst overgeblevene, dat komiek schommelde aan z'n knaapje, waarvan de haak malicieus knarste aan de stang. Een iets te vaak gewassen kledingstuk van inmiddels onbestemde kleur, iets tussen blauw en grijs, dat ik alleen nog droeg voor huishoudelijk werk. Voor de spiegel staand zag ik dat het in de was ook behoorlijk gekrompen was, tenzij mijn benen door een speling van de natuur in de groei waren geraakt. Was er nog tijd om de dubbele zoom uit te leggen? Wat... voor *haar*? Ze mocht gerust mijn knieën zien, die anders dan de hare de sporen droegen van een half mensenleven in kruiphouding ongedierte bestrijden in de oude wijken, om dan bij thuiskomst nog eens geknield de troep van de kinderen bij elkaar te vegen. Mijn moeder had vroeger, om mijn vaders inkomen aan te vullen en mij naar het gymnasium te kunnen laten gaan, een aantal werkhuizen, waar ze 'kokosknieën' aan had overgehouden, zoals ze het noemde. Ik stelde me daar de afdrukken van ruwe strengen in de kokosmat bij voor, maar haar lichaamsdelen werden toch voornamelijk ontsierd door een kuiltje in het midden, als van een ontpitte aardappel. Met die geschonden knieën keek ze me, als ze tegenover me zat met de zoom van haar rok er net boven, recht aan... als om me ervan te doordringen dat alles in het leven z'n prijs heeft.

De huid van mijn eigen knieschijven, zag ik in de spiegel, had weer een heel ander patroon, maar dat kwam door een val met mijn fiets op een grindweg. De littekens vormden een soort oogspleten, niet erg symmetrisch, maar dan zou ik vanavond de brutale bezoekster met schele knieën kunnen aankijken: hoe intimiderender hoe beter. Ik zou haar mijn lelijkheid in het gezicht slingeren en in één moeite door Albert van zijn mathematische driehoeksgedachten afbrengen.

Ik had mijn haar geföhnd maar niet gekamd of geborsteld. Het volume leek zo twee keer zo groot als voor het douchen, met woeste lokken die gedeeltelijk voor mijn gezicht hingen. Mijn kapsel was vaak vergeleken met dat van Catherine Deneuve, zo blond en weelderig. Het was hier en daar wat valer geworden door opspelend grijs, maar dat bediende zich qua teint van een schutkleur die moeilijk van het doffe goud te onderscheiden was. Trouwens, het kolkende blond van de voormalige *belle de jour* zou inmiddels ook wel een versteviger nodig hebben.

Ik besloot mijn haar zo te laten. *Ongecoiffeerd*... o, wat hield ik van sommige woorden. Ook het gezicht dat in de spiegel hing, viel me bij nader inzien mee. Als ik me de laatste tijd geergerd had aan mijn 'ouwe kop', zoals ik mezelf soms toebeet, was het meestal na het opmaken, wat steeds overvloediger gebeurde, in een wanhopige poging om het verval eronder te krijgen. Make-up, besefte ik eindelijk, maakte me juist ouder. Het zou reden zijn om diva Suwijn als de spiegel het beeld van een opgeschilderde oude hoer voor te houden... maar ik besloot om mijn gezicht naturel te laten, dat was meer in lijn met het vale huishoudjurkje en mijn ongeordende kapsel. Kijk, mevrouw de vedette, ik heb geen plamuur nodig om mijn man te behagen... ik verschijn hedenavond in zijn gezelschap voor uw edele aanschijn zoals hij me 's nachts voor het slapengaan in alle eenvoud te zien krijgt, beschenen door het matte licht van de bedlampjes.

Nog een voordeel van mascaraloze wimpers: ze kleurden tranen niet zwart als bij een kompel met een loopoog. Ik hoefde ze maar steels weg te vegen, en ze lieten geeneens sporen na...

ja, allicht wel als de jankbui doorzette en de ogen rood maakte als van een konijn in flitslicht, maar die aanblik gunde ik onze geachte bezoekster niet. Nee, weet je wat… ik zou *haar* aan het grienen maken, zodat de roetstraaltjes over haar fijne smoeltje lopen, net als bij professor Aschenbach aan het slot van *Death in Venice*.

Niet vergeten een doos met tissues klaar te zetten. Ik zal ervoor zorgen dat de gebruikte vloeipapieren doekjes niet weggegooid worden. Ik zal ze na afloop gladstrijken en inlijsten, in heel hun zwarte en rode pracht van *objet trouvé*. Nee, niet boven mijn bureau… deze trofee hoort in de slaapkamer, boven het echtelijke bed.

10

Op de overloop voelde ik door de optrekkende tocht uit het trappenhuis dat ik geen broekje aanhad. Was dit nou wat je noemt een *Fehlleistung*… en zo ja, had die met het gewezen fotomodel te maken of met het naakte wezen in de Retiefstraat? 'Tocht is wind in huis,' had ik ergens gelezen in onze machtige moederlandse literatuur. Tocht kon blijkbaar ook als alarmsysteem fungeren. Ik ging de slaapkamer weer in. De vloer lag bezaaid met jurken: leeggezongen, neergezegen soubrettes. In de legkast was onder elke schap een lade bevestigd. Ik opende die met het ondergoed. Slips in alle kleuren, keurig op stapeltjes. Ik had er minstens nog twee volle laden van – soms verbeeldde ik me dat ik net zoveel broekjes had als Imelda Marcos schoenen. Smal en strak, opzettelijk ruim, met kant afgezet… niet te vergeten de navelhoge directoire voor onder de avondjurk. Uit mijn wilde tijd had ik een paar periodiekbroekjes bewaard, waar op feesten ruimschoots een mannenhand in paste. En hier… een ondeugend kerstcadeautje van Albert: het doorzichtige lingerieniemendalletje met in het kruis een verticale uitsnede, afgezet met rozenblaadjes van gesteven linnen... nooit gedragen, al helemaal niet om aan *zijn* gluurzucht tegemoet te komen. Ik overwoog even om het voor vanavond aan te trekken, en dan op een strategisch moment mijn benen over elkaar te slaan, ongeveer zoals we het Sharon Stone hadden zien doen in *Basic Instinct*. Ik kon dan achteloos een ijspriem op tafel leggen – wat natuurlijk helemaal niet misstond op een warme avond met veel ijsblokjes in koele dranken.

Ik weet niet hoe dat bij andere vrouwen zit, maar ik heb, ik zweer het, sinds mijn achtste, negende of zo nooit meer een schoon broekje aangetrokken zonder allerlei dwingende bijgedachten – al veranderde de aard ervan natuurlijk wel in de loop der jaren. Niet dat ik bij het uitzoeken ervan al iets van plan was, het gebeurde zogezegd niet met voorbedachten rade, en toch koos ik zorgvuldig het slipje uit dat voor mijn gevoel bij de gelegenheid paste: qua stof, kleur, opdruk, structuur, elasticiteit. Waarschijnlijk ving niemand er zelfs maar een glimp van op, ook niet als ik nogal gedurfd ging verzitten, maar het moest onder mijn kleren *aanvoelen* als passend bij de situatie en de aanwezige personen. Je had zitfeesten en dansfeesten, die allemaal om een ander soort versteviging van de leest vroegen.

'Wat doe jij toch met al die verschillende broekjes?' wilde mijn moeder op een dag weten. 'Eet je ze op of zo, met een stronkje peterselie erbij?'

'Ja, maar het labeltje laat ik liggen... dat verdraagt mijn maag niet.'

Veel later, toen de sexindustrie slipjes van snoeppapier begon te produceren, heb ik er mijn moeder een keer een als sinterklaassurprise gegeven. Ze was niet genegen er haar tanden in te zetten. Eetbaar ouwelpapier in kleur laat rond de gebitsafdrukken altijd een donkere, vochtige rand achter, dat is het gore ervan. Ik heb nooit toegestaan dat een man op die manier mijn billen afgraasde.

Ik verbeeld me soms dat ik er een hoogstpersoonlijke poëzie

op na houd, die er ook al was in de tijd, 1997, dat ik Corinne Suwijn leerde kennen. Poëzie schuilt voor mij in mensen, in hun verlegen weerloosheid, maar vooral in de *dingen* die hun ziel uitbeelden. De mooie, lelijke, verwaarloosde, onttakelde en afgedankte voorwerpen die iets voor ze betekenen of betekend hebben. Liever dan al die losse scènes voor *De stad en de holen* had ik een 'fenomenologie van de directoire' geschreven, en dan bedoel ik niet de regeerperiode in Frankrijk van kort na de Revolutie, maar het vrouwenondergoed dat toen in de mode kwam en eigenlijk nooit meer is verdwenen.

Ik zou de slip bezingen als laatste horde van het ontkleden op weg naar de liefde, en dan vooral als Verborgen Verberger, een kwaliteit naar analogie van Onbewogen Beweger of Bedrogen Bedrieger. Het grootste deel van de dag leidt dat wat verbergt een verborgen bestaan, gedoemd te stralen in het donker hoog boven in de nok van rok of jurk.

Volgens Albert kan de directoire extra bescherming inroepen van een verdedigingswal als de jarretelgordel, die zich verankert aan de boorden van een paar kousen... grendels die ontsloten moeten worden voordat de eisende hand volledig toegang krijgt. Het broekje kan ook *over* de kousen en de jarretels aangetrokken worden, om bij het uittrekken niet te veel te ontregelen aan de orde der dingen, dat wil zeggen de combinatie van natuur en cultuur. Vooral mannen verlustigen zich graag in de aanblik ervan, misschien omdat het ze terugvoert naar de tijd waarin ze vanuit hun ledikant toekeken hoe mams, voordat ze uitging, haar kousen vasthaakte. Albert mag graag uitweiden over hoe zijn geliefde moesje handschoenen aantrok om bij het strelend omhoog leiden van de nylons er geen ladders in te trekken.

Als ik aan het eind van de dag, zonder hulp van iemand anders, mijn slip uittrek, werp ik altijd een vlugge blik in het kruisje: of de stof de afdruk van mijn vulva behouden heeft... als reliëf, bedoel ik, niet als kleurnuance. Een lichte dubbele bolling, gescheiden door een vage streep… en de afbeelding zakt er alweer uit: per post opsturen naar de minnaar heeft geen zin, tenzij die zich tot snuffelen beperkt. Ik zou het met een papje van gips rechtstreeks op de huid kunnen proberen, maar daar blijven weer heel pijnlijk de haartjes in vastgemetseld zitten. Nee, voor een dodenmasker komt het zeer vitale en beweeglijke orgaan, dat nu eens zwelt en zich dan weer naar binnen rolt, niet in aanmerking, althans niet bij leven en welzijn.

Mode, vraag maar aan mevrouw Suwijn, bestaat bij de gratie van eindeloze verandering en herhaling. Sommige ontwerpen zijn meteen raak en goed… er valt niets aan te verbeteren zonder ze te verprutsen. De twintigste-eeuwse slip is zo'n geniale vondst. Heel precies passend om de leest, als het soepelste leer bij de schoenmaker. De licht elastische stof verhult evenveel als ze onthult. Het *stretch* kruisje zorgt met een mild samenknijpen voor kuisheid, maar is ook weer niet zo streng in de leer dat 't bij gelegenheid, als de lust heel hoog gerezen is, niet een streepje vocht doorlaat.

In de onderste la, die ik zelden of nooit opentrok, lagen mijn afgedankte broekjes, omdat ik nou eenmaal niets weg kan gooien, hoe versleten ook. Bij de slips was mijn bewaarzucht toen nog op z'n ergst, ongetwijfeld omdat aan veel exemplaren een verhaal vastzat, op z'n minst een bijna verdampte sfeer. Ik graaide er met mijn vingers doorheen. De meeste waren tot vaalheid verwassen, vol bleekvlekken en rafels. Ik koos zorgvuldig het onaanzienlijkste ding uit, waar zelfs nauwelijks enige rek meer in zat. In de losgetornde zoom van de pijpjes lag het verslapte elastiek bloot als een ouderwetse elektriciteitsdraad waaromheen het katoen door de muizen was weggevreten – alleen zonder garantie dat er nog kortsluiting in zou vonken als een vinger erlangs streek. Ik trok het vod aan, als het ware tegen de koers van Alberts snode gedachten in, en voelde meteen hoe ongemakkelijk het zat. Zo, nu was ik in alle lagen van mijn verschijning ontoonbaar, en gerechtigd me aan al zijn vuile voornemens te onttrekken. Ik was er klaar voor om zijn diva in alle nederigheid te ontvangen.

Ik schoot in de lach, want ik moest opeens denken aan een nooit verfilmd scenario dat ik via Albert ooit onder ogen had gekregen. De scriptschrijver maakte in het begin veel werk van het interieur van een landhuis, met sierlijke dubbele trap, uitmondend in de ruime hal. En dan ineens het megalomane zinnetje: '*...and down comes Marlene Dietrich.*'

11

De altijd veel te luide deurbel, hoorbaar zelfs tot op het dakterras. Meestal vlogen de katten getergd en met rechtopstaand haar de trap op naar de eerste verdieping. Nu gelijkvloers de tussendeuren openstonden, vluchtten ze de tuin en hun favoriete boom in. Zo bleven ze de keuken in zitten kijken, waar zo meteen het werkelijke onheil zou verschijnen. Albert keek me aan.

'Doe jij maar open,' zei ik. 'Het is jouw...'

Ik maakte mijn zin niet af, en weet nog steeds niet wat ik verder had willen zeggen. *Bezoek*, dat zou het meest neutraal zijn geweest. Albert liet het te woord staan van mensen aan de deur sowieso het liefst aan mij over, ook al was het alleen maar via de intercom. Nu bleef ik zitten. Met niet meer dan de aanzet tot een vernietigende blik verhief hij zich uit de tuinstoel. Ik hoorde het geklepper van de glazen tussendeuren, en daarna verraste stemmen die elkaar begroetten. Ik merkte opeens dat ik zenuwachtig was. Ik keek strak naar de zilveren koeler met de fles Pouilly-Fumé: de mantel was aan de buitenkant geheel beslagen, en er begonnen al straaltjes condens doorheen te lopen, grillig meanderend. Ik volgde zo'n aarzelende druppel met mijn ogen: als hij bij de vervaagde letter X van MAXIM'S links afslaat, komt het goed vanavond. Dan zal blijken dat Albert echt alleen maar goede en eerlijke bedoelingen had met het uitnodigen van wat hij 'een oude vriendin' noemde, die hij 'nou eindelijk eens wilde voorstellen' – aan mij dus, en misschien aan de kinderen.

De condensdruppel bleef een korte eeuwigheid bibberend stilhangen, en dreigde toen rechts af te slaan. Uit de gang klonken hoge hakken op de marmeren vloer, die al sinds we dit huis betrokken ongestoffeerd was gebleven. Even later piepten Alberts zolen over het linoleum van de keukenvloer, gevolgd door de pumps, die daar van klank veranderden. Er joegen woedende en obscene gedachten door mijn hoofd, zoals de uitspraak van een schoenfetisjist die ik ooit in een smerig souterrain in Oud-West had aangetroffen in gezelschap van een hoer. Zij stond flamingoachtig op één been, met een blote voet in haar knieholte geklemd, terwijl de ontbrekende schoen met z'n naaldhak in de mond van de man geklemd was. Hij maakte zuigende geluiden. Op mijn vraag of hij, gezien de troep om hem heen, niets beters te doen had, antwoordde hij bijna onverstaanbaar, zonder de hak uit zijn mond te nemen: 'Ik pijp haar pump... stiletto's zijn het lekkerst, vooral met wat straatvuil... het rubbertje versleten en open spijkertjes om mijn verhemelte te kittelen... lekker.'

Het waterstraaltje op de koelemmer koos er op het laatste moment voor om de X te doorklieven, en aan de onderkant van MAXIM'S zijn tastende weg te vervolgen. Het schemerde me rood voor de ogen, maar dit keer niet van woede: Albert duwde speels een soort reuzenaardbei op pootjes voor zich uit het terras op.

'Zwanet... dit is Corinne.'

Ik had van het voormalige mode-icoon iets eigentijds verwacht, liefst kleding waarin ze geacht werd jonger te lijken maar die haar integendeel ouder maakte. Het verwarde me dat ze een lange rode jurk droeg, vintage jaren vijftig. Genopt zou ik hem niet willen noemen... voor polkadots waren de witte stippels te klein. De vrouw had geen wespentaille, dat niet, maar de elastische ceintuur onthulde een slank middel. Hmm, zeker nooit kinderen gebaard. Ik nam me onmiddellijk voor om de volgende dag met oefeningen te beginnen. Verderop in de straat zat een kraamcentrum, waar vrouwen in gezegende omstandigheden aan zwangerschapsgymnastiek deden, maar na het werpen ook aan versteviging van de uitgezakte buikspieren konden werken. In enkele zinsflarden stelde ik me de conversatie aan de balie voor.

'Wanneer, zegt u, kwam uw laatste kind?'

'Het is nu negen...'

'Dan kunt u toch beter naar de sportschool gaan.'

Beroemdheden blijken in het echt meestal kleiner dan ze op televisie overkomen. Corinne bleek zelfs wat langer dan ik me, na mentale correctie, had voorgesteld – dat wil zeggen, ongeveer van mijn lengte, terwijl ik bepaald niet klein van stuk ben. Ik herkende haar gezicht meteen van de tijdschriftfoto's van twintig, vijfentwintig jaar geleden. Ik constateerde met tegenzin dat het op een rijpe manier nog steeds uitzonderlijk mooi was. Ze legde een bosje witte fresia's voor me neer (begrafenisbloemen, dacht ik grimmig), en stak me haar hand toe. Ik zag dat haar vingers een beetje groenig waren van de stengels. Ik stond op, en schudde losjes de hand, die vochtig en koud aanvoelde. Ik keek tersluiks naar de fresia's, die door alleen een elastiekje bijeen werden gehouden. Ik besloot om dit weinig stijlvol te vinden: om een boeket behoorde een wikkel van een bloemist te zitten.

'Corinne Suwijn.'

'Zwanet Vrauwdeunt... aangenaam.' Ik reageerde precies zo vormelijk als ik me had voorgenomen. 'Neem plaats.'

De bezoekster zette haar tas neer en ging zitten op de vrije stoel tussen Albert en mij in. Voordat ik neerzeeg, streek ik gewoontegetrouw van achteren mijn jurk glad, en het drong nog eens tot me door dat ik een verschoten en versleten gevalletje had aangetrokken. Ik keek naar de papaverrode wolk die Corinne Suwijn omhulde, en beet op mijn lip van spijt dat ik de competitie niet was aangegaan door mijn mooiste jurk aan te trekken.

'Glas wijn?' Albert tilde de fles Pouilly uit de koeler, en liet zo de ijsscherven tegen elkaar aan klotsen.

'Nou, ik sla niet af,' zei Corinne.

'Nee, het zal...' Albert slikte de rest van zijn woorden in. (Wat had hij willen zeggen? '*Nee, het zal ook eens niet*'?) Hij hield een servet onder de ziel van de fles, maar kon niet voorkomen dat zijn gaste enkele druppels ijswater over haar schoot gesprenkeld kreeg, waardoor het rood van de stof donker werd.

'Ah, koud.' Ze wreef met de zoom over haar bovenbenen.

Ik keek uit over de achtertuinen, zogenaamd verstrooid, maar lette ondertussen scherp op. Was dit routine voor ze, en veinsden ze daarom onhandigheid? Ze keken elkaar geen enkele keer rechtstreeks aan. Corinne liet de jurk terugzakken tot bijna op haar enkels. De dracht gaf haar bijna iets plattelandsachtigs... iets uit het Mierlo van vroeger. Tegelijkertijd zag ik haar voor me als onderwerp van een impressionistisch schilderij: vrouw in het rood, zwevend op onzichtbare voetjes door hoog zomergras. Haar lipstick had precies de overrompelende kleur van de stof. Verder was ze niet opzichtig opgemaakt. Juist daarom miste ik mijn eigen make-up. Albert schonk ook mijn glas halfvol, en toen het zijne.

'Albert, breng jij de toost maar uit,' zei ik. 'Jij weet het best waarop we drinken.'

Hij bleef een moment met geheven glas zitten, en dacht grijnzend na. En hij zei ten slotte, alsof hij een geweldige ingeving kreeg: 'Op ons alledrie, zoals we hier bij elkaar zijn... wat al veel eerder had moeten gebeuren.'

'Helemaal mee eens,' zei Corinne zacht.

We hieven de glazen, die in de warme avondlucht ook al beslagen waren, en brachten ze naar elkaar. Drie beschaafde mensen die keurig de steel vasthouden, omdat ze weten dat de kristallen klank dan optimaal is.

'Proost,' zeiden Albert en Corinne gelijktijdig.

'Gezondheid,' fluisterde ik er een beetje achteraan.

We dronken van de koude witte wijn. Ik weet niet meer of

hij van grote klasse was (Albert had de fles uit de kelder gehaald), maar mij was hij meer dan welkom: nog twee van die bellen en ik zou van mijn verlegenheid verlost zijn, en misschien wel moed genoeg kunnen vatten om alle beestjes hier in dit verraderlijke paradijs bij de naam te noemen. Zover was het nog niet, dus ik beging meteen maar een blunder. Ik nam het bosje fresia's van tafel.

'Kan ik ze gewoon bij de fles in de koeler zetten… of gaan ze dan dood, denk je?'

Corinne schoot in de lach. Ik speurde haar gezicht af naar craquelé opbrekingen in haar make-uplaag, maar nee, ze was echt heel bescheiden opgemaakt. Ze zei: 'Doe gerust, Zwanet. Alleen… het doet me aan iets denken, en daarom lach ik. Een incident in een New Yorks restaurant. De ober bracht een koelemmer, en daaruit *walmde* me toch een ouwe, rotte bloemenlucht op, niet normaal meer. De fles champagne moest er nog in, maar ik zei: neem die maar weer mee terug… nee, niet de champagne, de koeler, want die stinkt naar het loof van ingekuilde aardappelen. Ik had die geur onthouden uit Mierlo… die hing daar soms over het land. In Manhattan wisten ze blijkbaar niet hoe verrot aardappelloof rook, dus het werd een hele toestand. Gerant erbij, neergesmeten servetten, enzovoort. Wat bleek? Ze hadden daar de gewoonte om bij verjaardagstafels de meegebrachte boeketten in een koeler te zetten. *Alle* ijsemmers daar roken naar slijmerig plantengroen. De lucht was er nooit meer uit te spoelen. De annulering kostte een aardige duit, maar we zijn toch maar ergens anders gaan eten, waar de clientèle nooit jarig was.'

Onder het vertellen van de anekdote had Corinne een paar keer vluchtig naar Albert gekeken, alsof ze bijval zocht. Ik kreeg het rotgevoel, door een bepaalde gezichtsuitdrukking van hem, dat hij erbij was geweest. Vanaf dat moment werd ik door dwangvoorstellingen bezocht: hoe ze er bij intieme diners bij hadden gezeten tegenover elkaar. In Amerika aten ze met de vork in hun rechterhand, zodat twee linkerhanden verstrengeld op het tafelkleed konden liggen... een druppel kaarsvet viel op haar blote pols, zodat ze haar arm voor even terugtrok om over het brandplekje te wrijven, maar zonder haar verliefde glimlach te verliezen. Godverdomme. Het leek wel een diavoorstelling van Alberts geheime avonturen. Een safari met geen ander wild dan dat wat zich onder de zilveren stolp schuilhield.

Albert schonk onze glazen bij, en daarmee was de fles leeg. Hij zei: 'Ik haal zo een nieuwe.'

En ik: 'Die wordt dan niet meer zo heerlijk koel.'

'Overal aan gedacht,' zei Albert. 'Er liggen er genoeg koud om de zomer mee door te komen: voor drie personen desnoods.'

Corinne ging voor 't eerst die avond ontspannen achterover in de tuinstoel zitten. Ze draaide haar glas zodanig dat ze haar lippen op de plek van de al gestempelde rode verf kon zetten: dat scheelde in de vaat. Ze was blijkbaar vertrouwd met afwasmachines, en wist dat glazen er dikwijls met de lipsticksporen er nog op uit tevoorschijn kwamen – waar in sommige gevallen alleen forensische experts van de politie blij mee waren. Ik dacht, bijna hardop: misschien ben je toch wel een leuke vrouw. De onderkruiper hier heet Albert Egberts, een naam die als eerste in mijn trouwboekje wordt genoemd.

'Andermaal *ein Prosit*,' zei Corinne. Ze nam een diepe teug, en ik zag nu dat de rode lipstick een beetje afgaf in de terugvloeiende wijn zelf. Ze knikte naar Albert met een licht mummelgeluidje, ten teken dat de wijn uitstekend was. Ik kon geen oog afhouden van dat gave gezicht, mooi van rijpheid en herinnerend aan een nog steeds niet verloren jeugd. Ik probeerde het me vertrokken van liefdeslust voor te stellen, met de adem van Albert die eroverheen streek en daarbij een losgeraakte lok van haar voorhoofd optilde. Het lukte niet erg, en ik maakte me al zorgen dat ik in een verzoeningsgezinde stemming was. Soms voelt een vrouw haar leeftijd drukken. Het kan betekenen dat haar venijnige krachten afnemen en ze eerder vergeeft, of juist dat ze humeuriger wordt en op alles gaat zitten vitten. Het mooie van deze twee tegenstrijdige mogelijkheden is dat geen van beide benijdenswaardig uitpakt, waarmee in feite het dilemma wordt opgeheven. Ik zat altijd goed.

12

Na een net niet te lange stilte zei Corinne, van Albert naar mij kijkend: 'Ja, sorry, ik was iets later dan besteld.' (Het woord 'besteld' in plaats van bijvoorbeeld 'afgesproken' nam me op de een of andere manier voor haar in, maar dat wilde ik eigenlijk liever niet.) 'Ik was hier om de hoek in de Exilstraat even langs bij boekhandel Tornij.'

'Is die op dit uur nog open dan?' vroeg ik, hoewel het me geen lor interesseerde. 'Olle heeft zich toch ook aan een sluitingstijd te houden…'

'Hij is altijd open,' zei Corinne, 'zoals hij ook altijd gesloten is.'

Ik wist wat ze bedoelde. Olle Tornij werd in de buurt De Boekenjuwelier genoemd, zoals er ook een groentejuwelier was, al had die laatste aanduiding meer te maken met het veel te mooie, wasachtig opgepoetste fruit, dat consequent veel te hoog geprijsd was. Tornijs winkel leek meer op die van de edelsmid op het pleintje, die er achter zijn gevel een soort sluizensysteem op na hield, met twee opeenvolgende, op afstand afsluitbare en te openen deuren, zodat er nooit meer dan één persoon of echtpaar binnen hoefde te komen. Voor een boekhandel lag het wat minder voor de hand om de overtollige klandizie buiten te laten wachten, maar Olle Tornij bleef er nu eenmaal van overtuigd dat, net als in de binnenstad, het literaire aanbod in Zuid niet veilig was voor gauwdieven. Bovendien *sprak* hij liever over boeken dan dat hij er een verkocht, en zulks bij voorkeur niet met een hele groep tegelijk. Wie het geduld kon opbrengen om zijn uiteenzettingen aan te horen, werd beloond met een glas port of sherry, naar keuze, achter in de zaak, waar een comfortabele zithoek was ingericht.

'O, je wou op het laatste moment de nieuwste uitgave voor ons kopen,' zei Albert met vederlichte spot. 'Zo doe ik dat zelf ook om niet met lege handen op een verjaardagsborrel te verschijnen.'

Corinne richtte zich tot mij. 'Mijn aanstaande schoonzoon werkt daar... misschien ken je 'm.'

'Tib, ja, die helpt me wel 's.'

'Tibbolt Satink... verloofd, dat zeg je tegenwoordig niet meer, maar hij heeft serieus verkering met mijn dochter Rita. Olle is zijn grootvader van moederskant. De jongen woont bij zijn opa in, zijn Oll'opa, op kamers boven de zaak.'

'Ik wist hier niets van,' zei ik. 'Albert vertelt me nooit wat. Zeg eens, wanneer is de bruiloft?'

Ze trok een verticale denkrimpel tussen haar wenkbrauwen, iets bezijden het midden. 'Ik heb er een hard hoofd in. Niet dat ik ze per se getrouwd wil zien, helemaal niet, maar Tibbolt is *zo* aan het veranderen de laatste tijd. Ik kan hem nauwelijks meer volgen. Ik maak me zorgen om Rita. Zij woont al vanaf dat ze een baby was bij haar opa en oma in Mierlo... mijn ouders, die haar in huis hebben genomen omdat... nou ja, vanwege mijn werk. Ik kon haar niet voldoende aandacht geven. Ik leef al meer dan twintig jaar met een joekel van een schuldgevoel.'

'Je dochter bij haar grootouders in Mierlo... je aanstaande schoonzoon bij zijn grootvader in Amsterdam... het wordt misschien eens *tijd* dat ze trouwen.'

'Ik heb het sterke gevoel dat Tib een punt wil zetten achter de relatie,' zei Corinne. 'En Rita, ocharm, heeft geen idee. Ze zien elkaar heel onregelmatig.'

'Hoe hebben ze elkaar eigenlijk leren kennen?' wilde Albert weten. 'Ik bedoel... op zo'n afstand.'

Zou Corinne hem dat echt niet eerder verteld hebben? Wat

voor toneelstukje zat hij hier op te voeren, de huichelaar?

'De ouders van Tibbolt, de Satinks, die hadden vroeger een vakantiehuisje in de Mierlose bossen, bij het Wolfsven. Aan dat meertje, ook wel Snorrenbad genoemd, hebben ze elkaar als kinderen voor het eerst ontmoet. Jongens en meisjes kwamen daar altijd uit het water met een snor op de bovenlip... van het fijne slik in het water. Toen ze wat ouder werden, gingen ze uit in Geldrop... naar een jeugdsociëteit die De Smidse heette. Ik weet het niet... misschien is het niet in de haak als twee latere gelieven al van kindsbeen af optrekken. Je raakt te zeer met de ander vertrouwd... vergroeid misschien wel. Hechte vriendschap wordt dan al snel met liefde verward.'

Ik liet het ijs rinkelen, en schonk de glazen bij – meer om me een houding te geven, want ze waren alledrie nog behoorlijk gevuld. Ik zei, misschien ietsje scherper dan bedoeld: 'Dat zou jullie... jou en Albert... dan ook dwarsgezeten moeten hebben. Als ik het goed begrepen heb, waren jullie tien of elf bij eerste kennismaking.'

Albert en Corinne keken elkaar vluchtig aan, maar geen van beiden ging op mijn opmerking in. Er viel een hinderlijk zwijgen. Ieder van ons nam een ondoordacht grote slok. Corinne hoestte. Bij mij kwam de wijn als een pijnlijke prop in mijn slokdarm vast te zitten.

'Ach,' zei ik ten slotte, 'misschien speelt het schoonmoedersyndroom je parten. Ik moet er nog even niet aan denken dat Cynthia... dat is mijn dochter van twaalf... verkering krijgt. Niet voor niets bestaat er zoiets als de ideale schoonzoon... die bestaat namelijk niet. Ze kunnen het nooit goed doen, die jongens, bij ons.'

'Anders zouden er ook niet zoveel fraaie schoonmoedermoppen bestaan,' zei Albert, die weer wat praats kreeg. 'Kennen jullie die van de schoonmoeder achter het behang, die...'

'Nee, Albert, dat gaan we dus niet doen.' Ik wendde me tot Corinne: 'Jouw Rita, hoort daar ook nog een vader bij?'

‘Ja, maar dat is niet de man met wie ik getrouwd ben. Rita was een liefdesbaby uit mijn tijd in New York. Ik ging toen kortstondig, en iets te onstuimig, om met een Belgische diplomaat... ene Sabbe. Rita heet nog steeds zo. Als catwalkmodel noemt ze zich Sabberita... een artiestennaam, zeg maar. Het betekende wel dat op een dag, bij een show in Brussel, meneer Sabbe op de eerste rij zat... om eindelijk eens kennis te maken met zijn dochter. Dat liep niet goed af.’

‘Ik heb je man, Hans, twee keer ontmoet... daar was jij niet bij. Albert wel... het zijn jeugdvrienden, begrijp ik. Nu niet meer. Toch?’

‘Nee, jeugdig kun je ze niet meer noemen,’ zei Corinne lachend. ‘En de vriendschap is ook wel zo’n beetje over.’

‘Waarom heb je hem niet meegebracht? Dan waren we met twee echtparen geweest... iets evenwichtiger. Is het vanwege Albert dat hij liever thuisbleef?’

‘O, nee, hij en Albert zijn nog steeds wel aan elkaar gewaagd, daar gaat het niet om. Het punt is dat het niet goed gaat tussen Hans en mij. We liggen in scheiding. Al heel lang trouwens. Het schiet niet op.’

Nu was het Alberts beurt om met trillende handen de nog lang niet lege glazen bij te vullen. Hij verzuimde een servet onder de fles te houden, en het ijswater droop op zijn bovenbenen, waar het grote vlekken maakte in de stof van zijn jeans. Speelde hij een rol op de achtergrond van die scheiding, en niet zomaar als figurant? ‘Albert vertelt me nooit wat,’ had ik eerder lichtelijk dramatisch gezegd, maar het klopte. Ik wist van niks.

13

Ik voelde dat we alledrie iets over de vroegzomerse lente wilden zeggen, maar een drukkend stilzwijgen opheffen door over het weer te beginnen, dat was toch echt te mal en ‘niet meer van deze tijd'. Ik zag aan onze gaste dat wat ze voor op haar tong had liggen niet was wat ze hardop wilde uitspreken. Er schoten wat zenuwschichtjes over haar gezicht, en uiteindelijk zei ze: 'Jullie wonen niet alleen bij de boekhandel van Olle om de hoek, maar ook schuin tegenover BARRY BARBER.'

'Ik zag Hans een keer in die kappersstoel zitten,' zei Albert. De grote gek, nou begon hij zelf over De Krop, wat hij mij nota bene verboden had. Goed, dan was het straks mijn beurt.

'Ja, hij wordt er graag geknipt,' zei Corinne. Ik lette goed op, maar ze gaf Albert geen teken om hem te beletten haar echtgenoot nog eens ter sprake te brengen. 'Juist vanwege die ene stoel... Barry laat nooit meer dan één klant binnen... dat heeft iets exclusiefs.'

'Om je de waarheid te zeggen... ik heb Hans er vaker in en uit zien lopen,' zei Albert. 'Vast niet vanwege een aderlating.'

'Of het moest een financiële zijn,' zei Corinne met een flauwe glimlach. 'De prijzen van de barbier zijn ook nogal exclusief. Hans verbeeldt zich dat hij vanwege mijn voormalige beroep nog altijd op grote voet kan leven... of liever, dat onze status hem daartoe verplicht. Enfin, daar kan ik het maar beter niet over hebben.'

'Nou, het heeft *onze* huishoudknip in ieder geval geen goed gedaan,' zei ik. 'Toen Albert doorkreeg dat zijn gewezen jeugdvriend zo ongeveer vaste klant was bij Barry, was hij niet meer te houwen. Hij moest en zou ook.'

'Het lag anders,' zei Albert. 'Of ze nou exclusief zijn of niet, kappers beheren een dorpspomp. Ik kom barbier Barry nogal eens bij café De Lier tegen. Hij vertelde me dat Hans via de enige spiegel ons huis in de gaten houdt... elke knipbeurt weer. Hij vertelt Barry, die er met zijn rug naartoe staat, precies wat hij aan de overkant ziet... wie er naar buiten komen en naar binnen gaan... wat voor leverancier er aanbelt, en ga zo maar door. Hans gebruikt dus de kappersspiegel als een buitenproportioneel spionnetje om mij en mijn gezin te bespieden. Hij vraagt zelfs soms aan Barry om de stoel enigszins te verstellen, zodat hij een beter zicht heeft. In de kersttijd beklaagde Hans zich dat er kunstsneeuw op de etalageruit gespoten was... het belemmerde zijn waarneming.'

Corinne maakte afwerende gebaren, zowel naar Albert als naar mij. 'Hou me ten goede, lieve mensen... ík betaal als voorschot op de alimentatie zijn kappersrekening, maar hij staat niet als spion op mijn loonlijst om jullie in de gaten te houden. Ik schrik hiervan.'

'Feit blijft,' zei ik, 'dat Albert tegenwoordig opvallend vaak zijn dooie lokken bijgepunt wil zien... en dat tegen zo'n pittig tarief.'

'Nooit met Hans gevochten om die ene stoel?' vroeg Corinne nogal sarcastisch. 'Het zou helemaal bij jullie Geldropse voorgeschiedenis passen.'

'Ik kan me voorstellen,' zei ik, 'dat je bij Barry gaat controleren of er inderdaad zoveel wetenswaardigs te zien is in zijn spiegel, maar... waarom telkens opnieuw? Zo lekker ruikt zijn haarwater niet, net zomin als zijn adem, weet ik uit ervaring.'

Het was eigenlijk om te lachen: we zaten midden in een gespreksonderwerp dat Albert met alle geweld bij voorbaat had willen vermijden.

'Je moet weten, Corinne,' zei Albert, 'zeven jaar geleden woonden we een tijd in een verbouwd boerderijtje op de Veluwe... een grote vergissing, het platteland, maar daar gaat het nu niet om.'

Jij, grote huichelaar, dacht ik, alsof je 'beste vriendin' dat verhaal niet kent. Ze zal je op z'n minst een poos hebben moeten missen. Hoewel, je diende regelmatig in Amsterdam te zijn voor je toneelwerk.

'De huisbaas daar, die ons het pand verhuurde en op hetzelfde erf woonde, zag zichzelf graag als landeigenaar. Hij zette soms bij het ochtendgloren een stoel tussen wat zielige boompjes, en ging dan tevreden pijprokend uit zitten kijken over wat hij omschreef als “mijn landerijen”. Zo trof ik hem een keer aan op mijn eigen morgenwandeling, toen ik de slaap niet meer kon vatten. Tegen de dauw had hij over de zitting een boerenzakdoek uitgespreid… niet veel kleiner dan het stukje grond waar hij, zogezegd, in verliefde zelfgenoegzaamheid zijn blik over liet gaan. Ik heb wel iets van die man geleerd. Nadat ik bij Barry had gecontroleerd of vanuit die ene kappersstoel mijn huis inderdaad zo goed zichtbaar was, kon ik er geen genoeg van krijgen om er telkens in terug te keren…’

‘…om het doen en laten van je eigen familietje te bespioneren,’ zei ik. ‘Hoe pervers wil je ’t hebben?’

‘Je wilt het niet begrijpen, hè, Zwanet? Ik heb ontdekt dat ik ervan hou om af en toe van een afstand, en toch dichtbij, de buitenkant van mijn eigen geluk te observeren… de voorgevel van het pand, de bewegende vitrage voor de open ramen, de zwabber die als een propeller ronddraait in de handen van de werkster. Vrouw op weg naar haar werk… kinderen terug van school. Zelfs het geluid van de elektrische bel, die ik in mijn stoel nog net kan horen… de voordeur die niet opengaat… de postbode die het pakket zolang afgeeft bij de buren. Kortom, alles wat mijn grote en kleine geluk uitmaakt.’

‘Dat neemt niet weg,’ zei ik, ‘dat je mij aldoor hebt zitten beloeren… zonder dat ik er weet van had. Dat privilege stond niet op het lijstje van de ambtenaar die ons in de echt verbond.’

‘Zoiets op voorhand verklappen,’ zei Corinne, ‘dat gaat dan later misschien van het geluksmoment af.’

Ik dacht: jij moet je mond houden, en al helemaal over het geluk hier in huis. Ik zei: ‘Al die keren dat *jouw* man daar onder het mes is geweest… heeft hij bij mijn weten nooit bij ons aangebeld om zijn oude vriend te bezoeken, al was het maar om even gedag te zeggen.’

Mevrouwtje Suwijn keek onzeker naar Albert, die zijn hoofd schudde en zei: ‘Zwanet, ik had je gevraagd om vanavond Hans Krop niet ter sprake te brengen.’

'Ik hoefde me niet eens in te houden... je begon zelf over hem.'

'Er is in het verleden te veel gebeurd... meer zeg ik niet.'

14

Nog steeds met tegenzin bewonderde ik het weelderige bruine haar van Corinne, dat in loshangende staat ongetwijfeld tot halverwege haar rug reikte, maar nu strak was opgestoken met een soort houten schelpen, waar lange pinnen doorheen staken. Ik zocht met toegeknepen ogen de scheiding af naar sporen van gegroeide grijsheid, die wachtte op een nieuwe verfbeurt, maar kon tot mijn teleurstelling niets vinden. Ze was van mijn leeftijd, midden veertig, dus het kon niet anders of ze belazerde de boel. Natuurlijk had ze, alvorens hierheen te komen, haar kapsel in de juiste kleur geverfd. Ik hoefde mijn ogen niet dicht te doen om de afgedankte tandenborstel met z'n klonterig kastanjebruine beharing in een glas voor de spiegel te zien staan.

Zelf liet ik mijn blonde lokken zich heel naturel mengen met het opkomende grijs. Voor het golfmodel had ik nooit bij de kapper onder een kap gezeten. Het werd nooit futloos, zolang ik de dooie strengen maar regelmatig liet bijwerken. Ik beklaagde onze kastanjebruine vedette met haar besmeurde tandenborstel. Opeens was daar de scène uit een gevangenisfilm. Voor de ontsnapping controleerde een van de samenzweerders nog even de gang door vanuit zijn cel via het kijkgat de steel van een tandenborstel naar buiten te steken, waaraan met ijzerdraad een langwerpige spiegelscherf bevestigd was. Ene kant van de gang: leeg, geen onraad. De gevangene draaide zijn geïmproviseerde periscoop 180 graden ...en daar stond het complete bewakingskorps paraat. Onmiddellijk begon op angstaanjagende sterkte de alarmbel te rinkelen.

Wat zo'n beeld op deze mooie lenteavond van me moest...

geen idee. Het leek of Corinne het me had aangereikt met haar kastanjebruine nepkapsel, terwijl ik niet eens zeker wist *of* ze haar haren wel verfde. Een type om dat met een oude tandenborstel te doen leek ze me trouwens al helemaal niet.

'Ik kan mijn ogen niet van je jurk afhouden.' Ik hoopte dat mijn woorden niet net zo vals klonken als de gedachten die eraan ten grondslag lagen. 'Hoe zou je de kleur noemen?'

'Magenta,' zei Corinne aarzelend. 'Er is laatst een straatfotografe uit Chicago ontdekt... of herontdekt... en die heeft in '57 of daaromtrent een vrouw in een dergelijke jurk gekiekt. Ik heb net zo lang tweedehandskledingwinkels afgestruind tot ik ongeveer zo'n model in die kleur gevonden had. Helemaal laten restaureren... en dit is het resultaat. Lijkt voor mij gemaakt.'

'Magenta,' herhaalde ik. 'Zo'n mooie kleur, en dan vernoemd naar een bloedbad.'

'O, daar spreekt mijn beladderde blauwkous weer,' zei Albert hoofdschuddend.

'Hoe zou jij het noemen, Zwanet?'

'Papaverrood.'

'Daar heb ik je,' zei Albert. 'Wat voor veldslagen zijn er niet vanwege de papaver uitgevochten? Denk aan de Opiumoorlogen tussen de Britten en de Chinezen... alles bloedrood.'

Ik kon hem wel schieten op zo'n moment.

'We ronden het af op karmozijn,' zei Corinne verzoenend.

Albert verpestte de sfeer verder door de Bijbel te citeren: '*Al waren uw zonden rood als karmozijn*... Jesaja, zoek maar op. Vast meer dan kruimeldiefstallen.'

Wie was hier nou de beladderde blauwkous? Albert Egberts met een panty aan, roze nagellak druppelend op de steken in het nylon. De wijn begon te werken.

'Dan houden we het gewoon op rood,' zei Corinne, die ook wel snapte dat deze onenigheid over heel andere zaken dan kleuren ging. 'Lekker neutraal... en volgende keer trek ik een groene of een blauwe soepjurk aan.'

'Rood kan nooit neutraal zijn,' bitste ik. 'Het is er te uitgesproken voor. Denk aan allerlei lichaamsplekken die rood aanlopen als ze in beroering worden gebracht. De neus bij vrieskou of drankinname… de konen die blozen… de lippen op z'n wulpst… de oren als er bij de buren een moordpartij in voorbereiding is… en zo kan ik doorgaan, tot aan de edele delen toe. Het hele lichaam bij hoge koorts, enzovoort.'

Zo, daar had ik nou eens zin in. *Hump the host.*

'Blauwkousje, blauwkousje toch,' suste Albert.

Ik zei: 'Zo'n jurk heb ik trouwens eerder gezien.'

En de gaste: 'Misschien op de foto van die onbekende fotografe uit Chicago. In Amsterdam is een expositie van haar werk geweest… misschien heb je die bezocht.'

'Nee, ik herinner me dat prinses Diana er zo een droeg, op tournee door Australië. Rood met witte noppen. Een ontwerp van Gabana, geloof ik.'

'O, dat gevalletje. Het was niet rood maar donkerroze… met witte stippen, inderdaad. Ontworpen door Donald Campbell. Geen jurk, maar een deux-pièces, met een of andere malle pillbox met vleugels erbij. Ik heb een hekel aan hoofddeksels die met schuifpinnen op hun plaats moeten worden gehouden, omdat ze anders gaan hemelen.'

Zo, daar kon ik het dan weer mee doen. Wat moesten zulke wandelende encyclopedieën met hun kennis als de mensheid weer in d'r nakie ging lopen?

15

De glossy was vlees geworden. Daar zat ze, overvloedig driedimensionaal en met die jurk ook nog eens in full colour, terwijl de fotografen van de jaren zeventig haar het liefst in zwart-wit vastlegden. Het was zeker twintig jaar geleden dat ik haar voor het laatst in de *Vogue* had gezien – al van de cover verbannen naar het middenkatern. Als ik nou eens mijn werkbril opzette en wat vaseline op de glazen smeerde, en daar een bevrorenruitenpatroon van vingerafdrukken in achterliet, misschien dat ik dan, door mijn oogharen uiteraard, iets herkende van de mistige fotoreeksen van toen…

Niet nodig, ze was nu mooi op een rijpere manier, niet te vergelijken. Ik kon mijn ogen openhouden (en mijn tanden laten knarsen). Ze had ook nog eens een aantrekkelijke lach, het hele scala tussen flauwtjes opgetrokken mondhoeken tot gul opensplijtend gezicht. Zo kende ik haar niet uit de glossy's, waarvoor de redacties haar altijd lieten poseren alsof ze al het leed van de wereld moest torsen, en dat van de hemelen en de hellekrochten erbij. Ze keek vanaf geplastificeerde rekjes de kioskbezoeker aan alsof ze wilde zeggen: 'Ja, jij daar… ik lijd ook voor jou. Iedereen mag proeven van mijn smart.'

En nu zat dat eertijds vermaarde fotomodel dus zomaar naast me, in een verstelbare tuinstoel met inlegbekleding. De zon hing al laag en scheen onder de markiezen door recht in ons gezicht, zodat Corinne en ik met allebei een oog dichtgeknepen van elkaar zaten weg te kijken, onwennig glimlachend. Albert had het, heel uitzonderlijk, op zich genomen om in de keuken wat snacks klaar te maken. Net om de hoek. Zo kon hij ons aan de praat laten raken en zelf meeluisteren.

'Als je de stoel nou een klein slagje draait,' zei ik, 'dan hoef je je niet door de zon te laten verblinden. Knipogen is een kwestie van knipperen… maar zoals wij hier nou zitten, is het net of we allebei een lam ooglid hebben.'

Ze grinnikte, en verzette haar stoel. 'Ja, maar nu krijg jij de volle laag, Zwanet.'

De iets te vlotte manier waarop ze mijn naam uitsprak, beviel me niet. Erg vertrouwelijk, zo kort na eerste kennismaking, maar daar ging het me niet om: ik vroeg me af hoe vanzelfsprekend dit 'Zwanet' telkens weer tussen haar en Albert uitgewisseld was, steeds ronder geslepen in de mond als een boterbabbelaar.

'Ik doe mijn ogen voorlopig wel dicht,' zei ik. 'Het kan niet lang meer duren of de zon gaat het hoekje om, de Cornelis Schuyt in. Lastig dat die luifels van ons geen doek aan de zijkant hebben. Als jij nou wat meer rechtop gaat zitten, dan zak ik onderuit... dan blijft mijn geplaagde kop in jouw schaduw.'

Het resultaat was dat vanuit mijn gezichtspunt haar kapsel omkranst raakte met een springerige halo. Ik zei: 'Ik heb begrepen dat jij en Hans het grootste deel van de tijd in Brabant wonen...'

'In Mierlo, ja. Ik ben daar geboren en getogen, totdat ik op mijn achttiende door omstandigheden de wijde wereld in geschopt werd. Mijn ouders wonen er nog...'

'Na je carrière ben je op het oude nest teruggekeerd.'

'Als je het zo wilt uitdrukken. Ik ben nog in vol bedrijf, hoor. Morgen moet ik alweer aan de bak bij de opbouw van een catwalk met alles erop en eraan. We hebben een huis in Mierlo, maar ook een pied-à-terre in Amsterdam, aan de Koninginneweg... voor als we hier moeten zijn. Beroepshalve, zal ik maar zeggen, als dat niet te kakkineus klinkt.'

'Jouw man is toch leraar aan een middelbare school, daar ergens in het zuiden...'

'Maatschappijleer, ja... maar hij heeft ook... nou ja, als amateur dan... zijn toneelwerk, en dat brengt hem soms naar Amsterdam. Dit keer niet... hij zit midden in een tentamenperiode.'

Ik wist natuurlijk verdomd goed dat Hans Krop zich uitsloofde om aansluiting te vinden bij het Amsterdamse gezelschap van pleeratten, zoals de *playwrights* hier genoemd werden, maar ik wenste hem niet als een collega van Albert te beschouwen. Je hebt nu eenmaal hofleveranciers en marskramers.

'Je bent met de auto uit Brabant gekomen...'

'Als ik alleen ga, dan altijd met de trein. Hans heeft de kar nodig om naar school te gaan... die is in Geldrop. Op de Koninginneweg heb ik een fiets tot mijn beschikking.'

Met haar luchtige gebabbel omzeilde ze het onderwerp van hun huiselijke problemen. Als deze Corinne Suwijn vanavond hier gekomen was om Albert te volgen in een tevoren ontworpen erotisch avontuur samen met mij, dan had ze er misschien beter aan gedaan haar kaarten over de naderende echtscheiding meteen al open op tafel te leggen, ten teken dat ze zo goed als vrij was. Wat dacht ze mij nu voor indruk te geven van haar huwelijk – dat het uit degelijke samenwerking bestond en wederzijds respect? Ze kon toch op haar Mierlose klompen aanvoelen dat Albert mij had ingelicht... tenzij ze hem op het hart had gedrukt de scheidingsperikelen tegenover mij te verzwijgen.

Hij kwam uit de keuken tevoorschijn en zette twee schotels op tafel met sneetjes stokbrood en allerlei soorten vis. Hij schonk uit een nieuwe fles de glazen bij, en we stootten opnieuw aan, zonder toost uit te brengen... of we dienden als zodanig te beschouwen wat Corinne zei toen ze haar glas tegen het zonlicht hield, waardoor de afdruk van haar geverfde onderlip zichtbaar werd, met haarscherpe groefjes.

'Kijk, we kunnen met lipstick schilderen wat we willen... elke slok waarschuwt ons voor de ouderdom met z'n kerfjes. Gekloofde lippen, zonder er iets voor te hoeven doen. Mijn moeder had ze vroeger, maar daarvoor moest ze als naaister in de vrieskou wel alle dorpen rond Mierlo af... op de fiets.'

We zaten gedrieën naar het geheven glas te kijken alsof het de heilige graal was met een ingestanste openbaring. Eindelijk bracht ze het naar haar mond, waarbij ze haar onderlip opnieuw zorgvuldig plaatste op de rode afdruk die er al was. Ik dacht: wat ben jij een merkwaardige vrouw... misschien moet ik mijn oordeel over je herzien... nou ja, een beetje dan.

'Ik herinner me een fotoserie,' zei Albert tegen Corinne, 'van een languissant op een sofa uitgestrekte Suwijn... met naast zich een wijnglas met een lipstickmond erop afgedrukt. Alles in matte grijstinten, behalve de lippen, die zijn vuurrood... zonder een enkel groefje.'

'Welja, wrijf het me nog maar eens in,' zei Corinne.

'Begrijp je nu,' zei ik, 'waarom hij als galant bekendstaat? Hij kan geen kreupele ontmoeten zonder over voeten te beginnen.'

Het moest aan onze nervositeit liggen dat we vanaf dat moment zo ongeveer bij elke voorgenomen slok aanstootten, eerder grimassend dan glimlachend. Toch kwamen we langzaam los... dat wil zeggen, de bezoekster en ik. Albert deed geforceerde pogingen om op het tweegesprek in te haken, wat we uit een soort ongeduldige beleefdheid toelieten, maar hij kreeg iets door en zweeg uiteindelijk, broeierig van Corinne naar mij kijkend, en van mij naar haar. Hij dacht er vast baat bij te hebben dat zijn twee uitverkoren vrouwen elkaar na eerste kennismaking beter leerden kennen.

Niet de wijn verhitte mijn gemoed, het was haar open blik in combinatie met haar warme stem – al verzette ik me er met heel mijn wezen tegen om dat op het moment zelf toe te geven. Mijn oog viel op de doos met tissues, waarvan de bovenste ineengedraaide velletjes tulpvormig boven de opening in de doos uitstaken. Papieren servetten voor de handen genoeg, maar ik had me voorgenomen om tranen aan het vloeien te brengen.

'Waar ik nou zo benieuwd naar ben...' begon ik. 'Hoe jij en Albert elkaar hebben leren kennen. Ergens in de late middeleeuwen te Mierlo, begrijp ik... maar hoe ging dat? En wat me natuurlijk ook interesseert... hoe heeft die vriendschap zich in de loop van de jaren weten te handhaven? Ik wist van niks... Albert vertelt me, zoals gezegd, nooit wat. Als ik iets over hem te weten wil komen, moet ik naar het theater... en daar gaat het licht pas echt uit. Kortom, Corinne, help me uit de droom.'

Mijn vraag overrompelde haar, en voor het eerst sinds haar binnenkomst keek ze naar Albert om bijstand, een tikkeltje smekend. Hij beantwoordde haar blik niet, maar richtte zich tot mij: 'De avond is nog maar net begonnen, Zwan... en dan wil jij al het naadje van de kous weten.'

Ik vond het bijna gênant voor onze gast dat Albert geen betere uitdrukking paraat had. 'Het naadje van de kous, ja... als dat zou kunnen. Ik hou van details.'

'Hoe onze vriendschap ontstaan is... hoe die zich verder heeft ontwikkeld,' zei Albert, 'dat is aan mij om je daarover te vertellen... niet aan Corinne. We gaan er wel een keer uitgebreid voor zitten.'

'Vreemd,' zei ik, 'je wilt eindelijk een goede... misschien wel je *beste*... vriendin aan me voorstellen, en dan krabbel je terug. Tot vanavond was Corinne min of meer een vreemde voor me. Ik moest en zou met haar kennismaken... nou, mag ik dan ook weten wat voor iemand ik voor me heb? Ik heb in het souterrain oude jaargangen van haar glossy's opgezocht, maar zo leer ik de mens achter de pose niet kennen. Ik wil weten wat voor rol ze dertig, veertig jaar lang in jouw leven gespeeld heeft, Alp... is dat te veel gevraagd? Jij omzeilt de kwestie, dus wend ik me tot jouw hartsvriendin zelf. Ik zou anders niet weten wat we hier zitten te doen.'

Albert zweeg. Een paar tuinen verderop waren kinderen joelend trampoline aan het springen. Ze hadden de beschikking over twee van die dingen, die eentonig tegen elkaar in plopten, wat niet wil zeggen dat ze er snel genoeg van kregen. Het ging al maanden zo door, elke dag na schooltijd tot aan het avondeten. De trampolines waren vervaardigd door de inwonende grootvader, die jaren geleden onder de kerstboom een Black & Decker had gevonden. Elk jaar kreeg hij er hulpstukken bij: boren, slijptollen, zaagbladen, schuurbenodigdheden, en wat al niet. Ja, een Black & Decker was *de* oplossing voor de oude dag, en de buren zouden het weten ook. Als opa geen klus in zijn kosthuis te klaren had, verzon hij er wel een – een waterdichte iglo voor zijn kleinkinderen bijvoorbeeld. De Black & Decker bracht voornamelijk snerpende geluiden voort... ook nu weer, op deze goddelijke vroegzomerse avond.

Opa had zijn werkbank van de schuur naar de betegelde tuin verplaatst, en warmde al black'n'deckerend zijn oude botten in het laatste zonlicht van de dag, toegeblaft door de hond des huizes.

'Nogmaals, ik vind het niet fair, Zwanet, tegenover onze gaste, als je haar prest om een verhaal te doen dat je nog van *mij* tegoed hebt,' zei Albert. 'Je brengt haar in verlegenheid, want ze weet van sommige dingen niet of ik het wel fijn vind dat ze nu op tafel komen.'

'Wat kan ik hier anders uit opmaken dan dat jullie van alles voor mij te verbergen hebben?' zei ik.

'Lieve mensen,' zei Corinne, 'ik kan ook naar huis gaan... dan praten jullie het uit... en kom ik later een keer terug.' Ze zette haar bevlekte glas neer, en stond op. 'Afgesproken?'

'Jouw reactie kan alleen betekenen,' zei ik, 'dat jullie deze ontmoeting niet op elkaar hebben afgestemd... anders had ieder een eigen rol gespeeld, en had ik goed voorbereide antwoorden gekregen.'

'Het zij je vergeven,' zei Albert, 'maar het betekent ook dat jij vooringenomen aan deze avond begonnen bent. Je had de duimschroeven al klaarliggen, niet, Zwanet?'

Corinne had haar tas van imitatiekrokodillenleer van de stoelleuning genomen en aan haar schouder gehangen, maar was tussen Albert en mij in blijven staan, afwachtend. Het leek alsof ik haar lichaamswarmte op me voelde afstralen, door de rode jurk heen.

'Goed, mijn fout,' zei ik. 'Wil je me een plezier doen, Corinne, en weer gaan zitten?'

Ik beklopte haar stoelzitting, die verrassend warm was. Ik had mijn hand daar graag gehouden, geplet tussen haar bovenbeen en de bekleding, maar trok hem nog op tijd terug. '*Corinne... en weer gaan zitten?*' Ik merkte opeens hoe aangenaam die naam smaakte terwijl hij mijn mond verliet. Steviger en pittiger dan de lucht waarmee hij zich over mijn tong verplaatste. Ik moest me inhouden om hem niet een paar keer hardop te herhalen, en hem zo op dezelfde manier te proeven, steeds weer.

'Goed,' zei Albert, 'waar waren we gebleven… ik bedoel, voordat het kruisverhoor begon?'

'*Lipstick traces* op een wijnglas,' zei Corinne. 'Ook al zo'n heikel onderwerp… sorry.'

Ik luisterde naar haar ontwapenende lach, die me koud om het hart sloeg. Hoe vaak had Albert die niet mogen aanhoren? In ieder geval net zoveel keren als de lach mijn oor *niet* bereikt had. Ik bleef maar naar dat innemende gezicht zitten kijken. Haar kaaklijn, zo angstwekkend strak in de glossy's, was met de jaren maar een beetje gegolfd geraakt, overigens minder dan bij mij. Ik wenste dat ik die oude nummers niet had opgezocht. Ze vormden haar Verzameld Werk: Suwijns Maskers, verhard in de fixeer. Tijdschriftabonnees, voorbijgangers van open kiosken, bezoekers aan de catwalk… ze hadden zich allemaal aan haar kunnen vergapen. Haar trekken waren onder hun blikken verder ingehard, maar net onder de oppervlakte van haar gezichtshuid was alles zacht en weerloos gebleven… of *geworden*. Eens te meer besefte ik dat ik werd aangetrokken door alles wat kwetsbaar was, in mens en dier en ding, en er tegelijkertijd voor weg wilde vluchten… uit angst dat de weerloosheid mij juist zou aanzetten tot het veroorzaken van pijn.

Het eindigde ermee dat *ik* naar de doos met tissues moest grijpen… naar de witte tulp die ik de bezoekster had toebedeeld als vloeipapieren troost voor *mijn* venijn. Nog een geluk dat ik me niet had opgemaakt. Ik zag professor Aschenbach weer voor me aan het slot van *Death in Venice*, geschminkt door een Venetiaanse barbier, die waarschijnlijk ook de choleradoden mocht opmaken. Von Aschenbach in zijn witte zomerkostuum aan het Lido van Venetië, zwarte haarverf zwetend over zijn geblankette gezicht, stervend in zijn strandstoel… een te vroeg geschminkt lijk. Vlakbij twee kleine meisjes, onbegrijpelijke rituelen uitvoerend rond een klein grafheuveltje van schelpzand.

'Hé, Zwanet, wat is dit nu?' Corinne sloeg haar arm om me heen. Haar hand streelde mijn nek. 'Zo erg is het allemaal niet... het is toch uitgepraat? Hè, toe nou, niet huilen.'

16

Corinne Suwijn zat nog steeds niet op haar gemak, merkte ik tot mijn genoegen. Ze glimlachte stroef naar me, en zocht duidelijk naar woorden om het ijs definitief te breken. Ik had duizend vragen voor haar, maar hield ze voor me. Laat maar spartelen, die vrouw van de wereld. Laat maar bloeden. Uit een soort schortzak aan de zijkant van haar jurk diepte ze een onaangebroken pakje sigaretten op en een aansteker. Blij iets omhanden te hebben peuterde ze met haar nagels het cellofaan open. Ze klopte op de rug van haar hand een paar filters tevoorschijn, en hield ze mij voor.

'Nee, dank je... ik rook niet.'

'O, pardon. Van Albert weet ik het.'

Ja, natuurlijk wist ze dat Albert niet rookte, anders was de hotelkamer wel wat neveliger geweest van twee walmende peuken tegelijk. Ik zag een lichtbaan tussen twee slecht op elkaar aansluitende gordijnen, gemarmerd door alleen de Marlboro van Corinne.

'Ga gerust je gang, hoor,' zei ik. 'We zitten hier lekker buiten... het verwaait wel.'

Ze legde het pakje en de aansteker op tafel. 'Nee, ik wil niet dat anderen last hebben van mijn slechtste aanwensel.'

'Als je geen slechtere gewoontes hebt dan roken, moet je wel een soort heilige zijn.'

'Columbus bracht uit Amerika de tabak mee naar Europa. Toen de inquisitie bij de eerste gebruikers rook uit de neus en de mond zag komen, belandden die op de brandstapel.'

'Zegt die man: "Ik vroeg om een vuurtje, maar dit is belachelijk."'

Corinne snoof beleefd. 'Ook zonder inquisitie voelt roken als een beheksing... als door de duivel bezeten zijn. Als meisje van elf, twaalf wil je erbij horen... later besef je dat je met wat stoerdoenerij je ziel verkocht hebt, en je draait zelf voor de accijns op. Lurken aan de hel door een gouden mondstuk, noemde iemand het.'

Misschien ben je toch wel een leuke vrouw, dacht ik opnieuw. Je zou alleen niet zoveel rook van die stinkstokjes in de kleren van mijn man moeten blazen – ik hang zijn jasjes altijd te luchten op het balkon. Ik hoop soms dat hij het als een stille wenk beschouwt om zich nou eindelijk eens ordentelijk op te knopen, maar niks hoor. Hij zegt: 'Prima kroeg... je zou alleen willen dat er betere ventilatie was.'

En weer vielen we stil, nu voor langere tijd. Een paar keer betrapte ik Corinne erop dat ze in een reflex haar hand naar het pakje sigaretten uitstrekte. Bij de laatste keer gaf ze zichzelf een theatrale pets op de vingers, waar we allebei om moesten lachen.

'Steek toch op,' zei ik, onderwijl denkend: ...dan kan ik ruiken of het de geur is die in zijn kleren kruipt.

'Straks misschien,' zei ze. 'Als ik het echt niet meer uithou. Ik ga dan wel beneden in de tuin staan.'

Duidelijk tot haar opluchting kwam op dat moment Albert de veranda weer op. Hij ging naast Corinne zitten, met zijn rug naar de zon, waarvan het licht nu laag over de achtertuinen scheerde. Het kon niet lang meer duren of de zon verdween om de hoek van het huizenblok. Ik hoopte maar dat daarmee geen plotselinge koelte zou intreden, want ik zag er nog steeds tegen op om met het bezoek in de huiskamer te gaan zitten. Zolang we buiten waren, kon ik me vermeien in de illusie dat Albert zijn vriendin niet als een raspaardje van Troje het pand binnengesmokkeld had. Ik las laatst in een oude Simenon, *Lettre à mon juge*, dat het de terechtstaande moordenaar vooral verweten werd dat hij zijn minnares 'in zijn huis gebracht' had, waar hij met vrouw en kinderen woonde – nota bene door haar in zijn huisartspraktijk als doktersassistente aan te stellen. Albert hunkerde al jaren naar een secretaris. Ik sloot niet uit dat Corinne Suwijn die functie zou gaan vervullen: misschien was deze avond wel een soort open sollicitatie. Ik had nooit een brief van haar opengemaakt, maar alleen al de adressering verried een regelmatig en duidelijk handschrift, en bepaald niet kinderlijk, integendeel irritant karaktervol.

'Help me eens uit de droom, Albert,' zei Corinne. 'Ik kreeg ooit van Kanaar... mijn manager, zoals je weet... als adres op: Cornelis Andriessenstraat nummer 100. Ik moest me daar vervoegen in verband met een reclameklus... doet er niet toe. Waar het me om gaat, is: tussen de huisnummers 98 en 102 bleek helemaal geen nummer 100 te bestaan. Ik heb in een soort verdwazing, twijfelend aan mezelf, tussen die twee panden heen en weer gebanjerd... tien, twintig keer... alsof het probleem zich zo vanzelf zou oplossen. Ik belde links en rechts bij de buren aan... die dus helemaal geen buren waren, behalve van elkaar, als jullie het nog kunnen volgen. Die van 102 waren niet thuis, en die van 98 wisten niet beter dan dat ze tussen 96 en 102 in woonden. Ze waren nog maar pas in hun huis getrokken, en moesten zich nog verdiepen in het mysterie van het verdwenen pand. Het was niet gesloopt, anders had er wel een gat gegaapt. De rooilijn was intact.'

Albert lachte. 'Je bent er mooi ingeluisd door die Kanaar.'

'Hij is geen man van practical jokes... of je zou het feit dat hij de intendant is van een uitgerangeerd model als ik als een grote grap moeten beschouwen. Nee, Kanaar snapte er ook niks van. Bij navraag bleek het reclamebureau niet te bestaan... net zomin als het adres dus. Niet ik, maar Kanaar zelf had zich bij de neus laten nemen. Hij heeft meer vijanden dan cliënten in die wereld.'

Ik begon fantasieën te ontwikkelen over hoe ik haar tussen de panden 98 en 102 kon laten verdwijnen, spoorloos en voorgoed. Ik had er een eeuwig treurende echtgenoot voor over.

Albert, zo kende ik hem weer, nam zijn pedantste houding aan, fijntjes glimlachend om zoveel onwetendheid. 'Toen eind negentiende eeuw de percelen in deze buurt verkocht werden... en de Amsterdamse kak per se achter het Concertgebouw wilde wonen... toen snapten makelaars en aannemers wel dat geen mens op *nummertje honderd* wilde wonen, want dat was indertijd *het* eufemisme voor schijthuis... of kakdoos, zo je wilt. Bij het toekennen van de huisnummers sloeg de gemeente het gewoon over.'

Was het een pose om mij te misleiden? Albert sloeg een toon aan als tegen iemand die hij weliswaar vrij goed kende, maar niet al te vaak sprak. Als dat klopte, dan waren hij en Corinne verrassend goed op elkaar ingespeeld, want ook zij wist de indruk van al te grote vertrouwdheid te vermijden.

'Dan snap ik toch nog iets niet,' zei Corinne na enig gepeins. 'Verderop kwam ik voorbij nummer 69. Kon dat rond de eeuwwisseling *wel* door de beugel dan? Ook een eufemisme... dat aan duidelijkheid niets te wensen overlaat. Er zijn zeven hoofdzonden, en dan komt er nog een hele reeks samengestelde getallen.'

Misschien dat ik via mijn werk bij de Ongediertebestrijding een vals adres kon creëren, om haar daarnaartoe te lokken... bij voorkeur een onbewoonbaar verklaarde etage, die een gevaarlijke psychopaat huisvestte. Misschien had ik daar zelf net iets te doen... spekkevers verdelgen of zo, met een beschermend masker voor, dat me onherkenbaar maakte. Ik vond wel een manier. Ik betwijfelde of de modepagina's aandacht zouden besteden aan haar verdwijning. Een oude paspop... die zou wel bij het grofvuil gezet zijn, ten prooi aan de morgensterren.

'Ik los het netjes literair op,' zei Albert. Hij stond op en liep de bibliotheek in, waar we hem hoorden mompelen en ritselen. Corinne keek me met een opgelaten glimlach aan, trekkend met haar neusvleugels.

'Sorry, ik flapte het er zomaar uit,' zei ze. 'We hadden het bij nummertje honderd moeten laten, en niet gaan aftellen.'

Ik dacht: je kunt me nog meer vertellen, dame... maar volgens mij hebben jullie dit tafereeltje samen ingestudeerd, als proloog bij het grote bedrijf dat nog moet komen. Ik probeerde me er iets bij voor te stellen, maar mijn verbeeldingskracht liep stuk op een bordkartonnen decor met drie roerloze marionetten ervoor, ingesponnen in een wirwar van dunne nylon draden en met de armen gekruisigd aan het hout van de poppenspeler.

Albert kwam weer tevoorschijn met in zijn hand een paperback, een vinger tussen twee bladzijden geklemd. 'Dit zijn aforismen van de dichter Jan Kuijper.' Hij sloeg het boekje open. Ik herkende het aan de kindertekeningen van de schrijver op het omslag: er stonden ook aforismen in over zijn grootvader Jan Sluijters, een van mijn favoriete schilders. 'Misschien kan hij ons uit de droom helpen. Hier... citaat: "Onze vaderen beften hun vrouwen niet – begin er maar eens aan met het ijs op de lampetkan!" Einde citaat.'

'Albert, doe me 'n lol,' riep Corinne, die haar best deed om geschokt te kijken, maar met een zelfontmaskerend lachje. *Beffen.* Het woord was in ons midden... met een fluwelige, molachtige zachtheid en een molluskachtige glibberigheid.

'Ik doe je die lol toch,' zei Albert. 'Ik los het mysterie van een huisnummer voor je op... het is een eeuw geleden gered door een lampetkan bij vijftien graden onder nul.'

'Zo kannie wel weer,' zei Corinne, die een greep deed naar haar aansteker en sigaretten. 'Ik ga een trapje lager een peuk smoren.'

Even later stond ze onder de overhuiving van de goudenregen, waar de rook traag bovenuit kringelde, de heldere lenteavond in. Corinne rookte als een soldaat, met de rechterarm, aan het eind waarvan de sigaret, langs haar lijf bungelend, tot halverwege haar dijbeen. Meisjesachtig was dan weer hoe ze haar vrije hand onder de oksel klemde, waardoor het leek alsof ze met een arm haar borsten optilde. Ze keek niet onze kant op, maar liet haar blik over de achtertuinen gaan. Een venster ergens links op een bovenverdieping ving nog de verdwenen zon, en weerkaatste die fel in onze richting, waardoor Corinne opeens in een onaards licht baadde en een vage schaduw over de tegels wierp. Door de ontijdige terugkeer van het schijnsel begonnen er, als verrast, weer meer vogels te fluiten.

17

Corinne hing haar handtas, schoudertas eerder, met het hengsel over haar stoelleuning, alsof het ding daar veiliger was – voor omgestoten glazen bijvoorbeeld, of ze deed het tegen diefstal.

'Mooi design,' zei ik met snobistische overgave. 'Over dat model las ik een stukje in de Nederlandse *Esquire*. Beperkte oplage van Vuitton… komt dat door het kostbare krokodillenleer?'

Ik boog me voorover, en streek er met mijn vingertoppen over. Het geribbelde materiaal voelde authentiek aan. Ik keek naar mijn hand: geen moeraskroos uit de Everglades.

'De collectie heet Crocodile no. 17, maar het is natuurlijk geen echte krokodillenhuid… anders zou ik hem niet gekocht hebben. Ik draag ook al jaren geen bont meer.'

'Ik ook niet… te duur.'

Het was me opgevallen dat Corinne bij het optillen van de Crocodile no. 17 niet meer dan een pink onder het handvat had gestoken. Er konden dus niet veel zware voorwerpen in zitten, al had een damespistooltje als een Browning nu ook weer niet zoveel gewicht dat voor het optakelen de volle hand vereist was. Ontmoetten we in mevrouw Suwijn het soort snob dat een

Vuitton alleen voor de sier meezeult, en wil voorkomen dat bij een te zware inhoud het hengsel een striem in de schouder drukt? (Trouwens, als een politieman een verdacht vuurwapen op de plaats delict aan een forensisch rechercheur overhandigt, doet hij dat ook met een pink door de beugel van de trekker gestoken: ik heb er met mijn collega's van Ongediertebestrijding een paar keer met de neus bovenop gestaan.) Zo ver was het in onze tijd dus al gekomen: dat zelfs een gebruiksvoorwerp als een tas z'n plaats in de wereld van de uiterlijke schijn innam. Toch kon ik een eventueel vuurwapen, meegebracht ter beslechting van deze avond, niet uit mijn hoofd zetten. Een klein pistool hoefde inderdaad niet zwaar te zijn… tenzij voor het verdriet van de nabestaanden.

'Neem me niet kwalijk, Corinne, maar… het viel me op dat je de tas ineens over de rugleuning hing. Je hoeft hier niet bang te zijn voor diefstal… we zitten tussen twee schuttingen in. Wat ik zelf in het café altijd doe, is de poot van de stoel waarop ik zit binnen het hengsel plaatsen… dan kunnen ze grissen wat ze willen, mijn tas blijft van mij, door mijn eigen lichaamsgewicht. Kijk, zo…'

Ik nam haar tas, tilde mijn stoel een stukje op, en deed het voor. 'Zie je? Compleet verankerd. Om in de kroeg op dezelfde manier je man bij je te houden, moet je eerst zijn broekriem wat losser maken.'

Corinne stond glimlachend op. 'Jullie hebben hier beneden vast een toilet… de koude Pouilly doet z'n werk.'

'De keuken door, en dan de eerste deur links in de gang.'

Ze liep niet meteen weg, en bleef op haar tas neer staan kijken, een beetje verlegen, nog net niet blozend. Natuurlijk, een dame gaat zelden zonder haar spullen naar de wc, maar als ze de Crocodile nu voor zich opeiste, wekte ze toch een beetje de verdenking van wantrouwigheid. Ik zei: 'Als je meer privacy wilt, moet je de trap op naar de eerste… daar is alle ruimte.'

Corinne bleef staan.

‘Zwan, haar tas,’ zei Albert.

‘O, neem me niet kwalijk,’ zei ik, de stoel verschuivend.

‘Nee, hoeft niet,’ zei de gaste, die gedecideerd de keuken in liep.

‘Ik ga gin-tonics maken.’ Albert keek me vuil aan, en ging toen Corinne achterna. Misschien hoopte hij haar zo meteen even voor zich alleen te hebben, maar zijn al te opzichtige manoeuvre kon ook betekenen dat hij walgelijk te goeder trouw was – ik wist het niet meer. Waar ik wel iets meer over wilde weten, was het exemplaar van de Crocodile no. 17 dat onder mijn stoel voor anker lag. Ik bevrijdde het hengsel, zette de lichtgewicht tas op de door Corinne verlaten stoel en deed de ritssluiting open. Aan de trekker hing nog, met een zijden koordje, het label van de reeks, met het serienummer. Alleen snobs lieten zoiets zitten. Er zat een groot, beslist niet zwaar pakket in, heel precies passend. Het was een dichtgesealde plastic zak, berstensvol piepschuimen figuurtjes, zoals ze wel vaker als beschermend verpakkingsmateriaal worden gebruikt. De vondst gaf me een onbehaaglijk gevoel, alsof ik de bezoekster achter haar rug op besodemieterij betrapt had. Ik stak mijn arm tot aan de elleboog, om de zak met piepschuim heen, in de tas… en tastte over de bodem naar een eventueel vuurwapen. Niets… tenzij de Browning zich *in* het verpakkingsmateriaal bevond. Veel tijd om over dubbele bodems na te denken was er niet, want daar werd, vanuit mijn positie gedempt hoorbaar, de wc doorgetrokken. Corinne bleef in de keuken met Albert staan praten, zodat ik de tijd had alles weer op orde te brengen. Ik sloot de rits, en sloeg het hengsel weer over de rugleuning.

‘…sommige restaurants zet de barkeeper er compleet begroeide venkelstengels in,’ hoorde ik Albert doceren. ‘Ik hou me gewoon bij een ordinair schijfje limoen.’

Ik moest de aanvechting onderdrukken om een blik in de keuken te werpen. Ik was bang Albert in omhelzing met Corinne aan te treffen, onderwijl afleidend orerend: 'Hele takkenbossen gaan erin... tot er nauwelijks meer plaats is voor een rietje.'

Daar was ze alweer in haar bloedrode wolk van een jurk. Er hing een zweem van onze huiszeep om haar heen. Ze had de haarwrong strakker opgestoken, maar haar make-up niet bijgewerkt – wat ze na medeneming van haar tas, leeg immers, ook niet gedaan zou hebben. Dat gaf me een mild gevoel van macht over haar: precies genoeg om me superieur te voelen jegens deze 'beste goede vriendin', of wat was het, van Albert. Ik had een paar keer met hem en de kinderen gegeten bij Nam Kee aan de Geldersekade, waar vooraf een mandje met fantasiekroepoek in verschillende kleuren geserveerd werd – schelpjes, maar ook wel in de vorm van inktvisringen. Precies daaraan had het spul in de Crocodile no. 17 me doen denken.

'Gevonden?'

'Makkie.'

Terwijl Albert nog in de keuken met de longdrinks bezig was, zaten Corinne en ik opnieuw onwennig naar elkaar te glimlachen.

'Ik heb je tas weer op z'n plaats gehangen,' zei ik.

'Ik zie het. Ik hoop dat je in de tussentijd niet met dieven hebt hoeven vechten.'

'Indien nodig... ik zou het gedaan hebben.'

'*That's the spirit...* dank je.'

Ik zag voor me hoe ik haar zou dwingen de piepschuimen figuurtjes uit de tas op te eten. (Nog eentje voor papa, toe maar.) Ik zou haar het spul desnoods met geweld voeren... zonder andere keus voor haar dan het taaie schuim tussen haar kiezen fijn te malen. Ik snapte mijn eigen machtsvisioen niet helemaal, want ik vond lady Suwijn eigenlijk best aardig... enfin, tot het tegendeel bewezen werd, want van mijn vent had ze af te blijven. En die nepvulling van haar tas... ach, misschien was hij net aangeschaft, vandaag misschien pas, en wilde ze hem alvast showen... om de nog onbekende gastvrouwe de ogen uit te steken. Wie ben jij dan wel, Zwanet Vrauwdeunt, om een ander de ijdelheid te ontzeggen waar je zelf het patent op hebt?

18

Ik keek van Corinne naar Albert, en weer terug, en vroeg me af wat haar in hem aangetrokken kon hebben. De vraag deugde niet. Ik leerde Albert twintig jaar geleden kennen, in de Onkelboerensteeg bij de Kloveniersburgwal... hij en Corinne sloten als kinderen al vriendschap, toen aantrekkingskracht zich ook van andere kenmerken bediende dan de belofte van toekomstige schoonheid. Albert had er wel eens voorbeelden van gegeven. (Hoe bij het schommelen de harde vlechten haar rug ranselden... hoe ze in het zwembad haar neus onafgebroken dichtgeknepen bleef houden, in de zekerheid dat ze elk moment onder water geduwd kon worden... hoe ze na het ter communie gaan de ouwel van haar gehemelte probeerde te schrapen met een aangespannen tongpunt, en daarbij zoog en slikte en haar keel schoon hoestte, en uiteindelijk toch schuldbewust haar nagel gebruikte om de ongedesemde stoffelijke resten van Christus te verwijderen, en dan haar wijsvinger opstak met een laatste wit fliebertje en zei, een beetje loensend: 'Het is net een made... ik zie alleen geen oogjes.')

'Als je ooit een mooie jongen bent geweest,' zei Albert op een keer in een openhartige bui, 'dan vallen je in de loop van je leven twee ernstige verwijten ten deel, die als een paradox in elkaars verlengde liggen. In je jeugd krijg je de beschuldiging naar je hoofd geslingerd dat je zeker denkt je *alles* te kunnen permitteren vanwege je knappe smoelwerk. Als op gevorderde leeftijd de schoonheid haar eerste knauw krijgt en achter de plooien begint te verdwijnen, dan treft je het verwijt dat je de glans niet hebt weten te behouden... dat je het mooie gezicht, waar iedereen zo van hield, hebt verwaarloosd, in de steek gelaten, gemaltraiteerd... dat je je kapitaal aan schoonheid vergokt of anderszins over de balk gesmeten hebt. Degenen die zich daarover beklagen, gedragen zich als schuldeisers... ze eisen *jouw* uiterlijk terug, waar zij recht op denken te hebben. Hun uitzicht is verpest door een gribus aan de overkant van de straat. In feite betichten de klagers je van verraad: aan jouw waarden, maar in feite aan die van *hen*.'

Ik was hem dankbaar voor zijn welbespraakte oprisping, die meer nog dan zelfkennis een wrange visie op zijn medeburgers onthulde. Was hij maar vaker zo. Het probleem was natuurlijk dat ieder mens over twee geheel verschillende spiegels beschikte: die waar hij elke dag voor stond om zich kritisch of zelfgenoegzaam te bekijken... en die andere, niet vervaardigd van spiegelend glas, maar van vlees en bloed, waar hij soms jaren niet in keek.

Een mens verandert niet zichtbaar van dag tot dag, dus hij of zij ziet geen verschil in uiterlijk tussen de ene spiegelgang en de volgende. Zijn of haar gezinsleden merken het vertraagde drama van de veroudering evenmin op in hun voortkruipende dagelijkse bestaan. Een jaap in de kin van een scheermes zal ze bij paps onmiddellijk opvallen, zo niet de verdieping van een kraaienpoot in aanbouw bij mams.

Vroeg of laat staat een mens oog in oog met die tweede spiegel: de ander. Laten we zeggen een vriend die hij jaren niet gezien heeft. Hij schrikt, want de kennis van vroeger is niet helemaal dezelfde persoon meer. Hij is tussen de laatste ontmoeting en deze in zichtbaar ouder geworden, en niet in zijn voordeel. Hij is dikker, oogt vermoeider, zijn doorlijnde gezicht is ongestut verzakt. Hier doet zich des mensen halsstarrige behoudzucht gelden. De man die op zijn vriend van lang geleden is toegestapt, wil er niet aan dat hij in een spiegel kijkt: hij is zelf exact zoveel dagen ouder geworden als verstreken zijn sinds hun laatste treffen. Omgekeerd voelt ook de ander zich door deze confrontatie onbehaaglijk. Het valt ze allebei moeilijk dat ze, onafhankelijk van elkaar, via een reuzensprong in de toekomst zijn beland, met uiterlijke aanpassingen. De twee hebben ieder voor zich zojuist thuis nog in de echte spiegel gekeken, die niets alarmerends te melden had… niet de geringste verandering ten opzichte van vanmorgen of gisteren. Ze vertrouwen op hun huisspiegel, die nauwgezet conserveert voor toekomstige blikken wat hij zojuist weerkaatst heeft.

'Lang niet gezien… hoe staat het ermee?'

'Kon niet beter. En met jou?'

'Je bent flink ouder geworden… sorry dat ik het zeg.'

'Jij ook.'

'Nou, nee, valt wel mee… wat je ziet, is de nawerking van een periode hard werken. Dat trekt wel weer bij.'

'Nee, ik meen het… je hebt een ouwe kop gekregen. Ik schrik ervan.'

'Je overdrijft. Ik begrijp het wel. Het moet je zwaar vallen om zo vroeg oud te zijn… je lijkt wel gekrompen.'

'Nou, ik loop maar weer 's door. Let goed op jezelf… neem op tijd rust. Anders ga je nog 's lelijk dood.'

Het nare van ouder worden is niet in de eerste plaats dat de Tijd zo zichtbaar en onbehouwen door je heen ploegt, maar dat je medemensen vinden dat de slijtage niet voor *hen* geldt, en ze dus een vrijbrief hebben om jou te bekritiseren – wegens nalatigheid, omdat je verzuimd hebt jong te blijven. Het gaat om een verantwoordelijkheid die je niet alleen jezelf verschuldigd bent, maar ook de lui om je heen. Als jij je niet aan een of andere verjongingshygiëne houdt, met wat voor middelen ook, dan slinger jij jezelf als afgetakeld spiegelbeeld de ander in het gezicht… en die is daar niet van gediend… dat moet afgestraft worden. Jouw verschijning is een belediging voor de leeftijdgenoten die op je pad komen. Ziedaar wat jij als sociaal wezen voor mij waard bent: een licht gekantelde passpiegel met een weegschaal als sokkel. Daar een blik in te moeten werpen… zoveel waarheid kan niemand menselijkerwijs aan. Verdwijn uit mijn ogen, of ik sla je aan gruzelementen.

19

Waar twee of meer ouders bijeenkomen, gaat het vroeg of laat over de kinderen. Eerst het kroost, als verzameling trofeeën of wapenfeiten, dan de rest. Ik kende het schoolplein, met z'n kliekjes moederkloeken en een enkele vaderhaan op papadagverlof. De kleintjes werden aan een vergelijkende studie onderworpen qua intelligentiequotiënt, vaccinaties, vaardigheden, zindelijkheid en te sociale bereidheid om hoofdluis van klasgenootjes over te nemen. Een onuitputtelijk onderwerp, want de kinderen waren al geen onbeschreven blad meer en hadden toch de toekomst.

'Die van ons kan een hele grote worden in sport, zegt de meester.'

Als de carrière van het nageslacht veiliggesteld was (het grut was trouwens al naar binnen, de lokalen in), kwamen er ook andere zaken aan de orde. De weinige vaders groepten bijeen, vast niet om de huishoudelijke taken voor de komende dag te bespreken.

'Is dat niet...' zei mijn overbuurvrouw. 'Niet meteen kijken.'

'De vader van Martijn.'

'Lekker ding... lekker kontje. Gaat niks vanaf.'

'Die lange links van 'm... niet meteen kijken... die schijnt het met juf Semantha te doen.'

Nu waren de echtscheidingen aan de beurt – de dreigende, de zo goed als zekere, de al uitgesprokene. Er werd over gepraat, met een blos van opwinding, alsof het hier iets uitzonderlijks betrof, iets nastrevenswaardigs, de vergrotende trap van huwelijk, waarna de overtreffende trap binnen bereik kwam: een nieuwe verbintenis, een goudmijn aan mogelijkheden, een tweede leg van louter gouden eieren. Natuurlijk zou het *hun* niet overkomen, maar als er echt geen andere uitweg was… Binnen wijdden de kinderen zich met overgave aan de inlossing van hun veelbelovendheid, en hier, op het verstomde schoolplein, werd over hun lot gespeculeerd. Het loon voor al hun inspanningen was verdriet om het gezin, dat ze bij thuiskomst zomaar verscheurd konden aantreffen. Naast hun huiswerk mochten ze dan ook nog gaan lijmen, vrede stichten met verstikte stem, want het was niet uitgesloten dat door *hun* schuld papa en mama uit elkaar gingen… hadden ze als kinders maar beter hun best moeten doen, en minder moeten inpikken op het jongste zusje.

Albert werd als jongen regelmatig naar zijn vaders stamcafé gestuurd om hem te manen naar huis te komen. Hij maakte mee dat zijn trotse papa aan de bar ging zitten opscheppen over de schoolprestaties van zijn zoon, het kind wegstuurde, en zelf pas diep in de nacht terugkeerde… om dan tot het ochtendgloren zijn roes uit te gaan liggen schreeuwen, zodat Albert overdag verdere hoogstaande verrichtingen in de klas wel kon vergeten. Had hij, wat zijn eigen huidige gezin betreft, geleerd van zulke ervaringen? Hij was geen afgestompte fabrieksarbeider met een drankprobleem geworden, die vergeefs probeerde enig levensgeluk uit zijn onuitgeslapen zenuwpezen van koters te peuren, maar als ik me afvroeg hoe het er met de bescherming van zijn bloedeigen bloedjes voor stond, hoefde ik maar naar het bezoek van vanavond te gluren. Vormde de gaste in haar eentje een vijfde colonne om mijn kleine familie te ondermijnen?

20

'Ik begrijp van Albert,' zei Corinne, 'dat jullie twee kinderen hebben?'

Wat moest ik met die geveinsde belangstelling? Inventariseerde ze de inhoud van het nest voordat ze het uit de boom kieperde? Ik was op mijn hoede.

'Ik weet natuurlijk niet,' zei ik koeltjes, 'wat Albert je zoal over ons gezin verteld heeft. We hebben samen een zoon van bijna negen, Thjum, die op de Cornelis Schuytschool zit... hij wordt klaargestoomd voor het gym. Dan heb ik nog een dochter van twaalf bij mijn ex, Ernst Quispel, de advocaat. Je zou hem uit de kranten kunnen kennen van midden jaren tachtig... dat geval met Kiliaan Noppen, die in een politiecel overleed, zogenaamd aan een overdosis.'

'Een nationaal trauma... wie zou dat kunnen vergeten,' zei Corinne. 'Ernst Quispel... ik heb hem in de media ook gevolgd als advocaat van die Geldropse seriemoordenaar.'

'Die zaak is nog in volle gang,' zei ik. 'En wat mijn dochter betreft... die heet Cynthia, en is al zo'n elf jaar Alberts stiefdochter. Zij gaat na de zomer naar het gym. We onderhouden een goed contact met haar vader.'

'Een vriend,' zei Albert. 'Van mij en... des huizes.'

'Als ik me goed herinner,' zei Corinne peinzend, '*was* er in die tijd iets met haar... een ontvoering als baby door militante krakers... teruggevonden met volgetatoeëerd lijfje... toch?'

'Als het echte tattoos waren geweest, had ze niet meer geleefd,' zei Albert. 'Nee, ze zat onder de plakplaatjes. Net echt. Zo wilden ze Quispel onder druk zetten... om te getuigen over wat hij gezien had in die gewraakte politiecel. Zo ging dat in die jaren.'

Ik huiverde nog altijd bij de herinnering aan de bezoedelde Cyncyn in haar ledikantje. Getatoeëerd had ik het kind maar heel even gekend, in een oogwenk veranderden de tatoeages in onschuldige plaatjes, maar in mijn verbeelding zou Cynthia voorgoed, tot aan mijn laatste snik, met een verwoest babyhuidje door het leven gaan. Ik hoefde (ook nu weer) mijn ogen maar dicht te doen en ik zag de afbeeldingen voor me. Een fee met een toverstaf bij een kikker met een kroontje op. De zeven dwergen, slordig afgedrukt, waardoor het er nog maar vijfenhalf waren. Een kerstboom… een roze taart van vier verdiepingen, met een bruidspaartje in top. Het waren dezelfde plaatjes die mijn vriendinnen en ik vroeger bij elkaar op de arm drukten, met de gezworen illusie dat het 'voor altijd' was.

Ander onderwerp.

'En jij? Je had het over een dochter in Mierlo, die bij haar grootouders woont. Meer ondergeschoven kinderen? Ik krijg de indruk dat Albert jou over mij beter op de hoogte houdt dan andersom. Misschien een kwestie van prioriteit.'

'Och, ik heb natuurlijk die dochter van bijna vierentwintig… niet bij Hans, zoals je inmiddels weet. Wat valt er verder over te zeggen? Ik kon het moederschap niet combineren met mijn carrière.'

Carrière. Het woord, zelfs uit die mooi gevormde mond, deed me ook nu weer bijna braken. Net of de gebruikster het als kwaliteitsoordeel over eigen kunnen bedoelde. Zeg dan loopbaan of zoiets, zeverkous, en blaas je niet onnodig op.

'Ik herinner me uit die tijd een filmpje over jou, opgenomen in New York,' zei ik. 'Het heette *Venus from Mierlo*… zo werd je toen toch genoemd?'

'Hou op, alsjeblieft.' Corinne bloosde, en maakte een wegwerpgebaar. 'Dat was na mijn verkiezing tot Kersenkoningin, door de fruitboeren van die negorij. Ik heb altijd een pestpokkenhekel aan die bijnaam gehad. Het was kleinerend bedoeld… vandaar dat de Mierlose straatschoffies het recht opeisten om me met natte kersenpitten te bespuwen… door van die pvc-buizen… net zo lang tot mijn witte koninginnenjurk helemaal met bloedrode stippels bevlekt was. Als je een wetenswaardigheidje over het verleden van je man aankunt, Zwanet… hij deed er ook aan mee, tot zijn lippen helemaal blauw zagen.'

Ik wendde me tot Albert. 'Laat ik nou gedacht hebben dat je mij vanavond met Corinne wilde laten kennismaken… maar nee, door haar leer ik jou pas kennen. De galante kersenspuwer… nooit vermoed.'

'Vergeet Hans Krop niet,' zei Albert. 'Hij kwam als eerste met een pvc-buis aanzetten. Voor die tijd moesten we het uitsluitend van lipspanning hebben.'

'Ik heb de wisseling van wapentuig nauwelijks opgemerkt,' zei Corinne. 'Ik raakte toch wel besmeurd.'

'Albert heeft me van zijn jongelingsjaren altijd het beeld gegeven alsof hij permanent met een lipstickmond van het kussen rondliep,' zei ik. 'Nu begrijp ik dat zijn lippen *blauw* waren... niet van het zoenen, maar van het spuwen... van het kersen vreten en met de pitten het mooiste meisje van het dorp onteren. O, om zoveel heldendom voor mij te verzwijgen, is het geen schande?'

Bevlekking met vruchtenpulp of niet, het werd me spoedig duidelijk dat de vijftienjarige Corinne haar vroegste fotoshoots, voor de Wehkamp-catalogus nog, aan haar status als Kersenkoningin te danken had. Ze werd tijdens de optocht in augustus op haar praalwagen gespot door haar latere manager Kanaar, en daarna ging het snel met haar 'carrière'.

'Stel, Alp,' zei ik, 'dat we je komende zomer met blauwe lippen op de grond aantreffen... moet ik dan de hulpdiensten waarschuwen, of gewoon concluderen dat je van de oogstfeesten in Mierlo komt?'

'Zo kan-ie wel weer, Zwanet... heel geestig. Schenk nog 's wat gin bij. Ik proef alleen tonic.'

Ik keek naar Corinne, bij wie de blos alweer aan het wegtrekken was. Ze leed een heel klein beetje aan couperose, alsof ze, net als haar moeder, de naaister, winter na winter tegen de vrieswind in gefietst had. Ik verbeeldde me dat ik uit die gesprongen adertjes, fijn als de schichtjes die zich in oogwit konden voordoen, haar lot zou kunnen aflezen, eerder dan uit de lijnen in haar handpalm.

Ik moest mezelf telkens weer tot de orde roepen als ik dreigde te gunstig over de vooralsnog onberekenbare Corinne te gaan oordelen. Volgens Albert verkeerde haar huwelijk in neergang, en praatte zij er niet graag over. Nou, dat zullen we dan nog wel eens zien, dacht ik. Komt hier godverdomme opzichtig tonen met wie *mijn* man *ons* huwelijk naar de gallemiezen aan het helpen is, en wil dan uitgerekend door mij emotioneel in de watten gelegd worden… och, Corinneke toch, hoe gaat het, meiske? Die godsgruwelijke kerels ook, liefje, leer mij dat zooitje kennen. Naar de hel met ze… ik ga voorop, blijf maar dicht achter me.

Mooi niet, achterbakse scheefgangster. Als ik de kans kreeg, zou ik het haar goed inwrijven, dan wist ze ook eens hoe het voelde… de klippen, de wrakstukken, de drenkelingen, alles. Sterker, ik ging deze zelfde avond nog mijn wettige vent terugveroveren, al was het alleen maar om *haar* verlies te verdubbelen. Hoog spel, geen half werk, wat hadden zulke kennismakingsprocedures anders voor nut? Als je een pup zindelijk kunt krijgen door het beestje met de snuit door z'n eigen drek te halen, dan moet dat bij de teef ook lukken: hier, de troep van de nageboorte… lik op… het zal je leren andermans nest te bevuilen. Er hangt nog een lillende sliert uit je vagijn ook. Bedien jezelf.

'Het blijft iets raars houden, Corinne,' zei ik poeslief bestraffend, 'dat ik van *jou* moet horen dat Hans en Albert samen jou vroeger met kersenpitten onder vuur namen. Jeugdvrienden, en ik weet er nauwelijks iets van. Ik geloof dat Hans echt niet meer dan tweemaal bij ons op bezoek is geweest… de eerste keer zal me nog lang heugen… in beschamende zin dan. Ik was hoogzwanger van Thjum. De laatste keer ging hij toeterlazarus onderuit hier in de bibliotheek, en is hij door ambulancebroeders bijgebracht. Ziedaar de hele biografie van een Geldropse vriendschap. Past op een bierviltje.'

'O, Zwan,' kreunde Albert, 'ik had je nog zo gevraagd vanavond niet over Hans te beginnen.'

'Mijn onwetendheid,' zei ik, 'maakt zo iemand natuurlijk een stuk mysterieuzer en interessanter.'

‘Hans en Corinne maken een moeilijke scheiding door, weet je nog,’ zei Albert. ‘Het onderwerp valt haar zwaar. Laten we het over andere dingen hebben.’

‘Vrolijker zaken.’ Als het moet, kan ik vuil zijn, maar... mondjesmaat. Gif mag sijpelen. ‘Mij best. Alleen nog even dit. Niet om het een of ander, hoor... maar waarom valt deze kleine, intieme bijeenkomst nou juist in zo’n droevig stadium van een... nou ja... langlopend huwelijk?’

‘Zwanet, nu hou je op.’

‘O, vrees niet, Alp. Ik heb het niet over *ons* langlopende huwelijk, maar dat van de Kropjes.’ Nu even net doen alsof mijn neus bloedde, dan kon het knijpgebaar van mijn vingers altijd nog als stankbestrijding uitgelegd worden. ‘Wat ik graag wil weten: bestaat er een *direct* verband tussen de huidige kennismaking en... de aanstaande echtscheiding? Met andere woorden, is er iets wat jullie twee mij nodig moeten vertellen?’

Albert en Corinne keken eerst elkaar aan, mooi geacteerd met opgetrokken wenkbrauwen, en richtten de blik toen allebei op mij, heel stellig nee schuddend – niet zozeer ontkennend, als wel uit verbijstering om zoveel onbegrip.

‘Zwan, je slaat me wel erg laag aan,’ zei Albert. ‘In alle eerlijkheid: ik vond het gewoon tijd worden om jullie tegenover elkaar te zetten... wat natuurlijk al veel eerder had moeten gebeuren. Mijn fout.’

21

‘Voor ik het vergeet, Albert,’ zei Corinne. ‘Ik las in *Het Devies* dat je ernstig bedreigd bent. Ik schrok ervan.’

Daar had je weer zoiets. Het krantenbericht was van een paar dagen terug, en loog er niet om. Waren Corinne en Albert zo intiem met elkaar als ik dacht, zouden de twee er dan niet al eerder over gesproken hebben, op z’n minst telefonisch? Het ging om een doodsbedreiging, ook dat nog... daar had je toch zeker een liefdevol luisterend oor bij nodig. '*Als me iets overkomt... weet dat ik van je hou.*' '*O, liefste, wees alsjeblieft voorzichtig. Ik kan je niet missen.*' Ja, tenzij Albert *mijn* liefdevol luisterend oor belangrijker vond. Hij ontbood me onmiddellijk na het lezen van de krant op zijn werkkamer, voor crisisberaad, ook met het oog op onze schoolgaande kinderen.

'Ook bij ernstige dreigementen,' zei Albert, 'ben je geneigd te denken: het zijn maar woorden, geen daden. Meestal klopt dat. Het woord wil almaar geen dood vlees worden. Dan zijn er nog de gevallen waarin de dreiger zichzelf met de eenmaal geuite bedreiging verder opzweept... tot hij niet meer terug kan. Dan wordt het oppassen.'

Corinne keerde zich naar mij. 'Hoe vat jij het op, Zwanet?'

Ik had al een rotopmerking voor op mijn tong liggen, iets over 'twee weduwen' of zo, en 'de kosten van de uitvaart delen', maar slikte die weer in. Er was nog gelegenheid genoeg om de avond die zich voor ons uitstrekte te laten verongelukken. Ik zei dus: 'Heel serieus.' En terwijl ik goed oplette hoe ze reageerde, voegde ik eraan toe: 'Om te beginnen moet Albert maar eens twee maanden binnenblijven, vind ik... tot de storm is gaan liggen.'

'Lijkt me heel verstandig,' zei Corinne. 'Ergens onderduiken is misschien ook nog een optie.'

Ja, bij jou zeker, dacht ik... terwijl manlief in Mierlo het huiswerk van zijn leerlingen zit na te kijken. Bereid je dan maar voor op nog een doodsbedreiging, en geen loze... van mij aan jou, heks.

'Er is ook een documentairemaker bedreigd,' zei Albert. 'Of eigenlijk zijn hele cameraploeg, nadat ze met al hun apparatuur in het stamcafé van het slachtoffer waren opgedoken.'

De hooliganveldslag op een weiland bij Beverwijk had nu zowat twee maanden geleden plaatsgevonden, maar bleef de gemoederen bezighouden en keerde nog vrijwel dagelijks terug in het nieuws. Vooral de actualiteitenprogramma's op televisie leken er geen genoeg van te kunnen krijgen, zeker niet sinds er een video van Rijkswaterstaat (door Albert consequent Staatswaterbeheer genoemd) was opgedoken met daarop *mogelijk* beeld van hoe de enige te betreuren dode werd neergemaaid. De cassette had ergens op een geluidsbox liggen bibberen, zodat de film buiten z'n eigen lijntjes getreden was en wat de handeling betreft veel te raden overliet. Van de agressors waren er een man met een hamer op te zien, een andere met een honkbalknuppel, en nog een met *waarschijnlijk* een mes. Het materiaal was zo slecht dat de drie soms tot een soort onheilige drie-eenheid samensmolten, verpakt in een lichtgevende halo.

De camera van Rijkswaterstaat was zodanig aan een hoge lichtmast bevestigd dat de draaibare lens het hele weiland (dat van tijd tot tijd als openluchtshowroom voor tweedehands auto's diende) kon bestrijken. Helaas stond midden op de grasvlakte een grote circustent, die een deel van het strijdtoneel aan het cameraoog onttrok. Het was in maart '97 iets nieuws: hooligans uit Amsterdam en Rotterdam die per gsm een treffen afspraken om hun clubliefde te bezegelen. Eerder al was een veldslag gepland ergens bij de A10, maar dat werd een fiasco door de slechte organisatie. Dat kon beter. Toen was dus de automarkt van Beverwijk aan de beurt. Dat het een gewelddadig circus zou worden, wisten alle betrokkenen, maar geen van beide partijen had gerekend op de aanwezigheid van een *echte* circustent, waarin die dag nog een matinee gaande was ook. Te laat om een andere locatie af te spreken: dan maar vechten tussen de scheerlijnen. In de caravans en woonwagens rondom was vast wel bier te vinden. Ik vroeg me vanaf de eerste televisiebeelden af hoe het strijdgewoel buiten voor het publiek binnen geklonken moest hebben. Toen ik mezelf die vraag hardop stelde, kreeg Albert een ingeving voor een toneelstuk. Amsterdamse hooligans vertelden later op camera dat ze lekker gevochten hadden op de muziek van het circusorkest.

'Er was toch iets misgegaan met een tijgernummer?' zei Corinne aarzelend. 'Een dompteuse die werd aangevallen... of zo?'

'Ja, dat zou mooi werken in een roman,' zei Albert. 'Perfect afgerichte tijgers in een piste die vals worden door oorlogsrumoer buiten en dan hun dompteur bespringen. Nee, wat jij bedoelt, Corinne, speelde zich maanden eerder af... in hetzelfde circus, dat wel. *Animali*. Er is toen een vrouwelijke dompteur door haar eigen tijgers besprongen. Ik moet toch eens opzoeken hoe het met haar is afgelopen.'

'En de tijgers?' wilde Corinne weten.

'Afgeschoten natuurlijk,' zei Albert. 'De straf voor wezens die hun oude instinct volgen, dat er met de zweep blijkbaar niet helemaal uit te ranselen is.'

Ik zei: 'Albert wilde over de veldslag, en de dode die erbij viel, een theaterstuk schrijven... maar hij had buiten de woede van familie en vrienden van het slachtoffer gerekend. Een verslaggever ging met het nieuwtje aan de haal, en toen had je de poppen aan het dansen. Als Albert doorzet, moet hij er zelf aan... vinden de hooligans.'

'Ze beschouwen hun makker als martelaar,' zei Albert, 'die rechtop bleef in de strijd... tot aan de genadeklap. Ze willen blijkbaar niet dat hun heilige in een heldendicht bezongen wordt.'

Typisch d'n Alp. Beschouwt elke aardbewoner doodleuk als een rechtmatig karakter voor zijn literatuur. Het maakt hem tot een goedbetaalde slavenhandelaar... of liever, huidenkoopman, die ongevraagd mensen van vlees en bloed vilt teneinde hun vel, inclusief scalp, te prepareren tot personages voor op de planken.

'Laatste nieuws, nog niet in de pers geweest...' zei ik. 'Hij wordt nu ook vanuit Rotterdam bedreigd. Daar kunnen ze al helemaal geen Amsterdams heldendom velen, of het nu in een documentaire of op de bühne wordt opgevoerd. Bovendien zijn die Rotterdamse hooligans door de rechter veroordeeld tot het betalen van de begrafeniskosten, hoofdelijk om te slaan. Het hoger beroep dient binnenkort. Die jongens kunnen wel een zondebok gebruiken… en dat wordt dus de poëet van het heldendicht.'

'Amen,' zei Albert.

'Hoe moet ik me zo'n veldslag voorstellen op het toneel?' vroeg Corinne. 'Schermende acteurs, als bij Shakespeare? Ik bedoel, gesteld dat het allemaal doorgaat.' En met een lachje erachteraan: 'Postuum of niet.'

'Een opengewerkte circustent, met een halve piste. Tribune vol toeschouwers, gezichten naar de zaal. Acrobaten neerdalend uit de toneeltoren. Een orkest dat de show begeleidt, en steeds meer overstemd raakt door het strijdrumoer van de onzichtbare hordes buiten. Politiesirenes… gedreun van helikopters.'

'Geen tijgeract?' vroeg Corinne.

'*Ad libitum*,' zei Albert. 'Ik zal het stuk zo schrijven dat wilde dieren geen noodzaak zijn… al dragen ze door het risico natuurlijk wel aan de spanning bij.'

'Ik proef nog geen drama,' zei Corinne.

Ik zei bij mezelf: nee, blauwkous, daarvoor moeten we bij jouw eigen pleerat zijn… een meester in het plagiëren. Zijn bijnaam luidt niet voor niks Heer Leentjebuur.

'Wacht tot een kleine afsplitsing van het strijdtoneel de circustent binnenrolt… en het vechten wordt voortgezet in de piste. Paniek op de tribunes. Gillende kinderen. Een acrobaat die in het glitterkostuum van een toreador in het opstuivende zand neerdaalt. Daar, en plein public, wordt de moord gepleegd. In het volgende bedrijf een reconstructie van hoe het zover kon komen. Een grote videowand met de opnames van Staatswaterbeheer, die eindeloos geanalyseerd worden. De klauwhamer, de knuppel, het mes… maar wie is de ware schuldige? Is voetbal werkelijk oorlog? Waar komen die diepe, moordlustige emoties bij een *spel* vandaan? Er is vaak gesuggereerd om een dreigende oorlog met sport te laten uitvechten. Verder dan een potje voetbal in het niemandsland tussen twee loopgraven... tijdens de Eerste Wereldoorlog... is het nooit gekomen. Daarna doken ze weer de modder in om mekaar aan gort te schieten. Het omgekeerde, voetbal in een moordpartij laten ontaarden, lijkt meer succes te hebben.'

Er viel een stilte, en we luisterden alledrie naar het vogelbestand van de achtertuinen – gefluit dat de pure vrede verkondigde. De trampolinespringers waren door hun moeder binnengeroepen... en kennelijk ook de knutselopa, door zijn dochter, want de Black & Decker zweeg. Ik keek tersluiks naar Corinne, en merkte dat zij zich opmaakte om iets te gaan zeggen, ongetwijfeld omdat ze het gevoel had dat de stilte en het zwijgen pijnlijke gedachten bij ons allemaal blootlegden. Alsjeblieft, hou je mond.

'Circus Animali heeft de tent nu opgeslagen aan de rand van Amsterdam... op een braakliggend terrein waar ze de Zuidas gaan bouwen,' zei Corinne. 'De nieuwe voorstelling moet nog in première gaan, maar ik zag op de affiches dat ze weer een tijgernummer hebben. Er zijn daar al demonstraties geweest van dierenrechtenorganisaties tegen de exploitatie van groot wild. Ik meld het maar even, Albert... misschien kun je er inspiratie opdoen.'

'We zouden er binnenkort met z'n drieën naartoe kunnen gaan,' zei Albert. 'Ik bedoel, wij drieën, zoals we hier zitten.'

Ik ging er niet op in, en Corinne evenmin. Eerst moest deze avond maar tot een goed einde gebracht worden, dan zagen we verder. Ik herinnerde me een televisiebeeld van het weiland bij Beverwijk, kort nadat de circustent daar was afgebroken. Een grote geelgroene cirkel van door de houten vloer verstikt gras, dat er niet uitzag alsof het zich in de voorjaarslucht ooit nog op zou richten. De hooliganveldslag zelf had geen zichtbare sporen achtergelaten. De roestige resten van een paar uitgebrande auto's, door de strijdenden in de fik gestoken, waren al lang weggesleept. De beheerders bereidden zich alweer voor op een volgende markt, die steeds meer inwoners van voormalige Oostbloklanden wisten te vinden. Ze arriveerden per trein, en reden dan in een tweede- of derdehands Mercedes terug naar Polen of Litouwen.

'Wie er ook bij was, daar in Beverwijk,' ging Corinne verder, 'dat was mijn ideale schoonzoon Tibbolt. Het is nu niet meer te zien, maar hij heeft er 'n paar flinke klappen opgelopen. Rita ging bijna van haar stokje toen ze hem zo zag, met die dichtgeslagen ogen. Het gaat nog eens helemaal de verkeerde kant op met die jongen.'

'Goed om te weten,' zei Albert. 'Dan ga ik hem binnenkort eens uithoren in opa's boekhandel. Informatie uit de eerste hand, altijd welkom.'

'Als je Tibbolt maar niet, in een colofon of zo, als bron opvoert,' zei Corinne. 'Anders wordt hij straks ook nog bedreigd... en dat mogen we Rita niet aandoen.'

O, voor Albert zelf maakt het allemaal niet uit zeker. Een doodsdriftige freudiaanse verspreking, en nog een prachtexemplaar ook, uit het gouden keeltje van La Suwijn. Ik voelde de behoefte om haar terecht te wijzen: zo ga je niet met mijn man om, Corinne. Als je hem dan toch met mij wilt delen, deel dan ook in mijn zorgen om hem.

'Dus je gaat gewoon door, Alp,' zei ik, 'ondanks de terdoodveroordeling? Denk ook eens aan ons... aan Cynthia en Thjum en mij. Ja? Niet dat we je niet kunnen missen... maar als jij beschoten wordt, alle kans dat wij in de vuurlinie staan.'

22

'*It's what I do*,' zegt de Amerikaan, onder verwijzing naar zijn beroep. De mens *is* wat hij doet. Als hij niets doet, *is* hij ook niets, op z'n netst aangeduid als 'werkloze' – het in onbruik geraakte 'steuntrekker' verraadt tenminste nog enige activiteit in de vorm van stempelen. Als twee onbekenden elkaar ontmoeten, worden met een handdruk namen uitgewisseld, soms bedeesd en onverstaanbaar, zoals een krabbel bij wijze van handtekening onleesbaar uitpakt.

'Nog eens... Zwanet hoe?'

'Vrauwdeunt... met au.'

Als er gelegenheid is voor een gesprek, luidt meestal de eerstvolgende vraag: 'En wat doe jij voor de kost?'

Ik let altijd scherp op de reacties, en ik heb weinig aangesprokenen meegemaakt die niet door die vraag op de een of andere manier in verlegenheid gebracht worden. Niet omdat het ze moeilijk valt toe te geven dat ze 'werkzoekende' zijn, want die categorie bedoel ik hier niet. Ik heb het juist over degenen met een vastomlijnd beroep en bijbehorende baan. Zij worden uitgenodigd, gedwongen eigenlijk, om in een enkele term (soms met verduidelijkend bijvoeglijk naamwoord: cosmetisch chirurg) hun identiteit bloot te geven, terwijl zelden iemand zal durven zeggen: 'Gaat je geen donder aan.'

De beschroomdheid zit 'm in het absolute samenvallen van de persoon, tot op dat moment niet meer dan een roep- en familienaam, met zijn beroep, dus met zijn heikele functie in de wereld. Hij of zij heeft zich in de val van een zelfontmaskering laten lokken, ook voor zichzelf: *Ziehier, dit ben ik... dit is mijn plaats... meer zit er niet voor me in. Ik sta naakt voor u.* De ontklede persoon zou nog kunnen opperen: 'Ik ben meer dan dat... meer dan een laag ingeschaalde baan', maar daarmee haalt hij zichzelf en zijn beroep alleen maar naar beneden. De nuancering van de persoonlijkheid is iets voor later.

'Van Albert weet ik nu wel zo'n beetje wat hij doet,' zei Corinne, 'daar kun je moeilijk omheen. Maar jij, Zwanet... wat doe jij in het dagelijks leven?'

Daar had je het. Zou ze echt niet van Albert gehoord hebben wat ik deed? Ze stelde de vraag vanuit een superieure positie.

Corinne Suwijn bleef altijd de diva, het betoverende fotomodel, de fee gemaakt uit het pure licht van de studiospots... ook nu ze niet zo vaak meer op haar kruk klom, en door het bereiken van de middelbare leeftijd uit de rolodexen van de glossyredacties was gedwarreld. Het was als met de ex-presidenten van de Verenigde Staten, die tot aan hun dood met 'mister President' worden aangesproken, en met Johan Cruijff, die tot aan zijn laatste dagen 'de beste voetballer aller tijden' zal heten, in de realiteit van het actieve veld.

'En als ik nou eens zeg: huisvrouw?'

'Dan vind ik dat helemaal geen schande,' zei Corinne. 'Het is een volwaardig beroep, met veel overwerk, neem ik aan.'

Dat het 'geen schande' was volgens haar, dat beviel me helemaal niet uit de mond van iemand die haar eigen kind al snel na de geboorte bij haar ouders had ondergebracht. Het klonk neerbuigend. Als het waar was dat ze al jaren 'iets' met Albert had, dan profiteerde ze van de omstandigheid dat die er een vrouw op na hield, tevens zijn huishoudster, die hem goed verpakt in schoon ondergoed naar zijn maîtresse liet gaan. Nee, ik hoefde nooit lipstickstrepen van zijn overhemdboord te wassen, want zij zorgde er ongetwijfeld voor dat hij het shirt tijdig uittrok, een gymnastische oefening met achterwaarts gestrekte armen als geboeid onderdeel van het voorspel. Bedrogen vrouwen volgen noodgedwongen een thuiscursus forensisch sporenonderzoek, en dat stopt niet bij een controle van het *buttoned down*.

'Ik werk voor drie dagen per week bij de Amsterdamse GG&GD aan de Nieuwe Achtergracht... afdeling Ongediertebestrijding,' zei ik zo sober en neutraal mogelijk. 'Maandag, dinsdag en woensdag... de rest van de week sloof ik voor mijn gezin.'

'Dat betekent dat je zeven dagen per week in touw bent,' zei Corinne. 'Ik vind het stoer, hoor... maar je beult jezelf wel af op die manier.'

'Met wat Albert aan recettes binnensleept, kunnen we heel goed rondkomen, daar gaat het niet om,' zei ik. 'Mijn vader was tot aan zijn pensioen hoofd Buitendienst Ongediertebestrijding. Hij nam me als puber wel eens mee de oude wijken in…'

'Ongediertebestrijding,' herhaalde Corinne, een beetje aanstellerig huiverend. 'Zijn er geen betere methodes om een opgroeiend meisje wegwijs te maken in de wereld?'

'Iedereen denkt altijd dat ik met een mondmaskertje voor moest toezien hoe mijn pa met de flitspuit tekeerging… of met een brandende krant kakkerlakken van het behang joeg. In hun voorstelling van dergelijke zaken lopen de meeste mensen minstens een halve eeuw achter. Het ging mijn vader in 't geniep om het menselijk drama achter de verloedering in zo'n van ratten vergeven holwoning… daar wilde hij mij, zo groen als ik was, iets van tonen. Als onderdeel van mijn opvoeding, ja.'

'Krasse maatregelen,' zei Corinne. 'In plaats van hem te verfoeien, ben je in zijn voetsporen getreden… nou ja, in deeltijd dan.'

'In de jaren tachtig had je op vrijdagavond op de Nederlandse televisie een talkshow van Sonja Valk. Op zeker moment, toen de kijkcijfers daalden, werd het tijd voor een nieuw *format*. Zij stelde voor haar programma een soort panel samen met vertegenwoordigers van verschillende beroepsgroepen, die aangemoedigd door de hostess commentaar gaven op de actualiteit… die was toen ontzettend populair, de actualiteit. Goed, mijn vader zat in dat forum vanwege zijn speciale kennis van de onderkant van de samenleving. Hij kwam in de achterstandswijken altijd al bij de mensen over de vloer om hun klachten betreffende kruipend en sluipend ongedierte na te trekken… en stankoverlast, niet altijd te wijten aan een rottend lijk… het konden ook de dooie muizen zijn die aan nieuwerwetse huisdieren als de boa constrictor gevoerd werden.'

'In de jaren tachtig,' zei Corinne, 'woonde ik met Hans voornamelijk in Mierlo. Ik deed in die tijd veel reclamespotjes, en wilde niet telkens met mezelf in de rol van hypergelukkige aanstaande moeder of zo geconfronteerd worden. De televisie stond bijna altijd uit.'

'Ik herinner me nog zijn eerste optreden bij Sonja Valk... wat was ik trots op de ongedwongen manier waarop hij zichzelf en zijn vak presenteerde. Hij vertelde over een verwilderde man die samenleefde met een half dozijn herdershonden. Ze werden nooit uitgelaten, en hadden een tapijt van ontlasting in de woning gelegd. De huurder kwam naakt aan de deur. Mijn vader hoorde een sieperig geluidje, keek naar de blote tenen van de man, waar de stront tussen naar boven kwam. Voor de meeste employés van de GG&GD zou het verhaal daar eindigen. Bewoner in een heet bad gesmeten... augiasstal uitgemest... beesten naar het asiel. Papa had daar geen vrede mee. Al kostte het hem zijn vrije uren, hij zocht alles uit... de man z'n achtergrond en voorgeschiedenis. Een aantal van die verbijsterende verhalen van vuil en verloedering bracht hij bij Sonja Valk voor het voetlicht... heel wat ergere dan waar hij mee thuiskwam. Ik besloot hem voortaan uit te horen, en al die geschiedenissen op te schrijven... complete aanzetten tot psychologische romans vaak.'

'Ga je ze publiceren?'

'Ik durf niet... ik heb zelfs niet het lef om ze af te maken. Albert heeft aangeboden met synopsissen te gaan leuren bij een paar uitgevers die hij kent. Er is belangstelling, maar dan willen ze eerst wel eens een paar *voltooide* verhalen lezen.'

'Wat houdt je tegen? Je hebt een goudmijn in huis.'

'Een oude schaamte misschien. Schoolvriendinnetjes op bezoek... en dan zou je net zien dat mijn vader wat eerder van zijn werk terugkwam. Hij droeg vaak de stank van vervuilde woningen om zich heen, en dan zaten die meiden hun verwende neusjes op te halen. Mijn moeder maande hem onder de douche te gaan... soms kregen shampoo en badgel de putlucht er niet helemaal onder. Als de dametjes vertrokken waren, en ik noteerde in telegramstijl zijn verhaal van de dag, had ik de neiging de diepte van het drama af te meten aan de hardnekkigheid van de geur die hij met zich meedroeg. Afgaande op de reactie van mijn klasgenootjes kan ik concluderen dat vertellingen van smerigheid en aftakeling niet makkelijk populair te maken zijn.'

'Toch schrijf je ze op,' zei Corinne.

'Misschien als eerbetoon aan mijn vader... *en* aan al die mannen en vrouwen van wie de levens misgelopen waren... en eindigden in de drek. Hij gaf ze, zonder hun naam prijs te geven, een stem bij Sonja Valk... ik op papier. Het zijn geen Hollywoodverhalen van het duister naar het licht met een happy end als slot... nee, ze voeren van het licht naar het duister, met een *happy beginning*. Zo hoop ik de ongelukkigen hun nog onbezoedelde wieg terug te geven... de ongebroken eierschaal van mogelijkheden. Nou ja, dit klinkt ook wel allemaal erg pretentieus. Ik bak er voorlopig niks van.'

'Ik hoor hier een dramaserie voor televisie in,' zei Corinne. 'Een soort Maigret, maar dan niet over misdaad... een ander soort speurwerk... naar waar een menselijk wezen van de rails raakt, zonder dat er een wissel is omgezet. Verrek, hoe zeg ik 'm dat?'

Zoals ze 'verrek' zei, verried zich heel even haar zuidelijke tongval. (Als ik met Albert zijn familie in Geldrop en Eindhoven opzocht, viel het woord 'verrek' om de haverklap. Als vroeger zijn vader Albert senior iets ondeugends zei of deed, beloonde zijn moeder haar man met een: 'Zo'n verrekkes Altje.' En wanneer iemand niet tot rede te brengen was: 'Dan verrekt...!')

'Ach, schei uit... daar willen die omroepbonzen niet aan, zo'n onderwerp.'

'Je vader was toen, door Sonja Valk, een Bekende Nederlander... die zijn ze niet zomaar vergeten. Hij zou de reeks kunnen aanprijzen. Het grote publiek is op niets zo verzot als op waargebeurd spul. Albert heeft natuurlijk een heleboel contacten in de toneelwereld... ik heb een tijd in de Nederlandse film*scene* rondgelopen voor een bijrolletje hier en daar... ik ken er nogal wat mensen. Laat mij maar navragen.'

'Zo'n televisieserie,' zei Albert, 'is eigenlijk alleen overtuigend te brengen als je er een heel palet aan onwelriekende geuren bij kunt leveren. Zover is de techniek nog niet.'

Ik deed wat ik in zo'n geval vaker deed: ik tilde de rooie kater van de grond, en sprak hem poeslief venijnig toe: 'Ga jij maar eens eventjes je nageltjes in baasje z'n gezicht zetten.'

Ik slingerde het zware beest in Alberts schoot. Hij sprong met een schreeuw half overeind, en stootte hard tegen de tafel, waarop flessen en glazen aan het wankelen werden gebracht.

'*What the fuchsia*,' riep Corinne, die toeschoot om het glaswerk voor omvallen te behoeden. Zo maakte ik kennis met een van haar dooddoeners. Hopelijk wees mijn kleine frivoliteit er niet al te opzichtig op dat ik in een beter humeur aan het raken was.

23

'En stel, het wordt een boekenreeks,' zei Corinne, 'hoe gaat die dan heten?'

'*De stad en de holen*.' Onvergeeflijk dat die verrekese Alp in mijn plaats antwoordde. Ik had de titel voor onze al te geïnteresseerde gaste geheim willen houden. Hij voegde eraan toe: 'Het halve werk. Ik schrijf soms een stuk of een verhaal, enkel en alleen om van zo'n eiserige titel af te zijn.'

Corinne negeerde hem en bleef zich tot mij wenden. 'Dat je het drama achter de verloedering zoekt, snap ik... maar al dat *vuil* waar je doorheen moet, Zwanet. Het zal toch wel heel diep vanbinnen iets met jezelf te maken hebben.'

'Nogmaals: schaamte,' zei ik, 'om die stinkbaan van mijn

vader. En toch was hij mijn held. Als hij voddenman was geweest, had ik me overdag in zijn jutezak verstopt… om niets van zijn spannende leven te hoeven missen. Wat kon ik beter doen dan na zijn pensionering het ongedierte blijven bestrijden… om dieper de etage van de aangevreten bewoner binnen te dringen. Sorry, ik word te snel lyrisch van die longdrinks.'

'En de missie van je vader verder uit te bouwen in verhalen… om hem in zijn werk levend te houden,' zei Corinne, ook een tikkeltje geëxalteerd. 'Ik heb zelf nooit kleding ontworpen, maar me wel vaak afgevraagd in hoeverre mijn modewerk… het gesjok over die catwalk… een voortzetting was van het vak van mijn vader. Hij was kleermaker. Er hangen in Mierlo en Helmond en omgeving hier en daar misschien nog maatpakken in een kast… met mottenballen in de zakken, en beschermd door een plastic hoes.'

De rooie kater zat me van een afstand woedend aan te kijken, omdat ik hem als projectiel had gebruikt. Hij haalde af en toe zijn tong langs zijn staart of een poot, maar gaf er toch de voorkeur aan mij vuile blikken toe te blijven werpen.

'Het hoeft niet als je niet wilt,' zei Corinne, 'maar ik zou zo graag eens een geval horen uit je praktijk… van de GG&GD, bedoel ik. Anders vind ik het moeilijk me een voorstelling van je werk te vormen.'

Ik merkte dat ik nog steeds op mijn hoede was. Als haar bedoelingen zo doortrapt waren als ik vreesde (of misschien wel *hoopte*), dan probeerde ze mogelijk op deze manier mijn dagrooster en professionele bewegingen in kaart te brengen, zodat Albert minder onbereikbaar voor haar werd. Met een kortheid die tegenzin verried, vertelde ik haar (en Albert, die nog van niets wist) over mijn belevenissen van die ochtend, in de Retiefstraat. De klacht over stankoverlast. De in de gang van een benedenverdieping aangetroffen verwarde en verwilderde vrouw, die leek te waken over het dode lichaam van een man. De vloer bezaaid met haar excrementen. Hoe ze me aangevlogen was, en geprobeerd had me te krabben en te bijten. Hoe ze in een busje van de GG&GD weggevoerd was naar de Nieuwe Achtergracht. Ook café Ape-Retief, waar de man en de vrouw eerder samen, als paar, waren gesignaleerd, liet ik niet onvermeld.

'Waarom mij niet even gebeld?' zei Albert. 'Zo'n ingrijpende ervaring... zie je wel, ik merk al de hele avond dat er iets is.'

'Het is mijn werk,' zei ik, wat niet voorkwam dat de tranen me uit de ogen begonnen te lekken, overigens zonder gesnik of andere huilgeluiden. 'Het hoort erbij.'

'Helemaal niet,' zei Albert. 'Je had het meteen al aan de politie moeten overlaten, Zwan.'

Corinne schoof haar stoel tegen die van mij aan, en legde opnieuw een arm om me heen. Ze gaf kneepjes in de verst van haar verwijderde schouder.

'Leer mij de klabakken kennen,' zei ik. 'Ze brengen zo'n vrouw naar de dichtstbijzijnde ggz-instelling, en dan verdwijnt ze standaard in het circuit... als ernstig verward persoon. Net of die verwardheid een psychiatrische aandoening uit het handboek is, volgens een geijkt procedé te behandelen.'

Ik huilde nog steeds, schokschouderend, en Corinne verplaatste haar hand naar mijn nek, die ze met haar duim zacht masseerde. 'Laat maar gaan,' zei ze.

'Het probleem met jou is,' zei Albert, 'dat je op je werk nooit iets uit handen kunt geven. Dat heeft alles met *De stad en de holen* te maken. Als je bij zo'n psychotisch persoon de politie inschakelt, snijd je voor jezelf de pas af naar een plot. Hoe is het zover gekomen met die vrouw? Waar is de man aan overleden? Doe me een lol, Zwan, en bel in het vervolg bij zo'n geval meteen mij, voordat je overstuur raakt.'

'Ja, dat kennen we van jou,' zei ik. 'Eer ik thuiskom, heb *jij* op papier al een voorlopige intrige uitgewerkt.'

'What the fuchsia,' riep Corinne nog eens uit. 'Is dat de situatie hier? Man en vrouw die elkaar verhalen uit het echte leven afpikken… en elkaar het copyright betwisten? Stelletje beroepsidioten. Zo zout heb ik het nog niet gegeten.'

'Het gaat nu in de eerste plaats om de toestand van dat arme mens,' zei ik, terwijl ik mijn strijdlust voelde terugkeren. Ik schudde Corinnes arm van mijn schouder. 'Ze is voorlopig in de psychiatrische unit van De Brouwerij ondergebracht… dat is al winst. Ondertussen zit ik hier met jullie te slempen, terwijl die vrouw me nodig heeft.'

'Ze stond je naar het leven,' zei Albert.

'Toen ik bij haar neerhurkte, liet ik mijn angst niet merken… ik sprak haar sussend toe. Ik weet zeker dat het hielp. Als ik naar haar toe ga, herkent ze me misschien… dan ben ik een vertrouwd gezicht voor haar, en werkt dat kalmerend.'

'Je blijft hier,' gebood Albert.

24

'Nu het praten over Hans Krop geen taboe meer is,' zei ik vals, 'wil ik nog wel even kwijt dat ik in de krant las over zijn oorkonde… wegens niet-aflatende verdiensten voor de podiumkunsten.'

'Wanneer was dat?' Albert leek oprecht verbaasd.

'Eind april,' zei ik. 'Bij die stomvervelende lintjesregen.'

'Je gaat me toch niet vertellen, Albert,' zei Corinne, 'dat jij zo'n blikken medaille niet al lang geleden opgespeld hebt gekregen?'

Wat *was* dit? Bleef die vrouw nou de hele avond naar de bekende weg vragen, enkel en alleen om mij de indruk te geven dat zij en Albert elkaar helemaal niet zo intiem kenden? Zij moest toch weten dat hij een grondige hekel had aan zulke koninklijke onderscheidingen, en er nooit een zou accepteren, ook niet als die hem buiten zijn medeweten zou worden toegekend.

'De Krop heeft er zeker flink voor gelobbyd,' hoonde Albert.

'Ze geven je zo'n lintje niet ongevraagd... wat dan weer jammer is, want ik zou het graag een keer publickelijk weigeren... met wat gemêleerde majesteitsschennende oprispingen.'

'Mensen van zijn toneelgezelschap hebben het formulier ondertekend,' zei Corinne. 'Meer weet ik er niet van, en het interesseert me geen zier... ook niet qua boedelscheiding. Waarom ben jij zo fel tegen riddering?'

'Ik wil bij niemand in het krijt staan,' zei Albert. 'En al helemaal niet voor zo'n stukkie geïnflateerd metaal. Bovendien, ze ridderen je nooit voor *echt* grote verdiensten waarmee je de wereld onherstelbaar op z'n kop hebt gezet. Ik ben als de dood dat ze me zouden lauweren voor een middelmatige prestatie, wat dan tevens mijn ontmaskering zou inhouden. Ach, nee, laat ik er gewoon eerlijk voor uitkomen... ik vrees het opspelden zelf... dat ze met die naald door mijn van trots verharde tepel zullen gaan. Ik haat piercings. Stel je voor dat ze me daarmee, via een ingewikkeld stelsel van katrolletjes, in een paleiszaal zouden optakelen... tot ik daar hang als een verweesde plafondengel. Nee, dank u beleefd, majesteit.'

25

Wie Corinne Suwijn een uur later bezig zag en hoorde, en niet beter wist, zou zeggen: 'Nou, die heeft de avond van haar leven.'

Ze vertelde nu honderduit – over haar modellentijd in de grote wereldsteden, haar ouders en dochter, de Japanse tuin achter het Mierlose huis... maar geen woord over de vijfentwintig jaar met Hans Krop, terwijl ook Albert (angstvallig, zou je geneigd zijn te zeggen) in haar anekdotes schitterde door afwezigheid. Toen ze begon over de bloeitijd van Studio 54 in New York, waar ze vaste gaste was geweest, kreeg ze rode konen van enthousiasme.

'...en toen zei Capote, met dat valsenichtenstemmetje van

hem, terwijl hij naar dat gekrompen geval van de echtgenoot keek: "*Well*, mijn hele handtekening krijg ik er niet op, maar mijn initialen, dat zal wel gaan." En hij deed het.'

Ze lachte, en haar blos breidde zich nog uit, tot aan het boordje van haar jurk. Ik wenste haar natuurlijk alle climacterische opvliegers ter wereld toe, maar helaas, ze gloeide van genoegen en vertelplezier, en natuurlijk ook van Alberts royale gin-tonics. Als ik me een weinig opzij boog, kon ik nu haar warmte echt voelen, die als een onzichtbare mist om de bollingen van haar gewaad heen hing, ook nog eens verzadigd van haar geur. Hoe waren vrouwen ooit op het onzalige idee gekomen om hun wangen met een poederdons vol rouge te bewerken, terwijl God ze vlak onder de huid een bron van het natuurlijkste rood had meegegeven, een samenstel van doorbloede adertjes, aangedreven door gêne of opwinding of pure levensvreugde? In een opwelling had ik bijna de koele rug van mijn hand tegen haar jukbeen gelegd, maar ik zag er op het nippertje van af. Ik hield nog altijd rekening met de mogelijkheid haar venijnig te ontmaskeren en vervolgens haar gezicht te bepleisteren met tissues tegen de tranenvloed. Eens kijken of Gods huisgemaakte rouge dan niet van tint zou verschieten, tot die van een bleke tomaat.

Ik voelde dus maar even aan mijn eigen wangen… en verdomd, ik gloeide zelf als een oververhitte wonderlamp van Aladdin. Ik vroeg me af of Corinne mijn lichaamswarmte ook gewaarwerd door de kouder wordende avondlucht heen. Ik had tenslotte een kort en dun flodderjurkje aan, dat de gloed maar beperkt vasthield. Het was prettig om te bedenken dat we de hitte van ons lijf konden uitwisselen, voordat die onderweg afkoelde. Misschien was het wel de temperatuur van mijn weerzin die ze opving. Zo hoefde ik me geen opportunist te voelen.

'Bij Studio 54 denkt iedereen altijd meteen aan Bianca Jagger die op een wit paard binnenkomt… om haar verjaardag te vieren. Nou, laat ik je vertellen… die knol liet midden op de dansvloer zijn vijgen los. Paarden zijn vegetariërs, maar het stonk er de rest van de nacht als de hel... Bianca moest met dichtgeknepen neus de kaarsjes op haar taart uitblazen.'

Haar lach. Die begon telkens met een soort uitroep, waar ze zelf van leek te schrikken, zodat ze, haar ogen naar de naastgelegen tuin gedraaid ('sorry, buurtjes'), een hand voor de mond sloeg en het lachen dan gesmoord voortzette. Merkwaardig: het kwam me eindeloos vertrouwd voor, alsof ik de hilariteit van Corinne Suwijn jarenlang had opgevangen vanachter een dunne scheidswand, zonder de vrouw ooit lijfelijk te zien te krijgen.

'Zeg, Alp... hebben wij die cd-box van Ella Fitzgerald hier beneden... die met "Yellow Basket"?'

'Dan moet je op de schap tussen de M en de N zijn... dat weet je.'

Ik had haar gauw genoeg gevonden: de registratie van een liveconcert, door een nog jonge en sprankelende Ella. 'Yellow Basket'... ik zocht het nummer op. Ik had me niet vergist: plotseling schalde niet alleen haar lach door de bibliotheek en door de tuin... het was net zo goed die van Corinne. Vol en melodieus en ook een beetje pesterig, maar vooral: aanstekelijk. Wie die lach hoorde, kreeg vooral zin om mee te schateren, want hij was niet voor de bühne, maar spontaan, en daardoor bijna met iets verontschuldigends in de ondertonen richting publiek. Ik had deze fase van de opname zo vaak gedraaid dat het geluid in mijn hoofd zat... en een replica ervan had ik daarnet opgevangen uit de zuivere keel van een mij nog vrijwel onbekende bezoekster. Ik hoefde het, terug op de veranda, Corinne en Albert niet uit te leggen. Ze hadden de manier van lachen allebei onmiddellijk herkend, en waren er stil van. Albert had de cd ook vaak opgezet, maar nooit gezegd: *ik ken iemand die ook zo lacht*. Was het dan niet vanwege Corinne dat hij haar ingeblikte lach van tijd tot tijd in zijn eigen huis tot klinken bracht?

'Ja, het zit zo,' zei Corinne alsof ze mijn wantrouwige gedachten geraden had. 'Ik heb dat concert thuis ook, maar dan op vinyl. Ik heb zeker tien jaar op dat gehinnik geoefend. Het is een bekraste plaat… als je heel goed luistert naar *mijn* versie, hoor je me af en toe kraken.'

26

Het had me nooit eerder zo overweldigd als vanavond, bij vlagen: de idiote sociale dwang om visite te ontvangen, bezoek af te leggen, feestjes en etentjes te geven. Waarom kunnen mensen niet zonder gezelschap? Ze blijven maar aan elkaar klitten en snuffelen, kwijlend van de wederzijdse complimenten, met geen ander resultaat dan kwaadsprekerij over de gastheer en de gastvrouw in weer andere groepen, waar de oren roodgloeiend opgewreven worden. Het sociale verkeer in een stad als Amsterdam is één grote orgie van dubbelspionage, waar niemand ooit als zodanig ontmaskerd wordt, omdat iedereen dezelfde januskop draagt.

Wat zat ik me daar nou toch uit te sloven om een gesprek gaande te houden dat me niet in het minst interesseerde? Ik moest toegeven: die Corinne Suwijn had een aangenaam gezicht om naar te kijken, vooral wanneer het pratend in beweging was… dus vermaakte ik me ermee om naar de steeds veranderende trekken rond haar mond te staren zonder in me op te nemen wat ermee gezegd werd. Af en toe, als de klank van haar stem erom vroeg, knikte of neuriede ik enige bijval.

'Uh… hm.'

In godsnaam, waarom al die vals opgeschroefde gezelligheid? Er waren gelegenheden, zoals Alberts toneelpremières, waar we niet onderuit konden, maar waarom moet bijvoorbeeld iedereen elk jaar zo nodig z'n verjaardag vieren? Er gaan maar 365 of 366 dagen in een jaar, en zelfs iemand met een gemiddeld aantal kennissen heeft elke week wel één of twee feestjes, waarvoor tevoren een cadeau moet worden uitgezocht. Narcisme begint op de kalender met een datum waar een zonnetje omheen getekend is... een HERINNERING die qua dwang niet onderdoet voor het bevel van een incassobureau. Feest... ja, hoor, ik zal er zijn. Oscar Wilde denkt in *De Profundis* met snijdende weemoed terug aan de 'briljante premières' van zijn stukken, maar daar kijkt hij op terug vanuit de gevangenis Reading Gaol. Als ik me Alberts premières probeer te herinneren, voel ik kramp in mijn kaken: van het opgefokte glimlachen naar publiek en fotografen op de rode loper... ook na afloop weer, en dan moest de afterparty nog beginnen. Het dempen van alle oprispingen door champagnebubbels met sterkere drank. Dan kwamen de tongen van een hogere eerlijkheid los. Een actrice was wel een minuut lang haar tekst kwijt geweest, en had zo de hele voorstelling naar beneden gehaald.

'Nee, het stuk is uitstekend... het had alleen met een kwart ingekort kunnen worden.'

'Als iedereen vijf minuten z'n tekst kwijt is, zijn we min of meer waar we wezen moeten.'

Corinne wierp een blik op haar horloge – niet steels, maar juist met opvallende aandacht, waarbij ze haar pols overdreven kromde en enigszins kippig op de wijzerplaat keek. 'Ik kan het niet *te* laat maken vanavond. De show is pas morgenmiddag, maar er is nog een heleboel voorbereiding nodig. Kanaar rekent op me.'

Ja, zo ging dat dus. Hemel en aarde werden bewogen voor een bezoek van de voormalige modediva, en als de gastvrouwe dan alles uit de kast had gehaald, kondigde het blaséë kreng doodleuk aan dat aan de wellevendheid voldaan was. Tabee, lieve mensen... het was me een eer en een genoegen.

'Wat voor show is het?' Ik moest de belangstelling er werkelijk uit persen. 'Ik neem aan dat jij niet de catwalk op hoeft.'

'O, nee, die tijd hebben we gehad. Hoewel... het gaat morgen ook om oudere modellen. Het is de première van Kanaars nieuwste project: de Catafalque Walk.'

'Ik was in 1963 nog maar een kind,' zei ik, 'maar ik zie duidelijk de karrenwielen voor me van de katafalk met daarop een kist onder de Amerikaanse vlag... en daarin lag president Kennedy.'

'Warm,' zei Corinne. 'De grote innovator Kanaar heeft een paar van zijn mannetjes aan het werk gezet om een nieuwe mode te ontwerpen... voor in de kist. In een tijd dat veel mensen al bij leven en welzijn hun uitvaart tot in de puntjes aan het regelen zijn, willen vooral Bekende Nederlanders er pico bello bij liggen als ze worden opgebaard. Een kledinglijn voor overleden beroemdheden... met de extra service om op hun sterfbed in het hospice nog aanwijzingen voor aanpassingen te kunnen doorgeven. Kanaar probeert nu begrafenisondernemers zover te krijgen dat ze onderdelen van zijn collectie in hun catalogi opnemen... naast de bloemstukken en de design lijkkisten.'

Het werd me niet helemaal duidelijk of ze serieus was, dan wel haar manager als een verdorven kitschengel des doods zat af te schilderen. Ik zei: 'De Catafalque Walk... binnenkort een rage en vervolgens niet meer weg te denken uit Bekend Nederland.'

Ze lachte. 'Is het niet geweldig, het plan waarop onze dodencultus terechtgekomen is?'

'Als je er niet in gelooft,' zei Albert, 'waarom ga je er dan in mee?'

'Ik moet er nog van groeien,' zei Corinne. 'De scheiding kost me handenvol geld. Mijn reserves raken op.'

'Dure advocaat?' vroeg ik.

'Ja, vooral die van de tegenpartij.'

Ik begreep het niet meteen. 'Getrouwd... hoe? Gemeenschap van goederen?'

'Huwelijkse voorwaarden... dat pakt in mijn nadeel uit.'

'Niet dat ik plannen in die richting heb, maar… meestal pakt een echtscheiding toch financieel in het voordeel van de echtgenote uit?'

'Voor de *golddiggers* misschien. Het is de alimentatie die mij de kop gaat kosten.'

'Hans wil niet betalen,' probeerde ik nog. 'Rita is niet zijn wettige dochter.'

Corinne schudde het hoofd. Voor het eerst die avond zag ik haar triest. 'Ik leg het je nog wel eens uit. Niet nu… ik word er elke keer weer beroerd van.'

'Wat die Catafalque Walk betreft,' probeerde Albert het pijnlijke onderwerp van tafel te vegen. 'Ik opteer voor een nachtblauwe smoking met okergele vlinderdas… noteer maar vast. Deksel pas op het laatste moment erop, anders is het zonde.'

Hoofdstuk II *Zwaluwen, vleermuizen*

1

In de loop van de avond waren we alledrie een paar keer opgestaan om naar de keuken te gaan of het toilet te bezoeken, maar Corinne zat op de hoek van de tuintafel nog steeds tussen Albert en mij in. Naarmate ik zwijgzamer werd, raakten de andere twee steeds levendiger in gesprek. Ik wist heel goed een afwezige indruk te maken, en toch scherp op te letten. Ik probeerde ze op een heimelijke vertrouwelijkheid te betrappen die ze misschien dachten onder controle te hebben. Ik hoopte ten minste op een verspreking of een gebaar om aan mijn argwaan tegemoet te komen (of die te ontkrachten, dat mocht natuurlijk ook, al leidde het tot een anticlimax). Corinne had Albert een keer met 'Alp' aangesproken, mijn koosnaam voor hem sinds zijn postuur was gaan uitdijen, maar dat kon ze vanavond onbewust van mij hebben overgenomen – ik wilde het wantrouwen niet te ver drijven.

Ondertussen vroeg ik me af hoe te reageren als een *slip of the tongue* een duidelijk verraad aan het licht zou brengen. Iets in mij hunkerde naar die zekerheid, dan kon mijn angst zich ontladen. Als ik het zo eens aanzag, leken Albert en onze gaste iets *te* goed op elkaar afgestemd. Het leek wel alsof ze middels een rollenspel op het vereiste gedrag geoefend hadden. Ik had mijn Alp wel eens tijdens repetities in de schouwburg bezig gezien. Hij gaf de acteurs soms andere karakters te spelen dan waarvoor ze gecast waren, dit om het stuk niet alleen vanuit het eigen personage te leren kennen. Albert was erg goed in het regisseren van zulke schijnvertoningen. Ik kreeg het niet meer uit mijn hoofd: hoe hij samen met Corinne oefende op het onverdacht laten verlopen van de avond die nu in volle gang was.

Ik hield hun gedrag nog nauwlettender in de gaten. De net iets te belangstellend hoog opgetrokken wenkbrauw van Albert, bijvoorbeeld, wanneer Corinne een nieuw onderwerp aansneed. Zo vertelde ze hem op zeker moment over een episode uit haar New Yorkse modellenbestaan, waarbij ik dacht: als jullie zo goed bevriend zijn, dan behoort hij dit verhaal allang te kennen. Ook in een strikt platonische vriendschap gedragen partijen zich niet zo smetteloos hoffelijk. Ik verwachtte elk moment Albert zijn keel te horen schrapen, terwijl hij zijn stoel aanschoof met de mededeling: 'Zwanet, je had het bij het juiste eind... Corinne en ik hebben je inderdaad iets te zeggen. Schrik niet, maar het moet er nu maar eens uit. Om te beginnen...'

Het kon toch niet zo zijn dat deze avond alleen belegd was om mij te tonen *hoe* voorbeeldig kuis een verhouding vermocht te zijn? Of stuurde Albert nog steeds aan op een 'driespan', zoals hij het ooit ironisch genoemd had? Nou, dan koos hij wel de braafst denkbare route, met een toespeling op een huisnummer verderop als voornaamste pikanterie. Wachtte hij tot Corinne en ik het initiatief namen door hem een veelzeggend teken te geven?

Als ik me het vervolg van het samenzijn probeerde voor te stellen, stuitte mijn verbeelding nog steeds op de drie willoze ledenpoppen die onbeweeglijk aan nylon draden van hun houten kruisjes naar beneden hingen. Ik kon niet ontkennen dat er heel zacht een verlangen in me zong, als kokend water in een ketel op een lage pit, een beetje zeurend en schurend. Ik wilde mezelf nog niet toegeven dat het zoete gevoel vooral betrekking had op Corinne in haar klaproosgewaad, dat ze beslist aan moest houden, wat er ook gebeurde – zoveel stond mijn verbeeldingskracht me wel toe.

Ze praatte nu, met een stem verwarmd door de drank, op mij in. Hier was ik goed in: knikkend van de spreekster wegkijken, zogenaamd om me beter op haar woorden te kunnen concentreren, en dat met de gin-tonic tegen mijn mond en kin geklemd. Ondertussen bespiedde ik over de glasrand mijn verfoeide echtgenoot, en probeerde zijn gedachten te peilen. Zoals hij daar broedend onderuitgezakt hing te grijnzen, naar niemand in het bijzonder, leek hij op een gemoedelijke manier onberekenbaar. Hij luisterde... zo te zien niet naar wat Corinne mij te melden had, maar leek katachtig te spinnen bij de indruk dat het tussen haar en mij de goede kant op ging.

Misschien dacht hij aan die keer dat we na sluitingstijd uit het café een jonge vrouw mee naar huis genomen hadden, 'om bij ons nog wat te drinken'. Albert, de lafbek, had het meisje en mij schertsend aangemoedigd 'elkaar niet te sparen' en was zelf in de keuken cocktails gaan mixen. We waren beiden te beschroomd om de ander zelfs maar aan te raken, al wisten we verdomd goed wat er van ons verwacht werd. Albert serveerde de drankjes, voornamelijk om de stand van zaken te controleren (geen vorderingen) en verdween weer naar de keuken, ditmaal om iets eetbaars te bereiden. Hij nam zelf geen enkel initiatief, in woord noch gebaar, maar het drong later tot me door dat hij alleen had willen toekijken.

Het meisje was dronken op de bank blijven slapen. Midden in de nacht wakker geworden, niet wetend waar ze was, had ze op de tast het toilet gezocht. Ze kwam uit bij het televisietoestel, dat wij op de grond hadden staan, en klapte het om als was het een wc-bril. Aldus kwam haar bevrijdende plas via de opengewerkte achterkant in het binnenste van het apparaat terecht. Uitslapen van de roes was haar niet meer gegund, want de kleine Thjum, gewend bij het ochtendgloren op te staan, had haar wakker gekieteld en zo belet weer in te dommelen, zodat ze toch nog tijdig op haar werk kwam. Toen ik later voor het vroege journaal het toestel, na het weer rechtop te hebben gezet, inschakelde, produceerde het scherm een statisch geknisper alsof er een vel cellofaan tot een prop geknepen werd. Het meisje was keurig *all risk* verzekerd en zorgde voor een nieuwe televisie, die we voor alle veiligheid, je wist nooit of ze nog eens terug zou komen, op een tafeltje zetten, te hoog om voor een toiletpot te worden aangezien.

Zo was ons enige trioavontuur geëindigd in een scherp, fluisterend geruis, dat zich ook wel eens voordeed bij het nylon van een panty, wanneer warme benen te vaak over elkaar geslagen werden, een kortstondig knetterend onweer teweegbrachten, zonder de basgeluiden van de donder.

2

De drang om zwanger te raken overtreft vaak de drift van de daad die nodig is om het zover te laten komen. Het paren wordt een noodzakelijke bijkomstigheid, niet onaangenaam, maar geen doel meer op zich. De bevruchting, daar gaat het om. Het hoeft niet per se ontluisterend te zijn om na ontvangst van het sperma je benen over een stapel hoofdkussens te hangen teneinde het kostbare zaad binnen te houden en niet aan de matras te verspillen. Alles voor het heilige proces.

Ik geloof niet dat ik tijdens mijn beide zwangerschappen ver voorbij het baren keek. Ik onderging het mysterie van mijn uitzettende baarmoeder in dienst van het grootse wonder: de uitwerping van het voldragen kind. Ook toen het losgeknipt en roze gewassen tussen mijn borsten lag, wilde nog niet echt tot me doordringen dat ik moeder was voor de rest van mijn leven – tenzij de onverlaat er op een noodlottig moment vroegtijdig tussenuit zou knijpen, en daar wilde ik in het kraambed al helemaal niet aan denken. Ik had met vreugde een last gebaard: de boreling zou zich nog een tijd als een mollige bloedzuiger in me vast blijven bijten, voorlopig genoegen nemend met het opzuigen van moedermelk. Maar ook de peuter, de kleuter, het schoolgaande kind, de puber en de adolescent zouden onvermijdelijk mijn bestaan blijven doorkruisen... er gangen in graven, en daar de eitjes van eigen deugden en ondeugden in leggen. Volwassenwording bood geen uitkomst, noch een eigen huwelijk met vader- of moederschap tot gevolg. De parasiet zou aan me blijven kleven, volgens de ballotage van de bloedverwantschap. Voorgoed is voorgoed.

En daar waren ze dan, op hun allesverwoestende doorkruistocht: Cynthia en Thjummi. 'Van wie is die gitaar in de gang?' Met die vraag stormde onze zoon als eerste de veranda op. Hij kwam van tweehoog, waar hij zijn kamer aan de achterkant had, maar als hij hijgde, kwam het niet van de twee trappen, hij was niet kortademig, maar van de opwinding. Hij had ongetwijfeld Corinnes gitaar uit de hoes genomen, zonder de snaren te durven beroeren.

'Van mij,' zei de gaste. 'Ik had vanmiddag les. Aangename kennismaking, jongeman. Met wie heb ik de eer?'

'Ik ben toevallig Thjum Egberts.' Hij schudde overdreven heftig haar hand, of liever de hele arm. 'Zo'n gitaar wil ik ook.'

'Je hebt er toch een,' zei Albert. 'De gitaren groeien me niet op de rug.'

'Ik ben hem *ontgroeid*,' zei Thjum pedant. 'Ik ben toe aan iets nieuws... een grotere klankkast en messing fretten. Volgende maand word ik negen.'

'Heb je les?' vroeg Corinne.

'Op de Bachschool... al zowat een jaar of wat. Alles gaat daar zo langzaam.'

'Je mag wel even op de mijne spelen.'

'Die zit in een hoes,' zei Thjum. 'Het lijkt wel een olifantshuid.'

'Dan haal je 'm d'r uit,' zei Corinne. 'Heel simpel.'

'Issie gestemd?'

'Het is een nogal humeurige gitaar, moet je weten. Het was vandaag een onverwacht warme dag... dan kan hij zomaar ontstemd raken.' Corinne ritste een voorvak van haar Crocodile no. 17 open, en haalde er een etui uit. 'Hier heb je mijn stemvorken. Er zit ook een stemfluitje bij. Breng de gitaar zelf maar in het juiste humeur.'

Thjummi maakte het etui open. '*Twee* stemvorken?'

'Ja, de eengestreepte a en de tweegestreepte c... wat leren ze jullie eigenlijk daar op de Bachschool?'

'Niks... dat zeg ik.'

Hij sloeg met een van de stemvorken op de rand van de wijnkoeler, en hield hem bij mijn oor, iets te dicht. Ik werd een hoge, eentonige klank gewaar, die me jeuk aan het trommelvlies bezorgde. Ik stak een vinger in mijn gehoorgang, en draaide die als een sleutel om. 'Ga weg... zo is Beethoven ook doof geworden.'

Daar moest hij om lachen. Hij stak de stemvork terug in het etui en overhandigde het aan Corinne. 'Ander keertje... ik kan geen gitaar spelen op een lege maag.'

'Welja, Thjum,' zei ik, 'doe tegenover het bezoek maar net of je hier niet te vreten krijgt.'

'Ik snap het wel,' zei Corinne. 'Als je buik knort, klinkt je gitaarspel van geen kanten. Het is dan net of je de verkeerde begeleiders hebt meegebracht. Combo De Hongerlijers.'

Thjum keek de onbekende vrouw bevreemd aan, niet goed wetend of hij in de maling genomen werd. Ik wist nu zeker dat hij Corinne nooit eerder ontmoet had, in gezelschap van zijn vader bijvoorbeeld. Albert raadpleegde zijn horloge. Hij zei: 'Snackbar Le Sud is nog open. Ga maar met Cynthia, en neem wat je wilt. Frites, kroketten, ijs toe... dan geef je daarna een concert hier op het terras.'

'Met een volle maag kan ik het ook niet.' Hij hield zijn vader een gekromde hand voor. 'Mag ik effe vangen, ouwe?'

Het behoorde tot zijn vaste repertoire: bezoekers laten zien hoe ver hij durfde gaan tegenover zijn ouders, en hij moest daar zelf dan het hardst om lachen.

Uit het halfdonker van de bibliotheek naderde nu ook, schoorvoetend, Cynthia, in heel de verlegen glorie van haar twaalf jaren. Ze droeg voor het eerst sinds lang een jurk, waarin de flauwe glooiing van een beginnende boezem zich aftekende. Het kon aan de schaduwwerking op het terras liggen, maar in haar gezicht vond ik haar opeens zoveel ouder geworden… en mooier.

'Ja, kom maar verder, Cyn,' zei Albert. 'We hebben bezoek. Dit is Corinne Suwijn.'

Cynthia, schutterig op de tafel toetredend, gaf Corinne geen al te stevige hand. 'Ik weet wie u bent,' zei ze met een ongemakkelijk keellachje.

En nog was mijn argwaan niet verdampt. Ik zag voor me hoe Albert ooit zijn stiefdochter aan Corinne had voorgesteld, en hoorde er zelfs zijn stem bij. ('*Cinnie, dit is tante Crien, een oude vriendin van papa.*')

'Ik ken u uit al die oude bladen hier beneden in de kelder,' zei Cynthia. 'Ik heb ze wel honderd keer doorgebladerd. Nu niet meer… ze ruiken zo muf.'

'Ja, oude fotomodellen worden met de jaren muffer,' zei Corinne. 'Niks aan te doen… er is nog geen spray tegen uitgevonden. Voor jou niet iets om je zorgen over te maken, Cynthia… zo heerlijk jong als je bent. Mooie jurk heb je aan. Je doet me aan mijn eigen dochter denken toen ze zo oud was als jij… Rita.'

'Mevrouw, ik wil ook model worden,' gooide Cynthia er opeens ademloos uit, met iets van paniek in haar ogen. 'Voor de fotocamera's… op de catwalk ook. Kunt u mij helpen?'

'Cyn!' riep ik uit. 'Zo direct ken ik je niet! Schrijf mevrouw Suwijn liever een briefje met het verzoek om wat materiaal of zo… een paar adressen.'

'O, sorry… sorry.' Cynthia keek ongelukkig, niet naar mij, maar naar de gaste. 'Ik wilde u er niet mee overvallen.'

'Geeft niks, hoor,' zei Corinne. 'Ik ben alleen niet de aangewezen persoon om je te enthousiasmeren. Ik heb zelf niet al te beste ervaringen in die modellenwereld. Mijn eigen dochter wilde niet luisteren naar mijn bedenkingen… ze staat nu tot haar nek in de slangenkuilen van Londen en Brussel en Parijs. Ze is drieëntwintig, dus eigenlijk al te oud voor die snoeiharde business. Geen teen van haar waar de verzekering nog een polis op afsluit. Als je wilt, stel ik jullie een keer aan elkaar voor... Rita kan je er allicht meer over vertellen. Al was het alleen maar om je deskundig te ontmoedigen.'

3

Ik keek van Corinne naar Albert, en van hem weer naar haar. O, haar ooit volmaakte gezicht, waar haar huidige trekken schatplichtig aan waren... Ik was heel goed in staat de schoonheid van mensen en dingen te zien, maar als ik iets 'mooi' noemde, wat betekende dat? Er waren momenten, ook nu weer, dat alles om me heen tot z'n ware staat verschrompelde: die van het toeval en de willekeur. Ik zag mensen zoals ze waren: in de loop van een duistere evolutie ontstane vlezige uitgroeisels, voor 60% uit H_2O bestaand. Een soort waterzakken op de wijze van kamelenbulten: gevuld met ondrinkbare, slijmerige troep, bij dodelijke dorst de moeite van het opensnijden niet waard. We dronken nog liever mekaars bloed.

Normaal, op een minder lucide bewustzijnsniveau, stoorden we ons niet aan de verschijning van onze medemensen. We waren immers allemaal zo: symmetrisch, met net die graad scheefheid om het aantrekkelijk te houden. Er kwam wel eens een eenbenige of een eenarmige voorbij (nooit iemand zonder hoofd), maar over het algemeen droegen onze lijven van alles twee, op dat hoofd en het vooruitgeschoven deel van het mannelijk geslacht na dan, en nou ja, ook wij vrouwen bewaarden in onze plooien een volstrekt eenmalig kleinood, dat in wetenschappelijke artikelen nog groeiende was.

We waren producten van een blind voorttastende ontwikkeling, maar nu we ziende waren met liefst twee ogen tegelijk en in opgerichte staat zelfs over de horizon heen konden kijken, zagen we doorgaans niet hoe mensonterend *toevallig* we in elkaar zaten. Een van de uitwassen van een evolutie uit moordende willekeur is onze hovaardigheid, die ons ertoe gebracht heeft zelfs binnen de chaos nog een hiërarchie aan te brengen. We noemen de ene vrouw een schoonheid en de andere een lelijkerd. Op grond van wat voor criterium? De groei van het leven op aarde heeft geen criteria gebaard, evenmin als wetten, regels, morele waarden. Het zijn *onze* toevoegingen aan wat blindelings uit een zonbeschenen poel vol kikkerdril is voortgekomen, miljoenen jaren geleden.

Ik keek naar Corinne, en zij naar mij, en ik werd gewaar hoe na miljoenen jaren van mutatie een monsterlijk masker van opensplijtend vlees me toegrijnsde. Er kwam geluid uit haar mond. We ergeren ons wel eens aan de prietpraat van sommige mensen... zonde van zoiets schitterends als de taal... maar beseffen we wel dat *al ons spreken redundant is*? Zelfs de gedachte waarin ik deze observatie voor mezelf formuleerde, was een overbodige damp, opstijgend uit toevallige materie, flatulentie van de geest...

'Zwanet, luister je nog wel?' zei Albert, in zijn handen klappend. 'Beetje bij de les blijven, hoor.'

Handgeklap uit uurwerkloos vervlogen tijden. Ik wierp een blik om me heen: alles bleek aangetast door blind toeval... niet alleen Albert en Corinne, ook mijn katten, de tuin, de goudenregen. Alleen de vogels zongen zoals ze waarschijnlijk miljoenen jaren geleden ook al gezongen hadden, geheel belangeloos, want er was nog geen menselijk oor om het gekwinkeleer op te vangen.

Ik begreep wel waarom de mensheid telkens weer een of meerdere Scheppers had aangewezen om al het bestaande te rechtvaardigen. Het Zijn schitterde immers oogverblindend van overbodigheid. De wereldbevolking zou allang uitgestorven zijn van schaamte en wanhoop als ze niet al het haar omringende aan een welbewuste, doelmatige scheppingsdaad had kunnen toeschrijven. Begrijpelijk dat de Schepper, of Demiurg, als onstoffelijk en onzichtbaar wordt voorgesteld: anders was Hij niets anders dan materieel onderdeel van zijn eigen Schepping, en zo schieten we niet op natuurlijk. Hele volkeren hebben hun God, al dan niet met offers, dankbaarheid betuigd voor Zijn inspanningen. Ik vermoed dat ze Hem stiekem als zondebok vereren: Hij is immers verantwoordelijk voor de ondraaglijke willekeur van al het bestaande. Laten we Hem in plaats van De Schepper De Zondebok noemen... of kortweg, zoals God in het Kroatisch heet, Bok... Bok de Willekeurvorst. Zijn rug is breed genoeg om al onze bittere verwijten te torsen. Nee, wij zijn zelf de vleesgeworden bezwaren op Zijn rug... en zo probeert Bok de Willekeurvorst Zijn bokkenrijders af te werpen, terwijl we met Hem langs de nachthemel jakkeren. Sterren vertellen ons met hun getwinkel hoe het zover kon komen. Zij hebben het begin van de Schepping nog meegemaakt, en getuigen om strijd dat er geen Schepper aan te pas kwam.

Ogenschijnlijk zit alles mooi in elkaar. Trap een salamander op de staart, en die groeit weer aan. Wonden raken gedicht. Kinderen worden geboren uit de blindheid van de liefde. Maar bij nader inzien is de *chaos* gebleven, met z'n onrechtvaardige ziekten en oorlogen. De Dood is een beul die willekeurig zijn klanten afwerkt, die geen andere veroordeling aan hun broek hebben dan hun eigen sterfelijkheid, met een vonnis dat op z'n best een gemiddelde levensverwachting vermeldt. Aan een hoog IQ heeft niemand iets als *die* kop vol kennis gaat rollen.

Bok de Willekeurvorst is niet meer dan een tegen-Schepping. Geen enkele hogere of lagere instantie is verantwoordelijk voor het heksenbrouwsel van slijk en eencellige vermicelli waaruit wij uiteindelijk zijn ontstaan. Het leven heeft zichzelf geschapen door blind voort te kruipen en zich in de zon te koesteren, net zo lang tot er scheuten aan kwamen en een begin van wintertenen in de ijstijd.

Geen idee waar ze het over hadden, maar Albert en Corinne bleven op z'n minst de *schijn* van een gesprek ophouden. Ik dacht: zie ons hier nou zitten te zitten. Ieder met onze eigen problemen, die net zo goed uit de voorwereldlijke wanorde voortkomen, maar waarin we hardnekkig enig systeem blijven ontwaren. Als we ons niet vastklampen aan onze zorgen, alsof ze echt bestaan, dan gaapt het grote Niets en zijn we nog verder van enige zin verwijderd. Laten we dus maar net doen of we invloed kunnen uitoefenen op onze in wezen fictieve problemen. Wij drieën zijn de spelers in een drama waarmee we ons bestaan optuigen. De dreigende neerslachtigheid hebben we ervoor over, alles beter dan helemaal *niets* te ervaren. Chaos heeft er soms een duivelse schik in zich als melancholie te verkleden – het schept de illusie van orde.

'Wat is er met je, Zwanet?' Dat was de overattente Albert weer. 'Te veel gedronken?'

'Laat me maar even. Ik zag het bliksemen van de oerknal, maar ben alweer op de terugreis.'

Het inzicht een minuut of wat op me laten inwerken. Straks zit ik me weer ouderwets menselijk druk te maken over futiliteiten. Trouwens, zo'n inzicht is ook een product van toeval en willekeur.

4

Langzaam werd het donker. Als er een stilte viel op de veranda, zag ik soms weer de dierlijk rondkruipende vrouw uit de Retiefstraat voor me, met achter zich het grauwe lichaam van de dode man, die zij leek te bewaken met dreigend gegrom. Albert had het door.

‘Mij hoef je niet te zeggen dat ik mijn werk niet mee naar huis moet nemen,’ zei hij. ‘Het ligt altijd al thuis. Maar jij, Zwan, doet er toch echt beter aan alle ellende achter je te laten als je bij de GG&GD weggaat.’

‘Dat lukt me over het algemeen aardig,’ zei ik. ‘Vandaag niet. Ik krijg het beeld van die verscheurde vrouw niet uit mijn hoofd. Misschien als ik in de gelegenheid was geweest om vanmiddag nog even bij haar te gaan kijken…’

‘Waarom bel je De Brouwerij niet even om te vragen wat ze met haar gedaan hebben,’ zei Albert. ‘Als ze in een isolatiecel zit, kun je misschien even via het deurluikje naar haar kijken.’

‘Als ik nu wegga, ligt de avond aan duigen,’ zei ik.

‘Misschien wil Corinne wel even met je mee… even controleren of alles goed is, en dan snel weer terug.’

‘Ja, best,’ zei Corinne opgewekt, maar met toch iets bedachtzaams: waar was ze nu weer in terechtgekomen? ‘Nu meteen?’

‘Rij voorzichtig,’ zei Albert. ‘Je hebt gedronken.’

We reden in mijn auto naar de Nieuwe Achtergracht. Het was nog niet helemaal donker, maar de lantaarns brandden. Koplampen, achterlichten… die hele wemeling wekte bij mij altijd een weemoedige verwachting zolang de schemering nog overheerste, alsof er aan het einde van de Van Baerlestraat, waar we met z’n allen naar onderweg waren en anderen alweer van terugkwamen, iets te gebeuren stond… geen verkeersongeluk of andere narigheid, maar iets heugelijks, waarvoor iedereen zou uitstappen. Open portieren, stationair draaiende motors. Er bestonden gelukkig altijd nog genoeg mensen die bereid waren op de rem te gaan staan om een eend met kuikens te laten oversteken. Daar, in de verte, waar de stadslichten als een dampende gloed boven een kruispunt hingen, was iets nog veel spectaculairders gaande… een liefdespaar op het soort halve tonnetje dat vroeger een verkeersagent een klein podium bood. Het koppel werd afwisselend beschenen door groen, oranje, rood en nu ook door de koplampen van de eerbiedig tot stilstand gekomen voertuigen. Er werd geapplaudisseerd.

'Met je hoofd nog bij die verwarde vrouw?' vroeg Corinne naast me. Ik voelde nu de uitstoot van haar lichaamswarmte binnen de omkapseling van de auto. Ook in haar geur had ik me in de openlucht niet vergist.

'Ik heb soms van die visioenen,' zei ik, 'daar is geen touw aan vast te knopen.'

'Misschien zijn ze aan mij wel besteed.'

'Zo gauw ik ze onder woorden probeer te brengen... foetsie.'

Ondanks het gevorderde uur had de portier, die ik goed kende, er geen moeite mee ons door te laten. En nadat ik uitgelegd had waarvoor ik kwam, samen met een vriendin: 'Ze hebben haar in een observatiekamer gestopt, met een *one way*. De 12. Je weet de weg, Zwanet. Voorportaaltje is open.'

We klikklakten op onze pumps door de verlaten gang.

'Best eng,' zei Corinne. Onder het buislicht zag ze nogal bleek, zeker na de oranjeachtige gloed die op de veranda uit de terrasverwarming over haar heen geschenen had.

'Je mag wel buiten wachten. Ik blijf maar kort binnen.'

'Nee, nu wil ik haar zien ook.'

We gingen de voorruimte van kamer 12 binnen. Ik drukte op een knop en het scherm voor de one way-spiegel zakte zoemend in een soort spouwmuur. In het vertrek stond een tafel met twee rechte, houten stoelen. Een derde lag met gebroken onderdelen op de vloer. Tegen een van de wanden bevond zich een verrijdbaar behandelbed met een aan flarden getrokken papieren loper erop. Misschien had de patiënte net onder het venster tegen de plint aan gelegen, want juist toen we dachten dat de ruimte leeg was, bewoog de vrouw uit de Retiefstraat zich op handen en voeten in de richting van de tafel. Corinnes adem stokte – net als trouwens die van mij, al wachtte ik me er wel voor om het te laten merken. Ik was die kanjer van *De stad en de holen*, weet je wel. Een onvervaarde veldwerkster.

'Wat is ze jong,' fluisterde Corinne. 'Bijna een meisje nog… maar wat is ze vreselijk toegetakeld.'

De jonge vrouw, gekleed in een lang blauw hemd, verplaatste zich naar het midden van de kamer, een beetje zigzaggend en met verende tred – althans, die manier van sluipen leek ze op knieën en ellebogen na te bootsen, als iemand die tegenover de visite houterig de gedragingen van de huiskat imiteert: 'Kijk, zo loopt ze… bazig en arrogant.'

Ze hield daarbij haar wervelkolom doorgezakt, zodat haar buik en borsten de grond raakten. Een moedige verpleegkundige was het blijkbaar gelukt om met watten gevuld verband rond knieën en ellebogen van het kruipende wezen te winden, omdat die dreigden tot bloedens toe open te schuren op het ruwe noppenvinyl. De windselen waren op twee plaatsen losgeraakt, zodat ze in lussen over een kuit en een onderarm hingen. Hier en daar lag een pluk watten.

Die ene stoel, had zij die vernield? Ik herinnerde me wat de uitbater van café Ape-Retief verteld had. Ze moest wel heel wat kracht in dat tengere lijfje bezitten, want een deel van de rugleuning was versplinterd. Soms zeeg ze met heel haar lichaam neer op de grond, met haar onderarmen vooruit, die ze dan beurtelings begon te likken – niet met snelle haaltjes als een kat, maar met lome tongbewegingen van de armholte tot voorbij de rug van de hand, waarna de vingerkootjes aan de beurt kwamen, met smakkende geluiden die door de luidspreker in het voorhalletje versterkt werden weergegeven.

Terwijl we zo ingespannen stonden te kijken, raakten onze handen elkaar per ongeluk. Het ging vanzelf: Corinnes pink haakte in die van mij, en zo stonden we daar korte tijd met verstrengelde pinkjes. Het had op den duur iets krampachtigs, als bij mensen die zeggen '*fingers crossed*' en dan hun verbogen vingers laten zien. We keken elkaar vluchtig aan, allebei met een verlegen lach. De pinken lieten niet meteen los, en het leek alsof ik die van mij bij het bevrijden verstuikte, in ieder geval licht verwondde aan een nagel van Corinne. We richtten snel onze aandacht weer op de zich wassende vrouw. Net als sommige katten die zo bezig zijn, liet ze zich snel afleiden, door een geluid op de gang misschien. Met de tong nog naar buiten ging het hoofd met een ruk omhoog, waarna de schoonmaakbeurt verder werd vergeten.

'Ze gedraagt zich als een dier in een kooi,' zei Corinne. 'Misschien wil ze er iets mee zeggen...'

De vrouw hervatte op knieën en ellebogen het volvoeren van haar strakke lemniscaten, inderdaad net als een gekooid beest, in de weinige ruimte tussen tafel en behandelbed die haar vergund was. Aandoenlijk was de lenigheid die ze op haar houterige motoriek probeerde te veroveren. Elke volgende draai leek haar beter af te gaan. Hier en daar verloor ze een pluk watten uit haar bandages. Zoals ze zich doelgericht voortbewoog, leek ze in de waan te verkeren dat ze op weg was naar een onontkoombare bestemming, en dat in rechte lijn, op een ononderbroken tocht. Ze droeg het hoofd daarbij laag tussen de schouders, schommelend, waarbij het hele lichaam enigszins van links naar rechts slingerde. Door haar kruipende gang was het lange hemd van ons huismerk tot boven haar heupen omhooggeschoven. Ze had er geen ondergoed onder aan: waarschijnlijk was het de verpleging niet gelukt haar een slip van weer een ander huismerk aan te trekken. Op een moment dat ze zich van ons af bewoog, en wij het volle uitzicht op haar billen en dijen hadden, hield ze even halt om te urineren. Ze richtte de straal schaamteloos naar achteren, waar een grote natte plek op de vloer ontstond. Ze kroop er na de volgende bocht gewoon doorheen, alsof het haar niet aanging. Verbazingwekkend hoeveel vocht een blaas kon bevatten.

'Ik wacht wel op de gang,' zei Corinne, die met een kneepje in mijn bovenarm langs me heen schoof. 'Zo meteen gaat ze zich nog ontlasten. Ik hoef daar niet per se getuige van te zijn.'

5

Op de terugweg in de auto was ik nogal zwijgzaam. Corinne dacht waarschijnlijk dat het door de verstrengeling van pinken kwam, want ze zei, toen we bij het Concertgebouw voor rood stonden te wachten: 'Zullen we het maar als een ongelukje beschouwen?'

Ik neuriede iets bevestigends, maar dacht toch voornamelijk aan het dierlijke gedrag van de gestoorde vrouw. We hadden haar in kamer 12 achtergelaten, opgesloten in een lichaam dat het hare niet was, afgesneden van haar eigen spraak. Ik had haar zo in de Retiefstraat aangetroffen, waar ze me bijna was aangevlogen en toen toch voor me terugdeinsde. De psychiatrische afdeling van De Brouwerij had het deerniswekkende geval binnengehaald als betrof het een uitzonderlijke verworvenheid. Mij lieten ze niet met haar in dezelfde ruimte. Ik had weinig fiducie in de psychiater die de afdeling leidde, dokter Burger. Het stoplicht sprong op groen. Ik maakte de draai over het kruispunt.

'Ik ken een psychiater,' zei ik tegen Corinne, 'die als enige raad zou weten met het geval. Een zekere dokter Patist... ooit van gehoord?'

'Zo heet, geloof ik, de *shrink* van schoonzoon Tib. Ik ben nooit in therapie geweest. Misschien doe ik mezelf tekort.'

'Het probleem is alleen... bij de GG&GD wensen ze geen adviezen van buitenaf. Of het moet van de politie zijn.'

'Vanavond hadden ze daar geen probleem met mijn aanwezigheid,' zei Corinne. 'Je zou die Paté, of hoe heet hij, kunnen uitnodigen om samen met jou een kijkje bij de vrouw te nemen. Als hij een diagnose bij de hand heeft, kunnen ze bij De Brouwerij daarop voortborduren.'

'O, nee, dan ken jij Patist niet. Een complete behandeling, geen gesjoemel. Hij heeft zelf een praktijk aan huis, en is ook nog verbonden aan een kliniek in 't Gooi. Hij strooit niet met gratis diagnoses. En als ik zeg gratis gaat het niet over geld, maar over vrijblijvendheid. Hij gunt het de mindere goden van het vak niet te pronken met *zijn* veren.'

6

Tegen het einde van de avond werd duidelijk dat Albert, met zijn anekdotes en wetenswaardigheden, het gesprek niet langer op gang hoefde te houden. Hij luisterde toe, haakte in op iets wat hij herkende, maar merkte al spoedig dat Corinne en ik zijn interrupties alleen uit beleefdheid toelieten. Hij mocht even uitpraten, en dan bogen zij en ik ons weer naar elkaar toe. Als Albert weer even ongevraagd aan het woord was, bleven Corinne en ik elkaar aankijken, zij met een ironische schittering in de ogen alsof ze zeggen wilde: laat maar lullen… ik ken de galop van zijn stokpaardjes. Eerder dan Albert was het de gin-tonic die onze conversatie smeerde.

Corinne stond een paar keer op om naar het toilet te gaan. Aan de vette vingerafdrukken op haar glas zag ik erna dat ze daar haar make-up had bijgewerkt. Zo veranderde het kristal langzaamaan in rookglas. Toen ze voor de derde maal verdween, betrapte ik mezelf op fantasieën die ik anders niet kreeg als iemand bij ons de wc bezocht. Mijn voorstellingsvermogen reikte nooit voorbij het aan de afzondering voorafgaande excuus. Nu zag ik in gedachten Corinne worstelen met de grote hoeveelheid stof van haar jurk, die door de kleine toiletruimte heen wolkte, om de pot en om haar heupen heen. Het was een reusachtige papaver die in ijltempo groeide, over de wastafel en tegen de spiegel op. In een voorlichtingsboek had ik op mijn twaalfde gelezen waarom vrouwen bij het plassen zo schurend ruisten: dat heeft met de samengedrukte stand van de schaamlippen te maken. De lectuur werkte bevrijdend – sindsdien probeerde ik me niet meer beschaamd in te houden als ik de indruk had dat er iemand vlakbij meeluisterde. Ons toilet op de begane grond was te ver van de veranda af om ook maar enig gerucht eruit op te kunnen vangen. Het moest iets te maken hebben met een algemene nieuwsgierigheid naar het intieme leven van beroemdheden: ik verbeeldde me het zangerige geruis, in de kern van de rode bloemkelk gesmoord, tot in de stille tuin te horen. Een klok die niet luidde maar fluisterde. Ik keek naar Albert, maar zijn oor scheen er niets van op te vangen. Hij leek diep in gedachten verzonken. Wat zag hij daar? Flarden van zijn stoutste dromen? Als ze niet aan zijn geestesoog voorbijdreven, dan wel aan het mijne. Hij dwong me als het ware woordloos om me voor te stellen wat hij van Corinne en mij verwachtte, althans verlangde, vergeefs of niet. Ik zag mezelf met Corinne samen, heel vaag, en manipuleerde het beeld zodanig dat ik ervoor terugdeinsde.

Gelukkig maakte de gaste, met haar terugkeer van het toilet, aan mijn kwelling een einde. Zij streek als een heel gewone vrouw van achteren haar jurk glad, en ging met een diepe zucht zitten, alsof haar adem door het lichaamsgewicht omhoog geperst werd om haar een zorgelijk air te geven. Ze keek me een beetje vermoeid glimlachend aan.

'Ik maak het echt niet te laat,' zei ze. 'Morgen die klus… de Catafalque Walk. Ik moet toch Kanaar eens op z'n falie geven. Hij neemt zomaar alles aan, en denkt daarbij vooral aan zijn eigen strijkstok, de hebberd. Ik wil de markt niet overvoeren met mijn derdegarnituuroptredens.'

'Je weet verdomd goed dat je geen derderangs bent,' zei Albert, die zich naar de keuken repte om de longdrinkglazen bij te vullen. 'Die slavendrijver van een Kanaar laat je reputatie kelderen.'

'Voor mij een halve, Albert,' riep Corinne hem na. 'En niet te sterk.'

Het was net of de avond door dit korte, vertrouwelijke tussengesprekje terug kantelde naar de sfeer van argwaan die ik aan het begin ervan bemerkt had. Hoe vaak maakte Albert een gin-tonic voor haar klaar, waarbij zij hem maande niet te kwistig met de sterkedrank te zijn? Moest hij haar geregeld geruststellen over de neergang van haar carrière, en dat die wel meeviel... en liet Corinne zich de sussende complimenten maar al te graag welgevallen? Op die manier monterde meneer mij nou nooit 's op. Ik had überhaupt geen carrière, van wat voor garnituur ook... nooit gehad ook.

Corinne moest gemerkt hebben dat ik even inzakte: misschien gleed er wel zoiets als een schaduw over mijn gezicht. Ze keek me aan en schudde, de ogen heel even neergeslagen, haar hoofd, alsof ze wilde zeggen: neem wat hij zegt en doet niet al te serieus. Uit de keuken klonk een voor mij bekend geluid, maar Corinne schrok van de gewelddadigheid ervan. We betrokken ons ijs altijd vers gefabriceerd van de supermarkt, waarna de blokken in ons vriesvak aan elkaar vastvroren. Het was zaak met de plastic zak er nog omheen een harde klap op het aanrecht te geven, zodat de klonten gescheiden werden. Het riep bij mij altijd de associatie op met een voor het kerstmaal bestemd konijn, dat vastgehouden bij de achterpoten met z'n kop op de aanrechtrand wordt doodgeslagen – ik weet ook niet waarom, want bij ons thuis werd wild nooit op die manier bereid.

'Het is maar ijs,' zei ik.

Corinne wierp een snelle blik over haar schouder richting keukendeur, en boog zich toen naar me voorover. Ze nam mijn hand. 'Ik kan je niet zeggen, Zwanet, hoe erg ik van deze avond genoten heb. Ik had me jou heel anders voorgesteld...'

'Zeker op grond van wat Albert over me verteld heeft.'

'Hij heeft nooit een kwaad woord over je gezegd. Hij houdt als een waanzinnige van je.'

Om de hoek werden nog steeds diepgevroren konijnen aan barrels geslagen. Zoals Corinne mijn verkilde pootje tussen haar warme handen hield, niet klemvast maar strelend, voelde ik een grote zoetheid in me opstijgen, alsof ik te veel gesuikerd gebak had gegeten en een lichte, niet onaangename misselijkheid ervoer, die zich door het hele middenrif verspreidde. Nog steeds viel niet uit te sluiten dat er een deel walging bij kwam kijken, omdat ik meende een blik te hebben geworpen in de intieme omgang van mijn echtgenoot met zijn 'beste goede vriendin'.

7

Albert gooide iets in de pedaalemmer, en het deksel kwam met een zingende klap neer. Het geluid klonk door de achtertuinen als een bekkenslag, die vogels klapperend deed opstijgen uit de klimop. Thjummi gebruikte de vuilnisbak soms, door het pedaal ritmisch in te drukken, als voetcimbaal bij zijn gitaarspel.

'Nee, mam, zo'n instrument heet een hihat.'

Hij verwijderde wel eerst de plastic binnenemmer, om de begeleiding een betere akoestiek te geven. Sinds een paar maanden verbood ik hem het ding als *high-hat* te gebruiken. Ik kon niet meer tegen het geluid. Albert was er in een huishoudelijke bui mee aan komen zetten, en ik zocht nog naar een goed excuus om het verchroomde geval af te danken.

Op een avond afgelopen winter liep een toneelrepetitie waar Albert als regisseur bij betrokken was tot na middernacht uit. Ik had een van zijn favoriete gerechten klaargemaakt (*confit de canard* met alles erop en eraan). Het eten stond over verscheidene pannen en potjes verspreid op het fornuis: hij hoefde de maaltijd bij thuiskomst alleen maar op te warmen. Ik had de keukentafel voor hem gedekt – nee, niet met een kaars en een bloemetje erbij, maar wel met op het bord, lintje eromheen, een opgerolde brief. '*Je zult wel honger hebben, liefste. Zet de pit onder de eend niet te hoog, want dan droogt hij uit. Ik heb de sinaasappelsaus in een apart bakje gedaan: die wordt vanzelf wel warm op het vlees. Smakelijk, liefste. Ik ben trots op je werk. Maak me gerust wakker voor een nachtknuffel, dan doe ik lekker geen oog meer dicht. Je lelijke Zwaantje…*’

Diep in slaap hoorde ik hem niet thuiskomen. Ik ontwaakte door de bekkenslag van de pedaalemmer, die als de voetcimbaal van een echte drummer door het stille huis klonk, maar dan eenmalig, als aankondiging van een drumsolo die niet kwam. Ik zat rechtop in bed en hoorde Albert op de begane grond rondscharrelen. Hij sloot de keukendeur, en ging op kousenvoeten de trap op. Het luide neerklappen van het deksel moest een vergissing zijn geweest, al helemaal niet bedoeld om mij te wekken. Had hij het eten opgewarmd, met smaak opgegeten, en een restant in de afvalemmer gegooid? Of had hij de hele zorgvuldig bereide maaltijd weggemieterd, omdat… hij al gegeten *had*?

Albert kleedde zich in het donker uit. Ademde hij zo zwaar van het trappenklimmen, of was er drank in het spel? Hij schoof naast me in bed, en stootte daarbij, niet voor het eerst, met zijn arm tegen het gietijzeren sierwerk van het hoofdeinde, wat een lichte nagalm leek te geven van de *high-hat*. Zijn adem rook naar rode wijn en knoflook, wat me bevreemdde, want op zijn verzoek verwerkte ik geen knoflook in het eten als hij de volgende dag een afspraak had staan… wat inderdaad het geval was: meer repetities. Ik hield me slapende, maar zorgde er wel voor dat mijn blote schouder boven het dek uitstak. Hij drukte er niet zoals anders een kus op. Ik voelde dat hij op een elleboog steunde, met zijn hoofd vlak boven het mijne, en hoorbaar aarzelde of hij nog iets zou zeggen. Hij draaide zich om.

‘Heeft het nog een beetje gesmaakt?’ vroeg ik.

‘O ja… heerlijk. Voortreffelijk.’

‘*Wat* was er zo lekker?’

‘Nou, wat je voor me had klaargemaakt… wat anders?’ Opeens, ik voelde het zelf niet aankomen, moest ik huilen – niet zachtjes in het hoofdkussen, nee, met luide, snikkende uithalen. Het schokken deed pijn, ergens tussen mijn schouderbladen.

'Zwanet, wat is er nou... waar komt dat verdriet plotseling vandaan? Iets gebeurd?'

Hij schudde aan mijn schouder.

'Ik hoorde het deksel van de pedaalemmer. Ik dacht even dat... dat je het weg had gegooid... de confit en zo.'

'Schei uit, zeg... dat zou ik nooit doen.'

Ik had voor het slapengaan oude verhalen van Carmiggelt liggen lezen. Ze kwamen 's nachts in mijn dromen tot leven. De schrijver gooide op verzoek van zijn vrouw met val en kaas en al een dooie muis in de pedaalemmer, die net geleegd was, zodat het kleine schavot compleet met lijkje van de terdoodveroordeelde via een holle klap op de bodem belandde. In de loop van de dag raakte de vuilnisbak weer vol met groenteafval, oud brood, kaaskorsten, en Carmiggelt, doorgroefd en gelig, riep vol wroeging uit: 'Moet je zien... alles wat hij in bescheiden mate begeerde, wordt nu in exorbitante hoeveelheden over hem uitgestort... nu hij dood is, en er niet meer van kan genieten. Onze overvloed is onze schande.'

Het komt zelden voor dat een droom mijn gedrag overdag beïnvloedt. Ik stond vroeg op en ging naar de keuken. De pedaalemmer was leeg en van een nieuwe plastic voering voorzien, waar alleen een papieren servet in lag met oranje vegen van de sinaasappelcompote. In de koelkast waren geen resten van de maaltijd opgeslagen. Op het fornuis leeggeschraapte pannen. Bord en bestek, ook de opscheplepel, bevonden zich schoon in de afwasmachine: bij het openen van de klep walmde me een lauwe vaatlucht tegemoet. Was Albert midden in de nacht opgestaan om het afgedankte voedsel elders te gaan weggooien, in een afvalcontainer of zo? Hij had het eten toch in tupperwarebakjes kunnen doen voor de volgende dag, met het excuus dat hij 's nachts zonder trek thuis was gekomen?

Anton Heyboer had in zijn jonge jaren ooit op de markt van

Haarlem twee kreeften gekocht, en die in koud water op het vuur gezet. Toen het warm werd in de pan, wilden de dieren er wel eens uit: hun scharen verschenen boven de rand, ogen op steeltjes keken de kunstenaar priemend aan. Zelfs een deksel hielp niet: ze tilden het in hun nood gewoon op. Daarop bleef de etser niets anders over dan het gas op de hoogste stand te draaien, en met zijn ellebogen op het deksel te leunen totdat het vonnis voltrokken was. Om het offer een soort absurde zin te verlenen at hij vervolgens de beide kreeften met pantser, scharen en sprieten en al op, waarna hij zich naar het huis van zijn vriend Harry Mulisch spoedde en daar na het opengaan van de deur zijn maaginhoud over de stoep braakte.

Heel even stond ik in mijn peignoir de illusie te koesteren dat Albert in het holst van de nacht was opgestaan om de weggegooide maaltijd uit de pedaalemmer op te vissen en er, met wroeging als vervangende eetlust, *alles* van te verorberen, tot en met de botjes van de eend en de schelpen van de coquilles Saint-Jacques. Als dat zo was, lag dat alles nu zwaar op zijn maag te gisten zonder te verteren. Toen hij even later opstond, was er niets van te merken dat zijn geweten in de vroege ochtend voor de methode-Heyboer had gekozen. Hij gaf me een ochtendkus. Zijn knoflookkegel begon al een beetje te verschalen.

'Ik dacht dat jij nooit knoflook bliefde als je met de crew moest repeteren,' zei ik.

'Ik weet niet wat er in de broodjes zat die ze in de pauze lieten komen.'

'Had je na die *late night snack* nog trek in mijn eend?'

'Luister, Zwanet... vroeger op school zag ik wel eens een klasgenoot zijn middagboterham weggooien... uiteraard na een vluchtige blik op het beleg. Ik vond dat zo verschrikkelijk dat ik wel kon janken... ik zag dan altijd de zorgzame, brood smerende moeder voor me, in een heel wat smoezeliger peignoir dan jij nu draagt. Ik had namelijk thuis zelf zo'n mama. Eten, daar spot je niet mee, zeker niet als het door een liefdevolle hand is klaargemaakt.'

Ach, nou ja, als hij die nacht de moeite had genomen om het voedsel ergens in een vuilcontainer een straat verderop te gaan kwakken, dan was het nog altijd uit schaamte en om mij geen pijn te doen. Mocht een vrouw van de liefde meer verwachten? Ik doorzocht nog even vergeefs zijn zakken op restaurantbonnen, maar liet het er verder bij. Alleen de bekkenslag van het pedaalemmerdeksel, die kon ik niet meer horen, dat was me te veel. Als ik zelf iets moest weggooien, hield ik het deksel bij het dichtvallen voortaan een moment tegen, om het dan geluidloos neer te leggen.

'Hè, mam, toe nou... andere jongens hebben allang een drumcomputer, en ik mag niet eens de *high-hat* in de keuken gebruiken.'

'Geen sprake van. Wegwezen nou.'

Nu ik begreep dat Corinne Suwijn en haar man naast een huis met Japanse tuin in Mierlo een pied-à-terre aan de Amsterdamse Koninginneweg bezaten, en dat zij daar voor een klus in de regio nogal eens alleen verbleef, begon de nagalm van de voetcimbaal me toch weer anders in de oren te klinken... scherper vooral, minder muzikaal, de hese kreet van een vogelverschrikker. Vanavond had Albert een paar keer achter elkaar iets weg te gooien.

'Kan het niet wat minder, Alp... je lijkt Nikkelen Nelis wel.'

8

De bekkenslag bleef in mijn hoofd nazinderen. Het was geen galm eigenlijk, maar een hoog metalig zingen, doorklinkend tot in de stem van Corinne Suwijn. Als we onze stoelen verschoven, steeg het schelle geluid van de veranda op, zonder zich door de zonneschermen te laten dempen: die waren poreus genoeg om het geluid door te laten… tot diep in de hoge, heldere sterrenhemel. Naarmate de drank vloeide, namen steeds meer voetcimbalen bezit van de wereld. Ik herinnerde me van Led Zeppelin het nummer 'Whole Lotta Love', met daarin een intermezzo waarin niet veel meer dan een ritmische *high-hat* te horen was… voordat de donderslagen van de drums eroverheen beukten.

We zaten zo druk te praten, vooral Corinne en ik, dat als het gesprek even stilviel, we met een verlegen grimas naar de gevederde vrienden in de schemering bleven luisteren. Vlakbij in de klimop zond een winterkoninkje zijn schelle, metalige klanken de wereld in. Ik ben geen vogelspotter, maar van die kleine herrieschopper kende ik toevallig de naam.

'Dat noem ik geen fluiten meer, maar een vorm van geweldpleging,' zei Corinne. 'Ik krijg er de rillingen van.'

'Het doet me altijd denken,' zei ik, 'aan twee theelepeltjes die tegen elkaar getikt worden… zodat de bolle kanten ketsen.'

Ik maakte met mijn vingers een kleppergebaar, zoals ik het vroeger de jongens in mijn buurt had zien doen, maar dan met houten kleppers.

'Dat deden ze bij ons vroeger in Mierlo ook,' zei Corinne, 'maar nooit met lepels.' Het winterkoninkje wist van geen ophouden. 'Allemachtig, het werkt op mijn blaas.'

'Anders bij mij wel,' zei ik. 'Ga jij maar eerst.'

Albert keek bevreemd op toen ik kort na Corinne opstond en via de bibliotheek de gang in liep, om daar ongeduldig mijn beurt af te wachten… of was hier sprake van een andere aandrang dan een geprikkelde blaas? Ik luisterde met ingehouden adem naar de geluiden die ze maakte. Het geruis van haar natuurlijke behoefte, dat mij opeens als ondraaglijk intiem voorkwam. Het vallen van de laatste druppels. Een heel licht, onverstaanbaar gemompel, dat naar de klank te oordelen zowel iets tevredens als iets verwijtends had. Het afscheuren van papier… dan het geritsel van kleding, het doorspoelen en de handwassing. Toen het slotje van BEZET naar VRIJ werd gedraaid, vluchtte ik zonder veel gerucht naar het begin van de gang, profiterend van de spoelbak die zich vulde. Corinne, niet verbaasd, keek toe hoe ik zogenaamd zonder haast aan kwam gelopen, en hield galant de deur voor me open.

'Het winterkoninkje bezorgt jullie een hoge waterrekening,' zei ze glimlachend. 'Ik zie je zo wel weer.'

Ik wist niet hoe gauw ik op de bril neer moest zijgen om nog iets te voelen van de warmte die ze erop had achtergelaten. Haar geur hing er ook nog – een mengsel van make-up, een niet opdringerige eau de toilette en haar eigen lichaamsodeur met iets kruidigs in de ondertonen. In mijn haast en opwinding bij het zitten gaan had ik vergeten mijn broekje naar beneden te stropen, zodat ik me even later boven moest gaan verschonen.

Ik koos nu voor de la met de zo goed als nieuwe slips. Rekende ik erop dat Albert zijn driekantige droom, waar ik ook maar een slag naar sloeg, vanavond nog waar wilde maken? Ik kon maar beter op alles voorbereid zijn. Ik bekeek mezelf in de spiegel boven de wastafel, en vond mijn gezicht buitengewoon flets en banaal na urenlang naar de geraffineerd geschminkte Corinne te hebben gekeken. Ik begon me op te maken, maar mijn vingers trilden zo dat het een knoeiboel werd, die ik telkens weer moest wegvegen met *remover*. Ik vervloekte mezelf nu nog erger dan ik aan het begin van de avond had gedaan, toen ik besloot me ongeverfd aan de vijand uit te leveren. Een vriendin en ik bedachten ooit het werkwoord 'rimmelen' voor mascara die de neiging had te klonteren bij het opbrengen. Onder mijn geklungel stolde de mascara zo erg dat mijn wimpers er topzwaar van werden, en mijn ogen een half geloken aanblik boden.

'Wat zie ik aan jou?' vroeg Albert toen ik me op de veranda weer bij hem en Corinne voegde.

'Niets... als je het zelf niet ziet, kan het ook niets zijn.'

Ik wenste hevig dat ik mijn gezicht de hele avond naturel gelaten had. Nu was het net alsof ik Albert, door een masker op te zetten, het sein gaf dat hij zijn bronstige plan door kon drukken. Corinne zei niets over mijn make-up, die haar als expert wel *moest* opvallen, vooral de rimmelige slordigheid ervan. Ik voelde me als een hoer die nog wat bij haar pooier blijft dralen alvorens de baan op te gaan.

Corinne had tijdens mijn afwezigheid een sigaret opgestoken, waarvan de rook, ondanks haar handgewapper, hardnekkig mijn kant op bleef drijven. 'Sorry, maar ik hield het niet langer. Zullen we van plaats wisselen?'

'Ik vind het lekker om het af en toe op te snuiven. Ik heb zelf een half mensenleven als een waanzinnige gerookt.'

'Als je een methode hebt om ervan af te komen, dan hou ik me aanbevolen.'

'Ligt eraan wat je ervoor overhebt.'

'Financieel, bedoel je?'

'Nee, qua kwelling... de hele marteling.'

'Alles.'

'Dat zeg je *nu*. We zullen zien.'

9

Als zich aan het begin van de avond nog af en toe een bries verheven had, dan ging die nu definitief liggen. Het werd bladstil. Minder vogels lieten zich horen, maar die er nog waren, floten scheller. De schemering verdichtte zich, en nog was het niet helemaal donker.

'De zwaluwen vlogen daarnet hoog,' zei Corinne, naar de hemel kijkend. 'Volgens de fruittelers vroeger bij ons in Mierlo betekent dat: morgen net zulk mooi weer als vandaag.'

'Laten we hier dan maar blijven zitten,' zei ik. 'Deze stoelen kunnen een heel eind achterover. In de bibliotheek liggen nog de paardendekens van onze laatste verhuizing.'

'Bij zonsopgang ontbijten als Churchill...' zei Albert dromerig. 'Met champagne en cognac en spiegeleieren met spek. Hij is er bijna honderd mee geworden.'

'Morgen moet ik fit zijn,' zei Corinne. 'Als ik die schnabbel laat schieten, doet Kanaar me iets aan... dan schiet ook zijn commissie erbij in.'

'Ik zag die man voor het eerst op het feestje van jouw achttiende verjaardag,' zei Albert met trage stem. 'Hij kwam jouw ouders zijn diensten aanbieden. In feite onderwierp hij jou aan zijn regime. Hij maakte snel promotie van vazal tot tiran... van slippendrager tot keizer zonder kleren. Nu, bijna dertig jaar later, ben je nog steeds de slaaf van zijn agentschap. Onbegrijpelijk dat je die profiteur nooit hebt ontslagen.'

'Hij heeft ook veel voor me betekend. Ik ben nu eenmaal een trouw iemand.'

'Kanaar kan dat misschien beamen,' zei ik. 'Hans Krop ook?'

'Gedaan met de zwaluwen,' zei Corinne, die zich rekte om onder het zonnescherm door naar de hemel te kijken. 'En jawel, hoor... daar komt de eerste vleermuis zijn radar uitproberen.'

Het was duidelijk dat ze van de onderwerpen Kanaar en trouw af wilde. God weet wat voor rol de manager gespeeld kon hebben tussen Corinne en Albert. *Go-between? Postillon d'amour?* Ik voelde weer onbehagen en vijandigheid in me opkomen. Ze moesten bij al hun groezelige praktijken wel van mijn man afblijven. Ik wist niet precies waarom, maar op dat moment zag ik de gang van de benedenverdieping in de Retiefstraat weer voor me, met de vrouw die het kadaver als een beest bewaakte.

'Sonar,' corrigeerde Albert. 'Ze vliegen op gehoor... de terugkaatsing van hun eigen gepiep. Zo botsen ze nergens tegenaan.'

'Die vent van jou is onverbeterlijk,' zei Corinne, gemaakt scheel kijkend. 'Nu moet ik mijn hele visie op de natuur weer omgooien. Vleermuizen doen me altijd aan uit de hel ontsnapte duivels denken… vroeger als meisje al, toen ik ze over de kersenbomen zag scheren. Ze komen me halen, dacht ik dan. De engelen konden me niet vinden… de Lucifers wel.'

'Was er een reden,' vroeg ik, 'dat de engelen je links lieten liggen… en je aan de duivels overlieten?'

'Er *moet* een reden zijn,' zei Corinne. 'Ik zoek er al mijn hele leven naar. Soms heb ik het gevoel dat ik er heel dichtbij ben… zoals vanavond.'

Er viel opnieuw een stilte, en ik had het gevoel dat ik het moment waarop de duisternis haar laatste bleekheid verloor en volledig nachtblauw werd, kon aanraken.

'Als jongetje werd ik ervoor gewaarschuwd dat vleermuizen soms op je hoofd neerdalen, en zich dan in je haar vastzetten,' zei Albert. Hij keek omhoog, maar zijn blik volgend wist ik zeker dat die op de onderkant van het zonnescherm stuitte. Hij deed me denken aan de twee romantische jongelingen bij Heinrich Heine die elkaar dweepziek eeuwige vriendschapstrouw zweren voor een naar de maannacht openstaand venster, dat bij nader inzien een wandkast blijkt.

'Ik herinner me een bezoek met jou aan de Kleine Ark van Noach,' zei Corinne. 'Een binnenvaartschip vol dieren… het meerde eens per jaar aan in het kanaal van wat jij later de gevarendriehoek noemde. In een donker gedeelte van het vooronder hing een groepje vleermuizen ondersteboven aan het plafond. We waren tien en elf. Ik droeg nog vlechten. Je waarschuwde me voortdurend… dat ik niet te dicht bij de kooi mocht komen, omdat die beesten anders naar mijn haar grepen. Om van je gezeur af te zijn heb ik toen een van mijn vlechten door het gaas gestoken. Er gebeurde niets… ze sliepen. Jij stond met je rug naar de apenkooi. En wat denk je? Een van de chimpansees greep met zijn vingers in je haar.'

'Mijn moeder stuurde me niet vaak naar de kapper, dat klopt… maar dat van die aap staat me niet zo goed bij.'

'Mij wel. Hij liet niet meer los. Je stond met je rug tegen de tralies, hoofd achterover... je kon je van het ene moment op het andere niet meer bewegen. Het is zonde dat ik het zeg' (Corinne schoot in de lach) 'maar de rubberen vingers van die aap leken wel een soort zwarte papillotten... hij wilde je een krullenkop bezorgen... een permanentje. Het zal wel een vertekening door de tijd zijn, maar voor mijn gevoel stond je daar onbehoorlijk lang. De tranen stroomden over je wangen... je kon niet eens snikken, want bij het minste knikje van je hoofd deed het extra pijn. De aap zat rond te kijken alsof het hem niet aanging. Uiteindelijk heeft de schippersvrouw je bevrijd... door een voor een de vingers van het dier terug te buigen, wat niet zomaar ging. Er waren hele plukken uit je haar.'

Albert schudde misnoegd zijn hoofd. Hij had heroïscher herinneringen van zijn jeugdliefde verwacht.

En ik: 'Alp, je vertelde ooit dat een buurjongetje uit de gevarendriehoek altijd riep: "Lullie hebbe nete." Misschien had het ventje toch gelijk, en wilde die aap je alleen maar vlooien.'

Toen kregen Corinne en ik pas echt de slappe lach, wat toch anders klonk dan bij Ella Fitzgerald in 'Yellow Basket'.

10

'Nu moet ik er echt vantussen,' zei Corinne, eerder opspringend dan opstaand, en dat midden in een kort betoog van mij – al weet ik niet meer waar het over ging, alleen dat ik onaangenaam getroffen was door haar onderbreking. 'Morgen de Catafalque Walk. Beetje toonbaar zijn... ik moet zelf de pier op.'

Haar stem klonk een beetje onvast, niet onsamenhangend. Waarschijnlijk omdat ze te abrupt overeind was gekomen, wankelde ze, en bijna was ze weer achterover in haar stoel getuimeld. Albert wilde haar te hulp schieten, maar ze leunde al zwaar op mijn schouder, zodat ikzelf niet meteen op kon staan.

'We hebben een logeerkamer,' zei Albert. 'Dat scheelt een riskante fietspartij midden in de nacht. Zwanet is morgen vrij... die brengt je dan met de auto waar je wezen moet. Ik word bijgelovig van dat katafalkgedoe.'

'Thuis ligt het draaiboek... dat moet ik vannacht of morgenvroeg nog doornemen.'

Dat van die logeerkamer hadden ze eventueel tevoren kunnen afspreken, maar nee, mijn argwaan leed nederlaag op nederlaag. Ze leken te goeder trouw, kuiser en behoedzamer misschien dan waar ik in mijn eigen wensdenken op gerekend had.

'Het blijft voorlopig zomers weer,' zei Albert. 'Als het zondag ook nog mooi is, zouden we met z'n drieën kunnen gaan wandelen in het Amsterdamse Bos.'

Onmiddellijk was het wantrouwen er weer. Een onschuldig voorstel... of kwam het van een drammerige doordouwer, die zijn speelveld wilde verruimen van een kleine achtertuin naar een donker woud?

'Nou... zaterdag komt Hans naar Amsterdam,' zei Corinne. 'Misschien wil hij iets gaan ondernemen. Ik bel er nog over.'

11

Albert en ik lieten samen onze gaste uit. De warmte van de dag was in huis blijven hangen, en daarom lagen de katten op de koele marmeren vloer van de gang. Anders zo beducht voor mensenvoeten bleven ze nu, loom en volgevreten, op hun plaats. Toen Corinne er eentje sierlijk probeerde te ontwijken, struikelde ze bijna over de andere, die na een por van haar schoenpunt wegvluchtte, de trap op. Ze wankelde, en Albert greep haar vast bij de bovenarm.

'Oeps, dat krijg ik nou altijd van tonic in mijn gin.'

Hij leidde haar door de tochtdeuren de kleine hal in. 'Vergeet je gitaar niet.' Thjummi had het instrument terug in de hoes gedaan en onder de kapstok gezet, waar haar korte jas hing. Albert haalde de voordeur van het slot, maar zo met z'n drieën in de kleine ruimte was het er te vol om hem helemaal open te doen. Lichamen schuurden ongemakkelijk langs elkaar, al helemaal toen Corinne haar jas probeerde aan te trekken.

'Wacht even.' Ik duwde de deur weer dicht, maar dan zo dat hij niet in het slot viel. 'We nemen fatsoenlijk afscheid.'

'Doe gerust,' zei Albert. 'Als jullie me nodig hebben... ik zit op het terras met een laatste sip.'

Hij omhelsde Corinne zoals een broer het zou doen, met drie zoenen die half de wang en half de lucht raakten. 'Het was me een genoegen om de Kersenkoningin in eigen persoon te ontvangen.' Ik merkte nu pas hoe aangeschoten hij was. 'En... eh... sterkte thuis. Hou je goed, het einde is in zicht... of het begin. Als het je te veel wordt allemaal, bel gerust... mij of Zwanet, maakt niet uit. Toch, Zwan? En die boswandeling met z'n drieën, die gaat er komen, zeer binnenkort. Houdt u de nadere mededelingen op het prikbord in de gaten.'

Albert stootte ruggelings de tochtdeuren open en verdween achterwaarts, met overdreven buigingen, door de gang richting keuken en koelkast. *Als jullie me nodig hebben...* Ik vroeg me af of hij de hele ranzige film, met preproductie en al, bij voorbaat in zijn hoofd had zitten. Gek dat je zelfs je eigen echtgenoot niet goed genoeg kende om te weten hoe ver hij kon gaan in doortraptheid. Hij had zelf, in zijn studententijd al, een theorie ontwikkeld, 'Scheiding der Geesten', die moest aantonen dat het ene bewustzijn zich nooit met het andere kon mengen. Hij had het me ooit, om indruk te maken, geprobeerd uit te leggen, maar ik vermoed dat de vergeefsheid van zijn poging een bewijsstuk te meer vormde dat ons beider geesten gedoemd waren gescheiden te blijven.

'Nou, dan ga ik ook maar,' zei Corinne. Ze hing haar gitaar op de rug, en verschoof de draagband van het foedraal een paar keer over haar boezem, omdat die niet lekker zat... of om tijd te rekken. Ze trok de deur een stukje verder open, en stak er haar voet achter. Ze zag bleek, door de drank of iets anders. Ze legde een hand op mijn schouder, warm en gewichtloos, en fluisterde: 'Zwanet, ik had nooit verwacht dat het zo fijn zou zijn. In het begin dacht ik nog: dit gaat de verkeerde kant op… het loopt helemaal fout af. Nu heb ik het gevoel dat ik er… nou ja… een vriendin bij heb.'

De laatste zinswending klonk bijna vragend, dus ik haastte me te zeggen: 'Ik ook.'

'O, gelukkig.'

Ze keek me zo innig aan dat ik er bleek van wegtrok. Ik voelde mijn voorhoofd koud worden alsof er een zak met ijs op mijn kruin rustte, en de kilte zakte via de wangen naar mijn kaken, die verstrakten alsof hun spierweefsel uit hard, uitgedroogd elastiek was vervaardigd. Corinne verplaatste haar warme hand naar mijn nek, en trok me zo naar zich toe. Als er van twee mensen gezegd wordt dat ze elkaar 'vol op de mond kussen', wordt doorgaans een tongzoen bedoeld. Ik durf te beweren dat Corinne en ik elkaar vol op de mond kusten… zonder dat er tongen aan te pas kwamen. Het maakte de omhelzing er niet eleganter op. Het enig harmonieuze bestond eruit dat we niet voor elkaar onderdeden in klunzigheid. We duwden met gretige mond elkaars lippen omhoog en omlaag, maar hielden allebei onze tanden stevig opeengeklemd, zodat de tongen tegen de achterkant ervan stootten als om een doorgang te forceren. We hebben er later nooit meer over gesproken, maar ik denk dat het platte *angst* was die ons remde: de vrees voor wat het allemaal met zich mee zou brengen als we ons lieten gaan.

'Wacht even, mijn voet slaapt.' Corinne maakte haar onderbeen los van de drempel, en de zware deur zeeg met een zucht dicht. 'Hou me stevig vast, Zwanet, anders val ik om… net of ik een houten pulpbeen heb.'

En daar gingen we weer. Onze lippen schoven vaneen, en onze voortanden tikten tegen elkaar met een hardheid die elke tederheid leek te weerspreken. Het was een krampachtige kus van stijve kaken en kletterend glazuur, waar speeksel tussendoor sijpelde. Ik kreeg het beeld voor ogen van een stel schedels die met ontblote tanden star tegen elkaar gedrukt staan. Niettemin was het de heerlijkste kus ooit. Haar lippen bleven ook in opgerolde staat vol en week en zoetig. Nee, die smaak kwam vast niet van de gloss, want ik meende zeker te weten dat ze zulke nepvernis vanavond niet over haar lipstick gedragen had.

Wat *was* dit? Het leek alsof elke vezel, kort dan wel lang, zich in me samentrok. Gevoelige zenuwstrengen die voerden van mijn tepels naar mijn liezen, of vice versa. Nooit eerder zo ervaren. Ik zag mijn lijf voor me als op zo'n anatomische plaat van de kunstacademie, met openliggende spieren in roodbruine banen, de huid gestript ten gerieve van de modeltekenaar. Als ik mijn beven probeerde in te houden, had dat geen zin, want Corinne beefde gewoon door, tegen mij aan. Onze monden lieten elkaar los. We hijgden allebei een beetje.

'Mijn voet slaapt niet meer, maar... tjiezes, ik sta te trillen op mijn benen. Ik heb dit nog nooit gedaan, met geen enkele vrouw. Jij?'

'Nee, want ik begin altijd meteen te tongzoenen... sorry, grapje. Nog nooit, ik zweer het je. Is dit wel oké?'

'We rillen allebei... zonder verhoging.'

'Geen koorts? Ik zou er maar niet zo zeker van zijn.'

We bleven elkaar met getuite lippen van die kinderlijke vlinderkusjes geven. Ik hield mijn armen onder haar openhangende suède jasje geschoven, en drukte haar op het ritme van het zoenen tegen me aan. Haar lichaam, gehuld in die ruime rode jurk, katoen met iets flanellerigs, veerde verrukkelijk mee. Nu er geen gevaar meer bestond dat we onze mondholtes aan elkaar zouden blootstellen, lieten we onze adem de vrije loop. Ik zoog de hare diep in me op, alsof ik er een voorraadje van in mijn voorhoofdsholte wilde opslaan. Er kwam een zin van Elsschot bij me op: 'Zij begon uit de adem te ruiken.' Wie na zoveel witte wijn en gin als zij gedronken had een geur van kersenbloesem wist voort te brengen, die mocht nog eens terugkomen. Ondertussen maakte ik me zorgen om mijn eigen uitstoot.

'Stink ik naar de Pouilly?'

'Ik ruik de bospaddenstoelen van de streek rondom het château,' zei ze met verneukeratieve ernst. 'Een zweem van hars en truffel ook… en als ik me niet heel erg vergis, hebben de ranken in rode aarde gestaan. Ik proef iets Australisch.'

Ze maakte zich van me los, en stootte daarbij met haar gitaar tegen de deur. Uit de hoes klonk een doffe galm op.

'Wat fijn,' zei ik, 'dat je me op de valreep nog even een aubade brengt. Ik kan ook boven op het balkon gaan staan.'

'Luister, Zwanet,' zei ze ernstig. Ze legde heel teder haar vlakke hand tegen mijn wang, en streelde met haar duim via kleine haaltjes vlak onder mijn oog, alsof ze daar traanvocht wegveegde. (Ik huilde niet.) 'Dit was heerlijk, maar… niet voor herhaling vatbaar. Je zult het met me eens zijn. We kunnen het ons niet permitteren om onze levens nog verder op hun kop te zetten. Toch? Het is zo allemaal al ingewikkeld genoeg.'

Het stak me, maar wat verwachtte ik dan? We hadden elkaar onze gevoelens bekend… dit hoefde geen afscheid voorgoed te zijn. Ik hield me groot.

'Als je de *hele* wereld ondersteboven hangt, dan is de toestand toch weer min of meer in evenwicht.'

'Wow… wil je me dat tegeltje nasturen?'

Eindelijk kon de deur wagenwijd open. Haar fiets stond net om de hoek van het portiek. Ze maakte het kettingslot open, en hing het aan het stuur, alles met de onhandigheid van iemand die flink in de war is.

'Heb je licht?'

'Alleen achter… goed dat je het zegt.' Aan haar stem merkte ik dat *zij* degene was die huilde. Ze trok een soort rouwband uit haar jaszak, en bevestigde die rond haar bovenarm. Er zat een lampje op, waar wit licht uit opgloeide. Bij het opstappen stootte ze met de gitaar nog een paar keer tegen de voorgevel van het huis. Het instrument gonsde.

'Niet erg melodieus,' zei ik, 'maar het begint al een hele compositie te worden. Mozart had tenslotte ook zijn *Dissonanzenquartett*.'

'Ik studeer al weken op *Asturias* van Albéniz. Als ik het stuk onder de knie heb, zijn jij en Thjum de eersten die het te horen krijgen... op mijn leraar na dan.'

Ze reed slingerend over het trottoir weg, stopte voor het bereiken van de rijweg, en draaide zich om. 'Meende Albert dat nou, van die boswandeling?'

Bijna had ik haar weer binnengeroepen, om alsnog samen met haar en Albert naar boven te gaan. Niet om hem zijn zin te geven, maar om mijn eigen verlangen te stillen naar het lichaam dat ik onder de rode jurk tegen me aan had voelen veren. We hadden onze tongen ingetoomd, afgebeten en ingeslikt bijna, maar het leek wel alsof die van haar vrijelijk aan het zwerven was geslagen... als een slak langs omwegen op z'n doel af glijdend... om mij meer te geven dan binnen een mondholte mogelijk was geweest. Als ik me overdag, bijvoorbeeld onder het werk, spontaan vochtig voelde worden tussen mijn dijen zonderde ik me, afhankelijk van de omstandigheden, wel eens af om handmatig te controleren of ik me niet vergiste. Nu ik op het stoepje Corinne stond uit te zwaaien, was er geen twijfel mogelijk. De koele avondlucht die zich nauwelijks merkbaar van de straat verhief en van onderaf zacht langs mijn benen streek, bracht de boodschap ondubbelzinnig over.

'O, reken maar,' riep ik haar na. 'Laten we hem een beetje in de smiezen houden... hij is zo verdacht enthousiast bezig.'

Voordat ze tussen twee geparkeerde auto's het trottoir af reed, wees ze op een huisdeur, ongetwijfeld nummer 69. 'Lampetkan,' riep ze lachend. Op dat moment kroop in mijn verbeelding haar tong langs de binnenkant van mijn linkerbeen omhoog, traag als een slak, slijmerig dralend in de knieholte.

Corinne fietste midden over de rijweg richting de Cornelis Schuyt, omkijkend, zwaaiend, nog iets roepend, dat onverstaanbaar ten onder ging in het vaatgekletter van de obers die aan de overkant het terras opruimden. Ze stond op de trappers, alsof een te strakke onderrok haar belette op het zadel te gaan zitten. Een gestalte in lantaarnlicht, met op haar rug de lompe omtrekken van een gitaar, die uit klei geboetseerd leek. Het achterlichtje deed het, maar was bevestigd op een loshangend spatbord, dat heen en weer zwiepte. Toen de twee obers met stapels aardewerk achter elkaar het restaurant binnengingen, werd het zo stil in de straat dat ik nog een tijdje haar dynamo kon horen zingen, zoals een dynamo alleen zingt wanneer er een slag in het voorwiel zit. Ze stuiterde over een verkeersdrempel, waarbij de gitaar een luchtsprong maakte en nog wat nagalmde. Zwaaien of omkijken deed ze niet meer… en zo verdween Corinne Suwijn uit het zicht, rechts afslaand richting Willemsparkweg en Koninginneweg.

Ik stipte met mijn tongpunt bovenlip en tanden aan, net genoeg om haar zoetige speeksel te proeven, waarvan ik de smaak nog wat wilde behouden… voor straks, als ik misschien onherstelbaar wakker kwam te liggen.

12

…maar welke? Er bestond een komische film, zwart-wit, waarin iemand op een fiets wegreed, de donkere avond in. De regisseur, of een assistent, had met eindeloos geduld plaatje voor plaatje het achterlicht rood ingekleurd – opzettelijk niet steeds binnen de lijntjes, zodat het rode vlekje telkens een ietsje versprong, soms voor het grappige effect wat meer. Zo leek het alsof het lichtje z'n eigen bron zocht, zonder zich eraan te kunnen hechten.

'*What the fuchsia…!*' imiteerde ik in de gang halfluid de stem van Corinne. Onze tandenklikkende lippenkus was in mijn hoofd een duivels verbond aangegaan met de alcohol, en over mijn netvlies sprong het nabeeld van het rode achterlicht heen en weer. Alles eromheen vervaagde tot zwart-wit beeld: de straat, de lantaarns, de vensters. De rode jurk: zwart. De lichte huid van haar kuiten en de opgestoken hand: wit.

Oef, even bijkomen. Ik liep de bibliotheek in, daarbij zowat struikelend over de katten die me voor de voeten liepen: na een avond genegeerd te zijn geweest, eisten ze me weer voor zich op, trots en verongelijkt. Als we op de veranda zaten, deden we als het buiten donker werd in de bibliotheek meestal de lampen aan. Vanavond niet. Toen Corinne arriveerde, lag er zelfs nog een baan zonlicht over onze kleine tuin… niet zozeer een eeuwigheid geleden als wel zich voordoend in een andere tijdlaag, waar tassen in krokodillen konden veranderen en wijde jurken zonder helium in luchtballonnen, hoog opgenomen tussen zwaluwen en vleermuizen.

Wat *was* dit? Ik stond te trillen op mijn benen… dat mijn kuiten ervan wapperden. Laat me hier maar een poos in het duister tussen de kasten staan. Om rustig te worden probeerde ik mijn adem onder controle te krijgen. Ik snoof daarbij de ondefinieerbare menggeur op van oude en nieuwe uitgaven… van muffe katernen en verse lijm. Het beven hield niet zomaar op, en ik zocht steun op de rugleuning van de versleten Engelse fauteuil met z'n leren herstellappen, die ook alweer gedeeltelijk losgetornd waren. Ik moest me niet inlaten met groezelig gescharrel als daarnet, in de hal, want daar schoot mijn leven niets mee op. Ik besloot onmiddellijk de aftandse leunstoel voor mezelf te reserveren, als toevluchtsoord voor mijn vrije dagen, om nou eindelijk eens alle achterstallige boeken op mijn geheime lijstje te gaan lezen. Een goede roman stelt nooit teleur: die grijpt je op de eerste bladzij bij de kladden en sleurt je naar het slot, als een hond die niet wil loslaten. Vergelijk dat eens met de touwslagerij van het gewone leven: die weet elke veelbelovende verhaallijn tot een bundel losse eindjes te laten verrafelen, waarin op z'n best het meanderende patroon van de oorspronkelijke verknoping terug te herkennen is. Nee, aan mijn lijf geen polonaise van pittoreske chaos. Als mijn handen minder trilden... straks, morgenvroeg... ging ik terstond mijn zegeningen tellen. Er hoefden geen nieuwe bij, in godsnaam niet.

Door de halfopen tuindeuren zag ik Albert zitten onder het oranje schijnsel van de terrasverwarming, die hij had aangedaan toen er een vochtige kilte uit de achtertuinen begon op te trekken. Hij dronk. Aan de vorm van zijn glas te zien had hij zich iets sterks ingeschonken – vast een whisky, waarvan de teint wegviel tegen de gloed van de warmtelamp, zodat het net was alsof hij iets kleurloos tot zich nam. Het moest zijn favoriete The Macallan zijn, ik schatte uit de fles van vijfentwintig jaar rijping. Welja, doe maar duur, Alp. Als deze avond een bittere smaak bij je heeft achtergelaten, dan kan ik me voorstellen dat je iets hebt weg te spoelen, of weg te *branden*. Zo wanstaltig goed als je elkaar na tien jaar wederzijdse hechtenis leerde kennen! Refrein: 'Dat wou ik nou *net* gaan zeggen... je bent me voor.'

'Ik weet wat je nu denkt. Klopt... klopt helemaal... maar het is nog niet alles.'

'Alsof ik dat niet al honderd keer zelf bedacht had... kom eens met iets nieuws, man.'

'Je bent niet transparant... dat zou tenminste nog een mooie eigenschap zijn. Je bent doorzichtig in de slechtste zin van het woord... ik kijk dwars door je heen, Alp, net als bij een kwal op het strand.'

En zo voort, en zo verder. Wat schoot ik op met al die inkijkoperaties als ik in tien of vijftien jaar tijd nooit zijn gedachten had kunnen raden over ene Corinne Suwijn? Na een avond in hun beider gezelschap had ik nog steeds geen flauw benul van wat zij nu eigenlijk van hem was: concubine of goede vriendin. Hè, gats, concubine klonk als iets technisch, dat terdege geolied moest worden… turbine of zo… een cabine voor bijzitten. Ik begon de avond gedrenkt in jaloezie… zeven uur later resteerde alleen nog de behoefte *hemmes daar* na-ijverig te maken.

Als zijn blik de bibliotheek in gericht was geweest, had Albert me misschien zien staan, helemaal achterin, beschenen door de lampjes van de cd-installatie, die de lach van Ella Fitzgerald opgeslokt had. Hij leek te kijken naar de bloeiende magnolia in de tuin van de buren, beschenen door lamplicht op een bovenverdieping. Goed zo, jongen, zuig nog maar wat honing uit de Schotse Hooglanden naar binnen. Hoewel, naarmate d'n Alp ouder werd, verhuurde hij zijn lichaam etage na etage als pakhuis voor calorieën. Wat dat betreft, kun je maar beter geen veldwerk verrichten, jongen, voor je eigen *Who's afraid*. Sla eens een avond *on the rocks* over, zou ik zeggen, en zwelg een keertje in een *liefde* van vijftien jaar rijping. Ik bied me aan, en nog wettig ook.

Om hem beter te kunnen observeren liep ik om de leestafel heen. Ik schoof een stapel boeken opzij, en ging op de korte zijde ervan zitten. Laat me hem, zoals hij daar in het oranje schijnsel zat, mild beoordelen. Hij was tenslotte mijn geliefde en liefhebbende echtgenoot, vader respectievelijk stiefvader van mijn twee kinderen, onze trouwe kostwinner. En, als ik sommige theaterrecensenten mocht geloven, een getalenteerde pleerat, al moest hij zijn *Virginia Woolf* nog schrijven. Met pleerat, nogmaals, wordt niet bedoeld zijn vermogen om uit het riool te klimmen en via de afvoer van de wc bejaarde dametjes de stuipen op het lijf te jagen.

Zoals hij daar zat te staren, zou ik zijn gezicht ondoorgrondelijk kunnen noemen, als het niet tegelijkertijd iets zorgelijks toonde, al diende ik er rekening mee te houden dat het aan de schaduwrijke nacht lag. Broedde de pleerat op zijn nieuwe stuk over… wat was het ook weer… de veldslag bij Beverwijk? Of tobde hij, consciëntieus zijn medicijn innemend, over het verloop van de voorbije avond? Arme ziel, het is ook niet niks om je echtgenote en je maîtresse aan elkaar voor te stellen… en dat met vermijding van een bloedbad. Denk eens aan de ondraaglijke verantwoordelijkheid. Er zijn ook nog eens kinderen bij betrokken.

Albert liep al weken opzichtig te piekeren… misschien wel over zijn begrafenis. Het was tegenwoordig gebruikelijk om na een bepaalde leeftijd je uitvaart tot in de puntjes zelf te regelen, niet alleen bij levensmoeheid of terminale ziekte, maar gewoon 'om de boel netjes achter te laten'… testament, kerkhof, kist, bloemen, sprekers, muziek, koffie, broodjes, onbekrompen borrel na. Daar was niet noodzakelijk een Catafalque Walk voor nodig.

In speelfilms diende zich op de achterste rij van de rouwenden nogal eens een oude of nieuwe geliefde van de overledene aan, met wie niemand goed raad wist, de officiële weduwe al helemaal niet. Misschien wilde Albert zo'n pijnlijke situatie voorkomen door beide toekomstige weduwen maar alvast met elkaar te *verzoenen*. Het kon maar gebeurd zijn. Restte dan alleen nog de vraag wie als eerste een schep zand op de kist mocht laten ploffen. Gezamenlijk, met vier handen aan de steel, dat kon ook nog… mits allemaal goed op foto of film vastgelegd. Hoe heette het bij *Hamlet* ook weer, Alp, in jouw reviaanse vertaling?

Tobben of niet tobben, dat is de kwestie.

Je hebt weer onnodig lopen te miezemuizen, kameraad van me, terwijl zulke zaken zich meestal vanzelf oplossen.

Ondertussen, toegegeven, was ik de kus van Corinne niet zomaar kwijt. Die zat klem ergens hoog in mijn borst, waar de sleutelbeenderen naar elkaar reiken. Ik had een onstuitbare behoefte om er in gejubel over los te barsten… maar tegenover wie, in godsherennaam? Corinne had me een briefje met haar mobiele nummer in de hand gedrukt, maar ik kon haar toch niet in het holst van de nacht gaan lastigvallen met mijn bakvisgevoelens... die zij onmogelijk kon delen? Voor haar was het vast een spelletje geweest, in de verwachting dat ik Albert in zou lichten... om hem en mij zo tegen elkaar op te zetten, wie weet.

De enige bij wie ik mijn kolkende gemoed nu kon uitstorten was de heer des huizes. Hij zag me aankomen... en al helemaal na zo'n avond die toch al het uiterste van hem gevergd had. Was het niet gewoon het verlangen om hem te provoceren, als wraak voor wat hij me geflikt had? Hoe vaak wordt verliefdheid niet als chantagemiddel gebruikt, met als argument dat het een natuurkracht is, waartegen niets of niemand bestand is? Dan is er pas echt sprake van misbruik, niet in sexuele zin, maar... wat is het juiste woord? ...een vergrijp van het hart.

Ik stond op van de leestafel, en begaf me naar de tuindeuren. Nog altijd zag Albert me niet. Hij keek in zijn glas, bracht het naar de lippen, dronk niet, en wierp er opnieuw een blik in... niet argwanend of zo, anders had je nog kunnen denken dat een overvliegende vogel er z'n groen-witte fluim in gedeponeerd had. Ik kende hem goed genoeg om te weten dat hij niet langer wilde drinken om via zijn verwarmde maag de waarheid naar zijn brein te voelen opstijgen... nee, hij was nu zover dat de juiste boodschap zich in het bodempje onder in zijn glas spiegelde. Het was niet minder dan de poel van Narcissus in miniatuur, naast de rails van de Märklintrein uit zijn jeugd.

Nu, zei ik bij mezelf. Maar... had ik het recht om, met iets waarvan ik helemaal niet zeker was, ons gezinsgeluk onderuit te halen? *What the fuchsia*... en meneer zelf dan? Haalde hier, onder het mom van openhartigheid, een vreemde vrouw binnen, terwijl ik nauwelijks wist wat voor rol ze tot dusver in zijn leven gespeeld had... en indirect in het mijne. Akkoord, ik kon haar plaatsen als fotomodel... tot ergens eind jaren zeventig, maar dat was niet de vrouw van vlees en bloed die hier vanavond aan tafel had gezeten, dat was een ongenaakbare godin in hoogglans, van wie ik ooit posters op mijn meisjeskamer hing.

Albert zette het glas op tafel, en richtte zijn blik op de tuindeuren. Hij zag me nog steeds niet. Door de manier waarop hij een lok van zijn voorhoofd streek en met duim en wijsvinger aan zijn over de kaaklijn bloezende wangen plukte, merkte ik dat hij zich in de ruit spiegelde waarachter ik me verschanste. Wat hij zag, beviel hem niet: hij wendde zijn hoofd weer richting magnolia, en nam opnieuw de whisky ter hand, zonder te drinken. Ik had me voorgenomen mild over hem te oordelen zoals hij daar zat, zich onbespied wanend, maar de vraag die zich met een soort mentale orkaankracht opdrong, was: *hou ik nog wel van hem?*

Geen enkel antwoord is bij machte om qua veelzeggendheid te concurreren met zo'n oervraag. Het kan alleen maar tot leugens leiden. Ja, natuurlijk hield ik nog van hem... stel je voor, zeg. Dat de vraag op dat moment bij me opkwam, zei alles... er viel niets meer aan weg te wuiven. Ik deed een constatering. Het vraagteken diende uitsluitend nog om de al te harde waarheid een reddingshaak toe te steken.

Ik liep terug naar de stereo om de cd van Fitzgerald nog een keer op te zetten. Zo kondigde ik mijn komst naar de tuin aan, en hoefde mijn plotselinge verschijning Alberts hart niet op een riskante manier te doen opspringen. Na enkele nummers zou Fitzgeralds lach, of liever die van Corinne, dan weer de nacht in schallen, hopelijk tot zijn ongenoegen.

13

'Als ik op de lengte ervan mag afgaan,' zei Albert, 'was het een afscheid voorgoed.'

Het klonk alsof hij op die zin had zitten oefenen. Ik ging tegenover hem zitten, in Corinnes stoel, waarvan de inlegbekleding door mijn dunne jurk heen koud aanvoelde. Wat verwachtte ik dan? Dat ze duurzaam haar lichaamswarmte voor mij had achtergelaten? Om van de resten ervan te profiteren had ik na haar vluchtig te hebben uitgelaten als de bliksem moeten terugkeren naar de tuinstoel... maar dan was er geen tijd geweest voor die vreemde, stroeve, mislukte en toch zo doeltreffende kus, die alles sloeg wat ik op dat gebied ooit had meegemaakt. *Guarda, mama, senza le lingue.*

'Je likt je lippen... je hebt dorst. Nog een glas van het een of ander?'

Ik wilde zo lang mogelijk de smaak van lipgloss aangelengd met haar speeksel in mijn mond behouden. 'Nee, dank je... het is mooi geweest.'

'Zoals je wilt,' zei hij. 'Beetje geslaagde avond?'

'Och, het viel me al met al mee.'

'Het...'

'*Ze*, bedoel ik... *ze* kon ermee door. Moeilijk om toe te geven, maar ik vond haar eigenlijk erg aardig.'

'Wat had je dan verwacht, Zwan... een of ander takkewijf?'

Welja, nog naar complimenten gaan zitten hengelen ook. Hij kon me krijgen zoals hij me hebben wilde.

'Nee, hoor, je reputatie blijft intact, wees maar niet bang, onneembare Alp. Ik bel straks wel naar je secretaris Leporello, dan kan hij het register bijwerken... deze avond verdient een asterisk.'

'Vertel 's... wat hadden jullie nog te smoezen in het halletje? Ik heb de knop van de intercom een tijd ingedrukt gehouden, maar ik hoorde alleen de voordeur een paar keer open- en dichtgaan... wat jullie zeiden, kon ik niet verstaan.'

In alle achtertuinen heerste nu stilte en duisternis, die van ons uitgezonderd, met z'n oranje gloed en grootse stem van Ella Fitzgerald. Ik wachtte met ongeduld op 'Yellow Basket' en de lach van Corinne.

'O, niets bijzonders,' zei ik. 'Gewoon wat scenario's voor een crime passionnel uitgewisseld. Er zijn tal van mogelijkheden...

zij en jij tegen mij, jij en ik tegen haar, zij en ik tegen jou... ik in m'n eentje tegen haar of vice versa... of wij met z'n drieën tegen onszelf, in eensgezinde zelfdestructie. En dan is er natuurlijk nog de onberekenbare Hans Krop die zijn rol kan komen opeisen. Het bestaan is niet saai, zolang je het maar goed speelt.'

'Heel geestig, Zwanet. Als het in dit verband niet zo lullig dubbelzinnig klonk, zou ik zeggen: ik kom niet meer *bij*, schat.'

'Yellow Basket'... daar was de lach, die nu nog meer dan eerder op de avond op die van Corinne leek, nee *was*. Alleen kreeg hij nu iets spottends, iets honends zelfs... alsof zij hem in die toonaard voor ons had achtergelaten. In weerwil van de terrasverwarming kroop vochtige kilte langs mijn benen en het slakkenspoor omhoog. Het was misschien toch eerder vanwege de licht snerpende lach dat ik een huivering over mijn rug voelde uitwaaieren.

'O, zet af,' zei Albert getergd. 'Zet in godsnaam iets anders op.'

Als het lachen hem ergerde, kon het niet anders of hij had Corinne vaker zo gehoord, misschien wel met een hoon die zich soms tegen hem keerde. Merkwaardig dat er een cd met nummers van Ella Fitzgerald voor nodig was om me een schaarse blik te gunnen op *hun* vriendschap, of wat het ook was. Ik streek met mijn tongpunt tastend langs mijn tanden en de binnenkant van mijn lippen: haar zoetige smaak was er nog.

'Albert, ik zit met een probleem, geloof ik... en jij ook.'

'O, nou, barst maar los dan.' Hij nam de laatste slok van zijn whisky. 'Ik ben een en al oor.'

'Ik moet me wel heel erg vergissen als ik niet... hoe zal ik het zeggen... op de een of andere manier *verliefd* ben.'

Hij keek me lang aan, het ene oog half dichtgeknepen, en grinnikte toen. 'Vast niet op mij.'

'Dit is niet het tijdstip voor oud nieuws, Alp. Zelfs de herhaling van het late journaal is al geweest.'

Albert schoof naar de rand van zijn stoel. Hij plaatste de hoge rugleuning rechtop door de armsteunen in een andere stand te zetten. Hij zat nu kaarsrecht als een vorst op de landdag, gereed om een oordeel te vellen.

'Ach ja, natuurlijk, het uur van de ontboezemingen,' snerpte hij sarcastisch. 'Ik probeer wat misverstanden te voorkomen door je te laten kennismaken met een goede, oude vriendin... en wat doe jij? Meteen misbruik maken van de situatie door mij op stang te jagen met... met een van je zogenaamde verliefderigheden. Nou, bedankt, Zwanet... als je nog 's wat hebt.'

Alsof Albert me wilde straffen met nachtelijke kou trok hij aan het koordje van de terrasverwarming, die snel doofde, met tikkend krimpende spiralen. We bleven een poos zwijgend in het donker zitten.

'Ken ik hem?' snauwde hij ten slotte.

'Het is geen hij.'

14

'...*op de een of andere manier verliefd*.' Laadde ik niet de verdenking op me dat ik uitgerekend Corinne Suwijn voor deze passieve rol had uitgekozen om Albert op de kast te krijgen en voor het blok te zetten? Voor mijn motieven om haar tegen hem uit te spelen viel nog wat te zeggen... het zou kunnen dat ik hem lik op stuk wilde geven... maar dan misbruikte ik Corinne voor dat doel, en hem erbij, en stelde ik er mijn hele gezin voor in de waagschaal... en pleegde ik ook nog eens verraad aan mezelf. Dat was een wel erg hoog ingeschaald leergeld om iemand een lesje te leren. Het enige wat de pijnlijke situatie nog redden kon, was de oprechte erkenning dat ik ongeveinsd verliefd op die vrouw was.

'Zo, wie had dat kunnen denken... een avond met een happy end.' Zijn tong klonk alweer wat dikker, maar niet minder sarcastisch. 'En dat noem jij een probleem...'

Ik zag me weer staan bij de taxistandplaats op het Rembrandtplein, twintig jaar eerder, naast een ontroostbare vriendin. Ze zag juist de jongen (of man) instappen op wie ze haar zinnen had gezet. Hij trok iets te snel het achterportier dicht, en de auto reed weg. Ze zocht troost op mijn schouder. 'Ajakkes, Zwanet, wat ben ik verliefd... goor gewoon. Ik voel me helemaal besmeurd en vies van verliefdheid. Ik stink ervan.'

Ik wist nu dat ze gelijk had. 'Gats, Albert... jij met je oude vlam. Het voelt helemaal niet prettig.'

'Hoe dan wel?'

'Weet ik veel... klitten in m'n ongekamde zenuwen. Zoiets.'

'Dan heeft je neuroloog een probleem.'

15

'Laten we maar naar boven gaan,' zei ik. De cd was afgelopen en het werd nu echt koud op het terras. 'Als je nog wat te verzoenen hebt, Alp... ruzie is wel ergens goed voor. De pyjama's blijven onder het hoofdkussen.'

'O ja, en dan zeker mij berijden met *haar* voor ogen.' Zijn sarcasme luwde niet. 'Zodat ik ook nog wat van die ander kan genieten... op overdrachtelijke wijze.'

'Een vriendelijk aanbod,' zei ik, 'uit liefde... en jij slaat het botweg af. Mannen als jij, Alp, gaan eenzaam dood. Ik ga mijn pyjama aantrekken.'

Hoofdstuk III *Hoe luttel weet mijn liefken*

1

Ik was het niet gewend. Als ik meer dan twee glazen gedronken had, werd ik vroeg in de ochtend wakker, altijd zo rond een uur of vier, halfvijf, en kon dan de slaap niet meer vatten. In ontkennende zin een raak woord, dat *vatten*, want zo ging het precies: reiken naar de slaap, en steeds misgrijpen. Het hoofd leegmaken werkte averechts, want de holheid van de geest trok getob en gepieker aan, en dat ontnam de slaap z'n handvatten. Nachtmerries kunnen angstaanjagender zijn dan de negatiefste gedachten bij het wakker liggen, en toch komt de wakende zover dat hij zijn hoofdkussen smeekt om desnoods de goorste dromen, zolang ze maar een onderpand vormen voor echte slaap.

Over een maand de langste dag, maar er scheen nog geen licht door de gordijnen. Nou waren die ook nogal dik, met de vitrage er direct achter, dus ik sloot niet helemaal uit dat *het daghet in den Oosten, het lichtet overal/ hoe luttel weet mijn liefken, och waer ik heenen zal.* Toch was het niet Corinne die me bij het nachtelijk ontwaken besprong, maar de verwarde vrouw uit de Retiefstraat met haar roofdierachtige gedrag. De suggestie in de halfslaap was zo sterk dat ik haar ontblote tanden meende te zien blikkeren in het donker. Ik schoot overeind, blijkbaar met een kreet, die door Albert naast me werd beantwoord met een hoge kreun – waarna hij zijn gesnurk hervatte.

Opeens klaarwakker, wel met suizend hoofd, vroeg ik me af hoe de onbekende het maakte in haar cel op De Brouwerij – als ze daar nog zat tenminste. De kleine psychiatrische afdeling daar was niet meer dan de speelhoek van een huisartsenpraktijk of de ballenbak bij IKEA: voor tijdelijke opvang van de lastposten. Hadden ze haar platgespoten of tastte ze panisch grommend rond in het duister, ongeveer zoals ik nu? Kom, Zwanet, een beetje ontzag graag: je mag dan katerig zijn, maar je hebt je verstand nog, en je man ligt naast je, weliswaar loeiend als een brulboei, maar dat houdt je van de klippen weg. De vrouw in de psychiatrische unit van de GG&GD jankt misschien om haar geliefde, die ze in de Retiefstraat heeft moeten achterlaten, en die momenteel in een koellade van het mortuarium ligt – tenzij de patholoog-anatoom zo laat nog bezig is met de sectie.

De werkkleding die ik de dag tevoren gedragen had, slingerde nog rond in de badkamer, waarvan de deur open was blijven staan: ik zag het aan het groene speldenknoplampje van de elektrische tandenborstel. Ik verbeeldde me dat ik de kleren, de lijkenlucht die erin was blijven hangen, in bed kon ruiken, net als de latrinestank uit de gang van de benedenwoning.

'Wees maar niet bang... hij is hier bij mij,' fluisterde ik tegen het donker. 'Ik heb zijn geur bewaard... ik laat je morgen aan mijn plunje ruiken.'

Een beetje katerig? Er was iets helemaal niet in orde met mij. Vrije dag of niet, ik zou straks op De Brouwerij nog eens naar de vrouw gaan kijken... als de klabakken haar tenminste niet opgehaald hadden. Verwarde personen die overlast gaven, vielen onder de politie, en werden dan meestal niet in een cel op het bureau gezet, maar naar een ggz-instelling gebracht – en dat was dan nog maar het begin van de lijdensweg gemarkeerd met statiën van onbegrip en onkunde.

Ik trok me zo geruisloos mogelijk terug in de badkamer, sloot de deur achter me, en maakte licht. Ik vulde een glas halfvol water en mikte er twee paracetamol in. Terwijl ze erin oplosten, bekeek ik mezelf in de spiegel boven de wastafel. Het was zo'n gezicht dat bij eigen aanblik vanzelf met zacht bewegende lippen gaat vloeken. Godverdomme, slons, je hebt weer eens geen *remover* gebruikt om voor het slapengaan de ergste plamuur te verwijderen. Cynthia heeft je er vorige kerst drie verschillende flesjes van cadeau gedaan, en jij, ondankbare teef, laat je huid liever ruïneren. Moet je zien, de uitgelopen mascara... de uitgesmeerde lipstick... je lijkt The Joker wel na een dag van chaos zaaien. Lijst na elk gezellig avondje in de tuin je kussensloop in, en na een halfjaar heb je een complete expositie – daarvoor hoef je niet eens het echtelijke bed in het centrum van de galerie te plaatsen. Vraag uitzinnige prijzen, anders is het geen kunst. Zorg ervoor dat de tentoonstelling op het laatst lijkt op een pointillistische installatie van rode plakstippen.

Ik dronk de opgeloste paracetamol, en ging terug naar bed. Na de felle lamp van de badkamer zag ik nog steeds geen licht door de gordijnen dringen, maar de tijd op de wekkerradio gaf aan dat het nu ongeveer dag werd. Ik sliep voorspoedig weer in, en droomde van een onmogelijke klus bij Ongediertebestrijding, waarbij ik uiteindelijk zelf het te verdelgen beest was.

Bij het ontwaken had ik echt een kater... tenminste, dat dacht ik. Geen scherpe koppijn diep onder het schedeldak, eerder een diadeem van gietijzer, rond mijn slapen gesmeed, met handgrepen boven de oren voor strakker aandraaien. Geen gewone misselijkheid door het gif van afgewerkte alcohol, maar een zoete walging in de maagstreek, die zich bij vlagen door heel het lichaam verspreidde.

Hoofdkussens spreken de waarheid. Ze zijn ontworpen om het hoofd een terp te bezorgen in de eindeloze klamheid van het bed... misschien beter voor de bloedsomloop... maar het zijn zacht verende waarheidsmachines, nachtelijke concurrenten van leugendetectors, die weer het best gedijen bij daglicht. Kussens en hun langwerpige neven de peluws lokken *pillow talk* uit, en gevaarlijke trio's met de duivel, als er sprake is van twee onverenigbare religies op dezelfde sloop. Er komen kinderen met bokkenpootjes van – wel zielig dat het in zonde verwekte nageslacht van de ouders met hoorntjes moet boeten voor het geloofsoverspel.

Alberts vader, die tijdens zijn deelname aan de politionele acties een weekeinde doorbracht in een koloniale villa hoog in de Javaanse heuvels, had het op een keer over de 'zweetkussens' die hij in het bed had aangetroffen. In de details versprak hij zich, waardoor Alberts moeder uit zijn relaas kon opmaken dat hij zijn verlof met een vrouw had doorgebracht. Een zweetkussen klemt een man niet tussen de benen als hij op zijn beurt tussen de benen van een vrouw geklemd wordt. De waarheidspeluw kan in de tropen ook deze transpiratiewerende gedaante aannemen. Pa en ma Egberts kregen ruzie.

De man had er net zo goed een beeld van tropische eenzaamheid mee kunnen weergeven. Het zweetkussen dat de vrouw verving. Later, na zijn afzwaaien, groeide de kapok uit tot het vulsel van een heldendaad, een equivalent van zijn koloniale oorlog.

Mijn hoofdkussen sprak die ochtend de waarheid omtrent Corinne. Het schikte zich in mijn armen naar haar vormen, zoals ik dat die de avond tevoren bij de afscheidskus ervaren had. De opbollende rode jurk waar ik de loze lucht uit drukte, zodat ze met haar licht verende lijf tegen het mijne op stootte in het krappe halletje. Met behulp van mijn kopkussen perfectioneerde ik de rommelige accolade. We hadden elkaar angstvallig *zonder* tongen gekust, maar wel met lippen die uiteenweken, zodat ze hun verfsporen op de voortanden achterlieten. Ik verbeeldde me dat een zweem van haar lipstick straks, wanneer de gordijnen opengingen, nog op de sloop zichtbaar zou zijn... o ja, ik *rook*, als ik er mijn neus in begroef, iets van haar gloss, die ik 's nachts uit mijn mond gezeverd had.

Ik opende de lade van het nachtkastje aan mijn kant, en nam er de handspiegel uit. Nee, niet weer de expressionistische aquarel waarin mijn gezicht was veranderd, alleen mijn gebit. En verdomd, ik onderscheidde op mijn voortanden twee kleuren rood. Die van haar, oranjeachtiger, was in kleine boogjes opgekropen naar mijn tandvlees... om daar het forensische bewijs te leveren dat ook zoenen zonder tong tot een uitwisseling van verdachte sporen kon leiden. Ze was me wel degelijk tot in de slaapkamer gevolgd, maar niet op de manier die Albert kennelijk in gedachten had gehad.

En zij... stond zij nu voor de spiegel met een nagel *mijn* rode sikkelmaantjes van het glazuur te krabben, alvorens haar tanden te gaan poetsen? Liever stelde ik me haar nog in bed voor, waar ze haar hoofdkussen naar mijn evenbeeld boetseerde. Ach nee, de ochtend vorderde al, en zij was vroeg opgestaan om te assisteren bij de Catafalque Walk. Ik verweet mezelf dat ik verzuimd had het adres te vragen van het gebouw waar de modeshow gehouden werd. Ik zag verrijdbare kisten voor me, met daarin fictieve Bekende Nederlanders, gekleed op hun laatste gang over de rode loper. Vrolijke begrafenismuziek, want na het leven moest de Dood gevierd worden. Krachtig geschudde champagneflessen die zich ontlaadden boven en in de open groeve, zodat het daarbeneden een schuimende modderpoel werd, vol maden die zich uit aanpalende grafpercelen naar het bacchanaal spoedden.

Mijn hoofdkussen sprak de waarheid over mijn geestestoestand: geen alcoholische kater, maar de zoete walging van een maagbedervende liefdesbevlieging. Zelfs het bevrijdende overgeven na ernstige misselijkheid was me niet gegund – een vinger in de keel hielp niet. Het kokhalzen vormde een verkeerde liefdesverklaring: 'Ik kots van je.'

De verliefdheid bediende zich van fysieke eigenaardigheden, als een acteur die zich heel diep in zijn personage begeeft, en daarvan de pijn tevoorschijn brengt.

Het zou wat. Dit was dan die veelbezongen verkikkerdheid van het prille begin, het eerste gezicht, het onzekere verlangen, de zelfhaat om de foute dingen die gezegd en gedaan waren. Lamenielache. Alles bij mekaar een houterige toestand, doorschoten van zelfmoordgedachten, die ook al niet werden uitgevoerd, hoewel een mooie dramatische ophanging of verdrinking nog als liefdesuiting zou kunnen gelden.

Als het geen vrije dag was geweest, had ik zeker naar De Brouwerij gebeld: 'Ik weet het niet, algehele malaise misschien... of anders is het de overgang.'

Dat laatste zou een leugen zijn, want hoe beroerd ik er ook aan toe was, de menopauze leek vanmorgen ver weg. Als Corinne mij ergens van kon redden, dan van de opvliegers en de binnensluipende onvruchtbaarheid. We waren ongeveer even oud: ik zou haar voor dezelfde afbraak behoeden. '*If I could turn back time*,' zong Cher in een videoclip die haar toonde als onstuimige vrouw van middelbare leeftijd, die al dansend een paar keer door de knieën ging om met gespreide dijen haar gladgeschoren schaamte te tonen ter weerszijden van een zwartzijden string. Met Corinne zou ik het aankunnen de toekomst de rug toe te keren en het verleden onder ogen te zien, om ons weer in jeugd en achterhaalde kledingmaten te hullen. We zouden weer in geoliede uurwerken veranderen, met een stipte ovulatie die zelfs de kalender beschaamd maakte.

LIEFDE MAAKT BLIND – roepen alle craquelé tegeltjes in alle huiskamers en woonkeukens van Nederland. Bedoeld is niet het soort blindheid dat mij nu trof, op deze onbestendige donderdagochtend. Als dit een kermisattractie was, dan geen spiegelpaleis, maar een doolhof van matglas. Hij beeldde in alle facetten de avond tevoren uit, maar ik kreeg niets meer helder. Er streek zacht ruisend een wolk van een rode jurk door een glazen gang. Het gezicht erboven was niet meer dan een lichte vlek, hooguit met streepjes zwart om de ogen aan te geven. Er was daar een sprookje gaande, maar ik kon er niet bij komen. *Als* het de stem van Corinne betrof, dan klonk die als vanonder een stolp, net als haar Fitzgeraldlach. Ze richtte zich tot mij... betoogde iets... ik verstond haar niet. Kijk, ze was alweer een gang verderop, die haaks op de eerste stond, en het rood van de jurk was niet meer dan een vermoeden... een vaas met bloemenwater waar een penseel vol vermiljoen in uitgespoeld wordt. Door het matglazen labyrint waarde de zoelheid van een lenteavond, gedragen door gekwinkeleer van vogels, waarin het winterkoninkje met z'n schelle, blikkerige geluid domineerde. In het centrum van de dwaaltuin speelde zich een lichtvoetig drama af, abstract, zonder intrige... een wals van rustig zwierende draaikolken.

Een hele avond, zo kort geleden nog, had ik naar een gezicht zitten kijken waarvan de trekken zich nu, de volgende ochtend, volledig aan mijn herinnering onttrokken. Ik moest denken aan sommige schriftelijke proefwerken vroeger op het gym: een hele dag stof in mijn hoofd gestampt tot m'n harses er pijn van deden... en in de klas was ik, met het blanco vel voor me, alles kwijt, alsof het onderweg op de fiets uit mijn schedeldak gewaaid was. Bij het vanbuiten leren te zeer mijn best gedaan, dat moest het zijn. Had ik me de gelaatstrekken van Corinne te nadrukkelijk ingeprent... om ze te onthouden voor oprakeling tijdens haar afwezigheid? Ze ontsnapten me, en zo werd ik voor mijn dweepzucht wel erg hard gestraft. Ik kon natuurlijk tussen de glossy's in het souterrain gaan rommelen, maar was bang dat het jonge, extreem uitgelichte fotomodel haar huidige voorkomen nog meer zou verdringen. (Gecombineerde ophanging en verdrinking... je met een strop om de nek in het water laten zakken... zou dat ook kunnen, zonder dat de opwaartse druk een wisse dood verijdelde?)

Kon ik het lef opbrengen om Albert naar een recente foto van haar te vragen? O, nee, hij zou zeker ontkennen zo'n relict in bezit te hebben: wat dacht ik wel? Ik gunde hem mijn nederige verzoek niet.

'Waar heb je die foto voor nodig... om gaatjes in te prikken?'

'Vroeger hing ik haar covers op mijn kamer. Het is nog steeds een mooi mens.'

'Vraag haar zelf om een portret... dan krijg je er van mij een medaillon bij. Op voorwaarde dat we nog een keer met z'n drieën afspreken.'

2

Albert was trouwens al op. Ik hoorde hem in zijn werkkamer driehoog met het meubilair schuiven: misschien zocht hij een efficiëntere opstelling om nou eindelijk eens een soort *simultaan schaken* met al zijn manuscripten-in-aanbouw te bedrijven… een oude droom van 'm om de wereld te tonen dat zijn brein meer registers bezat dan het orgel Marcussen van de Sint Nicolaaskerk in het Deense Aabenraa, dat Bach vermaalde tot een eindeloze reeks wereldwonderen.

Het dekendek was aan zijn kant opengeslagen. Op het onderlaken lag zijn gestreepte pyjama in een soort vochtige verfrommeling, waarin op de een of andere manier de vorm van zijn lichaam behouden was gebleven, samen met de ongeduldige haast waarmee het zich ervan ontdaan had. Dit was wat de zwaargestrafte achterliet bij zijn ontsnapping uit het bagno van Cayenne – misschien had Albert me te veel Genet laten lezen.

Ik had ooit op een lugubere foto de geblakerde afdrukken in de aarde gezien van twee door de bliksem getroffen personen, teruggebracht tot een plat bestaan als pekzwarte schaduw. Als dit gestreepte katoen alles was wat er van mijn voormalige echtgenoot restte, dan moest de pyjama op z'n minst uit asbest vervaardigd zijn – een pak van dat onbrandbare materiaal droegen alleen autocoureurs die hoopten uit een vuurzee na een crash levend tevoorschijn te treden, altijd nog met het risico dat het geërodeerde asbest kwaad zou stichten in hun longen.

Nee, de weerlicht die Albert getroffen had, was mijn mededeling over Corinne, vlak voor het slapengaan. Die had zijn trots verschroeid, zijn plannen verzengd. De geluiden die ik boven hoorde, konden net zo goed zijn toe te schrijven aan het pakken van een koffer, die van kast naar lade werd gesleept, en weer terug. Kleren had hij daarboven niet, schrijfmaterialen des te meer, veel ouderwets analoog spul ook. Wat ik daar aan hard plastic hoorde kletteren, waren dat de doosjes met oude floppy's?

Krankzinnig, niet, dat ik voor mijn gevoelens, zo complex en verwarrend als ze waren, onmiddellijk naar het afgesabbelde woord 'verliefd' greep? Alsof daar alles mee gezegd was wat relevant bleek voor de situatie... *Verliefdheid*, omvatte dat ook de angst voor verlies, voor de chaos in hoofd en hart, de zelfhaat om het eigen falen, de schaamte om het niet te verbergen uiterlijk, de schroom om de al roekeloos getoonde aanhankelijkheid...? Zo ja, dan mocht ik mezelf een verliefde noemen. Voor de goegemeente was verliefdheid, bij schuins beloerde koppels in spe, iets om zich aan te verlustigen: een bedeesd uitgewisselde blik, een onopzettelijke aanraking, resulterend in een stroomschok en een schielijk teruggetrokken hand... een slordige omhelzing, een slecht geplaatste kus... kortom, warm aangeklede porno voor romantische gluurders.

Door zelf, al was het in gedachten (ik durf te bekennen dat het in violette neonletters voor me oplichtte), voor VERLIEFD te kiezen leek het erop of ik me door de kongsi van gemeenplaatsen liet inpakken. De gevoelens die me nu bestormden, maakten me pijnlijk duidelijk dat ik nooit eerder een echte verliefdheid had gekend. Als ik ze *toen* 'verliefd' had genoemd, was de term z'n geldigheid *nu* kwijt. Vóór alles wat me nu beroerde en verwarde, moest ik, met stomheid geslagen, ook nog eens een nieuwe taal gaan ontwerpen.

Had ik maar vergelijkingsmateriaal om me aan vast te klampen. Mijn Eerste Verliefdheid op Albert bijvoorbeeld. In de Onkelboerensteeg knielde ik op een dag in '77 neer bij een nest stoeiende zwerfkatjes. Ik pakte er een op, en dat haakte met een fijn glazig nageltje in mijn oogwit. Op dat moment viel er een schaduw over me heen, en dat was Albert, die zich over me ontfermde en me naar de hulppost van het Binnengasthuis bracht, waar mijn oog gedesinfecteerd werd. Laten we zeggen dat er op dat moment tussen hem en mij een vonk oversprong, die precies paste in het stervormige wondje van mijn oogwit. We lunchten vervolgens bij Meuwis, verderop aan de Langebrugsteeg, en daar deed ik mijn tweede verwonding van de dag op: een hap van een te hete kroket, die een vochtblaar veroorzaakte over mijn hele gehemelte. Terwijl ik naar de uiteenzettingen van Albert luisterde (over *claustronomie*, ik snapte er geen jota van), speelde mijn tong met het zacht golvende kussen – tot het knapte en een zilte vloeistof mijn keel in gleed. Toen wist ik: hemmes daar, die waanwijze knapzak, die moet ik hebben.

Het liep mis. Albert beleefde zijn sneeuwnacht in september en kwam niet opdagen op onze afspraak bij Dog Shit City. Ik werd aangerand, en zocht mijn toevlucht bij zijn vriend Ernst. Ik weet niet of het uit verliefdheid was, maar met hem trouwde ik. Ernst was een dipsomaan, een kwartaaldrinker, met dien verstande dat hij slechts eens per halfjaar voor de bijl ging – een bescheiden alcoholist dus eigenlijk. Op die twee keer drie weken per jaar na werkte hij in zijn praktijk keihard. We kregen samen Cynthia... midden in zo'n drankzuchtige periode van hem.

Mijn bevlieging voor Albert was na het verraad van de sneeuwnacht niet zozeer afgekapt als wel in winterslaap gegaan in mijn hart. Mijn liefde had zelfs genoeg reserves om daar jaren achtereen te overwinteren, en tegelijkertijd de uitspattingen van Ernst te overleven. Na een celstraf en de genezing van zijn heroïneverslaving keerde Albert terug in mijn onvoldane bestaan. Dat ik de Tweede Verliefdheid in ging, had ik zelf aanvankelijk niet eens door – ik merkte het aan het gedrag van Ernst, dat nu eens *niet* met alcohol of beroepsidioterie te maken had. Hij werd na zeven jaar huwelijk opnieuw verliefd op me omdat ik, op mijn beurt, kapot was van een ander: Albert Egberts. Ernst wist niet van de hernieuwde toenadering, maar die veranderde me zodanig dat hij als een blok viel voor de nieuwe gestalte die hij tegenover zich vond: de vrouw die hij al acht jaar kende maar nooit *echt* gezien had. Hij ging voor me op zijn knieën. Als we niet al getrouwd waren, zou hij me ten huwelijk hebben gevraagd, met ring in parelmoeren doosje en al. Ik was zogezegd al bezet, door hem, dus nam hij genoegen met een wanhopig hartstochtelijke liefdesverklaring.

'Zwanet, ik heb je al die jaren verwaarloosd... mijn hart zat op slot. Of liever, het was een ijsklomp, die ik twee keer per jaar liet ontdooien met veertig procent antivries... heel kunstmatig... in plaats van me het hele jaar door aan jou te warmen. Vergeef me, ik zat fout. Sinds een paar weken is het net alsof je... hoe moet ik het zeggen... *in* me getreden bent... ik heb je binnengehaald. Het is nu zo licht in mij... ik bedoel dat dubbel: er brandt een vuur in me, en alle zwaarte is weg. Laten we helemaal opnieuw beginnen.'

Zijn geknielde houding was een openbaring voor me. Hij was de spiegel die ik nodig had om mijn eigen verliefdheid in te herkennen – op dat secreet van een Albert. Zo werd de dipsomane advocaat de aangever bij mijn huwelijk met zijn beste vriend, zoals ook komieken een aangever hebben. Ernst nam zijn verlies, en dat was hem geraden ook: hij was tenslotte niet de bedrogen partij... dat was ik. Langs je vrouw heen leven, vooral door niet tegen haar op te botsen in de gang en op de trap, dat viel net zo goed onder bedrog en verwaarlozing. Hij is een goede huisvriend geworden, maar ik kan niet verhelen dat toen ik hem, helemaal aan het eind van onze huwelijkse staat, zo radeloos verliefd zag neerknielen, ik een ziedende triomf voelde: ik stapte van de ene bevlogene naar de andere over, en had au fond nog een keuze ook.

Mijn verliefdheid op de claustronome (niet claustrofobe) Egberts, de Eerste respectievelijk de Tweede, was die vergelijkbaar met wat ik nu met Corinne meemaakte? Ook tijdens mijn latere jaren met Albert was ik wel eens meer dan vriendschappelijk verknocht geraakt aan iemand anders, maar die persoon was nooit van vrouwelijke kunne, en de ontregeling bleek nooit zo totaal als nu in het geval van mijn zoete Suwijn. Ik vroeg me zelfs even af of de wanorde zo compleet bezit van me kon nemen juist *omdat* hier sprake was van een vrouw.

O nee, ik mocht mijn leven, *ons* leven, er niet door overhoop laten gooien. Als Albert het gezin in gevaar had gebracht door zijn (nog steeds onduidelijke) connectie met haar, dan hoefde *ik* dat nog niet eens dunnetjes over te doen... met diezelfde vrouw. Oog om oog, tand om tand, Corinne om Corinne... een dodelijke trits. Alleen al omdat het eruitzag als een uitgekiende wraakneming moest ik ervan afzien.

De manier waarop ik mezelf gerust probeerde te stellen, ervoer ik bijna als een belediging voor Corinne. Ach, natuurlijk, het was maar een bevlieging, gisteravond aangewakkerd door wijn en gin, vandaag door de katerige nawerking ervan. Als bij mannen als Ernst en Albert de ammoniak van de afgewerkte alcohol hun libido kon voeden, waarom bij vrouwen dan niet? Ik was een zielig geval van *hangover lechery*, en daar mocht ik Corinne niet mee lastigvallen, zelfs niet in de geest, want voor je 't wist ging er draadloos een lampje bij haar branden.

Bovendien, wat *was* dit voor malle nieuwlichterij binnen de veilige ommuring van mijn gevoelsleven? Ik had geen ervaring met damesliefde, en wilde dat graag zo houden... ook zonder was het leven al ingewikkeld genoeg, nee, vriendelijk bedankt. Op het gym dweepte ik als veertienjarige nogal roekeloos met een iets oudere klasgenote – een verering die niet wederzijds was, zodat het de ander weinig moeite kostte om me in het bijzijn van de overige leerlingen te bespotten en uiteindelijk te vernederen. Ik werd voor 'potje zonder deksel' uitgemaakt, vervolgens voor 'deksels potje', en ten slotte voor *ecligma*, wat dan weer Latijn bleek voor 'likkepot'. Erotische gevoelens of voorstellingen had ik bij het meisje niet ontwikkeld. Ik had juist gehoopt met haar over de jongen van mijn dromen te kunnen fantaseren. ('Die nozem, godbewaarme.' 'Hij is een artistiekeling... een Pleiner, geen Dijker.' 'Hoe komt hij dan aan die volvette kuif?' 'Nu Elvis in dienst is, wil hij hem trouw blijven.' 'Door op een buikschuiver te rijden zeker...' 'Die Zündapp is

van zijn broer... hij spaart voor een Tomos met een hoog stuur.'
'Voorlopig is hij voor mij een Dijker.')

Aan de andere kant... kon de bevlieging voor iemand van het eigen geslacht zich zomaar uit het niets aandienen, pardoes, om een tot op dat moment stabiel bestaan te ontregelen... met mogelijk de optie op verwoesting ervan? Misschien, maar dan moest de potentie daartoe zich toch al op de een of andere manier in iemands leven hebben bevonden, wachtend om naar buiten te treden... aarzelend of met een vernietigende sprong. Het gebeurde natuurlijk alleen (en die gedachte joeg me angst aan) wanneer de juiste persoon zich opdrong, zonder het zelf te weten toegerust op kapotslaan van alles wat veilig en vertrouwd was geweest. Was Corinne zo iemand? Zover ik wist, stond zij niet bekend als vrouwenverslindster. Ik herademde: als dat klopte, was de verkikkering eenzijdig, met hooguit wat ongemak aan mijn kant... en zou spoedig alles weer normaal worden, o, heerlijk.

En anders? We hadden elkaar gisteravond in het krappe halletje hartstochtelijk omhelsd, onder het galmen van haar gitaar... het viel dus niet uit te sluiten dat ik sinds dat moment voor haar uitgebalanceerde bestaan eenzelfde onweerstaanbare stoorzender vormde. Dan hadden we allebei een reden om elkaar hartgrondig te vervloeken.

'Wat kom je hier doen, bitch?'

'Nee, wat heb *jij* hier te zoeken, kreng, in mijn smaakvol gemeubileerde hart? Vooruit, zet alles terug op z'n plaats.'

'Je zei: doe alsof je thuis bent... zo'n toegangsbewijs is blijkbaar maar kort geldig.'

'Ik bedoelde niet dat je met mijn spullen moest gaan slepen.'

'Stik in je rotzooi.'

'Na jou.'

Ja, als het wederzijds was, dan hadden we te maken met een unieke kortsluiting, door geen van beiden voorzien of gewenst. Beangstigend: onze levens braken dan open naar een dimensie waarvan we het bestaan nooit bevroed hadden. Als dit ons te wachten stond, dan zouden we ons geen hemelse raad weten... en dat was misschien nog wel het geruststellendste aan de hele situatie. Stel, we wisten instinctief welke handelingen er van ons als elkaars minnares verwacht werden, dan zorgden aangeboren schaamte en schroom wel voor de noodzakelijke gênante linkshandigheid. Zo zouden we elkaar al miskleunend tonen: kijk... dit is nou bij uitstek niks voor ons. *Let's call the whole thing off.*

3

Ja, nu ik erover nadacht: Corinne had een verre voorgangster, als dat niet te stellig was uitgedrukt. Ik kende haar naam niet, en noemde haar daarom voor mezelf Het Onaanzienlijke Meisje. Er werden op een pseudofeministisch vrouwenfeestje begin jaren zeventig in Nijmegen wat onduidelijke handelingen bij haar verricht, maar ik beperkte me tot het kijken naar haar gezicht, dat naar algemeen aanvaarde begrippen niet bepaald blaakte van schoonheid. Het *werd* mooi naarmate genot zich erop aftekende, en dat niet alleen, ook het schaamtevolle verzet ertegen. Het was voor het eerst dat ik een meisje zag klaarkomen... niet met haar hele lichaam en bijbehorende spasmen, maar met alleen haar gezicht. Bij het bereiken van de extase toonde ze een door heiligheid van binnenuit verlicht madonnasmoeltje, ondanks de couperose in haar blos, en juist dankzij de smartelijk vertrokken mond, die de zonde afwees die haar door anderen om haar heen werd opgedrongen. Het verscheen in later jaren voor mijn 'geestesoog' op de vreemdste momenten... zoals nu. Heel scherp, tot op het als met een fijn pennetje rode inkt getekende schichtje in haar ene wang precies... en dat terwijl de gelaatstrekken van Corinne niet langer vervaagden, maar botweg verdwenen waren. O, Onaanzienlijk Meisje, wat kom je mij vertellen?

4

Ik had dus leergeld betaald, en niet zo'n beetje ook. Als puber en adolescent honoreerde ik elke verliefdheid – niet door de betrokken puistenkop meteen in de armen te vliegen, maar juist door me terug te trekken en te gaan liggen zwelgen in miskenning, net zo lang tot het over was, voor hem of voor mij of voor allebei. De zeldzame keren dat ik toegaf, liep het fout af: de jongen in kwestie zat om gezelschap voor een schoolfeest verlegen, meer niet, of wilde zijn ego voelen groeien door mij algauw de bons te geven.

De volwassen leeftijd beschermde me niet tegen foute keuzes. Ik vertelde al wat me in '77 met Albert en Ernst overkwam, en toen midden jaren tachtig nog eens, in omgekeerde volgorde, met dezelfde twee mannen. 'Leer mij de liefde kennen,' zeg je in zo'n geval. Of, wat universeler: 'De liefde, die weet wat.'

Zeg dat wel. Als ik op deze katerdag mijn verliefdheid jegens Corinne leerde wantrouwen, had dat echt niet in de eerste plaats te maken met de omstandigheid dat we allebei, *bien étonnées de se trouver ensemble*, vrouw waren. Ik had eenvoudigweg geen trek om mijn gezin naar de gallemiezen te helpen voor... ja, voor wat? Het kon net zo goed een modegril zijn van twee Oud-Zuiddametjes met een tanend huwelijk: opnieuw verliefd, akkoord, maar niet weer op een vent, godbewaarme.

De meeste argwaan reserveerde ik voor het naakte feit dat Corinne en ik mogelijk jarenlang dezelfde man gedeeld hadden. De situatie creëerde voor haar en mij iets vals gelijkwaardigs, een schijnbaar eerlijke verdeling van te ondernemen wraak. Maar pas op, Zwanet: zij wist al die jaren van jouw bestaan aan Alberts zijde, terwijl jij van haar rol in zijn leven geen idee had. Het bracht de tweevoudige rancune bij voorbaat uit balans. Wat dat betreft was het beter geweest als we elkaar bij toeval, zonder tussenkomst van de berekenende Albert, ergens op neutraal terrein hadden ontmoet.

Sowieso was hij een onzuivere, om niet te zeggen: onreine, factor in de hele constellatie. Hij deed het voorkomen alsof hij, door zijn vrouw en vermeende maîtresse met elkaar in contact te brengen, zijn geweten wilde ontlasten, maar de kennismaking diende voor hem vrijwel zeker een erotisch doel. De twee vrouwen die hij jarenlang zo angstvallig gescheiden had gehouden alsnog samenbrengen, in één ruimte, in één bed, met hem als derde partij, voyeur, regisseur… of God weet wat voor rol hij voor zichzelf in gedachten had. Het moest tot elke prijs tegengehouden worden. *Als* ik al toegaf aan mijn verliefdheid op Corinne, dan toch niet om voornamelijk de heer Egberts te plezieren. Het kwam er in feite op neer dat hij ons voor zijn karretje spande om de wroeging uit zijn vacht te roskammen… nee, merci, Albertus Hubertus Norbertus.

Ondertussen joeg er vrijwel onophoudelijk een hete stroom door mijn lijf, heel onaangenaam eigenlijk. Soms vergat ik voor een minuut of zo wat er ook weer aan de hand was, waarna iets (een geluid, een geur) me eraan herinnerde en het gloeierige gevoel ademstokkend weer op gang kwam. *Corinne… Corinne.*

Het raakste bewijs voor ware verliefdheid vond ik nog altijd de tijdelijke onherinnerbaarheid van het gezicht van de begeerde ander. Een mentaal verlammingsverschijnsel dat door de natuur misschien wel was ingesteld om al te drieste onbesuisdheden bij voorbaat uit te bannen. Ik deed wanhopige pogingen om met stijf dichtgeknepen ogen het wonderschone gelaat op te bouwen uit de elementen die ik me afzonderlijk wel nog meende te herinneren. De kin, de neus met en zonder trillende vleugels… de verticale denkrimpel tussen de wenkbrauwen. Het leek van geen kanten. Ik waande me een specialist in politietekeningen, waarbij onderdelen van een door getuigen beschreven gezicht onder elkaar geschoven en weer vervangen worden, net zo lang tot het bij benadering klopt.

'De snor was minder vol... het voorhoofd hoger... of misschien leek dat maar zo door beginnende kaalheid. De oren lagen platter tegen de schedel.'

In mijn reconstructie werd Corinnes gezicht steeds lelijker en ontevredener. Het behoorde inmiddels aan een heel ander karakter toe, een hekserig type. Afstotelijk.

Ik wiste de trekken van mijn netvlies, en begon opnieuw, nu met het hoofd en profil. De tekenaar Peter van Straaten vertelde ooit in een interview dat hij altijd begon met een oor. 'Een mooi oor, en van daaruit vertrekken.' Ik haalde me het delicate oor van Corinne voor de geest, en boetseerde daaromheen de vorm van haar hoofd. Het edele profiel... de kaaklijn. Het begon voorzichtig ergens op te lijken. Ik haalde opgelucht adem. Ik voegde nog wat onderdelen toe... maar wat *was* dit? Het haar wilde niet bruin kleuren, en bleef bleek steken in mijn eigen blondheid. Met afgrijzen zag ik dat het mijn eigen portret was, zoals ik het kende uit de extra handspiegel die ik altijd naast mijn hoofd hield. Zij was *in mij* veranderd... in de vrouw die haar nou juist zo wanhopig zocht in het schimmenrijk van vervaagde gezichten. *Corinne*...! Ik kon roepen wat ik wilde, maar telkens weer doemde mijn eigen gestalte uit de mist op. Ik waande me in het spiegelpaleis aan het slot van *The Lady from Shanghai*, waaruit de geliefde allang verdwenen was om plaats te maken voor steeds dezelfde achtervolgster... een hele horde van identieke belagers...

Ik had nu toch echt een foto van haar nodig. In het souterrain lagen oude glossy's met haar beeltenis, maar ik vermoedde dat die met hun misleidende belichting haar huidige uiterlijk van bijna middelbare dame niet dichterbij zouden brengen. Albert, die had vast wel een gelijkend portret van haar. Ik ging de trap op naar zijn werkkamer.

'Die Corinne van jou,' zei ik bits, 'heeft die zo'n ononthoudbaar gezicht... of ligt het aan mij? Hoe ik ook mijn best doe, ik kan het me niet meer voor de geest halen.'

Het misselijke lachje op zijn smoelwerk zou me nog lang heugen.

5

Ik had me eigenlijk voorgenomen om Albert elke bijgedachte op voorhand uit het hoofd te praten, maar voorlopig was ik te druk met mijn eigen bijgedachten, die zich steeds meer tot hoofdgedachten ontwikkelden. Zoals ik eerder mijn visuele greep op haar gezicht kwijt was geraakt, zo kreeg ik nu geen vat op haar lichaam, dat ik immers alleen in geklede staat had meegemaakt, en dan ook nog in een verhullend wijde jurk. Natuurlijk, als ik in het souterrain op zoek ging, zou er vast wel een fotoserie opduiken met La Suwijn in *wet look*, met branding of zwembad als decor, maar dat had allemaal weinig met de werkelijkheid van vandaag te maken. Hoe ging dat bij verliefdheden vroeger? Ontwikkelde ik fantasieën over wat ik met de begeerde jongeman wilde doen zolang er in het echt nog niets gebeurd was? Nee. Niet dat ik me ertegen verzette, maar er was simpelweg geen sprake van. Aan hitsige visioenen geen gebrek, en ze lieten mijn lijf niet ongemoeid, maar het waren anonieme, getemde jongens, die deden wat ik van ze verlangde. Ik beklom ze met gesloten ogen als het me zo uitkwam, en ze lieten zich gewillig door mij berijden.

Mijn plotselinge verslingering aan Corinne strekte zich niet uit tot haar naakte lichaam en haar intieme delen. Ik voelde die hele dag door een pijnlijk verlangen in mijn armen en benen dringen om me als een uitgelaten kind rond haar lijf te slingeren – een gevoel van overbelaste spieren, alsof ik te lang achtereen aan een rekstok had gehangen. Het was steeds de *geklede* Corinne die ik besprong. Ik overdekte haar gezicht met kussen maar kreeg niet de aanvechting met mijn tong haar mond open te breken.

Wat *was* dit voor verliefdheid? Toch niet iets muf platonisch, mocht ik hopen? Ik probeerde, om zekerheid te krijgen, de begeerte dan maar bij mezelf op te wekken, en die op Corinne te projecteren. Het lukte me niet haar te ontkleden. Een enkel knoopje van haar blouse, meer niet. Ik trok de gesp van haar ceintuur los, met als enig resultaat dat de pin in het volgende gaatje drong, zoals bij iemand die iets te veel gegeten heeft. Ze weerde me niet af, maar moedigde me evenmin aan. Voor haar gestalte schoof, heel hinderlijk, het beeld van Het Onaanzienlijke Meisje.

Misschien door haar verschijning vertoonde ik alle lichamelijke reacties waarvan ik wenste dat ze door Corinne werden opgewekt. Het meisje straalde zoveel schaamte uit dat het pijnlijk was om naar te kijken, en toch kon ik mijn ogen niet van haar afhouden. Voor de verlegenheid van een vriendinnetje had ik Albert wel eens de uitdrukking horen gebruiken: 'Zij bloosde over haar blos heen.'

Dat is wat H.O.M. overkwam, en dat gaf haar gezicht iets opgeblazens, waardoor haar ogen zich vernauwden. Ze waren blauw, en werden teruggebracht tot heel lichte streepjes, diepliggend in de doorbloede huid, die bijna purper kleurde.

6

Die godverdommese verliefdheid... het was vragen om moeilijkheden. Het woord was al fout gekozen. Een blouse te vaak gewassen noem je *verwassen*. Een ongeluk dat tot de dood leidt, dan is het slachtoffer *verongelukt*, niets meer aan te doen. Als tedere gevoelens zich verdichten tot onstuimige, dan heet de drager van zulke emoties *verliefd* – wat mij in de oren klinkt als 'uit de liefde ontheven' of 'te ver gegaan in een liefdevolle toestand'.

Ik heet Zwanet, en Corinne heet Corinne, dus laten we elkaar geen Mietje noemen, want dat is afgeleid van Maria. Ik bedoel, we houden er allemaal van in een roman te lezen, of in een speelfilm te zien, hoe een verliefdheid tussen twee mensen zich ontwikkelt. O wee als het ons in werkelijkheid overkomt: het is een ziekte die ons alle eetlust ontneemt en ons doet braken uit een lege maag en krachteloos laat uitroepen: 'Ik wou dat ik dood was.'

Verliefdheid spiegelt ons een door en door valse toekomst voor. Met de begeerde ander aan onze zijde veroveren we de wereld, o zeker. De verbintenis zal gezegend en bezegeld worden met liefst een grote kinderschaar. De vraag doet zich dan nog lang niet voor hoe die kleine etters de liefde van hun verwekkers in stand kunnen houden. In de waanzin van het moment wordt ook de liefde zelf op de toekomst geprojecteerd, alsof het allemaal niet op kan. Nee, wacht maar af.

In het geval van Corinne en mij hoefde de kinderschaar geen beletsel te vormen: de heks Menopauze stond voor de deur en zou binnen de kortste keren met haar knarsende sprookjessleutel onze vruchtbaarheid afsluiten. Een zorg minder. Het gaf deze vlaag van hartstocht iets waardevrijs, zonder dat vrijblijvendheid dreigde. En toch... ik moest me door zulke overwegingen niet in de luren laten leggen. Het laatste restje bevlieging in me zei dat ik me er vol in moest storten, in deze aanlandige jeugdigheid. Mijn laatste restje gezond verstand bleef me ervoor waarschuwen.

'Neem je verlies, Zwanet... geef het niet de kans te diep in je door te dringen, dan slijt het op den duur wel. Liever nu wat ellende kotsen dan er straks aan creperen.'

Liefdesverhalen en *love songs* schilderen de prilheid van zulke gevoelens af als iets vliesvleugeligs en lichtvoetigs, dansen op een roze wolk, maar het is een druk, alsof de aangeraakte in een andere, zwaardere atmosfeer terecht is gekomen en haar kaken op elkaar klemt om er weerstand aan te bieden.

'Wat loop je toch steeds te schokschouderen,' zei Albert al

voor de zoveelste keer. 'Het lijkt wel alsof je een last aan het afschudden bent.'

'Ja, mama schudt vandaag al voor de honderdste keer haar hoofd,' zei Thjum een beetje lacherig, blij zijn vader te kunnen bijvallen. 'Straks vliegen haar krullen nog los in het rond.'

Het klopte. Ik wilde me voortdurend van iets ontdoen, niet van een last, maar zoiets als een zware vacht, die na het villen nog half aan me vastzat. Het liefst had ik me ergens tegenaan geschurkt. Een boom met ruwe schors, tot de bontlappen eraan bleven hangen, maar als krabpaal dook toch steeds Corinne Suwijn aan de horizon op, alsof alleen zij me van de neerdrukkende last kon verlossen. Op een wandeling samen met Albert, over de Veluwe, had ik ooit een hert gezien dat met zijn grote gewei langs de stootbok aan het eind van een spoorlijn wreef om de flarden vilt kwijt te raken die al overvloedig over de dwarsbalk hingen. De baan, met z'n steenslag net zo roestig als de rails, was duidelijk niet meer in gebruik. Er schoten hoge grassen tussen de bielzen op. We stonden een poos naar het hert te kijken en te luisteren, want het was de paartijd en hij burlde erop los, al stotend met zijn krakende gewei.

'Hij stelt zich de stootbok zeker als rivaal voor,' zei Albert, 'en niet voor het eerst, zo te zien. De balk is flink gehavend. Soms heeft paardrift bij gebrek aan een tegenstander blijkbaar een verzonnen vijand nodig.'

7

Wat ik me nooit eerder had afgevraagd: hoe aanwezig zijn de afwezigen in ons leven? Ik bedoel dan niet wat ze elders, bijvoorbeeld in hun eigen huis, aan het doen zijn, maar hoe ze zich bij ontstentenis gedragen op *mijn* dag. Zijn ze er fysiek volledig *niet*? Als Cynthia op school was, doorkruiste ze niet alleen van tijd tot tijd mijn gedachten, maar ook mijn zintuigen. Als ik aan haar verrukkelijke geur van een twaalfjarige dacht, *rook* ik die ook echt, vooral die van haar kruin als onder het fietsen de zon erop had gestaan en ze een klein beetje zweette. Ik wist precies hoe Cynthia in mijn armen voelde als ik haar bij thuiskomst even vastpakte, en mijn kin op haar hoofdje liet rusten.

Dus... hoe *tastbaar* zijn een vriendin, een kennis, een familielid voor mij tijdens hun bezigheden aan de andere kant van de stad of de aardbol? De vraag drong zich die dag van waanzin aan me op via Corinne. Nog nooit had ik iemands aanwezigheid bij afwezigheid zo massief gevoeld. Het leek wel alsof ze al die uren van achteren tegen me aan stond, zodat ik voortdurend de neiging moest onderdrukken me om te draaien en haar te omhelzen – wat ik soms ook daadwerkelijk deed, waarbij mijn armen vergeefs door de lucht maaiden. Zelfs dan nog voelde ik de unieke stof van haar rode jurk en de warmte en de veerkracht van haar lichaam daaronder.

Albert had me een keer verteld hoe hij als jongetje altijd met een grote zwarte kat rondzeulde, zonder acht te slaan op zijn moeder, die dan riep: 'Zet toch neer, dat beest... je vertilt je eigen nog 's.'

Als de poes zich eindelijk had weten los te wurmen, bleef de kleine Albert de afdrukken van het lijf op zijn borst en in zijn armen voelen, alsof hij het dier nog steeds met zich meedroeg.

'Maar zonder het gewicht,' zei ik.

'Nee,' zei hij, 'op de een of andere manier *was* de zwaarte er nog. Ik kon het gewicht van de kat afleiden uit de tintelingen op de plaats die hij had ingenomen.'

Zo sjokte ik de hele dag met Corinne rond, hoewel ik haar maar kort in mijn armen had mogen houden, bij het afscheid in het halletje. Ik vroeg me af of sommige mensen, zoals Corinne Suwijn, en ook bepaalde vachtdieren, een groter vermogen bezaten dan andere wezens om een sterke statische afdruk van zichzelf in de opperhuid van de omvademende persoon achter te laten. Het moest haast wel, anders kon ik haar tastbare etherische aanwezigheid niet verklaren. Ik had geen andere keus dan mijn struikeldans met haar de hele dag voort te zetten. Ik tastte achter me, en trok haar armen om mijn middel, alsof ik ze vast wilde knopen als de uiteinden van de ceintuur van een peignoir. Zo verplaatste ik me, met haar warme lijf tegen mijn rug en benen aan gekleefd, van de keukentafel naar het fornuis, en weer terug. Ik voelde een zachte en zoete opwinding in me, die niets sexueels had. Het was eerder een onbestemd verlangen.

Als ik me voor de zoveelste keer naar haar omdraaide, kon ik niet alleen haar lipstick proeven, ook het bescheiden laagje gloss, zoet als honing en een beetje plakkerig. Ik dwong mezelf aan haar naakte lichaam te denken, maar dat werd niets. Ze bestond uit een knap gezicht en een warme mond, en verder uit heel veel rode jurk, die godzijdank wat van haar lichaamswarmte doorliet. Ik ging zelfs, met haar naast me, op bed liggen, boven op de sprei, om eens te zien wat er gebeurde. Niets. Kom, Zwanet, je hebt je toch ook wel eens in fantasieën laten gaan na een praatje aan de deur met een knappe pakketbezorger. Het stuk kwam aangetekend, en jij moest je krabbel zetten, en even later, in je eentje liggend op bed, kwam die handtekening tot leven… en wel onder een tekst die jou tot heel andere handelingen verplichtte dan het in ontvangst nemen van een dikke envelop.

Toen je de jongeman wat later, glurend door de vitrage van de slaapkamer, aan de overkant van de straat in een portiek zag staan, bleek je lust nog niet helemaal getemd en vierde je die nog een keer bot op de aanblik van zijn rug en nek, waar zijn kracht zich leek samen te ballen. Een aangetekend stuk, zeg dat wel.

Nee, hoe zoet ook mijn verlangen, ik kreeg Corinne niet uit die papaverrode jurk gepeld, en mijn hand bleef lusteloos op mijn buik liggen. Naast me lag de begeerde vrouw op haar zij. Ze glimlachte naar me, niet aanmoedigend, maar begripvol, en toch ook een beetje nieuwsgierig. Ze fluisterde: 'Ik snap het… zo zijn wij niet. Toch?'

'Heb jij wel eens iets met een vrouw gehad, Corinne?'

'Never nooit niet.'

'Dat zijn drie ontkenningen. Twee ervan maken samen ja… door de derde is het toch weer nee.'

'Je zou *nooit* als de bijgeleverde vertaling van *never* kunnen beschouwen. Dan houden we twee ontkenningen over… nooit niet. Ja dus. Nee hoor. Ik kan een mooi vrouwenlichaam waarderen, maar het beminnen, dat is heel iets anders. Ik heb er geen voorstelling bij.'

'Zou jij verliefd kunnen worden op een vrouw zonder haar… nou ja, te begeren… haar lijf, bedoel ik?'

'Het is me een keer overkomen.'

'Vertel.'

'Bij jou, Zwanet… snap je het nou nog niet?'

8

Alsof ik daarmee ook het misselijkmakende verlangen diep binnen in me kon uitdrijven, vluchtte ik naar buiten, de straat op. Het was net zulk mooi weer als de dag tevoren, maar ik deed toch mijn overjas aan: ik gunde het de buurtbewoners niet om te zien hoe de geheime hunkering uit me dampte. Ik hield zelfs met beide handen de revers dicht om mijn borsten te beschermen, die voor mijn gevoel rezen en daalden van hetzelfde zwellende verlangen.

Ik stak de straat over, en sloeg bij restaurant diuZ-duO de hoek om, de Exil in. Voor de etalage van Olle Tornij bleef ik net als anders stilstaan om de uitgestalde edelramsj te bekijken: Amerikaanse hardcovers, overbodig geworden door de pocketeditie. Olle keek neer op dit soort handel, maar hij moest ook leven, nietwaar. Met mijn neus tegen de ruit gedrukt, mijn handen als oogkleppen gebruikend, probeerde ik in de halfdonkere winkel enig leven te onderscheiden. Kasten vol boeken, ja, maar geen personeel.

De deur was gewoontegetrouw gesloten. Ik moest een paar keer bellen eer het elektronische slot open dreunde. In het halletje van een meter in het vierkant moest ik wachten totdat bediende Tibbolt de volgende sluisdeur voor me opende.

'Mevrouw Egberts, welkom.'

Tibbolt Satink, Tib, was een knappe jongen van vierentwintig. Iets langer dan gemiddeld, slank, een gezicht met krachtige, regelmatige trekken. Ik betrapte mezelf erop dat ik hem, nu ik wist dat hij de beoogde schoonzoon van Corinne was, met bijzondere aandacht bekeek.

'Mevrouw Egberts, wat kan ik voor u doen... of wilt u zomaar wat rondkijken?'

Hij was altijd vriendelijk en behulpzaam, niet volgens instructies van zijn grootvader, maar van nature, dat voelde je. Hij had daarbij ook iets ondoorgrondelijks, met rusteloze ogen, die overal konden verwijlen, in elk van de vergezichten door de boeken hier geboden, maar niet in de winkel zelf.

'Ik hoorde dat er een nieuwe vertaling van de *Divina Commedia* is... door een tweetal topvertalers.' (Ik was helemaal niet van plan geweest die aan te schaffen.) 'Daar wou ik mezelf nou eens op trakteren.'

Tib knielde neer bij een kast, en trok de cassette met de twee banden tevoorschijn. 'Opa zal blij zijn met uw keuze.' Hij had halflang, sluik haar, dat bij het bukken naar voren was geschoven, en dat hij nu met een ruk van zijn hoofd op z'n plaats schudde. Een elegant gebaar, dat me eerder had moeten opvallen. De trotse winkelbediende die na elke onderdanigheid zijn serviliteit corrigeert... het was net alsof vandaag al mijn zintuigen, ook de verborgen, wijd openstonden. Sinds mijn binnenkomst was de zon boven de huizen uit geklommen, en er viel een lichtbaan dwars door de eerst zo schemerige ruimte, pal op het kapsel van Tib, dat roodachtig oplichtte, bijna roestkleurig. Hij kneep zijn ogen dicht.

'Deze maar doen dan, mevrouw Egberts... of wilt u de uitgave eerst nog bekijken? Er staan prenten van Doré bij.'

'Nee, pak maar in. Je grootvader had me trouwens allang een portje aangeboden.'

'O, neemt u me niet kwalijk.' Hij legde de zware cassette op de toonbank, naast de rol inpakpapier, en ging me voor naar de zithoek achterin. 'Wit of rood?'

Het viel me voor het eerst op dat de jongen lichtelijk mank liep, of was het iets recents? Hij zat in het voetbal, in de supporterij, maar of hij ook zelf speelde? Hij deed duidelijk zijn best, door zo recht mogelijk te lopen, wat stijfjes ook, om zijn handicap te verhullen.

'Wit graag.'

'Gaat u zitten.' Tib opende het buffet, en nam er een fles en een glas uit.

'Door je enkel gegaan bij de training? Niets ernstigs, hoop ik.'

'O, dat... zwakke enkelbanden... heb ik al vanaf mijn geboorte.'

Hij schonk me een glas port in, en zette de fles ernaast. Zelf nam hij niet.

'Nooit geweten dat je ermee geboren kon worden.'

'Ik ben er niet mee geboren... of nou ja, eigenlijk wel. Vlak voor de bevalling overkwam mijn moeder een ernstig verkeersongeluk. Haar buikwand raakte doorboord, en daarmee ook de voetjes van de foetus.'

'En je arme moeder?'

'Ze heeft het overleefd. Als u het niet erg vindt, mevrouw Egberts... ik heb het verhaal al veel te vaak gedaan. Het grijpt me elke keer weer aan.'

'Ik zal niet langer aandringen,' zei ik. 'Gezondheid.' Ik nam een slok van de zoete drank, waarvan de gloed zich onmiddellijk door mijn hele lijf verspreidde. Ik vroeg me af waarom ik, en dat nog voor het middaguur, om een glas port had gevraagd. Misschien om de lichte kater te verdrijven die ik aan de avond tevoren had overgehouden, en die ik tot op dat moment helemaal niet als onaangenaam had ervaren: die bracht Corinne dichterbij. 'Zou je even kunnen gaan zitten, Tib... ik wil je iets voorleggen.'

Ik merkte dat hij met tegenzin tegenover me in een fauteuil plaatsnam. Ik wilde hem naar zijn schoonmoeder vragen, maar mocht niet de indruk wekken dat ik hem, met wat voor oogmerk ook, over zijn familie zat uit te horen. Ik koos op het allerlaatste moment voor een ander onderwerp.

'Die veldslag bij Beverwijk, afgelopen maart... jij was daarbij. Toch?'

'Ik zeg niets. *Feind hört mit.*'

'Mijn man wil erover schrijven.'

'Zeg hem dan dat hij op moet passen,' zei Tib. 'Vrienden van het slachtoffer gaan achter elke journalist aan. Ze hebben een televisieploeg die een reportage over de veldslag wilde maken bedreigd... net zo lang tot het project werd afgeblazen.'

'Albert zoekt het meer in de richting van de fictie.'

'Maakt niet uit, mevrouw Egberts. Er werd ook meteen al aan een speelfilm gedacht... nou, mooi niet. De producenten mogen van geluk spreken dat ze niet eerst de kosten torenhoog hebben laten oplopen... er werd ze te verstaan gegeven dat ze er maar beter van af konden zien. Die film komt er niet. Al zou iemand op het idee komen het drama voor poppenkast te bewerken, met Jan Klaassen en Katrijn en de duivel, dan ging de hele poppenkast in vlammen op. Praat het uw man uit het hoofd, alstublieft.'

'Er gaan geruchten over een soort vervolgveldslag... meer in de buurt van Rotterdam.'

'Als deze vraag bedoeld is om meneer Egberts van informatie te voorzien... ik weet van niets.' Hij keek in de richting van de straatkant. 'Als u het niet erg vindt... er staat iemand op de stoep. O, nee, hij loopt door. Ik kan u echt niet verder helpen, mevrouw.'

Door zijn weigerachtigheid durfde ik ineens wel over Corinne te beginnen. Ik had het in mijn bevlogen stemming tegenover een wildvreemde op straat nog gekund. 'Iets heel anders dan... gisteravond was jouw schoonmoeder bij ons op bezoek.'

'Ik weet het... op weg naar jullie was ze hier in de zaak. Ik vind schoonmoeder wel een erg groot woord.'

'*Aanstaande* schoonmoeder dan... je hebt serieus verkering met haar dochter.'

'Dat zijn nog steeds allemaal te grote woorden. De verhouding met Rita staat op een laag pitje...'

'Daarom begin ik erover,' zei ik. 'Corinne maakt zich zorgen over haar dochter. Rita en jij zien elkaar steeds minder, en zij denkt nog altijd dat jullie gaan trouwen.'

'Ik heb het hele idee van een huwelijk achter me gelaten. Er komen grote veranderingen in mijn leven aan. U bent me sympathiek... aan u wil ik wel iets kwijt. Ik ben mezelf aan het omscholen.'

'Vaarwel, boekhandel.'

'Ik blijf hier voorlopig nog wel even werken. Met omscholen bedoel ik dat ik mijn hele persoonlijkheid ga omvormen... mijn hele bestaan wil omgooien. Ik noem het mijn carrière als Ander, met een hoofdletter. Mijn leven ontwikkelt zich in de richting van een radicale ommekeer. Degene die ik nu ben... op een dag bestaat hij niet meer.'

Ik was onthutst. 'Waarom zou je jezelf willen inruilen voor iemand anders?'

'Het is weerzin tegen de dood, mevrouw Egberts. Het is het grote bedrog dat in de loop van je bestaan aan het licht komt: je bent sterfelijk, en wordt opgezadeld met een steeds sterker wordende doodsangst. Geen loze vrees... het is een feilloze voorspeller. Net als de hypochonder op 't eind altijd gelijk krijgt, zo ook de mens die bang is om het loodje te leggen. Als ik het voor elkaar krijg om geheel en totaal een ander mens te worden, kan ik die nieuwe persoon niet alleen met mijn eindigheid opzadelen, ook met mijn sterven, dat ik dan zelf niet hoef te ondergaan.'

'Het zelf mag dan door de dood ophouden te bestaan, Tib, maar als je er bij leven en welzijn vanaf wilt, zul je er nog een hele dobber aan hebben... het zelf is onuitroeibaar totdat het uitgeroeid wordt, en daar zul je zelf bij aanwezig zijn, bij volle bewustzijn of in coma, doet er niet toe.'

'*Iemand* moet het doen.' De jongen was trillend van opwinding gaan staan, tussen de fauteuil en de salontafel. '*Iemand* moet als eerste aantonen dat zo'n totale metamorfose mogelijk is.'

'Zo'n andere, geheel vernieuwde persoon die door jou wordt voortgebracht, heeft ook weer z'n eigen zelf... je wentelt de doodsangst en alle ellende die erop volgt alleen maar op een fictieve ander af.'

'Die meedogenloze houding,' zei Tibbolt, 'die is nou juist kenmerkend voor mijn huidige ik. Om zo'n radicale ommekeer erdoor te drukken is wreedheid nodig. Zelfvernietiging bereik je niet met zelfmedelijden.'

'En Rita... die past dus niet langer bij het omgegooide roer? Zo trek je ook de mensen die van je houden mee in je zelfdestructie.'

'Ook de liefde die in me is, moet kapot... alles om mijn doel te bereiken. Alles voor de carrière als Ander. Ik heb me een paar maanden geleden aangemeld bij GWB... dat staat voor Golden Wonder Boys. Een escortbedrijf van gezelschapsjongens dat zich op middelbare en oudere dames richt... in een enkel geval ook op gehandicapte vrouwen, die jonger mogen zijn.'

'Waarom geen escortbedrijf voor rijpere mannen?' Ik weet niet of ik me kwaad dan wel bedroefd voelde worden. Als Corinne dit hoorde zou haar bezorgdheid om Rita geen grenzen meer kennen. 'Ik neem aan dat je hetero bent. Met het aanbieden van sexuele diensten aan homo's zou je je nog meer van je oorspronkelijke zelf verwijderen... weer een voorsprong.'

'Misschien een volgende stap op weg naar de volledige vervreemding. Dank voor de hint. Ik pak de hele omscholing gefaseerd aan.'

'Je kunt wel dat krankzinnige streven hebben om jezelf finaal kwijt te raken, maar... hoe wek je bij jezelf sexuele verlangens op naar een lichaam dat niet jouw keuze is... naar een klant van GWB die haar oog op *jouw* fotootje in de catalogus heeft laten vallen?'

'Als die hindernis genomen is, ben je op de goede weg... naar het definitieve afscheid van je vertrouwde, al te vertrouwde, warme persoonlijkheid. Je speelt voor zo'n vrouw de rol die ze van je verlangt... en al die rollen bij elkaar, al die valse optredens, zijn ruwe bouwstenen van de Ander die je uiteindelijk uit de grond wilt stampen.'

'En een zwaar gehandicapte vrouw?'

'Twee, drie weken geleden. Jong nog, maar onooglijk verminkt. Ik heb haar niet teleurgesteld... en mezelf ook niet.'

'Bij Golden Wonder Boys zullen ze wel blij met je zijn. Met je... eh... *flexibele* persoonlijkheid, bedoel ik.'

'U neemt me niet serieus.'

'Ik ontmoet niet elke dag mensen die op het punt staan in een ander te veranderen. Het is even wennen.'

'Voor het geval u me niet gelooft... ik heb een kaartje laten drukken.' Tib trok een kartonnetje uit de borstzak van zijn spijkerjack. Hij hield het me vluchtig voor... ik las in kleine lettertjes THUISZORG... en stak het weer bij zich. 'Ik noem mezelf natuurlijk geen gigolo.'

'Waarom krijg ik nou de indruk dat je jezelf staat aan te prijzen... te verkopen zelfs?'

'Mevrouw Egberts toch,' zei de jongen met een bestraffend

lachje. 'U behoort niet tot de doelgroep van GWB. Ik heb u nooit ouder dan als achter in de dertig beschouwd.'

'Als je vrouwen van mijn leeftijd zo blijft vleien,' zei ik, 'dan loop je een deel van je klandizie mis... net als je grootvader, die liever een boek de hemel in prijst dan er een te verkopen. Je kunt met je valse complimenten beter wachten tot de dame in kwestie haar voorschot heeft voldaan.'

'Zo werkt het niet. Ik merk wel dat u nog nooit met een service als GWB te maken heeft gehad. Het is *no cure no pay*. Betaling achteraf.'

'Dat kan dan nog veel gebekvecht opleveren over de kwaliteit van jouw prestaties.'

'Zulke onderhandelingen waren me tot nu toe vreemd... ze zouden me nog meer naar een andere wereld verplaatsen.'

'Ik neem aan dat je openhartigheid een soort verslag vormt van de metamorfose. Weet je Oll'opa van deze nevenactiviteiten?'

'Vertel het hem alstublieft niet, mevrouw Egberts... ik wil hem voorzichtig voorbereiden. Ik hou van die man.'

'Hoe reageert hij op het damesbezoek van zijn kleinzoon... telkens een ander, maar altijd middelbaar?'

'Ik kom uitsluitend bij de klant aan huis... tenzij ze voor een hotel kiest, op haar kosten uiteraard.'

'Ben je gisteravond ook zo openhartig geweest tegenover mevrouw Suwijn... je *gewezen* schoonmoeder, mag ik nu wel zeggen? Ze maakte op ons een nogal zorgelijke indruk.'

'Ik ben van plan het mevrouw Suwijn op mijn eigen manier duidelijk te maken... door haar professioneel te verleiden, en haar ervoor te laten dokken.'

Ik voelde een hete woede in me opkomen. 'Als je dat maar uit je hoofd laat, jij kille namaakmacho.'

'Het is een verschrikkelijk mens. Ze verdient niet beter.'

'Ze komt voor haar dochter op.'

'Rita en haar moeder hebben allebei dezelfde misleidende

eigenschap,' zei Tib, en zijn ogen vernauwden zich. 'Luister naar hun stem… zoetvloeiend als een straaltje honing. Maar daaronder een tong als een scheermes, vergis je niet. Ze bedwelmen je, en snijden je vervolgens aan stukken.'

'Rita ken ik niet, maar zoals jij Corinne opvoert… nee, daar klopt geen moer van. Behalve dan die buitengewoon aangename stem.'

'U heeft haar alleen gisteravond meegemaakt. Ze liet zich ongetwijfeld van haar beste kant zien. Mocht u vriendschappelijke gevoelens voor deze dame ontwikkelen, wees dan gewaarschuwd. Ik ken haar man vrij goed. Hans Krop. Ze heeft in de loop van haar huwelijk een geestelijk en maatschappelijk wrak van hem gemaakt, en dan nog zo vuil zijn om de scheiding zo lang mogelijk tegen te houden. Die vrouw deugt van geen kanten.'

Ik wilde nog iets tegenwerpen, maar daar klonken trage voetstappen op een trap, waarna er een deur tussen twee boekenkasten openging. Een grijze, bebrilde man, ietwat gekromd op schouderhoogte, stiefelde de winkel in.

'Ik zie, mevrouw Egberts,' zei Olle Tornij, 'dat onze Tib goed voor u zorgt. Wat ligt daar…' Hij schoof zijn bril wat dichter op zijn ogen toe. 'Een nieuwe *Divina Commedia*. Tweetalig. Nederlandse vertalers kennen nooit het verschil tussen een pistool en een revolver… maar daar hoef je bij zo'n oude tekst niet over in te zitten.'

Zijn blik viel op de etalageruit, waar onder een boog van witte kapitalen (BOEKHANDEL OLLE TORNIJ) duidelijk een samenstel van vetvlekken zichtbaar was. 'Dat kan ik nou zo slecht velen… mensen die naar binnen gluren en dan de afdruk van hun neus op het glas achterlaten. Laten ze die neus liever eens in een boek steken.'

Hij haalde onder de toonbank spons en zeem vandaan en een soort plantenspuit, waar ongetwijfeld een of ander sop in zat. Buiten bestoof hij de ruit, en veegde en boende net zo lang tot de afdruk van mijn halve gezicht verdwenen was. Ondertussen pakte Tibbolt Dante in.

'Een cadeau, mevrouw Egberts?'

'Het is voor mezelf.'

De jongen rolde een groot stuk grauw pakpapier af. Bij het vouwen en vastplakken trilden zijn handen, alsof alle stoere ontboezemingen hemzelf meer hadden aangegrepen dan mij. Ik rekende het boek af met mijn pas.

'Dus ik kan op u rekenen, mevrouw... mondje dicht tegen Oll'opa?'

'Doe maar geen gekke dingen.'

'Juist wel.'

9

Ik kwam thuis met het weeë gevoel dat ik zojuist onderworpen was geweest aan professionele hofmakerij van een gigolo... aan een flirt beroepshalve. Ik zou nooit op zo'n aanbod ingaan, maar vroeger had het misschien tot eenzame fantasieën geleid: hoe ik zonder scrupules waar voor mijn geld zou afdwingen bij een mannelijke hoer die dacht macht *over mij* te kunnen uitoefenen. Ik had hem gekocht, dus zou hij mijn slaaf zijn, desnoods geketend.

Aan zelfstrelende visioenen had ik nu geen behoefte. Ik was de *Commedia* gaan kopen om via Tibbolt Satink meer te weten te komen over Corinne, en het enige wat ik geoogst had, was kwaadsprekerij over een vrouw die door hem allang aan de kant was gezet als schoonmoeder, met dochter en al. 'Een zoetvloeiende stem, maar een tong als een scheermes.' Het eerste deel van de beeldspraak klopte, ik had de honing zelfs *geproefd*, maar haar tong had me met geen onvertogen woord bezeerd. Het voorkwam niet dat ik besloot op mijn hoede te zijn. Wat Tib over Hans Krop en de scheiding had gezegd bijvoorbeeld...

Laten we de realiteit niet uit het oog verliezen, Zwanet: je werd gisteravond voorgesteld aan wat misschien wel de maîtresse van je echtgenoot was, niemand minder. Met haar klakkende scheermes of niet, de vrouw was akkoord gegaan met een ontmoeting. Ze had het risico op grote mot genomen… van een breuk of tussen haar en Albert, of tussen Albert en mij, de kinderen nog even buiten beschouwing gelaten.

Welke vrouw stortte zich in zo'n gebied vol voetangels, waar geen pump of hart tegen bestand was?

10

De dag na de vondst in de Retiefstraat stond ik niet 'ingeroosterd', zoals dat bij ons op De Brouwerij met een mal woord heette. Ik stelde me er altijd een barbecue bij voor. De vrije dag had ik liever door een werkdag vervangen gezien: het zou me misschien wat hebben afgeleid van de duizelingwekkende visioenen waarin Corinne rondzwierde als een dansende derwisj… in rood gewaad, wenkend, verlokkend, ongrijpbaar, een vuurbal.

Wat was er aan de hand met de gestoorde vrouw uit Oost? Had de politie haar identiteit weten na te trekken? Wat had de sectie op de dode man uitgewezen? Genoeg vragen om op mijn vrije dag een bezoek aan de psychofabriek van de GG&GD te rechtvaardigen. De portier liet me dit keer niet meteen doorlopen naar kamer 12.

'Er zijn complicaties,' zei hij gewichtig. 'Niet iedereen mag zomaar bij haar. Ik doe even een belletje.' Hij toetste op zijn paneel een nummer in. 'Ja, dokter Burger? Ik heb hier Zwanet van Ongediertebestrijding aan de desk. Zij heeft gisteren die verwarde vrouw in Oost ontdekt… en komt 's horen hoe of het nu met haar is. (…) Goed, ze wacht bij de receptie.'

Dokter Burger was een van de psychiaters op De Brouwerij.

Hij kwam haastig aanlopen door de gang, met schril piepende spekzolen en openhangende witte jas, alsof hij die alleen maar even aangeschoten had om zijn gezag te tonen.

'Zwanet, het is geen goed moment nu,' riep hij al van een afstand. 'We zijn met haar bezig... niet te temmen gewoon. Ze heeft een verpleegster aangevallen... gekrabd en gebeten. Ze slaat het meubilair kapot... geen land mee te bezeilen. Ze doet haar gevoeg in een hoek. We noemden haar verward... ze is eerder in hoge mate verwilderd.'

'Jeroen, mag ik niet eens proberen haar te kalmeren? Toen ik haar gisteren in dat pand in de Retiefstraat aantrof, merkte ik bij mezelf enig overwicht op haar. Ik sprak haar rustig toe, en ze deinsde achteruit.'

'Volgens de rapportage die ik heb ingezien, Zwanet, bewaakte ze op die manier het lijk van een man... dat lijkt me weinig hoopgevend. Er wordt nog uitgezocht of ze de vent niet gewoon eigenhandig koud gemaakt heeft. Nee, ik laat je niet bij haar... niet onder mijn verantwoordelijkheid.'

'De man schijnt een natuurlijke dood gestorven te zijn... een hartstilstand of zo.'

'Dat moet dus nog blijken. De sectie is in volle gang. Sorry, ik moet terug naar de frontlinie.'

De portier verstrekte me het telefoonnummer van de mortuariumafdeling in het Onze Lieve Vrouwe Gasthuis. Ik belde het in de auto op het parkeerterrein. Ik kreeg eerst een assistent aan de lijn, die me later doorverbond met dokter Hagendoorn, de patholoog-anatoom van dienst. Ik kende hem: de man in de Retiefstraat was waarachtig niet mijn eerste lijk, al liet ik de vondst zelf doorgaans liever aan mijn collega's met de mondmaskertjes over.

'Zwanet, wat een verrassing... je had gisteren een drukke dag, begrijp ik.'

'En jij bijgevolg vandaag.'

'Daar zijn we voor,' zei Hagendoorn. 'Waarmee kan ik je van dienst zijn? Over mijn bevindingen kan ik niets loslaten, want die heb ik nog niet rond.'

'Ik kreeg eerder de suggestie te horen dat de onbekende man een natuurlijke dood gestorven was.'

'Ja, dat stond in het rapport van mijn collega. Ik vond dat na lezing een voorbarige conclusie. De politie wil moord of doodslag voor honderd procent uitgesloten zien. Zover ben ik nog niet. Zie je, nu klap ik toch weer uit de school. Ik kan jou simpelweg geen informatie weigeren, dat is al eerder gebleken. Wat is jouw geheim, Zwanet, om mensen dingen te ontfutselen?'

'Ik leg me er niet op toe,' zei ik. 'Je treedt zelf in detail.'

'Waarom kom je niet even hier langs? Dan laat ik je een paar opmerkelijke dingen zien. Een rondleiding is wettelijk niet verboden.'

'Ik kan niet tegen lijken... en al helemaal niet als ze opengesneden zijn. De lucht doet me kokhalzen.'

'Blijf dan maar liever dom,' zei Hagendoorn. 'Als je in dit stadium wilt weten of jouw verwarde vrouw een moord heeft gepleegd, kan ik je wat aanwijzingen geven. We hebben hier speciaal geparfumeerde mondkapjes tegen de lijkenlucht. We hebben zo onze methoden om de geur van ontbinding uit te bannen.'

In onze keuken aan de Cornelis Andriessen liep het roestvrijstalen aanrecht lichtelijk schuin af naar de gootsteenbak. Hier, in de sectiezaal van dokter Hagendoorn, bevonden zich meerdere, vrijstaande aanrechten, waarvan het roestvrije staal uit alle hoeken afliep naar een soort golfhole in het centrum, waar alvast wat afval van een mensenleven werd weggespoeld, voordat met het lancet werd vastgesteld welke organen de drager een loer hadden gedraaid.

'Kijk, hier achter dit oor... ik dacht eerst dat het de zeeprest van een ouderwetse scheerstaaf was. Het blijkt te gaan om witte verf... afwasbaar, dat wel. Ik denk aan witte schmink, waarvan ik ook sporen in de haartjes van de neusgaten vond. Misschien ging meneer regelmatig als *drag queen* naar een *kinky party*. Het kan ook om een illustrator gaan.'

Het geparfumeerde mondkapje sloot de duffe lijkenlucht gedeeltelijk buiten, en maakte die zo alleen maar deprimerender. De man op de sectietafel leek nog oppervlakkig op de persoon die ik gisteren in de benedengang had aangetroffen, al was hij ook toen al waarschijnlijk geen getrouwe weergave meer van degene die hij bij leven geweest was. O, wat kon een dode toch irritant in zichzelf gekeerd raken... zo arrogant van de wereld afgekeerd. Het was een goed Amsterdams gebruik om iemand die in de kroeg of op een feestje stilletjes in een hoekje zat iets toe te voegen als: 'Hé, dooie... komt er nog wat van?'

Het was voor 't eerst in mijn leven dat ik de behoefte voelde een echt dood iemand zo aan te spreken: 'Hé, dooie... zijn we er nog?'

'Hier net beneden de hals zijn vage resten van bloeduitstortingen te zien,' zei Hogendoorn. 'Ik heb foto's van de verwarde vrouw gezien... van haar handen ook... die leken me te tenger om zo'n stevige man te verwurgen. Hoewel, wurgen is nog iets anders dan de keel dichtknijpen. Bijna een week na het intreden van de dood valt moeilijk het precieze alcoholpromillage vast te stellen, maar hij had behoorlijk ingeladen... ook als we op getuigenissen van de kroegbaas en zijn ober af mogen gaan. Als zo'n dronkaard op de rug zijn roes ligt uit te slapen... snurkend en met ademstilstanden en al... dan kan een beetje spannende vrouw hem gemakkelijk de adem benemen. Ook zonder dat het tongbeen breekt. Ik ben er nog niet uit.'

'Dus die bloeduitstortingen...'

'...kunnen best liefdesbeten of zuigzoenen van de gestoorde dame in kwestie zijn. In het café hebben verschillende stamgasten gezien hoe zij als een gibbon van de grond af in die grote man op z'n barkruk klom... en dan haar tanden in zijn nek zette. Hij was dronken, en werd nog dronkener, en vond het allemaal best. De laatste avond dat ze daar gezien werden, gingen ze ruim voor sluitingstijd weg... zij voor hem uit kruipend naar de deur. We weten niet hoe de avond echt geëindigd is. Ja, voor hem hier op deze snijtafel... dat staat in ieder geval vast.'

Ik liet mijn blik nog eens over de dode man gaan, en zocht naar een excuus om weg te gaan. Wat deed ik hier, met mijn diepe verlangen om een warm, van leven kloppend lichaam tegen me aan te voelen... meer in het bijzonder (nee, met uitsluiting van elk ander) dat van Corinne Suwijn. Ik moest nog tot de boswandeling aanstaande zondag wachten om haar terug te zien. Drie volle tussenliggende dagen nog: donderdag, vrijdag, zaterdag... afgezien van de drie tergende nachten om ze aaneen te rijgen.

Ik was er niet zeker van dat mijn verlangen de komende dagen zou groeien... het kon ook uitdrogen en verschrompelen. En dat zou voor alle partijen misschien maar beter zijn ook.

11

Mijn verliefdheid, zoals ik het ziektebeeld nu toch wel noemen mocht, droeg al twee dagen een schaduw met zich mee: het zeurende vermoeden dat ik me die avond van onze kennismaking ernstig misdragen had. Het leek op de herinnering aan een dronkenschap – en dan niet aan het zwarte gat van een bewusteloze roes, maar juist aan de aangeschoten bui die het geheugen *wel* vastgehouden heeft. Je hebt je, ontremd door de drank, vrijpostigheden veroorloofd die bij ontnuchterend daglicht in eigen ogen geen genade meer kunnen vinden. Zo vond ik achteraf dat ik me tegenover Corinne, een zo goed als wildvreemde tenslotte, schandalig opdringerig had opgesteld. Met als dieptepunt de halfslachtige, dubbelhartige afscheidskus.

Knoeiwerk. Ik voelde nog steeds de kramp in mijn tong... van het gedwongen binnenhouden. O, de beschamende botsing van onze voortanden, alsof we tegen elkaar opboden qua zuiverheid van glazuur, zoals snobs met hun wijnglazen aanstoten om het kristal tot klinken te brengen.

Hoe had Corinne het zoenen ervaren? In mijn herinnering hield ze haar kaken stijf op elkaar, terwijl ik met mijn lippen de hare opschortte. Misschien wilde ze zo mijn tong tegenhouden, die ik juist zo ver achter in de mondholte terugtrok dat ik er bijna in stikte, alsof ik aan apneu leed.

Corinne had de hele avond, zonder stijfjes te worden, een natuurlijke beleefdheid tentoongespreid, en die hield ze vol tot aan het afscheid in de hal... en zo kwam het dat ze me de verkeerd gerichte, totaal mislukte kus niet kwalijk nam. Een kwestie van hoffelijkheid en aangeboren adeldom.

Ik raakte er steeds meer van overtuigd dat ik bij haar iets goed te maken had. Als ik er langer mee wachtte, zou ze zeker niet ingaan op de uitnodiging voor de boswandeling, en zou ik haar misschien wel nooit meer terugzien. Het duurde nog eens een halve dag voordat ik haar durfde te bellen. De godganse vrijdagochtend lag ik op bed met mijn gsm naast me, en ik deed er uren over om tot een besluit te komen. Door mijn hoofd speelde een uitspraak van Albert die hij uit het Geldrop van zijn jeugd onthouden had: 'Als er brieven geschreven gaan worden, is het gauw gedaan met de liefde.' Zo was hij zelf een paar keer aan de dijk gezet nadat hij zijn verlangens op papier had uitgestort. Dat hij het meisje aldus dreigde te verpletteren met een taal die zij zelf niet paraat had, kwam niet bij hem op. Ze maakte het liever uit dan te falen met een slap geschreven antwoord.

Nee, geen brief aan Corinne, die bovendien door haar echtgenoot, naarstig op zoek naar bewijsmateriaal voor het echtscheidingsdossier, open gestoomd kon worden. Als ik aan Hans Krop dacht, zag ik hem opdoemen uit de nevel die ontsnapte uit een ketel vol kokend water. Ik hoorde telkens opnieuw het fluitende geluid van de dop die bij het bereiken van het kookpunt van de tuit gestoten werd en kletterend op het gasfornuis belandde. Hij draaide het gas lager, en luisterde scherp of hij de postbode al op het grind van het tuinpad hoorde. De naam van Corinne op de envelop… oppassen niet ook de postzegel eraf te stomen.

Toen ik naar mijn gsm greep, kwam het toch nog onverwacht… voor mezelf tenminste. Ik had erover gedacht om haar telefoonnummer in mijn handpalm te laten tatoeëren, maar koos uiteindelijk voor de spiekmethode van school: met balpen over de levenslijn heen kliederen. (Toen ik bij Engels vernam wat een *lifeline* was, dacht ik dat de levenslijn in de hand zoiets als een ingebrand litteken was, achtergelaten door het reddende touw dat me ooit, in een vorig leven, werd toegeworpen en dat me tragisch ontglipt was. Als ik de dertig jaar erna niet zo dweepziek was gebleven, zou ik nu waarschijnlijk niet met liefdesperikelen zitten.)

'*Jij*, Zwanet? Nee-eee…! Ik heb je mijn nummer niet gegeven. Ik weet dat zo goed omdat ik er die avond even over dacht het *wel* te doen, en het toen toch maar niet deed.'

Ze was het vergeten, of deed alsof, en ik wilde haar niet openlijk op een leugen betrappen.

'Rondvragen doet wonderen.'

'Albert zeker. Hij treedt een huisregel met voeten.'

Ze praatte een heel klein beetje haar mond voorbij, maar voor mij was het voldoende om me een rilling te bezorgen. 'Regel van welk huis?'

'Laat maar… niets gezegd.'

'Ik zeg niet dat *hij* het was, Corinne.'

'Goed, je belt.'

'Ja, ik bel. Je bent woensdagnacht blijkbaar veilig thuisgekomen.'

'Dat klinkt twee dagen na dato niet echt bezorgd.'

‘Geen lastige vragen bij thuiskomst?’
‘Ik zou niet weten van wie. Hans was in Mierlo. Hij komt komend weekend naar Amsterdam.’
‘Hoe was de Catafalque Walk?’
‘Luguber. Modellen in open lijkkisten op serveerboys. In het publiek zat heel opzichtig Tibbolt… met een opgedofte middelbare dame, die niet zijn moeder was.’
‘Ik geloof dat ik wel weet hoe het zit… je houdt het van me tegoed.’
‘Wanneer krijg ik het te horen?’
‘Wat zou je zeggen van de boswandeling, aanstaande zondag? Een ruisend woud, dat kletst lekker.’
‘Ik vertelde je net dat Hans zaterdag naar Amsterdam komt,’ zei Corinne. ‘Kan het geen week later?’
‘Dat wordt mijn dood.’
Ik flapte het er zomaar uit. Aan de andere kant bleef het even stil.
‘Een vraagje, Zwanet… ben je soms verliefd?’
‘Ik zou niet weten op wie. Jij?’
‘Nee, ik vraag het jou. Nou?’
‘Ik gaf al antwoord… namelijk dat ik het niet wist.’
‘Misschien iets in de toon of je woordkeus, maar… je maakt op mij een verliefderige indruk.’
‘Nogmaals, geen idee op wie ik het zou moeten zijn.’
‘Albert bijvoorbeeld… dat je weer voor hem valt of zo.’
‘Nog niet tot me doorgedrongen.’
‘Het zou door mij kunnen komen.’
‘Leg uit.’
‘Nu hij je kennis heeft laten maken met zijn levenslange beste vriendin, en daarmee een geheim heeft opgeheven… dat zou jullie weer dichter bij elkaar gebracht kunnen hebben. Die dingen gebeuren en… ik meende bij jullie op de veranda zoiets te merken.’
‘Ik zou hetzelfde over jou en Albert kunnen denken. Herop-

leving van de liefde om... nou ja, om bijvoorbeeld de ander weer in te palmen.'

'Met deze logica komen we geen stap verder.'

'Jij begon,' zei ik. En toen, met mijn doortraptste ironische stemmetje: 'De oplossing zou zijn... jij en ik verliefd op elkaar. Met Albert als katalysator...'

'...die we dan vervolgens kunnen afdanken.'

'Een mooie passiemoord, zoals Slauerhoff het noemt, zou dan niet eens meer nodig zijn.'

'Helaas, zo perfect passend steekt de werkelijkheid niet in elkaar, Zwanet.'

'Toch heerlijk om te bedenken... in een verloren moment als dit.'

'Ik weet alleen niet goed wat ik me erbij voor moet stellen,' zei Corinne, 'en dan duurt een verloren moment wel erg lang. Jij?'

'Als maatjes handje vasthouden... of pinkjes inhaken... en kletsen zoals nu. Veel verder kom ik niet.'

'Dan ontplooi jij nog een wonder aan verbeeldingskracht... in vergelijking met mij, bedoel ik. Mijn fantasie zit vandaag potdicht. Komt misschien omdat ik zo meteen een masterclass moet geven. Ik zit nu in de kantine van de modevakschool.'

'Dan stoor ik je niet langer,' zei ik. 'Probeer aanstaande zondag naar het Amsterdamse Bos te komen... met of zonder Hans.'

'Zonder.'

'Er is voor het hele weekend stralend weer voorspeld... en dat moeten we voor de zondag erna nog maar afwachten.'

'Albert mee?'

'Ik weet zo gauw geen andere oplossing. Hij is de bedenker van het plan... misschien niet helemaal belangeloos.'

'Het komt er dus op neer, Zwanet, dat jij je laat chaperonneren door je eigen man.'

'Nee, door zijn beste vriendin,' zei ik. 'Waarvoor heeft hij er

anders een? En, eh, geen pumps, hoor je wel?'
'Ik heb geen wandelschoenen. Mijn garderobe, dat is de verpersoonlijking van mijn beroepsdeformatie.'
'Kom dan eerst bij ons langs. Ik heb nog wel een paar dienstkistjes uit mijn punktijd.'
'Niet ophangen... ik vergeet helemaal te vragen naar jouw verwarde beschermelinge. Onder controle?'
'Toestand onveranderd, behalve dat ze nog agressiever geworden is. Ze slaat stoelen kapot op de ruggen van de verpleegsters.'

12

Ik was zo opgewonden dat ik verzuimde de verbinding te verbreken. Ik bracht mijn rechterhand met de gsm naar de hartstreek: als Corinne niet weggeklikt had, zou zij het bonzen kunnen horen. Tussen mijn hart en het apparaatje bevond zich mijn zachte borst. Ik stelde me voor hoe Corinne er zomaar haar hand onder schoof om het kloppen te voelen.
'Twee kamers en suite,' lispelde ik. 'Allebei dreunend op hun grondvesten... allebei voor jou, Rinhartje. Je hoeft er maar in te trekken.'
Nee, nee en nog 's nee. *Niet* toegeven aan de grote verslingering nu, Zwanet, want dan sleur je er tegen haar zin misschien het Rinhartje zelf in mee... en onvermijdelijk ook Albert, want die vormt de spil van dit alles. Iets beginnen met Corinne, daarmee zou je weer controle krijgen over je eigen man... een geweldige manier om het probleem te vergroten in plaats van te verkleinen. Revanche legt de zaak onder een loep, zodat de zon zich kan concentreren op dat ene brandbare takje: spoedig kringelt dunne rook tegen het glas. De heide biedt zich kurkdroog aan om afgefakkeld te worden.
Beter idee: goeie maatjes worden met Corinne, en haar met

raad en daad bijstaan in deze rottijd rond haar scheiding. Maar wacht 's... wacht 's even... dat zou dan weer de verdenking kunnen wekken dat ik met de echtelijke breuk mijn perverse voordeel wilde doen. Ik kon bedenken wat ik wou: het was nooit zo goed of het deugde niet.

13

Vrijdagmiddag, en ik had nog steeds iets goed te maken. Vooral in het begin van het telefoongesprek had Corinne nogal afstandelijk geklonken, een tikkeltje bits zelfs. Misschien kwam het daardoor dat ik het monstrum van een kus niet ter sprake had durven brengen.

De kinderen waren naar school, en Albert bevond zich in de Nes voor een lezing door acteurs van zijn nieuwe stuk. De vrijdag vond ik altijd iets feestelijks hebben, en niet alleen omdat ik niet naar De Brouwerij hoefde: de dag stond bij wijze van spreken al met zijn ene been in het weekend, dat 's avonds begon. Corinne had me verteld dat Hans op zaterdag uit Mierlo naar Amsterdam zou komen – voornamelijk, als gewoonlijk, om haar te koeioneren en in de gaten te houden. Ik kon dus met een gerust hart vanmiddag bij haar langsgaan, met een bloemetje om het debacle van het tandzoenen uit de wereld te helpen.

Het chique Oud-Zuid was een stadswijk van juweliers. De echte natuurlijk, die de duurste sieraden en horloges verkochten, maar je vond er zoals ik al zei ook de groentejuwelier, die zijn tomaten per stuk verkocht en zijn klanten wijsmaakte dat het groene kroontje hem tot hofleverancier maakte. Over Olle Tornij, boekenjuwelier in de Exilstraat, heb ik het ook al gehad. Ik ging die vrijdagmiddag op weg naar de bloemenjuwelier in de Cornelis Schuyt, naast de lingeriejuwelier van Marlies Dekkers, die de naam had zilveren beugels in haar brassières te verwerken. De bloemiste gaf elke door mij aangewezen bloem een aparte behandeling met cellofaan. De kelken zagen er zo gebeeldhouwd uit dat ik goed moest kijken of ze niet uit linnen of was vervaardigd waren. Ik wilde niet met een onbeschoft grote bos bij Corinne aankomen, maar het boeket dat ik uiteindelijk voor een klein fortuin afrekende, pakte wel erg bescheiden uit. Het cellofaan knisperde nadrukkelijker dan de biljetten die ik neertelde.

Ik had de dag tevoren de aanvechting weerstaan om langs het huis aan de Koninginneweg te rijden. Vandaag was het zover, maar nu ging ik plechtig te voet. Het was een lichtgrijze, broeierige dag, en de weersomslag deed me vrezen voor aanstaande zondag en de geplande wandeling, die ik me niet anders kon voorstellen dan onder een strakblauwe hemel. Vlak voor de scherpe bocht die de passagiers van lijn 2 altijd tegen elkaar aan wierp, kwam ik voorbij het koetshuis waar een politiepost gevestigd was. Op oude foto's van eind vorige eeuw was het al te zien, eenzaam te midden van de landerijen die nog met de panden van Oud-Zuid volgebouwd moesten worden. Ik wist dat het pied-à-terre van Corinne net om de hoek lag, in de slinger van de Koninginneweg. Ik dacht: goed zo, vlak bij het politiefiliaal… lekker veilig, voor als die onberekenbare Krophans het op zijn heupen krijgt… ja, je weet maar nooit. Wat ik toen gelukkig nog niet wist: hoe vaak we in de navolgende jaren met dat politiefiliaal te maken zouden krijgen. Met tegenzin, maar ik zal erop terug moeten komen.

In de schaduw aan de zijkant van het koetshuis, waar de Golfjes geparkeerd waren, stond een half dozijn politieagenten in hemdsmouwen te kletsen en te dollen. Een te benauwde dag om achter boeven aan te gaan, hoewel hoog in de lucht, net onder het fondantachtige wolkendek, een politieheli hing te bidden boven God weet wat voor prooi.

Het rijtje panden, met ruime voortuin, ligt daar anno 2019 nog steeds, enigszins van de rijweg *af*. In Oud-Zuid verandert nooit iets, behalve dat al die fraaie huizen op den duur vanbinnen kaalgeslagen worden om volgens de laatste mode van de interieurbladen te worden heringericht. Aan het eind van het tegelpad (geen grind, zoals ik me had voorgesteld) beklom ik de treden van een hoge stoep. Als het hart me in de keel klopte, was het echt niet van het klimmen. Ik bleef daar een hele tijd zo staan, met het boeket achter mijn rug verborgen, als een adolescent op weg naar zijn eerste afspraakje. Ik probeerde zinnen te repeteren waarmee ik mijn onaangekondigde bezoek zou rechtvaardigen, maar er drongen zich uitsluitend platitudes op. De aardigste was nog wel: '*Dat had je nou niet moeten doen… die dure bloemen*', om Corinne voor te zijn. Haar zo meteen voor me te zien staan… het was meer dan ik aankon. Van de zenuwen zwabberde mijn hand richting belknop, en het duurde even eer ik mijn vinger onder controle kreeg. Ik belde aan.

Er klonken hoog in het huis voetstappen op de trap, te hard bonzend om aan een vrouw toegeschreven te kunnen worden. Ik haalde het boeket achter mijn rug vandaan en liet het achteloos in mijn hand naar beneden bungelen. Geen plechtige gebaren nu: als een buurman opendeed, kon dat weer tot praatjes leiden. De roffelende voeten bereikten de onderste treden, en even later zwaaide de voordeur open. Daar stond, niet hijgend maar snuivend ademend door de neus, Hans Krop. Hij herkende me niet meteen.

'Ik denk dat u op de verkeerde bel hebt gedrukt,' zei hij nors. 'Wij hebben geen bloemen besteld.'

Hij was groter dan ik me herinnerde, langer dan Albert in ieder geval. Een atletische verschijning, breed in de schouders, smal in de heupen. Steil blond haar, een beetje vettig, en bleekblauwe ogen, die opblonken in het binnenstromende daglicht, dat hem enigszins deed terugdeinzen: hij kwam uit een duister trappenhuis, en misschien woonden ze ook wel donker. Ik moest toegeven: hij zag er niet slecht uit, al werd zijn uiterlijk bedorven door een bruut, arrogant smoelwerk, dat me bij eerste kennismaking ook al was opgevallen.

'Ik wilde Corinne verrassen met een bloemetje,' zei ik, achteloos het kleine boeket de lucht in stekend.

'Nu zie ik het,' zei Hans Krop, 'jij bent de vrouw van Albert Egberts. Ik ben lang geleden wel eens bij jullie over de vloer geweest. Jij was toen hoogzwanger, dat weet ik nog wel.'

Het bezoek zou me nog lang heugen. Ik had zijn lompe reactie op mijn 'gezegende omstandigheden' altijd als een vloek op het hoofdje van Thjum beschouwd, nog ruimschoots voor zijn geboorte. Daar kon geen goede fee naast zijn wiegje tegenop.

'Je bent *nog* een keer bij ons geweest,' zei ik. 'Een avond na Koninginnedag... met Albert. Je bent toen bij ons in de bibliotheek onderuitgegaan. Ambulancepersoneel heeft je bijgebracht en thuis afgeleverd.'

'Daar kan ik me niets van herinneren.' Hij keek me loerend aan. 'Als ik het goed begrijp, kom je niet zozeer blommen voor Crien langsbrengen als wel... hoe zal ik het zeggen... mijn strafblad declameren.'

'Misschien ken je mijn naam niet meer.' Ik stak hem mijn hand toe. 'Zwanet Vrauwdeunt.'

'Niet echt een naam die me dagelijks te binnen schiet. Hans Krop, maar dat wist je al.'

'Is het te veel gevraagd om boven Corinne even de bloemen te overhandigen?' zei ik. 'Ze mag ook aan de deur komen.'

'Crien is naar gitaarles. Dan komt ze meestal pas aan het begin van de avond terug. Ze weet niet dat ik hier ben. Ik zou morgen pas komen.'

'Een verrassing dus.'

Hij lachte, zonder enige vrolijkheid. 'Nou, ik wil dat gezicht wel eens zien. Wat *zal* ze blij zijn.'

'Hans, wil jij haar dit boeketje geven... namens mij?'

Ik hield hem de bloemen voor, maar hij maakte een afwerend gebaar en deed een stap naar achteren. 'Nooit van m'n leven. Ze zal denken dat ik haar in het zonnetje wil zetten... nog voor ik haar heb kunnen zeggen dat ze van ene Zwanet zijn.'

'Ik wil je niet in verlegenheid brengen,' zei ik. 'Het was maar een aardigheidje. Ik kom een andere keer wel terug.'

Ik had me al omgedraaid om de stenen trap weer af te gaan, maar Krop riep me terug. 'Ik ben niet opgeleid in bloemschikken. Als jij ze boven afsnijdt en in het water zet, dan drinken wij mensenkinderen ook wat. Misschien kunnen we samen op de diva wachten.'

14

Ik hoefde deze Hans Krop niet zo nodig nader te leren kennen, en zeker niet zonder Corinne erbij – strikt menselijkerwijs gesproken dan, want ik wilde wel degelijk even snuffelen aan de onmens die haar had klemgezet in een zich eindeloos voortslepende scheidingsprocedure. Ik droeg een jurk, geen lange. Uitgekiend hoffelijk liet hij me voorgaan op de trap, zodat ik de hele klim naar boven zijn met wit varkenshaar omwimperde ogen als harige spinnen langs mijn benen omhoog voelde kriebelen.

'Ik neem altijd twee treden tegelijk,' klonk zijn stem veel te dicht achter me. 'Trappen zijn niet voor schildpadden gebouwd.'

O, jij neemt zelfs geen genoegen met een verstolen blik tot net boven de knieholten, meneer Krop... hijgen in de nek voelt beter... je kunt me wat.

Ze woonden inderdaad donker, wat op zo'n bedekte dag als vandaag extra opviel. Nergens brandde elektrisch licht, behalve in de ruime zitkeuken, waar de leraar en pleerat ook werkte, zoals hij me uitlegde. De tafel lag bezaaid met papieren, maar wat het meest de aandacht trok, was de maquette van een half-open huiskamerinterieur, waar de lucht van synthetische lijm omheen hing. De gebruikte materialen waren spaanhout en rijstpapier. Er stonden en zaten enkele poppetjes in.

'Binnenhuisarchitect toch?' Ik hield me expres van den domme.

'Als je dat van Albert hebt, leid ik daaruit af dat hij me nog steeds op alle mogelijke manieren klein probeert te maken. Het is de maquette voor een toneeldecor. Ik snap het wel... hij heeft me nooit als collega willen erkennen.'

'Ik deed maar een gok... sorry.'

Hans nam een gekartelde broodzaag uit een la, en overhandigde hem mij, met het lemmet naar voren. Ik nam het voorzichtig tussen duim en wijsvinger aan, onderwijl denkend: wat zegt het over iemand als hij op zo'n manier een mes aanreikt... aan een vrouw nog wel?

'Gebruik de snijplank maar.'

Ik nam een lege vaas van de schap boven het aanrecht, vulde die met lauw water, en begon de bloemstelen schuin af te zagen. Hij bleef pal achter me staan, met zijn adem voelbaar tegen mijn achterhoofd. Albert had me verteld hoe Hans vroeger op school al zich achter iemand kon opstellen wanneer hij die persoon een geniepige mededeling wilde doen – en hoe de boodschap door deze houding des te intimiderender overkwam. 'Ik krijg nog een knaak van je, Egberts.' De aldus aangesprokene kon zijn hoofd naar links of naar rechts wenden... het lukte hem niet de belager in de ogen te kijken of zelfs maar een *glimp* van hem te zien. Ik maakte mezelf wijs dat het kippenvel tussen mijn schouderbladen te wijten was aan het scherpe gezaag van het kartelmes, dat de stelen verrafelde. Ik ontdeed de bloemen van hun cellofaan en schikte ze in de vaas.

'Ik wist niet dat Crien en jij vriendinnen waren,' zei Hans. 'Ze heeft het nooit over je.'

'We kennen elkaar pas sinds heel kort,' zei ik. 'Ze was afgelopen woensdag voor 't eerst bij ons op bezoek.'

'O, dat is me ontgaan. Ik zat in Mierlo. Ik werk daar nog parttime in het onderwijs. Maatschappijleer. Ik wil uiteindelijk fulltime toneel gaan schrijven… net als Albert.'

'Is dat zijn invloed op jou?'

'Invloed,' herhaalde hij honend. 'Ga je mond spoelen, zeg. Wat hij kan, kan ik ook… en beter.'

'Ik twijfel niet aan je kwaliteiten,' zei ik. 'Albert schrijft al twintig jaar toneel. Het kan toch zijn dat hij je erin meegesleept heeft… toen jullie nog met mekaar omgingen, bedoel ik.'

'Het is eerder omgekeerd,' zei Hans. 'Ik was de inspirator… hij toevallig degene die voor 't eerst iets op papier zette. Veel van zijn ideeën over het theater komen van mij.'

Ik zette de vaas met bloemen op tafel, naast de maquette. Hij nam een halfvolle fles chablis uit de koelkast en schonk die uit in twee hoge duralex glazen. We gingen tegenover elkaar zitten.

'Op de pleeratten van Amsterdam.' Hij wachtte mijn toost niet af, dronk, veegde zijn lippen af met de rug van zijn hand, en liet het glas met een klap op het tafelblad neerkomen. Hij probeerde me recht aan te kijken, maar er was iets met zijn ogen. 'Ik zie aan je dat je vroeger mooi bent geweest… misschien niet zo'n schoonheid als Crien, maar toch heel knap. Had ik je toen maar gekend.'

'Ik heb niets tegen een compliment over de voltooid verleden tijd.'

Als de ogen de spiegel van de ziel zijn, dan moest Hans Krop wel een gebarsten ziel bezitten, want hij keek zo scheel als wat. Een van de weinige dingen die Corinne laatst over haar man losgelaten had, was dat hij er 'zwakke ogen' op na hield, en het klonk nog medelevend ook. In zijn middelbareschooltijd had hij brillenglazen van min negen en min elf gedragen, en Albert herinnerde zich nog hoe zijn klasgenoot was gepest met zijn 'jampotbodems'. Aan de latere lenzen had Hans, ocharm, nooit helemaal kunnen wennen. 'Ze irriteren hem… alsof er zand achter zit,' volgens Corinne. 'Hij krijgt dan stekende koppijn, en begint te loensen... net of zijn ogen zich hun oude stand herinneren. Volgens de opticien heeft hij veel te weinig traanvocht om lenzen op te laten dobberen.'

'Ik vraag me altijd af,' had Albert in het midden gebracht, 'of een mens hardvochtig wordt omdat hij toch al geen tranende ogen heeft... of dat door aangeboren gebrek aan empathie de nutteloze traanklieren het op den duur helemaal laten afweten.'

'Het kan allebei voor Hans opgaan,' zei Corinne. 'Ik heb hem in ieder geval zelden een traan zien laten.'

'Ik heb hem een keer *horen* huilen,' zei Albert toen. 'Midden jaren zeventig in Nijmegen. Er ging een meisje bij hem weg. Hij stond in de deuropening... probeerde haar terug het huis in te praten. Ik had mijn kamer aan de voorkant, en hoorde alles. Hij jankte met hoge, hondachtige uithalen zijn nederlaag eruit... heel gênant. Maar toegegeven, het klonk niet erg tranenrijk... niet zompig... meer zoals een wolf de maan toezingt.'

'O, gelukkig,' zei Corinne. 'Ik was al bang dat ik mijn beeld van hem moest bijstellen.'

Hans loenste niet permanent, dat wil ik toch nog even in zijn voordeel opmerken. Het was eerder zo dat de iris van zijn linkeroog (mogelijk de min elf) enkele seconden haperend in een hoek van het wit bleef hangen alvorens naar het midden te schieten. Toen de pupillen weer recht stonden, tastte hij er geroutineerd mijn bovenlijf en gezicht mee af. Hij vertoonde een verschijnsel dat me bij eerste kennismaking ook al opgevallen was: het rechterdeel van zijn bovenlip had de neiging eerst geringschattend te gaan golven en dan te zwellen. Zo maakte hij de indruk van een boer op een veemarkt die probeert te verhullen dat de uitverkoren koe voor hem meer waard is dan de vraagprijs.

'Volgens mij, bekoorlijke Zwaan, ben je hier gekomen met een bedoeling.'

'Zeker… ik wilde Corinne, of Crien zoals jij haar noemt, een tuiltje bloemen brengen.'

'De vraag is: waarom?'

'Misschien niet in jouw wereld, maar mensen zijn ook nog wel eens gewoon aardig en hartelijk tegen elkaar. Daarom… nergens anders om. Ik wilde haar laten merken dat we haar bezoek laatst op prijs hebben gesteld.'

'Ah, de blommen zijn ook namens Albert. Zo ken ik hem weer, de galante ridder. Zeg eens… moest Crien op deze manier symbolisch beloond worden?'

'Ik zou niet weten waarvoor. Ja, ze heeft mijn zoon van negen gelukkig gemaakt door hem haar gitaar te laten vasthouden.'

'Je draait om de hete brij heen.'

'Dat doen de heksen in *Macbeth*, op een open plek op de hei.'

Hans had *nog* een onsmakelijke tic. Uit de manier waarop hij de lucht met korte rukjes door zijn neus uitstootte, viel op te maken dat hij, buiten het zicht van zijn medemensen, een onbedaarlijke peuteraar was. Ik stelde me voor hoe de wijsvinger er strak en recht ingestoken werd, tot voorbij het middelste kootje, en dan grondig als een appelboor te werk ging, alsof het hele klokhuis eruit gebeiteld moest worden. Onder het praten hield hij zijn middelvinger parallel aan de neus opgeheven, niet bij wijze van vermanend gebaar, maar om af en toe als terloops het kanaal dicht te drukken, zodat in het andere neusgat de ademstootjes vrij spel hadden om een ongerechtigheid te verwrikken en te verplaatsen: de vangst voor straks, wanneer niemand toekeek.

'Natuurlijk zit er meer achter,' zei hij tussen twee snuivende geluiden door. 'Overal zit altijd meer achter. Voor de dag ermee.'

'Ik moet er weer eens vandoor… straks komen de kinderen uit school.'

Ik dronk mijn glas leeg en stond op.

'Je dacht… kom, ik ga eens bij Crien thuis rondsnuffelen. Of die kerel van haar iets voorstelt.'

'Niet slecht gegist, Hans, maar ik had al van Corinne gehoord dat je zaterdag pas naar Amsterdam zou komen. Ik dacht: als die twee elkaar zo'n poos niet gezien hebben, wie ben ik dan om ze in hun samenzijn te gaan storen?'

'O, nu snap ik het... je wou me ontlopen. Je dacht: op vrijdag is de kust veilig. Zeg eens, Zwanet, nu we elkaar wat beter hebben leren kennen... kan ik ermee door?'

'Je bent een sportman, begrijp ik, dus het verbaast me niet dat je er in vergelijking met Albert nogal... eh... afgetraind uitziet.'

'Trainen is geen doel, maar een middel. Albert verwaarloosde zijn lijf vroeger in de gymzaal al. De stoeterij tevreden houden, daar kun je niet vroeg genoeg mee beginnen.'

Al zolang ik daar zat, had ik geïntrigeerd naar een schilderijtje gekeken dat achter Hans aan de muur hing. Ik liep er om de tafel heen naartoe. Het ging om een slordig uit een groter geheel gezaagd paneeltje hardhout, met daarop de voorstelling van wat misschien een graspol was: kriskras door elkaar lopende strepen, sommige bruin, de meeste zwart. MET DE VOET GESCHILDERD stond er geschreven op een plaketiketje in de linkeronderhoek, maar niet door wie.

'Dit is met voorsprong het lelijkste kunstwerkje dat ik ooit in mijn leven gezien heb,' zei ik. 'Het valt te begrijpen dat er geen naam bij staat.'

'Heb erbarmen met de voetschilder,' zei Hans. 'Hij heeft blijkbaar niet geleerd een penseel tussen zijn tenen te klemmen. Laatnegentiende-eeuws... gekocht op een veiling.'

'Ik ga,' zei ik. 'Als Corinne van gitaarles terugkomt, breng haar mijn groeten over. Benieuwd of ze Albéniz onder de knie heeft gekregen.'

'Wacht, ik had je het appartement nog willen laten zien... dat sta je me toch wel toe?'

Het was te verleidelijk. Als ik *alles* van haar wilde leren kennen, dan toch zeker hoe ze hier aan de Koninginneweg woonde.

Hans leidde me rond, maar deed nergens het licht aan, terwijl het buiten nog donkerder was geworden. Het gaf de vertrekken iets sinisters, alsof hier geen vrolijkheid mocht heersen. Hij liet er geen twijfel over bestaan dat ze in afzonderlijke kamers sliepen – Corinne in het 'gastenverblijf' en Hans in de *matrimonio*. Zijn vrouw had een hele *walk-in closet* tot haar beschikking, maar daar was geen venster en je zag er nauwelijks een hand voor ogen.

'Hier hangt alles,' zei Hans brommerig zacht. 'Ook een hoop onzin uit haar begintijd.'

Een enkele witte of beige jurk lichtte op. Ik vroeg hem niet om de plafondlamp aan te doen. Het was goed zo: ik snoof diep de geurmelange van oude, bestorven parfums op – dat benaderde beter de geest van Corinne. Alles had z'n schaduwkant, ook deze drempelloze inloopkast: hoe vaag ook, ik zag in het centrum ervan een baar staan met haar open kist erop, voorlopig afgedekt met een glazen deksel, waarin de hoedendozen op de bovenste planken zich spiegelden – zwarte, zilverig grijze en de in pasteltinten gestreepte. Haar opgebaarde lichaam ging volledig schuil onder deze weerkaatsingen, waar ook allerlei uit de strik getrokken linten zich doorheen slingerden.

Het raadsel van leven en dood is blijkbaar in een oogwenk op te lossen: na enig oogknipperen veranderde de kist in een langwerpige salontafel met een glazen plaat, waarnaast een ontklede paspop zonder hoofd of armen een wake hield.

'Hiernaast is de *voormalige* echtelijke slaapkamer.' Hans greep me onnadrukkelijk bij de elleboog, en leidde me ernaartoe, via de overloop. 'We zijn dus al gescheiden van tafel en bed. Niet in absolute zin… ik vergis me nog wel eens in de deur. Het zal straks wennen zijn.'

Ik was het liefst weggerend, terug het trappenhuis in, en dan met drie treden tegelijk naar beneden… de hoek om… uitblazen voor het veilige politiebureau. Dat ik het niet deed, was om me de kans niet te laten ontgaan het decor van Corinnes Amsterdamse leven in me op te nemen, compleet met huisman, oppasser, eunuch zonder harem… hoe moest ik hem noemen.

Ik bleef, ondanks een zacht duwtje van het heerschap achter me, op de drempel staan, die met z'n bol gesleten hout weinig houvast bood. Ik wankelde een beetje, en greep me aan de deurpost vast. Uit de ongeluchte kamer kwam me een bedompte geur tegemoet. Het bed lag halfopen: misschien had Hans er na de autorit een middagdut in gedaan… of anders had Corinne hier geslapen, in de wetenschap dat haar man de volgende dag pas zou arriveren. De afdruk in het kussen zou van *haar* hoofd kunnen zijn. O, hoe graag zou ik het niet nader onderzocht hebben, nauwgezet als een forensisch rechercheur… op geur, een veeg make-up, een enkele haar, door dons opgezogen dromen.

Albert had gelijk: deze Krophans stelde zich liefst *achter* de persoon op die hij wilde toespreken, met zijn lippen dicht bij de achterkant van een oorschelp, naar keuze links of rechts. Hij legde zijn handen op mijn heupen. 'Luister, Zwanet,' lispelde hij, 'we zijn allebei te oud om preutsheid te veinzen.'

Ik wendde mijn hoofd opzij naar waar ik dacht dat zijn mond zich bevond, maar hij had zich al naar mijn andere oor gekeerd. Hij ging verder: 'Er hangt buiten zo'n matte, broeierige atmosfeer… windstil… dat heet ook wel pikstaanderig weer. Ik weet niet of er een vrouwelijke variant van die uitdrukking bestaat.'

Ik stootte mijn elleboog naar achteren. 'Ja, op de vrouwelijke barometer slaat de pijl dan uit naar OPDRINGERIGHEID WEERSTAAN. Wat haal je je in godsnaam in je hoofd, man?'

'O, niets. Bij de FBI hebben ze een speciale eenheid, *mindhunters*, die uit de weersomstandigheden kunnen afleiden of serieverkrachters die dag zullen toeslaan.'

'En jij wilt het bewijs leveren dat hun meteorologie klopt…'

'Nee, ik suggereer alleen hoe dwingend een bepaald weertype kan zijn voor het libido… en dan ook nog gekoppeld aan het uur van de dag. Dit is nou eenmaal het tijdstip waarop mensen zin krijgen om hun lusten op elkaar bot te vieren... niet alleen de herders en de herderinnetjes. Halfvijf, we zijn al over tijd. We zijn allebei dik in de veertig, en hoeven geen schone schijn meer op te houden. Er kraait trouwens geen haan naar.'

'Herders, herderinnetjes... hanengekraai. Je roept een complete plattelandsidylle voor me op. Is dat wat Mierlo met je doet?'

'Luister, Zwanet, op voorwaarde dat je het niet aan de grote klok hangt... ik lijd aan scheefgroei. Zeker vijfenveertig graden... dat maakt een herdersuur pijnlijker dan dat het genot oplevert. Ik blijf op mijn rug liggen, en jij hoeft alleen... in de nieuwe richting...'

Inmiddels weet ik door Corinne beter, maar die middag dacht ik nog aan een scheefgegroeide wervelkolom... aan ondraaglijke rugpijnen, die zelfs de ooit machtigste man op aarde, president Kennedy, noopte om zich in rugpositie door vrouwen te laten bedienen, en dan handmatig. Eeuwig zonde dat Truman Capote *Answered Prayers* niet heeft voltooid, anders hadden we er vast meer over kunnen lezen. Hij beloofde ons de Amerikaanse *À la recherche du temps perdu*, zonder zich te realiseren dat elke eeuw maar één Proust aankan.

'Ga gerust op je rug liggen, Hans, als je mij er nu maar even doorlaat.' Ik porde nog een keer met mijn elleboog naar achteren, en voelde hoe weinig zijn maagstreek meegaf. Het leek wel alsof de man een gietijzeren korset droeg, om zo zijn ontspoorde ruggengraat te sparen. Ik raakte hem met mijn telefoonbotje, dat nog lang hinderlijk zou blijven natintelen. Ik zag al ruim twee etmalen lang overal om me heen signalen die werden uitgezonden door Corinne. Zelfs via mijn elleboog, geplant in de maag van haar vervloekte echtgenoot, kreeg ik contact met haar.

'Zwanet... waar ben je?'

'Op jullie etage aan de Koninginneweg.'

'Heb ik je de sleutel dan gegeven?'

'Hans is hier… hij heeft me opengedaan. Ik kwam bloemen voor jou brengen.'

'Zorg dat hij met zijn poten van je afblijft.'

'Ik gaf hem een por… en toen ging mijn telefoonbeentje over.'

'Ik geef de voorkeur aan het weduwebotje… dat opent tenminste zwartromantische perspectieven.'

'Wat bedoelt hij in godsherennaam met scheefgroei?'

'Halt… niet op ingaan. Hou hem op afstand. Ik kom onmiddellijk naar huis… tot zo.'

Ik liep door de korte gang naar de keuken. Hij hield mijn pols vast – niet in een knellende greep, maar stevig genoeg om me het vluchten te beletten. Hij ging voor de deur staan die naar het trappenhuis leidde. Ik pakte mijn tas.

'Ik wed,' zei hij met een grijns, 'dat er een geladen revolver in zit. Laten we Dostojevski naspelen. *Misdaad en straf.* Jij bent Doenja, ik de gemene verkrachter, die last heeft van pikstaanderig weer. Jij voelt je belaagd, en haalt het vuurwapen tevoorschijn. Wat is mijn reactie? Niet gedacht, hè, dat ik ook nog wat belezenheid tussen de oren had? Nou, wat zeg ik, wanneer die revolver op me gericht wordt?'

'Ik heb geen vuurwapen in mijn tas, maar wel stilettohakken aan… om je een trap tegen je scheefgroei te geven, als je me nog eens aanrandt.'

'Nee, eerst Dostojevski… hoe reageer ik? Als je het goede antwoord weet, laat ik je gaan.'

'Er zijn verschillende vertalingen,' zei ik. 'Sommige heten *Schuld en boete.* De uitroep van Svidrigailov is niet overal hetzelfde…'

'Je draait eromheen, Zwanet. Wat is voor jou de raakste variant?'

'*Dat verandert de zaak.* Doenja richt de loop op Svidrigailov, en hij zegt: "Dat verandert de zaak." Ik probeer al twintig jaar voor mezelf uit te maken op wat voor toon hij dat zegt.'

'Het gaat toch om de woorden?'

'De toon is minstens zo belangrijk. Is die cynisch of sarcastisch, de spot drijvend met wat Svidrigailov ziet als een machteloos gebaar van het belaagde meisje? Of juist nuchter constaterend, niet paniekerig, maar alsof het een handeling is om wel degelijk serieus te nemen. Ho, wacht eens even… dit verandert de zaak, laten we erover praten. En dan zijn er nog tal van andere mogelijke toonaarden.'

'Als je zo een roman leest, kom je nooit aan het slot toe. Zeker niet bij zo'n dik boek.'

'O, ik kan heel snel lezen… maar dat ene zinnetje, in die bedreigende situatie geuit, daar las ik niet zomaar overheen. "Dat verandert de zaak." Dostojevski doet daar, waarschijnlijk zonder het zich bewust te zijn, een revolutionaire uitspraak… voorspellend zelfs. Als wij vrouwen ons tegen aanranding en verkrachting verzetten, en dat op overtuigende wijze… dan dient dat bij de man de woorden te ontlokken: "Dat verandert de zaak." Net zo lang tot de zaak ook echt veranderd is. Dostojevski kliedert daar een spandoek voor de toekomst vol. De bezemstelen steken wij er wel in.'

'Ik geef me gewonnen,' zei Hans, die een stap opzij deed en de deur voor me openhield. 'Jullie vrouwen zien overal banale slogans in, die bruikbaar zijn voor de goede zaak… zelfs als je er de literatuur voor moet slopen.'

Het viel me op dat in het bovenste deel van de deurstijl twee haken voor een schommel geschroefd waren – ongetwijfeld niet door Hans of Corinne aangebracht, want voor welke kinderen zouden die dan bestemd zijn? Rita was te groot om te schommelen.

'Dank voor de wijn, Hans. Beterschap met de scheefgroei.'

15

Opnieuw passeerde ik het politiefiliaal in het voormalige koetshuis. Hier hadden eind negentiende eeuw de aapjeskoetsiers zich vervoegd om hun landauers, of wat voor karretjes ook, op te halen en hun klanten mee naar het Concertgebouw of de Stadsschouwburg te brengen. Stonden hier ook de paarden? Dat moet haast wel – een koetsier kon niet zelf tussen de disselbomen zijn karos naar de stallen slepen. Avond aan avond... allemaal weinig spectaculaire maar hoogst belangrijke gebeurtenissen, verdwenen in de nevel van de tijd. Hier hadden ze in hun palfreniersjassen staan roken en kletsen en roddelen, waarbij ze zelfgenoegzaam hun snor opstreken, en niemand kon achterhalen wat er gezegd werd en wie er ongelukkig van was geworden.

Hans Krop kwam niet achter me aan om zijn excuses aan te bieden. Ik moest hem eigenlijk dankbaar zijn: hij had me de gelegenheid geboden om weer eens een blik achter een van de gevels te werpen die gloednieuw de twintigste eeuw verwelkomd hadden en zich nu opmaakten, beroet of gezandstraald, om het zonlicht van de eenentwintigste te weerkaatsen. Albert had ooit over de rijtjeshuizen in de nieuwbouwwijken van zijn jeugd gezegd: '...maar tussen hun vier muren woeden nog de late middeleeuwen van Brueghel.'

De kranten bleven maar artikelen publiceren, het ene na het andere, hele katernen vol, over hoe het 'gewone leven' van de mensen verstoord kon raken. Er kon zomaar een kind met Down of een andere beperking in het gezin geboren worden. Vader raakte aan de drank... moeder werd depressief, later suïcidaal, van de verkeerde medicijnen natuurlijk. Schulden hoopten zich op, en de ambtenaren van de sanering, zelf sappelaars uit een mindere wijk, lieten niet na de schuldenaars, tot aan hun liezen in het rood, nog dieper te vernederen. Onbetaalde rekeningen, over de rentevoet gestruikelde hypotheken, gokschulden, door een ripdeal verloren drugsgeld, op leven en dood teruggevorderd...

'Niets tegen mama zeggen, schat... het is *ons* geheimpje, van ons saampies, daar heeft verder niemand iets mee te maken. Afgesproken?'

Waarom een blokje om gaan naar de zandbak, als zoveel heerlijks ook binnenshuis uit de muur te trekken is? Ik doorkruiste de buurt, en keek omhoog langs de gesloten en zwijgende voorgevels. Hier en daar stond er een pand in de steigers, geheimzinnig gesluierd met groen of paars tule, voor de vijfjaarlijkse opknapbeurt. De ellende bleef binnenshuis, in heel z'n ingekaderde, over etages verdeelde alomtegenwoordigheid.

Al dat drukwerk over 'verstoord leven' had het bij het verkeerde eind. De ontregeling drong niet sporadisch de normale gang van zaken binnen, nee, angst en krankzinnigheid en ziekte en verwarring waren overal aan de orde van de dag. De uitzondering vormden zeldzame vlaagjes van geluk die soms via het open raam een verdieping binnendreven... puzzelstukjes blauw uit een verder hecht aaneengesloten wolkenlucht... en die bleken dan ook nog gespiegeld in de ruit, dus ongrijpbaar... gezichtsbedrog. Hè, dat deed mijn zwartgalligheid deugd: het weer uit De Bilt bleek nog altijd goed voor wat beeldspraak, niet alleen in pikstaanderige zin. Of neem de klassieke metaforiek van de oase. Geluk is *niet* dat ene groene eilandje in een golvende oceaan van zand... nee, het is de dansende luchtspiegeling van zo'n oase, bij koortsige nadering al verdampt. Een fata morgana die na het opgaan in de lucht niet, net als bij de kringloop van de regen, op aarde terugkeert, maar zich ergens hoog boven de hemelen bij al die andere fata morgana's voegt, die samen een onbereikbaar paradijs vormen, onophoudelijk verplaatst door verhuisengelen om hebzuchtigen op een dwaalspoor te brengen. Zo gul delen wij in het geluk.

Hoofdstuk IV *Soldatenkistjes*

1

De boswandeling kwam er. Na het 'pikstaanderige weer' van Hans Krop op vrijdag, met z'n fondantgrijze wolkenlucht, was het de zondag erna net zo zomers als op de meidag dat ik ('s morgens) het wilde vrouwtjesdier en ('s avonds) Corinne Suwijn leerde kennen. Het leek of er een dag uit mijn jeugd, jaren zestig, in de kalender van 1997 was gemonteerd. De ochtend verspreidde een oude, lang niet geroken geur van verwachting. Zelfs de klokken van de Obrechtkerk luidden rond kwart voor elf anders dan op de meeste zondagen, alsof ze net nieuw van de gieterij kwamen. Ik herinnerde me hoe ik als klein meisje op hun gebeier spontaan begon te huppelen door de zo vroeg nog verlaten straten van Zuid, die als galmgaten fungeerden. Ik deed nu hetzelfde in onze slaapkamer, hoewel de bewegingsvrijheid hier beperkt was. Ik volvoerde wat balletpassen voor de manshoge spiegel aan de binnenkant van de kastdeur, zodat het glas ervan rammelde in z'n lijst. Albert lag, na eindeloos geborrel de avond tevoren, nog in bed, met zijn gezicht naar de muur. Hij draaide zich om: 'Wat loop je te bonzen, schat? Ik voel het in mijn kop.'

Straks zou Corinne aanbellen om mee naar het Amsterdamse Bos te gaan. Ik had in een Frans kasteel ooit een ridderharnas zien staan, roodbruin van verharde roest, en door een houten geraamte overeind gehouden. De beplate armen eindigden in ijzeren handschoenen, waarvan de vingers nog perfect scharnierden: Thjummi kreeg er geen genoeg van ermee te spelen – tot de suppoost hem tot de orde riep. Precies zo'n stalen klauw zat die zondag rond mijn maag geschroefd, en na verloop van tijd ook nog een rond mijn hart: daartussen moest ik er wat ademen betreft maar het beste van zien te maken. Alles aan en in me zat klemvast. Hierbij vergeleken waren de ochtenden van mijn eindexamen en mijn trouwdag ontspannen exercities, mede dankzij het gemak waarmee ik spanning eruit braakte. Waarom, in godsnaam, liet ik het vooruitzicht van een heerlijke middag in gezelschap van Corinne vergallen… letterlijk dan, want de ijzeren handschoen kneep uit al mijn organen tegelijk de kwalijke sappen omhoog naar de uitgang. Mijn keel brandde.

Faalangst? Hoe kon ik in gebreke blijven als er niets van mij verwacht werd, behalve dan uit wandelen gaan met mijn man en iemand die we inmiddels gerust 'een gemeenschappelijke vriendin' mochten noemen? In dat laatste school het probleem en de oorzaak van mijn kotsbereide nervositeit.

Albert sliep alweer. Ik knielde bij het bed neer, en schudde aan zijn schouder. Was het me nooit eerder opgevallen dat er stug haar op groeide, een uitloper van zijn rugvacht? Het voelde kokosnootachtig ruw aan in mijn handpalm, al sloot ik niet uit dat het me ooit had opgewonden. Misschien moest hij aan de wax: op een gladde schouder liep een omhelzing niet zo gauw vast. Ik reikte wat verder met mijn arm, tot de vingers zich verstrikten in zijn borsthaar. Nee, dat moest maar blijven… ik bewaarde te goede herinneringen aan hoe hij, in de kracht van zijn leven nog uitgestrekt op zijn rug, zijn zaad erin uitstortte… helemaal tot aan het knikkerkuiltje onder zijn adamsappel. Een stukgetrokken snoer, waarvan de parels de vorm van de ketting enigszins in hun ligging behouden hadden – sommige gespietst aan een natte spuuglok, andere verzonken tussen de haarwortels.

'Huh… *is* er?'

'Albert, als je je niet goed voelt… ik kan ook zonder jou met Corinne gaan wandelen, terwijl jij uitslaapt. Dan zien we je later vanmiddag hier op de veranda.'

Hij was meteen klaarwakker, en ging rechtop zitten. 'O, nee, ik heb me erop verheugd… ik wil het niet missen. Hoe laat is het?'

'Kwart over elf… ze komt binnen een halfuur. En zeg nou niet dat er een kat in je bek heeft zitten jongen. Even geen poezenbeeldspraak. Blijf gerust in bed… niemand zal het je kwalijk nemen.'

'Je biedt het iets te gretig aan, Zwan.' Hij geeuwde lang en luid, en stootte daarbij een afgewerkte alcoholdamp uit, vermengd met een verschaalde knoflookgeur van eergisteren. 'Hoe staat het met je gevoelens voor Corinne? Nog volop levend, dat dacht ik al. Zonder mijn strakke leiding wordt het niks met jullie vanmiddag.'

'Heb je sinds woensdag nog contact met haar gehad?'

'Alleen om de wandeling te bevestigen. Ze had jou er al over aan de telefoon gehad. Ik ga douchen.'

'Twee paracetamol, een shot wodka uit het vriesvak… en je bent weer het heertje.'

In de deuropening van de badkamer draaide Albert zich, met krabbende hand diep in de boxershort, nog een keer naar me om. 'Het wordt vast heel gezellig, maar… *ik* voer de regie. Akkoord?'

Hij wachtte het antwoord niet af, en even later hoorde ik het water stromen.

2

'Wie zich alleen voor bijzondere gelegenheden opmaakt,' zei Corinne, terwijl haar wimpers zich verhardden onder het mascaraborsteltje, 'heeft altijd twee gezichten tot haar beschikking… met en zonder. Veel meer nog eigenlijk, want dat smoelwerk van ons laat zich eindeloos gevarieerd grimeren, om dat theaterwoord maar eens te gebruiken. En dan kan een naturel gezicht ook nog eens op heel veel *manieren* naturel zijn. Zwanet Vrauwdeunt is in haar uppie een compleet Venetiaans carnaval, met alle mogelijke maskers.'

'Ik moet me nog opmaken,' zei ik. 'Hoe zie ik er nu op z'n naturelst dan uit?'

'Catherine Deneuve op d'r veertigste. Jij hebt niet alleen van die stevige blonde lokken, maar net als zij ook oogleden van mooi geslepen hout, zo onder de beitel van de schrijnwerker vandaan. Ik krijg zin erop te kloppen... *toktok*, doe die luiken eens open, en laat me naar binnen kijken.'

We stonden ons te verdringen voor de kastspiegel in de slaapkamer, waar de gekruide nachtlucht nog niet helemaal verdreven was door de open ramen, misschien omdat het buiten zo zomers windstil bleef. Corinne hield me met haar geheven elleboog op afstand, zodat niet meer dan de helft van mijn gezicht weerspiegeld werd en ik er met mijn kwasten niet bij kon. Ik zei: 'Als we onder het opmaken per se willen blijven praten, kunnen we beter naar de badkamer gaan... daar is een bredere spiegel.'

We verkasten. 'Klam hier,' zei Corinne. 'Goed voor tropische planten... minder voor mij.'

'Albert heeft net gedoucht. Hij is ook wat dat betreft een kleine jongen... een halfuur minimaal, op z'n heetst. Maar dat weet jij natuurlijk allemaal allang.'

'Daar zou ik maar niet zo zeker van zijn.'

Ik veegde de condens van de doorlopende spiegel boven de dubbele wasbak. Een stortbad van een halfuur had de alcohollucht van Albert niet helemaal kunnen verdrijven. Corinne haalde een paar keer diep haar neus op, maar zei er niets van. We zetten het opmaken naast elkaar voort, nu met meer ruimte. Eerst de oogschaduw, dan pas de mascara... het was mijn ervaring dat er dan minder kans was op zwartsel in het pastel.

'Het zal geen geheim voor je zijn, Corinne, dat een stevige kater rare dingen doet met Alberts libido.'

'Ongetwijfeld… dat geldt toch voor al die verdomde kerels?'

'Als ze stevig aan de zuip zijn, gelden de woorden van de poortwachter in *Macbeth*: "*It provokes the desire, but takes away the performance.*" De volgende dag, als de ergste kater uitgewerkt begint te raken, willen ze niets liever dan alsnog performen… het heeft dan de noodzaak van troost… die ze zichzelf toedienen. Vertel mij wat, zoals je inmiddels weet, ben ik getrouwd geweest met een rasechte dipsomaan. Het pleitte voor Ernst dat hij een kwartaaldrinker was… nog een bescheiden ook, want hij ging niet vaker dan eens per halfjaar voor de bijl… maar dan ook grondig en diepgaand.'

'Hij viel je dus maar eens per halfjaar lastig.'

'Nou… zo'n periode duurde meestal drie weken. Aan het eind was hij te uitgeput om nog een pink te verroeren… er kwam geen boe of bah meer uit.'

'Voor jou was het dus *bijna* drie weken feest.'

'Vergeet het,' zei ik. 'Hij had verschillende zijderoutes door de stad uitgestippeld… die slingerden zich langs de huizen van de zijden broekjes. Als die zijderoutes met elkaar een bepaald wiskundig patroon vormden, dan was het goed… dan rustte er Gods zegen op.'

'Gaat hij die nog steeds twee keer per jaar op zijn kameel af?'

'Vanwege die kwartaaldrinkerij is hij als advocaat een tijd geschorst geweest… bijna voorgoed van het tableau geschrapt. Hij staat al zeker tien jaar droog.'

'Volgens mij, Zwan, had je het over het katerlibido van Albert.'

'Ik heb geen weet van *al* zijn omzwervingen, maar volgens mij redt Albert het heel aardig zonder uitgestrekte zijderoutes. Ik stel wel voor dat we hem vanmiddag een beetje in toom houden. Hij kan zo heerlijk aanhankelijk doen… onweerstaanbaar gewoon. Je gaat het bijna als een eer zien om hem te troosten… of bij zijn zelftroost te helpen. Ook wat dat betreft vertel ik je ongetwijfeld niets nieuws… wat klets ik eigenlijk.'

'De middag moet nog beginnen, en ik heb nu alweer veel bijgeleerd.'

We werkten een hele poos zwijgend aan onze maskerade. Af en toe lachten we naar elkaar in de spiegel. Corinne stulpte haar lippen naar binnen en wreef zo de lipstick uit, waarbij ze me ondoorgrondelijk aankeek. Zonder haar blik los te laten deed ik vervolgens hetzelfde. Het leek op een cryptisch gesprek met strak naar binnen gekeerde monden, maar wat het precies betekende... ik hoefde het niet te weten. Alleen om dit samenzijn niet te verbreken, brachten we nog wat verbeteringen aan. We gaven elkaar de handspiegel door om onszelf en profil te keuren.

'Nee, echt, Corinne... begin jaren zeventig was je mijn idool. De covers waar jij op stond... ik liet ze van mijn zakgeld uitvergroten, en hing er mijn kamer mee vol. Als ik naar de wc was, wierpen mijn jaloerse vriendinnen dartpijltjes naar jouw gezicht... sorry. Aan verkleuringen van het behang is nog altijd zichtbaar waar jij gehangen hebt. Ik zal je een keer mee naar mijn ouderlijk huis nemen, dan kun je het met eigen ogen zien.'

'Ik wist al dat ik geen zon doorliet.'

'Aan het woord rolmodel heb ik een hekel... het doet me te veel aan rolberoerte denken... maar je *was* een groot voorbeeld. Ik had rond mijn twintigste, vond ik, te volle vormen. Ik wilde zijn zoals jij, en was bereid mezelf daarvoor te gronde te richten. Ik schonk, om zo te zeggen, de goede gaven van mijn moeders dis terug aan de aarde... via het riool. Gelukkig was je geen Twiggy, want dan had ik niet meer geleefd.'

Corinne bracht gloss op haar geverfde lippen aan. 'Arm kind. Op die leeftijd behoor je uit rebellie je middelvinger naar de wereld op te steken... of ermee naar beneden te wijzen... de zachtheid in... maar jij... jij dreef 'm de verkeerde kant op... recht je keel in.'

'Eerst een periode van anorexia, daarna boulimia... en weer terug. Boulimia, anorexia, boulimia... ik voelde me op den duur net een kunstschilder. Eentje als Picasso: blauwe periode, roze periode, en terug het blauw in, maar wel met kubistische trekjes.'

'Jij ook wat gloss, Zwan?'

3

Natuurlijk was Corinne die zondagochtend hooggehakt komen opdraven. We waren immers trotse hoefdieren, en de gespletenheid van onze hoeven zat 'm ergens tussen teen en hak. Geen raspaardje kon zonder pumps. Nadat de mens op twee benen was gaan lopen, duurde het nog duizenden jaren eer de vrouw in de gaten kreeg dat zij qua lengte onderbedeeld was. Hoge hakken vormden haar manier om naar God en de sterren te reiken. Wie metafysica wilde beoefenen, moest om te beginnen de schoenmakersleest tot onderwerp van zijn studie maken – nee, niet dat lompe stuk ijzer voor de brogues en de bordeelsluipers, maar de ranke mal die de ziel van het vrouwelijk schoeisel uitmaakt.

Na het opmaken paradeerde Corinne al rokend door onze slaapkamer – heerszuchtig bijna, zodat ik achteraf vermoed dat ze zich de ruimte al eigen aan het maken was, zonder het zelf te beseffen. Ze stanste met haar stiletto's putjes in het parket. Ik vroeg me af wat Albert erger vond: rooklucht in zijn slaapkamer of een pokdalige dekvloer. Bij elke lus van haar geijsbeer zwenkte Corinne om twee paar soldatenkistjes heen die midden in het vertrek stonden – een zwart en een donkerbruin, het ene met rijghaken, het andere gewoon met ogen, allebei voorzien van weelderig lange veters. Eindelijk bleef ze erbij stilstaan, bijna beschuldigend wijzend: 'Wat zijn dat nou weer voor lederhompen?'

'Die stammen nog uit mijn punktijd van twintig jaar terug. Jij en ik hebben dezelfde maat, dus ik dacht zo... we gebruiken ze voor vanmiddag als wandelschoenen.'

'Nooit van m'n leven. Ik ga niet voor gek lopen. Het Bos stikt op zondag van de mensen.'

Ik schoot in de lach. 'Je vreest voor je imago, wat schattig. Luister, Corinne, als jij in dienstkistjes gaat rondbanjeren, is het binnen twee weken een rage... dan is de punk terug van weggeweest... dan gaan we weer pogoën.'

Ik schopte mijn pumps uit, en nam twee bolletjes wollen sokken uit een la, waarvan ik er een aan Corinne gaf. Ik trok de mijne aan terwijl ik op de rand van het bed zat, en stak mijn voeten in de hoge schoenen: die met de verstevigde ogen. Ze keek met sceptische blik toe hoe ik de veters erdoorheen reeg.

'Echt schoeisel voor de zomerdag, Zwan. Ik wed dat je 't er geen tweehonderd meter mee redt. Een galeiboef met een kogel aan zijn enkel heeft meer bewegingsvrijheid.'

'We zullen zien.' Ik stond op, en duwde Corinne onverhoeds neer op de bedrand. 'Nu jij.'

Ze viel zo'n beetje achterover, waarbij haar rok opgeschort raakte. Ik trok haar pumps uit, en zette de zwarte kistjes voor haar voeten. Ze ging rechtop zitten. 'Nou, vooruit... als jij me helpt. Ik weet me geen raad met die enge rijghaken.'

Haar voeten voelden licht vochtig aan. Het deed me denken aan een vakantiebaantje in een schoenwinkel toen ik nog studeerde. Al die klamme nylons, waar ik dan weer een nieuwe schoen omheen moest wringen. Het eelt door de dunne stof heen je handpalm schurend... ik vond dat erger dan de zweetlucht die de dames uit de warme Kalverstraat meebrachten.

'Deze klemt... dat is vragen om eksterogen.'

'Ik geloof, mevrouw, dat ik van dit model nog wel een grotere maat in het magazijn heb. Als u me even excuseert.'

Lekker dralen in de lederlucht van de opslag en een verboden sigaret smoren... oogjes branden in het vloeipapier waar pantoffels in gewikkeld waren geweest. Hoe langer de klant moest wachten, des te meer zou ze de 'extra moeite' prijzen.

Ik schoof de sokken om Corinnes voeten en enkels en

streelde de wol met mijn handpalmen opwaarts over haar gladde kuiten, tot bijna in haar knieholten.

'Een complete massage,' zei ze met enigszins haperende stem. 'Lang geleden, zulke sokken... die wol kriebelt als de ziekte. Fijn zoals je dat doet.'

Ze tilde bereidwillig haar onderbeen zo hoog mogelijk op, zodat ik er de schoen omheen kon schuiven. Om hem te laten passen moest ik er wat aan verwrikken, en pas na het losser maken van de veters schoot hij op z'n plaats. Ik keek langs de binnenkant van haar geknakte been omhoog, en op dat moment zag ik het eerste vochtplekje in het kruis van haar lichtblauwe broekje, niet groter dan een flinke speldenknop. In de preutse veronderstelling dat dit kleine wonder niet voor mijn ogen bestemd was, richtte ik mijn blik snel omhoog naar haar gezicht.

'Knelt hij niet?'

'Hij zit als gegoten. Wat jammer nou dat ik die hele punktijd gemist heb. Ik woonde in New York en hoorde natuurlijk over Sid en Nancy in het Chelsea, maar verder... ik verkeerde in de foute kringen.'

'Ik geef je een snelcursus.'

Ik begon heel zorgvuldig de schoen dicht te rijgen, waarbij ik hier en daar een verbogen haakje op z'n plaats drukte. Het gaf me de gelegenheid steels tussen haar dijen te gluren. De vochtvlek werd niet zozeer groter, maar vertakte zich fijntjes. Als ik door mijn wimpers keek, had het iets van een onspeelbaar stukje notenschrift. Heiligschennis: het deed me denken aan wat Albert me ooit vertelde. Hij was met een vriend per trein op weg naar Nijmegen, voor een promotieplechtigheid. Ter hoogte van Diemen spatte er, wat natuurlijk door de luchtdruk wel vaker gebeurde, een vogelfluim tegen de coupéruit – maar deze was niet groen-wit maar rood.

'Altijd Diemen, hè,' zei de conducteur, die ze op de vlek wezen. 'Diemen, daar springen ze.'

De wind vervormde de bloedkwak tot een fragment notenschrift, waarin Alberts vriend, een musicoloog, de beginmaat van Beethovens *Eroica* herkende. Het zette de heren aan het denken. 'Stel, je kunt niet verder leven, en springt in opperste wanhoop voor de trein... en je bloed spat tegen het coupéraam in het handschrift van Beethoven, die het begin noteert van zijn Derde symfonie...'

Ik ontwaarde geen bekende melodie in het donkere notenbalkje van Corinne, maar er begon wel iets licht jammerend in me te zingen. Trouwens, het was alweer van vorm aan het veranderen, terwijl ik haar de tweede schoen aanmat. In plaats van uit wandelen te gaan, had ik zo wel de hele middag geknield voor haar willen blijven zitten, naar afbeeldingen speurend in het lekken van haar heimelijke lust, dat ik gaande zou houden door de kistjes telkens opnieuw aan en uit te trekken.

'Wat zit je te teuten,' zei Corinne. 'Ik krijg kramp in mijn been.'

'Ik weet niet hoe ik het moet zeggen,' zei ik, 'maar er dringt een kleine ongerechtigheid door het katoen van je slipje heen. Niet dat ik het een straf vind om ernaar te kijken.'

Lichte paniek. Haar hand schoot onmiddellijk tussen haar dijen. 'O, dat is niets.'

'Voor mij is het alles.'

'Je zit me te begluren. Nu snap ik waarom je mij per se die schoenen aan wilde trekken.'

'Het viel me toevallig op. Ik wou er eigenlijk niets van zeggen.'

'Eeuwig zonde, hè, om mij *niet* in verlegenheid te brengen.'

'Als je zo met je vingers blijft wrijven en drukken, maak je het alleen maar erger... net als bij een inktvlek.'

Ze hield onmiddellijk op, en keek onnozel naar haar vingertoppen. 'En wij mannen maar beklagen dat ze zich met hun opwinding in de kijker spelen.'

'Je mag wel een broekje van mij,' zei ik. 'Zo op het oog hebben we ook dezelfde bilmaat.'

'Te laat, Zwan... ik krijg de nauwe pijpjes bij het uittrekken niet over die lompe punkkistjes heen... en ik ga ze niet uit- en dan weer aandoen, na al die moeite. Kijk maar.'

Ze ging staan, waardoor de rok weer op z'n plaats viel, en trok toen pas haar slip naar beneden, die vastliep op de rijghaken van de soldatenschoenen. Mijn adem stokte: aan de binnenkant van het badstof kruisje zag de vochtvlek er anders uit, zilveriger, dan aan de buitenzijde: een verschil in patroon tussen onder- en bovenkant van een tapijt.

'Zie je? Ik zou het ding moeten verknippen... zoals ze dat in het ziekenhuis bij een verkeersslachtoffer doen. Duur ondergoed? Niks mee te maken. De schaar erin, zonder pardon. En dat zou ik dan ook bij jouw nieuwe broekje moeten doen. Eeuwig zonde. En wat heb je dan ten slotte nog om je billen hangen? Een hoop vlagvertoon, recht uit de voddenmand.'

Dit was wel het verrukkelijkste schaduwgesprek dat ik ooit gevoerd had. Een soort Englandspiel, maar met een doorzichtiger code. Er viel een oorlog mee te winnen, eerder dan met die dienstkistjes.

'En jij, Zwanet Vrauwdeunt... als het je allemaal volledig onberoerd laat, is dat bepaald geen compliment voor mij. Maar misschien ben ik in gebreke gebleven... en had ik *jou* de sokken en de kistjes moeten aandoen. O, die eeuwige terughoudendheid van mij... ik ga nog 's eenzaam dood.'

Nu was het mijn beurt om, als een loodgieter van de liefde, mijn ongehoorzame lijf op lekkages te controleren. Bij mij geen subtiel notenschrift. De uitgedijde vochtvlek viel geheel samen met het kommetje van mijn hand.

'En?'

'Ik had er niets van gemerkt.'

'Dat zeggen ze allemaal. Ik krijg genoeg van het eenrichtingsverkeer. *Zitten* jij... hier.' Ze klopte naast zich op het bed. 'En laat nu maar eens zien wat je stiekem voor jezelf had willen houden.'

Ik deed wat ze vroeg, en speelde mijn rol als betrapt meisje met verve, de ogen neergeslagen.

Corinne legde heel teder een gekromde hand over de bolling van het katoenen kruisje. 'Ik kan nu wel zeggen: ik droog je op 37°... of iets warmer, vanwege mijn koortsigheid... maar ik ben bang dat je gulle gaven zullen blijven vloeien. Daar valt niet tegenop te warmen.'

Ze drukte een kus in mijn hals.

4

Albert had een theorie over waarom schrijvers, ook de pleeratten, doorgaans geen auto reden. 'Ze kunnen niet abstraheren. Het verkeer bedient zich van pijlen, strepen, symbolen... het is bij elkaar een formule uit de logica met een staart waar geen eind aan komt. De schrijver gaat daar achter het stuur dwars doorheen zitten dromen, en dat maakt hem tot een gevaar op de weg... bloed aan de muur.'

Hij zat altijd naast me op de bijrijdersstoel, was op vakanties een uitstekend kaartlezer, en bemoeide zich alleen bij aanstormend onheil met mijn rijkunst. Een ideale reisgenoot, kortom... niet binnenshuis. Vandaag ging hij zomaar uit zichzelf op de achterbank zitten, precies in het midden, waardoor Corinne gedwongen was bij mij voorin te komen zitten. Onderdeel van zijn driehoekige bedoelingen? Reve beklaagt zich in zijn werk regelmatig over de 'ongehoorde omslachtigheid' van zijn handelen, vooral waar het de voorbereidende regie van zijn liefdesstrategieën betreft. Nou, de heer Egberts kon er ook wat van, en dat met een uitgestreken gezicht, de onschuld zelve.

Ik startte de motor, maar controleerde eerst nog even mijn make-up in de achteruitkijkspiegel.

'Waarom hebben we ons eigenlijk zo uitgebreid opgetut... voor een wandeltochtje?' zei Corinne. 'Paradijsvogels in hun paartijd zouden er stikjaloers op worden.'

'Bij jou is het beroepsdeformatie,' zei Albert. 'Je bent een half mensenleven lang verplicht geweest representatief te zijn. Het is de angst dat mensen je anders niet herkennen. Gemiste kans trouwens op wat privacy... kijk, daar gaat die hoe-heet-ze-ook weer... die van dat reclamespotje.'

Hier diende zich weer zo'n moment aan waarop hij liet blijken Corinne veel beter te kennen dan hij steeds voorgaf. Misschien maakte de kater hem onvoorzichtig. Ik vroeg me af hoe ik hem verder uit de tent zou kunnen lokken. Straks... mijn kans kwam nog wel. Ik moest hem zo beschaamd zien te maken dat hij zijn driekantige steek afzette, en ik het alleenrecht op haar verwierf... uiteraard na het kundig wegwerken van Hans Krop (we vonden wel een manier). Droomstof genoeg.

Ik stuurde de Renault achterwaarts het parkeervak uit, en wendde de motorkap richting Amstelveen. We reden.

'Mag ik roken?' Corinne keerde zich met sigaret en aansteker in de aanslag om naar Albert.

'Vraag maar aan Zwanet... die is een paar jaar geleden gestopt. Ze vindt de geur nog steeds moeilijk te weerstaan. Als je haar chagrijnig wilt krijgen, ga je gang.'

Kijk, zo probeerde hij ons speels tegen elkaar op te zetten... allemaal onderdeel van zijn omslachtige plannetjes. Liep hij door zijn omzichtigheid niet het gevaar de vereiste hitsigheid te verliezen? Het was alweer een halve week geleden dat hij bij ons op de veranda een begin had gemaakt met de uitvoering van zijn sneue strategie. God weet hoe lang hij al met het ontwerp in zijn kop rondliep. Als Zwanet eerst zus... dan Corinne vervolgens zo... en ik als hekkensluiter... wat een weerzinwekkend woord trouwens in dit verband... nee, ze moeten om te beginnen eens goed kennismaken, die twee van rijpheid zachte lady's.

'Ik zet het raam wel open,' zei ik. 'Zonde om die zoele lentelucht niet binnen te laten.'

'Nee, ik wacht wel tot in het Bos,' zei Corinne, die het opengetrokken asbakje weer met haar duim dichtdrukte. 'Nogmaals, Zwanet, als je een methode hebt om ermee te stoppen, dan hou ik me aanbevolen. Het is *zo'n* smerig aanwensel.'

'Kom een paar dagen achter elkaar naar me toe, dan lezen we samen *Bekentenissen van Zeno* van Italo Svevo. Zeno wil zo graag van het roken af dat hij overal... in de kantlijnen van kranten en boeken... LS schrijft. "Nee, lezer," zegt hij dan, "dat betekent niet *Lectori Salutem*, maar Laatste Sigaret." We doen er het Italiaans naast, want dat is nog veel grappiger. US... nee, lezer, dat betekent niet United States, maar Ultima Sigaretta. Zo heeft hij tal van methodes om te stoppen... de ene nog minder succesvol dan de andere. Het geheim van het boek is: je krijgt zelf, als lezer, een onweerstaanbare zin om aan je laatste sigaret te beginnen... en dan ook echt de allerlaatste. Bij mij heeft het geholpen.'

'Goed, dan hebben we vanaf nu een tweepersoons leesclubje... ik teken in.'

'Rookwaren meebrengen,' zei ik. 'We moeten naar de laatste toe kunnen werken... door de beul de terdoodveroordeelde aangeboden. Rokers die kringels de lucht in blazen, beelden hun eigen strop uit.'

Corinne plakte een Marlboro-filter tussen haar lippen, maar stak hem niet aan. Het gaf haar iets brutaals, en terwijl we over de Amstelveenseweg reden, wierp ik telkens vluchtig een blik op haar, waarbij ik mijn liezen voelde samentrekken. Wat was het voor vrouw die dat zonder concrete aanraking voor elkaar kreeg? Het kwam me niet slecht uit: zo zou ik in het vervolg van haar kunnen genieten zonder me met handtastelijkheden te laten compromitteren.

'Een fotograaf van *Marie Claire* leerde me pas echt roken.' Als ze sprak, wipte de sigaret grappig op en neer. 'Ik was een bleu wicht van zestien. Hij wilde me op de plaat met een brandend saffie in de mondhoek... met een pet diep over de ogen, als het straatschoffie bij Charlie Chaplin. Rook mysterieus om me heen. Je ziet wat ervan komt: als model dubbel en dwars met pensioen... niet als rookmachine. En niemand die nog een mistige foto van me komt maken... het voorland van onze beroepsgroep is te kijk staan bij meedogenloos helder zicht.'

'Ik heb mijn camera bij me,' zei Albert. 'Straks maak ik een nevelig portret van je, bij de Ridammerhoeve, en dat verkopen we dan aan de bladen. CORINNE SUWIJN GESPOT BIJ DE GEITENBOERDERIJ... STEEKT ALS DIERENBESCHERMSTER BRIGITTE BARDOT NAAR DE KROON.'

5

Mannen met spaden... graafmachines op stoom. Het Amsterdamsche Bosch was, met ch en al, tijdens de Groote Depressie uit de modder gestampt door werklozen, aangeduid als steuntrekkers. Ze moesten maar eens iets terugdoen voor al dat bijeen gestempelde gemeenschapsgeld. Elke dag je kop laten inlijsten door het latwerk van een arbeidsloket, dat was mensonterend... handen uit de mouwen, de burger van Amsterdam snakte naar wat groen om zich tussen te verpozen.

De ingang tot het Bos werd aan Amstelveense kant gevormd door een spoorwegovergang: hier liep voor nostalgische reizigers het historische trammetje richting Amsterdam. Dan linksaf voorbij de ovale blokhut, waar een restaurant in zat... ik kwam er alleen omdat de Avondvierdaagse van de kinderen hier eindigde... binnenkort was het weer zover: allemaal bezigheden waar mijn hoofd vandaag niet naar stond. We reden langs de Bosbaan. Vandaag werd er getraind. De roeiers zaten als altijd met de rug naar hun bestemming.

'Ik vind het altijd zo fascinerend,' zei Corinne, 'zoals ze precies tegelijk aan hun riemen trekken. Het doet me denken aan een Romeinse oorlogsvloot... een soort reddingssloep ervan, met mannetjes die het na twintig eeuwen nog steeds niet kunnen laten.'

Ik begon langzaamaan een patroon te ontdekken in haar manier van kijken, en die beviel me wel, zolang ze de beelden en de woorden maar met spitse vingers uit de lucht bleef plukken, want die vormden het charmantste hulpstuk van haar blik op de wereld.

De vissers op de walkant van de Bosbaan hadden hun beschermende tentjes wel opgezet, maar er was nauwelijks wind, dus zaten ze op hun uitklapbare zetels – die overigens weinig meer van het originele vouwstoeltje hadden, en leken op een regisseursstoel van hout en linnen, op de rugzijde waarvan alleen een naam ontbrak. De bezigheid van een zondagsvisser was zo eenzelvig niet of er kwamen, net als overal elders, status en ijdelheid aan te pas. Ik registreerde al deze kleinigheden van de zomerdag met een blij zwellend hart.

Na de Bosbaan sneed de weg door dichtbegroeide percelen. Elke twijg was uitgelopen, en al het blad stond er nog lichtgroen bij, als het binnenste van een slakrop. Er trok onophoudelijk een web van licht en schaduw door de autocabine,

'Als je alle netten van de Siciliaanse sardinevissers achter elkaar legt,' juichte Corinne, 'dan krijg je dit... met de gevangen sardines er nog in.'

Ik had bij de jachtende schaduwen het gaspedaal liefst nog wat verder ingedrukt, maar ik moest remmen voor een roek die op z'n dooie akkertje over het asfalt wandelde, de zwarte snavel recht vooruit. Het net van lichtvlekken lag nu roerloos over ons heen. Ik probeerde me een voorstelling te maken van de mannen die hier hun spaden de grond in gedreven hadden – vooruitbetaalde werkverschaffing. Het was er de dag niet naar om met een innerlijk oor naar hun tandenknarsende gemor te luisteren, maar ik kon nu eenmaal niet anders. Het Bos oogde zoals een bos er in de late lente uit behoorde te zien, fris en geheimzinnig, maar voor mij lag er een mantel van droefheid over het geboomte, net als in sommige wijken van Amsterdam over de straten waar 'de stad en de holen' samenkwamen. Niet dat ik zo begaan was met de armoedzaaiers van deze wereld – eerder met de voorgeschiedenis van hun lot, waar niets meer aan te verhelpen viel. Ik was te veel een begrijper, en daar schoot geen onderbetaalde arbeidskracht of ziel in nood ene moer mee op.

De roek had de overkant bereikt, en ik reed door – naar de parkeerplaats van de Ridammerhoeve, algemeen als 'de Geitenboerderij' aangeduid. Er was alleen nog een vak vrij van de twee die voor invaliden bestemd waren. Toen ik de auto erin manoeuvreerde, klonk er naast en achter me fel protest.

'Zoiets doe je niet, Zwanet... dat is asociaal.'

'Ik voel me vandaag wat minder valide, moet je bedenken.'

Wijselijk reed ik toch maar weer achteruit. Zo'n miskleun zou zomaar een goddelijke zondag naar de gallemiezen kunnen helpen.

'Daar komt een compleet gezinnetje aan,' zei Albert. 'Wedden dat die hier hun auto hebben staan...'

Het leek een eeuwigheid te duren eer de twee driewielers en de emmertjes en de schepjes in de kofferbak waren gestopt. De vader stak een hand op om aan te geven dat we geduld moesten hebben. Ondertussen onderhield ik mijn gezelschap over de aanleg van het Bos.

'Typisch Zwanet weer,' zei Albert zuchtend, meer tot Corinne dan tegen mij. 'Onder haar blik neemt alles de kleur van het tragische aan. We worden gedwongen te denken dat de boomwortels hier wegrotten in het zweet des aanschijns van de arbeiders... dat de humus doordrenkt is van hun bloed. In elke kruin woont de weeklagende geest van een gestorven steuntrekker, die zich bestolen weet van zijn energie... bedoeld voor hoogwaardiger werk.'

'Goh, Albert, wat doe je neerbuigend over Zwanet,' zei Corinne. 'Ik bewonder het juist als iemand de werkelijkheid niet zomaar ter kennisgeving aanneemt... ik hou wel van die onderzoekende blik. We gaan niet voor een röntgenapparaat staan om te laten zien wat voor gave navel we hebben.'

'Laat hem toch,' zei ik. 'Hij heeft zelf nooit anders gedaan. Als je denkt dat hij bloeddoorlopen ogen heeft, trap er niet in... het is het infrarood waarmee *hij* alles doorlicht. Alleen voor vanmiddag heeft hij andere plannen, en daar hebben wij ons maar naar te schikken.'

'Dan wil ik wel even weten welke.' Corinne keerde zich naar de achterbank. 'Nou, Albert... wat staat er op het program? Vandaag geen dubbelzinnige werkelijkheden, begrijp ik.'

6

Al van verre hoorden we het mechanische gereutel van het varken waar kinderen een munt in konden werpen om zichzelf te straffen met dat ijzingwekkende geluid. Ik vroeg me af waarom de directie van de Geitenboerderij de rust van het terrein opofferde voor een extra laatje met miezerige kwartjes. Het terras, dat zich uitstrekte tussen de hoeve en een brede sloot gevuld met drabbig bruin water, was nog maar matig bezet. In de kleine speeltuin was het wel druk, met ouderparen die hun kroost bewaakten tegen valpartijen en kinderlokkers. (Niet zelden meegemaakt hier, een vader die op een alleen zittende man afstapte: 'Wat heb jij naar mijn zoontje te loeren, stuk achterbakseling? Ik zie het toch.' Ook hier, in de bij vlagen serene rust van het Bos, stonden de gelijkhebbers net zo snel op hun achterpoten als de geiten in de stal, wanneer ze bij een hooggelegen baal hooi probeerden te komen. Zo, met een vuige verdachtmaking was het gezin weer gered.)

'Eerst iets drinken hier?' stelde Albert voor. 'Er zijn nu nog tafeltjes vrij.'

'Doe gerust... ik snap dat je een medicijn tegen de kater nodig hebt,' zei ik. 'Corinne en ik gaan eerst een eind wandelen.'

Dat kon onze leidsman niet over zijn kant laten gaan. Eerst sjokte hij een tijdlang achter ons aan over het karrenspoor tussen de weilanden – totdat we de bosrand bereikten en hem met genereuze armgebaren voor lieten gaan. 'Na u. Koetsier voorop… palfreniers op de treeplank.'

'Geen grappen achter mijn rug, begrepen? We mogen elkaar niet kwijtraken.'

Hier liepen de paden van stoffig grijs zand, en ik deed er samen met Corinne alles aan om het rond onze kistjes op te laten wolken. Het kwam zo hoog dat het neersloeg op de tong en licht knarste tussen de kiezen. Albert kon zich elk moment omdraaien om iets over 'gestamp van olifanten' te zeggen, maar hij bleef met gekromde rug voor zich op de grond kijken. Zo kende ik hem als hij op iets liep te broeden. Vandaag was dat waarschijnlijk geen toneelidee, tenzij in z'n rudimentairste, gelijkzijdige vorm.

'Nog nieuws over de dooie vrijer uit de Retiefstraat?' vroeg Corinne nadat we een poos zwijgend naast elkaar hadden voortgestapt.

'Ze hebben zijn begrafenis nog een week uitgesteld… in de hoop natuurlijk dat een nabestaande zich meldt, zodat de man alsnog geïdentificeerd kan worden.'

'Hoe begraaf je iemand zonder identiteit… zonder familie? Ik moet er niet aan denken. De kilte… bevroren kerkhofgrond hartje zomer.'

'Het gebeurt vaker dan je denkt… op Sinte Teresa. Er is een speciale hoek voor anonieme doden. De uitvaart is op kosten van de gemeente.'

'En dan wordt het lichaam zomaar, zonder enig ceremonieel onder de grond gestopt…'

'Er is een ploeg van dichters die zich over de anonieme dode ontfermt. Hun gedichten worden voorgedragen aan de open groeve. Niet helemaal zonder ceremonieel dus.'

'Zeg alsjeblieft eerlijk, Zwanet, als ik me druk maak om futiliteiten, maar... waar zou zo'n gedicht over moeten gaan? Poëzie is geen forensisch rapport, dat weet ik ook wel, maar als de dichter in kwestie helemaal *niets* weet van de overledene, dan...'

'...dan kan hij nog altijd daarover dichten.'

'Er is sectie verricht op het lijk, las ik in *Het Devies*,' zei Corinne. 'Heeft dat nog iets opgeleverd?'

'Zelfs geen eenduidige doodsoorzaak. De patholoog dacht aangekoekte scheerzeep achter de oorlel aan te treffen. Hij nam er een monster van, en wat bleek?'

'Hij schoor zich met een bot mes... sorry, ga door.'

'Het was witte verf... afwasbaar, dat wel.'

'Maar achter de oren vergeten dus.'

'De forensische recherche heeft er tot nu toe geen conclusie over beroep, afkomst of paspoort uit kunnen trekken.'

'Misschien toch de poëzie... dat die er iets mee kan.'

'Een van de dichters is gisteren bij me langs geweest. Ik heb hem in De Brouwerij via de one way een blik op de vrouw laten werpen... en verder alles verteld wat ik wist, over de Retiefstraat en zo... café Ape-Retief... de autopsie en de witte verf... kortom, alles wat *niet* tot de identificatie van de dode heeft geleid. O, wat zijn we fantastisch opgeschoten. En wat zegt onze poëet? "Bedankt, ik weet genoeg." Nou jij weer, Rinne.'

'Ga je naar de begrafenis?'

'Wil je mee?'

'En de gekke weduwe?'

'Uitgesloten.'

'Zoals jij haar aantrof in de Retiefstraat, als bewaakster van de dode man, *moest* je wel concluderen dat het om een liefdespaar ging. In het café zeiden ze het ook. Dat maakt de vrouw voorlopig tot de enige nabestaande. Je kunt haar niet zomaar van de begrafenis uitsluiten, Zwanet.'

'Ik niet... de politie wel.'

'De recherche zou er z'n voordeel mee kunnen doen. Als tot

haar doordringt wie we aan het begraven zijn, zou dat iets bij haar los kunnen maken… al was het maar een naam.'

'Ze is haar spraak kwijt, Rinne.'

Zo sloop de gestoorde vrouw door de bosjes naast het pad met ons mee, met de soepelheid van haar tijgergang. Het kon aan de streperigheid van de schaduwen liggen, maar af en toe meende ik zelfs een flard te zien van de vacht die ze zichzelf had toegeëigend als een variant op de nieuwe kleren van de keizer. Ze vond ritselend haar weg… misschien waren wij haar prooi, die ze niet uit het oog wilde verliezen. En dan had ook nog de man die voor ons uit liep het op ons begrepen, al was die zekerder van zijn zaak, zo leek het, want hij keek geen enkele keer om.

Soms trok ik het niet langer, en dan hield ik mijn pas in om neer te knielen in het zand, zogenaamd om iets te verschikken aan de lange, veel te ruim gestrikte rijgveters, maar in feite om van achteren een blik op Corinne te werpen. Alsof ze me niet miste, kloste ze nog even door, mij het zicht gunnend op haar billen, die op de cadans van haar gang bewogen onder de dunne stof van de rok. Verderop stond ze stil, zich omdraaiend: 'Wat voer je in je schild? Denk erom, hoor.'

'Jij in die kistjes, Rin… ik kan er geen genoeg van krijgen.'

Elke keer dat ik me weer oprichtte, nam ik me voor op haar af te stappen, haar simpelweg in mijn armen te sluiten en tegen me aan te drukken, niet eens zo hard. Ik durfde niet, uit vrees voor een afwijzing. ('Nu ga je te ver, Zwan… het moet wel *leuk* blijven.') We liepen langs de uitloper van een vijverachtig water, geheel bedekt met gladgestreken eendenkroos, waar een hoentje samen met haar kuikens al zwemmend oosterse karakters in tekende, die even snel weer uitgewist werden.

'Kun jij ze ontcijferen?' vroeg Corinne.

'Nee… jij?'

'Ik wel.'

'Nou, wat staat er dan… het is trouwens alweer weg.'

'Ik hou de boodschap voor mezelf… het is *te* erg.'

'Je moet het zeggen… anders breng je me misschien in gevaar.'

'Bij dreigend onheil zal ik je beschermen… maar ik ga het niet van tevoren aankondigen.'

'Sadist.'

'Ik zou pas een sadist zijn als ik je nu al met de voorspelling opzadelde.'

De hoentjes peddelden onder de met slijmerig groen en oranje mos beklede stam van een omgevallen boom door. Corinne nam me eenvoudig bij de hand, zoals kinderen doen, en leidde me terug het pad op. Albert was een heel eind op ons uitgelopen, maar leek het niet te merken, zo diep overdacht hij zijn zonden… die van gisteravond of die van komende middag.

'Albert zijn zin,' zei Corinne, zwaaiend met mijn arm. 'Zo raken we elkaar niet kwijt… hem wel, als we willen.'

'Dat kan altijd nog,' zei ik, met onmiddellijk spijt van mijn woorden. 'Hand in hand, dan moeten we zingen.'

'Ja, maar wat?'

'De schunnige canons van Mozart. *Leck mich am Arsch*. Nee, daar zijn meer stemmen voor nodig.'

'Ken je het Tweede pianoconcert van Rachmaninov… het middendeel? Op die melodie heeft Eric Carmen een nummer gemaakt. "All by myself".'

Ze zong het me voor.

I thought that love was just for fun.

Ik herkende de tekst. Kinderlijk zwaaiend met onze aaneengeklonken armen zongen we hoog en luid en tweestemmig. Nu bleef Albert wel stilstaan. Hij draaide zich om, lachte breeduit, en… zag dat het goed was. Hij schudde zijn hoofd, als een vader over zoveel uitbundigheid bij zijn kinderen: als dat maar goed blijft gaan.

All by myself…

Hier liepen twee meiden van vijftien, zestien hun jeugd uit te jubelen, hun levensverlangen, hun gezondheidskoorts. Toen het lied klaar was, en we neuriënd en tastend zochten naar een nieuwe melodie, en we elkaar stralend en blozend aankeken, en Corinne hard in mijn hand kneep… toen was dat trekkerige gevoel in de liesstreek en de onderbuik er weer. Ik dacht, tegen beter weten in, dat het de aandrang om te plassen was… ik excuseerde me ('Zo meteen doen we "Dirty Ol' Man" van The Three Degrees') en hurkte neer achter een struik, een eind van het pad af. Er kwam niets: mijn onberekenbare lijf was, om zo te zeggen, met andere dingen bezig.

Ik keek door het gebladerte naar Corinne, die roerloos op wacht stond en met licht schuin gehouden hoofd leek te luisteren – misschien naar de geluiden die ik geacht werd te maken. Ik voelde me een soldaat die, eenzaam liggend op zijn brits, starend naar de kistjes op het tentzeil er de gedroomde geliefde uit op ziet rijzen. Hij wenkt haar, maar ze kan geen stap verzetten, zo lijkt ze vastgegoten in die loeizware schoenen… als in een sokkel, waarboven ze alleen nog met haar lichaam heen en weer kan deinen. Wacht, Rinne, ik kom eraan… ik zal je bevrijden.

Bij het opstaan trok ik mijn broekje zo hoog op dat het badstof kruisje door de vochtige zachtheid heen sneed. Het vage gevoel verspreidde zich vanuit de liezen over mijn hele lijf tot een jeukerigheid die zich niet liet verdrijven. Ik kreeg de behoefte het eruit te rennen, hard beukend met mijn kistjes op het aangestampte bospad, daarmee zou ik het wel kwijtraken.

Ik deed het niet. Terug bij Corinne bleek bij ons allebei de behoefte aan verder zingen verdwenen, al namen we elkaar vanzelf weer bij de hand.

'Het Bos ziet er niet uit,' zei Corinne, 'alsof het uit de *haat* van boze werklozen is gegroeid. Moet je zien, dat groepje bomen daar… wat een woudreuzen.'

'Dat is geen aanplant uit de jaren twintig of dertig... die stonden er natuurlijk al, bij een boerderij of zo.'

Albert stond verderop op ons te wachten, waar het weggetje uitliep in een ruiterpad. Wat was er opeens in me gevaren? Ik keek omhoog naar de hemel: nee, geen bewolking die op een weersomslag wees. Hoe kon somberheid haar kans grijpen op zo'n goddelijke dag, en het opgewekte hart een oorvijg toedienen? Waar was de natuur gebleven? Achter iedere boom stond een verongelijkte steuntrekker, met uitgestoken hand overgeleverd aan de genade van een fooi.

7

'Toen je als model ontdekt werd,' vroeg ik, 'hoe oud was je toen?'

'Zestien,' zei Corinne. 'Nee, op m'n vijftiende poseerde ik al voor de Wehkamp-catalogus. Schotsgeruite overgooiers voor de vlotte teenager. Vanaf m'n zestiende ging ik regelmatig naar een fotostudio in Amsterdam, stevig gechaperonneerd door mijn moeder, een tante of mijn oudere zus.'

'Had je die manager toen al... Kanaar?'

'Nee, die had blijkbaar iets geroken, en liep plotseling op het feest voor mijn achttiende verjaardag rond. Hij heeft me niet meer losgelaten, tot op de dag van vandaag niet. Hij zal pas weggaan als hij het laatste kwartje uit me geperst heeft... en dan zal hij dat kwartje nog in me stoppen... om me te laten reutelen als dat varken op de geitenboerderij. De graaier.'

'Heeft hij ook naar jou gegraaid? Ik snij hem met alle plezier alsnog z'n strot af, hoor.'

'Doe gerust, maar dan vanwege dat andere graaien. Hij is door en door *gay*.'

Ik probeerde me een voorstelling te maken van de sessies op haar zestiende, zeventiende. De foto's bestonden nog en vormden het bewijs van haar bovennatuurlijke schoonheid – of liever, die was aards en onaards tegelijk, en daardoor zo verblindend onweerstaanbaar. Haar moeder, die tot ergernis van de fotograaf achter een op de vloer geplakte scheidslijn met argusogen stond toe te zien en commentaar leverde op zelfs maar een licht glooiende schaduw van borsten. 'Dat is niet nodig, meneer... het wordt geen reclame voor spaarpotten.'

Toch waren er, misschien speciaal voor mij, heel wat onvolgroeide decolletéfoto's overgeleverd. Ik keek naar Corinne, die misschien op haar beurt een blik in haar modellenverleden wierp. De eeuwige hoge kruk onder de studiolampen. Als ze te lang achtereen moest poseren, kwamen de duizelingen met steeds kortere tussenpozen, en begon de kruk met z'n dunne metalen poten te wankelen onder haar doorgezeten billen. Ze vroeg om een kussentje, maar dat werd haar geweigerd: 'Ze willen juist een paar opnames van je kont op een hard oppervlak.'

Mevrouw Suwijn: 'Daar doen wij niet aan mee.'

Opeens drong het tot me door: de wereld was in één woord samen te vatten en uit te drukken. *Exploitatie*. Van welke politieke gezindte machthebbers ook zijn, hun doel is uitbating – van de aarde zelf, en van hun onderdanen die erop rondlopen. Ze gebruiken hun burgers om de planeet als een vat leeg te pompen of leeg te scheppen, en voor een verdere verwerking van de grondstoffen zijn er weer andere landgenoten. De slavernij is in welluidende arbeidsovereenkomsten vervat. Een uitgekiend parasitair wereldsysteem, van hoog tot laag. In de hiërarchie verschillen alleen de orders, niet de plichten.

Soms lijkt het alsof er iemand aan de hebzuchtige uitbating ontsnapt, de hoogste baas zelf bijvoorbeeld – vergeet het, hij kan ook door lager geplaatsten uitgeknepen worden. Een succesvol kunstenaar dan? Die heeft een publiek nodig om zelf te kunnen parasiteren op 's mensen smaak en kooplust, en is op zijn beurt weer onderworpen aan galeriehouders en critici en de waan van de dag.

Corinne Suwijn leek midden jaren zeventig haar schaapjes aardig op het droge te hebben. Echt? Ze was ten prooi aan de grillen van de mode, aan tijdschriftredacties, aan fotografen, lichttechnici, kioskhouders, en niet te vergeten aan een miljoenkoppig publiek met twee keer zoveel ogen. En dan stond aan het eind van de rit manager Kanaar zijn handje op te houden.

De wereld bestond uit profiteurs, die profiteerden waar ze konden. Een bureaucratie van doorgeefluiken en steekpenningen en bedelnapvergunningen. Corinne had haar mooie gezicht verkocht aan de hoogste bieder die Kanaar kon vinden. Zij had een uitverkoren lijf, en hij was haar pooier. Niet voor eenmalige klanten met nooddruft, maar voor een bliksemende onweerswolk van onverzadigbare blikken, te beginnen bij die van de fotograaf en eindigend bij die van de onanist die zijn gebalde vuist spiegelde in het glanspapier van de centerfold.

Kanaar wist haar in New York onder te brengen bij een coach die haar klaarstoomde voor de filmindustrie. Ze acteerde, in een tot glimp verknipte bijrol, in een van de versies van *The Great Gatsby*. Toen Corinnes carrière na haar terugkeer naar Nederland begon te tanen, sleepte Kanaar zijn Ezeltje Schijtgeld de wereld van de reclamespots in: als zo'n nog steeds overbekend gezicht een product aanprees, was dat een goudmijn.

Ik moest denken aan de Noord-Amerikaanse bizon, waar ik over gelezen had. De indianen, die erop joegen, gooiden niets weg van hun prooi. Van het vlees maakten ze pemmikan, van de vacht kleding, zelfs het vet was bruikbaar: als lampolie.

Dat was tenminste nog een economisch verantwoorde uitbating. Totdat de kolonisten van de Fur Company de huiden opkochten, in natura: vuurwater. De blanken brachten de roodhuiden hebzucht en verslaving bij, en de in groten getale afgeslachte bizons bleven, ontdaan van hun huid, op de prairie liggen wegrotten, samen met hun eetbare ingewand.

‘Waar denk je aan?’ wilde Corinne weten, met aandoenlijk scheef gehouden hoofdje. ‘Je kijkt zo zorgelijk.’

‘Bizons,’ zei ik.

Nu hield ze dat hoofdje nog schever. ‘Ik volg je niet, liefie.’

‘Ik vergeleek je in gedachten met een bizon, maar dat is niet erg vleiend, besef ik.’

8

Alvorens het ruiterpad op te stappen keek onze gids nog even om. Hij gaf met zijn hand, in een soort wegwerpgebaar, de richting aan die we te gaan hadden. Er draafde juist een paard met amazone voorbij, dat hem schampte, waardoor hij geschrokken een stap opzij deed.

‘Dit is een ruiterpad, idioot,’ snerpte de vrouw.

‘Het heeft iets mallotigs,’ zei Corinne. ‘Twee opgeschoten meiden, te oud al om ’s zondags met pa uit wandelen te gaan.’

‘Als we zijn dochters waren, zouden we stijf gearmd lopen. Achter paps aan naar de hoogmis.’

Corinne schoof haar arm niet onder de mijne, maar pakte me bij de elleboog, waarvan ze de kromming met haar volle hand probeerde te omsluiten. ‘Zussen hoeven niet altijd te vechten.’ Zo dwong ze mijn onderarm min of meer in horizontale stand. Ze klemde duim en middelvinger tot een bijna gesloten ring rond mijn bovenarm. Ik moest denken aan het zilveren sieraad dat mijn moeder op die plaats had gedragen toen ze jong was, en dat ze ‘mijn Cleopatraatje’ had genoemd: een armband van drie windsels, eindigend in de kop van een cobra.

‘Ik heb net iets te veel vet daar.’

‘Te korte vingers… als puber ging ik te ver met nagelbijten.’

Na wat gewrik en geschroef lukte het Corinne ten slotte om een strakke band rond mijn vlees te smeden, die geniepig diep in de huid sneed.

'Auwetjes,' zei ik.

'Zussen knijpen mekaar nou eenmaal.'

'Het knelt wel erg zo.'

'Ik wilde een band met je creëren... dat gaat niet zonder pijn.'

'Wel zonder lijfstraf.'

Ze liet me los. In het bleke vlees van mijn arm bleef een rode moet achter.

'Pinkjes dan maar weer... als twee communicantjes.'

Allebei katholiek opgevoed, dus dat trof. We haakten onze pinken in elkaar, maar minder onopzettelijk dan laatst in De Brouwerij. Nu was het de andere hand, en opnieuw sneed er iets in mijn vlees: een pinkring, misschien wel een herinnering aan haar Eerste Heilige Communie.

'Ik weet er nog een,' zei Corinne. '"Nothing Compares 2 U".'

'Daar zijn sopraanstemmen voor nodig,' zei ik. 'Wij menopauzekandidaten moeten ons al jaren scheren... en hebben dan nog de baard in de keel.'

Ze haakte haar pink los, en gaf me een duw. 'Jij, miesmacher... ik durfde me net weer even zeventien te voelen. Volgens mij was jij op die leeftijd al een ouwe trien.'

'Om je te dienen.'

9

'We hadden het laatst over *Papillon* van Henri Carrière...' begon ik.

'Charrière,' verbeterde Corinne. 'Hij heeft sowieso goed geboerd.'

We wandelden al een hele tijd over het ruiterpad, waarvan de gedroogde aardklonten vermoeiend waren voor de voeten en ons af en toe lieten struikelen – bijvoorbeeld wanneer we gedwongen werden een hoop paardenvijgen te ontwijken... wat me dan weer wel de gelegenheid gaf Corinne bij de hand te nemen en haar er gespeeld elegant omheen te leiden. Albert liep zo'n twintig, dertig meter voor ons uit, en keek geregeld over zijn schouder om te zien of we niet te ver achteropraakten.

'Wat had je nou over de carrière van Charrière?'

'Papillon wil uit het bagno van Guyana vluchten... dat weet iedereen, uit de film en zo. Hij kijkt van een hoge klif in de branding diep beneden, en ontdekt dat na zeven korte, aanstormende golven er een achtste is die zich na beukend geweld ver terugtrekt in zee. Hij denkt: als ik wil ontsnappen, moet ik me door die lange golf laten meevoeren. Hij telt de zeven af... en bij de achtste stort Papillon zich met een canvas zak vol holle kokosnoten in de branding. Het lukt.'

'Spannend, maar waarom vertel je me dit nu?'

'Let goed op Albert,' zei ik. 'Ik weet niet in hoeverre het een tic van 'm is, maar als hij omkijkt, doet hij het meteen drie keer vrij snel achtereen... en vervolgens een hele poos *niet*. We wachten op de volgende reeks van drie, en dan sprinten we hier links het bos in. Ik neem je wel bij de pols.'

Je zult het altijd zien: na dit besluit nam Albert extra lang de tijd om *geen* blik over zijn schouder te werpen. We hadden gemakkelijk en zonder haast het struweel in kunnen stappen, maar we wilden geen enkel risico nemen.

'Hij lijkt diep in gedachten,' zei Corinne. 'Hij loopt een beetje krom, alsof hij zich zorgen maakt. Enig idee, Zwan, waarover hij aan het dubben is?'

'Precies de reden waarom hij zich telkens zo dwangmatig omdraait. Hij vraagt zich af of hij goed gegokt heeft... of jij en ik wel voldoende aan elkaar gewaagd zijn, en hem aan het eind van de middag voor zijn siësta willen instoppen. Hè, verdomme, kijk nou nog even drie keertjes om, man.'

'Als dat klopt, dan zijn wij onderdeel van een vooropgezet plan... dan is Albert een stuk doortrapter dan ik dacht. Volgens mij overdrijf je, Zwanet.'

'Ik ken hem. Waarom denk je dat ik met jou de rest van de

middag spoorloos wil zijn? Als hij iets in zijn kop heeft, dan moet het uitgevoerd worden, zonder pardon. Als zo'n proces, waarbij lichaam en geest op scherp staan, plotseling afgebroken wordt, dan ligt kanker op de loer... beweert hij. Wil jij het op je geweten hebben dat we hem een dodelijke ziekte aandoen?'

'Ik hoop voor hem dat hij lang genoeg leeft om ons voor het gerecht te slepen. Zo'n vluchtpoging om zijn welverdiende lusten te ontlopen zal ons in de ogen van het Openbaar Ministerie geen goed doen.'

'Alsof de duvel ermee speelt... hij blijft voor zich kijken.' Ik greep de hand van Corinne. 'We tellen tot zestig... een volle minuut... en dan breken we uit.'

'Heeft hij zich wel vaker door twee vrouwen... door jou en een ander, bedoel ik?'

'Och, er is wel eens een meisje uit het café met ons meegegaan... dat was geen groots gebeuren. Waarschijnlijk wilde hij het ditmaal grondiger aanpakken... daarom heeft hij je afgelopen woensdag uitgenodigd. Wat vind jij, Rinne... moeten we de geplaagde ziel zijn zin geven?'

'Ik wil eerst jou wel wat beter leren kennen. O, hij kijkt om.'

'Benieuwd of mijn theorie klopt. Misschien draaide Orpheus ook wel drie keer zijn hoofd om. Een enkele maal was genoeg, maar hij kon niet meteen zijn ogen geloven. Ha, dat was nummertje twee. Ik kon d'n Alp z'n nekwervel bijna horen kraken. Nu goed opletten... als hij na de derde maal weer voor zich kijkt, dan rennen we het bos in. Niet te veel ritselen.'

En zo gebeurde het. Er kwam juist uit tegenovergestelde richting een paard met ruiter aan gegaloppeerd, waarvan de dreunende hoefslag het gebeuk van onze soldatenkistjes tenietdeed. Ik zag nog net hoe Albert opkeek naar de amazone, die rechtop in de stijgbeugels stond. Hij volgde haar niet verder met zijn ogen, anders had hij de lange vlecht die onder haar jockeypet uit hing, haar rug zien ranselen – misschien had het hem aan de gevlochten staart van de twaalfjarige Corinne Suwijn in Mierlo doen denken. Ondertussen vonden wij onze weg door het bos. Als we een boom elk aan een andere kant passeerden, en we genoodzaakt waren elkaars hand los te laten, grepen we die vervolgens in volle sprint weer vast – ook dat was iets van vroeger… het heerlijke gevoel dat vingers zomaar op de tast in elkaar konden haken. Zelfs in het diepste duister zou de truc nog slagen, door een onbegrijpelijk magnetisme dat in de vingertoppen school. Omdat we ons niet wilden verraden door hard schallend door het woud te gieren, werden we bevangen door een spierverslappende lach, die ons noopte om halt te houden. Zo stonden we voorovergebogen, handen steunend op de knieën, uit te hijgen, terwijl de ingehouden hilariteit pijnlijk door het middenrif sneed.

'O, Rinne… dit is… dit is… ik ga dood.'

'Schei uit… mijn conditie is naatje. Steken in m'n zij.'

Door het diepe inademen van de boslucht werd ik me bewust van een scherpe geur, in de verte gelijkend op die van verse knoflook. Hij steeg op van witbloemige planten die de hele bosgrond om ons heen bedekten. Het moest een of andere look zijn uit de bekende narcissenfamilie, maar ik wist te weinig van plantkunde om vast te stellen welke. Ik kende wel de uitdrukking 'look in de meers' voor alarm, en ik spitste mijn oren om te horen of ik het geritsel van een achtervolgende Albert hoorde. Doodse stilte, behalve de vage dreun van een snelweg in de verte. Geen geruis uit de boomkruinen, alleen een enkele klapwiekende vogel.

Corinne richtte zich kreunend op, en wankelde aanstellerig op me toe. Ik stond vlak bij een dikke boom, waar zij me ruggelings tegenaan duwde, nogal ruw. Ze legde haar handen ter weerszijden van mijn hoofd op de bast, en keek me diep in de ogen, nog steeds zwaar ademend. De slappe lach had bij ons allebei plaatsgemaakt voor een glimlach, die ik soeverein in mijn mondhoeken voelde trillen, zoals ook wel eens een ooglid onwillekeurig kon gaan bibberen.

'Hallo, jij,' zei Corinne.

'Jij ook hallo,' zei ik.

Ik weet niet hoe lang zij en ik daar tegen die stam aan gestaan hebben, terwijl we elkaar alleen maar aanstaarden. Corinne had, misschien net als ik, een frons tussen haar wenkbrauwen, een nogal diepe plooi, die ik met mijn duim probeerde glad te strijken. 'Als de klok slaat, gaat het niet meer weg. Zou mooi zijn, want het is je enige echte rimpel.'

'Zie jij hier ergens een klok? Zelfs de dichtstbijzijnde kerktoren, in Amstelveen, horen we hier niet.'

'Mijn hart dreunt momenteel als een klok.' Ik maakte haar rechterhand los van de boomschors en legde die op mijn hartstreek. Corinne schoof mijn linkerborst met cup en al omhoog om het kloppen te voelen. 'Merk je wel? Het slaat hard genoeg om jouw gezicht voor altijd stil te zetten... in ieder geval op mijn netvlies, met denkrimpel en al.'

Ik had er inwendig schik in: hoe we toch altijd weer te veelzeggende stiltes wisten te vullen met *kout*, verbaal vulsel, ruisende houtwol. Corinne plantte haar hand weer tegen de boomstam, en mijn borst zakte terug op z'n plaats, met voelbaar samentrekkende tepel.

'Hier droom ik al dagen van,' zei ze. 'Jou ergens klemzetten, en dan kussen... zoals het hoort.'

'Ik sta behoorlijk klem... maar naar die kus kan ik zeker fluiten?'

'Wacht maar af.' Ze kuste me zacht, met droge, schilferige lippen, die ze daarna heen en weer wreef over de mijne. Het was zo naargeestig stil in het woud dat dit raspen hoorbaar werd, en wel diep in mijn hoofd leek te klinken, als het geluid van een mond die zich over de kop van een ingeschakelde microfoon stulpt.

'Mijn gehemelte is droog als kurk,' zei Rinne met plakkerige stem. 'Ik vrees dat ik te weinig spuug heb om ordentelijk te zoenen.'

Door dat 'ordentelijk' schoot ik weer in de lach. 'Er is een manier om speeksel aan te maken. Wangen ritmisch naar binnen zuigen... zo.'

Ik deed het haar voor. Ze reageerde gepast onnozel, alsof het iets nieuws voor haar was. Vrouwen weten verdomd goed waar het spog te halen is wanneer ze het nodig hebben. Wangen afwisselend hol en bol... zo stonden we tegenover elkaar gekke bekken te trekken, waar ook onze verfrommelde monden aan meededen. Voor een toevallige passant moest het geleken hebben of we ons voorbereidden op het elkaar bespugen, en wel zo overvloedig dat een lama er nog wat van kon leren.

Ik stond met mijn rug tegen de herfstkant van de stam. De mosbekleding voelde, door mijn blouse heen, aan als zacht verend vilt. Omdat Corinnes polsen mijn hoofd bevend tussen zich in klemden, moest ik denken aan de messen van een werper in het circus die de vitale delen van zijn assistente op een haar na wist te ontwijken: de projectielen trilden nerveus na in de schors.

Om mijn eigen handen iets te doen te geven haakte ik mijn vingers achter de ceintuur van Rinnes rok. Ze dacht zeker dat ik het ding los wilde gespen, want ik voelde hoe ze haar buikspieren aanspande om mij meer ruimte te bieden – tenzij ze uit ijdelheid meer taille wilde tonen dan ze in huis had. Ik was voorlopig niet meer van plan dan haar naar me toe te trekken, met een ruk tegen me aan... en daar was dat gematigd weelderige, zacht golvende lichaam weer, van die eerste avond met de verkrampte kus, lippen parend met tandvlees.

'Spuug genoeg nu?' vroeg Corinne. Het klonk als bij iemand die met te volle mond praat, een beetje gorgelend, en er liep een straaltje schuimig speeksel uit haar mondhoek. 'Kom hier dan.'

Ik heb me later wel eens afgevraagd hoe onze eerste echte kus zou zijn geweest met van meet af aan uitgedroogde mond, de tong een lap leer, de tanden zongebleekte kiezels. De speekselvloed zou na enige tijd misschien net zo goed op gang zijn gekomen, en dan had de symboliek ook een kans gekregen: twee uitgeputte bronnen die zich aan elkaar laven en zo weer beginnen te stromen... toe maar, in het Amsterdamse Bos woekerde de lyriek net zo weelderig als de lookplant.

Niemand kon beweren dat we niet ons uiterste best hadden gedaan, geholpen door een nerveuze bedeesdheid, om dit moment te vermijden. O ja, spog in overvloed nu, en de kaken stonden wijd open als sluisdeuren. Het gutste van de ene mond in de andere. Het zoenen had niets elegants: we schrokten als een stel uitgehongerden, en dat was nou juist de waarheid.

Toen Albert mij voor het eerst tot een kus verleidde, maakte hij er zoiets als een klein toneelstukje voor twee tongen van. Hij wilde me iets vertellen met zijn spraakorgaan, maar zonder woorden, en pas na afloop begreep ik dat hij binnen onze mondholtes een complete paringsdans had opgevoerd, afgerond met een sidderende coïtus ter hoogte van mijn huig, waardoor ik bijna moest kokhalzen, maar wel van onverwacht genot. Het was de theatrale Egberts ten voeten uit. Alles tot het uiterste gestileerd, zelfs het vozen. Zo liep hij nu waarschijnlijk ook ergens prevelend door het Bos in de geest vooruit te regisseren: het samenspel van Corinne en Zwanet, passend binnen de liggende acht van zijn toneelkijker.

Ik had Corinne ook zo'n miniballet willen bereiden... haar bij me binnen lokken, en weer terug naar haar eigen mondholte jagen. Maar nee, stel je voor dat Albert de kleine paringsdaad van tongen lang geleden ook bij haar had toegepast... dan zou het nu net zijn alsof ik haar woordloos wilde ontmaskeren. De gelegenheid was me daar te dierbaar voor... te heilig.

Met Corinne nu had het niets van een gestileerd spel. Het was alsof we om strijd bij elkaar binnendrongen... glijdend, duwend, stompend zelfs. De tongen wervelden op een bijna vijandige manier om elkaar heen, in felle worsteling. Het leek wel of de ene de andere wilde uitrukken, als bij een beproefde martelmethode, maar ze kregen in heel hun glibberigheid geen grip op elkaar. Een mond vol meel of grind, dan was er misschien nog een kans geweest.

De hete neusadem van Corinne sneed langs mijn kaak, en ik vroeg me af of het snorkerige geluid waarvan ik me bewust werd van haar of van mij afkomstig was. Ondertussen steeg de penetrante geur van de lookplanten rondom ons op. Het voelde als een lauwe, verdorven damp. Ik snakte naar adem, en bevrijdde mijn mond. Blijkbaar was kussen op deze manier een uitputtende bezigheid, waar het hele lijf aan deelnam, want we stonden hevig na te hijgen in elkaars gezicht, spuugbelletjes in de mondhoeken, zever lillend aan de kin.

'Rinne, wat *is* dit?' Ik schudde haar aan de schouders door elkaar. 'Waar zijn we mee bezig?'

Ze keek me, gespeeld of oprecht, verslagen aan. 'De vraag stellen is haar beantwoorden... ja, *haar*, vrouwelijk. Zo heb ik het nog geleerd bij de nonnen in Helmond. Ook dat hebben de spellingfrikken gewijzigd, maar ik zou niet weten hoe de vraag in dit droevige geval anders dan vrouwelijk zou kunnen zijn. Gun me dat plezier.'

'Ja, lekker... lul er maar overheen. Intussen zitten we met de gebakken peren. Wacht eens... hoorde ik daar iets?'

Vanuit de verte, verder weg dan ik me herinnerde gerend te hebben, klonk de stem van Albert, die onze namen riep.

'Uit zicht,' fluisterde Corinne. Ze trok me om de boomstam heen, maar zonder me het contact met de bast te laten verliezen. 'Zo, ja... laat hem maar janken als een hond in het grote, boze bos.'

'Zwanet... Zwannie! Corinne!'

We keken elkaar met open mond en ingehouden adem aan, dan weer geluidloos giechelend. Rinne nam mijn pols, en zei: 'Sorry, dit moet even... het is niet anders.'

Haar gezicht stond samenzweerderig, maar er was ook overgave in. Ze brak ergens doorheen, ik wist niet wat. Voordat ik doorhad wat er gebeurde, slingerde ze mijn hand onder haar rok… tussen haar lichtelijk uiteengeplaatste benen door… zo omhoog de tweespalt in. Normaal zou ik waarschijnlijk zoiets geschreven hebben als '…in één vloeiende beweging', maar dat was te zwak uitgedrukt. Wat ze deed, was zo onverhoeds dat mijn arm er niet op verdacht was en zich volkomen ontspannen, met losgeschudde spieren en botten als het ware, door haar op z'n plaats liet werpen. Ik kan het niet anders uitdrukken: Corinne *verankerde* mij in haar lichaam. Of het op goed geluk was, weet ik niet, maar opeens bevond mijn hand zich voor bijna de helft binnen in haar. De warmte, de gladheid, de golvende verruiming… had het vochtige notenbalkje op haar slipje vanmorgen nog een eenzame jongensalt in me aan het zingen gebracht, nu jubelde er een heel koor achter mijn middenrif. Je zou verwachten dat ze met het oog op deze nadere kennismaking haar broekje ergens had uitgedaan, maar ik voelde wel degelijk het elastiek van een van de pijpjes rond mijn pols knellen: mijn hand moest daar in het verlengde van haar werpgebaar onderdoor geschoten zijn. Ze had mijn hand als anker gebruikt, en ik had het gevoel dat ik voorgoed in haar vastgeklonken zat… wat ook nog zou gelden als ze mijn arm liet vieren. De koppeling was zo perfect dat ik mijn vingers in haar binnenste niet durfde te bewegen.

Albert had het vaak over een *leven in de breedte*, en dat je een welgekozen moment, afgezonderd uit de rechtlijnige tijd, eindeloos kon rekken… tot het eeuwigheidswaarde kreeg. Zo'n ogenblik beleefde ik nu. Terwijl mijn vingers in een soort roerloos zegenend gebaar (als het geen eed was) in die warmvochtige, elastische omslotenheid van Corinne staken, werd ik bestormd door beelden en gedachten, genoeg voor een heel mensenleven. Ze gaf geruststellende kneepjes met haar schede, alsof ze langs die weg tegen me praatte.

'Rinne! Zwan…!' De stem van Albert klonk al dichterbij, maar het kon ook zijn dat hij zijn handen als een toeter aan zijn mond zette. 'Zwa-h-aaa… nè-h-et!'

Corinne sloot half haar ogen. De lucht die ze door haar tanden naar binnen zoog, maakte het fluitende geluid van een vogel die hier niet tot het bestand behoorde. 'O, liefie,' fluisterde ze. 'Vergeef me… het kon niet anders.'

Door met mijn dijen over elkaar te wrijven voelde ik dat ik net zo vochtig was als zij – natter nog, want mijn sappen waren al buiten de grenzen van het elastiek getreden. Ik bewoog nu wel degelijk mijn vingers in haar, en voelde de verruiming en gaf bijna over van opwinding. Ik ervoer een soort suikerzoete walging, ver voorbij het gewone genot.

'Zwanet, Corinne… waar *zijn* jullie?'

Ik twijfelde of ik haar hand ook als een anker in mij moest planten. Ze had mijn gedachte blijkbaar geraden, want toen ik haar bij de pols greep, zei ze: 'Dit doen we later wel… hij kan elk moment hier zijn.'

'In zekere zin heeft Albert dit op zijn geweten.'

'Daarom juist. Als hij ons zo samen ziet, zal hij meteen al zijn plaats opeisen. Het is allemaal zo teer nog… ik kan hem er nu niet bij hebben. Ik zie hem.'

'Laat hem nog maar wat rondstruinen en roeptoeteren.'

Ze kneep nog even met alle spierkracht van haar schede zo hard in mijn vingers dat mijn ringen ervan knelden. Toen slingerde ze me mijn losgehaakte hand toe, bijna als een voorwerp dat afgedaan had. Het walsen van haar vlees tintelde nog na. Bijna beledigend hoe snel in heilig vocht gedoopte vingers konden afkoelen, zelfs op zo'n warme dag. Voordat ze opgedroogd waren, stak ik ze in mijn mond, waarbij ik haar onder het proeven strak aankeek. Ze bewoog haar lippen met die van mij mee, alsof ze woordloos aanwijzingen gaf, maar met een triest gezicht. Ik likte alles grondig tussen de kootjes weg, net zo lang tot mijn speeksel de plaats van haar aanbeden sap had ingenomen. Ik sloeg de smaak samen met de geur op in mijn verward suizende hoofd. Zo, nu mocht de lichte zomerbries zich ontfermen over mijn spuugnatte vingers.

‘Spog rijmt op zog,’ zei ze raadselachtig. Ik vroeg er niet op door, maar ze zou het rijmelarijtje nog vaak herhalen, en het duurde wel een jaar of twee eer ik de code van dat refrein gekraakt had. ‘Kijk, daar staat meneer.’

Ik gluurde om de stam heen, en verdomd... nog geen dertig meter bij ons vandaan. Misschien *het* moment om hem te haten, maar zoals hij daar stond rond te spieden in wat wel een kinderspel leek, voelde ik vooral medelijden, en dat beloofde niet veel goeds.

‘Zwanet, kom tevoorschijn. Het is nu leuk geweest.’

Albert hield zijn hoofd scheef zoals alleen hij dat kon, en luisterde met wagenwijd geopende mond, alsof geluid ook via de slokdarm kon binnentreden anders dan via het kraken van *potato chips*.

Een vriendin van me, heel gelukkig getrouwd, zag er geen been in om op feestjes met andere mannen te flirten, en rustte niet voordat er stevig gezoend was. Toen ik haar er een keer op aansprak, eerder afgunstig dan afkeurend, zei ze: ‘Ik beschouw het als niet veel intiemer dan elkaar een hand geven. Het komt meestal niet verder dan een wastrommel... saai rondjes cirkelen met zijn mottige lap om die van mij. Is het een keer meer dan wasje draaien, dan geef ik hem vol op de bek, reken maar.’

Wat Corinne en ik daarnet gedaan hadden, met zelfgekarnd spuug, was dat niet meer dan beleefd handjeschudden geweest, maar dan de orale variant? En als het ‘vol op de bek’ mocht heten, wat betekende dat dan? Dat het nu een *vrouw* was die zich toegang had verschaft tot mijn leven, kwam het daardoor dat ik overal symmetrieën in begon te zien? We brachten de speekselklieren in onze mond op gang, en werden ook een kleine meter dichter bij de aarde vochtig en schuimig en glibberig... alsof er met hartstochtelijk ongeduld gewacht werd op de afdaling van de mond. Na de knoestige wildernis van de man openden zich nu de symmetrische domeinen van de vrouw… het was in ieder geval geen achteruitgang.

Als het zo lyrisch begon te kolken in mijn hoofd moest het wel aan het uitzonderlijke van de situatie liggen. Ik hier met Corinne achter een boom, allebei klam van een nooit eerder gekende opwinding, en verderop de man die ons zocht en aanriep. Ik keek omhoog naar de wijd uitstaande kruinen, maar er leek geen twijg te bewegen. Toch voelde ik de lichtst denkbare bries lauwwarm langs mijn benen omhoog strijken om het vochtige katoen voelbaar te maken. Ik had een verborgen natuurkundige wet ontdekt: bij het in werking treden van de vrouwelijke vochtklieren zoog de schede ook bij windstilte lucht aan… bij wijze van alarmering of om sporen uit te wissen, dat diende nog onderwerp van studie te zijn.

Nee, onze kleine vrijage, gedrenkt in bedwelmende lookgeur, had iets onomkeerbaars in gang gezet. We konden ons er nog tegen verzetten, maar dan moesten we, om het onheil af te wenden, iets in volle bloei vernietigen. Gelukkig was daar Albert, onze trouwhartige chaperon, om ons voor verder afglijden te behoeden, en ons terug te halen naar een wereld waar hij over ons kon waken en heersen. Hij riep radeloos onze namen, maar maakte geen haast om ons te vangen. Wanhopig net doen alsof hij ons kwijt was, betekende niet minder dan een aanmoediging van hem om ons toch vooral schuil te houden, en dat deden we. Hij waagde zich onnodig in dichter struikgewas, waar hij takken opzijduwde, die dan weer ranselend terugzwiepten. Zijn voeten ritselden door planten en dode bladeren. Wat ik aanschouwde, was een instinctief ritueel: hij bouwde een nest voor ons drieën, waarin hij straks zijn aandacht over Corinne en mij hoopte te verdelen om er dubbele toewijding voor terug te ontvangen.

Zonder het zich zo te zien bewust te zijn verwijderde Albert zich verder van ons, zodat we alleen nog zijn rug hoefden te volgen, die een minder meelijwekkende aanblik bood dan zijn gezicht. Zijn geroep leek zich nu vooral nog van de klinkers in onze namen te bedienen.

'...anè... o... inne...' In feite was het de schreeuw van zijn verhitte bloed. Hij maaide met een afgerukte tak om zich heen, als baande hij zich een weg door een schier ondoordringbaar oerwoud.

Corinne had het als pubermeisje ook meegemaakt: wanneer we in het zwembad door jongens 'verzopen' werden, met kracht onder water geduwd, zorgden we er eerst voor de neus dicht te knijpen tegen een borrelende verstopping, wat bij elke aanval opnieuw moest gebeuren. Bijna hetzelfde gebaar maakten we nu om niet, hoorbaar voor Albert, in een hoge, nerveuze lach uit te barsten. Die sloeg dan naar binnen, en zorgde overal voor krampende steken. Het was niet voldoende. Omdat de spanning ons te veel werd, hadden we nog een hand vrij om elkaar als gemene zusjes te knijpen, en hard ook, liefst in de vlezige bovenarm – zodat we weer het gevaar liepen om onszelf door pijnkreten te verraden. Hardhandige liefkozingen die voor tederheid geen ruimte meer lieten.

10

Uiteindelijk, toen we genoeg kregen van het verstoppertje spelen, renden we door het bos achter Albert aan – maar wat we achter de woudreus beleefd hadden, nam hij ons niet meer af, *wat* hij ook nog van ons zou verlangen.

'Alp... Allup! Wacht nou even!'

'Wat zien jullie er verhit uit.'

'We hadden nou 's echt zin om te hollen,' zei Corinne. 'Mijn voeten, in die kistjes, zijn er minder blij mee. Ik geloof dat ik stik van de blaren... hele trossen.'

'Ik ben uitgedroogd,' zei ik. 'We willen wel wat drinken.'

'Nou, op naar de geitenboerderij dan,' zei Albert met toch

iets van spijt in zijn stem. Ik sloot niet uit dat hij onze vlucht als een teken van Rinne en mij had beschouwd: hierheen, Alp... volg ons. Nu werd hij verplicht de veelbelovende groene kamer van het woud weer te verlaten. 'Het is niet ver van hier.'

Zo sjokten we opnieuw over het klonterige ruiterpad achter Albert aan, nu de andere kant uit. Paarden zijn herbivoren, alles goed en wel, maar de geur van vijgen verdrong hier die van de lookplanten, waardoor het net was alsof we het kostbaarste wat deze middag ons had opgeleverd harteloos de rug toekeerden, en dat voor een lullig drankje.

Ik keek voortdurend opzij naar Corinne, en probeerde verstandhouding in haar ogen te lezen... nee, op z'n minst het felle naflakkeren van een samenzwering, die tot een liefdescoup had geleid. Ze glimlachte mysterieus terug, maar dat was niet het stilzwijgende, veelzeggende antwoord dat ik verwachtte. Het maakte dat ik, mijn oude euvel, geplaagd werd door dwanggedachten: dat Corinne juist had gecomplotteerd met Albert, eerder dan met mij, om me te *prepareren* (precies dat woord zweefde me voor ogen) in de aanloop naar het driemanschap dat hij in gedachten had. En ik, naïef wicht van vijfenveertig, liet me slaafs in hun driehoekige val lokken... een strategie die vier dagen geleden in werking was getreden.

Inmiddels, na al die jaren, denk ik beschaamd terug aan mijn duistere argwaan op het cruciaalste, meest geheiligde moment van mijn leven. Ik troost me maar met de overweging dat dwanggedachten geboren worden uit de angst om iets kostbaars te verliezen. Zoals een moeder met normaal een matige verbeeldingskracht opeens een wonder van inlevingsvermogen blijkt te zijn bij het bedenken van scenario's voor de gevaren die haar kind buitenshuis bedreigen.

Corinne nam mijn hand en tilde hoog mijn arm op, ditmaal met een heel wat onschuldiger doel. 'Jij bent een van de heel weinige vrouwen die hun oksels niet scheren... heeft dat een reden?'

'Het is gewoon een modeverschijnsel... al is het wel een hardnekkig ding. Ik las ooit in de aantekeningen van Salvador Dalí dat hij tegen het scheren van het okselhaar was. Hij schrijft zoiets als: "Toen ik voor het eerst de geschoren oksel van een vrouw zag, zochten mijn ogen de hemel." Het zette me aan het denken over de vanzelfsprekendheid waarmee ik zelf de ladyshave hanteerde. In negentiende-eeuwse pornografie wordt onevenredig veel aandacht besteed aan dichtbehaarde oksels.'

'En toen dacht jij: ze kunnen me wat met hun avondjurken... ik kies voor helmgras in de duinpan.'

'Ik vind een begroeide oksel gewoon mooi... erotisch ook. In jouw reclamespot op tv heb je het over de verzorging van "de derde oksel". Hoe weet de kijker wat er bedoeld is als er uitsluitend vrouwen rondlopen met eiglad geschoren oksels, glanzend wit als de bodem van een sauskom die net uit de vaat komt?'

'Ik ben om. Ik laat het voortaan groeien. Ik wil liever niet dat Dalí zijn ogen ten hemel slaat als hij me tegenkomt. Trouwens, het is bekend dat hij na zijn eerste ontmoeting met Gala naar huis ging... en zich van top tot teen glad als een Apollo schoor. Hoe moet ik dat dan zien?'

'Misschien bood hij zich haar als pasgeborene aan... op z'n minst als herborene.'

Er stoven twee ruiters voorbij, roepend dat we opzij moesten gaan. Arme, overbevolkte wereld, zo volgepropt met mensen die elkaar in de weg lopen, niet alleen op zondag... geplaagd door uitstervende diersoorten, terwijl de centaur in het Amsterdamse Bos wandelaars onder zijn hoeven verplettert. Ik trok Corinne naar achteren, en dempte mijn stem.

'Ik moet je iets vertellen over daarnet, in het bos.'

'Je vond me te opdringerig... het spijt me,' zei Corinne.

'Dan zou ik dus mijn vingers schoongelikt hebben om het ongedaan te maken... alsof er niets gebeurd was. Zeg, Rinne, heb jij wel eens bloedvergiftiging gehad?'

'Alleen in figuurlijke zin.'

'Ik was een jaar of vijftien, en toen wees mijn moeder me op een dunne rode lijn die door het langste bloedvat van mijn rechterarm liep. "Bloedvergiftiging," jammerde mama. "Subiet naar de dokter." Het woord viel wel vaker, net als *kinderkanker*, dat je van van alles en nog wat zou kunnen krijgen. De huisarts vroeg of ik ergens een ontstoken wondje had. Ik weet niet meer hoe het afgelopen is... *wel* dat ik het eigenlijk heel bijzonder vond, die naalddunne rode streep in het binnenste van de blauwe slagader. Het deed me denken aan een thermometer waarin het kwik te ver was doorgeschoten. Ik zag die lijn daarnet heel even terug... rood in blauw... hij liep van mijn oksel helemaal onder mijn witte vel door naar mijn pols en mijn hand, die onder jouw... die in jouw...'

Corinne pakte opnieuw mijn arm, en verdraaide hem om de binnenkant te bekijken. 'Heb jij bloedvergiftiging... ik zie niets, behalve een heel diep verzonken blauwe ader.'

'Het moet een kort visioen zijn geweest,' zei ik. 'De rode lijn die voorbestemd was ons te verbinden. Hij zat nog ergens in mijn hoofd, en ik zag hem heel even terug.'

Ze liet mijn arm terugvallen alsof er iets besmettelijks aan kleefde. 'Ik begin in de gaten te krijgen, Zwan, dat jij overal symbolen en voortekenen ziet. Is dat nog gezond?'

'Ik kan niet garanderen dat het gezonder is dan ze *niet* zien,' zei ik. 'Als het nodig is, mag je me afremmen... maar die rode verbindingslijn, daar blijf je van af. Die valt trouwens niet meer ongedaan te maken, ook al was het maar een visionaire streep, net zo dun als de kantlijn in een schriftje.'

11

'Wat *doe* jij toch met mij?' klaagde Corinne. 'In mijn tijd in New York had je in Studio 54 paranoïde gebruikers, en die dachten dat ze vanuit het Empire State Building door de FBI *aangestraald* werden… om hun creatieve vermogens te stelen. Ik voel me zo licht in mijn hoofd dat ik jou ervan verdenk bij mij hetzelfde te doen. Zonder die zware kistjes aan mijn voeten steeg ik op, ik zweer het je.'

Door het geboomte schemerden de omtrekken van de Ridammerhoeve. Ik zei: 'Laten we ze uittrekken, en zien wat er gebeurt. Als hij ons mist, kijkt Albert niet meteen omhoog… of we misschien in een boomkruin hangen. Zijn logica is die van voeten in de aarde.'

'Nee, straks bij jou thuis,' zei Rinne. 'Ballast uitschoppen en opstijgen en tegen het plafond blijven plakken… neerkijkend op Albert, die er niets van snapt.'

'Briefkaartje met boodschap aan de grote teen… o, nee, dat doet me te veel denken aan de onbekende man in het mortuarium. Hè, word ik weer pardoes teruggesmeten in dat drama. Ik was het net even kwijt.'

Het mechanische gereutel van het met kwartjes gevoerde varken kwam ons al van verre tegemoet. Het had zelfs met het geknor in doodsnood van de diersoort niets gemeen.

12

'Jullie kunnen het nogal vinden met mekaar,' zei Albert. Het viel nog steeds niet uit te maken of hij het afkeurde of dat het hem goed uitkwam.

'Heb je daar een probleem mee, Alp?' vroeg Corinne.

Weer dat veel te familiaire 'Alp', wat me helemaal niet beviel.

'O nee, ik vind het wel mooi, eerlijk gezegd,' zei onze Alp. 'Alleen… ik vraag me af wat mijn plaats nog is in het geheel. Ik voel me nogal buitengesloten.'

'De paden hier,' zei ik, 'zijn te smal om met z'n drieën hand in hand naast elkaar te lopen.'

'Ik had meer gedacht aan ganzenpas,' zei hij scherp.

‘En dan met jou in het midden,’ zei ik. ‘Eén mes in je rug is altijd nog beter dan twee stuks... het verhoogt je overlevingskansen.’

Albert probeerde een lach, maar die klonk niet erg bevrijdend. ‘Goh, Zwanet, wat doe je zuur vanmiddag. Volgende keer gaan we wandelen in het oerbos van Polen... dat is gegarandeerd niet door werkverschaffing aangelegd.’

‘Hoe is het met je kater, Alp?’ vroeg Corinne, misschien om maar wat te zeggen. ‘In je ene ooghoek drijft een bloedvlek zo groot als een plectrum... nee, niet wrijven, dat maakt het erger.’

‘Het merkwaardige is,’ zei Albert, ‘voor elke kwaal, groot of klein, bestaat wel enige empathie... behalve voor de kater. Het zou veel helpen als twee verpleegsters je met zachte aandrang op bed neerdrukten... om zich vervolgens over je heen te buigen voor een behandeling die exclusief des katers is en door geen zorgverzekeraar vergoed hoeft te worden. Maar nee, de katerlijer is een stuk vuil, dat je bij voorkeur de goot in schopt.’

13

Het terras van de Ridammerhoeve lag te trillen in de zon, die nu op z’n felst was. Alle tafeltjes, tot aan de waterkant, waren bezet. Zelfs op de bankjes die rond de bomen waren getimmerd, zaten hele gezinnen. We vonden alleen nog een paar vrijstaande stoelen in de schaduw, maar daar merkte je aan een lichte kilte dat het nog niet volwaardig zomer was.

‘Ik ga hier niet zitten kleumen,’ zei de kouwelijke Albert. ‘We kiezen binnen een plaats aan het raam, en houden dan de vrijkomende tafels buiten in de gaten.’

Een glazen wand bood uitzicht op de stallen, maar die hield niet de doordringende lucht van pis en keutels tegen. Er waren drie kinderpartijtjes gaande: de stank belette de peuters en de kleuters niet om met hun vorkjes driftig in het gebak te spitten.

'Ik wil de geitjes melkie geven,' riep er een, die zoveel bijval kreeg dat een vader aan de toonbank een dozijn zuigflesjes ging kopen. Door Cynthia en Thjummi waren alle rituelen hier me bekend. De kleintjes lieten hun gebak in de steek, en even later stonden ze buiten op een rij de geiten te drinken te geven. De arme dieren kregen op zo'n dag zoveel melk te verstouwen dat ze zich afkeerden en alleen nog belangstelling toonden voor het vers aangevoerde hooi. De gevoeligste peuters zetten het op een blèren omdat hun goede gaven door die nare sikbokken geweigerd werden. Het zat er al jong in: de driftige eis tot dankbaarheid voor zelfs de meest gratuite vrijgevigheid. Zo werden ze opgeleid voor de economie der Goede Doelen, die nog fiscaal aftrekbaar waren ook. Er viel een complete Derde Wereld te ontginnen, via een eenvoudig te onthouden gironummer. De tijden veranderden. Ik had op mijn katholieke school nog meegemaakt dat we door de juf werden gemaand om de zilverkleurige doppen van de melkflessen te verzamelen, 'voor de arme nikkertjes van de missie'. Het zilverpapier uit sigarettenpakjes was ook welkom, en het aandragen daarvan had bovendien als voordeel dat we ons een stuk minder schuldig voelden bij het opsteken van de volgende sigaret: hoe sneller het pakje leeg was des te beter... het kwam immers de missie ten goede. In feite brachten we offer na offer, en de rook steeg recht naar de hemel en werd door God niet afgewezen, laat staan weggewapperd met Zijn hand vanwege Zijn bronchitis.

Ik had me nooit afgevraagd waar al dat zilverkleurige verpakkingsmateriaal, want dat was het tenslotte, na de inzameling bleef. Ik was als kind niet zo naïef te denken dat al dat zilver bij elkaar de 'arme nikkertjes' van hun hongeroedeembuikjes kon genezen (en en passant van hun zwartheidense zieltjes), maar ik nam in mijn onnozelheid wel aan dat de opgespaarde voorwerpen, zij het flinterdun, beplaat waren met echt zilver –

waarom zouden er anders scheepsladingen van naar de Congo verzonden worden? Ik stelde me een grote fabriek voor waar het edelmetaal in bakken met een chemische oplossing losgeweekt werd.

Op een wat opstandiger leeftijd... veertien, vijftien... begon ik te vermoeden dat wij, roomse leerlingetjes, beetgenomen waren. Onze katholieke opvoeders hadden ons op de proef willen stellen: hoe ver gaan die kinderen in opofferingsgezindheid bij het onder heidenen helpen verspreiden van de christelijke beschaving? Kortjakje mocht dan ter kerke gaan 'met een boek vol zilverwerk', ik stelde me voor dat *ons* schamele zilverwerk onverrichter zake gedumpt werd in de lege schachten van een uitgeputte zilvermijn. Zoals alles van die protserige, theatrale kerk was ook die hele inzamelingsactie een schijnvertoning geweest. Een lege dop. Nul karaats.

En wat was er terechtgekomen van het witwassen van de inktzwarte zieltjes door paters in witte pijen? Wat er nog van resteerde, was de benaming voor een sexuele variant, de *missionarishouding*, die men in de *Kamasutra* vergeefs zal zoeken, maar die nog altijd, ook zonder priesterwijding, effectief is voor de bevolkingsgroei onder katholieken, mits er geen preservatieven in het spel zijn. De alternatieve aanduiding, 'zendelingenhouding', is misschien nog raker – er beklijft iets van 'voorganger' in. Gewoon, man boven op vrouw, en paren maar... een klassieker onder de technieken, ongeëvenaard, zonder flauwekul. Buitengewoon effectief voor de Vaticaanse multinational die zijn onbezoldigde, betalende ledenbestand nog wil zien groeien. In die zin staat de missionaris, niet als winner maar als verwekker van zieltjes, nog boven de paus. De Heilige Vader zat in ieder geval niet met een berg rotte vis voor de deur.

'En nou wou je beweren,' zei Corinne, 'dat het katholieke geloof je aan het roken heeft gebracht... daarmee schuif je alle verantwoordelijkheid van je af... dat vind ik te makkelijk, echt. Ik heb vroeger in Mierlo ook zilverpapier voor de missie ingezameld, maar ik ben gaan roken om erbij te horen… bij de stoere, in feite doodsbange meiden.'

'Waar is het toch in godsnaam allemaal goed voor geweest?' wilde ik nog kwijt. 'De missionarisstand, verder niks.'

'Ik heb nog wel een witte pater voor je, Zwanet,' zei Albert. 'In een film van Fons Rademakers, naar een scenario van Hugo Claus. Oorspronkelijk speelde er een witte pater in, maar die hebben ze er later uitgeknipt… op een korte scène na. Zie je opeens die witte pater, bij het passeren van een winkel. De missionaris had zich niet laten liquideren… daar was hij te taai voor. Willem Frederik Hermans heeft er later een literair fenomeen van gecreëerd: de Witte Pater… voor een uit de context verwijderd personage, dat toch weer een keer geheel nutteloos opduikt. Nee, Zwanet, daar moet ik je toch ernstig corrigeren… de witte pater is niet geheel en al verdwenen. Ik zal je straks, thuis, de titel van de film geven, en waar je 'm kunt vinden. Hij zal, verknipt en wel, voor eeuwig bestaan… als herinnering aan de klassieke zendelingenhouding… en als waarschuwing dat al het andere decadente verfijning is, die ons afleidt van het ware doel.'

Het oude liedje: praten over het een om het niet over het ander te hoeven hebben. Je moest wel een omwegkunstenaar als Albert Egberts zijn om nog verder uit te weiden over zoiets basaals als de 'missionarisstand' terwijl je kop vol zit met bloemrijke uitwassen van een zesarmig en zesbenig driemanschap. Bij het ruiken of het zien van een gerecht kan iemand, zoals het heet, het water in de mond lopen. Ik keek naar Albert, en zag aan zijn wippende adamsappel dat hij gedurig zat te slikken. Soms zou je wensen iemand minder goed te kennen, zelfs wanneer het je eigen man betreft.

De meeste kinderen waren de geiten aan het voeren, maar er was nog een voltallig partijtje over, waar de gebaksvorkjes nu gebruikt werden om de rondstuiterende ballonnen door te prikken. Het was of elke knal, gevolgd door een wolk confetti, me wilde doen herinneren aan de verjaardagsfeestjes van Cyn en Thjum... en het verraad dat ik ze nu aan het bereiden was door te doen wat ik deed. Voor me lag een denkbeeldig fotoalbum met de mooiste geluksmomenten opengeslagen, die liepen tot en met sinterklaas, Kerstmis en hun recentste verjaarspartijtjes. Ik sloeg het half doorzichtige spinnenwebpapier om, en stuitte op een blanco pagina, waar wel al de fotohoekjes op geplakt waren, met hier en daar een toekomstige datum... niet meer dan een inschatting op een gele post-it. Ik bladerde tot voorbij de fotohoekjes, waar het wit van het inplakvel niet zomaar wit was, maar een kolkende wolkenlucht die zich nog moest ontladen. Ik stelde me voor dat een blanco bladzij er zo voor een schrijver uitzag, onbeschreven, maar met de gebeurtenissen zich samenpakkend, draaikolksgewijs.

'Wat kijk je sip, Zwan,' zei Albert.

'O, niets... let maar niet op mij.'

Er gleed een schaduw over onze tafel, die inmiddels vol stond met flesjes Wieckse Witte en glazen. Corinne maakte een schrikbeweging onder het blad, met haar knie tegen een poot of zo, waardoor het glaswerk begon te wankelen, zonder dat er iets omviel. 'Nee, toch... daar heb je Hans.'

Ik bespeurde gêne en weerzin in haar stem, maar dat belette haar niet lachend een hand op te steken naar haar echtgenoot, terwijl haar plotselinge bleekheid een andere taal sprak. Ze wenkte, ten teken dat hij gerust binnen kon komen. Even later maakte hij een rondgang door de ruimte, vragend wijzend op vrije stoelen, net zo lang tot hij er een voor zichzelf gevonden had, die hij bij de korte zijde van onze tafel aanschoof.

'Ik blijf maar even,' zei hij. 'Ik wil niet storen.'

Volgens Corinne, later, had ze hem niet over de boswandeling ingelicht. Tenzij deze ontmoeting toeval was, moest Hans er langs een ander kanaal over gehoord hebben. 'Zo, Albert, lang niet gezien.' Hij reikte met zijn hand over tafel, en Albert drukte die. 'In Geldrop zeggen ze dan: godtomme, leefde-gij ook nog?'

‘Als de pest,’ zei Albert. ‘Dit is mijn vrouw Zwanet… die heb je lang geleden wel eens ontmoet.’

‘O, eergisteren nog.’

Albert, die tegenover me zat, keek me met opgetrokken wenkbrauwen aan. Bij Corinne trilden alleen de neusvleugels. Ik begreep nu waarom ze me vanmorgen niet bedankt had voor de bloemen: Hans had natuurlijk geen melding gemaakt van mijn bezoek. Ze waren waarschijnlijk gewoon in hun vaas op de keukentafel blijven staan. Er hing geen kaartje aan.

‘Dat is nieuw voor me,’ zei Albert. ‘Jullie kwamen elkaar tegen…’

‘Nee, hoor, Zwanet vervoegde zich keurig aan mijn voordeur… Koninginneweg… met bloemen voor Crien hier. Ze trof het niet. Crien was naar gitaarles. Ik was net aangekomen uit Mierlo. Lang verhaal kort: ik heb haar boven genodigd. We konden het meteen uitstekend met elkaar vinden… toch, Zwanet?’

Ik gaf geen antwoord. Waar wilde hij heen? Laten merken dat hij, beter dan Albert, de situatie doorhad en er controle over uitoefende? Ik lette scherp op zijn gezicht. Zijn bovenlip, het gedeelte rechts, begon zodanig te zwellen dat de borstelsnor er een stukje door opgetild werd. Ik kon me voorstellen dat sommige vrouwen Hans Krop als een zeer mannelijke man beschouwden, met een zwelorgaan aan zijn voorgevel, bij wijze van uithangbord voor wat hij verder in huis had. Het kon net zo goed de compensatie zijn voor wat hij elders miste. Ik dacht aan de pijnlijke ‘scheefgroei’ waarover hij tijdens mijn bezoek gerept had, en die hij min of meer had opgevoerd als geruststelling bij de halfslachtige aanranding waaraan hij me onderwierp. De Krop wist dat ik zijn kwaal niet ter tafel zou brengen, want dan leek het net of ik, hoe onvolledig ook, op zijn avances was ingegaan.

‘Ik weet van geen bloemen,’ zei Corinne.

‘Ik had Hans gevraagd ze aan jou te geven,’ zei ik, ‘als je van gitaarles kwam. Laten we er geen grote toestand van maken…

het is hem gewoon door het hoofd geschoten.'

'Het is alleen,' zei De Krop, 'dat ik niemands boodschappenjongen ben... en al helemaal niet in delicate kwesties.'

'Dat had je dan ook kunnen zeggen,' zei ik, 'in plaats van me te beloven dat het in orde zou komen.'

'Er doen zich wel eens situaties voor, Zwanet, dat een mens niet meteen doorheeft wat er zoal speelt,' zei Hans. 'Als hij er dan eens goed voor gaat zitten, krijgt hij de zaken op een rijtje... dan ziet hij dingen die hem eerst ontgaan waren. Het is misschien te vergelijken met het opzetten van een toneelstuk... ik vertel jou niets nieuws, Albert. Je zet een groepje personages bij elkaar in een decor... ze praten over koetjes en kalfjes... en *opeens* dringt tot de pleerat door wat er bij die mensen onder de oppervlakte speelt... dat er een onuitgesproken parallel drama speelt. Dan komt het stuk tot leven.'

Het waren bijna de woorden die ik zo goed van Albert kende.

Ik zei: 'En dat inzicht voerde je op deze zondagmiddag naar het Amsterdamse Bos, ons achterna? Vertel dan ook maar meteen wat er volgens jou gaande is.'

De laatste ballon was met een luide klap doorgeprikt, op een andere na, die flubberend en fluitend leeglopend zijn weg vond door de ruimte. Er daalde nog wat confetti neer op het schuim van ons witbier, en daarmee was het verjaarspartijtje ten einde. Ouders waren al bezig het grut naar buiten te jagen. Hans gaf niet rechtstreeks antwoord op mijn vraag.

'Ik wist niet,' zei hij net als eergisteren, 'dat jullie zulke goede vriendinnen zijn, Crien en jij.'

'Sinds kort,' zei ik met een blik op Corinne, die haar ogen neersloeg. Er zijn verschillende manieren om aan je eigen vingertoppen te ruiken, zo onnadrukkelijk mogelijk. Ik koos ervoor om mijn elleboog op het tafelblad te laten rusten, en mijn kin met de muis van mijn hand te ondersteunen, waarbij ik mijn vingertoppen omhoog liet kruipen naar mijn bovenlip. De geur van Corinne, een tikkeltje ranzig gemaakt door mijn opgedroogde speeksel, beklijfde nog. Ik keek haar, een beetje van onderaf, in de ogen, waar ze even mee knipperde. Ze had het begrepen. 'Eigenlijk sinds afgelopen woensdag pas.'

'Maak dat je ouwe moer wijs,' riep Hans uit, nu met een gezicht vol verachting. 'Albert kent mijn Crien al van kindsbeen af. Anders dan hij en ik zijn Crien en hij altijd beste maatjes gebleven. En dan zou hij haar nooit aan zijn bloedeigen vrouw voorgesteld hebben? Lamenielache. Mij hou je niet voor het lapje, schone Zwaan. Hier is meer aan het handje, wat ik je brom.'

Schone Zwaan... werkelijk een vondst om te suggereren dat hij en ik afgelopen vrijdag nader tot elkaar gekomen waren. Scheefgroei was blijkbaar een missie voor hem.

'Blaas je niet zo op, Hans,' zei Albert. 'Een week of zo geleden hoorde ik dat Corinne in Amsterdam was... het leek me een mooie gelegenheid om de dames kennis met elkaar te laten maken. Jullie zijn al sinds midden jaren tachtig uit de stad weg... op dat pied-à-terre na dan. Je verliest elkaar uit het oog.'

Hans Krop begon weer met korte, aftastende pufjes de binnenkant van zijn neus te inspecteren. Zoals er mensen waren die voortdurend met gevorkte vingers niet-bestaande haren uit hun keel probeerden te vissen (of, zoals Franz Biberkopf, in *Berlin Alexanderplatz*, van de tong schraapten), zo werden anderen razend van een vermeende snotprop in een neusgang. Onverdraaglijk in gezelschap, wanneer fatsoen vereist was. De Krop bracht zijn middelvinger in stelling naast de neusvleugel, gereed om zich van de viezigheid te bevrijden, liefst zo snel dat het niemand opviel. Volgens Albert, later, was de functie van de vinger tweeledig: het vrij beadembare neusgat dichtdrukken om het naastliggende met luchtdruk te reinigen... *en* de top dicht bij zijn ogen houden om eventueel door de oogbal afgestoten lenzen op te vangen en weer op hun plaats te drukken. De adelaarsblik van De Krop bediende zich immers van respectievelijk -11 en -9. Zonder zag hij geen steek.

'Er is iets, Albert, waarover ik je al langer wil raadplegen, maar... je zegt het zelf al... we zien mekaar te weinig. Ik heb niets met de lichamelijke liefde tussen mannen, maar hun afwijkende paringsdaad lijkt me duidelijk genoeg... algemeen bekend bovendien. Van mij mogen ze in mekaars reet kruipen... zolang het die van mij maar niet is. Ik lijd aan een oude leraarskwaal... aambeien... en hoewel ik elke flikker zijn kogellagers gun, aan mijn lijf geen polonaise, als je begrijpt wat ik...'

'Hans... Hans,' onderbrak Albert hem, 'de kinderen zijn weg, maar er zijn nog wel vrouwen bij. Ander onderwerp graag. Kijk naar buiten... wat een idyllische dag. Kom die nou niet verpesten met je homofobe praatjes. Ga dan liever weg.'

Ik wilde ook nog iets zeggen, over zijn scheefgroei misschien, maar vreesde dat hij elke tegenwerping als een aanmoediging zou opvatten.

'Ik kan ook dertig jaar teruggaan in de tijd,' zei De Krop. 'Herfst '65, de gymzaal van het Georgius... of wat dichter bij het heden... Hemelvaartsdag '75. Je zegt het maar, met mij kun je alle kanten op. Ik ben op niets zo gek als op rooie oortjes bij vrouwen. Meegebakken met de paella in plaats van rode paprika... maar het liefst rauw, alleen gemarineerd in een pikant verhaal.'

'Alsjeblieft, Hans, hou op,' zei Corinne verslagen. 'Ga liever naar huis.'

'Helemaal voor,' zei hij, 'maar dan neem ik jou mee.' En zich weer tot Albert wendend: 'Jij en ik, we zijn allebei experts op het gebied van vrouwen... dat heb ik niet van horen zeggen, maar uit eigen observatie. Wat nooit tussen ons ter sprake is gekomen, Albert... hoe doen vrouwen het met elkaar? Natuurlijk, ze hebben hun tong, als die niet wegens verraad is uitgerukt... en ze hebben ieder tien vingers, als ze niet vanwege datzelfde verraad hun pink aan een stiletto zijn kwijtgeraakt... maar zoals tegennatuurlijke mannen een manier hebben gevonden om de gewone geslachtsdaad na te bootsen... hoe zit dat bij vrouwen?'

Hans keek veelbetekenend van Corinne naar mij, en van mij weer naar Corinne, die zei: 'Je bent walgelijk bezig, Krop... ik kots van je.'

'O, de waarheid veroorzaakt wel vaker braakneigingen,' zei De Krop. 'Ze maakt de maag van streek, daar is ze berucht om. Even de bril omhoog, en dan je hart uitstorten bij de kundigste psychiater van allemaal: dokter Riool.' Opnieuw keerde hij zich naar Albert: 'Denk aan twee zuignappen... dat is hun hele geheim. Zo paren ze. Het laat geen sporen na... achteraf trekt alles weer glad en strak. Het is een langdurige paring, die voortdurend onderbroken wordt, en vervolg op vervolg krijgt... omdat het zo moeilijk is met deze techniek een hoogtepunt te bereiken. Het houdt ze van de straat... net zo lang tot het zover is. Het zijn heel zeldzame orgasmes... dun gezaaid... en juist daarom begerenswaardig en nastrevenswaardig. Het maakt lesbische relaties duurzamer, en... dat is zo door de natuur gedicteerd... het doel is een gezamenlijk hoogtepunt... ziedaar de Heilige Graal van Sappho op Lesbos. Als heterosexuele mannen kunnen we daar alleen maar afgunstig op zijn... wat jij, Albert, ouwe strijdmakker?'

Albert zei niets terug. Hans stond op. 'Prettige voortzetting nog... Crien, ga je mee?'

'Nee.'

'Zeg niet dat ik je niet gewaarschuwd heb. Je kunt nog omkeren... voordat je met open ogen in de val loopt.'

'Ik zie geen val,' zei Corinne.

'Omdat je er al middenin zit. Ik herinner me nog, van zo'n negen maanden voor mijn geboorte, dat ik me met mijn grote kop ergens in boorde... een zachte substantie... en dat ik daarbij mijn staart verloor. Ik riep: "Waar ben ik?" En een stem zei: "In een eicel." En ik weer: "Ik zie geen eicel." En de stem weer: "Omdat je erin opgesloten zit." '

'Nog helemaal fout afgelopen,' zei Corinne, 'want de onzichtbare cel begon zich te delen… en uiteindelijk stapte jij naar buiten. Geen verrijking voor de mensheid.'

'Als je niet meegaat, dan weet je wat er gebeurt,' zei Hans.

'Woorden, woorden… niks geen gebeurtenis. Ja, gebeurde er maar eens wat… het zou voor mij misschien de moeite waard zijn om voor naar huis te komen. De belofte eindelijk ingelost.'

'Tabee.' Hans verliet met opgeheven hoofd, de bovenlip alweer zwellende, het paviljoen. Even later passeerde hij het raam waarachter wij zaten. Hij gaf er met zijn knokkel (en een ring, zo te horen) een felle tik tegen, zonder ons nog een blik waardig te keuren. We keken hem zwijgend na, zoals hij het terras overstak en het pad op liep dat tussen ruwhouten hekken naar de uitgang voerde. Hij passeerde het robotvarkentje, waar op dat moment geen kinderen bij aanwezig waren om het voor een kwartje te laten knorren. In het voorbijgaan gaf De Krop er een schop tegen, en verdomd, het begon met mechanisch gutturaal geluid te reutelen, alsof het hem een langgerekte verwensing nazond. Hans keerde op zijn schreden terug, en trapte er opnieuw tegenaan, en de kracht van zijn voet verving blijkbaar het vallen van een kwartje, want na enkele seconden stilte liet het zwijntje opnieuw zijn gekrijs horen. De Krop kon schoppen wat hij wilde, het mechaniek wist van geen ophouden.

'Jammer voor Hans dat ik hem geen zoon geschonken heb,' zei Corinne, 'want dan had hij die zijn mannelijke kracht kunnen tonen… trappen sterker dan klinkende munt. Wat zou het kind trots op hem geweest zijn, reken maar.'

Er ontstond enig tumult op het terras. Een ontsnapte geit stond opgericht tegen een kwetsbaar fruitboompje de jonge blaadjes op te knabbelen. Twee meisjes van het personeel kwamen aangerend en probeerden de dief met handgeklap terug naar de stal te jagen. Ik probeerde het moment in mijn hoofd vast te leggen, als een geheugenfoto of een reeks bewegende camerabeelden, maar het beangstigde me voor de zoveelste keer:

het moment van het *nu* zoog de Tijd naar zich toe, alles van het verleden en de toekomst, om zich er zat aan te vreten. Er bestond immers niets anders dan dat ene ondeelbare ogenblik van het heerszuchtige *heden*, waar we geen vat op kregen. Zelfs de hartstochtelijke kus van Rinne en mij, waarvoor we het speeksel uit onze wangen hadden moeten zuigen, lag alweer voor eeuwig vastgeklonken in het verleden, bevroren in de warme zomerdag.

14

'Heb je niets aan me gemerkt vanmiddag?' vroeg Corinne.

'O, van alles,' zei ik.

'Ik heb al die uren niet gerookt.'

'Dat doe je dan heel onopvallend... het is niet tot me doorgedrongen.'

'Ik liet het voor jou.'

'Zeer vereerd.'

'Als je wilt, zal ik nooit meer een sigaret opsteken.'

'Zo'n mooi gebaar, en het valt me niet eens op. Ik, ondankbare.'

'Voel je er maar niet rot onder. Er zijn van die handelingen, die verstoppen zich in hun eigen routine. Ze worden onzichtbaar juist door de eindeloze herhaling. Ik denk wel eens aan een vriendin, en dan vraag ik me opeens af: rookt die eigenlijk? Ik probeer me haar met een sigaret voor te stellen, as aftippend, maar het lukt me niet... al helemaal niet als ze kettingrookster is.'

'Ik zou het naar vinden, Rinne, om iets wat heel erg met jou verbonden is zo nadrukkelijk te vergeten.'

'Onthou dan nu dat ik gestopt ben met roken... als een geschenk aan jou.'

'Ik heb een bloedhekel aan het krijgen van cadeaus, maar dit wil ik wel accepteren. Als een geschenk een afwezigheid inhoudt, dan valt het me minder moeilijk.'

'Ik begin wel door te krijgen, Zwan, dat je een dame met gebruiksaanwijzing bent.'

Op weg naar de parkeerplaats liep ze overdreven te hinkepinken – misschien als excuus om op mij te kunnen leunen. Haar linkerschoen sleepte schurend over het asfalt, met af en toe een vonkje van een spijkerkop, vervliegend in het zonlicht.

'Die kistjes zijn de moord voor mijn voeten. Volgens mij heb ik *echt* een knoert van een blaar... als het er niet meer zijn.'

'Straks bij ons thuis prikken we 'm door.'

'Er zit minstens een half borrelglaasje vocht in. Uitgesloten dat mijn pumps me nog passen. Ik moet op blote voeten naar huis. Het zal Hans nog woester maken.'

'Ik leg er een ijszak op,' zei ik. 'Daar slinken ze van.'

Albert draaide zich om. 'Zo'n goddelijke zomerdag... en dan met kouwe voeten naar bed. Misschien moet je Hans voor deze ene keer lief aankijken... of hij ze komt warmen.'

'Als je denkt dat je leuk bent...' zei Corinne.

15

Corinne kwam weer naast me zitten, trok het asbakje open en stak een sigaret op, wat ze inderdaad sinds het begin van de wandeling niet meer gedaan had. Onder het kussen, toen ze me tegen de boom genageld hield, was er maar een zweem van nicotinesmaak in haar mond geweest, die ik dankbaar had opgezogen, als een verslaafde die genoegen neemt met de kleinste heroïnekorrel. Ik reed naar achteren het parkeervak uit, en maakte een te scherpe draai, waardoor Rinne tegen me aan gedrukt werd en de gloeiende punt van haar sigaret mijn arm raakte.

'Au, tjiezes.'

‘O, stom.’ Corinne spuugde in haar hand, en wreef het speeksel uit over het brandwondje. ‘Sorry... sorry. Ik ben helemaal in de war door die hufter van een Hans.’

‘Wie heeft er een haar in de kaarsvlam gehouden?’ mompelde Albert op de achterbank.

Net als wanneer mijn vader vroeger per ongeluk met zijn sigaret tegen me aan stootte: verbrande donshaartjes, en dan de nog vreselijker geur van zijn zogenaamd geneeskrachtige spog, dat pas echt stonk bij het opdrogen. Ik moest eraan blijven ruiken. Natuurlijk wist ik dat het een ongelukje was, maar dat werd het pas echt een paar tellen later. In eerste instantie bezorgde hij me een felle pijn door de gloeiende kegel op mijn blote vel te drukken. Hoe kort ook, een seconde misschien maar, ervoer ik het als opzet, die ik beantwoordde met een rilling van haat. Als hij vervolgens op zijn knieën voor me neerviel en mijn hand of mijn been bespuugde, zich uitputtend in zelfverwijt, keerden het vertrouwen en de liefde schoksgewijs terug, ondanks de schrijning. Hoe vaak had ik het meegemaakt? Zeker twintig keer, want ik stond als meisje altijd pal naast hem. Hij rookte als een soldaat, net als Corinne, met de gestrekte arm, aan het eind waarvan de brandende sigaret langs zijn dijbeen bungelde, zodat ik altijd in de vuurlinie stond of liep. Dat waren dus bij elkaar opgeteld twintig seconden van intense haat – kleine, vonkende dwarsbomers van mijn liefde voor hem.

Bij Corinne was het niet helemaal hetzelfde. Tranen van pijn sprongen me in de ogen, en door die troebelheid heen zag ik dat het haar ook overkwam, zij het door een ander soort smart. Ze drukte haar sigaret uit, en zei: ‘Dit was de allerlaatste. Ik weet nu even geen betere manier om het goed te maken.’

Ik bleef een tijdje midden op de parkeerplaats stilstaan om de schrijning weg te laten trekken, samen met de tranenvloed.

‘Gaat het, meisjes?’ Albert leek geen last meer te hebben van zijn kater, of het moest de onechte opgewektheid zijn na het wegtrekken ervan.

‘Moe opeens,’ zei ik. ‘Slaperig ook.’

Corinne bood aan het stuur van me over te nemen, maar ik ging er niet op in.

‘Loomheid is een deugd,’ zei Albert, opvallend doortastend ineens. ‘Iemand bezwaar tegen een gezamenlijke siësta, straks thuis?’

Ook daar werd niet op gereageerd, misschien omdat juist op dat moment Hans Krop op zijn racefiets voorbijkwam. Hij moest zich ergens in het bos omgekleed hebben in wielerout-fit, want die strakke, zwartglanzende pijpjes had hij nog niet gedragen bij het trappen tegen het loeiende varken.

‘Moet je nou toch zien, zo’n idioot,’ zei Corinne. ‘Het hele huis zal straks wel weer stinken van de kamferspiritus die hij op zijn sexy kuiten smeert.’

‘Dat zuignappengedoe, is dat iets nieuws van ’m?’ vroeg ik. ‘Van zo’n galante womanizer zou je meer respect voor vrouwen verwachten.’

‘Het is een obsessie,’ zei Rinne. ‘Wat vrouwen onderling hebben… in het echt of in zijn verrotte brein… dat ziet hij als net zoveel gemiste kansen voor hemzelf. Hij gedraagt zich als een kind dat ze zijn speelgoed afgenomen hebben. Het is al jaren geleden dat meneer voor ’t eerst begon: “Twee vrouwen met elkaar… nee, echt, Crien, ik kan me niks onbeholpeners voorstellen. Twee zuignappen die het met elkaar doen… dat is toch meer iets voor de onderwaterwereld. Hoe brengen ze die in stelling? Volgens mij is het een van de grote miskleunen van de Schepping… zonde dat ik het zeg.” Nee, dan de perfecte daad die *hij* de vrouw te bieden heeft.’

‘Afgelopen vrijdag begon hij over scheefgroei…’

‘Dat leg ik je nog wel eens uit, als ik ervoor in de stemming ben. Nu even geen Hans Krop meer.’

Albert maakte ons aan het lachen door met enig imitatietalent sir David Attenborough op te voeren die beschrijft hoe een bepaalde diersoort op Madagaskar zich per zuignap verplaatst en via hetzelfde orgaan parasiteert op een concurrent. '*In case of emergency they can suck dew for days.*'

16

Nee, dit keer waren alle parkeerplaatsen in onze buurt niet bezet door bezoekers van het avondconcert, maar juist door die van de matinee, die op dit uur nog zaten na te borrelen bij Bodega Keyzer of in café De Lier, geheel gesticht door het vioolconcert van Brahms en de vioolromances van Beethoven. Ik vond nog een vak pal voor BARRY BARBER, waar een halogene spot aan het plafond de eenzame kapstoel uitlichtte, om de voorbijgangers ook op zondag duidelijk te maken dat dit een exclusieve zaak was.

'Er zit geen Hans in om via de spiegel naar de overkant te loeren,' zei Corinne. 'Vreemd eigenlijk dat kappers op zondag dicht zijn. Haar groeit altijd door, en trekt zich van geen kalender iets aan.'

'Zelfs van de overlijdensberichten in de krant niet,' zei Albert, die al met zijn ene been op straat stond. 'Het groeit onverstoorbaar voort. Denk aan de dichter Jacques Perk... die werd uit de grond gehaald om herbegraven te worden. Zijn vader mocht een blik in de kist werpen, en kwam er nooit meer overheen. "Die baard... die baard," bleef hij maar uitroepen. De vlassige baard van Perk was drie keer om het lichaam heen gegroeid. De dichter had zichzelf ingesponnen.'

Even later stonden we alledrie op het trottoir voor ons huis, bij de fiets van Corinne, die tegen de gevel leunde. Over het zadel was een plastic tasje van de supermarkt getrokken. Ze zei: 'Ik ga maar eens', en zocht in haar krokodillentas naar het sleuteltje voor haar fietsslot. Zelfs haar geringste handeling deed me pijn, want die stond in dienst van het afscheid.

'Kom nog even iets drinken,' zei Albert. 'De zon is er net weg, maar het is nu vast heerlijk op de veranda… net als laatst.'

'Jullie hebben Hans in topvorm gezien,' zei Corinne. 'Ook al zou ik *nu* naar huis gaan, dan zwaait er al genoeg voor me… en geen vendels.'

Ik had met haar te doen, zoals ze daar in dat plompe schoeisel naast haar fiets stond, met iets geslagens in haar anders zo trots rechte rug. 'Nou, dan maakt een glas bij ons ook niks meer uit,' zei ik zo luchtig mogelijk.

'Als jij het zegt,' zuchtte ze, en daar was toch even een wat wrangzoete glimlach. '*En geen vendels*,' had ze gezegd, waar ik op mijn beurt om moest grinniken. Vendelzwaaien was vast iets folkloristisch uit Mierlo, tijdens de kersenoogst, al kon het ook duiden op een blouse die wenkend uit een rok hing.

'Zal ik niet even met Hans gaan praten?' stelde Alp-de-Vredestichter voor. 'Kleine moeite… dan neem ik jouw fiets, Corinne. De Krop en ik hebben in het verleden samen wel grotere problemen opgelost.'

'O, je bedoelt die vechtpartij in Nijmegen, meer dan twintig jaar geleden,' zei Corinne. 'Noem dat maar oplossen. De politie moest eraan te pas komen, en jullie zijn apart verhoord… ziedaar de gezamenlijke oplossing. Nee, dank je, Albert… het zou alles alleen maar erger maken. Hans is in staat je achterop te komen, en mij hier weg te sleuren. We drinken wat… en dan naar huis.'

Albert had ons de veranda en de tuin in het vooruitzicht gesteld, maar toen hij ons voorging de trap op, protesteerden we geen van tweeën. Misschien waren we er met onze gedachten niet bij – of juist te zeer, wat in ieder geval voor mij gold.

Op de eerste verdieping ging de huiskamerdeur open. Thjum en Cynthia bekeken nieuwsgierig het gezelschap dat daar naar boven kwam, de vrouwen stampend op hun hoge schoenen, waarvan de neuzen tegen de traproeden schopten.

'Moet je dat zien, Cyn,' zei Thjummi, 'ze zijn wezen marcheren.'

Hoofdstuk V *Stemvorken (de eengestreepte a en de tweegestreepte c)*

1

De zon was allang om ons huizenblok heen gezwenkt, maar nog niet verdwenen achter de Cornelis Schuyt. Hij hing boven het pleintje dat op de kruising een soort rotonde vormt. Het was het enige moment van de dag dat de slaapkamer kans maakte op zonlicht, en dan nog alleen in een hoek bij het raam. Een van de smalle, draaibare ramen stond open, zodat de vitrage zacht bewoog, en dat deed dan weer iets met het schaduwspel op het behang. Albert zat op de vensterbank, en deed zijn best zich een houding te geven, wat niet erg lukte. Rinne en ik draaiden in het midden van de kamer wat om elkaar heen op onze soldatenkistjes, evenmin goed wetend wat te doen. Uiteindelijk ging ik op de bedrand zitten. Ik klopte op de plaats naast me, ten teken dat Rinne naast me moest komen zitten, maar mijn gebaar was haar misschien ontgaan, want ze bleef staan, onzeker rondspeurend.

'Waar heb ik mijn pumps gelaten?'

'Die heb ik natuurlijk verstopt,' zei ik. 'Om je hier te houden.'

'Dan ga ik wel op deze punkies naar huis.'

'Daar kun je niet eens mee fietsen,' zei Albert. 'Dat wordt voorwaarts mars... of hier blijven tot de hoge hakken gevonden zijn. Een Venus met kistjes aan... wie had dat ooit kunnen denken?'

Corinne kwam nu toch naast me zitten, op enige afstand.

'Voor mij ben je de onbetwiste Venus van Mierlo,' zei ik, 'maar hoe kom je aan die bijnaam... nou ja, eretitel eigenlijk?'

'Ergens op Geldrops grondgebied werd midden jaren zestig een vruchtbaarheidsbeeldje gevonden, vlak bij de gemeentegrens met Mierlo. De pers stroomde toe, en die doopte het stenen poppetje Venus van Mierlo. Geldrop woedend natuurlijk. Net in die tijd werd ik in de oogsttijd tot Kersenkoningin gekozen... en toen was ook meteen die idiote bijnaam er.'

'Als je niet een aankomende schoonheid was geweest,' zei Albert, 'dan hadden ze je die eretitel niet gegeven.'

'Heb je zo'n vruchtbaarheidsbeeldje wel eens gezien?' zei Corinne. 'Een en al tiet en bil en spleet... zonder hoofd. Noem dat maar een eer. Er hadden foto's van in de krant gestaan... ik was vijftien, schaamde me de ogen uit mijn kop. De originele Venus van Mierlo was een uitgezakt mormel... een vormeloze broedstoof... en precies dat zag ik bij het kijken in de spiegel. Ik werd lelijk gemaakt door een spotnaam. Ik was als Venus een karikatuur van die van Milo, waarvan ik later een afbeelding zag. Het hielp niet echt, want ook die van Milo had geen armen. En dan komt zo'n hork als Hans Krop in mijn leven, en die zadelt me met een *zuignap* op... als een soort hulpstuk om mijn handicaps te compenseren.'

'Rinne, je overdrijft,' zei ik. 'Het is gewoonweg onvoorstelbaar dat jij in de spiegel niet de schoonheid ontwaart die voor ons... alledaagse wezens... telkens weer een klap in het gezicht betekent.'

'Toch is het zo,' zei ze. 'Als ik in de spiegel kijk, valt het tegenwoordig wel mee, maar over het algemeen *voel* ik mezelf lelijk. Net zo afstotelijk als... de Venus van Mierlo, die eigenlijk de Venus van Geldrop had moeten heten. Misschien zit het dieper, en was het vruchtbaarheidsbeeldje alleen maar een bevestiging van wat voor mij van kindsbeen af al vaststond.'

'En als je in zo'n fotostudio op een kruk moest klimmen,' zei ik, 'om door een kwijlende baardmans geportretteerd te worden... was je er dan *nog* niet van overtuigd dat ze het op je mooie smoeltje begrepen hadden?'

'Ik liet het gebeuren, en dacht er het mijne van. Ik kon niet naar mezelf kijken zoals de fotograaf dat deed… door een camera op een statief.'

'En het resultaat… maakte dat geen indruk op je?' Ik vroeg me af of ze een pose aannam – zoals mooie of getalenteerde mensen bewondering kunnen wegwuiven, maar in haar geval nog veel extremer. 'Je zult toch wel eens voorbij een kiosk gelopen zijn… met jouw portret in veelvoud op de schappen?'

'Dat was ik niet,' zei Corinne. 'Zo'n cover wordt *gemaakt*… het resultaat van een productieproces. Ik was een van de medewerkers op de werkvloer.'

'Even terug naar mijn oude vriend Hans Krop,' zei Albert, die misschien bang was dat het gesprek ontnuchterend zou ontsporen. 'Ik ben er altijd een voorstander van geweest om de vijand te verslaan met zijn eigen middelen. Als hij zo'n stompzinnige zuignappentheorie uit de doeken doet, wat let jullie dan om zijn aanwijzingen… niet op te volgen, maar ermee te experimenteren… bijvoorbeeld om zijn ongelijk te bewijzen, of juist aan te tonen dat hij iets uitzonderlijks op het spoor was… iets wat hij in zijn vooringenomenheid niet had kunnen bevroeden. Let niet op mij… ik doe maar een gooi.'

'Hans als dwalend genie,' zei Corinne, 'die kant van hem kennen we nog te weinig.'

Ze sprak met falende stem, die een bibberige ondertoon had, als bij een cassettebandje dat te lang op de hoedenplank van een slecht verende auto in de zon heeft gelegen. Of misschien associeerde ik het met kouwelijke rillerigheid, en trok ik haar daarom dichter tegen me aan, terwijl het binnen nog warmer was dan buiten. Ze leunde met een dankbare blik wat verder naar me over. De warmte van haar schouder was een andere dan die van haar dijbeen. Tweestrijd: Albert duidelijk maken dat zijn aanwezigheid niet gewenst was… of er juist van profiteren door zijn regieaanwijzingen te volgen, en daarbij zijn gluurderij voor lief te nemen? Als Corinne me nu ontsnapte, liet ik mijn kans voor altijd voorbijgaan, en dat moest tot elke prijs voorkomen worden – ook al zou Albert zich onverwacht als mijn pooier ontpoppen, of als een chanterende broer, die schadevergoeding eiste voor de geschonden familie-eer. Ik moest iets zeggen om de boel in gang te zetten.

'Grappig dat je erover begint, Alp,' zei ik met een angstig grinnikje. 'Toen ik op school in het biologieboek las wat een schaambeen is... waar het zich bevindt... zag ik vrouwenlijven voor me die met dat bot tegen elkaar aan stoten... zoals sommige runderen met die harde plek in hun schedel, als ze in gevecht raken... en met de koppen op elkaar botsen.'

Ik merkte dat mijn stem ook haperde als het cassettebandje in de strot van Corinne.

'Zo werd het toch nog een leerzaam middagje biologie,' zei Albert. 'Salvador Dalí stelde zich het hoofd van Freud voor als een slakkenhuis. Als hij onder de schedel van De Krop had kunnen kijken, zou hij misschien twee slakken hebben aangetroffen, bezig in hun schulp te kruipen... of beter, elkaar naar huis te jagen.'

'Wat is *dit*, Alp,' zei Corinne, 'vuilbekken op niveau?'

'Hans, word vaardig over ons,' zei ik, maar we durfden geen van drieën tot handelen over te gaan. Zo konden we de hele bijeenkomst, zonder overmaat aan schaamte, op een spel laten lijken, bedoeld om Hans Krop achter zijn rug om te bespotten. Het was een veilige gedachte dat de aanwezigheid van Albert ons zo kuis hield, dan hoefden Rinne en ik ons niet te bekreunen om een verlammende bedeesdheid tegenover elkaar. Als hij de onwelkome wellevendheid toonde om te verdwijnen, zouden bij haar en mij alle remmingen wegvallen, o zeker, geen twijfel aan... en dan was er geen terug meer mogelijk.

2

'Voetjes van de vloer, Rinne.' Hoort een mens zijn eigen stem binnendoor, of verlaat het geluid de mond om buitenom het oor te bereiken? Hoe dan ook, ik voelde de woorden zwabberen en uitglijden op mijn tong. Niet alleen daar beefde ik – het zachte getril zat ook in de handen waarmee ik haar enkel vasthield.

'O, gaan we dansen?' Haar stem klonk ook onvast.

'Voetjes van de vloer… dat hoeft niet per se een *Aufforderung zum Tanz* te zijn. Het kan, na het bal, net zo goed een aansporing zijn van de man met de mop. Het felle plafondlicht floept aan, en hij begint klatsklats te dweilen. Poten omhoog, godverdomme.'

'Je bedoelt,' zei Corinne, 'dat voor ons het dansfeest voorbij is.'

Wie onzeker is van zijn taak, over wat er nu eigenlijk van hem verwacht wordt, kan er maar beter bij gaan staan als Albert die zondagnamiddag in de slaapkamer. Hij keek krampachtig glimlachend toe hoe ik Corinne van de kistjes ontdeed, zijn handen in de onderrug geplant, net boven de sponzige heupen – er bestond geen houding die meer twijfelzucht verried. Als een vrouw haar rug hol maakte, was hij in staat om dat 'licht hoerig' te noemen: 'Ze steekt haar buik vooruit.'

De hoge schoenen telden veel te veel rijghaken. Van de zenuwen trok ik de lange veter een paar keer de verkeerde kant op, en toen ik bijna bij de wreef was, sneed ik het koord met zo'n scherp lipje in tweeën. '*Merde*.' Het dienstkistje liet zich niet zomaar van Corinnes voet wrikken. Albert hurkte naast me neer om te helpen. Zo werden we opeens een echtpaar dat gezamenlijk een gaste aan het uitkleden is. Als ik had gehoopt nog een keer een blik te mogen werpen op een grillig vochtspoortje in het katoen, dan kwam ik bedrogen uit: ongetwijfeld door de hulp die Albert bood, hield ze haar knieën bij elkaar. Ze stond hem geen enkele illusie toe.

'Ik denk dat mijn voeten gezwollen zijn geraakt,' steunde Corinne, die haar best deed mee te werken. 'Van die hoge, strakke gevallen... ik ben er niet aan gewend.' Zomaar ineens kon het woord 'gezwollen' z'n onschuld verliezen. 'Ik voel een blaar.'

Nadat beide schoenen uitgetrokken waren, stroopte ik de klamme sokken van haar voeten. In de witte huid bleef een patroon van Franse lelietjes zichtbaar, dat ik eruit probeerde te masseren. Uit de schachten van de kistjes steeg een penetrante zweetlucht op. Tussen haar tenen zat zwart vuil opgehoopt.

Misschien omdat de geur hem te veel werd, liep Albert achterwaarts naar het raam. Hij ging weer in de vensterbank zitten, en keek toe.

'Auwetjes,' riep Corinne. Ze trok haar onderbeen uit mijn handen. Al wrijvend was ik op een vochtblaar gestuit, die als een glazig witte druppel aan haar kleine teen hing. 'Zie je wel... ik had gewoon mijn pumps moeten blijven dragen. Ik krijg ze nu natuurlijk niet meer aan.'

'En dan met blote voeten op de pedalen naar huis fietsen... dat vind ik niet verantwoord,' zei Albert, die zijn middag blijkbaar nog niet als verloren beschouwde. 'We houden je hier... tot je geheel hersteld bent.'

Nu was ik zelf aan de beurt om van mijn punkschoeisel verlost te worden. Het mijne was niet voorzien van rijghaken, en Corinne trok de veters in ruime lussen uit de ogen, zonder ze in haar ongeduld aan flarden te trekken. Ook bij mij stond het sokkenpatroon afgedrukt op de vochtige wreef, waar de bevrijde aderen algauw dik en blauwig bovenop kwamen te liggen.

'Het zal wel iets freudiaans zijn,' zei Corinne, 'maar die zwellende aderen vind ik altijd zo mooi... zo opwindend. Op de rug van een hand ook, maar toch vooral op een voet.' Ze bevoelde ze voorzichtig met een vingertop, alsof ze bang was dat ze bij harder drukken onder de huid zouden verdwijnen. 'Roze en blauw... het zijn net regenwormen.'

'Is er geen elegantere manier om me uit te leggen dat ik al tot mijn enkels in het graf sta?'

'Kronkelende aderen, Zwanet... die staan voor leven.'

'Ze kunnen ook zomaar, plotsklaps, barsten.'

Ook bij mij had zich zwarte viezigheid tussen de tenen opgehoopt, alsof ik de hele dag blootsvoets over in de zon gesmolten asfalt had gekuierd. Het belette Corinne niet om eindeloos mijn wreven en hielen te betasten. Het woord voetjevrijen had iets kinderlijks: het geven van geheime tekens onder tafel, in de hoop dat die bij de uitverkorene terechtkwamen en niet abusievelijk bij de argwanende schoonmoeder. Corinne ging echt een kleine liefdesverhouding met mijn voet aan, maar wist het geminnekoos voor de toekijkende Albert te camoufleren als was het een behandeling door een pedicure. Ze haalde een zachte handpalm onder mijn zool door. Het ruiste.

'Je eelt is er zacht van geworden,' zei ze. 'Ik kan er putjes in drukken.'

'Eelt... ik? Ballerina's krijgen hooguit eelt op de top van hun grote teen.'

'Zeg, jongens,' zei Albert, 'mag ik die stinklaarzen op de overloop zetten... ik hou het niet meer.'

'Om de dooie dood niet.' Albert reikte zomaar uit zichzelf een manier aan om ons van hem te ontdoen. 'Wij vinden die zweetlucht juist heel stimulerend... niet, Rinne?'

Ze neuriede iets bevestigends. Ik merkte dat ik steeds vaker haar naam in afgekorte vorm gebruikte. Ze zei: 'Douchen, dat zou ook zonde zijn nu.'

Ik zat op de rand van het bed, en Corinne streelde nu openlijk een voor een mijn voeten. Van de hak naar de kussentjes vlak voor de tenenrij, en weer terug naar de scherpe, enigszins verweekte korstige rand van de hiel. Af en toe drukte ze een steelse zoen op de dooraderde wreef. Ik had tot brakens toe *zin* in haar... in alles wat ze te bieden had, alles tegelijk of alles in tergend langzame opeenvolging.

Vanuit mijn ooghoeken keek ik naar Albert in de vensterbank, tegen de vuilgrijze achtergrond van de ongewassen glasgordijnen. Hij verborg zijn ergernis niet langer achter een gemaakte glimlach. Het speet me voor hem, maar hij paste niet in het draaiboek dat zich nu met vilten ezelsoren en al begon te ontvouwen. Snapte hij dan niet dat hij ons alleen moest laten, zodat we konden afmaken wat in het bos begonnen was? Had de man nou echt zo'n olifantshuid, met nog een gevoerde laag eelt erop ook? Ksssst! Donder toch op, vent.

Alsof hij gehoorzaamde aan mijn innerlijke stem verhief Albert zijn onwillige kont – ik dacht om weg te gaan. Maar nee, hij strekte zijn tengels uit naar de twee paar soldatenkistjes, denkelijk om ze alsnog op de overloop te zetten of het raam uit te gooien.

'Laat dat, Albert... je hebt me gehoord.'

Hij gaf er een schop tegen, zodat drie van de vier schoenen omtuimelden, en liep door naar de badkamer. Die had, en heeft nog steeds, een deur naar de overloop... maar waarom die omweg? Ik hield mijn adem in, en hoorde hem rommelen. In mijn maag, in mijn hele lijf gistte het. Als ik zo dadelijk moest kotsen van hitsig verlangen, dan zou ik zoetig braaksel opgeven en over Corinne uitstorten... enigszins geparfumeerd riekend en een fijne damp afgevend.

Albert verdween niet via de zijdeur van de badkamer, maar keerde terug met een sliert witte tandpasta op zijn bovenlip. Het duurde even eer tot me doordrong dat het een probaat middel was voor reddingswerkers tegen de stank van onder puin ontbindende lijken: een lik Prodent onder de neus. Dat hij zichzelf op die manier tegenover ons vernederde... Albert moest wel erg veel zin hebben om met Corinne en mij een driemanschap te vormen. Al was van enige opwinding bij hem weinig te merken. En dat sarcasme bij hem de vorm aannam van een drolletje tandpasta op de bovenlip pleitte ook al niet voor hem.

3

Toen Albert in de badkamer was, fluisterde Rinne in mijn oor: 'Ik weet een manier om hem ons van het lijf te houden... Als we nou eens net doen, heel overdreven, alsof we het malle scenario van Hans uitvoeren... nee, parodiëren... dan zal Albert zich wel twee keer bedenken om bij ons te komen liggen. Het is nou eenmaal een houding die derden uitsluit... behalve dan als ze willen toekijken.'

'Ik weet nog steeds niet goed hoe ik me dat zuignappenballet moet voorstellen... hoe die twee lichamen zich tegenover elkaar bevinden... hoe ze in elkaar passen.'

'Ik doe het je wel voor... stil, daar is hij.'

4

'Vroeger in Nijmegen, het tijdvak van Vrijheid Blijheid,' zei Albert, 'als we dan met een groepje ondeugende dingen wilden gaan doen, was het altijd de vraag: wie begint er, en hoe?'

Hij zat er belachelijk bij, met zijn witte snor. De tandpasta smolt door de warmte van zijn neusadem, en liep met straaltjes zijn mond in. Ik had eens een kat van ons een likje Prodent op de tong gesmeerd, en net als die poes bleef Albert maar in het rond likken, de idioot. Hij zei: 'Hoeveel Vrijheid Blijheid we ook in stelling brengen, mensen zijn van nature gewend de liefde met z'n tweeën te bedrijven... elke deelnemer *meer* geeft iets ongemakkelijks.'

Ja, het was er wel de situatie naar om ook nog eens wijsgerig uit de hoek te komen. De persoon die mij, als ik iets erudieterigs te berde bracht, een 'beladderde blauwkous' wenste te noemen. Ik zei: 'Het begint me op te vallen, Alp, dat als jij een van je zwijnerijen opbiecht... dat die dan onveranderlijk in je Nijmeegse studententijd wordt geplaatst. Lekker veilig ver terug in de tijd.'

‘Kinderen, alsjeblieft,’ suste Corinne. ‘Doe het jezelf niet aan zo’n mooie dag in gekibbel te laten eindigen. Als jullie liever hebben dat ik wegga…’

‘Blijf,’ gebood Albert. De geur van de tandpasta mengde zich met de zweetlucht, zodat het net was alsof iemand in een bedompte kerk het ene pepermuntje na het andere tussen zijn kiezen zat te vergruizelen. ‘Denk mij maar weg… ik ben hier alleen om toe te kijken, en er wat van te leren.’

Wegkijken, ja, maar hem *wegdenken*, nee, zover was ik nog niet. ‘Jouw hoogstpersoonlijke Nijmeegse sexuele revolutie… speelde daar Het Onaanzienlijke Meisje niet ook een belangrijke rol in?’

‘Het… wat?’

‘Je weet heel goed welk vaatdoekje ik bedoel, Albert… hou je maar niet van den domme. De Nijmeegse barricade die jij opwierp, bestond uit een spiraalmatras met een hoofd- en een voeteneind. Daar werden geen orgiën van geweld op bedreven.’

‘Ik weet blijkbaar nog een heleboel *niet*,’ zei Corinne. ‘Deed Hans Krop ook aan die… eh… straatgevechten mee?’

En Albert: ‘Jij liep toen modeshows in de hoofdsteden van de wereld.’

‘Daarom juist,’ zei ze. ‘Ik had geen grip op hem… op jullie. Mijn echtscheidingsadvocaat is blij met elk pikant detail uit die tijd.’

‘Schakel maar een privédetective in,’ zei Albert. ‘Het speelt allemaal meer dan twintig jaar geleden… maar alles laat nou eenmaal sporen na.’

Het gesprek nam een verkeerde wending. Ik zei: ‘Albert, veeg die troep van je bovenlip, en gedraag je… hoepel anders op.’

‘Dit is nog altijd mijn echtelijke slaapkamer… bij de hypotheek van het huis inbegrepen.’

‘Ja, en die hypotheek moet jij elke maand weer kunnen opbrengen… ik ken het deuntje. Ga nou maar je tanden poetsen met dat witte snot, en spoel goed je mond.’

Hij gehoorzaamde, maar niet zonder vernietigende blik in het voorbijgaan. Even dacht ik dat hij de schoenen zou oppakken om ze alsnog naar de overloop te brengen, maar waarom zou hij? Het was in zijn eigen belang dat hun sterk gekruide geur Corinne en mij in de juiste stemming bracht. Terwijl Albert in de badkamer was, rommelde Corinne in haar Crocodile no. 17. Ze bracht het etui tevoorschijn dat ze eerder aan Thjummi had uitgeleend om zijn gitaar te stemmen. Albert keerde met een rood geboende bovenlip terug in de vensterbank.

'Zonde,' zei Corinne, 'die witte lipstick stond je heel sexy.' Ze ritste het etui open en haalde er de twee stemvorken uit. 'Terug naar die o zo vindingrijke echtgenoot van me. We zaten ons vanmiddag vrolijk te maken over die zuignappenzoölogie van 'm... Volgens onze amateursexuoloog is het de enige manier om twee *dames*, zoals hij ze altijd hoffelijk noemt, aan elkaar te koppelen. Daarmee zou dan tevens het bewijs geleverd zijn dat vrouwen geslachtelijk niet voor elkaar geschapen zijn.' Ze stak de stemvorken de lucht in, in elke hand één. 'Mijn gitaarspel is nog niet zodanig dat ik er iemand mee verleiden kan, maar... het stemmen van de snaren heeft mij misschien de oplossing aangereikt voor het biologische probleem zoals opgeworpen door professor Krop.'

Ze sprak opzettelijk pedant en bekakt, en ik vond haar verrukkelijk zo. Goed zo, Rinne, brand hem maar af, dat stuk ellende... het zal je de kracht geven straks met geheven hoofd naar huis te gaan.

'Kijk wat ik doe.' Ze schoof de stemvorken met de vier tanden in elkaar, zodanig dat hun diepste, halfronde binnensten elkaar raakten. Ze nam een van de instrumentjes bij een lange tand tussen duim en wijsvinger, en liet ze zo verticaal aan elkaar bungelen. 'Om de truc te begrijpen hoef je alleen te onthouden dat de tanden vier vrouwenbenen zijn... en de halfronde gedeeltes twee haaks op elkaar passende bekkens. Duidelijk?'

'Tot zover het model,' zei Albert. 'Ik ben altijd erg voor praktijkuitvoeringen. Als supervisor hadden we misschien Hans zelf moeten uitnodigen...'

'...en hem zijn ongelijk inwrijven,' zei ik.

'Nou, ik weet niet of hij het per se bij het verkeerde eind heeft,' zei Corinne. 'Iemand kan een technische formule bedenken, en erbij zeggen dat die niet in praktijk te brengen is. Ondertussen heeft hij toch maar mooi de formule geleverd. Zoals Albert al zei: de vijand laat zich het best verslaan door zijn eigen middelen tegen hem in te zetten... ook als hij die zelf afgekeurd heeft.'

Ze gaf aanwijzingen hoe ik gestrekt op bed moest gaan liggen, op mijn rug en met mijn hoofd richting voeteneind. Ze vroeg me niet mijn jurk uit te doen, alleen de zoom tot boven mijn heupen op te schorten. Zij deed hetzelfde met haar rok.

'Broekje maar even aanhouden... zo zegt de dokter dat toch altijd? Het experiment kan ook met kleren aan.'

Ik had sterk de indruk dat ze Albert aan het jennen was, misschien zelfs met de bedoeling hem te verjagen. Wat dat betreft had ze me goed aangevoeld. De gluurder werd zelfs geen opening in het gordijn gegund.

Corinne schoof op haar zij, met de linkerheup als glijder, tussen mijn benen door... totdat haar kruis tegen het mijne stootte. Ik voelde, door het katoen van de slip heen, de botsing van mijn *os pubis* op het hare. Er ontsnapte ons allebei een zware zucht, alsof er door de aanvaring lucht uit onze longen geperst werd. Mannen vragen soms gretig of een vrouw, ook zonder haar vingers in te schakelen, kan voelen of ze van opwinding vochtig wordt. Nou, ik *was* het al, maar kon merken dat door de verrukkelijke clash van stootbok op stootbok allerlei vloeibare reserves werden aangesproken.

Ze duwde nog wat door, wringend met haar heupen, alsof de koppeling nog niet helemaal geslaagd was... net zo lang tot onze schaambenen minder en minder voelbaar werden en leken te verzinken, op te lossen zelfs, in een ruime weekheid. Van zoiets wolkachtig goddelijks had ik nooit durven dromen. Haar rechterbeen lag, de voet vlak bij mijn gezicht, met de kuit tussen mijn bedekte borsten. Haar linkerbeen drukte met de knobbelige zijkant van de knie mijn billen uit elkaar, en eindigde ergens onder mijn nek, met de tenenrij als een kam in mijn haar. Ik rook nu van heel nabij de belegen zweetlucht van haar voeten, zoals zij die van mij ook moest ruiken. We hielden elkaar in een perfecte klem. Ik had wel voorgoed zo willen blijven liggen, op den duur niet meer voelend waar mijn lichaam ophield en het hare begon. Geheel versmolten, in een nieuwe betekenis van het woord.

'Quod erat demonstrandum,' zei ik met onvaste stem (maar niet hijgend). 'Het genie zit er vaak naast, maar ere wie ere toekomt... Hans Krop heeft gelijk *en* ongelijk. Een inspirerend foute visie op vrouwen.'

'Gek misschien,' zei Corinne licht steunend, 'maar ik moet ineens aan Paganini denken. Ik las ergens dat hij in zijn landloperstijd optrok met een dronkenlap van een gitarist... en tegen dat ze op een dorpsplein aankwamen om op te treden was de gitarist te beschonken om te spelen. Maar hij wist Paganini altijd wel een interessante aanzet tot een thema te leveren, zodat die een briljant concert kon geven. Zo werkt het misschien met die zuignappentheorie van De Krop. Uit domheid geboren, maar... onze benen gaan ervan zingen.'

'We noemen het de stemvorkligging,' stelde ik voor. 'Hans gelooft er niet in, maar behoudt toch het copyright. Hij is een *One Hit Wonder*.'

'Binnenkort een wereldwijde rage,' sneerde mijn man en wettige echtgenoot, die met zijn meest ironische smoelwerk stond neer te zien op onze... ja, *wat* eigenlijk: een simpele turnoefening voor middelbare vrouwen... een illustratie bij een mannelijk, al te mannelijk vooroordeel... of een omslachtige manier om hem duidelijk te maken dat er hier voor hem verder niets te halen viel?

'Is dit duidelijk genoeg voor jou, Alp? Dan gaan we opbreken. Corinne wil wel eens naar huis, geloof ik.'

Zij en ik maakten geen aanstalten om ons uit elkaars benenklem te bevrijden. Corinne leek zich alleen maar hechter in me vast te willen schroeven, en ik bewoog alleen nog om de laatste millimeters speling te benutten en dichter bij haar te komen. Het veroorzaakte een spanning die ik er zo mogelijk wel uit had willen *piesen*.

Als op afspraak bleven we zo liggen, alleen al omdat we Albert het uitzicht niet gunden op onze doorweekte katoentjes. Hij zou ze als een geldig toegangsbewijs kunnen beschouwen om zich alsnog bij ons te voegen... hoe hecht en onneembaar de constellatie er ook uitzag.

'Nou, als ik hier niet langer vereist ben,' zei hij, 'dan ga ik maar. Aan de wellevendheid is voldaan. Prettige voortzetting nog.'

In het voorbijgaan gaf hij nog een keer een schop tegen de soldatenkistjes. 'Zorg wel, Zwanet, dat ze straks opgeruimd zijn... ik moet hier ook slapen. Leg er volgende keer een paar geurvreters in, dat scheelt.'

Hij trok de kamerdeur halfopen, en tuurde van twee kanten door het sleutelgat. 'Hm,' deed hij alleen maar, en weg was hij. De treden van de trap naar driehoog kraakten onder zijn gewicht, dat zich onder extra ballast traag naar boven leek te slepen.

'Een makkie,' fluisterde Corinne. 'Die kerel van jou kent zijn plaats.'

'Een kwestie van africhten,' zei ik iets minder zacht, toen we Albert boven onze hoofden door zijn werkkamer hoorden lopen. 'De vraag is alleen... heb ik hem gedresseerd, of was jij het?'

'Nu zit je toch weer te vissen, Zwan, naar wat er tussen hem en mij gespeeld kan hebben.'

'De situatie daarnet, die was volstrekt nieuw voor me.'

'Anders voor mij wel.'

‘Zeker weten, Rinne, dat hij jou nooit eerder tot een driemanschap heeft verleid?’

‘Als je het een verleiding mag noemen, was daarnet de eerste keer. Ik vond hem niet erg doortastend.’

‘O, teleurgesteld?’

5

‘Hoe nu verder?’ Zei ik dat hardop, of dacht ik het alleen maar? Wat ik na twintig jaar nog steeds zeker weet, is dat het niet alleen op die zondagmiddag betrekking had, maar ook op een onherroepelijk van gedaante veranderende toekomst, *wat* die gedaante ook mocht zijn. ‘*Hoe nu verder?*’ Als ik het niet hardop zei, dan raadde Corinne in ieder geval mijn gedachten.

‘Je kunt zeggen wat je wilt,’ vatte ze de stemvorkligging nog eens samen, ‘maar we zijn wel in staat om te voldoen aan de definitie van de vrouwelijke paring volgens de heer Krop. Althans, in theorie... gekleed en wel.’

Vanboven kwam het geluid van verschuivend meubilair, en het gedempte gehamer van Beethovens Vijfde pianoconcert. Ja, hoor, Albert Egberts toog aan het werk. Jammer dat zijn tandengeknars niet tot hier doordrong. De geur van zijn Prodent was hoe dan ook uit de slaapkamer weggetrokken.

‘Laten we zo nog even blijven liggen,’ smeekte ik. ‘Je bent zo lekker klam en warm.’

Ik las laatst, meer dan twee decennia na die gedenkwaardige dag, in de wetenschapsbijlage van een krant dat astronomen aanwijzingen hebben, nog geen bewijzen, dat Aarde en Mars in gelijke mate *beven*. Het deed me denken aan die eerste keer dat Corinne en ik met elkaar naar bed gingen. We beefden allebei over heel ons lijf – geen rillen of trillen of bibberen, nee, een zacht vibreren van de huid, dat misschien wel veel dieper ging, tot op het bot, tot in het merg. Ik weet niet of het de zenuwen waren. Ik geloof niet dat we ervan overtuigd raakten verboden terrein te betreden, tenminste niet op een rationeel plan. Wel *voelde* het zondig wat we op het punt stonden te ondernemen, maar daar verzetten we ons niet tegen, want de zonde kruidde de lust. En dan toch dat gebeef, als bij een droogstaande zuipschuit die de beverik krijgt... Het leek wel alsof onze lichamen in de stemvorken veranderd waren die Corinne met een tik op het gietijzeren raamwerk van het hoofdeinde tot klinken had gebracht. Als je een vingertop tegen de vibrerende tand legde, voelde je ook, begeleid door het zingen van de vork, een zacht beven – wat dan ook meteen weer stopte.

'De stemvorkligging,' zei Corinne. 'Laten we het nog eens overdoen... zonder kleren en zonder Albert.'

Ook haar stem beefde, net als haar benen die me in hun greep hielden. Ze zou waarschijnlijk nooit aan haar man vertellen hoe ze zijn minachtende zuignappengelul aan een andere vrouw getoetst had, maar het was duidelijk dat ze met het experiment haar macht over hem vergrootte. Zij geloofde in de afbraak van andermans geesteswereld zonder dat er een woord bij gesproken werd – zo werkte de neergang ook op afstand.

'Het is zo een beetje moeilijk uitkleden,' zei ik.

We maakten ons uit de omhelzing van benen los, en gingen naast elkaar liggen, verzuimend tot een omarming over te gaan, alsof de stemvorkhouding ons beschroomd had gemaakt. Ik zei: 'Het ene rillende riet tegen het andere... het lijkt wel alsof we het koud hebben op deze perfecte zomerse lentedag.'

Ik trok het dunne dekendek vanonder de matras los, en drapeerde het over ons heen. Eerder dan in beddengoed lagen we ingestopt in verlegenheid. We luisterden naar de geluiden boven ons hoofd. Ik sloot niet uit dat Albert alsnog naar beneden zou komen om zijn ongenoegen uit te schreeuwen. Ik kende hem een beetje.

'Nou *mogen* we,' zei Corinne, 'en liggen we helemaal aangekleed naast elkaar in bed.'

Het was inderdaad alsof dat onthutsend intieme van die middag, haar toe-eigening en gijzeling van mijn hand, niet had plaatsgehad… tenzij we allebei terugschrokken voor een herhaling, waarna er geen weg terug meer was.

'We zouden de preutsheid nog verder kunnen drijven… door ons op het matje uit te kleden… met van die potige, doelgerichte gebaren… rug naar elkaar toe, en dan naakt en opgeruimd bij elkaar in bed springen… gauw onder de dekens.'

'Ik heb een theorie over aan- en uitkleden,' zei Corinne.

'Nog meer theoretische kennis,' zei ik. 'Het houdt vanmiddag niet op.'

'Er is natuurlijk het evidente verschil tussen ontbloten en… naaktheid aan het oog onttrekken. Maar aan- en uitkleden doen ook tegengestelde dingen met de opperhuid… die hangen weer samen met de bijbehorende stemming… de gemoedstoestand. *Tocht* speelt een rol.'

'Tocht, ja… ik neem aan dat een lijf bloot anders op tocht reageert dan in geklede toestand.'

'O, Zwanet, doe me dat niet aan… zo letterlijk bedoel ik het niet. Ik denk eerder aan een ongewoon soort kilte die je bij het uitkleden verjaagt, en bij het aankleden weer mee de kleren in neemt. Omgekeerd dus van wat je zou verwachten. Ik heb het dan vooral over uit- en aankleden in situaties als deze… waarin er iets op het spel staat. Verwachtingen beïnvloeden temperatuur en luchtstromen. Geliefden betreden een afwijkende weerkundige dimensie… duidelijker kan ik het niet stellen. De wereld gaat op z'n kop.'

Corinne bracht haar theorie, als het er een was, zo serieus dat ik in lachen uitbarstte, wat weer goed uitpakte voor de ontlading van mijn zenuwen. Ik zei: 'Dat van die verwachtingen snap ik, geloof ik, wel. Wie zich de kleren van het lijf rukt om bij de geliefde in bed te stappen, krijgt een andere kijk op de gebeurtenissen dan iemand die… nou ja, het bed verlaat om helemaal opgedirkt naar de tramhalte op de hoek te lopen. Maar wat dat met tocht te maken heeft… met de structuur van de huid…'

Zomaar vanzelf drukte ik me even tegen haar aan, waarbij onze kleding voor enige extra deining zorgde, als de verentooi van een vogel die wordt beetgepakt en beschermend tegen de eigen borst geplaatst. Handen fladderden rond, streken met hun nagels langs elkaar… de een achtervolgde de ander… 'Mag dit, mijn vingers door de jouwe?'

'Twee handen samen in gebed.'

'Ik voel je ring… wat een hard steentje.'

'Doe ik je pijn?' vroeg ze lief.

'Neuh.'

'Als wij vroeger midden in de nacht opstonden omdat we nog voor het licht werd in de auto moesten zitten om op vakantie te gaan, dan… niet lachen… werden we 's avonds al volledig gekleed in bed gelegd. Het voelde raar… zo voel ik me nu ook. Kom, een sprong en we staan op het beddenmatje… dan demonstreer ik je het verschil tussen uit- en aankleden op denkbeeldige stromen van tocht.'

'Dat wordt al de tweede demonstratie vanmiddag,' zei ik. 'Het lijkt wel alsof we voortdurend afleiding zoeken in iets anders…'

'…dat toch heel dicht bij wat we proberen te ontwijken ligt. Je hebt gelijk. Dat doet de angst… ook een tochtvlaag die niet echt bestaat. We liggen toch niet *zomaar* te rillen dat het huis ervan op z'n grondvesten schudt? We zijn bang.'

'Als de wiedeweerga het bed uit dan,' zei ik.

Staande op het matje, niet met de rug naar elkaar toe, kleedden we ons verscheidene keren uit en ook weer aan. Verwachtingsvol keek Corinne me aan: 'En… voel je het verschil?'

Zoals ze half in ernst, of misschien wel doodserieus, college gaf, had ik haar al eindeloos lief, *wat* ze er ook mee mocht bedoelen. De blouse met snelle vingers geroutineerd losgeknoopt, de rok een lasso van zeeschuim rond haar voeten… en dan de rugwaarts gebogen armen, klapwiekend als de geplukte vleugels van een loopvogel, om voor de zoveelste maal het haakje los te maken dat de wereld bijeenhield. Bij mij ging de jurk nog eens over het hoofd, gehinderd door half losgeraakte haarpinnen, en weer terug in ruisende val langs mijn lichaam. Corinne stak haar vingers opnieuw achter de elastische band van haar slip, aan de bilzijde, maar al wat langzamer en minder op routine, alsof de cursus van haar eiste dat ze het goed voordeed. Ze deed me denken aan een stewardess die na het opstijgen van het vliegtuig zwemvest en mondkapje demonstreert.

'Zoals ik al zei,' doceerde ze, 'geeft het naar beneden schuiven van het broekje een andere sensatie dan het weer ophijsen... dat merk je niet alleen aan het trekken van de haartjes op de huid. Bij het uitdoen verspreidt zich een warmtegolf... niet over maar *door* je lijf, en dat heeft niets met de kamertemperatuur te maken. Net zomin als de tocht iets met openstaande ramen of deuren van doen heeft. Om die sensatie te voelen moet je eerst gekleed zijn, en al vaag het moment van weer aankleden zien aankomen... en het ogenblik vrezen en betreuren. Volg je me?'

Ze deed haar best om me als een strenge schooljuf aan te kijken. 'Naaktheid, wil ik maar zeggen, is een kostbaar intermezzo in onze levens... waarin een denkbeeldige warme luchtstroom ons optilt naar... naar...'

'Naar wat we nu gaan doen.'

Ik gooide het dek over de gietijzeren balkonversiering van het voeteneind, en even later lagen we weer in stemvorkpositie, nu naakt. Haar theorie van warme golf- en tochtstromen klopte wat mij betreft helemaal – die lieve vrouw was voor mij een tovenares, niet eens een illusioniste. Deze keer lag Corinne op haar rug en ik op mijn zij, met mijn ene been gestrekt haar billen uit elkaar duwend, met het andere haar boezem scheidend. Mijn eigen borsten lagen, beduidend slapper dan toen ik tien jaar eerder in verwachting was van Thjummi, eerloos neergedropen op en naast Corinnes knie. Wat de techniek betreft was het belangrijk dat de partij die de rugligging op zich nam zich via korte schuifhaaltjes over het onderlaken kon verplaatsen… om zo tegen het bekken van de ander op te stoten.

'Het schaambeen,' zei Corinne zacht, lucht tussen haar tanden zuigend, 'hoe noemde je dat daarstraks ook weer?'

'Het *os pubis.*'

'Voel jij het nog?' Het zou onze standaardvraag worden bij elke toekomstige stemvorkligging. Als we, hoe hard ook drukkend, het schaambeen geen van beiden meer voelden bij de ander, betekende het dat we helemaal verweekt waren tot twee geplette mollusken.

'Het heeft zich teruggetrokken,' zei ik. 'Het houdt zich ergens anders op.'

Zo, met rechte en verstrakte ledematen, zouden we, samen een meerkantig potlood vormend, ratelend een hellend vlak af kunnen rollen, om helemaal onderaan in dezelfde houding tot stilstand te komen.

6

Ik moest er bij de stemvorkligging erg aan wennen dat onze borsten zijdelings naar beneden konden zakken, schuins naar de matras toe, wat de hele symmetrie verstoorde en ons van meisjes weer tot middelbare vrouwen maakte. Corinne had ergens in mij een toets aangeslagen, waaronder de zeventienjarige Zwanet school met haar stevige, puntige tietjes, waarvan Albert bij eerste kennismaking had gezegd: 'Ze kijken me recht aan… ze zijn eerlijk, en hebben niets te verbergen, behalve…'

Hij had zijn zin niet afgemaakt, dus misschien had hij zelf iets te verbergen. *Behalve* hoe ze er na de slijtage van het zogen in de toekomst uit zouden zien.

'Voel je me?' fluisterde Corinne.

En *of* ik haar voelde. Ik kreeg de gewaarwording van een vochtige kus – de monden, of mondingen, kruislings op elkaar, zonder tongen maar met gezwollen lippen.

'Wat eraan schort,' zei ik, 'is dat je op deze manier geen orgasme krijgt. Ik was er een paar keer dichtbij, maar dan kropen de tintelingen weer terug... in hun schulp, zullen we maar zeggen.'

'Zover kwam ik niet eens,' zei Corinne, 'maar ik sluit niks uit.' Ze herwon nog even haar schoolmeesterachtige air. 'Als *dat* ons lukt, behoort de zuignapzoölogie van Hans Krop definitief tot het verleden. Als alles mogelijk wordt wat hij onmogelijk achtte, dan hebben we hem pas echt verslagen.'

'Waarvan akte.'

Nu ik dit allemaal opschrijf, zie ik de twee paar kistjes daar weer staan, op het parket van de slaapkamer. Corinne was even uit bed geschoten om ze rechtop te zetten, alsof ze Alberts daad van vandalisme wilde herstellen. Met haar zweetvoeten in de buurt van mijn neus rook ik de rijgschoenen zelf al niet meer. Mijn gedachten keren terug naar een anonieme, negentiende-eeuwse Fransman en zijn lesbische poëzie ('onze lichamen geurden als twee reusachtige wierookvaten'). Misschien waren de schachten van de soldatenkistjes wel onze welriekende vaten geweest, die het allemaal in gang hadden gezet, het hele spel, de stemvorkligging en het oppeuzelen van elkaars tenenzwart.

Ik heb de schoenen al die jaren bewaard in dezelfde slaapkamerkast. De zweetlucht is allang vervluchtigd, maar de geur van oud leer en rubber is sterker geworden: ik ruik hem zodra ik de kast open. De uitgedroogde leren tongen hangen naar buiten, gemerkt met de kruislingse sporen van de veters.

7

De vroegzomerse dag rekte zich tot voorbij het etensuur. De stemmen van de kinderen klonken joelend en lachend op in het trappenhuis. We verstijfden nog meer in onze stemvorkpositie toen we Albert de trap af hoorden komen.

'Hij zal toch niet...'

Nee, hij draalde op de overloop (ik hield met toegeknepen ogen scherp het sleutelgat in de gaten, maar het verticale lichtstreepje verdween er niet uit) en kloste toen verder naar beneden, als onverschillig, zonder haast. Zoals we herademden... voelbaar tot in onze benen, wat het beven trouwens niet liet stoppen. Haar voeten hadden tot nu toe, heerlijk geurend, met hun hakken mijn schouders verkend, of liever: de ronding van mijn hals.

'Denk je, Rinne, dat in deze positie twee mensen elkaar zouden kunnen wurgen... de een de ander dan, bedoel ik... allebei tegelijk, dat zal niet gaan.'

'Ik kan zien hoe ver ik kom,' zei ze. Ze kromde haar zolen rond mijn nek, maar oefende niet al te veel druk uit. 'Ik kan geen kracht zetten zo. Probeer jij eens bij mij.'

Liggend op mijn zij lukte het me bij haar nog minder.

'Iemand die kwaad wil,' zei ik, 'zou met zijn... of *haar*... hak in deze houding je strottenhoofd in kunnen trappen.'

'Oneerlijk spel... dan heet het geen wurgen meer.'

Corinne tastte met haar tenen en zolen mijn gezicht af, als een blinde die alleen haar voeten ter beschikking heeft om het uiterlijk van haar geliefde te leren kennen. Zo streelde ze met een schurend geluid mijn kin, wangen, voorhoofd. Het verbaasde me dat deze Venus van Mierlo zoveel eelt had. Met een lichte draaiing van het hoofd konden we elkaar in de ogen kijken. Trok ik een vies gezicht?

'Stink ik?' vroeg ze.

Natuurlijk herkende ik de oude punklucht van mijn klafieters, maar stank, nee... het wond me op.

'Ze krassen,' zei ik. 'En de mijne... stinken ze?'

'Ik snap niet wat Jezus met die voetwassing bezielde,' zei Corinne. 'Wie zoiets goddelijks uitwist, is een cultuurbarbaar.'

'Wij armzalige aardbewoners zitten zo in elkaar,' zei ik, 'dat we ons door stank laten afstoten... behalve die van onszelf. Jouw zweetgeur heeft iets vertrouwds, nog meer dan die van mezelf.' Ze knabbelde intussen aan mijn grote teen. 'Het lijkt wel alsof we op z'n minst een paar genen met elkaar gemeen hebben.'

'In Mierlo ging vroeger ieder gesprek over gemeenschappelijke kennissen. Ja, die ken ik goed… nee, die zal ik *niet* kennen, kom nou. Als ze zich dan helemaal in een roes gekletst hadden, zei er altijd wel eentje: "Als we nog een ureke doorpraten, zijn we hartstikke familie van elkaar." Je bent gewaarschuwd, Zwanet.'

Ik snapte niet waarom ik me, ondanks de juichtonen die Corinne met haar stemvorkbenen uit mijn borst perste, opeens zo naar voelde. 'Alsjeblieft, zeg, laten we het dan maar liever over iets anders hebben.' Ik wilde helemaal niet dat zij als een tweelingzusje op me leek, tot in onze onfrisse geuren aan toe.

'Goed dan,' zei ze. 'Je hebt aardpek tussen je tenen.'

Opeens was daar het beeld van een speelkaart, hartenvrouw, met twee doorgesneden koninginnen, van wie het ene middel net niet symmetrisch op het andere paste. Het stelde me als kaartspelend kind voor een raadsel: bestond het dat als ik tot mijn navel in een sloot ging staan, er een afwijkend spiegelbeeld ontstond… van een jonkvrouwe die regeerde over de onderwaterwereld van spinnetjes, wormen, visjes en het oude fietskarkas dat daar was neergeworpen? Corinne en ik vormden samen die hartenvrouw.

'Toen ik als baby berg op mijn hoofd kreeg,' zei ik, 'schraapte mijn moeder die snotachtige viezigheid eraf met een speelkaart… zo'n ding had de juiste stevigheid voor het doel, en was toch niet te hard voor mijn fontanel.'

'Wat stond erop… een joker?'

'Hartenvrouw. Twee middeleeuwse dames.'

'Dan was je voorbestemd… dan hielp er geen moedertjelief meer aan. Wat doe je?'

'Ik blader door je tenen. Ze kleven bijna aan elkaar van de vuiligheid. Hmm… jammie.'

We besnuffelden elkaars voeten, en lieten lyrische kreetjes ontsnappen, als twee dametjes uit Oud-Zuid in een parfumeriewinkel. Als we te veel van de zweetgeur opsnoven om onze ziel te bedwelmen, dan werd die onmiddellijk aangezuiverd door de lucht uit de schachten van de soldatenkistjes, die daar honds serviel op wacht stonden met hun tong hangend op de wreef.

'Ik heb eens een interview met Maarten 't Hart gelezen,' zei Corinne. 'Het ging over zijn arbeidersjeugd in Maassluis. Het smerigste wat hij daar ooit had meegemaakt, dat waren buurtkinderen die 's avonds voor het slapengaan het zwart tussen hun tenen uit aten.'

'Doen?' Ik omcirkelde haar mond met mijn grote teen, en gaf haar met mijn voetzool petsjes op de wangen.

'Zwanet, nu ga je te ver... hou op.'

Ik dacht dat ze de klapjes in haar gezicht bedoelde, en likte met mijn tongpunt tussen twee van haar tenen over de pekachtige substantie. Die liet zich niet zomaar met spuug verwijderen. Er moest een pulkende vingernagel aan te pas komen om het zwarte vuil los te krijgen. Ik legde een sliertje op mijn tong, drukte het tegen mijn gehemelte, en slikte het door. Corinne gaf me met dezelfde voet een duw onder mijn kin, zodat ik me nog bijna in haar zelfgekaasde aardpek verslikte ook.

'Ik zei dat je te ver ging.'

'Het was als liefdesverklaring bedoeld.'

'Dan kan ik niet achterblijven.'

Corinne likte en pulkte niet, maar zette haar hoektanden tussen twee van mijn tenen, wat niet pijnloos ging. Misschien wilde ze me in mijn liefdesuiting overtreffen. Ik kon niet voor haar onderdoen en zette mijn 'kleine slagtanden', zoals Albert ze noemde, in de blaar die aan haar teen hing. Meteen stroomde een bitter vocht over mijn tong, een veel grotere hoeveelheid dan ik verwacht had. Onmiddellijk sloot Corinne haar tanden als een valklem over mijn tenen.

Zo, de eerste non-verbale liefdesbetuigingen waren achter de rug.

8

Ik wierp een vluchtige blik op de deur, en peilde nogmaals het sleutelgat. Ik wist zeker dat daar altijd, omdat er geen sleutel in stak, een langwerpig geultje licht te zien was, afkomstig van de plexiglazen dakkoepel driehoog of, bij avond, van het buislicht in het trappenhuis. Nu was het een donker gat. We zaten geknield tegenover elkaar op de matras. Ik trok haar hoofd naar me toe om haar iets in te fluisteren, maar omdat zij dacht aan een kus belandde haar mond op mijn oog.

'Niet meteen kijken,' zei ik, 'maar volgens mij zit Albert achter de deur.'

Natuurlijk wendde ze toch meteen haar hoofd die kant op, waardoor de langwerpige lichtdruppel opeens in het slot terugkeerde. Ze zei: 'Lamaarglure... dan hebben we iets om ons overheen te zetten.'

Corinne kneedde mijn broekje tot een prop, en drukte die tegen haar gezicht. 'Zulke slipjes sturen geliefden elkaar toe in een luchtkussenenvelop... in de hoop dat ze niet te droog worden op de postsorteerderij.'

Nog steeds te verlegen om iets anders uit te proberen namen we onze stemvorkpositie weer in. 'Een geluk,' zei ze, 'dat we benen van ongeveer dezelfde lengte hebben. Stel je voor dat ik mijn hakken veertig centimeter ten noorden van je hoofd in de matras moest zetten.'

We schroefden onze bekkens in elkaar. Er was daar heel veel weekheid, met prikkend schaamhaar, en toch behield de ongewone kus van kruislings op elkaar gedrukte labia iets kuis. Wat had ik ervan verwacht, nee, *gevreesd*? Volgens Corinne had de heer Krop, die zichzelf zo graag als *ladies man* zag, zich er in zijn benepen verbeelding een zompig gesop bij voorgesteld, een knorrend gewroet als van varkenssnuiten. Hij vond dat zijn *eigen* gezicht er recht op had, op zulke aanhankelijkheidsbetuigingen. Vrouwen waren mooie zeugen, en ze waren van *hem*, niet van elkaar. 'Zuignappen'. Er was iets heel erg misgegaan in de evolutie van de mens, en niemand kon zeggen dat Hans Krop niet de vinger op de zere plek had gelegd. Waarschuwen voor degeneratie, dan moesten ze bij hem zijn. Hij was weliswaar geen wetenschapper, maar een onvervangbaar ervaringsdeskundige, strijdend in de voorste gelederen van het echte leven.

Ik begreep waarom Corinne het obscene visioen van hufter Krop gebruikte om hem af te troeven. Het was *haar* manier om zich van hem en zijn vrouwenhaat te ontdoen.

'Kom eens naast me liggen,' zei ze, terwijl haar warme adem langs mijn enkel streek. 'Koppen bij elkaar.'

Ik had haar naakte lichaam eerst in mijn benen genomen, en nu pas in mijn armen, en die volgorde was op zich al bijzonder.

'Ik hoorde je een paar keer over poëzie,' zei Corinne. 'Ik weet niet veel van dichtkunst, maar als jij zegt van een situatie dat die poëtisch is, dan snap ik je. *Dingen*, die kunnen ook heel dichterlijk zijn. Als ik van Hans z'n zuignappen zeg dat ik ze van hun goorheid heb ontdaan door er *poëzie* van te maken, zit ik er dan ver naast?'

We gaven elkaar onafgebroken kleine zwerfkusjes op gezicht en bovenlijf. Ik zei: 'Voor mij heb je een hele horde zuignapbeluste roofdieren onschadelijk gemaakt. Om ze geen kans meer te geven stel ik voor ons gestemvork in ere te houden. Als je poezie maakt van de vijand, *heb* je 'm al in de pan gehakt. Ik heb de guillotine altijd een uiterst dichterlijk instrument gevonden... de schuin geslepen bijl boven aan z'n sportloze ladder die de dageraad vangt... de uitgeschoren hals van de terdoodveroordeelde... de beul die zijn zwaard in het vet kan laten... de wilgentenen mand die het hoofd opvangt met daarin een laatste gedachte van de terechtgestelde... en dan de witte zakdoeken van het toegestroomde publiek, die gedoopt in moordenaarsbloed veranderen in rode rozen. Zo hakken we Hans Krop tot poëzie.'

'Liefie,' zei Corinne. Ze streek mijn losgeraakte haar glad langs mijn hals en schouder. 'We gaan gewoon voor alles nieuwe beelden en woorden bedenken.'

We deden de kus uit het Amsterdamse Bos nog eens over, maar nu anders, want liggend en minder bedeesd, en niet meer alsof het een clandestiene tongzoen was, veroverd op de 'normale' wereld. We hadden eerst water gegorgeld om het speeksel los te maken, en nu verdronken we bijna in elkaars mond, om en om rollend, zodat de ene keer ik bovenop lag en dan weer Corinne. Gelijkwaardig naast elkaar kon ook, maar dat leverde een andere manier van kussen op, met tongen die opzij dreigden te zakken en weer overeind geholpen moesten worden. Nee, de verticale kus, met loodrecht opgerichte en neerdalende tong, die zich vervolgens om elkaar heen slingerden, die was onevenaarbaar. We maakten er geluid bij, niet alleen het smakken van een achterbuurt zonder tafelmanieren, ook gesteun vanuit de keel en zelfs een licht kokhalzen als een tongpunt het ringsteken met de huig aanging. We beten elkaar, ook in de lippen, tot we bloed proefden, zonder precies te weten van wie het kwam. Het smaakte me zo zondig goed, dat vloeibare ijzer, dat ik probeerde haar tong, tussen mijn voortanden geklemd, als een spons uit te zuigen.

Net toen ik dacht: dit mag eeuwig zo doorgaan, ontstond er spontaan een adempauze. We hijgden, en ademden elkaar gretig in het gezicht.

'Jij, parasiet,' zei Corinne. 'Ik heb nu recht op een gelijk deel van jouw bloed... kom hier met die bek.'

'Eerst dit.' Ik nam haar hand, vlocht speels mijn vingers door de hare, en leidde hem toen naar beneden. Daar liet ik haar vingers los. 'Nu is het jouw beurt.'

Het was alsof ze niet durfde. Haar hand had de vuistvorm

behouden, en leek vastgelijmd tegen mijn bovenbeen. We keken elkaar recht aan, met blikken die bijna pijn deden – ik merkte het ook aan haar.

'Het klinkt gek, maar... ik ben bang.'

'Waarvoor?' Ik wist het wel. Ik was het zelf ook.

'Dit. De angst dat ik mijn leven zo ingewikkeld maak dat ik het niet meer in de hand heb... en als ik wel toegeef, de vrees dat alles alleen maar tot mislukking en verdriet leidt.'

'We kunnen nog terug,' zei ik.

'Te laat.' Corinne strekte een vinger en liet die bij me naar binnen glijden, als terloops. Vervolgens begon ze me er gericht mee te strelen, niet plagerig en omcirkelend, maar met afgemeten ritmische haaltjes, als om me zo doeltreffend mogelijk een orgasme te bezorgen. En zo gebeurde het ook, alsof ze zeggen wilde: de eerste keer tussen ons kan maar beter achter de rug zijn, voordat angst en beven er weer tussen komen en alles bij het oude blijft. Ja, zo voelde het: als een doelgerichte initiatie, die niet meer teruggedraaid mocht worden.

Het hoogtepunt was er niet minder om. Omdat ik me, zelf uitzinnig bang, niet volledig durfde te laten gaan, ving ik het orgasme inwendig op, waarbij alles wat maar pees en spier en zenuw aan me was zich verhardde. Mijn ruggengraat, die zich tot het uiterste gespannen had, deed er achteraf pijn van. Cupido's boog bestond uit de schakels van een wervelkolom.

'Sorry, het moest maar even zo,' zei ze.

Ik vroeg niet door. Ik had het begrepen.

'Je gezicht, Zwanet... die speciale *waaier* van uitdrukkingen als je klaarkomt... wil je die voor mij... voor altijd voor mij bewaren?'

En ik maar denken dat het hoogtepunt dat ze me bezorgd had naar binnen was geslagen, de verhoornde hardheid van mijn ingewand in. Natuurlijk, er was altijd nog zoiets als een menselijk gelaat, die verraaier uit overtuiging. Na deze gedempte, ingehouden overgave wierp ik een snelle blik op het sleutelgat: een bijna oogverblindende traan van licht, door geen loerder verduisterd.

'Doe bij mij hetzelfde,' zei Corinne. 'Het ordinaire vingerwerk, zonder ceremonieel. Zoals twee fabrieksmeiden het snel even doen, in de garderobe achter de kantine. Het eindeloze vertragen en uitstellen... de mooistrelerij, dat kan altijd later nog. Afgesproken?'

Ik vond het iets engs hebben zoals ze het me opdroeg. Het had iets van een haastige trouwerij in een achterkamer, met de vijand beukend op de voordeur. Bij het strelen volgde ik haar tempo. Ze greep mijn haar van achteren vast, en bleef me strak aankijken, boos bijna. O, liefie, had ze tegen me gezegd, en ik nam het van haar over: 'O, liefie, wat ben je daar glad en nat en warm.'

In de aanloop naar het kritieke moment produceerde ze korte, scherpe snurkgeluidjes, en slaakte toen een smartelijk loeiende zucht, als een misthoorn. Ze sloot daarbij haar ogen, en deed ze niet meteen weer open. Ze hield ze evenmin stijf dicht, maar meer zoals een pas overledene de oogleden gesloten houdt, met de onzichtbare duimafdruk van een zorgzame nabestaande erop. Ik schrok: zo zou ze er als dode uit kunnen zien, pijn verstarrend tot vredigheid. Ik was blij te merken dat haar ogen zich nog open lieten kussen. Haar wimpers kriebelden langs mijn lippen.

'Liefie,' zei ze nog eens, en ik wist niets beters dan het haar na te zeggen, met de verkorting van haar naam: 'Rinne, Rinne... liefie, lief meisje.'

De vredige trek veranderde weer in een gekwelde, en ik troostte haar met de langste streling die mijn arm me toestond: een achtvormige lus die begon bij haar hoogst liggende schouder, de rug kruiste, en dan onder haar billen door... en zo terug naar de nek. Een ononderbroken aai die zich eindeloos liet herhalen, en dat deed ik dan ook, ik weet niet hoe vaak.

'Wat is de bedoeling, Zwan?' Haar glimlach was terug. 'Dat je hand een karrenspoor uitslijt in mijn vel?'

'Je maakte de indruk dat je wel een aaitje kon gebruiken.'

'O ja. Iets om mee naar huis te nemen. Ik weet zeker dat ik het vannacht in bed nog voel, met slingerbochten en al. Zo blijf je dicht bij me.'

9

Het beven trok zich niets aan van enige verzadiging, en ging gewoon door – het leek wel iets gemeenschappelijks, dat zich buiten elke wil om van ons allebei tegelijk bediende. Het was met de vingertoppen niet voelbaar... iets zacht poezeligs in de huid, die het niet eens nodig vond z'n donshaartjes op te zetten. Dat we onverminderd nerveus waren, viel wel op te maken uit onze stamelende manier van spreken, kinderlijk monosyllabisch, met stokkende adem, alsof we zieltoogden.

'O, lief... *lief*... o, woord kwijt.'

'Stil maar... stil... 't is al goed.'

'Hier gint het... hier gint het...' Ik was zelfs te loom om voluit *begint* te zeggen, en er *leven* aan toe te voegen. 'Geen eind.' Mogelijk bedoelde Corinne *ontgint*.

Als we praatten, raakten onze lippen elkaar... lispelend, raspend. We raakten ze aan met vochtige vingertoppen, zoals peuters doen bij hun moeder, en dan haar mond in een andere stand boetseren, zelf kwijlend van toewijding, soms kirrend om het resultaat.

10

'Rinneke wil zo graag dat Zwannie nog meer streeltjes doet,' zei ze met een kinderlijk pruilstemmetje, 'maar dan met haar lieve tongelapje.'

‘Ik dacht dat je het *nooit* zou vragen.’

‘Maar… maar Rinneke voelt zich na het rennen door het Grote Bos niet zo frisjes meer. Rinneke wil zo graag effetjes doezen.’

‘Ik laat je niet gaan,’ zei ik. ‘We hebben mekaars tenenzwart opgevreten met voet en al… en dan zouden we nu ineens moeten gaan druipen van doucheschuim. Toen ik een hoektand in jouw blaar zette… wat is er sindsdien gebeurd dat we nu moeten worden ontsmet? We hebben als de eengestreepte a en de tweegestreepte c in elkaar geschoven gelegen… in de DNA-kunde zouden ze zeggen: er heeft allang contaminatie plaatsgevonden.’

‘Nee, Zwanet, er zijn grenzen. Ik ga me eerst wassen.’

Het was haar menens. Ik had het eerst niet door. Ik trok met mijn tong een lange, vochtige lijn van haar kin tot haar navel en daar voorbij. Ze hield haar benen tegen elkaar geklemd. Ik kon de kruidige geur zo ook wel ruiken, en die wond me op. Ineens besefte ik dat ook ik me schaamde voor de onfrisheid die het Bos me bezorgd had, en dat ik bewust mijn onderlijf bij haar gezicht weghield. Onze schroomvalligheid was niet zomaar voorbij.

‘Laten we dan samen onder de douche gaan,’ zei ze.

‘Waar ik al mijn hele leven tegenaan loop, is de godsgruwelijke nuchterheid van de mensen. Eerst de boel aan kant, dan zien we verder. Nagels schoon, haartjes gekamd… dan nog een kwartiertje in pyjama op de bank. Schei uit, Rinne, met dat opgeruimde gedoe. Ik wil je als ongewassen biggetje.’

Ze bleef halsstarrig haar dijen tegen elkaar klemmen. Ik hanteerde mijn wijsvinger, vervolgens de hele hand, als wig om ze te scheiden, maar ze bleek sterk, Corinne, en haar bovenbenen werden hard als diepgevroren kalkoenenbouten (maar niet zo koud). Ze draaide zich op haar buik, misschien uit nadere zelfbescherming, maar daar vergiste ze zich toch in. De spieren in haar billen mochten dan plotseling ook uit ijzer gegoten lijken, er pal onder bevond zich nog altijd het kwetsbaarste plekje van de vrouw, de achilleshiel die God tijdens de Schepping bewust had laten verdwalen. Er steken maar weinig haartjes uit, maar ze verraden de plaats waar de onderste uitlopers van de schaamlippen samenkomen, en waar een vingertop zonder enig geweld wonderen kan verrichten.

Aldus geschiedde.

'O, in- en ingemeen wijf,' riep Corinne gesmoord met haar gezicht in het kussen. 'Koste wat kost je vunzige zin doordrijven… ik leer je steeds beter kennen, kreng.'

Ik kreeg haar van het slot, en legde haar open, terwijl ze nog steeds op haar buik lag. Mijn tong bewerkte haar met lange halen, van de lekkende onderkant van haar vulva omhoog door de bilnaad naar haar 'bronzen oog', zoals ik het ergens benoemd had gehoord. Ik probeerde daar vergeefs met mijn tongpunt binnen te dringen, zodat het wel leek of al haar aanvankelijke verzet zich in die strak gesloten ster concentreerde. Telkens opnieuw legde mijn mond die baan af, en ik ontdekte dat haar *bronz'oeil*, want de term stamde uit een Frans boek, z'n grootste gevoeligheid niet per se aan de binnenkant had. De korte uitlopers zwollen en glommen, en het geheel puilde een beetje. Uit kleine samentrekkingen kon ik opmaken dat Corinne haar tegenstand opgaf.

'Even niet… dit is meer dan ik aankan.'

Een been zwaaide rakelings over mijn hoofd, en ze lag weer op haar rug, nu geheel in spreidstand. Ik drukte haar met mijn duimen open, maar in plaats van er mijn tong tegen te wrijven bleef ik maar kijken naar het kleine wonder dat haar clitoris was, die kleine heilige in z'n schrijn van plooibare huid. Ik werd er zo door in beslag genomen dat ik de tijd vergat en verzuimde haar te likken: als ik me daaraan wijdde, kon ik mijn ogen niet langer de kost geven, en dat wilde ik voor mezelf niet op mijn geweten hebben. Ik beminde haar geheimste plek, nu die zich geopend had, met een langdurige blik… en ik *keek* mezelf in trance, in een schele roes. Tussen mijn benen leek iets zich te roeren, alsof het zich wilde vormen naar z'n evenbeeld daar voor me.

'Je mag me nu wel aaien met je tongelapje,' zei ze met opnieuw dat kinderlijk temerige stemmetje. 'Rinne vindt zichzelf niet meer viesjes en riekjes.'

Ik liet mezelf doordringen van haar sterke, gekruide odeur. Uit haar binnenste dreef een witte korreligheid naar de oppervlakte, die ik weglikte en die dezelfde weg ging als eerder het tenenzwart. Het te proeven maakte me dronken, en ik wilde dat dit spelen nooit overging. Ik nam nu wel de tijd om haar met mijn tong te plagen en te omcirkelen. Met de punt gaf ik kopjes op de top van haar kittelaar... ik versnelde en vertraagde... voerde de druk op, en liet dan weer een dun laagje speeksel het werk doen, door het als een kleine, taaie sluier heen en weer te laten slierten, met een minimale streling... een zilverig vlies waarin vage fragmenten van de kamer zich weerspiegelden. Als ik de weerkaatsing goed had kunnen bestuderen, zou ik er misschien de deurklink en het sleutelgat in teruggevonden hebben... de glans van een oog... de schittering van een traan...

Ze kwam veel vrijer en intenser klaar dan een halfuur eerder. Ze drukte mijn gezicht in haar overvloedige natheid, waarbij haar benen krampend loskwamen van de matras en mijn hoofd in een bankschroef namen. Een van mijn oren raakte dubbelgevouwen en pijnlijk tegen mijn schedel gedrukt.

Corinne maakte haar lippen los van mijn mond, en zei: 'Ik proef mezelf nog steeds, en het is geen honingsmaak. De meesteres van *De stad en de holen* mest ook mijn binnenkant uit... Mag Rinneke dat nu met haar tongelapje ook bij haar doen?'

11

'Waarom likte je het vuil tussen mijn tenen uit, Corinne?'

'Volgens mij begon jij ermee. Ik deed je alleen maar na.'

'Waarom denk je dat ik het deed?'

'Misschien heeft het wel te maken met *De stad en de holen*. Jij bent niet vies van een beetje viezigheid.'

'Ik zou jou nooit misbruiken om aan mijn dagelijkse rantsoen vuil te komen. Ik likte je tenen schoon bij wijze van liefdesverklaring... en ik ben zielsgelukkig dat je die beantwoord hebt.'

'Wij zijn geen paardenmeisjes die suikerklontjes uitdelen. Het smaakte bitter en zoutig... teerachtig misschien, maar dat kan een suggestie zijn die van de substantie uitgaat. Gesmolten aardpek op een snikhete dag. Dat wordt allemaal goedgemaakt door jouw tong tussen mijn tenen.'

12

'Je gaat me toch niet vertellen,' zei Corinne, 'dat je er spijt van hebt, of wel?'

'Nee.'

'Trek dan niet zo'n gezicht.' Ze legde allertederst haar hand tegen mijn wang, en trok toen mijn hoofd met zachte dwang naar zich toe. 'O, fijn, je kunt nog glimlachen.'

'Het is geen spijt,' zei ik. 'Nogmaals, het is angst.'

Haar hand geurde sterker naar mij dan ik mezelf ooit geroken had, net als haar mond. 'Ik ben niet gekomen om je bang te maken.'

'Het is deze hele toestand die me de stuipen op het lijf jaagt.' Ik wierp onwillekeurig een blik op het sleutelgat, maar daar priemde alleen het licht van het trappenhuis doorheen. 'Albert is de onzekere factor. Hij is de twee vrouwen in zijn leven aan elkaar kwijtgeraakt... en ook zijn plaats tussen ons in. Hij is de anderhalve vader van mijn twee kinderen. Ik kan hem niet missen. Hij mag niet van me vervreemden.'

'Luister, lieve Zwanet... als je moet kiezen, en je kunt niet om Albert heen, dan leg ik me daarbij neer. Het zal pijn doen, maar ik respecteer jullie gezin, de kinderen voorop. Ik bevind me in een heel andere positie dan jij. Ik heb een volwassen dochter. Ik lig in scheiding. Ik ben binnenkort een vrij mens. Al blijft het tot op het laatste moment oppassen met die echtscheidingsadvocaten. Vergeet niet dat *ik* voor de alimentatie opdraai. Deze middag met jou, als ze erachter komen, geldt als juridisch bruikbaar overspel.'

'Dan hadden we het beter niet zover kunnen laten komen.'

'Als het niet alles aan me al in goud had veranderd, zou ik zeggen: ik had het voor geen goud willen missen. Dus ook niet voor wat voor scheidingsvoordeel dan ook.'

Ik schoot in een bittere lach, want opeens kwam de hele situatie me absurd voor. 'En als ik voor Albert kies, kies jij dan ook weer voor hem... zodat we hem opnieuw moeten delen? Zo schieten we op.'

'Een verschil zou zijn dat jij en ik elkaar dan kennen,' zei Corinne. 'En niet alleen van de buitenkant. Om je vraag te beantwoorden: nee, ik wil niks meer met Albert. Ik blijf nog liever in m'n eentje om jou zitten simmen.'

'Ziedaar mijn hele dilemma.' Ik drukte me tegen haar warme, plakkerige lijf aan. 'Als ik, omdat het niet anders kan, helemaal voor Albert kies, dan... laat ik misschien wel de liefde van mijn leven schieten. Het zal me vroeg oud maken, en bitter, ik weet het zeker.'

'Volgens Albert is elk dilemma in wezen een *trilemma*,' zei ze. 'Heeft hij jou dat nooit voorgehouden? Volgens mij is het een van zijn stokpaardjes. Als je in het dilemma geen keuze weet te maken, is er altijd nog de zojuist afgelegde weg die achter je ligt: de derde mogelijkheid. Op je schreden terugkeren.'

‘En hoe ziet die derde weg er in ons geval dan uit?’

‘Nou, zoals Albert hem in gedachten had. Een soort mariage à trois. We zouden hem heel af en toe zijn zin kunnen geven, en onszelf heel vaak. Hij krijgt dan de beschikking over twee vrouwen, dus halveren we de frequentie voor hem.’

‘Ik hoop,’ zei ik, ‘dat je een grapje maakt, want het klinkt nogal pervers allemaal. Wat wij nu met elkaar hebben… als we Albert erbij betrekken, zal het de liefde niet verrijken maar afzwakken. Te veel wensen en eisen om onderling rekening mee te houden. Ik vrees dat het op een inhaalslag zal lijken. Alle keren dat ik er niet bij was als jij en Albert… en de talloze keren dat Albert en ik… enfin.’

‘Misschien was ik niet helemaal serieus,’ zei Corinne. ‘Om je de waarheid te zeggen heb ik geen enkele behoefte aan een man in mijn bestaan nu… wel een onbeschrijfelijke behoefte aan een leven *zonder* man.’

Mijn ooghoeken lekten. ‘Ach, lieve Corinne… je bouwt mijn dilemma uit tot een trilemma met een derde keuze… een terugtrekkende beweging… en *nog* komen we er niet uit. We zitten vast op een driesprong van holle wegen, net als Oidipous… en je weet hoe dat afliep.’

‘We hoeven nu nog niet te kiezen,’ zei ze. ‘Als we hier voorlopig mee doorgaan, zal het schuldgevoel het vrijen alleen maar heerlijker maken. Het is nu eenmaal zo: zonder zondigheid is er minder aan. We vinden wel een manier, liefie.’

Dat ‘liefie’ ontroerde me zo hevig dat ik weer begon te beven. Ik haalde haar hand van mijn wang, leidde hem onder het laken, en liet haar merken dat ik nog lang niet verzadigd was. Ze had gelijk: zonder gewetenswroeging *vooraf* pakt bevrediging minder extatisch uit.

13

Wat me van die zondag gek genoeg hardnekkig bijbleef, was het beeld van Albert met een dot tandpasta onder zijn neus. Het kon makkelijk concurreren, qua minachting, met de zwellip van Hans Krop. Een door geilheid overhaaste man die na het tandenpoetsen de Prodent niet helemaal heeft weggeveegd, is al een aanfluiting, maar een die de tube leegknijpt vlak onder zijn neus kan niet anders dan een vrouwenhater zijn. De boodschap was duidelijk: wij stinken… incidenteel naar zweetvoeten, maar eigenlijk altijd… naar de zilte zee, en soms naar de levende have daaruit. Elke vrouw een viswijf, daar komt het op neer… ook als ze eens een keer niet kijft. Ik vond Corinne niet onaangenaam ruiken (zelfs haar tenenzwart niet), maar voor de heren der schepping zijn wij vrouwen getekend door de luchtjes die onze vruchtbaarheid verspreidt. De natuur heeft ons een geurspoor meegegeven dat de man maar hoeft te volgen om ons naar zijn hol terug te slepen. (Daarom ziet hij ons het liefst met lang haar.)

Laten we het eens over de odeur hebben die de heren bij zich dragen. Ik heb de indruk dat ze het lastig en pijnlijk vinden om de voorhuid naar beneden te stropen voor een wasbeurt, terwijl ze geen hoger genot kennen dan wanneer een vrouw het voor ze doet – die dan geacht wordt het opgehoopte smegma voor lief te nemen. Sterker, in sexuologische handboeken wordt gesuggereerd dat wij vrouwen die geur 'stimulerend' vinden. U zegt het maar, Masters & Johnson… wij volgen wel. Het enig aantrekkelijke aan smegma vind ik de klank en de kleur van het woord, dat mij, ik weet ook niet waarom, goudglanzende mozaïeken uit het oude Byzantium voortovert.

'De eerste keer dat ik met die scheefgroei van Hans werd geconfronteerd,' zei Corinne, 'bestond die hufter het om te zeggen: "Je ruikt niet fris… hij wendt zijn kop af." Zo wist hij zelfs een ernstige handicap nog als een teken van hogere adel te verkopen. Ik dacht eerst dat het iets eenmaligs was, dat wel weer overging... maar hij was al met een uroloog in gesprek over een operatie.'

14

Ik zei: 'We hebben het wel steeds, smeltend van zelfmedelijden, over onze moordende dilemma's, Rinne... maar denk eens aan de tweestrijd van die arme Alp. Hij steekt hoog en ongenadig zijn trotse kop in de eeuwige sneeuw, maar zou jij graag in zijn schoenen staan?'

'De mannenschoenen hebben we al aangehad,' zei Corinne. 'Ik heb geen voeten meer over.'

'Als hij ons blijft aanmoedigen, loopt hij kans ons allebei voorgoed te verliezen... aan elkaar. Werkt hij ons tegen, dan is het gevaar ons kwijt te raken voor hem even groot.'

'Vandaar natuurlijk,' zei Corinne, 'dat hij zo'n idioot halfhartige houding aanneemt. Hij weet niet te kiezen. Het een of het ander, hij zit altijd fout... voor zichzelf dan.'

'Welke strategie van hem zou voor ons het gunstigst zijn?'

'Ik zie hem het liefst worstelen in zijn tweestrijd... Albert tegen Albert... en van mij mag hij daarbij ten onder gaan.'

'Wat ben je opeens hardvochtig, Rin. Ik dacht dat hij nog steeds je beste goede vriend was...'

'Nu ik weet met welk doel hij ons samen heeft gebracht, wens ik hem het slechtst denkbare toe. Laat hem maar in zijn eigen zwaard vallen.'

Ik moest lachen om haar ongebruikelijke heftigheid. 'De beeldspraak is gebrekkig, Rin... een hitsige vent die in zijn eigen zwaard valt, dat moet welhaast een slangenmens zijn. Een contorsionist die zichzelf spietst.'

'Zo moet het over de hele wereld. Het vrouwelijk deel van de mensheid is aan een rustperiode toe.'

'Albert zou het best zijn nederlaag tegenover ons kunnen toegeven... dat is ook voor hemzelf het minst pijnlijke scenario.'

'Zo zit een mens niet in elkaar,' zei Corinne, 'en d'n Alp al helemaal niet. Hij blijft rekenen op een rol als *Dritte im Bunde*. Ook al kiezen jij en ik voor elkaar, we zitten met hem opgescheept... en niet alleen als twee komieken met een aangever.'

'Misschien zijn wij het die te hoog grijpen,' zei ik. 'Deze hele vroegzomerse dag tintelt en zindert in me na... vooral het slotstuk, het concert voor twee stemvorken.' Ik trok haar zacht naar me toe, maar voor haar was het hardhandig genoeg om haar te doen kapseizen, zo mijn schoot in. 'Ach, lieve Rinne... misschien moesten we het hierbij maar laten. Elk vervolg kan een onoverkomelijk probleem opleveren... het is als met de zevenkoppige draak... één zwaardhouw en je zit met negenenveertig vuurspuwende bekken.'

Vrolijkheid maakte haar gezicht mooier, maar ware schoonheid toonde zich pas met haar smoeltje op z'n droefst. 'Wat dan? Alles aan en om ons schreeuwt dat we niet meer terug kunnen. Hoe je het noemen wilt, weet ik niet, maar we zitten er tot onze nek in.'

'Daarom juist... we moeten ons losvechten. Mogelijk kunnen we daar toch Albert bij gebruiken.'

'O, je wou onze opsplitsing *hem* in handen geven. Als jij zegt, lieve Alp... als we elkaar niet meer mogen zien, dan houden we ons daaraan. Jij hebt het laatste woord, Alp. Bravo, Zwan, voor de slaafse nederigheid... helemaal in lijn met duizenden jaren onmondigheid van vrouwen.'

'Bij de oplossing van ons probleem dacht ik meer, eh, in brandweertermen. Met hulp van een betrokken vriend... Alp dus... het opgelaaide vuur gecontroleerd laten uitwoeden.'

'Goed dat je over vuur begint,' zei ze met sarcastische stem. 'Ik heb voor het eerst sinds vanmorgen zin in een sigaret.'

Ze had 's middags haar pakje weggegooid, omdat ze voor mij met roken wilde stoppen, maar rommelend in haar tas vond ze nog een losse sigaret – en de behouden aansteker. Ze rookte met bittere mond. 'Gecontroleerd laten uitwoeden,' herhaalde ze. 'Zo geef je Albert alsnog de regie over ons in handen… en wel tot aan het einde toe. Hij bepaalt de nekslag. Wij dansen naar zijn pijpen, kijkend naar de kleiner wordende vlammen… tot de witte as het wint van de rode gloed. Nou, ik ga nu liever meteen naar huis… om een warme hap klaar te maken voor Hans… dan het gecontroleerde wegkwijnen mee te maken van… wat ik een halfuur geleden nog beschouwde als het mooiste wat me ooit was overkomen.'

Ze stond op, en drukte haar half opgerookte sigaret uit in de vensterbank, zomaar op het glazuur van de tegels, en zonder zich van de peuk te ontdoen. Een geliefde kan zonder iets te zeggen bij je weglopen, met de deuren slaand, tambour-maître spelen met roffelende voeten op de trap… maar het ergst is toch wel om het boze aankleden mee te moeten maken van een lichaam dat even tevoren nog warm en vochtig tegen je aan lag. De woedende handelingen waarmee al dat zachts en teders nu doelgericht bedekt worden… als in een teruggedraaide film die laat zien hoe de gretige gebaren van het uitkleden in omgekeerde volgorde iets agressiefs krijgen, doortrokken van schaamte en zelfhaat.

'Rinne, je gaf eerder vanavond college over het verschil in tocht bij aan- en uitkleden. Misschien is er een derde categorie… als iemand in een kwaaie bui kleren aantrekt. Hoe werkt dat in op de luchtverplaatsing?'

Ik had op haar verbolgenheid geen ander antwoord dan mijn ironie.

'Je kunt me wat,' bitste ze.

Ik reikte haar de twee stemvorken aan, die half verstopt onder een hoofdkussen in bed waren blijven liggen. Ze wierp ze los in haar tas, waar ik hun verschillende toonhoogten nog even meende te horen opzoemen, maar dat zal wel verbeelding geweest zijn. Tot op dat moment was het een mooie, theatrale aftocht, maar toen kwamen de pumps. Ik zette ze zwijgend voor haar neer, zodat ze er maar in hoefde te stappen – zou je denken. Ze pasten niet. Haar voeten waren te gezwollen, vooral het gedeelte van de wreef dat nog in de neus thuishoorde. Rinne liet zich woedend op de rand van het bed neervallen, en probeerde zo, het ene been over het andere geslagen, de hooggehakte schoenen aan haar voeten te dwingen. Toen het met de rechter niet wilde lukken, smeet ze die tegen de kastdeur... om vervolgens even hardnekkig de linker passend te krijgen. En stel, dat laatste ging haar wel goed af... was ze dan met die ene geschoeide voet de straat op gegaan, het onwillige exemplaar onder de snelbinders klemmend?

Ze kreeg de linker evenmin aan, zodat die ook een deuk in de kastdeur mocht slaan. Ze rende niet blootsvoets weg, maar bleef op de bedrand zitten, het gezicht in de handen, schokschouderend huilend. Spoedig lekten de tranen tussen haar vingers door.

15

Nadat ze die avond vertrokken was, bleef ik op mijn tong de smaak proeven van het tenenzwart, die zoals gezegd het midden hield tussen zout en bitter, en losgedacht van het geliefde voetenpaar toch vooral heel smerig was. Ik ontblootte mijn lippen voor de spiegel, en ontdekte een zwart molshoopje tussen twee voortanden. Mijn eerste aanvechting was om het weg te flossen, maar nee, dan zou ik me ontdoen van het ranzigste dat ze me die middag geschonken had. Ik besloot het als een afrodisiacum te beschouwen, waarmee ik zelfs haar tien tenen in het holst van de nacht zou kunnen oproepen.

Ook infantiele spelletjes kenden hun associaties. Het ging om een boek of een film voor kinderen... ik liep op Thjums kamer door de half omgevallen verzameling video's en voorleesboeken heen. Daar had je 'm: *Theo & Thea en de Ontmaskering van het Tenenkaas Imperium.* Ik haalde mijn tong langs mijn voortanden… zo ver was het al met me gekomen.

Thjum en Cynthia zaten in de huiskamer televisie te kijken met het klassieke bordje eten op schoot. Ik zette *Tenenkaas Imperium* terug tussen de Disneyvideo's en zonk op mijn knieën. Ik keek rond. Al die vertrouwde voorwerpen, ooit verjaardagscadeau geweest of geschenk in de sinterklaasmand of onder de kerstboom. De meeste had ik zelf gekocht, zoals de dozen K'nex, waarvan Thjum een reuzenrad had gebouwd. Overal zat een verhaal aan vast, dat ik nog kende, maar tegelijkertijd leken al die dingen zich in een vervreemdend waas te hebben teruggetrokken – sinds die middag misschien pas, of eerder al, in de dagen na het bezoek van de mevrouw die Thjum haar gitaar voor even had uitgeleend, *inclusief haar stemvorken.* Nee, deze waanzin, die al etmalen in me kolkte, die kon ik mijn kinderen niet aandoen. Ik voelde instinctief dat ze me zouden ontglippen als deze onzalige bevlieging doorzette. Ik moest *of* Corinne Suwijn onmiddellijk uit mijn leven bannen *of* met haar afspreken dat dit nooit meer dan een mooie vrouwenvriendschap kon zijn, desnoods met wat geflirt achter de rug van onze mannen om.

Ik nam onderdelen van Thjums speelgoed in de hand. Het badeendje van kort na zijn geboorte had hij bewaard. Ik overgoot het met misschien net zoveel tranen als het ooit waterdruppels in bad te verduren had gekregen. Het grote witte konijn was allang niet wit meer, maar had nu een grijze vacht met hier en daar een grauwgelige weerschijn, als bij grijsharige vrouwen die te vaak in de vettige walm boven het fornuis hangen en vergeten hun haar te wassen. Spoedig zou ik dat konijn zijn, daar kon Corinne me niet voor behoeden.

Tweede deel

Verloofd

Why were we crucified into sex?
Why were we not left rounded off,
and finished in ourselves?

D.H. Lawrence

Hoofdstuk I *Pijkel Niggebrugge*

1

'Ja, met Corinne Suwijn...'

'Zwanet hier. Gisteravond nog lastige vragen te verduren gekregen, Rinsi?'

'Voor het eerst dat je me zo noemt, Zwan... Zwannie... Zwaantje. Hoe wil je 't hebben?'

'Het liefdevolle afkorten is blijkbaar wederzijds... meer wens ik niet.'

'Wat denk je, Zwan... komen mensen nader tot elkaar door hun voornamen tot kooswoordjes te verminken?'

'Geliefden misschien wel, Cory... zo noem ik je in gedachten ook nogal eens. Als we elkaar gaan aanspreken als vroeger onze knuffels is er kennelijk een afstand overbrugd.'

'Naar de kindertijd of naar de kindsheid?'

'Jij mag het zeggen... zolang de overbrugging maar naar jou leidt.'

'Je vroeg iets, Zwan... of me gisteren bij thuiskomst nog vervelende vragen zijn gesteld. Waar denk je aan?'

'Nou, bijvoorbeeld dat Hans wilde weten of we zijn zuignappentheorie wel naar behoren in praktijk hadden gebracht. *They can suck dew for days.*'

'Wat *is* dit, Zwanet... telefoonsex of zo? Kan, hoor. Je zegt het maar.'

'Ik ben er niet vies van, maar... ik moet zo naar De Brouwerij.'

'Een naakte vrouw observeren... hoe ze met haar borsten over de grond sleept.'

'Het is mijn werk, Rinne. Ik ga vandaag proberen haar aan

een andere psychiater toe te vertrouwen... een die ik goed ken.'

'Nou, zeg op... wat voor lastige vragen van meneer Krop had je in gedachten?'

'Vanwaar die koelheid ineens? Zoals Hans zich gistermiddag op de geitenboerderij gedroeg... ik maakte me achteraf zorgen om je. Ik dacht: ik geef even een belletje. Toen je wegfietste, zag ik moddervegen op je kuiten. Ik riep nog, maar je keek niet meer om. Achter je aan rennen had geen zin, want je ging hard op de pedalen.'

'Ik merkte het pas bij het afstappen op de Koninginneweg.' Haar toon veranderde van kil in vriendelijk. 'Eenmaal binnen ging ik me snel een beetje fatsoeneren, en toen werd me snauwerig gevraagd of dat iets nieuws van me was... douchen aan het eind van de zondagmiddag... of hij de energierekening misschien ook aan de scheidingsadvocaat moest doorspelen. Ik zei doodleuk: "Dat is om al mijn zonden van me af te spoelen. Als je vlug bent, vind je in het afvoerputje nog wat bewijs voor in het dossier." Ik stond te tollen van verbazing over mezelf. Die assertiviteit, ik vermoed dat jij er iets mee te maken hebt. Verzin er zelf maar een sarcastisch toontje bij.'

'Jou wel toevertrouwd,' zei ik. 'Tibbolt vertelde me laatst dat jij het woord GILLETTE zo ongeveer op je tong getatoeëerd hebt staan. "Pas maar op," zei hij. "De honing wordt bij haar per scheermes opgediend. Als je goed luistert, hoor je het geknars van een versuikerde raat tussen haar kiezen." Hij kent je natuurlijk beter dan ik.'

'Een scheermes druipend van honing... daar had Albert misschien meer last van dan mijn wettige echtgenoot... die is overal ongevoelig voor.'

'Tussen jou en Albert zal er wel een aanleiding voor geweest zijn... voor dat geknars, bedoel ik.'

'O, reken maar.'

'Ik hoef het niet te horen.'

'Al zou je willen.'

We vielen een halve minuut stil – tot Corinne zei: 'Nou, dat was het wel zo'n beetje. Je weet nu iets meer over de vragen die me gesteld kunnen worden. Misschien moeten we maar eens ophangen. Jij gaat naar je verwarde beschermelinge.'

'Is dat alles? Ik hoopte dat je iets zou zeggen over gisteren... hoe je het allemaal ervaren had of zo.'

'Ik wachtte tot jij over de brug zou komen. Weet je, ik voel me nooit echt vrij aan de telefoon. Voor hetzelfde geld word ik afgeluisterd... alles ten behoeve van het dossier van de tegenstander.'

'Als dat zo is, dan heb je hem tijdens dit gesprek al zeker drie keer in de kaart gespeeld.'

'Het kan me niks schelen ook. Als je het per se weten wilt, mijn lieve Zwaantje... ik gloei helemaal na... zelfs zo erg dat ik het gevoel heb licht te geven. Als dit in het dossier terechtkomt, beschouw ik het als een eer. Er zou eindelijk iets poëtisch tussen de beugels van de ordner geklemd worden. "Wat *is* dit," zal de scheidingsrechter vragen, "een poesiealbum? Waar zijn de plakplaatjes?" En jij, Zwannie... hoe kijk jij erop terug?'

'Onbeschrijflijk. Mijn lijf feest gewoon door. Ik dacht vanmorgen bij het wakker worden dat ik tinnitus had opgelopen... die hoge toon in mijn oren. Het waren de geluiden van jouw stemvorken. De eengestreepte a en de tweegestreepte c. Onze benen brachten de lucht in trilling. Alles aan me zong de hoogte in... en jij antwoordde me over de daken van Zuid heen.'

'Wil je een geheimpje horen, Zwan?'

'Ik weet niet of ik het aankan.'

'Gisteren, met jou... ben ik helemaal opengegaan. Bloemkelken horen zich 's nachts weer te sluiten, maar vanmorgen stond die van mij nog helemaal open... badend in ochtenddauw, dat wel. Het geeft me het gevoel dat de *labia*, zoals jij ze noemt... dat verrukkelijke woord... niet meer strak zullen trekken. Als een tol die ik moet betalen voor mijn genietingen...

een soort ontwrichting als straf omdat ik me niet in kon houden.'

'Laat het zo, liefie... voor mij, voor jou, voor als we weer samen zijn.'

2

Na de godzalige zondag een druilerige maandag. Mijn eerste werkdag. De lucht was egaal grijs, maar niet donker, er dreigde geen regen. Bij de kolkende verliefdheid in me, gisteren zo puur, had zich een donkere substantie gemengd: schuld. Ik had mijn man gekwetst en was de veiligheid van mijn gezin uit het oog verloren. Ik had me blindelings in een avontuur gestort waarvan ik instinctief voelde dat er geen weg terug van was, tenzij ik nog iemand hard op de ziel wilde trappen... en misschien was ikzelf wel die iemand. Zelfs het diepste genot was blijkbaar nog geen toegangspas om me door alle slagbomen van taboes en bezwaren en hindernissen heen te loodsen.

Geen zon, maar wel een schaduwrijke dag – 'met dien verstande' (lekker muffe zinswending) dat ik alleen maar schaduwzijden zag. Mijn werk bijvoorbeeld... achter elke klacht op mijn lijstje, over stank dan wel ongedierte, vermoedde ik nu een menselijk kadaver. Ik voerde mijn eigen ploegje aan, dus werd van mij verwacht dat ik me als eerste over het lijk in het oude kolenhok zou buigen, om maar niet te spreken van de gehangene die losgeknoopt diende te worden. (Werk eigenlijk voor de politie, maar zolang er nog een vermoeden van leven bestond in het langzaam rond zijn as draaiende lichaam, moest er snel gehandeld worden.)

Ik parkeerde in mijn vaste vak, dat niet met witte maar met fosforescerende gele lijnen was aangegeven, voor als het hartje winter 's ochtends vroeg nog donker was. Vanuit de hal kwam dokter Burger, huispsychiater van de Amsterdamse GG&GD, op mijn auto afgerend, opnieuw (of nog steeds) met wapperende witte jas.

'Zwanet, we hebben de juiste toediening voor haar gevonden. Met eerdere doses zaten we er faliekant naast. In plaats van haar te kalmeren werd ze er agressiever van.'

Ik had mijn voeten al op het asfalt staan, en stapte nu helemaal uit. 'Betekent dit dat ze nu gewoon rechtop staat en loopt?'

'Zover zijn we nog niet,' zei hij. 'Ze zweert bij handen en voeten. Het lijkt wel alsof ze door wolven opgevoed is... niet praten, alleen grommen.'

'Lang geleden zag ik in een tijdschrift de foto van een ranke jongen, een vondeling, en die was door een groep gazellen grootgebracht. Hij kon zich op handen en voeten net zo snel verplaatsen als zijn opvoeders. Zo heette hij in het onderschrift ook: de Gazellejongen.'

'De wonderen zijn de wereld nog niet uit,' zei de psychiater.

'Mag ik haar nu wel even zien?'

'Je trekt je haar lot wel erg aan, hè? Ook nu ze in professionele handen verkeert. Is dat gezond?'

'Soms is mijn werk een vervolgverhaal.'

3

De verwarde vrouw bevond zich nog steeds (of opnieuw) in behandelkamer 12. Zo'n hok aan de doorkijkkant van de spiegel verschilt niet veel van dat op een politiebureau, waar ik wel eens had mogen meegluren om de identiteit van een te verhoren verdachte te bevestigen. De houten stoelen, inclusief de kapotte, waren uit het vertrek verwijderd. Bij de tafel stond nu een kruk met chroompoten en leren zitting, en daarop zat ze in de houding van een kat, ogenschijnlijk tevreden. Alleen de heen en weer zwiepende staart ontbrak, al wiebelde ze wel met haar billen. Het geluid van het zakkende scherm moest in de kamer te horen zijn, want ze bleef op haar hoede naar het zwarte venster kijken, met haar oogknipperende blik ongeweten op mij gericht.

'Zie je hoe rustig ze nu is?' zei dokter Burger naast me. 'Ik heb de stoelen laten weghalen, want ze had de neiging om daar haar woede op te koelen... en zich eraan te bezeren. Ik hoorde van een rechercheur dat ze zich in het café op de hoek van de Retiefstraat ook uitleefde op de stoelen. De man die bij haar was, en nu dus dood is, kreeg een gepeperde rekening voor drank en meubilair.'

Oud nieuws. 'Hoe komt haar hemd zo doorweekt?'

'Het kostte het personeel de grootste moeite om haar onder de douche te zetten... dat was nog vóór het spuitje. Haar hemd scheurde van onder tot boven bij het uittrekken. Afdrogen lukte niet. Toen hebben ze een nieuw kleed over haar natte lijf heen getrokken.'

De vrouw zette zich af op de kruk, en sprong lenig op het tafelblad, waar ze zich uitrekte door met vooruitgeschoven onderarmen een hoge rug te maken. Ze geeuwde in onze richting, waarbij ze haar kaken zo ver mogelijk opensperde, en haar tong liet krullen en trillen.

'Nou,' zei ik, 'als dit een pose is, of een toneelstukje, dan weet ze haar observators verdomd goed te misleiden... petje af.'

'We kunnen nog steeds niet uitsluiten,' zei de psychiater, 'dat ze simuleert. Ook ernstig verwarde personen kunnen hun geneesheren op een dwaalspoor brengen.'

Zijn oude fout: zich kundiger voordoen dan hij was.

'Zie ik daar een po?'

'Ja, ze scheet de boel onder. Het is een ondersteek waar we het deksel vanaf gesloopt hebben. Het helpt niet. Ze blijft haar behoefte op de vloerbedekking doen.'

'Als je haar zo ziet, waar doet ze je dan aan denken?'

'Aan een kat toch wel... voornamelijk.'

'Probeer het eens met een teiltje of een platte doos vol zand of grit… dat ze iets heeft om haar drollen mee onder te spitten.'

Op plaatsen waar het hemd tegen haar natte lijf plakte, werd de stof doorzichtig, zodat de streperigheid van haar belittekende huid te zien kwam. Net als vorige keer begon ze zich, nog steeds op het tafelblad uitgestrekt, met haar tong te wassen, eerst de bovenkant van haar onderarmen – nog steeds als een kat, met dit verschil dat er geen vacht was om met de lippen het vuil uit te zuigen, al probeerde ze dit reinigingsritueel wel zoveel mogelijk na te bootsen. Tussen haar vingerkootjes bleef ze extra lang sabbelen, met van genoegen dichtgeknepen ogen, terwijl de luidspreker een geknor registreerde dat op sidderend spinnen leek. Ze wipte een voor een haar borsten tevoorschijn uit de hals van het hemd, en hield ze omhoog, zodat haar tong erbij kon. De tepels bewaarde ze tot het laatst: ze werden door het likken heel menselijk en vrouwelijk stijf, en lichtten bijna zuurtjesroze op. Zelfs bij dit verdierlijkte schouwspel moest ik aan Corinne denken, al werden haar donkerbruine tepels hard door te krimpen, tot een soort gordiaanse knoop.

De vrouw liet haar boezem onbedekt, en boog haar hoofd dieper in de richting van haar buik. Dat ze met haar mond niet overal bij kon, bezorgde haar merkbaar ongenoegen. Ze ging een paar keer verliggen, verhief zich op knieën en ellebogen, draaide een paar rondjes, en plofte weer neer, ditmaal op haar rug, wijdbeens… alleen om te ontdekken dat haar tong, hoezeer ze die ook uitrekte, nog steeds niet tot tussen haar dijen reikte. Toen deed ze iets wat ik nog nooit een kat had zien doen: ze kwijlde over haar samengevoegde vingertoppen, en waste zich daarmee op de plekken waar haar mond geen toegang had.

'Wat *is* dit…' riep dokter Burger uit.

Na de wasbeurt, die kennelijk het recente stortbad moest ontkennen, leek ze heel tevreden. Het geronk uit haar keel, dat inderdaad op spinnen leek, klonk nu harder uit de luidspreker. Het stopte alleen even toen er geratel van wieltjes in de gang te horen was. Toen hief ze haar hoofd op, waarbij haar hele lijf zich aanspande. De psychiater boog zich opzij naar de microfoon die ook dít voorportaaltje rijk was.

'Mevrouw, kunt u mij verstaan?' Zijn stem klonk versterkt uit de behandelkamer op, en werd opgevangen door de microfoon daar, die het weer doorzond naar de voorruimte, wat een gruwelijk gepiep veroorzaakte. 'Hoort u mij?'

Alles aan de katachtige vrouw verkrampte. Als ze een vacht had gehad, zouden zeker al haar haren overeind zijn gaan staan. Een hoog huilgeluid verliet haar mond, nogal dierlijk, hoewel ook weer niet geheel onmenselijk.

'Mevrouw, ik zou u graag even horen praten,' ging de hardleerse psychiater stompzinnig verder. 'Zegt u eens iets... doet er niet toe wat. Met een enkel woord van u ben ik al blij.'

'Je jaagt haar schrik aan zo,' zei ik. 'Ze kan je niet zien. Je had beter eerst naar binnen kunnen gaan.'

'En haar dan naar mijn keel laten vliegen,' klonk het nu, omkleed met veel vervormend gepiep, uit twee speakers tegelijk. 'Nee, bedankt, Zwanet.'

Hij keek op zijn horloge. 'Als ik haar nu de volgende dosis geef...' Via zijn gsm onderhield hij zich kort met een medewerker. Even later kwamen twee verpleegkundigen het vertrek binnen. Ze droegen beschermende kleding die een hondenafrichter niet had misstaan. De vrouw sprong van de tafel en trok zich terug onder het behandelbed, grommend met tot voorbij het tandvlees opgetrokken lippen. Ze probeerden haar in een dwangbuis te hijsen, wat maar zeer ten dele lukte, met de ene arm in een mouw en de andere heftig rondstompend in de stof. Een van de verplegers prepareerde een spuitje. De ander hield de vrouw tussen zijn benen geklemd, terwijl ze op knieën en ellebogen stond. De naald verdween in een bil... nou ja, half... en werd toen door een onverwachte beweging van de patiënt uit de hand van de verpleegkundige geslagen... ik zag niet precies hoe het gebeurde. De spuit vloog de kamer door en lag opeens op de leren zitting van de kruk. Het middel werkte blijkbaar meteen, want de katvrouw bleef roerloos in haar houding volharden.

Dokter Burger verliet het voorportaal, en even later zag ik hem de behandelkamer binnengaan. Hij hurkte neer bij de vrouw. De zoom van haar lange hemd hing nog over haar middel. Ook haar billen waren gehavend met een wirwar aan littekens, en daartussen blonk het rode bloedpareltje van de injectie. De psychiater waagde het zowaar om het hemd over haar kont naar beneden te trekken.

'Zegt u me dan tenminste uw naam, mevrouw,' klonk het bijna wanhopig uit de speaker vlak bij mijn hoofd. 'Dat praat wat makkelijker.'

Ze haalde met haar ene arm, die in de mouw van de dwangbuis stak, naar hem uit, bijna krachteloos, maar de gesp van een loshangend riempje trof hem hard in het gezicht. De inspanning leek haar verder uit te putten. Ze kroop achterwaarts terug onder het behandelbed. Uit haar keel kwam een gedempt, langgerekt gegrom.

'Goed, uw naam en alles, dat komt straks wel,' ging Burger met sussende stem verder. 'Vertelt u me dan wat er gebeurd is... hoe u in deze toestand bent geraakt.'

Het zachte brommen veranderde niet als bij toverslag in een woordenstroom, laat staan in zoiets als een relaas. Toch liet de koene psychiater zich niet uit het veld slaan: 'De dode man die bij u werd aangetroffen, hoe is die aan z'n eind gekomen? Als hij onwel is geworden, waarom heeft u dan niemand gewaarschuwd?'

Waren dit niet eerder vragen voor de politie, desnoods gesteld in de zekerheid dat er geen antwoord zou komen? Als dokter Burger iedere psychisch gestoorde patiënt zo onverstoorbaar rationeel benaderde, vreesde ik het ergste voor zijn reputatie – niet voor zijn carrière, want die verliep voorspoedig. Opnieuw doorkruiste dokter Patist mijn gedachten. Hij zou zijn energie niet verdoen met het stellen van de verkeerde vragen, maar zijn observerend vermogen het werk laten doen. Ik besloot de aanrader van Corinne ter harte te nemen: Patist op deze plaats een kijkje laten nemen, zodat hij het uitzonderlijke gedrag van de vrouw kon beoordelen. Ach, Corinne, Süsse Wein, waar ben je nu? Voel jij ook nog de klem van de stemvork rond je onderlijf, net als ik? Vanmorgen werd ik wakker als met een kater, hoewel we gisteren alleen die paar witbiertjes bij de geitenboerderij gedronken hebben. Ja, je kunt tot diep in je maag en darmen misselijk zijn van verliefdheid, terwijl die tegelijk met haar knokkels je slapen bewerkt tot een dreun die op koppijn lijkt.

4

Met al die microfoons en luidsprekers rond de behandelkamers wist je het maar nooit: om te voorkomen dat er iemand van De Brouwerij meeluisterde, belde ik dokter Patist op mijn mobiele telefoon, in de afgesloten auto. Ik had al vaker, als er door mijn werk gestoorde personen op mijn pad waren gekomen, zijn raad gevraagd. Als hij de indruk had de collega's van de GG&GD in de kaart te spelen, hield hij zich op de vlakte, maar hij gaf ook wel eens een schijnbaar ontwijkend antwoord, dat achteraf een cryptische diagnose bleek te zijn. Dat ik hem amicaal tutoyeerde, deed niets af aan mijn achting voor hem als psychiater.

'Zwanet, laat me raden... ik gok op verwarde vogels. *The good weather brings them out.*'

Ik legde hem de gebeurtenissen in de Retiefstraat voor. De stankoverlast. De zo goed als lege, gekraakte woning. Het door een agressieve vrouw bewaakte lijk.

'Ze leek totaal verwilderd... en dat is ze nog steeds. Ze zit bij ons in observatie. Dierlijk gedrag. Ze gromt en jankt en brult, en daar is geen woord Nederlands bij. De psychiater hier pakt het volkomen verkeerd aan... daarom dacht ik aan jou.'

'Als je het over dierlijk gedrag hebt, Zwanet, waar moet ik dan aan denken?'

'Nou, ze vliegt het personeel aan... krabt en bijt. Ze laat alles lopen waar het haar zint... ontlasting, urine.'

'Is er een specifiek *dier* te herkennen in haar motoriek?'

'Ik zou zeggen een kat. Zo loopt en sluipt ze. Zo wast ze zich ook... met haar tong en veel spuug. Ik heb zelf twee katten. Als ik de vrouw in haar kamer bezig zie, moet ik voortdurend aan ze denken. Het is net of ze de gedragingen van een kat heel nauwgezet probeert na te bootsen... met wisselend succes overigens, want het blijft natuurlijk een mens.'

'Interessant,' zei Patist. 'Ik heb wel een idee, maar ik moet het geval toch eerst met eigen ogen zien. De vraag is... hoe krijg ik toegang tot een instituut waar ze me niet graag zien komen?'

'Laatst op een avond heb ik hier een vriendin weten binnen te loodsen. Er was weinig personeel, en de portier vertrouwt me...'

'Wat zou je zeggen van vanavond om een uur of tien... of slaapt *cat woman* dan? Ik wil haar wel in beweging zien... anders weet ik nog niks.'

'Ze slaapt vaak, maar telkens vrij kort.'

'Eens kijken... ik heb voor vanavond een sessie om acht uur. Die kan wat uitlopen. Haal me om halftien op bij de praktijk.'

'Zorg ervoor dat je strikt in burgerkleding verschijnt,' zei ik. 'Geen gepronk in witte jas en zo.'

'Die draag ik sowieso alleen in De Heuvelrug.'

'Je vindt me in je wachtkamer. Ik ben verzot op die ouwe nummers van *National Geographic*.'

Na het ophangen besefte ik dat ik had verzuimd Patist het detail van de littekens te geven... nou ja, detail, detail... de arme vrouw lag aan rafels, alsof ze door een hakselmachine heen was gehaald. Hij zou het vanavond wel zien.

5

De politie was nog druk bezig om de identiteit van de verwarde (ik zou eerder zeggen: verwilderde) vrouw te achterhalen. Op haar lichaam, in het hoopje kleren op de grond was geen identiteitsbewijs aangetroffen, noch enige verwijzing naar haar achtergrond. In de meldkamers van de Amsterdamse politie was de afgelopen twee weken geen vermiste vrouw aangegeven waarvan de beschrijving met die uit de Retiefstraat overeenkwam. Het enige houvast voor GG&GD en politie was haar ernstig verminkte opperhuid. Er waren foto's van gemaakt (net als van haar gezicht) en die waren per mail naar alle ziekenhuizen verzonden, niet alleen die van Amsterdam. Vooralsnog geen enkele reactie. De verwondingen leken niet erg recent en hospitalen waren doorgangshuizen met korte geheugens. Maar van lang geleden waren de littekens evenmin.

Merkwaardig dat niemand haar miste. Volgens de bewoners van de Retiefstraat, en volgens de stamgasten van Ape-Retief, had de overleden buurman de brullende vrouw enkele nachten achtereen 'mee naar zijn hol gesleept'. Wie miste zo'n zwaar verminkte vrouw, die ook nog eens niet praatte? Misschien was het een dakloze zwerfster... een buitenlandse die in Amsterdam was gestrand. Hadden haar littekens en de verstomming van haar spraak iets met elkaar te maken?

Voorlopig was ze ondergebracht in onze eigen beperkte kliniek. Het personeel was daar niet veilig voor haar. Ze werd met de dag agressiever, viel mensen onverwacht aan, beet en krabde ze, en besprong ze zo onverhoeds dat ze tegen de vlakte gingen. De psychiaters wisten zich geen raad met het geval. Ik stelde dus voor: 'Laten we Patist erbij halen... die heeft ervaring met extreme gevallen.'

De arts tegen wie ik het zei, keek zuur. 'Het valt me elke keer weer op, Zwanet, dat jij zo weinig vertrouwen hebt in onze eigen mensen.'

'Luister, Leo... we zitten hier met een zwaar gestoorde vrouw, bij wie straks niemand meer naar binnen durft. Het gaat er nu in de eerste plaats om het probleem op te lossen.'

6

Vooral van die eenvoudige rechte, houten stoelen maakten haar wild. Dan pas bleek hoeveel kracht er in die kleine, tengere vrouw school: ze sloopte zo'n meubelstuk met haar blote handen, en nam geen genoegen met het in tweeën of drieën breken ervan... nee, de afzonderlijke brokstukken moesten in kleinere barrels. Op een omgevallen stoel die ze niet kapot kreeg, wierp ze zich met heel haar lijf, net zo lang tot haar buik en borsten overdekt waren met bloeduitstortingen en schaafwonden. Alsof ze diep in het blank gebleven binnenste zoiets als bloed had geproefd, of de agressief makende essence van zoethout.

Waar maakte ik me eigenlijk druk over? Ik had mijn werk gedaan, de Retiefstraat van de stankoverlast verlost, en de bron ervan zou spoedig met een dikke laag aarde worden afgedekt. Ik had de naast het lijk aangetroffen verwarde vrouw aan de psychiaters van de GG&GD overgedragen, en volgende klussen dienden zich alweer aan (zoals een welbewust ontketende muizenplaag in de woning van een man die reptielen als huisdier hield: die kregen hun maal liefst levend opgediend).

De kwestie was: ik kon het anonieme tweetal niet loslaten... de dode man niet, de gestoorde vrouw nog minder. Ze wedijverden in eenzaamheid. Zij was ernstig verminkt, keek haatdragend uit haar ogen, maar ergens daarachter vermoedde ik zachtheid. Je kon zien dat ze mooi was geweest. Ik schatte haar midden dertig, misschien was ze zelfs nog een paar jaar jonger en deden de littekens haar ouder lijken.

Nee, er was geen erotische aantrekkingskracht, die had sinds kort alleen Corinne op me, als we even afzagen van de ongewone herinnering aan Het Onaanzienlijke Meisje. Ik hield, op afstand, van een vrouwenlijf met een kleine afwijking, een foutje in de symmetrie, maar niet van een verminkt lichaam, zoals sommige mannen hunkerden naar een bedgenote met maar één been, die ze naar believen neer konden leggen na het verwijderen van de prothese.

Om negen uur stapte ik in mijn auto om naar de praktijk van dokter Patist te rijden, in Amsterdam-Zuid. Zijn laatste patiënt van de dag had afgezegd, dus we konden meteen door naar De Brouwerij.

7

'Dit is een vriend,' zei ik tegen de portier, 'die even is meegelopen om me bij te staan... ik raak telkens zo ondersteboven als ik haar zie.'

'Ik had dokter Patist al herkend, hoor,' zei de portier. 'Zolang hij in het voorgeborchte van kamer 12 blijft, is er niets aan de hand.'

Hij noteerde de naam van de psychiater, als bezoeker.

'Nou, Zwanet, sterkte. Willen jullie wel de speaker in de behandelkamer uit laten? De vrouw raakt door het minste of geringste overstuur. Aan het eind van de middag heeft ze nog een broeder in zijn pols gebeten, die haar wat te eten kwam brengen. Hij moest een tetanusprik krijgen, want hier geldt nog altijd: een mensenbeet is giftiger dan een hondenbeet.'

Ik liet het scherm voor de one way-spiegel wegzakken. De vrouw lag op de tafel te slapen, op haar buik, met het ene been opgetrokken en het andere half hangend over de rand. Ze hield haar armen kruislings over het hoofd geslagen.

'Ik hoef haar niet eens te zien bewegen,' zei Patist. 'Daar ligt een slapende kat... althans een goede imitatie.'

God weet hoe, maar het personeel had kennelijk kans gezien

om, onder dwang waarschijnlijk, het stugge, donkere haar te borstelen, dat nu uitgewaaierd over het bovenste deel van haar rug lag en de littekens in haar nek goeddeels aan het oog onttrok. De nutteloze dwangbuis hadden ze haar weer ontnomen. Onder de tafel stond een diep bord met de resten van een of ander bonengerecht, chili con carne misschien, maar dan zonder de tomatenpuree. Een van mijn katten had de neiging zijn droge brokjes met een voorpoot uit zijn voederbak te wippen, om ze dan van de vloer op te eten. Iets dergelijks was hier gebeurd: rondom het bord lagen bruine bonen, los of in kleine hoopjes.

'Ik kan hier weinig mee,' zei de psychiater.

Juist op dat moment richtte de vrouw zich op handen en knieën op om zich uit te rekken en daarbij een hoge rug te zetten, en net als vanmorgen geeuwde ze al doende met wijdopen mond (of bek) en trillende tong.

'Maar dat is... dat is...' stamelde dokter Patist. Zijn stem stokte. Ik dacht dat hij nu pas echt de angstaanjagende overeenkomst met het gedrag van een kat zag, en daar onthutst uiting aan gaf. Ik keek opzij. Hij zag bleek. 'Godsamme, Zwanet... dat is Pijkel.'

Het klonk alsof hij de toestand van de vrouw precair noemde. 'Heikel, ja... zeg dat wel.'

'Nee, Pijkel... met een P. Het is haar naam.'

'Wacht even, Julius. Ik laat jou een verwarde, van straat geplukte vrouw zien, die geen woord kan uitbrengen... die zich als een beest gedraagt... en jij weet meteen hoe ze heet.'

'Pijkel Niggebrugge... een patiënte van me. Geen vergissing mogelijk.'

De vrouw sprong van het tafelblad op de grond. Het was me bij mijn eigen katten opgevallen dat ze heel sierlijk door hun poten verend op een tafel of kast konden springen, zich vederlicht afzettend op de vloer, maar dat het in omgekeerde richting, van een stuk meubilair naar de grond, nogal plomp gebeurde. Bij deze Pijkel, zoals ze nu heette, was het niet anders: ze kwam met een bons neer. Ze hervatte haar slingerende gang tussen twee zelfgekozen haarspeldbochten.

‘Een patiënte van je… was ze bij je in therapie?’

‘Vrij intensief zelfs. Twee keer per week.’

‘Ik hoop niet dat je het vervelend vindt, Julius, dat ik het vraag, maar… in welke taal speelden die sessies zich af?’

‘Ik geloof niet dat ik aan mijn beroepsgeheim morrel als ik zeg: in goed Nederlands.’

‘Door haar als je patiënte aan te wijzen, en de frequentie van de therapeutische sessies te verklappen, *zit* je al aan je ambtsgeheim te frunniken.’

‘Dat is de schrik. Zij was wel de laatste die ik dacht hier aan te treffen… en dat in deze conditie.’

‘Zeg, Julius… gedroeg ze zich bij jou op de praktijk ook zo… zo katachtig?’

Hij gaf niet meteen antwoord. We keken allebei een poos zwijgend naar de verrichtingen van de vrouw aan de andere kant van de spiegel. Als ze recht op ons afkwam, was goed te zien hoe schommelend ze zich voortbewoog. Net beneden de reikwijdte van ons blikveld keerde ze weer om, en richtte zich dan op de tegenoverliggende wand.

‘Als ik dat vertel, Zwanet, dan gooi ik mijn beroepsgeheim pas echt te grabbel. Je vraagt te veel van me.’

‘We zitten hier met een levensgroot probleemgeval, Julius. Je kunt mij niet kwalijk nemen dat ik even doorduw. Tot een paar minuten geleden was deze vrouw voor mij… voor de hele afdeling hier, en voor de politie ook… een onbekende, zonder identiteitsbewijs, misschien wel helemaal zonder identiteit. Door je van schrik te verspreken heb je haar een naam gegeven… en kennen we zelfs het adres van haar psychiater. Misschien kan die mij zeggen of ze zich bij hem in de behandelkamer ook al zo gedroeg… net als nu.’

‘Alleen dat ene tipje van de sluier dan nog… vooruit, omdat

jij het bent. Voor zover ik het nu kan zien, lijdt Pijkel aan een of andere vorm van zoantropie.'

'Als een mens zich heel erg met een dier identificeert... in dit geval een kat... stom dat ik daar nog niet aan gedacht had.'

'Ik denk bij Pijkel eerder aan een tijger.'

'Dat is een kat in het groot. Bij deze vrouw is alles klein.'

'Ik heb mijn redenen,' zei Patist, 'om aan een tijger te denken. Kijk hoe ze heen en weer blijft lopen, als een gekooid roofdier. Katten blijven liever in hun mand liggen, tevreden met hun huiselijk leven. Je kent die cartoon van Garfield: "*There must be more to a cat's life than eat and sleep... and eat and sleep. But I hope there's not.*" Dat bedoel ik.'

We observeerden weer een tijdje de slingergang van Pijkel Niggebrugge... een vreemde naam voor een tijgerin. Als je maar lang genoeg keek, verschenen er vanzelf tralies voor het one way-venster.

'Ik ken je inmiddels een beetje, Julius... er is vast nog een reden waarom je bij deze vrouw aan een tijger denkt.'

'Je probeert me erin te luizen, Zwanet, net zo lang tot mijn hele beroepseed aan diggelen ligt. Ik ken je. Ik was er niet op bedacht dat ik hier met een patiënte van me geconfronteerd zou worden. Ik heb al te veel over haar losgelaten. Zweer me dat het onder ons blijft.'

'Als ik dat doe, zit ik dan ook aan een beroepseed vast? Goed, ik zweer dat ik mijn mond zal houden. Maar dan ben jij me nog een verklaring schuldig over de tijgerachtigheid van deze Pijkel Niggebrugge. Nogmaals: gedroeg ze zich zo ook al... dat katachtige... toen ze bij jou in therapie was?'

'Met de hand op mijn hart: nee,' zei Patist, die theatraal de hand op de hartstreek legde. 'Ze kwam bij mij met een levensgroot trauma, en ik constateerde PTSS. Nee, ik ga je niet ook nog eens vertellen wat er aan die stoornis ten grondslag ligt.'

'Het heeft natuurlijk met die verminkingen te maken. Ze zijn van een paar maanden geleden, hooguit een halfjaar... dat zag ik al meteen met het blote oog. Het lijkt wel of ze gemarteld is... met een zweep of zo.'

'Een zweep speelde zeker een rol, maar die is niet op *haar* neergedaald.'

'Ontkennende mededelingen, hoop je daarmee de kwestie van het ambtsgeheim te omzeilen?'

'Met een beroep op onze goede verstandhouding tot nu toe, Zwanet... zou je alsjeblieft willen ophouden me vragen te stellen?'

'Alleen deze ene nog. Als ze in jouw praktijk nog geen tijgergedrag vertoonde... wanneer was dan jouw laatste sessie met haar?'

'Je gaat maar door, hè. Nou, zo'n drie weken geleden. We hadden voor een paar dagen later weer een afspraak, maar Pijkel is niet verschenen... ook in de weken erna niet. Het gebeurt wel vaker dat een patiënt plotseling uit de therapie stapt, en daar leg ik me dan meestal bij neer... maar in het geval van Pijkel maakte ik me ernstig zorgen. Ze was zo weerloos... zo letterlijk en figuurlijk gekwetst door het leven.'

'Je had toch zeker wel haar gegevens, zodat je bij familie kon navragen?'

'Het enige adres dat ik van haar had, was op de Overtoom... het revalidatiecentrum waar ze haar kapotte vel weer in het gareel probeerden te krijgen.' Hij volgde met zijn ogen de slingergang van de jonge vrouw in de observatiekamer. 'Zoals ik haar nu zie, beweegt ze soms nog wat stijfjes, maar verder is ze een wonder van lenigheid. Het *kan* natuurlijk zijn dat haar tijgerlijke inborst de stroeve huid soepelheid dicteert.'

'Je vond haar niet in het revalidatiecentrum,' raadde ik. 'Ze heeft zich daar na de laatste sessie bij jou niet meer gemeld.'

'Als jij me alles voorzegt, hoef ik me niet te bekreunen over mijn ambtsgeheim. Nee, ze is ook niet teruggekeerd op de Overtoom, net zomin als bij mij.'

'Enig idee wat er met haar gebeurd kan zijn?' Ik wees naar

de op ellebogen en knieën in hoog tempo voortkruipende Pijkel. 'Ja, *dit*... maar hoe maakt iemand zo'n verandering door? Je wordt niet zomaar een kat of een tijger.'

'O, jawel... als ik de vakliteratuur mag geloven, de beschreven gevallen van zoantropie door de decennia heen, dan kan zo'n metamorfose zich razendsnel voltrekken... niet alleen in dat boek van Ovidius. Een man klaagde, nog net met zijn menselijke stem, dat hij zich zo varkensachtig voelde... en een uur later wierp hij zich knorrend van welbehagen met zijn blote lijf in een van gier vergeven modderpoel. Hij at alleen nog in taptemelk ondergedompeld oud brood... tevreden slobberend. Het ging pas mis toen hij met zijn lid in erectiele toestand een zeug wilde beklimmen. De beren werden woedend, en hebben hem bijna vermoord. Trouwens, in het revalidatiecentrum hadden ze wel het adres van een enkel familielid, maar daar had ze zich ook niet gemeld. Ze werd blijkbaar niet gemist. Jij trof Pijkel vorige week woensdag in deze toestand in Oost aan. Ergens tussen haar laatste sessie bij mij en het moment dat jij haar vond, moet ze in haar tijgerwaan zijn geraakt.'

'Ze verdween anderhalve week eerder, op een vrijdagnamiddag, volgens jou...'

'Ja, ze liep een eind op met een andere cliënt van me. Zij en ik hadden een zwaar gesprek gevoerd, maar ze leek me bij het afscheid niet ongelukkig.'

'Volgens de politie dook ze diezelfde avond op in de Retiefstraat... in café Ape-Retief. Getuigen zeiden dat ze daar een man ontmoette die ze leek te kennen maar lang niet gezien had. Ze gingen samen weg, behoorlijk in de lorum, maar kwamen de volgende middag ook weer allebei terug. Dat herhaalde zich zo een paar dagen... toen hield het op. Een week later kwamen de klachten van omwonenden over stankoverlast bij ons binnen. Pijkel heeft misschien wel dagenlang bij het lijk van die man gewaakt.'

'Ik neem aan, Zwanet, dat jij bij Ongediertebestrijding niet zo streng aan een beroepsgeheim gebonden bent als ik. Hebben die gasten in het café ook iets gemerkt van een plotselinge of geleidelijke verandering die zich in of aan de nieuwe bezoekster voltrok? Ergens moet zich toch een overgang voorgedaan hebben…'

'Ze hadden het over knettergek gedrag, van de vrouw vooral. Ze klom telkens razendsnel in de man, en beet hem dan grommend in zijn nek… misschien wat minder speels naarmate de dagen vorderden. Na het laatste kroegbezoek verliet zij op handen en voeten de zaak, voor hem uit kruipend.'

'Identiteit van de dode man al bekend?'

'Onderzoek is in volle gang.'

'Aanwijzingen dat Pijkel iets met zijn overlijden te maken heeft?'

'Een min of meer speelse beet in de nek is natuurlijk niet voldoende om een stevige man in de kracht van zijn leven om te brengen… maar het blijft onduidelijk wat er daarna gebeurd is, in die leegstaande woning. De lijkschouwer, die snel ter plekke was, vermoedde meteen al een natuurlijke dood… wat nu toch weer in twijfel getrokken wordt. Ik was vanmorgen in het mortuarium bij dokter Hagendoorn.'

'En?'

'Die hecht net zo erg aan zijn ambtsgeheim als jij. Dus wees hij me alleen op restjes witte verf in de nek… misschien ging het om een kunstschilder. Geen verwurging in de eigenlijke zin des woords. Wel bloeduitstortingen rond de hals. Mogelijk zuigzoenen, maar nog geen zekerheid.'

'Ik zie die lieve, kleine Pijkel niet tot moord in staat. Met een pistool of een mes misschien, als de nood aan de man komt, maar niet met haar blote handen.'

'Vergeet niet dat ze ondertussen in een tijgerin veranderd was.'

We bleven weer een poos zwijgend naar Pijkel staan kijken, die het heen en weer struinen maar niet moe leek te worden. Ik had wel iemand van het personeel willen roepen om een eind te maken aan de zelfkwelling van de toch al zwaar verminkte vrouw. Ik zag nog steeds eerder een lichtvoetige kat in haar dan een tijger.

'Jij met je zoantropie... hoe weet je zo zeker dat zij zich vereenzelvigt met een tijger? Ze maakt, zeg je, de indruk van een gekooid roofdier dat geagiteerd heen en weer blijft lopen achter de tralies. Er moet een belangrijkere reden zijn om aan een grote katachtige te denken... in plaats van aan een gewone huiskat.'

'Als ik dat ga onthullen, kan ik beter net zo goed mijn doktersbul inleveren... bij de tuchtcommissie, nog voordat de zitting begint. Dat scheelt een hoop getouwtrek.'

'Luister, Julius... ik neem aan dat jouw ambtseed ook inhoudt dat de arts zich verplicht zich tot het uiterste in te spannen om de patiënt te genezen.'

'Jazeker, en die inspanningen ga ik ook leveren,' zei hij geërgerd. 'Ik ken de achtergrond van haar zoantropie, en weet in welke richting ik haar tijgerschap moet zoeken. Ik heb zelfs een vermoeden wat de directe oorzaak van haar verdwijning was... op die vrijdagmiddag... maar dat ga ik niet allemaal met jou delen, Zwanet. Je hebt een bepaalde handigheid in het uithoren van anderen, maar genoeg nu. Ik ben je dankbaar dat je me hierheen gevoerd hebt. Als je een goed woordje voor me zou willen doen bij de baas van deze afdeling... dan kan ik de psychiaters hier mijn diensten aanbieden. Ik weet wat er met haar aan de hand is... ik ken de herkomst van haar littekens, zowel de letterlijke als de figuurlijke. Ik ga haar beter maken.'

'Vergeet niet dat er ook nog een moordonderzoek jegens haar loopt. De recherche is blij met elke aanwijzing, zeker nu ze Pijkel niet kunnen verhoren. Als jij de oorzaak kent van haar huidige gedrag, kun je die niet voor de politie verborgen houden, enkel en alleen omdat je wilt schitteren als toppsychiater. Als je de informatie aan de recherche voorlegt, kunnen ze die meenemen in hun onderzoek... dat dan mogelijk aantoont dat Pijkel geen schuld draagt.'

'Ik betwijfel of ze iemand die aan zoantropie lijdt, en denkt dat ze een tijger is, wel als toerekeningsvatbaar beschouwen.'

'Als jij haar met jouw kennis over de achtergrond van haar wanen weet te genezen, dan zou wel eens kunnen blijken dat ze op het moment dat de man in de Retiefstraat stierf wel degelijk toerekeningsvatbaar was. Hoe verantwoord je dat dan juridisch... ik bedoel, vanuit het oogpunt van rechtvaardigheid? Als je haar uit haar tijgerwaan wekt, staan er rechercheurs klaar om haar meedogenloos te ondervragen.'

Julius' gezicht stond nu heel kwaad. 'O, je vindt dat ik haar in die dierlijke sluimertoestand moet laten om haar tegen het Openbaar Ministerie te beschermen... Proficiat voor je scherpzinnigheid, Zwanet, *daar* heb je nou 's een duivels dilemma bij de horens. Ik laat het maar even aan me voorbijgaan... om me om het welzijn van mijn patiënte te bekommeren.'

We deden er allebei nukkig het zwijgen toe. Pijkel wist van geen ophouden – de steeds herhaalde lus van haar slingertocht door de kamer werkte hypnotiserend. Ik herinnerde me een verblijf aan het strand. Vlakbij had een gezin zich onder een parasol genesteld op een lappendeken van handdoeken. Een jongetje van een jaar of twee, met een wit mutsje op, zat met handjes en knietjes op een handdoek te schommelen met zijn mollige lijfje... vooruit, achteruit, vooruit... als met goed geoliede gewrichtjes, want het ging ritmisch en razendsnel. Ik ervoer het op den duur als angstaanjagend om naar te kijken, al kon ik mijn ogen er niet van afhouden. Het was een ziekte, dat kon niet anders, maar wat voor een? Het enerveerde de vader van het gezin kennelijk ook, want die gooide op zeker moment een badlaken over het wiebelende jongetje heen. Het raakte er geheel door bedekt, maar het bleef onverstoorbaar doorschommelen in de donkere afzondering van zijn overhuiving. Als ik iemand van het personeel ertoe had kunnen bewegen een grote lap over Pijkel heen te werpen, tien tegen één dat ze gewoon door was blijven lopen, doelgericht van niets naar nergens.

'Misschien kunnen we toch maar beter samenwerken,' zei Julius somber. 'Jij zag hoe Pijkel het lijk bewaakte en probeerde te beschermen... Die man, heb je hem goed kunnen zien in de schemerige gang?'

'Anders vanmorgen wel, onder de lampen van de snijzaal. Rond de veertig, leek wel ouder... zo goed als kaal. Een nogal uitgezakt lijf. Dokter Hogendoorn dacht aan een acteur, maar niet aan een specifieke. Alleen op basis van schminkgebruik, waardoor op den duur de gezichtshuid aangetast raakt... voor het blote oog niet echt waarneembaar, wel voor de professionele blik van de patholoog-anatoom.'

'O, gelukkig... ik dacht even aan een andere patiënt van me... een midtwintiger, goeie kop met haar... ook niet teruggekomen voor therapie.'

'Was hij de patiënt met wie Pijkel na haar laatste sessie een eind opliep, zoals jij daarnet zei?'

'Eh... ja. Waarom?'

'Misschien heeft hij haar ervan weerhouden naar de revalidatiekliniek terug te keren. Ze waren allebei bij jou in therapie... hadden ze verder iets met elkaar te maken?'

'Als ik daarop inga, liggen de dossiers van *twee* problematische patiënten op straat.'

'Ik zeg niks.'

'Ik ook niet.'

'Vertel me dan tenminste hoe ze zo gehavend komt. Hoe zijn die verwondingen ontstaan?'

'Hou nu op, Zwanet... ik *ben* al te ver gegaan. Je mag best weten: alles in me schreeuwt om het je te vertellen... om het kwijt te zijn. De hele kwestie drukt zwaar op mijn gemoed. Maar als ik het allemaal naar buiten breng, kan ik mijn praktijk opdoeken... en bij De Heuvelrug mijn witte jas inleveren.'

‘Zoals ze nu is, zal Pijkel zeker geen klacht indienen bij de tuchtraad.’

‘Iemand namens haar misschien wel. Ze heeft wel degelijk familie... een tante of zo. En wat die andere patiënt betreft... die is zo onberekenbaar als de bliksem. Ik acht hem tot alles in staat. Zie je, ook nu laat ik alweer veel te veel los.’

‘Als je alles blijft opkroppen waar je zo vol van bent, Julius, heb je binnenkort zelf een psychiater nodig. Laten we hopen dat die het biechtgeheim wel in acht neemt.’

‘Je bent een vals loeder, Zwanet,’ zei Julius. ‘Dat neemt niet weg dat er een goede rechercheur in jou schuilt. In het zweetkamertje krijg jij het zwijgendste graf nog aan het praten.’

Tijdens de woordenwisseling hadden we niet goed opgelet. Of Pijkel de bestemming van haar jakkertocht bereikt had, weet ik niet, maar ze had zich in een hoek van de kamer op haar rug gewenteld, en maakte bewegingen, als een kat bijna, alsof ze de jeuk eruit wilde verdrijven. Kwijl liep van de onderlip over haar kin, tot in de hals. In de speaker was een zacht gehijg van welbehagen te horen, met korte ademstootjes.

Hoofdstuk II *Opengewerkte karakters*

1

In de botte visie van Hans Krop waren twee vrouwen 'te veel mekaars spiegelbeeld' om geliefden te kunnen zijn. Zoals we inmiddels zijn biologische karikatuur van de 'zuignappen' aan de werkelijkheid getoetst hadden, waren Corinne en ik niet te beroerd om te eniger tijd onze lijven spiegelbeeldig te vergelijken.

'Hoe je 't ook wendt of keert,' zei ik, 'hij inspireert ons, waar of niet? Hij nodigt op z'n minst uit tot falsifiëring van zijn theorieën... om het popperiaans uit te drukken.'

We stelden ons naakt naast elkaar voor de manshoge kastspiegel in de slaapkamer op. Ik was net iets kleiner dan mijn hoogbenige minnares, maar dat had de stemvorkligging niet in het minst gehinderd. Bij mij viel het bovenlijf weer wat langer uit.

'Je rechterschouder hangt ietsje af,' zei Rinne. 'Alsof je in een vorig leven een klerk met een zware aktetas was.'

'In de tijd dat ik met mijn vader op karwei ging,' zei ik, 'stond ik er altijd op zijn gereedschapstas te dragen.'

'Dat geknakte schoudertje wijst dus eigenlijk vooruit naar de vondst van die verwarde vrouw in de Retiefstraat.'

'Als je het zo wilt zien.'

We lieten onze borsten schommelen, en kibbelden erover bij wie ze het verst uitsloegen, met andere woorden: wie van ons tweeën droeg de duidelijkste tekenen van veroudering. We kwamen niet tot een slotsom. Dit onderdeel van de vergelijkende studie maakte ons onbedoeld neerslachtig.

'We zijn allebei moeder geworden,' zei Corinne. 'Dat wapenfeit maak je niet onzichtbaar.'

Onze tepels konden niet verschillender zijn. Die van Rinne waren donkerbruin, en verdiepten hun kleur nog als ze krompen bij aanraking – wat ze deden toen ik achter haar ging staan en er zacht met mijn duimen over wreef, licht krabbend met de nagels.

'Ik voel gewoon hoe ze samentrekken,' zei ze. 'Net of er een rijgdraad doorheen zit die wordt aangehaald.'

Mijn eigen tepels waren week en roze, en moeilijk tot verharding te bewegen, waarna ze algauw weer in hun kleine poel wegzakten, omgeven door huidblaasjes die de luchtbellen rond het zinken leken te verbeelden. Corinne zoog er graag aan, ook omdat ze het zo'n uitdaging vond ze met haar lippen naar buiten te lokken.

'In hun reactie lijken ze op je clitoris,' zei ze, 'of misschien doen ze alleen maar hun best er duplicaten van te zijn. Ze gedragen zich in ieder geval net zo schuchter.'

'We verven geen van beiden ons haar,' zei ik. 'Toch is er een duidelijk verschil tussen de kleur van hoofd- en schaamhaar. Bij jou is de venusheuvel lichter, bij mij juist donkerder.'

'Ik zweet sterker dan jij,' zei Rinne. 'Misschien bijt dat daarboven... daardoor eerder uit. Hoe dat bij jou zit... weet je zeker dat je niet toch af en toe waterstofperoxide gebruikt? Bovenop, bedoel ik... en dan wat van het spul morst.'

Ik liet haar de plekken op mijn kruin zien waar het oorspronkelijke blond bijna onmerkbaar in matgrijs overging. De stevigheid van mijn lokken was niet verdwenen. Ze greep er met volle handen in, roepend: 'De jeugd zit 'm in de wortels.'

Om me schadeloos te stellen liet ze me zien waar, net onder de haargrens op haar voorhoofd, bij haar de zilveren draadjes begonnen te tieren. 'De langere, die helemaal over mijn hoofd lopen... die ruk ik zonder pardon uit. Ik weet niet of ze weer aangroeien. Straks moet ik nog een muts op omdat m'n kale scalp overal doorheen schijnt. Bah, ik word onsmakelijk oud.'

Om de vergelijkende studie een vervolg te geven gingen we

op bed liggen. Het was ons natuurlijk al eerder opgevallen, maar nu namen we er de tijd voor: onze zo verschillend gebouwde vulva's.

'Eerst vrijen,' zei ik, 'om het lijf uit de plooi te krijgen.'

We speelden het spel van onhandige pubers op een pyjamaparty, rollend en graaiend en happend. Uiteindelijk wierp ik haar achterover in de kussens. Ik dwong haar benen uit elkaar, en drukte met mijn duimen haar schaamlippen open. In overprikkelde staat had haar kittelaar de vorm van een miniatuurfallus, die heerszuchtig uit z'n omkapseling tevoorschijn trad, maar er toch, op de wonderbaarlijke wijze van een slak, aan vast bleef zitten.

'Wat zie je?' vroeg ze dwingend vanuit de kussens.

'Ik kan je de handspiegel geven…'

'Nee… ik wil weten wat *jij* ziet.'

'Een kleine heilige in haar schrijn.'

'Details graag.'

'Goed, even heel klinisch dan: mooi doorbloed opgericht, met een glanzende mantel om zich heen… als gesneden uit een rode variant van jade.'

'Vind je d'r mooi?'

'Ik zou er voor de rest van mijn dagen zo geknield tussen je benen naar kunnen blijven kijken… liefdesgebeden prevelend.'

'Leugenaar.'

'Als het om een lofzang gaat, zijn leugens toegestaan. Bleekgezicht spreken met gespleten tong… en neemt het heiligste der heiligen in de tang.'

Ik bracht haar blijkbaar op een idee, want ze legde beide handen op haar dijen, en liet ze strelend naar elkaar toe glijden. Ze legde haar wijsvingers ter weerszijden van de gezwollen clitoris, schoof ze naar elkaar toe, en begon zich met tegengestelde haaltjes te bevredigen.

Het had iets industrieels, twee averechts bewegende zuigers in een ingewikkeld mechaniek. De ritmisch strelende vingers brachten de kleine heilige in haar schrijn aan het dansen, als een kleine marionet buigend van links naar rechts... van rechts naar links... van voor naar achter... waarbij ze zich leek te willen ontdoen van haar ommanteling.

'Het doet bijna pijn als-ie zo strak staat... misschien moet je me wat spuug geven.'

Ik was haar dienaar. Na haar *exultate jubilate* voelde Corinne zich, zoals ze zei, 'uit elkaar geplozen'. Met voorzichtige vingertoppen probeerde ze al knedend en boetserend haar plooien weer een beetje in het gareel te krijgen. Ze zei: 'Ik voel me net een jongetje dat voor het eerst zijn voorhuid heeft opgestroopt... uit nieuwsgierigheid... en het velletje dan niet meer op z'n plaats krijgt. Mammie moet eraan te pas komen met een drupje badolie...'

'*Zoek de verschillen*... zo stond het vroeger in mijn Vakantieboek,' zei ik.

Ze verlegde de aandacht nu naar mij, en ik vroeg haar op mijn beurt: 'Wat zie je?'

'Een schrikachtig wezentje... het heeft de neiging zich bij de geringste aanraking in z'n beschermende capuchon terug te trekken. Hoe ik ook lik, het blijft even bleekroze... net als je lieve speentjes. Wonderlijk hoe een lichaam een eenheid kan vormen. O, maar mijn tong weet de kleine, schuchtere dame toch wel te vinden. Ik zal haar tot genade en overgave dwingen.'

2

Corinne vond het altijd, zoals ze het op haar eigenzinnige manier uitdrukte, 'eeuwig doodzonde' dat ik de verhalen van *De stad en de holen* niet opschreef, alleen bedacht, een enkele keer tastenderwijs hardop. Goed, Rinse Rinni, jij je zin... nu ik het verhaal van onze liefde ga vertellen, zal ik het op papier doen. Ik heb even overwogen om voor zo lang als het duurt jouw linkshandigheid te adopteren, om jouw linkerhand te eren, die ons allebei zoveel genot bezorgd heeft, maar ik zie ervan af: schrijven is met rechts al moeilijk genoeg. En trouwens, voor jou voelde links schrijven net zo vertrouwd als voor mij rechts, dus ik hoef helemaal niets te forceren. (Met praten en schrijven over jou in de verleden tijd moet ik trouwens oppassen, want jouw status van verdwenene is toch een andere dan die van een gestorvene. Het is als in dat gedicht van Mary Frye: '*Do not stand at my grave and weep,/ I am not there, I do not sleep.*')

Bij *De stad en de holen* kon ik mijn vaders stem imiteren, maar nu moet ik mijn eigen toon zien te vinden voor alles wat tussen jou en mij geweest is, ook de kleinste dingen. (Het knopje aan een jarretelelastiek, en hoe dat door de wittige stof van een kous heen gedrukt wordt om aan de buitenkant gevangen te worden in het oog van chroom. Het lijkt op een vliegenoog. Ik mag niets overslaan.) Hoe het verhaal van een bijzondere liefdesverbintenis tussen twee meisjes weer te geven? Ik schrijf opzettelijk 'meisjes', want het ging om een ontwikkeling van vrouw naar meisje: we gingen samen terug naar *af* om de liefde opnieuw uit te vinden, en zo eerdere amoureuze ontdekkingen teniet te doen. Een maagdenreis naar het onbetreden voorland, waar alles nog nieuw en onbezoedeld was: maanstof voordat de adelaar er met zijn klauwen in landt en met de reusachtige spanwijdte van zijn vleugels alles aanveegt behalve zijn eigen pootafdrukken.

Hoe mijn relaas te doen? Bij welke literatuur of schrijver te rade gaan om het bijna onzegbare te verwoorden? De term 'braakliggend terrein' stuit me trouwens tegen de borst, vanwege de ruwheid van dat 'braakliggend', daar begint het al mee.

The love that dare not speak its name... die grens zijn we nu wel over, ook wat de vrouwenliefde betreft, maar wie heeft die liefde ook echt tot in het *hart* van de zaak bezongen? Ik heb met alle respect in de Nederlandse vertelkunst bitter weinig aanknopingspunten gevonden. Al helemaal niet in een korte roman die met z'n titel alvast het hele thema prijsgeeft, *Twee vrouwen*, maar het op het gebied van de Handelingen der Liefdesapostelen schromelijk laat afweten. Toen het boek midden jaren zeventig verscheen, werd er door mijn studiegenoten driftig in gebladerd, op zoek naar de ontraadseling van het geheim. (In Dublin en Londen bracht Brendan Behan dagen in de universiteitsbibliotheken door om op het spoor te komen van *wat* Oscar Wilde en Bosie nou precies in die hotelkamer gedaan hadden. Voor de rechtbank had een kamerbediende met bevlekte lakens staan zwaaien, ja, maar veel verder dan dat vlagvertoon kwam Behan niet.) Het zandkleurige omslag dook in telkens andere handen, steeds beduimelder rakend, op tijdens college en in het lokaal voor de werkgroepen. Er werd lacherig over gediscussieerd, meer door de meisjes dan door de jongens. Ik vond het een mooi voorbeeld van een eigentijdse tragedie in proza, naar Attisch model, maar de lezing liet me onbevredigd.

Een al niet meer zo jonge vrouw ontmoet een meisje in de stad, ze lopen een eindje met elkaar op, en dan stelt de oudste van de twee voor bij haar thuis iets te gaan drinken. Blijkens de context gaan ze, nadat er eerst nog een plaat van Peggy Lee is opgezet, met elkaar naar bed, maar over het 'hoe' komt de lezer niets te weten.

'Wij maakten ons los van de kamer en van de dag en kapselden ons in en rolden als een amoebe door de eindeloze zee. Ik bewaar er geen herinnering aan, het ligt daarginds in mijn leven, in februari, een half jaar terug – een blinde vlek, de plaats waardoor de zenuwen het oog verlaten.

Daarna bleven wij nog een tijdje liggen.'

En ondertussen, zo stel ik me voor, zingt Peggy Lee: '*Is that all there is, my friend?*'

Het meisje, een kapster, doet vervolgens het haar van de al niet meer zo jonge vrouw, die vraagt: 'Kom je bij me wonen, Sylvia?'

'Als je dat wilt.'

De scène gold onder mijn studiegenoten algauw als 'de snelste versiertruc uit de Nederlandse literatuur', en die status werd nog eens bevestigd door de verfilming van de roman een paar jaar later. De scenarist moet wel een groot ontzag hebben gehad voor het origineel, want een professionele scriptschrijver zou de verleidingsscène wat meer hebben gerekt, al was het maar om die geloofwaardiger te maken. Ik zag de film in 1979 in Tuschinski. De bioscoopzaal zat voor driekwart vol met 'gedomesticeerde feministes', zoals Corinne ze twintig jaar later genoemd zou hebben. Toen de versierpoging zich, als het ware struikelend over eigen voeten, in ijltempo ontwikkelde, barstte het publiek in luid gelach uit. Met de film kwam het niet meer goed.

De auteur stond erom bekend dat hij wat de verleidingskunst betreft er geen gras over liet groeien, dat zou iets kunnen verklaren, maar ik was toch benieuwd wat hij van de kritiek vond. Een interviewer confronteerde hem met het bezwaar dat *Twee vrouwen* zo duidelijk door een man geschreven was: 'Lesbiennes zouden elkaar niet zo van straat oppikken en dan direct met elkaar naar bed gaan.'

Antwoord: 'Ik kende de bedrijfsleider van het COC. Toen ik me beklaagde dat het herentoilet smerig was, zei hij: moet je het damestoilet zien, daar breekt regelmatig de pot door die meiden die elkaar aanranden. Ziedaar mijn deskundige bron.'

Ik wist genoeg: zo verrichtte de grote auteur dus zijn veldwerk. Voordat ik mijn eigen geschiedenis ging opschrijven, heb ik de cruciale scène uit *Twee vrouwen* er nog eens op nageslagen. Nee, ik had destijds geen illusoir waas over het hoofd gezien, er was geen vergissing mogelijk. Net als je denkt: nou gebeurt het, eindelijk wordt de heerschappij van de masculiene Nederlandse literatuur ontwijd door een in vrouwelijke sappen gedrenkte liefdesscène, moet je het als lezer doen met: 'Ik bewaar er geen herinnering aan, het ligt daarginds in mijn leven...'

Ik wou dat *ik* er geen herinnering aan had, aan die eerste keer, dat zou me een heleboel pijn besparen. Het ligt niet achter me, maar diep in me, als het bij het dichtnaaien van de buik achtergelaten scalpel, bij de geringste beweging voelbaar.

Ik vroeg Albert om titels. Hij wees me op de slotsequentie van *Ulysses*, de alleenspraak van Molly Bloom, waaruit blijkt dat er onder het masturberen heel wat kan omgaan in het hoofd van een vrouw – dat was tenminste iets. Sinds ik een foto had gezien van Marilyn Monroe met een opengeslagen exemplaar van *Ulysses* op schoot, wilde ik het boek al lezen, maar het was er nooit van gekomen. Het had misschien te maken met het ontluisterende verslag dat de korpschef van de LAPD uitbracht over zijn confrontatie met het dode lichaam van Marilyn Monroe in het mortuarium – zelfs geen *candle in the wind* meer.

3

Nu ik *Twee vrouwen* na al die jaren, ruim vier decennia inmiddels, herlezen had, vroeg ik er langs mijn neus weg Albert naar, een grotere bewonderaar van de auteur dan ik. Hij herlas zelf zelden een boek, maar bleek met zijn obsceen precieze geheugen het verhaal nog tot in detail paraat te hebben. (Albert keek met de ogen van een vlieg, dat was me inmiddels wel bekend, en niet alleen wanneer zich een sleutelgat aandiende... maar als de vlieg het vermogen bezit om alle facetten van zijn observatie in de herinnering op te slaan, dan heeft Albert ook het *geheugen* van een vlieg. Het is ongelijk verdeeld in de wereld. In het land van de blinde vlekken is Albert koning. Toen ik hem dat compliment een keer maakte, keek hij bedenkelijk. 'Ik ben toch geen eenoog?' 'Wel als je door een sleutelgat loert.')

Ik zette mijn bezwaren tegen het boek voor hem uiteen. 'Het is te duidelijk geschreven door een man.'

'Dat heb ik vaker gehoord, maar... het *is* toch ook een man?'

'Als hij nou nog geprobeerd had zich in te leven in de vrouwelijke sexualiteit... en dan in het bijzonder die tussen twee vrouwen...'

'Nou, er staat een fraaie passage in over *squirting*... Sylvia en haar fonteintje.'

'Dat haal je de koekoek... het wordt beschreven aan de hand van een schilderij. Qua erotiek is dat de dood in de pot.'

'Als je kritiek op een schrijver hebt, kun je beter niet met middelmatige woordspelingen strooien. Het blijft een man... over vrouwen kan hij niet anders dan suggestief schrijven.'

'Als jij zo terughoudend was in je toneelwerk, dan zouden er weinig memorabele vrouwenrollen op de planken komen.'

'Critici hebben altijd meer op met mijn mannelijke helden. Zo is het nou eenmaal.'

'Ik leg me daar niet bij neer,' zei ik. 'Van een mannelijke schrijver verwacht ik zoveel verbeeldingskracht en inlevingsvermogen dat hij zich overtuigend in een vrouw verplaatst... en dan niet alleen wat haar hoge hakken betreft.'

'Geef eens een voorbeeld van een pennenvoerder die op dat punt wel je goedkeuring wegdraagt. Ik zou zo gauw geen voorbeeld weten... ja, ik kom zelf een heel eind, dat wel... maar ook niet verder dan een heel eind.'

'Je hebt me ooit *Ulysses* aangepraat. De monoloog van Molly Bloom op 't eind... zoiets had ik nog nooit gelezen. Ook niet van de hand van een vrouw... en al helemaal niet bij Virginia Woolf. Ik begon er telkens weer opnieuw in... net zo ademloos als de tekst zelf. Nergens gehinderd door leestekens... geen voetangels, kraaienpoten of tentharingen om over te struikelen. De interpunctie zit verborgen in de cadans van de tekst zelf. Leestekens zouden Molly alleen maar in de weg zitten bij het uitstorten van haar masturbatievisioenen... en de bijbehorende woordstromen.'

'Misschien ben ik dan weer te veel man,' zei Albert, 'om zo'n door en door vrouwelijke alleenspraak te kunnen waarderen.'

'Welnee, je bent er *bang* voor, Egberts. Ik herinner me dat je lang geleden een pleidooi hield voor *opengewerkte karakters* in de literatuur... je noemde toen Molly als voorbeeld, ik weet het zeker. Je zag de doorzichtige personages als *de* manier om de wand tussen het ene en het andere bewustzijn te slechten... ik hoor nog precies de woorden die je gebruikte. Je had het over een *scream of consciousness*... geen gezucht dus... maar een klaroenstoot om de muren van Jericho te verbrijzelen.'

'Je gaat je gang maar. Ik ben sindsdien stiller gaan leven.'

'De monoloog van Molly leverde James Joyce een groots compliment op van Jung, die hem zoiets schreef als: "Hoe je 't 'm flikt, beste Joyce, geen idee... zoals jij weet door te dringen tot in het diepst van een vrouwenziel." Ja, daar kon de beroemde psychoanalyticus een puntje aan zuigen. Ik denk dat Mulisch met zo'n compliment van Jung wel had kunnen leven... maar dan moet je de lesbische erotiek *meer* gunnen dan een grammofoonplaat van Peggy Lee.'

'Ik geef toe, ik was ook jaloers op Joyce,' zei Albert, 'toen ik in '69 *Ulysses* voor het eerst in vertaling las. Ik heb zelf nooit een vergelijkbaar opengewerkt karakter als Molly weten neer te zetten. Ik erken mijn verlies, maar dan moet jij eerst maar eens... na het portret van Corinne Suwijn en jullie krankjorume liefde... een overtuigend mannelijk personage op papier zetten. En dan ook niet aan de buitenkant blijven, met neerbuigend gegrap over hoe hij zijn bretels draagt en zo... want dat kennen we nou onderhand wel.'

'Ik neem de handschoen op,' zei ik, 'maar dan moet je niet gaan zeuren als je vindt dat ik je te herkenbaar heb uitgebeeld. Je hebt zelf vaak genoeg gezegd: mensen klagen altijd dat ze te herkenbaar in mijn stukken voorkomen... en als je dan doorvraagt, bedoelen ze eigenlijk dat ze *niet herkenbaar genoeg* zijn getekend... of met hun minst fotogenieke gezichtshelft naar de toeschouwer gekeerd staan. Dat wil ik dan niet horen, begrepen?'

'Als *jij* in mijn huid en brein kruipt, Zwan, vraag ik me af of er überhaupt voor mij nog iets te herkennen overblijft. Het gaat erom dat je overtuigend een manspersoon voor de lezer neerzet... ook voor mij.'

'Eerst Corinne... dan kom ik vanzelf wel bij jou uit. Als ik mijn ogen dichtdoe, zie ik je voor me, met blauwe lippen...'

'Zieltogend.'

'Nee, van het kersen eten.'

4

Albert gaf me opnieuw Genet te lezen.

'Ik zocht naar boeken over vrouwenliefde,' zei ik.

'Natuurlijk, hij schrijft lyrisch over zijn homosexuele liefdes,' zei Albert, 'maar op een manier waar je misschien iets aan hebt. Hij is een nogal radicale moralist. Hij exploiteert de poëzie van de misdadiger... niet zozeer die van het vulgaire diefje dat hij zelf was, maar van de terdoodveroordeelde.'

Ik las *Wonder van de roos.* Aan het slot van het boek dringt de verteller door in het surreëel sterk uitvergrote lichaam van een terdoodveroordeelde, vlak voor de executie. Genet doet verslag van zijn reis door het lichaam, in gezelschap van een priester en de gevangenisdirecteur. Ze zijn op weg naar het hart. Een jonge tambour-maître verzorgt de hartslag door de trom te roeren. De lezer wordt een blik gegund in de donkerrode roos die zich in het hart van de misdadiger opent.

Zo moet ik misschien door het lichaam van Corinne reizen, en daar luiken en bloemen openen – het lieve lijf zoals ik het me herinner.

Ik weet niet of ik het kan, maar ik voel me gerechtigd de geschiedenis van onze liefdesoorlog op te schrijven als was het een heldendicht, compleet met morele werdegang – desnoods, als het me zo uitkomt, in de *taal* van de grote saga's. Dan weer zullen er pruilerige meisjesstemmen doorheen klinken, want ook die kunnen heroïsch zijn. Ik zal onze tamelijk sobere slaapkamer herscheppen tot een paleiszaal van Versailles, vanwege de uitzonderlijke dingen die er gebeurden, waarvan de details met plafondengeltjes en goudverf worden weergegeven. In plaats van nou eindelijk eens een begin te maken had ik daarnet weer een van die spookgesprekken met de Rinse Rinsi van toen. Ik was nog altijd wanhopig bezig haar toestemming af te dwingen, alsof ik haar met gekraste of gehamerde woorden zou kunnen beschadigen.

'Je gaat je gang maar,' hoorde ik Corinne al zeggen. 'Je doet maar wat je niet laten kunt.'

'Dat zijn twee heel verschillende uitspraken, Rinni,' kwam ik dan. 'De eerste klinkt als een beetje onwillige toestemming. De tweede is fatalistischer, alsof toestemming geen enkele zin heeft, aangezien ik me onder geen beding zal laten weerhouden.'

En zij weer: 'De tijdgeest is je in ieder geval gunstig gezind. Een vrouw schrijvend over vrouwen... recht vanuit haar ziel. Hype verzekerd.'

'Ik doe het, hoor.' Ik liet een leeg vel wapperen boven de wagen van Alberts oude Remington.

'Voorlopig, Zwanet, heb ik meer vertrouwen in dit schone, onbeschreven onderlaken... dan in jouw smetteloze vel papier. Waarom kom je niet bij me om ons verhaal rechtstreeks op het linnen uit te smeren?'

'Straks,' zei ik. 'Alles onder het tikken nog eens beleven... als het me opwindt, *kruip* ik naar je toe... om het geschrevene opnieuw in praktijk te brengen.'

'Omwegen van de liefde,' zei Corinne. 'Waar wil je naartoe?'

5

De ouderdom is, behalve voor de gebenedijden die jong sterven, een onvrijwillige menselijke verworvenheid, die bij vrijwel iedereen in een kwalijke reuk staat, bij uitstek voor wie hij al een beetje begint te rieken. De enigen die hem nog enigszins verdedigen, zijn de onherroepelijk bejaarden zelf, maar die meegaandheid wordt ruimschoots gecompenseerd door een onstuitbare stroom van klachten. Het gejammer wordt op middelbare leeftijd al hoorbaar. Corinne had in '97, met vijfenveertig, nog een mooi, strak lijf, om jaloers op te worden, en toch kon ze niet verkroppen dat haar borsten wat waren gaan 'zwabberen' (*haar* woorden, hou me ten goede) – wat me eigenlijk vooral opviel wanneer ze in stemvorkhouding op haar zij lag.

'De vloek van het moederschap,' stelde ze vast.

Die van mij staken ook niet meer zo pront de wereld in. Ik ging op mijn knieën voor haar zitten, en tilde ze op in de kom van mijn handen. Ik zei: 'Er staat iets tegenover… hun stevigheid is geïnvesteerd in de gezondheid van de koter.'

'Als ik achteraf nog eens mocht kiezen… nee, dan zou ik het waarschijnlijk niet hebben laten gebeuren, die roofbouw. Niet dat ik spijt heb van Rita… nu ze er eenmaal is, bedoel ik.'

'Je rouwt om je boezem. Als ik foto's van Rita zie… wat zal ik zeggen? Ze houdt de architectuur van haar moeder in ere.'

'Het spijt me voor mijn dochter, maar heel af en toe… als ik een tikje bitter ben… voelt het toch als diefstal. Vooral omdat ze zo lijkt op het uitgevlogen meiske dat ik was. Heb jij dat niet bij Cynthia? Je kunt bij haar precies zien wat voor heerlijk harde tietjes ze straks krijgt.'

'Hoe zou ik zo'n schat die nog elke dag mijn leven verrijkt van diefstal kunnen betichten?'

'Ik vind je mooi… ik hou van elke vierkante centimeter van je… soms zijn dat kubieke centimeters… ik beschouw elke porie van jou als een duinpan waarin ik zou willen wonen… maar jij lijkt me ook niet altijd even tevreden met je eigen lijf, Zwannie.'

'Bij mij zijn het de billen die wat dreinerig en hangerig zijn,' zei ik. 'Ze rusten nu op mijn hielen, maar als ik gewoon op een stoel of bank ga zitten, voel ik hoe zwaar ze aan het worden zijn. Ze trekken me naar beneden... naar de aarde toe, en dat kan nooit de bedoeling zijn. Het is alsof ik het me niet langer kan permitteren geen rust in mijn kont te hebben.'

Corinne pakte me onverhoeds beet en dwong me om me om te draaien. 'Je hebt geen ogen in je rug, anders zou je zien hoe mooi ze zich oprichten... met aan weerszijden een kuil zo groot als mijn vuist. Ik had de deuken er graag eigenhandig ingeslagen.' Ze kneedde mijn billen, en liet het vlees geweldig schudden en trillen. 'Moet je zien, die magnifieke vering... wat zullen de mannen een plezier aan je gehad hebben.'

'Behalve nu op jouw hoge bevel hield ik er nooit van om voor ze op mijn buik te gaan liggen. Ik was altijd beducht dat de gigant achter me de nauwere ingang zou nemen zonder, nou ja, mij eerst te raadplegen... ik moest hem in de ogen kunnen blijven kijken. Zoals mijn moeder vroeger wel eens tegen me zei: "Ik vertrouw je zolang ik je zie." Ik heb de vering voor jou bewaard... voor als we de stemvorken kruisen.'

'Vind je het niet ongemakkelijk, Zwan, om zo over de mannen in ons leven te praten?'

'Daar komt nog bij... minstens eentje hebben we allebei gekend.'

'Ja, en we zijn nog niet van 'm af.'

'Breek me de bek niet open.'

'Ik verzegel jouw lippen.'

Misschien was Albert op het idee gebracht door de *Fenomenale Feminatheek* van Louis Paul Boon: een verzameling van diens favoriete pin-ups, niet per se van de wettelijk toegestane leeftijd. In Alberts encyclopedie, *Cuntstruck*, geen illustraties, op een paar handgetekende toelichtingen na, maar vooral beschrijvingen van het vrouwelijke landschap. Een van zijn metaforen was een kerk beneden in het dal, met uitzicht op het oude Assisi van de heilige Franciscus. De basiliek was, met al haar bogen en pilaren en torens en koepels, over een antieke kapel, eerder een crypte, heen gebouwd. Albert had me zijn waanzinnige encyclopedie nooit laten lezen, maar ik wist haar (*haar*) toch wel te vinden, en bladerde er soms wat in. Het kon geen kwaad voor een echtgenote om haar man via zijn handgeschreven hartsgeheimen te leren kennen – alles beter dan door een schoenendoos vol pornoblaadjes onder zijn bed. Misschien had hij wel de billen van zijn 'levenslange jeugdvriendin' in gedachten gehad toen hij de kerkkoepels omschreef als 'wachters bij de verborgen crypte'. Albert kon in zijn ongepubliceerde werk bloemrijker en lyrischer uit de hoek komen dan in het gedrukte. Wie had ook weer gezegd dat elke schrijver er zoiets als een 'schaduwoeuvre' op na hield? De waarheid bloeide blijkbaar minder uitbundig in het volle zonlicht.

'Nu jij op je buik, Rinsi... vooruit, kont omhoog.'

'Geen lol aan te beleven... een en al sinaasappelhuid.' Uiteindelijk draaide ze zich toch om, onwillig, alsof het de eerste keer was en ze zich geneerde voor mijn keurende blik. Ik ging op mijn zij naast haar liggen, en bewonderde de gladde strakheid van het billenpaar. Ze leken wel gepolijst, door de Engel Schrijnwerker van dienst, al wachtte ik me er wel voor om me meteen gewonnen te geven.

'Hm, in ruststand valt het wel mee met de bobbelige schil,' zei ik zuinig. Ik liet mijn handpalm zacht over haar achterwerk glijden om het reliëf te vangen. 'Alles wat ik voel, is het kippenvel dat je nu krijgt. Rechtopstaande donssprietjes... geen putjes. Zo'n pokkeninenting betaalt zich dubbel uit.'

'Pestkop.'

'Nee, liggen blijven.' Mijn strelende bewegingen, bijna zonder directe aanraking, maakten dat haar billen zich nog dichter tegen elkaar aan persten, en bijna hard als hout werden: ik kreeg nog net niet de aanvechting er met mijn knokkels op te kloppen. 'O, Rinsi, nu niet meer bewegen... dit is het wonder waarvoor ik mijn leven geef.'

Hoe krachtig ze haar dijen ook tegen elkaar drukte, haar bilspieren samenkneep, er bleef, op de kruising van bovenbenen en onderkant van het zitvlak, een miniem toefje van stug haar en gekarteld vlees zichtbaar. De achilleshiel van de vrouw, waarin haar hele weerloosheid zich blootgaf, ten gunste van de wonderschone aanblik. Ik kon er geen genoeg van krijgen ernaar te kijken... proberend het gesloten plekje met alleen mijn ogen te openen. Alles wat er gebeurde, en dat was het mysterie: een zware, glazige druppel die zich uit het verborgene omhoogwerkte, alle zwaartekracht trotserend... en opbolde boven de kleine paarsige kam... en zo puur het licht ving dat ik snel om me heen keek om de bron ervan vast te stellen. Alle lampen waren uit, en er brandde geen kaars. Ik moest wel concluderen dat de doorzichtige parel van zichzelf licht gaf, uit het diepst van de crypte naar boven gehaald.

'O, Rinni, wat lief... wat mooi... ik wil nooit meer een ander geschenk dan dit.'

Nu kwam het kritieke moment. Ook al wilde ik de aanblik van het zilverige speldenknopje, de goddelijke vonk, niet vernietigen, ik *moest* haar daar aanraken, daar viel niets aan te verhelpen. Gewelfde vlaktes van matte, droge huid rondom, de kamer bijna duister, en daar werd de top van mijn middelvinger onweerstaanbaar aangetrokken door die opgloeiende drop, die me toe priemde als een eenzame ster tussen de zandduinen van een woestijn.

Op mijn aanraking verspreidde zich een huivering over Rinsi's huid... eerst die van haar billen en bovenbenen, dan die van haar rug. Het leek alsof de rilling van wervel naar wervel sprong, zoals ze door haar verkramping uit de kolom omhoog waren gekomen... tot in haar nek, waarbij haar hoofd even opveerde. Ze bracht daarbij een korte kreet van spijt en gemiste kans voort, die stokte in haar keel. Ze dreinde een beetje na, als een onvoldaan kind.

'Ik weet dat ik je niet mag prikkelen zonder vervolg,' zei ik zacht, 'maar... ik kon er geen weerstand aan bieden... echt niet.'

'Het is een weeffout,' antwoordde ze met verstikte stem, haar gezicht in het beddengoed begraven. 'Het is de vlag die wij onze achtervolgers toekeren... en de nakijkers, als we geluk hebben.'

'Een flits van het onbereikbare geheel, ja.'

'Zo zijn we op de vlucht nog verleidsters... *hard to get*.'

'Hoe nu verder, Rinsi?'

'Boor maar wat dieper... verkracht me maar met die vinger... dan doe ik straks wel aangifte op het bureau.'

6

Een paar weken vakantie in de Dordogne of op Sicilië, dat was me altijd exotisch genoeg geweest. En dan als de wiedeweerga terug naar mijn geliefde Amsterdam. De stad bood mij als ongediertebestrijder haar 'holen', en die vormden op zich al een vreemde wereld naast (of onder) de vertrouwde. Elke dag een aflevering van *Maigret* in vervuilde achterkamertjes – veel meer ontluisterende verhalen over dégénérées dan mijn gedroomde boekenreeks aankon.

Me verslingeren aan Corinne was als het betreden van onbekend terrein, zowel beschuttend paradijs als bedreigende rimboe. Als voor haar de lesbische wereld vertrouwd gebied was geweest, had ik me blind op haar kunnen verlaten, met het gidsen als extra erotische attractie, maar zij stond nog onzekerder in het nieuwe landschap dan ik. Eigenlijk was aan onze rilleRigheid van die eerste keer geen eind gekomen. Ons aan elkaar vastklampen hielp niet: het leek wel alsof het gebeef daardoor van het ene lichaam in het andere overging, als bij een gesloten elektrisch circuit.

'En nu?' vroeg Corinne me de eerstvolgende zondag dat we elkaar zagen met een bibberig stemmetje. Om aan Albert te ontkomen hadden we ons heimelijk en snel op elkaar gestort, maar we wisten dat hij zich later die middag bij ons zou voegen om zijn plaats op te eisen – niet opdringerig of heerszuchtig, maar (misschien erger nog) heel vanzelfsprekend. Zijn gedrag toonde aan dat hij Corinne en mij met voorbedachten rade bij elkaar had gebracht: een samenvoeging van ooit angstvallig gescheiden gehouden lichamen ter uitbreiding van zijn erotische universum – fatsoenlijker kan ik het echt niet formuleren zonder termen te gebruiken als 'geilig monster' en 'gluurder met paringsbevoegdheid', wat niet aardig is.

'Als dit... wat wij nu samen hebben... ons menens is,' zei ik, 'moet de vraag luiden: hoe ontdoen we ons van de heer des huizes?'

'Ik neem aan,' zei Corinne, 'dat dit geen voorstel tot een crime passionnel is. Ik moet me thuis al tot het uiterste inspannen om mezelf van zo'n wanhoopsdaad te weerhouden.'

Ze wond ter hoogte van haar slaap een haarlok rond haar vinger, net zo lang tot er zoiets als een krul ontstond die op eigen kracht verend omhoogschoot. Het betekende, zo goed kende ik haar al wel, dat ze op nerveuze snelheid nadacht. 'Ik neem aan dat je hem niet kwijt wilt,' zei ze ten slotte.

'Alleen uit deze kamer.'

'Je wilt niet van hem af in de zin van... een scheiding?'

'Ik heb het overwogen, maar de toenmalige reden ligt hier nu naast me, dus die geldt niet meer. De euveldader heeft me zelf het motief om hem aan te pakken uit handen geslagen. Zo kwijnt mijn daadkracht weg. Treurige boel.'

We lachten, en kropen onder het laken dichter naar elkaar toe. Voorverwarmd naakt. Het wonder van fluweelzachte huid, die desondanks bij het over elkaar heen schuiven van ledematen een licht schuierend geluid bleef voortbrengen. Schuurpapier type 1.3. NU NOG MINDER SCHILFERS.

Ik zei: 'Onze maatschappij sopt van gedoogbeleid, niet alleen aan de achterdeur van de wietwinkel. Op die zondag na de wandeling hebben wij Albert *gedoogd*... en dat hield de belofte in van vaker en meer, ook al gedroeg hij zich nogal passief.'

'Misschien uit hoofse hoffelijkheid,' zei Corinne met een gemeen lachje. 'Hij wilde onze nadere kennismaking niet verstoren. Hij moet gedacht hebben: laat die twee eerst maar een beetje op elkaar ingewerkt raken, dan zien we verder.'

'Stil... ik hoor iets.'

We hielden allebei de adem in. Geluiden in huis wist ik altijd meteen te herleiden tot Albert of een van de kinderen, anders moest het een insluiper zijn. Wat we nu hoorden, was het bonzende, schoppende traploopje van Thjum, begeleid door een hijgerig grinnikje. Het ging niet verder dan de eerste verdieping, waar een deur werd opengegooid.

'Wat wij nu doormaken, Corinne, daar valt Albert niet zomaar uit weg te denken. Je vertikt het om mij te vertellen hoe diep jullie verhouding nog ging, na al die jaren, maar... het valt niet te ontkennen dat er... ik zal me heel zedig uitdrukken... zoiets als een *overlapping* in de betrekkingen was.'

'Wat er nu gaande is tussen ons,' zei ze, 'is zo krankzinnig... te gek voor woorden. Het maakt me bang, eerder nog voor mezelf dan voor jou. Nee, ik vrees de onberekenbare liefde *zelf*, daar heb je het.'

'Zo ervaar ik het ook,' zei ik. 'Een waanzinnige bevlieging die me alle kleuren van de regenboog... enfin, die me angst aanjaagt. Misschien hebben we Albert juist wel heel hard nodig hier... niet vanwege ons gedoogbeleid, maar om onze amour fou... nee, ik durf zulke geitenwollensokkentaal niet te gebruiken.'

'Laat mij proberen,' zei Corinne. 'Om met behulp van Albert onze bevlieging gecontroleerd te laten uitwoeden.'

'Niet in zulke brandweertermen, maar zo ongeveer had ik het in gedachten, ja. Het kan zo niet doorgaan. We hebben hulp nodig... liefst van een nabij iemand.'

Als we niet oppasten, gingen we Albert nog de hemel in prijzen als de aardse schutspatroon van het brandweerkorps, die als geen ander het bos onder zijn regie kon laten affakkelen en bijkluste met het bedwingen van sluipende veenbranden. Ach, onze trouwhartige, onhandige Albert... het was toch niet voor niets dat we het allebei zo lang met hem hadden uitgehouden. Misschien was dit wel onze bestemming: hem te flankeren... dicht bij elkaar te zijn *via* hem. Het scheelde niet veel of we hadden allebei de tranen in de ogen staan. Ja, we waren het helemaal eens: Albert was, juist als aanstichter, de aangewezen persoon om ons van deze hartverlammende, schedelsplijtende coup de foudre te genezen. Onder zijn hoede waren we tot elkaar gekomen, en onder zijn beschermend optreden zouden we, hoe smartelijk ook, weer afscheid nemen.

'Hoe laat zou hij komen?' vroeg ze bedroefd.

'Halverwege de middag,' zei ik. 'Het is nu halfvier. Het herdersuur nadert. De kudde heeft zich neergelegd, samen met de hond.'

'De schapen krijgen toch altijd door de herder een schepje aarde toegeworpen als ze afdwalen,' zei Corinne. 'Ik voel het in mijn vacht. Als het droog zand wordt, stuift het onder de wol weg... Waar blijft Albert? Ik wil van deze ziekmakende verliefdheid af. Vroeger, als ik wel eens een wollen trui paste in onze Mierlose kledingwinkel, dan meende ik het zand langs mijn rug te voelen kriebelen.'

7

Als mijn relaas een landschap of decor heeft, dan het totaal aan glooiingen, verheffingen en ravijnen van het vrouwenlichaam. Ik ga telkens op dezelfde reis, langs een steeds iets andere route. (Mijn ex had het na afloop van weer een dipsomane periode over zijn 'zijderoute', die langs verschillende oases of luchtspiegelingen in de stad liep. Ik heb later pas, toen ons huwelijk al reddeloos verloren was, begrepen dat hij het over het spoor van zijden slipjes had dat hij tijdens die weken op zijn wankelende queeste achterliet. Afstompende, onherinnerbare dronkenschap, maar er zat kennelijk wel een systeem in.)

Een landschap dat niet alleen stijgt en daalt, ook rijst en zwelt en z'n moerassige kanten toont, z'n schaduwen en grotten en geisers. Het is niet decoratief, maar vaak zo dichtbij dat het onherkenbaar wordt voor het verziende oog, dat dreigt in de spelonken en labyrinten te verdwalen. We ontdekten steeds nieuwe aspecten aan dat landschap, en zo werden we de geologen van alles wat door het aankoeken van moraal en traditie bedekt was geraakt. We schoven, minder hoekig weliswaar, als tektonische aardplaten over elkaar heen, en veranderden al schokkend en botsend het aanschijn van ons voorheen solide nest.

Voor iemand die beweerde nooit eerder gevoelens voor vrouwen te hebben ontwikkeld, drong Corinne er bij mij opvallend vaak op aan om naar zulke ervaringen in het verleden te wroeten.

'Zoals ik je vertelde, Rinsi... ik dweepte een tijdlang met een knap, slim meisje uit mijn klas, maar dat had niets openlijk erotisch. Het hield op toen de verdachtmakingen begonnen.'

'Details graag,' zei Corinne.

'Ik wil niet veel zeggen, Rinnerl, maar het begint me op te vallen dat je bij zulke ontboezemingen altijd het naadje van de kous wilt weten. Mijn besmette tengels inspecteren, en zelf schone handen houden, jawel. Ik begin er langzamerhand aan te twijfelen of jij niet net zo goed een strafblad van vrouwenzonden hebt.'

'Een compleet dossier, nou goed?'

'Stelt het je gerust als ik het boek met mijn lesbische avonturen voor je open? Zou dat ons meer voor elkaar bestemd maken? En als jij een onbeschreven blad bent op dat gebied, maakt mij dat dan tot de homosexuele verleidster van de onschuld zelve?'

‘Ik probeer je alleen een bekentenis te ontfutselen over Het Onaanzienlijke Meisje… ze schijnt je na al die jaren nog steeds te obsederen.’

‘Je probeert me te betrappen op ontrouw dertig jaar voordat we elkaar leerden kennen. Dat geeft te denken… niet in de laatste plaats over jouw vermogen tot minnenijd.’

‘Ik jaloers op jouw Joop ter Heulse schoolidylle? Hou op, zeg.’

‘Dan moet jouw interesse in De Onaanzienlijke voortkomen uit de erotische lading van mijn verhaal over haar. Betrapt.’

‘Vergeet niet, Zwanetti, dat het nou juist onze eerste ontmoeting was die… iets bij me losmaakte. Niet zo vreemd dat ik ook jouw *dirty mind* van voor die tijd wil leren kennen.’

‘Om jezelf ermee te prikkelen, ja. We hadden een afspraak, weet je nog? Geen andere vrouwen erbij.’

‘Ook niet als het om een zestienjarige van dertig jaar geleden gaat… een fletse schim uit een vaag geworden herinnering van jou? Dan ben je wel erg streng in de leer. En trouwens, wie broedt er al drie volle decennia op dat meisje? Jij… niet ik. Dus wie is hier de vreemdgangster? Jij, Zwanet. Ik hunker naar niet meer dan een vage echo van die kosmische gebeurtenis.’

Ze pakte haar lunchbordje van de vloer. ‘Kijk, met deze schotel vang ik het op… meer hoef ik niet. Wist je trouwens dat de enige radiosignalen die ooit uit de kosmos zijn opgevangen er exact tweeënzeventig waren? Je zou zeggen: een kreet van elke maagd uit het islamitische paradijs. Zet dat je niet aan het mijmeren, verdorven Zwaan?’

Van sommige mannen en vrouwen met een gevarieerd liefdesleven wordt wel gezegd dat ze ‘verliefd op de liefde’ zijn – altijd in vergoelijkende zin, terwijl ze toch door hun genegenheid te richten op een abstractie heel wat gegadigden ongelukkig gemaakt zullen hebben. In het geval van Corinne kan ik achteraf wel zeggen dat ik verliefd werd op *haar* verliefdheid… die mij betrof. Door de oprechtheid van haar gevoelens aan den lijve te ervaren durfde ik het pas echt zelf: verliefd worden... op haar. (Al het voorafgaande was dwaze bevlieging.) Ik liet het bij mezelf toe, en dat was nog een hele opgave, want ik had nooit willen aanvaarden dat iemand hopeloos verslingerd aan me kon raken – zelfs niet van Ernst en Albert, die zich toch allebei, aanvankelijk gelijktijdig, tot het uiterste hadden uitgesloofd om me te veroveren.

'Jij bent mijn... mijn iedereen,' zei Corinne op een keer, en ik kon met elk kuikenhaartje op mijn huid voelen dat ze het meende. Ik merkte opeens dat ik haar liefde *waard* was, en zij de mijne. Voor het eerst in mijn leven beminde ik iemand, als gevolg van die wederzijdse opwaardering, op een hondsbrutale manier. Het was ruilhandel van het hart, dat was het.

8

Als ik mijn Rinse Rinni liefkoosde, op wat voor wijze dan ook, *wat* beminde ik dan eigenlijk? Een lijf geboren uit en gevormd door de mal van het toeval... een lichaam waarmee de evolutie onbegrijpelijke afslagen had genomen, zich daarbij in de wonderlijkste bochten wringend. Het woord contingentie hoorde ik voor het eerst vallen in een filosofiewerkgroep, toen *La Nausée* van Sartre behandeld werd. Het beeld van een ongewiede stad, overwoekerd en uitgewist door vegetatie: contingentie. Sindsdien kan ik de term niet meer horen, of zelfs maar *denken*, zonder een huivering langs mijn ruggengraat te voelen kruipen. Het is waarachtig kippenvel... elk pukkeltje op de huid staat voor een uitgerukte veer, zo beangstigt me de willekeur van het toeval. Scherpe pennen die me pas pijnlijk doorzeven als ze uit mijn vlees getrokken worden.

Wij mensen worden tegen de walgingwekkende uitwassen van de contingentie beschermd door de licht variabele gelijkheid van onze verschijningsvorm, waardoor het net is alsof alles aan ons uiterlijk noodzakelijk zo bedoeld is. Als de evolutie haar weefgetouw in den beginne iets anders afgesteld had, was er mogelijk een mensensoort ontstaan met een cyclopenoog in het voorhoofd, vechtend als een eenarmige fruitautomaat, door de wereld hinkend op zijn ene been. We hadden dan niet beter geweten, en onze medemensen beoordeeld op het functioneren van hun 'enigheid'. De aardbewoner zoals wij die kennen, wordt wel eens een oog uitgestoken of een been geamputeerd of een oor afgehouwen, maar over het algemeen hebben we, als resultaat van dezelfde contingentie, van de meeste organen en lichaamsdelen twee stuks beschikbaar. Armen, benen, schouders, billen… alles in tweevoud. Longen, nieren… zelfs het hart telt twee kamers, en suite. De lever is van zichzelf schizofreen, en bereid zich op te delen als er te veel gifstoffen binnenstromen: om de stad te verdedigen worden de buitenste huizenrijen opgeofferd om er stadswallen van te maken, en dat noemt men dan bindweefsel. Zo kan dat machtige orgaan te gronde gaan aan z'n eigen zucht tot lijfsbehoud. Ik heb iemand gekend die op sterven na dood was door voortschrijdende bindweefselvorming in de lever – een door het orgaan verkeerd begrepen, en uitsloverig in praktijk gebracht, auto-immuniteitsproces. Toen ontwikkelde de patiënt, die van zijn artsen nog vier maanden te leven kreeg, hiv en aids – ziekten die het auto-immuunsysteem juist aantasten. De progressieve bindweefselvorming stopte, en de man heeft nog zes jaar geleefd, weliswaar wat gelig in het gezicht, maar verder vitaal, en overgelukkig met de hem toebedeelde reservetijd. Alles met dank aan de twee gezichten van de lever.

Het lichaam telt ook enkele zeldzame eenmaligheden, en die zijn dan ook heel bijzonder. Het hoofd lijkt wel een speldenkussen voor dubbele organen: ogen, oren, kaken, lippen, neusgaten, jukbeenderen, wangen, slapen, wenkbrauwen, wallen… aan de binnenkant hersenhelften. Ook van de penis bestaat er maar één, ofschoon volgens sexuoloog dokter Egberts met de kerf in de glans ergens gedurende de evolutie een begin is gemaakt met een splitsing in de lengte – het resultaat zou dan vrijwel zeker een soort dubbele schalmei zijn geweest. De testikels in het scrotum eronder voldoen weer wel aan een ondubbelzinnige tweedeling, hoewel de ene nogal eens de neiging heeft zwaarder te gaan hangen dan de andere – ik weet niet of dat een kwestie van gewicht is of van verstoord evenwicht.

Door de democratisch verdeelde gelijkheid van onze verschijningsvorm kunnen we de willekeur ervan aan, en staren we bij de ontmoeting met een medemens niet vol walging naar een in elkaar geflanste misgeboorte van kwabbig vlees. Alleen soms... net als Roquentin in *La Nausée*... overviel het me in die dagen, de contingentie. Zelfs bij de aanschouwing van Rinnes lijf, waarvan de wrede toevalligheid me aanvloog. Hoe kon ik haar gezicht, de vrucht van volstrekte willekeur, dan nog als mooi en harmonisch beoordelen? Hoe begeerlijk waren haar borsten en billen, zelfs in hun verdubbeling het product van accidenteel doorwoekerend leven – gedoemd in wat voor vorm dan ook?

'Wat kijk je?' vroeg ze dan onzeker.

Het was beangstigend zoals ze van het ene moment op het andere een vreemde voor me werd.

'Zwan, *kijk* niet zo... heb ik iets van je aan soms?' (Ze was bloot.)

Ik herinner me nog dat die melige vraag, vaak in het café aan een starende persoon gesteld, me weer op aarde en in onze eigen werkelijkheid terugbracht. Ja, ze had iets van me aan. Een lichaam dat, bij alle aantrekkelijke verschillen, sprekend op dat van mij leek. Als ik het hare als een bizar uitgroeisel van een doelloos opererende natuur bezag, dan deed het mijne er niet voor onder. Natuurlijk was er nooit zoiets als een democratische instantie geweest die heel rechtvaardig alle mensen min of meer hetzelfde uiterlijk had aangereikt, verschillend alleen qua geslacht en ras en postuur, en wat er verder nog via de genen van ouders op kinderen overgaat. Onze gelijkheid, compleet met kleine afwijkingen, vormt onze troost. Alleen zo kunnen we van elkaar houden, elkaar begeren en beminnen.

Rinne was mijn spiegelbeeld, met voldoende verschil in de gelijkenis om mijn hoogstpersoonlijke *ander* te zijn. We gingen door met ons te vermenigvuldigen: bij elkaar gevoegd verdubbelden onze monden en tongen zich... armen en benen verviervoudigden zich in de verstrengeling. Het leek op willekeur, maar wij maakten er noodzaak van. Corinne speelde het spel mee.

'De kostbaarste eenling aan ons lijf,' zei ze, 'is toch wel de vulf, zoals jij haar noemt.'

'...bestaande uit twee keer twee schaamlippen. Noem dat maar uniek.'

'Je weet best wat ik bedoel, Zwannie... die kleine heilige in haar plooibare schrijn... de vergelijking is van jou. Krabbel nu niet terug.'

'Eerst zien, dan geloven.'

En daar glansde het kostbare kleinood al tussen de toppen van haar wijsvingers, met teruggeslagen monnikskapje, gezwollen en nog verder zwellend. Als wel vaker keek ik er door mijn wimpers naar – niet om de verblindende aanblik te temperen, maar om er een miniatuurheiligengezichtje in te ontdekken, wat soms lukte. Het engelensnoetje vertelde me de waarheid over onze liefde, zonder woorden. Ik bedacht dat de reeks toevalligheden die ons, van poel vol kikkerdril tot aan de kraamkamer in een ziekenhuis, gemaakt had tot wat we waren, de menselijke soort oneindig veel waardevoller uit de evolutie had laten komen dan wanneer het hele proces van begin tot eind doelgericht was geweest of, zoals mijn docent Natuurfilosofie het wilde, van een *immanente finaliteit*. De willekeur die tot ons bestaan had geleid, ook tot dat van Rinne en mij, belette ons niet elkaar lief te hebben... in de dubbele betekenis van het woord.

'Als ik nog even mag aansluiten bij die ver doorgevoerde

tweedeling van jou,' zei Corinne, 'dan concludeer ik dat mensen niet toegerust zijn op een paring met z'n drieën... zelfs niet als een vrouw gesandwicht wordt in een mis met twee heren. Er is altijd wel iemand die zich tekortgedaan weet... zich buitengesloten voelt.'

'Eén plus één is twee... twee keer twee vier. Albert sneuvelt door de getallen.'

'Vertel jij het hem?'

'Het hele *erge* van sex,' zei ik. 'Ziedaar Alberts grote obsessie.'

'Fysiek of filosofisch?' vroeg Rinne met dat speciale ironische trekje van haar, dat ergens in haar linkermondhoek school, en dat na doel getroffen te hebben weer spoorloos kon verdwijnen. 'Theorie of praktijk?'

'Hij houdt vol dat sex ooit in de geschiedenis van de mens veel ingrijpender was... ziekmakend zelfs... je kon eraan sterven. Het is volgens hem verworden tot iets vrijblijvends, dat we er even *bij* doen. Gedachteloos... zonder echte doodsangst. Vroeger gaven lichamen licht als ze hun hoogtepunt ondergingen... zonder garantie dat ze het overleefden.'

'Dat krijg je met die vrees voor het gat in de ozonlaag,' zei Rinne. 'Iedereen probeert te minderen met elektriciteitsverbruik. De energierekening moet omlaag.'

We zaten allebei in de houding van haar vader op het bed, dat wil zeggen in kleermakerszit, met glimmende knieën en de handen biddend tussen dijen. Ik trok haar naar me toe. Ze liet zich willoos omvallen, en belandde ruggelings in mijn schoot, met haar vingers gespreid in de lucht, eroverheen blazend alsof ze vers aangebrachte nagellak wilde drogen. Ze zei: 'Misschien verwart Albert zijn eigen futloosheid met... hoe zal ik het zeggen... de afnemende kracht van de menselijke sexualiteit.'

'Laat het hem niet horen,' zei ik met een blik op de deur.

'Een sleutelgat, Zwan, scherpt de blik en vernauwt het gehoor... onthou dat nou 's.'

9

‘Ik las laatst,’ zei Corinne, ‘hoeveel soorten bacteriën we wel niet in onze mondholte onderhouden... actief kweken dus eigenlijk. Als wij elkaar kussen, betekent dat een complete volksverhuizing van microben... ze tornen naar twee kanten tegen elkaar op. Niet te stuiten.’

Ze leed aan een lichte mate van smetvrees, net voldoende om te laten merken dat ze zich niet liet bedotten door de wereld van onzichtbare verschijnselen. Al was het tegen mijn eigen belangen als minnares in, ik had de neiging haar smetvrees af en toe pesterig uit te lokken.

‘Waar jij op doelt,’ zei ik, ‘is de waarschuwende informatie van tandartsen die zich onderhands laten betalen om hun clienten regelmatig een nieuwe tandenborstel aan te praten. Wat dacht je van de bacteriekolonies die we naar elkaars mond overbrengen nadat... je weet wel... cunnilingus en zo. Miljardenlegers, myriaden met geen pen te beschrijven. Als je dat in termen van een reële invasie van grondtroepen zou beschrijven, dan had je geen atoombom meer nodig om de aarde vijf keer te vernietigen.’

Ze trok bleek weg. Ik zag aan haar gezicht dat ze alle mogelijke liefkozingen waaraan we ons regelmatig bezondigden aan haar innerlijk oog voorbij liet trekken. ‘Ik had dit liever niet geweten, Zwan. Misschien zijn wij mensen er niet op gebouwd om door een microscoop te gluren.’

‘Wetenschappers voor ons hebben dat al gedaan,’ zei ik. ‘We kunnen niet meer terug. Ik kan me ons niet anders meer voorstellen dan als een stel wandelende drollen, dat zich door de wereld beweegt... omzwermd door een dichte wolk strontvliegen. Als ons gehoor onmenselijk scherp was, zouden we hun gedreun kunnen opvangen. Een gabberhouse van heb ik jou daar. Hetzelfde geldt voor onze ogen, maar we zien hun metallic blauwe en groene pantsers in onze verbeelding toch wel voor ons. Natuurlijk maak ik jou meestal mee zoals je bent, in heel je matblanke schoonheid, met hooguit een fruitvliegje op je schouder ter ontsiering. Maar soms, heel soms kan ik de zwarte zwermen *niet* wegdenken. Dan hangen ze als een nauwelijks nog doorzichtige voile voor je gezicht. Ze torenen wemelend hoog boven je hoofd uit, misschien wel een meter, als een vrouwenpruik in de achttiende eeuw, maar dan niet wit als engelenhaar, maar zwart... en van achteren moet een kamenierster de boel met een hooivork overeind houden. En dan de rest... die hangt als een soort rouwgewaad om je heen, tot op de grond... zonder enige snit, want het is een soort jurk die voortdurend in beweging is... een los geweven kleed dat alleen globaal de lichaamsvormen volgt. Ik zou voor je bacteriologische verschijning terug kunnen deinzen, maar ik ben zelf ongeveer op dezelfde manier met een lijkwade van microben uitgedost. Zo zijn we aan elkaar overgeleverd. Een paar welgeschapen lijven verpakt in een wollen hoes van kleinste levensvormen... Sorry, liefste, als ik ongesteld moet worden, speelt het premenstruele syndroom soms op... dan komen de hallucinaties.'

'Ik wil dit niet.' De ogen van Corinne stonden plotseling groot van angst. 'Ik wil dat jij bestaat zoals ik je zie, zonder al die wolken bacteriën om je heen. Als het me lukt ze weg te denken, dan hou ik jou over... om lief te hebben, zonder bijgedachten aan zo'n invasie. Het kriebelt, ik krijg overal jeuk.'

Ze begon zich overal te krabben en te schuieren.

'Het is onze erfzonde,' zei ik. 'Ze zijn gekomen om ons te herinneren aan de eerste eencellige levensvormen, die *ons* mogelijk hebben gemaakt, met onze huidige ingewikkelde biologie. Het zijn afgevaardigden van de poel vol gistende kikkerdril, die onze kraamkamer was. Je hoort het wel eens bij een vechtpartij in de kroeg: "Ik zal je leren waar je vandaan komt... ik zal je leren van wie je bent." Nou, dat doen die bacteriën ook. Als we onze afkomst uit de zonbestraalde modder verloochenen, laten de microben zien hoe ze ons te gronde kunnen richten. Ze hebben het eerder via de pest gedaan... via de Spaanse griep... polio... aids. Het zijn wraakexercities.'

'Laten we alsjeblieft afspreken, Zwan,' smeekte Corinne, 'dat we die afkomst niet ontkennen, maar dat we die kleinste levensvormen van jou niet toelaten op ons netvlies... ook niet als visioen in de geest. Ik wil ze niet op jou zien krioelen... ik wil niet aan ze hoeven denken.'

'Afgesproken,' zei ik, 'maar dan moet jij je smetvrees afzweren, want daar krijg je microscoopogen van, en daar begint het allemaal mee. Een sleutelgat is aards genoeg. Als ik mijn tong tussen je verticale lippen steek, en daarna tussen de horizontale... hou dan op met je in te beelden dat er kriebelende beestjes je mond binnen marcheren. We moeten terug naar de menselijke maat, en die staat ons toe door de mantel van onzichtbare fruitvliegjes heen te kijken. We moeten weer twee smetteloze lichamen voor elkaar worden, hooguit besmeurd met een beetje spuug... een sliertje sap... Ik heb aan de hand van mijn vader, als ik mee mocht naar de stad en de holen, genoeg strontvliegen horen dreunen. Ik kan heel goed zonder.'

10

Ik heb nooit een vorm gevonden voor wat ik gemakshalve maar mijn 'poëtische denken' noem, een waanwijs soort halffabricaat waar ik mijn medemensen nooit mee lastig heb willen vallen. Voor het weergeven van mijn geschiedenis met Corinne laat ik de schaamte varen, omdat er in deze nieuwe eeuw anders helemaal niets op papier komt, ben ik bang.

Ik heb van meet af aan geprobeerd de poëzie in haar naar boven te halen, waarvan ze zichzelf niet eens bewust was: nog minder dan een halffabricaat voor haar. Misschien lukte het me, dacht ik, haar poëtische wezen bloot te leggen met mijn eigen ontoereikende methode. Het komt me voor dat we aldus tastenderwijs tot elkaar kwamen, zoekend naar woorden die misschien bij de ander te vinden waren, en die we elkaar onbeschaamd uit de mond namen.

'Het ligt me voor op de tong,' zei ze vaak. Ik vulde haar aan, wat ze ergerlijk vond, maar ze moest toegeven dat nou juist *dat* haar voor op de tong of de lippen lag. Ik had wel eens iets gelezen over de surrealistische methode van *écriture automatique*: twee personen tegenover elkaar aan tafel, allebei schrijvend rechtstreeks op het blanco papier, zonder bij elkaar te kunnen spieken. En zie, de teksten bleken na afloop van het proces in elkaar te kunnen grijpen, met een onvermoede lading en betekenis tot gevolg.

'...kunnen ze nooit beweren,' zei Corinne, 'dat we het niet geprobeerd hebben. We hebben de wereld van de mannen en het moederschap verkend, en zijn doodleuk bij elkaar uitgekomen. Wij zijn... wij zijn...'

'Onverdacht.'

'Precies dat woord zocht ik... doordat we eerst alles uitgeprobeerd hadden, zijn we onverdacht aan elkaar blijven hangen.'

'Ik heb niet het idee,' zei ik, 'dat ik met man en kind op het verkeerde spoor zat. Het was geen vergissing. Ik verloochen dat leven achteraf niet. Wat ik nu met jou heb, voelt meer als een volgende stap... een ontdekking, een verrijking... ik zoek het juiste woord.'

'Jij hebt het wel eens over een roeping... een priesterroeping,' zei Rinne, 'zoals daar vroeger bij ons in Mierlo nogal gewichtig over gedaan werd. Zo'n jongen moest altijd maar afwachten of God hem ook echt tot het ambt geroepen had. Zo zie ik dat van ons...'

'Niet zeggen,' zei ik. 'Je bedoelt zoiets als... een *ongehoorde* roeping.'

'Laat een mens ook eens uitpraten, Zwanet. Een onvoorziene roeping... ongehoord is beter, ja.'

Omdat we ons nog steeds graag aanstelden, noemden we deze vorm van elkaar vliegen afvangen *langues automatiques.*

Anders dan ik had Corinne niet in de collegebanken gezeten. Haar wachtte de hoge kruk van de fotostudio's, waarop ze overeind werd gehouden door sterke spotlights, maar misschien stel ik me de lichtbundels nu te veel voor als de graaiende wieken van de luchtafweer in de Tweede Wereldoorlog, zoekend naar het doelwit. De banen van licht die het model ondersteunden, zag ik voor me als door huisstof of sigarettenrook massief gemaakte zuilen, en die vormden natuurlijk de nachtmerrie van iedere fotograaf, tenzij die het eindresultaat wilde marmeren met een rokerige atmosfeer. Ach, Corinne, had ik je toen maar gekend, bijvoorbeeld als je visagiste, dan had ik je af en toe kunnen bijplamuren of met een zachte kwast overtollig poeder van je neus kunnen vegen. Simpele genoegens van de verliefde geest...

Een fotosessie betekende voornamelijk, net als een filmset: wachten tot al het benodigde op z'n plaats is gezet, ondersteund door een woud van driepoten, waar zilveren paraplu's bovenuit steken. Corinne doodde de tijd met lezen. Als de wachttijd haar dan toch nutteloos ouder maakte, kon ze die net zo goed in een boek investeren. Haar manager, de hebzuchtige Kanaar met zijn eeuwige vlinderdasje dat de vadermoorders bijeen hield, keurde haar leesgedrag ten zeerste af. Hij was zelf half analfabeet, maar niet op de rekenmachine.

'Suwijn, voor de laatste keer... je krijgt er een turende blik van. Dat registreert de camera. Straks verdwijn je van de cover naar de nietjes, en zo verder richting achterplat... dan hebben ik en jij het nakijken.'

Op den duur koos Corinne voor de 'leesbril', zoals ze het noemde: ze trok zich dan met haar boek op het toilet van de studio terug, na de pot eerst grondig te hebben schoongemaakt: 'Fotografen zijn varkens.'

Ik had veel gelezen, maar Corinne deed niet voor me onder. We waren alleen heel verschillende lezeressen. (Zelfs bij dit zelfstandig naamwoord wens ik de vrouwelijke vorm te handhaven, om me te verzetten tegen de steeds verder oprukkende travestie van het Nederlands, dat van elke directrice een directeur wil maken en van elke danseres een danser. *Aantekening uit 2018.*) Corinne las op die 'leesbril' echt een verhaal, met personages om zich mee te identificeren, vol herkenbare of desnoods nog volkomen onbekende gevoelens. Romans voedden haar taal, maar daar legde ze het niet op aan. Tragische karakters uit haar boeken kropen in haar vele gezichten als ze weer op de hoogpotige kruk zat.

Ik las om kennis op te doen, en poëzie. Ik oefende me in vergezochte verbanden, in de hoop dat ze, eenmaal gesignaleerd, iets veelzeggends kregen. Niet dat ik alles er zomaar uit gooide.

Dat Corinne zo'n goede hand van schrijven had, kwam natuurlijk *ook* door haar lectuur. Ze stond erop om haar verweerschriften in de echtscheidingszaak zelf te schrijven en het niet aan het juridische jargon van haar advocaat over te laten, en dat ging haar heel soepel af: ze liet me alles lezen. Alleen haar brieven aan mij, in handschrift ('anders telt het niet'), maakten door de vele doorhalingen een moeizame indruk. Er stond nooit onomwonden 'ik hou van je', maar ze probeerde haar liefde voor mij duidelijk te maken door die eindeloos te analyseren – een herhaalde poging die nou juist in haar met inkt bevlekte machteloosheid een oprechte indruk maakte. Het was telkens weer een liefdesverklaring als een slordig in een boombast uitgehakt hart met een pijl erdoor, waarbij de omliggende tekst altijd wel een knoert van een spelfout bevatte, zodat de verliefde houtsnijder het er verder maar bij gelaten had. Maar in heel haar verminktheid bleef de ontboezeming, samen met de naam van het meisje, leesbaar… door de jaren en de seizoenen heen. De opengesneden schors werd bruin, dan zwart, en raakte door nat mos opgevuld, maar na enig krabben met een takje was de bekentenis weer zichtbaar te maken.

In de tijd dat ze nog niet zo vaak onder ons dak verbleef herlas ik haar brieven, die ze soms persoonlijk in de bus deed, zonder twijfel veel te intensief. Ik woog haar woorden op steeds fijnere schaaltjes, waardoor ze hun waarde als momentopname verloren en door mij een absolute betekenis kregen toegekend. Ik ging zelfs zover de doorgekraste passages tegen het licht te houden om ze te ontcijferen. Zo meende ik de woorden '*rolschaatsbaan van*' door een driftige laag pennenstreken heen te zien schemeren, terwijl mijn vingertoppen aan de andere kant van het vel het bobbelig geworden papier bevoelden, als was het braille. Wanneer ik Corinne weer zag, confronteerde ik haar met zinnen die door mijn liefdeloze interpretatiedrift bloedeloos waren geworden. Ik, ondankbare, kreeg deze *postillon d'amour* van haar eigen enveloppen aan het schreien. (Wenen had hier ook niet misstaan. Huilen is banaal.)

'Hoe lang nog, Zwanet, godverdomme,' riep ze dan, 'voordat je mijn brieven aan een handschriftdeskundige gaat voorleggen… om mijn slechte karakter op het spoor te komen? Ja, doe maar meteen een *forensisch* grafoloog, die brengt vast wat misdaden van mij aan het licht. Je kunt niet voorzichtig genoeg zijn met al die losse contacten.'

Het was alsof zij en ik in de weken en maanden die volgden de wereld opnieuw uitvonden, al was het met meer vragen dan antwoorden. Kletspraat genoeg, maar soms ging het geneuzel ook de diepte in. Met mijn bescheiden universitaire opleiding had ik eigenlijk een enorme achterstand op haar veel aardsere en menselijkere visies, en ik was voortdurend bang dat ik haar met mijn pedanterieën voor het hoofd zou stoten. Zij kon goed luisteren, en leerde snel, maar ik stak nog veel meer op van haar.

'Met jou wil ik graag wat poëzie uit de wereld peuren.'

'Ik ben daar minder op toegerust dan jij, Zwan. Ik flap er soms maar wat uit… zoals het in me opkomt. Maar door jou is er toch iets veranderd. Achter sommige woorden die ik voor me zie begint een lampje te branden, en dan gebruik ik ze ook. Ik leg ze in je schoot.'

Als onze verhouding meer was dan een grote liefde (alsof die niet al wereldvullend was), dan vormde ze in ieder geval een mineraal experiment. Door Corinne wist ik op een moeiteloze manier wat ruwe poëzie uit ons samenzijn op te delven – en zij liet zich daarin meeslepen. Tibbolt had haar ooit omschreven als behept met een tong als een scheermes, waar een stem zoetvloeiend als honing bij hoorde. Zijn favoriete observatie, verdacht vaak herhaald: 'Bij haar wordt de honing per scheermes opgediend.'

Ik merkte voorlopig weinig van het scheermes, van de vloeibare honing des te meer, al kon die ook wel eens plaatselijk stollen en tussen haar kiezen knarsen (anders wel tussen die van mij). Als zij net als Pijkel een roofdier was, dan een dode leeuw, waarvan het zongebleekte karkas was omgetoverd in een bijenkorf, met honingraten tussen de ribben.

11

Corinne, inmiddels bijna zesenveertig, was natuurlijk ook een opslagplaats van haar eerdere gedaantes, met alle leeftijden die ze per verjaardag achter zich had gelaten.

'Ga op zoek naar de Kersenkoningin in haar,' had Albert me aangeraden. 'Vind het *meisje* in haar, en laat het niet meer los... je zult een ontzettend veel rijkere vrouw tegenover je hebben.'

Ik wilde niet alleen het kind in haar leren kennen, ook het verwende wicht dat te jong veel te veel aandacht kreeg van managers en fotografen en tijdschriftredacties, en daarnaast de teleurgestelde, nog steeds beeldschone vrouw die als gerijpt model, als het ware in het zenit van haar talent, werd afgedankt ten gunste van een jongere lichting catwalktrippelaarsters, steeds jonger en stakeriger, als rachitische nakomertjes van Twiggy, met kniegewrichten breder dan de bovenbenen, en borsten alleen nog symbolisch weergegeven door verbleekte jongenstepels, groot uitgevallen sproeten.

Ik vroeg haar iets tekenends te vertellen, het eerste wat bij haar opkwam, over haar kindertijd. Voor sinterklaas had ze ooit een prachtig telraam gekregen, met glanzende kralen in kleur om de onderdelen van de sommen uit elkaar te houden.

'Ik vond ze zo mooi… zonde om alleen maar rekenend mee te schuiven. De rechte stukken ijzerdraad… horizontaal… hoe noem je die?'

'Rails misschien?'

'Nou, die trok ik los uit het hout. De kralen haalde ik eraf en reeg ik aan een stuk vislijn, zodat het een halsketting werd. Ik was *zo* trots op dat snoer… maar mijn vader, die het zag, werd kwaad. "Nou is het telraam kapot. Je moest erop oefenen, voor later in de zaak." Ik stal een parelketting van mijn moeder uit het laatje onder haar kaptafel, en knipte die doormidden. Nep natuurlijk, maar ze hadden de kleur van echte parels… mat zilvergrijs. Ik reeg ze aan de rails van het telraam, en dacht dat ik het daarmee alleen maar chiquer had gemaakt. Nu werd mijn moeder woedend, en ik begon te huilen: "Rinneke houdt helemaal niet van sommen maken."'

Zo werden mijn *Suwijniana* een verzameling portretten van haar door de navolgende jaren heen. Ik had, ook met terugwerkende kracht, *elke* dag van haar leven willen reconstrueren, want ik kon me niet voorstellen dat er ooit een etmaal in haar bestaan voorbij was gegaan zonder opmerkelijke, wetenswaardige gebeurtenis, hoe klein of verdrietig ook. Ik bedacht dat ik dan tevens bij bepaalde gelegenheden Albert tegen zou komen, zonder hem nog tot de orde te kunnen roepen. Het gold ook voor de monsterlijke Hans, met als enige voordeel dat ik *hem* nader zou leren kennen, en daardoor Corinne beter zou kunnen begrijpen.

Aan de Suwijniana moet beslist 'wanverstand' worden toegevoegd, Corinnes stoplap bij uitstek. Ze nam het in de mond elke keer wanneer ik volgens haar iets niet begreep of iets doms zei.

'Als in het heelal twee dooie, uitgedoofde sterren op elkaar botsen, dan gebeurt dat soms met zo'n kracht dat ze allebei in puur diamant veranderen,' zei ik bijvoorbeeld met alle dweepzieke waanwijsheid die ik kon opbrengen. 'Zo zie ik onze ontmoeting... een botsing resulterend in twee ongeslepen diamanten, die om elkaar heen draaien.'

Antwoord: 'Wanverstand.'

'Ik probeer iets te zeggen over hoe ik ons zie... jou en mij.'

'Wanverstand... om diamant te krijgen, daar is miljoenen jaren druk van al die aardlagen voor nodig.'

Later begreep ik dat ze deze dooddoener van haar moeder in Mierlo had overgenomen. Die zei eigenlijk, bij domheden van een ander, fonetisch gespeld: 'Wâ'n verstâ-ând.'

Wat een verstand. Met andere woorden, dat brein van jou is niet in orde. Ik verstond het als een tot zelfstandig naamwoord gesmeed oordeel, net als wantoestand of wanprestatie.

'Ik bedoelde het figuurlijk, Rinne. Wij, twee ruwe diamanten, elkaar steeds verder slijpend.'

'Wanverstand. Koning Midas veranderde alles in goud, tot zijn eten aan toe, en crepeerde van de honger. Ik heb liever dat we heel, heel langzaam van diamant worden, en nog langzamer langs elkaar heen slijpen... liefst op een dansvloer.'

Spreken zilver, zwijgen goud. Zegt men. Ik had er soms, als ze bij me was, wel *alles* uit willen gooien wat ik van haar vond of over haar dacht, ongeacht de waarde van het bijbehorende edelmetaal. Als ik zo onstuitbaar uit de hoek kwam, remde Corinne me af met de woorden: 'Zwanet, al valt het onder koper of blik... van mij mag je met je handen praten. Akkoord?'

Begrepen. Ik beminde haar dan met mijn vingers en legde

mezelf het zwijgen op door mijn tong aan het spel toe te voegen. 'Zo goed?'

'Je zou je mond houden, kwek die je bent.'

'Ik zeg al niets meer.'

'Het is je geraden ook. Er zijn vrouwen geweest die de tong van hun minnaar lieten uitsnijden... om het ding als speeltje voor zichzelf te houden. Waren ze meteen van al dat loze gelul af.'

'Heb je het toch weer over de wereld van man en vrouw.'

'Ik zou niet ontevreden zijn, Zwanet, met alleen jouw tongelapje als afvaardiging van het geheel... een soort zwijgende gezant, die gewoon zijn werk doet.'

'Kun je net zo goed een uitgedroogde schoenzool in je slip leggen. Wees beducht voor achtergebleven spijkertjes.'

'Zo kannie wel weer. Ik stop mijn oren dicht.'

Ze haalde de kartelschaar uit de naaidoos in de garderobekast, en knipte een tampon doormidden. De twee helften stopte ze in haar oren. Links hing een turquoise draadje naar buiten, dat langs haar oorlel kriebelde.

En dan waren er nog de drie aapjes: Horen, Zien & Zwijgen. Die trits, daar vond ik uiteindelijk iets op. Wat er te zien viel aan Corinne, wat ik uit haar mond opving, dat noteerde ik zwijgend in een soort poesiealbum dat, zolang ze bij me was, opengeslagen lag in mijn hart, en pas na haar vertrek uit een la tevoorschijn kwam. Zo verzamelde ik steeds meer Suwijniana, korte en iets langere impressies die bijdroegen aan haar totaalportret. Hoe haar neusvleugels trilden, bijvoorbeeld, als ze zich opmaakte om iets heel geestigs of heel gemeens tegen me te zeggen: een soort nerveuze voorpret, waarbij de neusgaten zich op een dierlijke manier verwijdden, alsof ze onraad rook – ja, bij zichzelf, want haar tong kon lelijk verwonden.

Als ik haar erop wees dat ze zenuwachtig, met lispelende lippen, steeds dezelfde krul boven haar slaap om haar wijsvinger wond: 'Ik heb aan die ene papillot genoeg om mooi te zijn.'

Als ze wilde aangeven dat ze geil was, citeerde ze altijd dezelfde regel van Shakespeare, uit *Antony and Cleopatra*: '...dat zelfs de hogepriesters haar zegenen als ze hitsig is'.

Zo verzekerde ze zich altijd van instemming uit hogere regionen, ook wanneer haar wensen ongehoord obsceen waren. Zoals die keer dat ze zei: 'Ik zou je vader om je hand willen vragen... maar omdat hij hier niet is, vraag ik het jou.'

Ik reikte haar mijn hand, en ze wees: 'Tot hier.' Het duurde even eer ik doorhad dat ze mijn hele hand in zich wilde hebben, tot aan het knobbeltje van de pols. Toen ik mijn horloge wilde losgespen, gebood ze: 'Laat dat... ik wil je niet verder dan tot aan het knopje. Ik moet kunnen zien hoe laat het is.'

Zo open en verwijd had ik haar nog nooit meegemaakt. Ik voegde mijn vingers samen tot een slangenkop, en liet die in haar zakken, al was Cleopatra volgens het apocriefe verhaal niet verder gekomen dan een cobrabeet in haar tepel. Corinne draaide met haar vingertop rondjes op het glazen dekseltje van mijn klokje, als een blinde die de tijd afleest van zijn braillehorloge, en zei hees: 'Tien over vier... mooi op tijd voor ons herdersuur.'

Ik bewoog mijn hand in en uit haar, soms ook door binnen in haar mijn vingers te laten kronkelen op de wijze van een anemoon. Het was wel degelijk een manier voor haar om een *exultate jubilate* te bereiken. Met mijn hand in haar voelde ik het krampen van de schedewanden, die me naar buiten leken te willen drijven – wat in een plotselinge worp ook lukte. Corinne had zich met haar voeten enigszins opgekrikt, zodat haar bekken en al het omliggende enigszins nawiebelde, als een net verlaten schommel.

De rug van mijn hand was bezaaid met de witte spikkels die haar adeldom uitmaakten. De hogepriesters lieten niet af haar te zegenen, ook niet nu haar hitsigheid was bevredigd. Ik weet niet waarom, maar ik hield het klokje bij mijn gloeiende oor. Het tikte niet, het dreunde.

12

'Wees eens lief, Cory, en geef me nog zo'n beeld uit je jeugd... net als van het telraam.'

'Jij vraagt om een beeld... daarmee perk je mijn antwoord al in. Als ik mijn meisjesjaren moet benoemen, doe ik het liever met een *geur*. Mijn vader gebruikte in zijn kledingwinkel een of andere kamferachtige, mottenwerende stof. Ik weet niet hoe hij die aanbracht... het waren geen mottenballen. De nieuwe kleren werden er op de een of andere manier in ondergedompeld. Het spul rook zurig... de klant associeerde het vooral met nieuwigheid. Als in Mierlo iemand een pasgekochte trui of overgooier aangemeten kreeg, dan heette het altijd: "Die ruikt naar Suwijn" – ook als het om confectie uit een heel andere winkel ging, in Helmond of zo. Het werd een begrip, dat mijn vaders failliet overleefde. Nu nog steeds... als iemand in Mierlo een of ander oud vel uit de mottenballen haalt: "Ruikt naar Suwijn." De lucht hing niet alleen in de winkel, ook voor de deur... een heel eind de straat in. Toen ik al bekend begon te raken als model, moest ik van mijn ouders 's zomers in de zaak helpen, net als mijn zus en broertjes... achter de toonbank of in het magazijn. De klant een meetlint om z'n nek leggen. Als ik werd opgeroepen door een studio in Amsterdam, een haastklus, dan sleepte ik die geur mee. Op een dag riep een fotograaf uit: "Godverdomme, wat hangt hier voor mottenballenlucht... halen ze bij de *Libelle* hun modevodden tegenwoordig van het Waterlooplein?" Venus van Mierlo, nietwaar. Met al mijn parfums heb ik de kamferstank er nooit onder gekregen.'

Met haar omgaan betekende dus ook: terugkeren naar Meisjesland, dat we uit en te na bereisd hadden in onze vroege en latere jeugd en door en door kenden. Ze nam me mee naar het magazijn van haar vaders kledingzaak, waar ze zich verkleedde met nog ongedragen kleren, die ze op hoog gezag van haar ouders niet eens mocht aanraken, laat staan aantrekken.

‘Ik rook dan op z’n ergst naar Suwijn. Ik meen die geur soms nog te ruiken als ik in de P.C. Hooft iets nieuws aanschiet. Dan moet ik soms het gordijn van het pashokje opzijschuiven om me ervan te vergewissen dat ik niet in Mierlo ben.’

Ze lokte me ook naar de boerderij van de Allebrandi’s aan ’t Hout in Geldrop, waar ze vaak speelde met haar nichtje en ’s zomers met haar neefje uit Berlijn, Stefan. Oom Rik ventte met aardappelen langs de deuren, maar de boerderij was ook nog voor een deel in gebruik. Een paar koeien, een modderplas vol met slijk en gier bedekte varkens, een kippenren… dat was het wel zo’n beetje. En natuurlijk de kleine akker waar oom Rik zijn grote fritesaardappel De Allebrandi probeerde te kweken, die hem eeuwige roem moest bezorgen.

De schuur vertoonde nog de sporen van het oude boerenbedrijf. Molenstenen met een in de vloer precies cirkelvormig uitgesleten voor, waar een oud karrenpaard rondjes gelopen had. Er stonden onduidelijke, roestige landbouwwerktuigen, die niet meer gebruikt werden. De knol, Bessy, die op weekdagen en ’s zaterdags de aardappelhandel trok, had haar eigen hok, waar ze volop haver in de trog kreeg.

Ook de hooizolder was er nog, voor als de koeien in de winter op stal stonden. Daar, gelegen in het stoffige hooi, had Corinne op een zomerse middag ‘toch zo’n apart gevoel’ gekregen.

‘Ik zag hooideeltjes dansen in het zonlicht, dat in van die schuine banen naar binnen viel. Ik moest niesen, en kon er niet meer mee ophouden. Mijn neef… nee, niet de Duitse Stefan, maar de Geldropse neef… klom de ladder op, en kwam kijken wat er aan de hand was. Ik had volgens hem opgezwollen ogen, en ja, die prikten als de ziekte. Er liep dun snot uit mijn neus, en Peter likte het op. Lekker zout, vond hij. Ga nog eens niesen, ik wil best nog wat. Door het likken werd dat aparte gevoel nog warmer en gloeieriger. Mijn neef ging met zijn hand onder mijn kleren, en zei: “Hier heb je het ook. De hooikoorts gaat bij jou alle kanten op.” Ik hoopte vurig dat hij me daar ook met zijn tong droog zou likken, maar hij gebruikte alleen zijn vingers. Zijn tong had het te druk met het snot dat maar uit mijn neus bleef lekken. Hij duwde hem in mijn mond, en liet me mijn eigen zout proeven. Hij zei tijdens een adempauze: "Neef en nicht... vrijt allicht." Ik beschouwde het op dat moment als een grote wijsheid, als een vaststaand feit eigenlijk, waar niet aan te tornen viel. Hij hield op met me strelen, knoopte zijn jongensoverall open, en legde mijn hand om zijn deel. Ik speelde er wat mee. Toen het zover was, schudde hij zo heftig nee dat zijn wangetjes ervan bibberden. Zijn irissen draaiden helemaal weg, tot er alleen oogwit overbleef. Hij kreeg geen zaaduitstorting. Er kwam alleen een grote doorzichtige druppel tevoorschijn, die zich splitste... ik zie het nog voor me... tot een soort snoer van kleinere drupjes, dat langs de schacht naar beneden liep. Ik zei: "Ik dacht dat er bij jullie van die lichte bonbonvulling uit kwam." Hij zei: "Bij mij toevallig nog niet... ik voel dat het niet lang meer kan duren. Wil je het dan nog eens bij me doen?" Ik knikte. Hij borg zijn geslacht op, en knoopte de overall dicht. Met zijn duim wiste hij het snot van mijn bovenlip. "Het zijn de pollen," zei Peter. Hij liet zich langs de ladder naar beneden zakken. Ik bleef nog wat liggen. Ik voelde me net als die keer toen een van Allebrandi's koeien gedekt werd door een geleende stier. Keer op keer werd de lange roede van de stier bij de loeiende koe naar binnen geleid... net zo lang tot het zaad z'n weg gevonden had.'

'Je ogen zitten helemaal dicht,' had de neef ook nog gezegd. 'Het lijken net twee kleine voorbipsen, met die spleten zo.'

'Dat stuitende *voorbips*,' zei Corinne. 'Daar kom ik dus vandaan: de zandgronden die zo'n woord hebben voortgebracht. Het is dat mijn bestemming elders lag, anders was ik er meteen weggevlucht... alleen al vanwege die term. Voorbips... alsof het achterwerk een kleine gebaard had.'

13

Ik troonde haar bij de hand mee naar mijn eigen Meisjesland. In de diepe tuin achter onze benedenverdieping bouwde en speelde ik mijn vaders wereld na: die van de aftandse holen in de stad. Het schuurtje stond er al, half ingestort. Ik restaureerde het niet, maar liet het verder verloederen. Ik bouwde het met wrakhout verder uit, ook van boven, de boom in. Mijn vader stond het hoofdschuddend aan te zien, terwijl mijn moeder herhaaldelijk eiste dat ik alles met de grond gelijk maakte.

'Spijt als haren op mijn hoofd dat ik je zo vaak mee de wijken ingenomen heb,' zei papa. 'Ik dacht dat al die vervuilde etages een les voor je zouden zijn... dat je er een proper meisje door zou worden.'

Op zaterdag vroeg ik hem wel eens om zijn uniformpet op te zetten en mijn bouwsels te komen inspecteren. De lieverd deed het nog ook, maar niet zonder ongerust commentaar. 'Je hebt zoveel spijkers in de iep geramd... die valt nog 's uit z'n eigen om. Als ik 'm hoor kraken, en jij zit erin, dan bel ik mijn collega's van de brandweer... die zijn het gewend katjes uit bomen te redden.'

Om onherroepelijk verloren te zijn trapte ik de ladder onder me weg, in de hoop natuurlijk dat de spuitgasten niet met een hoogwerker zouden komen aanzetten. Ik verzon voor mezelf een cursus versterving en ontluistering, en dat ging me heel aardig af. Ik speelde in mijn eentje de verhalen bestemd, ook toen al, voor *De stad en de holen* – totdat mijn vader verscheen om een van mijn stinkende onderkomens onbewoonbaar te verklaren.

'Bent u de huurster van dit pand, mevrouw?'

'Nou ja, huurster... dat zit nog, meneer de controleur.'

'Kunt u afschriften van de gestorte huur over de afgelopen zes maanden overleggen?'

'Nee, meneer, ik heb mijn administratie niet op orde. Ik heb vreselijke last van papiermot. Maar ja, ik kan nog zo vaak bellen… jullie van de Ongediertebestrijding laten het afweten.'

'Ik heb begrepen, mevrouw, dat uw telefoon is afgesneden.'

'Ik bel altijd vanuit een cel… jullie nemen niet op.'

'Hoe bent u in deze troep verzeild geraakt?'

'Ja, dat is een lang verhaal. Als ik dat begin te vertellen, zijn we morgen nog niet klaar.'

'Ik heb niet alle tijd van de wereld, mevrouw… er wacht hier om de hoek nog een spekkeverplaag op me. Een samenvatting is voorlopig wel genoeg.'

'Het is allemaal begonnen met mijn ouders… die schopten me het huis uit. Van school was ik al eerder weggestuurd. Ik heb op straat geleefd, meneer, en hoe… dat wilt u gewoon niet weten. Toen ontmoette ik in een café mijn eerste man, tevens mijn laatste. Hij was de bewoner van deze etage. Helaas is hij drie jaar terug overleden. Zijn stoffige resten moeten nog ergens op de vliering liggen. Volledig gemummellificeerd. Hij trekt geen ongedierte aan… alleen zit de mot in zijn kleren.'

En zo verzonnen papa en ik hele psychologische thrillers.

Corinne luisterde vertederd toe, en zei: 'Jij bent een beetje een *vies* meisje, Zwanet Vrauwdeunt.'

'O, dank je wel.'

'Je bent net zo schoon op je lijf en goed als ik, maar je wordt nou eenmaal aangetrokken door vuil en smerigheid, niets aan te doen. Je bent een flacon gevuld met het heerlijkste parfum, maar er zitten volgens een geheim recept wel poepmoleculen doorheen.'

'Idioot eigenlijk,' zei Corinne, 'dat ik in de modewereld verzeild ben geraakt. Mijn vader… hij leeft nog… had zoals je weet een textielwinkel in Mierlo, maar was eigenlijk opgeleid tot kleermaker. Zo heb ik hem nog gekend: in lotuszit op zijn tafel… een slangenbezweerder met een ongevaarlijk meetlint om zijn nek, dat niet beet maar de neiging had om zich kronkelend op te krullen, dus toch bewoog… met dat cijfermatige streepjes-patroon op zijn huid. Boven hem buislicht, zodat hij onder het naaien geen last hoefde te hebben van zijn eigen schaduw. Het zullen niet echt uren zijn geweest, maar ik meen me te herinneren dat ik urenlang ademloos naar hem zat te kijken. Soms, als ik hem iets heel handigs zag doen… een virtuoze ingreep in de stof zag verrichten… slaakte ik zo'n diepe, bewonderende zucht dat hij er luid om moest lachen. "Zo zal ik het nooit kunnen," leek ik te willen zeggen. Ik leerde naaien bij de nonnen in Helmond, en mijn vader bracht me de fijne kneepjes bij, dat wil zeggen de moeilijke steken. Onder naailes hadden de meisjes allemaal hun eigen blikken vingerhoedje… mijn vader had een zware, een zilveren, met een klein reliëf van versieringen, die indrukwekkend zwart werden – totdat mijn moeder hem het ding afnam om er een veeg zilverpoets over te geven. Die grove handen die tot zulk verfijnd werk in staat waren… die kapotte nagel waar een zilveren kapje overheen geschoven werd… een doodlopende ring.'

'Hij had toch maar mooi zijn eigen zaak,' zei ik.

'Toen hij nog maatpakken maakte, stonden er twee voorbeelden van in de etalage, gedrapeerd om een torso zonder hoofd. Binnen was een toonbank en daarachter een kast met de vakken vol rollen stof. Ik verstopte me soms in het kleedhok, om mijn vader te bespieden die met zijn meetstok en schaar in de weer was. Het gebeurde een enkele keer dat het velours gordijn opzij gerukt werd, en dat daar een heer stond die gevraagd was zich tot op zijn ondergoed uit te kleden… om door mijn vader opgemeten te worden voor een nieuw kostuum. Hij schrok van het meisje dat voor de passpiegel met haar lange vlechten nieuwe kapsels stond uit te proberen, bij voorkeur hoog optorenend als een tros ankertouw. Op een dag stond daar de burgemeester, die helemaal niet schrok, maar zei: "Zo laten, Krientje… het is net een bijenkorf." Ik maakte dat ik wegkwam. Later, toen ik de vlechten om mijn hoofd gewonden had als Kersenkoningin, wist hij het nog, onze burgervader: "Precies wat ik zei, een bijenkorf... laat ze niet ontsnappen."'

'Je vader redde het niet.' Dat wist ik van Albert. 'Hij ging er confectie naast doen.'

'Er was steeds minder vraag naar maatkleding,' zei Corinne. Aan haar meewarige, naar binnen gekeerde blik zag ik dat ze naar haar vader keek, in kleermakerszit op zijn tafel. Hij rolde de vingerhoed tussen duim en wijsvinger heen en weer. 'Zelfs in de gemeenteraad van Helmond gingen ze zich steeds informeler kleden. De moderne tijd, net wat u zegt, mevrouw. Hij stapte van de tafel, en is er nooit meer op geklommen. Confectie er zo'n beetje naast doen, geen sprake van... dan liever het hele dorp *naar Suwijn laten ruiken*. Het kleermakersatelier werd magazijn.'

'Jij ruikt gelukkig nog steeds naar Suwijn,' zei ik. 'Ook zonder mottenballenextract in de textiel.'

Ze opende haar portemonnee, een ouderwetse knip, en haalde er een zilveren vingerhoed uit. Ze schoof het ding om haar vingertop, maar het paste niet: het bleef erop staan wiebelen. 'Ik heb hem nog. Weet je wat de merknaam van zijn maatwerk was? *Silver Thimble*.'

14

Ik volgde Albert graag in zijn visie dat de poëzie voortgekomen was ('aangestreken werd' zoals hij zei) uit de voorwerpen die de mens in de loop van de tijd was gaan maken, om er technisch zijn voordeel mee te doen of om zichzelf met de schoonheid ervan te prikkelen. Natuurlijk, landschappen konden door de dichter ook bezongen worden, al behield hun schoonheid altijd iets contingents: ze ontbeerden de menselijke maat en vaardigheid.

De ware poëzie werd opgewekt door dingen die van de

scheppende hand waren losgeraakt... en aan het zwerven gingen om onderweg het Mos van Betekenis te vergaren tot ze het pad van een Poëtische Geest kruisten. Zo, daar valt tenminste geen speld tussen te krijgen. Wie verklaart de ontroering die een kapot gebruiksvoorwerp weet te wekken? Ze is misschien verwant aan het gevoel dat gewekt wordt door een houtskooltekening met onderbroken lijnen, die juist door haar onvolkomenheid een treffend portret oplevert.

Op mijn moeders kaptafel lag vroeger een handspiegel, vooral bedoeld om zichzelf van opzij te kunnen bekijken, bijvoorbeeld of haar oorhangers goed zaten. (Een keer was het gaatje in haar lel gaan bloeden, wat ze pas in de pauze van de musical in de gaten kreeg, toen een wildvreemde haar erop wees.) Op een dag vond ik de ovale spiegel in de pedaalemmer, het glas intact maar de greep afgebroken. Ik viste de twee stukken onder een stel eierschalen vandaan, wiste er het lillende eiwit af, en probeerde de steel weer vast te zetten. Er was geen schroefdraad, het ding was echt geknakt. Ik probeerde het met bisonkit, maar het lijmvlak was te klein, en algauw had ik weer twee losse onderdelen in mijn handen. De greep was onmisbaar om het ovaal theatraal voor mijn gezicht te kunnen houden, anders kwamen er vetvlekken van mijn duim op het glas. Ik hield de handspiegel zodanig vast, met de steel tegen de lijst gedrukt, dat hij intact leek – totdat ik in de grote spiegel het geknakte geheel in het oog kreeg, waarna de greep me ontglipte en op de grond viel. Ik liet me mijn schoonheid niet afnemen en ging over op plakband. Ik gebruikte er net zoveel van tot de steel min of meer vast bleef zitten, zolang ik er niet te ruw mee omsprong. Maar o, wat maakten de lagen cellotape mijn trotse spiegel lelijk! Als ik hem voor of naast mijn gezicht hield, weerkaatste hij mijn eigen onvolmaaktheid. Het werd steeds meer een voorwerp uit de van vuil aan elkaar klittende boedels die mijn vader moest laten opruimen.

'Die schitterende vulf van jou,' zei ik op een dag tegen Corinne, 'is voor mij een ovale handspiegel.'

'Ovaal, daar kan ik me nog iets bij voorstellen,' zei ze, 'maar... handspiegel? Ik hou van beeldspraak, zeker als jij ermee komt, maar die moet wel ergens op slaan. Waar is de steel bijvoorbeeld?'

Ik vertelde haar de wederwaardigheden van mijn moeders handspiegel. Ik pakte haar middelvinger zo stevig beet dat hij *knak!* zei en bijna brak. 'Je steel, hier heb je 'm... greep op zoek naar handspiegel.'

'Nu snap ik de steel,' zei ze, 'en ook het ovaal, maar de spiegel zelf weer niet.'

'Het heeft met mijn eeuwige geloer naar jou te maken,' zei ik. 'Jouw heerlijke vulva verandert onder mijn blikken voortdurend van vorm, en wordt vanzelf een spiegelbeeld van mijn smoel en mijn stemming... van mijn van hitsigheid zwellende geest. Ik tref tussen jouw dijen mijn eigen portret aan... levend als de pest in een golvend medaillon... godnogaantoe, als het nou nog niet duidelijk is.'

'En hoe zit het dan met die steel?'

'Je zoekt met je vinger naar de juiste plek... om de verbinding te maken. Ondertussen spiegel ik me, en trek ik bekken.'

'O, ik ben een lachspiegel?'

'Ik wil graag je hofnar zijn.'

'Waarom moet ik jou een handspiegel voorhouden?' Ze greep mijn middelvinger, bevochtigde hem in haar mond, en dreef hem in haar nauwe opening, net beneden het ovaal. 'Zo, nu heb je je eigen steel... til de spiegel nu maar op, tot voor je gezicht, en vertel me wat je ziet.'

'Ik zou je kunnen ronddragen, op alleen deze vinger. Licht als een veertje... in ieder geval niet zwaarder dan mijn moeders handspiegel.'

15

Als de inhoud van de handtas het complete beeld biedt van een vrouwenziel, dan moest ik als de bliksem een gelegenheid zien te vinden om de Crocodile no. 17 van Corinne binnenstebuiten te keren. Ik was er wel eens bij als ze er iets uit haalde, maar dat deed ze net zo snel als Tsjitsjikov in *Dode zielen* zijn ronde reisvalies opende, niemand de gelegenheid gunnend ook maar een glimp van de inhoud op te vangen. Haar omzichtigheid werd begunstigd door de soepelheid van de ritssluiting, die twee keer kort na elkaar zijn gebrom voortbracht, zoals ik me het keelgeluid van een krokodil voorstelde die in het ondiepe moeraswater zijn maaginhoud lag te verteren en zelfs de vogeltjes die zijn kiezen kwamen schoonpikken op afstand wenste te houden.

Aangezien Corinne altijd bereid leek haar hele ziel voor me bloot te leggen, moest de tas van de Everglades wel de schaduwzijde bevatten: ze verloor hem geen moment uit het oog, en bewaakte hem nog vanonder de dekens, als hij bij haar kleren over de stoelleuning hing, een poot door de schouderriem gestoken.

Toen ze op een zaterdagmiddag te kennen gaf dat ze uitvoerig in haar eentje wilde 'badderen' (ze was de wasbeurten in het teiltje in de bijkeuken van het Mierlose kledinghuis nog niet vergeten: Venus oprijzend uit de huid- en zeepschilfers van de zinken familietobbe) zag ik mijn kans schoon. Eerst dacht ik nog dat ze haar Vuitton mee de badkamer in wilde nemen, maar nee, ze haalde er iets uit, en nam dat in haar hand verborgen mee. Het betekende wel dat er alvast een puzzelstukje aan haar intiemst denkbare portret ontbrak. Ik luisterde aan de deur: het neerdreunen van de waterstralen vormde nog geen garantie dat ze niet onverwacht in de slaapkamer terug zou keren, bijvoorbeeld om alsnog de tas naast de badkuip veilig te stellen. Pas nadat de kranen dicht waren gedraaid en de Venus van Mierlo zich met theatrale kreten aan het hete water overgaf, ongetwijfeld van enkels tot kruin met kippenvel overdekt, durfde ik de Crocodile aan een vluchtige inspectie te onderwerpen.

Aan mijn nerveus trillende vingers gehoorzaamde de rits heel wat minder soepel dan aan haar geroutineerde gebaar. Het was in ieder geval een opluchting dat zich, ter verminking van binnendringende handen, aan de binnenkant geen scherpe krokodillentanden bevonden. Het liefst had ik de inhoud op het onderlaken van het bed uitgestort, om die vervolgens nauwgezet te sorteren, pasjes bij pasjes, cosmetica bij cosmetica, heterdaad bij heterdaad. Ik durfde het niet aan: mijn Rinse Rinni was in staat om plotseling de tussendeur open te gooien, druipend op een inderhaast uitgespreide handdoek.

'Kom er ook bij, Zwan… ik heb een badvariant op de stemvorken ontdekt.'

Ondraaglijke gedachte: dat ze me over het bed en de inhoud van haar tas gebogen zag staan. 'Ik leg de puzzel van je ziel,' zou dan als een rottige smoes klinken. Ik gaf voorlopig de voorkeur aan aftastend graaien. Ik schepte met volle hand haar spullen om en om. Ik zag kluwens van kleine voorwerpen voorbijkomen, maar ongenuanceerd, en ongeschikt om bij te dragen aan een geheim innerlijk portret van de eigenares. Mijn door angst bevangen geest stond er te weinig voor open, en onderscheidde alleen een tangetje met geplastificeerde greep, een minipaletje met verschillende tinten oogschaduw en de zwartzilveren vingerhoed van haar vader, die was gestoken op het soort hardpapieren stift die kunstenaars gebruiken om houtskoollijnen te laten vervagen. Met kloppend hart spitste ik mijn oren: Corinne zong, ongetwijfeld om mij te plezieren, een paar frasen uit het nummer 'Venus' van Shocking Blue:

I'm your Venus
I'm your fire
At your desire

De song was ook gebruikt onder een van haar reclamespots. Ik viel bijna flauw van de spanning, en ritste snel de tas dicht... en wat denk je? De trekker liep vast in de metalen haakjes. Het kostte me de grootste moeite om ze weer in het gareel te krijgen. Corinne zong nog steeds, en niet eens zo slecht: je kon merken dat ze ooit op aandringen van Kanaar zangles had genoten voor een carrière bij de film.

Alsof ik mezelf voor nog meer achterbaksheid wilde behoeden, nam ik de tas mee de badkamer in. 'Hier, die was je vergeten.'

'Ik had 'm juist achtergelaten onder jouw hoede.'

'Je kunt niet voorzichtig genoeg zijn. Veel insluipers de laatste tijd in Zuid. Schuif eens op... ik wil erbij.'

Ik begon me uit te kleden.

'O?' Ze reageerde verbaasd.

'Ik bedacht daarnet de badvariant van de stemvorkhouding. De bodem van de kuip fungeert als glijbaan. Een kwestie van zacht tegen elkaar op botsen.'

'Nou, kom er maar bij dan. Nooit uitgeprobeerd hoe een stemvork onder water klinkt.'

'Denk aan een dieptebom die de onderzeeër doet schudden.'

Als je naar de weggestopte foto's en documenten keek, was een tas eigenlijk ook een soort versnipperaar of vermalende vernietigingsmachine. De voorouders kregen ezelsoren, die in de loop van de jaren op elkaar toe rolden tot ze een soort geornamenteerd lijstje vormden waarbinnen de geportretteerde in craquelé onherkenbaar was geworden.

Snoepjes en lippenbalsem bedierven of werden hard als steen. Een vergeten half broodje kon gaan schimmelen.

Van wanneer stamde bijvoorbeeld dat Gillette-krabbertje met de dubbele mesjes, waartussen de zeep met haartjes uit de liezen zat vastgekoekt, een cactus op een stokje? Voor wie had ze haar bikinilijn bijgewerkt? Ik liet altijd merken dat ik het scheren afschuwelijk vond, al was het maar vanwege mogelijke beschadiging van tere huid. Ik vertelde haar op een keer dat er niets mooiers bestond dan de donkere haarstrookjes die zich rond de zomen van een wit broekje krulden, als bij een miniatuursiertuin die in het verborgene lag.

De doorspikkelde witte substantie tussen de mesjes rook nog naar zeep, maar was zo goed als versteend en liet brokkelig los. Corinnes bikinilijn moest van voor onze tijd samen zijn.

Door bestudering van Rinnerls gewoontes, haar badkamergedrag, wist ik steeds beter wanneer ik ongestoord haar krokodillentas binnenstebuiten kon keren. Nooit helemaal. Het werd een vervolgverhaal. Met als complicerende factor dat de inhoud van de 'zak', zoals ze het ding soms noemde, zichzelf niet steeds gelijk bleef. Het was duidelijk dat ze de tas van tijd tot tijd opschoonde en van loze rommel, zoals wikkels en snoeppapiertjes, ontdeed. Het schilderspaletje met vakjes voor verschillende kleuren oogschaduw verdween nadat er barstjes in de verfplakken waren ontstaan: het was duidelijk een cadeau uit een vorig leven, van wie dan ook.

Ik was zelf geen haar beter, maar aan de hand van de Crocodile bleef ik me erover verbazen dat handtassen vaak zo chaotisch ingericht zijn. Als die mobiele telefoon nou maar altijd, na het overgaan, op de bodem te vinden is, dan verraadt dat nog enig systeem, maar het ding kan net zo goed ergens halverwege de losse troep dobberen, met een ringtone gedempt door de zakdoek die door een sleutelring gehaald is.

Altijd gemakkelijk te traceren bij Rinsi: het etui met de twee stemvorken. Ook: het vierkante zakje met daarin opgerold enkele reservesnaren voor haar gitaar. Om het plectrum wat beter terug te kunnen vinden, was die in een zachte vlakgom gestoken. Bladmuziek trof ik nooit aan, en ik vroeg me af of ze thuis wel voldoende oefende en überhaupt nog naar les ging. Het verontrustte me: we waren de laatste tijd steeds meer elkaars muze geworden in een kunstvorm waar geen compositiewetten voor bestonden, of het moesten die van vindingrijkheid en totale overgave zijn. Om heel eerlijk te zijn, we ontplooiden steeds minder ambitie op andere levensgebieden dan de lichamelijke liefde, want die bestonden uit schraal land, dat zich naar de boorden van ons paradijs teruggetrokken had, in de gelige nevels aan de overkant van de slotgracht. Hoe deden andere koppels dat? Ze namen afscheid om over te gaan tot de orde van de dag, en troffen elkaar wel weer, al dan niet op afspraak. Het was, vrij naar de naam van een datingbureau, *parttime love*, en soms kwam me dat als verademend en menselijk voor. Natuurlijk, Corinne en ik verlieten elkaar in die eerste maanden elke keer noodgedwongen – ik om voor mijn kinderen te zorgen, zij om met opgestroopte mouwen haar huwelijk verder af te bouwen. Maar we konden elkaar nooit loslaten, de aanwezigheid van de ander was altijd voelbaar, niet als een hinderlijk hete adem in de nek, maar als een hartstochtelijke ademtocht recht in het gezicht. Corinne veroorzaakte ook bij afwezigheid in mijn hoofd een verstrooidheid die de kinderen opviel. Ter compensatie glimlachte ik naar ze, en voelde dan mijn gezichtsspieren ongemakkelijk trekken.

Ook als we niet bij elkaar waren, zij en ik, waren onze uren gevuld met Zwan & Co, of hoe de gezamenlijke koosnaam van het moment ook luidde. Het was uitputtend, maar raakte nooit uitgeput. 'Liefde is groeien', zo luidt een oude filmregel uit Hollywood. Onze liefde had bloei en groei doorgemaakt, en groeide en bloeide voor mijn gevoel nog steeds, maar in welke richting? De toekomst leek geblokkeerd door het bijzondere karakter van onze symbiose. We weigerden aan wat voor duurzaam samenlevingsmodel dan ook te denken. Woorden als huwelijk, gezin, notariële akte ketsten op ons af. Als we nog 'groeiden', dan binnen een op het hoogtepunt tot stilstand gekomen liefde, waarmee ik niets af wil doen aan de levendigheid van die liefde. We konden niet anders dan de ontstane situatie handhaven, zonder toekomstperspectief, en buiten de tijd gaan leven, dus zonder ouder te worden. Geen plannenmakerij dus, maar ervoor zorgen dat de aandacht niet verslapte, de liefde in heel haar schoonheid niet stolde.

'Je brengt je gitaar nooit meer mee.'

'Ik schaam me om anderen iets voor te spelen… ik ben gewoon niet goed genoeg. Ach, zolang wij elkaar maar betokkelen. Ik heb nooit beseft dat mijn lijf een instrument kon zijn… totdat jij kwam.'

'Het liet zich jarenlang met een cameraklik bespelen.'

'Dat was de passieve variant. Angstig muisje gevangen in sluitertijd.'

'Goed, laat mij dan op je tokkelen.'

Overigens, wat ik altijd had aangezien voor een vierkant envelopje met reservesnaren, bleek de verpakking van een snaardunne lintzaag, zoals die in films wel gebruikt wordt door gevangenen om met eindeloos geduld tralies mee door te zagen. Waar had mijn Rinnerl zo'n lintzaag voor nodig… om wat voor verboden vrijheid te bereiken? Als ik het haar zou vragen, ontmaskerde ik mezelf als de gluurder in haar tas. Ik beschaamde haar vertrouwen liefst in het verborgene, blijkbaar.

16

O, mijn Rinse Rinni, wat was je vindingrijk… niet alleen op de botaniseertochten langs de glooiende landschappen van onze lichamen, ook wat betreft onze persoonlijke taal, die zich bediende van bestaande woorden en toch alleen voor ons tweeën helemaal te volgen was. Een van de simpeler voorbeelden: als je in gezelschap het woord 'mangrove' gebruikte, dan wees je erop dat een van de aanwezige heren een grof persoon was, en tegelijkertijd riep je het beeld op van een boom die met z'n naakte wortels in het water stond, een personage waarbij vogels door de takken en vissen door de worteling schoten.

'Aardpek verzamelen' sloeg natuurlijk op het zwartsel tussen onze tenen, want op onze wandelingen zagen de oude punkkistjes geen meter asfalt, gesmolten in de zon of niet.

'Ik ga straks je schelpjes uitzuigen' – dat sloeg op de parelmoer gelakte teennagels, onder de rand gevuld met hetzelfde zwartsel. Corinne boog, op zoek naar de lekkernij, mijn tenen uit elkaar met de toewijding van een apin die haar buurvrouw vlooit. Bij apen gold vlooien als een vorm van gemeenzaam geroddel, en dat was precies wat wij beoefenden in de stemvorkhouding. Als ik met mijn hoofd aan het voeteneind lag, dan stak Rinsi aan de andere kant haar tong naar me uit, en daar lag dan haar vangst van het moment op: een pikzwarte miniatuurouwel. Het smaakte zoutig, maar ook naar verbrand rubber en een weinig naar smegma, waarvan ik ooit bij een onhygiënische mangrove een fliebertje op mijn tong kreeg – de laatste keer dat ik hand-en-tanddiensten verleende.

Als we tot een stemvorkligging besloten, maande Corinne mij tot grote precisie door te zeggen: '...maar dan wel langs de lesbische liniaal.' Ik kwam er pas later achter dat ze een type liniaal bedoelde dat in de zestiende eeuw op Lesbos gefabriceerd werd, van buigzaam lood. Erasmus bezat er een, maar gebruikte hem toch vooral als metafoor voor teksten, zoals uit de Heilige Schrift, die naar believen omgebogen werden naar onze eigen ideeën. Ik wist zeker dat zich zo'n 'Lesbische liniaal' in mijn ouderlijk huis bevond, onder mijn oude schoolspullen. Ik ging ernaar op zoek, maar vond alleen een houten... waarin een reepje lood verwerkt was, een restant van de Lesbische variant blijkbaar, dat de eeuwen had overleefd. Waarom? Om het latje buigzaam te houden, of juist voor kromtrekken te behoeden? Erasmus, word vaardig over ons.

Corinne las zulke dingen ergens, en onthield ze, voor de associatieguirlandes die ze de hele dag door knoopte. 'Bij de nonnen in Helmond moest ik soms, als ik iets misdaan had, mijn handen ophouden… en dan kreeg ik met de blanke lat. Moeder-overste was daar zo fanatiek in dat ik het later de Straf met de Lesbische Liniaal ben gaan noemen.'

'Van hout?'

'Ja, maar gevuld met lood… om hem lekker te laten zwiepen, denk ik. Het ging een keer door de huid heen… kijk, hier zie je het nog, naast mijn levenslijn. Zolang het wondje er zat, met twee gekruiste pleisters erover, durfde ik mezelf met geen vinger aan te raken. En nog altijd… met looien hand, geloof me.'

Het leek alsof binnen onze hemeltergende klunzigheid ineens alles op z'n plaats viel, met een harmonie bevochten op twee keer twee linkerhanden.

Corinne en ik waren, handmatig gezien, allebei rechts. We schreven rechts, en hanteerden het oogpotlood rechts, net als de haarborstel. Linkerhanden hadden een bijzondere status. Ze leken iets verdoofds te hebben, wat nog iets anders is dan *doods*… want bij alles wat ze aanraakten zei hun op scherp staande tastzin: 'Daarvoor moet je op rechts zijn.'

In vergelijking met de linkerhand is de rechter een arbeider en een lastdier. De linkerhand heeft iets adellijks en wordt ontzien. Nu linkshandigheid eindelijk erkend is, na eeuwenlang klappen met de liniaal te hebben moeten incasseren, profiteren ook de linkerhanden van de rechtshandigen ervan. Het maakt de linkerhand bij uitstek geschikt, niet in de laatste plaats door het ontbreken van een slaafse eeltlaag, voor de liefkozing – een streling die des te tederder uitpakt door de onzekere gang van de linkerhand over de huid van de ander.

'Rechts- of linkshandig?' wordt de rekruut gevraagd.

'In de liefde links.'

17

'Waar denk je aan?' wilde Rinne weten.

'Als het waar is dat we elkaar zo griezelig goed aanvoelen, hoef je dat eigenlijk niet meer te vragen.'

'Ik ken je wel zo goed dat ik zeker weet dat er bij jou een denkgebied is... een terrein van geheime gedachten... dat onder de radar blijft... *mijn* radar. De vraag is of ik daar genoegen mee neem.'

'Zet je radar maar uit. Ik geef me over. Ik dacht aan hoe het allemaal begon: de eengestreepte a en de tweegestreepte c... de stemvorkligging... die hebben we te lang verwaarloosd.'

'Schande... terwijl we de muziek nooit tot een mooie afronding gebracht hebben.'

'Ik zou bijna zeggen: we zijn het aan Hans verplicht om zijn botheid om te smeden tot onze scherpte.'

En daar gingen we weer, net zo onhandig, of linksbenig, als de eerste keer. Ik had een iets langer bovenlijf dan Rinsi, maar de lengte van onze benen was ongeveer gelijk. Ze liet haar stemvorken in de Vuitton, zodat we op de tast onze weg naar elkaar vonden... voeten vooruit, maar zonder dat de zolen tegen elkaar botsten. Het zong in mijn benen, maar het gejuich klonk ook hogerop, in mijn gekantelde bovenlijf. Ik lag op mijn rechterzij. Het voelde vertrouwd, alsof we ons wekelijks zo aan elkaar klonken. Het linkerbeen van Corinne sneed tussen mijn borsten door, het rechter drukte mijn billen uiteen. Mijn benen gingen bij haar dezelfde weg... alles haaks. Ik had mijn liefste in een tedere tang... en bad en hoopte dat mijn onderbeen, geplet onder haar rug, niet weer begon te slapen, waarbij mijn voet zou aanvoelen als een halfdode spons vol spelden en naalden.

Spijtig genoeg hadden we ons die dag niet in het zweet gewandeld, en was er geen tenenzwart aanwezig om de hernieuwde stemvorkligging van een beproefde smaak te voorzien.

‘Ik mis ons afrodisiacum,’ zei ik. ‘Het zwarte goud.’

Ze wurmde haar tong tussen twee van mijn tenen, likte sidderend, en bezorgde me de driedubbel overgehaalde slappe lach tot aan een kinderlijke kieteldood toe. Ze zei: ‘Je ziet het niet, maar het is er wel… je ruikt en je proeft het.’

Ze knabbelde aan mijn vrije voet (de andere stak in haar achterhoofdhaar, met de tenen als een strakke kam) en wist met haar lijf nog een onmogelijke halve centimeter in mijn richting op te schuiven… misschien moet ik zeggen naar mijn binnenste. Vrouwen kunnen elkaar wel degelijk penetreren, ook zonder carnavalesk voorbindgewei.

‘Met het oppeuzelen van het zwart,’ zei ik, ‘gingen we destijds een grens over… heel instinctief. Voor mij is het hoger honing, die het hitsige naar een ander plan tilt.’

‘We zouden weer lange wandelingen moeten maken,’ zei Corinne. ‘In jouw kistjes… stampen op de bosgrond tot de smurrie tussen de tenen omhoogkruipt. Weet je hoe dat vroeger bij ons in Mierlo heette? Ongepijnde honing.’

Na eindeloos schuiven en wrikken, en passen en meten, stonden onze bekkens klemvast op elkaar geschroefd. De stemvorkhouding behelsde een mathematisch wonder: haaks en evenwijdig in dezelfde mal gegoten. Labia die elkaar in kruisvorm pletten in een overdwarse kus… er was, tegen alle Kropse minachting in, voor twee vrouwen geen intiemere manier om te versmelten.

Ik tastte met mijn vrije voet haar gezicht af, nog steeds als een blinde die de ander langs die weg wil leren kennen, terwijl Corinne met haar grote teen in mijn nek prikte. Het eelt van haar zool raspte langs mijn kaak. Rinne drukte met haar handen haar borsten tegen mijn op haar liggende been… ze verpakte er als het ware mijn knie in… zachte kompressen. In het begin leek alles nog strak in stelling gebracht: een natte kus ommuurd door vier aangespannen dijen… maar spoedig kwam het duizelingwekkende gevoel van uiteenvallen… van wijkend vlees… van het zich openende kleine moeras dat we samen vormden. Hier was nog plaats voor schuiven en wringen en wurgen. De schaambenen leken zich te hebben teruggetrokken, of waren via een geheim proces door het lichaam uitgeworpen… geëxcommuniceerd.

Zo'n bijzondere gewaarwording van wederzijdse doordringing had ik nooit eerder ervaren. Corinne en ik goten ons in elkaar uit… tot zelfs onze bekkens geen barricades meer vormden… zacht werden… wegvloeiden. Het wonder van de verbeelding gaf me de illusie dat ik in die trage draaikolk van gesmolten vlees onze beide kernen kon blijven voelen, als harde vruchtenpitten.

Hoofdstuk III *Heren der Schepping*

1

'Albert kwam eind jaren zeventig van Nijmegen naar Amsterdam,' zei ik, 'met in zijn kop een compleet filosofisch systeem. De claustronomie. Hij probeerde me ermee te imponeren, maar ik snapte er geen bal van natuurlijk.'

'En toen ben je zelf wijsbegeerte gaan studeren,' zei Corinne, 'om *hem* te imponeren. Zo schieten we als vrouw niet echt op, wel?'

'Ach, schei uit... ik heb er op de UvA wat aan geroken, meer niet. Het was meer een gatenkaas, en ik trof toevallig net een gat... niet geheel reukloos, maar wat flauw in vergelijking met de rest van de edammer. Ik heb Albert niet op zijn eigen terrein kunnen verslaan. Hij raakte aan de heroïne, want hij was nieuwsgierig naar de filosofie van de straat... daar moest mee geëxperimenteerd worden. Heb jij hem in die toestand gekend?'

'Niet te harden,' zei ze. 'Hij heeft nog een keer ingebroken in onze auto.'

'Leeggejat zeker.'

'We misten niets. Hij beweerde later dat hij alleen maar even de geur kwam opsnuiven... *mijn* geur.'

'De verstokte romanticus. Hij kickte af in de gevangenis nadat hij op die neonazi had geschoten. In zijn cel begon hij toneel te schrijven. De filosofie had afgedaan.'

'En toen kwamen jullie nader tot elkaar,' zei Corinne.

'O, nee, jaren later pas. Ik was toen nog met Ernst. In '87 ben ik met Albert getrouwd. Je zult hem toen wel een paar dagen gemist hebben.'

Ze gaf geen antwoord.

2

Ik wilde nu eindelijk wel eens van Albert zelf weten hoe hij Corinne in zijn veelbewogen jeugd had leren kennen. 'Je spuwde met kersenpitten naar haar in de praalwagenoptocht van Mierlo, maar als zij ter sprake komt, heb je het meestal over Geldrop.'

De meisjesnaam van haar moeder luidde Allebrandi, een naam die me geweldig intrigeerde. Haar oom Rik was voor de oorlog vanuit Mierlo neergestreken in Geldrop, waar hij een boerderij dreef aan 't Hout, in het verlengde van het Bogardeind. Het was geen boerenbedrijf in de eigenlijke zin des woords. Oom Rik verdiende al sinds zijn jeugd de kost als aardappelventer. Zijn handel kwam maar voor een klein deel van de eigen akker, waar hij experimenteerde met het telen van een nieuw aardappelgewas, dat De Allebrandi moest gaan heten. Hij was bedoeld als grote fritesaardappel, niet alleen bestemd voor Vlaamse kotten, maar wereldwijd af te zetten. Met De Allebrandi wilde Rik wereldberoemd worden, compleet met miljoenenomzet. Hij dacht ook aan industrialisering: voorgebakken, diepgevroren patates frites, bestemd voor de Chinese markt, waar ze nou eindelijk eens van de rijst af moesten.

Albert hielp Corinnes oom op vakantiedagen en 's zaterdagsmiddags met het venten, tegen een aardig zakcentje. In de vakanties logeerde op de boerderij een Duitse neef van Corinne, Alberts 'zomervriend' Stefan, die ook op de kar meehielp. Zo maakte Albert op een mooie dag begin jaren zestig kennis met Corinne, die vaak naar Geldrop kwam gefietst om bij haar nichtje op de boerderij te zijn, waar dan ook de Duitse neef vaak was. Ik wilde natuurlijk, omdat mijn verliefdheid ook via tussenpersonen gevoed kon worden, alles weten over zijn eerste indrukken van haar.

'Dikke vlechten waren haar handelsmerk... van die lange, hardlijvige drollen. In de boomgaard van de Allebrandi's hing een schommel. Ze kwam hoog. Als ze achteruit zwierde, ranselden de vlechten haar rug. Ik was verkocht.'

'Dus zo zag je haar voor 't eerst… schommelend.'

'Nee, dat kwam later… de eerste keer was ze aan het hinkelen. Als ze zich plotseling met een sprong honderdtachtig graden omkeerde, dan had ik het niet meer… Stefan trouwens ook niet. Corinne was altijd op weg naar de hemel, die helemaal wit gekrijt was.'

'Je knijpt je ogen stijf dicht…'

'Ja, ik probeer het beeld helder te krijgen… je vroeg er toch om? Nou, Stefan en ik stonden op een Ola te zuigen, en opeens gleed de helft van mijn waterijsje van het stokje… zo in de hemel van de hinkelbaan… van dat diep kersenrode ijs, en het witte krijt zoog het op. En…'

'En… wat deed zij? Albert, geef me in godsnaam een glimp van het meisje Corinne… de elf-, twaalfjarige, hoe oud was ze toen. Laat haar naar me toe hinkelen.'

'Oom Rik kwam uit zijn schuur tevoorschijn… woedend vanwege de rode ijspulp op het witte vlak. Het had volgens Stefan iets met de oorlog te maken. Bloed in de sneeuw… zoiets. Hij joeg ons allemaal van zijn erf. Ook de hond, die het ijs stond op te slobberen, kreeg een trap. Stefan mocht geen dag langer blijven logeren. Hij werd de volgende dag in Eindhoven op de trein naar Duitsland gezet. De meisjes huilden. Dat was mijn kennismaking met de Venus van Mierlo… vlechten, tranen en kersenrood in de sneeuw.'

'Albert, heb je ook wel eens *gewone* jeugdherinneringen?'

3

Je kon Albert er niet van betichten dat hij zijn verleden volledig verzweeg. Ik meende alles van zijn jeugd te weten, en dan stapt via hem de elfjarige Corinne mijn leven binnen, en gaat er opeens een onvermoede Geldropse lusthof open, compleet met schommel in de appelboomgaard en een moestuin voor de teelt van een nieuwe pieper. Ik kwam te weten dat Corinne vanaf haar twaalfde afwisselend verkering had met Hans en Albert, die op hun beurt weer afwisselend boezemvrienden, liefdesrivalen en doodsvijanden waren.

'Albert had van de twee het knapste gezicht,' vertelde Corinne een keer. 'Hans was groter en gespierder... een atleet. Albert was vanaf z'n veertiende heel dichterlijk aangelegd, dat beviel me wel. De Krop had wat dat betreft weinig in z'n harses. Als hij eens iets diepzinnigs zei, bleek achteraf dat hij het van Albert gepikt had.'

Toch was ze uiteindelijk met Hans getrouwd – nou ja, uiteindelijk... het was in september 1972, en zij was net eenentwintig geworden: dat gold toen als volwassen. Krophans was niet veel ouder.

'Waarom,' vroeg ik Albert, 'maakten ze zo'n haast met een huwelijk? Het was geen moetje, toch? Corinne was net geweldig carrière aan het maken.'

'Vraag het haar zelf. Als ik me niet vergis, houden jullie ook nog wel eens tijd over voor een gesprek... als ik tenminste bij het oversteken van de overloop op de stemmen af mag gaan.'

'Wat vond jij ervan... dat ze met je grootste rivaal trouwde, bedoel ik?'

'Ach, ik studeerde in Nijmegen, en had daar allerlei vriendinnetjes... het kon me niet zoveel schelen, geloof ik.'

'Het stak je... het zat je geweldig dwars, ik weet het zeker. Man, je bent levenslang bevriend met haar gebleven... al heb ik nog steeds geen goed beeld van hoe die vriendschap er in de praktijk uitzag. Al die jaren voordat *ik* haar leerde kennen, bedoel ik. Misschien was je wel geobsedeerd door haar.'

'Als je het per se zo wilt zien, ga je gang.'

'Vertel me dan in ieder geval waarom ze zo lang getrouwd zijn gebleven... ruim een kwart eeuw voordat de scheiding in gang werd gezet. Corinne laat er zelf weinig over los.'

'Ik dacht dat jullie transparant als een helder beekje tegenover elkaar waren… weer een tegenvaller.'

'Ze vertelt me alles, maar over haar zwartzilveren huwelijk praten vindt ze te pijnlijk.'

'Hans chanteerde haar.'

'Dat hoor ik nu pas… waarmee? Hoe dan?'

'Meer wil ik er niet over kwijt. Vraag het haar zelf. En denk erom… je hebt het niet van mij.'

4

Natuurlijk haalden we onze grootste lust uit de wederzijdse verzadiging, wat als enig nadeel had dat we het nogal eens moesten missen te zien hoe de ander *zichzelf* genot verschafte. Ik beschouwde haar zelfbevrediging als de grootste lust voor het oog die de Schepping had opgeleverd.

'Ernaar te kijken, Rinne… ik krijg er nooit genoeg van. Mijn angst voor blind worden ligt daar.'

'Zonder die blik van jou onderga ik nauwelijks de helft van het beloofde genot… nog geen kwart. Het is zonder jouw oogopslag gewoon niet compleet.'

'Ons samenspel benadert de perfectie.'

'Nou, ik weet niet…' Corinne ging rechtop zitten in de kussens die tegen het hoofdeinde opgestapeld lagen. 'Het ding dat ik bespeel, bevindt zich altijd binnen handbereik… op nog geen armlengte afstand van mijn schouder. Altijd op afroep beschikbaar, uiterst dienstbaar… meestal tot presteren gereed, soms met enige assistentie van de speekselklieren. Zeg ik het zo duidelijk genoeg? Zo dociel eigenlijk… en dat doet toch een beetje afbreuk aan het mysterie. Waarom is het niet iets waar de hitsige hand naar op zoek moet… iets wat niet altijd dezelfde plek heeft… wat ontwijkend gedrag vertoont, zodat het verlangen nog verder wordt opgezweept.'

'Misschien,' zei ik, 'had de Schepper wat meer volgens het kubisme te werk moeten gaan. Bij Picasso weet je nooit waar de neus zich nu weer bevindt.'

'Jij hebt het altijd over mysterie dit, mysterie dat... en nu ik iets vertel over de verstoring van zo'n mysterie, neem je me niet serieus.'

'Het heeft ook iets grappigs zoals jij het voorstelt: een hand, onzeker tastend, op zoek naar een podium voor z'n act.'

Het zoeken naar het eigen orgaan, dat ergens in het verborgene op me zou moeten wachten... dat is nou precies wat ik bij Corinne vond. Mijn eigen vochtige geslacht, maar dan net met die onvervreemdbare vleug vreemdheid, zoals bij dat griezelspel 'lijkenhandje' (je vriendinnetje en jij zetten ieder een wijsvinger als een kleine wigwam tegen elkaar aan, en strijken er om beurten met de vrije hand langs: je voelt de doodsheid van andermans vinger naast de levendigheid van die van jezelf). Als ik Corinne tussen haar benen streelde, voelde ik mezelf, maar dan enigszins verdoofd, alsof die kerf daar nog tot leven gewekt moest worden. Aldus vervloog al doende het onderscheid tussen onze lichamen. In mij voelden haar vingers eerst een beetje dooiig aan. Als we maar lang genoeg met elkaar speelden, vielen de grenzen weg, en bleven er alleen nog lichte nuances van verdoving. Mijn en dijn vielen rijmend samen.

Niet dat *alle* verschillen wegvielen. Corinne balde zich bij het klaarkomen tot een hard, rubberachtig geheel samen, om meteen daarna te verslappen met een flinterdunne film van snel verdampend zweet over zich heen, als een klein kind dat na een aanval van stuipjes slap en vochtig op de schoot van de moeder ligt. Ikzelf schud het orgasme als het ware *uit* me, een heftige trilling gelijkelijk verdeeld over al mijn lichaamsdelen... een snel zich verplaatsende golfslag net onder de huid, waardoor ik opgetild word... of liever, omhooggeworpen. Het waren juist deze verschillend geuite hoogtepunten die ervoor zorgden dat onze twee zich ontladende lijven elkaar aanvulden en in elkaar opgingen.

5

Het grootste deel van ons leven samen speelde zich die eerste maanden in de echtelijke slaapkamer af, zelfs in het echtelijke bed. 'Echtelijke sponde,' zei Corinne, omdat ze het zo'n heerlijk woord vond. Dat zich hier zeven jaar van mijn huwelijksleven had afgespeeld, dus sinds we het huis kochten, daar had Albert in z'n eentje meer last van dan zij en ik samen.

'We dragen allebei een beetje de nestgeur van dezelfde man met ons mee,' zei Corinne. 'Dat zal het gemakkelijker maken... wij zijn fallische behuwdzusters. Zie je wel hoe creatief Albert ons maakt?'

'Klinkt in ieder geval beter dan kutzwagers. Daar zijn we mee getrouwd, jij en ik, een koppel kutzwagers. Buiten dienst, die twee, dat wel. Uitgerangeerd.'

Hoe we ons op die kamer tweehoog tot de buitenwereld verhielden? Als ze in Amsterdam was, woonde Corinne op weekdagen in het appartement aan de Koninginneweg, al dan niet samen met Hans, die in verband met zijn werk vaak in Mierlo achterbleef. Ik kon me van dat huwelijk in ontbinding nauwelijks een voorstelling vormen. Ik hoorde haar er angstvallig *niet* over uit, bang om me zorgen te moeten maken, en waarschijnlijk om dezelfde reden vertelde zij er mij aanvankelijk zo min mogelijk over. Het was vreselijk om zo telkens dagenlang van haar afgesneden te zijn, terwijl ze misschien wel mijn hulp nodig had. Het was een gedachte die ik het liefst verdrong, maar waar ik niet onderuit kon: zij was voor mij wat zij jarenlang voor Albert was geweest – een maîtresse.

En ik? Ja, dan was ik ook *haar* maîtresse. Deeltijdgeliefde. Doordeweeks zorgde ik voor Albert en de kinderen, en werkte ik drie dagen bij de Spekkeverbestrijding.

Als het haar niet direct het leven dreigde te kosten, kwam mijn Rinse Rinni op zaterdagmiddag al, en dan opnieuw op zondag. We bleven zoveel mogelijk binnen om geen liefdestijd verloren te laten gaan. Als we nog wel eens teruggingen naar het Bos was het om de sfeer van de eerste kus weer op te roepen, onze afzondering achter Alberts rug, als twee stoute kinderen. Een bepaalde geur, een flard wind in de bomen, dat was al genoeg om ons weer naar huis te haasten voor de klassieke stemvorkhouding. Groter werd onze gedeelde wereld voorlopig niet. Het was een geruststellend idee dat de stad zich daarbuiten uitstrekte – tot aan het IJ, en daaroverheen tot voorbij de Oostelijke Eilanden, tot aan het Westelijk Havengebied, en in het zuiden overgaand in Amstelveen. We hoefden de voordeur maar achter ons dicht te trekken, naar het Museumplein te lopen, en de stad zou zich voor ons openen. We deden het niet. We bleven binnen, achter de grijs geworden glasgordijnen met hun langzaam op de tocht voortkronkelende loodveter. Bij het smalle venster was de nylon stof wat geliger, omdat we daar onze heimelijke 'liefdessaffies' rookten voor het open raam, met de spanjolet op drie.

Hier, in de Cornelis Andriessen en omgeving, hield de stad zich koest. Het verkeer in de De Lairessestraat werd voldoende gedempt door een hoge huizenrij en de Willemsparkweg lag te ver weg om voor overlast te zorgen. Amsterdam was sowieso een te overziene stad, geen metropool in de moderne, hysterische zin des woords. Een *meetbare* woonplaats – al gold dat wat mij betreft niet voor de gebeurtenissen die zich erin afspeelden. Een stad was voor mij pas een stad als alle voorvallen in heden en verleden bij elkaar een oneindigheid vormden. *Die Welt ist alles was der Fall ist...* en dat dan naar Amsterdam vertaald. Snijpunten, coïncidenties, associaties, synchroniciteiten... ook die reeks liefst eindeloos.

'Vergelijk het met het notenschrift,' zei ik tegen Corinne toen ze mij niet-begrijpend aankeek. 'De oneindige variaties, die ons het eeuwige voortbestaan van de muziek garanderen... zoiets. Denk alleen al aan alle beweging in de straten van Amsterdam op hetzelfde moment... ook aan de onderbroken bewegingen, en de gevolgen daarvan. Dat alles valt niet bij elkaar op te tellen... het is de eeuwigheid in een eindige, afgebakende stad. Zo zie ik het.'

'En ondertussen,' zei Corinne, de vitrage opzij houdend, 'zitten wij hier opgesloten in een kamer van groezelige praktijken. Maar als jij gelijk hebt, dan zijn wij... jij en ik... ook onderdeel van de hele carrousel die om ons heen draait. Wat wij met onze geile lijven doen, al die vindingrijke dingen, dat is ook een soort notenschrift... waar hopelijk nooit een eind aan komt.'

'Het geeft wel iets geborgens, die draaimolen daarbuiten... met z'n pierementmuziek en z'n steigerende paarden. Een aubade onder ons balkon, terwijl wij de liefdesarbeid op ons nemen.'

'Nou, waar wachten we op.'

6

Arme Albert, ik benijdde hem niet. Wat Corinne en ik nu doormaakten, was wel het *laatste* wat hij met de kennismakingsavond op het oog had gehad. Soms merkte ik aan hem dat hij inwendig in opstand kwam, maar hij kon niet dwars gaan liggen of bruutweg een eind aan de affaire maken. Liefde maakt transparant: zij en ik zouden tegenover elkaar over hem uit de school kunnen gaan klappen, op z'n minst in spottende zin. Aan onze liefdessponde zouden twee nogal verschillende Egbertsen kunnen ontspruiten, die elkaar gedeeltelijk overlapten. Het kon een verhaal worden van dubbel verraad, dat vroeg om tweevoudige wraak. En ook al hielden we ons in bij de revanche, dan was hij ons evengoed kwijt, de twee belangrijkste vrouwen in zijn leven, aan wier genade hij nu overgeleverd was. Het had geen zin voor Albert om mij te smeken hem tegenover Corinne te sparen, of omgekeerd. Hij zag zo ook wel hoe desastreus verliefd we op elkaar waren: twee valse delnichten die aan het delen van geheimen alleen maar meer genot ontleenden.

En dat alles had hij volledig aan zichzelf te wijten – aan de broeierig gezellige voorjaarsavond met iets te veel drank, en aan de hele voorgeschiedenis, die ook onder zijn regie viel. Arme Alp, hij had zichzelf geen slechtere dienst kunnen bewijzen dan, onbewust, twee vrouwen de weg te wijzen naar hun diepste verlangens, waar ze zich tevoren ook niet van bewust waren. Hier was de duivel met de stukken aan het schuiven geweest, net zo lang tot hij zijn maximale quotum van dilemma's tussen de betrokken personen had opgezet. De boel leek nog alle kanten op te kunnen, maar zat in feite muurvast. Het gaf onze liefde het aanschijn van bitterzoete noodzaak: er viel niet meer aan te ontkomen.

7

Ik zag er geweldig tegen op, maar vroeg of laat moest ik het haar toch vragen.

'Je laat er uit jezelf weinig over los, maar... wat *speelde* er nou precies tussen jou en Albert?'

'Sinds afgelopen voorjaar, bedoel je? Bij al mijn ontmoetingen met Albert was je zelf aanwezig. Er viel niets voor je te verbergen. Ik geloof dat ik meestal niet al te vriendelijk voor hem was. En... in zijn ogen heb ik jou van hem afgepakt. Ik heb ondanks alles met hem te doen.'

'Je begrijpt verdomd goed dat ik de jaren bedoel voordat jij en ik elkaar leerden kennen. Goed, laten we je trouwerij als uitgangspunt nemen... ergens in september '72 was dat, zeg ik uit mijn hoofd. Wat voor rol speelde Albert sinds de bruiloft in jouw leven tot aan de dag dat jij en ik elkaar ontmoetten? Ik hoef niet elk detail te weten.'

Corinne schoot in de lach. 'Als je het zo formuleert, lijkt het net of hij me op mijn huwelijksdag bij de hand nam en me door de decennia heen langzaam naar jou toe heeft geleid. Wat een opluchting moet het voor hem geweest zijn om mij op jullie veranda aan jou over te dragen.'

'Ik vind het wel een poëtische voorstelling van zaken. Alleen weet ik nog steeds niet wat er onderweg in die kwart eeuw allemaal gebeurd is... de hindernissen, de ruzies, de struikelingen.'

Onder het minnekozen probeerde ik de gedachte te onderdrukken aan een Corinne die met Albert in bed lag. Mijn voorstellingsvermogen werd gevoed door ons bijna tienjarige huwelijk. Had mijn Rinsi tegenover hem reacties vertoond die ik nu bij haar uitlokte? Los daarvan: hij had de plekken van haar lijf begeerd die mij inmiddels zo gekmakend dierbaar waren. Hoe diep zat hij nog in haar? Direct onder de oppervlakte van haar huid, zodat ik hem tevoorschijn zou kunnen krabben? Beminde ik een vrouw die mijn man in zich droeg... die zich in haar lichaam genesteld had? Dirigeerde hij van binnenuit bepaalde gebaren van haar... trok hij haar arm aan als een lange galahandschoen? Had ze zich behoed voor bevruchting door hem? Als ik mijn vingers in haar dreef, voelde ik dan de vorm die hij in haar achtergelaten had?

Heel haar lijf nodigde uit tot jaloezie, nee, *dwong* me ertoe. Hij was op zijn handen over haar heen gekropen, hier en daar frunnikend met zijn vingers... ik volgde zijn spoor, dat in haar gekerfd stond. Ik kon er niets aan doen: ik *moest* haar onbehagen wekken, zoals zij dat bij mij had gedaan.

'Als je me aanraakt en streelt... vind je het dan geen naar idee dat dit allemaal aan Albert heeft toebehoord?'

‘Zonder Albert zou het nu niet *mij* toebehoren… als ik zo vrij mag zijn.’

‘Dreunt mijn huwelijk niet als een ploert op je neer af en toe, als we met elkaar naar bed gaan?’

‘Het zou veel vreemder zijn als ik je op je vijfenveertigste ongeschonden aangereikt had gekregen… *niet* door alle wateren gewassen. En jij, zit jou de man dwars met wie ik twee keer zo lang getrouwd ben als jij met Albert?’

‘Om heel eerlijk te zijn, Rinsi… ik heb er geen enkele amoureuze voorstelling bij. Ik zie alleen maar vechtkluwens voor me. Ik worstel *wel* met beelden van jou en Albert in bed.’

‘Ga er maar van uit dat het al een hele tijd over was tussen ons toen jij in zijn leven kwam.’

‘Dat was eerder dan je denkt… in ’77. We zijn elkaar misgelopen in wat Albert zijn *sneeuwnacht in september* is blijven noemen. Ik liep vervolgens op een nogal bizarre manier in de armen van Ernst.’

‘In september ’77,’ herhaalde Corinne nadenkend, ‘toen liep mijn affaire met Albert op z’n eind. Hij raakte aan de heroïne… afijn, dat weet je allemaal wel. Dus, als het je geruststelt, toen jij na Ernst bij Albert terugkwam, was er niets meer tussen hem en mij… behalve een opmerkelijke vriendschap, die me nog steeds erg dierbaar is. Een zoals ik nog nooit met een man heb gehad. Als dat je hindert, dan spijt het me: ik kan er niets aan veranderen.’

8

Ik hield haar in mijn favoriete greep, niet om haar te onderwerpen, maar zelf als onderworpene – aan haar.

Mijn handen lagen tegen de binnenkant van haar dijen, als om haar te beletten me door het sluiten van haar benen het zicht te ontnemen, maar de ware slaaf was mijn hongerige blik, waar net zoveel schakels van ketenen in rammelden als er spaken in mijn irissen pasten. Met mijn duimen drukte ik haar goddelijke curve wat verder open. Een plotselinge verwondering maakte me bijna misselijk: hoe had deze roze drinknap, die voortdurend van vorm veranderde maar me in al z'n gedaantes bleef laven, al die jaren buiten mijn blikveld, sowieso *buiten* mij, kunnen (nee, mogen) bestaan? Een onrecht waarvan ik destijds geen weet had maar dat ongetwijfeld aan me moest hebben geknaagd.

Meer nog dan op de mannen die in haar nabijheid hadden verkeerd, was ik jaloers op de *tijd* die, verglijdend door deze tere sleuf, buiten mij om verstreken was, sterker: zonder mijn toestemming. Corinne had decennialang haar lijf onvrijwillig onderworpen aan rijping en veroudering, zonder dat het mij vergund was geweest dat proces te vertragen, liever nog te stoppen. Omgekeerd had ik *haar* niet in mijn buurt gehad om het voortschrijdende bederf een halt toe te roepen.

Vredestichter Albert met zijn eeuwige verzoeningspogingen tussen de vrouwen in zijn leven... waar was hij vijftien jaar geleden toen Corinne en ik nog maar net de dertig waren gepasseerd? Albert en ik waren toen net bij elkaar, voor de tweede keer. Waarom had hij zijn twee vrouwen op dat moment niet alvast het handje laten schudden? 'Zwanet, dit is Corinne Suwijn... een goede vriendin, al sinds oude, Geldropse tijden. Ze is getrouwd met een jeugdvriend van me.'

'Zwanet Vrauwdeunt, aangenaam. Corinne Suwijn, die naam ken ik natuurlijk... wat een eer.'

'Ik *heb* zo'n idee,' zou Albert gezegd kunnen hebben, 'dat jullie wel aan elkaar gewaagd zijn.'

Schot voor open doel, en hij had het laten liggen, de driedubbel overgehaalde lafaard. Nu had ik al mijn verbeeldingskracht en inlevingsvermogen nodig om Corinne en mij vijftien jaar terug te plaatsen in een ontmoeting waarvan nooit sprake was geweest. Nou goed, de afgelopen maanden was ik ruimschoots schadeloos gesteld voor al het eerder gederfde genot, anders was mijn wraaklust niet te beteugelen geweest. Ik ontleende er het recht aan om me in de huidige situatie volkomen *zat* te kijken aan die door God zelf opengetornde schoot, die z'n pracht zo verleidelijk liet glinsteren.

9

We kenden elkaars voorkeuren nog niet zo goed. Ik hield van maagdelijk wit ondergoed, liefst afgezet met kartelig kanten strookjes. Corinne was niet afkerig van een pasteltint op z'n tijd, en soms hadden haar slips zelfs een motiefje. Te speels, vond ik. Alles wat het ondergoed verbergt, heeft voor mij een hoogdramatische waarde – daar valt geen frivoliteit omheen te bedrijven.

Op een van onze zondagen droeg Corinne onder haar spijkerbroek een zwarte string. Ik verfoei die dingen. Ze begreep mijn afkeuring niet meteen: ze had gedacht me ermee te bekoren.

'Een onderbroek moet bedekken... juist dat maakt het opwindend om 'm uit te trekken. Soms hoeft hij niet uit... elastische ingangen genoeg. Als de directoire niet al eeuwen had bestaan, zou inpakkoning Christo hem hebben uitgevonden.'

'O, nou, sorry hoor... ik zal het niet meer doen. Ik dacht dat je dit opwindend zou vinden...'

Ze trok de string aan de zijkanten hoog op, tot boven haar heupen, zodat het smalle kruis haar labia spleet. Het had iets vulgairs dat niet bij haar paste.

'Het doet me aan een ooglapje denken,' zei ik.

'Je bedoelt, zoals piraten vroeger droegen als ze een oog uitgestoken was?'

'Ik beweer niet dat er geen eenogige piraten bestonden, maar dat ooglapje, aan een veter om het hoofd, had een andere functie.'

‘Straks ga je me nog vertellen dat hun verloofdes thuis er hun schaamte mee moesten bedekken.’

‘Stel je die VOC-schepen voor… altijd onderweg door de tropen. Zo’n matroos krijgt aan dek de zon in zijn kop. Als hij dan in het vooronder afdaalt om zijn verrekijker te zoeken, ziet hij in het donker geen hand voor ogen, alleen zonnevlekken. Vandaar dat ooglapje. Achter dat stukje stof kreeg het oog de kans om alvast aan het duister van het ruim te wennen, en dan was die verrekijker zo gevonden. Een methode die echt niet alleen door piraten werd gebruikt.’

‘Ik *wist* het,’ juichte Corinne aanstellerig. ‘Die string zou mijn kennis verrijken. Dat van dat ooglapje en het zonlicht wist ik vanmorgen nog niet toen ik voor mijn la met ondergoed stond. Allejezus, wat ben jij een betweter af en toe, Zwanet Vrauwdeunt. Mag ik een slip van jou lenen?’

Ze mocht me dan een waanwijze schoolvos vinden, een string heb ik haar nooit meer zien dragen, geen zwarte en geen andere. Wel bracht ze op een dag een chic ingepakt cadeau voor me mee, waarop alleen al de zilvergrijze zijden roos die het lint bijeenhield een klein kapitaal vertegenwoordigde. Er kwam een zwart, gewatteerd ooglapje uit tevoorschijn en een lang snoer van zilveren schakels bezet met briljantjes, dat ik als sieraad niet meteen thuis kon brengen. Ze wist nog niet dat ik geschenken verfoeide.

‘Om maar even met de deur in huis te vallen,’ zei Corinne verontschuldigend. Ze schortte mijn jurk op en, wat ze nog nooit meteen na binnenkomst gedaan had, ze trok mijn broekje uit.

‘Ga je me aanranden?’ vroeg ik dus maar.

Corinne bevestigde de dunne zilveren ketting rond mijn middel en knoopte er, op de buik en de rugzijde, de veter van het ooglapje aan vast, ervoor zorgend dat het lapje zelf de kleinst denkbare bedekking van mijn vulva vormde. Ze reikte me mijn handspiegel aan, en zei: ‘Zo komen zeerovers te pas.’

Aangezien we met z'n tweeën zo goed als in afzondering leefden en we buiten nauwelijks nieuwe indrukken opdeden, moesten we woekeren met onze metaforen. Corinne maakte het die avond extra donker in de slaapkamer, en wilde weten of ik het duister kon doorgronden door mijn dijen te openen en het lapje weg te trekken.

'Ik zie de zonnevlekken opstijgen als vlinders,' zei ik. 'Jij?'

'Ja, o ja… ze zijn schitterend met hun nachtblauwe pauwenogen. Als monnik zou ik me er blind op staren.'

Door batterijen aangedreven speeltjes, nee, maar ik hechtte wel aan bepaalde varianten op de onderkleding. Corinne hoefde voor mij niet met stok, hoge hoed en jarretels te paraderen als *Der blaue Engel* – het gaat me alleen om een detail van de 'sokophouders' (haar aanduiding) die jarretels genoemd worden. Ik keek liever toe wanneer ze haar kousen aantrok dan wanneer ze die uittrok. Ik zag ademloos en met een mond vol brak speeksel toe hoe ze het harde knopje liet opkomen uit de mistig witte stof van de kous, voordat ze er aan de buitenkant het metalen oog omheen legde. Ik *moest* het even bevoelen, er met mijn vingertop omheen draaien. Er zijn meerdere vleeskleurige knopjes voor elk bovenbeen: met elkaar vormen ze een paramilitair legertje dat de kleine heilige bewaakt die zich in het zijden broekje schuilhoudt.

Die microwereld had ik nodig om Corinne te ontleden. Haar al te abrupte, onverhulde naaktheid zou veel poëzie vernietigen. En ze *wist* het, het kreng. Ze *wist* hoe ze zich moest wapenen met haar bescheiden Zwitserse garde om haar kapel te bewaken.

Corinne deed nog een allerlaatste poging om mij met haar zwarte string te verleiden: door hem over een netkouspanty te dragen.

'Lieve Rinne, er zijn mensen die zeggen: ik heb geen ogen in mijn rug. Jij wel… jij draagt ze op de juiste plaats.'

Ik manoeuvreerde met twee handspiegels als een grondwerker op een helikopterhaven met zijn bats, net zo lang tot Corinne haar eigen billen in het vizier kreeg. Ze begreep eerst niet wat dat met ogen in de rug te maken had. Ik liet haar een tijdschriftfoto van een reusachtig uitvergrote vlieg zien, in zwartwit – en toen vielen haar, als het ware, de schellen van de ogen. Ze staarde ernaar: 'Hoe is het mogelijk.'

De vliegenogen leken in dit formaat op vrouwenbillen in netkousen, met het smalle zwarte kruis van een string ertussen. Ik zei: 'Draai je nu om, en vertel me precies wat je met die facetogen van je ziet... zo koop je toestemming om die enge rouwband tussen je dijen te dragen.'

Ik bood haar rasterbillen mijn eigen naaktheid, en Corinne, *fly on the wall*, beschreef het uitzicht.

10

In ons huis leerde ze mijn ex nader kennen, toen die zijn dochter kwam opzoeken. Hij maakte niet de indruk te weten wat er tussen Corinne en mij speelde – tenzij hij door Albert was ingelicht en zich heel goed op de vlakte wist te houden. Als hij er een bedreiging voor de opvoeding van Cynthia in had gezien zou dat wel anders geweest zijn. Toen we weer alleen waren, informeerde Corinne naar mijn overstap. Van Ernst op Albert, bedoelde ze.

'Het huwelijk met Ernst had, zoals je weet, erg te lijden onder zijn gezuip, ondanks dat hij aan een terugval eens per halfjaar genoeg had. Albert kende ik uit mijn studententijd, en toen ik jaren later opnieuw verliefd op hem werd... en dit keer serieus... toen viel Ernst opeens als een blok voor me. Hij werd verliefd op *mijn* verliefdheid... alleen waren we het, spijtig genoeg, niet op elkaar. Mijn verzotheid op Albert maakte blijkbaar een ander mens van me... precies de persoon die

Ernst nodig had. Te laat, te laat, zei Winnetou.'

'Als het een algemeen geldige liefdeswet is, zou Albert door jouw verslingering aan mij de ernstige aandrang moeten krijgen om jou terug te veroveren,' zei Corinne.

'Of omgekeerd hij *jou*,' zei ik. 'De zaken zijn alleen maar ingewikkelder komen te liggen. Albert en Ernst samen ten strijde tegen ons, verloederde wijven... dat zou ook nog kunnen.'

'Vlak Hans niet uit,' zei ze. 'Het zou alles bij elkaar een heel andere invulling geven aan de uitdrukking *verliefd op de liefde*. Een levensgevaarlijk bedrijf, zo blijkt.'

11

Het had iets bijna obsceen gulzigs, om niet te zeggen: vraatzuchtigs, zoals wij ons op elkaar wierpen. Het ritme van onze dagen samen: een ononderbroken samenspel van twee hoofden en acht ledematen, verstrengeld en zich telkens weer uit de knoop trekkend. Terwijl ik dit opschrijf, zie ik er beelden van voor me. Een hand die, opwaarts glijdend vanaf de kuit, twee benen splijt, en nog even met drie vingers doorschiet onder de omkrullende huid, en dan vastloopt. Ik, in extase tastend tussen een borst en een bovenarm, in mijn blindheid denkend dat het de tweespalt van haar dijen is... vingertoppen zoekend tussen het vochtige okselhaar, zonder de ingang te vinden. Als ik mijn ogen open, zie ik dat haar lichaam zich in een heel andere stand bevindt dan verwacht. Zij, haar andere arm strekkend: 'Ik heb hier nog zo'n vogelnest... maak het jezelf gemakkelijk.'

Zelfs na de totale verzadiging speelden we het spel van verknoopte ledematen nog een keer na door onze handen met de vingers in elkaar te schuiven, als waren het benen en armen in miniatuur. We beeldden er niet onze bevredigde rust mee uit, maar juist de onrust, door rusteloos de pols alle kanten op te buigen tot anemoonachtig gewriemel onder water.

Wat Albert voor een herinnering aan zijn geboorte aanzag, was natuurlijk een constructie achteraf van de overdreven dichterlijk aangelegde puber. Toen hij zijn babyhoofd de wereld in stak, ontstond er een symmetrie als op sommige ouderwetse speelkaarten: zijn moeders armen namen de plaats van zijn benen in en daartussen perste hij *haar* hoofd naar buiten. Een perfectere spiegeling vormen Corinne en ik, met het hoofd tussen elkaars dijen, elkaar verslindend met vier monden en een veelvoud aan lippen tegelijk, alsof we de weg terug zoeken naar de oorsprong – dan maar in een andere schoot dan die van de eigen moeder.

Mijn ex kon in zijn drankzuchtige periodes nogal visionair uit de hoek komen, wat een nette manier is om te zeggen: hij hallucineerde als een gek tijdens zijn deliriums. In die toestand ontwikkelde hij een theorie over Salome en haar Dans van de Zeven Sluiers. Zij zou haar hitsige vader met haar gewervel de kop van Johannes de Doper hebben afgedwongen. Volgens Quispel omdat zij aan het hoofd, meer in het bijzonder de tong, genoeg dacht te hebben… de rest van het door de woestijn geloogde lichaam mocht door de beul als afval worden weggemieterd. Natuurlijk, zij werd door moeder gesouffleerd, maar die hunkerde misschien zelf naar de zegenende mond van de woestijnheilige.

Met zulke visies kwam Ernst aanzetten nog voor de echte dronkenmanswanen kwamen en de tremoren, die opklommen tot in zijn strottenhoofd en hem onverstaanbaar maakten.

‘In die dagen dienden ze een varkentje nog niet op met een appeltje in zijn bek. Johannes de Doper lag op de zilveren schaal met de felbegeerde tong uit zijn mond hangend. Salome sneed zichzelf als het ware in de vingers, want de mond zat vol harde uitsteeksels van de sprinkhanen die Johannes in de woestijn tot voedsel gediend hadden. Ze wikkelde het bloederige hoofd in de zeven sluiers en borg het op onder haar jurk… op de plaats van haar buik. Het rolde telkens onder haar kleren uit, alsof ze onder het dansen beviel… keer op keer. De sluiers raakten los, maar er bleven er altijd wel een paar om de kop gewikkeld, die het bloed opvingen.'

Zo'n man dus, die Ernst… heel onderhoudend, maar het kon niet blijven duren. Enfin, later kwam Albert met weer heel eigen visioenen. Soms wekken die kerels de verdenking dat ze in hun jeugd net een keer te vaak tegen het onder stroom staande prikkeldraad aan gepist hebben. Geen koe keek ervan op. Ze deden het zelf ook wel eens, maar dat veroorzaakte in het massieve lijf geen ergere huivering dan van een willekeurige horzelsteek.

'Rinne, *dit*… wat wij hebben… is te groot, het maakt me bang.'

'Hou op, Zwanny, met lofzangen als die van jou kun je een liefde ook kapotmaken. Laat het gewoon over je heen komen zoals het is.'

'Dan wordt het misschien oncontroleerbaar, en groeit het ons pas echt boven het hoofd… met alle gevolgen van dien.'

'Goed, dan loopt het maar uit de hand… een teken dat wat wij doormaken iets volslagen unieks is.'

12

Albert had me verteld over de jonge Corinne in Mierlo en Geldrop, met haar 'tong die kon klinken als zo'n blikken klikkikkertje, gebruikt bij de invasie van Normandië, bij wijze van communicatiemiddel in het donker'. Het misleidende was dat haar stem ook als een straaltje zoetvloeiende honing kon zijn, zodat het venijn niet meteen duidelijk overkwam. 'Bij haar wordt de honing per scheermes opgediend,' zo formuleerde Tibbolt het. Volgens Alp was Rita net zo.

Vooral wanneer het over mannen ging, kon het scheermes klinken als zo'n metalen plaat die achter het toneel aan het wapperen gebracht wordt om gerommel van een onweer uit te beelden. 'Je herkent het vast wel, Zwan... vroeg of laat ga je met een vent naar bed, en je merkt dat het je niks doet. Let dan eens op dat smoelwerk als hij klaarkomt... zo zielig en dommig. Alsof hij zich tot het uiterste *inspant* voor jou... een gepijnigde martelaar. Op zo'n moment zouden ze eigenlijk, met stroomdraden aan zijn ballen, zijn IQ moeten meten. Ik wed dat het voor driekwart in die kwak gaat zitten... zonder dat de eventuele nakomeling ervan profiteert.'

'O, Rinneke, wat zijn we weer heerlijk bezig als een stel valse delnichten.'

Corinne was er onmiddellijk voor om de term als onze gezamenlijke geuzennaam te ijken: *een stel valse delnichten.* Ze klapte in haar handen, en haar stemgeluid klonk al minder metalig.

'De Heren der Schepping,' hoonde Corinne, 'hoe ze levenslang hun kinderlijkheid weten te behouden. Ontroerend gewoon. Ik krijg er een brok van in mijn keel... of liever, in mijn ziel, want het laat zich niet wegslikken. Je weet waar ik het over heb. Hoe ze 's morgens, terwijl jij al aan het redderen bent, in bed liggen te punniken aan die paddenstoel van ze. Het is geen zelfbevrediging, maar gepluk en gefriemel, zoals ze van kindsbeen af gewend zijn. Aan het begin van de dag wordt de scepter van de alleenheerser in model gebracht... of is het zijn oorlogsknots? Ik was op een ochtend zogenaamd druk bezig, maar lette goed op het dekendek en z'n golvingen... we mogen de gedragswetenschap niet verwaarlozen. Dat krabt en kneedt maar, en er blijft altijd wel een vinger over om krulletjes in het schaamhaar te draaien. De middelvinger, dat was altijd Hans zijn favoriete papillot. In onze linnenkast bewaarde ik een oud, versleten laken, dat nog van mijn oma was geweest. Vaak versteld, maar er was een winkelhaak in blijven zitten. Op een keer had ik bij het opmaken van het bed per ongeluk dat kapotte laken gebruikt. En wat denk je... waar ben je, Zwanet, dit moet je horen... hij wist met zijn wichelroede meteen die winkelhaak te detecteren, en stak hem erdoorheen. Het was net een chirurgisch laken, dat alleen een opening heeft voor het te opereren orgaan. De scheefgroei moest toen nog komen.'

Corinne had weer een van haar mannenhatende buien. Ik misgunde haar die niet, dus zei ik maar: 'Ja, waar is je lancet als je het nodig hebt.'

'Er bestaat een collectieve methode om ons van het sterke geslacht te ontdoen,' zei Corinne.

'Ik doe blind mee,' zei ik.

'Je kent toch die verhalen over hebzuchtige chirurgen die zich hebben gespecialiseerd in neustussenschotjes? Ze lopen binnen op het weghalen van wat door de evolutie al overbodig geworden is, en in het cocaïnetijdperk alleen maar voor hinder zorgt.'

'Ik neem aan,' zei ik, 'dat we de heren daarmee nog niet kwijt zijn.'

'Verwijder bij elke man een wervel uit de onderrug,' zei Corinne. 'Dan kan hij eindelijk ver genoeg vooroverbuigen voor de zelfbediening, en hoeft hij *ons* niet meer lastig te vallen. Net als de zelfpijper uit de limerick...' En ze droeg hem met enig pathos voor:

There once was a man from Nantucket
Whose prick was so long he could suck it
He said with a grin
As he whiped off his chin
If my ear was a cunt I could fuck it.

'Rinne, hou op. Ik krijg pijn in mijn zij... straks moet ik nog naar het ziekenhuis met een stukgelachen blindedarm. Die arme kerels... ruggenmergverweking, dus toch.'

'Ondertussen,' zei Corinne, 'zijn wij wel een stel levenslustige teven, maar kunnen we onszelf niet likken. We zullen nooit weten hoe het voelt en proeft. Een tongpunt is tenslotte geen vingertop. Onze ruggengraat zal ook onder het mes moeten... tot we als slangenmens geheel zelfvoorzienend zijn.'

'Hoe het smaakt, daar is een methode voor.'

'Die hele mannelijke zelfbevrediging,' zei Corinne, 'ik heb er sowieso nooit aan kunnen wennen. Het heeft, ook bij de macho's, iets nichterigs zoals ze zichzelf verwennen en er nog een lijdend smoel bij trekken ook... Het is Narcissus die verliefd op zichzelf wordt door in zijn handspiegel te kijken... hij heeft het niet makkelijk, want het glas versplintert onder zijn vuist... de scherven springen weg. Ben ik dat... ben ik dat?'

'Als je pech hebt, wiebelen ze er nog met hun kont bij ook... alsof ze vergeten zijn dat ze daar geen staart meer hebben om mee te kwispelen.'

'Ze hebben er gekwispel aan de voorkant voor in de plaats gekregen: als de staart zich nog aan het oprichten is... of als de lust weer neergaat. Ze lijken altijd blij.'

'En dan hun lachwekkende manier van masturberen,' riep ze uit. Met de top van haar middelvinger vlak bij haar open mond maakte ze met rollende ogen een braakgeluid, dat volgens mij eerder bij walging dan bij lachwekkendheid hoorde. 'Het heeft iets ontzettend homoachtigs, dat gewiebel van die elleboog, met als het even tegenzit ook nog geschommel van hun slappe billen. Tegelijkertijd is het een machinale handeling, die je met enig begrip *mannelijk* zou kunnen noemen, vooruit, niet flauw zijn. Wie nood heeft, moet pompen... tot de opgewekte druk de ondergrondse bron laat spuiten. De pols met de holle vuist nog even als jaknikker, en meneer mag zich weer voor even *Giant* wanen. Grote jongen... hij is braaf.'

'Rinne, hou op... ik doe het in mijn broek.'

Soms deed ze me denken aan die knettergekke tante van Albert, Tientje Poets, die ook zo door kon draven, veel erger nog, als het over de mannen in haar leven ging.

'Nee, dan wij! Wij hebben geen boortoren nodig... alleen deze ballerina.' Ze stak de middelvinger die ze voor haar mond gehouden had theatraal de lucht in. 'Ze volgt haar glijbaantje in een sierlijke beweging, en gaat dan weer bovenaan op de spitzen voor een pirouette... net zo lang tot de zenuweinden het niet meer houwen. Nee, echt, Zwan... de prestatie van de heren der schepping en die van het voormalige zwakke geslacht, dat is toch het verschil tussen olie en elektriciteit... tussen de grote wonderlamp die opgewreven moet worden en het kleine lichtknopje dat gloeit in het duister... als een vuurvliegje.'

'En dan vertegenwoordigen vrouwen, met hun elektriserende ontlading, zeker de moderne tijd, die afrekent met de olielamp van het verleden. Het is een genot om je zo tekeer te horen gaan, maar nu draai je toch door, liefie. Kom eens hier... volgens mij knetter je van de elektriciteit. Geef me een schok... hoog voltage mag. Al sterf ik eraan.'

13

Het was niet zo dat we voortdurend zaten af te geven op mannen, en onze spijt eruit loeiden dat we ze in ons leven hadden toegelaten. We waren geboren heterovrouwen, en wat mij betreft hadden we ons nooit door de mannenwereld iets laten opdringen – nou ja, op die enkele psychopaat na die op mijn pad was gekomen. En Corinne, die was natuurlijk beter af geweest *zonder* die hufterige Hans.

'Wat ik de heren vooral verwijt,' zei Corinne, 'is de fascinatie voor het getal... kwantiteit boven kwaliteit. Ik las lang geleden een dubbelinterview met Fellini en Simenon, naar aanleiding van *Casanova*. Simenon nam de gelegenheid te baat om te bekennen dat hij in zijn leven met minstens tienduizend vrouwen naar bed was geweest... daar was, met andere woorden, Casanova een kleine jongen bij. Tienduizend... maar het ging daarbij voornamelijk om hoeren. Dan moet je wel aan een godvergeten minderwaardigheidscomplex lijden, als je dat waar je grif voor betaald hebt als een verovering wenst te zien, en dat tienduizendvoudig. Je portemonnee trekken, en roepen: "Ik ga een vrouw versieren." Het beste wat ervan te zeggen valt, is dat een *golddigger* treffen nog veel erger is, want daar raak je pas vanaf als de echtscheiding de helft van je vermogen heeft opgeslokt.'

Corinne zweeg even, en schudde haar hoofd. 'Simenon dacht zeker dat ze met een stel sexuele maximumlijers onder mekaar waren. Hij had een peperdure, antieke uitgave van het verzameld werk van Casanova voor de regisseur meegebracht, maar Fellini bedankte: "Die pedante filosofische overwegingen... ik kan ze niet lezen." Daar zit je dan met je kostbare cadeau en het getal 10 000 op je voorhoofd getatoeëerd. Het testosteron van Simenon was de volgende dag wereldnieuws... net als bij een vulkaanuitbarsting.'

'De schrijver van *Twee vrouwen* las ooit in een Amerikaanse krant dat hij in Amsterdam een feest had gegeven ter gelegenheid van zijn tweeduizendste verovering...'

'Zie je wel dat de Nederlandse literatuur internationaal opgeld doet.'

'Hij gaf, en dat moet ik hem nageven, het enig juiste commentaar: "De onderschatting... en het idee dat ik ze zou tellen..." Maar toch ook hier weer, al is het in ironische zin: de kwantiteit die de kwaliteit in de schaduw stelt. Buffalo Bill heeft, schietend vanuit de trein, een paar duizend bizons omgelegd. Laat ze maar rotten op de prairie. Als ze op zijn, kan hij zijn kunstjes altijd nog in het circus gaan vertonen.'

14

'Een ongemakkelijke toestand,' zei Corinne. 'Ik ben hier natuurlijk ook maar te gast, ik ga niet over de huisregels, maar... het is een rotsituatie. Jij en ik zijn niet gemeen genoeg om Albert een toneelstukje voor te schotelen. Hij heeft zoiets trouwens snel genoeg in de gaten.'

'Als we het hem recht in zijn gezicht zeggen,' zei ik, 'maakt hij een scène, ben ik bang. We zouden met z'n tweeën eigenlijk ergens anders heen moeten gaan, waar we ons vrij kunnen voelen.'

'Je zegt het.'

'Het probleem is... ik kan hier niet zomaar hele dagen gemist worden, zeker in het weekend niet.'

'Misschien hebben we Albert een verkeerde indruk gegeven vorige keer,' zei Corinne. 'Dat wij ons op elkaar stortten, heeft hij als een aanmoediging beschouwd. Wedden? En wij maar denken dat hij op z'n neus keek en zich door onze verliefdheid gestraft voelde voor zijn zonden in het verleden. Nee, wat wij nu hebben, dat komt hem alleen maar goed uit.'

'Wat is wijsheid?'

'Als jij je niet los kunt maken van je gezin, Zwan, dan moeten we zien te voorkomen dat het tussen ons verder groeit... mee eens?'

'Ik kan je niet missen.'

'Albert heeft ons in mekaars armen gedreven. Misschien moeten we hem ook gebruiken... misbruiken desnoods... om ons weer uit elkaar te halen.'

'Straks ga je nog voorstellen om *hem* te laten kiezen,' zei ik. 'Corinne of Zwanet, als ze maar van elkaar gescheiden worden.'

'Nee, ik heb een meer beschermende rol voor hem in gedachten. *Dit*, wat wij samen hebben, onder zijn toeziend oog tot een goed einde brengen. Hij moet ons helpen de bevlieging waaraan we ten prooi zijn gevallen op een gecontroleerde manier te laten uitwoeden... als bij een bosbrand.'

Als we in gedachten hadden om het vuur, met Alberts hulp, 'gefaseerd' te laten uitgaan, dan lukte dat nog bijna ook – bezien met de ogen van een buitenstaander dan. Zo hartstochtelijk als Corinne en ik elkaar besprongen als we met z'n tweeën waren, zo stijfjes gedroegen we ons met Albert erbij.

'We hoeven het hem niet eens meer te vragen,' zei ik. 'Het smeult zo ook wel. Het loopt niet eens met een sisser af.'

'Waar gaat dit over?' vroeg Albert. 'Val ik tegen? Ja, ik voldoe niet aan de verwachtingen, hè. Het is ook voor mij onwennig. Net of ik te maken heb met een heel nieuw lichaam, opgebouwd uit vertrouwde componenten, maar... als geheel vreemd.'

Ik verlangde ernaar, ook met Albert erbij, geheel in Corinne op te gaan, wat hem ongetwijfeld opgewonden zou hebben, maar ik durfde niet – en zij kon het ook niet opbrengen. Het was alsof we ons allebei voor onze lust geneerden tegenover hem. Wanneer zij en ik ons ten volle aan elkaar overgaven, zou dat voelen als vreemdgaan onder zijn ogen, hoezeer hij er ook van zou genieten. Misschien *gunden* we het hem ook niet. We misgunden hem het resultaat van zijn eigen koppelarij, alsof we hem wilden straffen voor het geluk en de liefde die hij ons gebracht had... misschien omdat het *te veel* van het goede was.

We hadden Albert nog niet ingelicht over de rol als strategisch brandweerman die we voor hem in gedachten hadden. Hij beschouwde deze samenkomst kennelijk op andere gronden als mislukt. Hij gaf zichzelf de schuld. Voor ons draaide het avontuur met z'n drieën uit op een grandioze mislukking omdat Rinsi en ik, dwars door ons houterige gedrag heen, ontdekten hoe laaiend we van elkaar hielden, en dat het onmogelijk zou zijn om zoiets machtigs te laten uitdoven, gecontroleerd of niet.

Vol zelfverwijt, binnensmonds vloekend, verliet Albert het bed en de kamer, zijn kleren als een baal tegen zijn buik gedrukt, stram lopend vanwege een halve erectie. 'Ik hoop dat jullie je vrijer voelen zonder mij,' zei hij zonder nog om te kijken. 'Volgende keer zal ik ervoor zorgen beter in vorm te zijn.'

Hij trok de deur achter zich dicht, en gaf er nog net dat extra rukje aan waardoor hij bij tocht niet kon openspringen. Corinne en ik lagen verstijfd naast elkaar, niet vanwege zijn aftocht, maar omdat de waarheid zich op volle sterkte aan ons opdrong: de liefde die ons had overmand, liet zich niet zomaar door speelse maatregelen in de luren leggen, en ook niet door minder speelse.

'O, mijn God,' zei ze. 'Het is menens, dat besef ik nu pas. Niks uitwoeden… Albert heeft ons nog dichter naar elkaar toe gedreven.'

We bleven liggen zoals we lagen, zonder een vin te verroeren, alsof we bang waren ons door de geringste aanraking nog dieper in de problemen te brengen.

'Volgende keer beter in vorm,' herhaalde ik Alberts woorden. 'Hij rekent dus op een herkansing.'

'Het zal hem niet helpen,' zei Corinne. 'Ik vrees dat we dan nog passiever zullen zijn.'

'Ik wist op zeker moment heel precies wat ik met je wilde doen,' zei ik. 'En ik meende aan jou te merken dat je het ook wilde…'

'O ja? Doe eens voor dan.'

De rest van de middag gaven we ons over aan een hartstocht die in Alberts aanwezigheid bevroren zou zijn geweest.

Hoofdstuk IV *Golden Wonder Boys*

1

Het liefst had ik de kamer met ons liefdesnest beschouwd als een magisch afgesloten ruimte waar de problemen van alledag geen toegang hadden. Een onmogelijke wens: het vertrek was een zo goed als lege doos, die wanden deelde met omliggende vertrekken... muur, plafond, vloer. Als er geen huisgenoten binnendrongen, dan wel hun stemmen en voetstappen, hun geuren zelfs. Corinne en ik namen ook, na ons aanvankelijk onaantastbaar te hebben gewaand, persoonlijke sores mee de kamer in, en legden die aan elkaar voor. Zij maakte zich grote zorgen om haar dochter Rita, die leed onder de tanende aandacht van haar 'verloofde', zoals de aangeslagen moeder Tibbolt Satink consequent bleef aanduiden. Misschien zat 'm daar de angel, want de jongen wilde zelf van geen verloving weten. Hij spuugde op het hele idee.

'Hij is al ik weet niet hoe lang niet meer bij haar in Mierlo langs geweest,' klaagde Corinne. 'Als ze naar Amsterdam wil komen, draait hij zich eronderuit. Ik denk wel eens: maakte hij het maar gewoon op z'n janboerenfluitjes uit, dan had ze tenminste zekerheid. Een tijdje ontroostbaar, en dan verder met haar leven. Ik snap steeds minder van dat akelige ventje... ik weet alleen dat Rita aan hem kapotgaat.'

'Ben je de laatste tijd nog wel eens bij hem in de winkel geweest?'

'Een paar keer, met de bedoeling hem eens flink tot de orde te roepen. Maar dan gedraagt hij zich zo walgelijk voorkomend en correct, en is het mevrouw Suwijn voor en mevrouw Suwijn na... hij snapt wel dat hij beter niet met mevrouw Krop aan kan komen zetten. Hij is op-en-top de winkelbediende, en zet me klem met zijn attenties... ik kom er niet tussen met mijn Rita.'

We zaten op het bed, tegen de muur aan als kletsende pubermeiden met de benen vooruit, en allebei een groot kussen in de rug. Het begon al aardig een aanwensel te worden: ik keek regelmatig naar de deurklink, of liever naar het ruime sleutelgat eronder, waar het geruststellende licht uit het trappenhuis doorheen priemde.

'Hij heeft dus niets verteld,' vroeg ik, 'over zijn bijverdiensten naast het werk in de boekhandel?'

'Tib levert af en toe ideeën aan voor een reclamebedrijf, als je dat bedoelt. Hij is geobsedeerd door windmolens. Als ze om die wieken een mooie, ronde hoepel leggen, zegt hij, staat binnen de kortste keren heel Europa vol reclamezuilen voor Mercedes. Het zou miljoenen kunnen opleveren. Voor de autofabrikant, voor Tib en zijn reclamejongens, en natuurlijk voor de beheerders van de windparken. Hij heeft een fysicus laten uitrekenen of die ring om de wieken extra weerstand oplevert. En wat denk je? Er ontstaat geen verminderde windcapaciteit, en dus ook geen verlies aan elektriciteit. Handige peer, die schoonzoon van mij... maar ik haat hem.'

'Rinne, ik weet niet hoe ik je dit zeggen moet, maar... Tibbolt is zich aan het bekwamen in de thuiszorg.'

'Dat had ik nooit achter hem gezocht,' zei Corinne.

'THUISZORG... zo staat het op zijn kaartje. Hij bedoelt ermee dat hij beschikbaar is voor sexuele diensten aan dames van middelbare leeftijd en ouder.'

'Vermoed je dat of... heeft hij je dat verteld?'

Corinne werd bleek. Ik voelde via haar bovenarm, waar ik tegenaan leunde, hoe ze verstijfde... of verijsde.

'Hij sprak er heel openhartig over. Hij is bij een escortbureau aangesloten... Golden Boys Wonder, of zoiets. Ik had op zeker moment zelfs de indruk dat hij beroepshalve met me aan het flirten was. Hij had ook nog het lef om te zeggen dat ik niet tot de doelgroep van de Wonder Boys behoorde... te jong. Hij schatte me zogenaamd op achter in de dertig.'

'Ik zou zeker op zijn avances ingaan als ik jou was,' sneerde Corinne. 'Als je hem uit de huishoudknip betaalt, kraait er geen haan naar.'

Door met een nijdige ruk te gaan verzitten maakte ze haar schouder los van de mijne.

'Kom, Rinne, ik vond het verschrikkelijk om hem zo te horen praten... vanwege Rita, vanwege jou als moeder.'

Corinne schoof voorwaarts naar de rand van het bed, en tastte met haar voeten naar de uitgeschopte pumps die eronder terecht waren gekomen.

'Rinne, wat doe je?'

'Nu ik dit weet... ik ga naar hem toe, en dan zul je 's wat beleven. Mijn dochter zo te vernederen... ik schop hem de hele winkel door... tot hij alle boeken op zijn kop heeft gekregen. Godverdomme, zijn die schoenen in de regen ook nog gekrompen.'

Ze nam haar krokodillentas van de stoel, maar toen ze de deur wilde openrukken, was ik haar voor. 'Luister, Rinne, ga nou geen scène maken in de zaak van die lieve Olle... die verdient dat niet. Als hij van alles te horen krijgt over de gigolopraktijken van zijn kleinzoon, dat overleeft hij niet.'

'O, en Rita mag er wel te gronde aan gaan?'

'Kom, ga nog even zitten... we kunnen dit heel anders aanpakken.' Ik leidde haar terug naar het bed, maar ze weigerde om weer ontspannen met haar rug tegen de muur te gaan zitten. Ze hield de pumps aan, die ze stevig naast elkaar op het parket plantte. 'Ik heb een idee. Ik ga een boek kopen... en als zijn Oops niet in de winkel is, herinner ik Tibbolt langs mijn neus weg aan zijn flirt van de vorige keer. Ik vraag hem of gewoon wat gezelschap houden ook onder zijn taakopvatting van thuiszorg valt... en dat ik hem graag voor een uurtje of wat op bezoek zou hebben. Zelfde tarief als voor een intiem samenzijn.'

'Zie je wel, je bent nieuwsgierig,' zei Corinne kwaad. 'Je wilt wel eens weten hoe zoiets uitpakt. Je gunt het dat klootzakje mijn dochter te besodemieteren, en mij erbij... en jou op de koop toe, want denk maar niet dat jij er zonder kleerscheuren afkomt. Hij laat zich betalen, poetst de plaat, en heeft voorgoed een wig tussen jou en mij gedreven. Precies zijn bedoeling.'

'Doe nou 's rustig, Rinne... ik nodig hem hier uit, op deze kamer... en dan zal hij tot zijn stomme verbazing ook jou aantreffen. Laat hem gerust denken dat wij allebei naar zijn zalige gezelschap hunkeren. We horen hem uit over zijn praktijken, en peperen hem tot slot zijn hondsheid tegenover Rita in... het verdriet dat hij haar bezorgt.'

Corinne gaf zich niet meteen gewonnen. Zoals een barometer na het luwen van de wind ook nog een poos op STORM blijft staan, volhardde ze in haar boze argwaan, maar zonder me ervan te weerhouden mijn eigen pumps aan te trekken en naar de Exilstraat te vertrekken.

2

'Die zogenaamde schoonzoon van mij... heb je wel eens op zijn loopje gelet?' zei Corinne. 'Hij doet *zo* zijn best om niet mank te lopen... en daardoor valt het des te meer op.'

Het was het uur na het *heure du berger*, en ik had helemaal geen zin om nu over haar problemen als moeder en schoonmama te praten. Liever sluimerde ik nog wat, als na het 's morgens uitzetten van de wekker. We lagen hand in hand naast elkaar, maar niet met strak verstrengelde vingers: ze staken losjes in elkaar, alsof we de kracht misten om ze vast met elkaar te vervlechten. De hare voelden tussen de kootjes vochtig aan.

'Toen je Tib voor de eerste keer op je af zag hompelen,' zei ik, 'dacht je toen niet: kat in de zak… ik had me mijn schoonzoon volmaakter voorgesteld?'

'Nou, hij is anders knap genoeg. Ik kan een schoonheidsfoutje goed velen. Hoe gaat die oneliner ook weer? *There's no excellent beauty that hath… that hath…*'

'*…not some strangeness in the proportion*? Als bij jou alle maten en verhoudingen perfect waren geweest, zonder hier en daar een asymmetrisch weeffoutje… ik weet niet of ik dan evenveel van je gehouden had.'

Corinne trok haar hand los, en porde me in mijn zij. 'Zie je wel, je vindt me lelijk… en dat zeg je zo diplomatiek mogelijk. Vals kreng dat je bent. Wees gewoon eerlijk, en kom ervoor uit dat ik niet om aan te zien ben. Trouwens, jouw eigen lichamelijke gebreken zijn niet op één hand te tellen… en op twee ook niet.'

'Dan tellen we met de voeten verder,' zei ik. 'Zeg me liever hoe bij de knappe Tib het onderstel, dat zoveel schoonheid moet dragen, in het ongerede is geraakt. Vast bij een of andere stunt, uitgevoerd om een keihard type te worden. Zo ziet hij tegenwoordig zijn leven… als een hardcore actiefilm, met zichzelf als diehard, die ook nog eens zijn eigen stunts doet.'

'Alsjeblieft, Zwannie… het is zo'n bizarre geschiedenis, daar heb ik nu geen zin in. Ik wil liever nog wat nasoezen, als je 't niet erg vindt.'

'Nu wil ik het *weten* ook.' Ik ging rechtop in bed zitten, en trok een hoofdkussen omhoog achter mijn rug. 'Ik hou niet van halve verhalen.'

'Die handicap, daar is hij mee geboren,' zei Corinne. 'Meer valt er niet over te zeggen.'

'Een tangverlossing, maar ze hadden de voetjes te pakken, ocharm. Het leven bestaat uit misrekeningen… soms begint het ermee.'

'Het was een volmaakte foetus, begreep ik, tot kort voor de bevalling. In de auto op weg naar het ziekenhuis… vruchtwater druipend op de pedalen… kreeg ze een ongeluk op de snelweg. Een frontale botsing. De Volkswagen Kever waar ze in reed, werd tot een blikken prop verfrommeld… en ook de hoogzwangere vrouw lag in de kreukels. Een reep metaal van de motorkap drong door haar buikwand heen en beschadigde de baby… meer in het bijzonder zijn beentjes.'

'Moeder en kind hebben het blijkbaar overleefd.'

'Ulrike, want zo heet ze, Tib z'n moeder, is in de ambulance op de vluchtstrook bevallen. Het is me een raadsel hoe de arts een keizersnede kon uitvoeren op een buik waar al een stuk blik doorheen was gegaan. Volgens Ulrike is over dit wonder geschreven in een medisch tijdschrift. Ik ben ooit naar het artikel op zoek gegaan, maar heb het niet kunnen vinden. Hoe dan ook, Ulrike lag net als de Kever in duizend stukken. Haar baby was, wonder boven wonder, alleen aan z'n pootjes gewond… nogal ernstig wel. Allerlei pezen die hem nog door het leven moesten dragen, waren doorgesneden.'

'En die Ulrike?'

'Ze hebben haar opgelapt. Een eindeloze reeks operaties. Verplaatsing van hele lappen huid… van onopzichtige plaatsen naar plekken die niet altijd bedekt kunnen blijven. Ze draagt meestal hooggesloten blouses en jurken, maar soms heeft ze lak aan de blikken van anderen… dan gaat ze met ontbloot decolleté liggen zonnen. Ze heeft me haar rug wel eens laten zien: een patchwork van verschillende soorten vel, die bij het zonnen heel verschillend bruin worden. Ik moest eraan denken toen op ik De Brouwerij de littekens van die Pijkel van jou zag… maar die zien er anders uit. Meer als striemen.'

'We weten nog steeds niet wat Pijkel precies is overkomen, met dank aan het ambtsgeheim van dokter Patist… Ziet het eruit als het gevolg van een verkeersongeluk?'

'Ik ga ervan uit dat zulke ongelukken niet een standaardstempel in het vlees van de slachtoffers achterlaten,' zei Rinne op een luchtig cynische toon. 'Ik neem aan dat het patroon van verwondingen altijd weer een verrassing vormt voor de behandelende artsen. Anders wordt het werk wel erg eentonig.'

Zij ging nu ook rechtop tegen het hoofdeinde aan zitten, met een kussen in haar rug. Vaak rolden we na het verzadigde soezen weer tegen elkaar aan, om het sluimerende vuur aan te wakkeren, maar het beeld van verminkte vrouwenlichamen hield ons tegen.

'En Tibbolt... verwijt die zijn moeder het ongeluk?' wilde ik weten. 'Hij lijkt me nogal ijdel, en om dan door het leven te moeten als mankepoot... trekkebenend...'

'Ik heb moeder en zoon niet vaak samen meegemaakt,' zei Corinne, 'maar bij die weinige gelegenheden heb ik bij Tib niets van enig verwijt bemerkt... eerder van een diep medelijden en een diep schuldgevoel jegens zijn moeder. Zij was met weeën op weg naar het ziekenhuis, omdat *hij* op die manier zijn komst aankondigde. Tibbolt zorgde er dus eigenlijk voor dat zijn moeder, in pijn, haar aandacht niet volledig bij de weg kon houden. Hij heeft haar vanuit zijn capsule... zijn commandocentrum als het ware... laten verongelukken. Zo ziet hij dat.'

'Voor iemand die totaal van persoonlijkheid wil veranderen, zoals hij me toevertrouwde, lijkt die mankheid me een probleem,' zei ik. 'Het is toch een stigma uit een eerder, afgezworen leven... even lastig als onuitwisbaar. Zo sleept hij, ook als de Ander die hij zo graag wilde worden, zijn oude bestaan als een bagnokogel aan zijn enkel met zich mee.'

'Het spijt me als ik harteloos overkom, Zwan, maar met dat metamorfosegedoe heeft hij Rita ongelukkig gemaakt... en mij erbij. Ik gun hem zijn horrelvoet. Hij denkt erover zich eraan te laten opereren... nou, dan gun ik hem een miskleunende dokter Bovary als chirurg. Dat de kwaal alleen maar erger wordt... zo denk ik erover.'

'Ik begrijp van zijn Oll'opa dat Tib, terwijl hij nog op het gymnasium zat, thuis niet meer te handhaven was... en dat zijn psychiater hem aanraadde op zichzelf te gaan wonen, zo jong als hij nog was.'

'Dokter Patist, toen al?'

'Wie anders? Hij is gaan praten met Olle, die met plezier zijn kleinzoon in huis heeft genomen.'

'Wat ik ervan weet, is dat hij als vijftien-, zestienjarige een gevaar vormde voor zijn vader *en* zijn moeder.'

'En het schuldgevoel jegens haar dan?'

'Bij de puber die hij was, nam dat de vorm aan van agressie. Het fijne weet ik er niet van... misschien dat dokter Patist je er meer over kan vertellen.'

'Met *zijn* beroepsgeheim... ik dacht het niet.'

We waren een poos stil. Olle Tornij had me verteld over de confrontatie, in zijn winkel, van Ulrike met de onverwacht opgedoken Pijkel. Mevrouw Satink nam volgens de boekhandelaar misprijzend de littekens in ogenschouw waarvan uitlopers in haar hals zichtbaar waren. Zelf verborg Ulrike als gewoonlijk haar gehavende huid onder een hoogsluitende blouse met wijde mouwen, al bleef haar belittekende hals zichtbaar. Ik sloot mijn ogen en zag ze tegenover elkaar zitten: twee gehavende vrouwen, die het van zichzelf niet wilden weten, en elkaar hun verminkingen verweten.

Volgens Olle had 'het vreemde meisje' zich voorgedaan als 'een vriendin van Tibbolt', en dat had de houding van zijn dochter er niet vriendelijker op gemaakt. Tib had immers vaste verkering met Mierlose Rita, die door Ulrike als 'een goede partij' werd beschouwd – aankomend fotomodel en dochter van een beroemdheid. Afgesnauwd door mevrouw Satink was Pijkel spoedig verdwenen, om enkele cafés af te gaan waar Tibbolt mogelijk zijn happy hour op vrijdagnamiddag doorbracht.

'Nee, door die kapotte enkels heeft Tib geen hekel gekregen aan zijn moeder,' zei Corinne. 'Hij heeft aan dat verkeersongeluk wel een blinde haat jegens de katholieke kerk opgedaan.'

'Waren zijn ouders katholiek?'

'De vader niet. Ulrike wel, in het geheim. Na de ramp zwoer zij alles wat rooms en paaps was af.'

'Blijkbaar rustte er niet de zegen van de paus op.'

'Of juist wel… het is maar net hoe je het bekijkt,' zei Corinne. 'Het ongeluk vond plaats op een zondag in november '73… de eerste zogeheten autoloze zondag.'

'De oliecrisis,' zei ik. 'We fietsten over de lege snelweg. Je gaat me toch niet vertellen dat Tibs moeder op een autoloze zondag dat vreselijke ongeluk kreeg?'

'Jawel.'

'Je had het eerder over een tegenligger… een frontale botsing.'

'Je mag wel stellen,' zei Corinne, 'dat de Kever van Ulrike op de enige tegenligger van de dag knalde… zo is het me verteld. Een van de twee weggebruikers, ik heb niet onthouden welke, moest uitwijken voor een groepje rolschaatsers. Het gebeurde bij de ingang van de Schipholtunnel. Ulrike was bij een vriendin op bezoek geweest… van haar had ze die Volkswagen geleend.'

'En God had haar ervoor moeten behoeden… dus daarna moest het katholieke geloof het ontgelden.'

'De tegenligger was het bestelbusje van de zogenaamde Kermisbisschop… een of andere kardinaal uit Noord-Holland die altijd beschikbaar was om kermissen en circussen en andere evenementen in te zegenen. Voor zulke unieke gevallen bestond bij de overheid geen speciale regeling, en daarom had een ambtenaar hem voor de autoloze zondag ontheffing verleend… in de categorie Artiest met Attributen. Zo kon hij met al zijn stola's en doopvonten en wijwaterkwasten en misdienaars in de laadbak toch de weg op om een circus of danszaal in te gaan wijden.'

'Zat de bisschop zelf achter het stuur?'

'Zijn koster chauffeerde… waar heb je anders een koster voor.'

'O, gelukkig, bij wie had…'

'Monseigneur Compernolle.'

'...bij wie had monseigneur Compernolle anders te biecht moeten gaan voor zijn wegpiraterij?'

'De koster had de keuze: op het groepje jonge rolschaatsers inrijden of... frontaal op de rode Kever botsen.'

'Het was dus niet Ulrike die de rolschaatsers probeerde te ontwijken.'

'Bij nader inzien, nee... zij kon zich later helemaal geen rolschaatsers herinneren. Ook niet toen haar journaalbeelden werden getoond, lang na de oliecrisis, van hele slierten rolschaatsers... hand in hand... op de Nederlandse snelwegen.'

'Van het ongeluk kreeg dus de hele clerus de schuld.'

'Ulrike vertelde me dat ze nooit meer een voet in de kerk heeft gezet. De rancune zat 'm niet eens in haar eigen verminkingen... het waren vooral de mismaakte pootjes van haar kind die de haat voedden. Vooral toen ze meemaakte hoe hij als peuter probeerde te lopen, en dan door z'n hoefjes zakte. "Zo, daar zittie dan op z'n bipsje. Kom, dan zal mama je nog een keer optrekken." Het ging jaren zo door.'

Ik moest lachen om de haatdragende toon die Corinne in haar woorden legde. 'Hou op... ik word altijd giechelig van jouw leedvermaak.'

'Toen Rita de eerste keer met hem kwam aanzetten, had ik oprecht met hem te doen, zoals hij zijn handicap probeerde te maskeren. Nu bid en smeek ik tot God dat zijn gehinkepink levenslang zal zijn, en... hoe noemde je dat ook weer... zijn loopbaan als Ander zal dwarsbomen.'

3

'Lieve sloddervos... je oksels glinsteren als een gemaaide korenakker,' zei ik. 'Stoppels waar mijn vingers over struikelen... je hebt je niet geschoren.'

‘Ik wilde je verrassen door mijn okselhaar net als jij te laten groeien,’ zei Rinne. ‘Het lijkt nog nergens op.’

‘Dat van jou wordt vast heel dicht en donker.’

‘Ik heb het graag voor je over, maar zeg eens… wat trekt je erin aan?’

‘Ken je dat schilderij van Modigliani… het naakt met een arm achter haar hoofd? Zo mooi, die toef van donker haar in de oksel. Ik trek altijd in gedachten ’n driehoek tussen de oksels en de venusheuvel. Ik stel me een bleek naakt voor… liggend in de sneeuw bij nacht… de drie haarpollen die een baken vormen.’

‘Je had het een tijd geleden, in het Bos, over de prominente plaats van okselbegroeiing in de negentiende-eeuwse pornografie…’

‘Als dat zo is, ben ik er de erfgename van. Het is mijn licht perverse droom om verborgen in het dichte okselhaar een vochtige vulva aan te treffen… tot verbijstering van de draagster zelf. Ik streel haar tot ze klaarkomt, maar dat is pas de prelude op het orgasme dat haar beneden wacht. Eerst nog de andere oksel.’

‘Die obsessie van jou… hoe is die zo gekomen?’

‘Ik kan wel een voorval aanwijzen, maar… was dat het begin?’ zei ik, terwijl ik met mijn duim haar oksel streelde, tegen de inplant in. ‘Een tante van me had daar een nogal dichte begroeiing… een soort hangende trosjes. Op een snikhete zomerdag zat ze in haar achtertuin met van boven alleen een bh aan. Ik omhelsde haar, en schoof daarbij mijn blote armen onder haar oksels door. Ik voelde hoe nat ze daar was, van het zweet. Ze rook nogal sterk, een beetje vissig en uiachtig. Later zag ik hoe de haarplukken uitliepen in een vochtige punt, waar een druppel aan hing… die maar niet los wilde laten. Ik kon me op zeker moment niet langer inhouden… “sorry, tante, mag ik even” …en kneep er met mijn vingertoppen zo’n drop uit. Het zweet was niet dun als water, maar dikker, als perziksap.

Het voelde tussen mijn duim en wijsvinger plakkerig aan. Ik was aan het puberen, en experimenteerde er met mezelf op los, en… ja, het wond me op. Een bos okselhaar kon zomaar een geheim herbergen.'

'Weet je waar ik aan moet denken, Zwan?'

'Nou?'

'Aan Tibbolt en zijn opgelapte moeder, die hij *kubistisch* noemde, met al die verplaatste stukken huid van verschillende structuur. Hij droomde… droomt misschien nog steeds… van het vel van haar borsten dat over haar verongelukte billen is gehecht. Hij wist zeker dat hij haar op een dag in heel haar verminkte naaktheid zou verrassen… en dan prachtig symmetrisch, heel parmantig rechtopstaand, twee tepels op haar kont aan zou treffen. Ik verzin dit niet.'

'En ik maar denken dat hij krankzinnig is, en nooit meer voor rede en fatsoen vatbaar… ik ben volgens jou geen haar beter.'

'Troost je, Zwan… bij jou zit er meer logica in. Het is niet zo vreemd als een *alien* iets gehoord heeft over met venushaar overwoekerde vulva's bij aardbewoonsters… en dan de eerste de beste vrouw gebiedt haar arm op te tillen… voor een vluchtige inspectie.'

'Ga je maar weer scheren… dan doe ik het ook. Missie mislukt… het wordt niks met de valse boesjboesj.'

4

Dat Corinne en ik ons zo grondig tot elkaar bekend hadden, en nu doorgewinterde minnaressen waren, betekende niet dat de een de ander bij elke volgende afspraak meteen zonder plichtplegingen besprong. Als het vorige treffen in verrukkelijke schaamteloosheid geëindigd was, wilde dat nog niet zeggen dat we nu alle stadia van de verovering (of herovering) konden overslaan – gelukkig maar. We beefden onverminderd, en dat begon al voor de eerste aanraking van de dag. Handen fladderden onzeker om de ander heen, alsof onduidelijk was waar, op welk stukje huid, ze mochten landen. We begroetten elkaar met onvaste stem.

'Eh... je bent gekomen.'

'Ja, dat zit zo... ik dacht dat we een afspraak hadden. Als ik me vergis...'

'Nee, het is al goed. Ik heb... eh... niets speciaals te doen.'

'Hoe gaat het met je, Zwanet?'

'Wel goed... eh... geloof ik.'

'Zo zie je er niet uit, als ik heel eerlijk mag zijn.'

'Jij hebt er ook wel eens beter uitgezien.'

'Hierheen te gaan... ik zag er zo tegen op.'

'Het is maar een kort stukje fietsen.'

'Ik ben te voet... ik wilde erover nadenken.'

'Je bent bang voor me.'

'Niet voor jou... voor *ons*.'

Ze kwam niet meteen naast me op de bedrand zitten, maar koos voor de enige fauteuil, en zette de Crocodile no. 17 aan haar voeten. Zo begon elke ontmoeting aftastend, alsof we niet meer wisten, althans niet durfden te bekennen, hoe het vorige samenzijn verlopen was. We gunden onszelf telkens gemiddeld een week om de gêne terug te laten keren... of misschien was het eerder *ongeloof*: dat we zo ver hadden weten te gaan, ons totaal verliezend in het spel, dat natuurlijk helemaal geen spel was, maar een dodelijke worsteling in een zuigende draaikolk. Het voordeel van haar positie in de fauteuil was dat we elkaar aan konden kijken. We hielden het gezicht in de plooi, en onderhandelden koortsachtig via de ogen, waarin de gebeurtenissen van het vorige treffen nog wat navonkten.

'En thuis, hoe is het daar?'

'Ik hoop dat je Mierlo bedoelt. Z'n gangetje.'

'Nee, de Koninginneweg.'

'Ik lig in scheiding, maar dat wist je al.'
'Laat je door mij niet de put in praten.'
'Snij dan een vrolijker onderwerp aan.'
'Kom hier naast me zitten.'
Alsof het een ritueel was waarvan geen onderdeel mocht worden overgeslagen, begonnen we iedere keer weer van voren af aan. De eerste kus van de middag was altijd de tongzoen in het Bos, met de bitterzoete geur van de lookplanten rond ons opstijgend. Soms was de suggestie zo sterk dat ik mijn mond van de hare losmaakte, en verkillend zei: 'Stil 's... ik dacht dat ik Albert mijn naam hoorde roepen.'
'*Onze* namen.'
'Nee, het is niks. Ik ben alleen een beetje nerveus.'
'Nou, kom hier dan.'
'Zal ik dit maar vast uitdoen?'
We ontkleedden onszelf en elkaar nooit met enkele doelgerichte gebaren, maar pelden de kleren schuldbewust met trillende vingers af, soms een excuus stamelend – niet omdat er ergens een knoopje ontworteld dreigde te raken, maar als boetedoening voor het botte ontbloten. We beefden steeds erger, en als het bij een van ons heel bar en boos werd, troostte de ander met bibberende stem.
'Stil maar, zoet maar... het gaat zo over.'
Met de stemvorkligging was de grootste verlegenheid voorbij, en bedaarde langzaamaan de rillerigheid, zonder helemaal te verdwijnen. Onze ledematen bleven iets hoekigs en ongerichts behouden, wat misschien instinctief de verdenking diende uit te sluiten dat we onze handelingen op routine verrichtten. We wilden in geen geval een te grote harmonie in de verstrengeling uitstralen. Ten slotte bereikten we samen de totale uitspatting van de vorige ontmoeting, en dreven die nog verder, tot in het bijna onmogelijke met een dierlijk grommende (of jankende) verzadiging tot gevolg. Als slachtoffers naast elkaar neergeworpen lagen we op de matras tussen de

'moerasplassen', zoals Corinne ze beliefde te noemen, niet bij machte om ons te ontdoen van de tot boa constrictors ineengedraaide lakens, die ons dreigden te wurgen. Bij ons allebei ging de adem even heftig, met twee boezems bezweet deinend op een pompende borstkas.

'O, Zwannie, ik ga dood... vaarwel.'

'Doe geen moeite... ik *ben* al dood.'

Vederlicht van verzadiging zweefde ze na afloop van me weg, een week zonder mij tegemoet. Ik bleef achter met een gewaarwording of ik twintig centimeter boven het bed zweefde, als in een levitatie, met een bovenaardse suizing in mijn hoofd. Je hoort wel eens van mensen die beweren iets 'uit zelfbehoud' na te laten. Misschien was het tot behoud van onze liefde, de kracht ervan, dat we telkens voor ongeveer een week uiteengingen. Schroom en terughoudendheid kregen zo alle kans om in ons, tussen ons, terug te keren en aldus de oorspronkelijke verlangens te conserveren voor de volgende ontmoeting. Nooit eerder had ik beseft dat zoiets kon bestaan: lijfsbehoud en overlevingsdrift van de liefde, die zich na de zwelling krimpend in haar schulp terugtrok. Tot nader order.

5

Na overleg tussen de GG&GD en dokter Patist werd besloten om Pijkel Niggebrugge naar de psychiatrische kliniek De Heuvelrug over te brengen. Ik reisde met het busje mee naar 't Gooi. Pijkel hadden ze achterin opgesloten, in een niet al te opzichtig betraliede ruimte. Julius, Corinne en ik zaten op een soort tussenbank achter de chauffeur en zijn bijrijder, en hoorden de tijgervrouw tekeergaan en tegen het rasterwerk opspringen. Ze hadden haar bij vertrek geen dwangbuis aangemeten. Daar zouden ze nog spijt van krijgen.

Op de parkeerplaats van De Heuvelrug haalden breedgeschouderde verplegers met beschermende kleding aan de patiënte uit de auto. Corinne en ik keken van een afstand toe. Dokter Patist gaf aanwijzingen. Het leek alsof Pijkel tijdens de rit, vooral het laatste gedeelte, gekalmeerd was en zich zelfs uitgesproken tam gedroeg. Het verleidde de bewakers ertoe haar met zachte hand aan te pakken: wat ze zagen, was immers nog altijd een vrouw, een tamelijk tengere zelfs, want door langdurig liggen in het ziekenhuis, telkens tussen twee oplapbeurten in, was ze haar door jarenlange training opgebouwde gespierdheid kwijtgeraakt. Ze gromde zelfs niet meer. Alleen uit haar ongewone houding, op handen en voeten nog steeds, viel op te maken dat ze niet in orde was.

'Kom maar...' Een van de verpleegkundigen bukte zich en greep haar bij een bovenarm, misschien om haar overeind te helpen.

'Voorzichtig,' maande Julius, waarmee hij ongetwijfeld bedoelde dat ze de onvoorspelbaarheid van de vrouw in de gaten moesten houden, niet dat ze haar moesten ontzien. Het was al te laat. Pijkel rukte zich los uit de slappe greep van de broeder, en snelde naar de rand van de parkeerplaats – dit keer merkwaardig genoeg niet op handen en voeten, maar zo snel als haar benen haar dragen konden. Iedereen was te verbouwereerd om haar meteen achterna te gaan. Toen de twee verplegers de achtervolging inzetten, was Pijkel al in het dichte struweel verdwenen. Er bewoog daar zelfs geen blaadje meer.

'Er is verderop een hoog hek,' zei Julius, maar de tijgervrouw moest zich er moeiteloos overheen geslingerd hebben, want de twee kleerkasten keerden onverrichter zake terug. Ze waren waarschijnlijk niet bij machte geweest om de horde van de afrastering te nemen. Ze sprongen in een terreinwagen, om zo de zoektocht voort te zetten.

'Zag je hoe ze ervandoor ging,' zei Corinne. 'Opeens had ze aan haar voeten genoeg.'

'Dat zegt niets,' zei Julius. 'Ze mag zich dan katachtig voelen, ze heeft nog altijd het lichaam van een mens. Haar instinct zegt: rennen... weg hier... en dan kiest ze intuïtief voor de snelste manier. Dat getijger van haar is geen pose... *was* het maar zo, dan hadden we alleen met een slechte actrice te maken.'

Pijkel werd die dag niet gevonden in de bosrijke omgeving van De Heuvelrug. Ze werd na een oproep via radio en internet op meer plaatsen gesignaleerd dan waar ze menselijker- of dierlijkerwijs kon zijn opgedoken. Tussen Amstelveen en Amsterdam hadden mensen haar zien rondsluipen in het hoge gras van een braakliggend terrein, waar zojuist een circus was neergestreken – ik kon uit de berichtgeving niet opmaken of het haar oude circus was. Ze scharrelde op handen en voeten rond tussen de dierenverblijven. Acrobaten die aan het oefenen waren, meenden ook een glimp van haar opgevangen te hebben tussen de banken van de tribune. Het was buiten openingstijd voor het publiek.

In de Retiefstraat herkende een stamgast van café Ape-Retief haar van eerdere avonden. Zoals de vrouw op handen en voeten de kroeg verlaten had, zo sloop ze daar nu ook weer rond ter hoogte van het pand nr. 63. Een buurvrouw verjoeg haar met een bezem. 'Kssstt, geen zwerfkatten hier.'

Ze had nog met een blote voet naar de steel uitgehaald, en zich er daarna met twee handen aan vastgeklampt en zich eraan opgetrokken, maar de buurtbewoonster gaf haar bezem niet zomaar prijs.

Volgende meldingen kwamen van dierenoppassers in Artis. Ze hadden na sluitingstijd van de diergaarde een vrouw in een lang, lichtblauw hemd gesignaleerd die rondsloop bij de tijgerkooien. Ze moest op de een of andere manier de gracht doorgewaad zijn, want ze bevond zich aan de kant van de hokken, nog net buiten de tralies, waar ze af en toe haar hand doorheen stak om de vacht van een tijger aan te raken. Toen de avondoppassers van de afdeling roofdieren zich na de schaft opmaakten om haar te verwijderen, bleek de vrouw opeens verdwenen.

De politie werd gealarmeerd, die op haar beurt de psychiatrische dienst van de Amsterdamse GG&GD waarschuwde: volgens het signalement was er immers sprake van de gestoorde vrouw die al eerder van de straat was gehaald, in Oost.

Na Artis werd de omgeving van de dierentuin uitgekamd, maar de tijgervrouw, zoals ze inmiddels ook bij het korps bekendstond, werd niet gevonden. Ik was er niet gerust op. Het door de politie verspreide signalement voorzag in 'een ernstig verwarde vrouw, in hoge mate agressief, en in staat voorbijgangers aan te vallen en met tanden en nagels te verwonden'.

'Straks schieten ze haar nog neer,' zei Corinne.

'Laten ze het dan in godsnaam met een verdovingspijltje doen,' zei ik. 'Tijgers plegen geen *suicide by cop*.'

We reden de volgende ochtend in mijn auto naar de Plantagebuurt in Oost. Eerst gingen we in alle onschuld een kijkje nemen bij de tijgers, of Pijkel daar opnieuw te vinden was, maar daar stonden al twee politieagenten, met een chagrijnig air. Het leek alsof de opgewonden apen op hun rots ze uitlachten.

We reden lukraak rond door de buurten rond Artis, maar een Pijkel, al dan niet op handen en voeten, zagen we nergens.

'Ik weet niet,' zei Corinne, 'hoe diep dat instinct van haar zit, maar ik vermoed dat ze heel goed voelt dat ze zich op klaarlichte dag beter niet kruipend op knieën en ellebogen in het openbaar kan vertonen.'

'Laten we vanavond hier nog wat rondjes gaan rijden.'

'Niet vergeten iets te eten voor haar mee te nemen... dingen die we haar gemakkelijk van een afstand kunnen toewerpen.'

'Broodjes.'

'Welja, waarom geen snoepgoed. Weet je nog, *Rosemary's Baby*? Ze was zwanger en at rauw vlees... een bloederige lever. Dat krijg je als je de baarlijke duivel onder je hart draagt... zo'n foetus heeft z'n eigen dieet. Zo stel ik me voor dat de tijger haar menselijk omhulsel opdraagt te vreten wat de pot schaft. Roastbeef misschien... dat is ook weer niet *te* rauw.'

6

Cynthia was net twaalf en volop aan het puberen. Zij kon straks ook tegen een jongen aan lopen als Tibbolt Satink, aan wie ze zich hechtte en die haar vervolgens in de steek liet – niet voor een ander, maar om Een Ander te *worden*, en daartoe desnoods prostitué werd of, het allerergste, Cynthia's loverboy en pooier. Thjummi was pas negen, maar wat leerde hij over een paar jaar van zijn makkers – dat liefde en tederheid *uit* waren, hopeloos achterhaald, en dat het menselijk lichaam het best in geld kon worden uitgedrukt?

'Jij snapt het nog steeds niet, hè Thjum,' zou zijn beste vriend zomaar kunnen zeggen. 'Ik bedoel niet wat vocht, vet, wat mineralen en een snufje zout bij elkaar kunnen opbrengen. Ik heb het over de geslachtelijke handelswaarde, dummy... de verkoopbaarheid voor andermans lust.'

En terwijl de wereld buiten in rap tempo aan het veranderen was, deelde ik, ontaarde moeder, het bed met de voormalige concubine van mijn man... in plaats van mijn kinderen als een kloek te beschermen. Corinnes zorgen waren al wat reëler dan de mijne. Geen wonder dat we die vrijdagmiddag niet aan vrijen toekwamen.

'Rita heeft gebeld,' zei ze. 'De Mierlose muren komen op haar af. Ze wil dat ik Tibbolt tot de orde roep... en dan weet ze nog niet eens over zijn huidige praktijken, zoals hij die aan jou heeft opgebiecht. Ze denkt dat hij haar op afstand houdt om zich te beraden... over hoe het verder moet met hun relatie.'

'Je kent de weg naar de boekwinkel.'

'Zinloos... hij behandelt me als zijn beste klant, met alle strijkages die erbij horen, maar ook heel koeltjes. Hij voelt natuurlijk dat ik het over mijn dochter wil hebben. Hij geeft geen krimp, en ik... och, Zwan, ik weet echt niet hoe ik dat stuk verdriet moet aanpakken.'

'Laat me even nadenken.' We zaten weer eens naast elkaar

met onze benen dwars over het bed, rug tegen de muur, en hielden elkaars hand vast, zoals zorgelijke moeders doen. 'Tegenover jou houdt de jongen een façade op… jij bent nog altijd de strenge schoonmoeder. Met mij begon hij laatst te flirten… uiteraard met valse complimenten. Hij schatte me minstens vijf jaar jonger dan ik ben, zodat ik zogenaamd buiten de doelgroep van Golden Boys Wonder val.'

'Hij gaf je zijn kaartje.'

'Nee, dat nou net niet. Hij liet het alleen even zien. De *totale* schaamteloosheid, daar is hij nog niet aan toe. Tib is officieel de winkelbediende van Oll'opa Tornij. Maar de hint was duidelijk: als ik hem nodig had, wist ik hem te vinden.'

'Straks ga je nog echt voor de bijl, Zwanet. Aan de doelgroep zal het niet liggen, want je bent intussen ook zesenveertig.'

'Voor de zoveelste keer raad je mijn gedachten.'

Corinne liet mijn hand los, en schudde mijn arm van zich af.

'Je doet maar wat je niet laten kunt, manziek loeder dat je bent. Ik snap dat je niet meer bij Albert aan hoeft te komen. Waarom zou je ook, met zoveel vers jongensvlees om de hoek.'

Ik was dicht bij een oplossing, en had geen zin om op haar jaloerse uitval te reageren. 'Luister, Rinne. Ik nodig hem hier uit… op een middag dat ik zeker weet dat Albert er niet is…'

'…en ik ook niet.'

'Jij juist wel. Snap het dan. Ik doe me voor als behoeftige vrouw, en dan treft hij hier zijn schoonmoeder aan.'

'Hij zal denken dat hij *twee* matrones te bedienen krijgt.'

'Voor zoveel denkwerk geven we hem de gelegenheid niet,' zei ik. 'Eerder nog dan hij beseft dat het een valstrik is, confronteer jij hem met het verdriet van Rita. Dat we doorhebben dat het meneertje als gigolo opereert, hoeven we onze Tib dan al niet meer uit te leggen.'

7

Ik beging de fout om Tibbolt in de winkel rechtstreeks aan te spreken: of hij ervoor voelde een keer 's middags langs te komen.

'Je hoeft niet ver. Het is om de hoek... je hebt aan de deur wel eens een bestelling afgeleverd.'

Olle Tornij was blijkbaar thuis, want Tibs blik zwierf telkens rusteloos naar de tussendeur tussen twee boekenkasten. Hij overhandigde me dit keer wel zijn kaartje – met het telefoonnummer van GOLDEN WONDER BOYS. Hij zei: 'Eerst bespreken... vragen naar Pa'al Pa'al. Zij gaat over de tarieven. Als je per se *mij* aan huis wilt, en niet een van mijn collega's, noem dan mijn naam als je voorkeur.'

Pa'al Pa'al. Ik moest hem de naam een paar keer laten herhalen eer ik verstond dat het om Parel Paërl ging – voor- en achternaam elkaars anagram, dat maakte je niet alle dagen mee. Vorige keer had Tibbolt nog uitdagend en vol bravoure verkondigd dat dit zijn methode was om 'carrière als Ander' te maken, maar nu het op zakendoen aankwam, leek hij nerveus. Hij had natuurlijk nooit gedacht dat ik op zijn wervende avances in zou gaan. Ik stak het kaartje in mijn tas, en gaf hem een hand.

'Nou, Tibbolt, dan hoop ik je gauw te zien.'

'U moet wel met mevrouw Paërl het tijdstip goed vastleggen. Ik kan niet altijd. Ze hebben daar bij GWB mijn werkrooster voor in de winkel.'

8

Met Parel Paërl van Golden Wonder Boys kwam ik overeen dat haar werknemer Tibbolt Satink 'aanstaande zaterdag om vier uur 's middags' bij mij zou aanbellen. Ze had nog een vroegere datum genoemd, maar dan moest ik genoegen nemen met een andere, iets oudere Wonder Boy.

'Als ik u vragen mag, mevrouw Deunt... waarom per se Tibbolt? U begrijpt, wij horen graag tevreden klanten uit.'

'Ik heb nooit eerder van zijn diensten gebruikgemaakt. Ik ken hem uit de winkel waar hij werkt. Hij ziet er goed uit... sympathiek ook.'

'Helemaal in orde. Dank u.'

We spraken een tarief af voor twee aaneengesloten uren, van vier tot zes dus, en ik besloot het bedrag in z'n geheel te voldoen, ook al zou de 'gezelschapsjongen' voortijdig vertrekken, aangeslagen of niet. Ik vertelde mevrouw Paërl niet dat haar Wonder Boy *twee* klanten op het genoteerde adres zou treffen.

Zaterdagmiddag van vier tot zes, dat was tot nu toe ons *heure du berger* geweest – niet als een vaste overeenkomst, maar omdat het zo onze levens in gegroeid was. Een vreemde sensatie om nu op dat tijdstip de (al dan niet gewezen) schoonzoon van Corinne te ontvangen.

'Ik ben best een beetje zenuwachtig,' zei ze. 'Hij denkt dat hij hier een onvoldane vrouw komt opvrijen... en dan ziet hij mij. Hij heeft zich in mijn bijzijn altijd heel verliefd tegen Rita gedragen... en vaak genoeg laten merken dat zij de ware was... dat hij met haar verder wilde. Tib heeft me zelfs min of meer om haar hand gevraagd, want meneer Sabbe kon hij niet bereiken... diplomaten zijn altijd onderweg naar hun volgende post, dus van niets naar nergens.'

'Ik wil dat gezicht straks wel eens zien,' zei ik.

'Nou, dat geldt dan niet voor mij. Iemand kan nog zo'n rotzak zijn, ik vind het vreselijk als hij toch al te pijnlijk getroffen zou zijn. Hier maakt het leedvermaak pas op de plaats.'

'Je zult er toch even doorheen moeten... de situatie, bedoel ik, niet het leedvermaak. Doe het voor Rita.'

'Vijf voor vier, Zwan... en als we nou 's besluiten van zijn diensten gebruik te maken? Even schrikken voor hem, maar als hij professioneel genoeg is, zet hij zich er wel overheen. Misschien herkent hij in elke klant een schoonmoeder.'

'Hoe doe je daar dan verslag van aan je dochter?'

'Het zou alles in één klap oplossen, dat wel. Een paar weken of maanden een gebroken hart, en daarna... Rita heeft nog een heel leven voor zich.'

Het veel te luide geluid van de deurbel scheurde door de stilte. We legden allebei tegelijk een hand op de hartstreek. Corinne verbleekte. Haar neusvleugels trilden.

'Je moet nu wel opendoen,' zei ze zacht, met iets giecheligs.

Ik ging de overloop op, en zei in de intercom: 'Ben jij dat, Tibbolt?'

'Jawel.'

'Ik druk open. Voordeur secuur dichtduwen graag.'

'In orde.'

'Twee trappen op.'

Ik bleef over de balustrade gebogen staan tot de jongen boven was. Hij hijgde licht, en stak me zijn hand toe. 'Mevrouw Egberts... hoe maakt u het? Parel noemde uw meisjesnaam.'

'Zeg maar Zwanet. Luister, Tib... voordat we de slaapkamer binnengaan, moet je iets weten. Ik betaal je het volle tarief, voor twee uur, maar daarvoor hoef je niet... de gebruikelijke prestatie te leveren.'

'Als u alleen mijn gezelschap wilt... prima, wat mij betreft. Ik kan goed luisteren.'

'Er is nog iemand daarbinnen.'

'Uw man... dat vind ik wel een probleem.'

'Een vriendin... iemand die jij kent. Fijn dat je goed kunt luisteren... zij heeft een paar vragen voor je.'

Ik deed de slaapkamerdeur verder open en duwde de jongen de drempel over. Midden in het vertrek bleef hij stokstijf staan. Corinne zat nog op het bed, inmiddels stijfjes op de rand.

'Mevrouw Suwijn,' stamelde Tib. 'U hier...'

'Zoals je ziet... schrik maar niet.'

'Ik begrijp niet...'

'O, je begrijpt het heel goed. Zwanet heeft je via het escortbureau min of meer in de val gelokt... en ik ben hier om je aan het verstand te peuteren dat je Rita schandalig behandeld hebt... haar ongelooflijk veel pijn hebt gedaan.'

'Weet ze...'

'...dat je hier bent namens de Wonder Boys? Nee, nog niet. Vroeg of laat zal ik haar over je dubbelleven moeten vertellen... tenzij je de *guts* hebt het zelf te doen. Voorlopig ben je *mij*, als Rita's moeder, een verklaring schuldig. Ik weiger mijn dochter nog langer zo te zien lijden.'

Ik schoof de fauteuil in zijn richting, zodanig dat de zitting zijn knieholten raakte en hij vanzelf achterover tussen de armleuningen viel. Ik liet me op een gewone stoel neer, niet op mijn gemak. Corinne zette hoog in, maar ik wist niet of ze dit volhield.

'Mevrouw Suwijn...' Tibbolt slikte, en keek de kamer rond, alsof hij een nooduitgang zocht. Het raam misschien: we zaten tweehoog. 'U vraagt mij om een verklaring. U weet dat ik al heel lang in therapie ben bij een psychiater... hij wil niet dat ik zijn naam rondbazuin.'

'Rita vertelde het mij al een hele tijd terug,' zei Corinne. 'Ik snapte meteen al niet hoe je met haar zo gelukkig kon zijn, en dan toch een shrink nodig had.'

'Niet iedereen geneest door de liefde,' zei Tibbolt. 'Er zijn mensen die, als kind al, voelen dat ze in het verkeerde lichaam geboren zijn. Meisjes willen jongens worden... jongens meisjes. Ze slikken hormonen... laten zich opereren. Ik ben volgens mijn psychiater een geval apart. Het is bij mij geen kwestie van sexe. Ik ben tot de ontdekking gekomen dat ik niet in *dit* lichaam ter wereld had willen komen... wel als iemand van het mannelijk geslacht, maar als een volkomen andere persoon dan ik geworden ben... of nog aan het worden *was*.'

Ik kreeg de indruk dat hij volkomen serieus was. Corinne gaf zich niet gewonnen – die dacht aan haar dochter. Ze zei: 'Verkeken kans... dan had je ook uit andere ouders geboren moeten zijn. Afkomst valt niet terug te draaien.'

'Ik heb altijd het gevoel gehad dat mijn vader en mijn moeder mijn natuurlijke ouders niet zijn.'

Corinne liet een honend lachje horen. 'Een verwisseling op de kraamafdeling van het ziekenhuis... dat zal in jouw geval moeilijk aan te tonen zijn. Als ik je moeder mag geloven, ben je in een ambulance aan de kant van een snelweg geboren... op de vluchtstrook... gehaald met de keizersnede.'

'Ik ga op mijn gevoel af. Ik moet die *ander* zien te worden die ik eigenlijk ben.'

'Je hebt gymnasium gedaan, Tib,' kwam ik ertussen. 'Je hebt vast wel eens van Nietzsche gehoord. Hij gaf aan zijn autobiografie *Ecce homo* de ondertitel mee: *Hoe men wordt wat men is*. Waarom kun jij niet gewoon aanvaarden wie je bent... door komaf, geboorte, opvoeding, omstandigheden? Waarom jezelf zo gekweld?'

'Ik wil niet zomaar een andere identiteit... ik wil elke cel van dit lichaam afbreken en er een andere voor in de plaats metselen... dat geldt ook voor de hersencellen. Er mag niets van Tibbolt Satink overblijven... zelfs geen ruïne om de nieuwe persoon bovenop te bouwen. De nieuweling krijgt zijn eigen fundamenten.'

'Wat vindt jouw psychiater ervan?' wilde Corinne weten. 'Hij treft straks een geheel nieuwe patiënt tegenover zich.'

'Hij gooit het voorlopig op mijn doodsangst,' zei Tibbolt. 'Voor hem staat vast dat ik die *ander* met mijn sterven wil opzadelen... zodat ik er zelf niets van voel.'

'Je zit maar wat te zwammen,' zei Corinne. 'Stel dat je erin slaagt een volledig ander mens te worden dan je nu bent... dan verhuist je *ik* toch gewoon mee, niet? Het bewoont een nieuw lichaam, dat op een dag dood moet. Het stervensproces zal jou echt niet ontgaan. Het interesseert IJzeren Hein hoegenaamd niet welke naam hij met zijn zeis in jouw grafsteen moet krassen.'

'Is jouw psychiater toevallig dokter Patist?' vroeg ik, naar de bekende weg inmiddels.

'Als ik zijn naam noem,' zei Tibbolt, 'dan geeft hij via mij iets van zijn beroepsgeheim prijs. Ik heb hem beloofd om anderen niets over de inhoud van de therapie te verklappen.'

'Volgens mij,' zei Corinne, 'beginnen we al een aardig beeld van zijn werkwijze te krijgen. Zielenknijper knijpt het leven uit een ziel... om er een andere ziel mee te vullen. Ik heb sterk de indruk dat jouw shrink de metamorfose aanmoedigt...'

'...en faciliteert,' vulde ik aan. 'Ik ken mijn dokter Patist.'

'Mij heb je zijn naam niet horen noemen,' zei Tibbolt.

'Ik ga als leek niet aan de methodes van de psychiatrie morrelen,' zei Corinne, 'maar vanwege Rita's zielenheil zou ik toch wel eens willen weten op wat voor manieren jij je een andere persoonlijkheid aan het aanmeten bent. Ik weet dat je je in vrij korte tijd van een gewone voetbalsupporter tot een geharde hooligan ontwikkeld hebt. Is wreedheid ook zo'n toverdrank... aangewend bijvoorbeeld tegen een onschuldige jonge vrouw in Mierlo? Ik spreek nu als moeder. Je hebt haar simpelweg laten barsten... je had niet eens het lef om het fatsoenlijk uit te maken.'

'Ze behoort tot mijn oude leven.'

'Dat had je Rita op de een of andere manier duidelijk kunnen maken... in plaats van haar in onzekerheid te laten lijden. Ik verdenk jou ervan dat je voor de zachtheid van de oude Tib de hardheid van de nieuwe in de plaats hebt gesteld... om er zeker van te zijn dat er niets aardigs van je overblijft. Vandaar dat je ook als de eerste de beste nepgigolo hier opduikt... om je lijf te verpatsen aan een wat rijpere vrouw.'

'Tib, je bent vanmiddag erg openhartig,' zei ik. 'Als je een totale metamorfose wenst te ondergaan, kan ik me nog voorstellen dat je voor het tegendeel van al je oude eigenschappen kiest... botheid in plaats van vriendelijkheid... een voorkeur voor agressie boven vredelievendheid... ik noem maar wat... en dat je liefde vervangt door prostitutie. Ik vind het walgelijk, maar zulke veranderingen moeten blijkbaar doorgevoerd worden... om jou te brengen waar je zijn wilt. Van Rita naar Golden Wonder Boys... vertel ons nou eens eerlijk hoe zoiets in z'n werk gaat. Hoe moeilijk het ons ook valt, we proberen je te begrijpen, mevrouw Suwijn en ik.'

9

'Ik was al op het gym in therapie. Vanwege de problemen thuis... en ja, die rotvoeten van mij, waar ik op school mee gepest werd, hadden er ook mee te maken. De vrienden onder mijn klasgenoten hielden het er gewoon op dat ik moeilijke voeten had, zoals je ook van iemand kan zeggen dat hij een moeilijke eter is. Moeilijke voeten werd op den duur afgekort tot Movo, en dat werd mijn bijnaam, en daar luisterde ik zonder rancune naar. Ergens in de stikdonkere herfst van '91... ik was zeventien... begon de *ander* zich in me te roeren, en dat werd alleen maar erger in de inktzwarte winter van '92. Ik had het er met mijn psychopompos over... zo noemde ik hem... maar die kon er voorlopig niks mee. Hij liet me maar dazen.'

'Waarom noem je hem niet gewoon dokter Patist?' zei ik.

'Laat hem zijn verhaal doen, Zwan,' zei Corinne. 'Ik probeer te snappen wat Rita is overkomen.'

'Het begon ermee,' ging Tibbolt verder, 'dat de supporterij om me heen verhardde. Ik had me daar altijd tegen verzet, maar nu bleek ik me daar uitstekend in te kunnen vinden. In maart kwam het bij Beverwijk tot een veldslag... ik was erbij. Ik heb meegevochten, al kon dat niet voorkomen dat er aan onze kant een dooie viel. Hij ligt nu op de Nieuwe Ooster, en op zondagmiddag zijn er bij het graf altijd wel wat strijdmakkers te vinden… ze picknicken er. De organisatie voor een nieuwe veldslag is in volle gang, daar wil ik nu niets over kwijt.'

Tibbolt stond op uit zijn fauteuil, en liep naar de wand met ingebouwde kasten. Hij trok een voor een de deuren open… tot de manshoge spiegel zich naar buiten keerde. 'In mijn kamer bij Oops staat een garderobekast met twee van zulke spiegels. Op een ochtend heb ik me voor zo'n spiegel helemaal uitgekleed, tot op het bot. Zo…'

Zonder blikken of blozen begon Tibbolt zich van zijn kleren te ontdoen, die hij over de rugleuning van de fauteuil legde. Rinne en ik keken elkaar aan: wat was de bedoeling? Wilde jongeheer Satink alsnog zijn missie als Golden Wonder Boy uitvoeren, en de twee dames die hem alleen voor 'gezelschap' binnen hadden gelaten beschaamd maken? Ten slotte stond hij naakt voor onze spiegel. Hij bleek nog magerder dan ik eerder bij de aanblik van zijn geklede verschijning had gedacht. Ik keek automatisch naar zijn voeten, waar zich onder de enkels bijna vervaagde lila littekens bevonden – duidelijk niet van recente wonden.

'Tib, dit was niet de bedoeling,' protesteerde ik.

'Trek alsjeblieft die kleren weer aan,' zei Corinne. 'Zo wil ik mijn schoonzoon helemaal niet zien.'

'Jullie vroegen hoe ik tot dat escortgedoe gekomen ben,' zei Tibbolt, al wat minder nederig. 'Dan krijg je ook het complete verhaal, met alles erop en eraan. Jullie hoeven me er niet voor te betalen… maar als mevrouw Suwijn vindt dat ik haar een verklaring verschuldigd ben, dan geef ik die. Als ze tenminste bereid is mij niet langer als haar schoonzoon weg te zetten…'

'Sorry voor de verspreking,' zei Corinne, 'en dat terwijl ik je helemaal niet meer als schoonzoon *wil*.'

Tibbolt vertelde verder dat het de eerste overvloedig zonnige lentedag van het jaar was, toen, en dat hij vanwege de overburen de gordijnen bijna helemaal dichtgeschoven hield. 'Er viel genoeg licht binnen om mezelf van top tot teen in een van de spiegels te zien, maar ook... hoe zeg je dat... vertekend. Anders. Niet mooier, maar juist lelijker. Net in die tijd begon ik hele gesprekken te voeren met Movo, die al wat meer De Ander was dan ik.'

Movo: 'Daar sta je dan, Satink. Met kloffie aan lijkt het nog heel wat, maar zo... piemelnaakt... zouden ze je zelfs op de oude veemarkt van Damascus als slaafje niet hebben gewild. Al kregen ze een muts vol dinars op de koop toe, dan nog niet. Er zit bij jou geen vlees aan, jongen. 't Is vel over been, en been over merg, alles flinterdun. Wat is eigenlijk het mannelijk woord voor gratenkut?'

Tibbolt: 'Gratenpakhuis.'

Movo: 'Niet raak genoeg. Bij pakhuis stel ik me nogal een gebouw voor, zeg.'

Tibbolt: 'Als je nou even opzij gaat... ik wilde gewoon 's kijken, heel vrijblijvend, of er iets aan te vangen valt met dat graatmagere lijf van me. Ik word niet gehinderd door gespierde illusies, Movo, dus sloof je maar niet zo uit...'

Tibbolt had de scheerspiegel van Oops uit de badkamer gehaald om zich, zo stelde ik me voor, draaiend en kronkelend voor de garderobekast van alle kanten te bekijken.

'Dit was het lijf, mevrouw Suwijn, dat uw teerbeminde Sabberita een halfjaar eerder nog met hoon had overladen. "Een knaap is nog geen knoert... ja, ik heb het tegen jou, lulletje." Staand voor de spiegel vroeg ik me bij elk lichaamsdeel af wie, in godsherennaam, ik met de aanblik ervan een plezier zou kunnen doen. Moet je die juffershandjes zien...'

Hij liet ze vlinderachtig fladderen aan de uiteinden van zijn dunne armen, waarvan de polsen in heel hun breekbaarheid dikker uitpakten dan de gedeelten waar spierballen behoorden te zitten.

Movo: 'De machtige armen van een worstelaar, Tib... nee, echt. De torso van een soepkip. Het borstbeen... nauwelijks een schaduw van dons, alsof je daar bij het scheren een plekje hebt overgeslagen. De tepels, hoe ingevallen ook, zouden er nog mee door kunnen, als ze niet nog bleker afstaken tegen die paar donkerbruine moedervlekken daar... kleine aandachttrekkers, rijp voor de sproetenbus. Een Sabberita van drieëntwintig laat zich er niet door in de luren leggen... de iets oudere dames misschien wel.'

Tibbolt: 'Zit me niet te stangen, Movo... hoe zou hier ooit een markt voor aangeboord kunnen worden? Hier, moet je zien, die navel... het lijkt wel een losgeraakte knoop, die nog maar met een enkel draadje vastzit. Vrouwelijke klanten? Ze slepen er meteen de naaimand bij om het ding vast te zetten... een romance tussen vingerhoed en klosje garen. Wie moet er dan z'n portemonnee trekken, denk je? Neem dat dunne mondje van me, Movo... dat strakke, dat verbetene... vergelijk dat eens met de grote bloedvolle lippen van Mick Jagger.'

Movo: 'Ho, Tib, nou ga je te ver. Toen hij nog jong was, die Jagger, viel het wel mee met die bek. Nu alles aan 'm veel slapper en druiperiger is geworden, schrijft een mevrouw van de pers: "Zijn mond hangt als slachtafval aan zijn gezicht." En dan heeft ze 't niet over ingewanden. Als de labia van een drachtige vaars, maar dan horizontaal, zo glibberen de lippen over zijn kin. Kijk, Tib, dat is nou rock-'n-roll... dat we al meer dan dertig jaar recht in die elastische, van tochtigheid kwijlende koeienkut moeten kijken... die zich te pas en te onpas nog over een microfoon heen stulpt ook. Bah! en daar ben *jij* jaloers op?'

Tibbolt: 'Mijn zuinige mond zal bij een vrouw nooit associaties met wellustige slobberpartijen oproepen.'

Movo: 'Goed, laten we er niet langer omheen draaien, Tib: je bent van een lachwekkende schrielheid. Een bijkomend voordeel is wel dat het je geslacht onevenredig fors doet lijken. Welkom gezichtsbedrog, of juist niet, Satink? Ik knijp mijn timmermansoog nu even toe… jongen, een godswonder van een *trompe-l'oeil*! Zo is het geen kunst om groot geschapen te zijn. Wrijf de wonderlamp nog wat meer op, en je gaat er helemaal achter schuil.'

Kwam het doordat Tibbolt zich liet meeslepen door… hoe moest ik het noemen… zijn reconstructie? Of was de geest van Movo al zozeer vaardig over hem geworden dat hij ons bewust en schaamteloos provoceerde met zijn lichamelijke reacties?

'Goed, ik geloof je,' zei Corinne, zich afwendend. 'Zou je dan nu alsjeblieft… *alsjeblieft* je kleren weer aan willen trekken? Je hebt me overtuigd dat Rita niet langer op je kan rekenen… dat je verloren bent voor haar. Ik zal het haar voorzichtig overbrengen… met jouw complimenten.'

Tibbolt knielde bij mijn stoel neer. Ineens drong tot me door: hij is bang. Ik zag het aan zijn ogen. Die carrière als Ander van hem, of wat het ook was, die was groter dan wat hij aankon. Ik merkte aan zijn verspringende adamsappel dat Tib zijn angst wegslikte toen hij met hese stem zei: 'Ik ben niet gekomen, mevrouw Egberts… eh, Zwanet… om een lesje geleerd te krijgen… een draai om de oren te ontvangen. Kunnen we het ons niet, nu ik hier toch eenmaal besteld ben, met z'n drieën gemakkelijk maken?'

Hij kon niet meer terug. De vrees groeide in zijn ogen, verspreidde zich over zijn hele gezicht, dat zo droevig z'n best deed meedogenloosheid uit te stralen. 'Ik hoef dan niet met een rotgevoel naar huis omdat… omdat ik het volle pond zou hebben aangenomen voor een prestatie die ik niet geleverd heb. Ik kan trouwens wel wat praktijkervaring gebruiken.'

'Tibbolt, ga alsjeblieft weg,' riep Corinne. 'Ik walg van je. Als ik *alles* van deze middag aan Rita vertel, zal ze niet langer verdriet om je hebben. Ze zal opgelucht zijn dat je vuile, doorgestoken kaarten open op tafel liggen.'

Ergens in de diepte, heel vaag, opende zich bij mij wat ik

vroeger een 'verboden verlangen' zou hebben genoemd. Ik herinnerde me de verjaardagsfuif van een vriendin, die zou worden afgesloten met een pyjamafeestje. Ik was twaalf of dertien. 's Nachts drongen de zoon des huizes en een vriend, die bij hem logeerde, onze slaapkamer binnen. Ik had voor mezelf een taalspelletje bedacht: 'verlangen' mocht je hebben zolang het passief bleef, 'hunkering' was al bijna actief geworden verlangen... daarmee bleef het oppassen. Er stonden vier eenpersoonsbedden, en er lagen ook matrassen op de grond. De jongens hielden een onduidelijke strooptocht in het donker, die hier en daar tot afwerende kreten voerde, en elders tot aanmoedigend gegiechel.

10

'Het ontroert me, Rinsi, zoals jij je de rottige toestand aantrekt waarin Pijkel verkeert. Je hebt haar hiervoor net zomin gekend als ik.'

'Het zou weinig verschil hebben gemaakt,' zei ze. 'Toen ze nog geen tijger was, en nog op twee benen liep... met een menselijke stem praatte... was ze net zo goed weerloos, met al die littekens en lappen getransplanteerd vel.'

'In zekere zin,' zei ik, 'is ze nu niet kwetsbaar meer, maar al volmaakt gekwetst... tot in het diepst van haar geest toe. Als iemand weerloos wordt genoemd, verraadt dat altijd nog een reserve... een laatste mogelijkheid om met geheven armen de slagen op te vangen. De nagels hunkeren naar fliebertjes opperhuid van de aanvaller.'

'Mijn betrokkenheid bij het geval-Pijkel... mijn werkelijk wurgende medelijden met haar... och, het zal wel weer met mijn dochter te maken hebben. Het zal ook 's *niet*.'

'Ook je ongerustheid over Rita grijpt me aan,' zei ik. 'Het prikkelt mijn jaloezie als moeder. Ik ben niet half zo begaan met Cynthia, terwijl die nog een kind is, voorzichtig puberend.'

'Onzin, Zwan… voor en na school, je hebt haar onmiddellijk binnen handbereik. Je borstelt haar haren nog. Binnenkort wordt ze voor het eerst ongesteld… dan ben jij er voor haar, zoals jij er ook was toen ze aan het wisselen ging.'

'Jouw zorgen om Rita… zoals nu weer met die Tib… die stellen mij een voorbeeld.'

'Je slaat me te hoog aan,' zei Rinne. 'Bezorgdheid is nog geen zorgzaamheid. Het eerste heeft iets vrijblijvends… het tweede vraagt om handen uit de mouwen. Lief van je, maar ik verdien jouw lof niet. Ik heb Rita geofferd aan de windhandel van het modellenwerk. Na al die jaren nog steeds onvergeeflijk.'

Op haar gezicht een naar binnen gekeerde blik vol zelfhaat. De kin trilde met de mondhoek mee. Ze haalde de rug van haar hand onder de neus door, als om te controleren of ze huilsnot lekte. Ik legde zo teder mogelijk een hand in haar nek, licht knijpend.

'Kijk niet zo, Rinne… alsjeblieft.'

'*Hoe* kijk ik dan?' Ze tilde haar hoofd op, en probeerde te glimlachen, maar de trilling verdween niet uit haar kaak. 'Zo beter?'

'Ik zie je bijna kapotgaan aan een lelijk soort zelfverwijt. Luister, Rinsi… je mag destijds dan, op je drieëntwintigste, de voorrang hebben gegeven aan je vak en je contract en je Kanaar en je weet ik veel… maar je hebt er niet je *liefde* voor Rita aan opgeofferd. Vergeet dat niet.'

Ik kan niet zeggen dat ze met haar stroeve, trieste gezicht mooier was dan met het lachende. Haar kraaienpootjes lieten de droefheid enigszins afvloeien. Ze legde op haar beurt een hand in mijn nek, maar slapper, en bevend van rusteloosheid.

'Ach, weet je wat het is, Zwan… een moeder voelt zich *altijd* schuldig tegenover haar kind. Ze heeft nou eenmaal niets beters weten te baren dan een sterfelijk hoopje ellende… zie dat maar eens overtuigend met kooswoorden en knuffels te overladen.

Ik had het gevoel dat ik het wicht zoogde, alleen om het richting knoet en zeis te begeleiden.'

Ik wreef met een wijsvinger over haar lippen. 'Wie zo praat, klinkt als moeder in ieder geval *niet* vrijblijvend.'

Ze kuste mijn vinger, en zette er toen haar tanden in, tamelijk hard, zoals wel vaker. 'Lief dat je me mijn moederschap niet ontzegt. Je had er mogelijk meer baat bij gehad het weg te moffelen...'

'Verklaar je nader.' Ik staarde naar het heel precieze reliëf van afdrukken in mijn wijsvinger. 'What the fuchsia...!'

'Ik geef toe, Zoeaaf, dat ik jou ook niet altijd als volleerd moedertje wens te zien.'

'Hoe dat zo?'

'Nou, als we elkaar niet af en toe als jonge, hitsige meiden mogen beschouwen, dan is dit... wat wij hebben... niet vol te houden. Toch?'

'Maakt het moederschap ons... wat wij samen hebben... niet juist rijker en sterker? Mannen kun je met niets zo blij maken als met een jonge, onbezoedelde maagd. Ik weet niet of ik zo verguld zou zijn met een vlies... om bij jou te verslinden, bedoel ik. Een vagina beminnen die al eens als geboortekanaal gediend heeft, vind ik extra prikkelend. Die van jou is trouwens zo'n strak juweel dat ze voor mij twee aangezichten heeft: maagdelijk doornstruikje *en* doorleefde vulf.'

'Veelzijdigheid zal ons redden,' zei Corinne met een flauwe glimlach. 'Ik zou wel eens de rol op me willen nemen van jonge minnares die een rijpere vrouw, tegen wie ze geweldig opziet, op haar wenken bedient. Zou je daarin meegaan?'

'En jij... maar dan met de rollen omgedraaid?'

'Uw wil is wet, mevrouw... alles wat u maar wenst. Laten we vooral niet te beroerd zijn om net zover te gaan als de dienstbodes in *De meiden* van Jean Genet met hun mevrouw deden. Dat theatertje in de Nes... je zat naast me, en kneep in mijn arm bij een bepaalde scène. Weet jij nog welke?'

'Rinsi, dit gesprek gaat de verkeerde kant op,' zei ik quasivermanend. 'Straks komen we weer bij jouw huismeester Krop uit. Laten we terugkeren naar het moederschap. Ik weet dat je in '73 in New York zwanger raakte van een Belgische diplomaat, maar veel meer heb je er niet over verteld… ja, dat Rita door je ouders werd opgevoed, in Mierlo, zodat jij je werk kon blijven doen. Ik heb het gevoel dat je dingen verzwijgt. Zaken achterhouden, dat past zo helemaal *niet* bij ons.'

Ik noemde het De Schedelmeting: Corinne die met gespreide duim en middelvinger van de rechterhand haar slapen omvademde, en daarbij haar ogen sloot. Ze dacht na, en stotterde een paar keer het begin van een opmerking – totdat ze de hand voor haar gezicht wegnam, en luid en duidelijk vroeg: 'Zeg 's… had jij tijdens een van je zwangerschappen, of bij allebei, last van vreetkicks?'

'Rolmopsen bij de vleet, bedoel je… afgeblust met perssinaasappelen?'

'Even serieus.'

'Niet noemenswaard. Jij?'

'Meteen al… de eerste twee maanden. Vreselijk. Het kan te maken hebben gehad met mijn eerdere eetstoornissen. Door de zwangerschap raakte mijn stofwisseling nog meer ontregeld.'

'Was het kind gewenst?'

'In mijn omstandigheden… allicht niet. Tussen meneer Sabbe en mij was het net zo'n amour fou als later met jou, maar dan zonder toekomst. Hij had het wel steeds extatisch over een *liefdesbaby*, maar toen die zich daadwerkelijk aankondigde, schrok hij zich het leplazarus. Meneer had al een gezin… niet in Washington, maar in Brussel. Het oude liedje, maar al een stuk minder lyrisch. Ik lichtte trouwhartig mijn manager in, en die raakte in alle staten… wat wil je, ik was zijn Ezeltje Schijtgeld. Als ik *hem* te gronde wilde richten, moest ik de zwangerschap vooral voortzetten. "Had die Sabbe, *damn it*, geen slabbe voor kunnen binden, *the motherfucker*." Als hij zijn woede wilde luchten, sprak hij al een aardig mondje Amerikaans... beter dan wanneer hij over een contract voor mij moest onderhandelen. Hij bepraatte Sabbe, en die kwam met een behoorlijk bedrag over de brug, voldoende om de vrucht in een luxekliniek te laten wegmaken... echt zo'n instituut voor de *rich and famous*, waar filmsterren met gecertificeerde bontjassen in en uit lopen. Zelf ging onze koene diplomaat op verlof in België... ja, zo iemand moet 's zondags in de boezem van zijn gezin ook wel eens het vlees snijden, al is het eens per jaar.'

'De geschiedenis wijst uit,' zei ik, 'dat je niet naar de kliniek bent gegaan.'

'Toch wel... voor een eerste onderzoek,' zei Rinne.

'Wat ging er mis?'

'*Niet* het onderzoek. Wat ging er goed, kun je ook vragen... met mijn welgeschapen Rita voor ogen.'

'Je moedergevoelens speelden op, en je kon het kind niet laten wegmaken. Een oud lied.'

'Het lag wat ingewikkelder met die gevoelens van mij. Ik was doordrongen van de noodzaak van een abortus... ik wilde mijn carrière niet verliezen tenslotte, o nee. Kanaar was er ook nog, met zijn hebzuchtige argumenten. Hij praatte op me in, en sloeg me om de oren met de nog uitstaande contracten. Hij bracht me een paar keer hoogstpersoonlijk per taxi naar de kliniek. Hij wachtte buiten in de auto tot ik een afspraak had gemaakt. Ik bleef dan een tijdje in het gebouw, zonder iets te ondernemen, en keerde onverrichter zake naar hem terug. Ondertussen begon de schoot te rijzen... de tijd te dringen. Om me onder druk te zetten bracht Kanaar mijn toelage tot het uiterste terug... net genoeg voor de dagelijkse boodschappen. Om tegen alle regels in te kunnen blijven roken, bezuinigde ik op voedsel. Tot overmaat van ramp begon ik een ongekende eetlust te ontwikkelen... compleet met gênante reeksen geeuwhonger. Er was nog niet heel veel aan mijn taille te zien, dus ik werkte gewoon door. Het krakende gapen kon me overvallen terwijl me net verzocht was roerloos en strak in de camera te kijken. In plaats van met etenswaren werd ik overstelpt met verwijten… en Kanaar kreeg de klachten op z'n bordje. Ik kon alleen nog maar aan eten denken… en na het poseren wist ik de delicatessenwinkels van Manhattan te vinden. Ik bleek opeens een voorkeur te hebben voor de duurste meeneemgerechten. Het was niet te stoppen. Gelukkig, of ongelukkig genoeg, beheerde ik zelf… niet Kanaar… het abortusgeld. Met een slecht geweten zonderde ik er kleine bedragen van af… om mijn teugelloze vraatzucht te kunnen bekostigen. Ik probeerde een verklaring te vinden voor mijn honger. Natuurlijk wist ik dat zwangere vrouwen bij vlagen een enorme trek in lekkers konden krijgen… met vaak bizarre eetgewoontes tot gevolg, van zoute drop tot in chocola gedoopte, hardgekookte eieren. Maar dat deed zich meestal niet de eerste twee maanden al voor. Ik verkeerde nog in het stadium van ochtendmisselijkheid en gal opgeven. Dat kwam met zulke heftige oprispingen dat mijn voorhoofd een paar keer tegen de rand van de wastafel sloeg… met blauwe builen tot gevolg.'

'En toen legde je eindelijk het verband met de nervosa en de boulimia van een paar jaar eerder…'

'O, veel later pas… dat snap je toch wel. Ik dacht niet verder dan dat de groeiende vrucht in mijn baarmoeder me *dwong* om zoveel te eten… al die lekkernijen nog wel, die in de papieren begonnen te lopen.'

'Rauw vlees ook… bloederige stukken lever, in *Rosemary's Baby*?'

'Nee, maar wel het net even aangebraden spul… roastbeef en zo. Wou je suggereren, Zwan, dat ik zwanger was van Satan zelf?'

'Je suggereert het zelf.'

'Meneer Sabbe leek me niet het type om zijn ziel te verkopen aan de duivel.'

'Misschien had hij het geld hard nodig om jou alsnog die kliniek in te krijgen. Gek idee... zijn ziel verkwanselen aan Satan om met het gevangen bedrag zijn vaderschap af te kopen... ik bedoel *diens* vaderschap.'

'Dat zou hem tot een zeer idealistisch christenmens hebben gemaakt... een die laat zien hoe de duivel op een ingewikkelde manier te castreren.'

We vielen even grinnikend stil. Toen zei ik: 'Dan begrijp ik nog steeds iets niet. Om van die hongerlijer in je schoot af te komen hoefde je toch alleen maar een goede afspraak met de kliniek te maken... in plaats van het daarvoor bestemde geld over de balk te blijven smijten. Dan was ook meteen je carrière gered.'

'Je begrijpt het nog steeds niet, Zwan, terwijl je toch zelf tot twee keer toe een voldragen baby hebt gebaard. Door mij met die onweerstaanbare hongergevoelens op te zadelen deed de foetus een *beroep* op mij... om hem of haar in leven te houden. Zo teerde ik langzaam in op het abortusgeld.'

'Neem me niet kwalijk... nu denk je de vrucht in je baarmoeder wel erg veel macht over jou toe, niet?'

'Het kind gaf via *mijn* vraatzucht aan te willen blijven leven... niet vanuit een of ander machtscentrum in de buik, maar via de instantie waarop het parasiteerde... via het brein van de gastvrouw. Ik vraag misschien te veel van je inlevingsvermogen, want reken maar dat ik er geestelijk slecht aan toe was in die weken en maanden. Daar zwierf ik door de straten van New York City... het vleesgeworden, en steeds meer vlees wordende dilemma. Het bedrag bestemd voor een vruchtafdrijving uitgevend aan dure delicatessen... en zo het probleem waarvan ik me had moeten ontdoen verder vetmestend.'

'En op een dag was natuurlijk de uiterste termijn voor de ingreep verstreken...'

'Ik verkeerde inmiddels in zo'n schemertoestand dat het nijpende van de situatie niet echt tot me doordrong. Ik bleef maar langs het gebouw van de kliniek op Fifth Avenue lopen, nog steeds hopend dat ik de moed zou kunnen opbrengen om er binnen te gaan... om aan de hongersnood van twee levende wezens een eind te maken. Tegelijkertijd stond mijn vraatzucht voor het voeden van de weerloze vrucht in mijn buik... voor de hunkering naar nieuw leven... een nieuw bestaan, ook voor mij. En dat maakte me op den duur platzak, zodat ik niet eens reden meer had om me op Fifth Avenue te wagen... behalve dan voor de delicatessenzaken.'

'En die zak van een Kanaar... hoe reageerde die?'

'Hij zag me natuurlijk groeien, hoewel ik van al dat extra eten niet aankwam... integendeel, per saldo viel ik af. Mijn armen en benen werden dunner... mijn wangen en billen raakten ingevallen. Kanaar was ziedend dat ik de abortus had laten schieten. Toen de zwangerschap zichtbaar begon te worden, had hij al mijn afspraken met de studio's moeten afzeggen... tot aan het ontbinden van contracten toe, al wist hij voor enkele fotoshoots een halfjaar uitstel te bedingen. De Nederlandse cameraploeg die een korte documentaire over mij wilde draaien, moest met smoezen om de tuin geleid worden: ik had het zogenaamd te druk, ook met bijrollen in speelfilms, jawel. Mijn penthouse stond op naam van mijn manager: hij zegde de huur op... het werd hem allemaal te begrotelijk nu zijn kip met de gouden eieren van de leg af was... of te opzichtig een ei uitbroedde.'

'Waar woonde je dan... in een hotel?'

'Zelfs voor een derderangs pensionkamer was geen geld meer. Ik sliep in een kerk voor daklozenopvang in Brooklyn. Overdag zat ik in openbare gebouwen... bibliotheken, hotellounges, warenhuizen... overal waar het warm was. Het was herfst, en het beloofde een koude winter te worden. Ik zat, zoals dat heet, aan de grond.'

'En de delicatessen?'

'De gaarkeuken, zul je bedoelen. Mezelf uitnodigen voor de maaltijd bij kennissen durfde ik niet... of liever, Kanaar verbood het me. Het was slecht voor mijn reputatie om me hoogzwanger in mijn eigen kringen te vertonen. Ik at nog net niet uit de containers van hotels en restaurants... dan had Pijkel in mij een voorgangster gehad.'

11

'Werd je in die dagen wel eens herkend... van de glossy's, bedoel ik?'

Corinne liet een minachtend gesnuif horen. 'Ik had mijn masker achtergelaten in de toverdoos van de visagiste... in de vorm van tubetjes, kwastjes, borsteltjes. Toen ik in die daklozenkerk een keer wat dieper in gesprek raakte met een vrouw van mijn leeftijd, en vertelde over mijn beroep... nou, reken maar dat ik een feestelijk hoongelach over mezelf afriep. Ik werd bekeken als een psychiatrisch geval in de categorie Napoleon of op z'n minst de vrouw *van*. Joséphine heette ik daar voortaan.'

Ik trok haar troostend tegen me aan. 'Ach, mijn kleine Rinse Rinsi... had ik je toen maar gekend.' Fout, het klonk te veel als de ironische opmerking van de ene geliefde tegen de andere wanneer een minder rooskleurige episode uit het verleden aan bod komt. Eerder bedroefd dan boos weerde ze mijn omhelzing af.

'Wat zou je hebben gedaan?'

'Van mijn studiebeurs naar New York vliegen... en wel onmiddellijk. Ik had trouwens al wel gemerkt dat de covers met jouw koppie minder werden... niet wat kwaliteit betreft, maar ik bedoel de frequentie. Op zeker moment hield jouw glossy bestaan helemaal op. Er kwamen op mijn kamer geen posters meer bij. "Uitgerangeerd," zei een vriendinnetje van me. "Modellen worden bij bosjes afgedankt... er is een heel nieuw type in de maak, met andere maten. De Twiggy's worden tot straatbezems gebonden... van je zwiep, zwiep, zwiep in de goot. Tikkeltje mollig, dat is nu de mode, maar onopvallend... dus niet dat je zegt: volslank, en kan iemand iets doen aan die doorbuigende planken van de catwalk? Dat nou ook weer niet." Waarom ben *jij* eigenlijk niet op het vliegtuig gestapt? Het geld was vast nog niet helemaal op...'

'Mijn ouders zagen me aankomen... mevrouw Puilbuik-Platzak aan de deur. Ze zouden de schande niet overleefd hebben, en ik bijgevolg ook niet... dat zou het familiegraf meteen overvol hebben gemaakt, al scheelde het allicht in de bloemstukken.'

'Je hebt het kind wel kort na de geboorte aan je ouwelui afgestaan. Van de documentaire uit '74 herinner ik me dat je moeder de kleine trots aan de camera liet zien. "Wat *zegt* ze dan tegen mama in New York?" Niet eens tatta-tatta. Rita wreef met haar knuistjes in de ogen tegen de felle filmlampen... die het domein van haar moeder waren. Zo heb ik het onthouden. *Venus from Mierlo*. Ik zou die *special* graag een keer met jou bekijken.'

'Hou op, zeg. Als ik weer eens goed in m'n slappe was zit, ga ik de mastertape opkopen... met alle eventuele kopieën erbij... en dan gaat het hele zooitje in de fik. Zonder pardon.'

Haar ogen konden boosaardig fonkelen.

'Waarom? Je was toen op het toppunt van je schoonheid.'

'Daarom juist. Ze hadden me voor die opnames helemaal opgeschilderd... een squaw met oorlogsverf. Waar was de echte Corinne? Ik wed dat mijn eigen ouders, toen ze het resultaat onder ogen kregen, hun dochter niet eens herkenden. Op de brandstapel met haar.'

'Daarmee zou je ook de oudste filmopname van Rita verwoesten.'

'Ik heb haar al die New Yorkse maanden binnen mijn eigen lijf in leven gehouden... met behulp van het geld dat bestemd was voor haar vernietiging. De kleine parasiet is bijna mijn ondergang geworden... ze holde mijn vlees en mijn geest uit.'

'Als je de zwangerschap zo heldhaftig tot een goed einde hebt gebracht, waarom dan die vreselijke schuldgevoelens?'

'Na de kraamtijd, waar door zogkoorts voortijdig de klad in kwam, hield mijn moederschap zo ongeveer op. Ik ben met de baby de grote plas overgevlogen, en heb haar bij mijn ouders afgeleverd. Met een lijstje instructies... alsof mijn moeder die nodig had, na zoveel kinderen grootgebracht te hebben. Ik wist niet hoe snel ik daarna weer op de trein richting Schiphol moest stappen. In New York wachtte me, onder het wakend oog van Kanaar, een streng fysiotherapieschema... om weer strak in mijn vel te komen zitten.'

'Ik neem aan dat je tegen dat de eerste weeën zich aandienden wel helemaal door Sabbe z'n centen heen was... maar je vertelt niet hoe en waar je bevallen bent. In de vuile sneeuw op een trottoir in Brooklyn?'

'Ja, Rita landde precies op de brede schop van een sneeuwruimer, nou goed? Nee, Kanaar had een paar contracten voor me weten af te sluiten. Hij kwam net op tijd over de brug met voldoende geld voor een goede kraamkliniek.'

'Zwaar?'

'Niet als bij Rosemary. Geen inkepingen door hoorntjes of bokkenpootjes.'

'En de hoorntjes op het hoofd van Hans... deden die geen zeer?'

'O, vast wel, maar ik gaf hem niet de kans erover te klagen. Hij in Amsterdam, ik in Manhattan... we hadden lange tijd alleen telefonisch contact. Ik draaide voor de rekening op. Ik belde zo min mogelijk. Hij had niet veel *meer* in de aanbieding dan dreigementen en chantage, op z'n best voorafgegaan door een jankerige smeekbede... of ik toch alsjeblieft terug naar Amsterdam wilde komen. "Ik zou voor jou kunnen zorgen, Krien... maar ik kan het niet voor mezelf." De idioot... toen hij hoorde over Rita, is hij naar zijn schoonouders in Mierlo gereisd om zijn rechtmatige kind voor zich op te eisen. Ze moesten dan wel een donatie verrichten, zodat hij zijn dochter naar behoren kon opvoeden.'

'Bestond er een kans dat hij de vader was?'

'In de tijd dat ik zwanger raakte, hadden Hans en ik geen fysiek contact... zoals ook het scheidingsdossier keurig vermeldt.'

'En Albert? Hij beweert dat hij jou in de jaren zeventig regelmatig in New York heeft opgezocht. Jij betaalde zijn vliegtickets...'

Corinne lachte ongemakkelijk. 'Nu insinueer je dat Rita van hem zou kunnen zijn. Ons samengestelde gezin wordt steeds hechter. Nee, Albert was in die dagen een berooide student in Nijmegen... geen cent te makken. Stel, ik was in verwachting van hem... dan zou ik de diplomaat hebben misbruikt om het geld voor een abortus op te hoesten.'

'Daar heb je al een scenario,' zei ik.

'Albert is altijd met jaartallen en data in de weer. Het stelt me van hem teleur dat hij tegenover jou niet preciezer is geweest over New York. De eerste keer dat hij naar me toe kwam, was in '76. Rita was toen twee. En het valt me van jou tegen dat je niet hebt doorgevraagd *bij hem*, in plaats van nu bij mij, en nog heel tendentieus ook. Als ik een kind van Albert had, en dan nog wel zo'n opzienbarende schoonheid als Rita, had ik het je meteen al verteld... na de boswandeling... na de vroegste stemvorken. Ik kan me trouwens ook niet voorstellen dat Albert zo'n wapenfeit zou verzwijgen.'

'Hij heeft jou ook lang weggestopt... niet als jeugdvriendin, maar als geliefde.'

Ze kleurde. Het was nog steeds een schrijnend onderwerp. Ze zei: 'Laten we ons gelukkig prijzen dat het geen botte wraaklust was die jou en mij bij elkaar heeft gebracht... al voelt het wel eens lekker om die mogelijkheid open te laten.'

'Voor de buitenwereld is het zo klaar als een klontje: pure revanche... daar helpt geen moedertjelief aan. Laten we het vooral zo houden... zonde om aan zo'n dubbelgestikte verklaring te gaan tornen.'

Ik hield mijn hand met de vlakke palm omhoog. 'Alle vuiltjes uit de lucht? Laat het me voelen dan.'

Ze gaf er een harde pets op, zodat mijn vingers er rood van aanliepen. 'Akkoord, maar je mag nooit meer zo argwanend doen. Niet alleen de diplomatieke herkomst van mijn dochter... ook verder heb ik niets voor je te verbergen. Helemaal niets.'

'Toch wel.'

'Daar gaan we weer. Ik zou niet weten *wat*.'

'In '79 keerde je plotseling uit New York terug naar Amsterdam, terwijl... als ik het goed begrepen heb... je carrière nog niet ten einde was. Die leek met allerlei filmcontracten een nieuwe wending te hebben genomen. Nu even eerlijk... was het vanwege Albert dat je terugkwam?'

'Je weet net zo goed als ik, Zwan, dat hij eind jaren zeventig zwaar aan het spul was geraakt. Ik had die ellende in New York om me heen meegemaakt... die ging ik niet ook nog eens van daaruit tegemoet reizen. En dan dat gekoketteer met geweld en pistolen van 'm... die pose van gewapende wereldverbeteraar. Sartre had immers gezegd dat geweld in uitzonderlijke gevallen was toegestaan. Jij hebt je in die tijd ook van 'm afgekeerd... hij zat trouwens een poos vast. Jij was met Ernst. Albert kwam jaren later pas weer in je leven...'

'...en in het jouwe.'

'Daar kunnen we het nog nader over hebben. Mijn terugkeer naar Amsterdam had uitsluitend met Hans te maken, en met niemand anders.'

'Iemand die je zo slecht behandelde... je zat in New York op veilige afstand van die hufter.'

'Een noodgeval... meer kan ik er nu niet over kwijt.'

'Zie je wel, je gunt mij geen totale transparantie.'

'Jij mij ook niet... dat is misschien wel onmogelijk. Zelfs tussen ons. Stel je eens voor, Zwan, hoe dat eruit zou zien, totale transparantie... twee vrouwen honderd procent doorzichtig voor elkaar... tot in hun ingewanden, hun goorste gedachten.

Het zou niet alleen iets wanstaltigs zijn, maar ook een explosieve ruziehaard, waarin de lijken die uit de kast zijn gerold geniepig liggen na te smeulen. Dan zouden we elkaar pas echt de ogen uitkrabben.'

'Hou alsjeblieft verder je mond, Rinsi.'

12

De manier waarop ik Corinnes benen in hun gekromde staat opzij boog, zonder dat ze meegaf, deed me denken aan hoe ik dat vroeger bij mijn vleeskleurige babypop deed: een soort schroefgebaar van het gewricht in de kom, waardoor de eigladde onderbuik zonder enig reliëf bloot kwam. Het was geen plaspop, al kon ze wel, als je haar kantelde, een soort mekkergeluidje voortbrengen via een roostertje aan de rugzijde, dat deed denken aan het strooidekseltje van een bus Vim. Hoe de benen aan de romp vastzaten en toch in een draaibeweging te brengen waren, dat was nog onderwerp van studie. Ergens in de holle binnenkant moesten alle elastische snaren die Ravotje bijeenhielden tot een ingewikkelde knoop samenkomen, schatte ik. Papa had me uitgelegd dat de ogen (met echte wimpers) open- en dichtgingen via een loden gewichtje in het achterhoofd.

De onderbuik van Corinne was niet eiglad, en had wel degelijk reliëf. Ze had iets looms vandaag. Ze lag met gesloten ogen achterover in de kussens, en liet me begaan. Haar plooien waren nog strak en goeddeels kuis naar binnen gekeerd. Ik zocht naar sporen van moederschap, maar kon zo op het oog niets vinden – geen striae, niks van dien aard. Toch waren ook deze tere labia, die nu glanzend in hun kier lagen, ooit uitgerekt en lelijk gezwollen geweest, nauwelijks nog de ontsluiting van het baringskanaal verhullend. Net zoals ik dat zelf tot twee keer toe had meegemaakt. Een vrouw wordt dan geacht gelukzalig te stralen, blij om haar intiemste schoonheid voor de worp van nieuw leven te kunnen opofferen. Zo wil het mannelijke deel van de goegemeente het graag zien. Nou, ik ervoer het toch net even anders, met permissie. Ik weet niet meer precies in welke maand het zwellen en de vertekening van de vulva doorgaans zichtbaar worden. Het geboortekanaal in aanbouw maakt alles eromheen alleen maar weker en gevoeliger, en vanaf de zesde maand profiteerde ik ervan tijdens mijn dagelijkse siësta. De spasmen waren soms zo heftig dat ik, als de eerste de beste huisvrouw die gelooft in bakerpraatjes, wel eens vreesde voor het lichamelijk welzijn van de foetus.

'De kleine voetballer mept gewoon terug,' zei Ernst toen ik in verwachting was van Cynthia. 'Hij daagt je in de ring… voor straks.'

Ik wachtte me er wel voor om de veranderingen beneden mijn rijzende buik met de handspiegel te controleren.

Zelfwalging diende zich zo ook wel aan. Mijn vingers registreerden een karikaturale uitvergroting van wat ik ooit had aangewend om er een man mee tot bevruchting te verleiden, want daar kwam het toch op neer. Het offer is geheel aan de kant van de vrouw. De man kijkt toe hoe de rook neerslaat, en gaat een blokje om teneinde zijn vertier elders te zoeken.

Toen ik hoogzwanger was van Thjum kwam Albert op het idee een jeugdvriend op de lunch te nodigen. Zo maakte ik kennis met Hans Krop. Hij had met zijn toneelkritieken in een regionale krant (Helmond, Mierlo en omgeving) een of andere journalistieke prijs gewonnen, en hoewel hij over de stukken van Albert altijd buitengewoon negatief geschreven had, vond mijn goedhartige echtgenoot het opportuun om de laureaat eens fijn te fêteren – vrienden voor het leven, nietwaar, dan moest je wat van elkaar kunnen hebben. De prijs bestond uit een messing souffleurskap, waar het een of ander in gegraveerd stond. De symboliek ontging me: een theatercriticus wordt toch niet geacht de acteurs te souffleren, dan wel het werk van de toneelschrijver of de smaak van het publiek. Maar misschien lag dat in Brabant anders.

Er schijnen meisjes te bestaan die hun ongewenste zwangerschap tot aan het eind met wijde truien weten te camoufleren, maar ik puilde aan alle kanten uit van nieuw leven, en kon me nauwelijks meer bewegen. Toch, vraag me niet hoe, wist ik een uitgebreide warme lunch te bereiden van *poule pintade* en aardappelen en gekaramelliseerde witlof. Ik wist dat het gerecht in Brabant 'poelepetaat' genoemd werd. De benaming stamde uit de Franse tijd: *poule et patates*, hoewel het hoofdingrediënt parelhoen was. Het leek me voldoende verwijzing naar de zuidelijke herkomst van de beide heren, al was hun vriendschap, begreep ik later, twijfelachtig. Ook toen al drong tot me door dat ik, voor een echtgenote, veel te weinig wist van Alberts verleden. Hoe zat het bijvoorbeeld met die vrouw van Hans, het voormalige fotomodel? Waarom was ze niet meegekomen?

Ik droeg een grote ovale schaal voor me uit met daarop de dampende pintade en de bijgerechten. Ik leunde achterover tegen de lucht, en viel een paar keer bijna om. Het zweet liep kriebelend langs mijn neus, maar ik kon mezelf makkelijk wijsmaken dat het de etensdamp was. Ik liet me niet kennen.

De heren zaten op de bank aan de whisky. The Macallan, Alberts favoriet. De trofee in de vorm van een souffleurskap stond op de salontafel. Bij mijn binnenkomst keek Hans in mijn richting. Hij onderbrak het gesprek en met een superieur knikje op mij zei hij: 'Ga je daar nou straks bij zijn, Albert, bij die bevalling?' Hij wachtte het antwoord niet af, en vervolgde: 'Niet doen, hoor. Ik ben zelf nooit vader geworden, mijn buurman in Mierlo wel, en die zegt: als je dat ziet en meemaakt, verliest je vrouw al haar sexuele aantrekkingskracht voor je. Ik raad het je af.'

Voor hem behoorde ik kennelijk niet alleen tot het personeel, maar was ik ook nog eens een dienstmeid die haar baas met een kleine opzadelde, en hem daarbij bovendien zijn sexuele appetijt ontnam. Mijn eerste opwelling was om met mijn buik als een stormram vooruit op hem toe te lopen en de ovale schaal voor zijn voeten te laten vallen, of het voedsel over zijn arrogante kop te kieperen: *Wie verliest hier nu zijn sexuele aantrekkingskracht, meneer Krop?*

Ik kan niet meer terughalen uit wat voor overwegingen ik me inhield... misschien kwelde me de vraag of ik Alberts carrière zou kunnen schaden door zijn criticaster te schofferen (die trouwens spoedig zijn collega en concurrent zou worden, ook dat nog) ...maar het lukte me de schaal zonder ongelukken op de gedekte tafel te zetten. Ik kan me van het verloop van de maaltijd weinig meer herinneren, behalve dat Albert, duidelijk zelf geschokt door de uitspraak van zijn 'vriend', veel te beleefd bleef tegen de hufter, en zelfs een paar keer een toost op hem uitbracht. Eerder dan de poelepetaat zat ik mezelf op te vreten. Hans Krop bleek een snob en een waanwijze lul, die zich voordeed als een liefhebber van vrouwen, maar zich uitsluitend in neerbuigende termen over ze uitliet, ook wanneer het zijn eigen vrouw betrof. Hij had het hoogste woord, maar richtte zich geen enkele keer tot mij, wat maar goed was ook, anders had ik hem alsnog zijn vet gegeven. Om zijn vertrek te bespoedigen liet ik de tiramisu in de koelkast, net als de dessertwijn. Albert trok zijn wenkbrauwen op, maar ik gaf geen krimp. Hans leek me in het bezit van een olifantshuid, maar hij kreeg toch door dat onze gastvrijheid niet onbeperkt geldig bleef. Hij vertrok overhaast, en vergat zijn trofee. En ja, toen kon ik me niet langer inhouden: ik waggelde met het souffleurskoepeltje naar het open raam, en wierp het hem na. Het stuiterde op het trottoir met een blikkerig potten- en pannengeluid, en rolde toen in de goot. De laureaat keek met een verbijsterde blik omhoog, en ontmoette kort de mijne, iets tussen triomf en haat.

'Wat doe je nou...!' riep Albert.

'Als jij verzuimt die schoft met zijn beledigingen de trap af te gooien,' riep ik terug, 'dan bedenk ik zelf wel iets. Van jou hoef ik geen bescherming te verwachten.'

De ruzie eindigde voor ons allebei in een slappe lach. 'Een koperen souffleurshuisje... nee, Albert, je had dat *gezicht* moeten zien.'

Die nacht, tegen de ochtend, begonnen voor mij de weeën. Ik weet niet of de beladen middag ermee te maken had. Albert belde de vroedvrouw, en even later zaten we puffend in haar kleine auto op weg naar het ziekenhuis. Hij bleef bij het hele, moeizame en langdurige baringsproces aanwezig. Of mijn geschreeuw en de uitgescheurde bilnaad en de uiteindelijk gelanceerde bloedkeutel zijn sexuele appetijt voor mij hebben doen tanen, kan ik niet goed beoordelen. Zo ja, dan heeft hij dat met de regelmatige uitoefening van zijn echtelijke plicht aardig weten te camoufleren. Zijn problematische jeugdvriend heeft hij nooit meer uitgenodigd: die kwam pas weer binnenvallen, onuitgenodigd, toen hij lucht had gekregen van een heel anders geaarde vriendschap... die tussen zijn vrouw en mij.

13

Ik ben van 1951. Toen telde de wereldbevolking minder dan drie miljard koppen. Nu schrijven we 2019, en naderen we de acht miljard. Tijdens mijn leven, dat nog niet ten einde is, zijn er dus een slordige vijf miljard kostgangers en hongerlijers bij gekomen. Ik heb er zelf barenderwijs maar twee aan toegevoegd, en toch trek ik me die overstelpende groei aan, alsof ik eraan heb bijgedragen louter door in die zes, zeven decennia te *bestaan* en het te laten gebeuren. Ik voel me verantwoordelijk... schuldig zelfs. Je zou verwachten dat de spoeling van het schuldgevoel bij zo'n bevolkingsaanwas dunner wordt, maar niks hoor. En dat terwijl de aardbewoner met het oplopen van de getallen zijn uniciteit voelt slinken, dat dan weer wel. Ik ben nu een minder uniek mens dan bij mijn geboorte… die constatering, daar komt geen hogere wiskunde aan te pas. Evenmin is er een meetlint voor nodig om te concluderen dat de planeet niet evenredig met de bevolkingsaanwas is meegegroeid… vandaar al die opengesperde bekkies in het nest. Honger dempt de paardrift niet. We blijven slaven van het voortplantingscomplot.

Het gaat niet alleen om voedsel, ook om aandacht. Een groot deel van die kleine acht miljard wil z'n leven niet in de schaduw van de anonimiteit voorbij laten gaan. De *fifteen minutes of fame* van Andy Warhol zijn allang teruggebracht tot *fifteen seconds*, maar die laten we ons vooralsnog niet afnemen. Al die lieden die zich met kop en schouders boven hun medemensen uit werken… eerst lijkt het nog op een soort knijptechniek van de massa die op een plein te dicht opeengepakt staat, maar het zijn wel degelijk de aandachttrekkers die de ijlere lucht van boven het maaiveld zoeken.

Als we met z'n allen zoveel uniciteit hebben moeten inleveren, waarom blijven we ons de misstanden dan zo aantrekken… de rampen, de oorlogen, de corruptie, de onderdrukking, de criminaliteit, de hongersnood, het oplopende kwik in de thermostaat van de planeet? We kunnen het niet laten. Het is ons lot… ook al maskeren we bemoeizucht als betrokkenheid.

Het unieke is ons van de botten gevild, de scalp van onze individualiteit hangt aan de ceintuur van de Grote Gelijkmaker. En toch dragen we de wereld op onze schouders, tegen wil en dank. We blijven ons om strijd op engagement beroepen, wij, machteloze wereldverbeteraars zonder leger, zelfs zonder erekorps of lijfwacht. Loze gebaren… het is als met sex: alle varianten zijn volgens een eentonige rekenkundige reeks uitgeprobeerd. Nog steeds worden mensen het niet moede om geroutineerd aan de voortplanting bij te dragen van wat al een overvolle kweekbak is.

De paring is een daad die hardnekkig *vooruit* gericht is. Elke achterwaartse beweging vormt de noodzakelijke aanloop tot een prettige voortzetting, maar is ook een prelude op de neergang na de verzadiging, wanneer de geliefden kleverig van elkaar af glijden. Corinne en ik hadden ons sinds een aantal maanden losgemaakt van deze lomp doelmatige geslachtstechniek, die ik vroeger op college *teleologisch* hoorde noemen. (De docent: 'Zeg maar gerust *immanente finaliteit*.') We zochten het unieke terug in hoe we elkaar beminden.

'Als je kijkt naar hoe zoogdieren paren,' zei Corinne, 'dan zijn man en vrouw een wonder van subtiliteit. Beesten maken er geen geheim van dat ze van hun zaad af willen, en wel zo snel mogelijk... terwijl op de snuit van het wijfje geen enkele voldoening te lezen staat, op z'n best lijdzaamheid... het *moet* maar even. Mensen zijn in staat tot vertraging, uitstel, pauzeren.'

'Vlug of langzaam, Rinne... wat maakt het voor verschil? Een kleine bonus van genot voor de vrouw misschien. Uiteindelijk schudt meneer zijn parels in haar. Wij tweeën moeten ons zo ver mogelijk van dat, neem me niet kwalijk, *teleologische* proces verwijderen. Als we als eenlingen toch onze uniekheid beginnen te verliezen, laten we dan van onze liefkozingen iets bijzonders maken, waar niets ter wereld aan kan tippen.'

'Het heilige ritme, Zwan,' zei ze, 'daar komen we niet van los. Er zijn vrouwen die zichzelf met inwendige knijpbewegingen van de spieren een orgasme kunnen bezorgen, maar over het algemeen hebben we de cadans van de natuur nodig... de eeuwige poetsbeweging... het zachte geschuier van vingers... het nog zachtere van een tong. We zijn schatplichtig aan de eeuwige beweging van de wereld... daar valt niet aan te ontkomen, hoe abstract je de liefde ook wilt.'

'Een concessie die ik graag doe. We specialiseren ons in ritmewisselingen. Kom hier dan, anders verdoen we onze middag met sexuologisch geklets. We hebben nog zoveel te ontdekken en uit te vinden. Ik hoor hem er tegenwoordig zelden meer over, maar vroeger was Albert altijd op zoek naar een verdwenen aspect van sex... namelijk het *hele erge* ervan, dat dan zou moeten grenzen aan zelfvernietiging... op z'n minst ertegenaan zitten.'

'Ik hoop niet dat ik je kwets als ik zeg dat die theorie geen geheimen voor mij heeft,' zei Corinne. 'Het gefilosofeer kwam vaak voor de praktijk in de plaats... misschien had hij voor zijn laboratoriumexperiment aan een willig oor genoeg.'

'Twee minnaressen uit elkaars zicht... ik sluit niet uit dat daarmee het *hele erge* al binnen zijn bereik kwam.'

'Met die zelfvernietiging zit het ook wel goed, want het tweetal spant nu, op dit eigenste moment, tegen hem samen. Wij zijn bij elkaar opgeteld het monstrueuze *hele erge* van zijn sex. Albert heeft zijn doel in zekere zin bereikt.'

Hoofdstuk v *De Verscheurde Kamer*

1

Corinne had me gevraagd haar de Retiefstraat te laten zien, en daar de benedenwoning aan te wijzen waar ik Pijkel en haar dooie vrijer had aangetroffen. De voordeur was na maanden nog steeds verzegeld met politielint: misschien waren ze het vergeten. Ik moest Rinne ervan weerhouden het los te peuteren.

'Dat is strafbaar,' zei ik. 'Laten we naar het café op de hoek gaan… misschien vangen we nog iets relevants op.'

'Het begint er aardig op te lijken,' zei ze, 'dat jij het speurwerk in deze zaak voor je rekening neemt. Daar word je niet voor betaald. En dan werp je je ook nog eens op als de officieuze assistente van een psychiater… net zo goed voor nop. Op die manier werk je niet drie dagen per week voor een salaris, maar ook nog eens vier dagen onbezoldigd… ik snap dat ze op De Brouwerij blij met je zijn. Zelf word je er niet vrolijker van. Je ziet er afgemat uit, liefie.'

'Het is die Pijkel… ik kan haar gezicht niet van mijn netvlies krijgen… half zielig dier, half geslagen mens.'

'Je neemt te veel voor je rekening,' zei Corinne, en haar bezorgdheid klonk oprecht. 'Het achterhalen van de identiteit van de dode man, dat is toch echt de taak van de politie.'

'Hoe Pijkel het lijk bewaakte en beschermde… ik kan het niet uit mijn hoofd zetten. Ze mag zich dan als een tijger gedragen, daar was toch echt meer aan de hand, volgens mij. Het *kon* niet anders dan haar geliefde zijn. Ik voel me tegenover haar verplicht hem zijn naam terug te geven… dat hij niet anoniem in een graf gegooid hoeft te worden. Het lijkt de politie niet veel te kunnen schelen.'

De middag was nog jong. In de Ape-Retief waren alleen wat stamgasten te vinden, die er zo te zien en te horen al uren zaten. Ze staarden ons schaamteloos lodderig aan. Ik bestelde twee biertjes.

'U was al eens eerder hier,' zei de kastelein tegen me. 'In gezelschap van twee agenten... in verband met een moord hier verderop in de straat.'

'Het ging waarschijnlijk om een natuurlijke dood,' zei ik maar. 'Uit sectie is niets van een moord gebleken.'

'Nou, dan bent u beter ingelicht dan ik,' zei de man. 'Ik weet wat ik om me heen hoor... en dat liegt er niet om.'

De kastelein streek met zijn spatel het teveel aan schuim van de glazen, en zette ze voor me neer. 'Als u zo goed op de hoogte bent, mevrouw, dan kunt u me vast wel vertellen hoe het met de dame gaat die bij het lijk werd aangetroffen.'

'Nog steeds heel erg in de war. Ze kan in deze toestand niet gehoord worden door de recherche... bijvoorbeeld over de identiteit van de man. Hij is, begrijp ik, een paar avonden achtereen hier geweest. Is zijn naam al wel eens gevallen?'

Hij schudde somber zijn hoofd. 'Dan zou ik het zeker aan de politie doorgegeven hebben. Laat uw pilsjes niet inzakken.'

Ik bracht ze naar een tafel aan het raam, waar Rinne al was gaan zitten. We hielden geen van tweeën erg van bier, dus we knabbelden maar wat aan het schuim.

'Sinister sfeertje hier,' zei Rinne. 'Laten we niet te lang blijven hangen. Nu we toch in de buurt zijn... ik wil wel weer eens naar Artis.'

'Mijn gedachten blijven alsmaar rond die schoonzoon van jou draaien...' zei ik. 'Patist had ze allebei in therapie... Tibbolt en Pijkel. Laten we de zaken nog eens op een rijtje zetten. De laatste keer dat Pijkel bij haar volle verstand op de praktijk was, zat Tibbolt in de wachtkamer. Hij had zijn anderhalf uur behandeling er al op zitten. Patist had hem gevraagd te blijven tot hij klaar was met Pijkel. Ik weet niet wat daar bekokstoofd is... Patist schermt, zoals je hebt gemerkt, voortdurend met zijn beroepsgeheim... maar Pijkel en Tibbolt verlieten samen de praktijk. Niet alleen tegelijkertijd, maar ook echt samen... ze liepen met elkaar op, druk in gesprek, de straat uit. Ik heb er een buurvrouw over gesproken. Die bleek nogal romantisch aangelegd... ze proefde een romance, zei ze. Twee psychiatrische cliënten die elkaar in hun deplorabele staat *vinden*... voor haar blijkbaar iets om bij weg te dromen.'

'Voor jou ook, zo te horen.'

'Ik zoek, heel onromantisch, naar aanwijzingen. Pijkel is uren later naar het revalidatiecentrum aan de Overtoom teruggekeerd, maar... niet naar binnen gegaan. Dat staat vast. De portier heeft de twee samen op het trottoir voor de ingang gezien. Tibbolt stak op zeker moment, nog steeds volgens de portier, schuin de Overtoom over naar een tramhalte. De goede man verwachtte elk moment Pijkel voor zijn balie te zien verschijnen, maar toen hij opkeek, was ook zij bezig de weg over te steken. De tram vertrok net op dat moment... richting Leidseplein. Pijkel had het nakijken. Daarna verloor de portier haar uit het oog.'

'En weet je al wat ze toen heeft gedaan?'

'Nee. Wat ik wel weet, is dat ze diezelfde avond hier in café Ape-Retief opdook... in een aan de bar gezeten man klom... geen stamgast... en zich steeds vreemder begon te gedragen... grommend en bijtend.'

'Tot jij haar in de benedenwoning verderop vond... met die onbekende man, die toen al dagen dood was.'

Ik klokte met tegenzin de helft van mijn glas bier naar binnen, om er vanaf te zijn. 'De vraag die in me brandt, is... wat hebben Pijkel en Tibbolt gedaan in de uren die verstreken tussen hun vertrek bij Patist en hun afscheid op de Overtoom?'

'Ik vermoed dat de grote psychopompos er meer van weet,' zei Corinne. 'Zijn buurvrouw zou wel eens een punt kunnen hebben: een romance... met Patist, die geile bok, als ouwe koppelaar. Alleen verbiedt zijn eeuwige ambtsgeheim hem om open kaart te spelen.'

'Ik moet een manier zien te vinden om Patist aan de praat te krijgen,' zei ik. 'Zonder dat ik hem een reden geef om zich bij mij te beklagen dat ik hem erin probeer te luizen. We hebben hem tenslotte nog langer nodig dan vandaag... om die arme Pijkel beter te maken.'

'Waar denk je aan?'

Ik schudde het hoofd, en dat moet er nogal mismoedig uit hebben gezien, want Corinne legde op het namaakpersje haar hand op die van mij, wat ze anders in het openbaar zelden deed. Ik zag vanuit mijn ooghoeken hoe een vent op de hoek van de toog, scheef hangend op zijn barkruk, met een dronken grimas naar ons keek. Hij kon elk moment iets vreselijks gaan zeggen.

'Ga Tib nog eens opzoeken in de boekwinkel,' zei Rinne. 'Zolang Pijkel niet praat... wat ze misschien wel nooit meer zal doen... is hij de enige die weet wat er die middag tussen hem en haar is voorgevallen... als we de portier van de revalidatie nu even buiten beschouwing laten.'

Zij had het vervaarlijk grijnzende heerschap nu ook in de smiezen. Ik voelde aan een kneepje dat ze me los wilde laten, maar ik belette het door mijn vrije hand over de hare te leggen, in een stapeling die wij 'gevulde schelp' noemden. Laat ze denken wat ze willen, die Oost-Mongolen.

'Ik heb al geprobeerd om het Satinkie aan de praat te krijgen,' zei ik. 'Hij is slim... houdt zich gepast van den domme. Hij vindt dat als Patist zich aan zijn beroepsgeheim houdt, hijzelf niet uit de school mag klappen over de therapie. Kwestie van discretie. Pijkel Niggebrugge? Ja, ze delen dezelfde psychiater... nou, en? Kan best zijn dat ze na therapie een eind met elkaar zijn opgelopen... zoals die dingen gaan. En ja, hij was zo hoffelijk om Pijkel tot aan de revalidatie te vergezellen. Maar wat dan nog?'

'Heb je hem verteld over hoe Pijkel er sindsdien aan toe is?'

‘Hij wist er al van. Via de psychopompos natuurlijk.’

‘Dan schendt Patist dus zijn ambtsgeheim over de ene patiënt tegenover de andere…’

‘Zo ingewikkeld ligt het soms,’ zei ik. ‘Tibbolt zal er trouwens ook wel het een en ander over in *Het Devies* hebben gelezen… die krant heeft Olle buiten in het rek staan.’

‘Jawel, maar wat was het commentaar van onze gigolo op de gedaanteverandering van Pijkel tot grote katachtige? Het is gebeurd na hun laatste ontmoeting. Iets erin zou hem moeten aanspreken… hij werkt zelf tenslotte aan een loopbaan als andere man, of hoe noemt hij dat.’

‘Hij maakte niet de indruk van iemand die zich schuldig voelt,’ zei ik. ‘Ja, hij vond het triest natuurlijk… en bizar… wat moet je anders zeggen. Ik hield hem voor dat als hij dingen over Pijkel en die bewuste middag bleef verzwijgen, het haar genezing kon tegenhouden. Ze hadden wat door de stad gelopen, meer wilde hij er niet over kwijt. Als hij zich nog iets bijzonders herinnerde, zou hij zijn psych inlichten… die moest hem dan maar adviseren naar de politie te stappen.’

‘De idioot,’ zei Corinne hartgrondig. ‘Als hij zo graag totaal van persoonlijkheid wil veranderen, mag hij wel eens een negatief voorbeeld nemen aan Pijkel Niggebrugge… hoe het met de metamorfinist fout kan aflopen.’

‘Metamorfinist?’

‘Weet ik veel… dat woord gebruikte hij een paar keer. Van gymnasiast tot professioneel gigolo… hij heeft het al een heel eind geschopt als zelfverminker. Arme Rita.’

Corinne keek opzij. Ik voelde aan het trekken van haar hand dat er onheil in aantocht was: ik verhoogde de druk op de schelp.

‘Lieve dames… staat u een nederig man toe u een vraag te stellen.’ De vent leunde zwaar op de tafelrand, waarbij het kleedje met asbak en glaswerk en al dreigde te gaan schuiven. Hij likte zijn lippen. ‘Die vraag is deze… vormt u beiden tezamen een lesbisch paar?’

Hij keek met een onnozele oogopslag van mij naar Corinne, en weer terug. Ik zei: 'Mag ik u dan een wedervraag stellen? Waar meent u dat uit op te maken?'

'Kijk, niet om het een of ander,' zei de man met dikke tong, 'maar de Apretief is een typisch herencafé… naar oud-Amsterdams model, let wel…' Hij bezigde een bijna deftig soort Nederlands, zoals zatlappen in het voorlaatste stadium van dronkenschap doen, eer ze onverstaanbaar gaan lallen. 'De vrouwelijke kunne is hier des… desondanks altijd… met alle egards welkom geheten. Maar twee dames die hier, in de Aperitief, hand in hand komen zitten flikflooien… dat hebben we nog niet eerder meegemaakt. Dan moet u toch echt op de Zeedijk zijn, bij café 't Mandje… ook al staat Bet van Beeren al sinds mensenheugenis op sterkwater.'

'Dirk,' riep de uitbater vanachter de bar, met iets van een onderdrukte lach, 'laat de dames met rust. Ik tap nog een pilsie voor je.'

'Laat me even mijn rede… mijn redevoering afmaken,' wauwelde Dirk. 'Bet van Beeren knipte in 't Mandje de stropdassen van de mannelijke gasten doordemidden. Zo neemt een saffische vrouw wraak op de mannelijke kunne… castratie, dat is het. Kijk, dames, dat moeten we hier bij de Apretief niet hebben, van die ontmanningsrite… rituelen.'

'Dirk, kom hier,' riep de kastelein. 'Ik *blijf* je bier niet opschuimen.'

'Het lulsnijdersmannetje hebben we tot nu toe buiten de deur weten te houden,' zei Dirk. Zijn trekken waren intussen alweer wat valser geworden. 'Op het lulsnijdersvrouwtje zit niemand te wachten. Wij blijven liever gezond.'

'Als ik vragen mag,' zei Corinne op haar onschuldigst, 'waar is uw eigen stropdas… heeft u die uit voorzorg thuisgelaten, meneer Dirk? Of is uw vrouw nog bezig er de sportvlekken uit te wassen? Ze heeft vast zo'n strijkplankje van buigzaam hout, waar de natte das omheen gespannen wordt… of heeft ze die nodig om mee te zwiepen, als u weer eens lallend en brallend uit de Apretief thuiskomt? Jammer, want ik heb een prima kappersschaar in mijn tas, en daar had ik u graag de Van Beerenbehandeling mee gegeven. Weet u, meneer Dirk, waar dat mandje van café 't Mandje voor staat? Daar liet uitbaatster Bet al die gehalveerde mannelijke trots in uitlekken. Een gemis dat de Apretief zo'n handig mandje ontbeert, want...'

De ogen van Dirk vernauwden zich. 'Jij, vuile rotpot.' Hij hief zijn hand op naar Corinne... ik sprong al op maar hij sloeg niet. 'Stelletje afgelikte lollypotten, jullie horen thuis in de bek van Kojak... achter elke wang eentje.'

Alsof de woordenwisseling hem uitgeput had, wankelde Dirk terug naar zijn barkruk, die hij met moeite beklom, binnensmonds vloekend of nog meer verwensingen uitend. Ik liep naar de toog om te betalen. Ik liet twee dubbeltjes op de bar klikken, bij wijze van fooi. 'Voor de buitengewone gastvrijheid.'

'Och, ga toch spelen, mevrouw,' riep de uitbater. 'Jullie provincialen weten niet wat Amsterdamse gein is.'

'Eerlijk gezegd weet ik dat na die beledigingen nog steeds niet, tenzij ze volgens u een schoolvoorbeeld zijn van die veelgeroemde grootsteedse humor. In dat geval buig ik nederig het hoofd.'

'Ach, mevrouwtje, stap zo snel mogelijk op de boemel terug naar het platteland. Wij zijn helemaal klaar met die nuffige dagjesmensen. Ze komen even met opgetrokken neus ruiken aan het echte leven, en het is nooit goed. Toch, Dirk?'

'Zo is het,' zei Dirk. Hij wist zo te zien al niet meer waar het over ging. 'Groot gelijk.'

'Joviale Amsterdammers als u,' zei ik tegen de kroegbaas, 'worden nerveus van mensen die niet met het slepende accent van de buurt spreken. Ik ben net zo goed in Amsterdam geboren en getogen als u... ik heb alleen mezelf niet vastgeketend aan de wijk waar mijn stijfselkissie stond. De ware provincialen van Nederland, dat zijn mensen als u en Dirk, die zichzelf veroordeeld hebben tot hun eigen gehucht, dat weer deel uitmaakt van een iets groter dorp... met een net weer iets andere platheid van praten en liegen en schelden. Kijken hoe ver je kunt gaan in het beledigen van andersdenkenden en andersgeaarden en anderstaligen... en als dat verkeerd valt aan komen zetten met de dooddoener van de Amsterdamse gein, die men in de provincie niet begrijpt. Jullie humor, meneer, verdient die naam niet. Het is altijd over de rug van een ander, en treft nooit een raker doel dan dat van een natrillend mes tussen schouderbladen... met de toevoeging dat het toch met open vizier gebeurde.'

2

Bij Artis draalden we in het reptielen- en later in het aquariumhuis, enkel en alleen omdat we elkaar, en ook onszelf, niet wilden toegeven dat we aldoor al op weg waren geweest naar het tijgerverblijf.

'Genoeg rondgedwaald in het halfdonker hier,' vond Corinne. 'Al die koraalvisjes geven prachtig licht, maar ik word er een beetje somber van.'

'Laten we naar de leeuwen gaan kijken.'

'Waarom niet meteen naar de tijgers?'

En wie zagen we daar in gedachten verzonken voor de slotgracht van de grote katachtigen staan? Dokter Patist, die naar een onophoudelijk heen en weer banjerende Bengaalse tijger keek.

'Ook toevallig,' zei Corinne. 'Als je 't over de duvel hebt...'

'Zo toevallig nou ook weer niet,' zei ik. 'Hij ziet elke dag Pijkel haar best doen om een tijger na te bootsen... ik kan me voorstellen dat hij wel weer eens zo'n beest in het echt wil zien. Al was het maar om haar afwijking beter te leren begrijpen. Kom, we gaan hem even de stuipen op het lijf jagen.'

'Wacht,' zei Rinne. 'Vertel eerst hoe je hem aan de praat denkt te krijgen zonder... nou ja, zonder dat hij jou achteraf weer eens de schuld kan geven van het opheffen van zijn ambtsgeheim.'

Patist hurkte neer en schreef iets op, met een notitieblok op zijn knie. De witte tijger veerde bij elke stap een beetje door de poten, met een van strootjes doorstoken buikvacht die bijna over de grond sleepte.

'Toen ik daarnet aan de bar stond te bekvechten met die lepe kroegbaas, wist ik het opeens,' zei ik. 'Patist onopvallend prikkelen in zijn ijdelheid. In zijn bijzijn hardop speculeren over wat zich tussen Tib en Pijkel kan hebben afgespeeld. Als hij me wil corrigeren, of iets aan mijn vermoedens wil toevoegen, dan hem streng tot de orde roepen: "Julius, denk om je beroepsgeheim... je hebt zwijgplicht. Vorige keer ging je ook al te ver. Nee, hou je mond... ik wil het niet horen. Ik wil er niet medeplichtig aan zijn. Ik verbied het je." Zul je zien dat hij helemaal leegloopt. Ik ken een truc om met vingers in mijn oren toch alles op te vangen.'

3

Ik vind diergaardes altijd iets rommeligs en groezeligs hebben, en vraag me af waar dat aan ligt. De in overall rondstruinende verzorgers met hun geblutste zinken emmers? De luchtplaatsen voor olifanten, giraffen, neushoorns met hun grijze zandbakstructuur van pootafdrukken? De niet te analyseren totaalstank van stront, waarin de lucht van hooivreters de boventoon voert? Of toch de schoolklassen vol etters, die lopen te keten in plaats van de wonderen der natuur in ogenschouw te nemen?

We stonden stil bij een groepje roerloze giraffen, waarvan er een opeens zijn lange hals naar ons toe bewoog, langzaam en mechanisch als een hijsarm in de haven. Het was of het dier rook met zijn lippen, die langs de tanden zwabberden. Om zijn manoeuvre te vergemakkelijken plaatste hij zijn voorpoten ver uit elkaar.

'Ik moest ooit een show doen in Zuid-Afrika,' zei Corinne. 'Op een vrije dag werd ik meegenomen op een kleine safari. Ze wilden me beslist een *kameelpaard* laten zien. Zo'n dier kende ik niet... ik had er zelfs nooit een plaatje van gezien. Het bleek om de giraf te gaan. Matrozen van de VOC, die daar aan land gingen, zagen voor 't eerst van hun leven een giraf. Het beest had iets van een kameel, ook wel iets van een paard... dus werd het kameelpaard. Zo noemen die Afrikaanders de giraf nog steeds.'

'O, het benijdenswaardige leven van Corinne Suwijn,' zei ik. 'Zo vol fabeldieren... ontdekte en nog onontdekte. Het mooiste sprookjesbeest, dat is zijzelf... een eenhoorn die zich aanbiedt als prooi bij de jacht... maar er zijn geen reine maagden meer om op haar te jagen. Wie heeft toch de hoorn met het schroefdraad van haar gestolen?'

'Ja, spot er maar mee. Na het afbreken was er dat stompje nog... en daar groeit hij op een dag weer aan. Trouwens, als je de psychopompos nog wilt spreken... hij bergt nu zijn blocnote op.'

We haalden Patist in toen hij al bijna bij de uitgang was. Hij toonde zich verbaasd, of eerder betrapt.

'Zijn jullie me gevolgd of zo?'

'We hadden gewoon dezelfde gedachte als jij,' zei ik. 'Het tijgerschap van Pijkel in het echt zien... met levende dieren. O, wat is die witte mooi.'

'Ja, ik vroeg me opeens af of Pijkel zich gedraagt naar een soort innerlijke voorstelling van een tijger... als een kind... of dat ze de handelingen van het dier nauwgezet kopieert. Nu ik hier een tijdje heb staan kijken, concludeer ik dat laatste.'

'Ze heeft als dompteuse natuurlijk alle gelegenheid gehad,'

zei Corinne, 'om het gedrag en de reacties van haar dieren te observeren. Ik neem aan dat er ook nog wel wat theorie aan voorafging... biologisch en zo... in de vorm van video's misschien.'

Ze schoot in de lach. 'Sorry, ik moest opeens denken aan hoe Albert Sir Attenborough nadeed... in verband met die zuignappen op Madagascar.'

Ik lachte met haar mee. We bloosden allebei. Patist schudde het hoofd: hij gaf het meteen al op er iets van te begrijpen. Ik nodigde hem uit samen met ons koffie te gaan drinken in de lunchroom van Artis. We stonden even stil bij het beeld van Boeddha.

'Hij is nog steeds niet gesmolten,' zei Corinne.

'Had hij omgesmolten moeten worden dan?' vroeg Patist.

'Gerard Reve woonde eind jaren zestig hier aan de overkant van de ingang,' legde ik uit. 'Hij had een abonnement, en liep hier geregeld naar binnen. Bij het Boeddhabeeld, schreef hij later, vroeg hij zich af of het niet zou gaan gloeien en smelten als het alle leed van de wereld in zich verzamelde.'

'Dan valt het oftewel mee met het wereldleed,' zei Patist, 'of het beeld is gemaakt van vuurbestendig materiaal.'

'Wacht tot de Boeddha hoort van het geval-Pijkel Niggebrugge,' zei Corinne. 'Het zou wel eens de druppel kunnen zijn... de genadeslag op het smeltpunt.'

'Wat zou het mooi zijn,' zei ik, 'als de meltdown van de Boeddha samenviel met de genezing van Pijkel.'

Even later zaten we aan de koffie. De situatie verschilde niet veel van die in het paviljoen van de geitenboerderij, afgelopen voorjaar. Ook hier was een kinderpartijtje gaande, met zonnetjes getekend op hoogrode konen en doorgeprikte ballonnen die confetti lieten neerdalen.

'Dank voor de appeltaart,' zei Patist, 'maar als jullie denken mij aan de praat te kunnen krijgen over mijn praktijk en mijn patiënten en zo... dan ben je aan het verkeerde adres.'

'Even voor de goede orde,' zei ik. 'We dringen nergens op aan... toch?'

'Ik ken jou langzamerhand wel een beetje, Zwanet,' zei de psychiater. 'Een mens kan maar beter op alles voorbereid zijn. Met z'n tweetjes vormen jullie ook nog eens een buitengewoon intimiderend koppel.'

'Als je per se een appelpunt met spuitbusslagroom voor een steekpenning aan wilt zien, ga je gang,' zei ik. 'Als ik jou ertoe verleid aan je ambtsgeheim te morrelen, haal ik je als beëdigd arts naar beneden... daar ben ik me al te zeer van bewust. Nog afgezien van een eventuele onderwerping aan de tuchtcommissie. Geen haar op m'n hoofd, Julius... daar ben je me te dierbaar voor.'

'Ik steun Zwanet in haar onderzoek naar de identiteit van de dode man,' zei Corinne, 'maar ook van mij heb je niets te duchten.'

'O, gelukkig. Weet je, ik kan zo moeilijk weerstand bieden aan wat voor verzoek dan ook. Vragende ogen, van vrouwen vooral, die worden mijn dood nog eens. Wat dat betreft ben ik een ouwe sartriaan: mijn wereld die leegloopt in de blik van de ander.'

'Albert is de laatste tijd weer erg met Sartre bezig,' zei ik, om te ontsnappen aan de hete brij. 'Hij wil *Les jeux sont faits* tot een modern toneelstuk bewerken.'

'Nou, het zal me benieuwen,' zei Patist. 'Vooral wat hij met die Kwade Trouw gaat doen. Het was de jonge Sartre... erg zwart-wit nog allemaal. En dat Hiernamaals, tjiezes, op en top het schele misdienaartje.'

'Zover ik weet, plaatst Albert de handeling in deze tijd,' zei ik.

'Zonder metafysische dimensie...'

'Nee, die moet er wel in, heb ik begrepen. God is dood, maar baat Zijn hiernamaals nog uit, met tapvergunning. Ik kan mijn eigen man niet altijd even goed volgen.'

De kinderen van het verjaarspartijtje renden rond tussen de tafels. Vlak bij de onze kwam een meisje ten val. Toen Patist het van de grond tilde, stond haar mond wagenwijd open in een geluidloze schreeuw, die pas loskwam nadat de arts haar op de rug had geklopt. Loeiend liep het struikelend terug naar het groepje volwassenen, een paar keer verontwaardigd omkijkend naar de grote, boze meneer die haar had opgeraapt en met gemene klapjes aan het huilen had gebracht.

'Een paar dagen terug,' zei Patist plotseling, 'dook Tibbolt Satink in mijn praktijk op. Ik werd weggeroepen door mijn assistente. Er was iemand voor me in de wachtkamer... voor Pijkel eigenlijk.'

'Pas je wel op met wat je zegt, Julius?' zei ik licht huichelachtig. 'Je hebt het nu over twee van je patiënten tegelijk.'

'Ik onthul niets over ze. Ik wil je alleen laten weten... ter geruststelling... dat de ijskouwe Tib belangstelling heeft getoond voor het wel en wee van zijn medepatiënt. Hij had over haar verwarde toestand in de krant gelezen... en over de onbekende dode natuurlijk.'

'Trekt Tibbolt zich aan wat haar overkomen is?' wilde Corinne weten. 'Het is zo'n rare in die dingen.'

'Ho, Rinne... nu ga je al te ver,' zei ik. 'We zouden Julius niet in verzoeking brengen.'

'Als ik zeg dat hij zich de toestand van Pijkel wel degelijk aantrekt, dan geef ik daarmee niets prijs over Tibbolts gedrag tijdens de therapie... dan belicht ik daarmee alleen zijn empathische kant, die hij ontegenzeggelijk ook heeft.'

'Ik neem aan,' zei Corinne, 'dat hij niets heeft losgelaten over de anonymus uit de Retiefstraat.'

'Nee, want dan zou ik het aan de politie hebben doorgegeven,' zei Patist. 'Hij wist niets over een kennis... of minnaar... van haar in café Ape-Retief. Hij was oprecht verbaasd toen ik hem erover vertelde. Hij wist niet beter dan dat hij Pijkel bij het revalidatiecentrum had afgeleverd. Ja, later begreep hij dat ze de tram naar Zuid genomen had, en in de Exilstraat bij de boekhandel langs was gegaan… en daar zijn moeder trof, op bezoek bij haar vader.'

'Julius, ik wijs je er nogmaals op,' zei ik, 'dat je… nu nog niet, maar zo meteen misschien… te veel gaat prijsgeven. Je bevindt je in de gevarenzone.'

'Ik weet wat ik loslaat en wat niet,' zei hij. 'Tibbolt wist dus van Pijkels bezoekje aan zijn opa en zijn moeder, maar niet dat ze daarna lijn 3 naar Oost nam. Daar houdt niet haar spoor op, maar wel haar verstand. Dat weten we nu allemaal… de politie ook… dus mijn beroepsgeheim is hier niet in het geding.'

'Hoe zit het eigenlijk met de patiënt?' vroeg ik. 'Heeft die een zwijgplicht tegenover zijn of haar psychiater? Ik bedoel, over wat er tijdens de therapie wordt besproken… Ik kan me voorstellen dat iemand na de behandeling opgelucht, of juist in zak en as, thuiskomt… en de familie deelgenoot maakt van de therapeutische vorderingen.'

'Ik kan de patiënt tot niets verplichten,' zei Patist. 'Hooguit vragen er tijdens een kritieke stand van zaken thuis zijn mond over te houden.'

'Wat Tibbolt betreft, kun je gerust zijn,' zei ik. 'Hij liet tegen mij weinig los over die keer dat hij samen met Pijkel bij jouw praktijk vertrok. Ik had graag van hem gehoord wat hij en Pijkel die middag uitgevoerd hadden… tot hun aankomst bij het centrum aan de Overtoom, bedoel ik. Tib produceerde een eigenaardig lachje, maar gaf verder geen krimp.'

'Een jonge vrouw en een wat jongere man verlaten samen de praktijk van hun psychiater,' zei Patist, 'en lopen de stad in… daar houdt mijn bemoeienis op. Het zijn volwassen mensen. Het is mijn zaak niet.'

'Misschien wel als jij diezelfde twee mensen tijdens de therapie op de een of andere manier aan elkaar hebt gekoppeld, en… weet ik veel… op pad hebt gestuurd… met een missie of zo,' zei Corinne.

'We zouden ons niet op Julius' terrein begeven, Rinne,' zei ik. 'Vooruit, ga je mond spoelen.'

'Er zijn twee zaken die ons, en dan heb ik het over Zwanet en mij, aan het hart gaan,' zei Rinne, 'en dat is ten eerste de psychische toestand van Pijkel... en ten tweede de identiteit van de man die vermoedelijk haar minnaar was. Zwanet wil die beide problemen oplossen, en ik help haar daarbij. Ik verwacht niet van je dat je het ambtsgeheim van je beroepsgroep met voeten treedt... maar je hoeft ook niet net te doen alsof je ze die middag op de stoep de zegen na hebt gegeven, om vervolgens je handen in onschuld te gaan wassen... binnen aan het fonteintje. Er was daar meer loos. Mij maak je niets wijs, Julius.'

4

De kinderen van het verjaardagsfeestje hadden voordat de taart met de kaarsjes geserveerd werd alle dieren al gezien, maar wilden nog niet naar huis.

'Nog een keer de aapjes...!' riep de jarige, waarna ook de rest niet meer te houden was. Even later zagen we de hele groep hand in hand op de apenrots af slierten. Ik had het als moeder van twee ook allemaal meegemaakt – precies zo eigenlijk, op deze zelfde plek. Het personeel van de lunchroom ruimde de tegen elkaar geschoven tafels af: de half aangevreten gebakspunten, de nauwelijks aangeroerde glazen rode limonade, de proppen cadeaupapier. Twee vrouwen verzamelden de nu al verwaarloosde geschenken. Ik herinnerde me hoe de vier-, vijfjarige Thjum sip reageerde op de achtergelaten hompen taart, waar hier en daar nog een uitgeblazen kaarsje van een van *zijn* levensjaren in stond. Dat zijn gasten allemaal van tafel waren opgestaan om te gaan spelen, vatte hij als een afwijzing op, en de rest van de middag was hij dan ook bedrukt en stil, zonder nog met de anderen mee te doen. Hij was net als ik: te gevoelig voor het verhaal dat gehavende voorwerpen vertelden… uitschreeuwden eigenlijk.

Nu het gejoel zich naar buiten had verplaatst, en binnen alleen nog huishoudelijke geluiden klonken, viel ook ons gezelschap stil. Patist zat schuins aan tafel met over elkaar geslagen benen, en keek naar zijn schoenpunt, of naar de vloer. Uit een draaiende beweging van zijn bovenlijf, en het open- en weer dichtgaan van zijn mond, meende ik af en toe op te kunnen maken dat hij iets wilde gaan zeggen, en daar dan toch van afzag. Toe maar, moedigde ik hem inwendig aan: spreek je uit… ik zal je beroepsgeheim tot het uiterste verdedigen, maar in godsnaam, Julius, leg je kaarten op tafel.

'Iemand nog koffie?' vroeg hij ten slotte. Hij wachtte het antwoord niet af, maar liep diep in gedachten naar de zelfbediening, en kwam even later terug met drie grote koppen op een klein dienblad. 'Goed… Corinne, je hebt gelijk: het gaat om de genezing van Pijkel… die staat voorop.'

'Julius,' zei ik, 'pas op je woorden, nogmaals. Ik wil niet dat je je mond voorbijpraat, en daar later moeilijkheden mee krijgt. Over Pijkel had je al van alles prijsgegeven voordat zij opnieuw een patiënt van je werd… ditmaal met een geheel onverwachte aandoening. Je bent de ideale psychiater, dat wel, maar je hult je niet bepaald in zwijgen.'

'Daarom wil ik het bij een enkele aanwijzing laten,' zei hij. 'Ik zou niet goed weten wat je ermee moet, maar jullie zijn begaan met Pijkel, en zoeken naar een oplossing. Al vinden jullie alleen maar iets over de identiteit van de dode man… wat dan weer naar haar vertijgering kan leiden. Hij heeft nu lang genoeg in zijn koellade gelegen.'

'Doe het niet, Julius… je begeeft je op glad ijs,' huichelde ik voort.

'Als je het niet kunt aanhoren, Zwan, ga dan maar weg,' zei Corinne. '*Ik* wil zoveel mogelijk weten… liefst alles. Het is te gek voor woorden dat die persoon, de laatste aan wie Pijkel haar liefde geschonken heeft... dat die volgende week anoniem onder de grond geschoffeld wordt... terwijl zij, wel geïdentificeerd maar in het verkeerde lichaam, door de stad dweilt. Ik stel voor dat Julius alles vertelt wat hij in huis heeft, en dat we dan onderling een soort zwijgplicht afspreken. Wij tweeën nemen gewoon een deel van zijn beroepsgeheim over... dan zijn we eruit.'

'Julius, doe maar wat je niet laten kunt,' zei ik. 'Zeg niet dat ik je niet gewaarschuwd heb. Ik trek mijn handen van je af.'

De koffie stond, omdat niemand er meer zin in had, koud te worden in de hotelkoppen van dik aardewerk. Patist had er bij het serveren voldoende van gemorst om de suikerklontjes op de schoteltjes bruin te kleuren.

'De cruciale term is mij door de jongeheer Satink zelf aangereikt,' zei Patist. 'Die luidt: De Verscheurde Kamer.'

'Nou weten we nog niks,' zei Corinne. 'Is dit een cryptogram of zo?'

'Tibbolt heeft jullie misschien het bureau van GWB op Duivelseiland laten zien... het hoofdkwartier van de escortservice zogezegd,' zei Patist. 'Daar bevindt zich op de derde verdieping de ruimte die Tibbolt De Verscheurde Kamer noemt. Vraag mevrouw Paërl of je er een kijkje mag nemen. Het verheldert misschien iets over Tibbolt en Pijkel. Meer kan ik er helaas niet over loslaten... ik heb al te veel gezegd.'

'Heel stom van je, Julius,' zei ik. 'Van wat je ons zogenaamd toevertrouwt, worden we geen steek wijzer. Je doet me denken aan een verdachte bankrover die tegen de recherche zegt: "De buit ligt onder een boom begraven, meer wil ik er niet over kwijt." Hou dan liever helemaal je mond. Zoals de zaken er nu voor staan, schend je wel degelijk het biechtgeheim, en sleep je ons mee in de gevolgen van je loslippigheid... zonder dat we er iets mee opgeschoten zijn... voor Pijkel niet en niet voor haar naamloze geliefde. Je wordt bedankt.'

'Ga nou eerst maar eens naar Duivelseiland en vraag de jongensmadam naar de kamer waar Tibbolt een deel van zijn spullen opgeslagen heeft… nadat hij van zijn ouderlijk huis naar de boekhandel verkaste.'

'Alsof dat bitse, hebzuchtige mens ons in haar huis zou laten rondneuzen,' zei ik. 'Ja, tegen betaling misschien, geëscorteerd door een van haar prijzige kapoentjes.'

'Ik zeg gewoon eerlijk,' zei Corinne, 'dat ik Tibs schoonmoeder ben… dat hij het druk heeft in de boekwinkel, en mij gevraagd heeft een deel van de opgeslagen bezittingen op te halen. Ik verzin wel iets.'

5

'Ik weet van geen gescheurde kamer,' zei Parel Paërl met haar vriendelijkste stem, die een ironisch lachje niet uitsloot. 'Is dat een vertrek waar het behang van de muur gerukt is?'

Corinne legde uit dat haar werknemer (of vrijwilliger) Tibbolt Satink haar schoonzoon was.

'Ik wist niet dat Tib getrouwd was,' zei de vrouw. Ze trok een lade open, waarschijnlijk om naar de alfabetische archiefkaart te zoeken, maar zag ervan af.

'Aanstaande schoonzoon,' verduidelijkte Corinne. 'Hij heeft verkering met mijn dochter. Heeft hij het nooit over Rita gehad?'

'Wij spitten hier niet te veel in het privéleven van onze medewerkers,' zei de parel. 'Hoewel… dat zouden we misschien wat meer moeten doen. Verontwaardigde familieleden overvallen ons nogal eens. Meerderjarigheid van de jongens is blijkbaar niet altijd een afdoende verklaring. Maar wat kan ik voor u betekenen? Het is een drukke middag… zo eentje van roodgloeiende telefoons. Mogelijk speelt het broeierige weer mee.'

Zolang we daar binnen waren, werd er geen enkele keer gebeld. Corinne legde uit dat Tibbolt haar gevraagd had bij GWB iets voor hem op te halen... te vinden in De Verscheurde Kamer, waar een deel van zijn spullen te vinden was.

'Ik heb daar in geen tijden een voet gezet,' zei Parel Paërl. 'Als u zegt wat hij nodig heeft, kan ik wel iemand naar boven sturen.'

'We zouden het graag zelf even doen,' zei Rinne met onzekere stem. 'Tib heeft me instructies gegeven.'

Parel Paërl schoot in de lach. 'Lieve dames, wat is dit? Als ik u beiden, samen of apart, van dienst kan zijn met één of twee van onze huurlingen... *zegt* u het dan gewoon. We zijn alledrie met rijpheid gezegend, dus maak uw wensen bekend, alstublieft... zonder eromheen te draaien. Ik begin te vermoeden dat onze adonis een loopje met zijn schoonmoeder wilde nemen door over een kapotgescheurde kamer te beginnen... of wat was het? Wij hebben hier heel wat comfortabeler ruimtes, waar het behang nog gewoon op de muren zit... alles bij het uurtarief inbegrepen.'

Ik moest opeens denken aan een weekje Parijs met Albert, nog voor we getrouwd waren. We zaten in een rothotel met een doorgezakte twijfelaar en het soort behang waarvan Oscar Wilde op zijn sterfbed gezegd had: '*The wallpaper or I... one of us has to go.*' We stapten vervolgens een viersterren binnen, en vroegen of we een tweepersoonskamer mochten zien. Het dienstertje dat ons te woord stond, vroeg of we gereserveerd hadden, stapte achter de receptiebalie en sloeg het register open. Nee, zei Albert in zijn beste Frans, maar we wilden een goede kamer zien om die, als hij beviel, voor een paar dagen te betrekken. Dat was blijkbaar heel ongewoon, om niet te zeggen verdacht, en het meisje bleef stellig het hoofd schudden. Uiteindelijk opende ze een deur op de begane grond, direct naast de draaideur en de receptie. Het was een klein, vensterloos vertrek, ingericht als een peeskamer bij ons op de Wallen: eenpersoonsbed met een ruwe handdoek op de sprei en een condoomautomaat boven het hoofdeinde, om je kop tegen te stoten. De hand van het dienstertje deed *voilà*... dit was waarschijnlijk wat we wilden. Een stief kwartiertje rollebollen, en dan verlicht de stad weer in. Even later liepen we weer over de boulevard Saint-Germain, enigszins gegeneerd omdat we waren aangezien voor een stel gehaaste overspeligen.

'We hadden het misschien gewoon moeten doen,' had Albert ook nog het lef om te zeggen. 'Het rook er heel stimulerend naar kamfer en bedorven boenwas... de geuren van diepe zondigheid.'

'Ja, we laten ons te veel kansen op het sublieme ontsnappen. Het bidet had van die helder oranje roestvlammen, waardoor ik de hitte al bijna tegen mijn billen voelde slaan.'

Tussen ons en Parel Paërl leek eenzelfde Parijs misverstand gaande, maar ze wees ons toch, zij het zuchtend, in het trappenhuis de weg naar boven.

'O, hier is de sleutel... die bewaar ik voor Tibbolt.'

In de kamer rook het muf, naar ongereinigde tapijten die opgerold en ingezakt tegen de muur hingen. Inderdaad kwam op sommige plaatsen het behang los van de wand, maar dat was, denk ik, niet de reden om te spreken van een 'verscheurde kamer'. Het vertrek was volgepakt met oud, vervallen meubilair, kartonnen dozen en ondefinieerbare troep. In een fauteuil stond een lampenkap zonder standaard, gevuld met voddige kleding. Verder vooral veel rechte stoelen, op elkaar gestapeld als in een café na sluitingstijd. Op een commode waren verhuisdozen opgetast tot aan het plafond. Corinne nam een Spaanse gitaar ter hand, waarvan het ooit glanzende hout dof was geworden van nooit weggepoetste vette vingers. Ze tokkelde er even op: 'Zo vals als de neten.'

'Ik wist niet dat Tib gitaar speelde.'

'Het ding kan net zo goed van een ander zijn... net als alle rotzooi hier.'

Midden in de kamer bevond zich een tafel, omgekeerd rustend op zijn blad. In de lengte, tussen de vier poten, lag een eenpersoonsmatras. Het was er zo een die je wel bij het grofvuil op straat ziet liggen, met in de stof de jaarringen van een opgroeiend leven, ten prooi aan de ogen van de ochtendsterren. Ik kan medelijden krijgen met zo'n matras, en vooral met de jonge persoon die er, in het ouderlijk huis, zijn jeugd op gesleten heeft. Kapok of schuimrubber waar dromen ingetrokken zijn.

'De Verscheurde Kamer,' zei Rinne met een zucht. 'Ik kan me niet voorstellen dat Tib hier sommige van zijn klanten ontvangt.'

'Je weet maar nooit,' zei ik. 'Er zijn ook vrouwen van onze leeftijd die met een stevige staaldraad door hun tepelringen aan het plafond opgetakeld willen worden... via een ingenieus stelsel van katrolletjes. Andere geven er misschien de voorkeur aan de bittere armoe van hun jeugd te proeven... in een bezemkast als deze bijvoorbeeld.'

'De hoerenmadam beneden leek nauwelijks van het bestaan ervan te weten.'

'Ze beheert de sleutel.'

'Goed dat je het zegt.' Rinne stak de sleutel aan de binnenzijde in het slot, en draaide hem om. 'Ik stel voor dat we hier pas weggaan als we het mysterie van De Verscheurde Kamer hebben opgelost.'

Natuurlijk konden we, ondanks of juist dankzij de sinistere omgeving, toch niet van elkaar afblijven. Bij het beklimmen van de drie trappen, het passeren van evenveel overlopen, hadden we wel wat geluiden opgevangen, stemmen ook, maar tot nu toe geen enkele uiting van vleselijke passie – tenzij je gerinkel van glaswerk tot de menselijke hartstochten rekende. We moesten het doen met de voorstelling van wat zich in die verschillende kamers afspeelde. Middelbare vrouwen die zich spiegelden aan het lijf van een jongeman, en hoopten daarin hun eigen vroegere schoonheid weerkaatst te zien. '*The tragedy of life is not that beautiful women die young, but that they grow old and mean.*' Dixit Raymond Chandler.

We beminden elkaar op de smoezelige matras, die net zo bedompt riekte als de versleten kleden die zoutzakkerig tegen de muur stonden. We gingen niet eerst in de dozen op zoek naar beddengoed, en lieten de matras liggen waar hij lag: ingeklemd tussen de tafelpoten. Het houten raamwerk onder het blad drukte op twee plaatsen een soort drempel door het schuimrubber heen, waardoor we ongemakkelijk lagen en steeds gingen verliggen. We hadden elkaar nog nooit zo onhandig en gespannen geliefkoosd, alsof we de allereerste keer overgeslagen hadden en nu inhaalden. De trillerige onzekerheid wond ons op, heel anders dan in het vertrouwde bed thuis, waar de kamers bevolkt werden door wie ons dierbaar waren. We hielden onze kleren aan, zodat we elk gewenst moment weer konden vertrekken.

'Broekje maar even aanhouden,' zei Corinne op haar grappige dokterstoontje, maar toch een beetje bleek om de neus, alsof we ons aan verboden dingen waagden. Ik trok het kruisje van haar slip opzij, en drukte mijn tot het uiterste aangespannen tong bij haar naar binnen. Ik ging er net zo lang mee in en uit tot ik er pijn van in mijn kaken kreeg, en ik veel van het benodigde speeksel verloor aan de katoenen stof.

'Ik snap het,' fluisterde Rinne. 'Je doet een gigolo na... met andere middelen.'

Intuïtief misschien, niet opzettelijk, en omdat ze niet protesteerde, ging ik ermee door... tot de gewrichten in mijn kakement ervan kreunden. Ik merkte dat ze ook langs deze weg de Grote Huivering kon bereiken, waarbij door de kracht van haar spasmen de tafel met matras en al schurend verschoof, terwijl haar eigen onnavolgbare geluid taai gorgelend in haar keel bleef steken. Toen was ik aan de beurt, gekleed en wel. Na afloop was aan de stoflaag op de planken vloer te zien dat de tafel zeker een halve meter met onze schokkerige lust meegereisd was.

'Oehoe, dames, kunnen jullie het vinden?' Er werd aan de

klink gerammeld, en daarna op de deur geklopt. Het was Parel Paërl, misschien om een uur kamerhuur te innen. 'Ik maakte me zorgen.'

'We komen eraan,' riep Corinne.

'Doet u dan op z'n minst de deur van het slot,' zei Parel.

Ik staarde naar een natte vlek midden op de matras. We waren aan mekaars katoenen niemendalletjes niet alleen speeksel kwijtgeraakt. Met zo min mogelijk gerucht draaide ik de matras om, wat zo gemakkelijk nog niet ging, want hij zat stevig vastgeklemd tussen de tafelpoten. Toen het me gelukt was, deed Corinne de deur van het slot. De escortmadam stapte de kamer in, keek rond, en snoof de lucht op – mogelijk beroepsdeformatie. Het enig zichtbare spoor van onze euveldaad had ik aan het oog onttrokken, maar er was natuurlijk altijd nog onze lichaamsgeur, dat vergat ik wel eens. We hadden thuis geen parfum opgedaan.

'Mag ik ook weten *wat* Tibbolt zo smartelijk miste?'

Corinne wees op de lampenkap in de leunstoel, en keerde die om, zodat de vodden eruit gleden.

'Voor zijn uitzet zeker,' zei Parel. 'Ja, je moet toch *iets* inbrengen bij je huwelijk... ook als man zijnde. Hoe heette ze ook weer, uw dochter... Rita, niet?'

Ik had nooit een peepshow bezocht (alleen ooit een opera, *Het gluurbordeel*, met een peepshow als decor), maar ik voelde me een beetje als een puber, in z'n gluurhok betrapt door een binnendringende volwassene. Corinne gaf de sleutel terug.

'Mevrouw, als ik u nog iets mag vragen...' zei ik. 'Is Tibbolt ooit hier in deze kamer geweest met een jonge vrouw, een jaar of tien ouder dan hij... die er nogal gehavend uitzag?'

'Gehavend... hoezo?'

'Littekens in haar gezicht... haar hals.'

'Dat zou me opgevallen zijn. Ik laat mijn jongens nooit met een klant naar deze kamer gaan. U moet abuis zijn.'

We namen snel afscheid. Corinne zeulde, om ons bezoek nog

iets van een alibi te verschaffen, de grote lampenkap met zich mee. Hij was gemaakt van rozige kunstzijde, en zat zo vol vliegenstrontjes dat het beeld zich opdrong van een man die naast de lamp jarenlang met zwarte Oost-indische inkt had zitten tekenen, met de kroontjespen spattend bij elke kras. Toen ik me boven aan de trap nog even omdraaide naar de open deur, was Parel Paërl bezig aan de matras te sjorren, misschien om de zondige kant boven te krijgen. De 'jongensmadam', zoals dokter Patist haar genoemd had, bleek een doortastender privédetective dan Rinsi en ik.

6

'Waarom vroeg je dat aan die Perlenkönigin... over een gehavende vrouw?' wilde Rinne buiten weten. We liepen naar het Roelof Hartplein, waar zij al wilde afslaan naar de abri van lijn 3, terwijl we maar een enkele halte mee zouden kunnen, tot aan het Concertgebouw.

'Kom, we gaan iets drinken bij Wildschut,' zei ik. 'Dan leg ik het je uit. Volgens mij heb ik het geheim van De Verscheurde Kamer opgelost.'

Bezijden het grand café stond een volle afvalcontainer met dozen en opengescheurde vuilniszakken eromheen. Daar zette Corinne, na even om zich heen gekeken te hebben, de lampenkap neer. Binnen gingen we met een glas witte wijn aan een ronde tafel zitten.

'Nou, vertel,' zei Rinne. 'Ik brand.'

'Het is tegelijk heel complex en heel simplex.'

'Zoals alles bij jou.'

'Het gaat nu even niet over mij.'

'Nee, Pijkel en Tibbolt.'

'En hun psychopompos. Patist weet als geen ander waar 'm de schoen wringt bij zijn twee oogappels. Tibbolt is geobsedeerd door zijn moeder, of liever: door de lappendeken die de chirurgen na zijn geboorte van haar gemaakt hebben. Haar huid... die van haar borsten, rug en billen... is voor hem, als ik het goed begrepen heb, een soort levende fetisj. Het is geen geheim meer... hij wil zijn moeder in die gedaante bezitten. Hij fantaseert dat haar tepels bij de huidtransplantatie naar haar kont verhuisd zijn... enzovoort. Patist vreesde dat de jongen zijn moeder iets heel naars zou aandoen, en drong erop aan dat hij bij zijn opa in zou trekken.'

'Daarmee was de obsessie nog niet verdwenen.'

'Ook na de verhuizing bleef hij in therapie. Afgelopen voorjaar had Patist een zwaar beschadigde jonge vrouw als patiënt... fysiek gehavend, en bijgevolg psychisch. Ze heeft net zoveel littekens als Tibs moeder. Ook vaak geopereerd, huidtransplantatie, eindeloos revalideren. Het verschil zit 'm in de oorzaak van hun verwondingen. Bij mama Ulrike... of Mammul, zoals Tib haar noemt... was het een frontale botsing met haar auto, toen ze in barensnood op weg was naar het ziekenhuis. Ik herhaal nu even zo goed mogelijk wat we tot nu toe weten. Pijkel werd, als dompteuse, aangevallen en half verscheurd door haar eigen tijgers. Voel je 'm aankomen?'

Corinne nam een te grote slok, hoestte en schudde het hoofd: 'Nog niet helemaal.'

'Volg even Patist in zijn krankzinnige logica,' zei ik. 'Hoe kan ik, als zijn shrink, de obsessie van Tibbolt voor zijn belittekende moeder op een andere kapotte vrouw richten? Misschien dacht Patist al aan die mogelijkheid toen hij de herstellende Pijkel in zijn praktijk zag verschijnen. *Bingo*. De rest was een kwestie van geduldig koppelen...'

'Daarmee werd Pijkel nog niet de vervangster van Ulrike.'

'Tibbolt,' zei ik, 'is de ideale gigolo. Hij heeft ons bij zijn bezoek allerlei voorbeelden gegeven. Zijn professionele veelzijdigheid, zijn inlevingsvermogen... bewonderenswaardig. Patist zal hem wel voorgehouden hebben dat dit *de* kans was om, desnoods met de ogen dicht, zijn moeder te beklimmen.'

'En Pijkel?'

'Patist heeft ons, met voorbijgaan aan zijn beroepsgeheim, verteld over haar ondraaglijke vereenzaming. Mannen liepen na haar ontslag uit het ziekenhuis met een boog om haar heen. Vriendinnen meden haar. En dan is daar opeens de jonge, knappe Tibbolt... die bereid blijkt iets van haar zelfvertrouwen te repareren... om daar ook nog eens, als het experiment zou slagen, zijn voordeel mee te doen.'

'Ja, en...?'

'Na een volgende sessie bij Patist... misschien wel een gezamenlijke, op een vrijdagmiddag... nam Tib haar mee naar zijn rommelhok op de derde verdieping van Golden Wonder Boys.'

'Om daar...'

'Ja, om daar... zoals ik het zie... een dubbele genezing te bewerkstelligen.'

'Als we de gasten en de uitbater van Ape-Retief mogen geloven, Zwan, begon Pijkel zich nog dezelfde avond, in het café, merkwaardig te gedragen... als een grote katachtige, zogezegd. Dat duidt niet op het slagen van de opdracht die Patist Tib had meegegeven.'

'Of juist wel,' zei ik. 'In het café zagen ze haar pardoes in de onbekende man klimmen... *roetsj*, met haar tanden in zijn nek. Misschien had ze haar neerdrukkende onzekerheid achtergelaten in De Verscheurde Kamer... en *durfde* ze weer van alles.'

'Ik weet het niet, Zwanetti... binnen een paar dagen veranderde ze in een heuse tijgerin. Noem dat maar een genezing. Als ik door de one way kijk, zie ik een doodziek iemand. Niet verward, maar ongeneeslijk gestoord.'

Zoals Rinne bij Ape-Retief een hand op die van mij had gelegd, zo deed ik het nu bij haar. Hier in het vrijzinnige Wildschut zou het zeker geen van de gasten tot verbaal geweld brengen. 'Ik geef je in dit geval ongaarne gelijk, Rinsi... maar het is wel waar wat je zegt. Nou ja, we weten nu tenminste wat een verscheurde kamer voorstelt... een ruimte waar op de een of andere manier twee stuk getrokken mensen zijn samengebracht.'

'De vraag blijft wat er daarna is gebeurd.' Er lagen inmiddels vier handen op elkaar gestapeld. 'Het open einde schuift steeds verder voor ons uit.'

'Laten we Tibbolt zijn lampenkap gaan brengen,' zei ik. 'Als hij ons met dat aftandse ding ziet verschijnen, zal hij alles snappen... dat we in zijn Verscheurde Kamer zijn geweest. Wij, op onze beurt, begrijpen er nog lang niet alles van. Hij mag ons uitleggen hoe Pijkel na hun samenzijn zo grondeloos kon instorten.'

'Ik heb er een hard hoofd in, Zwannie. Tib geeft niet graag een nederlaag toe. Vandaar dat hij nu, een halfjaar na Beverwijk, een vervolgveldslag aan het organiseren is... om te bewijzen dat zijn F-side de sterkste is.'

De lampenkap stond nog bij de vuilcontainer. Niet zonder gêne zeulden we het ding als twee morgensterren naar de Exilstraat, waar we Tibbolt niet thuis troffen. Olle weigerde hem aan te nemen.

'Toen hij hier introk, heb ik keurig zijn kamer gemeubileerd... daar hoort zo'n smerige hoerenlantaarn niet bij. Wat moet hij ermee? Er is niet eens een standaard met een fitting bij.'

7

'Moet je nou toch zien,' zei mijn moeder vroeger, als ik na het spelen volkomen uitgeteld, bijna scheelkijkend, op een punt van mijn slab lag te zuigen. 'Die kan geen pap meer zeggen.'

Zo lagen Rinne en ik die middag van De Verscheurde Kamer na ons *heure du berger* uitgeput en verzadigd naast elkaar, en hoorde ik mijn moeders stem: '...geen pap meer zeggen.'

Onze ledematen waren te krachteloos om elkaar te omhelzen, hoe slapjes ook, desnoods alleen voor wat natroost. We bleven liggen zoals we van elkaar af gerold waren, smakkend met droger wordende lippen, Rinne met een naar buiten gestulpte tong, die nog te sloom was om haar mond te bevochtigen – het was de tong van een gehangene, een teken voor de beul dat het genoeg geweest was. Geen pap meer – *genade* was als woord al helemaal te lang.

'Zwan, als jij... hoe heet het... hunkert naar mij,' kwam Rinne na zeker een kwartier, 'wil je dan zo snel mogelijk... eh... je doel bereiken?'

'Verlangen kan een doel op zich zijn.' Ik streek met een vingertop langs haar mond, en pulkte aan de droge velletjes. 'Het houdt bovendien langer stand dan z'n eigen bevrediging.'

'Op gevaar af dat het wegtrekt... *wegebt*, zou jij zeggen.'

'In dat wegebben schuilt ook genot... minder heftig, maar langduriger. Ben je bij het schaatsen op een vennetje wel eens naar de kant gegaan om een plas te doen?'

'Gênant, de damp die er dan in de vrieskou rond je optrekt. "Cory geeft rooksignalen," riep een jongen in de Mierlose bossen een keer. Hm, wat heeft dat met duurzaam verlangen te maken?'

'Je bent helemaal verkleumd... je voelt je eigen urine naar buiten gutsen als heet water. Na afloop tintelt het plassen na door heel je koude onderlijf... de verkilde streken ontdooien. Dat bedoel ik. Het herinnert je aan een bevrediging die niet gekomen is, maar zich wel heeft aangediend, en dan heel langzaam wegtrekt... met tintelingen... helemaal niet onaangenaam. Je analyseert als het ware met je eigen lijf een orgasme. Slow motion, maar dan van het gevoel.'

'Als we dan toch aan het schaatsen zijn, hartje zomer, dan wil ik het wel vergelijken met half bevroren vingers in wanten. Je komt thuis, en warmt je handen bij de kachel. Als het bloed weer begint te stromen, prikken je vingertoppen als de hel. Ik moest altijd huilen… totdat het heerlijke natintelen begon. Tjiezes, mijn hele lijf deed eraan mee. Groot gejuich in alle lichaamscellen.'

'Eerst de pijn van het afgeknepen acme… dan de zinderende nawerking. Precies wat ik bedoel. De gulzigaards, de directe lustbevredigers, hebben ongelijk.'

'We zouden ons vaker in moeten houden, Zwanetti. Een tik op de vingers kan wonderen verrichten.'

'Dan grijpt de tong de macht.'

'Als het nodig is, naai ik met een paar grove steken je mond dicht.'

We werden minder luidruchtig, maar dat ging niet ten koste van de wellust.

'Bij De Krop, Rinsi… simuleerde je dan wel eens?'

'Och, je doet wat je kunt om een huwelijk van de ondergang te redden.'

Corinne en ik hadden voor elkaar nooit genot hoeven veinzen, maar zeker in het begin vonden we het wel nodig om het met luide uitroepen te bekrachtigen. Zelfs zodanig dat Albert zich beklaagde: 'Moet dat nou zo, Zwanet? Kijk, we weten allemaal dat Mozart de barenskreten van Constanze in een strijkkwartet verwerkte, maar… die kreten in doodsnood van jullie, daar kan ik niets mee in mijn toneelwerk. Er zijn ook nog kinderen bij in dit gehorige huis.'

We hoefden later niets meer aan te tonen, dus werd het geschreeuw aan banden gelegd. Het hevige schokken van het lichaam viel niet tegen te houden – het was bewijs genoeg. Soms drukten de onbeheersbare spasmen een luchtbel naar buiten, die dan bij het passeren van de stembanden een geluid voortbracht dat de ene keer aan een hoge gil van schrik deed denken, de andere keer aan een doodsreutel. Het was voldoende bevestiging. Als een van ons toch, onwillekeurig, een hese blafhoest voortbracht, zei de ander: '*I'll have what she's having.*'

Hilarisch, maar het filmverhaal krijgt er meteen iets tragisch door. Wanneer ik mijn leeftijd voel drukken, tegenwoordig vaker dan destijds, spookt dat zinnetje door mijn hoofd. Als mij op het hoogtepunt een schreeuw ontsnapt, ervaar ik die als geuit door een ander – niet Corinne, want die is te ver weg. Het gaat om een geluid dat buitenom mijn oor bereikt. Ik herinner me een keihard rollende boer van baby Cynthia, die ene keer na het voeden... een volwassen geluid als van stuiterend kiezel. Ze herkende blijkbaar niet haar eigen uiting van voldaanheid, maar ervoer het als iets bedreigends van buitenaf... en zette het op een brullen.

'Och, m'n kleine schat... ik zal nooit meer zo hard op je ruggetje kloppen.'

Als Albert en ik elkaar ooit ergens in gevonden hebben, is het in onze strijd tegen de Nuchterheid, hier voor de gelegenheid met een hoofdletter. Nou ja, strijd, strijd... gevecht tegen de bierkaai, niet meer en niet minder. De meeste mensen zijn nou eenmaal botte ontkenners van het Mysterie – dat dan ook maar met een hoofdletter. Geboorte, Liefde, Dood... ze worden ter kennisgeving aangenomen. Het ware mysterie schuilt 'm voor die lieden in de werking van de benzinemotor en hoe een vliegtuig in de lucht gehouden wordt. Als de wasmachine gerepareerd is, blijkt daarmee het wereldraadsel opgelost. Voor het ware mysterie buigt men alleen voor een geopende motorkap.

Misschien behoren mensen als ik wel tot de zeldzamen die ernstige lediggang bedrijven. We verwonderen ons dag in, dag uit over de geheimen van deze wereld, terwijl onze medeburgers het te druk hebben om, alle raadselen omzeilend, de kost te verdienen met praktische zaken. Een huwelijk, daar horen kinderen bij: een mysterie dat geheel verdwijnt achter z'n eigen afgestompte rituelen. Komen er blauwe of roze muisjes op de beschuit? Of gaan we zo ver er van die zilverkleurige kogellagertjes doorheen te mengen?

De raadsels van geboorte, jeugd, dood, liefde, kennis, *De stad en de holen*, sex, kinderen krijgen... ik was door alle wateren gewassen. En toen kwam zij. Als het voor Corinne niet net zo'n groot mysterie was geweest als voor mij, die onverwachte, onbevattelijke liefde, dan hadden we er mogelijk niet meer dan een flauwe herinnering aan overgehouden, met een toefje gêne. Nu waren we er, soms letterlijk, aan onderworpen – neergekwakt, op onze twee gekromde ruggen een ovale speelbal van onberekenbare natuurkrachten. We deinden zo goed mogelijk mee op wat we dachten dat er (van een of ander 'hogerhand' misschien) van ons verlangd werd. We dreigden verpletterd te raken door deze onaardse liefde, die we tegelijkertijd zo aards mogelijk uitbeeldden, als het ware blind en op de tast, altijd met de vrees dat we het niet goed deden. Wij waren zelf de offerdieren in het mysteriespel dat door ons werd opgevoerd.

'Doe ik het wel goed?' vroeg ze van tijd tot tijd. In haar woorden klonk ook de onzekerheid door: beantwoord ik zo wel aan wat er door deze waanzinnige liefde *van ons* verwacht wordt?

'Maak je geen zorgen... je bent een sinister natuurtalent.'

8

Roken deed ik al jaren niet meer. Er was een paar keer een terugval geweest, op avonden dat Albert met zijn vrienden in het pleerattencafé zat, maar uiteindelijk had ik de rotgewoonte eronder gekregen. Toen Corinne ten tonele verscheen, die nog net geen kettingrookster was, overwoog ik even om haar in haar verslaving te volgen – nou ja, zoals ik haar op dat moment in elke slechtigheid gevolgd zou zijn, inclusief ontvoering of welk halsmisdrijf dan ook. In plaats daarvan zwoer zij de sigaret af, 'puur op karakter', zoals de Vlaming zegt, en wist ze er al sinds de dag van onze memorabele boswandeling van af te blijven.

Zo ongeveer eens in de twee weken maakten we een uitzondering, altijd na een bevredigend en uitputtend herdersuur. Corinne had het ritueel in gang gezet door op een mooie namiddag voor te stellen, bijna te zwaar ademend om verstaanbaar te zijn: ‘Mijn kersen… mijn kersenkoninkrijk… voor een saffie. Doe je mee?’

‘Ben je belazerd, Rin… voor je ’t weet, zitten we er weer aan vast.’

‘Ik bedoel het echt als iets eenmaligs.’

‘Daarom noem je het *saffie*… om het zo onschuldig mogelijk te laten klinken.’

‘Nee, omdat ik er onze saffische liefde mee wil vieren.’

Ik schoot in de lach. ‘Dat had Sappho ook nooit kunnen denken… dat ze nog eens de schutspatrones zou worden van twee paffende lesbiennes. Als in haar tijd op Lesbos het eilandbestuur rook uit de monden en neuzen van twee vrouwen had zien kringelen, waren ze vast en zeker als boosaardige bosnimfen ter dood gebracht…’

‘…of tot mythe verheven,’ zei Rinne. ‘Begrijp ik goed dat er van die Sappho nauwelijks gedichten zijn overgeleverd?’

‘Ze schreef op een rottig soort papyrus. Het lood uit de Lesbosliniaal die ze gebruikte, deed de rest.’

‘Nu we toch eenmaal aan de po-po-poëzie zijn geraakt, kunnen we de open plekken in haar dichtkunst misschien samen opvullen.’

‘Je brengt het alsof we aan de dunne zijn.’

Corinne liet zich uit bed glijden, en rommelde net zo lang in haar krokodillentas tot ze het pakje gevonden had. Er zaten nog twee sigaretten in, en de rest van de ruimte werd ingenomen door een pakje lucifers. ‘Het was al die weken een geruststellend idee dat ik er nog een paar in reserve had… ook al voelde ik geen enkele behoefte om ze op te steken. Wacht even…’

Ze trok het onderlaken van het bed, sloeg het voor de helft om en gebruikte de andere helft om mij erin te wikkelen, net zo lang tot we als twee stijve mummies tegen elkaar aan stonden.

Ze nam de sigaretten tussen de lippen en reikte mij het luciferdoosje aan.

'Albert begint te steigeren,' zei ik, 'als hij het op de overloop ruikt.'

'Voor het open raam dan.'

En zo bewogen we ons strak ingezwachteld naar de hoek van de kamer, waar zich, naast de grote ruit, het verticale draairaam bevond. Het laken stond ons alleen heel kleine stapjes toe, op de cadans waarvan we tegen elkaar aan schokten met lichamen die eerder al alles gegeven hadden. We moesten allebei enigszins door de knieën, anders kon ik het venster niet op de spanjolet zetten. Het was nog even zoeken tussen de afgebrande lucifers eer ik een goede te pakken had, en de twee sigaretten die uit Rinnes mond bungelden van vuur wist te voorzien. Daarna stak ze mij de mijne toe. Vreemd om na jaren weer rook in mijn longen te zuigen. Ik verbeeldde me dat de filter smaakte naar mijn eigen sappen die op haar lippen waren achtergebleven. Fijn om zo te denken, want via mijn speeksel was ongetwijfeld ook wat vocht van Rinsi in haar mond, en daarmee op de filters, terechtgekomen.

'Als *saffie* smaakt het toch anders,' zei ik.

We hadden het licht uit gelaten. Zo stonden we achter de vitrage te kijken naar de mensen die zich over het trottoir aan de overkant naar het Concertgebouw repten. We rookten als vanzelf onwennig, als tienermeisjes die zich een blasé air van onverschilligheid aanmeten, terwijl niemand ons kon zien, alleen wij elkaar. We plukten allebei tegelijk een denkbeeldig tabakssliertje van de tong. Tussen twee trekken door lieten we de arm met de sigaret langs ons strak gebakerde lijf afhangen, tot halverwege het bovenbeen, alweer zoals soldaten, en zoals ik het Corinne in het Bos had zien doen op het moment dat ik dacht: ik ga ook weer roken, met *haar*... tot aan de gezamenlijke zelfvernietiging... misschien moeten we ook suïcidaal aan de drank.

‘O, please, Zwannie… laat dat.’

Zonder erg, misschien als postcoïtale tic, stond ik met het luciferdoosje te rammelen, wat een ritmisch geluid voortbracht als van een of ander percussie-instrument. Ik had bij Genet gelezen, in *Pompes funèbres*, hoe de schrijver op zoek gaat, na de bevrijding van Parijs, naar de plek waar een vriend en minnaar is gesneuveld. Het blijkt op het trottoir voor een slagerij te zijn, bij een boom, waar een kleine gedenkplek met bloemen in emmers is ingericht. Terwijl Genet zijn verlies staat te overdenken, speelt hij gedachteloos met een luciferdoosje in zijn broekzak. Pas later dringt de symbolische lading van dit gebaar tot hem door: het pakje bevindt zich vlak bij zijn geslacht en bevat uitsluitend afgebrande lucifers, als gebeente in een miniatuurlijkkist. Bij de herinnering aan mijn leeservaring hield ik onmiddellijk met rammelen op: ik wilde Corinne op geen enkele wijze met de dood in verband brengen, al had onze uitdossing als een stel mummies het kwaad al gesticht.

‘We zullen nooit meer anders dan saffies roken,’ zei Rinne met blinkende ogen. ‘Eentje per keer, en alleen als we op een haar na aan het verpletterendste acme gecrepeerd zijn… en dat dan als eerbetoon aan de dichteres. Mee eens?’

Het viel me op dat ze bij elke trek diep en gretig inhaleerde: misschien was de verslaving nog niet helemaal uitgewoed. Haar sigaret raakte twee keer zo snel op als de mijne. Ik zag het vuurcirkeltje richting mondstuk kruipen. Opeens wikkelde ze zich uit het laken los. Ze zoog haar mond vol met een laatste trek, en liep met gebolde wangen naar de kamerdeur. Ze blies de rook door het sleutelgat, en drukte er vervolgens haar oor tegen, ongetwijfeld om te horen of er iemand hoestte. Van de overloop kwam geen enkel geluid. Ik had al gezien dat er onverdacht licht uit het trappenhuis in het sleutelgat hing.

‘Zo,’ zei Rinne, ‘als zijn oog nog niet traande van de tocht, dan nu van de rook.’

Toch gingen we voor alle zekerheid wapperend met kranten

in de weer om de laatste flarden richting open raam te drijven.

'Ziedaar,' zei ik, 'onze begaanheid met de actualiteit. Het wereldnieuws bestaat uit drukinkt, en als je die aan je handen krijgt, is het nog geen bloed.'

'Wie liefheeft,' zei Corinne plechtig, 'is de dagelijkse beslommeringen voorbij... ook op wereldniveau.'

We hielden woord: er ging eens in de veertien dagen nooit meer dan dat ene saffie doorheen. Toen ze me twee jaar later in de steek liet, voorgoed misschien, kreeg ik allerlei terugvallen, van zwaarmoedigheid tot mensenhaat... maar *niet* van rookverslaving. Zelfs dat ene saffische saffiaantje heb ik nooit meer tussen de lippen genomen, ook niet met mijn blote lijf in een laken gewikkeld voor het open raam.

Hoofdstuk VI *De Spullenbaas*

1

'Elk huisje heeft z'n kruisje.' Al aan de verkleinwoorden is te zien dat het een oer-Hollands gezegde is. Helaas specificeert de uitdrukking niet of het om een kruis naar analogie van Christus' draagbare schavot gaat of, net even gekanteld, om een kruis waarmee het huis wordt uitgevaagd. Is een kruisdraging bedoeld... of een wegkruising? (Een kruisje als aanduiding voor de plaats van de handtekening onder aan het koopcontract of de huurovereenkomst, dat kan ook nog.)

Op het moment dat ik Corinne leerde kennen, voorjaar 1997, was ik al bijna een halve eeuw deelneemster aan het 'gewone leven', nog steeds zonder de gewoonheid ervan te hebben leren kennen, al stemde ik al jaren op politieke partijen die de burger een normale gang van zaken garandeerden. Ik zag om me heen uitsluitend mensen die worstelden – met een traumatische jeugd, een moeizame opleiding, fysieke of psychische kwalen, sneuvelende dierbaren, armoede, schulden, een bankroet, verkeerde keuzen, echtscheidingen. Waar was het door de overheid georganiseerde en in stand gehouden kader waarbinnen al die problemen afgedekt werden? Wat was de waarde van een maatschappij van uitsluitend onaangepasten, gedesillusioneerden, ladelichters, rouwenden en razende vuistenballers? Een lege huls, en nog met winkelhaken ook. En tussen de puinhopen de scherven van een geglazuurd tegeltje: IEDER HUISJE HEEFT ZIJN KRUISJE. We bleven mooi weer spelen met het leven van alledag.

En toen was er ineens die uitzonderlijke, boven alles uitstijgende bevlieging. Maar... ten koste van wat niet al? Twee huwelijken, in de war geraakte kinderen, een koekoeksnest in de echtelijke slaapkamer, verdrongen en plotseling uitbottende geslachtelijke gevoelens... en alles wat er nog aan waanzinnigs komen moest. Een aangekruist en gekruisigd huis.

2

Ik heb altijd een hoop onzin moeten slikken, als meisje al, over de versmelting en de eenwording van man en vrouw. Zoals ik het later vanuit mijn rugpositie bezag, opende ik met mijn benen de torn tussen mijn dijen, en daar stond ik de minnaar toe zo'n vijftien centimeter onder mijn huid te kruipen. Zijn voortschuivende bewegingen leken erop gericht om verder tot me door te dringen, maar ofschoon toenemend in heftigheid bleven het machteloze pogingen tot extra diepgang. Het was een soort schommelen of wiegelen, met wufte billen... ik had soms de neiging om een wiegelied te gaan neuriën.

Op een andere, meer overdrachtelijke manier wist hij wel degelijk heel diep in me te komen, maar dan moest er wel sprake zijn van bevruchting... een penetratie die op z'n best reikte tot in het achtste geslacht. De heerszuchtige patriarch krijgt uiteindelijk altijd zijn zin.

Wat me nog het meest aan mijn medemensen verbaast, is hun neiging altijd maar één kant op te denken. Natuurlijk, wie met het lantaarntje rondgaat, vindt altijd wel een paar uitzonderlijke geesten die bedachtzaam om een zaak heen lopen en er allerlei onvermoede facetten van belichten. Ze kijken door een microscoop of een telescoop, en stellen hun eerdere bevindingen bij, zonder veel ophef. Voor het gros van de wereldbevolking geldt: meer van hetzelfde graag. In groepjes staan ze te klagen, op saaie straathoeken, dat het leven wel erg monotoon is... maar in eenstemmige spreekkoren stijgt de smeekbede naar de hemelen op: geef ons *meer* van het vertrouwde en bekende... voer alles in eindeloze herhaling voor ons op, dan zijn we tevreden. Het zijn wereldwijde slavenkoren, niet gebonden aan ras, religie of politieke stroming.

Neem nou wat ze, na het vreten, het meest bezighoudt: hun sexuele noden. Ze hebben, door een onweerstaanbare kriebel in de lendenen, zo'n haast om klaar te komen dat ze vergeten het eens op een andere dan de beproefde manier te proberen. Ik vrees dat ze nog gelijk hebben ook, want alle varianten zijn eindeloos, tot vervelens toe uitgeprobeerd, dus waarom de handeling niet tot de essentie teruggebracht? Wie zich wil vergapen aan hoe het er op enige afstand uitziet, door als mensen uitgedoste hondjes, kan zich altijd nog van een pornofilm bedienen. Materiaal, trouwens, dat ook niet blaakt van gevarieerdheid, want meestal gemaakt door hetzelfde type fantasieloze pooier dat z'n hoertjes volstrekt inwisselbaar voor het raam zet, zo onbedekt mogelijk, terwijl over het trottoir stoeten huisvaders voorbijtrekken die dromen van hun toenmalige schooljuffrouw in hooggesloten blouse of van het vroegere dienstmeisje met een kapje in het haar en een wit schortje voor. Zelfs de kussens op de hoge kruk zijn van eendere makelij. Door qua kostumering te variëren zou het souteneursgilde 's winters op de stookkosten kunnen bezuinigen, dat om te beginnen.

Het verbazingwekkendste is nog wel dat al die miljoenen bronstige aardbewoners hun paring *per keer* als een unieke ervaring wensen te beschouwen. Ze hebben in zekere zin nog gelijk ook, op hun eigen primitieve manier: er bestaat op dat moment immers niets belangrijkers dan de hobbelende rit voorwaarts... tot aan de ontlading. Niemand denkt dan aan de buren, die misschien wel met hetzelfde bezig zijn... tenzij de huizen opdringerig gehorig zijn.

Van genot valt niets te leren. De omstandigheden blijven op z'n best herinnerbaar, maar niet de *white flash* van het orgasme zelf. Om erin te geloven zullen ze telkens weer op zoek moeten naar een nieuw hoogtepunt, al die de geslachtsrijpe en -overrijpe wereldburgers, in de wanhopige hoop zo hun vertrouwen in de daad weer op te lappen... tot aan de volgende geloofscrisis, die zich mogelijk voor de ochtend nog voordoet. Alle neuzen en erecties dezelfde kant op: ik vraag me wel eens af of zoveel miljarden mensen, uit een populatie die nog in razend tempo doorgroeit, voor hun hoogste genot niet *meer* kunnen verzinnen dan dit eenzijdige ringsteken. De wetenschap is in staat allerlei geslachtelijke geheimen en voortplantingsmechanismen bloot te leggen (zoals het *dark web* van de clitoris, dat van de 'speen van de duivel' het mondstuk van een soort doedelzak heeft gemaakt), maar bezorgt ons geen nieuwe methoden om de liefdeslust bij elkaar op te wekken.

Vroeger, als eersteklas gymnasiast nog, was ik geabonneerd op het tijdschrift *De kleine onderzoeker*. Zo beschouwde ik mezelf ook, vooral wanneer ik met mijn vader op ontdekkingstocht ging in de onontsloten gebieden van 'de stad en de holen'. Als ik aan het hele, wereldwijd braakliggende terrein van de sexualiteit denk, zie ik ook vandaag nog weinig kleine onderzoekers die op de wichelroede van hun verbeeldingskracht vertrouwen. Meer van hetzelfde graag, twee klontjes en een wolkje, dan is het goed, dan hoeven we geen kostbare tijd verloren te laten gaan aan ons het hoofd breken over een alternatieve erotische wereld. We zijn trouwens gebonden aan het beschikbare instrumentarium.

En wij... hoe losten zij en ik het op aan het eind van de vorige eeuw? Hoe verdiepten we de eendimensionaliteit? Bij mekaar opgeteld beschikten we over een arsenaal van twintig vingers, twee monden met twee paar lippen en twee tongen, twee doordringbare schachten met elk een kleine gehelmde wachter aan de ingang... benen, armen, borsten, billen, heupen, schouders: alles in dubbele paren... en voor het serveren van met zweet aangemaakt aardpek ook nog vier rijen tenen. Alleen wat Corinne noemde 'het onontslotene', het bronzen oog, hadden we nog niet echt aan ons speelveld toe kunnen voegen, omdat we terugdeinsden voor de rioolgangen van het lichaam. (Volgens Rinne lag dat vooral aan mij, en had het alles te maken met mijn te diepe doordringen, als kind, in het labyrint van de stad en z'n holen. Dank je, papa, voor deze toevoeging aan mijn opvoeding. 'Op een mooie pinksterdag'.)

Ook wij, hoe vindingrijk ook, moesten het doen met de middelen die ons door de natuur ter beschikking waren gesteld. Toch, met al onze vrees voor vervlakking, raakten we niet verveeld. We kregen geen genoeg van elkaar... integendeel juist, en misschien was dat wel het beklemmende en beangstigende. Het steeds meer wegvallen van onze beschroomdheid opende meer mogelijkheden. Onderscheid en grenzen vielen weg, en we onderwierpen ons aan de macht van een eigen Twee-eenheid.

'We zouden nu toch onderhand genoeg moeten krijgen van al dat... van al die...' stamelde Corinne na een van onze uitgelopen *heures du berger*. 'Ik gebruik er nogal eens het woord acme voor... dat betekent ook de piek in een ziektetoestand. Ik was even bang dat patiënt Vrauwdeunt de ochtend niet zou halen... die orde van grootte. Het blijft dus oppassen.'

'Ik zie het zo, Rinsi... wat wij met elkaar doen, bij alles wat het nog meer is, vormt een samenstel van rituelen. Het is niet zomaar een symbolisch gedoe, want je geeft me de hoogste vorm van bevrediging... en ik jou... maar *daarnaast* is het ook een soort eredienst voor iets hogers... iets wat boven ons uitstijgt... ijl en ongrijpbaar.'

'Onze liefde,' zei ze dromerig, een beetje afwezig, en daardoor klonk het nou juist zo teder en oprecht. 'Onze liefde, die in de hemelen zijt.'

'Wat wij doen... elkaar geven... dat zijn niet alleen maar uitingen van genegenheid, maar ze voeden de liefde ook. Als ik zeg dat we er offers aan brengen, bedoel ik dat niet in Bijbelse zin, want dan begin je weer te loeien dat ik altijd een katholieke trut ben gebleven… nee, ik wil ermee zeggen dat we door die offerande onze liefde nog laten groeien.'

'Net als in een *fucking feelgood* Hollywoodfilm. Eerste scenarioles: liefde betekent groei.'

'Drijf er gerust de spot mee… ik weet dat je het met me eens bent. Wat ons overkomt, is *te* groot om zomaar in volle ernst te aanvaarden. Het zal eerder *ons* vernietigen dan… andersom.'

'Je maakt me nog banger dan ik al was.' Corinne sloeg in een wurggreep haar arm om mijn hals, en trok me achterover tegen zich aan. 'Ik gebruik het woord acme nooit meer. Het brengt het onheil alleen maar dichterbij.'

3

We brachten steeds meer tijd binnenshuis door, Rinsi en ik, dat wil zeggen: op de grote slaapkamer, die steeds meer de 'onze' werd en minder en minder de voormalige echtelijke sponde. We woonden er niet, we *leefden* er. Natuurlijk hadden we ons er enigszins ingericht, maar daar was niet zoveel voor nodig. Hang- en legkasten, nu gevuld met onze garderobe, waren er al, net als een badkamer, waarvan ook de tweede deur, die naar de overloop, afgesloten kon worden – en dat dan ook permanent bleef. Er stonden, behalve een oude fauteuil, wat rechte houten stoelen om kleren overheen te hangen. Een ervan hoorde bij een afgedankte keukentafel, waaraan ik mijn schrijfwerk verrichtte: de studio op de begane grond, naast de bibliotheek, verwaarloosde ik: te ver weg. Er stond een radio op met ingebouwde cd-speler, een antiek model alweer, uit de tijd dat Beethoven zijn composities nog zonder opusnummer uitbracht.

Het centrale meubel vormde het grote bed, met z'n gietijzeren hoofdeinde vol smeedwerk en wat minder hoog en minder versierd voeteneind. Het leek als gegoten voor de stemvorkligging van twee niet te lange dames, waarbij tussen hun hoofd en het smeedwerk nog plaats was voor een stapelkussen. Het gietijzer was de ideale constructie om stemvorken tot klinken te brengen – van Corinnes a's en c's tot aan de achterwaartse klap van het achterhoofd bij het bereiken van het hoogtepunt, wat een langgerekt gegons teweeg kon brengen, de soundtrack van het natintelen.

Ons leven, ook het geklede en zittende, speelde zich grotendeels op dat bed af, en in mindere mate in de directe omgeving ervan. Als studente maakte ik een boze en eenzelvige tijd door waarin ik de wereld mijn hoogstaande aanwezigheid niet gunde. Ik had een kamer in West, en voor de deur van het huis werd een nieuw trottoir aangelegd. De zoon van mijn hospita was tegen betaling wel bereid om 's avonds, bij donker, een zestal basalten trottoirbanden voor me de trap op te zeulen.

'Wat ben je ermee van plan?' hijgde hij. 'Een hunebed bouwen?'

Ik legde ze op zuiltjes van gestapelde bakstenen tot er een magische rechthoek ontstond rond mijn eenpersoonsbed, dat exact midden in de ruimte was geplaatst. Op de ombouw van trottoirbanden zette ik alles wat ik voor een teruggetrokken bestaan nodig dacht te hebben: een theepot, een aardewerk licht met waxinekaarsjes, schrijfgerei, blikvoedsel (vooral veel ananasschijven op zware siroop, voor de noodzakelijke vitamine C), de blikopener natuurlijk, stapeltjes boeken, en nog wat voorwerpen met sentimentele waarde, zoals een punnikpaddenstoel, een tot hersenkluwen geboetseerde verzameling kauwgomresten uit de periode tussen mijn elfde en vijftiende, en natuurlijk mijn ondoordacht afgeknipte meisjesvlechten, met de plastic Disneyspeldjes er nog in, op sterkwater in een weckpot. Liggend op dat ommuurde bed las ik Kierkegaard en Beauvoir, en mijn verachting voor de vulgaire buitenwereld was tussen mijn lippen bijna hoorbaar als bij met licht gesputter ontsnappend gas.

Met die open bunker in gedachten had ik onze gietijzeren liefdessponde als centraal meubel naar het midden van de kamer willen schuiven, maar het idee dat het bed daarmee aan alle kanten open zou zijn, bezorgde ons de hoogtevrees van Ripcord op een laag muurtje. We lieten het met een lange zijde tegen de ene wand staan en met het hoofdeinde tegen de andere, naast het rijtje kastdeuren.

Corinne woonde in die dagen nog een groot deel van haar tijd in Mierlo, met Hans, gescheiden van tafel en bed, maar niet van voordeur. Wel was ze steeds vaker voor haar schnabbels in Amsterdam. Ze verbleef dan in hun pied-à-terre aan de Koninginneweg, tenminste zolang de kans bestond dat Hans zich bij haar in Amsterdam voegde, in weekends en vakanties; was hij vanwege zijn school in het zuiden, dan sliep Rinne bij mij. Albert was toen allang bij zichzelf ingetrokken, dat wil zeggen... met een bed uit de logeerkamer: dan kon hij 's morgens zo uit zijn droomwereld in het visionaire paradijs van zijn nieuwe toneelstuk stappen... het scheelde twee meter en een paar pantoffels.

Je zou zeggen dat zij dus ook nog een bestaan buiten 'onze' echtelijke slaapkamer had, maar zo voelde het niet voor mij. Als ze in Mierlo of in het pied-à-terre verbleef, was ze op een afwijkende manier toch bij mij, als tastbare, aangeklede leemte, die ik elk gewenst moment kon oproepen en aanhalen. Zo had ze zich gemanifesteerd op de dag na onze eerste kennismaking, en dat was zo gebleven. Ik kon haar lijfelijk missen, maar ze kon onmogelijk afwezig zijn. Het was als met een verslaving: de heldin, zoals Albert haar noemde, was altijd in vol ornaat aanwezig, als gemis of als vervulling... je kon nooit om haar heen.

Natuurlijk, ook ik had mijn bezigheden op De Brouwerij en in de holen van de oude wijken. Je zou dus kunnen concluderen dat Rinne en ik ieder op onze eigen wijze een betrokken contact onderhielden met de wereld buiten de gietijzeren schelp waarin we uren-, soms dagenlang verstrengeld lagen. Zo voelde het niet. Buiten ons leven samen was er alleen een *formeel* bestaan, een corvee om in de eerste levensbehoeften te voorzien. Ik kan het haar nu niet vragen, dat leg ik nog wel een keer uit, maar ik weet bijna zeker dat mijn Rinse Rinni het ook zo ervoer: dat onze professionele bezigheden zich in een verhullende mist afspeelden. De nevel trok pas weer op als we samen waren, maar bleek daarmee nog niet verdwenen. Het was de buitenwereld die zich dan in een waas terugtrok, om het liefdespaar het volle licht te gunnen, al bestond dat voornamelijk uit kaarsvlammen rond een bed.

Soms vond ik het verontrustend, die dikke nevel buiten, waaruit zich zelfs niet het loeien van een brulboei losmaakte, laat staan het klotsen van de baai zelf. Andere keren ervoer ik wat de mist verborg als angstaanjagender dan de watachtige ondoorzichtigheid zelf. Er werd daar, zoveel besefte ik nog wel, door mensenhanden een afgodsbeeld opgericht... een soort gouden kalf, geheel vervaardigd uit anorganische materialen, met slechts een enkele flonkering van goud, vergelijkbaar met de glinstering van een zandkorrel in een baksteen.

In de jaren zeventig studeerde ik net als Albert filosofie. De staat van de planeet kwam toen nogal eens ter sprake. De docent Natuurfilosofie zei: 'We kunnen het wel eindeloos blijven hebben over het Rapport van de Club van Rome en de uitputting van de Aarde door het mateloos opdelven van fossiele hulpbronnen... maar laten we eens kijken naar wat er met de opgedolven stoffen gebeurt. Nee, we laten de zure regen nu even voor wat die is. Het gaat me vandaag om wat mensenhanden vervaardigen uit wat er aan ruw materiaal in de aarde te vinden is. IJzererts... bauxiet. Steenkool, olie, gas, diamant, zilver, marmer, koper, tin... noem maar op. Beton, aardpek, baksteen, op maat gehakt graniet... kortom, al het benodigde om steden van te bouwen en uit te breiden. Leistenen daken, wolkenkrabbers van glas, stalen balken. Vliegtuigen. De wapenindustrie. Ga zo maar door. *Asphalt jungle*, dat was een mooi beeld... nu een al te waar cliché, zeg eerlijk. Bekreunt iemand zich ooit om het *gewicht* van dat hele magazijn aan bouwmaterialen, waar nog huizen van in elkaar gezet moeten worden? Legt een wetenschapper die hele bulk wel eens op een denkbeeldige weegschaal... bijvoorbeeld tegenover het totaalgewicht van onze organische wereld? Als ik op een eenvoudige, ruwe rekensom af mag gaan, zou hij raar staan te kijken... misschien moet hij uit voorzorg een blinddoek voordoen, als vrouwe Justitia.'

Ik vroeg: 'Wat is uw definitie van organische wereld?'

'Nou, al wat leeft, zou ik zeggen... plantaardig, dierlijk, menselijk... te land, ter zee en in de lucht. Alles wat over het aardopppervlak krioelt en ademt en mekaar opvreet en weer uitscheidt.'

'Voor stedenbouw, meneer Calkoen, is hout nodig... heel veel hout. Dat komt uit de plantaardige wereld... dus de organische. Ik heb wel eens dennenhars uit een gaatje in het raamkozijn zien druppelen, maar het gaat hier om geïmpregneerd hout. Rekent u dat nog tot het organische?'

'Je hebt gelijk, Zwanet... het is een product van mensenhanden. Dood hout, overgegaan naar een anorganisch hiernamaals. Hetzelfde geldt voor ruwe olie. Al dat opgezaagde en bewerkte hout doet het gewicht van het totale magazijn aanzienlijk toenemen. Ik maak me steeds meer zorgen... bedankt nog, Zwanet.'

Volgens de Natuurfilosoof overtrof het totaalgewicht van al wat leefde, plankton incluis, nog steeds verre dat van alle dode menselijke producten. Beton was al sinds de Romeinen in opkomst (hun mortel, ongeëvenaard), maar werd in de twintigste eeuw steeds populairder – de asfaltjungle was nu een betonrimboe, en nog gewapend ook. 'De tijd is niet ver meer dat de weegschaal naar de kant van het doodse handwerk doorslaat, en daarmee is het dan nog niet gedaan. Ik bedoel, in vinyl kun je misschien muziek persen, maar een wereld van beton zingt niet, hoeveel akoestiek je ook uit die holle blokkendozen haalt.'

Ergens in New York hangt aan een gevel een steeds verspringende digitale cijferreeks, die het nationale schuldbedrag aangeeft. Spijtig genoeg (of gelukkig maar) houdt nergens zo'n elektronische balk de toename bij van het nettogewicht van het pakhuis van menselijke producten, in relatie tot de organische wereld. Ik durf er mijn hand niet voor in het vuur te steken dat ik er sinds dat beladen college Natuurfilosofie dagelijks, of zelfs maar maandelijks, met schrik in het hart aan gedacht heb... maar na de komst van Corinne Suwijn in mijn leven en onze aanvankelijke onverschilligheid voor de ontwikkelingen in de buitenwereld keerde binnen enkele maanden mijn bezorgdheid terug.

Het afgodsbeeld mocht ver van ons bed in oprichting zijn, het groeide en groeide... tot in de hemel. In de nok van de dampkring was een soort rookgat uitgespaard, waar de kop van het heidense kalf doorheen paste. Alles wat mensenhanden aan dode materie konden fabriceren was er stapelenderwijs in verwerkt... baksteen, beton, hout, alle mogelijke metalen. Smeden waren er jaren aan bezig geweest, met hun voorhamers beukend op een aambeeld zo groot als de Tafelberg.

4

Aldus was de mensheid, als eerbetoon aan eigen grootsheid, een massief monument voor zichzelf aan het oprichten: het standbeeld zelf bewees, door het gewicht van de gebruikte materialen, hoezeer zij de planeet tot in z'n ingewanden overheerste. Het Gouden Kalf nam veel plaats in beslag, maar er bleef voor uitzinnige aardbewoners nog ruimte genoeg over om eromheen te dansen. Ze vulden nauwgezet de grafieken aan waarop secuur de gewichtstoename van de anorganische wereld ten opzichte van de organische werd bijgehouden. Een kwestie van luttele decennia, en dan zou de zwaarte van het afgodsbeeld die van al het leven bij elkaar opgeteld overtreffen – een feestdag waard, compleet met uitverkiezing van De Spullenbaas.

Hij is klein begonnen, De Spullenbaas... rond de eeuwwisseling bedroeg het gewicht van al het door de mens vervaardigde materiaal nog geen vier procent van dat van de organische wereld. Wie aan de weg blijft timmeren, wordt uiteindelijk beloond. De Spullenbaas goot auto's, treinen, vliegtuigen in een mal... hij liet Manhattan z'n stekels opzetten... verjoeg alle boeren uit hun hutjes op het platteland naar de steden, die hij mateloos uitbreidde. Voor de zeedieren beplantte hij de oceaan als een akker... met plastic voedsel, ook beschikbaar voor de meeuwen en de albatrossen. Zoals Freud de zon van het egaliserende bewustzijn wilde laten schijnen in de vruchtbare krochten van het onderbewuste, zo zette De Spullenbaas in op het vervangen van alle leven door nuttige, doodse materie. En verdomd, het werkte. Twee wereldoorlogen lieten zien wat er allemaal mogelijk was met staal, aluminium, kruit, gas, prikkeldraad, om het gehate leven te vernietigen. Het onkruid van de wereldbevolking groeide wel weer aan – miljarden stengels in de tweede helft van de twintigste eeuw. En nog steeds bedraagt het gewicht van de totale mensheid minder dan 0,01 procent van het totale organische gewicht op aarde, schoon aan de haak. Ze vormen natuurlijk met elkaar wel een sprinkhanenplaag die z'n weerga niet kent, en alle gewassen opvreet... voor zover de echte sprinkhanen ze niet voor zijn geweest. Ook de fauna biedt wereldwijd niet zoveel tegenwicht, zelfs niet als we het microscopische leven meerekenen... trouwens, wat dieren betreft, valt er nog heel wat uit te roeien. Een zongebleekt karkas in een woestijn weegt bijna niks. Nee, het is de flora, die hele planten- en bomenwereld bij elkaar, die in onbewerkte vorm de grootste concurrent vormt voor het materiaalmagazijn van De Spullenbaas. Denk aan de overwoekerde en vermorzelde tempels in de oerwouden van Azië en Zuid-Amerika... planten zijn sterk en onverwoestbaar, hoewel gevoelig voor napalm, nog zo'n modern speeltje van De Spullenbaas.

Vegetatie is een schrikbeeld van contingentie voor Roquentin in *La Nausée*, dat houd ik altijd in gedachten.

Kortom, levend overgewicht kweken om massaal de zwaarte van de materiaalwereld terug te dringen, heeft geen zin: op de weegschaal zal de mensheid om en nabij die 0,01 procent van al het organische blijven schommelen – de moeite niet. Het slopen van de regenwouden, kijk daar liever naar: de overgang van levend naar dood hout, zonder nieuwe aanplant, daar zit een van de pijnpunten van het verstoorde gewichtsevenwicht.

Nog vijftien tot twintig jaar wolkenkrabbers, bruggen, vliegvelden, loodsen, havens, schepen bouwen en het grote moment zal daar zijn: de weegschaal die even in balans hangt, en dan doorslaat… ten faveure van De Spullenbaas en zijn bouwmarkt. Het is een beetje een vies mannetje, want hij houdt al het afval dat zijn bedrijf ook nog produceert weg uit de boeken… alsof de rotzooi niet net zo goed door mensen handgemaakt is. Het afgodsbeeld staat tot aan z'n knieën in de troep: sloophout, oud roest, puin, scheeps- en vliegtuigwrakken, complete autokerkhoven… zie daar maar ongehavend omheen te dansen. De Spullenbaas ligt op een oude sofa, waarvan de roestige springveren gonzen onder zijn hilarische triomf. Hij kan tevreden zijn: hij heeft een heel leger kunststof robots in productie, barstensvol chips, maar zonder de hindernis van één levende cel.

Cijfers figureerden van tijd tot tijd in de media, maar niemand luidde de noodklok. In sommige kroegen, zoals Pijkels café Ape-Retief, hing boven de bar een scheepsbel: wie de klepel hanteerde, was verplicht de hele zaak een rondje te geven. Misschien gold voor de noodklok een soortgelijke, met minder stemverheffing beleden regel: wie de noodklok luidt, verplicht zich om iets aan het naderende onheil te doen – en dan niet in de gedaante van 'een extra mokkie schootan', maar met de handen uit de mouwen.

Misschien bevond De Spullenbaas zich te zeer op geruststellend vertrouwd terrein. Al sinds we ons op de achterbenen verheven hadden en rennend konden jagen, maakten we onze eigen wapens en werktuigen: de hand kon niet zonder verlengstuk... we waren nu eenmaal met een beperking geboren. Zo is het begonnen, het steeds verder uitbouwen van de voorraad materialen en gereedschappen. Vuurstenen pijlpunten voor het bereiden van levenloze producten uit levende natuur... vlees, vet, huiden. *Beter wonen* was nog geen magazine, maar ongetwijfeld wel onderwerp van gesprek bij het kampvuur: gedaan met het grottenleven... zelf een huis bouwen... stenen stapelen, bomen ontwortelen.

De Spullenbaas heeft zich zo duizenden jaren met dode materialen omringd... eerst alleen nog de praktische en nuttige, later ook veel overbodigs, uit hebzucht en ijdelheid. Misschien heb ik daarom, vraag het Rinne, een broertje dood aan geschenken: ze dragen bij aan het Grote Teveel in de wereld, dat ons dreigt te verpletteren onder z'n last. Ik hoor tot de uitzonderingen. Het gros van de mensen is aangenaam verslaafd aan de producten van De Spullenbaas: ze kunnen niet zonder... de pakhuizen barsten uit hun voegen... de bezitsdrang groeit. Het is de verslaving van het organische aan het anorganische, de *craving* van het leven naar de dood. Meer, meer, meer. Bedrijven en machines draaien op volle toeren... zo blijven we de ontwenningsverschijnselen voor. Hoezeer geplukt ook, een *cold turkey* behoort nog te zeer tot de levende natuur, en die waren we nou juist radicaal aan het vervangen. Driewerf hoera voor De Spullenbaas.

5

Ik herhaalde mijn tirade tegenover Corinne, die niet meer bijkwam. 'O, wat hou ik van je als je zo tekeergaat. Door alles zo te overdrijven bezorg je me... ja, noem het gerust inzichten... groteske inzichten, die me anders waren onthouden.'

Ze proestte het uit, en dat stoorde me.

'Luister, Rinne, we zijn allebei moeder... misschien zitten we over een paar jaar met kleinkinderen op schoot. Die willen we niet alleen een knuffelbeest in de armpjes stoppen... we hopen ze ook een toekomst te kunnen bieden, zonder dat we ze een gasmasker hoeven voor te binden. Als ik het heb over de materialen van De Spullenbaas... om die te fabriceren zijn ovens nodig, rokende schoorstenen... die blazen de dampkring aan flarden, en bezorgen de planeet hoge koorts. Wetenschappers bij de vleet met een thermometer... ze slaan het ding af en steken het in de aars van de aarde. Er volgt een constatering, maar ze stoppen er de opwarming van de prak niet mee.'

'Ik moet lachen om dat afgodsbeeld van jou... dat Gouden Kalf,' zei Corinne. 'Ik heb me nog nooit beziggehouden met een wedloop van weegschalen voor levende en dode materie... typisch iets voor jou. Niet dat die hele klimaatkwestie me koud laat. Als ik in een vliegtuig zit...'

'...dan voel je je schuldig. Dat deuntje ken ik. Blijf dan aan de grond.'

'Dat wou ik helemaal niet zeggen... tjiezes, wat ben jij lichtgeraakt vandaag. Helemaal de oma die haar nakomelingen perspectief wil bieden.'

'Ja, haal er mijn leeftijd maar bij.'

'We zijn even oud. Mag ik uitpraten? Als ik in een vliegtuig zit en het vliegt over een kustlijn, dan zie ik daar diep beneden me *mijn* berekeningsmethode. Een zeer dun wit meetlint dat zich tussen land en zee slingert... heel beweeglijk... ongrijpbaar ook, want het volgt eb en vloed.'

'Ik snap het, Rin... jouw vader was kleermaker, met een centimeter om zijn nek. De mijne maakte me wegwijs in het labyrint van baksteen. Het wordt niks tussen ons.'

'Ik probeer vanuit mijn economyclass vliegtuigstoel de stijging van de zeespiegel te betrappen, maar ik zie nooit enig verschil... al vlieg ik honderd keer verspreid over tien jaar langs dezelfde kust. Ik wil natuurlijk niets afdoen aan de overwinningsroes van jouw gouden kalf… Natuurlijk weet ik dat het meetlint niet alleen kabbelt als de zoom van een branding, maar ook *knabbelt*… aan het strand of aan een klif of het krijt van Dover. Een paar korrels per keer, verborgen in de schuimrand. Het is een snoer dat al doende de eigen verrichtingen meet… zou ik het zo kunnen zeggen?'

'Je gaat je gang maar, als je dan per se het gevaar wilt bagatelliseren. Ik hou vast aan de reus op lemen voeten van De Spullenbaas… die verschalkt de planeet niet korreltjesgewijs, maar per kubieke kilometer.'

'De aarde is voor vijfzevende met oceaan bedekt, en voor tweezevende met land… er moet wel heel erg veel ijs smelten om die enorme watervlakte wat hoger te laten komen. Wat me opvalt vanuit het vliegtuig…'

'Heb je haar weer met haar vliegmachine. Nog één vlucht, voor zoiets overbodigs als mode, en je bent hier niet meer welkom… dan behoor je tot het vijandelijke kamp.'

'…is dat er zo ontzettend *veel* kustlijn is. Al die eilanden, grote en kleine… Griekse rotsen met witte ruches afgezet. Ik zie het zo: de continenten hebben zoveel kustlijn, niet alleen om zich tegen overstroming teweer te stellen… ook om het meten van de zeespiegelstijging te bemoeilijken. Het land geeft zich niet zomaar gewonnen… ook niet in de formules van de klimaatdeskundigen.'

'Rin, jij maakt er een laf sprookje uit de Egeïsche Zee van. Ik vind dat verwerpelijk in een wereld waar de klok al zo lang stilstaat op dertien voor twaalf. Laat die piloot van je ook eens over de Zuidpool vliegen… en let vooral op de pinguïns die staan te zweten in het zonnetje, hunkerend naar een teil vol ijs bij Artis.'

Corinne was net aangekomen met de trein uit het zuiden. Ze had van het Centraal Station meteen lijn 16 naar mij toe genomen. Lijn 2 naar de Koninginneweg was ook mogelijk geweest, dan had ze alvast daar haar koffer neer kunnen zetten: ze had blijkbaar haast om bij mij te zijn. Ze trof me in een rotstemming, die nou juist alles te maken had met het isolement waar we ons in bevonden... onze vervreemding van de wereld, in *mijn* visie dan. Na ons de zondvloed... daar begon het aardig op te lijken, maar het verried een passiviteit die ons niet stond. *Alle Lust will Ewigkeit.* Natuurlijk, onze liefde zou de verhitting van de planeet wel aankunnen, dan trokken we gewoon die borstrok uit, maar ons diepe verlangen was nou juist dat het uitzonderlijke dat wij samen hadden, dit natuurverschijnsel liefde, ons en onze tijd zou overleven... dat er na onze dood nog over gesproken zou worden. Ik wilde onze symbiose graag beleven alsof die nog gezegend moest worden met kinderen... van ons samen.

'Hoe zie jij de oplossing dan?' vroeg Rinne, nu toch enigszins terneergeslagen. 'Ik hoor in jouw woorden alleen maar hel en verdoemenis... geen enkel uitzicht.'

'Er is geen ontsnappen aan,' zei ik. 'Vroeg of laat staan we tot aan onze nek in het zoute sop.'

'Niet meteen opgeven, Zwan... de mens is een slim wezen. Als de nood aan de man komt, zul je zien dat... Jouw idool van *Twee vrouwen* bedacht ooit dat als de aarde tijdens de Tweede Wereldoorlog aangevallen zou zijn door een macht van *outerspace*... dat dan Hitler en de geallieerden onmiddellijk de handen ineen hadden geslagen om de invasie af te slaan. Nou ja, ongeveer die woorden, hou me ten goede. Ik geloof daar heilig in: als er echt gevaar dreigt, weet de mens zich uit de dalles te improviseren.'

'Ik denk eerder dat Hitler zou hebben geprobeerd een pact met de aliens te sluiten tegen de geallieerden... om vervolgens die laatsten met behulp van de eersten uit te schakelen... en uiteindelijk de aliens te besodemieteren met snel in elkaar geflanste ruimtewetten. Ik hou trouwens niet van dat soort sciencefiction van de kouwe grond.'

'Ik kan me niet neerleggen, Zwannie, bij de onkunde of de

onwil van de mens om zichzelf uit het moeras te trekken.'

'Je hebt het over een moeras... dat is de verkeerde kant op... je zult eindigen als roepende in de woestijn.'

'Wat is er mis met ons?'

'De hebzucht... die is sterker dan 's mensen overlevingsdrang.'

'Hebzucht is toch ook een vorm van overlevingsdrang... van lijfsbehoud.'

'Op de korte termijn, ja. Produceren, winst maken... en op den duur de wankele fabriekshal door een storm en een vloedgolf zien instorten... om je nakomelingen te verpletteren.'

'Je hebt het nu over corrupte enkelingen die wetten en regels aan hun laars lappen... die zijn in de minderheid.'

'Dat denk je maar, Rinne... goh, wat ben jij naïef. Die enkelingen, dat zijn wij met z'n allen. Wij lijden allemaal aan het snottebolletjessyndroom.'

'Weer iets nieuws.'

'Denk aan de volle huiskamer op een familiefeestje. Er is altijd wel een neuspeuteraar die niet weet waar hij zijn vangst moet laten...'

'O, je bedoelt dat Nederlanders hun vinger liever in hun neus steken dan in de dijk.'

'Hij smeert het snot onder de stoelzitting uit, en houdt daarbij goed het gezelschap in de gaten. Niemand die het ziet, mooi zo... niemand valt het op, en geen mens zal hem erop aanspreken. Het was iets eenmaligs, uit nood geboren... alleen voor deze ene keer. De iets opmerkzamere neuspeuteraar zal bij het deponeren van zijn afval met zijn vingertoppen het verharde reliëf voelen van al het snot dat aan het zijne voorafging. Als het aankomt op stiekemigheid, op omzeiling van de normen, zijn we allemaal hetzelfde... de een geen haar beter dan de ander. Wat daar onder die stoelzitting kleeft, is het mozaïek van een onuitroeibare broederschap: De Zich Onbespied Wanenden. Als je dat uitvergroot, zie je waar de wereld aan kapotgaat.

Om uit de rooie cijfers te raken kan *ik* toch wel een keer de hand lichten met de minimaal vastgestelde uitstoot? Zie hoe belangrijk mijn bedrijf is voor de economie! Het land dreigt aan de bedelstaf te geraken! Mijn gezin ook!'

'Godsamme, Zwanet... moet je ongesteld worden of zo? Ik weet dat je aan het premenstruele syndroom lijdt... met hallucinaties soms... maar een zwartgalligheid als vandaag kende ik nog niet van je. De wereld die aan snottebolletjes ten onder gaat... godallemachtig.'

'Alsof jij niet weet wanneer ik mijn menstruatie heb... we staan in hetzelfde vakje op de kalender. Het zal de proloog van de overgang zijn... stemmingswisselingen met withete opvliegers. Tevreden?'

'Weet ik tenminste waar ik aan toe ben... bedankt. Ik ben zelf nog niet zover. Je merkt het automatisch als ik te zijner tijd luidkeels begin te doemdenken. Ik ga zo maar 's... blij toe dat ik mijn koffer nog niet uitgepakt heb. Nog geen kwartier geleden hoorde ik je de hoop uitspreken dat wat wij met elkaar hebben... onze grote liefde, zoals ik het toch wel mag noemen... jou en mij zal overleven... als toonbeeld voor wie na ons komen... als een verhaal dat in de wereld en onder de mensen blijft. Mijn hart sprong op... nu gaat het weer neer... het stuitert alleen nog wat na.'

'Sorry dat mijn mond weer groter was dan mijn hart,' zei ik. 'Of het nu via een vloedgolf, een moord of een beroerte is... de dood wist alles uit. Ook de grootste liefde, zonder genade. Het zal jou en mij ook overkomen, inclusief al het moois dat er tussen ons geweest is. Dat is de almacht van de Dood: de gecrepeerde sukkel banjert door een domein waar niets uit de wereld die hij zojuist verlaten heeft meer enige geldigheid heeft. Geen aardse of morele wetten, niets. Zijn lichaam gehoorzaamt niet langer aan biologische wetmatigheden, behalve die van het intredende bederf. De overgang is werkelijk zo abrupt en scherp als de valbijl van een guillotine... daar heb je mijn stokpaardje weer. Het afgehouwen hoofd valt in een mand, en de gevlochten biezen rand daarvan sluit de wereld voor eeuwig buiten. Alles waar de terechtgestelde ooit in geloofd heeft... de liefde voor zijn vrouw en kinderen, religieuze of wereldse wetten... het is er allemaal niet meer, ook niet te zijner nagedachtenis, want over wie hebben we het dan nog? Een voorgoed naar gene zijde ontsnapte. Elke voorstelling van dat hiernamaals is een fictieve constructie, alleen krampachtig te verbeelden in een roman of een speelfilm. Vraag het Sartre... *Les jeux sont faits.* In werkelijkheid is er letterlijk *niets* meer. Alleen nog leugens voor de achtergeblevenen. "Hij stierf voor het vaderland," wordt over een gesneuvelde soldaat gezegd. Nee, dat vaderland, blijkbaar belangrijk genoeg om je voor op te offeren, bestond alleen bij de gratie van zijn levende aanwezigheid. Hij stierf voor het grote Niets. Hij vindt er niet eens rust, want dat is een aards begrip. Hij is niet eens een persoon meer die er dat Niets kan aantreffen. Aan het slot van *De dood van Ivan Iljitsj* is zelfs de dood verdonkeremaand. "De dood was er niet meer." Wij mensen zijn levenslang op reis met als eindbestemming... niet een of ander land, maar een grens, die geen overgang is, maar een laatste halte zonder niemandsland... een soort rood-wit gestreepte guillotine.'

'Dan zijn dus ook de aan geallieerde zijde gesneuvelde soldaten voor niks gestorven?' zei Corinne bedroefd.

'Het valt moeilijk toe te geven, maar ja, ook voor die jongens gold dat met het intreden van de dood het hele vaderlands- en menslievende systeem door de kogelinslag instortte... niet voor hun overlevende kameraden, maar voor de gesneuvelden zelf. De oorlog, de hiërarchie van het leger... alles in één klap ongeldig. Zelfs het Graf van de Onbekende Soldaat, met z'n eeuwige vlam, is een fictie ten gerieve van de overlevenden en nabestaanden... om hun rouw en schuldgevoel een vals bedevaartsoord te geven.'

'Dan kunnen dus Hitler, Stalin en Mussolini na hun dood

niet langer verantwoordelijk gehouden worden voor hun daden... de miljoenen doden die ze op hun geweten hebben.'

'Mussolini werd, samen met zijn maîtresse, door partizanen aan de ombouw van een benzinestation opgehangen... ondersteboven, voor iedereen te kijk, ten prooi aan massaal uitgespuwde haat. Maar het was Mussolini niet... die was ontsnapt in de dood. Als ze hem ter verantwoording hadden willen roepen, hadden ze hem beter na het eerste pak slaag in leven kunnen houden. Zelfs het breedste kakement breek je met de juiste koevoet wel open.'

'Bij mij wil het er niet in, Zwan, dat Hitler door simpelweg zelfmoord te plegen ontsnapte... niet alleen aan het tribunaal van Neurenberg, maar aan elke morele wet... aan elke vergelding.'

'Voor hem maken we graag een uitzondering,' zei ik, 'maar de Dood erkent die niet... overeenkomstig z'n aard, zou ik bijna zeggen. Ja, na dat schot op het bunkerbankje was Hitler van alle vervolging gevrijwaard. En dat niet alleen... het hele nazisysteem, compleet met uitroeiing van de Joden, donderde na zijn laatste adem in elkaar, alsof het nooit bestaan had... voor hem in zijn nieuwe toestand althans. Pas getrouwd, en het huwelijk was alweer uitgewist... de vergiftigde bruid zat naast 'm... in zekere zin was hier sprake van een crime passionnel met wederzijds goedvinden, na een laatste glas champagne. De Führer *was* immers al getrouwd... met Duitsland. Het Russische kanonnengebulder, het drong niet langer tot Hitler door, al deed het zijn ontzielde lichaam misschien nog wat schudden... geholpen door de spiralen in de sofa. Hij nam het Duizendjarige Rijk niet mee zijn graf in. Hij gaf zijn lakeien opdracht de stoffelijke overschotten van hem en zijn kersverse echtgenote in de tuin te verbranden, omdat hij het de Russen niet gunde met zijn lijk te gaan sollen. Al hadden ze het achter een tank door de kapotte straten van Berlijn gesleept... het zou voor hem geen verschil gemaakt hebben. Hij, Hitler, was letterlijk nergens meer om nog de pijn van geschaafde ellebogen te voelen. Hij had net zo goed nooit bestaan kunnen hebben...'

'En volgens jou,' zei Corinne, 'geldt dat dus ook voor ons... voor jou en mij en ons schitterende leven samen. Ik geloof net zomin als jij in een hiernamaals, maar nu dondert het me toch rauw op mijn dak. Het valt me op, Zwanlief, dat jij op je welbespraaktst bent als je het menselijk bestaan inktzwart kunt afschilderen. Kom, wees eens lief, en doe me een mooie illusie.'

'Ander keertje maar weer. Ik ben er nu niet voor in de stemming.'

6

'Ik zie de stijging van de zeespiegel dus als een soort tsunami die z'n tijd neemt,' verklaarde Corinne zich nader. 'Een stiptheidsactie van de oceanen.'

'Jij bent altijd maar de problemen aan het verkleinen,' zei ik. 'Dat kunnen we ook bagatelliseren noemen... een stap verwijderd van ontkenning. Het gaat hier wel over onze kindskinderen.'

'*Jij* vergroot de dingen tot in het absurde uit, Zwanet.'

'Dat krijg je ervan... we bedienen ons eensgezind van dezelfde verrekijker, maar dan ieder aan een andere kant.'

'Voor jou is er geen oplossing... misschien doe je er goed aan wat fatalistischer te zijn. Laat het je overspoelen.'

'Ik wou dat ik net zo'n pen had als Albert... dan zou ik die als zwaard gebruiken om de mensen wakker te houden... te *houwen*, bedoel ik... met een flinke sabelhouw.'

'Albert doet niks met die speciale pen,' zei Corinne. 'Ja, toneelstukken en verhalen schrijven over het menselijk tekort... nooit over de stapeling van donderkoppen aan de horizon. Hij waarschuwt niet.'

'Het is maar goed dat ik zijn pen niet heb... ik zou terstond voor ondemocratisch uitgekreten worden.'

'Schrijven over wat je niet bevalt, dat is toch al een democratisch recht. Niet?'

'O ja, ik ben een democraat in hart en nieren... maar dat is het 'm nou juist. De democratie gaat ons niet uit de dalles halen. Het afgodsbeeld daarbuiten... het Kapitalisme met een grote K, dat hard aan de wereldvernietiging werkt door ons de gouden Amerikaanse droom voor te houden... dat Kapitalisme stoelt op de democratie... die met een *kleine d* welteverstaan. Iedereen krijgt z'n kans om een klompje bij te dragen aan het Gouden Kalf. Uit alle windrichtingen stromen de volkeren met de blaren nog op hun voeten toe om rond het afgodsbeeld te dansen... gelegaliseerd door de democratie. Hoe wou je een monstrum dat al buiten het bereik van onze sloopkogels tot in de hemel reikt... hoe wou je dat slechten?'

'Zwan, één ding... je gaat het toch niet over een Sterke Man hebben, hè? Dan ga ik echt weg.'

'O, sterke mannen genoeg,' zei ik. 'Die zijn allemaal druk met verder bouwen aan hun afgodswolkenkrabber... als architect, aannemer, opzichter, bouwer. Ze zijn allemaal bereid om hun tegenstanders tot in het zoveelste geslacht te vervloeken... maar wat hun nakomelingen betreft *denken* ze niet eens aan hun kleinkinderen, die straks naar Zwitserland moeten om pootje te baden in een ondergelopen alpenwei.'

'Ik hoor nog steeds niets ondemocratisch.'

'In de jaren zestig hadden ze het op school vaak over Het Gele Gevaar... ik denk om de leerlingen gezellig aan het huiveren te brengen. De wereldbevolking bedroeg drieënhalf miljard mensen... waarvan algauw een miljard Chinezen. Het Gele Gevaar... en dat zou ons in de toekomst wel eens onder de voet kunnen lopen... ons, godvrezende, beschaafde, hardwerkende westerlingen.'

'Ik voel 'm al aankomen, Zwan... jij ziet China in z'n geheel als De Sterke Man... als de wereldredder. O ja, ze kunnen heel goed massaal zandzakken vullen, maar dan ben je er nog niet.'

'Ik moest opeens denken aan wat jij zei over een pact tussen de nazi's en de geallieerden… tegen een aanval van aliens… dat de gezworen vijanden op aarde onmiddellijk de handen ineen zouden slaan.'

'Ja, en jij vermoedde,' zei Rinne, 'dat Hitler onmiddellijk gemene zaak zou maken met de marsmannetjes… tegen de geallieerden. Helemaal mee eens, maar… klimaatverandering, opwarming van de aardbol, stijging van de zeespiegel… dan heb je met een heel andere vijand te maken… gewoon een aardse… beter bekend onder de verzamelnaam De Elementen. Het zijn geen huursoldaten… ze rammen erop los voor hun eigen natuurlijke, sadistische plezier. Blind en furieus.'

'Chinezen zijn gewend om collectief hun schouders onder een probleem te zetten… ze zouden het westelijk halfrond kunnen voorgaan in de strijd… tegen De Elementen.'

'Ik heb veel op de loopplanken van China gewerkt… in Peking en Sjanghai vooral. Ik heb nooit goed hoogte gekregen van de Chinezen. Ik zie ze ertoe in staat met krasse maatregelen de temperatuurstijging terug te dringen, uiteraard met hulp van ons westerlingen. Als ze het voor elkaar hebben, worden wij westerse uitslovers afgedankt… en als ontslagen slaven de eerder ontstane woestijn in gestuurd. Dan heeft Het Gele Gevaar het tij gekeerd, en kan de Chinese wereldheerschappij beginnen… eindelijk. Daar *heb* je je Sterke Man, Zwanet. Het gevaar is trouwens niet geel, maar heel zacht olijfkleurig… en de ogen zijn geen spleten, maar hebben een tedere plooi.'

7

Corinne en ik kwamen tot de ontdekking dat we als kind op hetzelfde vlot gevaren hadden. Moeder deed het licht uit ('droom maar fijn, schat van me') en na een poos begon het bed vanzelf – nee, te dobberen nog niet, maar zacht te deinen, want de zee gedroeg zich kalm. Het spaarlampje was voor mij een lichtboei, voor Corinne een verre vuurtoren met verstard oog.

Ik lag onder een zeil, dat door mijn moeder, voordat ze terug de kade op stapte, strak was ingestopt aan de zijkanten. Laat de orkaan maar komen, ik ben veilig. Corinne trapte het dek van zich af, en klom in de mast, om de stapelingen van Pruisisch blauw aan de horizon te volgen. Er kwam geheid ander weer, en we gebruikten er, zonder het van elkaar te weten, allebei dezelfde woorden voor: *storm op til.*

'Ik gooide, als het begon te spoken, allerlei ballast overboord,' herinnerde Corinne zich. 'Mijn moeder vond me een keer 's morgens vroeg ineengekruld op een hoofdkussen een paar meter van het vlot... dat in het noodweer was vergaan.'

Bij veel jonge meisjes moet er die overgang zijn geweest, niet te traceren, niet te reconstrueren, maar een geheime markering vormend: het moment waarop de zelfstreling niet meer tastend en intuïtief is, maar doelgericht en met iets artistieks in het gebaar. Kortom, na de ontdekkingsreis de esthetische variant – hoewel er nog steeds niemand toekijkt. Heeft de tussenkomst van de spiegel er iets mee te maken? (Zelfs Anne Frank trok zich blijkens haar dagboek in het holst van de oorlog op de wc van het Achterhuis terug *met de spiegel*, om zichzelf te onderzoeken. Een ondraaglijke passage voor wie weet, en dat zijn wij met z'n allen, dat het hele mechaniek van haar vrouwelijkheid nooit ergens voor heeft gediend behalve voor dit steelse plezier in dubbele afzondering.)

Bij de vioolsleutel die Corinne voorafgaand aan haar zelfbevrediging in de lucht tekende, moest ik eraan denken, aan die grens die ooit in een nacht werd overschreden – of op een namiddag met laag zonlicht dat via een handspiegel op deegbleke dijen werd teruggekaatst. Misschien was het wel een gecombineerde zelfcursus voyeurisme en exhibitionisme, waarbij ik naar mezelf keek met de vleesetende ogen van een ander. Ik probeerde voor de onzichtbare toeschouwer mijn vinger zo gracieus mogelijk te laten dansen: een ballerina op het bovenste halfrond van de clitoris, glad als de circusbal waarop een zeehond zich in evenwicht moet zien te houden, hees blaffend, applaudisserend voor zichzelf.

Wanneer precies de overgang plaatsvond van verborgen naar openbaar, zou ik niet meer kunnen zeggen, maar het spel zou voorgoed voor de blik van de ander bestemd zijn, of die nu als toeschouwer werkelijk aanwezig was of niet. Albert had me de passage aangewezen bij Sartre, in *L'être et le néant*, over hoe mijn wereld 'leeg kon lopen in de blik van de Ander'. Van de filosofische context snapte ik toen nog niet veel, maar bij dat leeglopen in de ogen van de ander, van de begluurder dus, voelde ik de betekenis intuïtief aan. De ander zoog mijn vingerdans in zich op, mijn verschietende glinstering, mijn krampende hoogtepunt.

Wie in de slaapkamer een oog dicht bij het sleutelgat bracht, voelde de zuigende tocht van het trappenhuis. Ook zonder de aanwezigheid van een gluurder die voor de deur knielde, voelde ik aan de opening, net onder de klink, hoe mijn genot kon worden opgezogen. Ik moest denken aan de zuiveringsinstallatie in sommige al wat oudere zwembaden, die de argeloze onderwaterzwemmer aan zich vast kon zuigen, meestal met de kruin, werkend als de vacuümpomp bij een moeizame geboorte. Ik huiverde. Waren wij zo willoos overgeleverd aan de mannelijke blik? In dat geval, bij delicate uitzondering, ook aan die van een sexegenote – wat weer een heel andere wereld opende. Bij zulke overwegingen ving ik altijd een glimp van Het Onaanzienlijke Meisje.

Ik vroeg Corinne naar wat ze zich herinnerde van veranderingen bij haar zelfstreling als ontwakend meisje.

'Ooit had het nog geen naam,' zei ze. 'In Mierlo was het ondenkbaar dat andere meisjes het ook deden... volwassen vrouwen al helemaal niet. Voor de winter legde mijn moeder roze molton lakens op mijn bed, die een heel speciale geur hadden...'

'Ze roken naar Suwijn... dat was toch de kreet in het dorp?'

'Nee, de lucht was met niets te vergelijken. Niet met enig kledingstuk uit ons magazijn. In een bepaalde herfst, de zomer lag al een eind achter ons, schoof ik tussen het molton, en... het was de poezeligheid van de stof in combinatie met de geur waardoor ik helemaal begon te gloeien en te beven. Zo vond ik mezelf... zo is het begonnen. Niet dat er meteen orgasmes in serieproductie kwamen. Mijn vinger gleed eindeloos door dat vochtige gootje, maar wist de weg nog niet goed. Hij kromde zich om op onderzoek uit te gaan. De vondst van het juiste knopje kwam later pas, en toen was het gauw gedaan. Ik schrok van de eerste keer... ik dacht dat ik iets beschadigd had. Zo'n heet en tintelend gevoel, daar moest iets mis mee zijn. Na een periode van bange onthouding begon ik er toch weer mee. Het werd een verslaving. Ik noemde de hevige sensatie De Roze Molton.'

'Dus... toen het weer lente werd, met witlinnen lakens, was het gedaan met De Roze Molton.'

'O, nee... al bleef ik het wel zo noemen.'

'Het vingeren werd dus steeds trefzekerder en doelgerichter.'

'Ja, maar ik bouwde allerlei pauzes in om het genot uit te stellen.'

'Dat bedoel ik... je stelde je voor dat iemand erbij toekeek.'

'Het ging vanzelf.'

'Je liet jezelf door een onzichtbare instantie aanwijzingen geven... en die volgde je op.'

'Nou je 't zegt. Ik zou me best weer eens dertien willen voelen.'

'Kreeg je de aanvechting jezelf sierlijker te strelen, Rinne, juist *omdat* je bekeken wilde worden? Dat bedoel ik met verandering... met overgang.'

‘Het waren ook wel eens hele gezelschappen, die zich rond mijn lijf schaarden om het wonder te aanschouwen. Versnellen, afremmen... ik gaf ze waar voor hun geld.’

Bij haar volgende bezoek zorgde ik ervoor dat het bed opgemaakt was met roze molton lakens, die ik net had gekocht en die nog geurden van nieuwigheid. Corinne kroop er onmiddellijk tussen, en besnuffelde het lakenomslag en de molton slopen om de kussens, waarvan ze er een als een lichaam tegen zich aan drukte.

‘Boel lief van je,’ zei ze als een klein meisje, een beetje pruilend. ‘Maar, Zwanetje... het *ruikt* anders. Ze gebruiken tegenwoordig ander conserveringsspul, of hoe noem je dat... ander stijfsel.’

‘Hoe zou je deze geur dan omschrijven?’

Met een dun stemmetje: ‘Ruikt naar Suwijn.’

‘Volgens mij rook bij jullie het hele huis, met alles erop en eraan, naar Suwijn... een lucht gevoed vanuit het keldermagazijn. Tot in je bedje toe.’

‘Rinneke nu slaapjes doen.’ Ze draaide zich met het kussen tegen zich aan op haar andere zij. ‘Ik word morgen veertien.’

‘Eerst De Roze Molton, Rinsi.’

En ze liet me het even onhandige als sierlijke spel zien dat ze na meer dan dertig jaar nog steeds beheerste, met een trosje spuug dat op haar onderlip sidderde en dan weer terug naar binnen gezogen werd door haar ingehouden adem. Het was waarlijk het maagdelijke lijf van een dertienjarige dat daar, onwillig bijna, met dreinerige geluiden, een acme uit zich wrong.

‘Nu jij, Zwanet.’

‘Ik heb niets met molton.’

‘Geen smoesjes. Nu wel. Ik ben de toeschouwer, en geen denkbeeldige, denk erom.’

8

Hoeveel orgasmes beleeft een vrouw in haar leven? Onder te verdelen in lauwe, schrijnende... geslaagde in alle mogelijke gradaties, van tintelend langgerekt tot *exultate jubilate*... en vooruit, laat ik er ook, om het scala te completeren, de afgedwongene en de gesimuleerde aan toevoegen.

Nooit eerder, door eigen hand of bij een man, waren ze zo intens als wanneer zij ze opwekte. Voor haar komst in mijn leven leidden mijn orgasmes vroeg of laat, ook als er sprake was van een hele reeks, tot bevrediging met ingebouwde weerzin. Was daar nou die hele karavaan van bonte visioenen voor nodig geweest? Het hele corso verdween in een punt aan de horizon, mank en uitgeput en leeggezogen door het misbruik dat ik ervan had gemaakt.

Als Corinne me met haar tong of vingers bediend had, was er nooit de *absolute* verzadiging, wat niet wilde zeggen dat zij in gebreke was gebleven, integendeel. In elk hoogtepunt met haar bleef een verlangen naar het volgende paraat, ook in het laatste van de middag, wanneer de uitputting ons noopte te stoppen. Er gloeide iets heel fel in na, als een brandende belofte voor het volgende samenzijn. Zo, door dat kruipvuur, werd de keten nooit helemaal onderbroken. Ik vroeg Corinne of het ook voor haar gold.

'Het grote klaarkomen is met jou begonnen,' zei ze lief. 'Alles ervoor was generale repetitie... met de nadruk op repetitie.'

Door haar besefte ik eens te meer: het orgasme staat voor iets anders... iets buiten of boven ons. 'Een mystiek verschijnsel in den vleze,' zei ik haar, maar dat vond ze, eerder ook al, te ver gaan.

'Je had het er ooit over, Zwannie, dat we allebei een schrijn tussen onze dijen dragen,' zei ze, 'en dat daar... hoe ging het ook weer... het heilige orgaan zich opricht, dat we bij elkaar aanbidden... op onze knieën. Dat is voor mij een duidelijk beeld. Al dat mystiekerige is voor mij ongrijpbaar.'

'Alles wat mensen doen om tot bevrediging te komen, van zichzelf en elkaar, dat bestaat uit een eindig aantal varianten op eeuwig hetzelfde proces. Het moet voor iets anders staan... de vertaling van een eredienst in een parallel universum.'

'Er valt nog zoveel te ontdekken in *deze* wereld, Zwaneke, die we pas ontdekt hebben... die van ons. Als ik jou streel, of me door jou laat strelen, zoek ik... sorry voor het vieze woord... geen wormgat naar een andere dimensie. Als ik neerkniel voor jouw kleine heilige in die geplooide schrijn, dan aanbid ik in één moeite door elke parallelwereld. Jouw vulva en haar gevoelige holtebewoner, die vormen voor mij samen een icoon... tegelijk afbeelding van het mysterie als het mysterie zelf. Ik geloof dat ik in de stemming ben voor een gebed.'

Nee, het gebeurde niet altijd zonder enig misbaar, en dat was trouwens ook maar een trucje om het orgasme verwoestend naar binnen te richten, zonder schokbrekers. De manier waarop ze klaarkwam... het was soms beangstigend om mee te maken, maar ik kon er geen genoeg van krijgen. Het begon ermee dat haar onderrug onnatuurlijk hol ging staan, en de neiging kreeg zich van de matras (of de vloer, als we het bed niet gehaald hadden) te verheffen, alsof eigenlijk het hele lichaam van de ondergrond wilde loskomen. Onderweg naar haar acme sloot ze zelden haar ogen – het was juist haar hulpeloos smekende blik die verontrustte, want er was iets ongehoords in aantocht. Haar voeten zochten vergeefs houvast, met verkrampte tenen: ze schoven en schopten ongecontroleerd alle kanten op. Ook de armen, rondslaand als in een nachtmerrie, leidden hun eigen leven, met klauwende handen die zich bij voorkeur, zo leek het, pijnlijk in mijn vlees begroeven, met scherpe nagels. En daar ging haar mond open, in een mooie ronde o, die verder niets liefelijks had, maar angst uitbeeldde, des te meer omdat er geen geluid uit kwam – dat moest nog komen. Wat ze misschien uitstraalde, was de vrees dat de verlangde bevrijding het zou laten afweten.

En dan kwam die alsnog, met een langgerekte schreeuw van wat eerder verontwaardiging en teleurstelling leek dan een kreet van extase en ontlading. Vaak stootte ze daarbij enig speeksel uit.

'Het zal misschien iets van de rijpere leeftijd zijn,' zei ik op een keer tegen haar, 'maar zo, Rinne, heb ik je nooit gekend... zo totaal met alle remmen los.'

'Ik voelde altijd de studiolampen op me gericht,' zei Corinne. 'Ook buiten het fotoatelier. Ze zijn pas laat gedoofd.'

Zelfs na de luidruchtigste climax was er nog die blik van ongeloof en bezorgdheid in haar ogen: was dit wel waar... was dit wel echt gebeurd? Het leek wel woede: *ik reikte naar iets hogers... ik was er bijna... komt verdomme dit orgasme ertussen, en wordt alles weer naar beneden gehaald.*

Als er maar genoeg van die hoogtepunten waren geweest, bij Corinne soms vijf, zes achter elkaar, dan leek er zoiets als de totale verzadiging in te treden, zichtbaar aan een natte lok op het voorhoofd of een frons die zich vulde met glinsterend zweet. Het uitgeputte, verslapte lichaam, warm en vochtig van aanhankelijkheid... of juist met een houding van: nee, laat me even... genoeg, genoeg.

De gekromde rug naar me toe, uit zelfbescherming. Corinne opgerold als een egel zonder stekels, met in het centrum van dit verdedigingscomplex het meest weerloze aan haar, dat op dit moment niet nog meer genot kon verdragen zonder te gaan schrijnen. Blijf af, het is van mij... van *mij*.

Alles duidde erop dat zo'n orgasme, zelfs een hele reeks ervan, niet *alles* was: dat ergens dieper in ons vlees de volmaakte bevrediging zich schuilhield. Dat die niet werd ingelost, hield het verlangen in stand... en daarmee de onverzadigbare liefde. Een volgende keer moest alles weer van voren af aan in stelling worden gebracht, van hunkering en verwachting tot aan het acme in meervoud... en daarmee tot aan de noodzakelijke onvoldaanheid. Het orgasme, zo leerde ik, is een voorstadium van het Onbereikbare, dat dus uiteindelijk ook daadwerkelijk buiten bereik blijft. Twee vrouwen die elkaar troosten na de opdoffer van hun zoveelste keer: 'Kom maar, stil maar, zoet maar.'

Misschien behelst de troost wel het onderliggende genot, dat zich alweer aan z'n absolute einddoel onttrok. 'Kom maar bij me... ooit, *ooit* zal het over ons komen. Ik beloof het je, mijn liefste.'

9

Corinne en ik brachten veel te weinig complete nachten met elkaar door. De omstandigheden waren er tot nu toe niet naar. Absurd dat een vrouw die in scheiding lag zoveel verplichtingen tegenover haar Bijna Voormalige Gemaal, zoals ze hem noemde, te vervullen had. Hoe zagen haar nachten er in die periode van uiterste huwelijksverkilling uit?

'Slapen jullie nog wel eens bij elkaar?'

'Wat dacht je... altijd apart.'

'Hij in de logeerkamer.'

'Nee, ik. Met mij in het echtelijke bed zou hij zich na een bezoek aan het toilet wel eens kunnen vergissen... slaapdronken, zoals dat heet.'

'Hij valt je lastig...'

'Met zo ongeveer alles, maar niet met *dat*. Onze logeerkamer heeft een soort nachtslot aan de binnenkant.'

'Geen dreigementen om de deur in te beuken of zo?'

'Hij wil me tot de laatste dag onder zijn dak hebben... dat is blijkbaar voldoende om zijn macht over mij te bevredigen.'

We lagen op onze rug naast elkaar in het donker te praten. Schuin aan de overkant was nog stemmengedruis op het terras van het hoekrestaurant. Zomergeluiden. Opeens wierp ik me op mijn zij om haar dicht tegen me aan te drukken. Ik zei: 'Ik ben zo bang, Rinsi, dat hij je na het uitspreken van de scheiding niet met rust zal laten... ik voorvoel het.'

'Dat zien we dan wel weer.'

We droegen allebei een pyjama uit mijn voorraad, licht ruikend naar wasverzachter. We hadden na de verzadiging van 's middags, toen Albert met een trommel, rammelend van de niet-passende sleutels, naar het souterrain afgedaald was, geen behoefte om nog eens te vrijen. Als we aan onze pyjama's gingen sjorren, dan ontzegden we ons het genot van zacht flanel op lichaamstemperatuur, met het licht verende vlees van rijpere meisjes er direct onder. Zo had ik me haar na alle opgewonden haast van het 's middags ontkleden nog niet eerder gegund, compleet met de geur van make-upremover en een koele pepermuntadem van het tandenpoetsen. Ik moest denken aan een van de weinige pyjamaparty's die ik als meisje had meegemaakt. Ik lag in bed bij het vriendinnetje dat het feest gaf, we kletsten en lachten nog wat, en opeens gleed dat te grote jongenslijf tussen ons in, trefzeker als een torpedo, voeten vooruit: haar broer, op wie ik stiekem verliefd was. Zij joeg hem stompend en knijpend meteen weer onder het dek uit, maar hij wist nog een kus op mijn gezicht te drukken, die ergens naast mijn ooghoek verdwaalde. Ik kon geen woord meer uitbrengen, en begon van top tot teen te gloeien.

'Tjie, Zwanet, heb je koorts of zo? Ga 's een eindje van me af liggen... dit is een *pyjamaparty*, weet je nog wel, geen sauna of zo. Tjie-h-ie, je zweet en je stinkt als een otter.'

Op vakantie in de Dordogne had ik met Albert en de kinderen ooit een middeleeuws kasteel bezocht. In het museumgedeelte hing een authentieke kuisheidsgordel uit de tijd van de kruistochten aan de muur, indrukwekkend roestig, maar zonder bijbehorende sleutel. Een plaquette gaf uitleg en een jaartal.

'Ze bestonden dus echt.' Leuk voor een pijprokende, in tweed gehulde geschiedenisleraar uit de jaren vijftig om te bedenken, maar ik had er altijd aan getwijfeld dat kruisvaarders hun echtgenotes opzadelden met zo'n zwaar gietijzeren korset, dat door het plassen alleen maar meer ging roesten. Een of andere geinponem had er een bosje hooi in gestoken, misschien om het voorwerp op een gevulde ruif te laten lijken.

Een van die nachten met Corinne droomde ik dat we samen gevangenzaten in het binnenste van een kuisheidsgordel met de omvang van een iglo. We hurkten op een onderlaag van hooi, en hielden intussen het grote sleutelgat in de gaten, waar elk moment een knarsende baard werd verwacht om ons te bevrijden of dood te drukken. Ik troostte haar toen ze zachtjes huilde. 'Ze zullen ons hier heus niet weg laten rotten.'

Tussen het traliewerk van gietijzeren banden was onvoldoende ruimte om te ontsnappen. Het regende binnen, en wat we over ons heen kregen, was dik, donkerbruin roestwater, waarvan we helemaal doorweekt raakten, net als het hooi waarop we geacht werden te slapen. Voor het sleutelgat groepten afzichtelijke wezens samen, gemeen grijnzend en commentaar leverend in een taal die ik niet verstond – Corinne wel, maar ze wilde de woorden niet voor me vertalen. Achter de meute lag een grote sleutel in de modder, maar niemand maakte aanstalten om er onze gevangenschap mee op te heffen.

'Kamfer,' zei Corinne opeens. 'Haal de shawls door de kamfer… tegen de mot.'

Het was niet duidelijk of dit de vertaling was van wat de monsters voor onze kuisheidsgordel uitkraamden.

'Rinne, wat zeggen ze nog meer?'

'Dat snap je toch wel… *buiten het bereik van kinderen houden.*'

Ik werd wakker, en naast me maande Corinne nog steeds iemand, een van haar ouders misschien, om de mottenballen zo hoog mogelijk op te bergen, zodat haar kleine broertjes er niet bij konden. Ze praatte steeds aandringeriger, huilend bijna, alsof ze geen gehoor vond. Haar waarschuwing was in mijn droom beland. Ik weet niet waarom ik haar wekte... heel zacht, dat wel... misschien omdat ik het eng vond haar zo vanuit haar eigen wereld te horen praten – ongetwijfeld de kledingwinkel van haar vader, vroeger in Mierlo.

Met een snikkende uithaal werd ze wakker, waarna ze even jengelde als een klein kind dat terug wil naar de droom. 'Izzer, Zwannie?'

'Je had het over vroeger, en misschien was het niet voor mijn oren bestemd.'

Ze zat meteen rechtop in bed, en sloeg haar hand voor de mond. 'O, wat verschrikkelijk... ik praat in mijn slaap.'

10

Tot mijn Suwijniana behoorde beslist ook het T-shirt dat ze bij mij in de kast bewaarde voor als ze bleef slapen. De eerste keer dat ik het zag, zei ik nog: 'Je T-shirt zit binnenstebuiten.' Ze deed het expres, om onder het slapen de scherpe naden niet in haar tere huid te laten dringen, waarna ze 's morgens met rode striemen in haar vel wakker zou worden.

'Ik krijg 's nachts al genoeg met de zweep,' zei ze.

Als ze, gordijnen dicht nog, door het ochtendlicht liep, bleef de tekst op het T-shirt aan de voorkant zichtbaar: in spiegelschrift golvend over haar borsten.

LIFE IS WHAT HAPPENS TO YOU
WHILE YOU'RE BUSY MAKING OTHER PLANS

Slapen met Corinne, was dat een verrijking of een verarming? Die vraag deed zich voor in de periode dat zij hooguit twee keer per week bij me kon zijn. Tegen elkaar aan liggen, slapen in elkaars armen (zij met een opgetrokken been hoog tussen mijn dijen, ik met mijn hand rond haar nek geklemd)... deelden wij als geliefden dan iets bijzonders dat overdag, in wakende toestand, ontbrak... of is slaap zonde van de ongebruikte tijd, zoals doorhalers en nachtravers beweren?

Er was ook nog zoiets als het compromis: de halfslaap, waar in de vertrouwde dingen van vorm veranderen. Albert had me op een dag eindelijk inzage gegeven in *Cuntstruck*, zijn encyclopedie van het vrouwenlichaam. Nou wist ik al dat sommige mensen er vreemde hobby's op na houden, maar toch was er iets in dit ongepubliceerde (en niet te publiceren) boekwerk wat me als zeer waarheidsgetrouw trof, als ik dat mocht zeggen van iets wat ik alleen uit een sluimertoestand kende. Het lijf van de vrouw als kathedraal of tempel, en dan niet zomaar als metafoor in de trant van 'het lichaam is een tempel van de Heilige Geest' of 'onderhoud uw tempel', want dat kennen we nou onderhand wel, maar een tastbare tempel met armen en benen als pilaren en borsten en billen als koepels.

Ik herkende een passage over een basiliek in het dal bij Assisi, een kerk van recenter datum dan de gebouwen boven op hun heuvel. Ik was daar zelf met Albert geweest, ik wist waar hij op doelde. De basiliek was over een oude kapel heen gebouwd, die zich nu tussen de fundamenten bevond en erdoor beschermd werd. Dat was de vaginale crypte waar de kathedraal omheen gebouwd was. Al die zuilen en koepels bewaakten in heel hun monumentaliteit de kwetsbare vulva. We daalden erin af, en wat we er zoal fluisterden, kon net zo goed het geprevel van een gebed zijn.

Zo kon het lichaam naast het mijne tijdens de halfslaap (die misschien ook de hare was) in een buigzame tempel veranderen, gebouwd rondom het mooiste en begeerlijkste aan haar. Mijn hand klom langs pilaren en koepels omhoog naar de klokkentoren die haar kleppende en luidende hoofd was, bekroond door een piekerig ooievaarsnest, en daarna weer neerwaarts tot aan de zachte, golvende crypte, waar mijn binnentreden fossiele wierookgeuren losmaakte.

Ja, als het zo ging, was de sluimertoestand die aan de ongeremde remslaap voorafging een verrijking: ik leerde er een andere, poëtisch vervormde Corinne door kennen. Zij deed me zo denken aan dat magische kinderspeelgoed, gratis verkrijgbaar bij aankoop van een maxipak waspoeder. Een hoogpotige hond op een plastic sokkel, die na het indrukken van een knop ging liggen en op alle mogelijke manieren van vorm veranderde, volstrekt willoos onder mijn duim.

11

Soms werd ik 's nachts wakker met de gruwelgedachte dat Corinne en ik door geheime, ondoorgrondelijke machten en krachten tot elkaar waren gebracht om... o, lieveheer, nee... om het waterdichte bewijs te leveren dat echte liefde, hoe zeldzaam ook, *bestaat*... en wel als de pest. De gedachte was te angstaanjagend om in de nacht alleen te verwerken. Ik maakte Corinne wakker om haar deelgenoot te maken.

'Er is een woord voor,' zei ze slaperig, een geeuw in het holle van haar hand persend. 'Gebenedijd, geloof ik. Als jij en ik zulk bewijs moeten leveren, Zoeaaf, dan maakt ons dat nog niet tot... hoe heet het... gebenedijde uitverkorenen. Eerder tot, als we dan toch dure woorden zitten uit te kakken, opofferingsgezinde sukkels. Ik hou van jou, maar liever niet in opdracht van de een of andere onzichtbare tiran.'

'Maar, Rinne... *voel* je dan niet dat dit, wat er tussen ons is, veel verder gaat dan een gewone huis-tuin-en-keukenbevlieging... want die had menselijkerwijs allang over moeten zijn. Toch? Wat hier gaande is, zal ons te gronde richten, let op mijn woorden. In een nieuwe *Romantic Agony* zullen we op z'n minst een voetnoot krijgen… bij het lemma verwoestende liefde. Ik meen het.'

'Goed, dan zien we wel weer verder. En anders moeten we onze verliefdheid maar kunstmatig bekorten… Philips heeft tenslotte ook de slijtage in z'n gloeilampen ingebouwd. We vinden wel een manier.'

'Je neemt me niet serieus.'

'Wel in zoverre dat ik vind dat je nu moet gaan slapen. Een gezonde geest in een gezond lichaam is misschien niet haalbaar, maar laat jouw zieke geest dan ten minste in een gezond lichaam huizen.'

'Maak je niet ongerust,' zei ik. 'Ik hou al een stuk minder van je dan toen ik je daarnet wakker maakte. Welterusten.'

Hoofdstuk VII *Begraafplaats Sinte Teresa*

1

Ik maakte me zorgen namens Pijkel – niet namens de gedaante die ze nu had aangenomen, maar namens de persoon die ze na het ontwaken uit haar waan mogelijk weer kon zijn: een jonge vrouw bij haar volle verstand... hooguit neerslachtig wanneer tot haar doordrong dat ze maanden van haar bewuste leven kwijt was, als een ontwaakte comapatiënte. Maar wie in coma lag, was niet in staat tot het plegen van een moord, en dat was nou juist waar Pijkel af en aan van verdacht werd. Natuurlijk, dokter Patist en de zijnen konden aantonen dat de vrouw tijdens haar vermeende daad ontoerekeningsvatbaar was – door zoantropische symptomen. De officier van justitie zou dan weer aanvoeren dat mevrouw Niggebrugge haar gedrag als grote katachtige gesimuleerd had, bijvoorbeeld om onder de druk van haar omgeving uit te komen. In dat geval had ze haar goed gespeelde wanen aangewend om een man ter dood te brengen. De advocaat zou wijzen op het ontbreken van een motief, waarna de openbare aanklager zou repliceren dat het problematisch was een beweegreden te ontlokken aan een verdachte die zich uitsluitend via dierlijk gegrom uitdrukte. 'Behalve wat de buren en de stamgasten van een nabije kroeg de politie verteld hebben, weten wij niets over wat zich rond de dood van de man in de benedenwoning heeft afgespeeld.'

Ik hoopte elke dag te horen te krijgen dat definitief was vastgesteld dat de ongeïdentificeerde man een natuurlijke dood was gestorven. Bij verwurging waren meestal duidelijke sporen aan te wijzen: bloeduitstortingen in de hals... een gebroken tongbeen. Pijkel deed haar best om haar handen als klauwen te presenteren, maar wie ze goed bekeek, kon zich niet voorstellen dat ze kracht genoeg bezaten om een volwassen man te wurgen. Het slachtoffer, als het die status verdiende, had bloeduitstortingen ter hoogte van de sleutelbeenderen, eerder wijzend op hardhandige liefkozingen of liefdesbeten, ook wel met zuigzoenen aangeduid. Nee, van verwurging kon geen sprake zijn, maar de experts sloten een andere vorm van asfyxie niet uit. Verdachte Niggebrugge kon haar identificatie met een tijger zover hebben gedreven dat ze op haar buik over het gezicht van de man was gaan liggen, die op de een of andere manier toch al, bijvoorbeeld door hartfalen, in ademnood verkeerde. (Er waren ook aanwijzingen dat hij aan astma leed.) Ik had wel eens iets gelezen over een huiskat die het zich gemakkelijk had gemaakt op het hoofdje van een slapende baby, die aldus door verstikking om het leven was gekomen. Ik had dat toen afgedaan als een broodje aap, maar een dergelijke doodsoorzaak bleek niet onmogelijk, ook niet bij een verzwakte volwassene. Het bewijs voor zo'n vorm van verstikking was moeilijk te leveren. Ik probeerde me Pijkel in die houding voor te stellen: doodgemoedereerd uitgestrekt dwars over het gezicht van haar minnaar… tevreden spinnend misschien wel… lui oogknipperend of al slapend in sfinxachtige gedaante. Ze voelde de hete ademtocht van de man door haar buikvacht heen… tot die stopte, en zijn gezichtshuid begon af te koelen, en het hoofd niet langer een stoof voor haar was. Ze bleef nog een poos liggen, maar de warmte keerde niet terug… tot haar ongenoegen. Ze hield op met spinnen, verhief zich van het verstarrende gezicht, en zocht zich een slaapplek op de gangloper. In de dagen die volgden deed Pijkel niet veel meer dan slapen naast het roerloze lichaam. Af en toe joeg ze achter een muis aan, maar ze miste de behendigheid om er een onder haar poot te pletten.

Als ze geheel opging in haar tijgerachtigheid zal ze niet op een redding door de dierenambulance gerekend hebben. Uiteindelijk reed de GG&GD voor, afdeling Ongediertebestrijding.

'De rest is geschiedenis,' zegt men dan, maar nee, het begon pas. Haar gedrag vertoonde nauwelijks verbetering. Ze bleef verplegers van De Brouwerij agressief benaderen. Alleen na het eten van voldoende vlees, liefst even aangebraden en nog rauw vanbinnen, kalmeerde ze en ging ze op haar zij liggen slapen. Op De Heuvelrug voorzag het budget van de keuken niet in zoveel biefstuk, zodat er extra fondsen aangeboord moesten worden. Het probleem wilde trouwens maar niet urgent worden, want Pijkel was ontsnapt en bleef onvindbaar.

Ondertussen was de overleden man uit de Retiefstraat nog steeds niet geïdentificeerd, en moest zijn lichaam telkens opnieuw de koellade in. Ik was er een keer getuige van hoe hij erin werd gelegd. Nog voor de lade zich sloot, werd hij door de uitslaande koudewalm geheel onzichtbaar. Ik hoorde in mijn hoofd het slot van de opera *Don Giovanni*, waar de stenen gast zijn gastheer tot de hel verdoemt, en de don de zwaveldamp in tuimelt.

Alles over de anonymus stond in het autopsierapport en het proces-verbaal van de recherche. De sectie zelf was, als het ware laagje voor laagje, op video vastgelegd. Niets stond een begrafenis meer in de weg, ook niet de omstandigheid dat er geen familie gevonden was om hun zoon of broer of oom naar zijn laatste rustplaats te begeleiden.

2

Bruiloften leveren soms nieuwe huwelijken op, maar beloftevolle uitvaarten bestaan eigenlijk niet. Hoopvolle ook niet. Toch was de begrafenis van 'de onbekende man uit de Retiefstraat' in een door *Het Devies* geplaatste rouwadvertentie met tijd en plaats aangekondigd, ongetwijfeld opdat tijdens de sobere plechtigheid toch nog een bekende of familielid van de dode zou komen opdagen. 's Mans gezicht was volgend op de vondst van het stoffelijk overschot in een speciaal 'politiebericht' na het journaal aan de televisiekijker getoond, enigszins op kleur gebracht door iemand van de uitvaartonderneming – ik neem tenminste aan dat politiebureaus er geen eigen lijkengrimeur op na houden. De foto, maar dan korreliger, had ook in de krant gestaan, zij het niet bij het rouwbericht. Er had zich bij mijn weten tot nu toe niemand gemeld. 'Geen hond', zou ik ook kunnen zeggen, rekening houdend met de mogelijkheid dat de overledene er een hond op na hield, die inmiddels, gestuurd door geur of instinct, de weg naar zijn baas teruggevonden had – al lag die inmiddels in een eigen hok. Eind goed, al goed... maar zo mooi steekt de wereld niet in elkaar, en de verhalen over trouwe viervoeters die eigenmachtig op de tram naar huis springen, zijn schaars en twijfelachtig.

De teraardebestelling zou op Sinte Teresa plaatsvinden, het katholieke kerkhof aan de Spaarndammerdijk. Bij de heilige Teresa moest ik altijd denken aan een uitspraak van haar waarnaar Truman Capote zijn grote proustiaanse werk over de Amerikaanse elite wilde vernoemen: *Answered Prayers*. ('Er zijn meer tranen vergoten over verhoorde gebeden dan over niet verhoorde.') Na de eerste voorpublicaties kreeg de schrijver het met diezelfde machtige elite aan de stok, en wel tot verlammens toe, want het bleef uiteindelijk bij die paar tijdschriftpublicaties, samen goed voor een allerminst proustiaans dun boekje, nog steeds *Answered Prayers* geheten en met de woorden van de heilige Teresa van Avila als motto. Op een zeventiende-eeuws schilderij is zij in een kloosterkeuken te zien terwijl ze stukjes aardappel in de olie frituurt: de oudst bekende afbeelding van een frietkot (de aardappel, ingevoerd uit Zuid-Amerika, was nog maar net begonnen aan z'n zegetocht door Europa, aangezwengeld door de kloosterhoven). Er zijn aanwijzingen dat de beroemde heilige de uitvindster was van de patates frites – *die* bede van haar is in ieder geval, kunnen we achteraf vaststellen, ruimschoots verhoord.

3

Het was niet voor het eerst dat ik, namens de GG&GD, een anonieme dode op Sinte Teresa ging begraven. Als de identiteit later alsnog werd vastgesteld, bijvoorbeeld omdat de man door familie gemist werd, hoefde de kist alleen maar verplaatst te worden van de Hoek der Anoniemen naar de Hoek der Geïdentificeerden.

Het gezelschap was iets groter dan normaal bij zo'n begrafenis op kosten van de gemeente. Corinne, die 'zoiets wel eens wilde meemaken', ging mee, net als mijn vader, die hoopte enkele nog niet gepensioneerde collega's van Ongediertebestrijding te treffen. Tot mijn verrassing was de kroegbaas van de Ape-Retief er ook, hoewel hij tegenover de politie geen goed woord over had gehad voor zijn onregelmatige stamgast, wiens naam hij zelfs nooit op de rekening had genoteerd.

'Ik begeleid mijn bezoekers altijd naar hun laatste rustplaats,' zei hij, 'dus deze ook. Hij was niet mijn voorbeeldigste klant, maar dat doet er nu niet meer toe.'

Hij vertelde er niet bij dat hij onder de bar een mandje had aangetroffen met, dacht hij, alle onbetaalde drankrekeningen van de overleden man. Misschien hoopte hij op het kerkhof een familielid te treffen dat hij kon aanspreken op de schuld – wat niet gemakkelijk zou zijn met al die optellijstjes waarop zelfs geen initiaal vermeld stond. Enfin, familie van de overledene leek er sowieso niet te zijn. De GG&GD werd alleen vertegenwoordigd door mij, en een beetje door mijn vader. Er was iemand van de Stopera, die over het 'begraven van den arme' ging, en natuurlijk de onvermijdelijke dichter van het collectief De Gladiolen, die zijn 'universele gelegenheidsgedicht' bij de open groeve zou voordragen. Ik sprak hem even.

'Er was dit keer wel erg weinig kennis over de anonymus te vergaren,' zei hij. 'De naaste buren hadden het alleen over stankoverlast, en dat hij 's nachts vrouwen uit de kroeg mee naar huis bracht die de hele straat bij elkaar brulden. Daar valt weinig poëzie van te maken. Ja, ik ben gaan navragen in het café, maar een erg kleurrijk kroegleven hield hij er ook niet op na.'

'Zover ik weet,' zei ik, 'was het steeds dezelfde vrouw die hij oppikte. Ze verbeeldde zich een tijgerin te zijn... vandaar het gebrul.'

'Zo hoopte ze hem te plezieren...' zei de dichter invoelend.

'Nu hij dood is, denkt ze nog steeds dat ze een tijgerin is. Er is een plaats voor haar gereserveerd in een kliniek. Het schijnt een serieuze kwaal te zijn.'

'Had ik dat geweten... een gedicht knapt altijd enorm op van het optreden van een tijger.'

(Later zou hij, zonder tijger, zijn gedicht voordragen boven de anonieme groeve. Het ging over eenzaamheid, in je eentje sterven, een naamloos graf... begrippen die de dichter hier vast al eens eerder, met de nodige variaties, had gebruikt. Een lijk bewaakt door een vrouw die denkt dat ze een grote katachtige is, dat had zeker andere poëzie opgeleverd.)

4

In de aula dacht ik wel zo'n beetje aan iedereen voorgesteld te zijn, maar buiten, in de buurt van de open groeve, zag ik nog een onbekende vrouw. Het was niet meteen duidelijk of ze bij het rouwgezelschap hoorde, dan wel een speciaal graf zocht, want ze liep van zerk naar zerk, zich hier en daar vooroverbuigend en een tekst lezend met bewegende lippen. Ze verwijderde zich niet ver van ons, en keerde toen aarzelend en beschroomd op haar schreden terug. Ze droeg een boeket bloemen bij zich, dat ze zo achteloos mogelijk (en daardoor juist des te opvallender) langs haar lichaam af liet hangen, half verscholen achter een been.

'Weet u misschien,' vroeg ik de beheerder, 'wie die vrouw daar is?'

Ik hoopte hevig dat ze een familielid van de dode man was, die ze bijvoorbeeld van de lugubere foto bij het politiebericht op televisie herkend had.

'Dat moet u aan de uitvaartleider vragen,' zei hij. 'Die heeft een lijst van alle aanwezigen. Zoals u ziet, zal dat geen al te lange zijn.'

'Als zij, zeg, een zus van de overledene is, die dus zijn identiteit kent... wat doet u dan? Hier in de hoek van de anonymi begraven kan dan niet meer.'

'Godschristeneziele, daar vraagt u me wat,' zei de beheerder ontdaan. Hij zag al grauw, en werd nog een tint bleker. 'Zo'n akkefietje heb ik hier nog niet eerder aan de hand gehad... mijn vader vroeger ook niet. De consequenties zijn niet te overzien. Dan zou de kist weer naar binnen moeten... deksel eraf voor identificatie. Politie erbij... afijn, er *zijn* al twee stillen hier. Ja, dan zal er een nieuw graf gedolven moeten worden, aan de geregistreerde kant. Dan blijft deze kuil vol regenwater liggen wachten op de volgende onbekende. Goh, mevrouw Egberts, u bent me er een... als u nog 's iets heeft. Ik raak helemaal van mijn stuk... heel slecht voor mijn parkinson.'

'Niets is nog zeker,' zei ik. 'Staat u mij toe de dame even aan te spreken... dan houdt u ondertussen de ceremonie tegen.'

Onderweg nam ik Corinne bij de arm. Ik fluisterde: 'Loop even mee... ik heb je nodig.'

De vrouw moest een jaar of zeventig zijn – keurig gekapt witgrijs haar, maar zonder enge blauwspoeling. Op die leeftijd worden lippen smaller, dus wie ze opvallend wil verven, wordt gedwongen buiten de lijntjes te kleuren. Zo ijdel was deze dame niet: ze had haar mond maar eventjes met een roze lipstick aangestipt, en daarbij stulpte ze haar lippen ook nog naar binnen, alsof ze zich verontschuldigde voor het beetje make-up. Ze rook naar haarversteviger en pepermunt.

'Ik blijf maar even, hoor,' zei ze uit zichzelf. 'Ik wil niet storen.'

'U bent hier als... als enig familielid?'

'Er is verder weinig familie over.' Ze sloeg haar ogen neer. 'Ik hoorde bij toeval van de begrafenis.'

'Uit de krant, neem ik aan,' zei Rinne. 'Het stond in *Het Devies*.'

'Ik lees dat blad niet,' zei de vrouw. 'Bij de kapper hadden ze 't erover... die zit net achter de Retiefstraat, waar het gebeurd is.'

'Bent u niet meteen naar het politiebureau gegaan om te zeggen dat u... familie bent?'

'Nee, waarom? Ik hoorde dat de begrafenis op Sinte Teresa was, en ik ben meteen na de kapper hierheen gereden.'

'Bent u zich ervan bewust,' zei ik, 'dat de begrafenisonderneming, namens de gemeente, op het punt staat om de kist in een anoniem graf te laten zakken?'

'Dat gebeurt hier wel vaker... dronken buitenlanders die in de gracht gelopen zijn. Niemand mist ze blijkbaar.'

'U miste wel iemand,' opperde Corinne voorzichtig.

'Nou, om u de waarheid te zeggen... niet op stel en sprong. We hadden niet zoveel contact meer. Ik hoorde van een nicht van me wat er gebeurd was... die leest namelijk wel *Het Devies*.'

'Ziet u die twee mannen daar staan?' zei ik. 'Dat zijn rechercheurs. Zal ik u naar ze toe brengen? Dan kunt u vertellen om wie het gaat.'

'Maar... dat weten ze toch allang? Volgens mijn nicht stond de naam gewoon in *Het Devies*... afgekort, dat wel, maar door de opvallende voornaam wist ze meteen om wie het ging. Er stond ook een foto bij van de verdachte... met een balkje natuurlijk.'

'Wacht even, mevrouw... hebben we het wel over dezelfde persoon?'

'Ja, mijn andere nicht, Pijkel... Pijkel Niggebrugge. Ze is nu geen verdachte meer, want die man, die schijnt een natuurlijke dood gestorven te zijn. Hartstilstand of zo… geen moordgeval. Ik hoorde van de kapper dat hij vanmorgen hier begraven zou worden. Bij The Wave konden ze me geen naam geven. Ik dacht zo: Pijkel had iets met de dooie… die zal vast wel op de uitvaart zijn. Ik ging ervan uit dat ze wel een arm om zich heen kon gebruiken. Arm kind, en ze *is* al zo zwaar getroffen door die circustoestand. Al die operaties… en dan een zware revalidatie. Ik trek het me extra aan, want ik heb haar als tante zo ongeveer grootgebracht.'

'Mevrouw, ik wil u niet teleurstellen,' zei Rinne, 'maar Pijkel is hier niet. Ze is voortvluchtig.'

'Dan is ze dus toch verdachte…'

'Ze is in de Retiefstraat in verwarde en verwaarloosde toestand aangetroffen,' legde ik uit. 'In gezelschap van de dode man, die nog steeds niet geïdentificeerd is. Toen ze van de GG&GD op de Verlengde Achtergracht overgebracht werd naar een kliniek in 't Gooi, is ze gevlucht. Ze zwerft nu rond door Amsterdam en omstreken… eet uit vuilnisbakken. Soms wordt ze gezien, en is dan ineens weer gevlogen.'

'O, wat vreselijk.' De vrouw legde een hand over haar mond, en hield voor even de adem in. 'Is ze nog steeds in de war, denkt u?'

'Ze moet nodig verpleegd worden,' zei Rinne. 'Ze is er psychisch ernstig aan toe. Zolang ze over straat zwerft, is ze een gevaar voor zichzelf en anderen.'

De ogen van de vrouw dwaalden naar de graflift. 'Heeft Pijkel de politie dan niet verteld hoe hij heet… wie het is?'

'Ze is haar spraak kwijt… en is ook verder volstrekt van de wereld,' zei ik. 'Het is nog maar de vraag of ze ooit terug te halen is naar onze werkelijkheid.'

'O, lieve heer god, wat een verschrikking.' De vrouw begon te huilen. 'En hij daar, in zijn kist, kan ook niet meer vertellen wat er gebeurd is. Ik ga maar weer. Ik heb hier niets te zoeken.' Ze reikte Rinne de bos bloemen aan. 'Als u die namens mij bij het graf wilt leggen. *Wat* er ook tussen hem en Pijkel was, het kan niet niks zijn geweest... dan heb ik hem toch een afscheidsgroet gebracht.'

5

'Golden Wonder Boy is er ook,' zei Corinne met alle minachting die ze kon opbrengen. 'Een gigolo op de uitvaart van een onbekende man... hoopt hij hier misschien een weduwe te verschalken?'

'Als er een weduwe zou zijn, dan ook een naam en een identiteit,' zei ik. 'De politie heeft in de Retiefstraat naar een trouwboekje gezocht... maar niks.'

'Hoeren, ook mannelijke, schuimen wel vaker crematies en begrafenissen af,' zei Rinne. 'Tranen met tuiten, daar worden sommige vrouwen hitsig van... ze krijgen behoefte aan troost, en dat reikt wel even verder dan een schouderklop of het aanreiken van een papieren zakdoekje. Als Parel Paërl rijk wil worden, moet ze het op een akkoordje gooien met de uitvaartondernemers van Amsterdam.'

'Misschien heeft ze met het sturen van Tibbolt een begin gemaakt,' zei ik. 'Ik weet dat je van hem walgt, Rinsi, maar laten we toch maar even een babbeltje met hem gaan maken. Het zou kunnen dat hij iets meer weet over de man in de kist. Hij heeft waarschijnlijk als laatste Pijkel gesproken toen ze nog bij haar volle verstand was... net voordat ze bij Ape-Retief de onbekende om de hals vloog.'

'Nou, vooruit dan... met frisse tegenzin.'

De deelnemers aan de uitvaart stonden wat onwennig verspreid over het brede grindpad dat langs de graven en de open groeve liep. De kist moest nog de aula uit gedragen worden. Ja, wat voor gezicht trek je bij de teraardebestelling van een anonieme dode? Niemand kan zijn heengaan betreuren – het verdriet versmalt zich tot de notie dat er een *mens* is gestorven, en dat is toch echt te weinig om de tranen de vrije loop te laten. Wel een mooie setting voor een toneelstuk – misschien dat Albert daarom zo graag mee wilde. Hij stond verderop met mijn vader te praten, die zijn beste pak had aangetrokken. De begrafenis van een ongeïdentificeerd lijk, met rond de groeve een door toeval bijeengeworpen gezelschap... zat daar drama in? Wel als er iemand opdook die beweerde de dode te kennen, en daar (naar waarheid of verzonnen) het bewijs voor zei te kunnen leveren. Ook zou kunnen blijken dat de aanwezigen stuk voor stuk de identiteit van de overledene wel degelijk kenden. Wat was hun onderlinge relatie? Hoe kwam de gekiste aan zijn eind? Wat waren de gevolgen voor de afzonderlijke leden van het gezelschap?

Albert zou ongetwijfeld teruggrijpen naar het toneelwerk van Genet, en dan vooral *Les Nègres*, dat zich rondom een lijkbaar afspeelt. Hij nam geen genoegen met een glasheldere psychologisch drama, het moest zwaar en duister – dat was hem door de theatercritici vaak genoeg verweten.

'Zo, Tib,' zei Corinne poeslief, 'wie heeft je een halve dag vrijaf gegeven... Oll'opa of madam Paërl?'

'Zover ik weet, ben ik u geen verantwoording verschuldigd, mevrouw Suwijn,' zei Tibbolt. 'Ik ben eigen baas.'

'Verantwoording... nou, op een moreel plan wel degelijk,' zei mijn lieve Rinne dapper. 'Ik laat mijn dochter niet als voetveeg gebruiken. Wees eerlijk tegen haar.'

'Ik heb u alles opgebiecht, mevrouw... als u zo dik bent met Rita, nou, wat let u? Ik heb u geen zwijgplicht opgelegd.'

'Dat noem ik lafheid met trots... de schoonmoeder als boodschapster misbruiken.'

'Het verbaast me je hier te treffen, Tib,' zei ik. 'Heb jij de dode man gekend?'

'Geen idee wie het is,' zei Tibbolt. 'Sterker, het interesseert me ook geen ene moer. Alleen in zoverre...'

‘Gooi het er maar uit, jongen,’ zei Corinne, haar mooie gezicht steeds meer van woede vertrokken.

‘Ik snap niet waarom Pijkel naar die man toe ging,’ zei hij, ‘nadat zij en ik ’s middags samen waren geweest…’

‘In De Verscheurde Kamer,’ zei ik. ‘Na de therapie.’

Hij keek in de richting van zijn psychopompos. Patist stond met mijn chef van de GG&GD te praten. Tib zei: ‘Ik zal maar niet vragen hoe jullie aan die informatie komen. Die shrinks van tegenwoordig toch… zelfs hun beroepsgeheim is ze niet meer heilig. Ik ga een klacht indienen bij de medische tuchtcommissie.’

‘Als je dat maar uit je hoofd laat,’ zei Rinne. ‘Ik begin desnoods een lastercampagne over jou… onder alle vrouwen van zekere leeftijd in Zuid.’

‘Amsterdam is groter dan dat,’ zei Tib. Hij trok een brutaler gezicht dan hij aankon, zodat er iets van angst doorheen brak. Hij overspeelde zijn hand. ‘GWB opereert in heel Nederland.’

‘Zoals het een uitzendbureau betaamt,’ zei Rinne. ‘Tegenwoordig hebben we internet. Eens zien hoe ver ik daarmee kom. Desnoods zet ik Rita op je spoor… dan kan ze direct kennisnemen van je ranzige praktijken.’

‘Ik ben een ander nu,’ zei Tibbolt, ‘en die ander heeft niets te verbergen.’

‘Hoe zit het voor jouw vak eigenlijk met het afdragen van inkomstenbelasting?’ Rinne had haar tanden in hem staan. ‘Je vangt vast ook veel fooi… *tips* voor Tib.’

‘Waar ziet u me voor aan, mevrouw Suwijn? Ik ben geen ober.’

‘Erger. Obers likken niet. Jij wel… alles wat ze maar willen. Voor zolang als het duurt, hebben ze je gekocht. Je likt meer dan alleen hun hielen. Ze geloven in de helende werking van jouw spog…’ Rinne sprak het woord uit alsof ze het ook echt uitspuugde. ‘Het is botox voor ze. Smeer het over ze uit… en vergeet de tanige olifantshuid tussen hun borsten niet. Speeksel trekt in de rimpels. Het voelt alsof ze de strakke huid van hun meisjesjaren terugkrijgen. Nog even kwijlen in de hals om de kalkoenlel weg te werken... met de tong de ogen omcirkelen. Alles bij elkaar wel een fooitje waard. Servicebeurt all-in.'

'U klinkt wel erg verlekkerd, mevrouw. Als u van mijn diensten gebruik wenst te maken... ik ben niet erg eenkennig. Familie sta ik korting toe.'

En weer die vlaag van angst achter zijn bravoure.

'Zeg eens eerlijk, Tib,' zei ik, 'hoopte je Pijkel hier te treffen?'

'Alsjeblieft niet, zeg... ik heb gehoord hoe ze eraan toe is. Ik tref haar liever niet in het wild, zogezegd.'

'Patist heeft je ingelicht,' raadde Corinne.

'Ik kan geheel zelfstandig kranten lezen, mevrouw. Mijn opa verkoopt *Het Devies*. Er stond een interessant artikel in over... over... nu ontschiet het woord me even.'

'Zoantropie,' zei ik.

'Dat zocht ik. Het was aan de hand van het geval-Pijkel... een eyeopener. Ik snapte toen pas waaraan ik ontsnapt was in die rommelkamer.'

'De Verscheurde Kamer,' zei ik.

'Zo noemde ik 'm een keer tegenover de shrink... om ook eens een beetje dichterlijk uit de hoek te komen. Omdat Patist zijn beroepseed kennelijk aan zijn laars lapt, en alles rondklept, is die kapotgescheurde kamer een eigen leven gaan leiden.'

'Hoe gedroeg Pijkel zich daar?' vroeg Corinne, al iets minder agressief.

'Niet echt iets om een schoonmoeder aan haar neus te hangen,' zei Tibbolt. 'In ieder geval was er niets te merken van wat ik in de krant over haar las, over die tropische zone en zo. Anders hadden jullie *mij* hier kunnen begraven... aan de andere kant van de heg dan. Nou, mooi dat ik nog leef... wat niet gezegd kan worden van haar drinkmaatje uit de Retiefstraat. Zeg eens eerlijk, mevrouw Egberts... heeft Pijkel hem vermoord?'

‘Dat zou je wel willen, hè,’ zei ik. ‘Dan kon je overal rondvertellen, aan je menopauzeklantjes en zo, hoe je aan de dood door Pijkels hand was ontsnapt. Nee, er bestaat geen enkel bewijs voor moord. Het was waarschijnlijk een natuurlijke dood. Mogelijk een hartstilstand.’

‘Waarschijnlijk… mogelijk,’ herhaalde Tib. ‘Na een geslaagde moord staat het hart ook stil.’

En weer was daar de angstige gedachte dat Pijkel in haar gestoorde verwarring toch een man gedood had, waarvoor ze na het ontwaken uit haar wanen juridisch ter verantwoording zou worden geroepen. Patist was overtuigd van haar zoantropie, maar het leek niet erg aannemelijk dat uitgerekend hij, haar psychiater, als getuige-deskundige zou worden opgeroepen. Natuurlijk, er waren uit de praktijk en uit de psychiatrische literatuur gevallen van zoantropie bekend, maar veel was het niet, en in mijn hoofd hoorde ik de openbare aanklager als een refrein het woord ‘sprookjes’ herhalen.

‘Het is me nog altijd niet duidelijk,’ zei Rinne, ‘waarom jij, met je drukbezette leven, hiernaartoe gekomen bent. Ik schat om een rivaal de grond in te zien gaan… al snap ik dan nog steeds niet hoe jij, met je afstompende dienstverlening, iemand als een concurrent zou kunnen beschouwen.’

‘Ik ben ook nog een *mens*, ja?’ zei Tibbolt scherp. ‘Pijkel en ik liepen bij dezelfde psychiater… en zaten op den duur samen bij hem in therapie.’

‘De Verscheurde Kamer-methode,’ zei ik.

‘Dat komt voor uw rekening, mevrouw Egberts. Laat ik het zo zeggen… ik heb voldoende met Pijkel te maken gehad om hier voor haar aanwezig te zijn… ook al kan ze er zelf niet bij zijn.’

Uit de zak van zijn jack klonk een metalige klik, die hem afleidde. Hij trok een klein opnameapparaat tevoorschijn, dat zojuist, kennelijk omdat het bandje op was, afsloeg. Hij haalde de kleine cassette eruit, stak het ding er achterstevoren weer in en schakelde naar OPNAME. Het toestelletje verdween weer in zijn zak.

'O, je neemt dit gesprek op,' zei Corinne verbaasd. 'Wou je ons erbij lappen?'

'Ik registreer alles,' zei de jongen, op bijna normale toon. 'Ik wil het hele proces van de metamorfose... van hoe ik een ander word... dat wil ik op tape hebben. Als er geen mensen bij zijn, spreek ik mijn gedachten en ideeën in. Hoe ik het ervaar en zo. Op het laatste bandje moet te zijner tijd een heel andere persoonlijkheid te horen zijn dan op het eerste.'

Rinne bleef cynisch. 'Je romantische samenzijn met je klantjes... mevrouw Kuetsch-Lojenga en barones Walravinne en hoe ze mogen heten... komt dat ook allemaal op tape te staan? Jouw opvrijpraatjes... hun geile gekir... het piepen van de roestige kier... dat zal me een mooie verzameling opleveren. Stuur voor de aardigheid eens een bandje naar Rita, en schrijf er dan bij dat het een akoestische liefdesverklaring is... voor haar.'

'In een film van Ingmar Bergman komt een wetenschapper voor die, in het nauw gedreven, een gifpil neemt,' zei Tibbolt. 'Terwijl hij de capsule kapotbijt, houdt hij een handspiegel voor zijn gezicht... om de werking van het gif erop te bestuderen. Wetenschap bedrijven tot het uiterste... dat doe ik ook. Bij mij is het alleen een langzamer proces. Hoe verandert het ene karakter in het andere? Het moet minutieus worden vastgelegd... en ik leen me voor dat experiment. Het is waarschijnlijk onomkeerbaar, dus de oude Tib komt nooit meer terug. Hij heeft zich van zijn dood ontdaan zonder te sterven. Hij leeft voort in een andere persoon. Movo.'

'Waar staat dat Movo ook alweer voor?' wilde ik nu wel weten. 'Een Italiaans genie?'

'Moeilijke voeten,' zei Tibbolt.

'Curieus,' zei Rinne. 'Je noemt de nieuwe persoonlijkheid naar de handicap van de oude. Zo blijft de oude Satink in zijn gestrompel zichtbaar... geen vergissing mogelijk.'

'De metamorfose is niet, als bij Ovidius, een fysiek proces, maar mentaal. Ik behoud mijn lichaam, dus ook mijn moeilijke voeten, die in de oude huid het nieuwe karakter voortdragen. Ik ben me er wel van bewust dat de nieuwe persoonlijkheid... als het ware van binnenuit... zijn eigenschappen in mijn gezicht en lijf zal afdrukken.'

'Ik snap nu,' zei Rinne, 'waarom ik je de laatste tijd steeds onsympathieker ben gaan vinden. De vraag is of je dat rotkarakter niet al *had*... nog zonder dat het zich naar buiten had gekeerd.'

Tibbolt keek mij aan. 'Vroeger, mevrouw Egberts, werd ik de ideale schoonzoon genoemd... ook door mevrouw Suwijn. Hoor wat er van die reputatie over is. Zo begint grondige verandering.'

'Vertel eens, Tib,' zei ik, 'jij als professional van GWB... heb je je door Pijkel voor je amoureuze diensten laten betalen... of vielen ze onder de therapie van dokter Patist? In dat geval zullen ze wel worden vergoed door de ziektekostenverzekering. Toch?'

'Ik begrijp niet waar u heen wilt. Pijkel begon na afloop met bankjes te wapperen. Ik heb het geld geweigerd. Ik wilde haar helpen... alleen maar helpen. Voor oprechte hulp ga je geen uurtarief rekenen. Dat zou...'

Op dat moment werden we alledrie, samen met nog andere aanwezigen, afgeleid door een vlieger die vlakbij werd opgelaten, waarschijnlijk op het aanpalende terrein, dat braak lag om te dienen als uitbreiding voor de begraafplaats. ('Jonge aanplant van zerken,' had de beheerder gezegd, 'die hopen de eerste nachtvorst te overleven.') Het was een vierkante vlieger, in de vorm van een korte zuil, met vier staarten vol papieren strikken. Opmerkelijk toch hoe iedereen, jong en oud, altijd verheugd opkeek naar zo'n klapperend relict uit de kindsheid, dat we nooit ontrouw waren geworden. De wind, hier op de grond nauwelijks voelbaar, stuwde het bouwsel van latten en papier met aanzienlijke snelheid omhoog – tot het roffelen in een egaal geruis overging. Tibbolt volgde de vlieger met een hand boven de ogen, alsof het heikele onderwerp van zijn gigoloschap er opeens niet meer toe deed. Hij straalde, deze metamorfosist, alsof hij op dat moment niets liever had gedaan dan zelf voor een vlieger uit hollen, al was het dan over een nog onontgonnen kerkhof.

'Nee, Tib, nu niet wegkijken... ik vroeg je wat. Hoe dacht je Pijkel te helpen?'

'Haar d'r waardigheid enigszins teruggeven misschien? U heeft zelf haar littekens gezien... in haar gezicht ook. Die vrouw was door iedereen uitgekotst, om te beginnen door haar werkgever van Animali. Ik probeerde haar het gevoel terug te geven dat ze eigenlijk een aantrekkelijk meisje is.'

'Daarvoor schakelde je je professionele trukendoos in,' snauwde Corinne. 'Of zit tederheid ook in het pakket?'

'Ik praat niet meer met u.'

Toen vroeg ik het maar: 'Was Pijkel beledigd of teleurgesteld dat je haar goeie geld niet aannam?'

'Een beetje verbaasd... nee, opgelaten eerder.'

'Ze geloofde niet meer in belangeloze liefde...'

'Misschien was dat het.'

'Was het niet eerder zo, Tib, dat jij en Pijkel een *gemeenschappelijk* belang hadden? Een transactie die met gesloten beurzen kon plaatsvinden...'

'Ik volg u niet, mevrouw Egberts.'

'Denk maar eens goed na. Ik heb het over de verwondingen van je moeder... opgedaan bij jouw geboorte... of vlak ervoor, het is maar net hoe je het bekijkt.'

'Wat hebben die ermee te maken?' En zich tot zijn gewezen schoonmoeder wendend: 'Ik snap het al... mevrouw Suwijn heeft over mijn familie uit de school geklapt.'

'Ik heb haar over je moeder verteld,' zei Rinne. 'Haar ongeluk bij de Schipholtunnel... de bevalling op de snelweg... haar kapotte lijf. Ik heb geen verband gesuggereerd tussen haar littekens en die van Pijkel... wat niet wegneemt dat jouw stukke voeten als het ware een voetnoot zijn bij de verwondingen van je moeder.'

'Nou, *clever* hoor,' hoonde Tibbolt. 'Hoe *kom* je er zo op. Zo'n schoonmoeder die genadeloos de verbanden legt willen we allemaal wel.'

'Het is geen geheim, Tib,' zei ik, 'dat je getraumatiseerd bent... geobsedeerd ook... door het verfomfaaide lichaam van je moeder... sorry dat ik even geen fatsoenlijker woord bij de hand heb.'

'O, daar hebben we het loslippige beroepsgeheim van de psychopompos weer,' zei Tibbolt. 'Zonder hem zou de wereld van vraagtekens aan elkaar hangen... als zo'n rits paperclips, weet je wel, vers uit het doosje. Ik speelde er als kind mee, in het kantoortje van Oll'opa.'

'Corinne en ik zijn niet gek, Tib... om het verband te leggen is het echt niet nodig dokter Patist zijn eed te laten breken. Ik wed dat hij jullie aan elkaar gekoppeld heeft, jou en Pijkel, om een wederzijdse genezing te bewerkstelligen.'

'O, zeker. Door zijn koppelpraktijken denkt Pijkel nu dat ze een tijger is... en ik... ik heb nog steeds de krankzinnige behoefte om met mijn ouwe moer naar bed te gaan. Nou goed?'

'Het is wel de reden,' zei ik, 'dat je uit het ouderlijk huis geplaatst bent. Daarvoor hoefde Patist zijn zwijgplicht niet te doorbreken, maar wel je grootvader. Je was een gevaar voor je moeder *en* je vader.'

'Blijkbaar ook voor Pijkel,' zei Tibbolt sarcastisch. 'En misschien ook wel voor al die vrouwen op de klantenlijst van Parel Paërl. Seriemoordenaars in spe raad ik aan eerst gigolo te worden... dan gaan de deuren willig open, zonder een spoor van braak.'

'Pijkel was net zo gehavend als Ulrike,' kwam Rinne tussenbeide. 'Alleen niet door autoblik, maar door roofdierklauwen. Misschien was Pijkel simpelweg te jong om de rol van je gewonde moeder op zich te nemen. Een leeftijdsverschil van tien jaar... dat maakte de verhouding in De Verscheurde Kamer er niet reëler op.'

'U bent midden veertig, als ik het goed heb, mevrouw Suwijn,' zei Tib. 'Misschien bent *u* bereid de rol van mijn moeder te vervullen. Het kost u wel wat striemen om uw huid op het ouwe vel van Mammul te laten lijken... maar daar moet een mouw aan te passen zijn. Wie weet, genees ik met uw hulp van mijn obsessie, en wordt alles ook weer goed tussen Rita en mij. Trouwens...'

We werden opnieuw afgeleid, ditmaal door de dragers van de uitvaartonderneming, die met de kist uit de aula kwamen. De gesprekken verstomden, en iedereen keek toe hoe de lijkkist op de graflift werd geplaatst. De schaarse bloemboeketten die naast de kuil lagen, waaronder dat van Pijkels tante, werden op het deksel gelegd. Het aluminium platform van de lift wiebelde wat na, ofschoon de vracht in de witgeschoeide handen van de kraaien geen al te zware indruk had gemaakt. Het klopte met de bevindingen van de patholoog-anatoom: de onbekende man was beduidend lichter dan zijn lengte toestond, en zelfs mager te noemen. *Als* hij gestorven was aan een hartstilstand, dan niet door overgewicht.

Tibbolt was intussen van ons weggelopen, richting Patist, die hij ongetwijfeld ter verantwoording ging roepen voor wat hij diens 'loslippigheid' genoemd had. Zijn obscene voorstel aan zijn schoonmoeder was in de lucht blijven hangen. Ik nam Rinne bij de arm – niet bij de pols of de elleboog, maar hoger, waar de nog onvolgroeide krulletjes van haar okselhaar voelbaar werden, vochtig van haar heerlijke zweet. Het stadium van hand in hand ergens verschijnen om een politiek correct *statement* af te geven, hadden we overgeslagen. Handen die zich verstrengelden, golden voor ons nog steeds als liefkozing, niet als activistisch signaal voor anderen. Ik leidde haar wat dichter op de groeve toe. Ik legde mijn hoofd zijdelings op haar schouder, en fluisterde: 'Als jij Albert eind jaren zeventig sprak, had hij het dan wel eens over zijn filosofische systeem... de claustronomie?'

'Zelfs in zijn slaap nog,' zei Rinne zacht. 'Ik kan me niet veel andere onderwerpen herinneren.'

'Net wat ik dacht... en dan bij mij nog een keer op herhaling. Zijn wereldbeeld was volstrekt claustrofobisch... de eindeloos ingekapselde mens. Doosje in doosje in doosje... een duveltje zonder veer. Nu ik daar de kist zie staan, met inhoud, besef ik dat hij in zijn proefschrift geen aandacht besteedde aan het natuurlijke slot van de claustronomie: de mens opgesloten in zijn eigen lijk, en dat in een kist... en die weer in een iets ruimer bemeten kuil met een bodempje grondwater, en daar dan een vracht aarde overheen... afgedekt met een zerk.'

'Misschien wilde hij er niet aan... uit bijgeloof.'

'Dat zou dan weinig filosofische moed verraden.'

'Hoe moet een wezen dat levenslang in een pillendoosje op de bodem van een schoenendoos verblijft... hoe moet zo'n blind, bleekzuchtig figuur voldoende dapperheid verzamelen om de uiterste consequentie van de claustronomie het hoofd te bieden? De dood is er al.'

Ik kneep Corinne in het zachte vlees van haar bovenarm, want de mensen het dichtst bij het open graf keken om naar wie daar zo slissend stonden te fluisteren. Rinneke keek me besmuikt aan, en beet op haar onderlip. Mooi toch hoe de begrafenisgangers hier zoveel eerbied wisten op te brengen voor een anonieme dode. Het was waar... een gestorvene die je bij leven en welzijn niet gekend had, was moeilijk haatbaar. Liefhebben of de nagedachtenis vereren leek nog problematischer.

De film *Casino* van Scorsese zag ik destijds meteen na het uitkomen, met vriendinnen. Ik nam Albert er ook nog een keer mee naartoe. De voice-over aan het begin sprak van '*holes in the desert'* – bedoeld waren de grafkuilen die de maffia van Las Vegas de slachtoffers liet graven, voordat ze er zelf voor dood in achtergelaten werden. Ik wees Albert op de omissie in zijn dissertatie. Rondom de neonverlichte rots waar ingenieurs water uit geslagen hadden om er gondels in rond te laten drijven, en waar een leger eenarmigen de poet liet rinkelen, lag vastgepind aan cactusnaalden de metafoor van zijn claustronomie: een lap woestijn als de korst van een stinkende gatenkaas. Hij had er niet van terug.

6

Mijn blik schampte telkens langs de kist, en zwierf dan weer vrijelijk langs al het omringende: de bomen, de hagen, de zerken. De oude stenen groen uitgeslagen, de nieuwe van roze of lichtgrijs marmer en vaak hartvormig. Er was altijd een moment, doorgaans vlak voor het zakken van de kist, dat ik me de overledene, zoals die nu voorgoed aan het oog onttrokken onder het vastgeschroefde deksel lag, voor de geest probeerde te halen, en dan prevelde ik een paar keer zijn of haar naam, misschien bij wijze van laatste afscheid. Nu rustte er een naamloos iemand in, dus had ik niets te mummelen. Geen bekende om over te treuren, dat scheelde alweer – zou je denken. Maar zo makkelijk kwam ik er niet van af. In mijn hoofd gonsde een oud nummer van de groep Traffic. '*No face, no name, no number,*' zong Steve Winwood. De onbekende in de kist was wel degelijk geïdentificeerd – als mens, met als speciaal kenmerk: van het mannelijk geslacht. Dat was al heel wat. Plus de openstaande mogelijkheid dat op een dag iemand... een kennis, een familielid... het verzakte gezicht op het vergeelde politieaffiche herkende, als eerste stap op weg naar een volledige identificatie. Het graf zou dan worden geopend om de kist naar de dodenakker met namen en jaartallen over te brengen. Ongetwijfeld zou ook het deksel gelicht worden teneinde zekerheid te verkrijgen. Het allermooiste zou zijn als Pijkel op een dag uit haar tijgerwanen zou ontwaken om de identiteit van haar gestorven minnaar te onthullen. Tenzij... de zoantropie haar geheugen definitief gewist had, bijvoorbeeld vanaf het gebeuren in De Verscheurde Kamer. Dezelfde avond nog zagen de stamgasten van Ape-Retief haar de kroeg binnenkomen en de onbekende gast begroeten 'als een oude vriend'. Ook toen al vertoonde ze klim- en bijtgedrag, en kwam er voornamelijk gegrom uit haar keel. Niemand daar kon zich een verstaanbaar woord uit haar mond herinneren.

Had de stervende in zijn laatste minuten iets aan haar gehad? Of had hij net zo goed in volstrekte eenzaamheid kunnen creperen? Was de man zich bewust geweest van zijn aanstaande anonimiteit (er waren geen papieren op hem gevonden) en rekende hij erop als ongeïdentificeerd lijk te eindigen in een naamloos graf? De vrouw aan zijn zijde zou in ieder geval de politie niet kunnen vertellen wie en wat hij was.

Zo stond ik me daar op Sinte Teresa de laatste gedachten van de gestorvene toe te eigenen, alsof ik ze door het eenvoudige vurenhout van de kist heen kon lezen en wegen.

We vormen als mensheid een wereldomspannende roedel van rillerige juffershondjes, met al onze doodsangst, nu eens huiverend in de mand beleden en dan weer wurgend onder de aangetrokken halsband waarvan de lijn ons naar het volle leven moet voeren. We zijn gewend elke ingrijpende gebeurtenis in ons leven, ieder gênant voorval, met het geheugen eindeloos te herkauwen, al was het maar om onszelf door de dwangmatige herhaling nog meer te straffen. Zo hebben we een leven lang ons sterven leren vrezen: als een proces dat we, nadat het is doorgemaakt, telkens opnieuw door de wringer van de herinnering zullen moeten halen, tot elke druppel waarheid eruit geperst is. Doodsangst, dat is bij leven en welzijn voor je zien hoe de eigen hand straks van spijt en schaamte tegen het voorhoofd zal slaan. *Stom! Stom! Stom!* Als ik het anders had aangepakt, was ik nu nog ongedeerd geweest en niet dood. En dan die pijn, de ademnood die de Voorlaatste Woorden nog net had toegestaan, maar geen *famous last words* meer... Mijn nabestaanden met hun oor dicht bij mijn lippen, zelf de adem afknijpend tegen de kwalijk riekende lucht uit mijn strot. Ziedaar mijn doodsangst, die al in m'n jeugd begon: dat ik het stervensproces te zijner tijd in eindeloze herhaling voorbij mijn geestesoog zou zien trekken, om het te analyseren... om er, godbetert, *post mortem* nog van te leren.

Zo onderwerpt een mens zijn eigen dood nog tot in het kleinste detail aan een forensisch onderzoek en een minutieuze sectie... met een hand waarin het scalpel zich tegen het eigen stoffelijk overschot keert. 'Ik ben vermoord... het was een complot.' Nee, het is valse, visionaire angst... ook mijn geheugen overleeft mijn dood immers niet, en staat onmiddellijk erna op non-actief. Een leven lang heeft het zich uitgesloofd om misstappen en beschamende gebeurtenissen tot vervelens toe voor me af te spelen om me mijn foute gedrag in te wrijven (soms ook, toegegeven, waren het vrolijke voorvallen), maar mijn dood, als laatste ervaring, kan onmogelijk herinnerbaar zijn. Het is de macht der gewoonte dat een mens zich na een leven lang gebeurtenissen herkauwen (het geheugen heeft zes magen, dat is bekend) zijn dood voorstelt als een kubistisch kunstwerk, waar je op je dooie akkertje omheen kunt kuieren om het van alle kanten te bekijken en te bevoelen.

Dat het overlijden naast alle vitale functies ook de herinnering uitschakelt, geeft ons heengaan nog enige waardigheid, anders was de ellende niet te overzien, godbewaarme. Voor de levenslange doodsangst komt dit inzicht te laat. Een schoothond leert z'n rillerigheid niet zomaar af, zelfs niet als de baas er een geruit dekje met petieterige riempjes omheen bindt.

7

'Ik voorspel...' zei dokter Patist zacht. Net op dat moment begon de dichter aan zijn voordracht, en de psychiater maakte een gebaar dat zoveel wilde zeggen als: straks.

Het gedicht, waarin dus geen tijger voorkwam, verhaalde van de onmenselijke eenzaamheid die degenen trof die naamloos stierven, zonder familie om zich heen. Hier, op Sinte Teresa, werden zij als soortgenoten begraven, niet in de schaduw van een stamboom, maar zonder naam, zonder geboortejaar, en met de sterfdatum soms bij benadering. Aan de dood waren zij niet ontsnapt, wel aan de bemoeials van het bevolkingsregister. Hun identiteit hadden ze als iets kostbaars voor zichzelf gehouden, en mee het graf in genomen.

De dichter zweeg een witregel lang. Ik zag vanuit mijn ooghoeken iemand de handen opheffen, en was even bang dat er geapplaudisseerd zou worden, maar de betrapte persoon krabde alleen maar even aan zijn kin.

'Ik voorspel,' hernam Patist fluisterend, 'dat ze hem hier vroeg of laat weer op moeten graven.'

'Als ze hem alsnog geïdentificeerd hebben, bedoel je.'

'Ik bedoel niet dat ze hem opgraven om de kist naar de andere kant van het kerkhof te verplaatsen, maar om het lijk opnieuw te onderzoeken.'

'Een natuurlijke dood was toch niet uit te sluiten?' zei ik.

'Ik hoor net van de patholoog-anatoom, die ik goed ken, dat er aan het sectierapport van alles niet deugt. Er zijn nou juist twijfels over de natuurlijkheid van de doodsoorzaak.'

De opzichter van de begraafplaats zette de lift met de kist in werking. Het mechanisme knerste in de stilte en dat geluid was in deze omgeving bij uitstek geschikt om iemand de huiveringen over de rug te jagen. Twee duiven stegen met harde, droge vleugelslag op uit de heg achter de graven, en vlogen elkaar achterna naar de onderste tak van een boom, waar ze naast elkaar heen en weer bleven schuiven alsof ze hun plaats niet konden vinden. We keken toe hoe het gekiste lichaam van de Onbekende uit de Retiefstraat in de kuil verdween. Naast me had Corinne het moeilijk. De vergeefsheid van een naamloos leven... het greep haar net zo aan als mij.

'Hij heet nu tot in eeuwigheid 1997,' fluisterde ze. 'Zonder ingebeiteld streepje.'

Er gleed geen traan langs haar neus, er was daar alleen een spoor van heel fijne druppeltjes, alsof de klier ze als een soort pipet uitgestoten had. Ik wendde me weer naar dokter Patist.

'Wat betekenen die twijfels voor Pijkel Niggebrugge?' vroeg ik zacht. De kist had de bodem bereikt. Het knersen hield op.

'Zolang ze in haar waan volhardt niets,' zei de psychiater. 'Het wordt anders als...'

'Volhardt,' herhaalde ik. 'Dat klinkt alsof het tijgerschap haar *keuze* is.'

'Ik druk me verkeerd uit,' zei Patist. 'Als zij straks uit haar waan ontwaakt, en inmiddels is gebleken dat de man *geen* natuurlijke dood gestorven is, dan kan Pijkel als verdachte aangemerkt worden. Toch?'

'Als haar hallucinaties zo ver gaan dat zij denkt een tijgerin te zijn, valt dat dan niet onder ontoerekeningsvatbaar... ik bedoel, ingeval zij iemand zou vermoorden?'

'Dan moet eerst uitgemaakt worden of zij al tijger was op het moment van de doodslag... of dat de moordlust, ik doe er maar een slag naar, de tijger in haar gewekt heeft. Vergeet niet dat Pijkel naast het lijk werd aangetroffen.'

'De buren klaagden over een putlucht,' zei ik. 'Die man was waarschijnlijk al ruim een week dood. Er is nog niet bewezen dat Pijkel daar verantwoordelijk voor is.'

'Je hebt me verteld... ook aan de politie, neem ik aan... dat Pijkel zich bij het aantreden van de GG&GD gedroeg als een roofdier dat haar rechtmatige prooi bewaakte.'

‘Wij waren voor haar gieren en hyena’s die het kadaver als aas wilden inpikken.’

‘Precies. Veel wijst erop dat zij de prooi bewaakte na die te hebben gedood. Tijgers behoren tot de heel weinige diersoorten die de mens als een maaltijd zien.’

Ik zei: ‘In café Ape-Retief hebben ze nog meegemaakt hoe Pijkel zich alleen maar als een tijgerin *gedroeg*. Ze gromde, deelde liefdesbeten uit, en klom in die man. Ze was daar nog zijn geliefde… toegegeven, met merkwaardige attenties. Als iemand anders hem heeft vermoord, zou dat net zo goed haar tijgergedrag kunnen verklaren: dan bewaakte ze in die donkere gang niet haar prooi maar haar minnaar.’

Hoe het mechanisme in elkaar stak, geen idee, maar na een druk op de knop door de kerkhofopzichter was de graflift leeg weer op weg naar de oppervlakte. Het deed me denken aan zo’n bestuurbare grijparm op de kermis, waarmee je een horloge of een aansteker uit het zaagsel kon vissen: voorwerpen die op het laatste moment vaak weer vielen.

‘Waar zijn we mee bezig, m’n beste Zwanet?’ verzuchtte Patist. ‘We leggen ons toe op de genezing van Pijkel. Als het ons lukt haar naar de werkelijkheid terug te halen, wordt ze mogelijk geconfronteerd met wat ze tijdens haar afwezigheid in een waanwereld heeft aangericht. Ze zou van moord verdacht kunnen worden. Het betekent dat ik Pijkel behandel en vol pillen stop… om haar te zijner tijd in een verhoorkamer te kunnen laten functioneren… en eventueel terecht te kunnen laten staan. We sloven ons in feite uit om haar de status van moordenares toe te kennen.’

Ook een onbekende dode verdient een schep zand op zijn kist. De weinige aanwezigen hanteerden de spade. Ik had de indruk dat zij zich ruim bedienden, omdat er niets voor de familie en kennissenkring hoefde over te blijven. De dode daarbeneden kon de plofgeluiden op de vingers van minder dan twee handen tellen. Als hij nog had kunnen tellen. We traden naar achteren, buiten de directe beklemming van het gat.

'Voorlopig is ze foetsie,' zei ik, naar de hand van Corinne tastend. 'Misschien kan ze dat maar beter blijven ook.'

'Ik beaam niets,' zei Patist. 'Als ik je gelijk zou geven, dan was het helemaal gedaan met mijn beroepseer. Je *hebt* al aan mijn ambtsgeheim zitten morrelen, lieve schat. Laat nog iets van mijn reputatie heel.'

'Ik haak af,' zei ik. 'We moeten niet iemand genezen om haar leven vervolgens tot een nachtmerrie te maken.'

'Wat dan?' Patist verhief zijn stem. 'Haar verder maar laten... nou ja, het woord vegeteren is hier niet op z'n plaats, maar... blijvend laten verdierlijken dan?'

8

'Niet meteen kijken,' zei Corinne naast me zacht, met haar mond vlak bij mijn oor, 'maar volgens mij zit daar Pijkel in de heg.'

Ik liet mijn blik razendsnel langs de dichtgegroeide hagen gaan, maar zag niets ongewoons. 'Waar dan?'

Ze knikte nauwelijks merkbaar. 'Daar, in die hoek, bij de kruiwagen.'

Waar twee heggen een hoek van negentig graden maakten, stond inderdaad een kruiwagen met tuingerei. De tuit van een grote zinken gieter stak erbovenuit. Verder niets bijzonders.

'Je ziet spoken, Rinni.' Ik keek weer naar de installatie, die tot stilstand was gekomen. De kist met onbekende stond in het grondwater, te ondiep om het een zeemansgraf te noemen.

'Nu weer,' fluisterde Corinne opgewonden. 'Zelfde plek.'

Niet ver van de kruiwagen bewoog het gebladerte – niet op de wind, maar alsof er zojuist een kat of een grote vogel doorheen geschoten was. Een paar eksters verhieven zich in fladderende paniek boven de heg.

'Het was Pijkel... zo zeker als wat.'

'Waarom denk je dat... ik zie niets.'

'Let niet op een tijgervel, maar ze loopt nog steeds op handen en voeten. Haar gezicht is vuil... zwart.'

We staarden naar de hoek met de kruiwagen, waar niets meer bewoog.

'Laten we gaan kijken,' stelde ik voor. 'Je weet maar nooit.'

'Niet te opvallend,' zei Rinne. 'Loop over het gras... dat grind kraakt zo.'

We verwijderden ons ruggelings, met kleine stapjes, van de open groeve. Niemand keek om. Toen we ver genoeg van het gezelschap weg waren, stevenden we met grotere passen, over de grasstrook, op een poortachtige opening in de heg af, en liepen er aan de buitenzijde omheen tot ongeveer de plek waar Corinne Pijkel had gemeend te zien. Nu we uit het zicht van het begrafenisgezelschap waren, begonnen we elkaar te knijpen van de spanning.

'What the fuchsia,' riep Rinne veel te hard voor deze omgeving. 'Dat is geen knijpen meer... je hakt met je nagels in mijn vel.'

Op de aangegeven plaats bevond zich inderdaad een gat in de begroeiing, waar een niet te omvangrijk menselijk wezen zich doorheen zou kunnen wurmen. In de takken hing een sjaal, type langwerpige worteldoek, met franje aan de uiteinden. Als ik met Albert in Parijs was, zagen we de kitschschilders op de Place du Tertre zulke vodden wel dragen, tegen de snijdende kou van de artistieke nood. Het ging dan om de pasticheurs van Utrillo en zijn straatgezichten – de tranentrekkers van de huilende zigeunermeisjes hadden weer hun eigen klederdracht. Zo bleven de verschillende kunststromingen herkenbaar.

'Niet aanraken,' zei Corinne. 'Denk aan de politiehond.'

Ik had de sjaal al losgehaakt van de twijgen. Het was een vettig geval, met witte verfsporen, waardoor ik onmiddellijk moest denken aan wat de patholoog-anatoom achter een oor van de dode man had aangetroffen. Had hij het kledingstuk gedragen, en was daarmee aangetoond dat het om een kunstschilder ging, een die bijvoorbeeld veel met loodwit werkte? Was na de sectie de substantie in een laboratorium geanalyseerd? Het kon trouwens ook om een huisschilder of een verfhandelaar gaan.

Ik herinnerde me niet in de Retiefstraat de sjaal op of in de buurt van het lijk te hebben gezien, maar ik kon in de drukte iets gemist hebben. Ik bracht het kledingstuk naar mijn neus: de bestorven geur kon net zo goed die van eau de cologne, aftershave als terpentijn zijn, of een samenstelling van die drie. Als Pijkel de sjaal hier had achtergelaten, hoe kwam ze er dan aan? Uit het mortuarium? Het politiearchief? Door haar reukorgaan te volgen, dat zich door haar gedaanteverwisseling verscherpt had? Ze moest toch op de een of andere zintuiglijke manier deze begrafenis op het spoor gekomen zijn… en niet door een dichter te schaduwen.

'Grote katachtigen lezen geen kranten,' mompelde ik.

'Daar gaat ze,' riep Rinne. 'Daar, bij dat berkenbosje. Rennen.'

Ik zag haar nu ook, maar wat we ook deden, we zetten er bepaald niet de sokken in. Ik vermoed dat we allebei tegelijk beseften dat de vrouw die zich daar op knieën en ellebogen voortbewoog gevaarlijk kon zijn. Ze *was* me al een keer met ontblote tanden en gevelde nagels aangevlogen, en daarna hadden we haar uitsluitend achter stevig glas gadegeslagen, veilig in ons observatiehok. Misschien omdat ze zich niet direct achtervolgd waande, hield Pijkel even voorbij het berkenbosje halt. Ze droeg nog altijd het lange, lichtblauwe hemd dat ze op De Brouwerij aangemeten had gekregen, en waarin ze naar De Heuvelrug was overgebracht. Nou ja, lichtblauw… alleen voor wie het wist, was de kleur nog herkenbaar, zo vuil was het gewaad in de loop van de weken geworden. Het zat zo vol winkelhaken dat het een bewust opengewerkt patroon in de stof leek, aangebracht door een ontwerpster die de punkmode nooit los had kunnen laten. Van haar ooit witte kniekousen slobberde er een om haar enkel, terwijl de andere wonderwel tot boven de kuit reikte, alsof Pijkel die eigenhandig had opgetrokken, als een keurig meisje op weg naar school.

Ze hijgde met heel haar lichaam, waarbij ze haar hoofd naar ons omdraaide, en verder op haar plaats bleef, als gereed om bij de minste dreiging ervandoor te gaan. Misschien herkende ze mij als de vrouw die haar in de gang in de Retiefstraat tegemoet was getreden. Als ik wel eens naar een natuurdocumentaire over grote katachtigen keek, kon ik op de snuit van een tijgerin geen enkele emotie ontdekken, behalve wanneer ze als moeder speels door haar eigen welpen werd belaagd – dan las ik er, mogelijk was dat projectie, vertedering en toegeeflijkheid op, die ook snel weer konden omslaan in irritatie begeleid door een grauw en een snauw: dan verhief ze zich op haar poten, haar kroost met een enkele beweging van zich af schuddend. Op het onbehaarde, weliswaar gehavende en besmeurde, maar zeer menselijke snoetje van Pijkel Niggebrugge las ik, niet zo door haar bedoeld waarschijnlijk, een intense triestheid, en nog iets… een onbedaarlijke honger. Ze was de voorbije weken door diverse getuigen gezien bij de afvalcontainers van restaurants, hotels, ziekenhuizen, maar zag er desondanks sterk vermagerd uit. Ze rilde in het zonlicht. Misschien had ze tussen de etensresten voornamelijk naar vlees gezocht, en daar gooide men nou eenmaal minder van weg dan van oud brood en aardappelschillen.

'Wat nu?' Rinne zag bleek. 'We kunnen haar niet zomaar weer laten ontsnappen. Je ziet hoe slecht ze eraan toe is. Het wordt haar dood.'

'Als jij nou 's Patist gaat halen… dan houd ik hier Pijkel aan de praat. Hij weet misschien een manier om haar mee te lokken.'

'Ik denk dat hij beter de dierenoppassers van Artis kan bellen… dat ze met een vangnet komen.'

'Rennen, Rinsi.'

Toen Corinne het op een hollen zette, maakte Pijkel een vluchtbeweging, maar liet zich vervolgens op haar zij vallen, met de tong onmenselijk ver uit haar mond. Ze verloor me geen moment uit het oog. Haar gezicht was bijna helemaal zwart van het vuil, waar vage traansporen doorheen liepen. Haar oogwit lichtte verrassend helder op, maar de geplooide huid er rondom heen wees op afmatting.

9

Net als in de Retiefstraat hurkte ik om wat meer op haar niveau te komen. Knielen maakt weerloos, uit een hurkhouding is het bij onraad gemakkelijker opspringen. Ik begon vriendelijk op haar in te praten.

'Je hoeft voor ons niet bang te zijn, Pijkel... wij willen je alleen maar helpen. Weet je nog die aardige man in zijn witte jas? Dat is dokter Patist... de psychiater die jou bij de GG&GD onderzocht heeft. Een paar verpleegkundigen moesten je vasthouden, maar geef toe... hij was heel zachtmoedig. Hij heeft ervoor gezorgd dat je kon worden opgenomen in zijn kliniek... De Heuvelrug... in 't Gooi is dat... maar toen we er aankwamen, ben je 'm gesmeerd... *roetsj*! het bos in. Je droeg dezelfde kleren als die je nu nog aanhebt, alleen wat schoner.'

Ik hoorde onverstaanbare stemmen van de begraafplaats opstijgen. Er werd daar overlegd. Rinne kon elk moment met Patist deze kant op komen, dus ik mocht met kleine hurkstapjes wel wat dichter op Pijkel toe schuifelen. Onmiddellijk verhief de vrouw zich weer op haar knieën en ellebogen, gespannen en alert, terwijl haar snel heen en weer schietende irissen naar een ontsnappingsroute zochten. Ik had nog geen meter in haar richting afgelegd, maar hield voor alle zekerheid halt, met een knie en vijf gespreide vingers aan de grond.

‘Rustig maar, ik doe je geen kwaad. Jij mij misschien wel, omdat je honger hebt. Geloof me, het wordt een tegenvaller… ik ben zo goed als oneetbaar.’ Ik had niet de illusie dat ook maar iets van wat ik uitkraamde tot haar doordrong, behalve misschien de paaiende klank. ‘Corinne zegt af en toe dat ze me wel kan *opvreten*, maar dat moeten we met een korreltje zout nemen. Ze bijt niet door. Moeders zeggen het ook tegen hun baby, maar het leidt zelden tot kannibalisme.’

Wat als Pijkel een consequent spel met haar omgeving speelde, en verrot goed aanvoelde wat hier gebeurde, en mijn woorden ook nog eens haarfijn begreep? Nee, dat viel niet te rijmen met haar wekenlange omzwervingen langs parken en stegen en vuilnisbakken. Wie zichzelf zulke ontberingen aandeed, enkel en alleen om haar medemensen een rad voor ogen te draaien, die was geestelijk zieker dan iemand die ‘alleen maar’ dacht een tijgerin te zijn.

‘Luister, Pijkel…’ Ik lette scherp op, maar ze reageerde niet op het horen van haar naam. ‘Zo meteen komt die aardige man hier… de psychiater. Waarom ga je niet met ons mee naar De Heuvelrug? Daar geven ze je te eten wat je maar wilt… roastbeef, alles… filet americain die je als een ijsje oplikt. Ze doen je in bad… trekken je schone kleren aan. Je bent alleen maar ernstig in de war, Pijkel. In De Heuvelrug krijg je de juiste medicijnen om je beter te maken… en therapie van Patist en de mensen die daarvoor opgeleid zijn. We laten zo dadelijk een busje bij de ingang van het kerkhof voorrijden, en dan…’

Ik hoorde stemmen naderen, duidelijk meer dan twee, wat me niet zo’n goed idee leek. Het hele rouwgezelschap… het kon haar kopschuw maken. Ik bedacht opeens dat ik Rinne had moeten vragen eerst Tibbolt mee naar deze plek te brengen. Hij was de laatste persoon die Pijkel, in De Verscheurde Kamer en daarna op de Overtoom, als ‘normaal’ had meegemaakt. *Wat* er toen ook gebeurd mocht zijn, hem hier terugzien zou bij haar een zodanige schok kunnen bewerkstelligen dat ze terug de werkelijkheid in gesmeten kon worden... de onze, die aan De Verscheurde Kamer voorafgaand ook de hare was geweest... voor wat het waard was dan, want wilden we niet allemaal wel eens de andere kant op?

'Daar zijn ze.' De stem van Corinne, die me zelfs met zo'n banaal, overbodig zinnetje tot brakens toe wee kon maken van tederheid. 'Pijkel zit net om de hoek.'

'Zwanet, blijf waar je bent,' riep Patist. 'Politie is gebeld.'

Achter hem aan kwam de rest van de groep. Pijkel rende weg in de richting van de reguliere begraafplaats, op onderarmen en onderbenen een verrassende snelheid ontwikkelend. Ze koos voor de grasstrook, maar als ze het pad overstak, leek ze zich niets aan te trekken van het grind dat in haar onbedekte huid drong. Misschien vormde het vuil een beschermend pantser.

Het hele gezelschap begon, zich verspreidend, achter haar aan te lopen. Pijkel rende, eerder als een konijn dan als een tijger, meanderend tussen de grafstenen door, die allemaal een naam en twee data droegen, vaak met een extra ingebeitelde tekst: HIER RUST... VEILIG IN JEZUS' ARMEN. Even kwam de absurde gedachte bij me op dat Pijkel ons de weg wees naar de plek waar ze haar geliefde herbegraven wilde zien zodra diens identiteit achterhaald was – die ze wel kende, maar vooralsnog niet wist uit te spreken. Het was inderdaad een lege plek zonder zoden tussen twee opeenvolgende graven waar ze even in haar sluiphouding stilhield, vlak voor de heg. Haar lange hemd was door het geren tot boven haar heupen opgekropen. Ze droeg geen onderbroek meer. Net als bij onze eerste kennismaking in de Retiefstraat liepen door het zwart van haar bovenbenen grillige urinesporen, die de lichte huid daaronder blootlegden.

Het volgende moment dook de vrouw de haag in, niet speciaal op een plaats waar de begroeiing minder dicht was. Ze verdween geheel in het gebladerte, en gunde ons een blik op haar voetzolen, die wel met pek leken bestreken. En weg was ze.

We renden met z'n allen nog om de heg heen, maar zagen

haar nergens meer. In de verte werd de sirene van een politieauto hoorbaar. Vreemd genoeg waren het de dierenoppassers van Artis die als eersten arriveerden. Een droeg er een werpnet over zijn schouder, een ander kwam met een verdovingsgeweer aanzetten. Niemand had lust om uit te leggen wat voor bijzonder doelwit ze gemist hadden. Blijkens hun praatjes hielden ze het zelf op een exotisch huisdier, 'ontsnapt uit de tuin van een rijke stinkerd'.

Ik merkte dat ik nog steeds met de smoezelige sjaal in mijn hand stond. Toen ik er nog eens aan rook, snoof ik toch vooral de geur van een klamme hondenvacht op. Het bleef onzeker of Pijkel, in de korte tijdspanne dat ze zich op het kerkhof had vertoond, Tibbolt Satink had gezien – ook voor Tib zelf.

10

Corinne had pal onder haar lange hals, precies tussen de verheffingen van haar sleutelbeenderen, een niet eens zo ondiep kuiltje, waar bij mij nauwelijks iets te zien was.

'Het is het negatief van de adamsappel bij mannen,' zei ik. 'Een afdruk, ten teken dat wij medeplichtig zijn aan de hap uit de verboden vrucht. Een omhelzing van hals op hals... meer was er niet voor nodig om onze sexe te stigmatiseren.'

Ik heb het kommetje tussen haar sleutelbeenderen een keer volgeschonken met champagne en die opgelikt, en nog eens, en nog eens... net zo lang tot de fles leeg was.

'Je hebt het snelle tongetje van een kat,' zei ze. 'Alleen... poezen likken hun melk geluidloos. Jij slurpt.'

'Uit gulzigheid,' zei ik.

'En boeren doe je ook nog.'

'Het betekent op z'n minst dat ik de bubbels niet te vroeg heb laten verdampen.'

Op een snikhete zomerdag, toen het eigenlijk waanzin was

om met volle overgave te vrijen, liep haar 'sleutelkuiltje', zoals ik het noemde, vol met het zweet dat uit haar hals omlaag sijpelde. Echt, er stond een respectabel bodempje in, en ik lebberde het op. Het smaakte minder zilt dan haar tranen, en voelde op de tong ook iets dikker en slijmeriger aan.

'Schenk nog eens vol,' zei ik.

'Dit is geen champagne, Zwan... je zult me eerst nog eens flink moeten laten zweten. O, wat is het heet. Ik kan niet meer.'

'Een half kommetje, dat is genoeg.'

11

Ik liep met een vriendin door een drukke winkelstraat. Ik praatte op haar in, maar ze luisterde niet. Opeens bleef ze stokstijf staan. Mensen achter haar botsten tegen haar op. Ze zei: 'Dat vind *ik* nou een groot raadsel. Kijk om je heen, Zwanet. Al die mensen... stellen en echtparen... ze hebben het vannacht waarschijnlijk met elkaar gedaan, of vanmorgen... en zijn nu op weg naar huis om het voor het eten nog snel even te doen. Zomaar. Alsof het niets is. Wat is de waarde er dan van?'

Ik had daar niet meteen een antwoord op. Haar verbijsterde vraag kwam pas weer in mijn hoofd op nadat Corinne in mijn leven was verschenen, en ik mijn dagen onthutst doorbracht. Zoveel liefde... die ik ontving en in staat bleek terug te geven. Ik kan me voorstellen dat elke verliefde zijn of haar bevlieging als iets unieks wenst te beschouwen. Maar het hele gedoe komt vaak neer op zelfbedrog. Het blijkt allemaal een vergissing. Het gevoel was verkeerd benoemd. Wie verliefd is op de liefde zelf verzuimt die op een bepaalde persoon te richten. Het is glibberig narcisme.

En ja, dan is de daad al onherroepelijk verricht, al dan niet tot beider tevredenheid. Mijn vriendin had gelijk met haar bozige verbazing: ze deden maar wat, de mensen, omdat het er nou eenmaal bij hoorde. Een vluggertje tussendoor... baatte het niet, schaden zou het toch zeker ook niet. Ze deden het uit verveling, uit eenzijdige bronstigheid, uit religieuze huwelijksplicht of gewoon omdat er een kinderwens was: de schoonmoeder drong aan op nageslacht. Daarna gingen ze over tot de orde van de dag, of misschien behoorde de coïtus zelf al tot de orde (of de waan) van de dag. De mensheid an sich zou het worst wezen hoe ze in stand werd gehouden, via de *Kamasutra* of een terloops 'urineren in de vrouw'. Zo liefde blind was, dan de voortplanting toch zeker: als het werk maar gedaan werd, hetzij onbehouwen, hetzij elegant. Te snel klaarkomen was vergeeflijk, zolang de man maar niet als de knoeier Onan zijn zaad buiten de schede stortte. En ach, als het een keer misging... de daad was vatbaar voor eindeloze herhaling. Het Planbureau hield zich liever bezig met de kwantiteit dan met de kwaliteit van het geval. Hoe vaak per week, per maand, per jaar... alles in percentages en per hoofd van de bevolking. De statistiek zal ons redden.

Mogelijk is het een vorm van *bemesting* – en als dat woord mensonvriendelijk klinkt, dan is dat precies de bedoeling. Hoeveel matige vrijages zijn er nodig om die ene diep ingrijpende verbintenis voort te brengen? Hoeveel onverschillige paringen om een bevrediging te bewerkstelligen die het vlees ontstijgt en tot in de hemel reikt? Zo bezien bemesten ontelbare minderwaardige copulaties de grond waaruit die ene perfecte liefde opschiet.

Wat Corinne en ik met elkaar deden, heette doorgaans geen paring, ook al paarden ook wij lichamen aan elkaar. Ik geloofde echt, en zij ook, dacht ik, dat wat wij onderhielden een meer dan perfecte verbintenis was. En die bestaat niet zonder pijn. De liefde zelf schrijnde. Sterker, ze had een wond in ons geslagen. Er was de voortdurende angst dat ze ons afgenomen zou worden – nee, niet door haar of door mij, dat leek onmogelijk, en sowieso praktisch onuitvoerbaar omdat we geheel vergroeid waren geraakt, in een omgekeerde Siamese richting. Het Noodlot zou kunnen toeslaan, in wat voor gedaante ook. Er waren dagen dat we zo in angst verkeerden om wat er zou kunnen gebeuren met dat kostbare *ding* tussen ons in, die nog altijd uitdijende zwangerschap van aanhankelijkheid, dat we de neiging kregen ons te verschansen en te wapenen tegen het onbekende gevaar. Het kwam bijna zover dat we samen de omringende lucht te lijf gingen om het lot *voor* te zijn. Over geliefden wordt wel gezegd: 'Ze kunnen niet van elkaar afblijven.' Corinne en ik bleven niet van elkaar af uit een diepe behoefte aan bescherming, die we wederzijds zochten en boden. Er was die keer dat Corinne per ongeluk met haar gezicht tegen me op stootte, en ik met mijn vingers haar voorhoofd afzocht naar de hertenknobbel die ik meende te hebben gevoeld. Er bleek daar wel degelijk een buil in oprichting.

12

Ook Albert, de zelfverklaarde romanticus, had vroeger na het vrijen wel eens verzucht (als hij merkte dat de ware extase bij mij was uitgebleven): 'En dan te bedenken, liefste, dat op dit eigenste moment miljoenen paren wereldwijd met hetzelfde bezig zijn... voorspel, tegenspel, naspel... hoe dan eindeloos het unieke ervan blijven bezingen?'

Zo openbaarde hij het soort nuchterheid dat hij bij anderen verfoeide en bestreed. Een open deur of een waarheid als een koe... het was moeilijk kiezen uit twee gemeenplaatsen, dus deed ik er het zwijgen toe. *Het unieke ervan.* Er was blijkbaar een Suwijn voor nodig om aan een gouden koord in mijn leven neer te dalen en voor een antwoord te zorgen. Het ging vanzelf: al minnekozend maakten Rinsi en ik ons los van de wereld en de eindeloze herhaling van het steeds eendere... los van het gebied waar een onvoldane verzadiging de plaats van de goddelijke innam. Bij Corinne ontdekte ik dat de gebaren die we maakten, de handelingen die we verrichtten, *volstrekt* uniek waren: al doende vonden we ze uit… we moesten wel, want in deze vorm waren ze nooit eerder vertoond. Liefdesdaden die uit onszelf voortkwamen, instinctmatig, nieuw voor de mensheid. Kunstwerken, nooit identiek, die onszelf verbaasden met hun eenmalige opvoering… *door en voor ons*. Zelfs de varianten zouden nooit sleets raken, zodat onze verwondering geen moment kon afstompen.

'Rinsi… wat *is* dit?'

'Het maakt me bang, Zwan.'

We vonden onszelf soms volkomen verbijsterd in mekaars armen terug: waren wij hiervoor aangesteld, en door welke hogere macht dan wel… om *dit* te ondergaan… met en door en voor elkaar… en misschien wel om het de hele wereld te tonen, ook zonder dat er een oog meekeek via het sleutelgat. De liefde opnieuw uitvinden, op leven en dood, daar ging het om… en dan niet zoals het wiel, want dat was altijd op dezelfde manier rond, met alleen variaties qua as, spaken, velg, dop, profiel en bandspanning. De liefde ontwerpen zoals die nog niet bestond, en onderbrengen in een nog onontdekte, onderaardse grot van de ziel, waar okergele en roestbruine tekeningen op de wand ons verder wegwijs maakten.

'Het beneemt me de adem,' zei Corinne, 'en toch heb ik nog nooit zo *vrij* geademd… alsof ik helemaal openga.'

Leed ik aan megalomane betrekkingswaan? Ik betrapte me op de gedachte dat vrouwenliefde in deze onstuimige overvloed alleen voor ons tweeën weggelegd kon zijn. Bedreven door anderen zou het exclusieve spel onmiddellijk ongeldig worden: met de ontploffing van een verfbom zouden alle fiches met rode troep besmeurd raken, die alle plagiatoren stigmatiseerde. Als Rinne en ik ieder de vrijheid zouden opeisen om het met een vreemde aan te leggen, veranderden we allebei als bij toverslag weer in manzuchtige wijven… of meer voor de hand liggend:

in koude damp uitstotende frigidaires, met onze tekortkomingen onder grappige magneetjes verspreid over de deur. MAMA IS GEK.

Corinne wilde er niet aan, maar voor mij stond vast dat een hogere bestiering in wat voor gedaante dan ook ons aan elkaar had gekoppeld, of op z'n minst handenwrijvend had afgewacht tot de een bij de ander in de val liep. Voordat we aan deze nieuwe vorm van liefde verslingerd raakten, genoten we allebei opnieuw de status van maagd (of 'knaap', zoals Corinne graag zei – mannen vertelden ook graag dat ze op hun zestiende door een buurvrouw 'ontmaagd' waren). Mogelijk maakte juist die maagdelijkheid ons tot de ideale prooi voor die hogere, koppelende organisatie. Alles was nog onbevlekt, en spoedig verslavend.

Ik zou onze verbintenis het liefst een *symbiose* noemen, omdat ik het zo'n schitterend woord vind voor wat zij en ik toen ondergingen. Altijd riskant om voor de schoonheid van een term te vallen: die klopt in dit geval dan ook maar ten dele. Symbiose suggereert dat Rinne en ik in wederzijdse afhankelijkheid leefden, in een soort parasitaire ruilhandel... maar het was geen onderworpenheid of ondergeschiktheid die ons met elkaar verbond. Symbiose? Dan een *magnetische*: een onontkoombare, noodlottige aantrekkingskracht van twee kanten... of liever, van alle kanten, want als we elkaar per ongeluk de rug toekeerden, dan werkte het mesmerisme nog. We werden door elkaar aangezogen, en reageerden daar bij tijd en wijle hysterisch op... uit angst, uit waanzin, omdat ons geen andere uitweg meer overbleef dan verstrengeld, nee, *vergroeid* door het leven te gaan.

Het strijdlied van onze symbiose was een noodkreet in de nacht.

Hoofdstuk VIII *Circus Animali*

1

Ik had de hoofdoppasser van het tijgerverblijf in Artis mijn telefoonnummer gegeven, samen met een foto die was genomen in de Retiefstraat door de fotograaf van *Het Devies* – een recent portret dus van de al verdierlijkte Pijkel. 'Als u deze vrouw hier bij de kooien aantreft, dan kunt u haar het best in een af te sluiten ruimte zetten… en mij bellen. Ik zorg dan dat de GG&GD haar ophaalt. Weest u voorzichtig… het gaat om een ernstig verward en gestoord persoon. Ze vliegt mensen aan… ze krabt en bijt.'

'Enig idee waarom ze een voorkeur voor tijgers heeft?' wilde de bewaker weten. 'We hebben nog andere roofdieren hier.'

'Het is te ingewikkeld om het allemaal uit te leggen,' zei ik. 'Volgens de psychiater die haar onderzocht heeft, waant ze zichzelf een tijgerin. Mij doet haar gedrag meer aan een gewone kat denken…'

'Een kat met hoogmoedswaanzin, zullen we maar zeggen. Ik snap nu ook waarom de tijgers vanmorgen zo onrustig waren. De vrouw is door het water heen gewaad… of gezwommen… hoorde ik van mijn collega… ze is op de rotsen geklauterd. Mijn tijgers zagen geen soortgenoot in haar, eerder een irritant menselijk wezen op handen en voeten. Haar gegrom zullen ze wel niet uitgelegd hebben als blijk van loyaliteit. Ze mag van geluk spreken dat ze net hadden ontbeten. De leiding heeft de politie gebeld om te melden dat er een zo goed als naakte vrouw over het terrein rondsloop. Toen de kit arriveerde, was ze in geen velden of wegen meer te bekennen. De agenten hebben toegezegd in de buurt te patrouilleren en naar haar uit te kijken. Mevrouwtje, ik bel u… ook als er zich geen incident meer voordoet.'

De dierenoppasser meldde zich halverwege de avond. Ik had met Corinne uren in de omgeving van Artis rondgereden, speurend naar Pijkel, navraag doend bij mensen op straat.

'Heeft u misschien iets gehoord over een verwarde vrouw die zich hier in de buurt zou ophouden… lopend op handen en voeten… mogelijk halfnaakt?'

We werden soms aangekeken alsof we zelf niet goed snik waren. Een bejaarde dame met een rollator zei: 'U bedoelt de vrouw die volkomen kierewiet in de Retiefstraat werd aangetroffen… ik heb over haar in de krant gelezen. Ze was toch gepakt en in verzekerde bewaring gesteld? Het wordt steeds onveiliger op straat.'

Toen ging mijn gsm over. 'Vrauwdeunt, GG&GD.'

'Met Teurlings, van Artis. Moet u horen, mevrouwtje… ik kreeg een belletje van een collega… nou ja, collega… hij werkt als oppasser bij het circus. Hij gaat over de kooien van de afgerichte dieren… leeuwen, tijgers, een beer ook. Hij is wel eens hier geweest om te zien hoe wij met de beestenbende omgaan. Nou, lang verhaal kort… hij heeft waarschijnlijk uw tijgervrouw bij de kooien gesignaleerd. Circus Animali.'

'Waar staat dat ook weer? Ik heb er wel iets over gehoord…'

'Weet u waar de Zuidas gepland is? Er zijn al bouwputten… nou, daar ergens, op een braakliggend terrein, vindt u de tent van Animali… iets verderop de woonwagens en de kooien. De dieren zijn vrijelijk te bezichtigen voor publiek… wat ik niet snap, want ze worden er hypernerveus van, en dan moeten ze 's avonds nog optreden… afgezien van de actiegroepen die daar regelmatig komen staan schreeuwen dat het misbruik van wilde dieren voor amusement een halt toegeroepen moet worden. Om u de waarheid te zeggen, mevrouwtje, ik ben niet gek op die activisten… ze zijn ook mordicus tegen grote katachtigen in reguliere zoölogische tuinen. Zo zullen ze Artis nog meesleuren in de afbraak van de circussen, en dan ben ik mijn job kwijt. Afijn, dat is op de zaken vooruitlopen. U weet nu dat de gezochte dame bij de tijgers van Animali is gezien.'

Het begon al te schemeren toen we op de Zuidas aankwamen. Rond de circustent, die er als een gesloten bouwwerk bij stond, was geen activiteit te bespeuren. Wel waren de lampen ontstoken in de meeste caravans en woonwagens. We lieten de auto aan de rand van het terrein staan en gingen op zoek naar de kooien. Er heerste geen noemenswaardige onrust. Leeuwen en tijgers lagen resten vlees van de hun toegeworpen botten te knagen. Geen Pijkel te zien.

'Ik krijg sterk het gevoel, Rinne, dat onze man in Artis indruk op ons wilde maken. Hulp ingeroepen door twee aantrekkelijke vrouwen... dat kon hij niet zomaar negeren.'

'Waarom zo wantrouwig?'

'Je weet in wat voor toestand Pijkel verkeert. Zou zij in die conditie in staat zijn de weg naar haar oude werkgever terug te vinden?'

'Misschien,' zei Rinne, 'is door haar katachtigheid zoiets als... wat wij noemen... haar instinct aangescherpt. Ze wist toch ook haar soortgenoten in Artis zonder tomtom te achterhalen.'

'Dat maakt me nou juist zo argwanend,' zei ik. 'Op Sinte Teresa dook ze op tussen de zerken... alsof ze *rook* dat we haar gestorven minnaar uit de Retiefstraat ter aarde gingen bestellen. Voor mijn gevoel lopen hier twee werkelijkheden door elkaar.'

'Misschien beschouwde ze de onbekende man inmiddels als haar *baasje*,' zei Rinne. 'Denk eens aan al die huisdieren die piepend en jankend treuren op het graf van hun gestorven patroon. Pijkel doet het grommend... wat is het verschil? Ik stel voor dat we bij een van de woonwagens aankloppen.'

De etensgeuren die opstegen van deze desolate plek gaven iets zigeunerachtigs aan het geheel. Een illegale hippiekolonie aan de rafelranden van de stad. Stilte benadrukt door de dreun van het verkeer verderop, tussen Amsterdam en Amstelveen. De eerste die de deur van een caravan opendeed, was de directiesecretaris, tevens programmeur van Animali.

Ik keek nog een keer om naar de massieve homp tentdoek die het circus Animali vormde. Toen we op het terrein afreden, hing de vlag met het logo nog slap aan de mast in top. Nu verhief het dundoek zich op de aanzwellende wind. Deze circustent had de veldslag bij Beverwijk gezien: misschien moest ik Albert aanraden hier eens te gaan kijken in verband met zijn toneelstuk. Zulke geraamtes werden tegenwoordig hydraulisch opgericht, maar er zaten ook nog ouderwetse, erg dikke scheerlijnen aan vast. Ik zag voor me hoe Tibbolt er, achternagezeten door Rotterdamse hooligans, met zijn hompelige voeten over gestruikeld was.

Later diezelfde avond zou het programma van Animali gewoon doorgaan, en 's middags was de generale repetitie geweest – 'in vol ornaat', zoals de directeur geëist had. Ook Pijkels opvolger als dompteur moest de hele show nog een keer doorlopen met zijn drie nieuwe tijgers (alledrie oranje, geen Bengaalse ditmaal). De tent was voorzien van dubbel doek, waar niet veel geluid van buiten doorheen drong, zeker niet met de muziek binnen op volle sterkte – nu eens het huisorkest, dan weer een band, zoals bij de acrobaten. Hoeveel hadden de dieren gemerkt van de veldslag buiten op het weiland? Van de in brand gestoken auto's zullen ze niets meegekregen hebben... tenzij een prikkelende rooklucht, maar er was ook veel geschreeuw onder het matten, en al spoedig hing er een politiehelikopter boven het terrein – misschien wel laag boven de tent met z'n ritmisch dreunende wieken. Wilde dieren op de savanne waren eerder aan laaghangende, filmende heli's gewend dan hun soortgenoten in diergaardes of circussen.

Waar was Pijkel tijdens de veldslag? Ik denk niet dat ze op de tribune naar de verrichtingen van haar collega-dompteur zat te kijken. Misschien lag ze nog in het ziekenhuis voor de zoveelste hersteloperatie, tenzij ze al in revalidatie was op de Overtoom.

2

Er stond zo'n klassieke, half zwartgeblakerde, oranjerode pan met stoofvlees te sudderen op het tweepits butagaskomfoor. Ik rook laurierblad.

'Neemt u plaats,' zei de directiesecretaris. 'Heel even dit nog... ik ben de kruidkoek vergeten.' Hij tilde het deksel op, en liet van een broodplank wat Peijnenburger hompen in de pan glijden. Uit een open fles voegde hij een scheut trappistenbier toe. 'Zo, nu kan het op smaak pruttelen. Ik krijg straks de opperclown te eten.'

De man ging tegenover ons aan de wiebelige caravantafel zitten. 'Ik heb haar niet met eigen ogen gezien vanmiddag, maar ik hoorde het van de oppasser. Hij heeft nog geprobeerd haar te vangen... ze kronkelde zich uit zijn armen, en... *zoef!*... weg was ze. Hartstikke nakend.' Hij keek erbij alsof het hem speet haar niet zelf in de houdgreep te hebben genomen. 'Het was Pijkel... Pijkel Niggebrugge... geen twijfel aan. Hoe jullie van de GG&GD haar toen hebben gevonden in Oost... hoe ze eraan toe was... ik heb erover gelezen in *Het Devies*. Ook over haar ontsnapping uit De Heuvelrug. Na wat er bij Animali met haar in de piste gebeurd is, verbaast het me niet dat ze totaal van het padje raakte... maar het shockeert me wel dat er na al die maanden geen verbetering in haar toestand gekomen is.'

'Waar zag de oppasser haar?' vroeg ik.

'Bij de tijgers natuurlijk. Ze hebben een buitenkooi, en daar liep Sultan in te paraderen, steeds maar heen en weer... en Pijkel deed net zo, kruipend, gelijk op met de tijger. Zo trof Giovanni, de oppasser, haar aan. Hij stond het een tijdje aan te zien... misschien vond hij het wel een mooi gezicht, zo'n blote vrouw die Sultan probeerde te verleiden... tot ze Giovanni in de gaten kreeg en hem naar de strot vloog. Haar tanden schaafden zijn kin, en... nou ja, politie gebeld uiteraard. Ze kwamen een halfuur later op een sukkeldrafje aanzetten. Pijkel inmiddels gevlogen.'

'Wanneer gaan jullie open?' vroeg Corinne.

'Vanavond laat de try-out voor publiek. Morgenmiddag de eerste echte voorstelling.'

En ik: 'Er is een nieuw tijgernummer, begrijp ik.'

'Natuurlijk, zolang de hetsers en de politieke meekletsers in hun ongeluchte achterkamertjes het nog toestaan, werken wij met leeuwen en tijgers. Een betere dompteur dan Pijkel krijgen we nooit meer, maar we hebben toch een hele goeie gevonden... een Rus, die ook met beren gewerkt heeft. Ik kan zijn naam niet uitspreken... die staat op het affiche.'

Er werd op het raam geklopt, en daar hing het grijnzende gezicht van een clown, bepruikt en vet geschminkt, maar zonder de gebruikelijke rode mond.

'Ah, daar hebben we Rudy,' zei de secretaris, die opstond om het iele deurtje open te doen. 'Kom binnen.'

De clown snoof met welbehagen de geur van het stoofvlees op. 'Met Vlaamse frieten, mogen we hopen...'

'Straks, anders zitten mijn gasten in de frituurwalm. Rudy, dit zijn twee dames van de GG&GD... Corinne en Zwanet... ze komen naar Pijkel informeren.'

'Ik heb net nog bij de tijgerkooi gekeken,' zei de clown. 'Geen naakte vrouw te zien. Ook geen naakte Sultan trouwens... die zat alweer binnen.'

'Heeft u Pijkel gekend toen ze hier werkte?' vroeg ik de clown.

'Nee, toen hadden ze hier een andere hoofdclown... *die* heette Rudy, maar dat was ik niet.' Hij wendde zich quasiverontwaardigd tot de secretaris: 'Dus, Pieter, hou op met me steeds Rudy te noemen. Eens en voor altijd: ik heet Pepijn. Gesnopen?'

‘Sorry,’ zei Pieter, ‘maar ik vergis me steeds omdat jij je op precies dezelfde manier laat schminken als Rudy destijds... die heb ik niet anders gekend dan met zijn clownsgezicht. Ik vraag me trouwens af of hij echt zo heette.’

‘Ik laat het aan de grimeur over,’ zei Pepijn. ‘De directeur wil het publiek graag laten denken dat Animali nog steeds dezelfde opperclown heeft. Ik breng ook de oude grappen van Rudy. Ik heb hem nooit gekend.’

‘Rudy, de oude dus,’ zei Pieter, ‘is zonder ontslag te nemen, zelfs zonder gedag te zeggen, vertrokken na die verschrikkelijke toestand met Pijkel... dezelfde dag nog was hij spoorloos. Hij kon het niet aan. Er werd hier gefluisterd dat hij verliefd was op Pijkel. Nooit iets van gemerkt, maar je weet het niet met die stille wateren met die diepe gronden. Als een clown een druktemaker is, kan hij nog wel stil en diep zijn achter zijn maskerade. We hebben nooit meer iets van hem gehoord. Er staat hier nog een deel van zijn gage... die werd altijd contant uitbetaald. Onbegrijpelijk dat iemand in deze tijd nog spoorloos van de aardbodem kan verdwijnen.’

‘Pepijn, als ik zo vrij mag zijn...’ zei Rinne. ‘Hebben clowns tegenwoordig niet meer zo’n grote rode mond als Pipo?’

‘Die wordt er straks nog op geschilderd... ik wil het mijn gastheer van vanavond niet aandoen dat ik bij het afscheid moet zeggen: “Volgende keer wat minder lipstick bij de hachee, Pieter.”’

Directiesecretaris Pieter trok flesjes bier open, ook voor Rinne en mij. We dronken zelden pils, maar het tot klinken brengen van het dikke glas gaf in deze omgeving een vriendelijker geluid dan kristallen roemers gedaan zouden hebben. Toen werd het caravandeurtje opengerukt.

‘Pieter, ze was er weer, *la donna nude*.’ Dit moest dierenoppasser Giovanni zijn. ‘We hebben *subito* nog een keer *la polizia* gebeld. De agenten zijn er al... met zaklampen. Ze omsingelen het circus.’

We gingen met z'n vijven naar de kooien, waar op dit moment niets te zien was, behalve dat Sultan (of een andere tijger) geagiteerd heen en weer sloop achter de tralies. Ik had Pijkel nu zo vaak in haar glazen kooi gezien, in alle mogelijke staten, dat het me even voorkwam alsof Sultan de voormalige dompteuse imiteerde.

Over het wilde, hoge gras van het veld streken lichtbundels uit sterke staaflantaarns, zichtbaar gemaakt door de nevel die laag boven de grond hing. Ergens voorbij het caravankamp klonk geschreeuw van politieagenten, dat niet veel verschilde van het misbaar dat ze maakten bij een gewone arrestatie. Het ging een beetje als in de Retiefstraat: Pijkel hangend tussen twee mannen, met voeten tussen het hoge gras tastend naar de aarde, die zelfs voor haar gestrekte tenen onbereikbaar was. Ze gilde als een kat die op haar staart getrapt wordt, maar dan langgerekter, met blazende intermezzi. De lampen beschenen haar naaktheid. Ik was er al zo aan gewend dat ze zich met haar buik en borsten laag boven de grond voortbewoog dat ik het als onnatuurlijk ervoer haar zo verticaal uitgerekt voortgedragen te zien worden. Een witbuikige tijger, opgehangen aan een primitief soort kruis, in triomf door inlanders meegedragen.

'Wij leveren verwarde personen altijd bij een ggz-instelling af,' zei de leider van het groepje politiemannen. 'Daar wordt dan gekeken naar de juiste locatie.'

'Deze vrouw,' zei ik, 'is eerder al overgebracht naar kliniek De Heuvelrug, waar ze al bij aankomst ontsnapte. Informeert u bij dokter Patist... hij is haar arts. Hier heeft u zijn kaartje.'

'Hoe bedoelt u... bij aankomst?'

'Wij van de GG&GD brachten haar naar Utrecht. Bij de overdracht op het parkeerterrein van de kliniek is ze gevlucht... de bossen in. Ze is nu door uw mensen pas teruggevonden.'

'Graag gedaan... we brengen haar nu naar de ggz,' zei de politieman, die zichzelf intussen al had bevorderd tot commandant van een arrestatie-eenheid. Van de circustent was ergens een zeil losgeraakt, dat hinderlijk klapperde in de opgestoken wind. Ik was intussen zo moe van het zoeken naar Pijkel dat ik het gevoel kreeg door het tentdoek te worden opgejaagd. Het werd een klapwiekende vleugel, die het circus ver hiervandaan moest voeren, met rondzwierende acrobaten en al… met alle onheil dat in het fijne zandloperzand van de piste opgetekend stond… in bruinrode karakters van bloed…

'Dan moet het traject helemaal opnieuw beginnen,' nam Corinne het van me over. 'Ze hoort bij dokter Patist thuis… die heeft haar al eerder in behandeling gehad. Hij kent haar dossier. Ze moet naar De Heuvelrug.'

'Het bureau hier in Amsterdam kan onze eenheid niet missen,' zei de onmisbare teamleider. 'Dan moeten we de collega's in Utrecht vragen haar te komen ophalen. Ze zien me daar aankomen… zoveel gedoe om een gestoorde dame, die nog lelijk bijt ook. Nederland telt meer doorgedraaide types dan wij van de politie met z'n allen aankunnen.'

3

Uit de vele boeken die ik ooit las of alleen maar doorbladerde, sprong me een onvergetelijke passage tegemoet, misschien moet ik zeggen: suizend als een werpmes. De passage vloog tevoorschijn uit een verhaal van Remco Campert, 'De jongen met het mes', dat een van de mooiste beginscènes kent uit de Nederlandse literatuur. De bedeesde messenwerper uit de titel weigert op een feest alcohol te drinken, maar hij wil wel zijn kunsten demonstreren op het meisje Bella. ('Waanzinnig, zeg, die jongen met dat mes, waanzinnig.') Ze kleedt zich uit, en wordt naakt tegen de keukendeur gezet, geblinddoekt, haar benen een beetje uit elkaar. De gastheer wijst een plek aan hoog tussen haar dijen, en maakt met zijn nagel een krasje in de verf.

'Je kriebelt me waanzinnig,' zegt Bella.

De jongen heft zijn arm, het mes bij de punt vasthoudend, en laat het los. 'Bijna vrolijk sprong het uit zijn hand, buitelde blinkend door de lucht, een doelbewuste vis, en sloeg in het hout tussen Bella's benen, waar het sidderend bleef staan.' Er wordt haar te verstaan gegeven zich niet te bewegen. 'Anders snijd je je.' Het mes wordt uit de deur getrokken.

'Een waanzinnig gevoel,' zegt Bella. 'Alsof iemand ertegen blies. Wat een waanzinnige jongen is dat.'

Zij omhelst hem, kust hem op de mond, waarbij de jongen het mes krampachtig buiten Bella's bereik houdt, uit angst haar te zullen bezeren.

Ik las de novelle aan Corinne voor, waarna zij het boek uit mijn handen trok, en op haar beurt het verhaal nog eens in z'n geheel aan mij begon voor te lezen. Het *moest* iets van ons – we kregen er op z'n minst een droge keel van, zo een waar splinters in lijken te steken. Misschien dat de messenwerper ons aan het circus deed denken, en daarmee aan Pijkel, al kon ik me haar niet naakt, de armen en benen gespreid, op een houten draaischijf voorstellen, terwijl de messen door de lucht suisden. Corinne kleedde zich razendsnel uit, en ging ruggelings tegen de binnenkant van de kamerdeur staan, terwijl ze een stropdas van Albert als blinddoek voorbond. 'Ik wil het mes voelen blazen.'

Even dacht ik dat ze echt een door mij geworpen projectiel tussen haar dijen wilde voelen inslaan. 'Ik ben tot veel bereid, Rinsi... maar zo gek krijg je me niet.'

'Kwaaie zwanen blazen soms... *dat* mag ik van jou toch wel verlangen.'

'O, ik dacht dat het je menens was.'

'We zouden een cursus messenwerpen kunnen volgen.'

'Dan wordt het een soort Russisch roulette zonder patronen. Wie het eerst sneuvelt.'

'Gevaarlijk leven, dan wordt het nooit saai.'

Ik knielde bij haar neer... en blies zacht tussen haar dijen.

'Te warm,' zei Rinne. 'Het is afgewerkte lucht uit je longen... het doet me weinig. Bella werd op haar wenken bediend. Gevaar komt niet uit bolle wangetjes.'

Voor een volgende windvlaag klemde ik eerst een ijsblokje tussen mijn tanden, zodat mijn ademtocht met enige condensontwikkeling naar buiten kwam. Ik leerde dat ik niet zacht moest blazen, maar per keer een krachtige luchtstoot diende te produceren. Ik liet het mes wel tien keer doel treffen – tot ik kies- en koppijn kreeg van het steenharde ijs in mijn mond.

'Nu jij,' zei Rinne. 'Daarna gaan we in de Gouden Gids op zoek naar een cursus.'

We namen les bij een professionele messenwerper (hij gooide ook met tomahawks) die aan circus Animali verbonden was geweest. Ja, Pijkel Niggebrugge herinnerde hij zich nog wel. 'Het is haar niet al te best vergaan, hoor ik. Mijn messen en bijlen hebben zich nooit tegen me gekeerd.'

We oefenden eerst op een houten paneel met de omtrekken van een menselijk lichaam, getooid met punten die voor virtuoze missers stonden. Later werd een soort etalagepop van papier-maché in stelling gebracht, die al behoorlijk gehavend was.

'Te veel cursisten die er hun schoonmoeder in herkennen.'

We kwamen een heel eind, Rinne en ik, met trefzeker werpen, ook hoog tussen de benen van de pop, maar we hebben onze verworvenheden nooit op elkaar botgevierd, uit vrees dat een van ons de ander zou beschadigen. Wel brachten we het spel De Buskenblaser (vrij naar een toneelstuk uit de zeventiende eeuw) tot grote verfijning, met of zonder ijsblokjes en altijd met sissende verneveling van speeksel, dat laatste liefst woordloos en met een verontwaardigde ondertoon, als een blazende kat.

Hoofdstuk IX *Lichtgevend sleutelgat*

1

'Wat is dat toch in Albert,' mijmerde Corinne, 'dat hij zo nodig de twee vrouwen in zijn leven... gesteld dat het er niet meer zijn... bij elkaar wil brengen? In plaats van die twee werelden gescheiden te houden, zoals een volleerde vreemdganger zou doen, loopt hij liever het risico zichzelf alle mogelijke ellende op de hals te halen... zonder winst... alleen verliesgevend. Hij heeft nu gezien wat ervan komt.'

'Misschien wil hij die uitsluiting wel ergens heel diep vanbinnen,' zei ik. We lagen in stemvorkpositie, maar losjes, met lome benen... zoals je ook ontspannen in elkaars armen kunt liggen, zonder wurggreep. 'Weet jij veel... het kan best zijn dat hij de martelaar uithangt: ons allebei kwijt, en zelf eerloos ontslagen als minnaar. Ik ken hem in sommige opzichten nog zo weinig na twintig jaar, waarvan tien getrouwd. Wel in zoverre dat hij verongelijktheid cultiveert, en ervan geniet... het is een stap verder dan als *Dritte im Bunde* passief toekijken. Het is zijn masochistische kant. De pijn van in de hoek te moeten staan.'

Ik lag op mijn rug, en Corinne op haar zij. Rinne trok haar vrij over mij heen liggende been op, waarbij ze haar voet op mijn buik plantte. De zool voelde koud aan. Ik zag van bovenaf hoe er een huivering door mijn bovenlijf trok. Zo, met onze hoofden ieder aan een andere kant van het ruime bed, moesten we wel wat harder praten dan we gewend waren.

'Ik ben natuurlijk nooit met hem getrouwd geweest,' zei Corinne, 'dus ik ken Albert waarschijnlijk minder goed dan jij... maar ik heb misschien een verklaring. Hou je vast: Hans heeft die mij aan de hand gedaan.'

'De Krop? Ik wil het niet horen.'

'Stop je oren maar dicht, want ik vertel het toch… dan maar voor mezelf. Midden jaren zeventig had Albert in Nijmegen een vriendinnetje, Marike, dat erg leed onder zijn jaloezie… en hij bijgevolg dus ook. Op een dag vroeg hij Hans… ze waren toen blijkbaar nog dik bevriend… of die hem kon helpen van zijn liefdesnijd af te komen. De Krop moest zich dan in het bijzijn van Albert intiem met die Marike bezighouden, zodat d'n Alps jaloezie tot ondraaglijke hoogten kon rijzen… en dat zou dan op de een of andere manier de genezing moeten bewerkstelligen. Op de wijze van een antidotum dus… of een vorm van overvoering.'

Corinne wreef met haar eeltige voetzool over mijn buik, wat een zacht schuierend geluid gaf.

'En… was Hans zijn vriend ter wille?'

'Dat vermeldt de historie niet,' zei Rinne. 'Hier kapte Hans het verhaal af. Hij wilde blijkbaar Albert op z'n zwakst neerzetten, maar niet zichzelf blootgeven, de held.'

'En nou wou je beweren dat onze Alp nog steeds niet van zijn minnenijd genezen is, en dat de geschiedenis zich herhaalt, en dat hij nu jou aan mij koppelt… om op z'n ouwe dag nog van de jaloezie te genezen, beter laat dan nooit?'

'Zoiets, ja.'

De schrik sloeg me eerlijk gezegd om het hart, en er bleef me niets anders over dan mijn onbehagen weg te lachen. 'Wat zei de tachtigjarige maagd ook weer? Wie wat bewaart, die heeft wat. Albert heeft zijn jaloezie door de decennia heen meegesleept… tot aan deze schitterende zomer… en nu wil hij er blijkbaar alsnog van verlost raken.'

'Terwijl het misschien wel zijn kostbaarste karaktertrek is,' zei Rinne. 'Zijn creatieve bron… die hem in staat stelt telkens opnieuw een variant op *Les Liaisons dangereuses* te bedenken. In zijn eigen voordeel moeten we ervoor waken dat hij zijn minnenijd kwijtraakt.'

'Als het waar is wat jij zegt... wat Hans zegt... Kijk, natuurlijk heb ik Albert wel stikjaloers meegemaakt... die woensdagavond eind mei nog, nadat jij op bezoek was geweest. Ik ging terug naar de veranda, en vertelde hem over mijn gevoelens voor jou. Hij rondde het gezellige samenzijn af met een paar hatelijke, nogal pikante opmerkingen, en daar kon ik het mee doen... en jij ook, buiten gehoorsafstand.'

Corinne liet haar voet dalen, kamde met haar tenen door mijn schaamhaar en begon me ermee te bepotelen. Ik sloot mijn ogen, en zag de hand voor me van de mismaakte bedelaar (die had je nog sporadisch, begin jaren zestig, in de tijd van de breuken en de staartdelingen) voor wie mijn moeder een boterham had klaargemaakt. Hij legde het voedsel op de korte armstomp links, en veegde het eten met zijn rechterhand naar binnen, waarvan alleen de vingers tot korte stompjes waren ingekort. Rinnes voetstreling voelde als de ongerichte liefkozing van een invalide die voor elk van zijn misdaden een vinger moet missen. De tenen voelden knobbelig aan, ruw, tastend... en juist daardoor wond hun geploeter me hevig op, en liet ik ze in mijn binnenste toe. Het leek eerder alsof ze met hun nagels aan me knaagden in plaats van me te strelen.

'Die methode van Albert om van zijn jaloezie af te raken... laten we er ons voordeel mee doen,' zei Rinne. 'Hoe meer we hem uitsluiten, des te heilzamer het blijkbaar voor hem is... zolang hij protest aantekent, kan hij nog niet genezen worden verklaard. Niets is ongezonder voor hem dan tussen ons in te liggen. Om te beginnen moeten we hem, voor zijn eigen bestwil, voorgoed de toegang tot dit bed ontzeggen.'

'De kamer uit... dat is de volgende stap. Deur dicht en op slot... we zullen hem op de overloop horen snikken van dankbaarheid. Bikkelhard, dat is wat we moeten zijn. Zachte heelmeesters maken stinkende wonden.'

'Hartenpijn, akkoord... maar de incisie moet niet ook nog eens gaan etteren.'

‘Zo is het.’

Rinnes grote teen voelde onveranderd lomp aan, maar zo stijfjes als hij zich gedroeg, wist hij me door stug doorwrijven toch tot een ongewoon orgasme te brengen. Het voelde alsof ik het onder vreemde omstandigheden afdwong… liggend in ondiep water onder een mangroveboom, waarvan de wortels over me heen sliertten, me af en toe zacht geselend en prikkend. Een vliegende vis sprong verblindend zilverig over me heen.

2

‘Voor de zoveelste keer, en nu serieus,’ zei Corinne, ‘wat doen we met d’n Alp?’

Een zondagmiddag. Cynthia was naar een vriendin en Thjum naar een klasgenootje, en de vraag deed zich weer eens voor of Albert, die we boven onze hoofden hoorden rondscharrelen, zich in de slaapkamer zou melden of niet.

‘Vakantievoorbereidingen,’ zei ik. ‘Als hij Bruno of Lobbes heette, had je aan een hond kunnen denken… laten we die maar aan een boom binden, anders stinkt straks de hele auto naar vaatdoek.’

Corinnes ogen zwierven naar de deur, en ik volgde ze. Ze zei: ‘De kleinst denkbare cel, daar zouden we Albert in op moeten sluiten.’

‘Leg uit.’

‘De *male gaze*,’ zei Corinne. ‘Als een man, zoals ze zeggen, zijn blik *is*… en dat geldt zeker voor een voyeur als Albert… dan kunnen we hem er in z’n geheel in gevangenzetten.’

‘Een humane maatregel,’ zei ik. ‘Het oog wordt regelmatig gelucht… tochtenderwijs.’

‘De klacht van gedetineerden is dat ze afgesneden zijn van thuis. Ze weten niet wat hun vrouw uitspookt. Nou, hier biedt het slot uitkomst… het is als een vizier rechtstreeks op het echtelijke bed gericht. Sterker, het heeft de vorm van wat het begluurt.'

Ik stelde Corinne voor om wijdbeens op bed te gaan liggen, en keek vanaf de overloop door het sleutelgat naar haar dijen. Ik vroeg haar via de kier van de deur een paar keer te verschuiven, net zo lang tot ik haar vol in beeld had. Ik moest denken aan oude Hollywoodfilms, die veelvuldig gebruikmaakten van sjablonen als een verrekijker, een periscoop of een sleutelgat. Ik vroeg haar het bed richting deur te verschuiven en de gordijnen dicht te doen. Met behulp van een sterke staaflantaarn en later een filmprojector probeerde ik het sleutelgat op Corinnes onderbuik te stempelen, maar het lukte niet. De beweeglijke lichtvlek vlinderde over en rond het doel, maar streek niet neer.

'Windt het jou op,' wilde Corinne van me weten, 'om door een man begluurd te worden?'

'Waarom per se een man?'

'Mannen, heb ik altijd geleerd, zijn van nature voyeurs. De exhibitionisten, dat zij wij... de sletten die hun benen openen en met een glibberige spleet hele reeksen mannelijke oogballen opslorpen, alsof het oesters zijn. Ik stel me er hetzelfde slurpgeluidje als in het restaurant bij voor. Als de vrouwen snel zijn, kunnen ze ook nog hun eigen netvlies mee naar beneden zuigen... waarmee ze dus eigenlijk zichzelf opvreten... het nabeeld van hun intieme delen. De exhibitioniste wint het uiteindelijk van de voyeur. Ze verorbert zijn blik, en laat hem blind achter. Hij kan niet eens meer bedelen om een inkijkje... hij moet nu tastend met de bedelnap rond. Als meisje, toen mijn schaamstreek zich begon te ontwikkelen, moest ik altijd denken aan een oog zonder bal, in verticale stand... maar *met* traanklier. Hier komt de glurende man zichzelf tegen: zijn oogbal wordt opgezogen door wat hij het meest begeert te beloeren. Als zijn oog me hindert, dan ruk ik het uit.'

'En als *ik* je met mijn ogen verslind, Rinne, wat doet dat met je… minder dan wanneer een man het doet?'

Ze lachte. 'Wij zijn exhibitionisten die de voyeur in elkaar tevoorschijn roepen. Het windt me op om het mannelijke in jou naar boven te halen. Met een simpele draaiing van het lijf wisselen we van rol.'

'Als we Albert tot het sleutelgat veroordelen, krijgt hij grotendeels zijn zin… en wij ook, want we onderwerpen hem aan onze schaamteloosheid. We laten hem het vlees keuren. Ik verheug me op de paarse stempels, verspreid over mijn witte vel.'

'Ik ben hier maar te gast,' zei ze. 'Ik mag geen eisen stellen, maar… luister, Zwannie, het plezier van het beloerd worden is er wel een beetje af. Jij meent het uit de lichtval af te leiden… ik heb totaal geen idee *of* er iemand door het sleutelgat kijkt. Ik vind dat Albert nu wel lang genoeg in die tochtige opening opgesloten heeft gezeten. De ziel.'

'Misschien is voor Albert zelf de lol er ook enigszins af. Als hij de gluurder heeft gespeeld, dan was dat voor hem toch ook en vooral een pose. Ja, hij heeft die voyeuristische kant, zeker, maar hij is ook heerszuchtig… hij wil het allemaal van veel dichterbij meemaken. Hij wil invloed kunnen uitoefenen op wat hij te zien krijgt. Wat ik bij jou heb, dat ik je plooien wil strelen en kneden met mijn ogen, dat heeft hij net zo goed. Hij is zogezegd een *actieve* voyeur, geen passieve.'

'Hoe maken we hem dat een beetje knap diplomatiek duidelijk?'

'Ik laat het hem zelf opknappen,' zei ik. 'We klagen bij hem onze nood: dat we ons niet veilig voelen als de deur niet op slot kan. Als hij zelf geen oplossing weet, moet hij maar een slotenmaker in de arm nemen. Ik wil een sleutel.'

'Wat zijn we wreed,' zei Corinne. 'We hebben d'n Alp uit ons bed verbannen… naar de onverwarmde overloop. We hebben een miniatuurmannetje van hem gekleid, net iets kleiner dan een sleutelgat, en dat in het deurslot opgesloten, zodat hij niet kon ontsnappen, alleen maar loeren… en nu laten we hem zijn eigen gevangeniscel afgrendelen. Wat is de volgende stap… hem zijn eigen graf laten graven?'

'O ja, en dan mag hij er prinsheerlijk in gaan liggen, terwijl wij ons de blaren op de vingers werken bij het dichtgooien. Je bent waarlijk zijn beste goeie vriendin.'

3

Hoogstzelden bleef Corinne na zo'n middag, die helemaal van ons tweeën was, bij ons eten, samen met Albert en de kinderen. Ik bereidde de maaltijd op mijn vrije dagen 's morgens al voor, dan hoefde Albert die alleen nog maar de oven in te schuiven tegen etenstijd. Ik nodigde Rinne regelmatig uit, maar ze weigerde meestal, om niet het risico te lopen dat Hans thuis een scène maakte. ('Laat je me nu ook al creperen van de honger? Als ik alleen aan tafel moet, krijg ik geen hap door mijn keel. Mijn advocaat is blij met zulke feiten in het dossier, maar *ik* ga naar de verdommenis door een gebrek aan eiwitten en vitamines.') De waarheid was, zo kreeg ik uit haar los, dat ze Albert niet onder ogen wilde komen zo kort na ons *heure du berger*. Er waren vrouwen die hun bleekheid wilden 'oppiepen' (weer zo'n typisch coryaans woord) door met een vuist over de huid van hun jukbeenderen te boenen, maar Corinne wilde juist van haar blos *af*… door haar gezicht met een in koud water gedrenkt washandje te bewerken. Die ene keer kreeg ze me zelfs zo gek een handvol ijsblokjes voor haar te halen… wat trouwens een averechts effect sorteerde, want haar wangen werden er alleen maar roder door. Ze overwoog alsnog naar huis te gaan, maar ik hield haar tegen: 'De kinderen rekenen erop dat je blijft.'

'Ben ik voor hen dan niet de vijand?'

'Jij zorgt voor een bepaalde plagerige vrolijkheid aan tafel… die is er niet met alleen Alp en mij.'

‘Goed dan... als jij een deel van mijn alimentatie voor mijn noodlijdende man op je neemt.’

We verschenen die avond te vroeg aan tafel: de kinderen waren om de een of andere reden verlaat. Albert had nog niet gedekt, en schonk ons een glas witte wijn in. Misschien om de aandacht van haar blos af te leiden zei Rinne, toen Albert zich met de fles naar haar vooroverboog: ‘Kom eens hier... je oog traant.’ Ze veegde met haar duim de walzak eronder droog. ‘Een koutje misschien.’

Noch uit haar houding, noch uit haar toon kon ik opmaken of ze hem beklaagde dan wel subtiel als gluurder ontmaskerde.

‘Ik heb wel vaker een verstopt traanbuisje,’ zei hij. ‘Het andere, het gezonde maakt dan overuren. Vooral lastig bij groot verdriet, dat dan geen ruim baan krijgt.’

Albert ging zitten, en we stootten de drie glazen tegelijk tegen elkaar aan, en nog eens, tot het als een helder klokkenspel klonk.

‘Op de harmonie in dit huis,’ zei hij.

We lieten de koude drank om de tong spoelen, met goedkeurend gekreun. De binnenkant van de glazen besloeg van onze adem. Ik zei: ‘Als je door een smalle opening kijkt, kun je het ongebruikte oog dichtknijpen tegen de tocht, maar daar heeft het andere niks aan. Het krijgt de volle laag, en gaat tranen, met een kans op ontstoken raken. Het blijft oppassen. In de negentiende eeuw met z’n grote sleutelgaten liepen de loerders constant met een strontje op hun ooglid.’

‘Een mooie uitwisseling in een beladen tijd,’ vond Corinne. ‘Door de zuigende tocht in die oude huizen lekt er een oog, maar bij de begluurde courtisane in de kamer begint er ook iets te tranen. Vrouwen houden er nou eenmaal van bespied te worden... daar is in de loop der eeuwen geen verandering in gekomen.’

‘Voor een eenogige dienaar hoefden ze misschien geen loon uit te keren,’ zei ik.

Als het een ontmaskering was, dan nam Albert het sportief

op. 'Ik ben er volledig op bedacht dat ik door de tocht eerst een tijdje troebel zie... maar heeft het traanvocht mijn oogbal eenmaal schoongewassen, dan wordt het zicht scherp als op een zomerochtend. De gerstekorrel op mijn ooglid neem ik voor lief... zozeer gaat het aanschouwde mij aan het hart.'

'Een paddenschieter heet zo'n pukkel,' zei ik.

'Zwanet,' riep Corinne quasibestraffend uit, 'ik wil niet dat je de prooi van een toegewijd observator... dat je die met zo'n lelijk creatuur vergelijkt.'

Albert bleef onverstoorbaar. 'Rinne, je wordt helemaal rood van verontwaardiging... of is het een opvlieger?'

'Verbeeld je maar niks,' zei Corinne. 'Aan opvliegers ben ik nog lang niet toe... en Zwanet nauwelijks.'

Albert legde zijn hand op haar gloeiende wang. De palm was blijkbaar nog koud van de fles, want Cory's adem stokte en ze trok snel haar hoofd terug. 'Auw, stiekemerd.'

'Het zou een voorbode kunnen zijn,' zei Albert. 'Ver voor de troepen uit. Het blijft oppassen inderdaad. In een of andere Shakespearevertaling las ik ooit: "Nooit komen rampen eenzaam als verspieders."'

4

'Er moet ooit iets goed misgegaan zijn tussen jou en Hans,' zei Corinne tegen Albert. 'Lang geleden al, in Geldrop... iets wat nooit bij te leggen is geweest. Toen we als echtpaar nog min of meer met elkaar praatten, hij en ik, deed hij het altijd geïrriteerd af... met een lullig schouderophalen. Jij liep ook altijd met een boog om het onderwerp heen... misschien ben je vandaag in een openhartiger bui.'

'Het had met jou te maken,' zei Albert mismoedig. 'Daarom hield ik het liever voor me.' Hij maakte een gebaar van vergeefsheid, letterlijk een slag in de lucht. 'Hans lachte graag iemand uit achter zijn hand, maar die hand hield hij een decimeter voor zijn mond, zodat iedereen zijn van leedvermaak vertrokken smoelwerk kon zien. Als hij zich mocht verheugen op de afgang van een ander, liep hij helemaal rood aan, en had hij geen idee hoe intens lelijk hij eruitzag… het was ongetwijfeld zijn ware gezicht. Ik was veertien, vijftien en hopeloos verliefd op ene Corinne Suwijn uit Mierlo. Ze kwam vaak naar Geldrop, naar de boerderij van haar oom en tante, de Allebrandi's, waar Hans en ik ook regelmatig te vinden waren. Ik beleed mijn verliefdheid vooral op afstand, zoals dat gaat op die leeftijd: met indringende blikken en af en toe een briefje, dat ik door een of andere sul liet bezorgen. Onder vrienden, waar ik bij was, raakte Hans niet uitgehoond over mijn "waanzinnige verliefdheid". Hij schokte dan van het ingehouden lachen, en hield zijn hand zodanig gekromd voor de mond dat het leek of hij er van pure opwinding in zou gaan kotsen, de zak. En reken maar dat hij de lachers op zijn hand kreeg. Verliefdheid, kwijnend ondergaan, dat was iets verachtelijks… dat was de zelfvernedering voorbij. Echte liefde, met voorbijgaan aan al die sentimentele flauwekul, dat was iets voor de grote jongens… zoals Hans Krop.'

Ik zei: 'Moeten we nou geloven dat zulk puberaal gedrag de oorzaak is van een vete tussen twee jongens die met elkaar opgegroeid zijn? Kom nou. Er was vast iets veel ergers aan de hand, maar je wilt er niet aan.'

'Ja,' zei Corinne, 'dat idee heb ik ook altijd gehad. En niet alleen bij jou, Albert, ook bij Hans, die er nog minder over wenste los te laten. Het was iets tussen jullie op school… in het gymlokaal of zo.'

'Als hij er niet over wilde praten,' zei Albert, 'hoe kom je dan aan dat gymlokaal?'

'Hij versprak zich een keer… had het toen over een turnbrug in het kleedhok of zo, weet ik veel. Hij wilde er verder niets over kwijt.'

'Geen idee waar dit nou weer over gaat,' zei Albert. 'In kleedlokalen staat meestal geen brug, ook geen paard trouwens. "Te hoog die brug/ De voerlui slaan het paard met holle buizen galmend op den rug." Ik raad je aan De Krop nog eens dronken te voeren... misschien kom je wat meer aan de weet.'

'Zulke gesprekken voeren we niet meer,' zei Corinne.

'Nou weten we nog niet waarom die grijns vanachter zijn hand jou zo heeft gekwetst.'

'Het kreeg wat later een vervolg,' zei Albert. 'Ik kan het niet vertellen zonder Corinne te beledigen.'

'Je gaat je gang maar,' zei Corinne.

Albert riep, wat hij tegenover mij al eerder had gedaan, het decor op van de jeugdsociëteit in Geldrop, gelegen aan de doodlopende Wielstraat: hij had het mij allemaal een keer laten zien op een rondleiding langs de plekken van zijn jeugd. We troffen toen de oude smidse, waarin de soos gevestigd was, uitgebrand aan. Toen het danscafé nog in vol bedrijf was, verlieten stelletjes wel eens het hete hol om buiten, in de oranje schemering van een natriumlamp, wat te vrijen. Het was bij zo'n gelegenheid dat Hans, die juist Corinne naar de bushalte op de Mierloseweg gebracht had, terugkeerde naar de steeg en Albert zijn gebalde hand onder de neus duwde. Uit de vuist stak de middelvinger omhoog – nee, niet als teken van opperste verachting, want dat was toen nog lang geen gemeengoed, maar als als een soort liefdestrofee.

'Hier, op deze vinger, godverdomme, is ze vier keer klaargekomen.'

Hij *jankte* de woorden er bijna uit van triomf.

Albert zei: 'Het was natuurlijk niet voor niets dat hij helemaal terug kwam lopen naar de soos. Hij zocht mij, en wilde me een volwassen lesje leren: *zo* en niet anders, onderwerp je een meisje... niet met gedweep op afstand. Het was winter. Hij haalde zijn hand uit een wollen want, en wat ik rook, was een zweterige nestgeur, meer niet. En toch staat die vinger sindsdien recht in mijn hart.'

Corinne liet haar lachje van Ella Fitzgerald horen, en zei: 'Ja, ik herinner me het gescharrel in de Wielstraat... ook met Hans. Het oranje licht... de vleermuis die er rondwiekte. Maar zo gemakkelijk liet ik me niet door hem bedienen. Hij was preutser dan ik. Dat hij zijn trofee in zijn handschoen bewaarde, vertedert me bijna. Ik wed dat zijn wanten onder zijn jas door via een wollen koord met elkaar verbonden waren... hoogstpersoonlijk gepunnikt door zijn moeder. Ach, de ziel. Had ik hem toen maar gekend.'

5

Als ik zo laat pas de betovering van een vrouwenlichaam ontdekt had, dan ging dat voor mij gepaard met een gelijktijdige *onttovering* van het mannenlijf. Ook al beminde ik nu een lente en een zomer lang Corinne Suwijn, ik ontkende niet dat ik in gedachten nog altijd van een mooie erectie kon genieten... en dan bedoelde ik niet per se een sierlijk exemplaar, hoe zoiets er ook uit zou moeten zien. Eens en voor al: de schoonheid van de fallus zit 'm in zijn stijfheid, of liever nog... in de oprichting daartoe. Hoe de sluizen in de schacht zich vullen met hitsig toegestroomd bloed en het orgaan begint te zwellen. Ook die paar keer met Albert erbij probeerde ik het proces met het blote oog te vangen, maar het was als het volgen van hoe de minutenwijzer van een klok zich verplaatst: je ziet de vordering door op de streepjes te letten, maar de beweging zelf ontgaat je.

Albert zat op zijn knieën tussen ons in. Pas wanneer de penis zich tot halverwege heeft opgericht en recht vooruitwijst, worden de schokjes waarmee hij zich verder verheft voor de toeschouwer direct waarneembaar. Soms heeft het geslachtsdeel in horizontale tussenpositie de neiging om zijdelings, richting lies, af te buigen om daarna weer zijn oorspronkelijke baan omhoog te volgen – al zal het in erectiele toestand altijd een beetje scheef blijven hangen, wat ik erg aandoenlijk vind, vooral wanneer het van speels ongeduld een beetje heen en weer zwaait. (Ik heb het nu niet over de kromgroei bij Hans Krop, want zo'n afwijking kan onmogelijk vertederen.)

Ook mijn hand is er niet helemaal afkerig van. Alleen al de spitse rankheid van mijn vingers staat garant voor mijn grote ontzag. Als ik de dunne, plooibare huid over de schacht op en neer beweeg, word ik de zwaarte van de balzak gewaar, die als contragewicht bij de oprichting lijkt te fungeren. En omdat het oog ook wat wil, hou ik ervan de testikels in hun scrotum te zien schommelen, en daarin schuilt evengoed schoonheid. Anders wel in de voorhuid, die niet meteen de hele glans blootlegt, maar op de uitstekende rand, de drempel als het ware, nog wat blijft dralen alvorens verder af te zakken net als, om het oneerbiedig te zeggen, een sok waar de rek uit is.

Voor de komst van Corinne had ik in mijn leven meer roeden gezien dan normaal is voor iemand die in huwelijkstrouw gelooft. Ze waren onderling zo verschillend qua vorm en temperament dat ik mezelf tekort zou hebben gedaan door te weigeren promiscue te zijn. Albert had het voorbeeld gegeven, dus zelfs daarin was ik volgzaam geweest.

Niet te vergelijken: de roze fallus die zo glom van wellust dat ik er bijna mijn vulva in kon spiegelen... en zo een met een matte huid die gebronsd leek in de zon, waar dan wel de zuurtjesroze glans bovenuit rees als de dageraad boven de einder. En alle vormen en maten daartussenin, met wonderlijk genoeg allemaal dezelfde functie: de instandhouding van een gedoemde soort.

Hoe ze een compleet, parend koppel in zo'n machine weten te takelen, is mij een raadsel, maar röntgenfoto's hebben aangetoond dat in de schede de fallus zich, ondanks zijn schijnbaar compromisloze hardheid, in een boemerangbocht wringt. Ik zie het maar als een vrouwelijke kracht, die de onbuigzame drift van de man weet te knakken. Ik kan er niets aan doen, maar sinds ik die kennis bezit, beschouw ik de vagina als een mal die heel fabrieksmatig boemerangs produceert. Zo retourneren wij vrouwen de werpknots naar de eigenaar, ook nadat hij doel getroffen heeft. *Vangen, sul.*

6

'De mannelijke visie,' zei Corinne, 'zit als kruipolie tot diep in de taal. Vleselijke gemeenschap gaat per definitie over een man die zich met een vrouw verenigt... eerder dan omgekeerd.'

De hele wereld lijkt erop gemaakt om te tollen rond een spil van hard aangestampt vlees. Ziedaar de meest opzichtige orde der dingen, die Rinne en ik de rug hebben toegekeerd, misschien wel voorgoed. De rug is toch meestal het lichaamsdeel waarop een vrouw geacht wordt de gewone gang van zaken te ondergaan – niet een schild ter bescherming, eerder een stevige basis, zodat ze goed ligt om de storm van hartstochten over zich heen te laten komen. Als ze haar man de rug toewendt, is het doorgaans op *zijn* bevel, voor *zijn* gerief, in de vernauwing of in de verruiming.

En toen kwam zij. Hoe verrukkelijk was het ergens diep in haar doorweekte weefsel een sterk verkleinde replica van de vermaledijde, heerszuchtige fallus aan te treffen. In gezwollen staat is de clitoris bij machte zich onder haar lieve capuchonnetje uit te wurmen, om nog meer gelijkenis met de vermaledijde Goliath te tonen. Als ik er de juiste pen voor bezat, zou ik uitsluitend deze van God gegeven miniatuur bezingen, en die van haar in het bijzonder. Als de clitoris een bundeling van de gevoeligste zenuweinden bevat, dan moet ze wel de delicaatste pijlenkoker uit liefdesland zijn.

Haar orgasme (ik bedoel hier van de clitoris, nog niet van Corinne zelf) hoeft niet voor de extase van de tot het uiterste gedreven fallus onder te doen. Integendeel, het bloedroze kleinood hoeft niet eens, om aan een biologische noodzaak te voldoen, te ejaculeren. Het uitblijven van een zaadsprong bij het acme maakt nou juist de sierlijkheid ervan uit: in zichzelf berustende schoonheid. De clitoris zendt in soevereine geslotenheid haar spasmen de wereld in... iemand zou eens heel gevoelige zendapparatuur moeten bouwen om ze te registreren, als de zwakst denkbare radiogolven, of hoe moet ik het me voorstellen. Ter vervanging van het zichtbare plengen is er altijd nog het omringende lichaam dat het ondraaglijke genot aan de omgeving kan overbrengen... door te schokken en met ledematen in het rond te slaan... door het uit te schreeuwen.

Ze laat zich ook wel eens helemaal gaan, maar ze is op haar mooist als ze op weg naar de ontlading haar lichaam aanspant... tot het, zonder dat er een klacht over haar lippen komt, in de lengte begint te schudden, rijdend op spierverharde billen en met slingerende borsten, die heel even rechtopstaand de zwaartekracht trotseren.

Shall I compare thee to a summer's day... ja, zo hoort het. Als ik de in plooien verborgen clitoris vergelijk met de ciborie weggesloten in het tabernakel, dan gaat de beeldspraak met me op de loop, en bezing ik niets of niemand, behalve misschien de oude katholieke rituelen uit mijn jeugd, die besmeurd zullen raken doordat ze met al hun goud in een obscene vergelijking figureren.

Albert werd altijd geroemd als erudiet, maar sinds de komst van het internet werden zijn wetenswaardigheden nogal eens afgedaan met: 'Tja, internet, hè.'

Zijn weerzin jegens het 'onkruid uit Silicon Valley' werd er alleen maar groter door. Al kost het me een reputatie als erudiet, ik heb het nooit een schande gevonden om iets digitaal op te zoeken, zoals nu (voor tabernakel had ik eerst 'altaarkluis'). Het verlangen om iets wetenswaardigs op te zoeken komt tenslotte uit mezelf, en ik zuig wat ik vind op in mijn eigen metabolisme van zinvolle en zinloze kennis.

Op medicijndoosjes staat wel eens: 'De capsule eerst enige tijd onder de tong leggen.' Als ik haar niet in mijn buurt heb, en ik ben ten prooi aan wat met zo'n lelijk woord *geilheid* heet, dan dagdroom ik Corinnes kleine heilige onder mijn tong. Misschien zien voorbijgangers een vrouw die op een perendrup loopt te zuigen, met bewegende lippen en kaken, maar er *zwelt* daar iets in de beschutting van mijn ondertanden. Mijn tong laat het alle hoeken van de mondholte zien... plet het tegen het geribbelde verhemelte als tegen een wasbord. Als een dagdroom tot echte kennis kan leiden, ondersteund door tastzin, dan zweer ik dat ik in de geest heb ervaren hoe een gezwollen kittelaar kan sidderen van genot.

Toen ik het haar eindelijk durfde bekennen, vroeg Rinsi: 'Gisteren dus?'

'Goed gegokt.'

'Middaguur... rond enen.'

'Frappant.'

'Boodschap draadloos ontvangen... ik stond wat ongemakkelijk wijdbeens in lijn 2... tegen het slingeren van de tram, dacht ik. Ik weet nu wat de oorzaak was.'

7

Door de herinnering aan Corinne in lijn 2 moet ik opeens denken aan een aforisme van Lao Tse. 'Je hebt een steentje in je schoen, en je *bent* op den duur alleen nog dat steentje.'

Nu ik zoveel ouder ben, overkomt het me niet zo vaak meer, maar in de tijd van Corinne veranderde ik elke dag wel een keer in mijn eigen clitoris. In stijve staat speelde die de kiezelsteen in de schoen die mijn lijf was... ze was de harde pit of de scherpe doorn in mijn zachte vlees. Ik was niet altijd op de juiste plek om het verrukkelijke ongemak uit te drijven. Net als Lao Tse met zijn steentje *werd* ik de kleine, verharde kittelaar. Het orgaan veranderde in mijn minuscule handpop, die in plaats van mij optrad... die het namens mij uitschreeuwde. Ik droeg haar door de dag... op De Brouwerij en als ik aan het werk was in de oude wijken.

Ergens diep onder mijn kleren gloeide ze in het donker – soms was ik bang dat deze kleine, beeldenrijke toverlantaarn door de lagen kleding *heen* scheen. Albert vertelde me over het priapisme waar Maupassant aan leed: de schrijver liep urenlang rond met een op den duur pijnlijke erectie. Hij betaalde zich blauw aan hoeren die hem verlichting moesten schenken. Op een dag riep Maupassant euforisch uit: 'Ik hoef het niet meer te krijgen... ik *heb* de syf.'

Of de kwikbehandeling ook hielp tegen het priapisme, een kwestie van buigen of barsten, dat vermeldt de geschiedenis niet. Maupassant eindigde in het gesticht, en vrat daar zijn eigen fecaliën. Ik vraag me nu, na al die jaren, af of priapisme ook op vrouwen betrekking kan hebben, en of ik er, als Corinne er niet was om me te 'ontpitten', niet in ernstige mate aan leed. Het mag misschien met terugwerkende kracht gelden als wapenfeit onder de zaken die we destijds samen op de mannenwereld veroverd hebben.

'Ik wou dat door over mijn maag te wrijven ook mijn honger verdween,' zei een Griekse wijsgeer over zelfbevrediging. Ik probeerde het steentje uit mijn voet te verwijderen, maar het plekje dat het had ingenomen, liet zich niet zomaar wegmasseren... een soort fantoompijn. Ik had de clitoris tegenover mijn Rinse Rinni vaak bezongen als een pionvormig heiligenbeeldje in z'n schrijn. Het ontpopte zich van tijd tot tijd als een kleine despoot, die erom schreeuwde verdreven te worden... om zich dan weer op te richten en onder zijn baldakijn terug te keren... en zo tot in het oneindige.

Soms was ik genoodzaakt me van de tirannie te bevrijden onder mijn werk. Ik veinsde dan dat ik de verwaarloosde etage wat nader wilde onderzoeken, en begaf me in een stinkend zijkamertje vol onduidelijke troep. Toen ik als puber 'al een hele jongedame' aan het worden was, gruwde ik ervan om me voor de zelfstreling op een toilet af te zonderen, hoe blinkend schoon het ook was. Laat ik het zo zeggen: de jongen die ik erbij fantaseerde, kon ik toch niet op een wc ontvangen? Elke troon kon dienstbaar zijn, maar een toiletpot… nee.

En toen bevond ik me ineens op een zolder in Oud-West, waar alles bedekt was met kolengruis en het stof danste in de dunne lichtbanen die het kapotte dak doorliet. Ook daar stonk het alsof de oude kast die er stond vergeten, nog niet helemaal gemummificeerde kadavers bevatte. Ik stootte tegen een oude bloempot, waarvan een scherf in een teil viel, die halfvol roestig regenwater stond. Het stuk aardewerk maakte een moeraslucht los die ik niet bij machte ben te beschrijven, en die de vraag opwierp wat er in de tobbe kon hebben gelegen. Het was het soort ketel voor de zaterdagavond, wanneer de hele familie door hetzelfde sop gejaagd werd. Mogelijk hadden ze hier verzuimd een kind met het badwater weg te gooien.

In die stank, en met om me heen glibberige demonen die ik nog nooit tot mijn erotische fantasieën had toegelaten, moest ik de harde pit uit mijn vlees zien te verdrijven. Waar was je, Cory, toen ik je het hardst nodig had?

8

Ik wist het nog niet zo lang, een maand of drie nu, maar het stond inmiddels wel vast dat Corinne en ik heel lang Albert hadden gedeeld – in afwisseling welteverstaan, nooit gelijktijdig in dezelfde ruimte. Nu, na een afkoelingspauze, zouden we hem opnieuw samen kunnen beminnen… getweeëndeeld tussen ons in hangend. Corinne en ik hadden hem om beurten gediend, het werd voor Albert tijd om, zogezegd, 'twee heren te gaan dienen'.

Albert kwam vooral om te *kijken*, niet om actief aan een driemanschap deel te nemen. Voor Corinne en mij had het een opluchting kunnen zijn (wij samen, geen gefriemel van een derde), maar dat was het niet.

'Denk mij maar weg,' had Albert meteen al gezegd, maar dat voorkwam bij ons het onbehagen niet. Het lag echt niet alleen aan zijn forse gestalte dat we zijn aanwezigheid niet zomaar konden negeren. Zijn indringende blik, *die* remde ons, misschien des te meer omdat hij op den duur geheel aangekleed bleef, zodat er geen tekenen van opwinding te bespeuren vielen, ook niet als oneffenheid in zijn kleding, want hij zat geknield voor het bed, met zijn armen gekruist op de rand van het matras. Uiteindelijk voerden we een soort *show* voor hem op, en als ik me niet vergis, boden we hem vrijwillig allerlei in- en doorkijkjes, zodat hij zijn nek niet hoefde te verrekken. Het had iets schaamteloos, maar het nam bij Corinne en mij de schroom, en bijgevolg een vreselijke onhandigheid, niet weg. *Als* we ons al ergens aan overgaven, dan aan de van gretigheid loensende ogen van Albert, niet aan elkaar. Met onze lijven op z'n intiemst geplet bleef de hunkering naar nabijheid.

Hier hadden we de hele voorbije week naar verlangd, maar nu het zover was, werden we zelfs ternauwernood vochtig. Ooit, lang geleden, hadden we ons ieder afzonderlijk laten overrompelen door Alberts blik, en nu droogden we er samen in op.

'Laten we maar ophouden,' zei Corinne, mij zachtjes van zich af duwend. 'We gedragen ons als een stel houteren klazen.'

'Hint begrepen,' zei Albert. 'Ik ga al.'

Hij keerde ons zijn rug toe, en liep toch wat stijfjes naar de deur, maar dat kon ook stramheid zijn na het ongemakkelijke neerknielen. 'Heb elkaar lief.'

Of het door die laatste, grootmoedige woorden kwam... na zijn vertrek gaven we ons ongeremd aan elkaar over. Onze linkshandigheid was er nog, maar die werkte in heel haar mannelijke horkerigheid vooral opwindend.

'Niet daar… hier.' Er werd een arm verlegd. 'Niet ineens ophouden.'

Zo verzadigd als we na afloop waren (zelfs de natintelingen raakten later dan anders uitgewerkt), we zaten nog steeds opgescheept met de Heer des Huizes.

'Ik zie het nog gebeuren,' zei ik, 'dat we om bij elkaar te komen over hem heen moeten klimmen. Ik ben lenig genoeg, maar *dat* gaat mijn krachten te boven, Rinne.'

Ze pakte mijn hand, en schoof hem onder haar linkerborst tot op haar hart. 'Voel je hoe het nog steeds tekeergaat? Voordat ik je leerde kennen, heb ik mijn deel aan orgasmes echt wel gehad, geloof me. Maar zoals bij jou… orgasmes met een dubbele bodem, waarin het kostbaarste van het genot wordt bewaard. Net als je denkt het onderste van het onderste te hebben bereikt, scheurt in de diepte nog iets open… iets onvermoeds. Een korte vuurstorm. Begrijp je wat ik bedoel?'

'Ik zou er andere woorden voor gebruiken,' zei ik, 'maar ook voor mij bestaat er een Ervoor en een Erna, met hoofdletters. Er is blijkbaar voor ons allebei een nieuw tijdperk aangebroken… dat van de acmes op leven en dood. Zo'n extra lavalaag neemt niemand ons af.'

'In onze ether kunnen we geen stoorzenders gebruiken,' zei ze. 'Het klinkt ondankbaar, ik ben hier te gast, maar… hoe ontlopen we de gastheer?'

'Hoe jij hem gekend hebt, Rinne… ik hoor er weinig over. Misschien komt dat nog. *Ik* heb alle stadia met hem doorgemaakt, van wittebroods via routine tot sleur. Bij alles wat hij nog meer is, heeft hij zich steeds meer tot een voyeur ontwikkeld. Niet in het geniep. Hij is een beschaafde gluurder, met een theorie. Hij is niet toevallig een pleerat geworden. Met zijn toneelstukken bouwt hij grote kijkdozen voor zichzelf. Hij laat het publiek een cent betalen voor een glimp door het gaatje, maar hij is zelf zijn eigen eerste bespieder. Hij is een narcist voor een one way-spiegel… aan de kant van het toekijkende korps.

Hij loert als het ware door zijn weerspiegeling heen, naar zijn eigen hallucinaties. Narcissus, gebogen over de plomp, wordt niet verliefd op zichzelf, maar op de visioenen onder het heldere vijveroppervlak. Een karper, rode goudvissen, gezonken lelies... Ophelia die licht geworden door ontbinding opstijgt uit de diepte... in het bodemslik een verroeste fiets, daar gedumpt om het water ijzerrijk te houden...'

'Ik hou van je als je zo doordraaft,' zei Corinne. 'Bij voyeurs is nooit helemaal duidelijk *waar* ze naar loeren. Doorgewinterde gluurders doen iets met hun oogopslag waardoor je denkt dat ze er met hun gedachten niet bij zijn... ze kijken met ieder oog een andere kant op, zo lijkt het... naar buiten of naar binnen. Ondertussen zien ze alles wat van hun gading is, met een scherpte die volgens mij door geen bril te evenaren is.'

'Arme Albert,' zei ik. 'We veroordelen hem als geroutineerd voyeur, terwijl zijn eigen vrouw haar ogen niet thuis kan houden, en niet rust eer ze haar mooie geliefde met haar blik vastgepind heeft.'

'Dat noem ik geen gluren,' zei Corinne. 'Dat is een paring, open en bloot... brute penetratie met de blik. Gelukkig kan ik het je elke keer betaald zetten. Als we zo doorgaan, zullen we nog stekeblind eindigen. Die fel glinsterende kartelranden van jou... mijn hoornvliezen springen erop stuk.' Ze spalkte met duim en wijsvinger van elke hand haar ogen open, en keek me van heel dichtbij griezelig aan. 'Zie je wel hoe vunzig bloeddoorlopen het wit is?'

'Goed, voyeurs zijn we allemaal,' zei ik, 'maar wat doen we met Albert? Zoals het nu gaat, werkt het niet.'

'We zouden hem kunnen omscholen tot potloodventer.'

'Het is een droge zomer... zijn enige regenjas hangt bij de stomerij.'

9

'Ik kan me niets goddelijkers voorstellen dan jullie samen... vrijend... en ik die ernaar kijk,' zei Albert. 'Ik ben er altijd van uitgegaan dat vrouwen zichzelf graag laten zien. Waarom hebben jullie anders die soepele vouwbenen?'

'Het remt ons,' zei Corinne. 'Waar jij naar komt kijken, wordt zo een pose... een toneelstukje om jou tevreden te stellen. Voor ons is het beschamend en onbevredigend. Zo ontleent geen van ons drieën er iets moois aan.'

Hij verloor zijn geduld. 'Ik arrangeer een ontmoeting tussen jullie tweeën... niet zonder risico voor mezelf, want ik moet maar afwachten hoe zoiets uitpakt... en dan duiken jullie op elkaar, met buitensluiting van mij. Ik word uit mijn eigen slaapkamer verbannen... uit het echtelijke bed, dat ik altijd met hand en tand verdedigd heb. Fraai is dat. Ik heb me nog nooit zo afgezeken en vernederd en verraden gevoeld. Moet je jullie nou zien daar... jullie kunnen je lachen nauwelijks houden.'

'Wat jij ziet,' zei ik, 'is bekkentrekkerij van twee vrouwen die van opgelatenheid niet meer weten waar ze moeten kijken. Bedenk dat wat ons is overkomen... wat wij voor elkaar zijn gaan voelen... ons heeft overvallen. We keren ons niet tegen jou... *het* keert zich tegen ons. Het is liefde, maar we zijn er kapot van.'

'Vertel me dan in godsnaam,' schreeuwde Albert bijna, 'wat mijn rol in het geheel is, behalve die van onderdanige koppelaar... of ben ik nog minder dan dat, en draai ik alleen op voor de huurpenningen en de energierekening? Zeg het maar, ik schik me wel.'

'Als je ons wilt bespieden,' zei ik, 'doe het dan in stijl... volgens de oeroude regel van het sleutelgat.'

'Wat voor eer valt daar voor mij aan te behalen?' Zijn gezicht stond kinderlijk bitter, als van een schooljongen die een blauwtje gelopen heeft.

'We zijn dan nog meer aan je onderworpen,' zei Corinne. 'Zwanet en ik zien jou niet... jij ons wel, en hoe. We hebben het uitgeprobeerd. Het sleutelgat bestrijkt niet de hele kamer, wel het bed. Het spel dat wij voor je opvoeren, is mooi ingekaderd...'

'...met de omtrekken van een poppetje, een pion... een mens, zo je wilt,' vulde ik aan. Je moet alleen beducht zijn voor tocht. Voor je 't weet, heb je een loopoog. Hetzelfde principe als bij het snijden van een ui. En als je ogen gaan tranen, voel je vanzelf verdriet.'

'Dus jullie verbannen me uit mijn eigen slaapkamer,' zei Albert. 'Als het niet zo droevig was allemaal, zou ik er hard om lachen... om er misschien nooit meer mee op te houden.'

'Je schijnt de ernst van de situatie niet in te zien,' zei ik. 'Rinne en ik... het is ons menens, snap dat dan.'

Er was iets triomfantelijks in de blik waarmee Corinne naar hem keek. Ze was zichtbaar opgelucht dat ik in deze heikele kwestie het voortouw genomen had.

'Ik dacht... ja, wat dacht ik eigenlijk?' zei Albert. 'Dat jullie maar wat aan het uitproberen waren.'

'En dat we het experiment vroeg of laat zouden uitbreiden richting jou,' zei ik. 'Dat dacht je. Niet?'

'Min of meer, ja,' zei Albert. 'Ik begrijp nu dat ik niet langer welkom ben... behalve om de huur van jullie liefdesnestje te voldoen.'

'Je zou er minder cynisch over kunnen doen,' zei Corinne bibberig. 'Al was het maar uit respect voor Zwanet. Dit is een serieus liefdesbedrijf. Ik hou van haar... niet zomaar een beetje, maar...'

'...met heel je hart,' vulde Albert aan, cynisch knikkend.

'Net als ik van haar,' zei ik.

'Mag ik dit op mijn manier even verwerken?' zei Albert, nu zonder een spoor van ironie. 'Ik voel me buitengesloten, en niet zo'n beetje ook... door de twee vrouwen die me het dierbaarst zijn in de hele wereld.'

'Albert, we zeggen de vriendschap niet op,' zei Corinne. 'Het is alleen... Zwanet en ik kunnen nu niemand meer tussen ons laten komen. Het is te teer allemaal.'

'Alle begrip, hoor,' zei Albert gemaakt luchtig. 'Als het nodig is, ken ik mijn plaats.'

Hij stond op van de bedrand – met een ruk, alsof die kant van het ledikant plotseling gloeiend heet was. Hij had op heilig terrein gezeten, en dat mocht niet meer. Speelde hij toneel? Hij greep naar zijn billen alsof hij zich inderdaad verbrand had. Alvorens de deur te openen wreef hij met een vingertop over het sleutelgat. 'Ik raad jullie aan hier de sleutel weer in te stoppen.'

'Dat klinkt alsof je niet voor jezelf instaat, en we de deur beter gesloten kunnen houden.'

'Zover zou ik nooit gaan... ik bedoel, door jullie suggesties dat ik in de verleiding zou kunnen komen om door de opening te gluren. Een eenzame man die het moet hebben van een beetje loeren bij de buren.'

10

Natuurlijk was ik vaak met terugwerkende kracht na-ijverig op haar minnaars uit het verleden, inclusief Hans en mijn eigen echtgenoot. Ik had een methode ontwikkeld om die jaloezie de baas te worden. Alle handen die haar gestreeld hadden, alle vingers die haar ooit intiem beroerden, hadden haar uiteindelijk naar mij toe gebracht. Ze hielden haar klieren en sappen gaande, om haar lijf optimaal functionerend aan mij over te dragen, waar het thuishoorde.

Deze visie op haar oude liefdesleven vol te houden vergde de nodige discipline. Het was ook een schijngevecht in de geest, waarbij ik menig minnaar meedogenloos uitschakelde. Als ik zulke aanvechtingen kreeg, raadpleegde ik altijd het gedicht 'Wie nog dorst naad'ren' van Slauerhoff. In heel z'n bittere, opstandige fatalisme schonk het me troost.

Er waren van de verwerpelijke troep die ik bestreed maar twee mannen met een duidelijk gezicht: Albert en Hans. Van de derde, de Belgische diplomaat Sabbe, kende ik gelukkig alleen de naam. Ik ben nooit naar hem op zoek gegaan in de annalen van de Belgische diplomatie in Amerika.

De 'ik' van Slauerhoffs gedicht is zelfs bereid de spiegel die de geliefde weerkaatste kapot te slaan, uit angst dat het glas haar beeltenis heeft behouden. Zou ik in staat zijn een of meer van de mannen uit haar leven te vernietigen, in ruil voor enige gemoedsrust? Zou ik in staat zijn mijn eigen man te vermoorden, de 'anderhalve vader' van mijn kinderen?

11

Ik wilde graag geloven in de noodzaak van onze symbiose, die geen andere aanleiding had dan het lot zelf, en juist daarom moesten we eens en voor al elke twijfel bij elkaar wegnemen. Het was nou net een onderwerp dat je beter thuis kon uitpraten, in de beslotenheid van de slaapkamer, nadat de hartstocht van de namiddag geluwd was… maar uitgerekend op zo'n ideaal moment kwamen we er niet toe.

Nee, dan de paskamertjes van De Bijenkorf, derde etage, op een drukke zaterdagmiddag… *dat* was de plek. Het personeel lette daar altijd extra op kledingdieven. Bovendien was Corinne ervan overtuigd dat de hokjes voorzien waren van one wayspiegels, net als de observatiekamer van Pijkel en de verhoorruimtes op het politiebureau. Het maakte haar bij het aan- of uittrekken van iets nieuws 'hypernerveus', zoals ze zei. 'Al die jaren als fotomodel had ik er geen last van… dat waren meestal staande spiegels… draaibaar en op wieltjes.'

Ik bracht haar in twee verschillende uitvoeringen een rok, en reikte haar de hangertjes om het gordijn heen aan. 'Wat ik je altijd nog eens vragen wilde, Rin… in hoeverre, denk je, hebben wij elkaar gevonden in onze *wraak* op Albert?'

'Moet dat nu… hier?'

Ze stond in haar ondergoed voor de manshoge spiegel waarachter, volgens haar, het personeel zich verdrong om niets te missen van de telkens herhaalde striptease, die in heel z'n praktische nuchterheid opwindender was dan onder de spots van een nachtclub. Zo had ze het sleutelgat thuis, met het tranende oog van Albert, niet meer nodig. Ik droeg al ruim een halfuur veel meer kledingstukken aan dan waar ze om gevraagd had, enkel en alleen om haar telkens half ontkleed in het pashok aan te treffen. Het liefst had ik haar daar vluchtig bemind, in staande positie, met haar blote billen tegen de spiegel om er mooie, nevelige vetvlekken op achter te laten, dan hadden de beveiligers nog iets om straks, na sluitingstijd, van na te genieten. Buiten hing een bord dat de klant verbood om lingerie op het naakte lijf aan te passen – het mocht alleen met het eigen ondergoed aan. Ik probeerde Corinne ertoe te verleiden om het verbod te omzeilen, maar daar was ze ondanks al haar gewone stoutigheid dan weer te gezagsgetrouw voor.

'Nou, wat had je over Albert en wraak en zo?'

'Ik wil graag geloven,' zei ik, 'dat wat wij met elkaar hebben uit een soort blikseminslag voortkwam.'

'Dat is ook zo.' Er kletterde een kluwen hardplastic kleerhangers op de grond, die met de haken in elkaar vastzaten. 'Zo heb ik het ervaren. Het trof me echt, zoals ze zeggen, als een donderslag bij heldere hemel, hoewel het op dat moment al aardig donker aan het worden was. Het gebeurde niet alleen onverwacht, het was ook ongewenst… achteraf dan, want het heeft mijn hele leven ontregeld. Anders het jouwe wel.'

'Ik was, en ben nog steeds, Alberts vrouw… en jij… ja, ik weet eigenlijk nog steeds niet goed hoe diep de verhouding tussen jullie ging. Hij presenteert zich altijd als jouw voormalige beschermheer... dat kan van alles betekenen. Jij bent ook niet bijzonder spraakzaam als het over hem gaat. Feit is dat jullie *iets* met elkaar hadden, en dat Albert getrouwd was.'

'Ik ook... heel problematisch.'

'Goed, op een avond stelt hij ons aan elkaar voor. Misschien was ik voor jou tot op dat moment zoiets als een abstracte factor in het geheel. De echtgenote... een trouwboekje, met daarin twee kinderen bijgeschreven. Opeens komt de abstractie voor jou tot leven, naast hem.'

'En het bleek, hel en verdoemenis, nog een aantrekkelijke vrouw ook. Ik voelde moordlust opkomen.'

'Dat bedoel ik... net als ik. We zaten beleefd naar elkaar te glimlachen, maar misschien hebben we wederzijds de bloeddorst in elkaars ogen herkend... gericht op Albert.'

Ik reikte haar een soort balletpakje aan, uit één stuk, maar nooit door enige ballerina te dragen, tenzij in huiselijke kring – van doorzichtig zwart kant, met drukknoopjes in het kruis. In het vuur van het gesprek trok Corinne gewoontegetrouw haar slip en bh uit, en zondigde zo tegen de vermanende huisregel van De Bijenkorf. Ze trok de lingerie over haar hoofd aan, want de drukknoopjes stonden open. Het kledingstuk, hoe vulgair prikkelend ook ontworpen, gaf haar iets onschuldigs en maagdelijks, als een verlaat communicantje. Ik hield zo onbevattelijk veel van deze vrouw dat ik alweer spijt had over mijn wraaktheorie te zijn begonnen. Corinne probeerde de drukknoopjes met elkaar te verbinden, maar dat kon alleen als ze zich ver vooroverboog, waarbij de delicate stof op de rugzijde zodanig de hoogte in verschoof dat het een hopeloze missie werd.

'Luister, Zwanet... als we hem samen koud maken, hebben we de schijn tegen. Ik snap waar je op af wilt. Door ons tot elkaar te bekennen, en de heer Egberts daarbij buiten te sluiten, hebben we net zo goed de schijn tegen... alleen niet in juridische zin. We kunnen onze liefde altijd opvoeren als alibi voor de wraakneming… al is dat hier te lande minder effectief dan in Frankrijk.'

'Zonder het zich te realiseren,' zei ik, 'heeft hij de represailles over zich afgeroepen… door zijn twee vrouwen samen te brengen.'

'Ik weet zonet nog niet of hij het niet beseft heeft,' zei Corinne. 'Misschien vond hij het tijd worden om een zelfbestraffing te regisseren. De mens is een raar wezen.'

'Ik ken hem… al durf ik langzamerhand niet meer volmondig te zeggen: beter dan jij. Albert heeft jou en mij willen verzoenen, zonder daarbij zijn libidineuze belangen uit het oog te verliezen. Vat je 'm? Geen beter podium voor een verzoening van vijandige kampen dan het echtelijke bed, maar dan moet daarin ook plaats zijn voor de Grote Vredestichter. Ziedaar zijn misrekening. We hebben hem genadeloos verbannen.'

'We zijn dus niet *vrij* van wraaklust,' zei Corinne. 'Dan is onze liefde op z'n minst voor een deel onzuiver.'

Albert had me ooit verteld over een oom van 'm die in de tuin op een familiefeestje dronken zijn blaas stond te legen, en daarbij het dunne uiteinde van zijn stropdas uit de gulp had getrokken in plaats van het gewenste orgaan, zodat alle bierpis in de pijpen van zijn broek verdween. Zo had de elfjarige Albert de man aangetroffen: mompelend, zonder vooralsnog zijn vergissing te bemerken. Hij had het eindje stropdas zelfs afgeschud, om de laatste druppels kwijt te raken. Ongeveer zo stond Corinne met het voorste lapje van het lingeriekruis in haar hand, terwijl het achtergedeelte buiten haar bereik langs de bilspleet omhoogkroop.

Ik zei: 'Nou, laten we de wraaklust dan beschouwen als een bijproduct van onze liefde, zonder dat die daardoor in waarde daalt. Revanche is een van onze verdedigingswerken… die hebben we hard genoeg nodig.'

En ja, toen heb ik haar toch maar staande bemind, met haar voorzijde naar de spiegel en de afdeling Beveiliging toe. Ik drukte me van achteren tegen haar aan, en reed tegen haar verrukkelijk verende billen op. Drukknoopjes hoefden er niet te worden losgepeuterd. Ze liet me begaan. Haar lieve hoofd lag achterover gekanteld op mijn schouder. Toen het zover was, stiet ze samen met de schreeuw haar hete adem van dichtbij tegen de spiegel, die ervan besloeg. Ik tekende snel een hartje voor haar in de condens.

Het zwartkanten balletpakje hebben we keurig afgerekend, en nog vaak gebruikt, al konden de knoopjes bij het dichtdrukken wel eens geniepig een velletje meenemen.

12

We onderhielden geen contact met wat we, niet zonder gêne, '*echte* lesbostellen' noemden. ('Pas op je woorden, Zwan... hoewel op onoverbrugbare afstand zijn het nog altijd onze zusters in crime.') We hoorden wel eens iets over kinky party's voor uitsluitend vrouwen, maar we waagden ons niet in die wereld, ervan overtuigd als we waren dat we er niet pasten – wat met schaamte niets te maken had. Natuurlijk kwam ons wel eens iets ter ore, zoals over lesbische paren die hun ingekakte liefdesleven een nieuwe impuls probeerden te geven door achter jonge meiden aan te jagen. Ze deden elkaar zo'n omgelegde deerne gewoon cadeau, en deelden haar via een ongevaarlijk salomonsoordeel.

Rinne en ik voelden zulke behoeftes niet, en daarin waren we oprecht tegenover elkaar. Onze gelijkgeslachtelijke wereld strekte zich niet uit tot buiten de grenzen die wijzelf met onze lijven vormden... en dat was voor ons van een onuitputtelijke rijkdom. We waren trouwens nog altijd, als een stel onverbeterlijke klerken, de onontgonnen plekjes aan het inventariseren... en raakten we de tel kwijt, dan begonnen we met evenveel goesting opnieuw. Alleen al het turven met een nagel in licht gebronsde huid is een genot. Stel je de gezichten voor van nawereldlijke archeologen die onze graftomben openen, en met infrarood al die ingekerfde panfluiten bij elkaar optellen: 'Dit is waarlijk een momentopname van eind twintigste eeuw... de waardevrijheid van rekenkundige reeksen ver voorbij.'

Vergeet niet, er was ons iets wonderlijk uitzonderlijks overkomen: een amour fou tussen twee van oorsprong, en misschien nog steeds van nature, heterosexuele vrouwen... allebei moeder bovendien. Het was niet zo dat we elkaar achternagezeten hadden totdat een van ons tweeën ten slotte, blozend en weifelend nog, bezweek en toegaf. Nee, de liefde had bij ons allebei tegelijk toegeslagen, in even verwoestende mate. *Coup de foudre*. Net alsof er van buitenaf, of liever van bovenaf, een gevaarlijk experiment met ons uitgevoerd werd: bestaat er een natuurlijk afweermechanisme, compleet met afleider, tegen zo'n felle blikseminslag, die twee mensen net zo goed als een stel verkoolde karkassen onder een gespleten boom kan neerwerpen?

Puur voor ons plezier, maar ook een beetje beducht voor het resultaat, maakten Rinne en ik samen kansberekeningssommen om wat iets onmogelijk zeldzaams leek statistisch toch aannemelijk te doen lijken.

Conclusie (maar dat kon aan onze krakkemikkige rekenkamer liggen): wat ons was overkomen, en nog dagelijks overkwam, *kon* eigenlijk niet. Zelfs de alleruitzonderlijkste dingen des levens vielen nooit zo mooi op hun plaats.

'Goed, dan zijn we maar uitverkorenen,' besloot Corinne met half gespeelde moedeloosheid. '*Iemand* moet de last dragen.'

'Gebenedijden, dat zijn we... gedoemde gebenedijden.'

'Ja, met een doorverwijzing naar de hel... alles poliklinisch.'

'In godsnaam, Cory, wie of wat zou er baat bij hebben om dit wrede spel met ons te spelen?'

'Het *gebeurt* ons... meer valt er niet over te zeggen.'

En ik, met een theatrale zucht: 'Verzet heeft geen zin.'

'Het zou de boel alleen maar verergeren.'

Hoofdstuk x *Mit Eingriff*

1

Sinds we de Heer des Huizes hadden buitengesloten (of liever, opgesloten in het deurslot) raakten Rinne en ik nog meer geïsoleerd. Nu het zo'n mooie nazomer was, maakten we af en toe een wandeling in het Amsterdamse Bos, maar voor het overige was onze leefomgeving niet veel groter dan het liefdesnest op tweehoog, de voormalige echtelijke sponde van Albert en mij – een op de vijand veroverde locatie dus eigenlijk, strategisch bestreken door een sleutelgatvormig vizier. Nee, fantaseren over een derde persoon als bedgenote was er niet bij. Toen ik op een middag Het Onaanzienlijke Meisje weer eens opvoerde, een met couperose behepte schim uit een ver verleden, en haar Corinne aanbood om al mijn aanmoedigingen uit te voeren, liep dat op niets uit. Zonder dat de binnen genodigde een vinger naar haar had uitgestoken om de siësta van verzadiging af te dwingen, viel mijn liefste in een diepe slaap.

'Is ze weg?' vroeg ze na een uur bij het wakker worden, een beetje kinderlijk steunend. 'Het Onaanraakbare Meisje... is ze er nog?'

'Je snurkte maar heel licht, en toch was het voldoende om haar op de vlucht te drijven. Na dat luide gegeeuw van je, eerder vanmiddag, was dat net te veel voor haar. Je hebt haar onaanzienlijke charmes beledigd.'

'Vertrokken dus... nou, kom eens hier dan.'

Vroeger, voordat zij kwam, waren de lichamen van andere vrouwen oneindig veel dichterbij dan erna. Ik had ze bij wijze van spreken *binnen handbereik*, maar deed niets met die nabijheid. Ik lette zelfs niet speciaal op ze, al werd ik natuurlijk wel eens getroffen door een mooie verschijning – qua gezicht, figuur, kleding, gratie.

Pas door mijn Rinse Rinni was een vrouwenlijf iets bijzonders en begerenswaardigs voor me geworden, hoewel ik er, als gezegd, niet over piekerde om op jacht te gaan en haar ontrouw te worden. De behoefte deed zich eenvoudig niet voor. Hier dient wel bij aangetekend te worden dat mijn leven van de ene week op de andere verrijkt was met *twee* vrouwenlichamen: het hare en het mijne. Ja, ook dat van mij. Gelijk op met mijn ontdekking (ontginning eigenlijk) van haar lijf legde zij de mogelijkheden van het mijne open. Het vrouwenlijf heeft bijna alle pilaren en koepels in tweevoud te bieden, en sinds wij samen waren had die hoeveelheid zich nog eens verdubbeld. Met z'n tweeën waren we zelfgenoegzaam, een zachte citadel omsloten door ruggen en achterhoofden.

Ik was eerder ten prooi aan verwondering: dat al die gracieuze wezens op straat, in de tram en bij de HEMA me niet eerder wat nadrukkelijker opgevallen waren... terwijl ze toch altijd al met hun billen gedraaid en met hun borsten geschommeld moeten hebben en, zoals Philip Roth een personage verbijsterd laat opmerken, 'een kut hadden, zomaar onder hun jurk'.

Met haar komst had ze die rakelings passerende vrouwen op afstand geplaatst en tegelijkertijd minder vanzelfsprekend gemaakt. Allemaal vertegenwoordigsters van hetzelfde (en toch telkens weer afwijkende) mysterie. Rinnes betoverende begerenswaardigheid straalde als het ware af op al die anderen in het stadsgewoel, ook al had ik ze niet rechtstreeks nodig. Laat ik het zo zeggen: ze werden door haar pure bestaan *opgewaardeerd*. Het had voor mij iets geruststellends dat ze simpelweg bestonden, ook als ze niet de geaardheid bezaten die bij ons beiden aan het licht was gekomen... en die ik op een dag misschien ook weer zou moeten verloochenen en afzweren... wat God mocht verhoeden, of anders de Duivel maar.

2

Corinne had van het visueel wereldkundig maken van inmiddels voorgoed achterhaalde modes haar levenswerk gemaakt. In mijn geval ging, qua recettes, van Alberts toneelstukken een op de drie bedrijven op aan mijn garderobe. We hechtten allebei aan mooie kleren, Rinsi en ik, maar van onze eerste maanden samen wens ik me vooral te herinneren dat we gekleed gingen in *lakens*. Losjes gedrapeerd over onze op bed uitgestrekte lijven of ruim neerhangend tot op de enkels als we bij uitzondering de gang op gingen. Een van mijn geliefde beelden van Rinne die ik, ook ruim twintig jaar later nog, behouden heb, is dat van een Griekse godin in een wit gewaad, met twee natte plekken erin waar haar navel en een tepel doorheen schemerden. Nee, dat kwam niet door een omgevallen glas water. Een antieke *wet look*.

Natuurlijk, we marcheerden met onze punkkistjes nog steeds door het Bos, om kostbaar zwart goud tussen onze tenen te verzamelen, maar de middag eindigde toch altijd in een werveling van lakens, die we ook omsloegen bij het saffische rookkwartiertje ter afronding voor het open raam.

Vanaf de vroegste horrorverhalen worden spoken geassocieerd met beddengoed, alsof ze zich wel *moesten* tooien met het symbool van geborgenheid voor een kind: het dek van een ledikant. Negentiende-eeuwse boekillustraties tonen witte lakens die een vage gestalte omhullen, met lege openingen op de plaats van de ogen en de suggestie dat twee armen het kleed ophouden, als een vogelverschrikker met een kazuifel aan. Waarom, om ons schrik aan te jagen, toch altijd lakens die zo van de drooglijn gehaald lijken? O, hoe welkom zou een achtergebleven wasknijper zijn, al was het maar om de boze geest als menselijk te ontmaskeren. In het horrorgenre is het permanent Halloween – het enige wat beklijft, is plakkerig snoepgoed. Spoken zijn karikaturen van spoken, kreukvrij gesteven of niet.

Toch hebben ook Corinne en ik verscholen in onze lakens spookhuisje gespeeld – niet zozeer om elkaar de stuipen op het lijf te jagen, als wel om ons te hervinden in een wirwar van flappen en plooien en op den duur ook scheuren en winkelhaken… met in het centrum van het labyrint de onontkoombare *Eingriff*.

Dat zat zo.

Omdat ze bij het werken aan zijn bureau zo lekker ruim zaten, droeg Albert soms van die grote, hoog op te trekken Duitse onderbroeken *mit Eingriff*, zoals de verpakking aangaf, waarmee bedoeld werd een nogal omslachtig te openen gulp, die zich slecht verhield tot hoge nood. Misschien ter compensatie van de Pruisische degelijkheid bestond de slip aan de heupzijden uit wijdmazig katoen. Op een zaterdagmiddag vond Corinne er een in de badkamer. Ze verkende er onmiddellijk de erotische mogelijkheden van, door bijna tot aan de elleboog haar tengere arm in de Eingriff te steken, wat haar iets napoleontisch gaf. Ik viel bijna om van het lachen.

In een la van de legkast vonden we nog een paar exemplaren, allemaal mit Eingriff en lappen visnet opzij. Ik trok er ook een aan: de elastische zoom reikte tot boven mijn navel.

'Trekt Albert die aan naar zijn kinky party's?' joelde Corinne.

'Ja, met een pijl opgespeld: Eingriff.'

'Je vergeet iets… de maagmassage.'

Mijn arm hing erin als in een te laag bevestigde mitella. Zo paradeerden we door de slaapkamer. Corinne zei: 'Ook mit Eingriff is het niet eenvoudig voor een man om zijn gereedschap te vinden. Er zit altijd wel ergens een katoenen hindernis.'

Mijn hand zocht een vrije doorgang. 'Inderdaad, uitstekend als dubbele bodem voor het smokkelen van coke… maar een ramp voor wie nodig moet piesen. Je staat zo met een doorweekte broek.'

'Laten we nou eens onbevooroordeeld zo'n Duitse slip aan een onderzoek onderwerpen,' zei Corinne. 'Ik eerst… vooruit, haal je arm eruit.'

Zij liet haar smalle hand in mijn gulp glijden. Ik voelde haar rondtasten in de kleine katoenen doolhof... vergeefs doorsteken en weer terugkeren. 'Hier zit een soort vangnet of hangmat... als mijn hand moe wordt van de labyrintische genoegens, kan ik hem er zo in te rusten leggen.'

Uiteindelijk vonden haar vingers de doorgang, en daarmee de vochtige sleuf in het centrum van de doolhof.

'Vreemd is dat,' zei ze. 'Eenmaal zover ga je in het verlengde ervan ook de vulf als een dwaaltuin beschouwen... ik zoek een kleine verheffing.'

Ze liet haar pols niet rusten voordat ik diep in die kraakzindelijke doolhof aan mijn gerief was gekomen, en ik vond het nog opwindend ook, zoals haar hand daar als een gevangen diertje rondsprong, met af en toe een gelakte vingernagel die te zien kwam onder het visnetgedeelte.

'Nu jij bij mij... mit Eingriff. Laat het klauwtje maar blind z'n gang gaan.'

Mijn hand ging bij Corinne eenzelfde weg. Het leek wel een fabrieksfout, dat loze, verticale katoenen wandje, dat mijn vingers telkens noopte op hun schreden terug te keren, en dan opnieuw een aanloop te nemen.

'Ongelooflijk,' zei ik, 'zo idioot geconditioneerd als we zijn. Omdat het een mannenonderbroek is, verwacht je daar iets hards en kloppends aan te treffen... en dan wordt het iets zachts en glads en warms en nats. Je hand gaat met de verkeerde verwachting de mijnschacht in, en... wordt dan verrast door de wonderlijkst denkbare gedaanteverwisseling.'

'Dat is nou wat travestie met je doet.'

We mochten sexspeeltjes dan beneden onze waardigheid vinden, de Eingriff werd vast onderdeel van onze rituelen. Als we doolhofje wilden spelen, begonnen we altijd met een soort verhulde groet. Zoals Napoleon zijn hand tussen twee knoopjes van zijn vest stak, al dan niet om zijn opspelende maag te bewrijven, staken wij ieder een hand in eigen gulp. 'Salueren met omzwachtelde hand', noemde Corinne dat, die zich wel vaker van militaristische termen bediende, God weet waar ze dat vandaan had, vast niet uit de Mierlose tuinbouw, al werd daar natuurlijk wel met scherp geschoten, voor zover je dat van kersenpitspuwen zeggen kon.

'Weet je wat, Rinne… als Albert weer door het sleutelgat komt loeren, dan geven wij een show mit Eingriff ten beste. Wij allebei gekleed in een Pruisische slip van hem… zijn lappenlabyrint verkennend… eens zien of zijn oog daarvan wil gaan tranen.'

'Hij zal de hint wel moeten begrijpen. Twee godvergeten wijven die in *zijn* onderbroeken nesten hebben gebouwd voor hun vlinderende vingers… hij komt er nooit meer bovenop.'

Op een avond was Rinsi's anders zo onvermoeibare handje iets te vaak verloren gelopen in de katoenen nis van de Eingriff. Zij had er zelf ooit de aanduiding 'hangmat' voor bedacht. Precies daar had ze haar vingers te rusten gelegd, en zo was zij zelf ook in slaap gevallen, met haar arm verankerd in het ondergoed van onze buitengesloten beschermheer. Zonder haar te wekken maakte ik mijn gebruikelijke berekeningen in verband met deur en bed. Achter het sleutelgat was het donker. Als Albert er nu zijn oog tegen gedrukt hield, lag Corinne, met haar hoofd op mijn bovenbeen en haar hand in de Eingriff gestoken, precies binnen zijn blikveld.

Later breidden we de stoffen dwaaltuin uit met lakens, waarin we op zoek moesten naar het kleinere labyrint van de Eingriff. Het spel werd er ingewikkelder door, we gingen er helemaal in op, maar het was de vraag of het voor het lekkende oog bij het sleutelgat nog te volgen bleef. Misschien had de daar neergeknielde man al eerder afgehaakt, namelijk toen zijn loerende blik te pletter liep op zijn eigen onderbroek, die nu de leest van een begeerde vrouw omhulde. Haar smalle hand, of die van de duivelse handlangster, stak in *zijn* gulp, maar… hij voelde er niets van, want de intimiteit speelde zich af op meters afstand.

Soms raakte ik te veel afgeleid om naar het sleutelgat te kijken, maar telkens wanneer ik het deed, priemde het licht van de overloop me tegemoet... door wat een iets te beelddronken dichter misschien 'een tot het uiterste gestileerde vagina' zou noemen. Ik had heel sterk, aan den lijve zelfs, de aanwezigheid van de gluurder gevoeld, maar er was geen enkel bewijs dat hij ook echt toegekeken had.

3

Dokter Patist nam Pijkel Niggebrugge onder zijn hoede. Haar observeren en behandelen had nogal wat voeten in de aarde, want zij werd er niet meegaander op, alleen maar agressiever – ik zou bijna zeggen naarmate zij zich haar rol als grote katachtige natuurgetrouwer eigen maakte. Ik had geen idee hoe zo'n metamorfose in z'n werk ging. Ontdekte ze al doende de mogelijkheden van het tijger-zijn? Werd ze meer een roofdier als het trauma van de verscheurende aanval bij haar opspeelde? Patist sloot niet uit dat naast haar haat jegens de drie tijgers, die haar een totaal kapot, onherkenbaar uiterlijk hadden bezorgd, *rouw* om hun dood haar parten speelde. Het waren tenslotte Pijkels eigen dieren, haar kameraden, haar middelen van bestaan, haar levenswerk, haar ziel en zaligheid... en dat was haar allemaal afgenomen. Een drievoudig verlies, en meer. Haar wraakgevoelens gingen twee kanten op. Er was de wrok dat zij door haar pleegkinderen zelf was aangevallen, en dan was er de haat jegens de beveiligers die haar kroost hadden gedood. Ik dacht wel eens: je *zou* er een door merg en been gaande gedaanteverwisseling door ondergaan... je *zou* er tijger van worden.

Ik zocht, soms met Corinne, dokter Patist zo vaak mogelijk

op in de kliniek waar hij Pijkel aan allerlei onderzoeken onderwierp, want aan gericht behandelen was hij voorlopig nog niet toe. Ik had met haar te doen zoals ze daar in dwangbuis gesnoerd in het scanapparaat werd geschoven… nou ja, in televisieseries over Europese dierentuinen zag je het zo vaak gebeuren met zieke beesten. Ze kregen op afstand een verdovingspijltje in de vacht, en gingen dan de lawaaiige machine in, onwetend van hun tijdelijke winterslaap.

'Weet je dat ik nog nooit van zoantropie had gehoord,' zei ik tegen de psychiater. 'Ik zit al mijn halve leven in de ongediertebestrijding… zonder er ooit bij stil te hebben gestaan dat een van die verwaarloosde mensen zich wel eens met een *beest* zou kunnen vereenzelvigen.'

'Verbaast me niets,' zei Julius. 'Het is een uiterst zeldzame aandoening, die meestal niet als zodanig herkend wordt. Ik heb het eens nagekeken. Tussen midden vorige en eind twintigste eeuw zijn er vijftig gevallen van beschreven. Het is, zogezegd, met een lantaarntje zoeken naar de dieren onder de mensen… wat toch een beetje tegenvalt na anderhalve eeuw oorlog en uitroeiing.'

'En nu hebben we Pijkel,' zei Corinne. 'In wat voor beesten kunnen mensen zoal veranderen?'

'Er zijn natuurlijk meer diersoorten dan vertegenwoordigd worden door de vijftig beschreven gevallen,' zei Patist, 'maar je zou eruit op kunnen maken dat de hele wereldfauna de psychisch gestoorde mens ter beschikking staat om zich mee te identificeren. Uit mijn lectuur herinner ik me een leeuw, een leguaan, een slang… een kameleon die echt van kleur kon verschieten… honden en katten natuurlijk… zelfs een reuzenspin. Een tijger was er nog niet bij.'

'Aan jou de eer, Julius,' zei ik, 'om dat geval straks in een of ander psychiatrisch tijdschrift te beschrijven.'

'Laten we hopen dat ik dan ook met een genezingsproces kan komen… de menswording van het dier.'

'Je zou haar zover moeten zien te krijgen dat ze zich, als tijger, een mens gaat wanen... dan ben je er ook uit.'

'Misschien,' zei Rinne, 'leven we wel in een wereld van ingebeelde menselijke wezens... die zich bewegen tussen allerlei diersoorten, waar ze dan weer de baas over kunnen spelen.'

'Het verschil is,' zei Patist, 'dat je bijvoorbeeld aan Pijkel kunt blijven zien dat ze een mens is... een vrouw nog wel... en het tijgerachtige een kwestie van houding en gedrag is. Als ik Ovidius was, zou ik een boek schrijven met de titel *Transparante metamorfosen*.'

'Wat probeer je nu bij haar op het spoor te komen?' wilde ik weten. 'Een oorzaak?'

'In haar geval lijkt het me duidelijk... een trauma door de tijgers die zich opeens tegen hun dompteuse keerden, en haar op een haar na verscheurden, waarna die schitterende creaturen ook nog eens doodgeschoten werden.'

'En toch zoek je verder,' zei Rinne.

'We mogen niets uitsluiten. Uit de gevallen die ik bestudeerd heb, kan ik opmaken dat zoantropie meestal samenhangt met een ernstige psychische aandoening. Denk aan een bipolaire stoornis... een psychotische depressie... een stoornis in het schizofrene spectrum, zoals wij dat noemen. Bij Pijkel is het dus waarschijnlijk een trauma, dat aan PTSS niet genoeg heeft om zich te manifesteren. Een onopgelost innerlijk conflict, dat kan ook nog.'

'Als ik dat allemaal zo hoor,' zei Rinne, 'dan zijn wereldwijd psychisch gezonde mensen verre in de minderheid. En dan kunnen we tegenwoordig heksen, keisnijders, slangenbezweerders, van de duivel bezetenen en noem ze maar op... lesbiennes, hermafrodieten... gerust tot die minderheid toelaten. Als wij, gezonden van geest, een absolute minderheid vormen... de uitzondering op de regel... *hoe* gezond zijn we dan eigenlijk als mensheid? Waar vecht jij dan voor?'

'Denk aan Freud,' zei de psychiater. 'Zijn streven was het om vroeg of laat de stralende zon van het bewustzijn te laten doordringen tot in de diepste en duisterste lagen van het onderbewuste.'

'Ik heb de hoogste achting voor jullie vak,' zei ik, 'maar waarom zou ik me mijn onderbewustzijn laten afnemen door een psychoanalyticus die met zijn compulsieve ideeën is blijven steken in de anale fase? Als de zon hinderlijk binnendringt, laat ik de blinden neer... ter bescherming van het interieur.'

'Freud zou zeker wijzen, als hij Nederlands begreep, op het onbewuste gebruik van het woord *blinden*.'

'Het zou me voor hem innemen,' zei ik. 'Het zou betekenen dat hij meer waarde hechtte aan het onderbewuste dan hij met zijn gezonnestraal wilde toegeven. Ik zie Freud veeleer als de bewaker van mijn onderbewustzijn... als beschermheilige.'

Wie wel eens met z'n kat bij de dierenarts is geweest, weet hoe graag poes zich onder de geschoeide handen van de dokter uit wurmt, tegen haar belangen in. Bij Griselle moesten er soms drie paar handen aan te pas komen: die van de arts, van zijn assistente en de mijne... en *nog* saboteerde ze door geblaas, gebijt en gekronkel haar behandeling.

Zo ongeveer, als een kat bij de dierenarts, onderging Pijkel Niggebrugge de hersenscan die de psychiater voor haar in gedachten had.

'Haar zoantropie,' zei dokter Patist, 'zou ook nog een bijverschijnsel kunnen zijn van een onopgemerkt herseninfarct of... wat ook wel voorkomt... van enige epileptische activiteit in het brein. Bij Pijkel is duidelijk de lichamelijke ervaring van het Zelf verstoord, zoals wij dat in ons lab noemen. Het begint vaak met een afwijkend gevoel in de ledematen. In haar geval zou dat de gewaarwording kunnen zijn dat ze klauwen kreeg, poezelige poten, langere hoektanden. Als je ziet hoe ze zich voortbeweegt, met draaiende billen, gaat ze ervan uit dat ze een staart heeft... die haar op richels en bij sprongen in evenwicht houdt.'

‘Dat ze denkt een tijgerin te zijn,’ vroeg Corinne, ‘hoelang kan dat duren? Een paar maanden... levenslang?’

‘In een artikel van rond de eeuwwisseling trof ik het geval aan van een vrouw die dacht dat ze een papegaai was. Bij zoantropie is praten zeldzaam. Deze gevederde dame kakelde haar ondervragers na... uitgezonderd een paar uitroepen die ze zich uit een vroeger leven meende te herinneren. De waan duurde maar een paar weken. Het kan ook jaren aanhouden. Levenslang, daar zijn me geen voorbeelden van bekend. Tegenwoordig hebben we psychofarmaca in alle maten en soorten. Antidepressiva, antipsychotica... ik moet nog zien uit te vinden welk middel geschikt is voor Pijkel, maar ik denk dat we er bij haar een heel eind mee komen. Eerst eens bestuderen wat de hersenscan heeft opgeleverd.’

Hoofdstuk XI *Het verlovingsfeest*

1

In Troje scheten ze in hun broek voor de Grieken, vooral wanneer ze met geschenken aan kwamen zetten. Waar *mijn* weerzin tegen cadeaus z'n oorsprong vond... ik moest het toch eens zien uit te vinden. Heerlijk om ze te geven, maar dat was een daad van zelfzuchtigheid... daarmee kon je een ander die ook niet van ontvangen hield, net zo goed in verlegenheid brengen. Het gesta- melde 'dat had je nou niet moeten doen' kreeg dan iets gespletens.

Rinne en ik hadden elkaar tot nu toe, gedurende een lange zomer van zoete waanzin, bepaald niet met geschenken overladen. Het leek erop alsof we het geven van cadeaus angstvallig vermeden. Haar verjaardag op 11 augustus, toen ze zesenveertig werd, hadden we gevierd met een reeks verstrengelingen die ons lang zou heugen. Er was geen druppel drank aan te pas gekomen. Als een koude fles champagne wordt geopend, lekt er na het knallen van de kurk een mistige floers uit de hals, voordat de wijn tevoorschijn bruist. Zo'n nevelguts zie ik uit onze monden komen als ik aan die middag terugdenk. Het was genoeg voor een heel feest.

'Ik wil je graag iets geven,' had Corinne op een dag gezegd, toen de huisregels haar nog niet helemaal duidelijk waren. 'Een aandenken... een of ander voorwerp dat mij vervangt als ik in Mierlo ben. Ik weet nog niet wat.'

'Niet zeggen.' Ik legde twee vingers dwars over haar mond. 'Niet doen... jij bent het geschenk van mijn leven. De enige gift waar ik niet bang voor ben.'

'Zeg alsjeblieft *gave*,' fluisterde ze. 'Anders denk ik dat je iets giftigs bedoelt.'

Een paar weken later kwam ze, tegen de afspraken in, toch met een cadeau aanzetten. Een plat, rechthoekig pakket met grofbruin papier eromheen. Misschien keek ik wel heel verstoord, want ze zei verontschuldigend: 'Voor ons allebei... ik leg het straks wel uit.'

Mijn lieve Rinne stond er zo betrapt en onzeker bij dat ik bij het uitpakken, met ruwe scheurgeluiden, niet kon laten haar boze blikken toe te werpen. 'Zo meteen ga je ook nog zeggen dat het geruild kan worden.'

Ik hield een grote, ingelijste kleurenreproductie van het schilderij *The Betrothed* van John William Godward in handen, achter zorgvuldig ontspiegeld glas. Ik herkende het werk uit de Guildhall in Londen, waar ik een paar keer met Albert was geweest. Ik oogde blijkbaar nog steeds ontstemd, want Corinne volgde handenwringend mijn reactie.

'Als je niet van die prerafaëlieten houdt...'

'Laat het me ten minste even bekijken.'

Een jonge vrouw, een brunette als zij, ligt ruggelings uitgestrekt op een marmeren bank, die bedekt is door een luipaardvel met de kop er nog aan vast. Ze draagt een lang, doorschijnend gewaad, turquoise van kleur, en daarop een bovenrok van goudgele zijde, maar die is tot aan haar heupen opgeschort. Onder de transparante stof van de jurk lijkt de schaamstreek verder onbedekt, al onttrekt een waaier van plooien de venusheuvel aan het oog. De rechterhand van de jonge vrouw lijkt te spelen met de ring aan haar linkerhand, waar ze glimlachend naar kijkt. Ze lijkt inderdaad op de jonge Corinne, zoals ik haar van oude foto's ken, uit de tijd vóór de glossy's.

'In het Nederlands heet het doek *De verloofde*,' zei Corinne, 'maar dat is misleidend. Het lijkt te gaan om een meisje dat blij is met haar ring, en vol verwachting uitkijkt naar de bruiloft, maar... kijk naar haar buik, naar haar bovenbenen in die onderjurk. Ze draagt geen ondergoed. En waarom is die bovenrok zo hoog opgetrokken?' Als de eerste de beste bijgoochem in een Amsterdamse kroeg haakte ze een vinger onder haar oog, ten teken dat ze iets doorhad. 'Ze heeft zojuist zichzelf... nou ja, zeg maar gerust: bevredigd... en daarna de onderjurk weer over haar benen gedaan. Zie je die handen? Zo zijn jij en ik ook met onze vingers in de weer... na de climax, bedoel ik. Alsof de zonde eruit gewrongen moet worden. *Dat* zie ik erin.'

'Het arme kind speelt onschuldig met haar verlovingsring,' zei ik, gemaakt streng. 'Wat is daar mis mee?'

Nadat ze eerst bleek was weggetrokken, ging Corinne nu op blozen over. Ik had haar eindeloos lief als ze zo betrapt keek, maar dat hoefde ik dan nog niet te laten merken.

'Spelen... dat haal je de koekoek,' zei ze, nog dieper kleurend. 'Misschien wel door de ring over haar vochtige vinger te laten glijden. Kijk naar die geknakte hand... zo spastisch kan die van jou ook staan na het vingeren... een beetje alsof je pols gebroken is. Nee, meer zoals een handoplegger zijn tengels afslaat om de kwade sappen van de patiënt kwijt te raken.'

'Vingeren...'

'Sorry voor het platte woord.'

Ik hield de reproductie nog steeds tussen twee handpalmen geklemd. Het was net alsof de afbeelding onder mijn oog, meer nog door de woorden van Rinne, begon te leven. Ik zei: 'Ik vind vingeren helemaal niet zo'n vulgaire term. Een werkwoord dat precies de handeling volgt... al is die nog zo geheim en verborgen. Ik hoor er ook zoiets als een ouderwets meervoud in. Vergelijk het met kinderen, richteren, vaderen...'

'De vroede vingeren,' zei Rinne. 'We hebben de zegen van de Bijbel... al komt het woord er niet in voor.'

The Betrothed. Het drong ineens tot me door dat ze met het schilderij onze verloving kwam bekrachtigen. En ik, harteloze delnicht, had haar geschenk bijna afgewezen.

'Vergeet niet,' zei ik, 'dat we ons al een paar maanden geleden verloofd hebben... met de mooiste, de plooibaarste ringen die ons ter beschikking stonden. Jij schoof jezelf om mijn vinger...

met heel het wonderschone lijf dat eraan vastzat.'

'Jij deed later bij mij hetzelfde. Zo dragen we elkaar door de wereld… verlovingsringen op hoge hakken.'

'Tot de dood ons scheidt.'

'Tot de scheiding ons doodt.'

'Amen.'

2

De meiden in ons waren niet dood. We hielden nog steeds van gekeet, aanstelleritis en de slappe lach. We vonden dat een verlovingsfeest nu wel op z'n plaats was. Eindelijk kwamen we ertoe *The Betrothed* op te hangen – niet boven het hoofdeinde van ons bed, maar aan de wand waar het met z'n zijkant tegenaan geschoven stond, zodat we er vanuit de kussens naar konden kijken. De muur was te hard voor een spijker, zodat er een boor aan te pas moest komen. In het gat schoof ik een plug, en daar werd een haak in geschroefd. Plechtig bevestigden we samen de prerafaëlitische verloofde, en gingen er een poos hand in hand naar liggen opzien.

'Ik heb niet zoveel verstand van wilde dieren,' zei Rinne. 'Ik dacht eerst dat ze op een tijgervel ligt. Het deed me aan Pijkel denken.'

'Arme Pijkel… niet vergeten haar voor de verlovingspartij uit te nodigen,' zei ik. 'Nee, dit is de huid waaruit Bob Dylan zijn *Brand new leopard-skin pill-box hat* sneed.'

'Ik vraag me nog steeds af hoe Julius zo zeker weet dat Pijkel een tijger imiteert. Het kan net zo goed dat zij zich een andere grote katachtige voelt… een panter, een luipaard, een cheeta. Ze bewegen zich allemaal min of meer hetzelfde…'

'Hij houdt iets achter. Hij weet meer over Pijkel dan hij kwijt wil… en over die voorbeeldige schoonzoon van jou ook.'

'Het eeuwige beroepsgeheim.'

Ik moest erom lachen, ik kon het niet helpen. 'Zijn ambtsgeheim, laat me niet lachen. Dat is geen ene reet waard. Hij schendt het zelf bij de vleet. Als ik alles wat hij me de afgelopen maanden heeft toevertrouwd op papier zou zetten, dan had ik een prachtige puzzel waarvan ik alleen nog een paar open plekken hoefde in te vullen... en dan had ik de plaat compleet.'

'Nou, waar wacht je op?'

'Verdomd als ik het niet doe ook,' zei ik. 'Een schema met alle aanwijzingen over Pijkel... een ander met alles over Tibbolt.'

'Als je het allemaal compleet hebt,' zei Rinne, 'dan is hij in je macht. Je stapt ermee naar de medische tuchtcommissie en... hij hangt.'

'Zover wil ik helemaal niet gaan, liefie. Ik vind het voldoende om zo iemand beschaamd te maken, met z'n gewichtige biechtgeheim... de gemankeerde dorpspastoor. Met wat hij weet, had ik Tib misschien van de neergang kunnen redden... en jouw dochter erbij.'

'Rita gaat niet ten onder.'

'Je maakt anders zelf die indruk, als ten dode toe ongeruste moeder.'

'Hoe moet het dan... psychiaters, advocaten, priesters hun beroepsgeheim afnemen?'

'Ze kunnen in voorkomende gevallen hun verantwoordelijkheid nemen... door hun dossiers te openen voor een groter belang. Een mensenleven bijvoorbeeld.'

'Een priester die een kerel met moordplannen de biecht afneemt, en dan naar de politie stapt?'

'Ik heb dat Hollywoodse dilemma altijd al roomse kitsch gevonden. Van mij mag de biechtstoel een goed geolied doorgeefluik worden.'

'Vooruit, maak die invuloefening en... zet de Grote Zielenknijper voor schut.'

'Daarom ga ik hem ook voor ons feest uitnodigen... God weet wat we nog uit hem loskrijgen.'

‘En mijn gevallen schoonzoon?’ vroeg ze met opgetrokken wenkbrauwen.

‘Uit de gratie, maar dat let ons niet Tib erbij te vragen. Samen met zijn opa. Zijn moeder misschien… *niet* zijn vriendjes van de harde kern.’

‘Parel Paërl?’

‘En dan zeker ook de klantjes toelaten… de hele zogenaamde thuiszorg. Mevrouw Fakkeldij… de ravissante Walravinne. We zitten midden in een oudewijvenzomer, maar dan denk ik toch meer aan een stel heksen om de boel op te vrolijken. Wat trekken we aan?’

‘Ik stel voor er een lesbische vertoning anno jaren vijftig van te maken. Allebei in een stijf mantelpakje… met rafelig verknipt bloempothaar.’

‘Ik ben je manwijf… ik bedoel, helemaal mee eens.’

De rest van de middag vermaakten we ons ermee de gastenlijst uit te breiden, en de genodigden een plaats in onze kamer toe te wijzen. Er pasten er wel tien op het bed, in kleermakerszit, en zes eronder, maar dan in half liggende positie. De brede vensterbank raakte al spoedig vol: ze waren daar niet onder de indruk van onze vermaningen vooral *niet* achterover tegen de grote ruit te leunen, zodat ik het uitzicht vervormd zag, met licht deinende huizen en bomen. Wegens de drukte stelden we de badkamer open, maar niet de overloop, want dat zou maar leiden tot vragen bij Albert en de kinderen: hun stond het sleutelgat ter beschikking.

We moesten allebei een van de komende dagen ongesteld worden. Corinne werd er hooguit enigszins neerslachtig van, maar ik raakte nogal eens in de ban van het premenstruele syndroom, compleet met hallucinaties. Vandaag hielp het me ons verlovingsfeest visionair voor te bereiden.

Tibbolt, als enige in een fauteuil te midden van het zittende en hurkende publiek, vertelde over de veldslag van 6 september bij ’t Hellegat. De gasten hingen aan zijn lippen, terwijl hij toch met niets kwam wat ze niet al uit de kranten of van de televisie wisten.

'Hun Honderdman kwam met een heggenschaar op me af... zo.' Hij stond op om het voor te doen. 'Niet als een hovenier die een beetje boven zijn macht moet knippen, maar zo...' Tib hield de denkbeeldige schaar op kruishoogte, en maakte er scharende bewegingen mee. 'Het ding trilde in zijn handen als een wichelroede... net of hij water op het spoor was. Nou, dat was er in overvloed... we sopten met z'n allen rond door het slik van dat gors. Uiteindelijk had die vent het op mijn ballen begrepen.'

'Dan was hij met zijn gaffel dus *goud* op het spoor,' hoonde Corinne. 'Hij had zo jouw hele klantenkring kunnen uitdunnen.'

Daarna werd er in koor gezongen – liefdesliederen voor de jong verloofden. Wij zaten samen op het smeedwerk van het hoofdeinde, als op een idyllisch hek, en hielden elkaars hand vast, terwijl we met de vrije vingers de tranen wegwisten. De gebogen gietijzeren stang sneed in mijn billen – precies het lekkere pijntje dat ik erbij nodig had.

Olle Tornij kreeg Corinnes gitaar te pakken, en zette de ballade van 'De nozem en de non' in, van Cornelis Vreeswijk, want Oll'opa was ook ooit jong geweest. De vrouw die een paar keer per week voor de boekhandelaar kookte, druppelde met groot geduld confetti in een aantal ballonnen, die ze door enkele feestgangers in haar directe omgeving liet opblazen. Iemand herschiep de badkamer, door simpelweg aan het touwtje van de schakelaar te trekken, in een *darkroom*. Wat er vervolgens gebeurde, daar liep de verbeeldingskracht waarmee we dit festijn hadden georganiseerd op stuk, vooral toen ook nog de deur werd dichtgetrokken en op slot gedraaid.

'De kadavers ruimen we straks wel op,' zei Corinne.

De speelsere gasten gooiden de ballonnen omhoog, maar die daalden na vederlicht gestuiter van hoofd op hoofd ook weer neer, omdat ze met inferieure longinhoud gevuld waren. Zo was het net alsof ons verlovingsfeest niet van de grond kwam. Rita, die ver bij Tibbolt uit de buurt bleef, liet enkele ballonnen boven het hoofd van haar moeder klappen door er een brandende sigaret bij te houden. Er dwarrelde wat confetti op ons neer.

Ik knipte met een nagelschaartje twee mondstukjes van geknapte ballonnen af. 'Dit zijn vandaag onze verlovingsringen.'

Rinne probeerde er een uit. 'Het past met moeite om mijn pink.'

'Ze zijn voor om de teen,' zei ik. 'Bij ons is alles met voeten begonnen.' Ik schopte mijn pump uit. 'Schuif maar om mijn linkerringteen.'

Ze deed het. Aan het mondstuk hing een flardje blauwe ballon. Haar eigen ring paste niet vanwege een likdoorn. 'Doe maar om de kleine teen.'

'Waarom plak je er geen pleister op?' vroeg ik.

'Ik heb mijn eksteroog nodig als radar... om onheil te voelen aankomen. Het moet vrijelijk kunnen zweren en kloppen. Zo bescherm ik ook jou, liefie.'

Ik schoof het flexibele ringetje, rood in haar geval, om haar kleine teen. 'Zo, nu zijn we verloofd... zonder onze handen vuil te hebben gemaakt.'

Er klonk applaus en gejuich. 'Balkonscène,' riep iemand. We kusten elkaar, nogal kuis en plechtig... en toen we opkeken, was iedereen verdwenen. De badkamerdeur bleek nog op slot, maar de vrijlustigen waren via de ingang aan de overloopzijde stilletjes weggegaan, zonder een spoor van hun paringsdrift achter te laten. Er overviel ons, misschien voor het eerst sinds we samen waren, een bijna verlammende matheid.

'Denk eens aan al die verliefde stellen, Rin. Ze hebben misschien in de eenzaamheid van de nacht... gescheiden... ieder voor zich de liefde ontdekt. Ze bekennen die elkaar, en dan... weten ze niet hoe gauw ze de straat op moeten gaan om de mensen hun verliefdheid te tonen. Kijk eens, hier zijn we met z'n tweeën… zien jullie wel, onaangeraakten, wat *ons* is overkomen? Eer ons met jullie afgunstige blikken.'

Alweer had ze begrepen waar ik op doelde. Ze sloeg haar ogen neer, een beetje verslagen. 'Je wilt zeggen… wij, jij en ik, hebben die fase overgeslagen. We hebben onze liefde niet de wereld in geslingerd… de mensen er niet de ogen mee uitgestoken.'

'Ik weet niet of we daar goed aan gedaan hebben.'

'Bedoel je… dat we daarmee ook een soort… eh… politiek statement hebben laten liggen? Kijk, twee vrouwen, armen om elkaar heen… zoenend op het zebrapad.'

'Aan dat soort militant vertoon heb ik geen boodschap. Ik heb het over wat het *voor ons* betekent dat we onze bevlogenheid niet blootgesteld hebben aan de blikken en de spotlights van de buitenwereld. Ik beschouw mezelf trouwens sowieso niet als een vrouw met een afgebakend gevoelsleven. Ik ben moeder van twee kinderen, niet-belijdend getrouwd, en bovenal jouw minnares. Geen idee wat voor uniform daarbij zou passen… met of zonder Eingriff.'

'Wat voor kwaad heeft het isolement dan voor ons gesticht?'

'Nou, dat de liefde verwoestend naar binnen is geslagen… merk je dat niet? Het gevaar bestond dat we elkaar de vreselijkste verwijten zouden gaan maken. "Je houdt me gevangen", en dat soort gedram. "Jij belet me met andere mensen om te gaan." Je kunt je het hysterische gekijf misschien voorstellen… bij andere stellen, maar niet bij ons. *Wij* kregen geen ruzie… alsof we er immuun voor waren. Wij verkiezen het naar adem te snakken omdat… die vervloekte liefde te groot voor ons is… te zwaar. Ik heb soms het gevoel op een planeet te leven waar de atmosfeer zo drukkend is dat… dat ik me alleen heel laag bij de grond kan verplaatsen… me voortbewegend als met een rotsblok op mijn rug… of liever, op mijn ziel.'

'Een beetje zoals Pijkel met haar buik over de grond schuurt.'

'Pijkel is een ander geval. Ze beweegt zich soepel en lenig door haar kooi.'

'Onze liefde dreigt jou dus te verpletteren,' zei ze. 'Zeg dan eerlijk wat je wilt. Onder de druk uit of... luister, jij mag niet kapotgaan aan wat ik beschouw als het mooiste wat me ooit is overkomen. Dan ga ik liever weg... om nooit meer terug te keren.'

Ze ging rechtop zitten, maar liet zich nog niet van de bedrand glijden: misschien tastten haar voeten naar haar pumps.

'Blijf hier, idioot... we zijn net verloofd.'

Ik trok haar ruw achterover, dwars over de matras, en hield haar bij de schouders neergedrukt. Ze riep: 'Maar wat wil je *dan*... dat we ons door het liefdesgeweld de vernieling in laten helpen?'

'Ja, ja en nog eens ja. Ik weet dat het te plechtig klinkt voor dit moment, maar ik wil deze beker tot op de bodem ledigen. Laat die vernietiging z'n beslag maar krijgen, als het nodig is. Ik verzet me alleen tegen het temmen van zoiets machtigs. Ik ga niets moedwillig afzwakken. Alles staat en valt bij jouw bereidwilligheid om met mij tot het uiterste te gaan.'

Ze keek me aan. Haar ogen blonken als mica, maar er kwamen geen echte tranen. Ze wilde iets zeggen, maar haar strottenhoofd zat op slot – er kwam alleen een soort klokgeluid uit.

'Vrij vertaald: ja,' zei ik. 'Je mag erop terugkomen.'

3

Armen, benen... vingers, tenen... lippen, tanden, tong... Rinne en ik beminden elkaar met wat het lijf aan instrumentarium beschikbaar stelde. Ik merk dat ik me hier beperk tot de actieve lichaamsdelen en ledematen... het gereedschap dat scharniert of door gewrichten in beweging wordt gezet, als een stel dorsvlegels. Billen en schaamstreek zijn passievere gebieden: ze wachten als het ware af tot ze door andermans instrumenten in beroering worden gebracht. Het geldt ook voor de torso en de borsten, onderdelen die wel graag met de rest meebewegen. Zonder de technische klik van de benen geen stemvorkligging.

Daar lagen we naast elkaar op het dekbed uitgestrekt, dat met knisperend dons om ons heen wolkte. Ik lag op m'n zij, Corinne op haar rug. Mijn hand bevond zich met gespreide vingers op haar buik, waarop hij zacht met haar adem meedeinde. Als ik mijn pink een beetje bewoog, raakte die de bovenste uitlopers van haar pubismatje. Alles straalde rust uit. Na binnenkomst hadden we ons, niet eens elkaar, uitgekleed. We waren niet, zoals anders wel gebeurde, elkaar aangevlogen – en dat echt niet omdat we de afgerukte knopen en ingescheurde knoopsgaten te begrotelijk vonden worden. Blijkbaar hadden we allebei, zonder afspraak vooraf, voor een kalme middag gekozen. Een loom herdersuur in de schaduw van een berkenbosje. De does heeft zijn eigen manier om de schapen bij elkaar te houden: door over hun ruggen te lopen, zijn poten tot voorbij het bovenste gewricht in de wol verzonken, als in een dik pak sneeuw. Hij heeft geen moeite om de kudde bij elkaar te houden: de dieren dringen dicht opeen, als bij de ingang van de stal waar ze gewend zijn geschoren te worden... alsof ze hopen zo sneller van hun vacht bevrijd te worden.

De enige keer dat ik lui het kleine schepje aan mijn staf in de grond steek om een kleine hoeveelheid zand te werpen, doe ik het niet om een afgedwaald schaap te waarschuwen, maar om de hond te plagen, die zich staande op twee schapen naar me omkeert, de tong als een blauwig wapperende, verschietende vlam uit zijn bek, en twee keer kort naar me blaft, ten teken dat hij het begrepen heeft.

Mijn herderinnetje vlijde zich in mijn armen, en murmelde iets wat ik verstond als: '...ingeloren.' Ik zeg: 'Alle schapen zijn geringeloord... maak je geen zorgen.'

En dan, met vochtige adem in mijn hals: '...ingeren.'

Ach ja, natuurlijk, liefste... het is ook veel te warm voor grotere lichamelijke inspanning. Ik peuter boven mijn hoofd een zilverwit velletje van de berkenbast los, en strijk er de prinses van mijn *heure du berger* mee over de oogleden en onder de neus.

'Zeg nog eens duidelijk wat je wilt.'

'Zinderen... klingelen... vingeren.'

4

Ik heb, ook na al die jaren nog, een dubbelzinnige verhouding tot het werkwoord 'vingeren'. Het kwam zeker voor op de 'muurkrant van de schutting' (zoals Corinne het noemde), die onder onze censuur viel, maar daarmee was nog niet alles gezegd, daar was het... hoe zal ik het zeggen... te veelstemmig voor, te polyfoon. Een woord als een onberekenbare toverbal, die telkens een spoedig achterhaalde kleur op de tong achterlaat, en daarmee de mond een alibi geeft: kijk maar, ik was het niet. *Vingeren*. Misschien was het een kwestie van wisselende klank. Zelfs uitgesproken door Corinne ervoer ik het de ene keer als de uitnodiging tot ongekende tederheden, en dan weer als iets vulgairs. In het laatste geval niet als een verplatting van *strelen*, maar daar zelfs de ruwe ontkenning van. Het had op z'n slechtst iets van vingervlugheid, wat aan het trucje van een goochelaar deed denken, ver verwijderd van de vervoerende tovenarij waarnaar ik hunkerde.

Het had weken geduurd eer ik het wist te duiden: het gebaar van Corinne waarmee ze haar zelfstreling aankondigde. Ik zag het aan, maar zei er eerst niets van.

'Het lijkt wel, Rinne, alsof je een vlieg wegjaagt,' kon ik op een dag niet nalaten te zeggen.

Ze brak het gebaar af. 'O ja? Dat wordt door katholieken gezegd van iemand die snel even een kruisje in de lucht slaat... in de naam van de Vader, de Zoon en de Heilige Geest... maar dan eerder als wegwuifgebaar. Ziedaar wat er overblijft van het teken des kruizes... het symbool van de tragedie van Jezus' martelaarschap. Een strontvlieg die met een vluchtig handgebaar verjaagd wordt... en nog een denkbeeldige ook... niet eens daadwerkelijk opgestegen van Jobs mestvaalt.'

'En die vlieg... dat symbool wapper jij weg als je met jezelf aan de slag gaat. Ik denk dat je een van de weinige katholieke vrouwen bent die...'

'Je let niet goed op... kijk.' Ze herhaalde het gebaar, maar dan langzamer: een soort acht die ze in de lucht tekende. 'Gezien? Oudere dames in het Concertgebouw doen het wel, even nadat de dirigent het publiek met gespreide armen het zwijgen heeft opgelegd. Een seconde voordat de *Rheinische* van Schumann begint, slaan zij er al de maat voor... snobs met bibberende kalkoenlellen die willen laten zien dat ze niet van gisteren zijn... en zo juist laten zien dat ze *wel* van gisteren zijn.'

Rinne deed het nog een keer voor, en ik zag nu dat de luchttekening een *vioolsleutel* was... een voorafbeelding van de gracieuze slingerbeweging die haar hand op het punt stond in den vleze te gaan uitvoeren om in mijn hart een muzikaal gejuich te ontsteken. Als het vingeren met zo'n sleutel begon, wat kon er dan vulgair aan het woord zijn?

Bijna als een kille wetenschappelijke observator, maar met toenemende koortsige aandacht, bestudeerde ik haar spel, waarbij zij zelf de ogen gesloten hield. Haar instrument was de middelvinger, die met z'n top op het gladde, bolle oppervlak van de clitoris balanceerde als een dwergacrobaat op een rollende bal. Het leek alsof ze grip op zichzelf probeerde te krijgen, terwijl het allerintiemste uitsteeksel in de vochtige plooien haar hand probeerde af te stoten. De vinger hield stand, schakelde van verticale haaltjes op horizontale over... totdat er een voor het blote oog niet langer te volgen razendsnelle pirouette werd opgevoerd, met een kleine draaikolk van roze vlees rondom...

die alles in een genadeloze zuigbeweging dreigde op te slokken: van haar vingers tot mijn slijmerig vloeibaar geworden blik... van de centrifugerende kamer tot de tutti van de *Rheinische*... van alle tot vlieg verworden kruistekens ter wereld en de duizenden maden op de mestvaalt van Job...

Het had op 't laatst iets van een op drift geraakt spinnewiel. Er kon elk moment een druppel bloed uit haar vingertop vliegen, en tot heel kleine druppeltjes rondgesproeid worden. Als ik mocht afgaan op haar adem, ook de snelle stootjes door de neus, spon ze zichzelf barstensvol leven... en daar kwam vanzelf, eerst heel onderdrukt nog, het gesteun en gekreun bij. Terwijl zij zo achterover tegen de hoge kussens lag, begonnen haar ledematen een soort motorische stoornis te ontwikkelen. Het leek daarbij vooral nog zaak de middelvinger op z'n plaats en aan het werk te houden, want haar hele lijf spande samen om, in een soort schuddende rodeo, hand en vulva te ontkoppelen. Toenemend genot, dat magnetiserend werkte, voorkwam dit: zij kon de strak opgewonden veer in haar pols niet zomaar laten vieren.

Rinsi's overgave aan het genot, als het kwam, was benijdenswaardig voor wie de wervelende handelingen tot het eind toe volgde. De vinger, de hele pols jakkerde voort. Naarmate de zelfstreelster meer lucht uit haar lichaam perste, hield de toeschouwster de adem tot stikkens toe in: loopt dit wel goed af? Als ik alleen maar toekeek, en niet in hetzelfde tempo en ritme samen met haar voortjoeg, vloog de jaloezie me aan... tegelijkertijd werd mijn mededogen gewekt. Zij leed. Zo'n hevig orgasme, het leek te immens voor haar... ze dreigde het onderspit te delven. Ze kwam klaar door al haar poriën tegelijk, die met elkaar een film van zweet over haar huid uitwierpen.

Het was volbracht. Ze deed me denken aan die keer dat de kleine Thjum, anderhalf jaar oud, onder de handen van de huisarts een aanval van stuipen kreeg. Het kind was van het ene moment op het andere kletsnat, met doorweekte kleertjes, en ik dacht dat het erin gebleven was. Corinne werd nu zelf een klein meisje dat bijkwam van haar convulsies. Ze kreeg iets dreinerigs, wat je ook wel zag bij kinderen die, onverklaarbaar wakker geworden, hun weg terug zochten naar de slaap. Aan het eind van elke hijgende ademtocht kleefde een klein huiltje.

Wonderlijk, die droefheid. Zij dwong bij zichzelf het hoogste genot af… en *kreeg* het, met nog een geheime bonus erbij… en toch eiste alles aan haar, in de eerste plaats haar lijdende gezicht, empathie en troost in overvloedige hoeveelheden. Als ik haar dan in mijn armen wiegde, werd het zeurderige nog een poos erger… totdat het onverwacht overging in een tevreden, licht kreunend geneurie, dat haar mondhoeken optrok tot een even hemelse als gekwelde glimlach. Het ritueel wilde dat ik haar vochtige middelvinger eerst even in de mond nam om hem schoon te zuigen en vervolgens tussen mijn handpalmen droog rolde.

'Nog een keer?'

Ze keek me door oogspleetjes aan. 'Ik ben compleet uitgewrongen,' zei ze.

'Ik bied je mijn diensten aan.'

Ze glimlachte vermoeid. 'In dat geval…'

Ik bereidde haar dus een vorm van troost die na enkele minuten ook weer z'n tol qua medelijden zou eisen. Het was bij haar nu eenmaal niet zo dat onmiddellijk na het hoogtepunt een gevoel van uiterste verzadiging intrad. Er kwamen nog allerlei overgangsfasen. Het zwaarbevochten orgasme eindigde soms in een smartelijke snik, die haar helemaal doorhuiverde, en waarbij ik wel eens de tranen *uit* haar ogen had zien springen. Alsof het naar buiten geperste genot spuigaten zocht in luchtwegen en traanklieren. Waren zulke schokbrekers er niet geweest, dan hadden de hersenen de onverhoedse slingerbeweging mogelijk niet aangekund. Een enkele keer werd er een sliertje speeksel tussen de ontblote tanden naar buiten gestoten, of een kleine ongerechtigheid uit de plotseling met kracht doorgeblazen neus.

Mijn liefde voor haar voedde zich ook met zulke schijnbare futiliteiten, die in feite mijlpalen van de rinsiaanse poëzie vormden. Heerlijker dan zelf de lust te ervaren was het om mijn geliefde het genot te *zien* ondergaan. Hoewel... door dit passieve toekijken als het hoogst bereikbare te beschouwen, zou ik haar tekort hebben gedaan. Ik wilde nog steeds haar acme *in* me voelen, alsof het er een van mezelf was, en dan nog een graadje intenser, omdat het op magische wijze door twee lichamen heen gegaan was. Het zou de ultieme vereenzelviging zijn, een nooit eerder bereikte symbiose... de volledige entering van het aanbeden lijf van de ander, door het in eigen vlees te *verteren.*

'Nee, niets zeggen, Rinne... ik voelde wat jij voelde. Je stak me aan... de vlam kwam van jou, en sloeg op me over. Ik kwam klaar in het heetst van jouw orgasme.'

Zover was het nog niet helemaal tussen ons. Gezamenlijke kortsluiting van zenuweinden in ons gevoeligste orgaan... konden twee door liefde ernstig aangetaste vrouwen zich daarop toeleggen? Of waren ze dan overgeleverd aan een of andere giftige staat van genade, die van buiten moest komen? Ik kon het niet helpen... ik bleef er rekening mee houden dat het op een dag, tijdens *l'heure du berger*, zover zou komen: dat mijn lijf pijnlijk met het hare mee zou tintelen en schrijnen... om daar vervolgens verzengend in ten onder te gaan... met geblakerde zenuwen.

Ik bewerkte haar die middag net zo lang met mijn tong tot ik een mond vol had van haar zilte sap. Aangelengd met mijn speeksel liet ik het tussen haar lippen glijden. Op zo'n overstelpende hoeveelheid was ze niet bedacht. Ze verslikte zich erin, en hoestte tot ze ervan loenste. Ik beklopte haar rug.

'Laat het me terugnemen,' zei ik, maar op een naar de luchtpijp verdwaald sliertje na was het al op weg naar haar maag, waar het gistproces ons nog dichter tot elkaar zou brengen. 'Te laat... te laat.'

'Jij met je theorieën van eenwording,' zei Rinne, keelschrapend. 'Tegen wat het meest levend aan mij is, voelt jouw tong nog altijd als een lap dood vlees aan. Misschien doe ik niet genoeg mijn best om... om tot elke cel van jou door te dringen.'

De schrik en de kilte sloegen me om het hart. Ik moest denken aan het lugubere spel 'lijkenhandje' dat Albert als jongen met zijn vriendjes speelde. Twee kinderen zetten hun wijsvinger tot een omgekeerde V tegen elkaar. Om beurten wreven ze met hun vrije hand langs het spitse dakje op en neer, en griezelden dan bij het gelijktijdig voelen van het eigen levende vlees en het dode van de ander.

'Jij bent de dooie,' riep de een.

'Nee, jij... het voelt lijkachtig,' kwam dan de ander. 'We gaan je begraven... je bent hartstikke dood, man. Ik voel het toch. Je vinger is al afgestorven.'

'Graaf gerust een kuil... dan gooien we jou erin. We kunnen geen dooien in onze club gebruiken.'

'Hier, voel zelf, Hans... jouw vinger is morsdood.'

'Nou, niet als ik er zelf met mijn nagel in snij... het doet pijn.'

Corinne wilde me duidelijk maken dat we nooit echt, tot in bloed en merg, met elkaar konden versmelten. Het zou altijd dood tegen levend vlees zijn... en nooit gingen de hompen echt een verbinding aan. Ik verzette me tegen die waarheid.

Derde deel

Verloren

IK EN IK – we spreken nu in water
maar zo waar als zij hier naast ons ligt:

het antwoord, Lullius, is twee. Zo sliep
ook Hermes nooit met zijn verstand alleen.

En nu ik en ik met haar en haar
door een sleutelgat van goud heen staar

zingt mijn tweede ik het uit van drift.
Duizelingen! Zonnevlekken! Goud!

Ik en ik – we spreken nu in water.
Twee is alles. God een rekenfout.

Menno Wigman, 'Het antwoord is twee'

Hoofdstuk I *'Tot de scheiding ons doodt'*

1

In de kantine van De Heuvelrug lagen de snacks als bij een cafetaria in een koelvitrine uitgestald. Bij de salades zat er een plastic vorkje aan de binnenkant van het doorzichtige deksel. Kroketten opgetast als boomstammetjes in het bos, het paneermeel nog bleek en kruimig. Ze werden geserveerd met witbrood, waarop met een boterstempel vijfpuntige sterren van roomboter waren gedeponeerd, die door de warmte van de gefrituurde kroketten langzaam vergelend smolten.

Hier en daar zat aan een tafel ook een patiënt onder de hoede van twee of meer verpleegkundigen. Maar in ons gezelschap geen Pijkel. Volgens dokter Patist was ze de laatste dagen minder agressief, maar altijd nog te onhandelbaar. Buiten, achter de hoge ramen, woedde een veelkleurige herfst, met veel rood en bruin en geel en onverstoorbaar groen, al waren de groene bladeren flets en leken ze na een stoffige zomer lichtgrijs bepoederd.

'*Indian summer*,' zei Julius, omdat hij aan Calvin College in Grand Rapids gestudeerd had. 'Dit is mijn seizoen... helaas niet voor de meeste van mijn patiënten. Ze lijken zich schrap te zetten tegen het vallen van de blaadjes... zover is het nog niet. Hoe is het in Zuid? Wat mijn huispraktijk betreft heb ik voor de komende weken mijn agenda vrijgemaakt... ik heb het hier in de kliniek al druk genoeg.'

'Hoe het in Zuid is...' zei ik. 'Nou, als ik me even tot de Exilstraat beperk... de kleinzoon van de boekhandelaar is sinds begin deze maand spoorloos. De oude man vreet zich op van de zorgen. Op zaterdag 6 september hadden ze nog samen op televisie naar de begrafenis van Diana gekeken. Daarna is de jongen in zijn Festina gestapt en weggereden. Hij is al weken zoek. Ik had die middag een rondvaart. Vanuit de boot heb ik zijn auto nog even gezien. Hij stond klem op de gracht… de binnenstad zat potdicht vanwege het bloemencorso.'

'Movo heet hij tegenwoordig toch? Als ik me niet vergis.'

'Hou je maar niet op de vlakte, Julius… je weet verdomd goed dat hij zich nu zo noemt. Hij is… of was… een patiënt van je.'

Patist was te overdonderd om te ontkennen. Hij zei: 'Zo'n jongen kan toch niet zomaar verdwijnen?'

'Misschien had het iets te maken met die veldslag 's middags.'

'Welke veldslag?'

'Waarover we nog steeds dagelijks in de krant kunnen lezen… die elke avond het televisiejournaal beheerst… de actualiteitenrubrieken. De video van Staatswaterbeheer. Ik kan me niet voorstellen dat het je allemaal ontgaan is, ook al hou jij je liever bezig met de trauma's van je cliënten dan… met die van de samenleving.'

'Ik weet ervan… maar dan zie ik nog geen link met zijn spoorloos verdwijnen.'

'Kom, kom, Julius. Als die Tib bij jou in therapie was, dan ken je op z'n minst zijn achtergrond. Vader voorzitter van de supportersvereniging… de zoon fanatiek supporter, neigend naar hooliganisme. Tib was aanwezig bij de Beverwijkse veldslag, eind maart… waarbij aan Amsterdamse kant een dode viel. De Amsterdamse F-side heeft toen wraak gezworen. Er zou een vervolgveldslag komen, en dan ergens in de buurt van Rotterdam. Dat werd knooppunt Hellegatsplein, in de wandeling 't Hellegat, *nomen est omen*. Opnieuw een dode, ditmaal aan Rotterdamse kant. Ik heb meer dan een vermoeden dat Tibbolt medeorganisator was. Toen ik hem rond het middaguur in zijn auto op de gracht vast zag zitten, claxonnerend en met zijn vuisten op het stuur slaand, had hij nog een paar uur de tijd om naar Zuid-Holland en Zeeland te rijden.'

'Als dat je bestemming is, ga je toch niet via de grachtengordel,' zei Patist, misschien met een veiliger route voor zijn patiënt in gedachten. 'Dan word je eerder bij de Utrechtsebrug gespot.'

'Misschien moest hij in het centrum iemand ophalen. Hij lijkt me niet het type om naar het bloemencorso te gaan kijken... zeker niet sinds hij...'

'Sinds hij?'

'Heeft hij het tijdens therapie niet gehad over wat hij noemt zijn *carrière als Ander*?'

'Nu vraag je me alweer om dingen te verklappen die in strijd zijn met mijn beroepsgeheim.'

'Laten we dit afspreken, Julius... ik opper een paar zaken, en jij zegt geen ja en geen nee. Ik let alleen op je lichaamstaal... je gezichtsuitdrukking... tot ik denk genoeg te weten. Zo hoef je de ambtseed geen geweld aan te doen.'

'Ik vertrouw je niet, Zwanet.'

'Als je over de schreef dreigt te gaan, zal ik je bijtijds waarschuwen. Ik wil er niet de oorzaak van zijn dat jij straks je overgebleven paar patiënten moet ontvangen onder de Torontobrug... in je slaapzak.'

'Goed, vraag maar,' zei hij. 'Mijn mond zit op slot, behalve voor meewarige glimlachjes.'

De botersterretjes op mijn witbrood waren nu helemaal gesmolten, en de roodbruine kroketten zouden nu wel niet te heet meer zijn. Ik prikte een kontje aan mijn vork, maar liet het daar. Ik nam een slok van mijn karnemelk.

'Julius, nu even serieus... je hebt zelf gezegd dat twee patiënten van je, Pijkel Niggebrugge en Tibbolt Satink, op een vrijdagmiddag begin mei van dit jaar *samen* jouw praktijk in Zuid verlieten. Ik heb reden om aan te nemen dat jij ze aan elkaar hebt voorgesteld. De vrouw was vervolgens twee weken spoorloos... totdat ik haar in de Retiefstraat in een leegstaande woning aantrof bij het lijk van een middelbare man. Zij was verward, agressief en niet aanspreekbaar... en dat is ze nog steeds niet, zoals je weet. Tibbolt is nog dezelfde avond teruggekeerd naar de boekhandel van zijn grootvader, waar ze allebei boven wonen... of woonden. Ik weet inmiddels van Tibs opa dat Pijkel, in plaats van zich bij de revalidatie aan de Overtoom te melden, die vrijdagnamiddag zijn winkel heeft bezocht. Ze trof daar ook de dochter van Tornij, Tibbolts moeder, die zich nogal neerbuigend gedroeg tegenover Pijkel. Mevrouw Satink gaf haar te verstaan dat het geen zin had om achter Tib aan te zitten... die had immers vaste verkering met ene Rita in Mierlo. Ze liet zich afkeurend uit over Pijkels littekens.'

'Ik doe niets anders dan luisteren,' zei Patist. 'Ga door.'

'Toen ik een paar weken later in de zaak was om een boek te kopen,' zei ik, 'werd ik geholpen door Tibbolt. We raakten in gesprek, en hij begon over zijn *carrière als Ander*. Hij wilde niet zomaar een nieuw leven, maar een volledig ander mens worden... en dan niet in de zin van: sinds mijn ziekenhuisopname voel ik me een ander mens. Hij wilde zichzelf kwijt... niet door zich van kant te maken, maar door een totale metamorfose, die geen ruimte liet voor zijn oude zelf. Hij beweerde dat zijn psychiater hem gestimuleerd had bij dit proces... hem de weg gewezen had naar de Ander die hij wilde worden. Die psychiater ben jij, dat heb je zelf toegegeven.'

'Als ik zeg dat hij bij mij in therapie was, dan heb ik de inhoud van de sessies nog niet verklapt. Speculeer maar lustig verder, Zwanet. Het is je gegund.'

Ik at de helft van een kroket, die vanbuiten warm was, maar in de kern nog bevroren. Een vreemde sensatie voor het gehemelte.

'Een van de manieren waarop Tibbolt zijn oude sentimentaliteit wilde dooddrukken, was... een geharde hooligan te worden. Ik weet niet precies wat zijn rol is geweest op dat circusterrein bij Beverwijk, maar wat daar gebeurde, was de gewone supporterij ver voorbij. Is dat aspect van zijn beoogde carrière ter sprake gekomen?'

'Ik zeg niks, dat weet je.'

'Een andere methode om zijn oude zelf af te schudden was het afzweren van de liefde. Hij had niet eens de moeite genomen om het uit te maken met Rita. Hij zei letterlijk: "Als je een relatie opzegt, erken je de ernst van die verhouding, en overdrijf je de waarde van wat er tussen twee mensen geweest is." Hij was zich... en hij bekende het nogal schaamteloos... gaan toeleggen op het gigoloschap. Op zijn visitekaartje had hij vlerkerig THUISZORG laten drukken, maar zijn doelgroep bestaat uit dames van middelbare leeftijd... terwijl hij eventueel ook beschikbaar is voor gehandicapte vrouwen. Ik vraag me af of Tibbolt ook die kant van zijn loopbaan met jou besproken heeft.'

'Zoals je merkt, Zwanet, bewaak ik mijn beroepsgeheim beter dan bij eerdere pogingen van jou erop in te breken.'

'Dat siert je,' zei ik. 'Waar ik nog mee zit, is: wat kan er tussen die twee patiënten zijn voorgevallen... nadat ze die vrijdagmiddag samen jouw praktijk verlieten? Je vertelde eerder dat ze na hun respectieve sessies bij jou samen een eind opliepen. Alleen jij weet wie van de twee eerder aan de beurt was, maar een van de twee moet in jouw gezellige antichambre op de ander hebben gewacht. Tenzij...'

'Je gaat je gang maar.'

'...tenzij het een dubbelsessie was, voor twee personen, die iets met elkaar te maken hadden.'

'Ik denk niet dat ik mijn ambtsgeheim schend als ik zeg dat ik nooit dubbelconsulten hou, tenzij... tenzij het bijvoorbeeld om een vader of een moeder met een gevaarlijk puberend kind gaat.'

'Er moet iets ernstigs gebeurd zijn tussen Pijkel en Tibbolt. Zij keerde niet terug in het revalidatiecentrum. 's Avonds dook ze op in Amsterdam-Oost, in een kroeg met de idiote naam

Ape-Retief. Dat weten we uit het politieonderzoek. Die eerste avond gedroeg ze zich nog tamelijk normaal, maar de dagen erna werd haar gedrag steeds raarder. Achteraf kunnen we, een beetje ovidiaans, concluderen dat ze daar in de Retiefstraat in een tijger aan het veranderen was. Welke rol heeft Tibbolt daarbij gespeeld?'

'Als ik het goed begrijp, heeft hij tussen begin mei en begin september gewoon in de winkel van zijn opa gewerkt. Die is bij jou om de hoek. Je had alle gelegenheid het hem persoonlijk te vragen. De jongen heeft bij mijn weten als boekverkoper geen zwijgplicht... misschien alleen voor wat betreft het verraden van een literaire plot.'

'Mogelijk heeft hij als gigolo een ambtsgeheim,' zei ik, scherper dan bedoeld. Ik lette goed op Julius' reactie, die grijnsde alsof hij de grap wel kon waarderen.

'*Pillow talk* met de duivel ertussen,' grinnikte hij.

'Ik bedoelde juist eerder de loslippigheid waar het de identiteit van zijn klanten betreft.'

'Stel mij geen vragen die Tibbolt beter kan beantwoorden dan ik.'

'Natuurlijk heb ik hem het raadsel de afgelopen zomer een paar keer voorgelegd. Hij geeft geen krimp. Ja, toch... hij beweert dat hij Pijkel die vrijdagmiddag tot bij het revalidatiecentrum heeft gebracht, en toen aan de Overtoom op een tram is gestapt. Hij was verbaasd te horen dat ze vervolgens de boekhandel heeft bezocht, waar ze een kil gesprek voerde met zijn moeder.'

'Dan stel ik jou nu een vraag waarmee ik mijn beroepsgeheim omzeil,' zei Patist. Ik zag aan zijn gezicht dat hij bij zichzelf overlegde of hij er toch niet te veel mee prijsgaf. 'Heb jij Tibbolt verteld over de dierlijke staat waarin je Pijkel aantrof... een conditie waar ze nog steeds in verkeert?'

'Hij had erover in *Het Devies* gelezen, al voordat haar identiteit bekend werd. Uit het detail over de wildwoekering van littekens had hij heimelijk al geconcludeerd dat het om Pijkel ging.'

'Heeft hij verder nog naar haar geïnformeerd... naar verbetering in haar toestand bijvoorbeeld?'

'Dwars door het pantser van stoerheid heen bemerkte ik schuldgevoelens bij hem. Hij lijkt door de hele geschiedenis ernstig in verlegenheid gebracht. In het kader van zijn carrière als Ander stopt hij het diep weg. Hij kan zich geen sentimentaliteit veroorloven, schijnt hij te denken.'

'Een carrière als Ander... hoe verzint hij het.'

'De vraag is, Julius... hoe ver ben jij erin meegegaan? Nu je toch weer wat spraakzamer wordt... hoe laat zijn Tibbolt en Pijkel bij jou vertrokken? Je kunt het gerust zeggen, want zo'n mededeling houdt geen verband met de inhoud van de therapeutische sessies.'

Patist keek wantrouwig, en zei toen aarzelend: 'Drie uur ongeveer... de precieze tijden staan in mijn agenda.'

'De portier van het revalidatiecentrum heeft gezien dat de twee rond zes uur voor de ingang afscheid namen. Hij had de tijden van Pijkels sessies bij jou in zijn computer staan. Vrijdag van twee tot drie. Het is zijn taak te controleren of de revaliderenden tijdig weer binnen zijn. Ik heb hem gesproken. Bij 18:00 uur had hij aangetekend: "Therapie psychiater zeker uitgelopen." Hij heeft haar niet zien binnenkomen. Hij herinnert zich wel hoe ze de drukke Overtoom over rende als om een tram te halen. Laten we zeggen dat er tussen drie en zes twee keer een halfuur met wandelen verloren is gegaan... dan houden we nog altijd twee volle uren over voor... ja, voor wat? Er moet in die honderdtwintig minuten iets tussen Pijkel en Tib zijn voorgevallen waardoor... ik weet niet wat het met hem gedaan heeft, maar *haar* moet het hevig in de war hebben gebracht, met uiteindelijk haar dramatische transformatie tot gevolg.'

'Gissingen,' zei Patist. 'Ik heb ze samen op pad zien gaan, meer kan ik niet bevestigen. Misschien zijn ze wel ergens iets gaan eten... in een café blijven hangen. Tibbolt is nog dezelfde vrijdagavond naar de Exilstraat teruggekeerd... Pijkel was daar toen blijkbaar alweer weg. Haar zag ik twee, drie weken later dankzij jou pas weer terug, bij de GG&GD... of misschien moet ik zeggen dat het een eerste kennismaking was met haar nieuwe gedaante. Mijn patiënten gaan me voor alles, maar wat ze in hun vrije tijd uitvoeren, gaat mij niets aan.'

'Ook niet als een gebeurtenis in hun vrije tijd tot een trauma of een ernstig psychisch probleem leidt? Van wat mensen privé hebben meegemaakt voordat ze bij jou in therapie gaan, man, daar *vreet* jij van. Zit alsjeblieft niet zo huichelachtig jouw briljante sessies te scheiden van het banale leven van alledag.'

2

Mensen veranderen, maar nooit zomaar. Zo hoor je wel eens dat een hersenbloeding of een ernstig verkeersongeluk iemands persoonlijkheid volledig overhoop kan halen. Hij of zij wordt niet alleen nooit meer de oude, maar blijft voorgoed een *ander*. De wonden etteren door in het karakter.

Zo zou ik onder invloed van wat mij met Corinne is overkomen, onze *coup de foudre*, oppervlakkig of ingrijpend van persoonlijkheid veranderd kunnen zijn. Als ik afga op de reacties van Albert en de kinderen, van enkele collega's bij de GG&GD en van nog een paar familieleden en kennissen om wie ik niet heen kan, sluit ik de mogelijkheid niet uit. Ik heb de laatste tijd een paar keer te maken gehad met Tibbolt Satink en zijn 'carrière als Ander' en met Pijkel Niggebrugge en haar angstaanjagende metamorfose... waardoor ik veranderingen bij mezelf misschien bagatelliseer, wat niet betekent dat ze er niet zijn. Als de wereld voortdurend verandert, met mensheid en al, dan de individuele mens toch zeker... meestal langzaam en ongemerkt, maar soms door een belangrijke gebeurtenis radicaal en met verstrekkende gevolgen. Ja, ik denk dat mijn verhouding met Corinne mijn persoonlijkheid blijvend overhoop heeft gehaald.

Of een onomkeerbare verandering ook voor haar geldt, kan ik zelfs op de huidige afstand in de tijd niet met zekerheid zeggen. Voorafgaand aan die zalige (of onzalige) lenteavond van onze eerste ontmoeting had ik haar niet van nabij gekend, laat staan in haar eigen omgeving. Ik herinnerde me haar als fotomodel uit de bladen van vijfentwintig jaar eerder: een jonge godin geboetseerd uit schmink en studiolicht, die al weinig meer gemeen had met het meisje van vlees en bloed uit Brabant dat spottend, maar ook een beetje met vooruitziende blik, de Venus van Mierlo werd genoemd. Het was helemaal niet zo vanzelfsprekend dat zij op een dag naar de aarde zou afdalen om mijn liefde te winnen.

'Rinne, vinden de mensen om je heen jou erg veranderd... de laatste maanden, bedoel ik?'

Ze moest eerst lachen om mijn vraag. Toen: 'Wie zouden dat dan moeten zijn, in godsnaam? Behalve jou en Albert en de kinderen zie ik zowat niemand meer. Ja, mijn manager en mijn gitaarleraar en de scheidingsadvocaat... en natuurlijk, zo min mogelijk, Hans. Hij laat er geen twijfel over bestaan, thuis niet en voor de rechtbank al helemaal niet, dat ik een totaal ander mens geworden ben... in mijn en zijn nadeel... volgens hem een proces van vele jaren. In zijn ogen ben ik een monster met een hart als een klomp ijs. Hij zou wel eens gelijk kunnen hebben: als ik hem zie, dan slaat de vrieskist in mijn borst zoemend aan.'

We stonden voor het open zijraam van de kamer en rookten ons welverdiende saffische strootje. Het bed lag in welsprekende wanorde achter ons, met lakens die door een ouderwetse huisvrouwenhand strak uitgewrongen leken en daarna op eigen kracht weer enigszins tot een lossere structuur terug waren gedraaid. Corinne wapperde met een kartonnen waaier om de rook naar buiten te drijven. Ik genoot van de vinnige gratie waarmee ze dat deed… en herinnerde me opeens een cover van *Vogue* waarop ze als geisha stond afgebeeld, het geblankette gezicht half verborgen achter een waaier met Japanse karakters. Ze droeg daar voor de gelegenheid een gitzwarte pruik met een grote wrong, waar eetstokjes en haaknaalden doorheen staken.

'En je dochter… merkt die een verandering aan je op?'

Absurd om bij Corinne naar haar volwassen dochter te informeren, terwijl een speling van de liefde ons juist weer tot *meisjes* had omgetoverd. Huwbare, vruchtbare jonge vrouwen, bokkig trappelend om de sprong naar een nieuw leven te wagen. Maar ik doelde niet op dat soort verjeugdiging als ik het over verandering had.

'Rita heb ik in geen halfjaar gezien… alleen aan de telefoon gehad, meestal over Tibbolt. Ze assisteert tegenwoordig bij modeshows, in Brussel en Milaan en zo. Ik vrees dat ze haar moeder sowieso te weinig kent om een eventuele gedaanteverwisseling bij haar te bespeuren. Ja, nou je 't zegt… Rita vindt me bezorgder dan vroeger… wat natuurlijk weer alles met die onmogelijke jongen van haar te maken heeft.'

Ze drukte haar saffie op de vensterbank uit, en stopte de peuk in het halflege luciferdoosje. Ik had haar toch maar mooi van het roken afgeholpen, met als zoenoffer die ene sigaret na het vrijen. *Twee* zoenoffers eigenlijk, want ik stak er uit solidariteit nog steeds elke keer ook een op… zonder tot mijn oude gewoonte te vervallen.

'Ik ben van het kettingroken af,' zei ze, zacht rammelend met het doosje, 'maar dat is vast niet de verandering waar je op doelt.'

'Lieve Rinsi, ons is iets overkomen dat… eigenlijk helemaal niet in ons leven past. Iets fantastisch en heerlijks, maar… het maakt ons allebei tot fremdkörper in eigen bestaan.'

'Als je gelijk hebt,' zei Corinne, 'betekent het dat elk van ons tweeën inmiddels van een *ander* houdt dan ze afgelopen voorjaar heeft leren kennen. Dan zijn we ongemerkt uit elkaar gedreven...'

'Ach liefie, zeg dat nou niet.'

'Jij begon erover.'

'Misschien moet het zo zijn... dat we door deze liefde veranderen... niet in totale vreemden voor elkaar, maar juist in twee vrouwen die *echt* zielsverwanten zijn.'

3

Het begon erop te lijken dat onze relatie geen natuurlijk verloop kende – en dan bedoel ik met 'verloop' ook het eventuele uiteengaan van de geliefden na ruzie of tanende hartstocht. Wat ons de adem benam, soms ook letterlijk, was dat de wederzijdse gevoelens heftiger werden, zeg maar gerust: wurgender. We keken elkaar steeds vaker aan met koortsige, bijna verwijtende blik, en prevelden dan in ontzetting zoiets als: 'Dit *kan* toch niet...'

De intensiteit van de liefde bracht de vrees met zich mee dat als ze onverhoeds eindigde, wij allebei in een peilloos diepe afgrond zouden storten.

'Vroeg of laat,' zei ik tegen Corinne, 'zullen we hiervoor moeten boeten. We zullen er genadeloos op afgerekend worden.'

'Dus je voelt je toch schuldig omdat we ons aan tegennatuurlijke vrijage hebben bezondigd. Handen als krieuwelende anemonen... ze dienen afgehakt.'

'Ik heb het niet over de liefde van vrouw tot vrouw, maar... in ons geval... de angstaanjagende intensiteit ervan. Ik denk drie keer per dag dat ik moet overgeven, maar dan van een soort bovenmenselijke misselijkheid.'

'Verzet je er maar niet tegen... ik zal de golf braaksel als een liefdesverklaring beschouwen.'

'Het is allemaal te veel, te groot voor een gewoon vrouwenlijf. Alles raakt ontregeld.'

Bij de schrijver van *Twee vrouwen* las ik ooit: 'Als je verpletterd dreigt te raken, kun je maar beter weten waar de verplettering vandaan komt.' Het raakte aan mijn dilemma: de liefde in heel haar vernietigende onstuimigheid maar over me heen laten komen... of het ploegende mechanisme ervan analyseren en bestuderen? Kop in het zand, of het probleem met de sterfte in het hart ook echt proberen te doorgronden?

'Het is een natuurkracht,' zei Corinne. 'In het oog van de storm steek je niet je natgemaakte vinger op om te voelen van welke kant de wind komt.'

Misschien deed ik er verkeerd aan, maar ik wilde oprecht onderzoeken *wat* me dreigde te verpletteren. Spoedig bleek waarom hier sprake was van een dilemma. Ik was bang deze wonderbaarlijke liefde kapot te analyseren. Het gebeurde vooralsnog niet, maar de vrees was ook een ontregelaar. Dreigde ik niet het studieobject in een te vaste greep te houden, en daardoor kapot te drukken, liever dan het voortijdig los te laten?

Corinne, een minder rationeel wezen dan ik, had gelijk met haar 'oog van de storm'... alleen al z'n centrifugale kracht maakte het ongeschikt als studeerkamer of laboratorium. Ik liet me steeds meer gaan in de natuurkracht die zij en ik ongewild samen ontketend hadden, en *niet* volgens de een of andere fysische formule. Het enige wat zich met zekerheid liet vaststellen, was dat de storm niet tot bedaren kwam, en alleen maar toenam. Als er iets of iemand ging liggen, dan was het de kluwen van onze lichamen.

Die middag werd ze ergens verwacht, ik weet niet meer waar – in ieder geval niet op de Koninginneweg. Tijdens het aankleden kwam ze nog een keer terug op ons bitterzoete gesprek.

'Ik las laatst iets over de oude stoïcijnen... die wilden dat mensen voortdurend stilstonden bij alles wat er verkeerd kon gaan in hun leven... bij alle mogelijke foute afslagen... alle tegenslagen. Echt een aanrader.'

Ze had haar jeans met gespreide pijpen op het bed klaargelegd. Haar ene sok zat al om haar voet, de andere was zoek, zodat ze op de geschoeide voet bleef rondhinken, alsof het verboden was om met haar blote zool het parket aan te raken. Toen ze ervoor koos om toch maar eerst een zilveren hanger in haar oorlel te haken, bleef ze midden in de kamer stilstaan, als een flamingo op één poot, de andere gekruist over de knie.

'Ik zou me nu dus heel stoïcijns moeten voorstellen,' zei ze, 'dat we, door wat voor oorzaak ook, elkaar voor het laatst zien. Het wapent je, schijnt het, tegen onverwacht onheil en teleurstelling. Nou, lekker dan. Laten we elkaar zo meteen omhelzen alsof er geen volgende ontmoeting in zit... dan kan het altijd meevallen. Helaas vergat ik daarnet met je te vrijen alsof het voor de laatste keer was. Als ik je niet meer terugzie, blijf ik dat mezelf tot in de eeuwigheid verwijten.'

'Je hebt me overtuigd,' zei ik, haar de zoekgeraakte sok aanreikend. 'Als we ons het Noodlot ook nog eens bij elke gebeurtenis heel plastisch gaan voorstellen, vermenigvuldigt het zich door ons eigen toedoen. Zorg ervoor dat je zo meteen niet met je voorwiel in de tramrails terechtkomt.'

Na haar vertrek wou ik hevig dat we het gesprek nooit gevoerd hadden. We kozen ervoor om in het oog van de storm te leven, zonder er meteorologie bij te bedrijven, maar onze roekeloze spontaniteit leek besmet geraakt. Ik stelde me haar dwangmatig voor in alle mogelijke gevaarlijke situaties, die lang niet altijd een goede afloop kenden, hoezeer ik me ook inspande om haar met dezelfde geestkracht te redden. Ze moet het aan me gemerkt hebben, want elke keer dat ze sindsdien de straat op ging, klampte ik me bij het afscheid aan haar vast, soms op het wanhopige af.

'Zeg, Zwan, heb jij je tot het stoïcisme bekeerd of zo?' zei ze op een keer. 'Het is maar voor een boodschap, hoor... ik ben over een halfuur weer terug. Laten we er voor alle zekerheid drie kwartier van maken, dan komt een onvoorziene vertraging minder hard bij je aan. Je bent een echte tut aan het worden, weet je dat?'

4

Ik ging in de kliniek zo vaak mogelijk bij Pijkel Niggebrugge kijken, soms samen met Corinne, die een bezoek net zo vaak oversloeg: ze kon het gedrag van de tijgervrouw niet altijd aanzien, vooral ook omdat er weinig verbetering in leek te zitten. Ze zei: 'Konden we maar bij Pijkel in dezelfde ruimte zijn… haar aanhalen en geruststellen. Misschien zou dan tot haar doordringen dat ze fysiek in niets van ons verschilt.'

'Behalve wat haar verminkingen betreft,' zei Patist. 'Die vallen nou eenmaal niet weg te denken.'

'Julius, jij kent het verband, *als* het bestaat, tussen haar littekens en de zoantropie waar ze aan lijdt,' zei ik. 'Jij doet je best voor Pijkel, maar… wij zouden haar zo graag op *onze* manier helpen. De menselijke factor, net wat je zegt. Maar daarvoor zouden we toch iets meer van haar karakter en achtergrond moeten weten. Ik heb haar niet gekend voordat ze, hoe heet het, zoantroop werd… of zoantropisch, weet ik veel. Jij wel… ze is bij jou in therapie geweest.'

Patist maakte een vaag gebaar naar het one way-venster. 'Je kunt met eigen ogen zien hoe goed die geholpen heeft.'

'Het gaat erom dat jij meer kennis over haar bezit… hoe ze is en wat haar is overkomen.'

'Nu probeer je me alweer zaken over een patiënte te ontfutselen die ik niet met derden mag delen… beroepshalve,' zei de psychiater. 'Het begint me de keel uit te hangen, vooral omdat jij er zo'n achteloze manier van uithoren op na houdt. Ik stel voor dat jullie hier niet meer langskomen tot… nou, totdat er verbetering in Pijkels toestand is opgetreden. Als je meer over haar antecedenten te weten wilt komen, moet je bij de politie zijn. Nadat ik Pijkel als mijn patiënte herkend had, heb jij haar identiteit aan de recherche overgebracht... en die is toen verder gaan spitten. Geen idee wat dat heeft opgeleverd. Ik weet alleen dat ze wees is, en nog ergens een tante in Amsterdam-Oost heeft. Ik kan me niet anders voorstellen dan dat de politie haar is gaan ondervragen. De dode man uit de Retiefstraat ligt onder de grond, maar een natuurlijke dood is nog steeds niet aangetoond, net zomin als de onschuld van Pijkel. Als de politie je beste vriend is, waar wacht je dan nog op?'

Hij verliet duidelijk geërgerd het voorportaal van de observatieruimte, maar zonder ervoor te zorgen dat het scherm het uitzicht weer wegnam. Niet goed wetend wat na dit abrupte afscheid te doen, bleven Corinne en ik naar Pijkel staan kijken. Als ik zeg dat er op dat moment niets bijzonders aan haar te zien was, bedoel ik dat we aan haar wonderlijke gedrag gewend begonnen te raken. Als zelfs zoantropisch gedrag iets vertrouwds kon krijgen, dan zouden we binnen de kortste keren nergens meer van staan te kijken, en was *alles* mogelijk in de surrealistische wereld die we ongemerkt waren binnengetreden.

Pijkel lag op de papieren loper van een behandeltafel – op haar buik en met de onderarmen vooruit, keurig naast elkaar. Ze knipperde slaperig met haar ogen, maar die hield ze wel constant op de ruit gericht (die voor haar glanzend zwart moest zijn), alsof ze ons toch gadesloeg. Als er door de gang rammelend een of ander schoonmaakkarretje voorbijreed, wendde ze heel even haar hoofd in die richting, daarbij als gestoord in haar rust haar lippen optrekkend, zonder gromgeluid. Vervolgens leek ze ons weer afwisselend aan te kijken, af en toe met iets smekends in haar blik.

Albert en ik waren in september '96 met de kinderen naar Londen geweest, om de musical *Cats* te zien. (Dan konden we de volgende dag Thjummi's andere grote wens inwilligen: een bezoek aan Legoland bij Windsor.) Katten gespeeld door mensen… er was er een bij waar ik mijn ogen niet van af kon houden. Een actrice die zich de mimiek van een poezenkop griezelig perfect eigen had gemaakt. Ik wees Thjum en Cynthia erop, maar die waren toch vooral geïmponeerd door het totaaltheater van licht en zang en dans. Precies die mimiek, van een mens die al bijna een kat geworden *is*, trof ik op het gehavende gezicht van Pijkel aan, zodat je de inspanningen van haar als vermeende toneelspeelster voor even vergat. Toch bleef Julius hardnekkig een tijger in haar zien. Nou ja, omgekeerd… als ik naar een natuurdocumentaire over een tijgerfamilie keek, herkende ik er mijn eigen katten in, tot aan de welpen toe. Er *moest* een ondubbelzinnige reden zijn waarom Patist, toen hij Pijkel na de therapeutische sessies voor het eerst weer terugzag, terstond en heel stellig een tijgerin in haar zag.

'Laten we maar gaan.' Met een druk op de knop liet ik het scherm omhoog zoemen. 'Voor mij voorlopig geen psychiaters meer. Een rechercheur, die heeft geen duur gezworen beroepsgeheim… die houdt zich alleen aan een zwijgplicht als die is afgesproken om een zaak niet in gevaar te brengen. Kom, Rinsi, we rijden linea recta naar het hoofdbureau in Amsterdam.'

5

We vermagerden sterk allebei in de eerste maanden van onze waanzin. Oorzaak: de onstuimige verliefdheid, van het zeldzame type dat Albert ooit, toen hij en ik elkaar net kenden, omschreven had als 'voedzame honger'. Over hongerstakers wordt wel gezegd dat ze na weken de pijn van de lege maag niet meer voelen, en er zelfs een soort fysieke euforie aan ontlenen. Minder extreem, maar wij ondergingen een vergelijkbaar proces. De eetlust verdween. Misschien duidde de manier waarop we onophoudelijk naar elkaar hapten wel op een onverzadigbare trek – en trek dan naar analogie van een tochtzuil tussen de maag en de mond, als bij een sterk zuigende schoorsteen.

'We moeten toch *iets* eten, Zwansie.'

'Ja, maar wat? Ik heb letterlijk nergens zin in.'

'Ik ruik je maag. We moeten ons voeden, en niet alleen met liefde... anders eindigen we met een tuin op de buik, zoals we bij ons thuis zeiden.'

'Arme tuin... dat grafperkje zal niet veel voedzaams omhoog te pompen hebben als wij zo blijven afvallen. De maden zijn dan allang gedesillusioneerd vertrokken.'

We dwongen onszelf en elkaar om meer te eten, bijvoorbeeld door voor de warme maaltijd wat vaker aan te schuiven bij Albert en Cynthia en Thjum. Ineens kon een bord spaghetti ons weer smaken, maar dan zonder navolgend hoofdgerecht met een lap vlees. We kwamen weer wat aan, en duwden elkaar van de weegschaal om te zien voor wie de wijzer het verst uitsloeg. Nou, veel was het niet. We vormden het levende bewijs dat op scherp staande zenuwen vet verbranden.

'Als we straks meer aan elkaar gewend zijn,' zei Corinne, 'en het nog net geen sleur wordt... je zult zien dat we dan gaan uitdijen als matrones.'

'Het scheelt als het ons allebei overkomt,' zei ik. 'Maar ik vrees dat *ik* de pineut ben. Jij hebt het in je om heel mager te worden.'

'Het zou me dan net zo eenzaam maken als jou... twee misvormde vrouwen die mekaar afstoten en uiteendrijven.'

'Als jij mocht kiezen, Rinsi... in korte tijd opvallend verouderen zonder aan te komen, of dik worden en iets blozends behouden, zonder veel rimpels... wat zou het dan zijn?'

'Zwaarder worden betekent verminkt raken... verpappen,' zei Corinne. 'Dan liever wat meer eerlijke en waardige groeven... zolang het maar geen striae zijn als gevolg van hangende vetrollen.'

'Het zou mooi zijn als je alleen plaatselijk aan kon komen... en dan heb ik het over mijn borsten. Ik hoef ze er niet eens aan te herinneren hoe het voelde om vol en stevig en pront te zijn... dat weten ze zelf nog goed genoeg.'

'Ja, bestonden er maar diëten voor afzonderlijke lichaamsdelen die zich misdeeld voelen: heupen, billen, borsten...'

'Voor buik en borsten bestaat zo'n dieet... zwanger worden. Dan is meteen ook het dieet voor de foetus geregeld.'

6

Het was soms alsof we tegen elkaar wilden zeggen: 'Er moet nog meer zijn... kijk 's goed.'

Nou, dan heb je lang zoeken. Niets beperkter dan de handelingen en de middelen waarmee de voortplanting wordt verricht om de menselijke species in stand te houden. Als twee lichamen de vereiste zwellingen vertonen, is het binnen enkele minuten gepiept, daar komt geen hogere wiskunde of woord Chinees bij kijken (ja, in China zelf, maar ook daar kan het zwijgend, tenzij de vrouw genoodzaakt is te herhalen: 'Li, denk om de eenkindpolitiek.').

En toch spreekt weinig op aarde zo tot de verbeelding als die sobere, eindeloos te herhalen geslachtsdaad. Het is de hunkering van het vlees die alle ruimte laat voor gefantaseer, vooral wanneer de bevrediging van het verlangen ver weg lijkt. Het is niet alleen fantasie. Voor sex zijn mensen bereid hun gezin in de steek te laten, een rivaal of de eigen geliefde van kant te maken, voor de vierde of de vijfde keer te trouwen, op alle mogelijke manieren hemel en aarde te bewegen.

Zoveel bereidwilligheid en dagdromerij... het zit 'm niet in die basale actie van luttele minuten, maar in het doordachte ritueel eromheen, de hele cultus, de *Kamasutra*, de zwarte magie van het tussenteense vuil. Het optuigen van de coïtus, en dat noemen we dan veel te snel 'liefde', omdat er moeite en toewijding aan te pas komen. Je zou verwachten dat de verbeeldingskracht hier onuitputtelijk is, maar alleen de heel fantasievollen schoppen het ver. Ze proberen een grandguignolachtige voorstelling te maken van een vertoning die in feite met enkele gerichte stoten is af te ronden. Zelfs het misbaar dat er volgens pornofilms bij hoort, is opsmuk, lawaaisaus, gegil voor de bühne.

Ook de scenario's voor de uitwassen van het liefdesbedrijf zijn beperkt. Ze voorzien in het opwekken van een orgasme, als het meezit langs een sierlijke omweg. Heeft echte hartstocht al die versiering nodig? Spreekt de rudimentaire handeling van mond of hand niet juist de waarheid in het resultaat? Is, met andere woorden, echte liefde gebaat bij standjes, bij allerlei hulpstukken (vaak onprettig koud)? Duiden ze niet eerder op een angst voor de leegte die intreedt na het hoogtepunt, en die ons vertelt dat er helemaal niet zoiets als echte liefde bestaat?

Ook wij ontsnapten bij uitgelokte vertraging aan de opsmuk, al hadden we allebei een afkeer van zoemende technologie op batterijen. Corinne: 'Dan kunnen we net zo goed naar het aanslaan van de koelkast gaan liggen luisteren.'

Het bestaan was in essentie uitstel, dus ook wij ontkwamen niet aan de omtrekkende beweging rond het orgasme. Geen oorlog, dan ook geen strategie.

Toen ik haar deze overwegingen voorlegde, zei ze: 'Al die speelsigheden… we doen het gewoon *naast* de liefde. Als edel tijdverdrijf.'

Maar dan ook niets overslaan. Vandaar de verzuchting: 'Er moet nog meer zijn… kijk 's goed.'

We moesten alles uitproberen wat het lijf te bieden had, in de heerlijke verdubbeling die onze nieuwe situatie bood. Toen ik klein was verheugde ik me altijd op de zaterdagse wasbeurt, die uit meer bestond dan alleen een ingezeepte waslap. Er was een dag waarop mijn moeder besloot dat ik het wel alleen afkon. Wij hadden een rond granito bad. Ik liet het niet vollopen, maar verwarmde de bodem met heet water uit de douchekop, dat ik vervolgens weer liet wegstromen in de afvoer. Ik ging er dan naakt op zitten, met opgetrokken knieën. Ik had expres urenlang mijn plas opgehouden, en die liet ik dan de vrije loop. Ik zat op een warme wel, die ik tegelijkertijd met mijn dijen afknelde om niet al het genot in één keer te vergieten. Zo zat ik daar, huiverend met samengeknepen ogen, terwijl de damp van eigen makelij rond me optrok.

'Met de handdouche had je onbeperkt tekeer kunnen gaan,' zei Corinne, die zichtbaar begon te gloeien van mijn verhaal. 'Op alle plaatsen van je lieve, zoete lijfje.'

'De lust zat 'm nou juist in wat ik zelf voortbracht,' zei ik. 'Bovendien heeft urine een bepaalde plakkerigheid en stroperigheid die gewoon water niet heeft. Het douchen kwam daarna pas, als de warmtebron afkoelde.'

Corinne had die zelfbevloeiing nooit beoefend, en ze keek erbij alsof haar iets essentieels onthouden was in haar jeugd. Ze wilde het meteen uitproberen in de badkamer, samen met mij, na de kuip te hebben voorverwarmd.

7

Ik vertelde eerder al dat ik niet van presentjes hou. Het is zoiets als een geestelijke allergie, nog afgezien van de lichamelijke pendant ervan: mijn handen beginnen hevig te trillen als ik cadeaupapier moet verwijderen. Het lostrekken van een feestelijk bedoelde strik voelt als iets obsceens. Het idee dat iemand speciaal voor mij, in verband met mijn verjaardag bijvoorbeeld, iets heeft uitgezocht… een ding dat, godbetert, bij mij past… waarvoor ik geacht word dankbaar te zijn. 'Daar hoef je toch niet bij te blozen,' zegt de gulle gever dan.

Ik bloos van gêne. Breekbaar of niet, ik laat het gekregene geheid vallen. Als ik iets nodig heb, koop ik het zelf wel, dan weet ik tenminste zeker dat het me van nut kan zijn. Misschien beschouw ik elk geschenk wel als een potentieel Paard van Troje. Een leemte gevuld met gevaar, die op houten wielen mijn bestaan binnenrolt… om me te naaien waar ik bij sta. *Timeo Danaos et dona ferentes.* Ik vrees de Grieken, nee, ik haat ze, juist *omdat* ze met geschenken aan komen zetten.

Er zijn zeldzame giften en gaven die ik niet versmaad. Op den duur wist Corinne maar al te goed dat ze geen presentjes voor me mee moest brengen: ze vreesde mijn reactie want ze wist dat ik niets anders wenste dan met lege handen te blijven staan. Gelukkig beschouwde zij elk 'acme' bereikt in mijn bijzijn als een geschenk voor mij. Als ik er haar een bezorgde, zag ik het als mijn gift aan haar.

'Heel even is het een geschenk van jou aan mij,' zei ze. 'Maar als het dan ingedaald is, wordt het vanzelf een gave van mij aan jou. Ik geef het je terug, huisgemaakt en op lichaamstemperatuur. Een ontvangen geschenk dat op hetzelfde moment wordt teruggeschonken. Gelijk oversteken.'

Zo'n Rinne, daar kon je nog 's wat van leren. Door haar ontdekte ik dat voor mij alleen zulke giften aanvaardbaar waren: die ik onmiddellijk terug kon storten in de schenkster, met nog vochtige hand. Met een man was de uitwisseling van gezegende gaven ongelijkwaardiger.

'Voor jou,' zei mijn Rinse Rinni, nazuchtend met soms een klein piepje. 'Van mij… voor jou.'

Klonken de woorden na het uitwerpen van de gift gelaten, dromerig, half gefluisterd… als ze 'Voor jou!' riep tijdens het klaarkomen, hoog op de golf van dezelfde ademtocht, was het me eindeloos veel liever. Geschenk en uitroep vielen dan samen met een kracht die op enige afstand een kaars uit kon blazen. Het is een keer gebeurd dat we zo in het donker kwamen te zitten, in de geur van geblakerde pit en gesmolten kaarsvet.

Als haar tong bezet was, en ik de mijne vrij had, stootte ik op het juiste moment die kreet uit: 'Voor jou-ou…!'

Ik snapte steeds beter waarom de God van de Taal die ronde

ou-klank bedacht had, verwant aan het niet minder ronde au. We baarden onze gaven in pijn. En als er een God van de Liefde bestond, dan hield *Zij* van een gelijkwaardige uitwisseling van geschenken… en dat kon alleen vanuit twee spiegelbeeldige werkplaatsen.

Ik moet het nu hebben over een zomerdag in '97 toen mijn Rinsi, hoe ongaarne ik haar ook beknorde, nog niet in de gaten had dat cadeautjes in de vorm van prullaria bij mij onwelkom waren.

8

We waren zo verknocht, nee, verslaafd geraakt aan mekaars vervloekte lijf dat we aan de erotische middelen die het van nature bood niet langer genoeg hadden. Er moest *meer* zijn om aan onze onstuitbare nieuwsgierigheid en het onuitputtelijke, geeuwhongerige verlangen tegemoet te komen. Met de Goudenregen of het Vergulde Stortbad vlotte het ondertussen nog niet erg. We kregen onszelf niet van het slot. Zoals we daar wijdbeens tegenover elkaar in de kuip zaten, wachtend op het wonder, leken we allerminst op twee preutse meiden. De rem zat ergens diep in ons: misschien weigerde het hele systeem zich te ontsluiten door de ongewone houding die we aannamen. Niet de beproefde hurkzit, maar zoiets als een volwassen stuitligging, met de hakken op de badrand. We lieten ter aanmoediging de kraan lopen: de koude straal was onaangenaam en joeg ons de tobbe uit, de hete verwarmde ons weliswaar, maar zorgde op den duur voor een te hoge waterstand, waarin onze Goudenregen reddeloos verloren ging.

Corinne was ooit tot een ontlading gekomen toen het harde geluid van de deurbel op haar blaas inspeelde. Het bracht haar op het idee om op een verweerde plek aan de binnenkant van de kuip met haar nagels over het afschilferende email te krassen. Het was net of er een veer in me lossprong, en zij kreeg de volle laag over zich heen, die door een geheim mechanisme onmiddellijk weer afgeknepen werd.

Zelf produceerde ze op zeker moment een benepen, schrikachtig straaltje, alsof er sprake was van een urinewegprobleem. Het eindigde in teder gesijpel, dat op haar de uitwerking had van een vingerloze zelfstreling, die niets gemeen had met het spattende geweld dat we in onze hitsigheid hadden willen ontketenen.

Op een mooie zomerdag dus bracht mijn Rinse Rinni, lief bedoeld natuurlijk, een presentje voor me mee. Om me de mond te snoeren riep ze het zelf maar: 'Dat had je nou *niet* moeten doen...!'

Ik trok met trillende vingers, bleek wegtrekkend, de zijden strik om het gemarmerde doosje los. Er kwamen twee zilveren theelepeltjes uit tevoorschijn, van een juwelier op de Willemsparkweg. Ik keek haar vragend aan. 'Als dit een hint is om voortaan lepeltje-lepeltje te gaan liggen, dan bedank ik daar feestelijk voor. We zijn veel te ongedurig.'

'Onze eerste avond, hier beneden op de veranda... het winterkoninkje met z'n metaalachtig gekwetter. Jij vergeleek het toen met twee theelepeltjes die met de bolle kant tegen elkaar aan ketsen. Ik vond het een rake beschrijving.'

Ik kuste haar. 'Lief dat je eraan dacht.'

'Je bekende toen dat de scherpe klank op je blaas werkte,' zei Corinne. 'Dat bracht me op een idee...'

Even later zaten we tegenover elkaar in de lege badkuip, de kou van het email optrekkend langs de ruggengraat. Corinne klemde de stelen van de lepeltjes tussen drie vingers van haar linkerhand en liet ze heel behendig met de bolle kant tegen elkaar aan klepperen. 'Van mijn broertjes in Mierlo geleerd... alleen hadden die houten kleppers.'

'Het werkt niet,' zei ik, nog steeds ontdaan door het verplichte uitpakken van het geschenk. 'Ik zit op slot.'

En Corinne: 'Die eerste avond moest je ervan plassen. Ik denk dat ik maar een echt winterkoninkje voor je koop… in een kooitje… dat zetten we dan hier op de badrand. Onder de Goudenregen, zullen we maar zeggen.'

'Laat me je uit de droom helpen, wijsneus. Het tuinkoninkje met z'n scherpe geluid werkte bij *jou* op de blaas.'

'Ho, wacht even… jij ging meteen na mij. Zo'n winterkoninkje verricht geen half werk.'

'Het was een smoes om even met mezelf alleen te zijn. Of liever… ik wilde de warmte voelen die je op de bril had achtergelaten. In dat stadium van de avond was ik al helemaal verkocht. Ik verbeeldde me dat er nog iets van je vochtige damp hing… de geur van je urine. Jammer genoeg had je het pompje met vloeibare zeep gebruikt om je handen te wassen. Zoiets doe je voornamelijk om een goede indruk te maken op de gastvrouw en de gastheer. Het rook er naar lavendel en dat had de geur waar ik voor kwam verdreven. Daar zat ik, luisterend naar het blikkerige gekwetter van het tuinkoninkje, dat me dit keer niet hielp bij het plassen. Het was wel ergens goed voor: ik zoog met al mijn poriën de warmte van je billen op. Als er verder niets gebeurd was tussen ons, had ik daar voor de rest van mijn leven genoeg aan gehad… ik zweer het je.'

Dat laatste kwam er met een snik uit.

'In het klooster zeker,' zei ze.

Ook zonder het nagebootste geluid van het winterkoninkje kwam het met de Goudenregen later nog helemaal goed, toen we eenmaal in de gaten kregen hoe we de remmen inwendig los konden gooien. We ranselden elkaar met limonadegele, gevlochten koorden, die in heel hun zwiepende beweeglijkheid aan de sleuf waaruit ze tevoorschijn schoten vast bleven zitten… totdat ze hun grootste kracht verloren. Soms kruiste het hare het mijne, zodat op het snijpunt heel even een sidderend vlies ontstond, met een lichte druppeltjesnevel omgeven. Als het bij Rinne loskwam, toonde ze me altijd een uitdrukking van overgave en verontschuldiging – misschien stond mijn gezicht wel niet veel anders.

Soms verkoos ze het zichzelf te strelen, bijna tot aan het acme, en dan haar bloot gepelde clitoris mijn krachtigste straal aan te bieden. 'Persen... *nu*.' Als ze zich niet misrekende, en mijn inwendige tuinkoninkje me niet in de steek liet, was er een kans dat ik haar langs die weg een *exultate jubilate* bezorgde. Veel hing daarbij af van de juiste richttechniek, de compactheid van de worp en of Corinne haar bekken in de gewenste stand wist te houden. Ze verleidde mij er ook toe, en zo gebeurde het dat we allebei een paar keer het wonder deelachtig werden – nooit tegelijkertijd, nou ja, op die ene goddelijke keer na dan, toen de sterren de juiste constellatie vormden.

'Het enige wat me niet bevalt is de kleur, hoe helder die bij onze gezondheid ook uitpakt. Het zijn de reststoffen aan het eind van de lichaamshuishouding... het doet me te veel denken aan het riool dat ons lijf *ook* is.'

'Moeilijk te behapstukken dat de kanalen van liefde en afval zo dicht langs en door elkaar lopen. De natuur heeft ze een bepaalde gevoeligheid gegeven waardoor we toch in de verleiding komen om... enfin. Denk aan het vleessterretje hier, dat we altijd maar gesloten laten.'

'Op een dag zullen we het moeten openen.'

'Zoals wij het ideale vrijen zien, heeft het iets van 'n kastenstelsel. Alles wat laagstaand en onaanraakbaar is, zou eigenlijk buitengesloten moeten worden.'

'Toch daagt het ons uit, en op een dag spelen we ermee, juist *omdat* de lagere lichaamsfuncties datgene als riool gebruiken wat wij nou juist bij elkaar aanbidden. Weet je nog wat de boswachter tegen lady Chatterley zei? Ik las het je ooit voor: "...en dat je poept en dat je piest, dat is in orde". Kijk, zo'n man gaat daar niet kieskeurig over zitten doen, die is daarvoor opgeleid... die banjert dagelijks door de humus van dode planten en dieren.'

Een spontaan spel was het zelden, bij nader inzien. Zonder ter voorbereiding liters water te drinken brachten we er weinig van terecht: er moest druk op. Het voordeel van zo'n hoeveelheid was dat het de urine ontkleurde, waardoor de uitgeworpen straal minder onderdeel van een afvalproces leek. Een nogal krasse methode om uit het riool te geraken, zoals we dat noemden, was het kunstmatig creëren van een 'kou op de blaas', waardoor de uitgescheiden vloeistof op den duur helemaal kleurloos werd. Kou en tocht wilden wel helpen, al vonden we het vreselijk decadent om onze ingewanden zo tot het uiterste te drijven. Als er een echte blaasontsteking van kwam, waren we ons doel mooi voorbijgeschoten.

9

'Ik probeer me nog steeds een goede voorstelling te vormen van Hans,' zei ik op een dag, 'en van jullie leven samen... sorry, maar ik krijg het plaatje niet helder... op die zuignappentheorie van hem na dan. In godsnaam, Rinne, wie *is* hij... wat is het nou echt voor iemand?'

'Hij zou zijn leven voor me geven.'

'Na alles wat je me verteld hebt over hem... ik geloof je niet.'

'Laat ik het dan zo zeggen: hij zou zijn leven voor me geven... en dat is nou juist het probleem.'

'Je wilt van hem scheiden, ondanks dat hij bereid is...'

'Nee, *juist* omdat hij daartoe bereid is. Ik vlucht voor het offer.'

'Al sla je me dood, ik snap er steeds minder van.'

'En dan sta je voor het altaar te huichelen: "Tot de scheiding ons doodt" ...o, wat zeg ik nu toch? Ik bedoel...'

Ze sloeg haar hand voor de mond. Ze had alleen maar een sleetse trouwfrase sarcastisch willen herhalen, en kwam tot deze freudiaanse enormiteit. Ik had erom kunnen lachen als Corinne er zelf niet zo opzichtig van geschrokken was. Ze verbleekte, en bloosde vervolgens hevig.

'Je *slip of the tongue* is zo gek nog niet,' zei ik. 'Aangezien tegenwoordig zowat alle huwelijken op de klippen eindigen, moet echtscheiding wel synoniem zijn met dood... wat toch een opwaardering betekent van de huwelijkse staat.'

Intussen vroeg ik me af *wat* in de verspreking haar zo ontdaan had gemaakt.

Ik zei: 'We hebben het er wel steeds over dat Albert ons, hoe onopzettelijk ook, aan elkaar heeft gekoppeld... en dat hij zijn twee vrouwen zo is kwijtgeraakt... maar hoe zit het dan met de oude boezemvrienden Albert en Hans? Hebben wij ze tot verzoening gebracht... of juist een grotere wig tussen ze gedreven? Wat zijn hieromtrent uw bevindingen, mevrouw?'

Corinne liet zich uit bed glijden, en trok het bovenlaken mee, dat ze om zich heen sloeg. Zo, in spooktenue, begon ze door de kamer te ijsberen, om de stoel vol kleren heen. Toen ze eindelijk weer stilstond, zei ze: 'Ik vermoed dat we de heren vooral ernstig in verwarring hebben gebracht... *dat* is onze winst, als je het zo noemen mag. Ze trekken in hun nederlaag naar elkaar toe, en tegelijkertijd worden ze erdoor afgestoten. Ziedaar onze triomf. De een draait om de ander heen, de ander om de een... gevolgd door een verwijdering, en dan weer door een toenadering. Zo hebben wij ze aan het zwalken gebracht. Twee zwervers die hun draai niet kunnen vinden. Volkomen losgeslagen, maar tot elkaar veroordeeld. Zie ik het goed?'

'We kunnen hier wel gaan zitten afgeven op wat met een groot cliché De Mannenwereld genoemd wordt,' zei Corinne mat, nog steeds aangeslagen, 'maar het is niet zo lang geleden dat we ons eraan overgaven. Ik ben vijfentwintig jaar met die zak getrouwd gebleven. Jij hebt anderhalf kind met Albert, en kreeg er een jaar terug zijn minnares bij. Dat laatste was niet helemaal zijn bedoeling, maar hij gaf er wel de aanzet toe, toch? De Heren der Schepping, je kunt niet zeggen dat we er altijd met een boog omheen geslopen zijn, het gezicht verborgen achter een sluier. Ooit hebben we ze verleid, of ons laten verleiden… ze gekust… ons laten ontmaagden… kinderen bij ze gekregen… en ze bij herhaling de bijslaap laten voltrekken. Ik kan niet zeggen dat het altijd even onaangenaam was. Ik bedoel, ik hoefde niet *bij herhaling* te simuleren.'

Corinne hief haar hand op, met de palm naar boven, wat zoveel wilde zeggen als: *wat wil je.*

'En nu,' zei ik, 'incasseren we de klappen.'

'Zolang je het niet letterlijk bedoelt, zou ik zeggen: het heeft iets logisch. Ze hebben ons niet zomaar van de ene dag op de andere los kunnen laten, gehecht als ze aan ons waren, de sukkels. En wij hebben hen ook niet volledig losgelaten.'

'Nee,' zei ik, 'kijk waar we ons bevinden. Ons liefdesnestje is eigenlijk het echtelijke bed van Albert en mij. Ik weet niet of deze matras nog ouderwets springveren heeft… ik ken het jaartal niet… maar zo ja, dan gonzen ze nog na van een heel huwelijksleven.'

'Hou op,' zei Corinne, 'zo wil ik er niet over denken. Jij brengt alles zo ranzig plastisch… mijn maag draait ervan om.'

'Ik ben bang, Rinsi.' Ik kroop dicht tegen haar aan. 'Bang dat die twee mannen… de verledens die we met ze delen… ons uit elkaar zullen drijven… vroeg of laat.'

'Het zal toch niet…' Ze sprong uit bed en trok de deur open. Niemand. Ze bevoelde de parketvloer van de overloop, misschien om de door een knie achtergelaten lichaamswarmte op het spoor te komen. Niets, aan haar gezicht te zien, wat nog niet bewees dat er niemand in geknielde houding gezeten had, eerder al. Ze streek met haar duim over het sleutelgat, als om vochtresten van een tranend oog aan te treffen. Nee, ook niet.

10

'Nee,' riep Corinne. 'Veto.'

Ik hield haar broekje om mijn hand gewonden, en voelde hoe vochtig, al een beetje afkoelend, het badstof kruisje was. Ze had toegestaan dat ik het uittrok, maar hield nu haar benen zo strak tegen elkaar geklemd dat de spieren in haar dijen ervan trilden. Ik schroefde mijn handen om haar enkels, en probeerde de kuiten uit elkaar te wrikken. Het slipje hing nu aan mijn pink gehaakt.

'Vergeet het... nee is nee.'

Ze deelde een trap uit naar mijn buik, ervoor zorgend dat haar benen snel weer strak naast elkaar kwamen te liggen.

'Als je in mijn *kut* wilt gluren, Zwanlief, zul je toch echt andere manieren moeten aanleren.'

'Het is de eerste keer dat je dat woord gebruikt... we hadden het toch afgezworen?'

'Het woord past uitstekend bij kruiwagen... qua boerse lompheid, bedoel ik.'

'Verklaar je nader.'

Ik begon me onbehaaglijk te voelen. Ze had me nog nooit een intimiteit geweigerd, ook niet als die wat minder teder uitpakte. Het was voor 't eerst dat ze op slot ging. Op z'n best een nieuw, geniepig spelletje.

'Je moet eens afleren,' bitste Corinne, 'om mijn enkels te gebruiken als de handvatten van een kruiwagen... en mijn benen als dissels...'

'Wat een exotische woordkeus... Mierloos zeker?'

'Zoals jij mij benadert... dat doet me aan mannengedoe denken. Vandaar *kut*. Meer verdien je niet.'

'Duizendmaal verschoning. Ik zal nooit meer kruiwagentje met je spelen, maar dan moet jij me beloven nooit meer dat verschrikkelijke woord te gebruiken.'

De conclusie zou me welkom zijn dat 'kut' als vloek of

scheldwoord zich allang heeft losgezongen van de platte benaming voor het orgaan dat onze sexe kenmerkt. Het woord heeft tegenwoordig zelfs een vergrotende en een overtreffende trap. Een toestand is kut, kan nog kutter, en laat zich nu wel op z'n kutst kennen. Alles goed en wel, als het toch al lelijke en gemene woord daarmee geen enkele verbintenis meer zou hebben met het begeerlijkste aan ons. Zo zou de parabel kunnen beginnen: 'Op een dag maakte het woord kut zich als een grauwe mot los van de labia en de onderliggende schede, en fladderde rond op zoek naar nieuwe tongen en natiën om te dienen...'

Wie goed let op het gezicht van iemand die zich met een hamer op de duim slaat, en daarbij een hartgrondig 'kut!' de wereld in slingert, merkt dat de krachtterm nog wortelt in de molluskachtige materie waaruit wij hem graag geheel verbannen zouden zien. Zolang de situatie nog niet rampzalig is, en er alleen sprake is van een kromme spijker, bevindt het woord zich al voorgevormd in de mond, hatelijk tegen de onderste rij voortanden opspringend, klaar om zich in heel z'n vochtige sponzigheid te laten uitspuwen, mochten de omstandigheden erom vragen. De vrouw zit weerloos gevangen in die vloek.

Vergelijk het met het Amerikaanse scheldwoord *motherfucker*, dat vele Hollywoodacteurs in de mond bestorven ligt. Albert legde me ooit uit dat het de ultrakorte uitvoering was van *How to bluff your way into ancient Greek literature*. 'Een samenvatting van Sofokles' *Oidipous*, dan ben je er al.' De krachtterm 'kut' indachtig, die nooit helemaal is losgekomen van de oorspronkelijke zaak, denk ik dat elk hartgrondig *motherfucker* het diepe verlangen van de schelder verraadt om zich sexueel met zijn eigen moeder te verenigen. Het is daarbij vanuit freudiaans oogpunt niet vreemd om het lijdend voorwerp van zijn vloek met die obsessie op te zadelen. Er spreekt ook afgunst uit: zijn moeder naaien, hij verdomme wel, ik heb het nakijken.

'Laten we het woord kut voor wat wij trots tussen onze benen dragen dan maar subiet helemaal afschaffen,' zei Corinne. Ze drukte zichzelf met twee handen tegelijk een beetje open. Haar binnenkant glinsterde, en zoals altijd liep bij de aanblik het brakke water me in de mond. 'Er zijn mooiere benamingen, en die gebruiken we ook... maar de Heren der Schepping komen toch telkens weer met *kut* aanzetten. Uit hun mond klinkt het onveranderlijk als een scheldwoord.'

'Laat ze godverdomme vooral niet aankomen met het verkleinwoord,' zei ik. 'Kutje... dat is pas echt beledigend. Daarmee bouwen ze je eerst verbaal om tot een glad gepolijst kind, om je vervolgens te onteren.'

'Kut is een woord als een zweepslag... als een sabelhouw. Het heeft iets klievends. Anatomisch klopt het nog ook... je hoeft maar naar deze sleuf te kijken.' Corinne vlijde haar middelvinger erin. 'Het *heeft* ook wel iets van een wond... wildwoekering van teer vlees, nooit helemaal geheeld. Een verdwaald litteken.'

'Dat geeft mannen nog niet het recht er zo'n splijtend woord op los te laten... Het heeft iets van een onomatopee. De klank als de zaak zelve. Verdomd, het is een beulswoord. De scherprechter die binnensmonds tongklakkend alvast het geluid imiteert van de bijl die straks het hoofd afhakt... *splash*!'

'Als we ons er nou eens voor gaan inzetten om dat foute woord de wereld uit te helpen,' zei Corinne. 'Het aan de feministen overlaten, dat heeft geen enkele zin... die nemen het woord kut de hele dag door volstrekt liefdeloos in de mond, ook als ze het over hun eigen vulva hebben. Ik herinner me dat ik ze op een rij op de Dam zag liggen, toen ik daar voor een fotosessie moest zijn, ergens begin jaren zeventig. BAAS IN EIGEN BUIK, zo stond het met lipstick op hun onderlijf gekliederd. Ze droegen een soort onderbroek van opgedroogde rooie verf... het leek wel gestolde zegellak. Hun lippen waren verzegeld. Niks BAAS IN EIGEN BUIK... ze lagen daar als de slaaf van hun eigen opstandigheid, die het zo goed deed in de media. Er kwam geen greintje poëzie bij kijken... dat van die zegellak heb ik nog zelf moeten bedenken.'

'Een kruistocht tegen het woord kut heeft natuurlijk een averechts effect,' zei ik. 'Schrap het uit het woordenboek... maak het gebruik ervan strafbaar... het zal vooral voor mannen alleen maar aantrekkelijker worden om het in de mond te nemen... om het kletsnat naar ons terug te spuwen.'

'Wat dan... een nieuw woord bedenken, iets wonderschoons, en dat populair maken?'

Ik kroop op mijn knieën wat naderbij, en boog me over haar heen. 'Ik ga je net zo lang strelen tot het beeld van je labia en je clitoris op mijn tong afgedrukt komt te staan... als de mooiste hiëroglief die ooit in speeksel en sap en bloed is weergegeven. Geen woord dus, maar een afbeelding. Handen weg, dan maak ik er een begin mee.'

11

In de jaren tachtig maakte de hiv-epidemie miljoenen slachtoffers. De plaag is nu, eind tweede decennium eenentwintigste eeuw, geluwd en onder controle, zij het via onderdrukking. De jaren tachtig beleefden de suprematie van het condoom als vliesdun alternatief voor onthouding. Ook vrouwen werden slachtoffer. Belijdsters van de lesbische liefde werd de *beflap* aangeraden, een doorzichtig melkvel waarin het begeerde reliëf zich rechtstreeks afdrukte, kleurecht. Het gebruik tastte de gevoeligheid niet aan, zo werd verzekerd, en het zicht erop werd er niet wazig van. Zouden Rinne en ik, de epidemie nog niet verslagen, er een gebruikt hebben? Zouden we besmetting geriskeerd hebben door ons te onttrekken aan de aanbevolen noodmaatregel? Smaakte cunnilingus als kus des doods, gekruid met gevaar, zoveel beter dan een beschermde tonghaal? Ik vroeg er Corinne naar.

'Voor mij *is* zo'n kus al gekruid met dood,' zei ze.
Ik schrok. 'Je bent toch niet besmet?'
'Zou je me dan het bed uit schoppen?'
'Nee, maar ik wil wel weten wat die gekruidheid inhoudt, en op wat voor avontuur ik me met jou begeven heb.'
'De dood zit niet in *mijn* lichaam.'
'Je spreekt in raadselen, liefste.'
'Zoek het bij mijn echtgenoot,' zei ze. 'Ik kan er nu verder niet over praten.'
'Hij lijdt toch niet aan aids?'
'Nee, hij heeft iets anders onder de leden... of liever, in zijn kop. Laat maar. Jij hebt niets te vrezen.'
'Wel als jij gevaar loopt.'
'Ik wil alleen kwijt dat wat wij hier *hebben*... om jouw woorden te gebruiken... doordesemd is van dood en gevaar. Het is niet vrijblijvend wat ik hier bijna wekelijks kom doen... en daarmee is jouw bijdrage ook niet zonder vrijblijvendheid, daar heb je gelijk in. Nu wil ik erover ophouden.'
'Ik zal niet doorvragen,' zei ik. 'Alleen dit nog: is liefde die zich tegen de dood aan schurkt, bij wijze van spreken met een verliefde kopstoot... als een jong bokje... is die waardevoller dan de liefde die juist gericht is op bescherming van het gezin dat uit de verbintenis voortkomt?'
Corinne lachte haar liefste lach, maar met een vleugje droefheid. 'Als we die vraag bij voorbaat heel stellig met ja beantwoorden, geven we haar niet de kans om zichzelf te bewijzen. Ik maak het woord *vraag* opzettelijk vrouwelijk, omdat de uitdrukking luidt: "De vraag stellen is *haar* beantwoorden." Laat de rest van de wereld het woord als mannelijk behandelen, voor ons is vraag een nieuwsgierige vrouw.'
Daar kon ik het mee doen.

Veronica depte Jezus' bezwete en bebloede gezicht af met een doek, waarop aldus, gepenseeld met zijn eigen lichaamssappen, het portret van de Verlosser achterbleef. Als er een beflap bestond om een afbeelding te maken, in reliëf, van haar vulf, dan zou ik 'm eenmalig op haar uitproberen en dan bewaren voor eenzamer tijden, ingelijst maar zonder glas, want dat zou misschien het effect geven van een neusje platgedrukt tegen de ruit. Teleurstelling: het flinterdunne vlies wiste het portret bij verwijdering zelf uit. Ik vond geen ander kunstenaarsmateriaal om een gave afdruk te maken, en gips durfden we niet aan, want dat gedroeg zich vijandig jegens de pubisbeharing.

Corinne liet me een keer een filmpje zien van een vingervlugge beeldhouwer die met zijn nagels een perfect gevormde vulva uit een velletje aluminiumfolie kneedde, heel virtuoos in nog geen twintig seconden. Hij hield het voor het oog van de camera. De vorm was levensecht, op de zilveren blikkering na.

'Hoe doet hij dat toch... spoel eens terug.'

Ik bekeek het filmpje keer op keer, met stijgende ver- en bewondering. 'Iets voor in de kerstboom misschien.'

En Corinne: 'Jou kunnen ze ook *alles* wijsmaken, hè? Zie je dan niet dat hij de boel belazert? Hij heeft een afdruk gemaakt met een velletje folie, en die wist hij razendsnel met zijn vingertoppen uit. Als je het filmpje dan achterstevoren afspeelt, is het net of hij, nota bene zonder model, heel knap met zijn blote handen een setje schaamlippen beeldhouwt. En wie stinkt erin? De vulfaanbidster, Zwanet Vrauwdeunt.'

Ik ging in de weer met een flard aluminiumfolie, maar het resultaat leek nergens op. 'Er is maar één methode om jouw juweel goed in te prenten... hier.' Ik tikte op mijn voorhoofd. 'Dan gaat het op z'n minst langer mee.'

En daarmee begon een van die lange, onuitputtelijke, uitputtende namiddagen die we *heure du berger* noemden, maar zonder de uren te tellen. Na afloop lag ze onrustig te woelen in bed, terwijl we met weinig woorden afgesproken hadden in elkaars armen nog wat te sluimeren.

'Wat lig je te draaien...'

Uiteindelijk, na herhaald geduik onder het donsdek, vonden we de boosdoener: een tot hard bolletje gerold velletje aluminiumfolie, dat geweigerd had Corinne te portretteren.

Hoofdstuk II *Krijtrotsen, leisteen*

1

We bleven onze eigen geheimtaal ontwikkelen, niet per se om anderen buiten te sluiten, vooral om onszelf ermee te tooien. Dat gebeurde doorgaans na afloop van het onuitputtelijke geminnekoos, wanneer we roezig en klam in elkaars armen lagen en traag en zacht dingen zeiden als in halfslaap, vaak zonder de moeite te nemen een zin af te maken.

'...hard op de tong,' meende ik die middag uit haar mond op te vangen. Haar adem rook naar mij, waardoor het in vergezochte zin ook mijn woorden waren. Het was een wonder dat je eigen intiemste geur, vermengd met het speeksel van een ander, voor jezelf herkenbaar bleef. Ook in die zin was liefde blind – je reuk werd veel scherper.

'O nee, zo beleef ik dat helemaal niet,' wierp ik zwakjes tegen. 'We doen het allebei heel... heel zacht en teder.' Praten vergde bijna te veel van mijn krachten. De woorden lekten uit mijn mond als water uit een kraan waarvan het rubbertje versleten is. 'Met rappe... tongetjes soms, dat wel... dan ben je net een leguaan die... razendsnel... een mollige made verschalkt. Maar *hard*, Rinsi, nee... mijn lieveling doet zichzelf tekort.'

Ze richtte zich plotseling op, een elleboog in het kussen plantend. 'Hoor haar... ooit mijn mooie, zachte Zwaan... nu zo verhard dat ze hard verstaat als ik *hart* bedoel, met een t.'

Ik gaf me gewonnen. 'Het hart op de tong.'

'Het mooiste geschenk dat we elkaar kunnen geven.'

'Ik *kan* niet tegen geschenken, dat weet je. Ik word er diep treurig van. Ik verdien ze niet. Als iemand me iets geeft, voel ik me verplicht het warm te houden... tussen mijn borsten of onder mijn oksel. Ik neem het gekregene als een knuffel mee naar bed, en word er dan nog triester van. Ik ben bang dat ik het dooddruk in de slaap.'

'Ik weet ook,' zei Rinne, 'dat je graag cadeaus geeft aan anderen. Wij schenken elkaar ons liefhebbende hart, en plaatsen het op de tongpunt, en bieden het zo aan. Het is een uitwisseling, weet je nog, tussen mond en cunnus. Niet zozeer een schenking, maar... een offer. Van twee kanten. Belangeloos en toch... betrokken. Jij, hebberige slet, je hebt het tot nu toe bepaald niet afgewezen.'

Belangeloos was het spel alleen voor zover het eenzijdig werd gespeeld, wat zelden het geval was, maar als het moest... wanneer La Coruna zich aan roerloze loomheid wenste over te geven... dan was ik er voor haar. Doorgaans boden we elkaar beurtelings het hart op de tong aan, een afwisseling die met aandacht en concentratie te maken had. Beeldden we het goddelijke getal 69 uit, dan vormden we samen een uit zichzelf wentelend rad, en lieten we het over ons komen: geven en nemen niet meer van elkaar te onderscheiden. We vormden dan een gesloten circuit... de Geringeloorde Zwaan... de Geswansde Corinthiër.

Het liefst had ik haar helemaal voor mezelf, waarbij ze was overgeleverd aan mijn kloppende, speekselrijke hart dat zichzelf met de stootjes van z'n hoogstpersoonlijke bloedsomloop aanbood, omgeven met trossen zilverige spuugbelletjes. Rinne, hier komt mijn hondsdolle hart. Vrees niet, het houdt z'n tanden achter.

'Zeg, Cory...' Mijn loomheid was aan het verdwijnen, al voelden mijn ledematen nog pijnlijk trekkerig aan na de reeks acmes die zij me bezorgd had. In gedachten gebruikte ik een meervoud dat het woord taalkundig niet toekwam, en daar, met het loslaten van de eenmaligheid, begon misschien de heerschappij van de onbeheersbare zonde.

'Genoeg gepraat... laat me.'

In een café had ik ooit naast een jonge vrouw gezeten die een gesprek met me probeerde aan te knopen, maar haar stem zakte spoedig weg. Haar ogen zakten dicht en gingen dan half weer open. Ze zei: 'Sorry, als die tranquillizers beginnen te werken...' Rond haar mond verscheen de meest verzaligde trek die ik ooit bij een menselijk wezen had waargenomen, behalve misschien bij Het Onaanzienlijke Meisje in Nijmegen, en dan nog alleen op een van haar vele extatische 'gezichtjes'. Zo keerde nu ook Corinne zich helemaal naar binnen, met geloken ogen en zacht bewegende lippen, waartussen af en toe een pufje adem ontsnapte.

'Rinsi, zou jij iemand kunnen vermoorden?'

Het antwoord kwam vanuit een diepe put, waar op de bodem nog wat vage, muffe echo's rondwaarden: '...niet speciaal iemand op het oog.'

'Nee, maar zou je ertoe in staat zijn?' drong ik aan.

Na een heel licht snurkje: '...nood aan de man komt.'

'Aan de vrouw dan toch.'

'Nood aan de vrouw,' klonk het slaapdronken, 'en dood aan de man.'

'Om wat hij je allemaal aangedaan heeft... zou je Hans kunnen vermoorden?'

Haar adem stokte, haar gezicht verstrakte, maar de ogen bleven dicht. Ze was een poos stil, en fluisterde toen: 'Je weet niet hoe het zit... je snapt helemaal niks, Zwan.'

'Omdat jij me nooit het hele verhaal hebt verteld.'

Haar ogen gingen nu wel degelijk open, zij het half.

'Je zou me niet geloofd hebben... en als er *iemand* op deze hele aardbol is op wie ik niet ongeloofwaardig wil overkomen, ben jij het. Eén zweem van twijfel bij jou, en ik zou ter plekke dood blijven.'

'Je hoeft me er alleen maar van te verzekeren dat je de waarheid vertelt... dan wil ik je Ongelovige Thomas zijn en me graag laten bekeren, met mijn vingers in jouw stigmata.'

Ze was nu klaarwakker. Ze straalde een ernst uit die me nog net iets liever was dan haar licht ironische blik met dat vleugje sprankelende spot. Ze zei: 'Ik kan me niet van Hans ontdoen, omdat… nou, omdat ik een schuld bij hem heb uitstaan.'

'Ik weet niet hoe hoog die schuld is, maar ik wil je graag helpen het bedrag af te lossen.'

'Het gaat om een niet aflosbare schuld.'

'Hij gedraagt zich als een woekeraar,' gokte ik. 'Met zo'n rentevoet waar je nooit meer van afkomt… net zomin als van een horrelvoet. Raskolnikov had er wel raad mee geweten… die kwam met een bijl.'

'Waarom denkt bij schuld iedereen toch meteen aan poen,' riep Corinne klaaglijk uit. 'Ik sta op een andere manier bij hem in het krijt.'

'Goed, een schuld in natura dan.'

'Jij bent toch het hoogstaande wezen dat het altijd over moraal en zo heeft… nou, het gaat om een morele schuld.'

'Met een beetje goede wil,' zei ik, 'is ook die aflosbaar.'

'Deze niet… nooit.' In haar blik was geen loomheid meer te bespeuren. 'De schuld zal mij overleven.'

'Dan zal hij ook Hans overleven,' zei ik. 'Maar… zou je me niet eens vertellen *wat* je hem schuldig bent.'

'Nee, dat kan ik niet… nu niet… nog niet. Later misschien.'

'Het moet wel iets behoorlijks zijn wat je bij hem op de lat hebt staan.'

'Ken je dat lied van Vera Lynn, "The White Cliffs of Dover"? Nou, al het krijt van die krijtrotsen… en alle platen leisteen uit de Ardennen… zijn niet genoeg om mijn schuld te noteren. Vraag niet verder.'

'Ja, dat doe ik wel, Rinsi.' Ik trok haar tegen me aan. 'Als ik jou zie lijden, dan lijd ik met je mee. Het zou helpen als ik er iets meer over wist.'

'Ik zal je er niet meer mee lastigvallen.'

'Weet Albert ervan? Dan vraag ik het hem.'

'Ik heb hem nooit meer verteld dan jou daarnet… dus doe geen moeite.'

Wat ze anders nooit deed: ze bevrijdde zich abrupt uit mijn omhelzing. 'Sorry, ik kan het nu even niet hebben.'

'Wacht even, Rin.' Ik dacht als een razende na. 'Die onaflosbare schuld… zou die niet een reden te meer kunnen zijn om die hufter uit de weg te ruimen?'

'Doe *jij* het?'

'Desnoods… het zou een geweldige uitlaatklep zijn voor de toestand waarin we nu al maanden verkeren.'

'Uitlaatklep? Er zou meteen met een genadeloze klap een eind aan komen. En bedenk: ze zetten ons echt niet knus samen in een cel.'

'Maar zoals het nu gaat… dat is geen leven. Ook voor mij niet.'

Ze schudde het hoofd, en sloeg haar handen voor het gezicht. 'Hij chanteert me met die schuld.'

'Hoe dan? Door te dreigen er iets over in de openbaarheid te brengen?'

'Dat loopt nu zo'n vaart niet meer. Vroeger wel, toen ik nog zoiets als een publieke figuur was. Nee, hij chanteert me vooral door steeds opnieuw op de herkomst van mijn schuld te wijzen.'

'Speelt het al zo lang?'

'Bijna dertig jaar. Het begon al voor we trouwden.'

'*Waarom* ben je dan in godsherennaam met die kinkel getrouwd?'

'Hij chanteerde me… toen al. Ik had geen keus.'

'Nog meer reden om hem koud te maken.'

'Ik heb het allemaal opgeschreven… alles, van het begin af aan. Het is een soort testament, en dat ligt bij een notaris in de kluis. Mijn executeur-testamentair heeft instructies: het mag bij mijn leven niet geopend worden… ook door mij niet. Mijn nabestaanden, Rita voorop, moeten weten wat Hans me een mensenleven lang heeft aangedaan… en waarom ik al die jaren bij hem gebleven ben. Als ik hem zou vermoorden, kan dat testament als een bekentenis worden uitgelegd.'

'Na je dood... wat kan jou het schelen?'

'Veel... alles. Ooit zul je het begrijpen, Zwan. Nogmaals, het gaat om een morele schuld... en die zou ik alleen maar vergroten door Hans om te brengen. Ik zou zelf letterlijk geen leven meer hebben. Zijn laatste adem na mijn daad zou mijn doodvonnis betekenen. De schuldenaar die op het schavot zijn beul ombrengt, bewijst daarmee niet zijn onschuld... Ik geef toe, die zin zit al heel lang in mijn hoofd.'

Nu stond ze me wel toe haar in mijn armen te nemen, en zacht te wiegen. We zaten allebei in kleermakerszit op het onderlaken, dat de sporen droeg van wat Corinne 'het hart op de tong' had genoemd. Op de stemvork na, had ze me verteld, was het haar favoriete houding, misschien omdat ze haar vader zo jarenlang gekend had, met een meetlint rond zijn nek en een zilveren vingerhoed op zijn pink. Er viel me opeens iets in.

'Zeg, Rinsi... je ligt toch met dat stuk ongeluk in scheiding... knaagt het dan niet aan je geweten om je langs die weg van Hans te ontdoen?'

'Je wilt het nog steeds niet begrijpen, hè? Hij heeft me zelf geprest om de scheiding in gang te zetten... tijden geleden al. Het punt is... Hans wil geld zien. Hij heeft me verplicht om echtscheiding aan te vragen... dan kan hij zijn uitgavenpatroon optrekken naar het niveau van mijn hoogtijdagen. Daar meent hij recht op te hebben, en zijn advocaat zet zich ervoor in. Ik wilde immers als eerste van *hem* af, en dreigde hem daarmee tot zo ongeveer de bedelstaf te veroordelen... wat zeg je van zo'n harteloos wijf?'

'Wacht even, Cory... als hij je zover heeft gekregen, dan is dat toch een uitstekende manier om van die zak verlost te raken.'

'O, dacht je dat?' hoonde ze. 'Als de scheiding er straks door is, strijkt hij de alimentatie op... maar daarmee ben ik nog niet van *hem* af. Zijn chantagemiddelen zijn klassiekers… onverslijtbaar. De huwelijkse staat biedt mij misschien nog enige bescherming, maar als die wordt opgeheven, ben ik pas echt vogelvrij voor hem. Hij zal zijn macht over mij verdubbelen… vertienvoudigen. Het huis komt dan op zijn naam, ook dat in Mierlo, en hij zal me erin opsluiten. Eindelijk een slavin voor halve dagen.'

'Vertel me nou eindelijk over die gruwelijke schuld. Ik snap er steeds minder van.'

'Als je alles te horen krijgt, ben ik bang dat je hem aan zult vliegen… niet meer voor jezelf in kunt staan… ontoerekeningsvatbaar van woede.'

'Alsjeblieft, schenk me die kracht, en vertel me alles.'

'Ooit…'

'Ook zonder het naadje van de kous te weten, zou ik hem kunnen vermoorden… met of zonder jou.'

'Laten we erover fantaseren,' zei Corinne, en haar gezicht klaarde op. 'Van visionaire gedachten is nog nooit iemand de bak in gedraaid… zolang ze tenminste onuitgevoerd blijven.'

'Alleen maar koud maken, dat is zo'n kale bedoening,' vond ik. 'Ik stel een lange inleiding voor. Jij weet vast wel waar zijn grootste gevoeligheden liggen. Ik denk niet meteen aan castratie… dat kan altijd nog, ter afronding.'

'Hans lijdt aan de ziekte van Peyronie,' zei Corinne.

'Help me op weg,' zei ik. 'Ziekte klinkt alvast goed.'

'Kromstand van het geërecteerde lid. Hij loopt er al jaren mee bij de uroloog. Het is iets van mannen boven de veertig. Het doet pijn bij penetratie… met die liefhebberij is hij dus maar helemaal gestopt.'

'Goed nieuws… en ik maar denken en vrezen dat jij je ook nog *die* onzin van hem moest laten welgevallen. Ik herinner me dat hij erover vertelde toen ik langs was op de Koninginneweg. Hij had het over scheefgroei. Hoe ontstaat zo'n kromzwaard?'

'Alles wat ik ervan weet, stond in een folder. De penis heeft twee zwellichamen en die zitten in een soort envelop... daar kan littekenweefsel in ontstaan. Niemand weet hoe. Het ding krijgt een knik... en die kan steeds groter worden. Hans heeft inmiddels een kromming van zeker tachtig graden, en dan heb ik het niet over de temperatuur. De pijn heeft het genot allang verslagen. Het betekent niet dat hij me nooit meer lastigvalt. Hij verkeert, zogezegd, nog in de ontkennende fase.'

'Is er een behandeling voor?'

'Een operatie, maar die wordt hem afgeraden vanwege de risico's. En bovendien... zet hem recht, en hij wordt geheid kleiner. Als de chirurg de lengte wil sparen, dan moet hij het littekenweefsel in de envelop vervangen door een *patch*... geen idee hoe dat werkt. Een operatie kan impotentie veroorzaken. Macho Hans durft het kapoenschap niet aan.'

'Die kromstand sluit goed aan bij zijn scheve kijk op het huwelijk, lijkt me. Om hem te martelen hoeven we De Krop dus alleen maar een operatieve ingreep aan te bieden. Allebei een lancet om het littekenweefsel weg te snijden... dan wordt zijn trots vanzelf nog kleiner. En als het ding z'n koppie voorgoed laat hangen, hoeft Hans zich nooit meer te schamen voor zijn knik van tachtig graden.'

De gedetailleerdheid van onze fantasie leek een wraakoefening op zich. We schaamden ons gewoon voor de wellust waarmee we Krophans visionair onder handen namen. Op zeker moment moest Corinne zo hard lachen dat haar benen uit de knoop van de lotushouding schoten. Zij viel daarbij achterover in de kussens, en zo werd ik opnieuw de glinstering tussen haar dijen gewaar.

'Foei,' riep ik uit. 'Hans martelen... langzaam vermoorden... het windt je nog op ook.'

Ze greep met haar hand tussen haar benen, en zei een beetje pruilerig als een klein meisje: 'Dat was al zo, hoor... dat had ik al.' En even later met een smekend stemmetje: 'Geef me nog een keer je zwanenhart, liefste Zwannie.'

En ik bood het haar aan, ik voerde het haar – eerst nog wat plagerig, als het ware mondjesmaat, maar algauw met gulziger happen. Mijn Rinse Rinni schrokte het grote hart, de twee kamers en suite, met kluwen slagaders en al naar binnen. Haar lijf gedroeg zich, kronkelend en wel, als een slang die een omvangrijke prooi verslindt. Mijn hart was een varken, dat peristaltisch werd voortgestuwd binnen de elastische huid van de boa constrictor... schoksgewijs... met tussenstops. Zo consumeerde ze mijn belangrijkste orgaan, dat ik mezelf met liefde uit het lijf rukte om het haar te laten verzwelgen. Nadat de spasmen in haar ledematen en middenrif het zwijn op z'n plaats hadden gekregen, lag ze met een overwinningskreet gelukzalig achterover om het te laten verteren.

'En... hoe vaart mijn hart?'

'Het dreunt... het vult me helemaal op.' Ze ademde diep, en heel fijne zweetdruppeltjes schitterden op haar neusbrug en bovenlip. 'Er is eigenlijk geen plaats voor. Ik heb er een te veel zo.'

'Geef dat andere, dat van jou, dan maar aan mij.'

'Even wachten... tot het me voor op de tong ligt.'

Die nacht, terwijl zij (mocht ik hopen) in haar bed aan de Koninginneweg sliep, verscheen ze in een droom. In onze huiskamer was een verjaardagsfeest gaande. Er hingen slingers en de kinderen droegen puntmutsen. Dwars door het vertrek schreed Corinne, geblinddoekt, en met de steel van een paplepel tussen haar kiezen geklemd. Er lag een sneeuwwit kippenei op, met donsveertjes beplakt. Om zich heen tastend droeg ze de lepel met het ei in de richting van het balkon, waar de deuren openstonden. Aan de vlaggenmast hing haar krokodillentas van Vuitton, met een slinger van doorboorde schriften eraan vast, alsof hier niet een verjaardag werd gevierd maar een geslaagd eindexamen.

2

'We moeten van onze liefde geen goedkope thriller maken,' zei ze een week later, 'met het lijk bezorgd door een crime passionnel... en de twee geliefden allebei de vrouwengevangenis in... een beetje bijkletsen op de luchtplaats.'

'Een neerwaarts gerichte middelvinger naar de burgermaatschappij,' zei ik. 'Aldus vastgepind op de brits van een cel.'

'Nu banaliseer je het, Zwan... het idee heeft ook iets romantisch.'

'Moord is een zwaar overschat fenomeen,' zei ik, toch wat geschrokken van onze visionaire orgie. 'Schrijvers doen net alsof een gewelddadige dood het gruwelijkste is wat ze te bieden hebben. Het eenmalige leven... en daar wordt dan zomaar een eind aan gemaakt. Ja, met zo'n misdaad zitten ze altijd goed... denken ze. Het appelleert aan de doodsangst bij de lezer, is de gedachte. Het werkt niet. De sterfelijkheid van de lezer, *dat* is de spoiler.'

'Wees eens wat duidelijker.'

'Nou, ga maar na. Aangezien wij mensen allemaal vroeg of laat dood moeten, op wat voor manier dan ook, betekent moord bij de schrijver of de regisseur een primeur die al bij voorbaat vergeven is.'

'Een natuurlijke dood sterven of door het crapuul afgeslacht worden... dat is me nogal een verschil.'

'O ja, nuances genoeg... maar het gaat erom dat van ons allemaal de levensdraad hoe dan ook wordt afgesneden. Die onomstotelijke waarheid tast de verschrikking van een moordzaak aan... in fictie of in werkelijkheid. We herkennen de doodsangst van het slachtoffer als een sensatie waar we al vertrouwd mee zijn. Ouwe koek... verzin eens iets anders. Neem een penhouder van zoethout om op te knagen. Onze geheide eindigheid verpest eigenlijk een heel literair genre... door er de angel uit te halen. De moordvariant op de dood van een mens zorgt voor afwisseling in de lectuur, maar kan niet echt als een mokerslag werken.'

'De toekomstige dood van de lezer als spoiler... om zoiets te bedenken, moet een mens wel gezegend zijn met een door en door verrot brein als dat van jou.'

'Om je te dienen, liefste.'

'Als we het dan toch over spoilers hebben... als we een liefdesgeschiedenis lezen of op het witte doek zien, is het onderwerp ook al vergeven.'

'Nee, jij en ik misschien, maar niet iedereen die in de kunst met de liefde kennismaakt, hoeft er zelf al door aangeraakt te zijn. Hetzelfde geldt voor de sexuele uitwas ervan. Genoeg blanco zieltjes om zich ervoor open te stellen, maar de eigen ervaring hoeft er niet per se aan vooraf te gaan. Met doodsangst ligt dat toch net even anders.'

3

'Wat doet dat klimrek daar?' vroeg ik. Midden in Pijkels kamer stond een van takken ontdane, gevorkte boomstam met de dikke schors er nog op. De wortelkluwen, of wat ervan restte, bevond zich in een houten tobbe vol hard aangedrukte aarde. Vanboven waren de twee afgeknotte uitlopers met staalkabels aan het plafond bevestigd.

'Pijkel wilde iets om zich tegenaan te schurken,' zei Julius.

'Hoe gaf ze dat te kennen... praat ze weer?'

'Als dat zo was, had ze geen boom nodig. Toen op een dag die deur daar openstond voor de schoonmaakbrigade... ze schijt en pist de boel nog steeds onder... toen begon ze tegen de post op te rijen, op haar achterpoten. Zo...' Hij deed het voor bij de deurstijl van het observatiekamertje. Ik moest lachen om de tronie van welbehagen die hij erbij trok, de stijf dichtgeknepen ogen, de gelukzalige kreuntjes. 'Daarboven zit een metalen plaatje, waar de pin van een slot in past. Ze wreef er met haar hals en kaken tegenaan... zoals katachtigen dat doen bij een dikke schors. Ik heb toen de leiding voorgesteld om haar een boom cadeau te doen. Het is hier geen dierentuin, zei de directrice... maar ze is toch akkoord gegaan.'

Alsof Pijkel ons gehoord had en een demonstratie wilde geven, richtte ze zich met een luide geeuw op. Ze liep soepeltjes een paar rondjes om de boom, en richtte zich er toen in volle lengte tegen op. Ze omhelsde de stam, en schurkte haar wang tegen de schors – eerder een soort schuieren, en ik begreep nu ook waarom haar gezicht rode vlekken vertoonde. Het ontging haar nog steeds volledig dat ze geen beschermende vacht rond haar hoofd had.

'Volgens mij,' zei ik, 'is dat een vermoorde zilverspar... die komen op de savanne toch niet voor?'

'We hebben na lang wikken en wegen besloten dat Pijkel een Bengaalse tijger is, die voorkomt in het zuidoosten van Rusland... ergens tegen China aan. Daar groeit de Mantsjoerijse zilverspar, en laat dat nou precies de boom zijn waar de Bengaal graag zijn jeuk tegen verdrijft. Of we helemaal goed zitten, weet ik niet, maar het werkt wel... je ziet het zelf.'

Na tot groot welbehagen haar jeuk verdreven te hebben, ging Pijkel in een hoek haar behoefte zitten doen. Ze nam daarbij een hurkhouding aan met haar armen gestrekt voor de knieën, de handen steunend op de grond. Ze kneep haar ogen dicht, terwijl haar lijf sidderde van de hardlijvige inspanning: dat deed al het vlees eten met haar. Via de geluidsinstallatie bereikten ons haar winden, die maar al te tragisch menselijk klonken.

'Nooit aan wegwerpluiers gedacht, Julius?'

'Jawel, maar die rukt ze af... bij voorkeur als ze een grote boodschap voelt aankomen. Te veel supermarktbeschaving, zo'n pamper... niet lichaamseigen. Ze neemt het ding tussen haar tanden, en deponeert het boven op haar dampende hoop… alsof ze toch ergens, heel diep, beseft dat het een met het ander te maken heeft.'

'Misschien een voorzichtig teken dat ze aan de beterende hand is,' zei ik.

Ik vroeg me opeens af of sommige dierentuinen, in Nederland of elders, one way-vensters bij de verblijven voor grote katachtigen hadden, bijvoorbeeld om biologen hun observaties te laten doen zonder dat het de agressie van de beesten wekte. Met Corinne naast me stond ik naar Pijkel te kijken, die zich loom over de vloer van de behandelkamer voortsleepte, kennelijk op zoek naar de comfortabelste plek om zich te slapen te leggen. Ze rolde zich een paar keer op, maar keurde de plaats dan toch weer af om het iets verderop opnieuw te proberen. Kattenliefhebbers kennen het fenomeen: hoe poes het zich ineengedraaid gemakkelijk maakt, ontevreden opstaand, teneinde na een wenteling van 360° *exact* dezelfde houding weer aan te nemen, alvorens diepgelukkig in te slapen.

'*Non più andrai*,' zei Rinne.

'Hè, wat?'

'Je neuriede die aria van Mozart, uit *Le nozze di Figaro*.'

'Nou je 't zegt. Door wat ik Pijkel zag doen, moest ik aan Mozart denken.'

'Geen voor de hand liggende associatie.'

'Toch wel. Er is een getuigenis van een tijdgenote over hem… die komt me op de een of andere manier heel waarachtig voor. Mozart zit aan de fortepiano geweldig virtuoos te improviseren op een thema uit *Non più andrai*. Het hele gezelschap in de kamer hoort ademloos toe… stel je dat even voor. Plotseling, midden in een maat, stopt zijn spel… Mozart staat op, en begint, na een paar korte aanlopen, over het meubilair te springen, onderwijl… en nu komt het… luid miauwend als een kat. Het gezelschap is verbijsterd, en wij… na ruim twee eeuwen… nog steeds.'

'Ik niet zo, geloof ik,' zei Rinne. 'Hij brak voor even los uit zijn beschaving… dat kan zomaar ineens gebeuren. Misschien werd zijn eigen talent hem op dat moment te veel… de bewondering die zich uit de salon opdrong… en moest hij het allemaal van zich afschudden.'

'De volgende ochtend stond de friseur alweer aan zijn bed… daarna kwam de eerste leerling. Maar Pijkel stopte gewoon met spelen, sprong over het dressoir en… is kat gebleven.'

4

Ik nodigde Julius uit om na de lunch een wandeling met ons te maken door de bossen rond De Heuvelrug, die nu stonden te vlammen van een laaiende maar onschadelijke herfstbrand.

'Ik moet terug naar mijn patiënten,' protesteerde hij. 'Meer in het bijzonder… naar Pijkel. Ze is nu rustiger door de medicijnen, maar het is de waan… die wil niet wijken. Ik ben ook nog wetenschapper. Ik moet erbovenop blijven zitten… elke minieme verandering registreren.'

Ik vond hem gespannen. 'Zie het dan als een omweg naar de kennel… om zelf een beetje tot rust te komen. Je kunt je witte stofjas gewoon aanhouden.'

'En dan door voorbijgangers zelf voor een gestoorde gek te worden aangezien. Kijk, hij wordt uitgelaten door twee beveiligsters.'

Uiteindelijk liepen Corinne en ik met hem tussen ons in, gearmd, het verkleurde loofbos in. Het rook er naar zoete verrotting, niet onaangenaam. Eekhoorns, betrapt bij het vergaren van de wintervoorraad, vluchtten op onze krakende nadering de bomen in. Corinne wees ons op groepjes paddenstoelen: 'Pas op, niet kapottrappen.'

'Jullie wonen bij boekhandel Tornij om de hoek,' zei Julius. 'Nog iets gehoord van… of over… Tibbolt Satink?'

'Afgezien van de bezorgdheid van Oops... nee,' zei ik. 'Het is nu wel duidelijk dat het Tib z'n Festina was die ze na de veldslag uitgebrand op de vluchtstrook bij het knooppunt gevonden hebben. Hij zat er zelf niet in... ook niet als afgebrande lucifer.'

'Ik zie hem nu al weken iedere avond op televisie,' zei Julius. 'Steeds dezelfde beelden uit die video van Staatswaterbeheer. Ik roep soms naar het scherm: "Loop nou 's door, man... ik wil weten wat er van je geworden is." Mijn vrouw zegt dan: "Verspil geen adem... ze horen je niet." Ze heeft gelijk, maar het laat me niet met rust.'

Dieper het bos in hing een lichte nevel, die bijdroeg aan de melancholie die ons omgaf, ook door de stemmen te dempen.

'Ik zit nog met een paar vragen,' zei ik.

'Laat ik nou gedacht hebben,' zei Julius, 'dat jullie uit naastenliefde mij meenamen voor wat frisse lucht. Alweer mis... ik word opnieuw verleid om mijn beroepsgeheim hier verderop, bij het vennetje, aan de afgeknotte wilgen te hangen.'

'Je hoeft niet te antwoorden,' zei ik. 'Laat me gewoon even hardop denken. Als therapeut en psychoanalyticus ben jij gewend om rondscharrelend aan het hoofdeinde van de divan *hm-hm* te zeggen... aanmoedigend, geruststellend, toch? Zoveel als: *Ga door*. Niet? Als ik zo direct iets suggereer, hoef je niet eens bevestigend te neuriën. Ik beschouw je als een klankbord zonder echo... je zult je nooit hoeven verantwoorden tegenover een tuchtcommissie voor wat ik nu ga zeggen.'

'Hm-hm,' deed Patist in stijl.

We staken een brandgang over, die recentelijk nog was omgeploegd, als een akker. We struikelden over de verse kluiten. Aan de overkant moesten we een met grassen en braamstrengen begroeide greppel door, om weer tussen het geboomte te komen. Hier leek het vochtiger dan in het perceel waar we vandaan kwamen. De mistigheid nam dieper het bos in toe. De weelderige wenkbrauwen van de psychiater, normaal donker, werden snel grijs door de condens van de nevel.

'Luister, Julius... waar ik mee zit, is dat er iets gebeurd moet zijn tussen Pijkel en Tibbolt... iets ingrijpends, waardoor ze nu allebei in de problemen zitten.'

Hij zei niets, en hield zijn blik strak op de humusgrond gericht, net als Corinne, die ook zweeg.

'Mijn gedachten blijven maar draaien rond wat jij je liet ontvallen... hoor je wel wat ik zeg? je *liet* ontvallen... over hoe je Tibbolt en Pijkel in jouw praktijk aan elkaar hebt voorgesteld,' begon ik.

'Ik schend mijn beroepsdinges niet,' zei Patist, 'als ik na de behandeling twee patiënten... ik zeg liever cliënten... kennis met elkaar laat maken... en dat beaam tegenover derden.'

'Akkoord,' zei ik, 'maar ik blijf met het onbehaaglijke gevoel zitten dat jij de twee aan elkaar *gekoppeld* hebt... en dat met een bepaalde therapeutische bedoeling.'

'Die interpretatie komt geheel voor jouw rekening,' zei Julius. 'Ik zeg niks meer.'

'Ik ken het verhaal over de autoloze zondag,' zei ik. 'De geboorte van Tib in een ambulance op de snelweg... zijn zwaargewonde moeder. Hij was bij jou in therapie vanwege zijn obsessie voor haar en... haar lappendeken van een opperhuid. Nee, zeg maar niets... ik weet ervan. Pijkel heeft ook een gehavende huid, en verkeert daardoor in een sociaal isolement. Daar moet jij, als psychiater, therapeutische mogelijkheden hebben geroken.'

'Ik beroep me op mijn zwijgrecht,' zei Julius, maar het klonk minder komisch dan hij het bedoelde.

'Dat klinkt al minder strikt,' zei Corinne, 'dan een ontkenning.'

'Ik luister graag naar Zwanet als ze aan het speculeren slaat,' zei hij. 'Als ze het met dezelfde overgave op de beurs deed, waren jullie allang stinkend rijk geweest.'

'Twee weken nadat Tibbolt en Pijkel samen jouw praktijk verlieten,' zei ik, 'vond ik jouw cliënte in kommervolle omstandigheden in een benedenwoning in Amsterdam-Oost. Na de middag verder met Tib te hebben doorgebracht, keerde zij weliswaar naar het revalidatiecentrum aan de Overtoom terug, maar ging er niet binnen. Ze dook op in de boekhandel van Tornij, en later in café Ape-Retief in de Retiefstraat. Dat was midden mei.'

'Tibbolt heeft nooit over die middag willen praten,' zei Corinne. 'Ook niet toen duidelijk werd wat Pijkel was overkomen... een toestand die dus nog steeds voortduurt.'

'Ik kan je niet tot een antwoord dwingen, Julius,' zei ik, 'maar ik vraag me wel af of cliënt Satink jou nog verslag heeft gedaan over de uren die hij met cliënt Niggebrugge heeft doorgebracht... op die mooie meidag.'

'Beroepsgeheim,' zei Patist. 'Het enige wat je overblijft, is Tibbolt alsnog onder druk zetten. Ik heb hem gevraagd er zijn mond over te houden, maar daar kan ik hem natuurlijk niet met het mes op de keel toe dwingen. Je kunt ook geduld oefenen, en afwachten of Pijkel nog eens een keer van haar wanen geneest... dan kun je *haar* uithoren. Ik kan natuurlijk niet garanderen dat ze ooit weer de oude wordt.'

'Hoe moet ik Tibbolt onder druk zetten?' Ik vroeg het snerpender dan ik wilde. 'Ik neem aan dat zijn huidige woon- of verblijfplaats, *als* hij nog leeft, ook onder jouw biechtgeheim valt...'

'Misschien.'

'Dan ken je dus *wel* het vervolg van de video die we elke avond op televisie zien,' zei Corinne. 'Dan heb je je daarnet dus dommer voorgedaan dan je bent.'

'De video heeft geen vervolg,' zei Patist. 'We moeten het doen met wat Staatswaterbeheer heeft vrijgegeven... een los fragment. Het groepje vechtersbazen dat daarin te zien is, raakt buiten bereik van de camera... het wandelt zo het beeld uit. Nee, ik weet pertinent niet wat er na de veldslag van Tibbolt Satink geworden is.'

We waren met een grote boog teruggekeerd bij de kliniek. Corinne en ik wilden niet opnieuw mee naar binnen om naar de gedoemde vrouw te gaan kijken. Op de parkeerplaats bleven we nog wat bij mijn auto staan praten. Het leek alsof Patist het betreurde dat hij die middag niet mededeelzamer had kunnen zijn.

'Ik heb het ambtsgeheim dat bij mijn vak hoort nooit als een last beschouwd,' zei hij. 'Tot jij me verzocht, Zwanet, om bij de GG&GD naar een verwarde vrouw te komen kijken... die Pijkel Niggebrugge bleek te zijn.'

'Nou, werp je last af, zou ik zeggen. Je kunt later nog altijd je tong uitrukken.'

'Als ik jullie, op mijn beurt, aan een zwijgplicht zou kunnen onderwerpen... maar nee, dat zit er niet in, helaas. Vroeg of laat ontstaat er ruzie, en dan ligt mijn reputatie op straat.'

'Nou, dan gaan we maar.' Ik opende het portier van mijn Renault met mijn sleutel. 'Hou ons op de hoogte van veranderingen in haar toestand.'

Corinne stapte alvast aan de bijrijderskant in.

'Wacht even, Zwanet,' zei Patist. 'Ik wil je toch een hint geven... een heel cryptische. Wie iets uit zijn praktijk als een onoplosbaar raadsel verpakt, schendt zijn beroepsgeheim niet... of hooguit een heel klein beetje.'

'Ik blijf hier niet eeuwig met de kruk van het portier in mijn hand staan.'

'Een verscheurde kamer,' zei hij, met iets kinderlijk ondeugends in zijn gezicht. 'Denk daar maar eens over na.'

Ik herhaalde: 'Een verscheurde kamer', en knikte. 'Bedankt, Julius... zo helpen we mekaar met oud nieuws vooruit.' Ik stapte in, en trok het portier dicht.

'Het komt nog eens zover,' zei Corinne, 'dat een genezen Pijkel *hem* moet verzorgen.'

5

'Arme, arme vrouw,' zei ze naast me. 'Het komt misschien omdat mijn hersenen zo'n brij zijn, maar… ik krijg haar niet uit mijn gedachten, zo zit ze door de krentenpap geroerd. Ze spartelt, en telkens is er weer dat trieste poezensnuitje. O, ze lijkt zo wanhopig haar best te doen om niet op zichzelf te lijken… op de vroegere Pijkel, bedoel ik.'

We zaten in mijn auto, en reden van de kliniek terug naar Amsterdam, over een tweebaans binnenweg door heuvelachtig, bosrijk gebied. Ik wierp een vluchtige blik opzij: Rinne vocht tegen haar tranen en huilde hooguit een beetje met een suizend geluid, zoals mijn moeder vroeger deed als ze niet gehoord wilde worden. Ik gaf haar een klopje op de knie, en zei: 'Het is geen kwestie van inspanning… ze kan niet anders. Om het 's plechtig en onwetenschappelijk te zeggen: de waan is vlees geworden bij haar. Voor ons lijkt ze tenminste nog tamelijk onschuldig op een kat, maar voor zichzelf is ze volgens Patist wel degelijk een tijgerin.'

'Allemaal tot je dienst,' zei Corinne, 'maar wat ik zie, is toch voornamelijk een jonge vrouw in nood. Geen roofdier, maar een wanhopig grommend meisje. Ik zou haar van de tijger willen verlossen… als ik maar wist *hoe*.'

De herfst was nu op z'n mooist. Zeker hier, waar zoveel verschillende loofbomen langs de weg stonden, die allemaal hun eigen systeem van verkleuring eropna hielden. Bruin, zwavelgeel, diep verdonkerd groen… en alle tinten rood, tot en met die van de jurk waarin ik Corinne had leren kennen, alleen moest je dan de witte stippen wegdenken. Ik drukte het gaspedaal wat dieper in, niet uit haast, maar om die hele gevarieerde kleurenpracht langs en door de auto te laten trekken en te zien vervloeien tot een soort abstract pointillisme.

'Dat karwei, Rinsi, heeft Julius al op zich genomen. Hij kan wel eens doorzeuren, struikelend over vaktermen, maar hij is de beste psychopompos die ik ken… sorry, die term gebruikte Tib altijd voor zijn shrink.'

'*Gebruikte…* hij mag dan spoorloos verdwenen zijn, maar daarmee is hij nog niet dood. Je lijkt Rita wel… die praat ook alleen nog over hem in de verleden tijd.'

'We hadden het over Julius.'

'Die behandelwijze van hem… het komt me allemaal zo hopeloos technisch voor. Soms denk ik dat Pijkel, hoe gestoord ze ook mag zijn, beter af is binnen de warmte en de zorg van een pleeggezin.'

'En dan de aanwezige kinderen bijten en krabben. "Nee, juf, het is niet wat u denkt… we hebben er een zusje bij… ze speelt nogal ruw met ons."'

'Pijkel zou zich langzaam haar oude leven weer herinneren… en zich ernaar gaan gedragen,' zei Rinne. 'Ik heb mijn twijfels of al die pillendraaierij haar zal helpen om… nou ja, om dat tijgervel af te schudden.'

'Vind je het goed als ik de auto even aan de kant zet, Rinsi… daar is een zijweggetje.'

'O, gaan we romantisch doen? Op de achterbank vrijen vond je altijd vulgair, zei je… het deed je aan Italië denken, waar ze de portierramen van de geparkeerde Fiatjes met krantenpapier dichtplakken.'

'Ik wil je een ander soort voorstel doen, maar dan moet ik eerst mijn handen van het stuur hebben.'

Ik verliet de tweebaans, en volgde een smalle asfaltweg de dichte aanplant in. Hier en daar hing het loof zo laag dat het over het dak ritselde.

'Het lijkt wel,' zei Rinne, 'of bladeren zwaarder worden in de herfst.'

'Misschien zit er dan meer olie in… denk maar aan de regenplassen waar ze in drijven. Net of er benzine in gemorst is.'

'Jij hebt altijd van die fantastische verklaringen. Al moest je er de hele natuurkunde voor op losse schroeven zetten… alles beter dan het antwoord schuldig blijven.’

‘Albert noemt me niet voor niets een beladderde blauwkous.’

‘Zelfs dan weet je nog aannemelijk te maken dat de onladderbare kous allang is uitgevonden... ook in de kleur blauw.’

‘In mijn waanwijsheid doe ik niet onder voor Pijkel, want die gaat nog een stuk verder dan ik... die probeert te bewijzen dat ze een tijger is.’

De smalle asfaltweg ging over in een zandpad, dat er verhard genoeg uitzag om mijn wielen niet in te laten vastlopen. Het eindigde een paar honderd meter verderop bij een rood-wit geverfde balk op twee schragen, waarachter een houtstapel oprees, bestaande uit allemaal even dikke, van schors ontdane stammetjes. Ik zette de auto op de handrem. Het woud drong met veel vogeltumult de cabine binnen.

‘Een ideale plek voor een misdaad,’ zei Corinne.

‘Teken een plattegrond,’ zei ik, ‘en nodig volgende keer Hans uit voor een ritje.’

‘Dan heb ik je hulp nodig... voor het versjouwen van die boomstammetjes. Ik begraaf het lijk onder het hout, en dan stapelen we alles weer op. De perfecte moord.’

‘En jij denkt dat het hout hier blijft liggen rotten, samen met het stoffelijk overschot... omdat zo’n stapel schilderachtig staat voor zondagsschilders.’

‘Ik leer het nooit,’ zei Rinne. ‘Je had een voorstel.’

Ze legde een warme hand op mijn bovenbeen, en haakte twee vingers onder de zoom van mijn rok. Ik liet het zo, en ging er niet op in. Ik zei: ‘Je had het over Pijkel onderbrengen in een pleeggezin, Rinne... bedoelde je dat serieus?’

‘Nou ja, ze zit in een kliniek... daar zullen ze haar niet zomaar laten gaan. Het was een beetje een slag in de lucht van me... uit medelijden.’

‘En als ik nu eens voorstel om Pijkel te adopteren?’

‘Je bedoelt... in jouw gezin opnemen? Krankzinnig.’

‘Nee, in het familieverband dat wij met z’n tweeën vormen...

jij en ik. Mijn gezin wil ik er niet mee belasten.'

Corinne lachte. 'Een van haar welpen, dat zou nog het overwegen waard zijn. Volgens Julius is ze drachtig... althans, zo gedraagt ze zich.'

'Ik meen het, Rinsi... het is een serieus voorstel. Het plan zal niet meteen uitvoerbaar zijn, omdat Pijkel nu nog volkomen onhandelbaar is.'

'Ze is tweeëndertig. Bij adoptie denk ik toch aan een iets jongere leeftijd.'

'Sartre en Beauvoir hebben op gevorderde leeftijd ieder een dochter aangenomen... vrouwen die niet heel jong meer waren.'

Het was even stil naast me. Corinne maakte snuivende geluidjes, als evenzovele aanzetten tot een lach, die niet doorging. 'Toen ik het daarnet had over Pijkel in een gezin onderbrengen, dacht ik niet meteen aan *ons*... aan jou en mij.' Ze nam haar hand van mijn knie.

'Ik ook niet. Je bracht me op een idee.'

'Wat heb je erbij te winnen, Zwan?'

'Als ik op mijn ronde als ongediertebestrijder wel eens een totaal verloederd, door en door verloren mens aantref... in eigen vuil of dat van een ander... is altijd mijn eerste gedachte: deze afgegleden persoon redden... zijn of haar kapotte ziel repareren. Het hoort niet bij mijn werk, het is me zelfs verboden, maar ik heb toch een paar keer doorgezet... met wisselend resultaat. Pijkel is ook zo'n vondst aan de zelfkant. Zij is er in feite erger aan toe dan wie ook van de gevallen waarmee ik te maken heb gekregen.'

'Haar ziel redden, Zwan... maar zie je dan niet hoe ze eraan toe is? Pijkel is als mens en als vrouw verloren. Door je over haar te ontfermen, zou je je hele bestaan moeten omgooien... jezelf doodongelukkig maken, en mij erbij. Zonder de gegarandeerde mogelijkheid om *haar* gelukkig te krijgen.'

Ik keek strak naar de houtstapel, waarop een roek was neergestreken. Zich vastklauwend aan een van de bovenste stammetjes, liep hij zwaaiend heen en weer, alsof hij niet kon beslissen wat de beste plek was om een poos stil te blijven zitten. Ik zei: 'Je klinkt nu heel anders dan een kwartier geleden... geschrokken. Ik concludeer dat je oplossing voor het geval-Pijkel nogal vrijblijvend was.'

De roek had eindelijk z'n draai gevonden, lichtte zijn staart en ontlastte zich. Daarna vloog hij weg, terug de kolkende kleurenzee van boomkruinen in, waar trouwens een begin van schemering in begon neer te dalen, gezeefd door het bladerdak. Het gekwinkeleer van vogels verstomde langzaam.

'Hoe stel je het je voor? Wij zijn als stel onverbrekelijk verbonden, maar we vormen geen stabiel gezin. Jij hebt je schoolgaande kinderen om voor te zorgen... ik zit met een misdadige echtscheiding. En dan is Pijkel ook nog 's een keer geen gewoon, stuurbaar wezen om in de woning op te nemen. Wat adopteer je dan... een pleegdochter of een exotisch huisdier? Denk aan het schattige aapje dat die mensen in Spanje in hun gezin hadden opgenomen. Het groeide en groeide... ze genoten van zijn streken... maar op den duur was het niet te handhaven, en moest het naar de apenopvang, waar het niet meer kon aarden. Overvoer jezelf niet met de schattigheid van zo'n huisgenoot. Pijkel gedraagt zich als een wilde kat, die het meubilair openkrabt... de hele kamer onder schijt. Moeten we met pampers maatje olifant in de weer? Weinig kan ons uit elkaar drijven, maar *dat* wel.'

'We moeten onze verhouding af en toe op de proef durven stellen.'

'Nou, als het je *daarom* begonnen is. Dan weet ik nog wel een paar geniepige testjes die niet ten koste gaan van een psychisch gestoorde vrouw.'

'Wat ik zei over *op de proef stellen* staat los van mijn missie om een handvol verloren zielen in de oude wijken te redden... op z'n minst te doorgronden.'

'*De stad en de holen*, ja. Een titel heb je al, die nemen ze je niet meer af... nu de rest nog.'

Nu het gesprek deze ongebruikelijke wending nam, joeg de inzettende schemering me opeens angst aan, ook door het stilvallen van de vogels. Ik startte de motor en begon achteruit te rijden. Het bezorgde me een onaangename sensatie in hoofd en rug, zodat ik stopte en me aan de draai waagde om de auto met de neus vooruit op de weg te krijgen.

'Zwanet, luister je eigenlijk wel naar me... of ben je alleen met je eigen gelijk bezig?'

Bij de zwenking raakten mijn achterwielen vast in een smalle greppel, gevuld met dooie blaren, die ik daardoor over het hoofd had gezien. Zie je, kreeg de garagehouder toch gelijk: de banden hadden vervangen moeten worden. Ze waren hun profiel goeddeels kwijt, en slipten, en weigerden de auto uit de geul te tillen. Ondertussen bleef Rinne op me inpraten.

'Ik vraag me af of jij niet zelf die kant op wilt...'

'Welke?' Ik zette de motor weer af. De pioniersschop die Albert ooit in de kofferbak had gelegd, voor 'je weet maar nooit'... lag die er nog?

'Nou, de verloedering natuurlijk. In Parijs heb je hoogopgeleiden... artsen, advocaten... die ervoor kiezen af te glijden en met een fles spiritus onder een brug te eindigen. Lees je geliefde Simenon er maar op na... die maakt dat nog aannemelijk ook. Jij wilt de clochard niet zozeer uit de dalles halen... jij maakt hem tot leidsman om zelf zo te worden. Ik weet niet wat er ooit, in je jeugd of zo, in je gevaren is... maar jij vindt geen rust eer je naar de rafelranden opgeschoven bent. Daarom wil je Pijkel in huis halen... tussen ons in plaatsen. Zij moet je de weg wijzen naar de afgrond... als een soort blindengeleidehond, maar dan een met een *fucking* identificatiestoornis... met het gedrag van een tijger. Zo, dat is eruit.'

Ik zat met mijn hand aan het contactsleuteltje, niet wetend wat te doen. Ik was te ver gegaan. Als ik Corinnes mededogen voor de verworpenen der aarde op de proef wilde stellen, was dat tot daaraan toe, maar ik had haar *liefde* aan een test blootgesteld. Mijn oude fout: ik wist geen maat te houden… niet waar te stoppen. Het was een drift om door te drammen, net zo lang tot er iets onherstelbaar in het ongerede raakte.

'Rinne, waar wil je heen?'

'Naar huis, als het niet te veel gevraagd is. En dan bedoel ik niet de Cornelis Andriessen, maar *huis*, snap je wel… waar ik vandaan kom… mijn oude leven. Niet naar een nest waar ik elk moment een koekoeksei kan verwachten.'

'Ik zit vast.' Ik probeerde opnieuw te starten. De wielen draaiden door de greppel, en wierpen de bladeren zo hoog op dat ik ze in de achteruitkijkspiegel door de lucht zag dwarrelen.

'Uitstekend,' zei Corinne. 'Prima plek om een en ander uit te praten.'

Ik zette de motor weer stop, doodmoe ineens. Ik keek om me heen. Door het hele bos heen lichtten de gele bladeren op, alsof ze door een geheime bron beschenen werden. Ik luisterde. De vogels zwegen, maar bleven op de een of andere manier in het halfduister aanwezig, alsof ze elk moment weer in geschetter konden uitbarsten. Van de tweebaansweg verderop kwam geen enkel geluid.

'Rinsi, vergeet wat ik zei. Ik zat je maar wat uit te proberen. Zoals ze nu is, zou Pijkel sowieso in huiselijke kring niet te handhaven zijn… misschien wel nooit meer. Triest te bedenken… er bestaan rusthuizen voor oude, afgeleefde dieren. Ik sluit niet uit dat we haar, als we zelf oud en der dagen zat zijn, in zo'n tehuis moeten gaan opzoeken.'

'Zo laat ik me niet afschepen,' zei Corinne, alweer huilend, nu van boosheid. 'We hadden een serieuze afspraak… misschien wel een soort contract… dat we nooit een derde vrouw tot ons liefdesnest zouden toelaten.'

'Pijkel gedraagt zich als een onhandelbaar roofdier… hoe

zou zij ooit als vrouw onze verhouding kunnen ondergraven? Kom, wees redelijk.'

'Dit gaat niet om redelijkheid,' beet ze me toe. 'Juist om gewriemel in het onderbewustzijn. Pijkel maakt iets in jou los waar je geen controle over hebt. Laten we mekaar alsjeblieft geen mietje noemen… ik *zie* toch hoe je naar haar loert wanneer ze met haar billen loopt te wiegelen.'

'Daar gaat voor mij geen enkele bekoring van uit, geloof me. Hooguit wekt het de hoop in me dat ze op een dag haar natuurlijke schaamtegevoel terugkrijgt.'

'Nu of later: jij wilt Pijkel adopteren om haar op je eigen manier te genezen… weer een volwaardige, psychisch gezonde vrouw van haar te maken… om met z'n drietjes verder te gaan. Als je in De Heuvelrug achter het glas staat, kijk je dwars door haar tijgerachtigheid heen. Je ziet een gehavende vrouw, die toch aantrekkelijk is gebleven. Geduld zal haar weer opkalefateren. Op mijn beurt doorzie ik jou. En niet zo'n beetje ook.'

Als dit jaloezie was, minnenijd, dan liep die wel langs vreemde kanalen… in het dierenrijk, voeg ik er aarzelend aan toe. Als ik nu weer mijn stem tegen Rinne zou verheffen, ging ik me ongetwijfeld in een roes van eigen gelijk redeneren – geen speld, geen speldenkussen, geen peloton speldenkussens, zelfs geen complete kliniek voor acupunctuur tussen te krijgen. Ik hield me in, en legde nu zelf een hand op haar bovenbeen. Ze sloeg hem niet weg, maar streek er met haar vingers over, die nat waren van de weggeveegde tranen. We kozen niet voor de mythische achterbank, maar beminden elkaar zoals we daar zaten, met de veiligheidsriemen nog om. De beperkte bewegingsvrijheid was precies wat we nodig hadden om niet *te* toeschietelijk te lijken, zodat we de stroeve boosheid nog wat konden rekken.

'Zo begon het ook,' fluisterde ik. 'In een bos… heel voorzichtig. Tegenwoordig hebben we veiligheidsgordels nodig.'

'Weinig kans dat Albert ons nu komt zoeken.'

Ik trok aan haar oorlelletje. 'Met je gehoor wijdopen, je adem ingehouden, hoor je hem onze namen noemen... van heel ver, maar toch.'

'Ik hoor zelfs de paardenhoeven op het ruiterpad,' zei Rinne. 'Als je goed luistert, hoor je de paniek in zijn stem. Hij is ons kwijt.'

'Ik beluister eerder zijn hoge nood. Hij had meer van de wandeling verwacht dan... dan op een dwaalspoor te worden gebracht.'

'We konden niet naar hem toe. Ik hield jou tussen mijn benen vastgeklemd. Zo lagen we allebei aan de ketting.'

'De zachtste handboei,' zei ik. 'Ook wanneer ik het op eigen kracht doe, kruipt er nog altijd iets in mijn vingers van die eerste keer... nu ook weer. Ik hoor Albert niet meer... jij?'

'Hij zit thuis opgekruld in zijn sleutelgat... zonder dat iemand het uitzicht opvult. Wij zijn hier in het donkere bos, voorgoed aan hem ontsnapt.'

Het was nu bijna volledig donker. Af en toe kwam er over de tweebaansweg een auto voorbij, of een vrachtwagen, waarvan de koplampen dan even het woud in schenen, om het gifgele gebladerte nog eens te laten weerkaatsen. Ik zag dan een moment het extatische gezicht van Corinne oplichten, dat zich in deze duisternis nog minder hoefde in te houden dan thuis in mijn bed. Ze kwam zo heftig klaar dat het mechanisme van de gordel *klik* zei en blokkeerde, alsof het haar behoedde om met haar hoofd door de voorruit te slaan. Een geluid dat ik nog niet eerder van haar had opgevangen: er gorgelde iets na in haar keel, net of zich daar taai speeksel had verzameld. Ze huiverde, met al haar kleren aan.

'Als je *nog* een beetje liever voor me wilt zijn,' zei Corinne zacht, met licht klapperende kaken, 'dan laat je de motor draaien, en zet je de verwarming aan.'

'Ik heb nog net genoeg benzine om de eerstvolgende pomp te halen. *Als* we tenminste los kunnen komen... Ik voel er niets voor om de nacht hier in het bos door te brengen... en dan later in die houtstapel teruggevonden te worden.'

'In een gezamenlijk graf... met de ruggen tegen elkaar, dat heeft wel iets moois. Mag ik het lampje aandoen... het donker maakt me bang.'

'En dan ook nog met een lege accu komen te staan... nee, dank je. Ga liever in de kofferbak kijken of daar een korte spade ligt... dan gaan we 'm uitgraven.'

'*On passe toutes à la casserole*... dat heb ik uit Parijs onthouden. Het betekent zoiets als dat we allemaal een beurt krijgen in de liefde... we moeten er met z'n allen doorheen. Jij bent nog niet geweest.'

Het meisje naast me vroeger op school had in het weekeinde haar eerste intieme kus gekregen, en de jongen had geklaagd over haar koude tong. 'Ik was zo bang,' gaf ze als verklaring. 'Als ik het in mijn broek had gedaan... ik wed dat mijn plas ook koud was geweest.'

Nadat Corinne me even gestreeld had, veel meer dan een eerste aanraking was het niet, trok ze haar hand terug. 'Je bent overvloedig vochtig, maar het voelt bijna koud aan... bestaat dat?'

'Steek je tong eens in mijn mond.'

Ze deed het met de snelheid van een kameleon die een vlieg verschalkt. 'Koud,' zei ze. 'We zitten hier te vernikkelen tot in onze intiemste plekken.'

Rinne liet me voelen dat een orgasme niet hoefde te lijden onder een rillend lijf, strak van kippenvel, en een uitbarsting met afgekoeld lava. Sterker, het werd er, aldus ingesnoerd, intenser van. Ook mijn veiligheidsgordel blokkeerde door het abrupte vooroverslaan van mijn bovenlijf.

'Leve het bos... leve de kou... leve de angst,' zei Corinne. 'We moeten dit vaker op locatie doen. Ontgrendel even de klep van de kofferbak.'

Ze stapte uit, en vond inderdaad achterin een korte schop

met verstelbaar blad. Ik had wel eens in een film gezien (*Professione: reporter*) hoe Jack Nicholson het woestijnzand rond het achterwiel van zijn jeep weg schepte, maar dit was nattige aarde waarin het wiel was weggezakt. Ik kon niet zien hoe ze het voor elkaar kreeg, maar na eindeloos starten verhief de achterkant van de auto zich uit de greppel, zodat we terug konden rijden naar de tweebaansweg. Tot aan de benzinepomp zongen we vals en baldadig het refrein uit een van de lompe liederen waar het Nederlandse repertoire zo rijk aan is:

'Ik wil het overal met je doen
maar niet in de auto.'

Later, op het laatste stuk A2 naar Amsterdam, kregen we toch weer ruzie over Pijkel en mijn vermeende toekomstvisioenen over haar. In Rinnes visie was ik de tijgervrouw blijkbaar aan het opleiden (of africhten) voor nog uitstaande diensten. Ze beweerde bij hoog en bij laag dat Pijkel daarnet in het bos via mijn ranzige visioenen tussen ons in was geslopen om het geminnekoos te besmetten. Het zou nooit meer goed komen. Wat mankeerde haar vandaag? Ze probeerde in haar drift mijn arm van het stuur te trekken.

'Niet doen, Rinne... wou je ons allebei laten verongelukken?'

'Ja, dat is precies wat ik wil. Met jou valt niet te leven... dan maar samen onder de zeis door.'

6

De immense liefde, die ons dreigde te verpletteren, had ons tot bezinning op die liefde zelf kunnen brengen. Onze lichamen beslisten anders, of het moest zijn dat de contemplatie hier door het lijf zelf verricht werd, dat de liefde vertaalde in de verrukkelijkste strelingen. Het ware inzicht zou dan in het orgasme moeten schuilen, zonder daar iets aan af te zwakken.

Alles diende uitgeprobeerd te worden, *alles*. We troffen ons favoriete zwembad die avond leeg.

'Hoe smaakt de kus van twee zeemeerminnen?'

We dompelden ons onder voor een lange, ademloze tongzoen. Speeksel verdund door chloorwater maakte de mondholte stroef. Ik kon langer onder water blijven dan zij: als kind zwom ik over de bodem van het diepe heen en weer, zonder adem te scheppen. Toen ik voelde dat ze wel weer eens terug naar de oppervlakte wilde, zette ik mijn tanden stevig in haar tong. Luchtbellen ontsnapten aan haar mondhoeken. Ze worstelde om los te komen. Ik hield haar nu ook met mijn ene arm onder water, terwijl ik de andere in haar bikinibroekje liet glijden. Eens zien of het verdrinkingsgevaar haar zou opwinden. Ze bracht steunende geluiden voort, maar niet uit hitsigheid. Ze klonken dof en borrelend – nog steeds herkenbaar als van haar.

Ik haalde mijn vinger door haar labia, maar ook daar voelde het strak en stroef. Ik wilde haar in doodsnood brengen... een beetje maar, bij wijze van liefkozing. Mijn tanden waren te diep in haar tong gedrongen. Ik proefde bloed door de chloorsmaak heen, en maakte een eind aan de beet. Nu wist ze zich los te vechten en op te stijgen naar het wateroppervlak. Ik volgde haar.

'Wat... mankeert... *jou*, idioot?' Ze hoestte en spuugde water en bloed uit. 'Ben je wel... goed snik?'

Ze haalde met haar vuist naar me uit, maar krachteloos.

Ze krabde me over mijn gezicht: dat was effectiever.

'Ik wilde weten of een beetje verdrinken je zou opwinden. Het kwam zomaar ineens bij me op.'

'Een leeg zwembad,' gilde ze. '*De* plek voor de ideale lustmoord. Weet je... jij bent pervers tot in je gebeente. Effe voelen of het slachtoffer als bijna-doodervaring nog vaginaal slijm afscheidt. Ik leer je steeds beter kennen.'

Een badmeester in een smetteloos wit pak riep iets over 'bloed', daarbij wijzend op zijn gezicht en op een bord dat vermeldde dat vrouwen tijdens de menstruatie verzocht werd niet te baden. Corinne zwom, nog steeds hoestend, naar het trapje en klom de kant op. Ik trof haar later in een kleedhok, waar ze huilend op het bankje zat. Verdund bloed sijpelde uit haar mondhoek over haar natte kin. We verzoenden ons nadat ik beloofd had haar 'nooit meer naar beneden te trekken'.

'En ja, als je het per se weten wilt… het wond me op, dwars door alles heen. Het had maar even langer hoeven duren en ik had me in die blauwige rust weg laten zinken.'

7

Onze verhouding stond permanent onder hoogspanning, maar die leidde zelden tot ruzie. Als er al eens een woordenwisseling dreigde, drong spoedig de absurditeit van de situatie tot ons door. Een van tweeën schoot in de lach, en dan volgde de ander vanzelf, met een boos gezicht dat hilarisch openspleet. Dan doken we op elkaar om een schijngevecht op te voeren, dat eindigde in de tederst denkbare omhelzing, omkleed met verrukkelijke scheldwoorden.

'O, lelijkerd… dat ik je niet meteen bij het grofvuil zet, als douceurtje voor de morgensterren.'

'Zoals je nou weer uit de hoek kwam, Rins… je verdient een bedonderend applaus.'

'Jij schijnt de vrouw als domme gans te propageren… je geeft zelf het voorbeeld.'

'Zonder ganzenveren geen oude boeken… geen beschaving.'

'Dat is dan ook de enige veer die jij voor de cultuur gelaten hebt. En wat is in godsnaam, uilskuiken, een bedonderend applaus?'

'Een valse ovatie… om jou te onteren.'

Een van de gedenkwaardigste ruzies bestond uit een reeks verwijten over en weer: hoe we allebei onze talenten veronachtzaamden.

'Onvergeeflijk, dat je zo vroeg gestopt bent als model... op een leeftijd dat elke voetballer nog op anderhalve schoen door zou zijn gegaan. En dat vanwege zo'n achterbakse hufter als die echtgenoot van je. Had Albert *toen* niet kunnen ingrijpen?'

'Kijk liever naar jezelf en je ongeschreven boeken. Je zou voor de vorm het pak blanco papier uit z'n wikkel kunnen halen. Een goeie truc is het bovenste blaadje als titelpagina te gebruiken... dan lijkt het een compleet manuscript. Dan is in ieder geval je reputatie gered, verrotte opschepper.'

'Voor een ordinair misdaadromannetje hoef ik de krant maar open te slaan. Ik ontraadsel tenminste gestrande, in vuil ontaarde mensenlevens... dat is van een andere orde van grootte. Ik graaf naar diepere lagen van smerigheid, dat kost wat.'

'Schei toch uit, dat blieft het publiek helemaal niet. Ik hoor het de uitgever al zeggen: "We kunnen wel een portret van u als mooie vrouw op het achterplat zetten, maar zoveel ongedierte... wie wil daarover lezen?" Nee, Zwannie, je bent op de verkeerde weg.'

Op zulke momenten probeerde ik haar aan te vliegen, maar ze was handig in het omklemmen van mijn polsen. Dan haakte ze een onderbeen in mijn knieholten, en ziedaar, ik lag al languit. Haar harde knieschijven, die wilde je niet in je bovenarmen geplant hebben.

'Laat me los, kreng. Je zou me op z'n minst een beetje in mijn waarde kunnen laten. Ik ben nog in volle ontwikkeling.'

'Een kasplantje in de knop gebroken, daar ben je helaas te oud voor. Een grijze duif past niet meer in d'r eigen ei.'

O, wat maakte die hatelijk uitgestoken tong haar lelijk. Hij leek zich telkens nog wat meer over haar ondertanden te kunnen rekken... zo ver dat je dacht: nu sprint de losgeraakte huig over de uitgerolde loper naar buiten, als een pion van vlees.

'Zie wat er van *jou* geworden is, lady Suwijn... een schnabbelaarster, die naar het pijpen van haar agent danst. Een reclamespot voor urineverlies bij lachebekjes die graag naar het optreden van een cabaretier gaan. Gemakkelijk te verhelpen problemen van de rijpere vrouw. En... *pats*, camera draait! Een rol als chique dame van middelbare leeftijd, in een Nederlandse duw-en-trekkomedie voor de hele familie in de kersttijd. Die ijsmuts van de kerstman stond je trouwens goed. Alleen die handbel van 'm klonk als een schoolbel in de hand van de bovenmeester: speelkwartier voorbij... terug naar de klas, kinders. Nee, dat had een hoger klinkend klokje mogen zijn.'

'Ik feliciteer je met je grote talent voor minachting en vernedering.'

En daar daalden ze op mijn spierballen neer, althans op de plek waar die geacht werden te zitten: haar botvermorzelende knieschijven, die al eens eerder in mijn bovenarmen bloeduitstortingen hadden gedrukt in de vorm van niet-bestaande letters, laten we zeggen de zeven- en de achtentwintigste van het alfabet.

'En jij met je loze lichaamskracht, lompe Mierlose dorpstrut... die had je beter een keer op die botterik van een vent van je kunnen uitproberen. Daar ligt jouw ware talent: overheersing van alles wat zwakker is dan jij.'

Als ik er nu op terugkijk, op die schermutselingen, verontrust het me dat we niet aan een toekomst bouwden, geen persoonlijke en geen gezamenlijke. Er was die keer dat we er, tijdens een half verzadigde pauze in het liefdesspel, mijmerend over droomden. Corinne kende veel mensen in de televisiewereld, niet alleen zaagselpoppen die zich Bekende Nederlander noemden, maar ook serieuze regisseurs en hun cameraploegen. Als ik nou eens een aantal scripts schreef op basis van mijn verhalen uit *De stad en de holen*, en die bij de afdeling drama van de een of andere omroep neerlegde. Zij kon dan de psychologisch geschoolde chef van de afdeling Ongediertebestrijding spelen. Zij ging, als een vrouwelijke speurder, de voorgeschiedenis na van de op een mestvaalt driehoog-achter aangetroffen moderne Job... om als het ware de potscherven te verzamelen waarmee hij de jeuk van zijn zweren verdreef, en die weer tot de ooit stukgevallen vaas aaneen te lijmen.

Het bleef bij dagdromen. Het navolgende geminnekoos deed, in z'n toenemende heftigheid, blijkbaar iets met ons kortetermijngeheugen, want we kwamen niet op de plannen terug, *als* het al plannen waren. Het leek alsof onze liefde iedere vorm van carrière als een rivaal beschouwde, een te dwingende concurrent die de aandacht afleidde van waar het werkelijk om ging. Ja, soms verweten we elkaar die maatschappelijke passiviteit – alleen voor de vorm, want we *misten* een loopbaan niet echt. Natuurlijk, Corinne had sporadisch een schnabbel, en ik bestierde op halve kracht het huishouden op de Cornelis Andriessenstraat 75, maar het geschiedde allemaal niet uit diepere hartstocht. Het enige wat we met grote overtuigingskracht beoefenden, was ons samenzijn in die slaapkamer op tweehoog aan de straatkant met het matrimoniale bed, waarvan het gietijzeren smeedwerk soms nog zong van een tienjarig heteroseksueel huwelijksleven.

Ik verbeeldde me soms dat er een dikke, zoete bloemengeur hing, waartoe onze al maandenlang durende vrijage zich verdicht had. Ik las ooit, terwijl Corinne een *young adult novel* insprak in de studio van Rubinstein, het boek van Piers Paul Read over de beruchte vliegramp in de Andes in '72. De overlevende passagiers, meest jonge leden van een Uruguayaanse rugbyploeg, hielden zich in het ijzige hooggebergte in leven met zongedroogde lapjes vlees van hun verongelukte medereizigers. Kannibalisme à la carte dus. Wonen en slapen deden ze in wat van de vliegtuigromp over was. Omdat het 's nachts te koud was om voor elke plas de moordende vrieskou in te gaan, pisten ze in een hoek van de cabine. Toen eindelijk, na weken, reddingwerkers en hulpverleners arriveerden, werden die hoffelijk uitgenodigd om in de vleugelloze romp te overnachten. Er walmde zo'n verschrikkelijke, door de overlevenden van de vliegramp niet als zodanig ervaren, dierlijke neststank uit tevoorschijn dat ze even beleefd als geschrokken weigerden en de voorkeur gaven aan een verblijf in hun tent, op veilige afstand van het wrak.

Misschien vergisten we ons wat betreft de bloemengeur die onze allesdoordringende liefde in de slaapkamer had gesticht, en heerste er in werkelijkheid de penetrante, door ons niet waargenomen territoriumlucht van de kannibaal, die alle andere menselijke wezens buitensloot.

8

Onze liefde was als onkruid dat maar door- en doorgroeide, maar er trad tot mijn heimelijke opluchting ook enige verruwing in. Porno was nog altijd taboe voor ons, ook de zogenaamd 'vrouwvriendelijke', die nog altijd door louche mannen gemaakt werd vanuit hun eigen idee over wat vrouwen fijn vonden om te zien – precies dat wat ze eerder in hun hardcore films hadden getoond, waar dan een heel ander etiket op geplakt zat. Er werd wel eens een ontblote man gegeseld door een vrouw in een latex kostuum en met een beulskap op... maar of *dat* nou een vrouwvriendelijke aanblik bood? Als de gezweepstriemde heer het tot klaarkomens toe lekker vond, dan was de optredende vrouw dus dienstbaar aan hem, en eigenlijk een slaaf in het stoeipakje van een meesteres. Een rollenspel waar leden van de West-Indische Compagnie niet van hadden durven dromen.

Waar we goed in waren, Cory en ik: het afleiden van onze hoogstpersoonlijke pornografie uit alledaagse en niet als erotisch bedoelde beelden. Sinds Albert afgelopen voorjaar in het Amsterdamse Bos zo'n fraaie Attenborough-imitatie ten beste had gegeven, over exotische dieren met zuignappen, keken

Rinne en ik op de televisie in de huiskamer wel eens naar een documentaire van Sir David. Het kon te maken hebben met het lot van Pijkel, dat wij ons ieder op onze eigen manier aantrokken, maar tijdens het kijken naar zo'n natuurfilm was ze altijd op haar hoede. Zodra een grote katachtige zich op een weerloze prooi dreigde te storten, een zebra of een antilope, wendde ze het hoofd af.

'Uitzetten, Zwan... ik kan er niet tegen, dat weet je.'

Omdat ik haar moeilijk iets kon weigeren, zapte ik dan onmiddellijk naar een ander kanaal. 'Spijtig toch,' zei ik op een keer. 'Voor mij persoonlijk is het een soort prooi- en roofdierporno.'

'Wanverstand.' Haar gebruikelijke dooddoener. Ik liet me er ditmaal niet door van de wijs brengen. 'Wanverstand... hoe zou dat op jou de uitwerking van porno kunnen hebben?'

'Je werkt er zelf aan mee, jij, Ranzige Rinsi. Hoe je me soms op mijn rug gooit, en dan je muil in me zet. In mijn *helicopter view* zie ik hoe het aangevallen lichaam nog probeert achterwaarts te ontkomen... met schokkende bewegingen... tot het op het hoofdeinde van de savanne stuit en vluchten er niet meer in zit. Het roofdier laat niet af. O, toch zo je eigen ondergang te mogen ondergaan... neer te kijken op de grommende kop met de schuddende manen. Het is bijna alsof de katachtige zich ingraaft in haar prooi. Ze vindt altijd direct de weg naar de kwetsbaarste plek... en legt die open. Het slachtoffer trapt met haar poten... het hangt stuiptrekkend in de bek van het roofdier.'

'Zwan, dit bevalt me helemaal niet... je hebt de laatste tijd te vaak naar Pijkel gekeken. Je fantaseert over haar... je wilt je aan haar uitleveren.'

'Jij was degene die suggereerde dat ze in een gezin zou moeten worden opgenomen...'

'Ja, om haar te laten verzorgen... haar genezing te bespoedigen,' zei Corinne. 'Niet om jou prooi- en roofdierporno voor te spelen. Je bent veel perverser dan ik dacht.'

Ik was op dreef, en liet me niet van de wijs brengen. 'Tussen twee vrouwen heeft de jacht nog iets gelijkwaardigs in de savanne... de aanvalster begeeft zich met haar weerloze hals tussen de sterke bovenbenen van de ander... die haar bij grote opwinding zouden kunnen wurgen. Je herinnert je Jack Nicholson in *Chinatown*, wanneer hij tegenover een politieman zijn besneden neus verklaart: "*Your wife closed her legs too fast as she got excited.*" Dus, vanuit vogelperspectief... wie is hier nou eigenlijk de onderliggende partij?'

'Als ik de aanvalster ben,' zei ze, 'wordt de wurgmoord op mij voorkomen door... *jouw* eigenbelang. Handelen uit noodweer om de eigen lust uit te schakelen, dat werkt voor geen meter. Contraproductief, om zo te zeggen. Je schiet voor je genot niets op met een lijk dat tussen je benen bungelt met een levenloze tong tussen de tanden. Denk aan de misrekening van Salome... het hoofd van Johannes de Doper op een zilveren schaal... maar zijn tong, die doopte hij nergens meer in... ook niet in de elastische curve die de danseres haar beroemde spagaat bezorgde.'

De televisie stond uit, en we staarden met droge keel naar ons spiegelbeeld in het glas van het scherm. Ik zei: 'Altijd fijn om naar een mooie natuurdocumentaire te kijken. Laten we maar naar boven gaan. En weet je wat... eerst mag jij de prooi zijn. Ik wil je zien spartelen en stuiptrekken als je uur geslagen heeft.'

9

Corinne en ik waren geen grote drinkers, al stelden we ons in gezelschap wel eens aan alsof we een staat van liederlijke aangeschotenheid bereikt hadden. Toch hielden we de roes van die eerste avond, op onze veranda, in ere – de halve dronkenschap die alles mogelijk had gemaakt wat volgde. We begonnen onze namiddagen samen, het *heure du berger*, met bange afstandelijkheid. We moesten elke keer weer, bevend en met falende stem, een angst overwinnen die we dachten achter ons gelaten te hebben. Om de juiste ontremming meteen al te bereiken, hadden we onze toevlucht tot een fles wijn kunnen nemen. We weerstonden de verleiding. De aanvankelijke bedeesdheid was, telkens opnieuw, nodig om stap voor stap tot de uiteindelijke ontremdheid te komen. Alcohol zou alles versneld en bedorven hebben. Geen drank kon tippen aan de tot het uiterste opgewreven gloed van onze lijven zelf. Ze moesten de roes uit zichzelf halen, en onze ledematen verleenden daarbij hand-en-spandiensten, woorden waar we in dat verband erg om moesten gniffelen. Vreemd, alleen bij zulke binnenpretjes 'neusden' we, en dan heel kort, met neustopjes die elkaar nauwelijks aanraakten. Het kind in ons eiste z'n kleine deel op.

Een paar glazen wijn vooraf zouden ons loom en passief hebben gemaakt. De roes zou een diepe tevredenheid opwekken met wat we tot nu toe samen hadden bereikt, zonder aan die verworvenheid een nieuwe extase toe te voegen. Als we dan zo nodig onze liefde moesten vieren met ieder een halve fles bordeaux, dan konden we dat beter *na* de verzadiging doen, ter bevestiging en conservering van de veroverde climax. Altijd *rode* wijn, want we hielden van de zwartrode sporen van elkaars lippen te likken, wat door taaiheid nooit helemaal lukte. Er bleef altijd op z'n minst een donker cupidoboogje op achter. Net in die dagen was het mode om donkerrood geverfde lippen met een zwart lijntje om te trekken en te accentueren, wat een bepaald soort mannen de gelegenheid gaf om achter de rug van de aldus opgemaakte vrouw te fluisteren: 'Die heeft zwarte band pijpen.'

'Waar hebben wij *onze* zwarte band dan aan te danken?' vroeg Corinne op een keer, nadat ik roekeloos een tweede fles Château Margaux had opengetrokken.

'Nou, ik weet niet hoe het met jou zit, maar ik hield het niet altijd binnen de lijntjes. Het was niet bepaald mijn favoriete bezigheid.'

'Als je even door de weerzin heen breekt, is het wel een goede methode om meneer te ontwapenen.'

'Ik had zo'n hekel aan het vogelnestje in mijn keel. Hoesten, slikken... het kon soms geen kant op.'

'Ik speelde vaak Onan-in-'t-klein... dan zorgde ik er op het laatste moment voor dat hij zijn ziel en zaligheid uitstortte buiten mijn mondholte. Ik geef toe, dat vereiste enig inschattingsvermogen... een juiste registratie door tong en lippen van aanstormende schokjes... dat ging wel eens mis. Gevolg in het ergste geval inderdaad: vogelnestje. Nou moet gezegd dat de struif niet altijd even hard en draderig was. Sommige mannen zijn vloeibaar als een sappige peer na de beet... alleen wat trager met de uitstorting misschien.'

De wijn viel verkeerd. In plaats van de roes van verzadiging te laten opgloeien, voelde ik een bittere jaloezie bij de gedachte dat Corinne Hans *en* Albert, en God weet welke mannen nog meer, bediend had met deze zelfde zwart gemarkeerde mond. Ik nam een te grote slok, en hoestte... het schrijnde in mijn keel. Het deed ook iets met de smaak: roestwater recht uit de kapotte regenpijp.

'Zwannie, wat heb je opeens... je mond trekt helemaal samen. Niet gaan huilen, hoor, niet droevig worden... het was net zo fijn vanmiddag.'

'Beloof me dat we het niet meer over die afschuwelijke kerels hoeven te hebben.'

'O, als dat het is. Ze zijn dood, ik zweer het je.'

10

Uit gêne heb ik Corinne nooit durven vragen of zij dezelfde aanvechting als ik wel eens kreeg: het teveel aan opgehoopte hartstocht uit te braken, zomaar tijdens de overgave, in een schuimige golf over haar heen. Er zou geen massa halfverteerd voedsel komen, want de behoefte deed zich bij voorkeur op een lege maag voor – gele gal gevolgd door zwarte, het onderste uit de kan van het ingewand. Ik zou haar hoestend aanmoedigen hetzelfde bij mij te doen, en in gedachten zag ik haar niet langer dan een kort moment aarzelen. We probeerden altijd zoveel mogelijk de rioolfuncties van het lichaam buiten onze liefkozingen te houden. Behoorde de maaginhoud ertoe? Niet als het om kwalijke sappen als gele en zwarte gal ging, die voornamelijk een hoog gerezen gemoedstoestand uitdrukten: het tot walging geschifte gevoel van liefde die verder geen kant meer op kon.

Uit eerbied voor de besmeurde zou het braaksel niet zuur of bitter mogen ruiken. Albert vertelde me ooit over zijn eerste dronkenschap, op zijn zeventiende of achttiende. In de voorafgaande vakantie had hij voor het eerst de euforische opwarming ervaren van een paar glazen martini-cola. Toen hem op een feestje gevraagd werd wat hij wilde drinken, werd hem te verstaan gegeven dat er geen rode martini geschonken werd, wel witte vermout. Met ijs bleek het spul heel aardig weg te werken, en de eerdere euforie te evenaren. De misselijkheid kwam pas in de stoptrein van Eindhoven naar Geldrop. De deuren konden indertijd nog tijdens de rit geopend worden en Albert kotste vrijelijk en overvloedig, hangend aan de chromen stang, de avond in. De sterke luchtstroom sloeg het braaksel tegen de zijkant van de trein, waar het zich volgens de conducteur langs alle ramen eindeloos vertakte, tot vermaak van alle reizigers, die schoksgewijs een trage bliksemschicht van parelmoer voorbij zagen trekken. Wat Albert in zijn diepe roes, die hem bijna de nacht in slingerde, het meest was bijgebleven: de zoete, bijna geparfumeerde lucht van zijn door de wind weggerukte maaginhoud, een geur die hem zowat verzoende met zijn ziekmakende uitspatting.

Als wij elkaar, Corinne en ik, dan per se in onze overvloed moesten besmeuren, o God, laat het dan via een zoetgeurende brij zijn. Herinner ik het me goed, dan beantwoordde de beschrijving van Alberts reisgenoot die avond aan die van Hans Krop. Ze hadden een reünie van hun middelbare school bezocht. De Krop stond op het tussenbalkon bij elke volgende golf braaksel ach en wee te roepen, maar deed geen poging, zelf gekluisterd aan een andere verchroomde stang, zijn vriend voor een val uit de trein te behoeden.

'Geen vrienden voor het leven,' zei Albert toen hij me het voorval uit de doeken deed. 'Vrienden *naar* het leven… en dan bedoel ik dat we mekaar geregeld naar het leven stonden.'

Zelfs nu hij de vijftig naderde, stond vermout, zowel de droge als de zoete, Albert nog steeds geweldig tegen. Toen hij een keer op een receptie gedachteloos een olijf aan een stokje uit een *dry martini* viste en in zijn mond stak, vertrok opeens zijn gezicht zoals ik nooit eerder had gezien.

11

Na afloop van de 'handtastelijkheden' (Corinne sprak het woord altijd uit alsof het om vijandelijkheden voorafgaand aan een veldslag ging) zat ze rillend op haar hurken midden in bed, met een laken om haar naakte lijf. Het leek alsof ze tegen haar tranen vocht.

'Rinne, voel je je niet goed?'

'Ik ben bang…'

'Waarvoor?'

'Het moment dat het minder wordt.'

'Toch niet dat je minder gaat rillen…'

'Onze verliefdheid.'

Daar had ik tot op dat moment niet al te bewust bij stilgestaan, en dat was ik ook niet van plan. Destijds met Albert, zo'n vijftien jaar terug, was de verliefdheid gaan tanen vanaf het moment dat ik me had afgevraagd of de vlam nog wel hoog genoeg brandde. Niet dat de hartstocht gedoofd was, maar er was langzamerhand een evenwichtige liefde voor in de plaats gekomen, misschien ook toen al met dank aan Corinne, bij wie Albert zijn onrust kwijt kon (eigenlijk nam ze me destijds dus al volledig en liefdevol in bescherming, zonder dat ik me er bewust van was).

'We zijn gewoon niet meer zo verliefd,' klaagde ooit een vriendin na een huwelijk van een halfjaar. Dat het vuur van de eerste verliefdheid minder werd, en dat 'er iets heel moois en stabiels voor in de plaats kwam', was het soort gemeenplaats dat onveranderlijk gebracht werd alsof het een nieuwe menswetenschappelijke ontdekking betrof, maar niet zonder 'moed der wanhoop'.

Het stak me dat Corinne haar angst op dat punt uitte. Ik vond dat we ervan uit moesten gaan dat onze liefde onverslijtbaar was, en dat als oergegeven, als natuurkracht mochten beschouwen. Elke nadere, uitgesproken overweging kon er iets aan veranderen, haar kapotmaken zelfs.

Ondertussen was het maar al te waar: prille verliefdheid beklijft niet, net zomin als de al iets meer gevorderde. Wie heel precies in kaart wil brengen (op zich al een hartstochtdodende daad) waar precies, en op welk moment, de liefdeswaanzin twee mensen in z'n greep krijgt en waar, en op welk moment, de totale verslingerdheid weer afneemt... die houdt een heel smal gebiedje over, zo'n bij landjepik overschietende strook waar zelfs een ballerina op spitzen zich niet staande zou weten te houden. Als we heel eerlijk zijn, is de liefde vaak al tanende zo gauw die zich aandient. De geschiedenis van een vonk, oplichtend en sissend overspringend tussen twee mensen, en spoedig weer in kracht afnemend en uitdovend. En gesteld dat ze trouw blijven aan deze bijzondere gebeurtenis, en trouwen, en kinderen krijgen... wat betekent de oorspronkelijke vonk dan nog voor een heel huwelijk, een half mensenleven samen tot de dood ze scheidt of de scheiding ze doodt? Al op onze trouwdag werd ik geplaagd door zulke overwegingen… niet dat er geen mooie jaren in het verschiet lagen, godbewaarme, natuurlijk wel.

'Ik ben bang, Zwanet… dat het opraakt.'

'Je moet bijna weer ongesteld worden… net als ik trouwens. Dat maakt je somber.'

'Waarom klink jij dan zo opgeruimd?'

'Ik? Schei uit, Rinne. Als er op het departement Volksgezondheid zoiets bestond als een afdeling Kijk- & Luistergeld, dan zou ik beboet worden als zwartkijker. Ik zie geen sprankje licht in de wereld.'

Haar angsten en zorgen ten spijt werd onze liefde juist steeds dieper en rijker en tegelijkertijd onstuimiger. Wat was ons geheim? Dat we vrouwen waren, tussen wie geen ongelijk machtsvertoon heerste? Het leek me hooguit een deel van de verklaring. We hadden eerder met mannen geleefd, en waren allebei door een soort goddelijke roeping tot de vrouwenliefde gebracht. Of bestond er zoiets als een bovennatuurlijke kansberekening, die uitgaande van allerlei zeldzame eigenschappen ons tweeën aan elkaar had gekoppeld? Misschien was dat het… op z'n minst prettig om te bedenken.

We kregen hoe dan ook geen genoeg van elkaar. Om de beeldspraak nog even door te trekken: de vonk doofde niet, maar laaide op tot een vuur, dat alleen van tijd tot tijd getemperd werd door de blussende verzadiging van de liefde zelf. Corinne citeerde altijd dezelfde regel van Shakespeare, over de priesters die Cleopatra zegenden als die geil en hitsig was. In dezelfde tekst gaat het over Cleopatra die met haar zinnelijkheid haar minnaars hongeriger maakt naarmate ze hun lust meer verzadigt. Dit konden we op ons beiden betrekken, en daarom ging het minnen eindeloos door – niet tot aan de verzadiging, maar tot aan de totale uitputting, die geen ruimte meer liet voor nog meer lust. We konden op zulke momenten geen pink meer verroeren – ja, onze pinken wel nog, die haakten we dan in elkaar, tot meer inspanning niet in staat.

'Zwanet, ik ben bang... dat het ophoudt.'

Voor de vrees van tanende hartstocht kwam een ander soort angst in de plaats: dat we 'erin zouden blijven'.

Het leek op wat Ernst had meegemaakt in het historische voorjaar van '85, toen ik hoogzwanger was van Cynthia en hij een van zijn bevlogen periodes van dipsomane waanzin doormaakte. De man was zo gevaarlijk zielsgelukkig dat hij vreesde er niet meer uit te komen. Hij speelde met zijn leven, en kreeg 'goesting voor de dood', zoals hij het noemde.

Soms, onder het vrijen, keken Corinne en ik elkaar van heel dichtbij in de ogen, verbijsterd, verschrikt. Een verkeerde uitleg van het begrip terugdeinzen dreef ons dieper in elkaars armen.

'Rinne, wat *is* dit...!'

'Dit kan toch zo niet doorgaan!'

'Hier gaan we aan te gronde!'

Zo werd de angst dat de liefde zou afnemen verruild voor de vrees dat er geen natuurlijk einde aan zou komen. Wat was hier gebeurd? Had de *coup de foudre* ons verblind en in de eenmaal bereikte toestand doen verstarren? Ik zag haar lippen bewegen, maar mijn oren gonsden te erg om haar te verstaan.

12

Als ik een man iets zou horen zeggen in de trant van 'de obscene spleet van een afgelikte hoer', dan zou ik hem aanvliegen, omdat het een grove belediging is. Ondertussen *heeft* de vulva (of de vulf: Rinsi's koosnaampje) ook iets obsceens, juist door de sleuf met de uitpuilende labia, afgezet met tegendraadse springhaartjes. Deze schaduwspleet lijkt niet op z'n plaats als splijtzwam te midden van zoveel glad en golvend en lichtend vlees. In de muziek heet zoiets een contrapunt, een soort tegenmelodie om tot een complexere harmonie te komen. De obscene aanblik zal wel een voortplantingsfunctie hebben: een verleidingskunst die bij de man niet direct op hogere esthetische noties inspeelt, maar op zijn lagere behoeftes om de te bevruchten schoot knorrend open te wroeten.

Voor mijn eigen aanbidding is er geen biologische noodzaak, alleen een tegendraads esthetische, en die levert me er totaal aan over. En wat niet weinig bijdraagt aan het opgloeien van mijn opwinding: het kleine monster *werkt*. Het zwelt en lekt, en verandert soeverein van vorm. Het masker van vlees krijgt een geheel nieuwe uitdrukking. Bij herhaalde, ritmische aanraking kan het een witte vlam veroorzaken die naar binnen door heel het lichaam slaat, en het doet schokken en sidderen. Het werkt… als de ziekte.

Het was ongetwijfeld een man die, in creatieve vrees, de term *vagina dentata* bedacht. Maar wij vrouwen zijn nu eenmaal tandeloos, wat meteen ook onze zachtheid en weerloosheid uitmaakt. Wij zijn in staat tot het verslinden van meer dan een angstig voor het glazuur sidderende roede. Nietwaar, Corinne?

Veel vrouwen en meisjes hebben de neiging hun vulva 'lelijk' te vinden. Wat ze beschouwen als afzichtelijkheid is eerder een vorm van onaangepastheid… aan de rest van het harmonisch golvende lichaam.

Zie hoe mijn naakte Rinsi haar onderstel een kwartslag draait over de matras, behendig van de bedrand wipt en zich opricht uit haar wijdbeense zithouding, met achterlating van een vlek op het laken die misschien een tor voorstelt. Ze staat: door een verschuiving van haar plooien en kerven in achterwaartse richting verdwijnt Hare Geheimheid uit zicht, de schaduw en de verborgenheid van het tussenbeense in. Wat overblijft, is een bolling die, verscholen achter een driehoek van pubishaar, zich heel natuurlijk naar de overige rondingen voegt. Trek haar een maillot aan en de verhevenheid doet nauwelijks onder voor de in strak tricot weggemasscerde bobbel van een balletdanser.

De neerwaarts gerichte punt van de driehoek wijst als een pijl naar het nog net zichtbare begin van de verder verdonkeremaande sleuf. De gesloten houding heeft iets besmuikts, en kan niet helemaal verhullen dat het schitterend geproportioneerde lijf daar iets verrukkelijk obsceens verbergt dat qua vorm en eigenmachtige gedaanteverwisseling niet in overeenstemming is te brengen met de rest van de fysieke verschijning.

Ach, Rinse Rinni, voordat je naar de badkamer en dan naar de Koninginneweg verdwijnt… laat je nog een keer achterovervallen, en spreid die mooie stelten van je. De disharmonie, met haar onvolkomen symmetrie, maakt van je 'vulf' nog geen afstotelijk orgaan… o, nee. Het blijft tot gekmakens toe begeerlijk in z'n grillige ranzigheid, met z'n licht gekartelde vleugels, die met elkaar nog een beetje de plettende vorm van het popomhulsel behouden hebben, terwijl het blinde kopje zich al zwellend bevrijdt van z'n capuchonnetje. Ik ben getuige van de geboorte van een vlezige vlinder. Er bestaan mensen die van etensgeuren 'het water in de mond' krijgen. Zo gek op voedsel ben ik niet – alleen de aanblik van wat Rinsi voor me onthult, kan mijn speekselklieren in werking stellen, als om mijn tong te prepareren voor een hogere taak.

Het glinstert en zwelt schaamteloos, en lijkt me toe te roepen: kom maar, ik lust je rauw… ik rauw, jij rauw. Kus me, en vreet jij mij op jouw beurt op… slobber maar als een zeug. Je tong zal geen weerstand ontmoeten, behalve mijn verrukkelijke afschrikwekkendheid… geen tanden, geen geribbeld gehemelte, geen huig die trilt als het koord na de zojuist verschoten pijl… geen tegentong. Alleen een van veredeld spog doortrokken holte, met in een diepere laag de glanzende kers waaraan ik mijn Mierlose adellijke titel te danken heb, en die daar gescheiden van z'n pit leeft.

Hoofdstuk III *Zora's Place*

1

Het enige wat we wisten, was dat Tibbolt 'waarschijnlijk' te vinden was in Zora's Place, een supporterscafé van de harde kern in het centrum van Rotterdam. Het stond ingeklemd tussen vier nachtclubs, vlak bij de monding van een tunnel. We gingen met mijn auto: op de achterbank dokter Patist, naast me Corinne. We hadden Ulrike aangeboden mee te gaan, maar die zei: 'Als Tib me ziet, denkt hij dat ik hem wil overhalen om weer thuis te komen wonen.' Om dezelfde reden had zijn grootvader voor de rit bedankt: 'Als hij zijn plaats in de boekhandel weer wil innemen, is hij welkom... ik ga hem niet bepraten.'

'Ja, daar is het,' riep de psychiater. 'Zora's Place.'

Ik zag het café te laat, en koerste al op de tunnel af. We werden gedwongen een ingewikkelde lus door Rotterdam te maken, met veel eenrichtingsverkeer, eer de nachtclubs weer in zicht kwamen. En *weer* miste ik de afslag naar de ventweg waaraan Zora's Place lag.

'O, nee, niet nog een keer die stinktunnel... help.'

De derde keer lette ik beter op, en kon ik de auto, half op het trottoir, voor het café parkeren. Ik moest voorzichtig manoeuvreren, want er stond een half dozijn motoren gestald. Ingrijpend versleutelde exemplaren, die met hun lange voorvork herinneringen opriepen aan *Easy Rider*. De berijders ervan troffen we binnen aan de enige ronde tafel. Nee, het was geen argwanende blik waarmee ze ons opnamen, eerder een licht spottende (verdwaalde toeristen zeker). In een soort nis aan een van de korte zijden van de bar zat een dikke man te slapen met zijn hoofd voorover op het imitatiepersje. Hij snurkte luid. Bij het uitblazen van de adem wapperden zijn lippen als die van een hinnikend paard. Hij droeg vuile kleren, en er hing een kaasachtige lucht om hem heen, die je ook wel aantrof bij daklozen in een portiek of onder de Torontobrug.

De enige persoon die op een hoge kruk aan de bar zat, was een kleine bejaarde heer met een witte kuif. Achter de tap stond niemand. Alle wanden waren bekleed met clubemblemen, vaantjes, ingelijste voetbalshirts. Tussen de flessen voor de spiegel stonden verzilverde bekers en andere trofeeën. De oude man liet zich van zijn kruk glijden en kwam voor ons staan.

'Boeren, burgers of buitenlui... waarmee zal Uilke Kret u van dienst zijn? Ik woont op de Kipstraat, en ken de stad op mijn duimpie. U zegt het maar.'

Julius nam het woord. 'Wij zijn op zoek naar een jongeman genaamd Satink... Tibbolt Satink. Hij zou hier in het pension boven het café wonen.'

Uilke Kret trok een komisch gezicht, en draaide zich om naar de motorrijders. 'Jongens, kennen wij hier ene Stippel Slater? Het moet niet gekker worden.'

'Tibbolt Satink,' verbeterde de psychiater. 'Midden twintig, Amsterdammer van geboorte.'

'De jongen die hierboven woont, Mo... nou, die spreekt keurig Rotterdams, hoor. Niks mis mee. U bent als Amsterdamse middenklassers van harte welkom in Zora's Place, maar dat we hier Mokummers zouwen laten *wonen*... geen denken aan.'

De oude man, die 'op de Kipstraat' woonde, liep om de bar heen naar een deur met PRIVÉ. Hij wierp een blik door het ronde raam, en duwde hem toen open. Er dreef een frituurlucht het café in.

'Zora... Zorrie,' riep hij. 'Volk.'

'Ik kan niet heksen,' klonk een vrouwenstem. 'Effe geduld, ja?'

Een paar minuten later kwam ze met een ovale schaal bitterballen het café in, en zette die voor de motorrijders neer.

'Zoortje, je bent een schat,' zei er een en wendde zich vervolgens tot ons: 'Van harte aanbevolen, mensen. Niks geen supermarkttroep… Zora draait ze zelf. Het geheim zit 'm in de paneer.'

De vrouw kwam naar ons toe, onderwijl met haar schort de vetspatten van haar onderarmen vegend. Ze had een bos vuurrood haar, opgebonden, maar het leek zich in heel z'n springerigheid aan het lint te willen ontworstelen. In het licht dat van buiten naar binnen viel, zag je hoe kurkentrekkerachtige punten losraakten. Ze had een knap, heel bleek gezicht vol sproeten, die ook haar armen bedekten. Toen ik uit Uilkes mond de naam Zora hoorde, zag ik een Arabisch uiterlijk voor me. Ik had niet op deze roodkoperen explosie gerekend. Het was waar, namen zeiden de afgelopen decennia steeds minder over afkomst. Het Grote Namenboek was net zo internationaal als het Grote Kookboek.

'Waarmee kan ik u van dienst zijn?' Anders dan Uilke Kret sprak ze met niet meer dan een licht Rotterdams accent. Wat ze zei, klonk niet alsof ze de bestelling kwam opnemen.

'Ik zou u *De Verwoeste Stad* kunnen wijzen,' kwam Uilke ertussen. 'Ik bedoel het beeld van Zadkine… het geeft een uitstekend portret van mijn vroegere baas in de haven. Z'n handen stonden verkeerd… en hij had geen hart in z'n lijf.'

'Laat ons even, Uil,' zei Zora. 'Je komt altijd weer met je baas aanzetten… dat gaat vervelen.'

'Hier zou een zekere Satink wonen,' zei ik. 'Die zouden we graag even te spreken krijgen.'

Uit de slapende man ontsnapte een langgerekte, smartelijke kreet, samen met een roffelende wind, maar hij werd er niet wakker van. Zora gaf een schop tegen een van de tafelpoten. De gast leek een snurkgeluid in te slikken. Hij hief even zijn hoofd op, keek rond met de blik van een slaperig varken, en vlijde het weer neer op zijn samengevoegde, dikke klauwen. Er lag iets onder het tafelkleed, iets langwerpigs, dat ik niet meteen thuis kon brengen.

'Moment,' zei Zora. Ze verdween achter de bar, waar ze op een oude bakelieten telefoon een kort nummer draaide, twee cijfers, hooguit drie. 'Mo? Er zijn hier mensen voor je. Kan ik ze naar boven sturen?'

Ze ging ons voor door de deur met de patrijspoort en wees naar de trap achter in de ruime keuken. 'Daar naar tweehoog... kamer 2A.'

Op een tafel lag een groot vel vetvrij papier met daarop wat leek op hoopjes zaagsel, waarschijnlijk Zora's beroemde paneermeel. In een frituurpan op het fornuis borrelde de olie nog na, met af en toe een spattend geluid, bijna een droge tik. De wanden waren bedekt met Delfts blauwe tegeltjes, voorstellende boerderijtaferelen met koeien en varkens. Bij ons in Oud-Zuid was een Italiaans restaurant, Le Quattro Stagioni, met net zulke Delfts blauwe tableaus: het was vroeger een grote slagerij. Hier in Zora's Place wezen ook de vleeshaken aan lange stangen op zo'n eerdere bestemming.

Zora liet de deur, die naar twee kanten scharnierde, vieren en wij beklommen met z'n drieën de twee trappen naar het pension.

2

Of het nu om een verlegen bruut gaat, of om de gêne van een van nature bedeesd iemand, ik kan slecht tegen zelfs maar het geringste vertoon van opgelatenheid. Tibbolt probeerde zijn schroom onder bravoure te verbergen. Nadat hij ons had binnengelaten, stak hij zijn hoofd nog even om de deurstijl. 'Is dat alles? Geen Oll'opa... geen Sabberita? Wat een bescheiden gezelschap om mij in Rotterdam eer te komen bewijzen.'

Hij begroette Corinne, zijn gewezen schoonmoeder. Ze zei:

'Foei toch, Tib... voor het eerst dat ik je met een Rotjeknorrig accent hoor.'

'Ik stel me aan. Even omschakelen.'

Als ik hem in de boekwinkel van zijn grootvader trof, had hij wat je noemt een goeie kop met haar. Van een chic soort sluikheid, en met een kastanjebruine gloed als het zonlicht erop viel. Nu droeg hij het gemillimeterd, waardoor de oneffenheden in zijn schedel opvielen, verschillende kleine ritsjes ook, waar hechtingen hadden gezeten.

'Vanwaar die knobbelkop ineens?' vroeg ik. 'Je kunt straks nog eeuwen kaal zijn.'

'Zo kunnen ze me in ieder geval niet aan mijn haar achterovertrekken om me het mes op de keel te zetten.'

Hij zei het met een schertsende grijns, maar met de veldslag van 6 september in het achterhoofd wist ik het zo net nog niet. Hij groette zijn voormalige psychiater. 'Dokter Patist, wat een verrassing. Laat me raden... er is nog iets in mijn dossier opgedoken wat beslist niet kan wachten.'

'Je zit er niet ver naast,' zei Julius.

'Ik heb niet genoeg stoelen,' zei Tibbolt. 'We kunnen beneden in het café gaan zitten, maar...'

'Liever hier,' zei de psychiater. 'Er zit daar een man zo hard te snurken... we komen er niet bovenuit.'

De pensionkamer had boven het tweepersoonsbed een schuine wand, waar balken uitsprongen. Tegenover het voeteneind stond een commode met daarop een wasschaal met ouderwetse lampetkan. Er waren twee rechte stoelen.

'Voor de dames,' zei Tibbolt. 'Laat de dokter maar naast mij op het bed komen zitten.' Hij gaf een klapje op het strak ingestopte dek, waar zo te zien een geoefende hand aan te pas was gekomen. 'Ik ben echt overdonderd... een delegatie uit een wereld die ik achter me dacht te hebben gelaten. Hoe is iedereen? Oll'opa, meneer Egberts... Rita?'

'Rita is wel eens beter behandeld,' zei Corinne. 'Je leek plotseling van de aardbodem verdwenen. Ze heeft het er erg moeilijk mee gehad... zeker toen bleek dat je een nieuwe verkering had, in Rotterdam.'

Roodharige vrouwen onder de veertig hebben vaak iets leeftijdloos, maar het was wel duidelijk dat de Zora van Zora's Place beduidend ouder was dan Tibbolt.

'Het valt me op,' zei Julius, 'dat je niet naar je ouders informeert.'

'Zeg, ouwe psychopater, het is toch niet zo dat ze je naar me toe gestuurd hebben om te bemiddelen, wel?'

'Hun leed gaat me aan het hart, Tib. Ze zijn op hun manier net zo kapot van je verdwijning als Rita.'

'Mag ik je er even aan herinneren, dokter, dat jij me hebt gewaarschuwd dat ik mijn ouders iets zou kunnen aandoen. Ja, als jij aan je beroepsgeheim begint te morrelen, waar deze dames bij zijn, dan wil ik je wel een handje helpen. Jouw diagnose van mijn gewelddadigheid heeft mij juist op de vlucht gedreven... weg, weg van de mensen die ik liefheb. Daarom zit ik hier op deze gezellige kamer. Kort na het laatste consult in jouw praktijk ben ik een radicaal ander leven begonnen. Ik heb ontdekt dat, in plaats van voor jezelf op de vlucht te slaan, het beter is om een totale *ander* te worden... dan ben je meteen van al het gezeik af. Dus... wie dachten jullie hier nou eigenlijk aan te treffen?'

In de loop van zijn kleine monoloog was Tibbolt weer op het Rotterdams van Uilke Kret overgegaan. Ik voelde dat dit de verkeerde kant op ging.

Laat mij even, zei ik met een handgebaar richting Julius, die zijn mond al opendeed om het, vermoedde ik, over Pijkel te gaan hebben. 'Tibbolt, in de boekwinkel van je grootvader vroeg je op een keer wat ik voor werk deed... ik heb je toen over de afdeling Ongediertebestrijding van de Amsterdamse GG&GD verteld. Een paar gevallen van extreme menselijke verloedering interesseerden je...'

Ik wist niet in hoeverre Tib met zijn 'carrière als Ander' delen van zijn herinnering had afgestoten, en deed hem nog eens het geval van De Tijgervrouw uit de doeken. Hoe ik haar in een woning in Amsterdam-Oost hongerig en vals had aangetroffen, en hoe ze me aangevallen had met hoektanden en lange nagels. Hoe ze opgenomen was geweest in de psychiatrische afdeling van De Brouwerij, daar personeelsleden had verwond, en ten slotte gevlucht was om op handen en voeten, of liever vier poten, te gaan rondhangen in de buurten rond Artis en bij de kooien van een circus aan de rand van Amsterdam.

'Ja, zo hebben we allemaal onze gekkigheden,' zei Tibbolt.

Ik zag aan zijn ongeduldige gezicht dat hij het allemaal nog paraat had.

'Om kort te gaan, Tibbolt,' zei Julius, 'we hebben je nodig om onze Pijkel te... eh... kalmeren. Ja, ik heb besloten mijn beroepsgeheim als psychiater op te heffen, maar niet zonder jouw toestemming.'

'Je gaat je gang maar,' zei Satink. 'Je hebt nu een ander individu voor je dan de ideale schoonzoon uit je dossier.' Hij wierp een snelle blik op Corinne. 'Als de biechtvader van die opgedoekte persoon mag je uit de school klappen zoveel je wilt... de biechtstoel is leeg. Ik ben via de crypte ontsnapt.'

De deur, die aan was blijven staan, werd wat verder opengetrokken, en Zora stak haar roodkoperen hoofd naar binnen. 'Hier iets nodig, Mo?'

'Breng maar wat bier en bubbelwater.'

'Het is beneden nu druk aan het worden. Ik stuur Wendelmoet wel met een dienblad... of wil je dat ik hier blijf?'

'Ik kan het alleen wel af,' zei Tibbolt. 'Ze hebben me nodig voor een circusnummer... iets met tijgers of zo.'

Zora keek besmuikt van de een naar de ander. 'Zeg maar niet te gauw iets toe... je weet niet wat ervan komt.'

Waarom had God de blos van roodharigen geschapen als vloekend bij de haarkleur? Toen ze zich omdraaide, zag ik het kleine wonder in haar bezwete knieholte: een korte, stevige haar die daar zat vastgekleefd in de vorm van een roodkoperen vishaakje, ondersteboven, zodat het op een vraagteken leek.

Julius bracht Tibbolt (of Mo) de obsessie met zijn moeders gehavende lichaam in herinnering. Het 'lappenlijf', zoals de jongen het tegenover zijn psychiater had aangeduid.

'Ik was in die tijd nog erg freudiaans bezig,' ging Patist verder. 'Om niet te zeggen: psychoanalytisch...'

'Ja, ja, de confrontatie met de oercrash,' zei Tibbolt ongeduldig. Hij had duidelijk geen lust in een oprakeling van wat voor hem ongetwijfeld erg pijnlijk was geweest. 'Je had ook iemand bij je op de divan die, net als mijn moeder, een soort lapjeskat was. Ze was dompteuse geweest bij een Italiaans circus... gewoon met stoel en zweep en hoepel. Het is alsof ik me dingen herinner uit andermans verleden... Ze is toen door haar eigen tijgers aangevallen. Toen snapte ze pas hoeveel scherpe nagels twaalf klauwen bij elkaar hebben. Die lekkertjes hadden haar helemaal gestript, hier en daar tot op het bot. Net als mijn moeder hadden de artsen haar in het ziekenhuis weer opgelapt ook... een geweldige legpuzzel... op sommige plaatsen met verlegging van de huid. Na genezing durfde het arme mens zich nergens meer te vertonen... naakt al helemaal niet. Ik had je net bekend dat ik een tijdlang de gigolo zou gaan uithangen... dat was toen al in dienst van mijn carrière als Ander... en toen leek het jou een goed idee om mij aan die Pijkel te koppelen... in het voordeel van alle partijen, inclusief jouw geniale praktijk. Ik zou de obsessie voor het kapotte lijf van mijn moeder kunnen botvieren... de dompteuse zou zich begeerd weten... en jij, als psychoanalyticus, zou de wereldvrede weer een ietsje dichterbij hebben gebracht... op z'n minst in de families Satink en Niggebrugge.'

De psychiater schudde getergd het hoofd.

'Nou wil ik eindelijk ook wel weten,' zei Corinne, 'of daar iets tot stand is gebracht.'

De deur ging andermaal open, en daar hinkte een kleine vrouw met een dienblad de kamer in. 'Ah,' riep Tibbolt uit, 'daar hebben we onze Wendelmoet Zwarthoed. Vanwege haar gebrekkige been noemen we haar het Halve Meisje voor Hele Dagen… maar dat vind jij niet erg, hè, schat?'

'Nee, hoor… als het heelhuids en voor halve dagen was, zou ik niet kunnen rondkomen.'

Op het dienblad stonden vier glazen mineraalwater en vier glazen getapt bier, waarvan het schuim nog nauwelijks was ingezakt. Ieder nam iets, en Wendelmoet zette wat over was op de commode. Door de lampetkan moest ik ergens aan denken, maar het nam geen woord of beeld aan. Het Halve Meisje verdween.

'Corinne vroeg iets,' zei ik.

Tibbolt vertelde over zijn avontuur met Pijkel. Voor 't eerst hoorden we het uit zijn mond. 'Ze was nog aan het revalideren aan de Overtoom, want dat gekreukte vel moest natuurlijk weer soepel worden. In het revalidatiecentrum deelde ze een kamer met een jonge vrouw die ernstig verbrand was geweest. Ze kon me daar niet ontvangen. Parel Paërl stond me een soort rommelhok af… een kamer die er net zo verscheurd uitzag als Pijkel zelf. Niets op de plaats waar je het zou verwachten. Stoelen opgestapeld, poten omhoog, en daar gordijnen tussen gepropt. Een opgevouwen kinderbox met telraam. Een eettafel liggend op z'n blad, met de poten de lucht in, en daartussen een matras, zonder beddengoed, maar met de leren zitting van een fauteuil als kussen. Kleding rondom… jurken, colberts met de kleerhanger erin, maar nergens aan vastgehaakt. Een zebrahuid uitgerold op een wollen tapijt met brandvlekken…'

Ik zag de ruimte weer haarscherp voor me, ook met de voorwerpen die Tibbolt niet noemde, zoals enkele ineengeschoven nylon lampenkappen met blootliggend frame van ijzerdraad.

'Ze had littekens in haar gezicht en hals,' zei Tibbolt, 'maar haar bovenlijf sloeg alles. Borsten als kapotte vleeshompen. Ik moest haar vingers ombuigen om ze te zien te krijgen... afschuwelijk.'

'En... *deed* ze je aan je moeder denken?' wilde Julius weten.

'Het was erger. Ik zag als jongetje mijn moeder voor 't eerst naakt toen haar lichaam zich alweer behoorlijk hersteld had... al bleef haar vel een kubistisch doek van Picasso. Zonder de herinnering aan Mammuls lijf had ik Pijkel niet kunnen geven waarvoor ze me ingehuurd had. Ik weet nog dat ik me uitkleedde en zij een opmerking maakte over de witte zwembroek van huid halverwege mijn bruine benen en bruine tors. Ik geneerde me op dat moment voor mijn gezonde, ongeschonden lichaam... zeg, willen jullie het hele verhaal? Het kan pijnlijk worden, hoor.'

'Liever niets achterhouden,' zei Julius. 'Ik heb mijn beroepsgeheim geschonden omdat... me er veel aan gelegen is om die arme Pijkel te helpen.'

'Wat me voor Corinne schrijnend lijkt,' zei ik, 'is dat ze nu van jou hoort over de uitwassen van je gigolopraktijk... en die hield je er ook al op na toen je nog met haar dochter was.'

'Het was mijn manier, nogmaals, om radicaal van persoonlijkheid te wisselen,' zei Tibbolt. 'Met minder verwerpelijk gedrag had ik het niet gered. Ik verkocht mijn hoerige lijf om het laatste restje fatsoen in me dood te drukken.'

'Laat hem zijn verhaal doen,' zei Corinne. 'We zijn hier voor Pijkel... niet voor Rita.'

Tibbolt vertelde over zijn gemeenschap met de kapotte vrouw op de kale matras tussen de vier poten van de omgekeerde tafel. Cory en ik keken elkaar aan: we hadden er geen van beiden behoefte aan om hem over onze eigen ervaring met De Verscheurde Kamer te vertellen. Pijkel klaagde over een oneffenheid onder haar rug, en toen bleek dat het om een uitschuifbaar blad ging, waarvan het tussenstuk ontbrak. 'Ik ben zelf onderop gaan liggen.'

Hij was begonnen over de littekens van zijn moeder, waar hij als kleine jongen met ranke vingertjes de jeuk uit mocht verdrijven. Pijkel had er met gesloten ogen van genoten. Ze zei dat ze er ook nog steeds last van had, vooral op voor haar handen onbereikbare plekken: 'Ik kan mijn bovenlijf nog steeds slecht verdraaien.'

Hij had met zijn nagels de tijgersporen gevolgd. 'Hier?'

'Ja, daar… niet te hard krabben, want de korstjes van de laatste operatie zijn nog teer… dan gaan ze bloeden.'

Zo tastte hij haar hele lichaam af.

'Was ze vrouw waar ze vrouw moest zijn?' vroeg dokter Patist nogal stijfjes. 'Ik bedoel…'

'Wat dacht je? Dat de chirurg met zijn lancet haar meteen ook maar een geslachtsverandering had laten ondergaan? Om de waarheid te zeggen… het voelde vreemd. Sommige vrouwen voelen ruimer dan andere, dat is nou eenmaal zo. Zij leek open te gaan… steeds verder… alsof er inwendig delen van haar geraamte verschoven om… hoe moet ik het zeggen… mij helemaal in zich op te nemen. Ik vond geen houvast in haar, behalve dan de sterke gewaarwording dat ik me met mijn moeder verenigde. Ik kneep mijn ogen stijf dicht, en mijn vingers waren overal… in al haar stiknaden tussen de lappen vel, met allemaal hun eigen structuur… los, bobbelig, strak. Zoals je weet noemde ik mijn moeder Mammul… van mama Ulrike. Toen ik in het diepst van die twee versmolten vrouwenwrakken mijn zaad uitstortte, hoorde ik het mezelf roepen: "Mammul! Mammul…!" Bij veel dames in mijn gigolopraktijk moest ik mijn orgasme *faken*. In het geval van Pijkel bepaald niet.'

'En zij,' vroeg Corinne koeltjes, 'kwam zij er ook nog aan te pas?'

'Reken maar,' zei Tibbolt. 'Toen het zover was, trok ze met al haar nagels tegelijk tien evenwijdige striemen over mijn borst. Er dreven zelfs schilfers nagellak in mijn bloed, na afloop. Ze keek me recht aan bij het klaarkomen… ze gromde… ze ontblootte haar tanden. Het gaf haar misschien het gevoel dat ze wraak nam... op haar tijgers... op haar eigen lelijkheid na het oplappen... op mij, omdat ik me voor mijn attenties liet betalen. Ik sluit niet uit dat ik toen de eerste uitingen van haar tijgergekte heb gezien.'

Tibbolt knoopte tot aan zijn navel zijn overhemd open. 'Kijk, ze zijn nog zichtbaar. Hier, net onder de tepel, heb ik een kleine ontsteking gehad... van die nagellak waarschijnlijk.'

'Lijk je toch nog een beetje op je moeder,' zei ik. 'Alleen in dit geval niet via de genen.'

Het viel me op dat over zijn dichte, donkere borsthaar een roodachtige gloed lag, net als voorheen over zijn kapsel, wanneer in de boekhandel het zonlicht erop viel. De knobbelkop die hij er nu op na hield, gaf niets van dien aard prijs, alleen wat snijwondjes van het scheren.

'Hoe is het toen afgelopen in die rommelkamer?' vroeg Corinne.

Tibbolt keek zijn voormalige schoonmoeder meewarig aan. 'We hebben al het meubilair een vaste plek gegeven... nou goed? Gordijnen opgehangen... alles. Nee, het had voor ons allebei iets in gang gezet. We konden er niet zomaar mee ophouden.'

Pijkel had nog gezegd: 'Ik kan dit niet allemaal betalen, hoor. Op het escortbureau noemde die mevrouw Parel een bedrag *per keer*, niet per uur.'

En Tibbolt: 'Maak je geen zorgen. Ik heb eerder het gevoel dat ik jou moet betalen... voor al je goede diensten.'

Hij had haar teruggebracht naar het revalidatiecentrum aan de Overtoom. Bij het afscheid weigerde hij het bedrag dat ze hem wilde toestoppen.

'Is het te weinig? Ik heb niet meer... sorry.'

'Betaal er je eerstvolgende consult bij dokter Patist maar van.'

De psychiater bevestigde met afgewend hoofd dat het zo gegaan was, althans dat zijn patiënte dit nog dezelfde dag telefonisch zo aan hem had overgebracht, vanuit een cel. Het beroepsgeheim was nu definitief gesneuveld. Julius zei: 'Je had het geld beter *wel* kunnen aannemen. Nu verkeerde ze in de waan dat je op de een of andere manier verslingerd aan haar was geraakt. Als je uiteindelijk niet uit Amsterdam verdwenen was, had ze zich zeker op je gestort… in tijgergedaante of niet.'

'Na De Verscheurde Kamer besloot ik te stoppen met de thuiszorg,' zei Tibbolt. 'Ik had me, vol liefde en walging, met mijn moeder verenigd… het was genoeg geweest. Mijn carrière als Ander had ervan geprofiteerd, ik was inmiddels aan extremere dingen toe. Tijd om de slag bij 't Hellegat te gaan organiseren.'

'Jouw plotselinge verdwijning op de Overtoom heeft ongetwijfeld bijgedragen aan haar geestelijke ineenstorting,' zei ik. 'Voor die rommelkameraffaire dacht ze nog dat ze door de wereld als oud vuil was afgedankt… en toen kwam jij. Ze voelde zich bemind… geaccepteerd zoals ze was. Ik sla nu aan het speculeren, ik weet het.'

'Ja, Tibbolt,' zei Patist, 'je had er beter aan gedaan haar te laten betalen… dan had ze zich niet dubbel bedrogen en verraden gevoeld.'

3

Steunend op een elleboog alleen maar over haar heen hangen, mijn haar los op het hare neerstromend, blond op bruin. Corinne veegde een lok van mij van haar neus weg, waar ze plooien in trok omdat het kriebelde.

'Ik ga zo niezen, hoor.'

Ik wurmde het puntje van mijn tong in haar neusgat. Ik proefde het zout niet, want mijn mond was nog vervuld van de zilte smaak van haar labia. Ze niesde niet. Liefde is niet iets om je op te beroemen. Het is een goed dat in ziekmakende overvloed uit je opstijgt, en zich via jou uitschenkt in de ander…

en eventueel omgekeerd, in gelijke of ongelijke mate. Liefde valt niet op te wekken, of hooguit op de wijze van een vinger in de keel, als de maag in opstand is. Liefde misbruikt beide partijen om zich blind te manifesteren... ziedaar de ware betekenis van 'liefde is blind'.

Mijn kapsel had nog steeds enige veerkracht in z'n uitgezakte krullen, en ik liet ze plagerig over het gezicht van Corinne sliertten. Met een hand onder mijn kin duwde ze mijn hoofd weg. 'Laat dat, Zoeaaf, je ziet toch... ik ben nog herstellende.'

Wie uitroept 'Dit heb ik uit pure liefde gedaan', bedoelt heel iets anders, een daad van welgemeende belangeloosheid of zo. Echte liefde, en dan heb ik het over de natuurkracht, is meedogenloos, nietsontziend. Denk maar niet dat ze een stap terugdoet als ze onbeantwoord blijft. Ze blijft naar buiten gutsen, de daarvoor bestemde spuigaten uit, en reken maar dat het om verzengende lava gaat. Als de ander de liefde afwijst, nou, des te erger, want dan verbrandt de afgewezene er zelf in, levend en wel.

Corinne probeerde met een vies gezicht een denkbeeldige blonde haar van mij uit haar mond te vissen, eerst nog met duim en wijsvinger, dan met de volle hand, die ze half naar binnen propte, waarbij de nagels over haar tong schraapten. Ze keek me uit half geloken ogen woedend aan, kokhalsde een beetje, en schoot toen in de lach, waarbij haar vingers tevoorschijn kwamen met lillende spuugdraden ertussen.

'O, Zwannie, ik wou dat je me heel even met rust kon laten totdat... het was *zwaar*, schat.'

'Sorry, ik krijg er soms belachelijk veel energie door. Het laadt me op.'

En wat gebeurt er als zo'n nietsontziende liefde ongevraagd (misschien wel ongewenst) twee mensen treft? Hier geen onbeantwoorde hartstocht, maar verder alle verschrikkingen die de liefde te bieden heeft, en meer ellende nakende aan de horizon.

Mijn arm begon te slapen, mijn elleboog voelde doods aan, maar ik bleef op Corinne neerkijken. Ze had haar hoofd opzij gedraaid, met de wang naar het kussen, en hield haar ogen gesloten. Wat wij nu met elkaar hadden, in dit stadium, kon net zo goed als een grote ramp worden beschouwd. Stel, we bleven bij elkaar, met of zonder de kinderen... dan ging de vlam misschien toch ongemerkt lager branden... dan siste het vuur op den duur zelfs niet meer onder de bevochtigde vingertoppen die de pit doofden. En gingen we *uit* elkaar, voortijdig, dan stond dat gelijk aan een dubbele, niet eens gemeenschappelijke zelfmoord. De ene of de andere kant op, het eindigde sowieso in ongeluk.

En toch bestonden er nog altijd mensen die dachten dat liefde gelijkstond aan sex. De verstrengeling, compleet met voorspel uit de boekjes, was dan de uiting van die liefde, pril of rijp. O, was het maar zo eenvoudig, dan zou de lust tot minnekozen de graadmeter zijn voor de stand van zaken in de relatie. Wat zij en ik met elkaar deden, stond bijna los van de onbevattelijke liefdesroes die ons in z'n greep hield... dat wolkige monster dat in ons gekropen was en ons tegelijkertijd tot stikkens toe omsloot. Door elkaar met vingers en tong te bespelen en reeksen orgasmes te verwekken brachten we bezwerende offers aan de duivel, zonder zelfs de zekerheid of we hem daarmee gunstig stemden dan wel ontstemden. Ons gevrij was een verzameling rituelen, op goed geluk uitgevoerd.

Ik kan me voorstellen dat een getrouwde man na hoerenbezoek zijn broekspijpen gladstrijkt en zijns weegs gaat, bijvoorbeeld richting echtelijke woning – zoals de prostituee zelf haar sprei rechttrekt en de handdoek erop ververst voor een volgende klant. Bij een liefdesdaad ligt dat toch anders, en dan heb ik het niet over echtelijke plicht of kindjemaken, maar over de grootse zonde uit noodzaak. Als die gevoed wordt door diepe schaamte, die na de coïtus niet zomaar vervluchtigt, wie ben ik dan om de ander er misschien wel levenslang mee op te zadelen? Als Corinne en ik ons na de verzadiging overgaven aan een ongebreidelde gêne, had dat weinig te maken met het aantoonbare feit dat we allebei de huwelijkse staat voerden en ons van onze echtgenoten hadden afgekeerd, maar alles met een soort oerschande die de lust en het genot kruidt.

Als het *raak* is geweest, geldt dat in het ergste geval voor de rest van iemands leven – de herinnering neemt de gedaante aan van een dieppaars litteken. Als dat blijft jeuken en branden, roert in de kern van de onoverwonnen zonde de schaamte zich voorgoed. Ik hoefde maar naar Corinnes gezicht te kijken aan het eind van haar gebruikelijke reeks van acmes (dat woord heeft ze van mij overgenomen, omdat ze het treffender vindt dan orgasme of hoogtepunt). Ergens binnen de handboogvorm van haar ogenschijnlijk tevreden glimlach hield zich de schaamte schuil.

4

Nog nooit heeft iemand me kunnen uitleggen, ook de erotomane schepper van *Cuntstruck* niet, waarom mijn hunkering naar de vulva zo onbegrensd was. Ook een veelvoudige bevrediging tot uitputtens toe kreeg mijn verlangen er niet onder. Met mijn laatste krachten vouwde ik haar benen open om te zien wat mij tot deze krankzinnige extase gedreven had... en misschien om te controleren of ik me niet had vergist.

Was het iets in de vorm? Het nooit precies symmetrische ervan? Het vermogen open te splijten naar diepere, glibberiger lagen? Het mysterie dat daar in de diepte nieuw leven verwekt kan worden door wat voor inseminatie dan ook? Het nog grotere geheim van de geboorte?

Iets in de duizelingwekkende geur? Het vermogen een heerlijk sap af te scheiden? De verleidelijke smaak? Of de wetenschap dat daar, door de juiste ingrepen, het wonder van een orgasme verwekt kon worden... onnaspeurbaar in het onbewogen gezichtje van de clitoris?

'Hoe zit dat, Rinne? Die inkerving bij jou maakt me volkomen uitzinnig. Niet zozeer wanneer ik dat godsgeschenk mis en het onbereikbaar voor me is... veel erger als het zich aan mijn verliefde blikken aanbiedt... als het zich vouwt om mijn vingers of mijn tong.'

'Zeldzame dingen zijn altijd aantrekkelijk,' zei Corinne. 'We hebben er allemaal maar eentje, en dat houdt zich meestal verborgen... onder lagen kleding en verzonken in het armzalige lichaam.'

'En jij, Ringelrinne?'

'O, ik kan er bij jou ook geen genoeg van krijgen. Het lijkt soms een eigen leven te leiden... een karakter met nukken en lievigheden. Toch geef ik de voorkeur aan de *hele* Zwaan... niet alleen aan dat geheime plekje tussen je opgevouwen vleugels, waar je met je snater in pikt.'

'Natuurlijk wil ik *alles* van jou,' riep ik uit. 'Ik vraag me alleen tot gekwordens toe af waarom de vorm, met al z'n varianten, in mijn hersenen gebrand staat. Misschien ga ik veel te ver als ik er een *teken* in probeer te ontdekken, een versleutelde boodschap... de oplossing van een raadsel als van de Sfinx... of van Einstein op zijn schoolbord in Princeton. Als jouw lijf een wijdvertakte doolhof is, dan heb ik het centrum allang gevonden... maar wat wil het me duidelijk maken, in godsnaam? Het spreekt tot me, met geluidloze mond... tenzij ik de zompige klank van mijn tong in de sleuf als een geheim gesprek moet opvatten. Ik versta die taal niet. Ik hoor alleen het schrokken van mijn eigen gulzigheid, dat alleen beantwoord wordt door een nogal eentonig gesiep.'

'Misschien, Zwanet, staat jouw gewroet naar een betekenis het pure genieten in de weg. Als mijn vulf je opwindt, is dat voor mij het grootste compliment. Jouw genot windt *mij* dan weer op… en zo door. Je hebt me wel eens gezegd dat jouw geilheid soms de sereniteit nadert, zodat je hele lichaam zacht begint te zingen… als water in een ketel op een zacht pitje. Weet je nog? Laat dat genoeg zijn. De oplossing van een mysterie is ook de vernietiger ervan.'

Ik kon mijn gebroed niet zomaar stopzetten. Corinne en ik weigerden de platte woorden voor onze geslachtskenmerken te gebruiken, maar gingen op een ongemakkelijke manier om met de Latijnse termen uit het anatomische leerboek. Ik heb nooit een waardig equivalent gevonden voor wat de straat en de schutting aanduiden als *kut* – een woord dat als een stanleymes door het gehemelte kerft en tegen de boventanden ketst. Nu het vrouwelijk geslachtsorgaan bij mij zo'n heilige plaats innam, moest ik het mezelf misschien verbieden via de taal 'een beeld naar z'n gelijkenis te snijden'. Het diende onbenoemd te blijven, tenzij in noodgevallen via medisch Latijn.

Omtrekkende bewegingen via de spraak wilde ik mezelf niet ontzeggen. Wie zou me beletten Corinnes schede als de monding van haar ziel te benoemen? Een dwingend uitnodigende opening om diep tot haar wezen door te dringen…

Om me te plagen met mijn obsessie voor haar lieflijkste lichaamsdeel bracht Corinne, mijn cadeauverbod negerend, een Zuid-Afrikaanse plant met een heel bijzondere bloem voor me mee. STAPELIA stond er op het kaartje, met in kleinere letters: *ook wel genaamd Demogorgon.*

'Wacht maar,' zei ze, 'tot hij opengaat.'

Ze was erbij toen de plant een paar dagen later in volle bloei raakte, en daarbij een afschuwelijke lijkenlucht verspreidde. Ik wendde me met dichtgeknepen neus af, net als zij. 'Kijk dan,' zei ze heel nasaal. 'Kijk dan waarop hij lijkt, de bloem.'

Een vulva waarvan de harige buitenste schaamlippen zich naar binnen keerden, waar een donkerpaarse schemering heerste, het geheel omhuld door een klinisch wit blad. De stank was zo ondraaglijk dat we allebei in paniek raakten, en niet wisten waar de plant te laten. 'Hoe vaak heb ik het niet gezegd, Rinni... *geen* geschenken. Je ziet wat ervan komt.' Ik zette de pot voor het open raam in de vensterbank, maar dat maakte de geur er niet zwakker op.

'Het drijft de straat in,' riep ik met nog steeds dichtgeknepen neus. 'Straks staat de politie hier voor de deur.'

'Of de Ongediertebestrijding,' zei Corinne.

Ik trok het kaartje los uit de plant, en las de achterkant. Door de kadaverlucht die bij de bloei loskomt, worden aasvliegen aangetrokken, die dan voor de verspreiding van het stuifmeel zorgen.

Uiteindelijk hebben we de plant in de badkuip gezet, en die laten vollopen. Het bruisende water leek de stank omhoog te stuwen, en die hing nog op volle sterkte in de badkamer toen de bloem al onder het oppervlak verdwenen was, zacht deinend met neerhangende kelk, als bedroefd omdat de vleesvliegen er nu niet bij konden om voor botanisch nageslacht te zorgen. Ook nadat de kuip leeggelopen was, en de Stapelia (of Demogorgon) in de tuin verbrand, hing haar lijkenlucht nog dagenlang in de badkamer – ook op de veranda trouwens.

'Ik weet niet wat ik ruik in dit huis,' zei Albert. 'Net of iemand in het geheim konijnen gehouden heeft.'

5

Drie keer of vaker boven de hoogste toppen van de lust uit getild geweest, tot waar het genot niet aards meer is, maar heimwee in z'n puurste gedaante... wit licht op het punt kleur te bekennen... waarna toch de menselijke stem het weer wint, niet als schreeuw om het acme te ondersteunen, maar de variant *met woorden*. Het postcoïtale bedgeklets. De huishoudelijke mededelingen.

‘Neem nou de filmkritieken,’ zei Corinne, haar hoofd opkrikkend met een elleboog. ‘Ik lees het steeds vaker...’

‘Wat?’ Met twee gevorkte vingers probeerde ik een stug krulhaartje uit mijn mondholte te vissen.

‘Nou, dat de regisseur lijdt aan de *male gaze*, zoals hij de camera op een actrice loslaat. Het zijn echt niet alleen de vrouwelijke recensenten die zo schrijven. Wat las ik nou laatst? Een regisseur ontleedde een naakt met de lens als lancet. Hij toonde de toeschouwer afzonderlijke lichaamsdelen... nooit het lijf als geheel. Hoe stond het er ook weer? “Een kannibalistische slager, die trots het resultaat van zijn beenhouwerij laat zien op zilveren schalen met tuiltjes groen ertussen.” Zo ongeveer. Zulk filmen wordt sexistisch genoemd. Ik persoonlijk heb me er nooit zo aan gestoord. Jij?’

Ik had me vanmiddag, voordat we echt in beweging kwamen, weer helemaal *zat* aan haar gekeken – al betekende het niet dat het de verzadiging van de lust voor mij betekende, die moest nog komen. Het waren de ogen die zich, gulzig en schrokkend, tegoed hadden gedaan aan wat zich daar voor ze opende. Zij beminde mij tegelijkertijd ook met haar blik, al maakte de tijd die ervoor stond haar te gauw ongeduldig. Haar vingers spalkten me open, en lieten meer licht schijnen in glinsterende kloven en groeven.

‘Met wat voor *gaze*, Rinne, leg jij mij op de pijnbank? Mannelijk... vrouwelijk?’

‘Gewoon met mijn ogen, en die krijgen nooit genoeg van wat ze zien. Als dat mijn mannelijke kant is, *what the fuchsia*. Evolutionair gezien is dat lijf van ons geknipt om tentoon te stellen... aan de uitpuilende doppen van de man. Aldus de geleerden, die zich blindstaren op hun psychologische modellen, en vergeten naar het *echte* model te kijken. Zo hebben ze me altijd laten geloven dat ons exhibitionisme zich paart aan hun voyeurisme... en dan heb je al zoiets als een voorspel om de soort in stand te houden. Ik heb me daar, God hier en gunter, een half mensenleven aan overgegeven… en dan heb ik het niet zozeer over mijn veelbesproken carrière als coverpoes. Nee, de heren *zonder* lens voor hun snufferd. De kijkers met het blote oog. Al moet gezegd dat ze altijd nogal rap uitgekeken waren, in de haast om het geziene… hoe zeg ik het netjes… aan zich te onderwerpen. De killer moet niet te lang wachten om zijn prooi aan het mes te rijgen.'

'En Albert?'

'Mag ik even de Franse blauwkous uithangen? Albert is de voyeur *par excellence*.'

'Verkeerd voorbeeld… ga door.'

'Ik ben niet als lesbienne geboren… ik weet niet hoeveel *man* er in me opstaat als ik jou, zeg maar gerust, met mijn blikken opvreet. Net zomin als ik een idee heb van wat er aan mannelijks in jou *mij* belaagt. Ik hoop er maar het beste van. Sinds onze kennismaking heb ik me er vaak over verbaasd dat in de halve eeuw daarvoor een vrouwenlichaam, naakt of niet, me opvallend koud liet. Nou ja, behalve als ik er een uit het bed van mijn man zag glippen. Nee, ik moet het anders zeggen, een beetje beledigend: tot een jaar geleden nam ik het vrouwenlijf, ontkleed of niet, *ter kennisgeving aan*. Misschien ben ik een trage, geen al te snuggere leerling, want er moest een zwaanachtige Zwanet aan te pas komen, in onmiskenbare vrouwengedaante, om… mijn mond te openen en de schellen van mijn ogen te laten vallen. En ja, toen was er geen houwen meer aan.'

We lagen in de vertrouwde houding van ineengeschoven stemvorken, met als enig nadeel dat we, door de afstand tussen mond en oor, niet heel zacht konden fluisteren. Corinne stootte met haar bekken zacht tegen me op, en ontmoette een weekheid zonder veel weerstand.

'Nou,' zei ze licht spottend, 'kon dat ermee door, als liefdesverklaring?'

Voor een echte stemvorkkus, daar waren we het nu wel over eens, moest 'het schaambeen weggemaakt worden'. Als de vier benen hun positie innamen tot waar ze niet verder konden, voelden we de botsing van het *os pubis*, het hare met het mijne, ten teken dat we elkaar nog heel wat kopjes moesten geven om het in hemelse zompigheid te laten verzinken. Zover was het nu, en we kusten elkaar eindeloos met gekruiste labia, soms een beetje met de heupen draaiend en wringend, kurkentrekkerachtig. Het gaf ons precies de juiste tinteling na de eerdere bevrediging.

'En jij, Zwannie, ben je er inmiddels uit... geboren *als* of niet? Voordat wij aan de praat raakten, jij en ik, wat betekende een vrouwenlichaam toen voor jou... ik bedoel natuurlijk die tros ballonnen van mensenvel, met een lekkende kerf ergens in het centrum, als je me de omschrijving toestaat.'

'O ja, behalve dat ik enige zelfhaat bij jou proef,' zei ik. 'Het was net zo bij mij... het vrouwenlijf liet me onverschillig. Ja, toch, er was die ene keer, op dat studentenfeest... het beslist onaanzienlijke meisje, met piekhaar en de verkeerde kleren. Ik vertel het je nog wel eens.'

'Nee, *nu*.'

'Het was mijn eigen eenmalige voyeuristische ervaring. Ik heb haar niet eens aangeraakt, en naaktheid kwam er al helemaal niet aan te pas. Ik weet niet of het een mannelijke blik was die ik daar ontplooide... ik sluit het niet uit.'

'Vertel me eens over Het Onaanzienlijke Meisje.'

'Je klinkt alsof je jaloers gaat reageren.'

'We zullen zien.'

'Een andere keer dan maar... ik heb nu geen trek in trammelant. Laten we het gesprek over de mannelijke blik afronden, en dan zonder jaloersmakende gevallen uit de praktijk.'

'Zoals ik het zie, als blauwkous,' zei Corinne, 'zijn wij samen dragers van een januskop. Als vrouw onderwerpen wij elkaar aan zowel de *male* als de *female gaze*. Ons gezichtsveld strekt zich naar twee kanten uit. Wij zijn de hoeders van veelzijdigheid, jij en ik.'

'Zo doen we in stilte veel goeds voor de mensheid.'

'Nou ja, *in stilte*... het kan af en toe wel wat rustiger. Ook als je hitsig aan dat Onaanzienlijke Meisje ligt te denken.'

6

Toen ik na de stemvorkligging duizelig naar Corinne omhoogkroop, om onze verhitte koppies te herenigen, zei ze zwaar ademend van de onmogelijke inspanning: 'Ik zag eens twee jongens bloedbroedertje spelen... zo ernstig als wat. Ze hadden allebei een verse snee in hun rechterhand, en die drukten ze hard op elkaar, zodat het bloed zich kon vermengen... en ze voorgoed verbonden waren.'

'En nu wou je hetzelfde met mij doen... een bloedzusterschap.'

'Nee, we hebben het zojuist al gedaan. De inkepingen waren er al. We hoefden ze alleen aan het lekken te krijgen en ze kruislings in stelling brengen om... alles te laten vervloeien. Kleurloos nog, maar aangezien we altijd praktisch op dezelfde dag ongesteld worden, kan het straks ook met echt bloed.'

'Zo dicht bij elkaar te komen, Rinnie... het bezorgt me ook wel eens de rillingen.'

'Stel je voor dat het je ongemoeid liet.'

De eerstvolgende keer zat er, misschien door een bestiering van hogerhand, nog geen uur tussen het begin van onze respectieve maandstonden. Corinne was de laatste.

'Gauw, een badlaken in bed,' riep ze, 'dit is het moment voor het bloedzusterschap.'

Na afloop voelden we ons vreemd sereen. We bleven nog een hele poos zo tegen elkaar aan gekleefd liggen, roerloos, zonder voeten die gezichten aflazen.

7

Als Corinne mijn koningin was, en ik de hare, dan was het tweezijdige majesteitsschennis om de vraag te stellen. *Ontbrak er nog iets aan onze laaiende liefde, die haars gelijke niet kende?* Er was om te beginnen niets onevenredigs aan: zij en ik hielden, weliswaar ieder op onze eigen wijze, evenveel van elkaar, alsof we heel competitief niet voor elkaar onder wilden doen en de geringste graad verschil in wederzijds liefhebben als een nederlaag zouden beschouwen.

Ja, tot mijn schande moest ik mezelf en mijn grauwe spiegelbeeld in de badkamer bekennen dat ik iets miste – niet bij Corinne, maar bij mij. We zagen elkaar geregeld in gestolen uurtjes op weekdagen, en op zaterdag of zondag meestal een hele middag. Soms bleef ze een nacht over. Corinne nam, wat haar echtgenoot betrof, een groot risico. Ze moest liegen en bedriegen, en liep zo ook nog het gevaar, mocht onze verhouding naar buiten komen, dat het overspel in het echtscheidingsdossier terechtkwam – en dan niet ter vermindering van de alimentatie die Hans van haar eiste. Ik moest wel concluderen dat zij onverschrokken en met hart en ziel voor mij en deze liefde *gekozen* had.

Ik, met mijn mooie praatjes... door mij was zo'n radicale keuze nooit gemaakt. Ik schoof haar (ik verkies hier het oorspronkelijke bezittelijke voornaamwoord, uit eerbied voor Corinne en onze liefde), die keuze dus, voor me uit in de hoop dat de juiste beslissing zich vroeg of laat vanzelf zou openbaren, zonder dat ik een pijnlijke breuk met mijn gezin zou hoeven forceren.

Corinne nam me niets kwalijk, maar ik vrat mezelf op van schuldgevoel. Soms, als ik haar erg miste, onderwierp ik me aan een meedogenloze zelfanalyse. Ik kwam elke keer tot een eendere conclusie: ik was eenvoudig te schijterig om het goedburgerlijke familieleven los te laten. En als ik heel eerlijk was... *niet* uit vrees om Albert voor het hoofd te stoten, maar omdat ik hem als onze voornaamste kostwinner en eigenaar van het huis niet kon missen. Ik deinsde terug voor de goot, het kreupele winkelwagentje vol vodden, de snijdende rivierwind onder de Torontobrug.

Als mijn lafhartige gedachten dat punt hadden bereikt, sloofde ik me uit om Corinne bij haar eerstvolgende bezoek nog meer met liefde te overstelpen, en dat beantwoordde ze op haar beurt met oneindig veel tederheid. Op een mooie, nazomerse herfstdag vatte ik moed om haar deelgenoot te maken van mijn ondraaglijke zelfverwijt.

'Ach, Zwannie, kwel jezelf toch niet zo. Ik neem het je niet kwalijk dat je bij Albert en de kinderen blijft. Wat je voor mij voelt, krijgt er niets vrijblijvends door… zo ja, dan zou ik het zeker gemerkt hebben. Ik heb daar een speciale voelspriet voor. Maar… ik vind het op mijn beurt niet te pruimen dat jij jezelf zo met schuldgevoel overlaadt. En waarvoor? Als het je hindert dat je niet honderd procent voor mij gekozen hebt… nou, *kies* dan, treuzeltrut die je bent. Daarmee veroordeel je jezelf nog niet tot een beschut plekje tussen de pijlers van… wat was ook alweer je favoriete plek… de Torontobrug… en net zomin tot een suite in het Amstelhotel ernaast. Ik heb nog wat spaargeld achter de hand, waar Hans niet bij kan. Als de nood aan de vrouw komt, laat mij je dan maar onderhouden. Het winkelwagentje met z'n manke wieltje gebruiken we gewoon voor de boodschappen.'

'Heel lief van je, maar jij hebt al genoeg te stellen met Hans en die vuile scheiding,' zei ik. 'Misschien moet ik straks *jou* onder de brug komen opzoeken. Hou je van spiritus? Dan breng ik een mooie fles mee.'

Mijn plaaggeest kon het gebbetje niet waarderen, en wat ik nooit eerder in die mate van haar had meegemaakt: ze ontstak in woede. Het scheermes blikkerde tussen haar tanden, en nergens een spoor van honing. '*Dat* is het dus, mevrouw Egberts…

de angst dat je met mij in armoede zou moeten leven. En als het zover mocht komen... wat dan nog? Je bent veel berekenender dan ik dacht, verdomme. Je vertelde Albert een keer dat je in een dagboek onze jubelmomenten turfde, maar ik realiseer me nu dat je er een dubbele boekhouding op na houdt. Je beheert ook de winst-en-verliesrekening van jullie welstand. Goed dat ik het weet.'

Het was de eerste echte vertrouwensbreuk tussen ons... de eerste crisis die zich niet zomaar glad liet strijken. Nu de verzuimde keuze aan het licht was gekomen, nota bene door mijn eigen toedoen, zou die ons in de weg blijven zitten... tenzij ik alsnog rücksichtslos kleur zou bekennen. Alles in mij schreeuwde erom, maar ik zat op slot. Corinne of mijn gezin – het dilemma was sinds het voorjaar intact gebleven, zonder naar de ene of de andere kant door te slaan. Ik had in de stille, laffe verwachting geleefd dat de keuze er als bij toverslag wel zou komen, buiten mij om, door toedoen van de baarlijke duivel desnoods. Uitgerekend Albert had een dilemma vergeleken met een juk dat twee precies gelijke gewichten torste, en waar de drager aan vastgegespt was. 'Hij is gekruisigd aan zijn juk, en kan het niet afwerpen. Hij moet vooruit met zijn last... oogkleppen op tegen de vliegen.'

Corinne, mijn lekkertje, was nog niet klaar met me. Ze proefde bloed, en werd steeds gemener. 'Leg me dan ook meteen maar uit in hoeverre dat krampachtige vasthouden aan huis en haard te maken heeft met de oude, vertrouwde hetero nestgeur... en de buurtjes die niet te zeer geconfronteerd mogen worden met jouw afwijkende voorkeur. Ik luister.'

Hart op slot of niet, ik kon me maar beter gaan voorbereiden op het nemen van het definitieve besluit, anders raakte ik mijn Rinni straks nog kwijt door eigen weifelachtigheid... en dan hoefde ik helemaal niet meer te kiezen, zoals van iemand met geamputeerde benen ook niet langer verwacht wordt dat hij de sokken erin zet. Het zou een zorg minder zijn... en een veelheid van zorgen erbij, zoveel was zeker.

'Rinne, je doet me onrecht met dat hatelijke *nestgeur*. We hebben alle gelegenheid gekregen, ook van Albert, om ons eigen nestje hier in te richten...'

Alles wat ik nu nog te berde bracht, was een zwaktebod. Zelfs nu we zo heftig aan het bekvechten waren, kon ik het niet laten korte, aftastende blikken te werpen op de deur en de klink en de ingekaderde druppel daglicht daar net onder.

'Ik geloof dat mijn tijd er hier op zit,' zei Corinne, die op de tast, verblind door tranen, haar spullen in de krokodillentas begon te mikken. 'Ik vind dat ik nu wel zo'n beetje aan de wellevendheid voldaan heb.'

Zinsbegoocheling? Toen voor de zoveelste keer mijn ogen aan het sleutelgat bleven hangen, was het verduisterd, alsof opeens het licht van het trappenhuis eruit was weggenomen.

'Niet weggaan nu,' zei ik bijna toonloos.

8

Het was alweer weken geleden dat ik er voor 't laatst naar gezocht had: de al jaren ontbrekende sleutel van de slaapkamerdeur. Ik was ernaar op zoek gegaan op de onwaarschijnlijkste plaatsen, zoals in de neuzen van nooit meer gedragen schoenen. Ik besloot nog een poging te wagen, ditmaal juist op voor de hand liggende plekken, bijvoorbeeld de laden van het nachtkastje en de speelgoedboxen van de kinderen. Voorlopig zonder resultaat.

Corinne vond het van meet af aan 'een rotidee' dat de deur niet afgesloten kon worden, en ze had al eens zonder directe aanleiding een rechte houten stoel met z'n rugleuning onder de klink geklemd, zoals ze het ongetwijfeld in een film had gezien. Ze verleidde me ertoe om op de overloop te gaan proberen de aldus gebarricadeerde deur te openen. Hij zat inderdaad potdicht, en Rinne liet me smeken om binnen te mogen komen. Ze werkte een hele lijst met beloftes af die ik moest doen om weer toegelaten te worden. Zo op het gehoor allemaal dingen die geen straf waren om na te komen, maar de opsomming bleek eindeloos en ik begon me te vervelen. Toen het een poos stilviel en ik haar wilde bespieden door het sleutelgat, bleek het uitzicht eraan ontnomen door het bovenste dwarshout van de stoel.

Mij ging het niet om het afsluiten van de deur om anderen te beletten binnen te komen. Ik had eerst en vooral een passende sleutel nodig om het kijkgat op te vullen, waar ik steeds vaker, als ik met Rinne in bed lag, een korte blik op wierp. De neiging was zich tot een tic aan het ontwikkelen, of zeg maar gerust: een lichte dwangneurose. Het stoorde Corinne dat haar liefkozingen blijkbaar niet sterk genoeg waren om me ervan te weerhouden.

'Wat ik bij je doe… raakt het je nog wel?'

'Natuurlijk, ga door… ik was even afgeleid.'

Overdag priemde er het licht doorheen dat het trappenhuis van de plexiglazen dakkoepel op driehoog ontving, na zonsondergang het buislicht van de tl's. Wat verwachtte ik van mijn geloer naar het sleutelgat, waarmee ik haar blijkbaar onrecht deed? Dat het op enig moment geen schijnsel meer doorliet… ten teken dat iemand er zijn of haar oog tegenaan drukte? Voor zover mijn aanwensel niet gebaseerd was op vrees, maar op een hoopvolle verwachting… waar hoopte ik dan precies op? Het glurend oog van Albert, dat kon zien wat de twee vrouwen die hij aan elkaar was kwijtgeraakt samen deden? Wond die gedachte me op? Droeg ze bij aan de goddelijke hitsigheid die Rinne in me stichtte? In dat geval pleegde ik onder het vrijen overspel met een turend oog. Stellen waren om minder gescheiden.

Het licht kon ook weggenomen worden door de kinderen, die wel eens wilden zien wat mama en haar vriendin (ze noemden haar gelukkig geen 'tante Corinne') aan het uitspoken waren op de voormalige echtelijke slaapkamer. Ook daarom was het wenselijk dat de baard van een sleutel het uitzicht voor iemand op de overloop belemmerde.

Mijn nerveuze blikken op de deur werden talrijker, maar ik betrapte het kijkgat nooit op verduistering. Er gloeide daar een waaklampje dat nooit leek te doven. Toen ik Rinne van die beeldspraak deelgenoot maakte, zei ze: 'De eeuwige vlam op het Graf van de Onbekende Voyeur.'

We konden er nog om lachen, maar ondertussen werd het sleutelgat een steeds hinderlijker aanwezigheid in de kamer, ook toen ik met Corinne van vaste plaats wisselde en de deur mijn rug toekeerde. Ik had tijdens een weekenduitje van het werk een keer meegedaan met een nachtelijke *dropping*, waarbij we ons in het stikdonkere bos bedienden van staaflantaarns om de weg te vinden. Telkens wanneer een lichtbundel mijn gezicht of een blote arm raakte, voelde het bijna ondraaglijk heet aan... alsof er een brandblaar op achterbleef. De autosuggestie werd ongetwijfeld gevoed door een kater na de feestelijkheden van 's middags en mijn angst voor het ondoordringbare duister. Zo voelde ook de projectie van het sleutelgat op mijn naakte rug aan: als een mild brandmerk. Het had van boven de ronde vorm van een fietskogeltje, en liep van onderen kegelachtig uit. Het was een lichtvlek die zich vlinderachtig met mijn bewegingen mee verplaatste, al naargelang de positie die ik naast Corinne innam. De projectie verplaatste zich duidelijk voelbaar van bil naar bil, en wurmde zich ook wel de bilspleet in om mijn sterretje een nieuwe, passende vorm te geven.

'Rinsi, ik moet van die tic af. Sinds ik met mijn rug naar de deur lig, zoekt het sleutelgat *mij* op... in plaats van andersom.'

'Doe als Cynthia... die heeft haar slot toch met roze kauwgom dichtgesmeerd?'

'Nee, er moet een passende sleutel in, dan kunnen we de kamer ook afsluiten.'

'Vraag het Albert,' zei Corinne.

'Dat vind ik nou juist zo pijnlijk,' zei ik. 'Zeker nadat we hem op niet mis te verstane wijze de deur hebben gewezen.'

'Niet mis te verstaan? Zeg maar gerust dat jouw woorden voor velerlei uitleg vatbaar waren... als we ons dan toch in oudbakken Nederlands gaan uitdrukken.'

'Als ik hem een sleutel vraag om het kijkgat mee af te dichten, is het net of ik hem echt van gluurderij verdenk.'

'Dat doe je toch ook?' zei Corinne. 'Al is het niet met zoveel woorden. Ik zag in zijn boekenkast een oude dichtbundel van Johnny the Selfkicker staan... getiteld *De Heilige Huichelaar*. Steek die maar in je zak.'

'Ik voel me niet aangesproken. Wie oprecht durft te huichelen, *moet* wel een heilige zijn. Nou jij weer.'

Ik had de reactie van Albert juist ingeschat. Ik vroeg hem om in het souterrain, waar allerhande ouwe troep uit een eerder leven van het huis lag, te kijken of er misschien ergens een koekblik met roestige sleutels stond.

'O, jullie gaan ertoe over om mij definitief buiten te sluiten,' zei hij. 'Ik mag zelf de sleutel voor mijn verbanning leveren. De deur recht in mijn gezicht... *krikkrak*... die zien we nooit meer terug.'

9

En toen kwam de gezegende dag dat de stemvorken een langere toon aansloegen. Corinne en ik hadden inmiddels een grote behendigheid verworven in het elkaar horizontaal berijden – de eengestreepte a tegen de tweegestreepte c. Twee amazones met hun eigen bekken als zadel, en tegen elkaar op steigerende benen. Meestal namen we genoegen met het zo dicht mogelijk benaderen van het onbereikbare orgasme. Op z'n best resulteerde het in een hevige tinteling, vergelijkbaar met half bevroren vingertoppen waarin, bij de kachel gehouden, het bloed weer begint te stromen – eerst wat pijnlijk nog, maar allengs prikkelender, totdat het grote welbehagen daar is, de opluchting van het hart dat het niet langer afgesneden is van z'n doodlopende steegjes.

We namen dit keer geen genoegen met de tinteling alleen, dus al rijdend en stotend en wringend gingen we door, alsof we ons hadden voorgenomen om elkaar in de lengte doormidden te snijden. Ik verbeeldde me dat ik diep in het persende geweld onze kittelaars kon voelen zitten, onveranderlijk als pitten in overrijpe vruchten: ze stelden scherp voelbaar hun eisen, zodat er geen terug mogelijk was. Bij mij kwam de ontlading als eerste, maar ik bleef haar tegenwicht bieden tot ook zij zover was: ik voelde een van haar borsten warm en zacht over mijn scheenbeen strijken.

We bleven nog lang zo in elkaar geklemd aan liggen. Als we nu nog wat duwden, was het uit tederheid, en om de boodschap van triomf door te seinen. Het was onze overwinning op de visie die Hans eropna had gehouden van de frigide onmacht van een verzameling zuignappen.

'*What the fuchsia*, Zwanet... volgens mij was dit een geval van: kijk, mama, zonder handen. Godallemachtig.'

'...en dan te bedenken,' zei ze zwaar ademend, 'dat het geen enkel doel dient.'

Wat ze zelden deed: ze keerde me haar rug toe, en trok haar benen op tot een overjarige foetushouding. Ik kon het in de schemerige kamer niet goed zien, maar ik verdacht haar ervan dat ze een duim in haar mond stak, misschien wel twee tegelijk. Ze riep zo het beeld op van een poezelig diertje dat zich met twee knuistjes de snuit wast. Ik ging in dezelfde houding achter haar liggen, met mijn knieën in haar knieholten, die daarvoor perfect leken gemaakt, en met mijn kin haar uitstekende ruggenwervels volgend in de richting van haar weerspannige nekje, waar ik een kus op drukte. Ik trok het laken over ons heen.

'Des te beter toch?' zei ik zacht, om haar niet te heet in de nek te ademen. 'Als het vrouwelijk orgasme niet in dienst staat van de voortplanting, dan is het... wat je van de niet-toegepaste wiskunde zegt... waardevrij.'

'Welja, maak er ook nog iets abstracts van. Ik voel het krijtstof in me nakriebelen als na een formule op het schoolbord... zonder staartdeling.'

'De echte voortplanters en voortploegers... denk aan het zielige plagiaat van vrouwentepels op hun tors. Al blij als we het schroefje een keer geniepig aandraaien. Erogene zone verstopt onder helmgras... als die uitstulpseltjes eens een keer stijf worden, is het van de koude branding. Nee, dan *ons* plagiaat... wij hoeven niet grommend met een knots te zwaaien. Wat bij ons in het vlees zingt, is een intense echo van de mannelijke oerkreet bij het uitwerpen van het zaad. Zo... die kun je noteren.'

'Als je het op de vermenigvuldiging betrekt,' zei Corinne bokkig, 'zijn wij met al ons gevinger en gelik vrijblijvend bezig.'

'Zulke woorden, die wat wij samen hebben naar beneden halen... we zouden ze niet meer gebruiken. Als ik zeg waardevrij, dan bedoel ik daarmee *niet* minder waardevol. Als onze orgasmes onvruchtbaar zijn, staan ze op z'n minst in dienst van de belangeloze liefde... in ons geval des te onverdachter omdat het om twee vrouwen gaat, dat mag ook wel eens gezegd. Jij en ik kennen heel goed de waarde van wat we elkaar te bieden hebben en kunnen geven... het hoogste genot, en ook nog eens gelijkberechtigd... zonder hinderlijk te worden afgeleid door biologische doelen. Nou jij weer.'

Net toen ik de klamme warmte van haar knieholten begon te waarderen, gaf ze met haar voet een trap naar achteren. Ze trof me pijnlijk tegen mijn scheen. 'Je praat jezelf naar de mond, Zwanet, en dat weet je verdomd goed. Jij noemt het vrouwelijk orgasme... hoe ging het ook weer... een hoogwaardig plagiaat van dat van een man. Het gaat volgens mij om de reproductie... van menselijk leven. Om die aanvechting kunnen we niet heen... nog steeds niet. Moeder worden vond ik een verrijking.'

'Het is tegelijkertijd een verarming,' zei ik. 'Een zelfverrijking *en* een zelfverarming. Heel even een gevoel van superioriteit... je hebt een man verleid om jou te bevruchten. Daarna schiet je algauw in de dienende rol... die van sponzendoos, schommelend lastdier, leeg popomhulsel, topzwaar tietenmonster... en uiteindelijk wegwerpverpakking, waarin de oorspronkelijke inhoud wat striae en een inscheuring heeft achtergelaten. Veel geluk. Je hebt je voortgeplant.'

10

Zijn vrijen en kletsen respectievelijk eerste en tweede levensbehoefte? Natuurlijk zijn er onder stellen verbale slachtingen... ruzies die vervolgens met een woordloze paring beslecht worden, maar *wij* vonden meestal geruime tijd na de verzadiging onze spraak pas weer terug.

'O, ik dacht dat je je tong kwijt was,' zei Corinne dan, want met de taal keerde ook de lolligheid terug, wat dat betreft leek het postcoïtum op een geestrijke kater.

'Ik was er even bang voor, maar je had 'm voor mij bewaard in je lieve plooien... half verteerd, maar dat geeft niet. Lallend kom ik ook een heel eind.'

Zo lagen we vaak lang te praten, eerst tegen elkaar aan, over van alles en nog wat, allengs gerichter, tot we vanzelf weer aan het aaien en strelen raakten. Voor Albert was vrijen, bij alles wat het ongetwijfeld nog meer vertegenwoordigde, een manier om zich op te laden met energie. Niet dat hij overhaast te werk ging, hij schonk me alle aandacht, maar na afloop wilde hij wel weer eens de wereld in – niet de wijde, maar voor de nabije moet een mens ook de deur uit.

Corinne maakte nooit haast om me te verlaten. Als we ons

kruit verschoten hadden in een indringend gesprek en er alleen nog verrukkelijk gewauwel uit kwam, gaf ze zich daaraan over: alles om haar vertrek uit te stellen, misschien ook in de hoop dat, nu we zo goed als uitgepraat waren, de hogere lust zou terugkeren. We konden elkaar, kortom, niet loslaten.

De zaterdagnamiddag waar ik het nu over heb, was dat anders. Toen ergens in de stapel slordig neergeworpen kleren haar gsm gesmoord overging, kon ze het ding niet meteen vinden. Haar handen schoten door de zakken van het nieuwe jasje, maar uiteindelijk vond ze het apparaat onder in haar tas, waar ik het had verpakt in een wollen muts tegen verstoring van onze goddelijke rust. Haar gezicht verstrakte. Ze antwoordde kortaf.

'Ik kom eraan.' Ze begon zich aan te kleden.

'Laat hem barsten,' zei ik. 'Kom nog even terug in bed.'

Ik sloeg het dek terug. Uit de grillige vormen van de vochtplekken in het onderlaken had een forensisch expert misschien het verloop van de middag kunnen reconstrueren.

'Nee, ik moet gaan.'

'Rinne, je *ligt* al in scheiding... veel erger kan het niet worden.'

'Daarom juist.' Ze haakte de lange oorhanger vast, die haar een keer een bloedend lelletje had bezorgd tijdens een heftige verstrengeling, en die ze sindsdien vooraf uitdeed. 'Je weet niet alles.'

'Nog steeds niet, bijvoorbeeld, waarom dat gedoemde huwelijk een kwart eeuw moest duren... en waarom er geen kinderen van zijn gekomen.'

'Kinderen...' snoof ze. 'Bij *die* psychopaat? Ik denk dat ik elk nest puppy's in een jutezak verzopen had.'

Ze worstelde met haar pumps, waarin ze door de regen gelopen had en die onder het opdrogen een beetje gekrompen waren.

'Ik vind het een griezel,' zei ik, 'maar psychopaat is een groot woord. Er zijn mij geen misdaden van hem bekend, behalve dat hij lang geleden Albert een keer in elkaar heeft geslagen.'

'Niet elke psychopaat is een seriemoordenaar, Zwannie. Volgens een recent onderzoek vertonen ook heel wat bedrijfsdirecteuren psychopathisch gedrag… driedelige monsters met de juiste aftershave. En verder, je zou ze de kost moeten geven, al die zondagspsychopaten.'

Corinne trok haar colbert aan, en draaide even voor de kastspiegel om te zien of het goed zat – *niet* voor *hem*, mocht ik hopen.

'Wat maakt Hans in jouw ogen tot een psychopaat?' Ik dekte de sporen van onze gebluste hartstocht maar weer toe: ze kwam toch niet terug.

'De lul, hij *chanteert* me… al zolang we elkaar kennen.'

Corinne knoopte voor de spiegel het jasje dicht en weer open. Ze krabde met haar nagel over een ongerechtigheidje op de revers, maar toen ze een vingertop naar boven bracht voor wat spuug rook ze eraan, waarna ze haar hand daar hield en er haar mond mee muilkorfde. 'O, Zwan, ik ruik je nog overal.' Ze liet zich op haar knieën voor het bed zakken, waarbij de hakken van de pumps losschoten van haar voeten. 'Ik wil bij jou zijn.'

'Wacht even, dat chanteren… jij lijkt me niet het type om dat zo lang te pikken.'

'Ik had geen keus.'

'Je hebt toch ook mede de scheiding in gang gezet…'

Corinne schoof haar aangeklede arm onder het dek, en deed met haar hand zigzaggend alsof ze me radeloos zocht maar niet meteen kon vinden. Ze verdwaalde ter hoogte van mijn heup, en drong dan weer te ver naar beneden door.

'De scheiding,' herhaalde ze, 'dat was een *ander* soort keus… juridisch, niet van het morele slag.'

'Ik mag ter plekke doodblijven als ik er nog iets van snap.'

'Uw wens worde ingewilligd.'

Corinne had me nooit uitgelegd waarom ze me die eerste keer, na de boswandeling, zo schielijk had klaargestreeld, zonder enig ceremonieel, zodat het voor mij iets van een hygiënische ingreep kreeg, nog net niet met een medische handschoen aan. Nu koos ze weer voor zo'n klinische afhandeling. Veel meer nog dan toen wond het onstuitbare tempo me ondraaglijk op.

'Stop... *stop*... ik sterf.'

Eerst de witte vlam, en meteen daarna werd het me zwart voor de ogen, terwijl mijn lijf zich uitleefde in spasmen zoals een epilepticus nooit hoopte te krijgen.

'Ter plekke doodblijven... dat wou je toch?'

Hoofdstuk IV *Een rattenkoning van roestige sleutels*

1

Op een autosloperij in vol bedrijf heerst een rotherrie, niet in de laatste plaats door de grijpers die carrosserieën vermorzelen tot blikken proppen, alsof het om papier gaat. Er is ook altijd een garageachtige ruimte bij, waar niets gerepareerd wordt, maar waar onderdelen van auto's verder gedemonteerd worden. Het was het kabaal van zo'n werkplaats dat af en toe uit het souterrain in het trappenhuis opsteeg. Albert was op zoek naar sleutels en sloten uit de begintijd van het huis. Uiteindelijk kwam hij met een haarnetje van spinrag en roestschilfers in zijn wenkbrauwen weer boven, terwijl hij een gedeukte broodtrommel van Brabantia met zich meetorste, die zeer zeker niet uit 1906 stamde. Hij was zwaar. Albert liet hem met een rammelende bons op de vloer van de overloop neerkomen, en sloeg het deksel open. De blikken kist zat barstensvol antiek hang-en-sluitwerk. Bovenop lag een ring met sleutels die zo onverbrekelijk aan elkaar vastgeroest waren dat een autogene lasbrander het niet had kunnen verbeteren. Hij tilde het bizarre voorwerp tussen duim en wijsvinger uit de bak.

'Ik vond in de kelder het karkas van een rattenkoning,' zei hij, 'met de staarten nog in een gordiaanse knoop. Deze sleutelring, bijna verteerd door roest, is er het equivalent van. *Alles Vergängliche ist nur*… et cetera.'

Er bladderden zoveel roodbruine schilfers vanaf dat ik zag aankomen dat ook deze rattenkoning tot niets zou vergaan. Ik spreidde snel een oude krant op de grond uit.

'Leg hem hier voorzichtig op, dan spuiten we er een of ander vernis overheen... en stellen we deze roestkoek tentoon naast het rattenkarkas.'

Hoeveel losse sleutels er verder ook in de broodtrommel lagen, niet één paste er op het slot van de slaapkamerdeur. Het was al net als met de doos vol glazen stoppen die Gerard Reve ooit bij een vuilnisbak vond: niet één had er het formaat dat in de hals van zijn eigen stoploze, kristallen karaf paste.

Albert schroefde het slot uit de deur en bracht het naar de Hakkenbar, waar ze een afdruk van het inwendige van het mechaniek maakten – met die speciale groene of blauwe pasta die door de tandarts ook gebruikt werd als de cliënt een brug of een kunstgebit aangemeten kreeg. Het slot zelf kreeg een geoliede opknapbeurt. Nog dezelfde dag konden we onze deur afsluiten met een nieuwe sleutel, vervaardigd naar een vooroorlogs model, zonder de roest. Corinne reageerde opgelucht, mij was het vooral om het doorkijkje te doen. Ik bekeek het nu met baard opgevulde loergat vanuit verschillende hoeken, en kon geen enkel lichtkiertje meer ontdekken. Als ik er vanaf de overloop in gluurde, viel er in de kamer niets te ontwaren.

'Als we per se bespied willen worden,' zei ik, 'hoeven we er aan de binnenkant alleen de sleutel uit te nemen.'

'Verdacht toch wel,' peinsde Corinne, 'dat Albert het oude slot gerestaureerd wilde hebben. Hij had ook, en aanzienlijk voordeliger, voor een Lips kunnen kiezen. Zo'n gekarteld spleetje, daar valt niet doorheen te kijken. Hij wilde natuurlijk het originele, ruime sleutelgat behouden... voor als de nood aan de man komt.'

'Nou zie je spoken, Rin... dan zou hij eerst aan ons moeten vragen om de sleutel uit het slot te halen. Het zou de hele heimelijkheid vernietigen.'

2

Geliefden konden zich doorgaans eindeloos vermeien in 'hoe het allemaal begon', de blik uit de verte, de liefde op het eerste, tweede of derde gezicht, het vruchtbare misverstand, de vonk, de ontvlamming. Ons verhaal was ongewoon en behoorlijk beschamend… misschien dat we het daarom zo zelden oprakelden. Een man belegt een kennismakingsbijeenkomst voor zijn maîtresse en zijn echtgenote, de vrouwen laten hem vallen en werpen zich in elkaars armen… en niet zomaar eenmalig, nee, het mondt uit in een *amour fou* die geen van drieën had zien aankomen. Twee zielsgelukkigen en een groot kind van de rekening, nog afgezien van een onttakeld gezin… niet echt een geschiedenis om trots aan kennissen te vertellen, met een glas wijn erbij.

'Als elk dier een beetje bedroefd is na de daad, Rinne, hoe zit dat dan bij jou?'

'Ik ben de haan… die kraait victorie. Jij?'

'Ik denk dat de triestheid bij de man dieper gaat, en zich minder snel herstelt. Hij voelt zijn krachten wegstromen… verslapt… draait zich als een vrouw op zijn rug om een sigaret op te steken. Ik voel de droefheid na afloop soms, in de ondertonen van mijn bevrediging.'

En zij: 'Is dat triestige dan iets algemeens, niet alleen bij mannen… of denk je aan iets speciaals?'

'Aan de avond van onze kennismaking, in het voorjaar.'

'Eerder op de dag speelde dat met Pijkel… de gedachte aan haar maakt je bedroefd.'

'O, vaak genoeg, maar niet na het vrijen,' zei ik. 'Als ik helemaal uitgeput naast je lig, is die hele meiavond er weer, van begin tot eind… hoe die begon en hoe die afliep, en wat er toen pas *echt* in gang werd gezet.'

'Je kampt met spijtgevoelens.' Ze ging gealarmeerd overeind zitten: het gerammel van het gietijzeren hoofdeinde werd enigszins gedempt door de hoofdkussens die ertegenaan lagen. 'Je had het liever niet zien gebeuren.'

'Ik heb het over de avond zelf... de onzekerheid over Alberts bedoelingen... over jouw rol in het geheel. Ik had het gevoel dat er een spel met me werd gespeeld, waarvan de regels me ontgingen. Ik voelde me Honey uit *Who's afraid*... een pion op het onbekende bordspel van een wreedaardig echtpaar, met mijn eigen man als weifelende overloper. Ik ging dood.'

Corinne liet zich weer wat meer onderuit glijden, maar met haar hoofd nog altijd twee kussens hoger dan het mijne. 'Vreemd dat we het er zelden meer over gehad hebben. Ik kan me voorstellen dat je me die avond vervloekt hebt. Binnensmonds dan, met een *killing* glimlach.'

'Als ik eraan terugdenk, is de term vervloekt een eufemisme. Ik wenste je niet alleen alle onheil ter wereld toe, ook je totale neergang en uiteindelijke ondergang... en ik verklaarde me in stilte bereid om daaraan actief bij te dragen.'

'Heftig om dat na al die gelukkige weken... maanden inmiddels... te horen te krijgen,' zei Corinne. 'En Albert, die dit allemaal in gang had gezet... zou die aan jouw wraak ontsnappen?'

'Dat lag eraan... ik kreeg geen ondubbelzinnig beeld van jullie verhouding... of het iets uit het verleden was, van voor ons huwelijk, of dat er nog steeds iets speelde. Bij mijn wraakfantasieën hing veel af van Alberts keuze... voor jou of voor mij.'

'Visioenen van revanche... wat hielden die concreet in? Waren ze haalbaar? Was je echt iets van plan?'

Zo had ik haar vaker meegemaakt: in opwinding ontstekend over iets extreems dat te gebeuren stond... tegelijkertijd er met stokkende adem voor terugdeinzend. Ze kreeg het er koud van, en trok de donsdeken over ons heen.

'Ik heb het al vaker tegen je gezegd, Rinsi... dat ik de liefde die ons is overkomen als iets uitzonderlijks en, in al haar hevigheid, als bijna ondraaglijk beschouw. Ik gebruikte een keer het woord angstaanjagend... jij was het met me eens.'

'Nog steeds. Het wordt niet minder.'

'Om even op de dierlijke bedroefdheid van na de paring terug te komen... ik vermoed dat de terugkerende triestheid met mijn rancune van die eerste avond te maken heeft.'

'Die begon toch dezelfde nacht al te slijten... als ik me tenminste de afscheidskus goed herinner.'

'O, kon ik het maar uitleggen zonder je te kwetsen,' zei ik. 'Laat ik het proberen... Ergens in een duistere laag van mijn... weet ik veel hoe ik het moet noemen... geest, ziel... blijf ik er hardnekkig rekening mee houden dat mijn verovering onderdeel van een revanche was.'

'Verovering van wat?'

'Van jou... ik maakte je vooral het hof om wraak te nemen... niet alleen op Albert, ook op jou, en op wat jullie met elkaar leken te hebben.'

Corinne moest erom lachen, maar het was niet de lach van Ella Fitzgerald in 'Yellow Basket' – 't klonk nu honend, zonder enige vrolijkheid. 'Dan hou je de schijn van onbaatzuchtige liefde dus al een klein halfjaar op... knap, hoor.'

'Nee, je snapt het niet. Mijn liefde is juist wel oprecht... het is er een op leven en dood. Ik hou van je... als ik dat niet vaak genoeg zeg, is het om er geen miezerige gemeenplaats van te maken. Wat ik voor je voel, gaat verder dan dat... oneindig veel verder. Als ik die eerste avond met mijn aanhaligheid revanche op jou en Albert wilde nemen, schoot de wraak z'n doel voorbij. Door zo te doen merkte ik hoe doodziek en ongeneeslijk verliefd ik op je was... toen al. Ik nam je in mijn armen en... alle rancune smolt weg.'

Corinne liet zich uit bed glijden, en begon geagiteerd, bonzend op haar hielen, over het parket heen en weer te lopen. Onderweg griste ze haar broekje van de stoel, maar bleef niet stilstaan om het aan te trekken. Ze zwaaide en sloeg ermee, alsof ze vliegen verjoeg, terwijl er nergens een vlieg te bekennen was

– behalve de uitvergroting naast de badkamerdeur, met ogen groot als theezeefjes.

'Alle rancune smolt weg,' zegt mevrouw. O, ja? En waarom dan nu, vijf maanden later, nog steeds die droevige ondertonen... of noem 's een cliché... omdat je het destijds met me hebt aangelegd *uit wraakzucht*?'

Ik besefte dat ik me begeven had op het terrein van het uitlegbare, en beter helemaal niet over de kwestie had kunnen beginnen... in plaats van haar erin mee te lokken. Dit kwam niet meer goed.

'O, Rinne... Rinsi... luister. Als er resten van een schuldgevoel aan me kleven, heeft het te maken met de aanloop naar onze omhelzing in de hal. Ik herinner me al te goed dat ik kwaad wilde, dus de aanleiding was onzuiver. Ik had zo graag een *zuiver* motief gehad om je liefdevol te benaderen. Het ontbreken daarvan zorgt bij de herinnering heel soms voor een zweem van droefheid... in de onderste laag van de ziel inderdaad... nadat we hartstochtelijk gevreeën hebben. Ik probeer je duidelijk te maken wat voor godsonmogelijk wonder het is dat we het, na zo'n dubbelzinnig begin, al zo lang... en zo *diep*... met elkaar uithouden.'

Ze hield halt op het beddenmatje, met koude voeten misschien, en keek met gebogen hoofd naar de vloer. Ze zei met een bibberstemmetje: 'Dan heeft het zo moeten zijn... een slecht, oneerlijk begin om tot iets groots te komen.'

Ze verfrommelde het slipje tot het helemaal in de holte van haar vuist verdwenen was, als het in eeuwige, eau de cologne gedrenkte zakdoekje van mijn oma. 'Misschien is dit het moment, Zwan, om je op te biechten dat het bij mij niet veel anders was. Jij kende mij uit de glossy's, maar ik had van jou nog nooit een foto gezien... ja, 's middags in *Het Devies*, een onduidelijk portret van jou als medewerkster van de GG&GD. Als je het zou uitvergroten, dan kreeg je een soort Fruitbaasje van Tiel, met pixels groot als bessen. Ik heb wel eens gezocht in de portefeuille van Albert, maar dat was bepaald geen familiealbum. Ik weet niet wat ik me bij de echtgenote van meneer Egberts had voorgesteld, maar zeker niet de aantrekkelijke vrouw aan wie ik 's avonds werd voorgesteld... des te mooier zonder vracht aan make-up, en in een eenvoudig huishoudjurkje. Ik wist nu naar wie Albert telkens terugkeerde, en ik voelde me... gekleineerd. Ik had altijd gedacht dat hij zijn nogal fletse echtgenote ontvluchtte om bij mij zijn hart te luchten... en op te halen. Toen ik je zag, voelde ik me eerst beledigd namens jou... omdat hij mij gebruikte om jou tekort te doen. Vervolgens wist ik me persoonlijk vernederd: ik zag mezelf opeens als een onbelangrijke bijzit... net zo inwisselbaar als een schroefje of een moertje. Een concubine zonder rechten. Het zal uiterlijk wel niet aan me te merken zijn geweest, maar ik zon net als jij op wraak. Een wig drijven tussen jou en je onverwoestbare Alp... dat was wel het minste. Aardig gelukt, achteraf bezien.'

Ze maakte met duim en wijsvinger plukkende bewegingen boven de vuist die het slipje verborg: er kwam een soort ezelsoor aan stof tevoorschijn, dat groter en groter werd, met rukjes tegelijk. Opeens zag ik haar voor me, in een zilveren rokkostuum, als goochelaar op een kinderparty... die uit het holle van haar hand een reeks met elkaar verknoopte broekjes toverde. Er kwam geen eind aan: net zoveel slipjes als er herdersuurtjes waren geweest en nog zouden komen.

'Dan hebben we elkaar gevonden in onze wederzijdse wraaklust,' zei ik, 'zonder dat de een van de ander wist dat ze deel uitmaakte van een grootscheepse revanche. Je slaat je nagels in iemand, en dan blijkt het als liefkozing uit te pakken. Hoektanden... idem dito.'

'Bij Pijkel werkte het die ochtend niet zo, heb ik begrepen.'

'Misschien als afgeleide liefkozing... voor haar morsdode minnaar.'

'Ik heb opeens een rare gedachte,' zei Corinne. 'Stel nou dat jouw en mijn wraak twee gelijke krachten waren, die tegen elkaar wegvielen... die elkaar ophieven...'

'Ja?'

'...dan ontstond daar ergens de kortsluiting die we nodig hadden om... om knettergek op elkaar te worden.'

'Het blijft iets unieks... wraakgierigheid als kiem voor al het genot dat volgde. Ja, die vreemde oorsprong moet wel de verklaring zijn voor de onuitputtelijkheid van wat wij nu met elkaar hebben.'

'Dan is het te hopen,' zei Corinne, 'dat de liefde niet inzakt, want dan zijn we misschien gedwongen op onze schreden terug te keren... naar de bron... en eindigen we waar we begonnen: als engelen der wrake.'

'Begrijp je nu wat ik bedoel, Rinsi, met die vage droefheid ergens in de onderstroom van mijn verzadiging? *Hoe* onze liefde ook nog zal bloeien en groeien... ze zal nooit meer los te denken zijn van haar lelijke oorsprong: een giftig mengsel van afgunst, minnenijd en wraakgierigheid.'

En Corinne, met een diepe zucht: 'Dan valt er alleen iets goed te maken door zoveel mogelijk van elkaar te houden.'

3

Niemand die het ooit doet, maar er schijnt een beproefde methode te bestaan om te controleren of je wakker bent dan wel slaapt en droomt: een kneep in de arm. Als we ons weer eens, tot aan de laatste druppel gal, in een kwaadaardige roes gekletst hadden over de slechtheid, de lompheid en de nalatigheid van mannen, dan kneep ik mezelf altijd even hard in de arm. Niet om de nachtmerrie van doorstane slavernij te verdrijven, maar om me ervan te vergewissen dat Corinne en ik nog in onze eigen vrouwelijke werkelijkheid verkeerden, en *dat* was geen misleidende droom. Nadat we in venijnige verstandhouding voor de zoveelste keer 'de wereld van de kerels' over de hekel hadden gehaald, kneep ik voor de verandering in haar vel.

'What the...!' Ze wreef over haar bovenarm. 'Met je nagels ook nog... bijna erdoorheen.'

'Wakker worden, Rinneke. We kunnen wel als een stel verongelijkte kippen op de haan blijven inpikken, maar...' Ik joeg haar zo ongeveer het bed uit, en was zelf met een paar stappen bij de hangkast, waarvan ik de deur opentrok. 'Hier, bekijk jezelf nou 's in de spiegel... ten voeten uit... en mij ook. Dan moet je toch toegeven dat we ons punt allang gemaakt hebben. Niet?'

'Ik weet nu even niet wat je bedoelt, Zwan. Het was net zo fijn onder de dekens.'

'Maar *zie* je het dan niet, ook even los van ons eigen lichaam... de driedubbel overgehaalde schoonheid? Je hebt toch geen stront in je ogen! Geef ze de kost! Waarom zouden vrouwen zich altijd moeten verdedigen tegen de heerszucht van de man... telkens weer hun gelijk tegenover hem moeten halen? Hoe meer we ons inspannen, des te meer halen we juist ons *ongelijk*. Met onze uitsloverij bekennen we schuld... aan onze onderwerping. We knielen neer voor de zogenaamde superioriteit van de heren der schepping. Een reverence is niet voldoende, nee, op de knieën en het hoofd buigen... anders kan meneer er niet bij en moet hij boven zijn macht reiken om doorgeblazen te worden.'

'Ik voel 'm al aankomen, Zwan... binnen de kortste keren hebben we het over fallocratie en zulke dingen... alsof het probleem daarmee verholpen is.'

'Hou op, zeg... ik kan het woord niet meer horen. Fallocratie is trouwens een volkomen verkeerd woord voor wat het wil uitdrukken. Het kan nooit anders staan dan voor een deeltijdtirannie. De fallus, het geërecteerde lid, de verstijving... of hoe je het beestje noemen wilt... wordt parttime in stelling gebracht. Een nepdictatuur dus, waarin de usurpator het grootste deel van de tijd afwezig is en de slappe was buiten hangt.'

‘Ik geef toe, een penicratie is erger,’ zei Rinne. ‘Dan krijgen de vrouwelijke onderdanen ook de humeurigheid van al die andere standen en verschijningsvormen te verduren… het kouwelijke tummetje, de zwabberaar, de druiper, en de rouw om de gemiste kans: de vlag halfstok… en niet te vergeten de ejaculatio praecox, het gemiste doel. De penicratie manifesteert zich altijd en overal. Nee, als het echt niet anders kan, geef mij de fallocratie maar… die gunt je nog af en toe wat rust om te herademen.’

We stonden nog steeds voor de manshoge spiegel aan de binnenkant van de kastdeur. ‘Je neemt me niet serieus, Rinsi… laat maar. Ik vraag je alleen eens goed naar ons te kijken… en terug te denken aan alles van vanmiddag… het heilige herdersuur.’

Ik drukte me van achteren tegen haar aan, en liet mijn handen over haar borsten, buik en bovenbenen gaan, waarbij ik mijn vingers door het donkere pubishaar vlocht… nee, dieper niet, want we waren allebei nog wankel van oververzadiging. ‘*Kijk* dan toch, Rinnerl… je hoeft geen narcist met tunnelvisie te zijn om er de schoonheid van te zien… laat je anders maar door mij overtuigen. Sinds ik een vrouw liefheb en op alle zeven goddelijke manieren van haar lijf geniet, realiseer ik me onze voorsprong op de heren en hun… ja, hun beklagenswaardige armzaligheid. Ik moest jou ontmoeten om te ontdekken hoe uitzonderlijk vrouwen zijn… naar lichaam en geest, naar lijf en leden, naar spraak en brein.’

Ik drukte een kus precies in de ronding tussen hals en schouder, en beet zacht in een ader die ik meende daar te zien kloppen. ‘Wijfjesdieren zijn betoverende wezens, Rinsi… feeën voortgekomen uit de *pap der tijden*, zoals Johnny van Doorn het noemde. Ze hoeven zich niet te bewijzen, want ze zijn al te mooi om waar te zijn, in alle opzichten. Mannen geloven hun ogen niet, vandaar die neerbuigende blik. Omdat het ze van nature niet gegeven is, hebben ze hun superioriteit moeten verzinnen… jammer alleen dat ze onze verbeeldingskracht missen… altijd pech.'

'Niet *alle* vrouwen zijn mooi en slim, Zwan.'

'Dat is eigen aan elke soort, ieder geslacht. Ik heb het over waar vrouwen toe in staat zijn, ook namens de minderbedeelden onder hen. Wij, jij en ik, vertegenwoordigen ook de minder geslaagde exemplaren tegenover de mannenwereld… het is dezelfde loyaliteit.'

'In godsnaam dan, waarom hebben we zoveel eeuwen tegen die kerels… die geërecteerde satyrs met hun wijnadem… op moeten boksen?'

'We *hadden* al gewonnen, vandaar… uitzonderlijk vanaf het begin der tijden als we waren. Vrouwenonderdrukking is gewoon een uiting van diepe afgunst. We hebben van oudsher mannen de ogen uitgestoken, dat begon echt niet pas met de speld uit de gesp van Iocaste. Als iets maar vaak genoeg herhaald wordt… Vrouwen zijn vanzelf, door de macht der gewoonte, gaan geloven in hun eigen minderwaardigheid. Als ze nou maar overtuigd konden raken van hun eigen buitengewone status, dan hoefden ze geen strijd meer te leveren… dan was het klaar.'

'*Tais-toi et sois belle*… dus toch.'

'Zwijgende schoonheid, ja… als wapen in een strijd die daarmee tot stilstand komt. Dan is de man het opgejaagde dier dat met rooie oogjes bevriest in het felle licht van onze pure, stralende aanwezigheid. Nou jij weer… zie hier maar overheen te bieden.'

'Ik heb Albert nog niet zien verkolen onder zo'n blikseminslag van ons,' zei Rinne. 'Toen ik hier in huis een keer een brandlucht rook, had Thjum de melk over laten koken. Dat schiet niet op.'

'Albert weet het zelf nog niet, maar met die encyclopedie van hem, *Cuntstruck*, is hij onze hofschrijver geworden… onze eigen encyclopedist… geen promotie, maar een degradatie. Hij kent steeds beter zijn plaats.'

'Ik sta hier te kleumen,' zei Corinne. 'Het is net of die spiegel kou afgeeft. Ik heb alweer voldoende van mezelf gezien... met wisselend genoegen... laten we terug in bed gaan.'

Een paar tellen later lagen we onder het dekbed, dat onze warmte helaas niet bewaard had, tegen elkaar aan te rillen – eerder hoekig met ledematen schuddend dan bevend. Corinne vroeg klappertandend: 'Waar hadden we het ook weer over... ik bedoel, voordat jij me het bed uit sleurde?'

'Verzadiging.'

'O ja, jij had een theorie dat als je over de totale bevrediging heen ging... bijna tot aan de pijngrens... dat het genot dan pas de diepte inschoot... dat de eerdere genietingen dan alleen maar voorspel waren geweest.'

'Daarom bezig ik ook het woord acme voor hoogtepunt... alleen als het heel erg en schrijnend is geweest. Acme wordt ook wel gebruikt voor een ziekteverloop... als dat op z'n toppen is, en gevreesd wordt dat de patiënt de ochtend niet zal halen.'

'Ik gebruik het ook, maar blijf het een onsmakelijk woord vinden,' zei Rinne. 'Het doet me aan jeugdpuistjes denken, waar mijn broertjes vroeger aan leden. Ik werd ingehuurd om ze uit te knijpen.'

'*Acne* is uit een verschrijving van *acme* voortgekomen, vandaar. Arme Albert... hij dacht dat zijn vetpuistjes op z'n dertiende het gevolg waren van het gewroetel aan zijn jongeheertje. Ook hij probeerde ze als luizen tussen zijn nagels kapot te knijpen... waardoor ze zich vermenigvuldigden... om zijn grootste zonde nog meer uit te vergroten. Zo zie je hoe een enkel verkeerd begrepen woord iemand te gronde kan richten. Bij een bepaalde lichtval over zijn kaken zie je nog de putjes.'

'Ik dacht dat we geen mannen meer zouden kleineren.'

'Dit blijft onder ons.'

'Jij zegt zelf altijd dat kwaadsprekerij de besproken afwezige toch diep in de ziel kan raken, ook al krijgt hij of zij er geen woord van mee. Ook dat is de macht van de taal… als ik je goed begrepen heb.'

'Laten we het liever over de pijngrens van de verzadiging hebben…'

'…en die opzoeken. Als jij zover wilt gaan, ben ik je man… nou ja, je vrouw.'

Ons verblijf voor de spiegel had niet lang genoeg geduurd om de lust weer te laten oplaaien, en we hadden de neiging om ons aan een welverdiende loomheid over te geven.

'Ik ben er nu eigenlijk te lui voor,' zei ik.

'Als je ergens wilt komen,' vond Rinne, 'zet je er dan overheen. Uitgeteld raken na een dronkenschap die zo veelbelovend begon… zo energiek… ik heb me altijd afgevraagd of dat het doel kon zijn. Zo ook met die verzadiging van jou… moet het daar allemaal in uitmonden? Het kijken, het uitdagen… de spin van vingers… de galop van de tong… de uitdrijving, zoals jij het noemt, zodat je loskomt van de matras… en nog eens, en nog eens. Resultaat? Een slappe vaatdoek… geen boe of bah meer. Amen. En dan stel jij me een ontsnappingsroute in het vooruitzicht… om nog voorbij de totale bevrediging te raken. En? Je laat het afweten. Het schrijnt daarbeneden, maar ik kan niet meer om mijn nieuwsgierigheid heen.'

Ik probeerde mijn stem zo vermoeid mogelijk te laten klinken. 'Als ik nu opnieuw begin, wordt het echt mijn dood.'

'Goed, dan sterven we er maar aan, als dat de tol is. Het is al mooi dat mijn vinger zich niet om een kille stalen trekker hoeft te krommen, maar om jouw… ik zoek het juiste woord… Ik kan er niets aan doen, maar sta zelf alweer op scherp.'

Het bestond. Er *was* bevrediging voorbij de pijngrens. Het duurde langer om die te bereiken. Soms week het orgasme, of het acme, voor me uit als een ongrijpbaar dier dat ik in mijn schoot tegen me aan wilde drukken, maar dat me dan weer ontglipte en alleen de tintelende afdruk van z'n vacht in me achterliet. Ik stortte me met verdubbelde drift in de achtervolging.

Ook bij haar ging het minder gemakkelijk dan voorheen. Ze ademde sneller, een beetje angstig, en slaakte soms een kreet van teleurstelling als de ontlading uitbleef. Uiteindelijk kwam die toch, bij ons allebei, bijna gelijktijdig. We waren buiten adem, en konden minutenlang geen woord uitbrengen.

'Zo diep... zo diep,' hijgde Rinne. 'Het doet echt pijn.'

Bij mij schrijnde het ook, en ik meende zelfs iets te voelen kloppen, als bij een zwerend wondje... maar pijn, nee. 'Hoe erg?'

'Alsof ik de geribbelde vingerhoed van mijn vader gebruikt heb.'

Dit acme van na de 'reguliere' verzadiging was voor ons allebei, zo concludeerden we, zo verscheurend intens dat we te maken kregen met een nieuw ijkpunt, waar we niet altijd aan zouden kunnen voldoen... tenzij we voortaan steeds de grenzen van de totale bevrediging opzochten, om daar voorbij wonderen te verrichten. Het zou onze liefde nog uitputtender maken, en Rinne en mij vroegtijdig laten opbranden, samen een kaars met dubbele pit.

Als kind was ik ooit ontzet door een filmbeeld uit *Lost Horizon*, naar de roman van James Hilton: een vrouw die jong en mooi bleef zolang ze zich binnen de grenzen van het paradijselijke shangri-la bevond, maar na het verlaten van het gebied neerstortte in de sneeuw en van het ene moment op het andere verschrompelde tot een stokoude vrouw, met een hoofdje als een rimpelig uitgedroogde appel.

4

'Ratten omstuwen altijd het zieke exemplaar in hun midden,' had ik ergens gelezen. Ik kon nu met eigen ogen zien hoe Mooie Thierry, leider van de Heavens Devils, blind en wel in het zadel werd gehouden: eenvoudig door zich nauw te laten omringen door zijn kameraden, dij tegen dij. Zo loodsten ze hem door het verkeer, bij inhaalmanoeuvres en afslagen. Door de stand van zijn verbrande hoofdje leek het net of hij, via de zwarte brillenglazen, zijn blik strak voor zich op de weg gericht hield... soms net daarboven, op een horizon alleen voor hem zichtbaar. Zo fungeerde hij uitstekend als de leider van de club, zonder iets te zeggen. De geluiden uit zijn mismaakte mond verwaaiden in de wind, dus roepen had voor hem geen zin.

De motorrijders haalden ons op in de Cornelis Andriessen. Het geknal gaf nogal wat bekijks in de rustige straat. Voor het raam van BARRY BARBER stond de kapper, met naast zich, gehuld in kapmantel, zijn enige klant: Hans Krop. Mo, zoals wij hem inmiddels ook noemden, nam Corinne bij zich achterop. Mij daagde hij uit bij Mooie Thierry op het duozadel te klimmen. 'U zult niet vaak de kans krijgen, mevrouw Egberts, om uw vriendinnen te vertellen dat u bij een blinde achter op de motor heeft gezeten... en dat met honderdtwintig per uur.'

Ik deed wat hij me opdroeg: Movo was tenslotte met zijn beveiligers helemaal uit Rotterdam gekomen om zijn oude psychiater te helpen Pijkel Niggebrugge weer gezond te maken. Nee, niet huichelen, Vrauwdeunt... dit is *jouw* missie. Jij wilt de reputatie bij de GG&GD hooghouden dat je verloederingsgevallen, ontdekt door Ongediertebestrijding, kunt genezen. Het is je ambitie het ongedierte in zijn wormstekige ziel te bestrijden.

Zo reden we in een ogenschijnlijk slordige, maar in feite uitgekiende formatie naar de kliniek op de Utrechtse Heuvelrug. Niemand droeg een helm, behalve Rinne en ik: zo hoffelijk waren deze hemelse duivels wel, terwijl ze zelf blootshoofds reden, in jacks met afgeknipte mouwen.

'Wij vallen niet,' had er een gezegd. 'Al was het maar om onze tatoeages te sparen.'

Het moet een vreemd gezicht zijn geweest: ik torende met mijn gehelmde hoofd boven Thierry uit. Net als Pijkel, maar heel anders van textuur, droeg hij littekens in zijn nek. Rechts beneden de haarlijn zat een grote rode steenpuist, die hij tegen de leren kraag had geprobeerd te beschermen door er met hansaplast een verbandje overheen te plakken: het was half los gewaaid, en ranselde de gele kop. Het kon niet lang meer duren of de pus brak door.

Ik had geen andere keus dan mijn armen om zijn middel te slaan voor houvast, en zo zaten we allebei, Corinne en ik, achter op een motor, als twee kermismeiden uit de jaren zestig, vastgeklampt aan onze vrijers, getoupeerde suikerspin slechts met een hoofddoek beschermd tegen de wind. De geur van zijn leren jack (of vest) was sterker dan die van zijn lijf... gelukkig misschien maar. Een geprepareerde kadaverlucht.

Bij Mooie Thierry liep, verticaal over zijn nek, een scheidslijn tussen twee soorten vel, die daar door een chirurg bij elkaar geharkt waren. Misschien was de steenpuist oorspronkelijk wel bedoeld om te gedijen op een ander deel van zijn lichaam, een bil of zo... en daarmee waren mijn gedachten weer terug bij Pijkel en Ulrike en ons komende experiment.

De Devils stalden hun motoren op het parkeerterrein van de kliniek, waar verder alleen wat kleine auto's van het personeel stonden. Ik herkende de oude Fiat van dokter Patist, en die was Tibbolt ook niet ontgaan: 'Hij is er al... om de zielen te balsemen.'

Een portier kwam in lichte paniek naar buiten, zwaaiend met zijn armen: 'Heren, heren, dit kan echt niet... hier moeten onze mensen kunnen parkeren.'

Ik liep hem tegemoet: hij kende me inmiddels. 'Het is in orde, Henri... op één na blijven de heren buiten bij hun knalpot. Zij zijn er alleen voor ons vervoer.'

Ik moest begrijpen dat hij zich zorgen maakte: in het verleden waren hier motorbendes actief geweest die drugs verkochten aan patiënten. Het had de politie de grootste moeite gekost ze hier weg te krijgen, of liever: aan een minder beladen verkooppunt te helpen.

In de kantine troffen we dokter Patist. Hij en Tibbolt begroetten elkaar als oude vrienden. De psychiater was erg nerveus: wat hij op het punt stond te ondernemen, was op z'n zachtst gezegd onconventioneel, in feite verboden. Hij was als de dood dat collega's van de kliniek zich aan ons gezelschap zouden opdringen, en dan getuige waren van een illegaal laboratoriumexperiment. Om hem op zijn gemak te stellen vroeg ik: 'Los van wat er zo meteen al dan niet gebeurt... hoe *gaat* het met Pijkel?'

'Geen verbetering,' zei Julius. 'Ik hoop vurig dat Tibbolt iets voor ons... voor *haar* vooral... kan betekenen. Ze kan niet eeuwig in die dierlijke staat blijven. Iemand moet de betovering verbreken.'

We begaven ons naar de onderzoeksruimte waar we tot nu toe bij elk bezoek aan de kliniek Pijkel geobserveerd hadden: Julius, Tibbolt, Corinne en ik. In het voorportaal bevonden zich twee assistenten van de psychiater, die van hun baas zwijgplicht opgelegd hadden gekregen. Ze hadden Pijkel al van haar cel naar de observatieruimte gebracht. Die ene drukte op een knop, en het scherm zoemde omlaag.

Pijkel lag lui op haar rug met haar zij tegen de radiator aan, met gestrekte armen en benen, een beetje zoals katten behaaglijk kunnen liggen. Haar lange hemd was door geschuif over de vloer tot boven haar heupen opgekropen. Ze hadden haar 's morgens, onder strenge bewaking, ongetwijfeld een onderbroek aangetrokken, maar die droeg ze nu niet meer, en was ook nergens te bekennen.

'Ze volhardt in haar rol,' zei ik tegen Julius.

'Nee,' zei hij, 'ze volhardt in haar dier.'

Heel even kroop Pijkel op handen en voeten voor de radiator heen en weer, maar alleen om zich met haar andere zijde tegen het warme ijzer aan te vlijen. Later leegde ze, met haar billen naar ons toegekeerd, haar blaas met een krachtige straal tegen de lambriscring. Corinne kneep in mijn hand, misschien omdat ze moest denken aan onze experimenten in de badkuip, of alleen uit verlegenheid, omdat we dit nooit bij een andere vrouw hadden gezien, zo onbeschaamd. Ja, het wezen dat daar haar territorium afbakende, was nog steeds een vrouw, misschien met de inborst of de ziel van een tijger. Nu begon ze rusteloos op haar vier ledematen kringen rond de tafel te draaien, als een gekooid circusdier. Om de twee rondjes hief ze haar kop op om een brullend geluid voort te brengen, dat uit de speakers nogal ijl klonk voor wie een grote katachtige tegenover zich dacht te hebben. Suggestie deed haar werk.

'Het wordt je tijd,' zei Julius tegen Tibbolt. En tot zijn assistenten: 'Loop met hem mee, en blijf dan buiten de deur wachten... en luister goed naar wat er binnen gebeurt. Als meneer hier duidelijk hoorbaar aangevallen wordt, meteen ingrijpen. Bedenk: ze voelt zich wel een tijger, maar is niet even gevaarlijk... ze valt te overmeesteren.'

'Ik hoop maar,' zei Tibbolt, 'dat ze zich niet ook nog gaat ontlasten... die carnivoren stinken als de hel.'

'Benader haar zoveel mogelijk als vorige keer,' zei Julius. 'Je weet wel, zoals in De Verscheurde Kamer... Ze vond het toen zalig, vertelde je, dat je de jeuk uit haar littekens krabde... misschien moet je dat nu ook doen.'

'En als ze krols is... of hoe noem je dat bij tijgers... paarlustig of zo... hoe handel ik dat af, wil ik niet net zo verscheurd worden als die kamer?'

'Dat laat ik aan jou.'

'Alles goed en wel, dokter, maar ik ben verloofd... Ik wil niet bij voorbaat een slecht huwelijk omdat ik vreemdgegaan ben met een tijgerin.'

'Het is voor een goed doel, Tibbolt... het is het offer waard.'

'Ja, dat dacht ik vorige keer ook, en zie waar het op uitdraaide... na mijn liefdevolle behandeling verdween ze in de jungle van de stad, en werd ze pas echt een wild dier.'

'Ze voelde zich afgewezen door jou… dat heeft haar geen goed gedaan.'

'Maar, dokter, als ik nu mijn stinkende best doe om lief voor haar te zijn, dan is dat toch net zo goed iets eenmaligs. God weet hoe ze daar dan weer op reageert… ik ben er niet gerust op.'

'Je krabbelt terug…'

'Ik stel u op de proef. Ik wil weten hoe goed u erover nagedacht heeft.'

'Goed genoeg om het risico te durven nemen,' zei Julius. 'Ik geloof er heilig in dat je Pijkel van een diep verankerd trauma kunt genezen… of daar op z'n minst een begin mee weet te maken.'

'Ziedaar,' wendde Tibbolt zich tot Corinne en mij, 'het *ware* beroepsgeheim van dokter Patist, psychiater… het is niet minder dan het geheim van de smid. Een keiharde toverformule. Als je die ambtshalve verzwijgt, breng je mensenlevens in gevaar. O, ik ga al.'

5

Pijkel ijsbeerde, als dat het woord was, nog steeds door de observatieruimte. Bij elke draai, om een tafelpoot heen, zorgde ze ervoor met haar flank langs het hout te schuren, zodat de tafel ervan schudde en de voorwerpen op het blad meedansten. Wat volgde, was een van de ontroerendste taferelen die ik ooit had mogen aanschouwen, en dat wilde wat zeggen na bijna een halfjaar Corinne.

Nadat ik, in de gedaante van Pijkel Niggebrugge, voor het eerst met een geval van zoantropie kennismaakte, had ik, ook via internet, een heleboel materiaal over grote katachtigen verzameld. Er was een soort homemovie bij van twee mannen die ooit een leeuwenwelp hadden opgevoed, die later, als volwassen leeuwin, onder soortgenoten was losgelaten. Op een dag bezochten ze het reservaat. Beheerders hadden er voor gezorgd dat de nog jonge leeuwin in de buurt rondhing. Daar ging ze met grote sprongen op haar vroegere weldoeners af... ik was als toeschouwster van het filmpje geneigd te roepen: 'Kijk uit... ze valt aan.'

Ik was er, op grond van de gezichtsuitdrukkingen, niet helemaal zeker van of de mannen zelf het wel vertrouwden. De leeuwin sprong brullend van liefde tegen ze op, haar voorpoten op hun schouders. Te zeggen dat het dier hun gezichten likte, was te zwak uitgedrukt... het sloeg met haar grote tong de mannen om de oren. Ze hadden de grootste moeite zich staande te houden onder dit geweld, en bewaarden hun evenwicht door een rondedans te beginnen met 'hun' leeuwin, die zo lang van hen gescheiden was geweest.

Iets vergelijkbaars zag ik bij Tibbolts binnenkomst in de behandelruimte gebeuren tussen hem en Pijkel. Zij stond een moment roerloos naast de tafel, en sprong toen onverhoeds tegen hem op, zodat hij bijna omviel. Het gebrul waarmee ze dat deed, klonk dierlijker dan elk ander geluid dat ze tot nu toe als tijgerin had voortgebracht. Ze legde niet zomaar haar handen op zijn schouders, maar de binnenkant van haar polsen, net onder de muis van de hand. Ze begon hevig slobberend zijn gezicht te likken, tot in zijn neusgaten en oren.

De hereniging van de twee mannen met hun leeuwin... ik sloot niet uit dat Pijkel, als dompteuse, dat filmpje ooit gezien had, maar ik wist zeker dat ze het niet naspeelde. Het was haar tijgerinstinct dat haar zo hysterisch verheugd op de komst van Tibbolt na al die maanden deed reageren. Hij maakte zijn eigen rondedans met haar, in een innige omhelzing, waarbij zij niet ophield hem met slobberkussen te overdekken. Zijn gezicht glinsterde van haar kwijl.

'Dit is... ongelooflijk,' stamelde Patist. 'Dit is zo helemaal... boven verwachting.'

Corinne en ik hielden nog steeds elkaars hand vast, met ingehouden adem, alsof we een verhevigde versie van onze eigen eerste kennismaking te zien kregen.

Pijkel liet zich op handen en voeten neer, en keerde de jongeman haar achterkant toe. De zoom van het opgeschorte hemd hing om haar middel. In het buislicht van de observatiekamer was duidelijk te zien hoe ook haar billen uit verschillend gestructureerde stukken huid bestonden, met diepe littekens ertussen. Ik begreep opeens de dwangmatige fantasieën van Tibbolt over zijn opgelapte moeder, bij wie hij diep in zijn gedachten tepels aantrof op haar achterste, nadat de sponsachtige huid van haar kont door chirurgen gebruikt was om haar borsten te effenen. Haar navel... hij bleef in de geest aldoor op zoek naar haar navel... zijn levensbron... waar ze die verstopt hadden. Misschien ter vervanging van haar verongelukte anus.

Tibbolt had zich op zijn knieën laten zakken. Pijkel stootte met haar billen tegen zijn onderlichaam op, en bewoog het met een kwispelachtige beweging heen en weer. Het leek een soort *lapdance*, maar dan een kwartslag gedraaid. De jongen wierp een onzekere blik op het venster waar hij niet doorheen kon kijken.

'Toe maar,' zei Julius. 'Laat je hart spreken... maak haar beter. Wek haar uit deze nachtmerrie.'

Alsof Tibbolt zijn woorden gehoord had, trok hij de riem van zijn spijkerbroek los. Ik voelde het zelf in mijn taille: even insnoeren en dan laten vieren. Omdat elk geluid uit de observatiekamer versterkt tot het voorportaal doordrong, konden we de gesp horen rinkelen. Pijkel keek grommend achterom, alsof het haar stoorde... of gold het gebrom als aanmoediging?

Tibbolt liet zijn broek zakken. Pijkel wreef haar billen tegen zijn naaktheid. De volle erectie liet niet lang op zich wachten: Movo was bepaald niet klein geschapen. En weer die aarzelende blik op de duistere spiegel waarachter wij ons verschansten.

'Ga door,' zei Patist zacht. 'Dit blijft onder ons.' Hij was nog steeds met zijn beroepsgeheim bezig, maar dan als een pastoor die de biechteling zijn zonde lijfelijk laat naspelen. Tibbolt legde zijn handen op de onderrug van de tijgervrouw, en schoof ze zo, samen met de zoom van het hemd, schuierend omhoog. Pijkel vernauwde haar ogen van wat niet anders dan genot kon zijn. Toen hij haar penetreerde, bracht ze een keelgeluid voort dat het midden hield tussen een snik en een roep, alsof ze protesteerde tegen het onvermijdelijke. Ze had haar overweldiger met een enkele beweging kunnen afschudden, maar deed het niet. Ze duwde haar lijf eerder verder naar achteren, als om hem dieper in zich op te nemen.

Ik weet niet waarom ik twijfelde aan de echtheid van haar aandoening, maar ik probeerde telkens Pijkel te betrappen op een pose, een valse imitatie, aanstellerij. Nee, wat ze daar opvoerde, voelde authentiek... zoals de poging van sommige vrouwtjesdieren de paring tegelijk aan te moedigen en diep verontwaardigd af te keuren, als een blazende kat.

Ze stootte soms met zo'n kracht achterwaarts dat Tibbolt zich genoopt voelde zich met kleine stapjes op zijn knieën in dezelfde richting te verwijderen. Ondertussen bleef hij met tien vingers tegelijk haar rug krabben. Wie goed keek, zag wittige schilfers rond zijn handen opdwarrelen.

Tijdens het grootste deel van de daad stond Pijkels gezicht onaangedaan, behalve dan de naar binnen gekeerde ogen. Tibbolt kwam niet in de verleiding om zelf dierlijk snel en gulzig aan zijn gerief te komen. Hij hield zich in, en gaf Pijkel alle kans. Ze kondigde haar *exultate jubilate* aan door katachtig te gaan mauwen, met heen en weer draaiend hoofd. Corinne kneep in mijn hand. Ik meende te weten wat ze wilde zeggen: we gaan porno altijd uit de weg... en moet je ons nu zien... bepaald geen *mainstream*. Het dier in de mens... de mens in het dier.

Toen het moment daar was, ontdeed Pijkel zich blazend met een kleine sprong voorwaarts van haar minnaar. Het glimmende geslacht van Tib veerde terug, en hij stootte zijn zaad uit. Op hetzelfde moment gooide een van de assistenten, gealarmeerd door het misbaar, de deur open.

'Niets aan de hand, Jim,' zei Patist in zijn microfoontje. 'Deur maar weer dicht… alles onder controle.'

Pijkel kroop met waggelend achterste over de vloer, volvoerde een achtvormige lus met verende tred, en keerde naar Tibbolt terug. Ze besnuffelde het verspilde zaad, en begon opnieuw met haar tong over zijn gezicht te likken, genoeglijk grommend.

'Ja, rustig maar, meissie,' zei hij. 'Het is al goed… je bent lief.'

Bij Julius stonden de tranen in de ogen. Bij Corinne en mij trouwens ook.

6

Pijkel was de rest van de dag niet bij haar weldoener weg te slaan. Ze bleef zich tegen hem aan vlijen, afgewisseld door het geven van hele reeksen kopjes, waarbij ze hem af en toe stevig met haar hoofd onder de kin stootte… alles met een verliefde snuit. Toen Tibbolt even de behandelkamer verliet om naar de parkeerplaats te gaan, gedroeg ze zich radeloos. Hij stuurde zijn lijfwachten weg omdat hij voorlopig nog wel even in de kliniek vereist dacht te zijn. Ze zouden per mobiele telefoon contact houden.

Pijkel gedroeg zich zo aanhankelijk jegens Tibbolt dat dokter Patist de situatie veilig genoeg achtte om met z'n allen in de behandelkamer te gaan zitten. Alleen de assistenten bleven buiten. Het was mooi geweest als de hereniging van Pijkel met haar hoofse gigolo een plotselinge, dramatische verbetering van haar toestand had betekend.

'Het is niet zoiets als van het ene moment op het andere ontwaken uit een coma,' zei Julius. 'De identificatie van Pijkel met een tijger zit door haar trauma *zo* diep… die maak je niet zomaar ongedaan.'

Ik lette scherp op haar reacties wanneer haar naam viel. Niets. Het was net alsof ze nooit zo geheten had. Af en toe duwde ze met haar vuist tegen een arm van Tibbolt ten teken dat ze een aai wilde of een kneep in haar nekvel. Ze vlijde haar kop in zijn schoot... en sliep in. Toen hij zich later onder haar uit wurmde, deed hij dat zo voorzichtig dat ze niet wakker werd. Hij gaf een zachte kus op haar kruin en ging weg: de motorrijders waren terug en wachtten buiten. Corinne en ik zouden later die middag door Julius in zijn Fiat naar Amsterdam gebracht worden. We zaten in een kringetje rond de patiënte, die vredig sliep, zacht snurkend. Ze lag op haar zij. Tibbolt had bij zijn vertrek een kussentje onder haar hoofd geschoven om zijn schoot te vervangen. Het was misschien haar eerste langdurige, ontspannen slaap sinds haar verdwijning bij revalidatiecentrum In Toom op de Overtoom.

'Benieuwd,' zei Patist, 'hoe ze straks bij het ontwaken reageert... als ze ontdekt dat haar mannetje er niet is.'

'Tibbolt kan haar natuurlijk niet blijven bezoeken,' zei Corinne. 'Hij heeft een vrouw nu... God geve dat hij zich niet verspreekt tegenover die Zora.'

'Laten we afspreken,' zei ik, 'dat we hem tegenover Zora in bescherming nemen. Hij heeft ons allemaal een grote dienst bewezen...'

'Zichzelf ook,' zei Julius. 'Als hij die obsessie met zijn moeder niet had gehad, was hij er nooit aan begonnen. Het was voor hem niet alleen maar een offer en een goede daad.'

'Beledig ik je,' zei ik tegen de psychiater, 'als ik stel dat jij hier de grote winnaar bent?'

'Leg uit, Zwanet. Ik heb alleen maar mijn plicht als arts gedaan, getrouw aan mijn eed.'

'Als psychiater twee getraumatiseerde gevallen bij elkaar brengen, en zo voor allebei het probleem oplossen... dat lijkt me zoiets als de droom van de psychoanalyse. Je zou ook kunnen stellen: de psychoanalyse heeft haar doelstellingen waargemaakt... in het jaar 1997 na Christus, op de Utrechtse Heuvelrug... nog net voor de eeuwwende.'

'Dank voor het compliment,' zei Julius grijnzend, 'maar we zijn er nog lang niet.' Hij knikte in de richting van de slapende Pijkel. 'Als zij straks ziet dat Tibbolt weg is, en misschien tot haar doordringt dat hij niet meer terugkomt... nou, dan betekent dat mogelijk een enorme terugval voor haar. Ze zal zich *nog* meer identificeren met de tijgers die haar bijna aan stukken gescheurd hebben.'

'Blijft over Tibbolt Satink,' zei Rinne. 'Hij is de verloste partij.'

'Zelfs over hem heb ik mijn twijfels,' zei Patist. 'Via Pijkel heeft hij zich sexueel met zijn moeder verenigd... maar wat zegt dat over zijn genezing? Er zouden waarschijnlijk nog vele sessies op mijn *couch* voor nodig zijn.'

'Je zou ze vanaf nu samen kunnen behandelen,' zei ik. 'Eventueel met mevrouw Satink erbij.'

'Het was aardig van Tibbolt om ons tegemoet te komen, maar... hij vormt in z'n eentje weer een heel ander psychologisch probleem. Hij is niet zomaar een nieuw leven begonnen. Hij... nee, ik kan mijn ambtsgeheim niet *blijven* schenden. Er zijn grenzen.'

7

'Waarom hou je eigenlijk van me?' vroeg Corinne op een dag, uit haar boek opkijkend. Ze las, op mijn aanraden, *Reis naar het einde van de nacht* – zover ik het inktzwarte boek nog kende, zou de tekst wel niet direct aanleiding hebben gegeven voor haar wat pruilerige woorden. Het was zo'n vraag die geliefden elkaar stellen om de stilte of de verveling te doorbreken, of om te hengelen naar een strelend antwoord, eerder dan om meer zekerheid te verkrijgen.

Ik schokschouderde. 'Als je dat nou *nog* niet weet...'

'Laat maar,' zei ze, het boek weer uit haar schoot optillend. 'Je bent er niet voor in de stemming.'

Als ik me weigerachtig tegenover haar vraag opstelde, had het met angst te maken: de vrees dat ik de plank mis zou slaan en een oneigenlijke reden op zou geven... een die aan de kern van mijn liefde voorbijging. Ik zat te schrijven aan de tafel die aan het voeteneind van het bed tegen de muur geschoven stond, met daglicht van links en in dit jaargetijde aan het begin van de avond nog net wat zon door de kruinen van de iepen. De schaduwen van de overgebleven bladeren bewogen zacht over mijn papier, waarop ik verder breide aan de eindeloze reeks aantekeningen voor *De stad en de holen*, een titel die er alleen maar steeds verder voor uitweek, preciezer: ze als een rattenvanger van Hamelen achter zich aan trok. Ik nam een blanco vel voor me, en begon daarop alle mogelijke redenen te noteren waarom ik van haar zou kunnen houden. Af en toe keek ik tersluiks naar haar, zoals ze in de enige fauteuil onderuitgezakt zat te lezen, onaangedaan door wat ik over haar op papier zette. Aan het aantal genoten bladzijden te zien was ze aanbeland bij de Afrikaanse avonturen van Bardamu.

Klein beginnen. Ik somde in het oog springende uiterlijkheden en bijzonderheden van haar op, ook de dissonante eigenaardigheden, die ik voor geen goud had willen missen. Hoe ze opgelaten kon reageren (zoals daarnet nog, met haar misplaatste vraag) op een eigen fout, en elke trek in haar gezicht er nerveus aan meewerkte om die ongedaan te maken, uit te wissen. Haar ogen en mondhoeken kregen dan iets smekends: kijk me er niet op aan, het ontsnapte me door een kronkel in mijn stembanden, een trilling van mijn huig, een spasme van mijn tong.

'...en als ik iets zeg wat haar niet zint, roept ze uit met de Mierlose stem van haar moeder: "Wanverstand!", met de nadruk op wan, en zonder spreekspatie. Ook vanwege zulke rariteiten geef ik om haar. *Zij* bezorgt me met haar liefde het wanverstand dat me belet nog als een normaal mens te denken.'

'Hoe ze tegen mijn instructies in toch telkens weer met cadeaus aan komt zetten, en daar dan het verwachtingsvolle smoeltje bij trekt van een kind dat op een verjaardag een verpakt presentje aan komt bieden... niet helemaal zeker van z'n zaak.'

'Het onbeschrijflijke, niet eens zo ondiepe kuiltje tussen haar sleutelbeenderen. Ik zou er elke dag champagne uit willen drinken, maar dan moet ze wel plat op haar rug blijven liggen, anders loopt de wijn tussen haar borsten door, soms tot in haar navel.' Ja, ik weet het... stil maar... ik ben een keer de fout in gegaan door met een mond vol champagne naar beneden af te dalen, en de drank met mijn tong in je plooien uit te smeren, lieveling. Je wierp me af als een bokkig veulen op de rodeo... zo brandde de alcohol op je gevoeligste plek. Ik vroeg je mij met gelijke munt terug te betalen, en reikte je de fles al aan... maar je weigerde. Misschien vreesde je de honing van je scheermes te spoelen, want de volle laag, die moest ik nog krijgen. Je hebt me nooit eerder zo onmelodieus uitgekafferd, dat siert je.

'Haar onopzettelijke poëzie... haar liefde voor Rita... de Japanse tuin in Mierlo... het sierlijke turquoise en violette krultakje dat in haar knieholte schemerde, en misschien de opkomst van een spatader aankondigde... hoe ze de misprijzende zuignappentheorie van Hans tot een heerlijke vorm van liefkozen had weten om te buigen... haar aandachtige uitvoering van Albéniz op de gitaar, waarbij ze elke misslag en mispluk met de tanden in haar onderlip kerfde...'

Onnozel tijdverdrijf. Ik kon de lyrische lijst naar hartenlust blijven uitbreiden, en dan had ik nog maar een begin van volledigheid. De ware reden dat ik grondeloos van haar hield, moest niet in dichterlijke kleinigheden worden gezocht. Het ging om haar onbewuste vermogen om, meteen al op die eerste avond afgelopen voorjaar, gevoelens en gedachten bij me op te wekken die ik niet van mezelf kende en zonder haar ook nooit zou hebben *leren* kennen. Al die jaren had ik met een comateuze tweede ik in mezelf rondgezeuld, een soort schone slaapster, die door haar wakker was gekust. Ze ontpopte zich als magiër, als illusioniste die me 'door de midden' zaagde (ook zo'n taaleigenaardigheid van haar uit een ver Mierloos verleden) en me op 't eind pas echt *heel* maakte – een onvermoed completere uitvoering van mezelf.

Het was nog maar de helft van het wonder dat zich die avond, en in de dagen en weken erna, voordeed. Zonder er het ritueel van te beheersen bevorderde Corinne mij op haar beurt tot tovenares, die *met haar* hetzelfde deed: een ander mens van haar maken, of liever: een andere, rijpere en rijkere persoon. Als ik zeg 'we hadden elkaar gevonden', bedoel ik eigenlijk: '*ze* hadden elkaar gevonden' – twee verborgen, ingekapselde vrouwen.

'Ik wist niet dat ik het in me had,' zei Rinne op een dag twee maanden later, naar een citaat uit *Tom Poes*.

Elkaars vroedvrouw: vanwege dat magische proces hield ik van haar. Er moest een bijkomende oorzaak zijn, die ons naar elkaar toe gedreven had... waardoor ons de ogen geopend waren, en de monden, en alle poriën, en niet te vergeten twee breinen. Het was Albert, die tussen ons in gestaan had, en die zich met zachte aandrang terzijde had laten schuiven. Zo'n Egberts, die bracht je nog eens op ideeën waar je eerder blind voor was geweest. Hij moest dan niet in je licht staan.

'En jij, Rinsi, waarom jij van mij... van me houden, bedoel ik?'

Ze stak haar wijsvinger tussen twee bladzijden van het boek. 'Ik lees hier net iets over de mens die het onmogelijke probeert te doen: vlinder te zijn in de jeugd, en worm op latere leeftijd. Jij en ik, Zwannie, waren ongetwijfeld vlinders... koolwitjes, communicantjes... en als we, door verwaarlozing of zo, weer rups geworden zijn, dan zullen ze daarbuiten nog eens wat beleven... hoe we ons uit het regenkapje wurmen en onze schitterende vleugels uitslaan. Dat je me dat nieuwe begin biedt... daarom ben ik zo gek op je.'

Ze keerde terug naar haar lectuur, en ik naar mijn lijst. Ik had goed gezien: ze droeg een topje met twee spaghettibandjes over de schouders, en daartussen krulden zich haar sterke sleutelbeenderen als de sieropeningen in een viool: samen de kleerhanger die haar leven in de schijnwerpers geschraagd had. Nu was ze hier bij mij, met de verinnerlijkte tekenen van haar waardigheid. Dag Rinneke, lees maar rustig door, en laat mij de duizend dingen opschrijven die samen mijn vertedering voor je uitmaken. Hier heerst vrede, die alleen verstoord kan worden door hernieuwd verlangen.

8

Het Noodlot stuurt geen boodschappers vooruit, dus we koesteren als enige zekerheid *dat* het kan toeslaan, zonder te weten hoe, waar, wanneer en bij wie. Als er logica schuilt in zijn willekeur, dan toch alleen voor het grillige heerschap zelf – voor ons blijft het systeem onnaspeurbaar. Een kruis van verdoemenis naast de voordeur kalken heeft geen zin.

Als er elk moment volkomen onverwacht iets noodlottigs kan gebeuren, voor mij of een naaste, waarom is dan de dag niet permanent doortrokken van voelbaar naderend onheil? Waarom staan onze gezichten er niet naar, als een soort barometers met een druktrommel onder de huid? Waarom verrichten we niet (redden wat er te redden valt) de hele dag door bezwerende handelingen om het Lot... niet zozeer gunstig te stemmen als wel op afstand te houden? Omdat ze toch niet helpen?

Er is altijd een kans dat de afgrond zich opent, pal voor hun voeten, maar de mensen blijven er broodnuchter onder – op die ene paniekzaaier na die nooit zal oogsten wat hij het meest vreest. Flapteksten van als een tragedie opgezette romans gaan vaak over 'hoe slecht de mens is voorbereid op het ergste...' *Waarom* bereidt de hoofdpersoon zich niet voor? Dat hij niet weet hoe, en het Noodlot radeloos de rug toekeert, kan me nog voor hem innemen, maar *niet* dat hij kiest voor de nuchterheid van het alledaagse en verder alles overlaat aan de kille statistici van de verzekeringsmaatschappijen. Het is fatalisme dat niks kost.

Ik streef ernaar te leven van het ene door onheil geladen moment naar het andere. Als het Noodlot toeslaat, ben ik erop bedacht: mijn vizier staat open, en ik kijk het recht in de ogen, al zal ik waarschijnlijk wel als eerste met de mijne knipperen.

Nietzsche heeft het ergens over het Russische fatalisme van de soldaat die volkomen uitgeput in de sneeuw gaat liggen en het verder maar laat gebeuren. Zijn gelatenheid is mij liever dan dat van de napoleontische soldaat die zich tegen zijn lot verzet door onderweg naar Moskou de nog warme kleren van zijn dode kameraad aan te trekken, en daarmee de tyfus en de diarree en een wisse dood over zich afroept. Ik geloof dat Napoleon zo meer dan 120000 van zijn manschappen verloor... een heel leger op zich, dat sneuvelde onder aanvallen van een onzichtbare vijand. Ze stierven niet in een cameragenieke bloedplas in de sneeuw, maar met hun witte broek in een plens stront vastgevroren aan de Russische steppe.

Zolang ik haar bij me had, leek het onheil zich koest te houden. Natuurlijk, een vliegtuig kon het huis binnen vliegen of een verdwaalde kogel uit een drugsruzie kon door de ruit slaan en haar rechtop gezeten in bed treffen, maar mijn aanwezigheid bood een soort geheime bescherming – het gold ook voor mijn kinderen. Dat ik meende Rinsi voor rampen te behoeden door onafgebroken mijn bezorgdheid op haar te richten als ze buiten mijn fysieke bereik door de stad bewoog, gaf geen enkele garantie, maar was voor mijn gevoel effectiever dan labbekakkige zorgeloosheid.

Ik haalde haar binnen in mijn lichaam. Ze bewoog zich onder mijn huid... de ene keer spookachtig als jeuk, de andere keer kronkelend als een lintworm, of ook wel als brandend zuur in de maag, opklimmend naar de slokdarm, de keel verschroeiend. Ik kon op gevoel haar routes in mijn ingewand volgen. Ik krabde soms aan mijn arm, en zag dan zwarte puntjes, die op scabiës leken: ze waagde zich aan de oppervlakte... en verdween dan weer, zonder schurft achter te laten.

9

Ik ontdekte dat diepe liefde staat voor diepe wanhoop.

Stel, ze zou me in de steek laten... dan zou mijn wanhoop minder groot zijn, en misschien van een heel andere orde, dan wanneer ik haar liefde moest blijven verduren. Wanhoop, de *echte*, was puurder dan de wanhoop die in overeenstemming was met het gepleegde feit, in dit geval een denkbeeldige verlating.

Als onze liefde te groot voor mij was (en voor haar), dan kon ik maar beter de voorkeur geven aan die andere, mindere wanhoop en haar verlaten... of haar dwingen mij aan de kant te zetten.

'Rinne, er is iets mis met ons.'

Ze werd bleek. Ze voelde dat er onheil in de lucht hing. 'Ik wil het niet horen.'

'Wat wij hebben... wat er tussen ons is... het vlakt niet af.'

Ze herademde. 'Is dat niet juist de kwaliteit ervan?'

'Het is onnatuurlijk. Wat wij doen, is erger dan dat... tegennatuurlijk. In ernst, het drijft me tot wanhoop. Ik hou te veel van je.'

'Kan er ooit een *te veel* in de liefde zijn?'

'Blijkbaar. Je hoort wel eens dat liefde mensen tot waanzin drijft... meestal is dan een crime passionnel bedoeld. Mij drijft die krankzinnige liefde van ons tot wanhoop. Ik loop de hele dag rond met de walging dat er te veel van is... dat ik mijn liefde zou willen uitbraken.'

'Je bent erdoor overvoerd geraakt.'

'Het voelt eerder als iets onverzadigbaars... wat niet wil zeggen dat ik onvoldaan ben. Ik hel over naar een bodemloze put... dat is onze liefde. Onuitputtelijk. Ik kijk in de put, en de put kijkt terug.'

Corinnes bleekheid was terug. 'En nu wil je het uitmaken... het wordt je te veel allemaal.'

'Uitmaken, dat woord staat voor banalere toestanden dan deze. Er moet op de een of andere manier een eind aan komen. We gaan eraan te gronde... allebei.'

'Als we elkaar loslaten,' zei Corinne, 'dan gaan we er net zo goed aan kapot.'

'Dan is er misschien nog een kans dat we het redden... ondanks alle verdriet.'

Corinne boog het hoofd. Het klinkt plechtig, maar dat is wat ze deed: ze liet haar lieve koppie hangen. Het duurde een poos eer ik doorhad dat ze huilde. Ze maakte er geen geluid bij, er was geen geschokschouder, maar ik zag zwarte tranen op het lakenomslag vallen. Op het flaconnetje van haar favoriete merk mascara stond in priegelige witte lettertjes de waarschuwing dat 'dit natuurlijke ogenzwart' gemakkelijk in zweet en tranen oploste. En toen moest ik, zomaar, denken aan mijn favoriete kinderboek *Levende bezems* – het schoorsteenvegertje dat zwarte tranen huilde omdat zijn vriendje in een beroet rookkanaal gestikt was.

Het duurde lang voordat ze opkeek, en me door koolzwarte spleetjes aanstaarde. 'Doe me dit niet aan.' Ze bewoog haar hoofd langzaam van links naar rechts, alsof haar meewarigheid eerder mij gold dan zichzelf. Kleurloos snot stroomde uit over haar bovenlip. Ze likte het niet op, maar veegde het weg met een deel van het laken, precies daar waar de tranen gevallen waren, zodat haar mond en kin ook zwart kleurden. 'Doe het vooral jezelf niet aan. Dat onze liefde niet afvlakt, zoals jij zegt, is misschien het unieke ervan... en dat schrikt ons soms af. Ik sluit niet uit dat we onderdeel vormen van een experiment: hoe ver kan liefde gaan zonder dat de geliefden eronder bezwijken? Waarom laten we de wereld niet zien dat we dit aankunnen... ook zonder dat er een bodem in zicht is?'

'Ik had gehoopt, omdat we hier in ons huis zijn, dat jij het initiatief zou nemen, Rinne. Goed, ik ga nu weg, even de stad in... en als ik dan straks terugkom, heb jij je spullen gepakt en ben je er niet meer.'

Corinne begon huilend, bijna blind waarschijnlijk van de zwarte tranen, haar spullen bijeen te graaien, ook die in de badkamer, waar ze tegen het sanitair op stootte. Ze jankte als een kind, met loeiende uithalen, dan weer schokkend met vastzittende snik. En als een klein meisje keek ze af en toe mij aan met die natte, bezoedelde ogen, afwisselend smekend en verwijtend. Met de seconde kreeg ik meer zin in haar – om dat door mascara en tranen verrommelde gezicht niet alleen schoon maar ook terug naar mooi te likken, en haar lijfje warm te voelen naschokken in mijn armen. Als dit wanhoop was, dan wilde ik me erin wentelen.

Met haar tas over haar schouders wilde ze met een krachtige ruk de deur openen, maar ze was vergeten dat we die tegenwoordig op slot deden. Ze stond grienend te klungelen met de sleutel, waarvan de baard niet meteen wilde pakken. Ik probeerde haar tegen te houden.

'Rinne, blijf hier. Ga niet weg. Ik meende niet wat ik zei. Ik heb je nodig, nu meer dan ooit.'

Ze deed met gezwollen ogen een poging me vernietigend aan te kijken, kreeg de deur open, en stormde de overloop op. Haar voeten roffelden op de trap naar beneden. Ik wilde haar nog iets naroepen, een liefdesverklaring, maar er kwam niets.

Een kwartier later kwam Cynthia boven. Ik stond nog steeds verstijfd midden in de kamer, kijkend naar de opdrogende zwarte vlekken in het laken.

'Mam, Corinne zit beneden op de trap. Ze huilt heel erg... zo zielig. Ik probeerde haar een beetje te troosten, maar ik weet ook niet hoe. Ze kan nergens heen, zegt ze. Kun jij niet even naar beneden gaan?'

Hoofdstuk V *Pale blue dot*

1

Als er in een stille kamer, omringd door de rust van een heel huis, iets op het parket valt, hoeft het geen groot of zwaar voorwerp te zijn om toch een luide klap te veroorzaken.

'Wat… wat was dat?' murmelde Corinne soezerig. 'Je liet iets vallen of zo.'

Samen in hetzelfde laken gewikkeld, waarvan ergens een natte en koude plek op mijn lichaam drukte, lagen we nog wat te sluimeren na een onverwacht herdersuurtje aan het slot van een vrije dag die ik had opgenomen.

'Daarvoor zou ik iets los hebben moeten laten… en ik had toevallig niets vast.'

'Mij toch.'

'Zo klonk het niet… meer als een gsm die uit een broekzak valt. Zoiets.'

Ik elleboogde me omhoog, en keek naar de stoel waarover haar kleren hingen. Haar pumps stonden er keurig onder, en verder lag er alleen een wollen diadeem op de grond. Ondanks Alberts bezoek aan de Hakkenbar was ik nog steeds niet van mijn tic verlost: mijn slaperige blik zwierf als vanzelf naar de deur. Er vielen me meteen twee dingen op: in het sleutelgat heerste duisternis, en… de sleutel stak niet in het slot.

'Rinne, we worden begluurd,' fluisterde ik gejaagd.

Ze deed geen poging om over mijn schouder de deur in ogenschouw te nemen. 'Dat denk je maar… je bent nog niet gewend aan de nieuwe sleutel.'

'Er is geen sleutel.'

Nu richtte ook zij zich op. Ze fluisterde: 'Jawel, maar die

ligt op de grond. Hij is eruit gevallen.'

'Of eruit gewipt… door iemand aan de andere kant. Ik zie geen licht in het kijkgat. Er loert iemand doorheen.'

Daar lag de sleutel, niet ver van de drempel, maar evenmin in rechte lijn beneden de klink: hij moest met enige kracht uit het slot gestoten zijn. De nieuwigheid van het glanzende metaal gaf hem iets onschuldigs, maar de ingewikkelde, scherp gesneden karteling van de baard voegde daar een vervaarlijke aanblik aan toe.

'Had je de deur op slot gedraaid?' fluisterde Corinne nog net verstaanbaar, met haar vochtige adem warm in mijn hals. Ik tastte achter me, en legde een hand over haar mond. Ja, ik had hem op slot gedaan, ik wist het zeker. Terwijl ik Rinne tot zwijgen bleef dwingen, spitste ik mijn oren. Ik hoorde geen enkel gerucht op de overloop, zelfs geen ademhaling, laat staan het geritsel van kleding. Toch liet het sleutelgat geen licht door, en ik kon me niet anders voorstellen dan dat daar iemand knielde of hurkte, met zijn of haar oog al dan niet tranend tegen de opening gedrukt.

'Het *moet* Albert zijn,' lispelde Rinne door mijn vingers heen. Eindelijk legde ook zij, de eeuwig ongelovige, een direct verband tussen een gluurder en de verduistering van het gat. 'Wat nu? We hebben hem zelf… hoe noemde jij dat ook weer… in het sleutelgat opgesloten. Hij heeft toestemming om ons te beloeren.'

'Dan is hij mooi te laat voor vandaag,' fluisterde ik met een soort siddergrinnikje. 'We hebben ons al helemaal gegeven… zonder publiek. De sleutel viel pas op het parket na de voorstelling.'

'Met voyeurs,' zei Corinne nog zachter, 'maak je nou eenmaal geen afspraak voor de openingstijden van het theater… dat haalt de spanning eruit.'

Ik zei: 'Ik geloof niet zo erg in Albert als dader… die gaat zich niet verraden door met sleutels te smijten. Iemand heeft het ding met een puntig voorwerp verwijderd. Ik zie het de kinderen zo gauw nog niet doen.'

Zoals we daar lagen, nog maar half beschermd door het beddenlaken, waren we dus genadeloos overgeleverd aan een onbekend oog, dat in het deurslot post had gevat. Het maakte ons op een giechelige manier nerveus. Net als al herhaalde malen eerder die middag zocht mijn hand de tweespalt van Rinnes benen.

'Ben je nog vochtig van een uur geleden... of opnieuw? Windt het gluren je op?'

Ik voelde haar arm naderen. 'Anders jou wel, slettendel... je drijft.'

'Ik drijf en ik zeil.'

Niet dat we ons er heel gemakkelijk bij voelden. Erover fantaseren was beter dan werkelijk een oog op je gericht weten. Ik vermoedde dat zij, net als ik, de heimelijke lust voelde opkomen om zich helemaal bloot te geven, maar wat we deden, was dieper wegkruipen in het beddengoed. Omdat het laken nog veel van de lichaamsvormen prijsgaf, trok ik ook de donsdeken over ons heen. Ondertussen bleven we elkaar, strak ingezwachteld, wel strelen, aldus profiterend van Het Oog... de enige derde partij die we tot ons nest toelieten, op afstand te bedienen.

'Wacht even,' fluisterde Rinne. Ze beefde. 'Er bewoog iets.'

De deurklink ging geluidloos omlaag en weer omhoog. Iemand daar probeerde of de kamer ook echt afgesloten was. De mannenstem die een vloek onderdrukte, behoorde duidelijk niet aan Albert toe. Rinnes hand hield op met strelen, de mijne ging door, als verzelfstandigd. Zij probeerde zich ervan te bevrijden, maar door de geringe bewegingsvrijheid binnen het laken, stijf aangehaald als een lijkwade, lukte dat niet. Mijn blik bleef strak op de klink gericht, en zo viel me op dat het licht was teruggekeerd in het sleutelgat. Schoenzolen piepten op het linoleum van de overloop, en dan ineens... rennende voeten.

Iemand nam een aanloop en beukte met zijn volle gewicht tegen de deur, die met krakend geweld openvloog. Op hetzelfde moment schokte het lichaam van Rinne tegen me aan. Door haar kaken op elkaar te klemmen hield ze een kreungeluid binnen, waarvan niet meer dan een zuchtje verder kwam dan haar lippen. Haar adem zou nog geen kippenpluisje van z'n plaats hebben gekregen.

Midden in de kamer stond, met een hand zijn pijnlijke schouder knedend, Hans Krop. Van de deur was een compleet paneel versplinterd, en ter hoogte van het slot was de stijl gespleten. 'Zo,' bracht hij hijgend uit. Zijn massieve aanwezigheid paste niet in die kamer van smalle lijven en tedere gebaren. Hij stopte met het wrijven over zijn bovenarm. Het geruite shirt was op die plaats gescheurd. Er werd een bloedende schram zichtbaar. Hij keek in zijn handpalm, en vloekte nog eens.

'Mag ik als vrouw des huizes ook weten, meneer Krop,' vroeg ik bibberend, 'wie u heeft binnengelaten?'

'De voordeur stond... ik wil niet zeggen uitnodigend open, maar toch op een kier. Alsof er op mijn komst gerekend was. Bedankt nog voor de gastvrijheid.'

Er was verder niemand thuis. Toen Rinne en ik net in bed lagen, belde een pakketbezorger aan. Als wel vaker vroeg ik de man via de intercom om de bestelling in de hal neer te zetten en de voordeur weer zorgvuldig in het slot te trekken. Dat gebeurde niet altijd even secuur.

'Zo,' herhaalde De Krop. Zijn bovenlip zwol alweer van arrogantie. En nog eens, op ons neerkijkend zoals we daar verstrengeld in bed lagen: 'Zo...'

Corinne beefde. Ik voelde me er rot onder dat ik haar een *exultate jubilate* had bezorgd precies op het moment dat hij met onbeschoft geweld binnenviel. Ze liet zich niet intimideren, mijn stoere Rinsi. 'Wat kom je hier in godskelerenaam doen, zak?' beet ze hem toe. 'De scheiding ongedaan maken of zo?'

'Nee, de scheiding een andere wending geven.' Hij praatte

eigenlijk beschaafder dan de beestmens die in onze gesprekken figureerde. 'De rechter zal een glimlach niet kunnen onderdrukken als hij verneemt dat jij... nou ja, je potteuze bedoeningen niet tot na het rondkomen van het vonnis hebt weten uit te stellen.'

Het gesprokene maakte hoe dan ook een ingestudeerde indruk. Hij hijgde van de krachtsinspanning.

'Potteuze bedoeningen,' herhaalde Corinne schamper. 'Vertel de rechter dan ook meteen wat jij daaronder verstaat... en vergeet de zuignappentheorie niet. Daar steekt hij misschien nog iets van op voor toekomstige echtscheidingszaken.'

'Het gaat mij erom,' brieste Hans, 'dat mijn zuurverdiende alimentatie niet wordt verkwist aan het soort goedkoop geblondeerde lesbosletten als mevrouw hier.'

'Het is nog altijd mijn eigen haarkleur, hoor,' zei ik. 'En dit huis deel ik met jouw oude vriend Albert Egberts... en jij hebt je er onrechtmatig toegang toe verschaft. Als we er dan toch de rechterlijke macht bij gaan slepen... mij best, hoor. De aanklacht luidt huisvredebreuk.'

'We zullen zien, mevrouw Kak.' Hij was met twee stappen bij het bed, wierp de donsdeken van ons af, en begon aan het laken te sjorren waar we in gewikkeld waren. Het scheurde in onder zijn krachtig getrek, en daar lagen we: naakt tegen elkaar aan. Hans nam een klein uitschuifcameraatje uit zijn borstzak. 'Net wat ik dacht... pottengekletter, onder aanmoediging van heer Albert. Ik wist al dat hij een godvergeten erotomaan en pornograaf was, maar dat hij *zo ver* zou gaan... nou ja, het verbaast me ook niks. Eeuwig zonde dat ik de eunuch zelf niet thuis tref.'

Hij begon lukraak, in hoog tempo, foto's van ons te maken. Ik probeerde Corinne zoveel mogelijk met mijn lichaam te bedekken, ook haar gezicht.

'De deken, Zwan... vlug,' riep ze. 'Hij is in staat de foto's op internet te zetten.'

Ze vloog omhoog en probeerde het cameraatje uit de handen

van haar man te grissen, die haar behendig ontweek.

'Niks internet,' siste hij. 'Ze gaan naar mijn advocaat... ter verluchtiging van het dossier. De rechter mag best zien hoe een carrière als fotomodel zich ontwikkelt... en ontaardt. Nu ik je zo bekijk, Krien, mag je er best nog zijn... net als die afgelikte lollepot van je.'

Telkens wanneer Rinne of ik het dekbed over ons heen probeerde te trekken, sloeg De Krop het weer terug over het voeteneind. Ten slotte rukte hij het onder de matras uit, om het ver van zich af op de vloer te gooien. We probeerden ons zo goed mogelijk met het gescheurde laken te bedekken.

'De rechtbank zal nogal onder de indruk zijn van de kiekjes van mijn logeerpartij bij een vriendin,' hoonde Corinne. 'Waarom laat je er geen dia's van maken? Ik verheug me op een zitting met lichtbeelden... ja, bode, doet u de plafondlamp maar uit. Hier ziet u het geïncrimineerde logeerbed... de foto's zijn genomen door de aanrander zelf. Het is altijd een buitenkansje wanneer de aangeklaagde partij zelf het bewijsmateriaal mee naar de rechtszaal brengt. Hans, godverdomme, ik naai je voor de rechtbank waar je bij staat, reken daarop.'

Ik had hem niet de trap op horen komen. In de deuropening was, lijkbleek, Albert verschenen. Hij haalde zijn hand langs de gespleten post. 'Godsamme, Hans... dit was de afspraak niet. Je zou hier aankloppen, en je vrouw vragen... manen desnoods... om mee naar huis te gaan. Als het nodig was, zou je de kwestie uitpraten, door de dichte deur heen. Moet je nu zien... het hele zaakje ligt aan barrels. En hou *op* met dat geknips en gekiek... je bent hier in andermans huis.'

'Ja, in een of andere hoerenkast voor lollepotten... met jou als pooier, Egberts. Ik *ken* jouw obsessie voor trio's en orgies. Door mijn vrouw aan dat wijf van jou te koppelen probeer je een wig in mijn huwelijk te drijven. Als ik zo vrij mag zijn... daar had je wel een *erg* lange voorbereidingstijd voor nodig. Eerst tien jaar mijn Krien hersenspoelen, met bijbehorende gymnastische oefeningen… en dan de schone zwaan bij het vuile spelletje betrekken. Je hebt op z'n minst twee vrouwen als pion misbruikt om mij schaakmat te zetten. Aan die praktijken komt vandaag een eind.'

Rinne en ik hadden ons weer, zo goed en zo kwaad als het ging, in het laken gewikkeld. Hans fotografeerde niet meer, en had zich naar Albert omgedraaid – met gebalde vuist, misschien om hem een klap te verkopen. Albert, die weer wat kleur kreeg, liet zich niet bang maken, al had hij zich tegenover Rinne en mij als een laffe verraaier ontpopt. 'Laat ik nou in de veronderstelling hebben verkeerd, Hans, dat jij in scheiding lag. Nou kom je hier het huwelijk weer heilig verklaren. Rot op met je kutsmoezen. Je bent hier onder valse voorwendselen binnengekomen. Als je nu niet meteen opdondert, bel ik de politie.'

'Huisvredebreuk… mag ik even een teiltje? De politie treft hier een illegaal bordeel aan. En die scheiding, Egberts, daar ben jij verantwoordelijk voor. Ik wil helemaal niet van haar af.'

Hans liep naar de stoel met Corinnes kleren, en wierp ze stuk voor stuk op het bed. 'Aankleden, jij, en mee naar huis… en een beetje *dalli*, slet.'

Albert haalde zijn gsm tevoorschijn, en drukte een paar toetsen in. 'Hans, ik ga nu bellen.'

'Doe maar niet, Albert,' zei Corinne terneergeslagen. 'Ik ga wel met hem mee. Ik wil niet dat hij er nog meer een puinhoop van maakt. Als het thuis misloopt, bel ik zelf de politie wel.'

Ze stapte uit bed, en met de kledingbaal tegen zich aan gedrukt verdween ze in de badkamer.

'Voortmaken,' riep De Krop haar na. 'Ik wens geen minuut langer in dit huis van ontucht te blijven dan strikt nodig is.'

Ik had het laken nu helemaal voor mezelf. Albert en ik hadden gedurende de hele vertoning geen enkele blik gewisseld. Hij verweet me ongetwijfeld dat ik, door verliefd te worden op Corinne, deze hele toestand over ons gezin had afgeroepen. Verlaten te worden door twee vrouwen tegelijk, dat was geen sinecure, God nee. Door Hans binnen te loodsen dacht hij misschien *zijn* moment van wraak te pakken, maar hij had buiten de strapatsen van De Krop gerekend. Albert *wist* dat hij in onze ogen verraad had gepleegd, als genoegdoening voor zijn buitensluiting. Ik hoopte dat hij er nog eens een toneelstuk aan zou wijden, aan dit van spanning gonzende vierkant, dat in twee symmetrische driehoeken uiteenviel – kijk, een *outline* had ik al voor 'm. Graag gedaan, Alp.

Albert eiste bij De Krop het cameraatje op, maar die gaf niet toe. 'Ik sla je net zo lief de hersens in, Egberts. Ik ga jouw pornokiekjes ook niet wissen.'

In plaats van me bij Corinne in de badkamer te voegen bleef ik naar hun vulgaire geruzie liggen kijken en luisteren. Ik had haar via de tweede deur, aan de overloopkant, de trap af en naar buiten kunnen leiden... onbereikbaar ver bij haar demon vandaan. Ik had ermee kunnen aantonen dat ik, in voor- en tegenspoed, definitief voor haar gekozen had. Ik liet de kans schieten.

2

Liefde is niet iets om je op te beroemen. Het is een goed (zo je wilt, een kwaad) dat zich via jou uitschenkt in de ander – of *niet* natuurlijk, als die persoon buiten bereik blijft. Liefde misbruikt beide partijen, gewoon om zich te manifesteren. Blindelings. Dat is de ware betekenis van 'liefde maakt blind'. Liefde lijdt aan zelfverblinding, omdat het haar, die sadistische koppelaarster, niet uitmaakt wat ze aanricht... al lijkt ze een voorkeur te hebben voor ellende en tragiek.

Wie uitroept 'Dit heb ik uit pure liefde gedaan', bedoelt iets anders: belangeloosheid of zo, nou ja, op de zelffelicitatie na dan. De liefde, de *echte*, is meedogenloos, en houdt zich niet in als ze onbeantwoord blijft. Die moet naar buiten, de daarvoor bestemde spuigaten uit.

En wat gebeurt er als zo'n hele erge liefde met nietsontziende wederzijdsheid twee mensen treft? Het heeft geen zin het te beschouwen als een van de zegeningen die geteld kunnen worden, want dat valt onder zelfvoordegekhouderij. Het is niet minder dan een groot ongeluk... een onstuitbare natuurramp.

Albert liet me ooit de oorspronkelijke, later verworpen proloog bij *De Avonden* lezen, waarin sprake is van twee heren die elkaar bij herhaling op een straathoek treffen, de hoed lichten, en daarbij iets mompelen als 'Narigheid op narigheid' of 'Ellende op ellende', om vervolgens weer huns weegs te gaan. Uiteraard hangt neergeslagen rook als een nevel tussen de huizen.

Als de liefde die Corinne en mij getroffen had niet minder dan een groot ongeluk was, dan bleek daar nog een catastrofe overheen te kunnen: haar gedwongen vertrek... geschaakt door haar nog steeds wettige echtgenoot. *Ellende op ellende.* Angst en gemis streden in mij om de voorrang. Ik vreesde dat Hans haar iets zou aandoen, en als het haar niet het leven kostte, kon hij haar net zo goed ontvoeren en op een onachterhaalbare plek vasthouden – waardoor ik haar misschien voor altijd zou verliezen.

Natuurlijk had ik haar de voorbije maanden niet dagelijks om me heen gehad, maar dat was altijd in de wetenschap dat ze spoedig weer op zou duiken. We beloofden plechtig dat we onszelf in elkaars afwezigheid niet zouden bevredigen: het was iets wat we samen ondernamen, al was het maar om het spel van z'n eenzaamheid en eenzijdigheid te ontdoen. Ik kan niet garanderen dat ik me altijd aan mijn belofte hield, maar als ik ertegen zondigde, vertelde ik mijn Rinse Rinni eerlijk hoe het was geweest en welke beelden zich hadden aangediend – die uiteraard onveranderlijk op haar betrekking hadden. Zo werd het met terugwerkende kracht dan toch nog een samenspel... waar we eindeloos op konden voortborduren.

Nu ze weg was, werd zelfstreling een pijnlijke noodzaak om

haar gestalte op te roepen en haar warme lijf met een gekromde wijsvinger naar me toe te wenken, waarna de verzadiging werd aangelengd met angst en verdriet.

3

Na twee weken zonder Corinne kwam ik er niet onderuit: de duistere, meest ranzige kant van het sexuele moet gezocht worden niet in de onderbuik, maar in onze monsterlijke geest, die onafgebroken bevolkt wordt door wellustig en malicieus giechelende stellen van beiderlei kunne... met opstandige harems die hun kandidaat-eunuchen tijdens de sollicitatie castreren en met hetzelfde mes de keel doorsnijden... met familiebordelen waar 'met wederzijds goedvinden' totale wetteloosheid heerst... waar een zoon zijn moeder vaginaal bezit terwijl hij door zijn vader anaal gepenetreerd wordt, aldus fungerend als een voorbehoedmiddel tussen zijn elkaar hatende ouders... en waar Hiëronymus Bosch dit alles met fijne penseelstreken op houten panelen vastlegt. Dan kunnen we eindelijk tot de slotsom komen dat het oeuvre van Markies de Sade een monotone brij van groepsvergrijp en fantasieloze sodomie is, overgoten met een verstikkende filosofische taaislijmlaag.

Masturbatie geldt over het algemeen, vooral in de visie van degenen die er niet van verdacht willen worden, als een solitaire bezigheid, maar ook als een beklagenswaardig teken van eénzaamheid. Dit gaat minder op voor de zelfbevrediger met een soevereine verbeeldingskracht. Hij of zij geniet een bijna absolute vrijheid om zijn of haar doel te bereiken, zonder door een bedgenoot te worden ingeperkt of afgeremd. Masturbatie is een kunstvorm, helaas meestal beoefend door dilettanten. Zolang ze niet uitsluitend aangewend wordt om zo snel mogelijk een hoogtepunt te bereiken, bedient ze zich van bestaande beelden, maar *schept* ze tegelijkertijd ook op visionaire wijze, uit het niets. Het is een uiterst creatieve vorm van narcisme. De visionair projecteert voor zichzelf nieuwe beelden, en bedrijft daar een schimmenspel mee: hij verplaatst en verbindt zijn personages, regisseert en souffleert ze. Uitstel van ontlading is een van de technieken, totale verzadiging het uiteindelijke resultaat, maar dan moet de grandguignol optimaal gewerkt hebben.

Wat voor de solitaire zelfstreler per definitie ontbreekt, is de nabijheid van warme huid, vochtige plooien, verstijvend vlees... maar een verbeeldingskracht op z'n sterkst, en dan niet terloops als prikkelende fantasie, kan voor dat alles zorg dragen. Taboes, grenzen, schaamtes worden uitgewist, als de kerven in de aarde bij landjepik. Alleen al de omstandigheid dat de ander, niet zelden een bekende, zich overgeeft aan *jouw* wensen, zonder daar merkbaar lichamelijk of geestelijk ongemak bij te ondervinden, dat maakt masturbatie tot een superieure schaduwkunst. Hoe bar en boos ook, de ingebeelde handelingen geschieden *altijd* 'met wederzijds goedvinden' – de interessantst denkbare machtsverhouding.

Sinds Corinne geloof ik er trouwens heilig in dat de persoon die aan de opperste sexuele verbeeldingskracht van de zelfbevrediger onderworpen wordt, deze behandeling op de een of andere draadloze manier ondergaat, en er op z'n best onbeschadigd uit tevoorschijn komt. Het moet welhaast iets mystieks zijn... een *unio mystica* van de masturbator en het object van zijn dagdroom... van het visioen en z'n uitwerking... zolang de kracht van de voorstelling maar intens genoeg is.

Ondanks de dure eed die ik haar meteen al in het begin van onze verhouding gezworen had om me tijdens haar afwezigheid te 'onthouden', had ik op een middag een ongehoord visioen op haar losgelaten. Helemaal uitgeput na de ontlading was ik als een slappe dweil op het vloerkleedje naast het bed blijven liggen, en zo in slaap gevallen, met een frisse bries die door het open raam over me heen streek. Ik werd wakker van een kettingslot dat buiten langs de buis van een fietsframe ratelde. Ik had geen afspraak met Corinne, maar ziedaar… de vrouw die ik voor mijn siësta nog aan het keurkorps van mijn demonen had uitgeleverd, zette tegen een boom haar Gazelle op slot. Ik schoof de vitrage opzij. Ze nam haar Crocodile no. 17 van het stuur en keek omhoog, alsof ze me daar *voelde* staan. We zwaaiden niet, maar brachten allebei een brede glimlach voort. Ze kleurde, en ook ik voelde mijn gezicht warm worden. Ze wees naar het portiek. Ik liep naar de intercom op de overloop, maar voordat ik het deurslot open liet springen, vroeg ik waaraan ik de onverwachte eer te danken had.

'Dat weet je best… druk nou maar.'

Even later kwam ze met glanzende ogen de kamer in, *neuriënd* godbetert, en nog steeds blozend. In mij tintelde het grootste visioen na, en trokken flarden ervan voorbij aan wat ik maar, bij gebrek aan beter, mijn geestesoog noem, al was mijn hele gedoemde lijf erbij betrokken geweest.

'Zo, Zwanet Vrauwdeunt…' Ze nam een quasistrenge houding aan. 'Jij breekt dus zomaar je belofte? Wat zeg ik? Je hebt een plechtige *gelofte* afgelegd op je knieën, plat op je gezicht… dat je nooit… *nooit*, hoor je wel…'

Ze maakte haar zin niet af, maar keek me innig aan. Opeens meende ik het te begrijpen. Via wat voor duivelse luchttrilling had iets van haar onvrijwillige optreden in mijn visioen haar bereikt en getroffen?

'Ik wist het… ik voelde het,' zei ze.

Ik besefte dat ik haar niet moest dwingen om mijn fantasie voor me te reconstrueren, want daarmee zou ik het onuitspreekbare kapotmaken.

'Het was een experiment,' zei ik huichelachtig. 'Het kwam blijkbaar geslaagd over.'

'Ja, je hebt mijn antwoord toch ontvangen? Er was eigenlijk geen gelegenheid voor, dus ik moest me staand behelpen… in een bezemkast van de studio. Daarna ben ik zo snel mogelijk hierheen gefietst… om je, hoe heet het, te *berispen*.'

'Dat was het dus... ik ben zo ongeveer ter aarde gestort... ik bleef liggen waar ik lag. Daar, op het beddenmatje.'

'Laten we toch maar weer de directere samenwerking aangaan,' zei Corinne op de toon van een zakenpartner. 'Dat is beter voor ons allebei... ook voor de gezondheid.'

4

'Zou je even terug willen bellen, als het je uitkomt? Er is nog iets wat je beslist weten moet.'

Ik hield er rekening mee dat Zwellip haar gsm had ingenomen en de voicemail kon afluisteren, dus zorgde ik ervoor mijn opeenvolgende boodschappen zo neutraal mogelijk te formuleren, al sloot ik niet uit dat op het bandje de paniek in mijn stem hoorbaar was. Als het inderdaad De Krop was die het bericht hoorde, hoopte ik dat het zijn nieuwsgierigheid voldoende prikkelde om *hem* terug te laten bellen, dan had ik zekerheid.

Ze reageerden geen van beiden. Ik zag voor me hoe de woesteling haar telefoon met een hamer vergruizelde, en de resten in een rioolput dumpte, terwijl hij haar dwong toe te kijken. 'Kijk, zo doe ik dat met jouw smerige contacten die mij kapot willen maken. Als je 's avonds je oor op het afvoerputje van de badkuip legt, vang je misschien nog iets op van haar geleuter... via het riool. Meer zit er niet in, schat.'

Ik had haar niet zonder slag of stoot mogen laten gaan. De wroeging kneep niet mijn keel samen, maar iets net daaronder: alsof twee ijzeren handen mijn sleutelbeenderen aan elkaar wilden koppelen... hoe dat zat qua taal en het onbewuste, dat liet ik graag aan Lacan over. Ik hield het binnen, in 'onze' slaapkamer, niet langer uit, maar in plaats van door de rottende herfstavond te gaan dwalen klom ik via de aluminium brandladder het platte dak van ons huis op. Het was zo'n laat nazomerse najaarsdag geweest zoals ze zich soms ook eind oktober nog wel voordeden, tegelijk helder en nevelig – een laatste oplaaien van het wegkwijnende seizoen, dat het wat de vlammen betreft van het gele en oranje gebladerte moest hebben.

Zo'n plat dak dat zich over een heel huizenblok uitstrekt, levert een eigen stadslandschap op: kaal en vlak als een woestijn, met hier en daar het silhouet van een cactus, bij nader inzien een samenstel van oude schoorsteenpijpen. Oases waren er ook: omheinde daktuinen rond een glazen huisje dat de trapopgang drooghield. Niemand had er die avond aan gedacht om buiten te gaan zitten. Sowieso waren de dakterrassen van Amsterdam doorgaans onderbezet – aardig om te bedenken en te ontwerpen en uit te laten voeren, maar wie zich er eenmaal in een dekstoel had geïnstalleerd en de krant probeerde te lezen, waar onveranderlijk de wind in sloeg, ook op windstille dagen, dacht algauw wat zit ik hier nou toch eigenlijk te zitten, en daalde de trap weer af.

De hemel was de hele dag licht heiig en verder onbewolkt geweest, en was dat nog. De sterren pinkten en twinkelden als in een glasheldere zomernacht. Wie zich overdag of in een afgesloten ruimte een sterrenhemel probeert voor te stellen, ziet meestal een uitstrooisel van afzonderlijke vonkjes, maar bij hernieuwde kennismaking blijkt het toch weer een melkachtige soep. Vage lichtbanken tussen priemende briljantjes. Ik hoopte op een vallende ster, dan kon ik een wens doen. *Breng haar terug bij mij.* Ze stonden allemaal stevig aan de hemel, er raakte er helaas niet één los. Weet je wat het is met die verschietende sterren... het zijn meteoren die daarboven verbranden als je net op je gelukkigst bent, en het leven niets te wensen overlaat. In zekere zin is het dan nutteloos verspilde brandstof. Een jackpot zonder geldig lot.

Met grind krakend onder mijn dienstkistjes (het paar dat Corinne gedragen had in het Amsterdamse Bos) liep ik naar de dakrand van het hoekhuis. Als ik mijn hoogtevrees negeerde en me een beetje vooroverboog, kon ik net het verlengde van de

Exilstraat in kijken. Het etalagelicht van BOEKHANDEL OLLE TORNIJ vormde een vage plas op het trottoir, tussen twee lantaarnpalen in. Precies daar parkeerde Tibbolt zijn auto altijd, met de rechterwielen op de tegels. De Festina stond er al bijna anderhalve maand niet meer, sinds hij er op 6 september in weggereden was. Over het lot van de auto hoefde Oops zich geen zorgen meer te maken: die was na de veldslag bij knooppunt Hellegat op een vluchtstrook teruggevonden... uitgebrand, maar nog herkenbaar. Over het wel en wee van zijn kleinzoon had hij minder zekerheid. Oll'opa wist zelfs niets over Tibs 'carrière als Ander' en over de schepen die daarvoor achter hem verbrand moesten worden. Ik durfde de boekhandelaar ook niet wijzer te maken.

Er beving me een duizeling, en ik deed snel een paar stappen achteruit, terug het dak op. Ik begon te lopen in de richting van de andere zijstraat, de Cornelis Schuyt. Hier en daar staken bouwsteigers boven de dakrand uit, want de buurt was na een eeuw nog steeds niet klaar: de waan van de dag over hoe een huis eruit diende te zien, ook vanbinnen, bleef onafgebroken werkzaam, rollend van mode in mode. Hoe vaak werd zo'n pand wel niet herschapen in een lege cocon, waarin een nieuw gezin zich kon ontpoppen... totdat een echtscheiding de bewoners noopte om twee kleinere huizen te zoeken. Het verlaten pand werd dan opnieuw van zolder tot kelder leeggesloopt in opdracht van de nieuwe eigenaar, want zoals zijn voorgangers het hadden ingericht, was 'echt geen porem, en niet meer van deze tijd... gewoon afgrijselijk, wat een smaak'. Hoe ver was ons huis verwijderd van een echtscheiding en een onherstelbare opknapbeurt? De vertrekken waarin ik mijn kinderen had zien opgroeien... waarin ik met Albert gelukkig was geweest, en later met Rinne... de oververtrouwde vloeren, plafonds, tussenwanden zouden worden opgeofferd aan de modegrillen van een binnenhuisarchitect 'met ideeën'. Het pand zou zo grondig worden leeggebikt dat er voorlopig steunberen nodig waren om de holle huls te stutten. Een huis dat lang genoeg door een gezin bewoond was, werd vanzelf een driedimensionaal familiealbum... en dat zou straks worden verscheurd met alle herinneringen die erin waren, niet langer vastgeklemd tussen fotohoekjes.

Bij de Cornelis Schuyt waagde ik me niet aan een overhangende blik in het ravijn. Ik keek weer omhoog. Hoe weids het er ook allemaal uitzag, het hele uitspansel behoorde nog altijd tot onze eigen straat, de Melkweg, en wij ondermaansen stonden op het schoongeveegde stoepje ervan, vriendelijk groetend naar de overkant... je bent tenslotte als buren aan elkaar overgeleverd.

Nog geen tien jaar terug had de Voyager 2 als eerste stuk ruimteschroot ooit het zonnestelsel verlaten om het ruime sop van een onontgonnen kosmos te kiezen. Het schip richtte z'n camera, die al zulke goede diensten had bewezen op de sightseeing tour langs de planeten, op het eigen kielzog... dat wil zeggen, op de afgelegde weg. En verdomd, op de foto (ik had er een tijdschriftversie van) was een minuscuul bolletje zichtbaar, opgehangen in een baan zonlicht, en dat heette voortaan onder astronomen de *pale blue dot*. Opnames gemaakt tijdens de maanreizen tonen de aarde nog als grote, blauw en wit gemarmerde knikker uit de rijgzak van het zonnestelsel. '*Stuiters die te water gaan, of ballen over 't dak.*' De Voyager 2 liet ons een onooglijk vlekje zien, kleiner dan een fietskogeltje en maar net iets groter, schat ik, dan een bolletje kwik.

Als de problemen op planeet Aarde, en die van mezelf in het bijzonder, zich even niet met de voorhanden middelen lieten relativeren, dan haalde ik de foto van de pale blue dot tevoorschijn, en stelde ik me voor wat er die dag van de opname allemaal gespeeld had – aan oorlogen, conflicten, martelingen, natuurrampen, drama's, tragedies, geboorten, moorden en overige sterfgevallen. Geen vonkje van al het geweld was aan de oppervlakte van die in de kokosmat getrapte knikker zichtbaar...

geen kreet droeg ver genoeg om door het fotograferende ruimteschip geregistreerd te worden. De pale blue dot liet als het ware zien, door z'n compactheid, wat er overbleef nadat alle aardse conflicten tegen elkaar waren weggestreept... misschien wel door de fijne arcering van Gods eigen etsnaald.

Dit alles zo zijnde, zou ook de liefde tussen Corinne en mij, en de problemen die ze opriep, relativerend te herleiden moeten zijn tot de bijna uitgewiste bleekblauwe stip. O nee, besefte ik opeens smartelijk: daar raakten we nou juist aan een paradox die de Voyager 2 niet kon vastleggen. Naarmate het oorlogsgeweld door de groeiende afstand tussen camera en object kromp, groeiden de sterkste liefdes op aarde ongeremd verder, als ontkiemde planten uit een boon in de sponzendoos.

Opeens was het uitspansel een en al angst, die aan me zoog en trok, en me naar de dakrand dreigde te lokken. Hoe klein ook de pale blue dot... een balletje vet van de olie in een kogellager... mijn liefde voor Corinne was krankzinniger dan ooit groeiende en vroeg om aandacht en verzorging. Ik zette het op een lopen naar waar de aluminium brandladder boven het hoogst gelegen balkon van ons huis uitstak.

Ik bereikte via de reservebadkamer, zoals we het veredelde washok noemden, de overloop van de derde verdieping. Albert moest me gehoord hebben, want de deur van zijn werkkamer ging open, en hij vroeg: 'Wat deed jij op het dak?'

'Sterren kijken... nadenken. Niets bijzonders.'

'Denk om de kinderen... doe geen gekke dingen.' Hij kwam zowaar uit zijn hol tevoorschijn, en drukte me tegen zich aan. Dat mocht wel eens in de krant. 'Met Corinne komt het wel weer goed, geloof me.'

'Je hebt er anders alles aan gedaan om het kapot te maken.'

'De Krop heeft op zijn manier ook een ontwikkeling doorgemaakt. Ik had buiten zijn huidige niveau van schofterigheid gerekend. Hoe kan ik het goedmaken?'

'Door Rinne uit de klauwen van die psychopaat te bevrijden.'

5

Volgens recente metingen denken mannen 170 keer per dag aan sex en vrouwen 180 keer – niet gespecificeerd naar soort gedachte, fantasie of visioen. Tijdens Corinnes afwezigheid ben ik het voor mezelf maar eens gaan narekenen, al wist ik tevoren dat het een onbetrouwbare uitkomst zou opleveren nu ik haar zo miste en zij geen moment uit mijn hoofd was. Na haar verhaal over het gesloopte telraam in haar jeugd had ik, het cadeauverbod negerend, in de Spiegelstraat een antieke *abacus* voor haar gekocht, heel klassiek met aan elk van de tien koperdraden tien ballen. Het bleek niet genoeg om al mijn zonden van links naar rechts te verschuiven, zodat ik na het bereiken van de honderd overging op ouderwets turven: vier verticale streepjes met als vijfde een hellend horizontaaltje. Mijn volgende hitsige gedachte werd opgewekt door het grafische beeld van deze eerste vijf. Ik werd gedwongen te denken aan die keer dat ze haar benen spreidde en er dwars, enigszins diagonaal, over haar vier verticale plooien een melkachtig slijmdraadje liep.

'Stil, Rinne, blijf zo liggen... anders breekt het.'

'*Wat* breekt er dan, gek die je bent... het lijntje?'

'Zoiets, ja.'

Het was een klein wonder. Ze bewoog wel zoveel dat het draadje een beetje trilde. Haar gewone sap was helder en vloeibaar – dit 'lijntje' moest gevormd zijn uit haar witte vloed, of...

'Ben je voor je hier kwam met Hans naar bed geweest?'

'Dat bestaat niet meer tussen ons.'

'Met een andere man dan...'

'Wanverstand.' Ze werd eerder verdrietig dan boos. 'Ik kom hier om je alles van mezelf te geven... alles, en nog veel meer... en dan verdenk jij mij ervan dat ik onderweg... sodemieter op, zeg.'

Ik verwachtte dat ze op zou springen om zich aan te kleden

en weg te gaan om nooit meer terug te komen, zo vonkend kwaad keek ze uit haar ogen, maar ze bleef liggen zoals ze lag. Ik overhandigde haar zwijgend de handspiegel, die ze tussen haar dijen bracht. Ze blies van minachting. 'Dat is witte vloed, stomme trut... ben jij in je jeugd niet voorgelicht? Nee, hè, in de huizen waarin jij met je vader kwam, stroomde alleen de zwarte vloed. Het is een onschuldig draadje, dat ik er waarschijnlijk uit geperst heb toen ik op de fiets zo snel mogelijk bij jou wilde zijn.'

Ik wist geen ander weerwoord dan het met mijn tong tussen haar labia fijn te wrijven. Ik zou het hele voorval misschien vergeten zijn als het niet door het turven en de schetsmatige voorstelling van een panfluit aan de oppervlakte was gekomen. Ik tekende die eenzame dag al mijn meest schaamteloze voorstellingen van haar op, als een gevangene die alle nog uit te zitten maanden in panfluiten weergeeft, om er het pad naar zijn vrijlating mee uit te krassen in zijn celmuur. Ik hoorde er op den duur de wee- en gekmakende muziek van zo'n herdersfluit bij, waar geen eind aan kwam, omdat ook de verlokkende beelden van Corinne in een eindeloze stroom voorbijkwamen.

'O, liefste Rinsi, als de turffluit zingt, heb ik er alweer vijf gedachten aan jou op zitten... zo onbereikbaar als je mag zijn, je bent onuitputtelijk.'

6

Ook de zoveelste namiddag die ik, op de herderinnetjesmanier, met haar zou hebben doorgebracht, liet ze verstek gaan: het was De Krop kennelijk menens. Iets onlogisch had het wel. Je zou toch zeggen... hoe vaker ze bij haar minnares was, des te meer overspel viel er voor hem en zijn advocaat te turven: genoeg panfluiten om een Andesvallei mee te vullen. Het ging hem blijkbaar niet uitsluitend om een juridische overwinning en het verder opdrijven van de alimentatie... ook vernedering en eenzaamheid speelden een rol. Als hij haar zo node kon missen, hoe moest dat dan straks, na het uitspreken van de scheiding? Het zweet brak me uit bij de gedachte dat hij haar, naast het opstrijken van een vorstelijke alimentatie, binnen zijn invloedssfeer zou proberen te houden. Natuurlijk, een gebiedsverbod voor hem afdwingen was wettelijk mogelijk, maar dan begon de gerechtelijke touwtrekkerij van voren af aan.

Corinne nam nog steeds haar telefoon niet op – de gsm niet, en evenmin de vaste lijn. Ik moest er rekening mee houden dat haar mobiel in handen van haar echtgenoot was, dus ik sprak alleen korte boodschappen in op haar voicemail, die Hans niet al te onwelgevallig zouden zijn. 'Ja, Corinne, met mij... er liggen hier nog wat spullen van je. Kom je ze halen of zal ik ze door iemand langs laten brengen?'

Ze belde niet terug, en haar gijzelnemer evenmin. De vrijdagnamiddag vorderde. Ik hoefde niet te koken, want de kinderen mochten pizza halen, ook voor hun vader. Ik hield het thuis niet meer uit, en vluchtte naar café De Lier. Ik had er vaak met Corinne wat gedronken: misschien kwam zij juist vandaag, de dag zonder afspraak, op het idee het happy hour te bezoeken, in gemeenschappelijke hoop dat we elkaar daar zouden treffen, zogezegd op juridisch neutraal terrein.

Halfzes. Ze was er niet, maar kon nog komen. Het was er druk. Met een hoog glas witbier in de hand keek ik uit naar een vrije plaats. Iemand op de hoekbank wenkte me, en klopte op de zitting vlak naast hem. Het was Barry, de kapper, een wat melancholieke homosexueel van het type 'wie wil mij nou'.

'Mevrouw Egberts, kom erbij. Ik zie u hier nooit alleen... altijd met een vriendin.' Hij zei niet '*uw* vriendin', maar was valse nicht genoeg om het wel zo te bedoelen.

Ik keek naar de deur, waar juist een vrouw door naar binnen kwam. Niet mijn Rinse Rinni. 'Ze komt misschien nog.'

'Het zou me hogelijk verbazen,' zei Barry, die zijn best deed heel meewarig te kijken. 'Ik had vanmorgen haar man in de zaak. Hij is woest op jullie... op u en Albert... meer nog dan op zijn vrouw. Nee, u hoeft niets uit te leggen... ik heb het laatst allemaal kunnen volgen in mijn eigen spiegel. Meneer Krop kwam die ochtend voor een Shave Special Plus, en zag zijn vrouw jullie huis binnengaan... met een eigen sleutel, zo te zien. Nou, ik kon het scheermes niet goed meer zetten, zo zat hij te trillen van woede. Wat me anders nooit gebeurt: een deerlijk jaapje in de onderlip. Geen hechting waard, en te verhelpen met een half blok aluin, maar toch... mijn eer te na. Ik gaf hem een korting vanwege die bloedlip. Hij ging weg met gebalde vuisten. Ik dacht nog: die gaat aan de overkant verhaal halen, maar hij stapte gewoon in zijn auto... weg. Anderhalf uur later was hij terug in mijn stoel, heel rustig, zogenaamd om zijn kapsel te laten fatsoeneren... terwijl ik hem de week tevoren nog geknipt had, nou vraag ik u. Hij zag u en zijn vrouw het pand verlaten... even later weer terugkeren... en jawel, hoor: weer spastisch... nog net niet epileptisch... van boosheid. Ik durfde niet eens meer de haartjes uit zijn oren te verwijderen, bang dat ik met de schaarpunt door zijn trommelvlies heen zou stoten... want dan helpt er geen aluintjelief meer aan. En wat denkt u? Hij stond pardoes op, terwijl ik net een lik gel in zijn haar aan het doen was, en rukt de kapmantel van zijn nek. "Ik betaal volgende keer wel." Hij beende zo de straat over, en ging bij u naar binnen, mevrouw Egberts. De voordeur was blijkbaar van het slot, want hij hoefde 'm alleen maar open te duwen.'

'Zeg alsjeblieft Zwanet... en toen?'

'De afloop kent u beter dan ik,' zei Barry. 'Meneer Krop kwam na een halfuur, drie kwartier misschien het huis weer uit... en duwde zijn vrouw voor zich uit naar de auto. Meer valt er niet te vertellen, mevrouw Zwanet. Laat ik het zo zeggen... het zag er niet vredigjes uit.'

De deur van De Lier had geen hydraulische dranger, maar een roestige veer, die bij opening krakend en piepend boven het geroezemoes uit klonk. Het kippenvel dat ik ervan kreeg, kondigde elke keer de komst van Corinne aan... zonder dat ze binnentrad. Ik moest er ernstig rekening mee houden dat ik haar nooit meer zou zien... hooguit nog een keer vanuit de verte, terwijl ze in een rolstoel door betaalde kracht Hans Krop werd voortgeduwd, met een plaid over haar knieën, waarop de Crocodile no. 17.

'Zeg eens, Barry... heb jij de kappersschool gedaan?'

'En met witlof geslaagd, reken maar.'

'Geldt voor kappers zoiets als een beroepsgeheim?'

'Grappig dat u erover begint, mevrouw Zwanet... ik pleit bij de vakbond al jaren voor een ambtsgeheim in het kappersvak.'

'Ik dacht dat al die achterklap in de stoel nou juist het grootste vermaak van de barbierswinkel was.'

'O, nee, allerminst.' Zijn stem schoot schril uit. 'Al het smadelijks dat een kapper krijgt toevertrouwd... niet alleen in roddelvorm... het legt je zo'n verantwoordelijkheid op. Vroeg of laat vertel je 't allemaal door... daarnet aan u ook weer. Het is niet tegen te houden. Het gaat vanzelf... er is geen zwijgplicht... geen beroepsgeheim. Bovendien, de klant zit niet lekker in mijn stoel als hij zijn hart niet kan luchten. Een docent op de vakschool zei: "Wij kappers zijn een soort psychoanalytici... we staan achter de patiënt, en moeten zien hem aan het praten te krijgen... met het mes op zijn keel." Als hij weer buiten staat, voelt hij zich gereinigd. Het is de wind in zijn uitgedunde haar.'

'Maar, Barry... je kunt de klant toch leeg laten lopen, en vervolgens over alles wat hij zegt zwijgen als het graf.'

'Nee, dat lukt niet. Het moet me opgelegd worden. Daarom leur ik bij de vakbond al jaren met het idee om een beroepsgeheim voor kappers in te voeren... natuurlijk compleet met tuchtcommissie, want overschrijding van de richtlijnen dient bestraft.'

'Wat vind je er zo erg aan als je de roddels, of de hartsgeheimen, van de klant weer doorvertelt... bijvoorbeeld aan de volgende die voor je spiegel plaatsneemt?'

'Mevrouw Zwanet, u heeft geen idee van wat al die kwaadsprekerij aanricht bij de persoon voor wie z'n oren het niet bestemd is. De kapper, gelooft u een eenvoudige middenstander... de kapper vormt een *te* belangrijke schakel in die hele keten van gelaster. Hij moet door een speciale verordening tegen de cliënt in bescherming genomen worden... en vooral tegen zichzelf. Roddelzuchtig zijn we namelijk allemaal, zonder uitzondering. Ik weet waar ik het over heb... ik ben ervaringsdeskundige.'

'Ik waardeer je eerlijkheid, Barry... mag ik je nog iets te drinken aanbieden?'

'Is dat een steekpenning om me te laten zwijgen... of juist om me aan de praat te krijgen?'

'Dat mag je zelf uitmaken.'

'Nou, mevrouw Zwanet, als het u niet ontrieft... doe dan maar een dubbele Cointreau met ijs.'

7

'Cointreau, drambuie, crème de cacao... ik doe een moord voor die zoete drankjes, maar dan moet er wel ijs bij,' zei Barry. Hij zoog de drank tussen de blokjes uit. De dikke slijmerigheid ervan verzadigde zijn speeksel en maakte zijn geslurp luider. 'Wist u trouwens dat de kleinzoon van Olle Tornij het met oudere, welgestelde dames houdt?'

'Barry, je bent onverbeterlijk.'

'Het is niet eerlijk,' zei hij sip. 'Alsof oudere, welgestelde haarboeren geen behoefte aan gezelschap hebben. Wacht... niet meteen kijken... daar komt zowaar de heer Krop binnen, geknipt en geschoren.'

Het bloed uit mijn gezicht trok weg. 'Alleen?'

'Tot nu toe wel.' De kapper stak vals joviaal groetend zijn hand op.

'Misschien zoekt hij *jou*,' zei ik. 'Om nog gauw even de haartjes uit zijn neus te laten verwijderen voor het weekend.'

'O, hij is ertoe in staat,' zei Barry. 'Het zou de eerste keer niet zijn. Mevrouw Zwanet, zonde dat ik het zeg, maar hij komt altijd na sluitingstijd als er bij u op de tweede verdieping een gedempt licht brandt. Ik heb mevrouw Krop dan een uurtje of wat eerder naar binnen zien gaan. Op een keer... heel dramatisch... was er een soort Chinees schimmenspel op de vitrage te zien. Duidelijk twee dames. Meneer Krop *had* het niet meer, maar hield zich gelukkig in... ik was net druk doende zijn wenkbrauwen met een fijn schaartje bij te werken. Als aan de overkant al iemand bezig was om hem de ogen uit te steken, wilde ik die persoon niet *voor* zijn.'

'Ik zal niet meteen omkijken... waar zit hij?'

'Hij staat. Er is nergens plaats. Het geeft natuurlijk geen pas voor een kapper om zijn klanten te bekritiseren, mevrouw Zwanet, maar... als ik dat arrogante bakkes van die gozer zie, ga ik bijna ter plekke over m'n nek, ongelogen waar. En dan moet ik nog met hem door... knippen, scheren, oorhaartjes. Hij heeft me zelfs een keer gevraagd om de gele kop van een puist op zijn kin met mijn scheermes te guillotineren... en of ik eerst maar even het lemmet boven een vlam wilde ontsmetten. Dat heb ik gedaan, en wel zo dat het naast het zweertje een keurig brandvlekje opleverde. Wat kan die man allejezus goor heterosexueel vloeken, zeg... daar lusten de schurftigste honden geen brood van. Kortom, ik mag dat secreet niet. Ik snap heel goed dat zijn eega af en toe de benen neemt.'

'Hou mijn plaats even bezet, Barry, als je wilt. Ik ben zo terug.'

Hans Krop stond inmiddels met een herfstbock van de tap in zijn hand. Groezelig schuim lag knisperend op zijn bovenlip, die bij mijn nadering onmiddellijk begon te zwellen. Ik bedacht dat het misschien zijn subtiele variant was op het opzetten van de borst.

'Corinne nog in aantocht?' vroeg ik niet onvriendelijk.

'Dat zou je wel willen,' snauwde hij. 'Zit je mijn vrouw hier, in deze uitdragerij, soms op te wachten?'

'Nee, maar ik zie haar liever verschijnen dan jou, dat wel.'

Hij nam een grote teug, en ververste zo het schuim onder zijn neus. Het zwellen speelde zich goeddeels af in de rechterhelft van zijn bovenlip, die daarmee opwaarts krulde, als bij herpes simplex. 'Als ik Krien nog eens bij jullie aantref, zal ik haar minder vriendelijk vragen om mee naar huis te gaan.'

'Ik bewonder je hoffelijkheid van laatst.'

'Mijn geduld is niet eindeloos.'

'En nu, Hans... wat heb je geduldig en hoffelijk met Corinne gedaan... of met Krien, zoals jij zegt, ongetwijfeld omdat het rijmt op boerentrien. Opgesloten?'

'Ik noem het liever huisarrest,' zei hij, kauwend op een staartje bock. 'Ik neem Krien tegen haarzelf in bescherming. Hoe meer ze vreemdgaat, des te meer gepis buiten de pot belandt er in het dossier van mijn advocaat... en daarmee op het bureau van de rechter.'

'Als je haar wilt sparen, kun je sommige feiten ook voor je houden. Ik snap het wel: hoe erger ze aan jullie huwelijk gemorreld heeft, des te meer alimentatie er voor jou aan zit... ook achterstallige. Tel uit je winst, makker.'

'Allemaal bijzaak. Het gaat er mij om dat we nog steeds getrouwd zijn. Het huwelijk is met wat passen en meten misschien nog te redden.'

'Wat een hypocrisie... de vreemdganger, dat was jij toch altijd? Is jouw leporelloboek ook in het dossier opgenomen?'

'Nee, maar wel een medisch attest... en daar blijkt glashelder uit dat ik al jaren niet meer sexueel actief ben... ook niet kan zijn geweest.'

Ik kon een spottend lachje niet onderdrukken. Ik zag onmiddellijk een handelaar op een veemarkt voor me, die zijn gerenommeerde dekhengst probeert te slijten bij opbod, maar wel een schriftelijk bewijs van de dierenarts moet overleggen… dat het paard officieel impotent verklaart. Wie biedt?

'Da's een goeie,' zei ik. 'Hoe heb je die dokter zover gekregen?'

'Ik probeerde hem ertoe te bewegen dat hij me van mijn kwaal afhielp. Opereren bleek te riskant… met een geringe slagingskans.'

'In godsnaam, Hans, over wat voor ziekte heb je het?'

'Scheefgroei.'

Dat wist ik dus al van mijn bezoek aan hem, op de Koninginneweg. Niets laten blijken. Ik kon geen genoeg krijgen van het scheefgegroeide machotype. 'Ik neem aan dat je het niet over je wervelkolom hebt.'

'Nee, de afwijking zit ergens anders… 45°. Veel te pijnlijk voor penetratie. Ik ging ervan uit dat Krien het je wel verteld had… het lijkt me typisch iets voor vrouwen om zich vrolijk over te maken.'

'Zij spaart jou meer dan jij haar.'

Doordat hij een hand in zijn zij plantte, schoof zijn jasje opzij, en zag ik een knoert van een pieper aan zijn riem hangen. Ik knikte ernaar. 'Hou je zo contact met haar enkelband? Als je Corinne door scheefgroei niet ter wille kunt zijn, zou je haar dan niet wat meer loslaten?'

'De pieper is van mijn school in Geldrop. Er zijn wat problemen… en zo sta ik in verbinding met de rector.'

'Dat heft haar huisarrest nog niet op. Laat haar vrij, Hans. Wat zij en ik met elkaar hebben, werk je toch niet tegen. Zoals jij haar klein houdt en kleineert, daar moet je vroeg of laat voor boeten.'

Zijn zwakke ogen vernauwden zich, en hij keek me met loerende blik aan. 'Als ik jou zo zie… dan vind ik het heel spijtig dat ik je niet twintig jaar geleden heb ontmoet…'

'…voordat de dingen scheef begonnen te gaan.'

'Je zegt het. Ik zou je behoed hebben voor dat onsmakelijke gerommel tussen vrouwen.'

'Te laat, Hans. Corinne en ik zijn door jouw handicap veroordeeld tot de stemvorkligging.'

'Pardon?'

'Denk maar eens goed na… ik heb het over jouw zuignaptheorie. Baudelaire heeft een essay geschreven over het verschil in uitwerking tussen hasj en alcohol. Hij voert daarin Paganini op, die in zijn tijd als straatmuzikant een dronkenlap van een gitarist op sleeptouw nam. De man zoop zich te pletter, en wist dan tijdens optredens met de violist niet meer dan een enkel akkoord op de gitaar voort te brengen… maar dan zo briljant dat Paganini erop verder kon improviseren. Zo werd hij de van de duivel bezeten muzikant die in heel Europa beroemd was.'

'Ik snap niet goed wat dat te maken heeft met… eh… zuignappen en stemvorken,' stamelde Hans, van zijn stuk gebracht.

'In jouw vernauwde brein werd de voorstelling van de vrouwenliefde blijkbaar teruggebracht tot een klungelig treffen van twee zuignappen. Daarmee was jij de bezopen gitarist met dat ene akkoord… en gingen wij er als twee Paganini's virtuoos mee aan de haal. Onze erotiek begon *daar*, in de amuzische leegte van jouw benepenheid. We zijn je veel dank verschuldigd… en als je wat ik nu vertel tegen haar gebruikt, kom ik je aan de Koninginneweg hoogstpersoonlijk vermoorden… of in Mierlo desnoods, in je eigen Japanse tuin, met een samoeraizwaard… en dan dump ik je scheefgegroeide lijf in de vijver tussen het riet en de waterlelies. Leg dit dreigement maar alvast bij de politie neer… dat spaart ze een hoop navraag en gedoe.'

Hans Krop stond een moment sprakeloos, maar toen ik hem de rug toekeerde, hoorde ik nog net: 'Stinkwijf… vunzige lollepot.'

8

Toen ik weer naast Barry ging zitten, rook ik opnieuw de typische kapperslucht die om hem heen hing, gekruid met zijn tandstenen adem.

'Ik kon niet verstaan wat er gezegd werd,' zei hij, 'maar aan de gezichten te zien gaf u hem behoorlijk van jetje.'

'Ik had hem zijn ogen uit moeten krabben.'

'Mevrouw Zwanet, alleen al vanwege die gast zou ik met vervroegd pensioen willen. De zaak opdoeken... stil gaan leven op Texel.'

'Er zijn andere manieren om je van een nare klant te ontdoen.'

'Kijk, dat leren ze je nou weer *niet* op de kappersvakschool.'

'Ga stage lopen bij een collega op Sicilië... die leert je wel hoe je, in opdracht van hogerhand, een vergeeflijke fout kunt maken bij het scheren van een ongewenst persoon.'

'Ik heb er bij deze heer Krop zo vaak over gefantaseerd... tot in de kleinste details... daar hoef ik niet voor naar Sicilië. Scheelt me weer een vliegticket.'

'Wat let je dan?'

'De smeerboel,' zei Barry. 'Bij een slagaderlijke bloeding blijkt pas hoe godsonmogelijk veel bloed we in ons lijf hebben.'

'Het lijk zelf lijkt me een groter obstakel. Dat veeg je niet zomaar in je haarputje. Er zijn lichamen waarmee je bij het verslepen de vloer nog even keurig oppoetst, maar bij Hans Krop stuitert dat bijna afgesneden hoofd mee... met telkens een verse gulp.'

'Als het u menens is, mevrouw Zwanet... ik doe het niet gratis ende voor niks. Als ik op de loop moet, heb ik cash nodig.'

'Ik heb nog wel wat spaargeld achter de hand... speciaal om klusjesmannen te bekostigen.'

Zo zaten we ons te verlustigen aan het visioen van de fatale scheerbeurt, met de kappersstoel als schavot. Ik keek naar Hans, zoals hij daar ongemakkelijk tussen het cafévolk stond te draaien, en zag zijn bloed tegen de spiegel sprietsen, die aan de overkant van de straat meer had gezien dan me lief was. De lampen rond de lijst raakten bespikkeld als kerstballen, sommige met spatjes klein als vliegenstrontjes.

'Het probleem is,' zei Barry, 'ik kan geen bloed zien. Voordat ik mijn karwei heb kunnen afmaken, val ik flauw.'

De Krop wierp nog een superieur bedoelde blik in onze richting, en verliet het café. De deurveer knarste.

'Barry, heb jij nog zo'n ouderwetse riem hangen waaraan je het scheermes slijpt?'

'Ik kan niet zonder.'

'Nou, dan wurg je hem daarmee. Het scheelt een hoop bloedertroep... het scheerschuim veeg je er later af.'

Ik onderdrukte de aanvechting om op te springen en achter Hans aan te gaan. Hem volgen tot aan zijn pied-à-terre, op de een of andere manier mee naar binnen glippen en... Corinne bevrijden. Ik kon niet zomaar een voet tussen de deur en de drempel zetten. Hij leek me iemand die dan net zo lang door zou beuken tot het slot klik zei. Ondertussen lag mijn afgerukte voet op de mat met WELKOM, sok en schoen er nog omheen. Een of andere buigzame strip kon uitkomst bieden... In mijn hoofd zag het er mooi genoeg uit. Nee, ik moest een andere list bedenken, voor een later moment. Ik dacht aan mijn vader, een expert in het openen van alle mogelijke sloten.

'Mevrouw Zwanet, nog even over de kleinzoon van de boekhandelaar...'

9

Vrijen, vrijen... dat betekent *te* vaak de onuitgesproken dwang om direct te reageren op het handelen van de ander... een streling te beantwoorden met een nieuwe liefkozing. Een beetje lustvolle passiviteit mocht eens voor ongeïnteresseerdheid of gebrek aan liefde doorgaan! Het minnespel, dat behoort volgens de goegemeente een werveling van lichamen te zijn... actie en reactie... hartstochten de vrije loop, met steunend ontsnappen van opgekropte lucht.

Corinne die eerste maanden nader leren kennen betekende ook: vertraging, zonder afkoeling van vurigheid. Gulzig kijken en gretig bekeken willen worden, zonder haast of aansporing, ergens buiten de Tijd. Toen zij me tot haar leven toeliet, betrad ik niet zozeer een nieuwe wereld als wel een nog onbekend landschap, dat ik wilde ontdekken zonder het tot in het blaséë te ontginnen, zonder het geheim ervan geheel te hoeven doorgronden: het vrouwenlichaam, het hare in het bijzonder... nee, alle vrouwenlijven in dat ene, dat toch onvervreemdbaar aan haar toebehoorde. (De moedervlek op haar rug, het litteken op haar knie, om maar een paar kenmerken te noemen... die waren van *haar*.) Ik heb het haar nooit rechtstreeks gevraagd of ik voor haar ook een landschap was, zij had ongetwijfeld haar eigen beeld bij mij, maar bracht wel het eindeloze geduld op om mij *zich eigen te maken*, ja, laat ik het zo maar uitdrukken, daar kan ik me geen buil aan vallen. Haar lichaam verdiende mijn langdurige, roerloze contemplatie. Zelfs de kleinste verschuiving in het landschap, desnoods alleen door een minieme verandering van lichtval, ontging me niet. Het was niet zo dat mijn blik in cinematografische slow motion langs haar glooiingen en uitstulpingen gleed, nee, maar mijn geheugen sloeg het wel als zodanig op. Nu ze weg was, mijn Rinnerl, deed ik er mijn voordeel mee: de contemplatie van het landschap liet zich wel degelijk in de herinnering herhalen... en zo wist ik haar in haar afwezigheid tot in de kleinste nuances naar me toe te halen, om haar aan mijn zinnen te voeren.

Una furtiva lagrima. Toen ik op een wurgend eenzame namiddag, hunkerend naar mijn liefste, op het ineens veel te grote bed lag, draaide Albert pal boven mijn hoofd op zijn antieke grammofoon een schellakplaat met hoogtepunten uit een opera van Donizetti. Ik herkende de stem van Caruso, die de 'verstolen traan' met de klankkast van zijn befaamde kakement door de ruis der tijden heen tot klinken bracht. De mooiste verstolen traan die ik ooit heb mogen aanschouwen, kwam van Corinne, maar niet uit haar ooghoek.

Ze lag met gul gespreide dijen voor me, achterover in de kussens, met de ene arm onder haar hoofd en de andere over haar ogen, alsof natuurlijke schaamte ook een plaats gegund werd. Ik had mijn knieën onder me opgetrokken, en mijn bovenlijf lag plat voorover op de matras tussen haar benen, als in opperste onderwerping. Mijn kin steunde op twee vuisten, die ik op elkaar gestapeld hield, en zo kon ik van dichtbij het uitzicht verslinden. De onderkant van de schedeopening kent een bochtje, een vlezig drempeltje, waar voorbij de bilnaad begint. Daar ontwaarde ik voor het eerst die trage, heimelijke traan, die spontaan tevoorschijn welde en na enige aarzeling, zo leek het, het perineum in sijpelde... nee, dat woord geeft het wonder te onbehouwen weer... ik zou bijna zeggen: te pornografisch. Nu ik het twintig jaar later wil omschrijven, kies ik liever voor *biggelen*, dat meer des traans is. Hoewel geen klanknabootsing beschouw ik het toch een beetje als een onomatopee. Er murmelt iets in dat woord, als bij een heel klein stroompje dat op een gladde steen stuit in een verder stille beek. Het gemurmel klinkt alleen diep in mijn hoofd, als een muziekje dat aangestreken wordt door de herinnering aan het mysterie. Sijpelen veronderstelt bovendien een snelheid van verplaatsing die de traan van Corinne, dik als perensap, niet kon opbrengen.

Die traan *biggelde*, in heel z'n glinsterende schoonheid, traag genoeg voor mij om het wonder voor de rest van mijn dagen in mijn geheugen en lichtgeraakte klieren op te slaan. Hij volgde min of meer de violette bedding van het perineum, maar week daar ook halverwege van af om tot stilstand te komen, schijnbaar wachtend op een tweede *furtiva lagrima* die hogerop in de maak was. Ze voegden zich bijeen, en vervolgden als grotere drop langzaam hun weg naar nog een mirakel.

Mijn aanbidding logenstrafte elke vroegere neiging om het menselijk lichaam onder het groezelige licht van de contingentie te zien. Alleen al het mysterie van haar steelse traan was sterk genoeg om onze willekeurige ontwikkeling van blaasje kikkerdril tot zakvormige hersendrager te relativeren. Hier waren we aanbeland, bij de huidige onbegrijpelijke staat van het lijf, maar we bleven in staat om elkaar lijfelijk lief te hebben. Ik aanschouwde het kleine slagveld waar bijna een kwart eeuw geleden de nog naamloze baby Rita het vruchtwater gutsend voor zich uit gestuwd had... en niet veel later het bloed van de inscheuring had laten vloeien. Alles had zich weer samengetrokken, en nu mocht ik me, zelf tranend, in vervoering laten brengen door die ene druppel, die het Al weerspiegelde.

'Zeg nu eens heel precies wat je ziet, Zwan.'

'Het biggelt,' was alles wat ik met toegeschroefde keel wist uit te brengen.

'Rita heeft me daar toegetakeld met haar bolle toet. Mijn ouders wilden dat ik hun kleindochter liet dopen... ik weigerde, en voelde me schuldig. Misschien heeft mijn lekkende stroompje al die jaren haar fontanel gezocht... en heb ik haar sindsdien duizend keer gedoopt.'

'Nee, niet wrijven.' Ik kon maar net voorkomen dat ze het mirakel met haar vingers uitwiste. 'Het is nog niet klaar.'

Ik volgde de verstolen traan met mijn blik verder naar beneden, tot waar hij stervormig uitvloeide in wat in Frans bargoens het *bronz'oeil* wordt genoemd: het bronzen oog. Corinne en ik hadden tot op dat moment een problematische verhouding gehad met wat we 'het rioolstelsel van ons lijf' noemden. Nee, het was geen preutsheid, geloof ik... geen wederzijdse schaamte. We konden moeilijk verkroppen dat de afvalverwerking van onze lichaamshuishouding zich van dezelfde organen bediende als waarmee we de liefde beoefenden. Onze sappen, ook traanvocht en speeksel, waren onverdacht helder als wijwater. Nadat we, nog niet zo lang geleden, het elkaar beplassen als bron van genot ontdekt hadden, probeerden we van tevoren, tot aan het klotsbuiken toe, zoveel mogelijk Evian te drinken om de kleur uit de urine weg te nemen… zolang onze tederheden maar geen associaties opriepen met de vuilnisophaaldienst van ons ingewand.

Met de anus als doelwit van liefkozingen hadden we tot aan de dag van de eerste verstolen traan niet goed raad geweten. Het was alsof de *furtiva lagrima* haar aarsje, door er halt te houden, als het ware *aanwees*… maar voor wat? Onderzoek op bruikbaarheid voor nog meer genot? Maar hoe zat het dan met de rioolfunctie, waar we zo afkerig van waren? Tot op dat moment hadden we heel goed toegekund zonder deze opening naar duisterder diepten. Van de andere kant… ik kon niet zomaar iets intiems van haar uitsluiten van mijn genegenheid. Omgekeerd, voor mij, gold hetzelfde. Onze terughoudendheid op dat punt was een soort fremdkörper in het geheel van het geminnekoos… het klopte niet. Waarom haperde juist hier onze erotische vindingrijkheid?

Corinne kwam zelf met een doorbraak, als ik het zo mag noemen. Had ik haar eerder nog verhinderd de heimelijke traan af te wissen, nu nam ik haar bij de pols en liet ik haar met de top van haar middelvinger de lange baan beschrijven die liep van het omslotene naar het onontslotene… dat wil zeggen, van haar clitoris naar de anus, helemaal in het gladde spoor dat de *lagrima* had achtergelaten. Haar vinger schoot zomaar vanzelf, tot voorbij het tweede kootje, het bronzen oog in… Rinne leek er zelf van te schrikken. Ik wil niet zeggen dat ze haar onderlijf nooit langs die weg verkend had, maar nu werd het iets van ons *samen*.

'Ruim baan, zeggen ze wel eens,' fluisterde Rinne. 'Mijn vinger kan opeens drie keer zo ver uitwijken. Geef dat ding eens aan... ik wil naar mezelf kijken.'

Ik drukte de steel van de spiegel in haar hand. Even later danste een dot weerkaatst zonlicht door de kamer, omdat haar pols zo onbedaarlijk trilde.

'Net alsof het niet in beeld wil,' zei ze zacht. 'Hoe ging dat gedicht van Slauerhoff ook weer? Hij brak jaloers de spiegel, want het kon zijn dat die de beeltenis van zijn geliefde voor zichzelf hield. Zoiets, toch?'

Ik keek betoverd toe. Nooit eerder was me zo het ontroerende contrast opgevallen tussen twee dicht bijeen liggende lichaamsopeningen. De ene bij aanraking overdadig zich openend... zwellend, lekkend, hongerig... de andere strak naar binnen gekeerd, samengeknepen, afwijzend, moeilijk te veroveren, al had Rinnes vinger wat oliesel van boven meegebracht.

'Hoe voelt het, Rinsi?'

'Het windt me op... maar dan eerder een verdieping hoger. Neem jij het van me over?'

Meer biggelende glinstering vergemakkelijkte me het binnendringen. Het was mooi haar klieren zo kwistig te zien reageren zonder dat ik haar vulva aanraakte. De verstolen traan ging nu op in een overvloed.

'Zo is het goed,' zei Rinne. 'Verder hoeft niet. Het zijn de mannen die altijd dieper willen... voorbij het ribbeltje waar voor hen het genot begint, en voor ons de pijn.'

'Ik zal geen namen noemen,' zei ik, 'maar ik heb er een gekend die het vergeleek met het naaien van een engel.'

'Bedoelde hij dan dat een engel mannelijk is, met een hoogst stimulerende engte tussen de billen... of juist vrouwelijk, en voorzien van een schede die qua nauwheid voor een endeldarm niet onderdoet?'

'Ik weet alleen dat het altijd als een teveel voelde, waar ik zo gauw mogelijk vanaf wilde. Het lijkt me niet erg eervol voor een man als een vrouw zich van hem *ontlast*. Het zal de reputatie van engelen geen goed doen als ik zeg dat ik de vaardigheid had ontwikkeld om zijn hele gezwollen trots… uit me te knijpen.'

'Geef dan gewoon toe dat je hem uitkakte.'

'Nee, dat gaat me te ver… er zijn grenzen aan mannenhaat.'

Hierna werden we weer stil. Terwijl ik haar bereed met mijn vinger, streelde zij zichzelf hogerop, eerst via aarzelend tastende halen, maar al spoedig zo snel dat het voor mij in de weerspannige engte niet was bij te houden. Dat ze klaarkwam, merkte ik ditmaal niet alleen aan haar stokkende adem en schokkende lichaam, maar ook aan het krachtige samensnoeren van haar sluitspier.

'Hoe was het?' vroeg ik wat later, ook om aan te geven dat ik wel aan eenzelfde behandeling toe was. 'Anders?'

'Intenser. Het gebeurt op twee plaatsen, maar niet helemaal tegelijk. Ik vergelijk het met donder en bliksem. Na het weerlichten, fel en heet, kun je aftellen naar de klap… en dan flakkert het nog even na. Bij jou werkt het vast heel verschillend.'

'Mag ik dat zelf uitmaken?'

'En als het bij jou nou 's niet biggelt als bij mij?'

'Komt sijpelen ook in aanmerking?'

Corinne bediende zich van haar eigen beeldspraak – ik zou niet zo gauw aan een krakend onweer gedacht hebben. Dat dit ballet, deze pas de deux voor twee vingers een verhevigd en langgerekt orgasme kon opwekken, stond buiten kijf. Ons samenzijn werd er niet eenvoudiger op, al vroeg ik me, met Corinne, wel af wat hier nog op kon volgen. Het leek erop alsof onze lust de laatst beschikbare lichaamsplooi had gekoloniseerd.

'Je hebt een wel erg strakke kringspier,' zei ze later quasibezorgd. 'Mijn vinger werd zo ongeveer gewurgd. Een wonder dat ik hem nog kan bewegen. Er zit weinig gevoel meer in.'

'Dat zei de beul ook tegen de terdoodveroordeelde, toen hij bij het omleggen en aantrekken van de strop zijn hand te laat terugtrok: “Je wurgt mijn vinger… een slechterik tot in je laatste ogenblikken. Foei.” Laat eens zien, Rinne… kan een sluitspier eigenlijk een moet achterlaten?’

‘Misschien in het instrumentarium van die uitgekakte minnaars van jou.’

Omdat we ons niet graag gewonnen gaven, probeerden we met onze tongpunt de weerspannige spier tot grotere soepelheid te dwingen, maar de prikkeling bleef voorlopig tot de buitenkant beperkt. De vorm had in z’n geslotenheid iets hallucinerends: een klein wiel, waarvan de korte spaken naar een gehei- me, inwendig verborgen naaf leidden… waarin waarschijnlijk de as stak die de ziel draaiende hield.

‘Dan is meteen onthuld,’ zei ik, ‘waarom ziel op wiel rijmt.’

‘Het komt erop aan,’ zei Rinne, ‘om onze tongspieren te trainen… net zo lang tot het *Sesam Open U* verhoord wordt. De achteringang naar het paradijs.’

‘Henry Miller, Rinsi… je weet wel, de Oude Fallus uit de boeken van Reve… als die de vraag kreeg voorgelegd hoe hij toch al die verschillende vrouwen tevreden hield, weet je wat hij dan antwoordde? “Mijn geheim is een bot van twaalf centimeter in de weke delen.” Zo moeten wij onze tongen ontwikkelen… tot een zodanige hardheid dat het lijkt of er een stuk ellepijp in verwerkt is. Een stormram van bescheiden formaat.’

We waren er zo op gebrand om tot deze nieuwe verworvenheid te komen dat we erop oefenden om de tong een bepaalde onnatuurlijke stijfheid te bezorgen. We imiteerden de bassist van de rockband Kiss, die zijn tong in verstrakte staat tot twee keer de normale lengte naar buiten wist te brengen, met haaks omhooggestoken punt. Al vervloekten we soms deze nieuwe obsessie, omdat we er behoorlijk kramp van in de kaken kregen, de oefening baarde kunst, en spoedig wisten we enkele centimeters in elkaar door te dringen. Als we er de inspanning voor overhadden, werden we rijkelijk beloond met de hevigste acmes ooit. Een nadeel was dat we na afloop een spraakgebrek ontplooiden alsof de verdoving van de tandarts nog niet was uitgewerkt, zodat we er liever het zwijgen toe deden totdat de tongspieren hun gewone elasticiteit herwonnen.

Boven me zette Albert de schellakplaat van *L'elisir d'amore* nog eens op: ik hoorde het ruisen en slissen en krassen op het hoge toerental door het plafond heen, wat iets jachtigs had, alsof de oude, bijna verklonken muziek haast maakte om door de decennia heen nog net het einde van de eeuw te halen. En daar was spoedig ook de inleidende, klaaglijke fagot van *Una furtiva lagrima* weer, en daarmee opende zich dat ene schitterende doorzicht van het landschap dat Corinne Suwijn heette. Om het vast te houden hoefde ik mijn ogen maar te sluiten en met mijn vingertoppen tastend door de lege lucht de verstolen traan van mijn 'door omstandigheden afwezige' liefste te achterhalen.

Het was niet langer een eenzaam spel… voor zo lang als het duurde dan. Ik bediende me als een poppenspeler van twee handen, die steeds van rol wisselden. Het was zonde van de tenen en hun zwarte goud, maar ik had nog altijd tien vingers tot mijn beschikking. Ik was ons allebei tegelijk… de linkerhand die niet altijd wist wat de rechterhand deed. Ik gunde haar voorrang, maar mijn achterstand werd spoedig ingehaald doordat we precies gelijktijdig tot een ontlading opgevijzeld werden… in een werveling van vochtige vingers die over elkaar heen struikelden, en uitrolbare tongen die door de lucht schoten als die van een kameleon die razendsnel een insect naar zich toe lijmt.

10

Griselle werd oud. Ze zat al jaren boven de levensverwachting van Noorse boskatten. Ze strompelde de trappen op, en liet zich *per tree* weer naar beneden zakken, zich angstvallig tegen de muur drukkend uit angst voor tegenliggers en voor haar veel jongere stiefbroer, een rooie kater, die haar ondanks zijn besneden staat onophoudelijk besprong. Ze bezat nog de kracht om zich hem sissend en blazend van het lijf te houden, maar hoe lang nog? Hij at ook haar etensbakje leeg, wat Griselle lijdzaam toestond, terwijl zij de voedselroof van nabij volgde.

Haar protest, tegen het leven en de wereld in het algemeen, klonk vooral 's nachts op. Een klaaglijk, klokkend geluid, dat wel diep uit haar maag leek te komen. We verbaasden ons erover dat een afgeleefd besje als zij zo'n krachtige, lang aangehouden roep wist voort te brengen. De dierenarts vermoedde dementie, maar Griselle was wel slim genoeg om voor haar nachtelijke klacht de akoestisch interessantste plek te kiezen: helemaal beneden in het trappenhuis, waar de kale stilte haar gehuil angstaanjagend versterkte. Het had naast iets dierlijks ook iets menselijks, en door die mengvorm juist iets buitengewoon onmenselijks.

Ik werd er 's nachts soms wakker van, en hoorde er in de waan van de halfslaap het hulpgeroep van Corinne in. Zij was ergens in nood, en haar stem werd door een windvlaag naar me toe gedragen, God weet van hoe ver... veel verder weg dan Mierlo. Misschien was het wel de diffuse echo van haar doodskreet, al geruime tijd geleden met haar laatste adem uitgestoten, en nu pas doorgedrongen tot de hal van het huis waar we samen zo gelukkig waren geweest... om verzwakt uit te sterven op de overloop van de tweede verdieping.

Op den duur ontwaakte ik ook regelmatig als ik *meende* het klaaglijke geloei van Griselle te horen, en daarmee dat van Corinne. Ik zat dan rechtop in bed, en luisterde. De doodse stilte van de nacht, door geen kattengejank verstoord. Geen Albert naast me om zijn schouder te schudden en te vragen of hij 'het ook had gehoord', want hij sliep nog steeds op zijn werkkamer. Ik ontdekte dat *elk* geluid, al was het alleen maar een piep in mijn oor dat door het hoofdkussen werd dichtgedrukt, de jammerklacht van het oude poezenbeest wist op te roepen, en dus die van *haar*. Niet dat Griselle voortaan minder haar angst en eenzaamheid het trappenhuis in slingerde, maar daarnaast waren er mijn akoestische hallucinaties. Ik begon nog slechter te slapen dan ik al deed, in halfslaap of wakende toestand bezocht door alle demonen en spookbeelden die de nacht voor me in petto had. Ik vocht met belagers van Corinne, overal ter wereld, en ook met haarzelf, om haar terug te slepen naar waar ze thuishoorde. Bij mij.

Vaak werd ik uit mijn wanen opgeschrikt door de echte roep van Griselle... en die werkte dan weer, in heel z'n troosteloosheid, onbegrijpelijk geruststellend.

11

Ik vond in het hele huis, en in de hele stad, geen betere plek om de ontstane situatie te overdenken dan de veranda waar het, tussen haar en mij, allemaal begonnen was. Hoe lang geleden nu? Voor het tellen met je eigen handen zijn vingers nodig, die je ook weer moet verrekenen. Ik kwam netto aan vijf vingers. Het was begonnen op een mooie lenteavond en nu was het herfst. Tweeëntwintig volle weken.

We hadden de zonneschermen uit laten hangen na de laatste hitteperiode. Nu vingen ze de regen op met vinnige tikken. Tussen de luifels spatte en stoof het water ook, en ik had al een paar keer mijn stoel moeten verzetten om niet nat te worden. Verderop ruiste het over de achtertuinen. Een enkele vogel floot nog tegen de neerslag in. Niemand van de buurtbewoners zat buiten.

Albert was het huis ontvlucht om met Cynthia en Thjum apen te gaan kijken in Burgers' Dierenpark. Ik verlangde hevig naar het overgaan van de bel, en dat *zij* dan voor de deur zou staan, al was het maar om in een grote plastic dekenzak de oude trouwjurk van Tientje Poets terug te brengen, inclusief het gedroogbloemde bruidsboeket. Ach, wie ter wereld maalde er om mijn wensen? Op de stoep kon net zo goed Hans staan, bijvoorbeeld om zijn excuses te maken of om me nog eens de huid vol te schelden.

De regen klonk precies als in een verkankerde vakantie op een Hollandse camping. Het hemelwater rook naar losgewoeld stof. Mijn moeder was kwaad op me vanwege de reddingsactie voor Corinne: de GG&GD had mijn vader op het matje geroepen voor het misbruik maken van het Ongediertebestrijdingsuniform en een auto van de gemeente. Aan de telefoon zei ze: 'Je had hem op zijn leeftijd niet voor je karretje mogen spannen. Straks korten ze hem nog op zijn pensioen. En waarom, dit alles? Vanwege jouw bevlieging voor een homodame, waarmee je ook nog eens je gezin in gevaar brengt…'

En zo ging de tirade nog een poosje door, en dat zette me aan het denken, met de mobiele telefoon op enige centimeters afstand van mijn getergde oor. Mijn moeder herinnerde me aan mijn verantwoordelijkheden als echtgenote. De waarheid was, besefte ik nu pas ten volle, dat ik me vroeger, nog thuiswonend, altijd *te zeer* naar de gezinsmoraal van mijn ouders had geschikt. Er bestond geen andere wereld dan die van het eigen nest, waar de ingevlogen wormen rijkelijk om de snavels kronkelden.

In de maanden met Corinne had de diep invretende verliefdheid mijn familiegeweten weliswaar niet vernietigd maar toch op z'n minst langdurig verdoofd. Ik had me door de liefde een uitverkorene gewaand, maar diep in mijn hart voelde ik mezelf nog steeds een getekende, een uitgestotene, een paria. Mijn moeder had het aan de telefoon weer eens blijvend bevestigd. Ik was een lollepot, en nog een van late roeping ook. Eerst jarenlang de mannen het hoofd op hol brengen, tot er kinderen van komen, en dan alles uit handen laten vallen.

Ik was zo ver gegaan dat ik gezinsuitbreiding plande samen met mijn geliefde, en daarvoor mijn eigen man wilde inschakelen. Het begrip moraal had hier geen enkele zeggingskracht meer. Hoewel... bij de tenuitvoerlegging van het plan was ik opeens teruggedeinsd voor het nieuwerwetse 'samengestelde gezin'.

Misschien kwam mijn weggemoffelde angst om aan het traditionele familiebegrip te morrelen voort uit mijn vaders beroep. Tot en met het ontbijt verkeerde hij in de vertrouwde wereld van het eigen huis. Vervolgens ging hij de deur uit om pariagebied te betreden, waar de verschoppelingen en onaanraakbaren zich in hun holen verschansten. Daar was het trottoir tussen straat en rooilijn al afgekalfd. De rioolpijpen lagen bloot en waren gebarsten. Stalactieten en stalagmieten van afgezet vet... hele koralen van gestolde frituur. Nadat ze hun pensjes rond hadden gegeten, bouwden de ratten er dammetjes van, want de spelbeluste kinderen uit de buurt konden er niets mee.

Mijn vader was een keer door een psychopaat op driehoog opgesloten in een kast met ontbindende kadavers. Maar ook zonder zulke karkassen in zijn tas kwam hij dagelijks thuis met een lucht van bederf en verval om zich heen. Onder de douche rekende hij af met de wereld van de onreinen, en was hij weer van mama en mij, en voelden wij ons veilig en compleet.

En *die* vader, mijn grote held, had ik ingeschakeld om na zijn pensioen het vuilste karweitje uit zijn carrière op te knappen: de minnares van zijn dochter te schaken.

Het begon harder te regenen. Grote druppels, of pijpenstelen, raakten de balustrade van de veranda, en spatten in mijn richting, zodat ik alsnog nat werd en langzaam doorweekt raakte. Twee Turkse tortels vochten of paarden ongeacht het seizoen, half schuilgaand in de klimop, met harde klappen van hun vleugels, die het regenwater terug de hemel in lieten stuiven. Hun wiekslag had iets fluitends, maar je hoorde ook de holle slagpennen kraken in de vlerken.

O, Corinne, schenk me boven al dit rumoer uit het verscheurende geluid van de bel, en maak zo al mijn overwegingen van gezinsmoraal stuk. Ik zal je mee naar boven nemen, en je beminnen als nooit tevoren.

Geen deurbel. Wel het gerommel van naderend onweer.

Nu telde ik de seconden tussen het oplichten van de bliksem en het geknetter van de donder, en rekende ze om in kilometers, zoals iemand mij dat als kind geleerd had. Even was ik teleurgesteld, omdat ik dacht dat het onweer op grote afstand voorbijdreef, van niets naar nergens, zonder tot ontlading te komen – *in mij*. Maar nee, er verstreek steeds minder tijd tussen het weerlichten van een grillige takkenbos en het gebulder van het complete woud. De regen bleek nog verder te kunnen verhevigen, en boorde zich in de ontstane plassen op de ongelijk liggende tegels van de tuin. De harde neerslag sloeg z'n eigen blazen kapot.

Nu Corinne op de stoep, net zo doorweekt als ik. We zouden elkaar de natte plunje van het lijf rukken, en ons hier in de tuin door de hoosbui laten ranselen. Haar druipende lijf zou de bliksem weerkaatsen, die misschien niet het beste met ons voorhad, zoals we hier met onze billen in een plas lagen.

'Wou je samen met mij verdrinken in de fonteinen uit ons lekkende lijf?' zou ik boven het tumult uit schreeuwen. 'Dit is je kans.'

'Ze schieten nu op uit de natuur zelf... heerlijk om ze te voelen striemen. Er zitten spijkertjes in de uiteinden van deze kat met negen staarten.'

'Ben je bereid om je samen met mij aan de bliksem te offeren?'

'Die moet ons dan allebei tegelijk treffen. Omklem me met je natte armen... met heel je verregende lijf... dat geleidt.'

'Streel me,' zou ik roepen. 'Dan doe ik het bij jou. We weten al zo lang hoe we precies tegelijk klaar moeten komen... daarmee kunnen we op de bliksem inspelen. Die zal ons op het hoogtepunt verschroeien en zwart blakeren. Daar is er weer een... ik voel dat deze raak zal zijn.'

'Ik kom. Ik voel de stroom.'

Maar ik stond er alleen voor, met mijn stroeve, van regen druipende vingers. Ik omvademde de bui en het onweer met open benen. Het kon me niets schelen of een overbuurman met zijn verrekijker mijn spel bespiedde, dat ik voor twee speelde. De bliksem was me helaas genadig, en kliefde, in plaats van mij te treffen, een iep op het Haarlemmermeercircuit, zodat lijn 24 een halve dag vertraging opliep. Ik kreeg van de weergoden respijt om een andere keer te verkolen, en dan echt samen met Corinne, die in me zou klimmen als in een door het onweer uitverkoren boom.

Ik hield me verder ledig met het reciteren van de kortste tragische verhalen die ik kende, in de hoop dat ik er zelf een zou weten te componeren. Tsjechov: 'Een student verzamelde een miljoen postzegels, ging erop liggen en schoot zichzelf een kogel door het hoofd.' Dat kon veel korter, bijvoorbeeld in de zes woorden van Hemingway: 'For sale: baby shoes, never worn.' Nee, te lang nog. Ik wist zeker dat ik ergens een volwaardige tragedie van *twee* woorden had gelezen, maar dan ingebed in een groter werk. Ik ging zo nat als ik was de bibliotheek in, en ruïneerde enkele meesterwerken met mijn druipvingers en zwarte mascaratranen. Opeens wist ik het: *Lolita*.

Na enig bladeren stuitte ik op de passage waar Humbert Humbert de vroege dood van zijn moeder ultrakort uit de doeken doet: '(picknick, bliksem)'. Ik besloot om *De stad en de holen* uit zulke gecomprimeerde drama's op te bouwen... voor mijn Rinse Rinni.

12

De video van het drama had ze nooit willen bekijken.

'Haar nu zo te zien, op De Heuvelrug, dat vind ik al hartverscheurend genoeg,' zei ze. 'Moet ik dan ook nog meemaken hoe het allemaal zo gekomen is... haar zien bloeden? Echt niet, Zwanet.'

Ik had de opname in mijn eentje kunnen afdraaien, met haar in een andere kamer, maar dat voelde dan weer als verraad – jegens mijn afkerige Rinsi. Nu ze weg was, door Hans terug naar zijn hol gesleept, kwam ik er eindelijk toe de cassette in de afspeelapparatuur te stoppen. Bij het indrukken van de schakelaar merkte ik aan mijn trillende vingers hoe zenuwachtig ik was. Waar was ik bang voor? Het te verwachten bloed... of juist iets onverwachts, dat me duidelijk zou maken dat Pijkels huidige toestand ongeneeslijk was?

De directiesecretaris van het circus had nog eens benadrukt dat het beelden betrof van de laatst geplande middagtraining, een generale repetitie voor de eerste avondvoorstelling van het kerstseizoen.

'Pijkel heeft de opname zelf gemaakt, met de camera op een statief. Ze deed dat vaker, en keek de band dan later terug... als perfectioniste wilde ze altijd leren van zichzelf... foutjes, kleinigheden, ook in het gedrag van de dieren. Zo was ze.'

'U praat in de verleden tijd over haar,' zei ik. 'Laten we hopen dat het op een dag weer in de tegenwoordige tijd kan.'

De film was in kleur. Aan de langgerekte schaduw die een sterke spot wierp, was te zien hoe iemand, Pijkel zelf dus, de camera instelde en vervolgens voor de lens langs in de richting van drie beschilderde sokkels liep. Of liever, het ging om twee halve houten tonnen ter weerszijden van een hele. Van een soort bagagewagentje, zoals je ze wel op buitenlandse stations zag, nam ze een lange zweep en een op z'n kant liggende rechte stoel. Pijkel droeg een cowboyhoed met sheriffster en een wit cowgirljasje met lange, zilverige franje aan de mouwen. Over haar heupen kruisten zich twee koppelriemen met lege revolverholsters, die met veters rond haar bovenbenen bevestigd waren. Zoals ze de zweep vasthield, met het dunne uiteinde tegen de handgreep geklemd, vormde die een grote, onschuldige lus. De stoel, die bijna vederlicht aan haar gekromde middelvinger bungelde, was van het eenvoudige cafétype: een halfronde rugleuning en een trapeziumvormige zitting met luchtgaatjes.

Pijkel wierp een blik op de camera, zoals een vrouw in het voorbijgaan een kritische blik in een spiegel kan werpen: alles op z'n plaats? Na al dat gegluur door one way-vensters zag ik nu pas, op mijn televisiescherm, hoe mooi ze van oorsprong was. Spijtig dat de camera niet uit zichzelf een close-up kon instellen... maar ik wist haar schoonheid zo ook wel naar waarde te schatten. Als ik Corinne terug had, weer hier bij me, dan zou ik haar het begin van de opname laten zien. Ik stelde me voor wat ze met haar lichte neiging tot jaloezie zou zeggen.

'Ja, ze is knap... maar we hebben elkaar en onszelf een dure eed gezworen: *geen* derde in ons midden.'

'Mens, waar heb je 't over,' zou ik dan uitroepen. 'Ze *was* knap. Nu is ze het alleen nog op video... je hebt gezien wat er van haar over is. Wacht tot je de rest van de beelden hebt gezien.'

'Nee, Zwanet, zet af... zet *af*.'

Pijkel plantte de stoel met z'n vier poten stevig in het zand, en richtte zich tot een man die achter de tonnen op de tweede rij van de publieke tribune zat, met een walkietalkie in zijn hand. Ik kon niet verstaan wat ze hem toeriep, maar hij zette de portofoon tegen zijn oor, en even later schoof er in de opstaande wand van de piste een paneel opzij voor een traliehek. Er begon muziek te spelen, maar van een orkestje was niets te zien. Ik vroeg me af of circussen tegenwoordig zonder liveband opereerden.

Achter de tralies liep nu geagiteerd een grote Bengaalse tijger heen en weer. Ook het hek zelf werd ergens op afstand elektronisch geopend. Het dier stond even stil, en sprong toen lenig de piste in, fijn zand opwolkend rond zijn poten.

Pijkel tikte met de lus van de zweep een van de halve tonnen aan, een voetstuk dat voor zo'n enorm dier veel te klein leek, maar de witte tijger sprong er zonder aarzeling op, met zijn klauwen keurig binnen de rand. Nu stapten ook de andere twee tijgers, oranje exemplaren, de piste binnen, maar veel behoedzamer dan de eerste, gealarmeerd leek het wel, met een krans van pluizig haar overeind in de nek. Ik meende aan de dompteuse te merken dat de hereniging met haar beesten niet helemaal naar wens verliep. Ze liet de zweep zachtjes neerkomen op de middelste en hoogste ton, maar de tijger die daar vereist was, gehoorzaamde niet, ook niet toen de lus van de zweep hem onder de kin kietelde. Hij (of zij, dat ontging me) geeuwde langdurig, met wijd open muil. Zo saai ook, de flauwe trucjes die van hem verwacht werden, vandaag maar even niet.

De derde tijger gehoorzaamde na lang aandringen wel en wipte soepeltjes op de andere lage ton. Pijkel bleef het stakende dier bij de naam noemen en met de zweep tussen de voorpoten over de borst aaien. Nu ze haar arm uitgestoken hield, zag ik pas hoe lang de franje aan de mouw van haar cowgirljasje was. Haar benen, omhuld door smalle pijpen, staken in cowboylaarzen met zilverkleurige sporen, die ik in de luidspreker van het televisietoestel kon horen rinkelen.

'Trabbedoeli' ...zo heette kennelijk de onwillige tijger. (Zo heette vroeger bij ons de chef strooigoed van de Zwarte Pieten. Op een tijger paste de naam ook heel goed.) Uiteindelijk sprong Trabbedoeli met opzichtige tegenzin op de hoogste ton, die een beetje nawiebelde.

Ik had vroeger met Albert ontelbare speelfilms op de videorecorder bekeken, dus ik heb enig recht van spreken als ik stel dat veel van die rolprenten tot afstomping en bewustzijnsvernauwing leiden. De circusvideo voerde tot een heel ander soort versimpeling. Ik sprong op van de bank en riep naar het scherm: 'Pas op! Hou daar onmiddellijk mee op. Ze vallen je aan!'

Zo bleef ik voor de televisie staan, voorovergebogen, met mijn handen nerveus knijpend in mijn bovenbenen. De directiesecretaris van het circus had me verteld dat Pijkels outfit te maken had met een nieuwe act: witte paarden in galop, met ieder een tijger op de rug. Zover kwam het op deze video niet. Pijkel probeerde de dieren ertoe te bewegen om ieder op hun ton een zithouding als van een huiskat aan te nemen. Heel even gehoorzaamden ze alledrie, maar duidelijk niet van harte. Ze draaiden rusteloos rondjes op hun plaats, en sprongen tussendoor op de grond, zwaar ademend ondanks de geringe inspanning. Pijkel koos voor gestrengheid. Ze liet de zweep nu in z'n volle lengte knallen, en porde haar beesten met een stoelpoot tussen de ribben, speels plagerig nog. Een van de tijgers sloeg met een klauw naar de stoel, die daarop in het zand viel. Ervoeren de roofdieren dat als een zwakheid van hun meesteres? Pijkel raapte de stoel snel op. Toen Trabbedoeli uithaalde naar de zweep, wond het uiteinde zich om zijn poot: zo ontwapende hij haar met een ruk. Het ding beschreef een hoge zwaai door de lucht, en de dompteuse deinsde terug.

Daarop werd ze besprongen door de andere twee tijgers, die ze met alle vier de stoelpoten tegelijk probeerde af te weren. De tengere dompteuse vormde geen partij voor de dieren. Eentje duwde haar met een enkele klauwstoot tegen de grond, en hield zijn nagels daar waar ze, door haar kleren heen, in haar vlees haakten. Het tijgergebrul was vreselijk om aan te horen, woedend en bloeddorstig, maar ik kwam er in mijn bevroren positie niet toe om het geluid zachter te zetten. Twee, spoedig drie paar klauwen werden in Pijkels lijf geslagen, terwijl haar armen, die ze beschermend om haar hoofd geklemd hield, bewerkt werden door hoektanden blikkerend als korte, stevige messen. Bloed drong overvloedig door het sneeuwwitte cowgirlpak heen. De man met de walkietalkie stond nu rechtop tussen de banken, schreeuwend in zijn portofoon.

De tijgers sleepten hun prooi, onderling vechtend, de piste door, op zeker moment zelfs buiten het bereik van de camera – maar Pijkel verscheen al snel weer in beeld, een stuk dichter bij de lens. Bloed gutste uit een gat in haar hals, en ze bood nauwelijks weerstand meer. De dieren koelden hun woede op de kleren die ze aanhad, en scheurden die bij lappen en repen tegelijk van haar lijf, waarna de ontblote huid van haar rug aan de beurt was.

Door het openstaande traliehek stormden nu mannen met geweren de piste in. Een van hen probeerde met de houten stoel de aandacht van de dieren van Pijkel af te leiden. Bij twee ervan, die blijkbaar verse prooien zagen opdoemen, lukte dat. Ze werden onmiddellijk gericht beschoten, meerdere malen achtereen, net zo lang tot ze zieltogend in het zand lagen, dat om ze heen snel rood kleurde.

De tijger die nog met zijn meesteres aan het afrekenen was, werd omzichtiger benaderd. Het was Trabbedoeli, kennelijk de leider van het driespan. Hij werd met geweerlopen gepord, en toen hij zich naar zijn belagers omdraaide, kreeg hij een nekschot, en nadat hij brullend neergestort was nog een.

'Niet schieten,' riep Pijkel met haar laatste krachten en met borrelende stem. 'Maak ze niet dood. Het zijn… het zijn mijn vrienden.'

Daarna rolde haar hoofd opzij op een stukje piste dat modderig was van haar eigen bloed. Als ik het vervolg niet gekend had, zou ik gedacht hebben: ze sterft daar ter plekke. Plotseling rende een geheel geschminkte en opgetuigde clown de piste in. Het was er een van het klassieke type, met een rode pingpongneus en blauw nylon haar ter weerszijden van een kale kop. Hij knielde handenwringend, voor zover zijn opgepompte witte handschoenen het toelieten, bij Pijkel neer. Uit zijn geverfde clownsmond kwam een langgerekte, smartelijke kreet – alsof hij midden in zijn nummer zat, en elk moment door aan zijn oor te draaien een waterfonteintje uit zijn kruin kon laten opspuiten.

De schutters wierpen zich bijna om strijd op Pijkel, maar ik kon niet zien wat ze deden – ongetwijfeld de open halsslagader afbinden. De clown schuifelde in zijn reusachtige schoenen, waar stro uit piekte, achter de mannen heen en weer, nog steeds akelige kreten slakend, kortere nu. De man met de walkietalkie was over de pistewand geklommen, en stond luid te praten – niet in zijn portofoon, maar in een gsm. Twee medewerkers in overall met het logo van het circus kwamen met een kakikleurige draagbaar aanzetten, zoals ze vroeger in het leger gebruikt werden. Als er in de videoband was geknipt, dan had ik de las niet gezien: een moment later kwam een ploegje broeders van de ambulancedienst de piste in. Er was ook een arts bij, die de jagers op groot wild wegstuurde en op zijn beurt bij de zwaar toegetakelde vrouw neerknielde. Een van de hulpverleners plukte de sheriffster van haar revers, en begon Pijkel te reanimeren. Een ander diende haar een injectie toe – een dosis adrenaline of morfine.

Blijkbaar was haar hart weer op gang gebracht, want ze werd voorzichtig op de brancard gelegd – niet de kakikleurige van de hospik maar die van verchroomd aluminium, die ik een ambulancemedewerker ooit 'het winkelwagentje' had horen noemen. Pijkel werd niet via de dierentunnel afgevoerd, maar langs het middenpad tussen de tribunebanken, dat naar de nooduitgang leidde. Het gezelschap verspreidde zich, op de clown na, die huilend met een spade schoon zand over de zich al verdonkerende bloedplassen schepte. De camera registreerde het nu verder roerloze tafereel: de stoel, de zweep, Pijkels nog ongeschonden sheriffhoed, drie languit op hun zij liggende tijgers met onwaarschijnlijk witte buikvacht… alsof ze sliepen…

De clown stak zijn schop in het zand, liep op de camera toe, en zo ontstond er toch nog een close-up – van het overdadig geschminkte gezicht, dat breeduit in de lens leek te grijnzen, voordat de man het apparaat uitschakelde.

13

Hoe graag ik ook voor Corinne het begin van de film had willen afspelen, om haar ten minste te laten zien wat een schoonheid Pijkel in haar dompteurstijd was geweest – ze keerde niet bijtijds terug uit haar gevangenschap bij Hans Krop. Ik had de directiesecretaris van circus Animali beloofd de videocassette uiterlijk 15 november terug te brengen. Ik dacht erover de band te kopiëren, maar aangezien we geen tweede recorder in huis hadden, liet ik het erbij.

De secretaris had zijn kantoortje in een caravan achter de dierenverblijven. Ik liep langs de kooien, waarvan er sommige leeg waren: Animali miste nog een goede leeuwenact. Bovendien waren de activisten die roofdieren uit de circussen en dierentuinen wilden verbannen in opmars, zonder gevaar zelf opgesloten te worden.

'Straks helemaal geen beesten meer,' zei de secretaris, 'dat is de dood in de pot voor onze niche.'

Hij zat aan de uitklaptafel van de caravan achter zijn computer. Ik overhandigde hem de luchtkussenenvelop met de cassette.

'Heeft u de film uit kunnen zitten?' vroeg hij.

'Alleen door hard mijn tanden op elkaar te zetten,' zei ik. 'Vreselijk om zo'n mooie vrouw in twee minuten tijd verminkt te zien raken... letterlijk tot op het bot.'

'Ik begrijp dat Pijkel in een psychiatrische kliniek behandeld wordt...'

'De Heuvelrug in 't Gooi. Ik ga er zo vaak mogelijk heen.'

'En... boeken ze daar vooruitgang?'

Het bleek dat hij nauwelijks op de hoogte was van haar werkelijke toestand, net zomin als de rest van de circusdirectie. Ze gingen ervan uit dat ze voor een posttraumatisch stresssyndroom behandeld werd. Van zoantropie had niemand daar enig benul. Je had de dompteuse aan de ene, het dier aan de andere kant. Daartussen bestond niets voor ze – neem het ze maar eens kwalijk.

'Zoantropie,' herhaalde de secretaris. 'Nooit van gehoord.'

'Pijkel zit nog steeds in die waan,' zei ik. 'Ze lijkt de laatste tijd wat minder agressief richting het personeel... vooral sinds ze de houten stoelen uit haar cel hebben weggehaald. Toch schiet haar hoofd nog regelmatig vervaarlijk naar voren... en ze krijgen haar nagels niet geknipt.'

'Ze praat niet?'

'Geen woord. Ze gromt en sist en brult.'

'Wat treurig. Heeft het zin als iemand van het circus bij haar langsgaat?'

'Het zou een averechts effect kunnen hebben. Als ze iemand herkent... op De Heuvelrug is ze een cliniclown aangevlogen. Ze sloeg haar nagels in zijn gezicht.'

De directiesecretaris frunnikte aan de plakstrook van de envelop, haalde de cassette eruit en stopte hem weer terug. 'Vorige keer, mevrouw Egberts, vroeg u me wat er mis kon zijn gegaan bij de training. Heeft u bij het bekijken van de video gelet op haar kostuum?'

'Een cowgirlpak... met hoed en laarzen. Het stond haar erg stoer.'

'We hadden onze huiscouturier gevraagd nieuwe kleding voor haar te ontwerpen. Zolang Pijkel bij de training haar spijkerpak droeg, en tijdens de voorstelling een hemelsblauwe overall, was er blijkbaar niets mis. De tijgers aten uit haar hand. Om er iets van Buffalo Bill aan mee te geven, liet de ontwerper franje aan de mouwen van het nieuwe jasje naaien... lange draden van zilvergaren. Daar sloegen de beesten op aan... er hingen vreemde, in het gelid schommelende dingen aan het vrouwtje... dat pikten ze niet. De rinkelende sporen kunnen ook een rol hebben gespeeld. De training was een soort generale repetitie... ze droeg dat pak voor 't eerst.'

'Bij een circus verwacht je enige knowhow als het om roofdieren gaat. Was er dan niemand die zich afvroeg of de tijgers haar veranderde uitdossing wel aankonden?'

'Een dompteuse weet *alles* van haar beesten... oneindig veel meer dan hun oppassers. Je zou verwachten dat Pijkel had gezegd: "Bekijk het maar, jongens... met dat geglitter maak ik mijn vrienden onrustig." Bij een vroegere act moesten de tijgers in een open rijtuig zitten, getrokken door twaalf witte paarden. Het was Pijkel die op het idee kwam om strikjes in de manen te vlechten... om ze niet vrij te laten wapperen, want dat kon de roofdieren afschrikken. En dan laat zo'n professioneel ingestelde vrouw de franje aan haar jasje zomaar passeren... onbegrijpelijk. Onze clown drukte het zo uit: "Pijkel heeft met haar mouw door de natte inkt van haar contract geveegd... en er een doodvonnis van gemaakt." Hij had altijd van dat soort oneliners.'

'Is dat de clown die ook op de video te zien is?'

'Er gaan geruchten dat hij verliefd was op Pijkel.'

'Is hij hier... heeft hij een eigen woonwagen? Ik wil hem graag spreken.'

'Hij is na de tragedie niet bij ons teruggekeerd. Hij liet het dezelfde avond al afweten, zonder de directie in te lichten. We hebben hem nooit meer gezien... ook niet om zijn spullen op te halen. Zijn laatste loon staat nog op onze rekening. We hebben niet eens een nummer om het te storten. Het oude bleek opgeheven. Een clown die nooit zijn ware gezicht laat zien, kan gemakkelijk spoorloos verdwijnen. Hij hoeft zich alleen maar af te schminken.'

Amsterdam, januari 2020 – maart 2021

De roman *Stemvorken* wordt vervolgd in de roman *Venus van Mierlo.*

Verantwoording

In dit achtste deel van de cyclus 'De tandeloze tijd' worden voor het eerst, min of meer tot mijn eigen verrassing, enkele karakters geconfronteerd met personages uit die andere romanreeks, 'Homo duplex'. Ik sluit niet uit dat deze alliantie van *tableaux de la troupe* in de vervolgdelen wordt voortgezet – ook vice versa, namelijk het binnendringen in 'Homo duplex' van romanfiguren uit 'De tandeloze tijd'. Het zou zelfs kunnen dat beide cycli op den duur geheel in elkaar opgaan.

Van *Stemvorken* verscheen maart 2021 een fragmentencollage, *De stemvorkligging*, in boekvorm. Het gedicht van Menno Wigman 'Het antwoord is twee', dat als motto is opgenomen bij 'Derde deel *Verloren*', werd in de zomer van 2020 bibliofiel gedrukt door de Statenhofpers te Den Haag; het komt niet voor in Wigmans *Verzamelde gedichten*.

Ik dank mijn redacteur Rop Zweedijk voor zijn opmerkzaamheid, vindingrijkheid en onbekrompen toewijding.

Amsterdam, zomer 2021 A.F.Th.v.d.H.

Werk in boekvorm van A.F.Th. van der Heijden

P.C. Hooft-prijs 2013
Constantijn Huygens-prijs 2012
Schrijversprijs der Brabantse Letteren 2003

Een gondel in de Herengracht (verhalencyclus, 1978)
Anton Wachterprijs 1979
De draaideur (roman, 1979)
De slag om de Blauwbrug. De tandeloze tijd Proloog (roman, 1983)
Vallende ouders. De tandeloze tijd 1 (roman, 1983)
De gevarendriehoek. De tandeloze tijd 2 (roman, 1985)
F. Bordewijkprijs 1986 en Multatuliprijs 1986
De sandwich. Een requiem (roman, 1986)
Het leven uit een dag (roman, 1988)
Dichters slaags (novelle, 1988)
De generale (novelle, 1989)
De euforie. Over roes en angst voor de roes (lezing, 1989)
Advocaat van de hanen. De tandeloze tijd 4 (roman, 1990)
Weerborstels. De tandeloze tijd Een intermezzo (novelle, 1992)
Boekenweekgeschenk 1992
Asbestemming. Een requiem (roman, 1994)
Nominatie De Gouden Uil 1995 en nominatie AKO Literatuurprijs 1995
Ontbijt met de kromme lepel (novelle, 1994)
Orgie op zondag (novelle, 1995)
Het bankroet dat mijn goudmijn is (beschouwingen, 1995)
Het Hof van Barmhartigheid. De tandeloze tijd 3 Eerste boek (roman, 1996)
De Gouden Uil 1997
Nominatie Libris Literatuur Prijs 1997 en nominatie Generale Bank Literatuur Prijs 1997

Onder het plaveisel het moeras. De tandeloze tijd 3 Tweede boek (roman, 1996)
De Gouden Uil 1997 en Generale Bank Literatuurprijs 1997
Nominatie Libris Literatuur Prijs 1997

De gebroken pagaai (novelle, 1997)

Whamm. De democratisering van het talent (schotschrift, 1997)

Voetstampwijnen zijn tandknarswijnen (met Jean-Paul Franssens, brieven, 1998)

Sabberita (novelle, 1998)

Het onmogelijke boek. Een kleine monoloog van de auteur (mini-essay, 1999)

Gevouwen woorden. Brieven over de grillen van het vak (2001)

De Movo Tapes. Een carrière als ander. Homo duplex (roman, 2003)
Dirk Martensprijs 2006

De requiems. De sandwich, Asbestemming, Uitdorsten (romans, novelle, 2003)

Engelenplaque. Notities van alledag 1966-2003 (dagboekaantekeningen, Privé-domein 250, 2003)

Hier viel Van Gogh flauw. Frans dagboek 1968-1999 (dagboekaantekeningen, 2004)

De Gazellejongen. Het verzameld werk van Patrizio Canaponi (verhalencyclus, roman, 2004)

Lamsvocht. Drie hoofdstukken uit Homo duplex (proza, 2004)

Ik heb je nog veel te melden. De briefwisseling tussen Jean-Paul Franssens en A.F.Th. van der Heijden (brieven, 2005)

Een gondel in de Herengracht & *De gebroken pagaai* (verhalencyclus, novelle, 2005)

De kandidaat-Inez. Twee hoofdstukken uit Homo duplex (proza, 2005)

Drijfzand koloniseren. De erven Movo (roman, 2006)

Het schervengericht. Een transatlantische tragedie. Homo duplex (roman, 2007)
AKO Literatuurprijs 2007 en De Inktaap 2008

Mim of De doorstoken globe. Homo duplex (roman, 2007)
Tzumprijs voor mooiste zin 2008
Uitdorsten. Klein requiem voor mama, mam, ma (novelle, 2007)
Voetstampwijnen zijn tandknarswijnen. Een requiem voor Jean-Paul Franssens (novelle, 2008)
Kruis en kraai. Over de romankunst na James Joyce (essay, 2008)
Gentse lente (verhalen, 2008)
De liefdesbaby. Homo duplex (novelle, 2008)
De censuurpaus. Paroxismen, een opmaat (polemisch proza, 2008)
Doodverf (roman, 2009)
Tonio. Een requiemroman (2011)
Libris Literatuur Prijs 2012, NS Publieksprijs 2012 en Docenten Trofee 2012
Uitverkoren. Verhandelingen over het pantonionisme (bibliofiele uitgave, 2012)
De helleveeg. De tandeloze tijd 5 (roman, 2013)
Uitverkoren. Verhandelingen over het pantonionisme (proza, handelseditie, uitgebreid met 'Verschaming', 2014)
Gedichten Gods of De vergrijpstuiver (Kellendonklezing 2014)
Kwijt in de tram (proza, 2014)
De ochtendgave (hoofdstuk uit de gelijknamige roman, bibliofiel, 2014)
De ochtendgave (historische roman, 2015)
Een korte roman (toespraak, bibliofiel, 2016)
President Tsaar op Obama Beach (gelimiteerde en exclusieve uitgave voor *NRC*, roman, 2016)
Kwaadschiks. De tandeloze tijd 6 (roman, 2016)
Kastanje a/d Zee. De tandeloze tijd 7 (roman, bibliofiel, 2016)
Mooi doodliggen (roman, 2018)
Schwantje's Fijne Vleeschwaren (novelle, 2019)
De kandidaat-Inez (novelle, 2019)
Ik zou van de hoge, ik zou in het diepe (novelle, 2020)
De stemvorkligging (scènes uit *Stemvorken*, hors commerce 2021)
Stemvorken. De tandeloze tijd 8 (roman, 2021)

Werk in voorbereiding

Driestromenland. Homo duplex (roman)
MX17 (roman)
Zie onder postzegel (brieven)